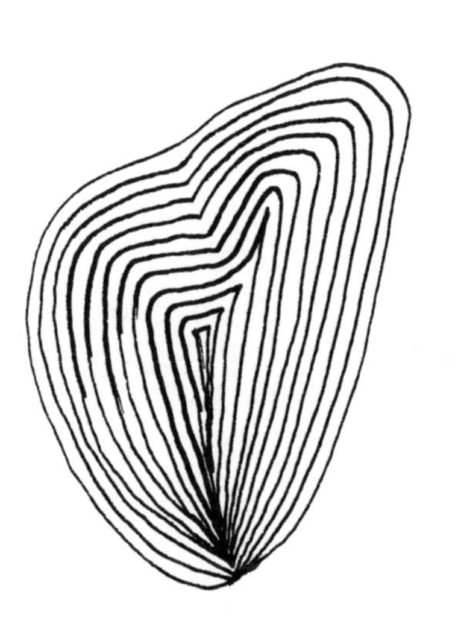

LIEV TOLSTÓI

ANNA KARIÊNINA

TRADUÇÃO REVISTA E APRESENTAÇÃO
Rubens Figueiredo

5ª reimpressão

COMPANHIA DAS LETRAS

Tradução do posfácio Christian Schwartz

Grafia atualizada segundo o Acordo Ortográfico da Língua Portuguesa de 1990, que entrou em vigor no Brasil em 2009.

Título original
Анна Каренина

Capa e projeto gráfico
Kiko Farkas e Ana Lobo/ Máquina Estúdio

Ilustração de capa
Kiko Farkas/ Máquina Estúdio

Preparação
Leny Cordeiro

Revisão
Carmen T. S. Costa
Huendel Viana

Dados Internacionais de Catalogação na Publicação (CIP)
(Câmara Brasileira do Livro, SP, Brasil)

Tolstói, Liev, 1828-1910
Anna Kariênina / Liev Tolstói; tradução revista e apresentação Rubens Figueiredo. — 1ª ed. — São Paulo : Companhia das Letras, 2017.

Título original : Анна Каренина.

ISBN 978-85-359-2922-5

1. Romance russo I. Título.

17-03847 CDD-891.73

Índice para catálogo sistemático:
1. Romance : Literatura russa 891.73

[2020]

EDITORA SCHWARCZ S.A.
Rua Bandeira Paulista, 702, cj. 32
04532-002 - São Paulo - SP
Telefone: (11) 3707-3500
www.companhiadasletras.com.br
www.blogdacompanhia.com.br
facebook.com/companhiadasletras
instagram.com/companhiadasletras
twitter.com/cialetras

APRESENTAÇÃO
Rubens Figueiredo

Tolstói escreveu *Anna Kariênina* entre 1873 e 1877, em Iásnaia Poliana, sua vasta propriedade rural, onde residia, ao sul de Moscou. Estava à beira de completar 45 anos quando começou a redigir o livro. Era casado e tinha quatro filhos. Na década anterior, havia consolidado sua reputação com o romance *Guerra e paz*, escrito entre 1863 e 1869.

Após terminar esse longo épico histórico, Tolstói dedicou-se aos afazeres agrícolas. Tentou implementar novos métodos de ensino, com os filhos dos mujiques, residentes em suas terras. Fundou escolas, elaborou e difundiu teorias e técnicas pedagógicas que causaram polêmica na Rússia, e estudou grego com afinco. Ao mesmo tempo, acumulava uma impressionante quantidade de informações sobre o tsar Pedro, o Grande.

Seu intuito era escrever um romance sobre a época em que Pedro I foi o imperador da Rússia, entre 1682 e 1725. Porém, por mais numerosos e minuciosos que fossem os seus conhecimentos sobre a vida naquele tempo, por mais que forçasse a mão a escrever, as páginas não o convenciam. Os personagens que esboçava não ganhavam vida em sua mente. Após tentativas obstinadas, Tolstói desistiu do projeto.

Nessa crise, veio-lhe à memória um fato ocorrido no ano anterior, em 1872. Um vizinho de Tolstói e seu parceiro de caçadas, chamado Bíbikov, vivia com uma mulher de nome Anna, que se tornara sua amante. Aos poucos, ele a abandonou em troca da preceptora alemã de seus filhos, com quem tinha, até, intenção de casar-se. Em desespero, Anna recolheu alguns pertences, vagou pelo campo durante três dias e, por fim, jogou-se debaixo de um trem. Antes, redigiu um bilhete para Bíbikov: "Você é o meu assassino. Seja feliz, se um assassino puder ser feliz. Pode vir ver o meu cadáver, nos trilhos da estação de Iássenki, se quiser".

Tolstói esteve na estação, no dia seguinte, e presenciou a autópsia. As imagens da mulher e da estação ficaram registradas em sua memória, mas não tinham relação com nenhum projeto literário. De outro lado, em 1870, ele chegara a nutrir a ideia de um relato sobre uma mulher adúltera, da alta sociedade. Durante um tempo, os dois temas levaram vidas independentes em seu pensamento. Quando a imaginação os uniu, *Anna Kariênina* começou a nascer. Um importante estímulo para que isso acontecesse deve ter partido do debate, então em voga, em torno dos problemas do casamento e sobre os direitos da mulher. No início de 1873, por exemplo, Tolstói mostrou-se impressionado com a leitura do livro *L'Homme-femme* [O homem-mulher], do escritor francês Alexandre Dumas Filho, a respeito da infidelidade conjugal.

Uma outra circunstância marcou o nascimento de *Anna Kariênina*. No dia 18 de março de 1873, Tolstói entrou no quarto do filho Serguei e viu, sobre a mesa, um volume de contos de Aleksandr Púchkin. Folheou o livro e reparou que um dos contos começava com a frase: "Os convidados chegaram à casa de campo". Essa maneira direta de entrar no assunto produziu, naquele momento, um forte impacto em Tolstói. Inflamou a tal ponto o seu desejo de escrever que ele se dirigiu, logo em seguida, para o seu escritório e começou o novo livro.

A exemplo de *Guerra e paz*, Tolstói fez das pessoas à sua volta — familiares, amigos e conhecidos — os modelos para os personagens. O casal Liévin e Kitty está calcado no próprio Tolstói e em sua esposa. O irmão de Liévin e sua morte, causada pela tuberculose, se inspiraram, de forma direta, no drama do irmão do próprio escritor. O personagem Kariênin tem por modelo o ministro das Finanças, na época. O modelo físico de Anna foi a filha do poeta Púchkin, que Tolstói tinha visto, certa vez, e cuja beleza o deixara assombrado.

O período em que redigiu *Anna Kariênina* não foi de tranquilidade para Tolstói. Em sua casa, onde havia muitos anos não se registravam mortes, três filhos e duas tias idosas, muito caras a Tolstói, vieram a morrer, em rápida sucessão. Tolstói se retraiu, sentiu-se abalado e escreveu para o irmão: "É tempo de morrer". Pensamento que o leitor encontrará em vários trechos de *Anna Kariênina*, como no final da parte 3, em palavras ditas ou pensadas por Liévin. Além disso, após um ano e meio de trabalho no romance, o escritor desinteressou-se do próprio livro, como não era raro acontecer, e sentiu-se profundamente desiludido com a atividade de escritor. "Nosso ofício é horrível. Escrever corrompe a alma", lamentou-se numa carta para a tia.

Porém, em janeiro de 1875, a revista *Mensageiro Russo*, editada por Katkov, publicou os primeiros catorze capítulos de *Anna Kariênina*. Nessa altura, Tolstói andava às voltas com as escolas que havia criado em seu distrito. A recepção dos capítulos publicados foi entusiástica, o editor Katkov o pressionou, a esposa também, e Tolstói se viu obrigado a retomar o livro. Daí em diante, seu trabalho seguiu num ritmo contínuo, assim como a publicação em capítulos, na mesma revista.

O deslocamento drástico dos tempos remotos de Pedro, o Grande, para o mundo contemporâneo de Tolstói pode parecer desconcertante. Por outro lado, traduz com fidelidade a sua ânsia de entrar a fundo nos debates em curso, na sociedade, e de trazer à luz seus questionamentos. Um exemplo flagrante se encontra na última parte do romance. Tolstói expressou, aí, a sua repulsa à violência em geral e, em particular, à participação de russos na guerra dos sérvios e montenegrinos (povos eslavos e cristãos ortodoxos, como os russos) contra os turcos. Tratava-se da questão pública mais candente naquela temporada. Desde séculos os turcos otomanos dominavam os Bálcãs, inclusive a região de Kósovo, terra sagrada por excelência para os cristãos ortodoxos, santuário de mártires milenares e local de peregrinação. Nesse ambiente, os conflitos haviam se acirrado e tomado formas violentas.

Ocorreu que o editor Katkov, nacionalista ferrenho, era francamente favorável à participação russa na guerra. Apesar de *Anna Kariênina* ser um grande impulsionador das vendas de sua revista, na ocasião, Katkov recusou-se a publicar os últimos capítulos do romance. Em vez disso, fez publicar uma sinopse de um parágrafo, dando conta dos destinos dos personagens. Tolstói revoltou-se e resolveu imprimir os capítulos por conta própria, em folhetos avulsos, em janeiro de 1878. Para compreender o caso, deve-se ter em mente a que ponto a posição de Tolstói destoava da opinião dominante entre os intelectuais russos. Dostoiévski, por exemplo, indignou-se com as páginas finais do romance, classificou de "aberração mental" e de "sentimentalismo vulgar" ter receio de matar turcos que trucidavam crianças cristãs.

Além do tema da guerra da Sérvia, que seu romance recolheu com a presteza quase de um jornal, Tolstói disseminou ao longo de todo o livro discussões acerca dos problemas que inquietavam o país na época. A administração agrícola, o regime da propriedade da terra, a relação com os trabalhadores, a decadência da nobreza, a educação das crianças, o casamento, a religião, o serviço militar compulsório, as teorias de Spencer, Lasalle, Darwin e Schopenhauer, a condição feminina são temas discutidos pelos personagens, bem como postos à prova em situações concretas.

Tolstói podia ter, sobre vários desses tópicos, posições contundentes. No entanto, na composição do romance, empenhava-se o mais possível para que o leitor não percebesse uma parcialidade do autor. E explicava: "Descobri que uma narrativa deixa uma impressão mais profunda quando não se percebe de que lado está o autor". Sabemos, por exemplo, que Tolstói se sentiu obrigado a reescrever muitas vezes a cena da conversa entre Liévin e o sacerdote (parte V, seção I), por força desse rigor que ele se impunha.

Isso nos conduz a um ponto importante. Por razões diversas e às vezes obscuras, Tolstói vivenciava a atividade literária como um conflito íntimo. Porém, entre tais razões, contava seguramente o fato de que, a seus olhos, a arte podia reforçar ou legitimar os mecanismos que produzem a desigualdade social. Pois os questionamentos de Tolstói podiam percorrer muitos e inesperados caminhos, mas acabavam convergindo para esse ponto. É importante lembrar que, naquela altura, a sociedade russa vivia o trauma da introdução acelerada das relações capitalistas, como dão testemunho, por exemplo, o teor das discussões sobre as ferrovias, presentes no romance. A rigor, as grandes e ricas polêmicas em curso na Rússia não exprimiam um debate abstrato; ao contrário, as questões eram vividas como conflitos concretos, prementes e bem definidos.

Assim, não admira que *Anna Kariênina* esteja estruturado com base em pares e paralelismos, cuja imagem constante, aliás, que permeia o romance de ponta a ponta, são os trilhos do trem. Seu título, nos primeiros rascunhos, era *Dois casamentos* ou *Dois casais*. No desdobramento do romance, em sua versão definitiva, esse díptico se articula com outras séries de contrastes: o homem e a mulher; a cidade e o campo; as "duas capitais" da Rússia (Moscou e São Petersburgo); a alta sociedade e a vida dos mujiques; o intelectual e o homem prático; e assim por diante.

Tolstói mostrou-se, de fato, satisfeito com a arquitetura do romance. Disse ele, numa carta: "Suas arcadas estão unidas de tal modo que não se percebe onde está a pedra angular. Para isso me empenhei ao máximo. A coesão da estrutura não tem por base a trama nem as relações (o conhecimento) entre os personagens, mas sim uma coesão interna". À primeira vista, não parece claro o que Tolstói quis dizer com isso. Mas observemos o romance. Em vez de desenvolver uma temática central e se ater a ela, o livro se organiza no paralelismo de várias linhas. Em vez de entrelaçar essas linhas, apenas as justapõe, na maior parte das vezes. Com isso, o tema é descentralizado a cada novo episódio. O leitor deve também observar que os dois principais personagens, Liévin e Anna Kariênina, só se encontram uma vez, em toda a longa narrativa. Mas nem por isso os dois se acham menos ligados. Na mente do leitor, a situação de um permanece constantemente referida à situação do outro.

Esse modo de compor o livro ressalta a forte oposição de Tolstói aos procedimentos da narrativa romântica. O tema do amor romântico é, se não abolido, tratado de forma secundária, despido de idealismo, subordinado a instintos, a fraquezas, a injunções sociais e a carências rasas ou pelo menos não poéticas. Em lugar do sentimentalismo abstrato, as emoções tendem a ser diretamente contrapostas ao contexto de interesses e de injustiças que as circunda. Em vez das descrições de paisagens impregnadas de matizes emocionais, como nas incomparáveis páginas de Turguêniev, Tolstói apresenta minuciosas e longas descrições de detalhes rasteiros e de ninharias. Em detrimento da linguagem depurada e requintadamente musical, Tolstói se esmera em frases de tom simples, até rude, e mesmo de construção quase truncada.

O crítico russo Boris Eikhenbaum foi quem melhor observou o sentido de tais procedimentos. Coube a ele compreendê-los como parte da crescente oposição de Tolstói a uma forma literária que lhe parecia esgotada. Assim, também, as desconcertantes digressões de cunho polêmico que Tolstói inseriu em seus romances e novelas adquirem outra dimensão, para além das referências históricas que comportam. Pois constituem parte do esforço de romper os limites de um formato literário inviável e restritivo, no tocante às ambições do escritor.

Esta tradução teve em mira preservar ao máximo tais traços, patentes no original russo. As frases longas e até dispersivas foram mantidas em sua integridade, ao contrário de outras traduções disponíveis, em língua inglesa e francesa, que as subdividem e como que as civilizam. A importância desse traço de linguagem em Tolstói pode ser atestada por um agudo comentário do escritor russo Anton Tchekhov: "Essas frases transmitem uma sensação de poder". A frase mais longa de *Anna Kariênina* está no capítulo XV, parte V. Tem 146 palavras, no original, e discute, talvez não por acaso, os processos econômicos que geram a riqueza do Estado russo.

O leitor notará, também, a frequente repetição de palavras, em numerosas passagens do romance. Outras traduções o evitam, com o socorro de sinônimos. Mas a repetição é tão insistente que não cabe supor um descuido do escritor. Ao contrário, os rascunhos, as provas tipográficas e o testemunho da esposa — que todas as noites passava a limpo o difícil manuscrito de Tolstói — dão notícia de como ele reescrevia cada página à exaustão.

Vale a pena citar algumas passagens, entre muitas. No capítulo XXI, parte V, a palavra "agora" se repete cinco vezes num parágrafo de poucas linhas. O efeito, muito claro, é de sublinhar o peso daquele instante, e também prolongá-lo. No capítulo XXIX, parte V, a palavra "encontro" se repete cinco vezes num breve parágrafo, como que para sujeitar tudo o mais às esperanças que Anna depositava no encontro que ia ter com o seu filho, a quem estava proibida de ver. No capítulo IX, parte VII, a palavra "retrato" se repete oito vezes, enquanto Liévin contempla um retrato pintado de Anna, segundos antes de vê-la ao vivo, pela única vez em todo o livro, como se a figura de Anna já não estivesse apenas nela mesma, na pessoa viva.

A técnica da repetição em Tolstói, que aliás não se limita a palavras isoladas, adquire um significado mais pleno se a associarmos ao que foi comentado mais acima, a respeito da arquitetura do romance. Pois a repetição faz parte de um esforço geral de alcançar um tipo especial de coesão: uma coesão que não esteja subordinada, necessariamente, a uma simetria ou a uma trama.

Vêm ao caso, aqui, as frases de sintaxe arrevesada, que buscam também formas próprias de coesão, alheias ao balizamento da convenção gramatical. Tolstói chegou a dizer: "Gosto do que chamam de incorreção. Ou seja, aquilo que é característico". Esta tradução fez o possível para não desvirtuar o efeito brusco da composição de certas frases de Tolstói. Um exemplo digno de nota — e que outras traduções preferem emendar — se encontra no capítulo XII, parte VII, onde há uma longa frase interrompida duas vezes por comentários entre parênteses. O efeito é antes o de alguém que pensa em voz alta que o de um escritor que compõe seu texto. Um efeito, aliás, muito comum e muito significativo na prosa de *Anna Kariênina*.

Na soma de tudo, a tônica de *Anna Kariênina* é uma crise que se generaliza. Os padrões de linguagem literária, a forma da narrativa, os modelos de convívio familiar, as relações sociais, a noção de progresso — tudo converge para uma só crise. Por isso, ao contrapor a desgraça do casal ilegítimo à sobrevida do casal legítimo, *Anna Kariênina* está longe de se encerrar com uma simples imagem de felicidade conjugal e doméstica. Nas últimas páginas, tal imagem é desestabilizada por prenúncios de um inferno, que tomará forma explícita em livros posteriores de Tolstói, como *A morte de Ivan Ilitch*, *Sonata a Kreutzer*, *Padre Sérgio* e *Ressurreição*.

Nas passagens finais de *Anna Kariênina*, Liévin, seu protagonista, que faz a figura de um questionador e de um buscador da verdade, chega à desoladora conclusão de nada haver solucionado. Para enfrentar o futuro inescapável, pois até o suicídio lhe é vedado, ele tem por único esteio e consolo a fé de um mujique. A epígrafe de *Anna Kariênina*, extraída da Bíblia, fala em vingança e em retribuição. No entanto, as famílias felizes e as infelizes, que a primeira frase do romance contrapõe em tom taxativo, chegam ao fim do livro com suas diferenças bem mais nuançadas.

A mim pertence a vingança, eu é que retribuirei.
ROMANOS 12,19

PARTE UM

I

Todas as famílias felizes se parecem, cada família infeliz é infeliz à sua maneira.

Tudo era confusão na casa dos Oblónski. A esposa ficara sabendo que o marido mantinha um caso com a ex-governanta francesa e lhe comunicara que não podia viver com ele sob o mesmo teto. Essa situação já durava três dias e era um tormento para os cônjuges, para todos os familiares e para os criados. Todos, familiares e criados, achavam que não fazia sentido morarem os dois juntos e que pessoas reunidas por acaso em qualquer hospedaria estariam mais ligadas entre si do que eles, os familiares e os criados dos Oblónski. A esposa não saía de seus aposentos, o marido não parava em casa havia três dias. As crianças corriam por toda a casa, como que perdidas; a preceptora inglesa se desentendera com a governanta e escrevera um bilhete para uma colega, pedindo que procurasse um outro emprego para ela; o cozinheiro abandonara a casa no dia anterior, na hora do jantar; a ajudante de cozinha e o cocheiro haviam pedido as contas.

No terceiro dia após a briga, o príncipe Stiepan Arcáditch Oblónski — Stiva, como era chamado em sociedade —, na hora de costume, ou seja, às oito da manhã, despertou não no quarto da esposa, mas no seu escritório, num sofá de marroquim. Virou o corpo farto e bem tratado sobre o sofá de molas, como se quisesse de novo dormir demoradamente, abraçou o travesseiro com força, pelo outro lado, e apertou o rosto contra ele; mas, de repente, se ergueu de um salto, sentou-se no sofá e abriu os olhos.

"Sim, sim, como era mesmo?", pensou, lembrando o sonho. "Sim, sim, como era? Sim! Alabin dava um jantar em Darmstadt; não, não era em Darmstadt, mas algo americano. Sim, só que, lá, Darmstadt ficava na América. Sim, Alabin dava um jantar em mesas de vidro, sim — e as mesas cantavam: *Il mio tesoro*, mas não era *Il mio tesoro* e sim alguma coisa melhor, e havia umas garrafinhas que eram mulheres" — lembrava.

Os olhos de Stiepan Arcáditch reluziram, alegres e, sorrindo, pôs-se a pensar. "Sim, foi bom, muito bom. E ainda aconteceram muitas coisas extraordinárias, que não se dizem com palavras e, depois de acordar, não se podem exprimir nem em pensamentos." E, ao notar a faixa de luz que penetrava pela beirada de uma das cortinas de feltro, baixou alegremente seus pés do sofá, procurou com eles os chinelos bordados pela esposa em marroquim dourado (presente de aniversário do ano anterior) e, segundo um antigo hábito de nove anos, sem se levantar, estendeu o braço na direção em que, no seu quarto de dormir, sempre ficava pendurado o roupão. E aí lembrou, de repente, como e por que não estava dormindo no quarto da esposa, mas sim no escritório; o sorriso desapareceu do rosto e ele franziu a testa.

— Ah, ah, ah! Aaah!... — pôs-se a grunhir, lembrando tudo o que acontecera. E sua imaginação de novo reproduziu todos os pormenores da briga com a esposa, o caráter completamente irremediável da situação e, o mais torturante de tudo, sua própria culpa.

"Sim! Ela não perdoará e não pode perdoar. E o mais terrível é que o culpado de tudo sou eu, sou eu o culpado, mas não tenho culpa. Nisto está todo o drama", pensou.

— Ah, ah, ah! — repetiu com desespero, recordando as impressões mais penosas daquela briga.

O mais desagradável fora o primeiro minuto, quando ele, ao voltar do teatro, alegre e satisfeito, com uma enorme pera nas mãos para presentear a esposa, não a encontrou na sala; para sua surpresa, tampouco a encontrou no escritório e por fim foi dar com ela no quarto de dormir, com o maldito bilhete, que tudo revelava, em sua mão.

Ela, a sua Dolly, eternamente preocupada, atarefada e de inteligência curta, como ele a via, estava sentada imóvel com o bilhete na mão e olhava para ele com uma expressão de horror, de desespero e de ira.

— O que é isto? Isto? — perguntou ela, mostrando o bilhete.

E, nessa lembrança, como acontece muitas vezes, o que atormentava Stiepan Arcáditch era menos o fato em si do que a maneira como ele respondeu a essas palavras da mulher.

Aconteceu com ele, nesse momento, o mesmo que ocorre com pessoas surpreendidas em uma circunstância demasiado vergonhosa. Não soube preparar suas feições para a situação em que se viu, diante da esposa, após a revelação de sua culpa. Em lugar de ofender-se, negar, justificar-se, pedir perdão, ou até ficar indiferente — tudo teria sido melhor do que aquilo que fez! —, seu rosto, de modo completamente involuntário ("reflexos cerebrais", pensou Stiepan, que gostava de fisiologia), de modo completamente involuntário, abriu de repente seu sorriso costumeiro, bondoso e, por isso mesmo, tolo.

Esse sorriso tolo, ele não conseguia perdoar-se. Ao ver o sorriso, Dolly estremeceu, como que em razão de uma dor física, prorrompeu, com seu ardor peculiar, numa torrente de palavras brutais e precipitou-se para fora do quarto. Desde então, não queria ver o marido.

"O culpado de tudo foi aquele sorriso idiota", pensava Stiepan Arcáditch.

"Mas o que fazer? O que fazer?", dizia para si mesmo com desespero, e não encontrava resposta.

II

Stiepan Arcáditch era um homem sincero consigo mesmo. Não conseguia enganar-se e persuadir-se de que estava arrependido da sua conduta. Não conseguia, agora, arrepender-se por ele, um homem de trinta e quatro anos, bonito e namorador, não estar enamorado da esposa, mãe de cinco crianças vivas e de duas já mortas, e apenas um ano mais jovem que ele. Arrependia-se apenas de não ter sabido dissimular melhor diante da esposa. Mas sentia toda a gravidade da sua situação e se compadecia da esposa, dos filhos e de si mesmo. Talvez soubesse dissimular melhor seus pecados, diante da esposa, se previsse que a notícia afetaria a ela desse modo. Está claro que nunca pensara sobre a questão, mas lhe parecia, vagamente, que a esposa já adivinhara, desde muito tempo, que ele não era fiel, e fazia vista grossa. Parecia-lhe até que ela, uma mulher esgotada, envelhecida, feia, sem nada de admirável, simples, apenas uma boa mãe de família, deveria, por um sentimento de justiça, mostrar-se indulgente. Deu-se exatamente o contrário.

"Ah, é terrível! Ai, ai, ai! É terrível!", repetia consigo mesmo Stiepan Arcáditch, e nada conseguia imaginar. "E como tudo corria bem até isso acontecer, como vivíamos bem! Ela estava satisfeita, interessada nas crianças, nos assuntos domésticos, como desejava. De fato, foi péssimo ter sido *ela* a governanta em nossa casa. Péssimo! Existe algo de trivial, de vulgar, em um namoro com a própria governanta. Mas que governanta! (Lembrou-se nitidamente dos olhos negros e travessos de Mademoiselle Roland e do seu sorriso.) Mas, afinal, enquanto ela estava em nossa casa, eu não me permitia coisa alguma. O pior de tudo é que ela já... Isso tudo até parece de propósito! Ai, ai, ai! Aiaiai! Mas o que fazer, o quê?"

Não havia resposta, exceto a resposta genérica que a vida sempre dá para as questões mais complicadas e insolúveis. Esta: é preciso viver conforme as necessidades de cada dia, noutras palavras, deixar-se levar. Já era impossível deixar-se levar pelo sono, pelo menos até a noite, já era impossível voltar àquela música que as mulheres-garrafinhas cantavam; portanto, era preciso deixar-se levar pelo sonho da vida.

"Mais adiante, veremos", disse para si mesmo Stiepan Arcáditch e, após se levantar, vestiu um roupão cinzento forrado de seda azul, laçou as borlas com um nó e, depois de inspirar fundo até fartar seu largo tórax, com os habituais passos resolutos das pernas desenvoltas, que transportavam com tamanha leveza seu corpo volumoso, aproximou-se da janela, ergueu a cortina e tilintou a campainha ruidosamente. Ao chamado, acudiu de imediato um velho amigo, o camareiro Matviei, que trouxe a roupa, os sapatos e um telegrama. Atrás de Matviei, entrou também o barbeiro com os apetrechos para fazer a barba.

— Há documentos da repartição? — perguntou Stiepan Arcáditch, pegando o telegrama e sentando-se diante do espelho.

— Sobre a mesa — respondeu Matviei, lançando para o patrão um olhar interrogativo, simpático e, depois de aguardar um pouco, acrescentou com um sorriso ladino: — Veio uma pessoa do serviço de coches de aluguel.

Stiepan Arcáditch nada respondeu e limitou-se a espiar Matviei através do espelho; pelo olhar com que os dois se encontraram no espelho, estava claro que se entendiam. O olhar de Stiepan Arcáditch parecia perguntar: "Para que está dizendo isso? Será que não sabe?".

Matviei pôs as mãos nos bolsos da sua jaqueta, avançou a perna e, em silêncio, com bondade, quase sorrindo, olhou para o patrão.

— Mandei que viessem no domingo e que, até lá, não incomodassem o senhor em vão — explicou, com uma frase, pelo visto, preparada de antemão.

Stiepan Arcáditch compreendeu que Matviei queria gracejar e chamar a atenção para si. Depois de abrir o telegrama, leu até o fim, corrigindo mentalmente as palavras erradas, de sempre, e seu rosto iluminou-se.

— Matviei, minha irmã Anna Arcádievna vai chegar amanhã — falou, detendo por um minuto a mãozinha lustrosa e roliça do barbeiro, que franqueara uma trilha rosada no meio das longas suíças aneladas.

— Graças a Deus — disse Matviei, mostrando com essa resposta compreender, do mesmo modo que o patrão, o significado dessa visita, ou seja, que Anna Arcádievna, a querida irmã de Stiepan Arcáditch, podia ajudar na reconciliação do casal.

— Sozinha ou com o marido? — perguntou Matviei.

Stiepan Arcáditch não podia falar, pois o barbeiro se ocupava do seu lábio superior, e levantou um dedo. Matviei, pelo espelho, acenou com a cabeça.

— Sozinha. Vamos preparar o quarto de cima?

— Avise Dária Aleksándrovna, ela resolverá.

— Dária Aleksándrovna? — repetiu Matviei, como que em dúvida.

— Sim, avise-a. E tome aqui o telegrama, entregue a ela e faça o que ela disser.

"Quer fazer um teste", deduziu Matviei, mas disse apenas:

— Perfeitamente, senhor.

Stiepan Arcáditch já estava lavado e penteado e se preparava para vestir-se quando Matviei, pisando devagar com os sapatos rangentes e segurando o telegrama na mão, voltou para o quarto. O barbeiro já fora embora.

— Dária Aleksándrovna mandou avisar que vai embora. Que ele faça como quiser, ou seja, que o senhor faça como quiser — disse, rindo apenas com os olhos, e, depois de enfiar as mãos nos bolsos e inclinar a cabeça para o lado, cravou os olhos no patrão.

Stiepan Arcáditch permaneceu calado. Depois, um sorriso benévolo e um pouco desolado surgiu no seu belo rosto.

— E agora, Matviei? — indagou, balançando a cabeça.

— Não há de ser nada, senhor, tudo se arranjará.

— Tudo se arranjará?

— Exatamente, senhor.

— Você acha? Quem está aí? — perguntou Stiepan Arcáditch, ao ouvir o barulho de um vestido atrás da porta.

— Sou eu, senhor — respondeu uma voz de mulher, firme e agradável, e, de trás da porta, assomou o rosto severo e bexiguento de Matriona Filimónovna, a babá.

— O que foi, Matriocha? — perguntou Stiepan Arcáditch, saindo ao encontro dela, na porta.

Apesar de Stiepan Arcáditch ser totalmente culpado em relação à esposa e de ele mesmo pensar assim, quase todos na casa, e até a babá, principal aliada de Dária Aleksándrovna, estavam do lado dele.

— O que foi? — disse Stiepan, desalentado.

— Vá falar com ela, patrão, reconheça a sua culpa, de novo. Deus há de ajudar. Ela se atormenta muito e até dá pena de ver, e tudo na casa está em desordem. O senhor precisa ter pena das crianças, patrão. Reconheça sua culpa, patrão. O que fazer? Quem sai na chuva...

— Ela não me receberá...

— O senhor faz a sua parte. Deus é misericordioso, ore para Deus, patrão, Deus é misericordioso.

— Está bem, agora vá — disse Stiepan Arcáditch, corando de repente. — E agora me ajude a me vestir — dirigiu-se a Matviei e, num gesto resoluto, despiu o roupão.

Matviei já segurava a camisa, erguida como os arreios de um cavalo, soprou algum cisco invisível e, com uma evidente satisfação, envolveu nela o corpo bem tratado do patrão.

III

Depois de vestir-se, Stiepan Arcáditch borrifou-se com perfume, ajeitou os punhos da camisa, distribuiu pelos bolsos, com o gesto de costume, os cigarros, a carteira, os fósforos, o relógio de corrente dupla e com berloques e, depois de sacudir o lenço, sentindo-se limpo, perfumado, saudável e fisicamente alegre, a despeito de sua infelicidade, saiu, com as pernas ligeiramente trêmulas, na direção da sala, onde o café já o aguardava e, ao lado do café, cartas e papéis da repartição.

Leu as cartas. Uma delas era muito desagradável — de um comerciante que desejava comprar uma floresta nas propriedades da esposa. Era imprescindível vender a floresta; mas agora, até que houvesse uma reconciliação com a mulher, não se podia falar uma palavra sobre o assunto. O mais desagradável era que, com isso, se misturava um interesse pecuniário à questão urgente da sua reconciliação com a esposa. E a ideia de que ele poderia guiar-se por tal interesse, de que em nome da venda dessa floresta ele procuraria a reconciliação com a esposa — essa ideia o ofendia.

Encerrada a leitura das cartas, Stiepan Arcáditch puxou para si os papéis da repartição, folheou rapidamente dois processos, fez algumas anotações com um lápis grande e, depois de pôr de lado os processos, ocupou-se com o café; durante o café, desdobrou o jornal matutino, ainda úmido de tinta, e começou a ler.

Stiepan Arcáditch comprava e lia um jornal liberal, não em excesso, mas daquela tendência seguida pela maioria. E apesar de nem a ciência, nem a arte, nem a política o interessarem em especial, ele sustentava com firmeza, em todos esses assuntos, as opiniões seguidas pela maioria e pelo seu jornal, e só as modificava quando a maioria também as modificava ou, melhor dizendo, ele não as modificava, mas eram elas mesmas que se modificavam nele, de forma imperceptível.

Stiepan Arcáditch não escolhia nem as tendências nem as opiniões, eram antes as tendências e opiniões que vinham a ele, assim como não escolhia o modelo do chapéu ou da sobrecasaca, mas adotava o que os outros vestiam. E, para ele, que vivia num ambiente social em que a necessidade de alguma atividade intelectual se desenvolvia, de hábito, na idade madura, ter opiniões era tão indispensável quanto ter chapéu. Se existia uma razão para preferir a tendência liberal à conservadora, defendida também por muitos de seu círculo, não residia no fato de ele julgar a tendência liberal mais razoável, mas sim de estar mais próxima do seu modo de viver. O partido liberal dizia que na Rússia tudo andava mal e, de fato, Stiepan Arcáditch tinha muitas dívidas, e o dinheiro, decididamente, era escasso. O partido liberal dizia que o casamento era uma instituição caduca e que era imprescindível reformulá-lo e, de fato, a vida familiar proporcionava poucas satisfações a Stiepan Arcáditch e o obrigava a mentir e a dissimular, o que tanto repugnava à sua natureza. O partido liberal dizia, ou melhor, dava a entender, que a religião não passava de um freio para a parte bárbara da população e, de fato, Stiepan Arcáditch não conseguia suportar sem dor nos pés nem um breve *Te Deum* e não conseguia compreender para que todas aquelas palavras terríveis e bombásticas sobre o outro mundo quando, neste mundo, viver poderia ser tão alegre. Além disso, Stiepan Arcáditch, que adorava brincadeiras divertidas, gostava de às vezes escandalizar pessoas pacatas dizendo que, se elas se orgulhavam tanto de sua origem, não deviam deter-se em Riúrik[1] e renegar o primeiro fundador — o macaco. Assim, a tendência liberal tornou-se um hábito para Stiepan Arcáditch, e ele gostava do seu jornal, como do charuto após o jantar, em razão da leve bruma que produzia em sua cabeça. Leu o editorial que explicava como, em nossa época, é totalmente inútil clamar que o radicalismo está ameaçando tragar todos os elementos conservadores e que o governo tem o dever de tomar medidas para esmagar a hidra da revolução, quando, ao contrário, "na nossa opinião, o perigo jaz não em uma imaginária hidra da revolução, mas na persistência do tradicionalismo, que trava o progresso" etc. Leu também um outro artigo, sobre finanças, em que se mencionavam Bentham e Mill e se davam agudas alfinetadas no ministério. Com a rapidez de compreensão que lhe era peculiar, entendia o significado de todas as alfinetadas: de quem, para quem e por que motivo foram lançadas, e isso, como sempre, lhe dava certo prazer. Mas, hoje, esse prazer fora envenenado pela lembrança dos conselhos de Matriona Filimónovna e por andar tudo tão mal em sua casa. Leu também que o conde Beist, pelo que diziam, partira para Wiesbaden, e que não era mais preciso ter cabelos brancos, e que havia uma carruagem ligeira à venda, e que uma pessoa jovem oferecia seus serviços; mas essas notícias não lhe deram, como antes, um prazer sereno, irônico.

Terminados o jornal, a segunda xícara de café e o pãozinho com manteiga, levantou-se, sacudiu do colete as migalhas do pãozinho e, aprumando o peito largo, sorriu radiante, não porque houvesse no seu espírito algo especialmente agradável — o sorriso radiante tinha origem na boa digestão.

Mas esse sorriso radiante trouxe tudo à sua memória, imediatamente, e ele se pôs a refletir.

Duas vozes de criança soaram atrás da porta (Stiepan Arcáditch reconheceu a voz de Gricha, o filho menor, e a voz de Tânia, a filha mais velha). Puxavam alguma coisa e a deixaram cair.

— Eu disse que os passageiros não podem sentar no telhado — gritou a menina, em inglês. — Agora apanhe!

"Tudo está em desordem", pensou Stiepan Arcáditch, "as crianças andam à solta, sozinhas." E, aproximando-se da porta, chamou-as com um grito. Os dois abandonaram o porta-joias, que fazia as vezes de um trem, e vieram ao encontro do pai.

---

1 Riúrik, morto em 879, líder de um grupo de guerreiros escandinavos, é considerado o fundador da Rússia. Seus herdeiros governaram até 1598. [Esta e as demais notas são do tradutor.]

A menina, sua favorita, entrou correndo sem hesitar, abraçou-o e, rindo, pendurou-se no seu pescoço, como sempre, deliciando-se com o perfume conhecido, que se propagava de suas suíças. Depois de o beijar, enfim, no rosto radiante de ternura e avermelhado por causa da posição inclinada, a menina soltou as mãos e quis correr para trás; mas o pai a segurou...

— E a mamãe? — perguntou ele, passando a mão no pescocinho liso e delicado da filha. — Bom dia — falou, sorrindo, para o menino que viera cumprimentá-lo.

Reconhecia gostar menos do menino e sempre tentava ser imparcial; mas o menino percebia isso e não respondeu com um sorriso ao frio sorriso do pai.

— Mamãe? Já levantou — respondeu a menina.

Stiepan Arcáditch suspirou. "Quer dizer que, mais uma vez, passou a noite inteira sem dormir", pensou ele.

— Mas ela está alegre?

A menina sabia que os pais haviam brigado, que a mãe não podia estar alegre, que o pai devia saber disso e que ele dissimulava, ao indagar de forma tão despreocupada. A menina ruborizou-se por causa do pai. Ele compreendeu no mesmo instante e também ruborizou-se.

— Não sei — respondeu. — Ela não mandou ir estudar, mas dar um passeio com Miss Hull, até a casa da vovó.

— Muito bem, então vá, minha Tantchúrotchka. Ah, espere — disse ele, no entanto, segurando e afagando a delicada mãozinha da menina.

Pegou uma caixinha de bombons em cima da lareira, onde a pusera no dia anterior, escolheu um de chocolate e um de creme, os prediletos da filha, e deu a ela.

— Para o Gricha? — perguntou a menina, apontando para o de chocolate.

— Sim, sim. — E depois de afagar mais uma vez os ombrinhos da filha, beijou-a na raiz dos cabelos, no pescoço e soltou-a.

— A carruagem está pronta — disse Matviei. — Uma mulher quer vê-lo — acrescentou ele.

— Está aí há muito tempo? — perguntou Stiepan Arcáditch.

— Meia horinha.

— Quantas vezes já mandei você me avisar imediatamente!

— Era preciso esperar que o senhor pelo menos terminasse o café — disse Matviei, naquele tom amistoso e sem cerimônia, com o qual era impossível zangar-se.

— Pois bem, mande logo entrar — disse Oblónski, franzindo o rosto de irritação.

A requerente, a esposa do capitão Kalínin, pedia algo impossível e despropositado; mas Stiepan Arcáditch, como era seu costume, a fez sentar-se, escutou com atenção e sem interromper, deu-lhe um conselho pormenorizado, disse a quem e como dirigir-se, e até, com a sua letra graúda, alongada, bonita e clara, redigiu, com presteza e capricho, um bilhete para a pessoa que podia ajudá-la. Depois que ela se foi, Stiepan Arcáditch pegou o chapéu e deteve-se, pensando se não esquecera nada. Verificou-se que nada havia esquecido, além daquilo que desejava esquecer — a esposa.

"Ah, sim!", baixou a cabeça e seu belo rosto tomou uma expressão melancólica. "Ir ou não ir?" — perguntou a si mesmo. E uma voz interior lhe disse que era desnecessário ir, que nada poderia resultar, senão falsidade, que era impossível pôr em ordem, reparar as relações entre eles, pois era impossível torná-la de novo atraente e estimulante ao amor, ou transformá-lo num velho, incapaz de amar. Além de falsidade e mentira, nada agora poderia resultar dali; e falsidade e mentira repugnavam à sua natureza.

"No entanto, mais cedo ou mais tarde, será preciso; afinal, isso não pode continuar assim", disse ele, tentando encorajar-se. Aprumou o peito, pegou um cigarro, pôs-se a fumar, deu duas baforadas, jogou-o no cinzeiro de madrepérola, atravessou a sala escura com passos ligeiros e abriu uma outra porta, para o quarto da esposa.

IV

Dária Aleksándrovna, de blusa, com as tranças presas na nuca por grampos, em seus cabelos outrora fartos e bonitos, mas agora ralos, com o rosto magro e encovado e os olhos grandes e assustados que sobressaíam na face macilenta, estava de pé no meio de objetos espalhados pelo quarto, diante do guarda-roupa aberto, do qual retirava alguma coisa. Ao ouvir os passos do marido, parou, olhou para a porta e em vão tentou dar ao rosto uma expressão severa e desdenhosa. Sentia que o temia e que temia a conversa iminente. Naquele momento, tentava fazer o que já tentara dez vezes, naqueles três dias: recolher as suas coisas e as das crianças, a fim de levar para a casa da mãe — e de novo não conseguia decidir-se a fazê-lo; mas também agora, como na vez anterior, ela se dizia que aquilo não poderia continuar, que era preciso tomar uma atitude, castigá-lo, envergonhá-lo, vingar-se de pelo menos uma pequena parte da dor que ele lhe causara. Ainda declarava que o deixaria, mas sentia que era impossível; impossível porque não conseguia perder o hábito de considerá-lo seu marido e de amá-lo. Além do mais, sentia que se ali, em sua casa, mal conseguia tomar conta de seus cinco filhos, haveria de ser ainda pior aonde quer que fosse com todos eles. De fato, nesses três dias, o caçula adoecera por causa de um caldo de carne estragado e os outros quase ficaram sem jantar, no dia anterior. Ela sentia que era impossível ir embora; mas, enganando a si mesma, recolhia suas coisas e simulava que ia partir.

Ao ver o marido, enfiou a mão em uma gaveta do guarda-roupa, como se procurasse alguma coisa, e só olhou para trás quando ele já chegara bem perto. Mas seu rosto, ao qual ela queria dar uma expressão severa e decidida, exprimia consternação e sofrimento.

— Dolly! — disse ele, com voz suave e acanhada. Tinha a cabeça encolhida entre os ombros e queria exibir um aspecto resignado e digno de pena, no entanto irradiava frescor e saúde.

Num relance, ela avaliou da cabeça aos pés sua figura cheia de frescor e de saúde. "Sim, está feliz e satisfeito!", pensou. "Mas e eu?! E essa benevolência repugnante, pela qual todos o adoram e o elogiam; odeio essa benevolência", pensou ela. A boca se contraiu, os músculos da face começaram a tremer no lado direito do rosto pálido e nervoso.

— O que o senhor deseja? — disse, com uma voz rápida e profunda, que não era a sua.

— Dolly! — repetiu, com um tremor na voz. — Anna virá hoje.

— E o que tenho a ver com isso? Não posso recebê-la! — exclamou.

— Mas é preciso, Dolly...

— Saia, saia, saia daqui! — gritou, sem olhar para ele, como se o grito fosse causado por uma dor física.

Enquanto apenas pensava na esposa, Stiepan Arcáditch pôde se manter calmo, pôde ter esperança de que tudo se arranjaria, nas palavras de Matviei, e pôde ler tranquilamente seu jornal e tomar seu café; mas quando viu o rosto agoniado e sofrido da mulher, quando ouviu aquele tom de voz, submisso ao destino e desesperado, sentiu-se sufocar, algo subiu à sua garganta e os olhos começaram a brilhar de lágrimas.

— Meu Deus, o que fiz! Dolly! Pelo amor de Deus! Afinal... — Não conseguiu continuar, um soluço ficou em suspenso na garganta.

Ela fechou o guarda-roupa com estrondo e fitou-o.

— Dolly, o que posso dizer?... Apenas: perdoe, perdoe... Pense bem, será que nove anos de vida não podem redimir uns minutos, uns minutos...

Ela baixou os olhos e ouviu o que o marido dizia, esperando, como que implorando, que ele a fizesse mudar de ideia.

— Uns minutos... uns minutos de paixão... — disse ele, e quis continuar, mas, ao ouvir essa palavra, como que por efeito de uma dor física, de novo se contraíram os lábios da mulher e, mais uma vez, começaram a tremer os músculos do lado direito da face.

— Saia, saia daqui! — gritou ela, com voz ainda mais esganiçada. — E não me venha falar de suas paixões, de suas indecências!

Ela quis sair, mas cambaleou e segurou-se nas costas da cadeira para apoiar-se. O rosto do marido dilatou-se, os lábios incharam, os olhos encheram-se de lágrimas.

— Dolly! — disse, já soluçando. — Pelo amor de Deus, pense nas crianças, elas não são culpadas. O culpado sou eu, castigue-me, faça-me expiar minha culpa. Posso fazer qualquer coisa, estou preparado para tudo! Sou culpado, não há palavras que expressem o quanto sou culpado! Mas, Dolly, perdoe!

Ela sentou. Ele ouvia a respiração pesada e profunda da mulher e sentiu uma compaixão indescritível. Por várias vezes, Dolly quis começar a falar, mas não conseguiu. Ele esperava.

— Você só se lembra das crianças para brincar com elas, mas eu me lembro sempre e sei que agora estão perdidas — falou, pelo visto, uma das frases que, nos últimos três dias, vinha dizendo muitas vezes para si mesma.

Tratara o marido por "você" e ele a olhou com gratidão, e moveu-se a fim de segurar sua mão, mas ela, com repugnância, afastou-se.

— Eu penso nas crianças e por isso faria qualquer coisa no mundo para salvá-las; mas eu mesma não sei como salvá-las: devo separá-las do próprio pai ou devo deixá-las com um pai depravado?... Mas, diga-me, depois disso... que aconteceu, será possível vivermos juntos? Será possível? Diga-me, será possível? — repetiu, elevando a voz. — Depois de o meu marido, o pai de meus filhos, ter um caso amoroso com a governanta dos próprios filhos...

— Mas o que fazer? O que fazer? — disse ele, com voz de lamento, sem saber o que ele mesmo dizia e baixando cada vez mais a cabeça.

— O senhor me dá nojo, é asqueroso! — gritou, cada vez mais exaltada. — Suas lágrimas são de água! O senhor nunca me amou; não tem coração, nem dignidade! Para mim, o senhor é detestável, nojento, é um estranho, sim, um estranho! — Com dor e raiva, pronunciou esta palavra, para ela, pavorosa: estranho.

Stiepan olhou para a esposa e a raiva expressa em seu rosto deixou-o assustado e surpreso. Não percebia que sua piedade a irritava. No marido, ela via compaixão, e não amor. "Não, ela me odeia, não vai perdoar", pensou.

— Isto é horrível! Horrível! — exclamou ele.

Nesse momento, no quarto vizinho, uma criança começou a gritar, na certa depois de um tombo; Dária Aleksándrovna pôs-se a ouvir com atenção e seu rosto, de repente, se suavizou.

Pareceu retomar o domínio de si mesma por alguns segundos, como se desconhecesse onde estava e o que fazia e, depois de levantar-se ligeiro, dirigiu-se para a porta.

"Afinal, ela ama o meu filho", refletiu Stiepan, ao notar a transformação do rosto da mulher, ao grito da criança, "o meu filho; como pode me odiar?"

— Dolly, só mais uma palavra — disse, caminhando na sua direção.

— Se o senhor vier atrás de mim, vou chamar os criados, as crianças! Para que todos saibam que o senhor é um canalha! Vou-me embora hoje mesmo e o senhor poderá viver aqui com a sua amante!

E saiu, batendo a porta.

Stiepan Arcáditch suspirou, enxugou o rosto e, com passos vagarosos, tomou a direção da porta. "Matviei diz: tudo se arranjará; mas como? Não vejo a menor possibilidade. Ah, ah, que horror! E que maneira vulgar de gritar", disse para si mesmo, lembrando o grito e as palavras da esposa; canalha e amante. "Talvez as criadas tenham ouvido! Que coisa horrivelmente vulgar!" Stiepan Arcáditch ficou sozinho por alguns segundos, enxugou os olhos, suspirou e, depois de aprumar o peito, saiu do quarto.

Era sexta-feira e, na sala de jantar, o relojoeiro alemão dava corda no relógio. Stiepan Arcáditch recordou uma brincadeira que fizera a respeito desse relojoeiro calvo e pontual, quando dissera que "tinham dado corda no alemão para ele, a vida inteira, dar corda nos relógios" — e sorriu. Stiepan Arcáditch gostava de um bom gracejo. "Mas, quem sabe, tudo se arranjará? Expressãozinha boa, esta: se arranjará", pensou. "Tenho de usá-la."

— Matviei! — gritou. — Prepare tudo, com Mária, para acomodar Anna Arcádievna na saleta — ordenou, quando Matviei apareceu.

— Perfeitamente.

Stiepan Arcáditch vestiu uma peliça e saiu para a varanda.

— Não virá jantar em casa? — perguntou Matviei, que o acompanhava.

— Depende. Tome aqui para as despesas — disse ele, retirando dez rublos da carteira. — Será o bastante?

— Bastante ou não, parece que temos de nos contentar com isso — respondeu Matviei, batendo a porta e se retirando da varanda.

Dária Aleksándrovna, enquanto isso, havia acalmado a criança e, depois de deduzir, pelo rumor da carruagem, que ele havia partido, voltou para o quarto. Era o seu único refúgio contra os afazeres domésticos, que logo a cercavam no instante em que saía. Ainda agora mesmo, no momento em que fora ao quarto das crianças, a inglesa e Matriona Filimónovna tiveram tempo de lhe fazer várias perguntas urgentes e às quais só ela podia responder: Como deviam vestir as crianças para o passeio? Vão tomar leite? Não era melhor chamar outro cozinheiro?

— Ah, me deixem, me deixem em paz! — disse ela e, de volta ao quarto, sentou-se no mesmo lugar onde havia conversado com o marido, apertou as mãos emagrecidas, com anéis que se soltavam dos dedos descarnados, e se pôs a recordar a conversa inteira. "Foi embora! Mas terá terminado com ela?", pensou. "Será que não foi vê-la? Por que não lhe perguntei? Não, não, a reconciliação é impossível. Se permanecermos na mesma casa, seremos dois estranhos. Estranhos para sempre!" — repetiu mais uma vez, com uma ênfase especial, essa palavra tão horrível para ela. "E como eu amava, meu Deus, como eu o amava!... Como eu amava! E agora será que não o amo? Não o amo ainda mais do que antes? O mais horrível de tudo...” — começou, mas não concluiu o pensamento, porque Matriona Filimónovna surgiu na porta.

— A senhora podia mandar vir o meu irmão — disse. — Ele pode preparar o jantar; senão as crianças vão ficar até as seis horas sem comer, como ontem.

— Está bem, já vou sair e dar as ordens. Já mandaram comprar leite fresco?

E Dária Aleksándrovna mergulhou nos afazeres do dia e neles afogou seu desgosto, por um tempo.

V

Stiepan Arcáditch, graças à sua inteligência, aprendera com facilidade na escola, mas era preguiçoso e travesso e por isso ficara entre os últimos alunos; no entanto, apesar de sua vida sempre desregrada, de seu posto inferior na escala funcional e da sua idade ainda jovem, ele ocupava o honroso e bem remunerado cargo de chefe em uma das repartições de Moscou. Conseguira a nomeação por intermédio do marido de Anna, sua irmã, Aleksei Aleksándrovitch Kariênin, que ocupava um dos cargos mais importantes no ministério a que pertencia a repartição; mas se Kariênin não houvesse nomeado o cunhado para esse posto, Stiva Oblónski, por meio de uma centena de outras pessoas, dos irmãos, das irmãs, de parentes, de primos, de tios, de tias, teria conseguido esse posto ou outro semelhante, com um salário de seis mil rublos, que lhe eram indispensáveis, pois os seus negócios, apesar da fortuna considerável da esposa, estavam em condição precária.

A metade de Moscou e de São Petersburgo era formada por parentes e amigos de Stiepan Arcáditch. Ele nascera entre pessoas que eram ou passaram a ser os poderosos deste mundo. A terça parte dos funcionários do Estado, os velhos, eram amigos do seu pai e o haviam conhecido ainda de fraldas; uma outra terça parte o tratava por “você” e a última terça parte era formada por bons conhecidos seus; portanto, aqueles que distribuíam as benesses da terra em forma de empregos públicos, arrendamentos, concessões e coisas semelhantes eram todos amigos dele e não podiam abandonar um dos seus; Oblónski nem precisou esforçar-se muito para obter um cargo vantajoso; bastou não fazer objeções, não se mostrar invejoso, não discutir, não se ofender, coisas que ele, em virtude da sua benevolência peculiar, nunca fazia. Acharia graça se lhe dissessem que não ia conseguir um emprego com o salário de que necessitava, ainda mais porque ele não pedia nada de extraordinário; queria apenas o mesmo que recebiam os homens da sua idade e podia cumprir aquela função tão bem quanto qualquer outro.

Amavam Stiepan Arcáditch não só todos os que o conheciam por seu caráter benévolo e alegre e por sua incontestável honestidade, como também, em sua aparência bela e radiosa, nos olhos cintilantes, nas sobrancelhas e nos cabelos negros, na brancura e no rubor do rosto, havia algo físico que produzia um efeito amistoso e alegre em todos os que o encontravam. "Aha! Stiva! Oblónski! Aí está ele!" — exclamavam quase sempre com um sorriso de satisfação, ao encontrá-lo. E se alguma vez, após uma conversa com ele, tinha-se a impressão de que nada de especialmente divertido acontecera, ao encontrá-lo no dia seguinte, ou dois dias depois, novamente todos se alegravam do mesmo modo.

Ocupando havia três anos o posto de chefe de uma das repartições de Moscou, Stiepan Arcáditch tinha angariado não só o afeto, mas também o respeito dos colegas, dos subordinados, dos chefes e de todos os que tinham contato com ele. As principais qualidades de Stiepan Arcáditch, que o tornaram merecedor do respeito geral no trabalho, eram, em primeiro lugar, uma extraordinária boa vontade com as pessoas, amparada na consciência de seus próprios defeitos; em segundo lugar, um perfeito liberalismo, não do tipo sobre o qual lia nos jornais, mas aquele que trazia no sangue e graças ao qual tratava com perfeita paridade e igualdade todas as pessoas, qualquer que fosse sua condição e seu posto; e, em terceiro lugar — o mais importante de tudo —, uma completa indiferença com relação aos assuntos de que se ocupava no trabalho, razão pela qual jamais se deixava entusiasmar e não cometia erros.

Depois de chegar ao seu local de trabalho, Stiepan Arcáditch, acompanhado por um porteiro reverente e com uma pasta de documentos, dirigiu-se ao seu pequeno gabinete, vestiu o uniforme e entrou na repartição. Todos os escrivães e funcionários se levantaram, saudando-o com uma alegre e respeitosa inclinação de cabeça. Stiepan Arcáditch, apressadamente, como sempre, dirigiu-se ao seu lugar, apertou as mãos dos funcionários da repartição e sentou-se. Gracejou e falou exatamente o quanto convinha e começou a trabalhar. Ninguém sabia, de forma mais justa do que Stiepan Arcáditch, manter-se na fronteira entre a liberdade, a simplicidade e a formalidade, indispensável para o agradável desempenho de suas funções. O secretário, alegre e respeitoso, como eram todos na repartição com Stiepan Arcáditch, aproximou-se com papéis e declarou, no tom familiar e liberal introduzido ali por Stiepan Arcáditch:

— Conseguimos obter aquelas informações do governo da província de Pienza. Aqui está, tenha a bondade, senhor...

— Recebemos, enfim? — disse Stiepan Arcáditch, pondo o dedo na folha de papel. — Puxa, meu Deus... — E teve início o trabalho da repartição.

"Se soubessem", pensou ele, com feições graves na cabeça inclinada, enquanto lia o documento, "que meia hora atrás o seu chefe não passava de um garoto culpado!" E os olhos riam durante a leitura do documento. O trabalho deveria prosseguir sem interrupção até as duas horas, quando haveria uma pausa para o almoço.

Ainda não eram duas horas quando as grandes portas de vidro da sala da repartição se abriram de repente e alguém entrou. Todos os funcionários, abaixo do retrato do tsar e atrás do espelho da justiça,[2] alegres com aquela distração, voltaram os olhos para a porta; mas o guarda, postado junto à entrada, tratou imediatamente de expulsar o intruso e fechou atrás dele a porta de vidro.

Quando a leitura do processo terminou, Stiepan Arcáditch levantou-se, espreguiçou-se e, em honra aos tempos liberais, tirou um cigarro do bolso em plena repartição e seguiu para o seu gabinete. Dois companheiros, o veterano Nikítin e o camareiro da corte Griniêvitch, saíram com ele.

— Depois do almoço, teremos tempo para terminar — disse Stiepan Arcáditch.

— Tempo de sobra! — disse Nikítin.

— Que grandessíssimo velhaco deve ser esse tal de Fomin — comentou Griniêvitch, referindo-se a um dos personagens do caso que os ocupava.

Stiepan Arcáditch fez uma careta a essas palavras de Griniêvitch, dando a entender, desse modo, que não convinha formar um juízo prematuramente, e nada respondeu.

— Quem era aquele que entrou? — perguntou para o veterano.

— Ele, vossa excelência, penetrou sem pedir licença, assim que virei as costas. Perguntava pelo senhor. Eu disse a ele: na hora em que os funcionários saírem, aí então...

— Onde está ele?

— Na certa saiu para o saguão, mas lá vem ele ali. É o mesmo — disse o veterano, apontando para um homem de ombros largos, compleição vigorosa e barba crespa, o qual, sem tirar o gorro de pele de carneiro, galgava com rapidez e facilidade os gastos degraus da escada de pedra. Um dos funcionários que desciam com pastas de documentos, um homem magro, depois de se deter por um momento, olhou de modo desaprovador para os pés do homem que corria e, em seguida, fitou Oblónski com ar interrogativo.

Stiepan Arcáditch estava no alto da escada. Seu rosto bondoso e radiante, por trás da gola bordada do uniforme, brilhou mais ainda quando reconheceu o homem que vinha às pressas.

---

2 Prisma triangular de vidro, de uso obrigatório nas repartições públicas russas, onde estavam reproduzidos três decretos de Pedro, o Grande, relativos à justiça e aos direitos do cidadão.

— Ora essa! Liévin, enfim! — exclamou, com um sorriso amigável e jocoso, mirando Liévin, que se aproximava. — Como não sentiu repugnância de vir me encontrar neste antro? — disse Stiepan Arcáditch, sem se contentar com o aperto de mão e beijando a face do amigo. — Está aqui há muito tempo?

— Cheguei agora mesmo e precisava muito ver você — respondeu Liévin, tímido, mas, ao mesmo tempo, zangado e olhando em redor com agitação.

— Pois bem, vamos ao meu gabinete — disse Stiepan Arcáditch, que conhecia a exasperada e orgulhosa timidez do amigo; e, depois de segurá-lo pelo braço, arrastou-o atrás de si, como se o conduzisse em meio a perigos.

Stiepan Arcáditch era tratado de "você" por quase todos os seus conhecidos: velhos de sessenta anos, jovens de vinte, atores, ministros, comerciantes e generais, de tal modo que muitos que o tratavam por "você" se situavam nos dois extremos da escala social e ficariam bastante surpresos se soubessem que, por intermédio de Oblónski, tinham algo em comum. Tratavam-no de "você" todos aqueles com quem bebia champanhe, mas ele bebia champanhe com todos, e assim, ao encontrar, em presença de subordinados, os seus "vocês" desonrosos, como chamava de brincadeira a muitos de seus amigos, ele, com o tato que lhe era peculiar, conseguia atenuar qualquer impressão desagradável nos subordinados. Liévin não pertencia aos "vocês" desonrosos, mas Oblónski, com o seu tato, percebia que Liévin imaginava que ele, diante de subordinados, talvez não desejasse manifestar a familiaridade que havia entre ambos e por isso apressou-se a levá-lo para o seu gabinete.

Liévin tinha quase a mesma idade que Oblónski e o tratava de "você" não por beberem champanhe juntos. Liévin era seu companheiro e amigo desde o início da juventude. Gostavam um do outro, a despeito das diferenças de caráter e de gosto, como se estimam os amigos que se conheceram ainda no início da juventude. Mas, apesar disso, como não raro ocorre entre pessoas que elegeram diferentes áreas de atividade, cada um deles, embora acatasse e justificasse a profissão do outro, no íntimo a desprezava. Parecia, a cada um, que a vida que ele mesmo levava era a vida autêntica e a vida do amigo não passava de uma miragem. Oblónski não conseguia reprimir um leve sorriso zombeteiro ao ver Liévin. Quantas vezes já o vira chegar a Moscou, vindo do interior, onde fazia alguma coisa, mas o que era exatamente, Stiepan Arcáditch jamais conseguia compreender direito, e isso tampouco o interessava. Liévin sempre chegava a Moscou agitado, afoito, um pouco constrangido e irritado com esse constrangimento e, na maioria das vezes, tinha um modo de ver as coisas inteiramente novo e inesperado. Stiepan Arcáditch ria e gostava disso. Da mesma forma, Liévin, no fundo, desdenhava o modo urbano de vida do amigo e o seu trabalho, que considerava uma bobagem, e ria dele. Mas a diferença residia em que Oblónski, fazendo o que todos fazem, ria de maneira confiante e compreensiva, ao passo que Liévin não se sentia seguro e às vezes se exasperava.

— Há muito tempo que o aguardávamos — disse Stiepan Arcáditch, ao entrar no gabinete, depois de soltar o braço de Liévin, como se com isso mostrasse que ali os perigos haviam cessado. — Estou muito, muito feliz em vê-lo — prosseguiu. — Mas o que houve? Como e quando chegou?

Liévin nada respondeu, olhando de relance para os rostos desconhecidos dos dois colegas de Oblónski e, em especial, para a mão do elegante Griniêvitch, com dedos tão brancos e longos, unhas tão compridas, amarelas e recurvadas na ponta, e abotoaduras tão grandes e reluzentes nos punhos da camisa, que aquelas mãos pareceram absorver toda a sua atenção e privaram-no da liberdade de pensamento. Oblónski notou isso imediatamente e sorriu.

— Ah, sim, permita que eu os apresente — disse ele. — Meus colegas: Filip Ivánitch Nikítin, Mikhail Stanislávitch Griniêvitch. — E, voltando-se para Liévin: — Um membro atuante do *ziemstvo*,[3] um novo membro, um atleta capaz de erguer cinco *puds*[4] com uma das mãos, criador de gado, caçador e meu amigo, Konstantin Dmítritch Liévin, irmão de Serguei Ivánitch Kóznichev.

— Muito prazer — disse o veterano.

— Tenho a honra de conhecer o irmão do senhor, Serguei Ivánitch — disse Griniêvitch, oferecendo sua mão fina, com dedos compridos.

Liévin franziu o rosto, apertou friamente a mão e virou-se depressa para Oblónski. Embora tivesse grande respeito por seu meio-irmão, escritor famoso em toda a Rússia, Liévin agora não conseguia tolerar quando se dirigiam a ele não como Konstantin Liévin, mas como o irmão do célebre Kóznichev.

— Não, já não sou membro do *ziemstvo*. Briguei com todos e não vou mais às reuniões — explicou para Oblónski.

— Tão cedo? — disse Oblónski, com um sorriso. — Mas como? Por quê?

— É uma história comprida. Contarei em outro dia — respondeu Liévin, mas passou a contar no mesmo instante. — Pois bem, em resumo, eu me convenci de que o *ziemstvo* nada faz, nem pode fazer — pôs-se a falar como se alguém o tivesse ofendido. — De um lado, é uma brincadeira, brincam de parlamento, e não sou jovem o bastante, nem velho o bastante, para distrair-me com brinquedos; de outro lado, (hesitou) é um meio para a *coterie* provincial ganhar um dinheirinho. Antes,

---

3 Os *ziemstvos* eram conselhos rurais criados em 1864, no bojo das reformas modernizadoras de Alexandre II. Seus membros eram eleitos entre os nobres proprietários de terras.

4 *Pud*: antiga medida de peso russa, equivalente a 16,3 kg.

havia as tutelas, os tribunais, e agora temos o *ziemstvo*; antes, eram os subornos e, agora, são os salários imerecidos — disse com ardor, como se alguém entre os presentes houvesse contestado sua opinião.

— Ah! Então, pelo que vejo, você está de novo em uma nova fase, e dessa vez, conservadora — disse Stiepan Arcáditch. — Mas deixemos isso para depois.

— Sim, depois. Só que eu precisava falar com você — disse Liévin, espiando com ódio a mão de Griniêvitch.

Stiepan Arcáditch sorriu de modo quase imperceptível.

— Mas você não tinha dito que nunca mais vestiria roupas europeias? — perguntou, observando sua nova indumentária, de corte nitidamente francês. — Ah! Já entendi: a nova fase.

Liévin ruborizou-se, de repente, porém não como se ruborizam as pessoas adultas — de leve, sem que elas mesmas percebam —, mas sim como os meninos, que se sentem ridículos por seu acanhamento e, em consequência, envergonham-se e ruborizam-se ainda mais, quase até as lágrimas. Era tão penoso olhar aquele rosto inteligente e másculo numa situação tão infantil que Oblónski desviou os olhos.

— Sim, mas onde nos encontraremos? Pois preciso muito, muito mesmo, conversar com você — disse Liévin.

Oblónski pareceu refletir:

— Façamos o seguinte: vamos almoçar no Gúrin e lá conversaremos. Estou livre até as três horas.

— Não — respondeu Liévin, depois de pensar. — Tenho de ir a um outro lugar.

— Pois bem, vamos jantar juntos.

— Jantar? Mas não se trata de nada demais, só preciso dizer duas palavrinhas, perguntar uma coisa, e mais tarde conversaremos à vontade.

— Então me diga agora mesmo essas duas palavrinhas e durante o jantar conversaremos.

— Bem, trata-se do seguinte — disse Liévin —, mas na verdade não é nada de importante.

Seu rosto, de repente, tomou uma expressão raivosa, causada pelo esforço de superar o seu acanhamento.

— O que fazem os Cherbátski? O mesmo de antes? — disse ele.

Stiepan Arcáditch, ciente havia muito de que Liévin estava apaixonado pela sua cunhada Kitty, sorriu de modo quase imperceptível e seus olhos cintilaram alegremente.

— Duas palavrinhas, você disse, mas eu não posso responder a essas duas palavrinhas porque... Perdoe-me por um minuto...

O secretário entrou com uma deferência familiar e com aquela discreta consciência, generalizada entre os secretários, da sua superioridade em relação ao chefe no tocante ao conhecimento dos assuntos do serviço, aproximou-se de Oblónski, com papéis na mão e, sob o pretexto de fazer uma pergunta, passou a explicar alguma dificuldade. Stiepan Arcáditch, sem escutar até o fim, pôs sua mão afável na manga do secretário.

— Não, o senhor faça conforme eu lhe disse — interrompeu ele, com um sorriso para amenizar sua objeção e, depois de explicar de forma concisa o seu modo de ver a questão, afastou os papéis e disse: — Faça assim. Por favor, desse modo, Zakhar Nikítin.

O secretário, embaraçado, retirou-se. Liévin, que no decorrer da consulta do secretário se refizera completamente de seu constrangimento, estava de pé, apoiava-se na cadeira com as duas mãos e, no rosto, tinha uma atenção irônica.

— Não entendo, não entendo — disse ele.

— Não entende o quê? — perguntou Oblónski, sorrindo alegremente e retirando um cigarro do bolso. Esperava de Liévin alguma extravagância.

— Não entendo o que vocês fazem — disse Liévin, encolhendo os ombros. — Como você consegue levar isso a sério?

— Por quê?

— Porque não leva a nada.

— É o que você pensa, mas nós estamos sobrecarregados de serviço.

— Papelada. Mas você tem um dom para isso — acrescentou Liévin.

— Quer dizer que, na sua opinião, tenho um defeito?

— Talvez sim — respondeu Liévin. — Apesar disso, admiro o seu posto elevado e me orgulho de ter por amigo um homem tão importante. Entretanto você não respondeu minha pergunta — acrescentou, com um esforço desesperado, mirando de frente os olhos de Oblónski.

— Calma, calma. Espere um pouco que você vai chegar lá. Afinal, você possui três mil dessiatinas[5] de terra no distrito de Karazínski, e esses músculos, e esse frescor de uma menina de doze anos, você há de ser um de nós. Sim, e quanto àquilo que perguntou: não houve mudanças, mas é pena você ter ficado tanto tempo sem ir...

— O que foi? — perguntou Liévin, assustado.

— Nada — respondeu Oblónski. — Conversaremos depois. Mas para que, exatamente, você veio me ver?

— Ah, sobre isso também conversaremos depois — disse Liévin, de novo ruborizado até as orelhas.

---

5 Dessiatina: antiga medida russa, equivalente a 1,09 hectare.

— Muito bem. Eu entendo — disse Stiepan Arcáditch. — Veja, eu o convidaria para vir à minha casa, mas minha esposa não anda muito bem de saúde. Faça o seguinte: se quiser vê-los, eles estarão com certeza no Jardim Zoológico entre quatro e cinco horas. Kitty vai andar de patins. Você irá até lá, e eu passarei lá também, e juntos iremos jantar em algum lugar.

— Excelente, até logo.

— Mas preste atenção, eu conheço você, não vá esquecer tudo e partir de repente para o campo! — gritou Stiepan Arcáditch, rindo.

— Não, está tudo certo.

E, dando-se conta, quando já estava na porta, de que se esquecera de despedir-se dos colegas de Oblónski, Liévin saiu do gabinete.

— Deve ser um homem de grande energia — disse Griniêvitch, depois que Liévin saiu.

— Sim, meu caro — disse Stiepan Arcáditch, balançando a cabeça. — Que felizardo! Três mil dessiatinas de terra no distrito de Karazínski, a vida inteira pela frente, e que saúde! Bem diferente da nossa laia.

— E você tem muito do que se lamentar, não é, Stiepan Arcáditch?

— Sim, as coisas vão mal, vão pessimamente — respondeu Stiepan Arcáditch, depois de dar um suspiro profundo.

VI

Quando Oblónski perguntou a Liévin por que viera a Moscou, Liévin ruborizou-se e irritou-se consigo mesmo por ter se ruborizado, pois não podia responder "vim pedir a sua cunhada em casamento", embora tivesse vindo exatamente por isso.

Os Liévin e os Cherbátski eram antigas famílias fidalgas moscovitas e sempre mantiveram relações estreitas e amistosas. Essa ligação consolidou-se ainda mais na época em que Liévin foi estudante universitário. Preparou-se para a prova e ingressou na universidade juntamente com o jovem príncipe Cherbátski, irmão de Dolly e de Kitty. Nessa época, Liévin frequentava muito a casa dos Cherbátski e, lá, apaixonou-se. Por mais que possa parecer estranho, Konstantin Liévin apaixonou-se mais precisamente pela casa, pela família, em especial pela metade feminina da família Cherbátski. Liévin não tinha lembranças da própria mãe e sua única irmã era mais velha do que ele, portanto, na casa dos Cherbátski, Liévin encontrou pela primeira vez o ambiente de uma antiga família nobre, educada e honesta, do qual se vira privado em virtude da morte do pai e da mãe. Todos os membros dessa família, em especial a metade feminina, lhe pareciam encobertos por um véu misterioso e poético e ele não só não percebia neles nenhum defeito como também, sob esse véu poético que os encobria, supunha existirem os sentimentos mais elevados e todas as perfeições possíveis. Para que as três senhoritas precisavam falar inglês e francês, em dias alternados; para que, em horas determinadas e em turnos alternados, elas tocavam piano, cujos sons se ouviam o tempo todo no quarto do irmão, no andar de cima, onde os universitários estudavam; para que vinham até lá aqueles professores de literatura francesa, de música, de desenho, de dança; para que, em horas determinadas, as três senhoritas saíam na caleche com Mademoiselle Linon, rumo ao Bulevar Tvérskoi, em seus casacos de cetim — Dolly com um longo, Natália com um médio e Kitty com um bem curto, de modo que suas perninhas graciosas, cingidas com firmeza por meias vermelhas, ficavam inteiramente à mostra; para que tinham elas de ir ao Bulevar Tvérskoi, na companhia de um lacaio, com um penacho dourado no chapéu — tudo isso, e muito mais que se fazia naquele mundo misterioso, Liévin não entendia, mas sabia que tudo o que lá se fazia era belo, e se apaixonou em especial por esse mistério em torno do que se passava.

Em seus tempos de estudante, Liévin por pouco não se apaixonou pela mais velha, Dolly, mas esta logo se casou com Oblónski. Em seguida, começou a se enamorar da segunda. Parecia crer que precisava apaixonar-se por uma das irmãs, mas não conseguia atinar qual delas exatamente. No entanto, também Natália, tão logo foi apresentada à sociedade, casou-se com o diplomata Lvov. Kitty ainda era uma criança quando Liévin terminou a universidade. O jovem Cherbátski, depois de ingressar na marinha, morreu afogado no mar Báltico, e os contatos de Liévin com os Cherbátski, apesar de sua amizade por Oblónski, tornaram-se mais raros. Mas quando, no início do inverno daquele ano, Liévin veio a Moscou após um ano no campo e encontrou-se com os Cherbátski, compreendeu por qual das três estava de fato destinado a se apaixonar.

À primeira vista, nada poderia ser mais simples do que ele, um homem de boa linhagem, de trinta e dois anos, mais para rico do que para pobre, pedir em casamento a princesa Cherbátskaia; com toda a probabilidade, logo o considerariam um ótimo partido. Mas Liévin estava apaixonado e por isso lhe parecia que Kitty era de tamanha perfeição em todos os aspectos que havia de estar forçosamente acima de tudo o que existia na Terra e que ele, por sua vez, era uma criatura tão baixa e terrena que nem se poderia conceber que os outros e a própria Kitty o julgassem digno dela.

Depois de passar dois meses em Moscou, como que inebriado, encontrando-se com Kitty todos os dias em reuniões sociais que passara a frequentar a fim de vê-la, Liévin de repente resolveu que aquilo era impossível e partiu para o campo.

A convicção de Liévin de que se tratava de algo impossível apoiava-se no fato de que, aos olhos dos parentes, ele não era um partido vantajoso e digno da encantadora Kitty, e de que a própria Kitty não poderia amá-lo. Aos olhos dos parentes,

Liévin não tinha uma atividade regular e determinada, e tampouco uma posição na sociedade, ao passo que seus colegas, a essa altura da vida, quando ele contava trinta e dois anos, já eram, alguns, coronéis e ajudantes de campo, outros, professores, outros, diretores de banco e de estrada de ferro ou chefes de repartição pública, como Oblónski; Liévin, por sua vez (e ele sabia muito bem como os outros o viam), não passava de um senhor de terras, dedicava-se à criação de vacas, à caça de narcejas e à edificação rural, ou seja, um pobre medíocre, que nada conseguira e que fazia, na opinião da sociedade, o mesmo que fazem pessoas imprestáveis.

A misteriosa e encantadora Kitty não poderia amar um homem tão feio, como Liévin se julgava, e sobretudo tão comum, que não se destacava por coisa alguma. Além disso, o seu relacionamento anterior com Kitty — a relação de um adulto com uma criança, decorrente de sua amizade com o irmão dela — lhe parecia um obstáculo a mais para o amor. Um homem feio e bom, como Liévin se julgava, poderia, na sua opinião, ser estimado como um amigo, mas, para ser amado com aquele amor que sentia por Kitty, era necessário ser um homem belo, importante e fora do comum.

Já ouvira dizer que as mulheres, muitas vezes, amavam homens feios e comuns, mas não acreditava, porque julgava os outros por si mesmo e ele só seria capaz de amar mulheres belas, misteriosas e fora do comum.

No entanto, depois de dois meses sozinho no campo, Liévin se convenceu de que não se tratava de uma daquelas paixões que experimentara na mocidade; que esse sentimento não lhe dava um minuto de sossego; que ele não conseguiria viver sem solucionar a seguinte questão: haveria de ser ela a sua esposa, ou não? E que o seu desespero provinha apenas da sua imaginação, pois ele não tinha nenhuma prova de que seria rejeitado. E, dessa vez, viera a Moscou imbuído do firme propósito de pedir sua mão e casar, se fosse aceito. Ou então... nem conseguia pensar no que seria dele, se o rejeitassem.

VII

Depois de chegar a Moscou no trem da manhã, Liévin hospedou-se na casa de Kóznichev, seu irmão por parte de mãe, mais velho que ele, e, após trocar-se, foi encontrá-lo em seu escritório com a intenção de contar-lhe imediatamente o motivo de sua vinda e pedir seu conselho: mas o irmão não estava só. Em sua companhia estava um famoso professor de filosofia, que viera de Khárkov especialmente para esclarecer um mal-entendido que surgira entre eles, em torno de questões filosóficas de extrema importância. O professor travava uma polêmica ardorosa contra os materialistas, Serguei Kóznichev acompanhava-a com interesse e, tendo lido o mais recente artigo do professor, escreveu-lhe uma carta com as suas objeções; acusava-o de fazer excessivas concessões aos materialistas. O professor viera imediatamente, a fim de chegar a um entendimento. A discussão tratava de uma questão muito em voga: existe uma fronteira entre os fenômenos psíquicos e fisiológicos na atividade humana? E onde ela se encontra?

Serguei Ivánovitch recebeu o irmão com o sorriso afetuoso e frio a que todos estavam habituados e, depois de apresentá-lo ao professor, prosseguiu a conversa.

O homenzinho bilioso, de óculos e de testa estreita, desviou-se da conversa por um instante a fim de cumprimentá-lo e deu seguimento ao debate, sem prestar atenção em Liévin. Este sentou-se à espera da partida do professor, mas logo se interessou pelo tema da conversa.

Liévin costumava encontrar nas revistas os artigos que eram objeto do debate e os lia, se interessava por eles como um aprimoramento das bases das ciências naturais, que conhecera quando estudante universitário, mas nunca relacionava as teses científicas sobre a origem do homem como animal, sobre os reflexos, sobre a biologia e sobre a sociologia, com as questões a respeito do significado da vida e da morte para ele mesmo, que nos últimos tempos lhe vinham ao pensamento de modo cada vez mais frequente.

Ouvindo a conversa entre o irmão e o professor, notou que ambos associavam questões científicas a questões do espírito, em certos momentos quase penetravam nas questões do espírito, mas toda vez, tão logo se aproximavam do que lhe parecia o mais importante, imediatamente recuavam às pressas e de novo se afundavam no terreno das sutis subdivisões, ressalvas, citações, alusões, referências a autoridades, e era difícil para Liévin entender o que se discutia.

— Não posso admitir — falou Serguei Ivánovitch, com a clareza, a precisão de linguagem e a elegância de dicção que lhe eram habituais —, não posso, de maneira alguma, concordar com Keiss em que toda a minha representação do mundo exterior adveio de impressões. A própria noção da existência, a mais fundamental de todas, não me foi transmitida por via das sensações, porquanto não há um órgão especial para perceber essa noção.

— Sim, mas eles, Wurst e Knaust, e também Pripássov, responderiam ao senhor que a sua consciência da existência advém do conjunto de todas as sensações, que essa consciência da existência é resultado da sensação. Wurst até afirma diretamente que, se não houver sensação, tampouco haverá noção de existência.[6]

— Eu afirmo o contrário — começou Serguei Ivánovitch...

---

6 *Wurst* significa "salsicha" em alemão; e *pripássi*, em russo, significa "provisões".

Mas aqui, de novo, Liévin teve a impressão de que eles, ao se aproximarem do principal, recuavam mais uma vez, e resolveu formular uma pergunta ao professor.

— Portanto, se meus sentimentos forem aniquilados, se meu corpo morrer, não poderá haver absolutamente nenhum tipo de existência? — perguntou.

O professor, com enfado, e com o aspecto de que a interrupção lhe causara uma dor mental, olhou de relance para o estranho questionador, que mais parecia um barqueiro de rio do que um filósofo, e voltou os olhos para Serguei Ivánovitch, como que perguntando: o que dizer a ele? Mas Serguei Ivánovitch, que estava longe de se expressar com o esforço e com a visão unilateral do professor, e que conservava a largueza de pensamento necessária para responder ao professor e, ao mesmo tempo, entender o ponto de vista simples e natural que dera origem à pergunta, sorriu e disse:

— Essa questão, ainda não temos o direito de solucionar...

— Não temos dados — corroborou o professor e prosseguiu seus argumentos. — Não — disse ele. — Assinalo que se, como afirma Pripássov de forma direta, a sensação também se fundamenta na impressão, devemos distinguir rigorosamente esses dois conceitos.

Liévin não escutou mais e esperou que o professor fosse embora.

VIII

Quando o professor saiu, Serguei Ivánovitch voltou-se para o irmão:

— Fico muito contente por você ter vindo. Vai se demorar? Como vai a sua propriedade?

Liévin sabia que os afazeres na propriedade rural pouco interessavam ao irmão mais velho, e que ele lhe perguntava por mera gentileza, e por isso limitou-se a falar da venda do trigo e de dinheiro.

Liévin queria comunicar ao irmão sua intenção de casar-se e queria pedir seu conselho, estava até firmemente resolvido a isso; mas quando o encontrou e acompanhou sua conversa com o professor, quando ouviu, depois disso, o involuntário tom protetor com que o irmão lhe indagou a respeito dos assuntos da propriedade (as terras da mãe não tinham sido divididas e Liévin administrava as partes de ambos), se deu conta de que, por algum motivo, não era capaz de começar a falar sobre a sua decisão de casar-se. Sentia que o irmão não ia encarar a questão da forma como ele desejava.

— E então, como vai o seu *ziemstvo*? — perguntou Serguei Ivánovitch, que muito se interessava pelos conselhos rurais e lhes atribuía uma grande importância.

— Para dizer a verdade, não sei...

— Mas como? Você não é membro do conselho?

— Não, já não sou um dos membros; saí — respondeu Konstantin Liévin —, e não vou mais às reuniões.

— Que pena! — exclamou Serguei Ivánovitch, que franziu a testa.

Liévin, para justificar-se, passou a contar o que ocorria nas reuniões em seu distrito.

— Pois é, é sempre assim! — interrompeu-o Serguei Ivánovitch. — Nós, russos, somos sempre assim. Talvez seja também uma característica positiva, a capacidade de enxergar nossos defeitos, mas nós exageramos, nos consolamos com ironias, que trazemos sempre na ponta da língua. Pois eu lhe digo uma coisa, dê esses mesmos direitos que têm os nossos conselhos rurais a outro povo europeu, aos alemães ou aos ingleses, e eles abririam seu caminho rumo à liberdade, mas nós, tudo o que fazemos é zombar.

— Mas o que fazer? — perguntou Liévin, culpado. — Foi minha última experiência. E eu me empenhei de corpo e alma. Não consigo. Sou incapaz.

— Não é incapaz — disse Serguei Ivánovitch. — Não deve encarar a questão desse modo.

— Talvez — respondeu, desalentado.

— Ah, você sabia que nosso irmão Nikolai está de novo aqui?

Nikolai era o irmão consanguíneo mais velho de Konstantin Liévin e meio-irmão de Serguei Ivánovitch, homem arruinado que esbanjara a maior parte da sua fortuna, frequentava o ambiente social mais estranho e degradante e se inimizara com os irmãos.

— O que está dizendo? — exclamou Liévin, estarrecido. — Como sabe?

— Prokófi o viu na rua.

— Aqui, em Moscou? Onde está ele? Você sabe? — Liévin ergueu-se da cadeira como se tencionasse ir até lá imediatamente.

— Lamento ter falado sobre isso com você — disse Serguei Ivánovitch, balançando a cabeça ante a agitação do irmão mais novo. — Mandei descobrir onde mora e lhe enviei a nota promissória que ele devia a Trubin, e que eu paguei. Eis o que me respondeu.

Serguei Ivánovitch entregou ao irmão um bilhete que estava sob um peso de papéis.

Liévin leu, na estranha caligrafia que já lhe era familiar: "Peço encarecidamente que me deixem em paz. É só o que exijo de meus caros irmãos. Nikolai Liévin".

Liévin leu e, sem levantar a cabeça, com o bilhete nas mãos, permaneceu parado diante de Serguei Ivánovitch.

Na sua alma, lutavam o desejo de esquecer o irmão infeliz e a consciência de que isso seria condenável.

— Ao que parece, ele quer me ofender — prosseguiu Serguei Ivánovitch —, mas não pode me ofender, e eu, com toda a minha alma, gostaria de ajudá-lo, mas sei que é impossível.

— Sim, sim — disse Liévin. — Compreendo e aprecio a sua atitude com ele; mas irei ao seu encontro.

— Se quiser, vá, mas não aconselho — disse Serguei Ivánovitch. — No que me diz respeito, nada temo, ele não fará você se indispor contra mim; mas, quanto a você, meu conselho é que é melhor não ir. É impossível ajudar. No entanto, faça como quiser.

— Talvez seja impossível ajudar, mas sinto, sobretudo neste momento... mas isso já é outro assunto... sinto que não poderei ficar em paz.

— Bem, isso eu já não compreendo — disse Serguei Ivánovitch. — Mas uma coisa eu compreendo — acrescentou ele. — Isso é uma lição de humildade. Passei a encarar de outro modo, com mais indulgência, o que chamam de infâmia, depois que o irmão Nikolai se tornou o que é... Você sabe o que ele fez...

— Ah, é horrível, horrível! — repetiu Liévin.

Depois de receber do criado de Serguei Ivánovitch o endereço do irmão, Liévin dispôs-se a ir imediatamente ao seu encontro, mas, pensando melhor, decidiu adiar sua visita para a noite. Antes disso, a fim de garantir a tranquilidade de espírito, precisava resolver o assunto que o trouxera a Moscou. Da casa do irmão, Liévin seguiu para a repartição de Oblónski e, após informar-se a respeito dos Cherbátski, foi para o local onde lhe disseram que poderia encontrar Kitty.

IX

Às quatro horas, sentindo o coração bater, Liévin desceu de uma sege de aluguel diante do Jardim Zoológico e seguiu por uma vereda na direção dos montes de neve, rumo ao rinque de patinação, sabendo que provavelmente a encontraria lá, porque vira a carruagem dos Cherbátski na entrada.

Fazia um dia claro e gélido. Na entrada, dispostos em filas, estavam carruagens, trenós, cocheiros e guardas. Pessoas distintas, com chapéus que rebrilhavam ao sol claro, fervilhavam na entrada e nas veredas varridas, entre casinhas típicas russas com enfeites entalhados; as velhas bétulas frondosas do jardim, com todos os ramos curvados devido ao peso da neve, pareciam revestidas de novos paramentos solenes.

Ele seguiu pela vereda rumo ao rinque e dizia consigo: "É preciso não se perturbar. O que há? O que tem você? Cale-se, idiota", dizia para o seu coração. E quanto mais tentava acalmar-se, mais a falta de ar o sufocava. Um conhecido passou por ele e o cumprimentou, mas Liévin nem o reconheceu. Seguiu rumo aos montes de neve, onde se ouvia o estrépito das correntes que içavam e soltavam os pequenos trenós, os montes nos quais os pequenos trenós zuniam ao deslizar pela neve e onde ressoavam as vozes alegres. Liévin avançou mais alguns passos, à sua frente surgiu a pista e imediatamente, entre todos os que patinavam, ele a reconheceu.

Reconheceu que ela estava ali pela alegria e pelo terror que se apoderaram do seu coração. Ela estava parada, conversando com uma senhora, na extremidade oposta do rinque. Nada parecia haver de especial em sua vestimenta, nem em sua atitude; mas, para Liévin, foi tão fácil reconhecê-la na multidão, como uma rosa nas urtigas. Por sua causa, tudo se iluminava. Ela era um sorriso que irradiava luz em tudo ao redor. "Será que vou conseguir chegar até lá, sobre o gelo, e aproximar-me dela?", pensou. O lugar onde estava Kitty lhe parecia um santuário inacessível, e houve um momento em que Liévin quase fugiu, tamanho era o seu pavor. Teve de fazer um esforço contra si mesmo e convencer-se de que, em torno dela, havia todo tipo de gente e que também ele poderia ir até lá, para andar de patins. Desceu, evitando por longo tempo olhar para Kitty, como se evita olhar para o sol, mas a via, como se vê o sol, sem olhar.

Nesse dia da semana e nessa hora do dia, reuniam-se no gelo pessoas de um mesmo círculo, todas conhecidas. Estavam ali ases da patinação que exibiam sua arte, aprendizes, atrás das cadeiras, com expressões tímidas e embaraçadas, meninos e velhos que patinavam por razões terapêuticas; a Liévin, todos pareciam uns felizardos porque estavam ali, perto dela. Todos que patinavam pareciam passar por Kitty com absoluta indiferença, a alcançavam, até mesmo falavam com ela e, com total independência, divertiam-se longe dela, aproveitando o gelo excelente e o tempo propício.

Nikolai Cherbátski, primo de Kitty, de jaqueta curta e calças estreitas, estava sentado num banco, de patins nos pés, e ao ver Liévin gritou para ele:

— Ei, o melhor patinador da Rússia! Chegou há muito tempo? O gelo está ótimo, calce os patins.

— Não tenho patins — respondeu Liévin, surpreendendo-se com sua coragem e com seu desembaraço em presença de Kitty, e sem a perder de vista nem por um segundo, embora não olhasse para ela. Sentiu que o sol se aproximava. Ela estava num canto e, depois de calçar frouxamente os pezinhos estreitos nas botinas, deslizava com aparente timidez na direção de Liévin. Um menino em trajes russos, que abanava os braços em desespero, curvado para o solo, a ultrapassou. Kitty patinava sem nenhuma firmeza; mantinha as mãos de prontidão, fora do pequeno regalo de peles pendurado numa cordinha, e, olhando para Liévin, que ela havia reconhecido, sorria para ele e também para o seu próprio medo. Quando a curva terminou, ela tomou impulso com o pezinho elástico e deslizou direto até Cherbátski; e, depois de agarrar-se ao braço dele, sorrindo, cumprimentou Liévin. Estava mais linda do que ele a havia imaginado.

Quando pensava nela, conseguia representá-la de forma viva e por inteiro, sobretudo o encanto daquela cabecinha loura, pousada com tamanho desembaraço entre os ombros esbeltos de menina, com uma expressão infantil de clareza e de bondade. A infantilidade da expressão do seu rosto somada à fina beleza do talhe compunha sua graça peculiar, de que Liévin se lembrava muito bem; mas o que sempre causava surpresa era a expressão de seus olhos, dóceis, calmos e sinceros, e em especial do seu sorriso, que sempre transportava Liévin para um mundo mágico, onde ele se sentia enternecido e plácido, como podia recordar-se em raros dias da primeira infância.

— Há muito que o senhor está aqui? — perguntou ela, lhe dando a mão. — Muito obrigada — acrescentou, quando Liévin ergueu o lenço que caíra do seu regalo.

— Eu? Há pouco tempo, ontem... quer dizer, cheguei hoje mesmo — respondeu Liévin, que, de emoção, não entendeu de imediato a pergunta. — Eu pretendia ir à casa da senhorita — disse ele e, no mesmo instante, ao recordar com que intuito a procurava, perturbou-se e ruborizou-se. — Eu não sabia que a senhorita patinava no rinque, e como patina bem.

Ela o fitou com atenção, como se tentasse compreender a causa de sua perturbação.

— Tenho de dar valor a esse elogio. Aqui, vigora a tradição de que o senhor é o melhor de todos os patinadores — disse ela enquanto, com a mãozinha envolta por uma luva negra, sacudia as agulhas de gelo que haviam caído sobre o regalo.

— Sim, tempos atrás, eu patinava com paixão; queria alcançar a perfeição.

— O senhor, ao que parece, faz tudo com paixão — disse, sorrindo. — Eu tinha muita vontade de ver como o senhor patina. Calce os patins e vamos patinar juntos.

"Patinar juntos! Será possível?", pensou Liévin, olhando para ela.

— Vou me calçar num instante — disse ele.

E foi calçar os patins.

— Faz muito tempo que o senhor não aparece, patrão — disse o encarregado da pista, segurando o pé de Liévin e apertando o tacão do patim. — Nenhum dos fidalgos é um mestre à altura do senhor. Será que assim está bom? — perguntou, puxando a correia.

— Está bem, está bem, depressa, por favor — respondeu Liévin, reprimindo com esforço o sorriso de felicidade que tomou involuntariamente o seu rosto. "Sim", pensou, "isto é vida, isto é felicidade! Juntos, disse ela, vamos patinar juntos. Devo falar com ela agora? Mas tenho medo de falar porque agora estou feliz, feliz, ainda que só de esperança... E então?... Mas é preciso! É preciso! Fora, fraqueza!"

Liévin se pôs de pé, tirou o casaco e, depois de tomar impulso no gelo áspero, junto ao pavilhão, saiu veloz para o gelo liso e deslizou sem esforço, como se acelerasse, retardasse ou mudasse de direção unicamente pela sua vontade. Aproximou-se dela com timidez, mas de novo o sorriso de Kitty o tranquilizou.

Ela lhe deu a mão e os dois seguiram lado a lado, aumentando a velocidade, e quanto mais rápido, mais forte ela apertava a mão de Liévin.

— Com o senhor, eu aprenderia mais depressa; por algum motivo, sinto-me segura ao seu lado — disse ela.

— E eu me sinto mais seguro de mim mesmo quando a senhorita se apoia em mim — disse ele, mas no mesmo instante se assustou com o que dizia, e ruborizou-se. De fato, subitamente, tão logo pronunciou essas palavras, como se o sol se ocultasse atrás de uma nuvem, o rosto de Kitty perdeu toda ternura e Liévin percebeu nela o conhecido movimento de fisionomia que denotava um esforço de pensamento: na testa lisa, uma ruguinha intumescera.

— Alguma coisa a aborreceu? Na verdade, não tenho o direito de perguntar — emendou ele, depressa.

— Por quê?... Não, nada me aborreceu — respondeu Kitty friamente e acrescentou, ligeiro: — O senhor não viu a Mademoiselle Linon?

— Ainda não.

— Vá falar com ela. Gosta tanto do senhor.

"O que há? Eu a ofendi. Meu Deus, me ajude!", pensou Liévin e seguiu ligeiro na direção da velha francesa, de madeixas grisalhas, que estava sentada num banco. Sorrindo e pondo à mostra seus dentes postiços, ela o recebeu como a um velho amigo.

— Ora, como estamos crescendo — disse para Liévin, apontando para Kitty com os olhos — e ficando mais velhos. O *tiny bear*[7] já ficou grande! — prosseguiu a francesa, rindo, e recordou o gracejo de Liévin sobre as três jovens irmãs, que ele chamava de três ursos, como no conto infantil inglês. — Lembra como o senhor dizia?

Liévin, positivamente, não se lembrava, mas já havia dez anos que ela ria desse gracejo e o adorava.

---

7 Inglês: "ursinho".

— Bem, agora vá, vá patinar. A nossa Kitty aprendeu a patinar muito bem, não é mesmo?

Quando Liévin se aproximou novamente de Kitty, sua fisionomia já não estava severa, os olhos fitavam com sinceridade e ternura, mas Liévin teve a impressão de que em sua ternura havia um tom peculiar, de uma calma premeditada. E entristeceu. Depois de falar a respeito da sua velha preceptora e de suas extravagâncias, Kitty interrogou Liévin sobre a sua vida.

— O senhor não acha enfadonho passar o inverno no campo? — perguntou.

— Não, não acho enfadonho, ando sempre muito ocupado — respondeu, percebendo que ela começava a sujeitá-lo ao seu tom calmo, do qual Liévin não teria forças para escapar, a exemplo do que ocorrera no início do inverno.

— O senhor vai ficar aqui muito tempo? — perguntou Kitty.

— Não sei — respondeu, sem pensar no que dizia. Veio-lhe a ideia de que, caso não resistisse a esse tom de amizade serena, acabaria por ir embora novamente sem nada resolver, e decidiu rebelar-se.

— Como não sabe?

— Não sei. Depende da senhorita — disse ele, e imediatamente se apavorou com as próprias palavras.

Kitty ou não ouviu as palavras dele, ou não quis ouvir, no entanto pareceu tropeçar, esbarrando com o pezinho duas vezes no chão, e patinou depressa para longe de Liévin. Patinou na direção de Mademoiselle Linon, disse-lhe algo e seguiu para o pavilhão onde as senhoras descalçavam os patins.

"Meu Deus, o que fiz! Santo Deus! Ajude-me, dê-me uma luz", disse Liévin, numa reza, mas ao mesmo tempo sentiu a necessidade de um movimento enérgico e patinou em velocidade, descrevendo círculos para fora e para dentro.

Nesse momento, um dos jovens, o melhor dos novos patinadores, com um cigarro na boca e de patins, saiu da cafeteria e, depois de tomar impulso, lançou-se escada abaixo, pelos degraus, aos saltos e com estrépito. Voou para a pista e, sem sequer mudar a posição natural da mão, saiu a patinar sobre o gelo.

— Ah, um truque novo! — exclamou Liévin e, na mesma hora, correu para cima, a fim de executar o novo truque.

— Não vá se machucar, é preciso ter prática! — gritou-lhe Nikolai Cherbátski.

Liévin chegou à beira da escada, tomou impulso o mais que pôde e lançou-se para baixo, mantendo, com ajuda das mãos, o equilíbrio no movimento a que não estava habituado. No último degrau, tropeçou mas, apenas roçando o gelo com a mão, fez um movimento enérgico, corrigiu a posição do corpo e, rindo, saiu a patinar para a frente.

"Que ótimo rapaz", pensou Kitty nesse momento, ao deixar o pavilhão ao lado de Mademoiselle Linon e olhando para ele com um sereno sorriso de ternura, como se fosse um irmão querido. "Não serei culpada de alguma coisa? Não terei feito algo errado? Vão dizer: são artimanhas para seduzir. Sei que não é ele que eu amo; mas, mesmo assim, sinto-me alegre com ele, e é tão simpático. Mas por que falou aquilo?...", pensava.

Ao ver que Kitty se retirava e que a mãe ia ao encontro dela na beira da escada, Liévin, ruborizado após os movimentos rápidos que fizera, parou e refletiu. Descalçou os patins e alcançou a mãe e a filha na saída do jardim.

— Estou muito feliz em vê-lo — disse a princesa. — Às quintas-feiras, como sempre, recebemos em nossa casa.

— Quer dizer, hoje?

— Ficaríamos muito felizes em ver o senhor — falou a princesa, com secura.

A secura desgostou Kitty e ela não conseguiu reprimir o desejo de remediar a frieza da mãe. Virou a cabeça e, com um sorriso, disse:

— Até logo mais.

Nessa altura, Stiepan Arcáditch, com o gorro de lado, o rosto e os olhos radiantes, adentrou o jardim com ar vitorioso e alegre. Mas, ao aproximar-se da sogra, assumiu uma fisionomia triste e culpada, para responder suas perguntas sobre a saúde de Dolly. Depois de falar baixo e desalentado com a sogra, aprumou o peito e tomou Liévin pelo braço.

— E então, vamos lá? — perguntou. — Não parei de pensar em você e estou muito contente de você ter vindo — disse, fitando-o nos olhos de modo expressivo.

— Vamos, vamos, sim — respondeu Liévin, feliz, ouvindo sem cessar o som da voz que lhe dissera: "Até logo mais", e vendo o sorriso que acompanhara essas palavras.

— Ao restaurante Inglaterra ou ao Ermitage?

— Por mim, tanto faz.

— Bem, então, vamos ao Inglaterra — disse Stiepan Arcáditch, escolhendo o Inglaterra porque, lá, estava mais endividado que no Ermitage. Em consequência, julgava impróprio evitar esse restaurante. — Você está com uma carruagem de aluguel? Ótimo, pois dispensei minha carruagem.

Por todo o trajeto, os amigos ficaram em silêncio. Liévin pensava no que poderia significar aquela mudança de expressão no rosto de Kitty e, ora se persuadia de que havia esperança, ora caía em desespero e via claramente que sua esperança era insensata, e no entanto sentia-se um novo homem, em nada parecido com o que fora, antes do sorriso de Kitty e de suas palavras de despedida.

Stiepan Arcáditch, durante o caminho, compunha o cardápio.

— Você gosta de linguado? — perguntou para Liévin, ao desembarcar.

— O quê? — perguntou Liévin. — Linguado? Sim, adoro linguado.

X

Quando Liévin entrou no restaurante com Oblónski, não pôde deixar de perceber uma expressão singular, como que um esplendor contido, no rosto e em toda a pessoa de Stiepan Arcáditch. Oblónski tirou o casaco e, com o gorro de lado sobre a cabeça, percorreu o salão, distribuindo ordens aos garçons tártaros que se grudavam a ele, todos de fraque e de guardanapo em punho. Inclinando-se para a direita e para a esquerda, em cumprimento aos conhecidos que encontrava, ali também, como em toda parte, muito alegres em revê-lo, aproximou-se do bufê, serviu-se de vodca e peixe e disse para a jovem francesa maquiada, de fitinhas, rendas e caracóis, sentada atrás da mesa da recepção, algo que a fez rir com sinceridade. Liévin não bebeu vodca só porque lhe era ultrajante aquela francesa, toda composta artificialmente, ao que parecia, com cabelos postiços, *poudre de riz* e *vinaigre de toilette*.[8] Afastou-se dela às pressas, como que de um lugar imundo. Sua alma estava transbordante com a lembrança de Kitty e em seus olhos brilhava um sorriso de felicidade e de triunfo.

— Por aqui, vossa excelência, por favor, aqui não incomodarão vossa excelência — disse um velho tártaro, especialmente pegajoso, de cabeça esbranquiçada e com um quadril tão largo que abria para os lados as abas do fraque. — Por favor, vossa excelência — disse para Liévin, como um sinal de deferência a Stiepan Arcáditch, ao também dar atenção ao seu convidado.

Depois de estender uma toalha limpa sobre uma mesa redonda, já coberta por outra toalha e sob um candelabro de bronze, ele aproximou cadeiras de veludo e postou-se diante de Stiepan Arcáditch com um guardanapo e um cartão nas mãos, à espera dos pedidos.

— Se vossa excelência ordenar, um compartimento privado estará à disposição em poucos minutos: o príncipe Golítsin, com uma senhora. Recebemos ostras frescas.

— Ah! Ostras.

Stiepan Arcáditch refletiu.

— Que tal mudar de planos, Liévin? — disse ele, com o dedo pousado sobre o cardápio. E seu rosto expressava uma grave indecisão. — Será que as ostras estão mesmo boas? Veja lá, hem!

— São de Flensburg, vossa excelência. De Ostend, não temos.

— Que sejam de Flensburg ou de qualquer outro lugar, mas estão frescas?

— Recebemos ontem, senhor.

---

8 Francês: "pó de arroz", "água-de-colônia".

— Pois bem, que tal começar com ostras e depois mudar todo o nosso plano? Hem?

— Para mim, tanto faz. Do que mais gosto é de sopa de repolho e papa de cereais; mas aqui não devem ter isso.

— O senhor quer pedir *kacha à la russe*? — perguntou o tártaro, como uma babá a uma criança, curvando-se para Liévin.

— Não, sem brincadeira, o que você escolher estará bem para mim. Andei de patins e quero comer. E não pense — acrescentou, depois de notar no rosto de Oblónski um certo descontentamento — que não dou valor à sua escolha. Comerei com todo o prazer.

— Ora, mas é claro! Pois, digam o que disserem, isto é um dos prazeres da vida — respondeu Stiepan Arcáditch. — Pois bem, sirva-nos, meu irmão, vinte ostras, ou melhor, trinta, e sopa de legumes...

— *Printanière* — emendou o tártaro. Mas Stiepan Arcáditch, pelo visto, não queria lhe dar o prazer de denominar os pratos em francês.

— Com legumes, entende? Depois, linguado ao molho grosso, depois... rosbife; mas cuide para que fique bem passado. Depois, frango e quem sabe umas frutas em conserva.

O tártaro, lembrando que Stiepan Arcáditch não denominava os pratos segundo o cardápio francês, não repetiu o pedido em voz alta, mas deu a si mesmo o prazer de repetir em pensamento o que dizia o cardápio: "Sopa *printanière*, linguado ao molho *Beaumarchais*, *poulard à l'estragon*, *macèdoine de fruits*...", e no mesmo instante, como que impelido por molas, fechou um cardápio encadernado, apanhou outro, o de vinhos, e o ofereceu a Stiepan Arcáditch.

— O que vamos beber?

— Eu quero só um pouco de champanhe — respondeu Liévin.

— Como? Para começar? Pensando bem, por que não? Você prefere o de selo branco?

— Cachet Blanc — emendou o tártaro.

— Pois bem, então nos traga um dessa marca, junto com as ostras, e depois veremos.

— Perfeitamente, senhor. E o vinho de mesa, qual vai pedir?

— Traga o Nuit. Não, é melhor o clássico Chablis.

— Perfeitamente, senhor. Vai pedir o queijo do senhor?

— Bem, sim, o parmesão. Ou você prefere um outro?

— Não, para mim tanto faz — disse Liévin, sem conseguir conter um sorriso.

O tártaro se retirou, com as abas do fraque abertas para os lados por cima dos quadris largos e, após cinco minutos, reentrou ligeiro, com uma travessa de ostras, já abertas, em conchas de madrepérola e com uma garrafa presa entre os dedos.

Stiepan Arcáditch amarrotou um guardanapo engomado, enfiou-o por dentro do colete e, depois de apoiar os braços de maneira confortável, passou a ocupar-se das ostras.

— Ah, nada mau — disse ele, enquanto extraía as ostras das conchas de madrepérola com a ajuda de um garfinho de prata e engolia uma após a outra. — Nada mau — repetiu, levantando os olhos úmidos e reluzentes, ora para Liévin, ora para o tártaro.

Liévin também comeu as ostras, embora preferisse o queijo e o pão branco. Mas olhava para Oblónski com admiração. Até o tártaro, que havia retirado a rolha de cortiça e servira o vinho espumante em finos cálices bisotados, contemplava Stiepan Arcáditch com um flagrante sorriso de prazer, enquanto ajeitava sua gravata branca.

— Você não gosta muito de ostras, não é? — disse Stiepan Arcáditch, bebendo da sua taça. — Ou está preocupado? Hem?

Queria que Liévin ficasse alegre. Mas Liévin, em vez de alegre, sentia-se constrangido. Por causa daquilo que trazia na alma, era horroroso e incômodo, para ele, estar ali no restaurante, em meio a compartimentos privativos onde homens jantavam em companhia de senhoras, e cercado por tamanha agitação e rebuliço; os adornos de bronze, os espelhos, as lâmpadas a gás, os tártaros — tudo, para ele, era ultrajante. Temia manchar aquilo que inundava sua alma.

— Eu? Sim, estou preocupado; além do mais, tudo isto me deixa constrangido — respondeu. — Você não pode imaginar como, para mim, um homem do campo, tudo isto parece absurdo, como as unhas daquele cavalheiro que encontrei com você...

— Sim, notei que as unhas do pobre Griniêvitch despertaram um grande interesse em você — disse Stiepan Arcáditch, sorrindo.

— Não consigo — respondeu Liévin. — Tente pôr-se no meu lugar, colocar-se no ponto de vista de um homem do campo. Nós, no campo, tentamos manter as mãos em condições adequadas para trabalhar; por isso, cortamos as unhas, às vezes arregaçamos as mangas. Mas aqui as pessoas deixam as unhas crescer, de propósito, o mais que podem, e engancham nos punhos abotoaduras que mais parecem pires, de tal modo que não é possível fazer nada com as mãos.

Stiepan Arcáditch sorriu, alegre.

— Sim, é um sinal de que ele não precisa executar nenhum trabalho rude. Trabalha com a inteligência...

— Pode ser. No entanto, para mim, é um absurdo, assim como é um absurdo o que fazemos agora, pois nós, pessoas do campo, tentamos terminar de comer o mais rápido possível, para estarmos logo em condições de fazer o nosso serviço, ao passo que nós dois tentamos adiar ao máximo o fim da refeição e, para isso, comemos ostras...

— Ora, mas é claro — emendou Stiepan Arcáditch. — Este é o propósito da educação: fazer de tudo um prazer.

— Bem, se o propósito é este, prefiro ser um selvagem.

— E você é um selvagem... Todos vocês, os Liévin, são uns selvagens.

Liévin suspirou. Lembrou-se do irmão Nikolai e sentiu-se envergonhado e triste, e franziu o rosto; mas Oblónski passou a falar de um assunto que, no mesmo instante, prendeu sua atenção.

— E então, iremos esta noite à casa dos nossos amigos, os Cherbátski? — perguntou ele, com um brilho expressivo nos olhos, enquanto afastava para o lado as ásperas conchas vazias e puxava o queijo para perto.

— Sim, irei sem falta — respondeu Liévin. — Embora eu tenha a impressão de que a princesa me convidou a contragosto.

— Como? Mas que disparate! É o jeito dela... Vamos lá, sirva a sopa, irmão!... É o jeito dela, a *grande dame* — disse Stiepan Arcáditch. — Irei também, mas preciso ir a um sarau na casa da condessa Bánina. Mas, ora, não é você um selvagem, de fato? Se não, me explique por que sumiu de Moscou de repente? Os Cherbátski me perguntavam por você o tempo todo, como se eu devesse saber. Mas só sei uma coisa: você sempre faz o que ninguém mais fará.

— Sim — disse Liévin, devagar e com emoção. — Você está certo, sou um selvagem. Mas a minha selvageria não está no fato de eu ter ido embora, mas de eu agora ter vindo. Eu vim, agora.

— Ah, que felizardo é você! — exclamou Stiepan Arcáditch, fitando os olhos de Liévin.

— Por quê?

— Pelas marcas a ferro, reconheço um cavalo de brio; pelos olhos, reconheço um jovem apaixonado[9] — recitou Stiepan Arcáditch. — Você tem tudo à sua frente.

— E você já tem tudo às suas costas?

— Não, às costas, não, mas você tem o futuro, enquanto eu tenho o presente, e ele não é nada formidável.

— O que há?

— As coisas vão mal. Mas eu quero falar sobre você e, além do mais, é impossível explicar tudo — disse Stiepan Arcáditch. — E então, por que você veio a Moscou?... Ei, recolha os pratos! — gritou para o tártaro.

— Você não adivinha? — perguntou Liévin, sem desviar de Stiepan Arcáditch seus olhos, que brilhavam no fundo.

---

9 Púchkin, tradução da "Ode 55", de Anacreonte.

— Adivinho, mas não consigo tomar a iniciativa de falar sobre o assunto. Já por isso você pode avaliar se eu adivinho corretamente ou não — disse Stiepan Arcáditch, fitando Liévin com um sorriso sutil.

— Pois bem, e o que você me diz? — perguntou Liévin, com voz trêmula e sentindo que todos os músculos do rosto tremiam. — Como você encara a questão?

Stiepan Arcáditch sorveu lentamente até o fim seu copo de Chablis, sem desviar os olhos de Liévin.

— Eu? — disse Stiepan Arcáditch. — Não há nada que eu mais deseje, nada. Seria a melhor coisa que poderia acontecer.

— Mas você não estará enganado? Sabe do que estamos falando? — perguntou Liévin, cravando os olhos no seu interlocutor. — Acha possível?

— Acho possível. Por que não seria?

— Não, você acha realmente possível? Não, diga-me o que você pensa! Puxa, e se o que me espera for uma recusa?... Eu até estou convencido...

— Por que pensa tal coisa? — disse Stiepan Arcáditch, sorrindo da agitação de Liévin.

— Às vezes tenho essa impressão. Seria horrível para mim e também para ela.

— Ora, de um jeito ou de outro, não há nisso nada de horrível, para uma jovem. Qualquer moça se orgulha de receber uma proposta de casamento.

— Sim, qualquer moça, mas não ela.

Stiepan Arcáditch sorriu. Conhecia muito bem esse sentimento de Liévin, sabia que, para ele, todas as moças do mundo se distribuíam em dois tipos: um tipo era o de todas as moças do mundo, exceto ela, e essas moças tinham todas as fraquezas humanas, eram moças muito comuns; o outro tipo era formado só por ela, que não tinha nenhuma fraqueza e se colocava acima de todos os seres humanos.

— Espere, prove o molho — disse ele, segurando a mão de Liévin, que empurrava o molho para trás.

Liévin, dócil, serviu-se do molho, mas não deixou Stiepan Arcáditch comer em paz.

— Não, espere você — disse ele. — Entenda que, para mim, se trata de uma questão de vida ou morte. Nunca falei com ninguém sobre isso. E não consigo falar com ninguém sobre o assunto, como falo com você. Não há dúvida que somos, nós dois, diferentes em tudo: no gosto, na maneira de ver, em tudo; mas sei que você gosta de mim e me compreende e por isso eu gosto terrivelmente de você. Mas, pelo amor de Deus, seja totalmente sincero.

— Vou lhe dizer o que penso — respondeu Stiepan Arcáditch, sorrindo. — Mas vou lhe dizer outra coisa: minha esposa, mulher admirabilíssima... — Stiepan Arcáditch suspirou, ao pensar em suas relações com a esposa e, depois de calar-se por um minuto, prosseguiu: — Ela tem o dom da previsão. Enxerga através das pessoas; mas não é só isso. Ela sabe o que vai acontecer, em especial no tocante a casamentos. Por exemplo, ela previu que Chakhóvskaia se casaria com Brenteln. Ninguém quis acreditar, mas aconteceu. E ela está do seu lado.

— Como assim?

— Ela não só gosta de você, como diz que Kitty será sua esposa, inapelavelmente.

Ao ouvir essas palavras, o rosto de Liévin de repente se iluminou num sorriso, à beira das lágrimas de ternura.

— Ela pensa isso! — exclamou Liévin. — Eu sempre disse que sua esposa era excelente. Mas, basta, basta de falar sobre esse assunto — disse, levantando-se da cadeira.

— Está bem, mas vamos sentar.

Entretanto Liévin não conseguia ficar sentado. Percorreu duas vezes, com suas passadas firmes, o cubículo à semelhança de uma jaula, enquanto piscava os olhos para que não se notassem as lágrimas e, só depois, sentou-se de novo à mesa.

— Entenda bem — disse ele —, isso não é amor. Eu já estive apaixonado, mas isso não é a mesma coisa. Não se trata de um sentimento meu, mas de uma força exterior que se apoderou de mim. Veja, eu fugi porque decidi que tal coisa não poderia acontecer, entende, como uma felicidade que não pode existir na Terra; mas lutei contra mim mesmo e vejo que sem isso não existe vida. E é preciso resolver...

— Para que você foi embora?

— Ah, espere! Ah, quantos pensamentos! Quanta coisa é preciso perguntar! Escute. Você nem pode imaginar o que fez por mim com isso que falou, agora. Estou tão feliz que até me tornei um canalha; esqueci tudo... Hoje mesmo, eu soube que meu irmão Nikolai... Você sabia que ele está aqui?... Eu me esqueci dele. Parece-me que ele também está feliz. É uma espécie de loucura. Mas há algo horroroso... Veja, você se casou, conhece este sentimento... É horrível que nós, velhos, já com um passado... não de amor, mas de pecados... de repente nos aproximemos de uma criatura pura, inocente; é abominável e por isso é impossível não se sentir indigno.

— Ora, você tem poucos pecados.

— Ah, mesmo assim — respondeu Liévin —, mesmo assim, "lendo minha vida com repugnância, estremeço e me curvo, e me lamento amargamente...".[10] Sim.

— O que fazer, o mundo é assim — disse Stiepan Arcáditch.

— O consolo, como naquela prece de que sempre gostei, está em que posso ser perdoado não pelos meus méritos, mas por misericórdia. Desse modo, também ela pode perdoar...

---

10 Púchkin, poema "Recordação".

XI

Liévin bebeu até o fim sua taça e os dois ficaram calados.

— Há uma coisa que ainda preciso lhe dizer. Conhece Vrónski? — perguntou Stiepan Arcáditch para Liévin.

— Não, não conheço. Por que pergunta?

— Traga mais uma — pediu Stiepan Arcáditch para o tártaro, que enchia as taças e girava em torno deles, sobretudo quando sua presença não era necessária.

— Por que eu deveria conhecer Vrónski?

— Você deveria conhecer Vrónski porque ele é um dos seus rivais.

— Quem é esse tal de Vrónski? — perguntou Liévin, e seu rosto passou repentinamente daquela expressão de entusiasmo infantil, que pouco antes provocara a admiração de Oblónski, para um aspecto de raiva e contrariedade.

— Vrónski é um dos filhos do conde Kiril Ivánovitch Vrónski e um dos mais perfeitos exemplares da juventude dourada de Petersburgo. Eu o conheci em Tvier, quando lá estive a serviço, e ele veio para o alistamento de recrutas. Terrivelmente rico, bonito, muito bem relacionado, ajudante de campo e, além do mais, um rapaz muito bom e gentil. Porém, é mais do que apenas um bom rapaz. Como pude perceber lá, é também instruído e muito inteligente; um homem que irá longe.

Liévin franziu as sobrancelhas e ficou em silêncio.

— Pois bem, ele apareceu por aqui logo depois de você e, pelo que entendi, apaixonou-se perdidamente por Kitty, e você compreende que a mãe...

— Desculpe, mas não compreendo nada — disse Liévin, de cara fechada e sombria. E, no mesmo instante, se lembrou do irmão Nikolai e de como era um canalha por ser capaz de esquecê-lo.

— Espere, espere aí — disse Stiepan Arcáditch, sorrindo e tocando na mão do amigo. — Eu contei o que sei e repito que, até onde é possível adivinhar nesse assunto delicado e sutil, me parece que as chances estão a seu favor.

Liévin recostou-se na cadeira, com o rosto pálido.

— Mas eu o aconselharia a resolver o assunto o mais rápido possível — prosseguiu Oblónski, enchendo a taça do amigo.

— Não, obrigado, não quero beber mais — disse Liévin, empurrando sua taça para trás. — Vou ficar bêbado... Mas, e você, como vai? — prosseguiu, querendo visivelmente mudar de assunto.

— Mais uma coisa: seja como for, recomendo resolver o assunto o mais depressa possível. Não aconselho falar hoje — disse Stiepan Arcáditch. — Vá lá amanhã, de manhã, faça uma proposta de casamento à moda clássica, e que Deus o abençoe...

— E então, continua com vontade de vir caçar nas minhas terras? Venha na primavera — disse Liévin.

Agora, ele já se arrependera, com toda a alma, de ter começado essa conversa com Stiepan Arcáditch. O seu sentimento tão especial fora profanado pela conversa sobre a concorrência de um oficial de São Petersburgo, pelas conjecturas e pelos conselhos de Stiepan Arcáditch.

Stiepan Arcáditch sorriu. Entendia o que se passava no espírito de Liévin.

— Irei algum dia — respondeu. — Mas, meu irmão, as mulheres são a hélice em torno da qual tudo gira. Veja como a minha situação vai mal, muito mal. E tudo por causa de mulheres. Diga-me, com franqueza — prosseguiu, depois de pegar um charuto e segurando a taça com a outra mão. — Dê-me um conselho.

— Mas do que se trata?

— Trata-se do seguinte. Suponha que você é casado, ama sua esposa, mas se apaixonou por outra mulher...

— Desculpe, mas positivamente não compreendo como poderia... do mesmo jeito que não compreendo como eu poderia, agora, depois de ter comido até fartar, passar diante de uma confeitaria e roubar um brioche.

Os olhos de Stiepan Arcáditch brilharam mais do que o habitual.

— Por que não? O brioche às vezes cheira tão bem que a gente não resiste.

Himmlisch ist's, wenn ich bezwugen
Meine irdische Begier;
Aber noch wenn's nicht gelungen,
Hatt'ich auch recht hubsch Plaisir![11]

Ao dizer isso, Stiepan Arcáditch sorriu de um modo sutil. Liévin também não pôde deixar de sorrir.

— Sim, mas, sem brincadeira — prosseguiu Oblónski. — Entenda que essa mulher é uma criatura meiga, dócil, amorosa, pobre, solitária e que sacrificou tudo. Agora, quando a coisa já está consumada, entenda bem, será possível abandoná-la? Vamos admitir: é preciso separar-se a fim de não destruir a vida da família; mas será possível não ter pena dela, não a ajudar, não a amparar?

— Bem, me desculpe. Você sabe que, para mim, todas as mulheres se dividem em duas categorias... não é bem isso... melhor dizendo: existem mulheres e existem... Nunca vi nem verei fascínio em criaturas decaídas, e mulheres como a francesa maquiada, na recepção do restaurante, com seus cachinhos, para mim são répteis, e todas as decaídas são assim.

---

11 Alemão: "Era celestial quando eu dominava/ Meus desejos terrenos;/ Mas, quando não o conseguia,/ Pelo menos eu me dava um prazer!" (Heine, *Nachlese zur "Heimkehr"*).

— E a do Evangelho?

— Ah, deixe disso! Cristo jamais diria tais palavras se soubesse como iriam abusar delas. De todo o Evangelho, são as únicas palavras de que as pessoas se lembram. Na verdade, não falo o que penso, mas o que sinto. Tenho repugnância de mulheres decaídas. Você tem medo de aranhas e eu, desses répteis. Você, com certeza, não estudou as aranhas e não conhece os seus hábitos: eu também não.

— Para você, está muito bem falar desse modo; não faz diferença, como para aquele cavalheiro de um livro de Dickens que, com a mão esquerda, jogava por cima do ombro direito todas as questões complicadas. Mas a negação de um fato não é uma resposta. O que fazer, diga-me, o que fazer? A esposa envelhece enquanto você está repleto de vida. Num piscar de olhos, você se dá conta de que não pode mais amar sua esposa com amor, por mais que a estime. E então, de repente, aparece o amor, e você está perdido, perdido! — exclamou Stiepan Arcáditch, com um desespero desconsolado.

Liévin sorriu.

— Sim, está perdido — prosseguiu Oblónski. — Mas o que fazer?

— Não roubar brioches.

Stiepan Arcáditch deu uma risada.

— Ah, moralista! Mas imagine que há duas mulheres: uma insiste apenas nos seus direitos, e tais direitos são o seu amor, que você já não lhe pode dar; e a outra sacrifica tudo por você, não exige nada. O que fazer? Como agir? Eis o terrível drama.

— Se quer a minha profissão de fé no tocante a isso, direi a você que não acredito que haja aí drama algum. Eis o motivo. Para mim, o amor... os dois amores que, você há de lembrar, Platão distingue no seu *Banquete*, os dois amores servem como pedra de toque para as pessoas. Um amor, só certas pessoas compreendem; o outro, as demais. E aquelas que só compreendem o amor não platônico não têm motivo para falar em drama. Nesse amor, não pode haver drama algum. "Agradeço imensamente pelo prazer, com os meus respeitos", e todo o drama não passa disso. No caso do amor platônico, não pode haver drama porque, nesse amor, tudo é claro e puro, porque...

Nesse instante, Liévin lembrou-se de seus pecados e da luta interior que padecera. E, inesperadamente, acrescentou:

— Pensando bem, talvez você tenha razão. É muito provável... Mas não sei, decididamente, eu não sei.

— Aí está, veja só — disse Stiepan Arcáditch —, você é um homem muito íntegro. É a sua qualidade e o seu defeito. Tem um caráter íntegro e quer que toda a vida seja formada de fenômenos íntegros, mas isso não acontece. Você despreza a atividade do serviço público porque deseja que o trabalho sempre corresponda a um fim, e isso não acontece. Quer também que a atividade de um homem sempre tenha um fim, que o amor e a vida em família sejam sempre uma coisa só. E isso não acontece. Toda a diversidade, todo o encanto, toda a beleza da vida é feita de sombra e de luz.

Liévin suspirou e nada respondeu. Pensava em si mesmo e não escutava Oblónski.

E de repente os dois se deram conta de que, embora fossem amigos, embora tivessem comido e bebido juntos, o que deveria aproximá-los ainda mais, cada um pensava apenas em si e nada tinha a ver com o outro. Oblónski já experimentara mais de uma vez, após uma refeição, essa dicotomia profunda que sobrevinha em lugar de uma aproximação e sabia o que era preciso fazer nesses casos.

— A conta! — gritou e saiu para a sala vizinha, onde, no mesmo instante, encontrou um ajudante de ordens conhecido seu e entabulou uma conversa sobre uma atriz e o seu protetor. E logo, enquanto conversava com o ajudante de ordens, Oblónski teve uma sensação de alívio e de repouso da conversa com Liévin, que sempre o levava a uma extrema tensão mental e espiritual.

Quando o tártaro apareceu com a conta de vinte e seis rublos, mais uns copeques e os acréscimos pela vodca, Liévin, que em outros tempos, como um homem do interior, ficaria horrorizado diante de uma conta em que sua parte chegava a catorze rublos, agora nem deu atenção a isso, pagou e voltou para casa a fim de trocar de roupa e ir à casa dos Cherbátski, onde se decidiria o seu destino.

XII

A princesa Kitty Cherbátskaia tinha dezoito anos. Era o primeiro inverno em que frequentava a sociedade. Seu sucesso foi maior que o das duas irmãs mais velhas e maior até do que esperava a princesa, sua mãe. Além de quase todos os jovens dançarinos dos bailes de Moscou se apaixonarem por Kitty, já no primeiro inverno haviam se apresentado dois sérios pretendentes: Liévin e, logo depois da sua partida, o conde Vrónski.

O aparecimento de Liévin no começo do inverno, suas visitas frequentes e seu óbvio amor por Kitty deram ensejo à primeira conversa séria entre os pais de Kitty sobre o seu futuro e também a desavenças entre o príncipe e a princesa. O príncipe estava do lado de Liévin, dizia que nada poderia desejar de melhor para Kitty. Já a princesa, de acordo com o hábito peculiar às mulheres de contornar os problemas, disse que Kitty era jovem demais, que Liévin não demonstrava de maneira alguma ter intenções sérias, que Kitty não tinha afeição por ele, e outras razões; mas não dizia o principal, ou seja, que esperava um partido melhor para a filha, que Liévin não lhe agradava e que ela não o compreendia. Quando Liévin partiu de forma abrupta, a princesa sentiu-se contente e falou para o marido, com ar solene: "Viu, eu tinha razão". Quando surgiu Vrónski, ela ficou ainda mais contente, vendo confirmada sua opinião de que Kitty não devia ter apenas um bom partido, mas sim um magnífico partido.

Para a mãe, nem podia haver comparação entre Liévin e Vrónski. Ela não via com bons olhos as opiniões estranhas e bruscas de Liévin, o seu embaraço na sociedade, cujo motivo, supunha, era o orgulho, e a vida, no seu entender, selvagem que levava no campo, ocupado com animais e com mujiques; também não lhe agradava muito o fato de Liévin, um homem enamorado de sua filha, ter frequentado a casa deles durante um mês e meio como se esperasse alguma coisa, sempre a examinar em redor, como se temesse lhes fazer uma honra excessiva se apresentasse uma proposta de casamento, sem entender que, ao ir assiduamente à casa onde morava uma jovem em idade de casar, era preciso explicar suas intenções. E de repente, sem nada explicar, foi embora. "Ainda bem que era tão pouco atraente que Kitty não se apaixonou por ele", pensou a mãe.

Vrónski satisfazia todos os desejos da mãe. Muito rico, inteligente, fidalgo, no caminho de uma brilhante carreira militar, e um homem encantador. Não se poderia desejar nada melhor.

Nos bailes, Vrónski cortejava Kitty abertamente, dançava com ela e ia com frequência à sua casa, portanto não se podia pôr em dúvida a seriedade de suas intenções. Apesar disso, a mãe passou todo aquele inverno numa agitação e numa ansiedade terríveis.

A própria princesa casara-se trinta anos antes, com um noivo arranjado pela tia. O noivo, sobre o qual tudo já estava previamente sabido, veio à sua casa, viu a noiva e eles o viram; a tia casamenteira verificou e transmitiu a ambas as partes a impressão produzida; a impressão foi boa; depois, num dia marcado, apresentou-se aos pais a proposta de casamento esperada, e logo foi aceita. Tudo correu de modo bastante tranquilo e simples. Pelo menos, assim pareceu à princesa. Mas, no caso das filhas, ela provava como nada havia de tranquilo e simples nesta tarefa, que parecia corriqueira: casar as filhas. Quantos temores ela padecera, quantos pensamentos remoera, quanto dinheiro gastara, quantas desavenças tivera com o marido em torno da escolha do noivo das filhas mais velhas, Dária e Natália! Agora, ao apresentar à sociedade a filha mais nova, padecia os mesmos temores, as mesmas dúvidas, e tinha brigas com o marido ainda maiores do que no caso das filhas mais velhas. O príncipe, como todos os pais, era especialmente escrupuloso com relação à honra e à pureza das filhas; era insensatamente ciumento das filhas, em especial de Kitty, sua favorita, e a todo momento armava cenas com a princesa, a quem acusava de comprometer a filha caçula. A princesa estava acostumada a isso, desde a primeira filha, mas agora sentia que os escrúpulos do príncipe tinham mais fundamento. Via que nos últimos tempos muita coisa mudara nos costumes da sociedade, que as obrigações da mãe haviam se tornado ainda mais difíceis. Notava que as jovens da idade de Kitty formavam certas associações, frequentavam certos cursos, tratavam os homens com liberdade, andavam sozinhas pela rua, muitas não faziam uma reverência ao cumprimentar e, sobretudo, tinham todas a firme convicção de que cabia a elas, e não aos pais, a escolha do marido. "Hoje em dia, não se casa mais como antes", pensavam e diziam todas essas jovens e até algumas pessoas mais velhas. No entanto, como se devia casar hoje em dia: eis o que a princesa não conseguia saber de ninguém. O costume francês — o destino da filha resolvido pelos pais — era recusado, e condenado. O costume inglês — a liberdade total das moças — também era recusado, e impossível na sociedade russa. A maneira russa de se arranjar o casamento por meio de casamenteiras era considerada abominável e ridícula, por todos e pela própria princesa. Mas como as filhas deviam se casar e como se devia dar as filhas em casamento, isso ninguém sabia. Todos com quem a princesa pôde conversar a respeito diziam a mesma coisa: "Queira perdoar, mas nesta época em que vivemos já é hora de pôr de lado essas velharias. Afinal, quem se casa são os jovens, e não seus pais; portanto é preciso deixar os jovens se arranjarem como acharem melhor". Mas era fácil falar assim, para quem não tinha filhas; e a princesa compreendia que, por força da proximidade, Kitty podia apaixonar-se, e apaixonar-se por um homem que não tivesse intenção de casar, ou que não servisse para marido. E por mais que incutissem na princesa a ideia de que, em nosso tempo, os próprios jovens deviam construir o seu destino, ela não era capaz de acreditar nisso, como também não seria capaz de acreditar que, neste tempo ou em qualquer outro, o melhor brinquedo para crianças de cinco anos deviam ser pistolas carregadas. E por isso a princesa se inquietava com Kitty mais do que com as filhas mais velhas.

Agora ela temia que Vrónski se limitasse a cortejar a filha. Notava que Kitty já se enamorara dele, mas buscava consolo na ideia de que se tratava de um homem honrado e que, portanto, não faria uma coisa dessas. Ao mesmo tempo, contudo, sabia como era fácil, graças à liberdade de atitudes de hoje em dia, virar a cabeça das mocinhas e como os homens, em geral, davam pouca importância a esse crime. Na semana anterior, Kitty contara à mãe a conversa que tivera com Vrónski, durante a mazurca. Essa conversa, em parte, tranquilizou a princesa; mas ela não conseguia ficar totalmente tranquila. Vrónski disse a Kitty que eles, os dois irmãos, estavam de tal modo acostumados a obedecer à mãe que jamais se decidiam a fazer algo importante sem, antes, ouvir o seu conselho. "E agora espero, como uma felicidade especial, a chegada de minha mãe, de Petersburgo", disse ele.

Kitty contou-o sem atribuir nenhuma importância a tais palavras. Mas a mãe entendeu de outra maneira. Sabia que se esperava a vinda da velha senhora a qualquer momento, sabia que ela aprovaria a escolha do filho e, embora achasse estranho que Vrónski, mesmo sob o risco de ofender a mãe, não tivesse ainda apresentado seu pedido de casamento, a princesa estava tão ansiosa para realizar o matrimônio e, mais que tudo, para obter alívio para as suas aflições, que acreditou que isso logo aconteceria. Por mais que agora se angustiasse ao ver a infelicidade da filha mais velha, Dolly, que estava à beira de separar-se do marido, a agitação em torno do destino da filha mais nova absorvia todos os seus sentimentos. Naquele dia, com a chegada de Liévin, vinha-se acrescentar mais uma preocupação. Ela receava que a filha, que tivera, em algum momento, segundo lhe parecia, certa afeição por Liévin, pudesse, por um excessivo sentimento de honestidade, rejeitar Vrónski e que, de modo geral, a vinda de Liévin pudesse complicar e retardar o assunto, já tão perto de uma conclusão.

— Será que ele já chegou há muito tempo? — perguntou a princesa, se referindo a Liévin, quando voltavam para casa.

— Hoje mesmo, *maman*.

— Quero dizer uma coisa — começou a princesa e, pela sua fisionomia séria e interessada, Kitty adivinhou do que iria tratar.

— Mamãe — disse, corando e voltando-se ligeiro para ela —, por favor, não fale nada a respeito desse assunto. Já sei, eu sei tudo.

Desejava o mesmo que a mãe, mas os motivos do desejo da mãe a ofendiam.

— Só quero dizer que ter dado esperanças a um...

— Mamãe, minha querida, pelo amor de Deus, não fale. É tão horrível falar disso.

— Não vou falar, não vou — respondeu a mãe, vendo lágrimas nos olhos da filha —, mas só uma coisinha, meu anjo: você me prometeu que não teria segredos para mim. Não terá?

— Nunca, mãe, nunca — respondeu Kitty, ruborizada, e olhando de frente para o rosto da mãe. — Mas não tenho nada a dizer agora. Eu... eu... mesmo se quisesse, não saberia o que dizer, nem como... eu não sei...

"Não, é impossível mentir com essas lágrimas", pensou a mãe, sorrindo da agitação e da felicidade da filha. A princesa sorriu ao imaginar como aquilo que se passava na alma da pobrezinha havia de lhe parecer enorme e importante.

XIII

Kitty experimentou, após o jantar e até o início da noite, um sentimento semelhante ao que tem um jovem antes de uma batalha. O coração batia com força e os pensamentos não conseguiam concentrar-se em nada.

Ela sentia que essa noite, quando os dois se encontrariam pela primeira vez, seria decisiva para o seu destino. E o tempo todo ela os via em pensamento, ora separadamente, ora juntos. Quando pensava no passado, detinha-se com satisfação e com ternura nas lembranças de seu convívio com Liévin. As lembranças da infância e da amizade entre Liévin e seu falecido irmão davam um encanto especialmente poético às relações entre Kitty e ele. O amor de Liévin, do qual ela estava convencida, a lisonjeava e a alegrava. E lembrar-se dele era leve. Já em suas recordações sobre Vrónski misturava-se algo de embaraçoso, embora ele fosse, no grau mais elevado, um homem tranquilo e sociável; como se houvesse algo de falso — não nele, que era muito simples e gentil —, mas nela mesma, ao passo que, com Liévin, Kitty sentia-se perfeitamente simples e serena. Por outro lado, assim que pensava no seu futuro com Vrónski, erguia-se à sua frente a perspectiva de uma felicidade deslumbrante; com Liévin, porém, o futuro se apresentava nebuloso.

Tendo subido ao seu quarto, a fim de vestir-se para a noite, e tendo olhado no espelho, Kitty notou com alegria que estava em um de seus bons dias e no completo domínio de todas as suas forças, pois precisaria disso para o que tinha pela frente: sentia uma serenidade interior e uma desembaraçada graça de movimentos.

Às sete e meia, logo depois de descer para a sala de visitas, o criado anunciou:

— Konstantin Dmítritch Liévin.

A princesa ainda estava em seu quarto e o príncipe não descera. "É agora", pensou Kitty, e todo o sangue afluiu ao seu coração. Ela se assustou com a própria palidez, ao olhar-se num espelho.

No mesmo instante, soube de forma segura que ele viera mais cedo a fim de ficar a sós com ela e pedir a sua mão. E aqui, pela primeira vez, toda a questão se apresentou a Kitty de um ângulo completamente distinto e novo. Só então ela compreendeu que o problema não dizia respeito só a ela — com quem ela seria feliz e a quem amava —, mas também a um homem de quem ela gostava e a quem estava prestes a ofender. E ofender cruelmente... Por quê? Porque ele, alguém tão querido, a amava, estava apaixonado por ela. Mas nada se podia fazer, era preciso e devia ser assim.

"Meu Deus, será que eu mesma terei de lhe dizer?", pensou Kitty. "Mas o que vou dizer? Será possível dizer-lhe que não o amo? Não seria verdade. O que vou dizer a ele? Direi que amo um outro? Não, isso é impossível. Vou embora, vou fugir."

Kitty já se aproximara da porta quando ouviu os passos de Liévin. "Não! É desonesto. Do que tenho medo? Não fiz nada de mau. O que tem de ser, será! Direi a verdade. Com ele, não pode haver constrangimento. Aí está ele", disse, para si mesma, ao ver sua figura vigorosa e tímida, com os olhos radiantes cravados nela. Kitty fitou seu rosto de frente, como que suplicando sua clemência, e lhe estendeu a mão.

— Parece que vim fora de hora, é cedo demais — disse ele, olhando de relance a sala vazia. Quando constatou que sua esperança se cumprira, que ninguém o impediria de se declarar, o rosto de Liévin se fez sombrio.

— Ah, não — respondeu Kitty, e sentou-se à mesa.

— Mas eu queria exatamente isto, encontrá-la a sós — começou Liévin, sem se sentar e sem olhar para ela, a fim de não perder a coragem.

— Mamãe vai descer daqui a pouco. Cansou-se muito, ontem. Ontem...

Kitty falava sem sequer saber o que seus lábios diziam e sem desviar dele o olhar terno e suplicante.

Liévin olhou de súbito para ela; Kitty se ruborizou e calou-se.

— Eu lhe disse que eu não sabia se ficaria aqui muito tempo... que isso dependia da senhorita...

Ela baixou a cabeça, cada vez mais, sem saber o que havia de responder ao que estava por vir.

— Que isso depende da senhorita — repetiu ele. — Eu queria dizer... eu queria dizer... Eu vim para... que... seja a minha esposa! — declarou, sem saber o que dizia; mas, se dando conta de que o mais terrível já fora dito, deteve-se e fitou-a.

Kitty respirava ofegante, sem olhar para Liévin. Sentia-se em êxtase. Sua alma estava repleta de felicidade. Kitty não esperava, de forma alguma, que a declaração do amor de Liévin produzisse nela uma impressão tão forte. Mas durou só um momento. Kitty lembrou-se de Vrónski. Ergueu para Liévin os olhos luminosos e sinceros e, vendo seu rosto desesperado, respondeu depressa:

— Não pode ser... perdoe-me...

Como ela estivera perto dele, um minuto antes, como Kitty era importante para a vida de Liévin! E como agora se tornara alheia e distante para ele!

— Não poderia mesmo ser de outro modo — respondeu, sem olhar para Kitty.

Após uma reverência, fez menção de sair...

XIV

Naquele exato momento, desceu a princesa. Em seu rosto, refletiu-se um horror quando os viu a sós e suas fisionomias aflitas. Liévin saudou-a com uma reverência sem nada dizer. Kitty ficou calada, sem erguer os olhos. "Graças a Deus, ela o recusou", pensou a mãe, e seu rosto passou a brilhar com o sorriso habitual com que recebia os convidados nas quintas-feiras. Sentou-se e começou a interrogar Liévin a respeito da sua vida no campo. Ele sentou-se de novo, à espera da chegada dos convidados, para então poder sair sem ser notado.

Cinco minutos depois, chegou uma amiga de Kitty, a condessa Nordston, que casara no inverno anterior.

Era uma mulher seca, amarelada, de olhos negros brilhantes, doentia e nervosa. Adorava Kitty e sua afeição por ela, como sempre ocorre na afeição de mulheres casadas por moças solteiras, se traduzia no desejo de casar Kitty segundo o seu ideal de felicidade e, por isso, queria casá-la com Vrónski. Liévin, a quem ela encontrara com frequência na casa dos Cherbátski no início do inverno, sempre lhe desagradara. Sua ocupação predileta e constante nos encontros com Liévin consistia em zombar dele.

— Adoro quando, das alturas da sua majestade, ele olha para mim, ou quando interrompe sua conversa inteligente porque sou uma tola, ou quando se mostra condescendente. Isto eu adoro: quando ele se mostra condescendente comigo! Fico muito contente que ele não consiga me suportar — dizia ela, sobre Liévin.

A condessa tinha razão porque, de fato, Liévin não conseguia suportá-la e desprezava aquilo de que ela se orgulhava e que tinha por um mérito — o seu nervosismo, o seu refinado desprezo e indiferença por tudo o que era grosseiro e comum.

Entre Nordston e Liévin estabeleceu-se um tipo de relacionamento não raro em sociedade, no qual duas pessoas, que exteriormente mantêm relações amigáveis, se desprezam mutuamente a tal ponto que não conseguem tratar-se com seriedade e não conseguem sequer ofender-se.

A condessa Nordston imediatamente cumprimentou Liévin, com uma reverência.

— Ah! Konstantin Dmítritch! O senhor está de volta à nossa Babilônia devassa — disse ela, estendendo-lhe a mão amarela e miúda e lembrando as palavras ditas por Liévin em algum dia no início do inverno, segundo as quais Moscou era uma Babilônia. — Ora, será que a Babilônia se regenerou ou o senhor se degenerou? — acrescentou, olhando para Kitty, com um sorrisinho maroto.

— Muito me lisonjeia, condessa, que a senhora recorde minhas palavras — respondeu Liévin, que tivera tempo de se recobrar e agora, por força do hábito, adotava sua atitude jocosa com relação à condessa Nordston. — Não há dúvida de que elas a impressionaram profundamente.

— Ah, e como não? Eu sempre anoto tudo. E então, Kitty, foi patinar de novo?...

E passou a falar com Kitty. Por mais que fosse embaraçoso para Liévin retirar-se naquele momento, ainda seria mais fácil enfrentar esse incômodo do que permanecer ali a noite inteira e ver Kitty, que raramente dirigia os olhos para ele e se esquivava do seu olhar. Liévin fez menção de levantar-se, mas a princesa, notando que ele estava calado, dirigiu-lhe a palavra:

— O senhor vai ficar muito tempo em Moscou? Afinal, creio que o senhor anda muito atarefado com o seu formidável *ziemstvo* e não pode demorar-se.

— Não, princesa, já não participo mais do *ziemstvo* — respondeu ele. — Vim só por alguns dias.

"Há alguma coisa diferente nele", pensou a condessa Nordston, observando atentamente o rosto severo e grave de Liévin, "por alguma razão, não se entrega às suas discussões apaixonadas. Mas num instante vou tirá-lo da sua toca. Adoro tremendamente fazê-lo de tolo em presença de Kitty, e o farei."

— Konstantin Dmítritch — disse ela —, explique-me, por favor, o que significa... o senhor conhece tudo isso... em nossas terras, na aldeia de Kaluga, todos os mujiques e todas as camponesas gastaram tudo o que tinham com bebida e agora não nos pagam nada. O que isso significa? O senhor sempre elogia tanto os mujiques.

Nesse momento, uma outra senhora entrou no salão e Liévin se levantou.

— Perdoe-me, condessa, mas eu, na verdade, nada sei sobre isso e nada lhe posso dizer — respondeu, voltando os olhos para o militar que entrara atrás da senhora.

"Deve ser Vrónski", pensou Liévin e, para certificar-se, olhou para Kitty, de relance. Ela já tivera tempo de olhar para Vrónski e olhou de novo para Liévin. E apenas por esse movimento involuntário de seus olhos, que começaram a brilhar, Liévin compreendeu que ela amava aquele homem, compreendeu-o com tanta certeza como se Kitty o tivesse dito. Mas que espécie de homem era ele?

Agora — para o bem ou para o mal —, Liévin não podia ir embora, tinha de saber que tipo de homem era aquele a quem Kitty amava.

Há pessoas que, ao encontrar um rival bem-sucedido, em qualquer tipo de disputa, estão prontas a, no mesmo instante, dar as costas para tudo o que houver nele de bom e só enxergar o que tiver de ruim; há pessoas que, ao contrário, desejam, mais que tudo, encontrar nesse rival bem-sucedido as qualidades que o levaram a vencer e nele procuram, com uma dor agoniante no coração, apenas o que tiver de bom. Liévin pertencia a esta espécie. Mas não foi difícil, para ele, perceber o que havia de bom e de encantador em Vrónski. Saltava aos olhos, prontamente. Vrónski era um homem moreno, não muito alto, de compleição robusta, de rosto belo e bondoso, excepcionalmente sereno e firme. Em seu rosto e em sua figura, desde os cabelos negros aparados bem curtos e o queixo recém-raspado até o uniforme largo e novo em folha, tudo era simples e, ao mesmo tempo, elegante. Depois de dar passagem para a senhora que entrara, Vrónski aproximou-se da princesa e, depois, de Kitty.

Ao se aproximar dela, os olhos bonitos de Vrónski rebrilharam de modo especialmente carinhoso e, com um sorriso feliz, quase imperceptível, ao mesmo tempo triunfante e modesto (assim pareceu a Liévin), inclinando-se reverente e cauteloso diante de Kitty, estendeu-lhe a mão pequena mas larga.

Depois de cumprimentar a todos e dizer-lhes algumas palavras, sentou-se, sem ter relanceado uma única vez os olhos de Liévin, que não se desviavam dele.

— Permita que lhe apresente — disse a princesa, apontando para Liévin. — Konstantin Dmítritch Liévin. Conde Aleksei Kirílovitch Vrónski.

Vrónski levantou-se e, fitando amistosamente os olhos de Liévin, apertou-lhe a mão.

— Por pouco não jantei em companhia do senhor, neste inverno — disse ele, com o seu sorriso franco e simples —, mas, inesperadamente, o senhor voltou para o interior.

— Konstantin Dmítritch despreza e odeia a cidade e a todos nós, citadinos — disse a condessa Nordston.

— Minhas palavras devem ter causado uma impressão muito forte na senhora, para que se lembre delas tão bem — respondeu Liévin e, se dando conta de que já dissera o mesmo antes, ruborizou-se.

Vrónski olhou de relance para Liévin, para a condessa Nordston, e sorriu.

— E o senhor fica sempre no campo? — perguntou ele. — Não será enfadonho, no inverno?

— Não é enfadonho, se há com que se ocupar, e além disso estar em companhia de si mesmo não é enfadonho — respondeu Liévin, de modo brusco.

— Adoro o campo — disse Vrónski, percebendo o tom de Liévin, mas sem demonstrá-lo.

— Mas quero crer, conde, que o senhor não aceitaria viver sempre no campo — disse a condessa Nordston.

— Não sei, não experimentei por muito tempo. Mas conheci um sentimento estranho — prosseguiu. — Em parte alguma senti tanta saudade do campo, da aldeia russa, com os mujiques e suas alpercatas feitas de casca de tília, como no inverno que passei com minha mãe em Nice. Nice mesma já é enfadonha, a senhora sabe. E ficar em Nápoles e Sorrento só é bom por um breve tempo. E justamente lá eu tinha as lembranças mais vivas da Rússia, e justamente do campo. Elas pareciam...

Falava, dirigindo-se ora a Kitty, ora a Liévin, passando de um para o outro o seu olhar sereno e amigável — e falava, obviamente, o que lhe vinha à cabeça.

Ao notar que a condessa Nordston queria dizer alguma coisa, Vrónski se interrompeu, sem concluir o que começara, e passou a ouvi-la com atenção.

A conversa não silenciou nem por um minuto, tanto assim que a princesa, que tinha sempre de reserva, para o caso de falta de assunto, duas armas pesadas: a educação clássica e a educação atual, e o serviço militar obrigatório, não se viu obrigada a apresentá-las e a condessa Nordston não teve necessidade de provocar Liévin.

Liévin queria, mas não conseguia intervir na conversa geral; a cada minuto, dizia a si mesmo: "Agora vou embora", mas não saía, sempre à espera de algo.

A conversa enveredou para as mesas que giram sozinhas e para os espíritos, e a condessa Nordston, que acreditava no espiritismo, passou a relatar prodígios que presenciara.

— Ah, condessa, pelo amor de Deus, leve-me, sem falta, leve-me até eles! Nunca presenciei nada de extraordinário, por mais que eu tenha procurado, por toda parte — disse Vrónski, sorrindo.

— Está bem, no próximo sábado — respondeu a condessa Nordston. — Mas e o senhor, Konstantin Dmítritch, acredita? — perguntou para Liévin.

— Para que a senhora pergunta? Sabe muito bem o que vou dizer.

— Mas quero ouvir sua opinião.

— Minha opinião — respondeu Liévin — é simplesmente que essas mesas que giram demonstram como a chamada sociedade instruída não é mais elevada do que os mujiques. Eles creem em olho-grande, em feitiço, em magia, e nós...

— Como, o senhor não acredita?

— Não posso acreditar, condessa.

— Mas se eu mesma vi!

— As camponesas também dizem ter visto duendes.

— Então o senhor acha que eu não digo a verdade?

E soltou uma risada, sem nenhuma alegria.

— Não, Macha. Konstantin Dmítritch diz que não pode acreditar — explicou Kitty, ruborizando-se por Liévin, o qual se deu conta disso, irritou-se ainda mais e fez menção de responder, mas Vrónski, com o seu sorriso franco e alegre, acudiu com presteza para salvar a conversa, que ameaçava tomar um rumo desagradável.

— O senhor não admite a menor possibilidade? — perguntou ele. — Por quê? Admitimos a existência da eletricidade, que não conhecemos; por que, então, não poderia existir uma força nova, ainda ignorada por nós, a qual...

— Quando a eletricidade foi descoberta — interrompeu Liévin, afoito —, revelou-se apenas o fenômeno, e não se sabia de onde ela provinha e o que a produzia, e passou-se um século antes que pensassem numa aplicação para ela. Já os espíritas, ao contrário, começaram com mesas que escrevem para eles e espíritos que vêm ao encontro deles, e depois passaram a falar que isso é uma força desconhecida.

Vrónski ouviu Liévin com atenção, como ouvia a todos, obviamente interessado em suas palavras.

— Sim, mas os espíritas dizem: não sabemos, hoje, o que é essa força, mas ela existe, e são estas as condições em que ela atua. Cabe aos cientistas descobrir em que consiste essa força. Não, eu não vejo por que não possa tratar-se de uma força nova, se ela...

— Porque — interrompeu Liévin —, com a eletricidade, toda vez que se fricciona o pelo contra o breu, se verifica um fenômeno determinado, ao passo que nesse caso ele nem sempre ocorre, portanto não se trata de um fenômeno natural.

Pressentindo, na certa, que a conversa tomava um caráter demasiado sério para a anfitriã, Vrónski não retrucou e, numa tentativa de mudar de assunto, sorriu alegre e voltou-se para as senhoras.

— Façamos um teste, agora, condessa — começou ele, mas Liévin queria declarar até o fim o que pensava.

— Creio — prosseguiu ele — que essa tentativa dos espíritas de explicar seus prodígios por meio de alguma nova força é a mais frustrante possível. Eles falam abertamente de uma força dos espíritos, mas querem submetê-la a uma prova material.

Todos esperavam que Liévin terminasse de falar, e ele se deu conta disso.

— Pois acho que o senhor daria um médium excelente — opinou a condessa Nordston. — Há no senhor algo de exaltado.

Liévin abriu a boca, fez menção de dizer alguma coisa, ruborizou-se e nada falou.

— Vamos lá, jovem princesa, façamos a experiência da mesa, por favor — disse Vrónski. — Princesa, a senhora permite?

E Vrónski levantou-se, procurando uma mesinha com os olhos.

Kitty levantou-se para trazer uma mesinha e, ao passar, seus olhos cruzaram com os de Liévin. Sentiu pena dele, com toda a alma, ainda mais porque lastimava sua infelicidade, cuja causa era ela mesma. "Se puder me perdoar, perdoe", disse o seu olhar. "Estou muito feliz."

"Odeio a todos, também à senhorita e a mim mesmo" — respondeu o olhar de Liévin, que foi apanhar o chapéu. Mas não era seu destino sair. Na hora em que os outros se acomodavam ao redor da mesa e em que Liévin ia retirar-se, entrou o velho príncipe e, depois de cumprimentar as senhoras, voltou-se para Liévin.

— Ah! — começou, alegremente. — Está aqui há muito tempo? Eu não sabia que você estava aqui. Estou muito feliz em ver o senhor.

O velho príncipe às vezes tratava Liévin por "você" e outras vezes por "o senhor". Abraçou-o e, falando com ele, não notou Vrónski, que se levantara e esperava tranquilamente que o príncipe lhe dirigisse a palavra.

Kitty pressentiu que, após o que ocorrera, a amabilidade do pai representava um peso a mais para Liévin. Viu também como o pai, por fim, respondeu friamente ao cumprimento de Vrónski e como Vrónski, com benévola perplexidade, observava seu pai, tentando em vão compreender como e por que mostrava ele uma atitude inamistosa, e Kitty ruborizou-se.

— Príncipe, deixe Konstantin Dmítritch ficar conosco um pouco — disse a condessa Nordston. — Queremos fazer uma experiência.

— Que experiência? Rodar a mesa? Ora, queiram me desculpar, senhoras e cavalheiros, mas para mim o jogo de argolas é mais divertido — disse o velho príncipe, olhando para Vrónski e adivinhando que partira dele a ideia. — O jogo de argolas pelo menos ainda faz algum sentido.

Vrónski fitou com surpresa o príncipe, com seus olhos firmes e, sorrindo ligeiramente, passou de imediato a falar com a condessa Nordston a respeito do grande baile marcado para a semana seguinte.

— A senhorita, espero, vai comparecer, não é mesmo? — perguntou ele a Kitty.

Assim que o velho príncipe lhe deu as costas, Liévin saiu sem ser notado e a derradeira impressão que levou consigo daquela noite foi a do rosto sorridente e feliz de Kitty, ao responder a pergunta de Vrónski a respeito do baile.

XV

Quando a festa terminou, Kitty contou à mãe sua conversa com Liévin e, apesar de toda a compaixão que sentia por ele, a ideia de haver recebido um pedido de casamento a alegrava. Kitty não tinha dúvida de que procedera da forma correta. Porém, na cama, demorou muito até conseguir adormecer. Uma impressão a perseguia com insistência. Era o rosto de Liévin, com as sobrancelhas franzidas e com os olhos bondosos a mirar, por baixo delas, com um ar sombrio e desalentado, e o modo como escutava as palavras do pai, olhando de relance para ela e para Vrónski. E Kitty sentiu tanta pena dele que lhe vieram lágrimas aos olhos. Mas logo pensou naquele que ela havia escolhido em lugar de Liévin. Lembrou-se nitidamente do rosto másculo e firme, da nobre serenidade e da benevolência radiante, para tudo e para todos; lembrou-se do amor que lhe tinha o homem que ela amava, de novo sua alma se alegrou e, com um sorriso de felicidade, aconchegou-se ao travesseiro. "Tenho pena, tenho pena, mas o que fazer? Não sou culpada" — disse para si mesma; mas uma voz interior lhe dizia algo diferente. Se estava arrependida de haver conquistado Liévin ou de o ter rejeitado — isso, ela não sabia dizer. Sua felicidade estava envenenada por dúvidas. "Deus me perdoe, Deus me perdoe, Deus me perdoe!" — dizia para si mesma, na hora em que adormeceu.

Nesse momento, no andar de baixo, no pequeno escritório do príncipe, ocorria uma das cenas que se repetiam com frequência entre os pais, por causa da filha predileta.

— O que há? Eis o que há! — gritou o príncipe, sacudindo os braços e fechando imediatamente o seu roupão de pele de esquilo. — A senhora não tem orgulho, nem dignidade, a senhora desonra e arruína a filha com esse arranjo de casamento infame e imbecil!

— Mas, que Deus me perdoe, príncipe, o que foi que eu fiz? — disse a princesa, quase chorando.

Feliz, satisfeita depois de conversar com a filha, ela foi ter com o príncipe para lhe dar boa-noite, como de costume, e, embora não tivesse intenção de falar sobre o pedido de Liévin e a recusa de Kitty, comentou de passagem com o marido que a questão com Vrónski lhe parecia estar plenamente resolvida e que teria um desfecho tão logo a mãe chegasse. De súbito, ao ouvir isso, o príncipe se enfureceu e começou a esbravejar palavras indecorosas.

— O que fez a senhora? Eis aqui o que fez: em primeiro lugar, a senhora atraiu um noivo com um engodo e Moscou inteira vai comentar, e com razão. Quando alguém promove festas à noite, convida a todos, e não alguns poucos escolhidos para noivos. Convide todos esses almofadinhas (assim chamava o príncipe aos rapazes de Moscou), contrate um pianista de baile e que todos desandem a bailar, mas não faça como hoje: só os pretendentes, e depois tirar um para casar. Ver uma coisa dessas é abominável, para mim, abominável, e a senhora conseguiu, virou a cabeça da mocinha. Liévin é um homem mil vezes melhor. Quanto a esse dândi de Petersburgo, eles são produzidos em série, por uma máquina, são todos uma coisa só e todos, um lixo. E, mesmo que fosse um príncipe de sangue real, a minha filha não tem nenhuma necessidade de um tipo desse!

— Mas o que foi que eu fiz?

— O quê... — gritou o príncipe, com raiva.

— Só sei que, se eu fosse lhe dar ouvidos — interrompeu a princesa —, jamais teríamos casado nossas filhas. A ser assim, poderíamos muito bem ir morar no campo...

— Pois seria melhor.

— Ora, espere. Por acaso bajulei alguém? Nem um pouco. Um jovem rapaz, muito bom, apaixonou-se e ela, creio eu...

— Sim, aí está a senhora com suas crenças! E se Kitty se apaixonar de fato, mas ele estiver pensando em casar tanto quanto eu?... Oh! Antes meus olhos não tivessem de ver nada disso!... "Ah, o espiritismo, ah, Nice, ah, o baile..." — E o príncipe, imaginando imitar a esposa, fazia uma reverência a cada palavra. — Aí está como preparamos a infelicidade de Kátienka, como ela vai acabar enfiando na cabeça que...

— Por que você pensa assim?

— Não penso, eu sei; nós temos olhos para isso, e as mulheres, não. Eu vejo um homem com intenções sérias, e este é Liévin; e eu vejo um pavão, como esse embromador, que só quer se divertir.

— Ah, quando você cisma com uma coisa...

— E, embora já seja tarde, lembre o que aconteceu com Dáchenka.

— Ora, está bem, está bem, não vamos falar disso — interrompeu-o a princesa, lembrando-se da infelicidade de Dolly...

— Ótimo, e boa noite!

E, depois de fazerem o sinal da cruz um para o outro e trocarem um beijo, mas ainda cientes de que cada um mantinha a sua opinião, os dois se separaram.

No início, a princesa estava plenamente convicta de que aquela noite havia resolvido o destino de Kitty e de que não poderia haver dúvidas sobre as intenções de Vrónski; mas as palavras do marido a perturbaram.

E, depois de voltar para o seu quarto, ela, tal como Kitty, sentindo-se assustada ante o futuro desconhecido, repetia várias vezes em pensamento: "Deus me perdoe, Deus me perdoe, Deus me perdoe!".

XVI

Vrónski jamais conhecera a vida em família. Sua mãe, na mocidade, fora uma fulgurante mulher mundana, que tivera, durante sua vida conjugal, e sobretudo depois, muitos casos de amor, sabidos por toda a sociedade. Vrónski quase não tinha lembrança do pai e fora criado no Corpo de Pajens.[12]

Ao sair da escola, muito jovem, como um oficial brilhante, imediatamente integrou-se à rotina dos militares ricos de Petersburgo. Embora, de quando em quando, frequentasse a sociedade petersburguesa, todos os seus interesses amorosos se achavam fora dessa sociedade.

Em Moscou, experimentou pela primeira vez, após a vida suntuosa e rasteira de Petersburgo, o encanto do convívio com uma jovem meiga e gentil, de boa sociedade, que o amava. Nem passava pela cabeça de Vrónski que em suas relações com Kitty pudesse haver algo de mau. Nos bailes, dançava com ela, de preferên-

---

12 Escola militar para filhos de nobres, diretamente ligada ao tsar.

cia; frequentava a sua casa. Conversava com Kitty o mesmo que todos costumavam conversar em sociedade, as mesmas bobagens, mas bobagens a que ele, involuntariamente, conferia um significado especial, para ela. Apesar de Vrónski nada lhe dizer que não pudesse também falar perante todos, percebia que ela, cada vez mais, se tornava dependente dele e, quanto mais sentia isso, mais lhe era agradável e mais carinhoso se tornava o seu sentimento por ela. Vrónski não sabia que seu modo de agir com relação a Kitty tinha um nome preciso, que se tratava de conquistar mocinhas sem ter intenção de casar-se e que esse engodo é uma das condutas condenáveis habituais entre jovens brilhantes, como ele. Parecia-lhe ser o primeiro a descobrir esse prazer e deleitava-se com a sua descoberta.

Se ele pudesse escutar o que disseram os pais de Kitty naquela noite, se pudesse colocar-se no ponto de vista da família e saber que Kitty seria uma infeliz se ele não casasse com ela, Vrónski ficaria muito surpreso e nem teria acreditado. Não podia acreditar que aquilo que proporcionava um prazer tão bom e tão grande para ele, e sobretudo para ela, pudesse ser condenável. E menos ainda poderia crer que devia casar.

O casamento, para ele, jamais se apresentara como uma possibilidade. Não só lhe desagradava a vida familiar, como também, na família e, em especial, na condição de marido, conforme a opinião generalizada no mundo dos solteiros em que vivia, Vrónski só conseguia enxergar algo alheio, hostil e, acima de tudo, ridículo. Porém, embora nem suspeitasse do que disseram os pais de Kitty, Vrónski, ao sair da casa dos Cherbátski naquela noite, sentiu que o misterioso laço espiritual existente entre ele e Kitty se afirmara, então, com tanta força que era preciso tomar alguma atitude. Mas que atitude poderia e deveria tomar, isso ele não conseguia conceber.

"O que é admirável", pensou, ao voltar da casa dos Cherbátski, trazendo de lá, como sempre, um agradável sentimento de pureza e de frescor, resultante, em parte, de ter ficado a noite inteira sem fumar e, de outra parte, de um sentimento novo de ternura diante do amor de Kitty por ele, "o que é admirável é que nada foi dito, nem por mim, nem por ela, mas nos compreendemos tão bem, nessa imperceptível conversa de olhares e de entonações, que hoje, de forma mais clara do que nunca, ela me disse que me ama. E que maneira meiga, simples e, sobretudo, confiante! Eu mesmo me sinto melhor, mais puro. Sinto que tenho um coração e que, em mim, há muito de bom. Aqueles meigos olhos apaixonados! Quando ela disse: sim, muito..."

"Bem, e daí? E daí, nada. Para mim foi bom, para ela também..." E passou a pensar em que lugar terminaria aquela noite.

Repassou, em pensamento, os locais aonde poderia ir. "O clube? Uma partida de baralho, tomar champanhe com Ignátov? Não, não vou. O Chateau de

Fleurs, lá encontrarei Oblónski, cançonetas, cancã? Não, estou farto. É exatamente disso que eu gosto na casa dos Cherbátski: lá, eu me torno melhor. Irei para casa." Seguiu direto para o seu quarto, no Dussot, mandou trazer seu jantar, depois se despiu e, assim que pôs a cabeça no travesseiro, adormeceu, num sono firme e sereno, como sempre.

XVII

No dia seguinte, às onze horas da manhã, Vrónski se dirigiu à estação ferroviária de Petersburgo para encontrar a mãe, e a primeira pessoa com quem topou, na magnífica escadaria, foi Oblónski, que viera esperar a irmã, no mesmo trem.

— Ah! Vossa excelência! — gritou Oblónski. — Quem veio receber?

— Minha mãe — respondeu Vrónski, sorrindo, como todos que encontravam Oblónski. Apertou-lhe a mão e, junto com ele, desceu a escada. — Deve chegar hoje de Petersburgo.

— E eu ontem esperei você até as duas horas. Para onde foi depois que deixou os Cherbátski?

— Para casa — respondeu Vrónski. — Tenho de admitir que me senti tão bem, ontem, depois da festa na casa dos Cherbátski, que nem tive vontade de ir a parte alguma.

— Pelas marcas a ferro, reconheço um cavalo de brio; pelos olhos, reconheço um jovem apaixonado — declamou Stiepan Arcáditch, como fizera antes, para Liévin.

Vrónski sorriu com a expressão de quem não o negava, mas, no mesmo instante, mudou de assunto.

— E você, a quem veio esperar? — perguntou.

— Eu? Uma mulher bonita.

— Não me diga!

— *Honni soit qui mal y pense!*[13] Minha irmã Anna.

— Ah, a Kariênina? — perguntou Vrónski.

— Certamente, você a conhece.

— Creio que sim. Ou não... Na verdade, não lembro — respondeu Vrónski distraído, imaginando vagamente, ao som do nome Kariênin, algo de afetado e enfadonho.

— Mas sem dúvida conhece Aleksei Aleksándrovitch, o meu célebre cunhado. Todo mundo o conhece.

---

13 Francês: "maldito seja quem pensar mal disso".

— Conheço de reputação e de vista. Sei que é inteligente, instruído, um tanto religioso... Mas, você sabe, não é a minha... *not in my line*[14] — disse Vrónski.

— Sim, é uma figura bastante notável; um pouco conservador, mas um homem excelente — comentou Stiepan Arcáditch. — Um homem excelente.

— Bem, tanto melhor para ele — respondeu Vrónski, sorrindo. — Ah, você está aqui — disse para um velho criado da mãe, que estava junto à porta. — Venha para cá.

Vrónski, nos últimos tempos, além de ter prazer de estar com Oblónski, como tinham todos, sentia-se ainda mais afeiçoado a ele porque, na sua imaginação, estava associado a Kitty.

— E então? Vamos promover um jantar para a diva, no domingo? — perguntou, com um sorriso e segurando-o pelo braço.

— Sem falta. Vou colher as assinaturas. Ah, você ontem conheceu o meu amigo Liévin? — perguntou Stiepan Arcáditch.

— Como não? Mas ele foi embora um tanto cedo.

— É um ótimo sujeito — prosseguiu Oblónski. — Não é verdade?

— Não sei por quê — respondeu Vrónski —, mas, em todos os moscovitas, excluindo, é claro, este com quem falo — acrescentou, jocosamente —, há algo de brusco. Parecem estar sempre em guarda, irritados, como se todos quisessem provocá-los...

— Isso existe, é verdade, existe... — disse Stiepan Arcáditch, rindo alegremente.

— E então, vai demorar? — perguntou Vrónski para um funcionário.

— O trem já está à vista — respondeu o empregado.

A aproximação do trem se tornava cada vez mais evidente pelo movimento na estação, pela azáfama dos carregadores, pelo aparecimento de guardas e de funcionários e pela entrada das pessoas que vinham receber os passageiros. Através da névoa gélida, distinguiam-se trabalhadores de peliça curta, com macias botas de feltro, que atravessavam os trilhos em curva. Ouviu-se o apito da locomotiva a vapor, nos trilhos ao longe, e o deslocamento de algo pesado.

— Não — disse Stiepan Arcáditch, ansioso para pôr Vrónski a par das intenções de Liévin com relação a Kitty. — Não, você avaliou erradamente o meu amigo Liévin. É um homem muito nervoso e às vezes se mostra antipático, de fato, mas de outras vezes, em compensação, é muito agradável. É uma natureza tão honesta, tão sincera, e um coração de ouro. Mas, ontem, havia razões muito especiais — prosseguiu Stiepan Arcáditch, com um sorriso expressivo, esquecendo totalmente a sincera simpatia que no dia anterior experimentara por seu amigo, enquanto nesse

---

14 Inglês: "não é do meu estilo".

momento experimentava a mesma coisa, mas com relação a Vrónski. — Sim, havia um motivo para ele estar especialmente feliz, ou especialmente infeliz.

Vrónski deteve-se e perguntou, de forma direta:

— O que há? Será que ontem ele pediu a sua *belle-soeur*[15] em casamento?...

— Talvez — disse Stiepan Arcáditch. — Ontem, tive essa impressão. Mas, se ele saiu cedo e, ainda por cima, estava de mau humor, então... Está apaixonado há tanto tempo, sinto muita pena dele.

— Então é isso!... Mas, pensando bem, acho que ela pode contar com um partido melhor — disse Vrónski e, estufando o peito, voltou a caminhar. — Mas, na verdade, eu não o conheço — acrescentou. — Sim, é uma situação penosa! É por isso que a maioria prefere procurar as Claras.[16] Com elas, se você não conseguir nada, significa apenas que não tem dinheiro bastante; já nesse caso, é a sua dignidade que está em jogo. Mas aí está o trem.

De fato, a locomotiva já apitava, ao longe. Em poucos minutos, a plataforma começou a trepidar e, esguichando o vapor que a forte friagem calcava para baixo, a locomotiva rolava, com a alavanca da roda do meio que se abaixava e se esticava de modo lento e cadenciado e com o maquinista que saudava as pessoas, envolto em agasalhos e coberto de geada; atrás do tênder, cada vez mais vagaroso e a sacudir a plataforma com mais força ainda, surgiu o vagão de bagagens, dentro do qual gania um cão; por fim, com solavancos diante da estação, chegaram os vagões de passageiros.

Um condutor bem-vestido saltou do trem, ao mesmo tempo que soprava um apito e, atrás dele, começaram a desembarcar, um a um, os passageiros impacientes: um oficial da guarda, que se pôs muito ereto e olhou em volta, com ar severo; um comerciante inquieto, com uma bolsa, a sorrir alegre; um mujique, com um alforje sobre o ombro.

Vrónski, parado junto a Oblónski, observava os vagões e os passageiros que desembarcavam, e esqueceu-se completamente da mãe. Aquilo que acabara de saber sobre Kitty o excitava e o alegrava. Seu peito se estufava involuntariamente e seus olhos reluziam. Sentia-se um vencedor.

— A condessa Vrónskaia está nesse compartimento — disse o condutor bem-vestido, aproximando-se de Vrónski.

As palavras do condutor o despertaram e o obrigaram a lembrar-se da mãe e do iminente encontro com ela. No fundo, não a respeitava e, sem se dar conta disso,

---

15 Francês: "cunhada".

16 Ou seja, as mulheres tártaras.

não a amava, embora, no modo de entender do círculo em que vivia e conforme a sua educação, ele não pudesse conceber outra atitude com relação à mãe senão a da mais elevada obediência e consideração, e quanto mais aparentes eram sua obediência e sua consideração, tanto menos ele a respeitava e a amava, em seu íntimo.

XVIII

Vrónski seguiu o condutor até o vagão e, na entrada do compartimento, parou a fim de dar passagem a uma senhora que desembarcava. Graças ao tino habitual em um homem mundano, com um único olhar para o aspecto dessa senhora, Vrónski classificou-a como pertencente à mais alta sociedade. Desculpou-se e estava prestes a entrar no vagão, mas sentiu necessidade de observá-la outra vez — não por ser muito bonita, nem por ter uma graça elegante e discreta, que se percebia em toda a sua pessoa, mas porque, na expressão do rosto gracioso, ao passar por ele, havia algo especialmente meigo e delicado. Quando olhou para trás, ela também virou a cabeça. Os olhos brilhantes e cinzentos, que pareciam escuros devido aos cílios espessos, pousaram com atenção e simpatia no rosto de Vrónski, como se ela o tivesse reconhecido, mas, logo depois, voltou-se para a multidão que se aproximava, como que à procura de alguém. Nesse breve olhar, Vrónski teve tempo de perceber uma vivacidade contida, que ardia em seu rosto e esvoaçava entre os olhos brilhantes, e o sorriso quase imperceptível, que arqueava os lábios rosados. Parecia que o excesso de alguma coisa inundava seu ser e, a despeito da vontade dela, se expressava, ora no brilho do olhar, ora no sorriso. Intencionalmente, a mulher apagou a luz dos olhos, mas essa mesma luz cintilou, à sua revelia, no sorriso quase imperceptível.

Vrónski entrou no vagão. A mãe, uma velha descarnada, de olhos negros e cabelo cacheado, estreitou os olhos, examinou o filho e sorriu ligeiramente com os lábios finos. Após se levantar da poltrona e entregar uma bolsa à criada, ofereceu ao filho a mãozinha magra e, depois de erguer a cabeça de Vrónski com a mão, beijou-o no rosto.

— Recebeu o telegrama? Está bem de saúde? Graças a Deus.

— Fez boa viagem? — perguntou o filho, sentando-se junto à mãe enquanto, involuntariamente, prestava atenção em uma voz de mulher que soava além da porta. Sabia ser a voz daquela senhora que o encontrara ao entrar no vagão.

— Mesmo assim, não estou de acordo com o senhor — disse a voz da senhora.

— É o ponto de vista de Petersburgo, senhora.

— Não de Petersburgo, simplesmente o ponto de vista feminino — respondeu ela.

— Está bem, senhora, permita beijar sua mão.

— Até logo, Ivan Petróvitch. Veja se meu irmão não está aqui e mande-o vir ao meu encontro — disse a senhora bem junto à porta e entrou de novo no compartimento do vagão.

— E então, encontrou seu irmão? — perguntou a sra. Vrónskaia para a mulher.

Nesse momento, Vrónski se deu conta de que era Kariênina.

— O irmão da senhora está aqui — disse ele, levantando-se. — Perdoe-me, não a reconheci, mas tão breve foi o nosso encontro — disse Vrónski, curvando-se num cumprimento — que a senhora, sem dúvida, não se recorda de mim.

— Ah, não — respondeu ela —, eu o reconheceria perfeitamente porque, a viagem inteira, eu e sua mãe não falamos de outro assunto senão o senhor — disse ela, permitindo, por fim, que se exprimisse no sorriso a vivacidade que tanto desejava manifestar-se. — Mas, do meu irmão, nem sinal.

— Vá chamá-lo, Aliocha — disse a velha condessa.

Vrónski saiu para a plataforma e gritou:

— Oblónski! Aqui!

Mas Kariênina não esperou o irmão e, assim que o avistou, desceu do vagão com um passo ligeiro e decidido. E, tão logo Oblónski se aproximou, ela o enlaçou com o braço esquerdo por trás do pescoço, puxou-o depressa para junto de si e beijou-o com força, num gesto que impressionou Vrónski por sua graça e desenvoltura. Vrónski olhava para Kariênina sem desviar os olhos e sorria, sem saber por quê. Mas, lembrando-se de que a mãe o esperava, entrou de novo no vagão.

— Não é mesmo encantadora? — perguntou a condessa, referindo-se a Kariênina. — O marido a instalou ao meu lado, o que me deixou muito contente. Eu e ela conversamos durante toda a viagem. Mas e você, pelo que dizem... *vous fillez le parfait amour. Tant mieux, mon cher, tant mieux.*[17]

— Não sei a que a senhora se refere, *maman* — retrucou o filho, com frieza. — Bem, *maman*, vamos embora.

Kariênina entrou de novo no vagão para despedir-se da condessa.

— Aí está, condessa, a senhora encontrou seu filho e eu, meu irmão — disse, alegre. — E esgotei todas as minhas histórias; não teria mais nada para contar.

— Ora, nada disso — respondeu a condessa, tomando sua mão. — Eu daria a volta ao mundo com a senhora sem jamais me aborrecer. A senhora é uma dessas mulheres encantadoras com quem é tão prazeroso conversar quanto estar em silêncio. E, por favor, não pense no seu filho: é impossível estar sempre junto a ele.

---

17 Francês: "anda constante no amor. Tanto melhor, querido, tanto melhor".

Kariênina permaneceu imóvel, em posição rigorosamente ereta, e seus olhos sorriam.

— Anna Arcádievna — disse a condessa, dirigindo-se ao filho — tem um filhinho de oito anos, me parece, nunca havia se separado dele e muito se atormenta porque o deixou em casa.

— Sim, eu e a condessa conversamos o tempo todo: eu, sobre o meu filho, e a condessa, sobre o filho dela — explicou Kariênina, e de novo um sorriso iluminou seu rosto, um sorriso carinhoso, destinado a Vrónski.

— Receio que isso a tenha aborrecido muito — disse Vrónski, prontamente apanhando no ar a bola de sedução que ela lhe jogara. Mas Kariênina, pelo visto, não queria prosseguir a conversa nesse tom e voltou-se para a velha condessa:

— Sou muito grata à senhora. Nem senti passar o dia de ontem. Até a vista, condessa.

— Adeus, minha amiga — respondeu a condessa. — Deixe-me beijar seu lindo rostinho. Por conta da minha idade, faço questão de dizer, de maneira simples e direta, que me apaixonei pela senhora.

Por mais convencional que soasse essa expressão, Kariênina, visivelmente, acreditou, em seu íntimo, e se alegrou. Ficou ruborizada, curvou-se de leve, ofereceu o rosto aos lábios da condessa, tomou de novo a posição ereta e, com o mesmo sorriso que flutuava entre os lábios e os olhos, deu a mão para Vrónski. Ele apertou a mão pequenina que lhe foi oferecida e, como se nisso houvesse algo de especial, alegrou-se com a pressão vigorosa com que ela sacudiu sua mão, de maneira firme e decidida. Kariênina retirou-se no passo ligeiro que, com surpreendente agilidade, conduzia o seu corpo bastante fornido.

— Muito encantadora — disse a velha.

O mesmo pensava o filho. Seguiu-a com o olhar, até sua figura graciosa desaparecer, e um sorriso perdurou em seu rosto. Pela janela, vira como ela se aproximara do irmão, o tomara pelo braço e começara a falar animadamente com ele — nada, é claro, que tivesse alguma relação com Vrónski, e isso o deixou contrariado.

— Mas, *maman*, a senhora está de fato bem de saúde? — repetiu, dirigindo-se à mãe.

— Estou bem, está tudo ótimo. *Alexandre* tem sido muito gentil. E *Marie* ficou muito bonita. Ela é muito interessante.

E pôs-se de novo a falar daquilo que mais a interessava: o batizado do neto, motivo da sua estada em São Petersburgo, e o favor especial que o soberano concedera ao seu filho mais velho.

— Aí está Lavriênti — disse Vrónski, olhando pela janela. — Agora, a senhora pode desembarcar, se for do seu agrado.

O velho mordomo, que viajara com a condessa, veio ao vagão comunicar que tudo estava pronto, e a condessa levantou-se para sair.

— Pode descer, agora há pouca gente — disse Vrónski.

A jovem criada apanhou a bolsa e o cãozinho, o mordomo e um carregador pegaram as outras bagagens. Vrónski deu o braço à mãe; mas, quando já desciam do vagão, de repente, alguns homens com feições de pavor passaram correndo por eles. Passou também às pressas o chefe da estação, com seu quepe de cor incomum. Obviamente, ocorrera algo de extraordinário. As pessoas que se afastavam do trem correram de volta.

— O que foi?... O que foi?... Onde?... Jogou-se!... Esmagou!... — ouvia-se, entre os que passavam.

Stiepan Arcáditch e a irmã, de braços dados, também com feições de pavor, voltaram e, para evitar a multidão, detiveram-se junto à porta do vagão.

As senhoras entraram no compartimento enquanto Vrónski e Stiepan Arcáditch seguiram a multidão, a fim de conhecer detalhes da desgraça.

Um vigia, ou por estar bêbado, ou agasalhado em demasia devido à forte friagem, não ouviu um trem que recuava e foi esmagado.

Mesmo antes do regresso de Vrónski e Oblónski, as senhoras souberam desses pormenores por intermédio do mordomo.

Oblónski e Vrónski viram o cadáver desfigurado. Oblónski estava visivelmente abalado. Tinha o rosto franzido e parecia a ponto de chorar.

— Ah, que horror! Ah, Anna, se você visse! Ah, que horror! — repetia ele.

Vrónski mantinha silêncio e seu belo rosto estava sério, mas absolutamente calmo.

— Ah, se a senhora visse, condessa — disse Stiepan Arcáditch. — E a esposa dele está aqui... É terrível ver a mulher... Ela se atirou sobre o corpo. Dizem que sustentava sozinho uma família enorme. Que horror!

— Não seria possível fazer alguma coisa por ela? — perguntou Kariênina, num sussurro comovido.

Vrónski olhou-a de relance e logo em seguida saiu do vagão.

— Voltarei logo, *maman* — acrescentou ele, virando-se para a porta.

Quando voltou, após alguns minutos, Stiepan Arcáditch já conversava com a condessa sobre uma nova cantora, mas a condessa olhava impaciente para a porta, à espera do filho.

— Agora, venha — disse Vrónski, ao chegar. Saíram juntos. Vrónski foi na frente, com a mãe. Em seguida, vinha Kariênina, com o irmão. Na saída, o chefe da estação alcançou Vrónski.

— O senhor entregou duzentos rublos ao meu ajudante. Poderia ter a bondade de indicar a quem se destinam?

— À viúva — respondeu Vrónski, encolhendo os ombros. — Não entendo para que tal pergunta.

— O senhor deu? — gritou Oblónski, atrás dele e, apertando a mão da irmã, acrescentou: — Que beleza! Que beleza! Não é mesmo um homem excelente? Meus respeitos, senhora condessa.

E se detiveram, ele e a irmã, à procura da criada.

Quando saíram, a carruagem dos Vrónski já se fora. As pessoas que deixavam a estação não paravam de falar do que havia ocorrido.

— Que morte horrível! — exclamou um cavalheiro, ao passar por eles. — Dizem que foi cortado em dois.

— Já eu, ao contrário, acho essa morte fácil, instantânea — observou um outro.

— Por que não tomam medidas de precaução? — comentou um terceiro.

Kariênina sentou-se na carruagem e Stiepan Arcáditch notou, com surpresa, que os lábios da irmã tremiam e que ela, a custo, continha as lágrimas.

— O que tem você, Anna? — perguntou, quando a carruagem já havia percorrido algumas centenas de braças.

— É um mau presságio — respondeu ela.

— Que bobagem! — disse Stiepan Arcáditch. — Você está aqui, e isto é o mais importante. Nem pode imaginar quantas esperanças deposito em você.

— E você conhece Vrónski há muito tempo? — perguntou ela.

— Sim. Esperamos que ele venha a se casar com Kitty, sabia?

— Ah, é? — disse Anna, serena. — Mas agora falemos de você — acrescentou, sacudindo a cabeça, como se quisesse rechaçar fisicamente algo que a oprimia e a embaraçava. — Vamos falar sobre os seus problemas... Recebi sua carta e por isso vim.

— Sim, minhas esperanças estão todas em você — disse Stiepan Arcáditch.

— Pois bem, conte-me tudo.

E Stiepan Arcáditch começou a contar.

Ao chegar a casa, Oblónski ajudou a irmã a desembarcar, suspirou, apertou-lhe a mão e seguiu para a repartição.

XIX

Quando Anna entrou, Dolly estava sentada na saleta com um menino louro e gorducho, já parecido com o pai, e tomava sua lição de leitura em francês. O menino lia, enquanto sua mão torcia e tentava arrancar do casaco um botão, preso por um fio. Várias vezes, a mãe afastou a mão, mas logo a mãozinha gorducha segurava de novo o botão. A mãe arrancou o botão e pôs no bolso.

— Fique com as mãos paradas, Gricha — disse ela e ocupou-se de novo com a sua manta, um trabalho antigo, que sempre retomava em momentos difíceis e que agora tricotava nervosamente, revirando os dedos e contando os pontos. Embora no dia anterior tivesse dito ao marido que pouco lhe interessava se a irmã dele viria ou não, ela havia preparado tudo para a sua chegada e aguardava a cunhada com ansiedade.

Dolly estava abatida por seu desgosto, inteiramente consumida por ele. Porém lembrou que Anna, a cunhada, era casada com um dos personagens mais importantes de Petersburgo, além de ser uma *grande dame* petersburguesa. E, graças a essa circunstância, não cumpriu o que dissera ao marido, ou seja, não esqueceu que a cunhada ia chegar. "Sim, afinal, Anna não tem culpa", refletiu Dolly. "Sobre ela, só sei coisas boas e, com relação a mim, só me trata com carinho e amizade." É verdade que, até onde podia recordar suas impressões de Petersburgo, a casa dos Kariênin não lhe agradara; havia algo de falso em toda a maneira de viver daquela família. "Mas por que eu não a receberia? Contanto que ela não tenha ideia de me consolar!", pensou Dolly. "Todo consolo, exortação e misericórdia cristã, em tudo isso eu já pensei mil vezes, e de nada adianta."

Dolly passara todos aqueles dias sozinha, com os filhos. Não queria falar do seu desgosto, porém, com tal desgosto no coração, tampouco conseguia falar de assuntos alheios. Sabia que, de um modo ou de outro, contaria tudo para Anna e, ora se alegrava com o pensamento de que iria contar, ora se irritava com a necessidade de falar a respeito da sua humilhação com ela, a irmã do marido, e de ouvir, dela, as surradas expressões de consolo e de exortação.

Dolly a esperava a cada momento, olhando para o relógio, mas, como acontece muitas vezes, deixou passar justamente o momento em que a visita chegou, e nem percebeu o som da campainha.

Depois que ouviu o rumor do vestido e os passos ligeiros já na porta, Dolly olhou para trás e seu rosto abatido expressou, involuntariamente, não alegria, mas surpresa. Levantou-se e abraçou a cunhada.

— Puxa, já chegou? — disse, beijando-a.

— Dolly, como estou contente em vê-la!

— Eu também — disse Dolly, sorrindo debilmente e tentando deduzir, pela expressão no rosto de Anna, se ela sabia. "Sem dúvida, já sabe", pensou, depois de perceber a compaixão no rosto de Anna. — Bem, vamos, eu a levarei ao seu quarto — prosseguiu, tentando adiar o mais possível o momento das explicações.

— Este é o Gricha? Meu Deus, como está crescido! — exclamou Anna e, depois de beijá-lo, sem desviar seus olhos de Dolly, deteve-se e ruborizou-se. — Não, permita que fiquemos aqui.

Tirou o xale, o chapéu e, quando este se enganchou em uma mecha dos cabelos negros que se enroscavam em toda parte, Anna, sacudindo a cabeça, desenredou a cabeleira.

— Mas você está radiante de felicidade e de saúde! — disse Dolly, quase com inveja.

— Eu?... Sim — respondeu Anna. — Meu Deus, Tânia! É da mesma idade que o meu Serioja — acrescentou, voltando-se para uma menina que entrara correndo. Segurou-a pelas mãos e a beijou. — Que menina linda, linda mesmo! Mostre-me todos eles.

Chamava a todos pelo nome e lembrava-se não só dos nomes, mas também do ano e do mês do nascimento, da personalidade, das doenças que cada criança tivera, e Dolly não podia deixar de apreciar isso.

— Está bem, vamos até eles — disse Dolly. — Vássia está dormindo agora, é pena.

Depois de ver as crianças, as duas sentaram-se, já a sós, na sala, diante de um café. Anna puxou a bandeja para si e depois a afastou.

— Dolly — disse —, ele já me contou tudo

Dolly olhou friamente para Anna. Esperava, agora, frases de fingida solidariedade; mas Anna não falou assim.

— Dolly, minha querida! — disse. — Não quero falar sobre esse assunto, nem consolar você; é impossível. Mas, querida, sinto pena, muita pena de você, do fundo do coração!

De repente, por trás dos cílios espessos, surgiram lágrimas em seus olhos brilhantes. Sentou-se mais perto da cunhada e tomou-lhe a mão na sua pequenina mão vigorosa. Dolly não se esquivou, mas seu rosto não alterou sua expressão seca. Disse:

— É impossível me consolar. Depois do que aconteceu, tudo está perdido, tudo acabou!

E, assim que disse isso, a expressão do rosto suavizou-se de repente. Anna levantou a mão seca e magra de Dolly, beijou-a e disse:

— Mas, Dolly, o que fazer, o que fazer? Qual o melhor modo de proceder nesta situação terrível? É nisso que é preciso pensar.

— Tudo se acabou, não há mais nada — disse Dolly. — E o pior de tudo, veja bem, é que não posso deixá-lo; há os filhos, eu estou presa. Mas não posso viver com ele, vê-lo é um suplício para mim.

— Dolly, meu anjo, ele me contou, mas eu quero ouvir de você, conte-me tudo.

Dolly fitou-a de modo interrogativo.

No rosto de Anna, viam-se a simpatia e o amor.

— Pois muito bem — respondeu Dolly, de súbito. — Mas vou contar do início. Você sabe como casei. Com a educação que recebi de *maman*, eu era não só inocente como tola. Não sabia nada. Dizem, eu sei, que os maridos contam às esposas sua vida anterior ao casamento, mas Stiva... — emendou —, Stiepan Arcáditch não me contou nada. Você não vai acreditar, mas eu, até então, pensava ser a única mulher que ele havia conhecido. Assim vivi oito anos. Entenda que eu não só não suspeitava de infidelidade como também considerava isso impossível, e então, tente imaginar, com tais ideias, de repente vim a saber de todo o horror, de toda a imundície... Entenda bem. Estar inteiramente convencida de sua felicidade e, de repente... — prosseguiu Dolly, contendo um soluço — ... receber uma carta... uma carta dele para a sua amante, a minha governanta. Não, isso é horroroso demais! — Tirou o lenço às pressas e, com ele, escondeu o rosto. — Ainda poderia compreender uma paixão — prosseguiu, depois de calar-se um pouco. — Mas enganar-me de caso pensado, com artimanhas... e logo com quem?... Continuar a ser meu marido, estando junto com ela... isso é horroroso! Você não pode compreender...

— Ah, não, eu compreendo! Compreendo, minha querida Dolly, compreendo — disse Anna, apertando sua mão.

— E você acha que ele se dá conta de todo o horror da minha situação? — prosseguiu Dolly. — Nem um pouco! Está feliz da vida e satisfeito.

— Ah, não! — interrompeu Anna, depressa. — Ele se lamenta muito, o arrependimento o tortura...

— E acaso ele é capaz de arrependimento? — cortou Dolly, fitando com atenção o rosto da cunhada.

— Sim, eu o conheço. Não consegui olhar para ele sem ter pena. Ambas o conhecemos. Ele é bom, mas é orgulhoso, e agora sente-se muito humilhado. O que mais me tocou (e então Anna tentou adivinhar o que poderia tocar Dolly mais profundamente)... duas coisas o atormentam: sua vergonha diante dos filhos e o fato de que ele, amando você... sim, sim, amando você mais que tudo no mundo — às pressas, Anna interrompeu Dolly, que quisera retrucar —, ele a fez sofrer, martirizou você. "Não, não, ela não perdoará", ele não para de dizer.

Dolly, pensativa, não olhava para a cunhada, enquanto ouvia suas palavras.

— Sim, eu entendo como a situação dele é terrível; para o culpado, é pior do que para o inocente — falou —, se perceber que toda a desgraça vem da sua culpa. Mas como perdoar, como posso voltar a ser sua esposa, depois dela? Para mim, viver com ele, agora, será um tormento, exatamente porque amo o meu antigo amor por ele...

E soluços interromperam suas palavras.

Mas, como que de propósito, toda vez que se aplacava, Dolly recomeçava a falar daquilo que a irritava.

— Afinal, ela é jovem, é bonita — prosseguiu. — Será que você entende, Anna, quem foi que me tomou a minha juventude e a minha beleza? Ele e os seus filhos. Prestei serviços a ele e, nessa servidão, tudo o que era meu se foi e agora, é claro, uma criatura vulgar lhe parece mais fresca e mais agradável. Sem dúvida, os dois conversavam sobre mim, ou, pior ainda, nada diziam... Você entende? — De novo, o ódio incendiou seus olhos. — E, depois disso, ele ainda vai me dizer... Ora, e acaso vou acreditar? Nunca. Não, tudo está acabado, tudo o que representava o consolo, a recompensa do trabalho, do suplício... Você acreditaria? Agora há pouco, eu tomava a lição do Gricha: antes, isso me dava alegria, mas agora é um tormento. Para que sofro, trabalho? Por causa das crianças? O horrível é que, de repente, minha alma virou pelo avesso e, em lugar do amor, do carinho, só sinto por ele raiva, sim, raiva. Eu poderia matá-lo e...

— Minha querida, Dolly, eu entendo, mas não se torture. Você está tão ofendida, tão transtornada que vê muitas coisas de um modo deformado.

Dolly se acalmou e ambas ficaram em silêncio por alguns minutos.

— O que fazer, Anna, pense bem, me ajude. Já cansei de pensar e não encontro nada.

Anna não conseguia pensar em nada, mas seu coração atendia prontamente ao apelo de cada palavra e de cada expressão do rosto da cunhada.

— Só digo uma coisa — começou Anna —, sou irmã dele, conheço o seu caráter, a sua capacidade de tudo esquecer, tudo (fez um gesto com a mão na frente da testa), essa capacidade de se empolgar completamente e de, em compensação, se arrepender completamente. Ele agora não acredita, não compreende como pôde fazer o que fez.

— Não, ele compreende, sim, ele compreendeu! — cortou Dolly. — Mas eu... você se esquece de mim... acaso para mim é mais fácil?

— Espere. Quando ele falou comigo, admito, eu ainda não me dera conta de todo o horror da sua situação, Dolly. Só via a situação dele, e que a família estava abalada; senti pena do meu irmão, mas, depois de falar com você, eu, na condição de mulher, vejo de outra forma; vejo seu sofrimento e nem posso lhe dizer como sinto pena! Mas, Dolly, meu anjo, compreendo inteiramente o seu sofrimento, só não sei uma coisa: não sei... não sei até que ponto ainda existe, na sua alma, amor por ele. Veja bem: se existir amor suficiente, será possível perdoar. Se existe, perdoe!

— Não — começou Dolly; mas Anna a interrompeu, beijando sua mão outra vez.

— Conheço o mundo mais do que você — disse ela. — Conheço as pessoas como Stiva, sei como encaram essas coisas. Você diz que ele conversava com ela sobre você. Isso não aconteceu. Esses homens praticam infidelidades, mas o seu lar e a sua esposa são, para eles, o seu santuário. De algum modo, para eles, essas mulheres permanecem objeto de desprezo e não interferem na família. Traçam uma espécie de linha intransponível entre a família e essas mulheres. Não o compreendo, mas é assim.

— Sim, mas ele a beijou...

— Dolly, calma, meu anjo. Eu vi Stiva quando estava apaixonado por você. Lembro essa época em que ele me procurava e chorava, falando sobre você, e que poesia e que elevação você representava para ele, e sei que quanto mais tempo ele viveu ao seu lado, tanto mais elevada você se tornou para ele. No fim, às vezes nós ríamos porque ele, a cada palavra, acrescentava: "Dolly é maravilhosa". Para ele, você sempre foi uma divindade, e continuou a ser, e esse entusiasmo de agora não é algo que lhe venha do fundo da alma...

— Mas e se esse entusiasmo se repetir?

— Isso não é possível, tal como entendo...

— Sim, mas você o perdoaria?

— Não sei, não posso julgar... Não, eu posso — disse Anna, após um momento de reflexão; e, depois de apreender a situação em seu pensamento e pesá-la em sua balança interior, acrescentou: — Não, eu posso, posso, sim. Eu perdoaria, sim. Eu não poderia ser mais a mesma de antes, está certo, mas perdoaria, e perdoaria como se nada tivesse acontecido, absolutamente nada.

— Ora, é claro — interrompeu Dolly prontamente, como se Anna tivesse dito o que ela já pensara muitas vezes. — Do contrário, não seria perdão. Se é para perdoar, tem de ser totalmente, totalmente. Bem, vamos, vou levá-la até o seu quarto — disse ela, levantando-se, e, no caminho, Dolly abraçou Anna. — Minha querida, como estou contente por você ter vindo. Fiquei aliviada, muito aliviada.

XX

Anna passou todo esse dia em casa, ou seja, na residência dos Oblónski, e não recebeu ninguém, embora alguns conhecidos, que tiveram ocasião de saber de sua chegada, houvessem procurado por ela nesse mesmo dia. Anna passou a manhã inteira com Dolly e as crianças. Apenas enviou um bilhete para o irmão, para que viesse, sem falta, jantar em casa. "Venha, Deus é misericordioso", escreveu ela.

Oblónski jantou em casa; a conversa teve um caráter geral, a esposa falou com ele, tratou-o por "você", o que antes não fazia. Na relação entre o marido e a esposa, persistia o mesmo alheamento, mas já não se falava de separação e Stiepan Arcáditch viu a possibilidade de uma explicação e de uma reconciliação.

Logo depois do jantar, veio Kitty. Ela conhecia Anna Arcádievna, mas muito pouco, e nesse dia foi visitar a irmã não sem um certo temor de como a receberia aquela dama da sociedade petersburguesa, a quem todos tanto elogiavam. Mas gostou de Anna Arcádievna — logo se deu conta disso. Anna, pelo visto, encantou-se com a sua beleza e juventude e, antes que Kitty pudesse perceber, já se encontrava não só sob a influência de Anna como também sentia-se tomada de paixão por ela, como são bem capazes as mocinhas de se apaixonar por mulheres mais velhas e casadas. Anna não parecia uma dama da sociedade, nem a mãe de um menino de oito anos, mas antes uma jovem de vinte anos, pela flexibilidade dos movimentos, pelo frescor e pela vivacidade que nunca abandonavam o seu rosto e que se desprendiam ora do sorriso, ora do olhar, exceto pela expressão séria, por vezes triste, dos seus olhos, que impressionava e atraía Kitty. Sentia que Anna era totalmente natural e nada escondia, mas que havia nela um mundo diferente, mais elevado, de interesses complexos e poéticos, inacessíveis para Kitty.

Após o jantar, quando Dolly se retirou para o seu quarto, Anna levantou-se rapidamente e aproximou-se do irmão, que fumava um charuto.

— Stiva — disse, piscando alegremente, fazendo o sinal da cruz sobre ele e apontando para a porta com os olhos. — Vá, e que Deus o ajude.

Entendendo o que a irmã dizia, ele jogou para o lado o charuto e desapareceu pela porta.

Quando Stiepan Arcáditch saiu, Anna voltou para o sofá onde se sentou, cercada pelas crianças. Ou porque vissem que a mãe gostava da tia, ou porque elas mesmas sentissem, em Anna, um encanto especial, os dois filhos mais velhos, e também os mais novos, sob o exemplo deles, como ocorre muitas vezes entre crianças, haviam se grudado à nova tia ainda antes do jantar e não saíam de perto dela. Entre as crianças, formou-se uma espécie de jogo que consistia em sentar-se o mais perto possível da tia, tocá-la, segurar sua pequenina mão, beijá-la, brincar com seu anel ou, pelo menos, tocar nos babados do seu vestido.

— Vamos, vamos, do mesmo jeito que estávamos sentados, antes — disse Anna Arcádievna, sentando-se em seu lugar.

E, de novo, Gricha enfiou a cabeça embaixo do braço de Anna, apoiou a cabeça no seu vestido e ficou radiante de orgulho e de felicidade.

— E quando será o próximo baile? — perguntou Anna, voltando-se para Kitty.

— Semana que vem, um baile maravilhoso. Um desses bailes em que nos sentimos sempre alegres.

— E existem bailes em que nos sentimos sempre alegres? — perguntou Anna, com ironia carinhosa.

— É estranho, mas existem. Na casa dos Bobríchev, fica-se alegre sempre, na dos Nikítin também, mas na casa dos Miechkov, é sempre enfadonho. A senhora nunca notou?

— Não, meu anjo, para mim já não existem bailes assim, onde eu me sinta alegre — respondeu Anna, e Kitty entreviu em seus olhos aquele mundo extraordinário, que lhe era vedado. — Para mim, há bailes menos árduos e enfadonhos...

— Como pode a senhora se aborrecer em um baile?

— E por que não poderia aborrecer-me em um baile? — perguntou Anna.

Kitty se deu conta de que Anna sabia a resposta.

— Porque a senhora é sempre a melhor de todas.

Anna tinha a capacidade de ruborizar-se. Ruborizou-se e disse:

— Em primeiro lugar, nunca é assim; em segundo lugar, mesmo se o fosse, de que me serviria?

— A senhora irá a esse baile? — indagou Kitty.

— Acho que será impossível não ir. Pronto, tome — disse para Tânia, que puxava, de leve, o anel frouxo do seu dedo branco e de ponta fina.

— Ficarei muito contente se a senhora for. Gostaria muito de vê-la em um baile.

— Se é preciso ir, pelo menos vou me consolar com o pensamento de que isso lhe dá prazer... Gricha, não remexa o meu cabelo, já está tão despenteado — disse ela, arrumando a mecha que se soltara e com a qual Gricha brincava.

— Eu imagino a senhora no baile, de lilás.

— Por que logo de lilás? — perguntou Anna, sorrindo. — Mas, crianças, agora vão, vão. Não escutaram? Miss Hull está chamando para o chá — disse ela, desvencilhando-se das crianças e encaminhando-as para a sala de jantar. — Ah, eu sei por que a senhorita me convida para o baile. Espera muito desse baile e quer que todos estejam lá, que todos participem.

— Como sabe? É verdade.

— Ah! Como é bom ter a idade da senhorita — prosseguiu Anna. — Recordo e conheço bem essa névoa azulada, semelhante à das montanhas na Suíça. A névoa que envolve tudo, nessa época bem-aventurada em que mal terminou a infância e em que, desse círculo vasto, feliz, alegre, sai um caminho cada vez mais estreito, e como é alegre e amedrontador entrar nessa série de salões, embora pareçam luminosos e lindos... Quem já não passou por isso?

Kitty sorriu, em silêncio. "Mas como terá ela vivido tudo isso? Como eu gostaria de conhecer todo o seu romance" — pensou Kitty, lembrando o aspecto nada poético de Aleksei Aleksándrovitch, marido de Anna.

— Sei de alguma coisa. Stiva me contou e eu lhe dou meus parabéns: ele me agradou muito — prosseguiu Anna. — Encontrei Vrónski na estação ferroviária.

— Ah, ele estava lá? — perguntou Kitty, ruborizada. — O que Stiva contou à senhora?

— Stiva não fez segredo de nada. E eu ficaria muito contente. Viajei em companhia da mãe de Vrónski — prosseguiu — e ela, sem se calar um só instante, me falou sobre seu filho; é o favorito dela; eu sei que as mães são parciais, mas...

— O que ela contou à senhora?

—Ah, muita coisa! Sei que ele é o favorito da mãe, mas mesmo assim é óbvio que se trata de um cavalheiro... Bem, ela contou, por exemplo, que ele queria ceder todos os seus bens para o irmão e que, já na infância, fez uma coisa extraordinária, salvou uma mulher que se afogava. Em suma, um herói — disse Anna, sorrindo e lembrando-se dos duzentos rublos que ele deixara na estação.

Mas nada contou sobre os duzentos rublos. Por algum motivo, não lhe agradava lembrar-se disso. Sentia haver aí algo que lhe dizia respeito, algo que não deveria existir.

— Ela pediu muito que eu fosse visitá-la — prosseguiu Anna. — Terei prazer de encontrar a velha senhora e amanhã irei até lá. Mas, graças a Deus, Stiva já está há um bom tempo no quarto de Dolly — acrescentou Anna, mudando de assunto e levantando-se, contrariada com alguma coisa, assim pareceu a Kitty.

— Não! Primeiro eu! Não, sou eu! — gritaram as crianças, que haviam terminado o chá e corriam na direção da tia Anna.

— Todos juntos! — disse Anna e, rindo, correu ao encontro deles, abraçou e derrubou no chão todo aquele fervilhante amontoado de crianças, que guinchavam de entusiasmo.

XXI

Na hora do chá dos adultos, Dolly deixou o seu quarto. Stiepan Arcáditch não veio com ela. Devia ter saído do quarto da esposa pela porta dos fundos.

— Temo que você vá sentir frio no andar de cima — Dolly comentou com Anna. — Estou com vontade de transferi-la para baixo, assim ficaremos mais próximas.

— Ah, ora essa, por favor, não se preocupe por minha causa — respondeu Anna, fitando o rosto de Dolly e tentando compreender se houvera ou não uma reconciliação.

— Aqui, você terá mais luz — alegou a cunhada.

— Posso garantir a você que durmo em qualquer lugar e o tempo todo, como uma marmota.

— Do que estão falando? — perguntou Stiepan Arcáditch, saindo do escritório e dirigindo-se à esposa.

Pelo seu tom de voz, Kitty e Anna logo entenderam que houvera uma reconciliação.

— Quero transferir Anna para baixo, mas é preciso pôr umas cortinas. Ninguém sabe fazer isso, eu mesma tenho de resolver — explicou Dolly, dirigindo-se ao marido.

"Meu Deus, será que a reconciliação foi completa?", pensou Anna, ao ouvir o tom de Dolly, frio e sereno.

— Ah, chega, Dolly, em tudo você vê dificuldade — disse o marido. — Mas está bem, se você quer, eu cuidarei de tudo...

"Sim, deve ter havido uma reconciliação", refletiu Anna.

— Eu sei como você cuida de tudo — respondeu Dolly. — Manda o Matviei fazer o que é impossível enquanto você mesmo vai embora e ele fica todo atrapalhado. — E o sorriso jocoso de costume enrugou a ponta dos lábios de Dolly.

"Total, reconciliação total, total", pensou Anna, "graças a Deus!" E, alegrando-se de ter sido ela a causa, aproximou-se de Dolly e lhe deu um beijo.

— Não, de maneira alguma. Como pode ter em tão baixa conta a mim e ao Matviei? — disse Stiepan Arcáditch, sorrindo de modo quase imperceptível e dirigindo-se à esposa.

A noite toda, como sempre, Dolly tratou o marido de modo ligeiramente jocoso enquanto Stiepan Arcáditch mostrou-se contente e alegre, mas só até certo ponto, para não parecer que ele, tendo sido perdoado, já esquecera sua culpa.

Às nove e meia, a conversa familiar noturna, particularmente animada e agradável, em torno da mesa de chá na casa dos Oblónski, foi perturbada por um fato aparentemente simplíssimo, mas, por alguma razão, esse fato simples a todos pareceu estranho. Quando conversavam sobre conhecidos comuns em Petersburgo, Anna levantou-se depressa.

— Ela está no meu álbum — disse —, e vou aproveitar a ocasião para mostrar o meu Serioja — acrescentou, com um sorriso de orgulho maternal.

Por volta das dez horas, horário em que costumava dar boa-noite para o filho e em que, muitas vezes, antes de ir a um baile, ela mesma o punha para dormir, Anna sentiu-se triste por estar tão longe dele; e, qualquer que fosse o assunto da conversa, a todo instante voltava o pensamento para o seu Serioja de cabelos encaracolados. Queria olhar o seu retrato e falar sobre ele. Aproveitando o primeiro pretexto, levantou-se e, com seu passo ligeiro e decidido, foi buscar o álbum. A escada que subia até o seu quarto passava no patamar da grande e aquecida escada da porta principal.

No momento em que ela saía da sala, ouviu-se a campainha da entrada.

— Quem poderá ser? — perguntou Dolly.

— É cedo para virem me buscar e já é tarde para chegar alguma visita — comentou Kitty.

— Na certa, são documentos da repartição — acrescentou Stiepan Arcáditch e, no momento em que Anna cruzava a escada, um criado subiu correndo para anunciar o recém-chegado, mas o próprio visitante já estava parado sob a luz do lampião. Anna, ao olhar para baixo, reconheceu Vrónski imediatamente e um estranho sentimento de prazer e, ao mesmo tempo, de medo agitou-se em seu coração. Ele estava parado, não fazia menção de tirar o casaco e puxava algo de dentro do bolso. No instante em que Anna alcançou a metade da escada, ele ergueu os olhos, avistou-a e, na expressão do rosto de Vrónski, surgiu algo de envergonhado e de apreensivo. Anna, depois de inclinar ligeiramente a cabeça para ele, seguiu adiante e, às suas costas, ouviu-se a voz alta de Stiepan Arcáditch, que o chamava para entrar, e a voz baixa, branda e serena de Vrónski, que se recusava.

Quando Anna voltou com o álbum, ele já se fora e Stiepan Arcáditch contava que Vrónski viera saber notícias do jantar que ofereceriam no dia seguinte em homenagem a uma celebridade recém-chegada.

— E não quis entrar, de maneira alguma. Que tipo estranho — acrescentou Stiepan Arcáditch.

Kitty ruborizou-se. Pensava que só ela sabia por que ele viera e por que não entrara. "Ele foi a minha casa", pensou ela, "não me encontrou e imaginou que eu estava aqui; mas não entrou porque achou que já era tarde, e porque Anna está aqui."

Todos se entreolharam, sem nada dizer, e passaram a ver o álbum de Anna.

Nada havia de excepcional ou de estranho no fato de um homem passar na casa de um amigo, às nove e meia, para saber detalhes de um jantar que se estava organizando, e não entrar; mas, a todos, isso pareceu estranho. Mais que a qualquer outro, pareceu estranho e ruim a Anna.

XXII

O baile mal havia começado quando Kitty entrou, em companhia da mãe, pela grande escada inundada de luz, guarnecida de flores e de lacaios com pó de arroz e librés vermelhas. Um contínuo e invariável rumor de agitação, como em uma colmeia, vinha dos salões até elas e, enquanto arrumavam o penteado e o vestido diante de um espelho, entre uns arbustos, no patamar da escada, ouviam-se, do salão, os cuidadosos e nítidos sons dos violinos da orquestra, que dava início à primeira valsa. Um velhinho em trajes civis, que ajeitava o cabelo grisalho nas têmporas diante de outro espelho e que exalava um aroma de perfume, esbarrou de encontro a elas, na escada, e lhes deu passagem, visivelmente admirado com Kitty, que ele não conhecia. Um jovem sem barba, um desses jovens da sociedade que o velho príncipe Cherbátski chamava de almofadinhas, num colete excessivamente aberto e ajeitando a gravata branca enquanto caminhava, cumprimentou-as com uma reverência e, depois de ter passado por elas, voltou e convidou Kitty a dançar a quadrilha. A primeira quadrilha já estava cedida a Vrónski, ela teria de conceder a esse jovem a segunda. Um militar, que abotoava as luvas, se postou junto à porta e, alisando o bigode, admirou a rosada Kitty.

Embora a roupa, o penteado e todos os preparativos para o baile tivessem custado a Kitty muito trabalho e ponderação, ela agora, no seu complicado vestido de tule com barra cor-de-rosa, se integrava ao baile com muito desembaraço e naturalidade, como se todos aqueles laços de fita em forma de rosetas, aquelas rendas, todos os pormenores do vestuário não houvessem custado a ela e a suas criadas nem um minuto de atenção, como se ela já tivesse nascido nesse vestido de tule, nessas rendas, com esse penteado alto, que trazia no topo duas folhas e uma rosa.

Quando a velha princesa, antes de entrar no salão, quis arrumar a faixa que cingia sua cintura, Kitty desviou-se com um leve movimento. Sentia que tudo nela devia ficar naturalmente belo e gracioso e que não era preciso corrigir coisa alguma.

Kitty estava num de seus dias felizes. O vestido não a apertava em nenhum ponto, a comprida gola de renda não se afrouxou, as rosetas de fita não se amarrotaram e não desataram; os sapatos cor-de-rosa, de saltos altos e arqueados, não mordiam e sim alegravam seus pezinhos, as densas tranças de cabelos louros assentavam como se fossem naturais na cabeça pequenina. Todos os três botões estavam abotoados, sem romper-se, na luva de cano longo que cingia o antebraço sem alterar seu talhe. O veludo preto do medalhão circundava o pescoço de modo especialmente delicado. Esse veludo era um encanto e, em sua casa, olhando o próprio pescoço no espelho, Kitty teve a sensação de que o veludo falava. A respeito de tudo o mais, ainda poderia haver dúvidas, mas o veludo era um encanto. Kitty sorriu também aqui, no baile, mirando-se de passagem no espelho. Nos ombros e braços nus, Kitty sentia um frio de mármore, sensação que ela apreciava especialmente. Os olhos reluziam e os lábios rosados não conseguiam deixar de sorrir, ante a consciência do fascínio que exerciam. Mal entrara no salão e mal alcançara a multidão de damas, entre tules, fitas, rendas e flores, que esperavam os convites para dançar (Kitty nunca se demorava nessa multidão), já a convidavam para a valsa, e o convite vinha do melhor cavalheiro, o mais importante na hierarquia do baile, um famoso regente de bailes e mestre de cerimônias, um homem casado, bonito e esbelto, chamado Iegóruchka Kórsunski. Tendo deixado, pouco antes, a condessa Bánina, com quem dançara até o fim a primeira valsa, ele percorreu com o olhar os seus súditos, ou seja, alguns pares que haviam começado a dançar, avistou Kitty, que entrara, e apressou-se até ela, com o passo desenvolto, peculiar e exclusivo dos regentes de baile e, depois de fazer uma reverência, sem sequer perguntar se Kitty aceitava ou não, levantou o braço para rodear a sua cintura fina. Kitty olhou em volta, em busca de alguém a quem entregar seu leque, e a dona da casa, sorrindo para ela, segurou-o.

— Que ótimo que a senhorita tenha chegado na hora certa — disse ele, abraçando sua cintura —, ao contrário do condenável costume de chegar mais tarde.

Kitty colocou a mão esquerda, ligeiramente dobrada, sobre o ombro dele e os pés pequeninos, calçados em sapatos cor-de-rosa, começaram a mover-se rápidos, leves e cadenciados, no compasso da música, sobre o soalho escorregadio.

— É repousante valsar com a senhorita — disse ele, dando início, lentamente, aos primeiros passos da valsa. — Excelente, que leveza, *précision* — disse a Kitty o mesmo que dizia a todas as parceiras de dança, que conhecia bem.

Kitty sorriu ante o elogio e, por cima do ombro do seu par, continuava a observar o salão em redor. Não era uma novata, para quem todos os rostos em um baile se fundem, sob um efeito mágico; também não era uma jovem fatigada de bailes, para quem todos os rostos são tão conhecidos que provocam tédio; estava a meio caminho entre as duas — sentia-se entusiasmada e, ao mesmo tempo, mantinha sobre si mesma um domínio suficiente para poder observar. No canto esquerdo do salão, viu que se reunia a fina flor da sociedade. Lá estava, desnuda até o intolerável, a bela Lidie, esposa de Kórsunski, lá estava a dona da casa, lá reluzia a calva de Krívin, sempre presente onde estivesse a flor da sociedade, para lá olhavam os jovens, sem se atreverem a aproximar-se; e lá ela encontrou os olhos de Stiva e depois avistou a encantadora cabeça e a figura de Anna, num vestido preto de veludo. E ele estava ali. Kitty não o vira desde a noite em que rejeitara Liévin. Com seus olhos que enxergavam longe, Kitty reconheceu-o de imediato e até reparou que ele olhou para ela.

— E então, mais uma vez? Não está cansada? — perguntou Kórsunski, ligeiramente ofegante.

— Não, obrigada.

— Para onde devo levar a senhorita?

— Ali, onde está Kariênina, eu creio... leve-me até ela.

— Como quiser.

E Kórsunski começou a valsar, retardando o passo, na direção do grupo no canto esquerdo do salão, enquanto repetia: "*Pardon, mesdames, pardon, pardon, mesdames*", e, bordejando em meio a um mar de rendas, tules e fitas, sem esbarrar sequer na mais ínfima pluma, girou bruscamente sua dama, de tal modo que seus tornozelos finos, de meias rendilhadas, se descobriram e a cauda do vestido desdobrou-se como um leque e foi cobrir os joelhos de Krívin. Kórsunski curvou-se numa reverência, endireitou o peitilho aberto e ofereceu o braço para levá-la até Anna Arcádievna. Kitty, que havia se ruborizado, puxou a cauda do vestido que estava sobre os joelhos de Krívin e, um pouco tonta, olhou ao redor, em busca de Anna. Não estava de lilás, como Kitty desejara com tanto afinco, mas sim de preto, num vestido de veludo de corte rebaixado, que deixava à mostra, cheios e torneados, como que em marfim antigo, o colo, os ombros e os braços roliços, de pulsos finos e minúsculos. O vestido era todo ornado de guipuras venezianas. Sobre a cabeça, nos cabelos negros, todos próprios e sem mesclas de cabelos postiços, trazia uma pequena guirlanda de amores-perfeitos, igual à outra que estava presa à faixa negra em torno da cintura, entre rendas brancas. O penteado nada tinha de notável. Notáveis eram apenas os curtos aneizinhos rebeldes dos cabelos encaracolados, que sempre caíam na nuca e nas têmporas. No pescoço firme e bem torneado, havia um colar de pérolas.

Kitty via Anna todos os dias, estava maravilhada por ela e a imaginava, forçosamente, de lilás. Mas agora, ao vê-la de preto, se deu conta de que não compreendera todo o seu encanto. Viu-a, agora, de um modo totalmente novo e inesperado. Agora compreendeu que Anna não poderia estar de lilás e que o seu fascínio repousava exatamente no fato de que ela sempre sobressaía da sua vestimenta, de que a vestimenta nunca poderia ser vista à frente dela. E o vestido preto, com rendas suntuosas, não era visto à frente de Anna; era apenas uma moldura, e só Anna era visível, simples, natural, elegante e, ao mesmo tempo, alegre e animada.

Estava parada numa postura extraordinariamente ereta, como sempre, e, quando Kitty se aproximou daquele grupo, falava com o dono da casa, com a cabeça ligeiramente virada para ele.

— Não, eu não atiro pedras — respondeu Anna a algo que ele dissera —, ainda que eu não compreenda — prosseguiu, depois de encolher os ombros e, logo em seguida, com um carinhoso sorriso protetor, voltou-se para Kitty. Depois de lançar um rápido olhar de mulher às roupas da jovem, Anna fez um movimento de cabeça quase imperceptível, mas logo compreensível para Kitty, em sinal de aprovação à sua vestimenta e à sua beleza. — A senhorita já entrou no salão dançando — acrescentou Anna.

— Esta é uma das minhas mais fiéis colaboradoras — disse Kórsunski, com uma reverência para Anna Arcádievna, que até então ele não tinha visto. — A princesa ajuda a alegrar e a embelezar o baile. Anna Arcádievna, uma valsa? — propôs, curvando-se.

— Mas já se conhecem? — perguntou o dono da casa.

— Ora, a quem não conhecemos? Eu e minha esposa somos como lobos brancos, todos nos conhecem — respondeu Kórsunski. — Uma valsa, Anna Arcádievna.

— Eu não danço, quando é possível não dançar — disse ela.

— Mas hoje é impossível — retrucou Kórsunski.

Nesse momento, aproximou-se Vrónski.

— Bem, se hoje é impossível não dançar, então vamos — disse Anna, sem dar atenção à reverência que Vrónski lhe dirigiu e, rapidamente, levantou a mão até o ombro de Kórsunski.

"Por que está aborrecida com ele?", pensou Kitty, percebendo que Anna, intencionalmente, não respondera ao cumprimento de Vrónski. Ele se aproximou de Kitty, lembrou-a da primeira quadrilha e lamentou-se de haver ficado todo aquele tempo sem ter o prazer de vê-la. Kitty o ouvia, enquanto olhava admirada para Anna, que valsava. Esperava que Vrónski a convidasse para a valsa, mas ele não convidou e Kitty, surpresa, o observou de relance. Vrónski ruborizou-se e, depressa, convidou-a para valsar, mas, assim que abraçou a cintura fina de Kitty e deu o primeiro passo, a música cessou de repente. Kitty fitou o rosto de Vrónski, tão próximo do seu e, por muito tempo, durante vários anos, o olhar repleto de amor que ela, então, lhe dirigiu e ao qual ele não correspondeu feriu seu coração com uma vergonha torturante.

— *Pardon, pardon!* Valsa, valsa! — pôs-se a gritar Kórsunski, do outro lado do salão e, depois de segurar a primeira mocinha ao seu alcance, saiu ele mesmo a dançar.

XXIII

Vrónski e Kitty dançaram algumas valsas. Após a série de valsas, Kitty aproximou-se da mãe e mal tivera tempo de trocar algumas palavras com Nordston quando Vrónski veio buscá-la para a primeira quadrilha. Nada de especial foi dito durante a quadrilha, uma conversa intermitente tratou ora dos Kórsunski, marido e esposa, os quais ele descreveu de modo muito divertido, como amáveis crianças de quarenta anos, ora de um teatro público em projeto, e só uma vez a conversa afetou-a de um modo vivo, quando Vrónski indagou a respeito de Liévin, se não estava ali, e acrescentou que gostara muito dele. Mas Kitty não esperava grande coisa da quadrilha. Aguardava, ansiosa, a mazurca. Parecia-lhe que então tudo iria resolver-se. O fato de, durante a quadrilha, Vrónski não a ter convidado para a mazurca não a inquietou. Estava convicta de que dançaria com ele, como nos bailes anteriores, e recusou cinco convites para a mazurca, dizendo que já tinha um par. O baile todo, até a última quadrilha, foi para Kitty um sonho mágico de cores, sons e movimentos radiantes. Só não dançava quando se sentia fatigada demais e pedia um descanso. Mas, na ocasião em que dançava a última quadrilha com um dos jovens mais enfadonhos, a quem não pôde rejeitar, aconteceu de ficar vis-à-vis a Vrónski e Anna. Ela não deparara mais com Anna desde sua chegada ao baile e então, de repente, avistou-a outra vez, de uma forma completamente nova e inesperada. Reconheceu nela as feições da exaltação do sucesso, tão conhecidas de Kitty. Viu que Anna estava embriagada com a admiração entusiástica que provocava. Kitty conhecia esse sentimento, conhecia os seus sintomas e os reconheceu em Anna — viu o brilho trêmulo e inflamado nos olhos, o sorriso de felicidade e de exaltação que involuntariamente arqueava os lábios, e a graça distinta, a precisão e a leveza dos movimentos.

"Quem?", perguntou a si mesma. "Todos ou um só?" E, sem ajudar o jovem com quem dançava a manter a conversa, cujo fio ele deixara escapar e não conseguia retomar, e obedecendo mecanicamente aos gritos alegres, altos e imperiosos de Kórsunski, que impelia a todos ora num *grand rond*, ora numa *chaine*, Kitty observava com atenção, e seu coração se apertava cada vez mais. "Não, não é o apreço de todos que a embriaga, mas a admiração de um só. E quem será? Não será ele?" Toda vez que Vrónski falava com Anna, inflamava-se nos olhos dela um brilho de contentamento, e um sorriso de felicidade arqueava seus lábios rosados. Anna parecia fazer um esforço contra si mesma para não demonstrar esses sintomas de contentamento, mas eles sobressaíam, por si mesmos, em seu rosto. "Mas e quanto a ele?", Kitty observou Vrónski e horrorizou-se. Aquilo que Kitty pressentira tão claramente no espelho do rosto de Anna, reconheceu em Vrónski. O que havia acontecido com a sua maneira sempre calma e firme e com a expressão serena e despreocupada do seu rosto? Não, agora, toda vez que ele se voltava para Anna, curvava um pouco a cabeça, como se quisesse atirar--se diante dela, e no olhar de Vrónski só havia uma expressão de submissão e de temor. "Não desejo ofendê-la", parecia dizer o seu olhar, a cada instante, "mas quero salvar-me, e não sei como." Em seu rosto, havia uma expressão que Kitty jamais vira antes.

Falavam sobre conhecidos comuns, travavam a conversa mais trivial possível, mas a Kitty parecia que cada palavra selava o destino deles e dela também. E o estranho era que, embora de fato conversassem sobre como era ridículo o modo de Ivan Ivánovitch falar francês e que Eliêtska poderia ter conseguido um partido melhor para casar, ao mesmo tempo tais palavras tinham para eles uma importância, e os dois o sentiam do mesmo modo que Kitty. O baile todo, o mundo todo, tudo se encobriu num nevoeiro, na alma de Kitty. Apenas a educação severa que recebera lhe servia de apoio e a obrigava a fazer aquilo que dela exigiam, ou seja, dançar, responder às perguntas, falar e até sorrir. Mas, antes do início da mazurca, quando já começavam a arrumar as cadeiras e alguns pares se deslocavam das salas menores para o salão principal, Kitty teve um minuto de horror e desespero. Recusara cinco pares e agora não ia dançar a mazurca. Já nem havia esperança de que a convidassem, justamente porque ela fazia demasiado sucesso na sociedade e não poderia passar pela cabeça de ninguém que não tivesse sido convidada até aquele momento. Teria de dizer à mãe que estava se sentindo mal, e ir para casa, mas não tinha forças para isso. Sentia-se prostrada.

Kitty procurou o fundo de uma pequena sala de estar e deixou-se cair numa poltrona. A saia vaporosa do vestido erguia uma nuvem em torno do seu talhe fino; a mão desnuda, magra e fresca de menina, tombada sem forças, afundava nas pregas da túnica rosada; a outra mão, com movimentos curtos e rápidos, abanava com um leque seu rosto afogueado. Mas, em contraste com esse aspecto de uma borboleta aferrada a uma folhinha de relva e pronta a desdobrar as asas irisadas e alçar voo a qualquer momento, um desespero terrível oprimia seu coração.

"Mas talvez eu esteja enganada. Quem sabe não era isso?"

E, de novo, lembrou tudo o que tinha visto.

— Kitty, o que há? — perguntou a condessa Nordston, aproximando-se dela em silêncio, sobre o tapete. — Não entendo.

O lábio inferior de Kitty tremeu; ela se levantou depressa.

— Kitty, não está dançando a mazurca?

— Não, não — respondeu, com a voz trêmula de lágrimas.

— Ele, diante de mim, convidou a ela para dançar a mazurca — disse Nordston, sabendo que Kitty entenderia quem eram ela e ele. — Ela perguntou: O senhor não vai dançar com a princesa Cherbátskaia?

— Ah, para mim tanto faz! — retrucou Kitty.

Ninguém, a não ser ela mesma, entendia a sua situação, ninguém sabia que ela havia acabado de rejeitar o pedido de casamento de um homem a quem talvez amasse, e o rejeitara porque acreditava num outro.

A condessa Nordston encontrou Kórsunski, com quem ia dançar a mazurca, e sugeriu que ele convidasse Kitty.

Kitty dançou na posição do primeiro par e, para sua felicidade, não teve de falar porque Kórsunski corria, todo o tempo, distribuindo ordens aos seus súditos. Vrónski e Anna se achavam quase em frente a ela. Kitty os viu com seus olhos que enxergavam longe, viu-os também de perto, quando os pares se cruzaram e, quanto mais olhava, mais se convencia de que a sua infelicidade havia se consumado. Via que os dois se sentiam sozinhos naquele salão lotado. E, no rosto de Vrónski, sempre tão firme e independente, Kitty via uma expressão de perplexidade e submissão que a assombrava, semelhante à expressão de um cachorro inteligente quando se sente culpado.

Anna sorria, e seu sorriso contagiava Vrónski. Ela se punha pensativa, e ele se fazia sério. Alguma força sobrenatural atraía os olhos de Kitty na direção do rosto de Anna. Ela estava encantadora em seu simples vestido preto, eram encantadores seus fornidos braços com braceletes, era encantador o seu pescoço firme com o cordão de pérolas, encantadores os cabelos encaracolados com o penteado em desalinho, encantadores os movimentos leves e graciosos dos pequeninos pés e mãos, encantador o belo rosto com sua vivacidade; mas havia algo de horrível e de cruel no seu encanto.

Kitty a admirava ainda mais do que antes e sofria cada vez mais. Kitty sentia-se esmagada e seu rosto exprimia isso. Quando Vrónski a viu, ao cruzar com ela na mazurca, não a reconheceu de imediato, a tal ponto estava mudada.

— Baile maravilhoso! — disse a ela, a fim de falar alguma coisa.

— Sim — respondeu Kitty.

No meio da mazurca, ao repetir uma figura complicada que Kórsunski acabara de inventar, Anna teve de se colocar no centro do círculo, tomou dois cavalheiros e convocou Kitty e uma outra dama. Kitty fitou-a com um susto e aproximou-se. Anna, estreitando os olhos, olhava para ela e sorriu, depois de lhe apertar a mão. Mas, notando que o rosto de Kitty só respondeu ao seu sorriso com uma expressão de desespero e de assombro, virou-lhe as costas e passou a falar alegremente com a outra dama.

"Sim, há nela algo de estranho, demoníaco e encantador", disse Kitty a si mesma.

Anna não queria ficar para o jantar, mas o dono da casa veio lhe pedir.

— Ora, Anna Arcádievna — começou Kórsunski, tomando seu braço desnudo sob a manga do seu fraque. — Que ideia eu tive para o cotilhão! *Un bijou!*[18]

E moveu-se um pouco, no intuito de entusiasmá-la. O dono da casa sorriu com aprovação.

— Não, não vou ficar — respondeu Anna, sorrindo; mas, apesar do sorriso, Kórsunski e o dono da casa compreenderam, pelo tom decidido de sua resposta, que Anna não ficaria.

— Não, neste único baile aqui em Moscou já dancei mais do que durante todo o inverno, em São Petersburgo — disse Anna, olhando para Vrónski ao seu lado. — Tenho de descansar antes da viagem.

— Então a senhora está resolvida a partir amanhã? — perguntou Vrónski.

— Sim, eu creio — respondeu, como que espantada com a coragem de sua resposta; mas, ao falar, o brilho trêmulo e irresistível dos olhos e do sorriso abrasou Vrónski.

Anna Arcádievna não ficou para o jantar e não viajou.

---

18 Francês: "uma joia".

XXIV

"Sim, há em mim algo de repulsivo, que afugenta", pensava Liévin, depois de deixar a casa dos Cherbátski, enquanto seguia a pé para a casa do irmão. "Eu não sirvo para os outros. É o orgulho, dizem. Não, eu não tenho orgulho. Se houvesse orgulho, eu não me veria agora nesta situação." E, em pensamento, reviu Vrónski, feliz, satisfeito, inteligente e calmo, alguém que seguramente jamais se encontraria na situação horrível em que estava Liévin nessa noite. "Sim, ela não podia deixar de escolher a ele. Era necessário e eu não tenho de quem nem de que me queixar. O culpado sou eu mesmo. Que direito tinha eu de pensar que ela desejaria unir seu destino ao meu? Quem sou eu? E o que sou? Um homem insignificante, desnecessário para quem quer que seja." Lembrou-se do seu irmão Nikolai e, com prazer, concentrou-se nesse pensamento. "Não terá ele razão ao afirmar que tudo no mundo é ruim e sórdido? Não sei se fomos e se somos justos em nossos julgamentos a respeito do irmão Nikolai. Claro, do ponto de vista de Prokófi, que o viu bêbado e em sua peliça andrajosa, ele é um homem desprezível; mas eu o conheço de outra maneira. Conheço sua alma e sei que somos parecidos. E eu, em vez de ir ao encontro dele, saí para ir a um jantar e vim parar aqui." Liévin aproximou-se de um lampião, leu o endereço do irmão, que trazia anotado num pedacinho de papel, e chamou uma carruagem de praça. Durante todo o longo trajeto até o irmão, Liévin recordava, de forma vívida, todos os acontecimentos da vida de Nikolai de que tinha conhecimento. Lembrou como o irmão, na universidade e um ano após a universidade, apesar das zombarias dos colegas, viveu como um monge, no rigoroso cumprimento de todos os ritos da religião, nas missas, nos jejuns, evitando todos os prazeres, em especial as mulheres; e como depois, de repente, não pôde mais se conter, uniu-se às pessoas mais sórdidas e atirou-se à mais desregrada devassidão. Lembrou-se, em seguida, da história do menino que ele trouxera do campo para educar e como, num acesso de fúria, o surrou de tal modo que teve de responder a um processo, acusado de provocar mutilação. Lembrou-se, depois, da história do trapaceiro para quem Nikolai perdera dinheiro no jogo, a quem pagara com uma nota promissória e contra quem apresentou queixa, provando que fora enganado. (Foi essa a dívida paga por Serguei Ivánitch.) Depois, lembrou como Nikolai passara uma noite na polícia por conduta violenta. Lembrou-se do vergonhoso processo aberto por ele contra o irmão Serguei Ivánitch porque este não lhe teria pagado sua parte da herança da mãe; e o último caso, quando Nikolai foi assumir um emprego público numa província ocidental e lá teve de responder a um processo por espancamentos praticados contra um sargento-ajudante... Tudo isso era horrivelmente torpe, mas aos olhos de Liévin não parecia tão torpe quanto devia parecer aos olhos de quem não conhecesse Nikolai Liévin, não conhecesse toda a sua história, não conhecesse o seu coração.

Liévin lembrou como, naquele tempo em que Nikolai viveu a fase da devoção, dos jejuns, dos monges, das missas, quando buscava na religião um socorro, um freio para a sua índole fogosa, não só ninguém lhe deu apoio como todos, e também Liévin, zombaram dele. Caçoavam, chamavam-no de Noé, de monge; e quando Nikolai não conseguiu mais se conter, ninguém o ajudou, todos lhe voltaram as costas, com horror e repugnância.

Liévin sentia que o irmão Nikolai, na sua alma, no fundo da sua alma, apesar de toda a indignidade da sua vida, não era mais condenável do que as pessoas que o desprezavam. Não tinha culpa de haver nascido com um caráter incontrolável e com uma inteligência, de certo modo, limitada. Mas sempre quis ser bom. "Vou dizer tudo o que sinto, vou obrigá-lo a também me dizer tudo, mostrarei que tenho amor por ele e que, por isso, o compreendo", decidiu Liévin, para si mesmo, quando se aproximava do hotel indicado no endereço, antes das onze horas.

— Lá em cima, quartos 12 e 13 — respondeu o porteiro à pergunta de Liévin.

— Ele está?

— Deve estar.

A porta do quarto 12 estava entreaberta e de lá, numa faixa de luz, saía uma densa fumaça de tabaco malcheiroso e ordinário e o som de uma voz que Liévin desconhecia; mas reconheceu de imediato que o irmão estava lá; ouviu sua tosse.

Quando chegou à porta, a voz desconhecida dizia:

— Tudo depende de fazer a coisa com sensatez e prudência.

Konstantin Liévin olhou através da porta e viu quem falava, um jovem de vasta cabeleira e casaco pregueado na cintura, e viu que uma jovem com o rosto marcado de varíola, com um vestido de lã sem punhos nas mangas e sem gola, estava sentada no sofá. Nikolai não estava visível. O coração de Konstantin se contraiu de dor à ideia de que o irmão vivia em companhia de pessoas estranhas. Ninguém ouviu sua chegada e Konstantin, enquanto descalçava as galochas, prestava atenção no que dizia o homem de casaco pregueado. Falava de algum negócio.

— Ora, que o diabo as carregue, as classes privilegiadas — exclamou, tossindo, a voz do irmão. — Macha! Prepare alguma coisa para jantarmos e traga vinho, se tiver sobrado algum, se não, mande buscar.

A mulher levantou-se, saiu de trás do tabique e viu Konstantin.

— Tem um senhor aqui, Nikolai Dmítritch — disse ela.

— Quer falar com quem? — perguntou, com irritação, a voz de Nikolai Liévin.

— Sou eu — respondeu Konstantin Liévin, saindo para a luz.

— Eu quem? — retrucou, ainda mais irritada, a voz de Nikolai. Ouviu-se que ele se levantou bruscamente, tropeçando em alguma coisa, e Liévin viu à sua frente, na entrada, a enorme, magra e curvada figura do irmão, tão familiar, mas que, mesmo assim, causava assombro por seu aspecto selvagem e doentio, com seus olhos grandes e amedrontados.

Estava ainda mais magro do que três anos antes, quando Konstantin Liévin o vira pela última vez. Vestia uma sobrecasaca curta. Os braços e os ombros largos pareciam ainda maiores. O cabelo ficara mais ralo, o mesmo bigode reto pendia sobre os lábios, os mesmos olhos de ar estranho e ingênuo fitavam o recém-chegado.

— Ah, Kóstia! — exclamou, de repente, depois de reconhecer o irmão, e seus olhos brilharam de alegria. Mas, no mesmo instante, olhou para trás, na direção do jovem, e fez um tenso movimento de cabeça e de pescoço, tão conhecido de Konstantin, como se uma gravata o incomodasse; e uma expressão completamente diferente, selvagem, sofrida e cruel, tomou o seu rosto magro.

— Escrevi para o senhor e para Serguei Ivánitch e disse que não tenho nada a ver com os senhores, e não quero ter. Do que você... do que o senhor precisa?

Ele em nada se parecia com a pessoa que Konstantin havia imaginado. O que havia de pior e de mais penoso em seu caráter, aquilo que tornava tão difíceis as relações com ele, ficara esquecido de Konstantin Liévin, quando pensara no irmão; e então, no momento em que viu o seu rosto, em especial aquele meneio tenso da cabeça, lembrou-se de tudo.

— Não preciso de nada — respondeu timidamente. — Vim apenas para ver você.

A timidez do irmão, aparentemente, abrandou Nikolai. Ele contraiu os lábios.

— Ah, é isso? — falou. — Bem, entre, sente-se. Quer jantar? Macha, traga três porções. Não, espere. Sabe quem é este aqui? — perguntou ao irmão, apontando para o jovem de casaco pregueado. — Este cavalheiro se chama Krítski, meu amigo desde os tempos de Kíev, um homem extraordinário. É procurado pela polícia, está claro, pois não é um canalha.

E, de seu modo habitual, correu os olhos por todos os presentes no quarto. Ao notar que a mulher, que ficara na porta, fazia menção de ir embora, gritou na sua direção:

— Espere, eu já disse.

E, com aquela maneira de falar estabanada e inábil que Konstantin tão bem conhecia, Nikolai, correndo os olhos de novo por todos os presentes, passou a contar para o irmão a história de Krítski: como o expulsaram da universidade por ter organizado uma sociedade de amparo para os estudantes pobres, além de escolas dominicais, e como, mais tarde, se tornou professor numa escola pública, e como também o expulsaram de lá, e como depois respondeu a um processo por algum motivo.

— O senhor é da Universidade de Kíev? — perguntou Konstantin Liévin para Krítski, a fim de interromper o silêncio incômodo que se estabelecera.

— Sim, fui de lá — respondeu Krítski, zangado, de sobrancelha franzida.

— E essa mulher — interrompeu Nikolai Liévin, apontando para ela — é a minha companheira de vida, Mária Nikoláievna. Eu a tirei de uma dessas casas — e repuxou o pescoço, ao dizer isso. — Mas eu a amo e respeito, e a todos que quiserem me conhecer — acrescentou, erguendo a voz e franzindo as sobrancelhas —, peço que tenham amor e respeito por ela. É como se fosse a minha esposa, a mesmíssima coisa. Pronto, agora você sabe com quem está lidando. E se achar que está se rebaixando, a porta é serventia da casa.

E de novo seus olhos correram por todos, com ar interrogativo.

— Por que eu estaria me rebaixando? Não entendo.

— Vamos, Macha, mande trazer o jantar: três porções, vodca e vinho... Não, espere... Não, não é nada... Vá.

XXV

— Você está vendo — prosseguiu Nikolai Liévin, franzindo a testa com esforço e se contraindo. Era evidente que tinha dificuldade para imaginar o que falar e o que fazer. — Está vendo ali?... — apontou para umas barras de ferro, no canto do quarto, amarradas com cordões. — Está vendo isso? É o início de um novo empreendimento, em que estamos entrando. Trata-se de uma associação produtiva...

Konstantin quase não escutava. Fitava seu rosto doentio, tísico, sentia cada vez mais pena dele e não conseguia obrigar-se a escutar o que o irmão contava a respeito da associação. Percebeu que a tal associação não passava de uma âncora para salvá-lo do desprezo por si mesmo. Nikolai Liévin continuava a falar:

— Você sabe que o capital oprime o trabalhador e os nossos trabalhadores, os mujiques, suportam todo o peso do trabalho e são postos numa tal situação que, por mais que trabalhem, não conseguem sair da sua condição de bestas de carga. Todos os proventos do salário, com os quais poderiam melhorar sua condição, proporcionar a si mesmos algum lazer e, em consequência, obter alguma instrução, todo o dinheiro que sobra lhes é tirado pelos capitalistas. E a sociedade está organizada de tal modo que, quanto mais eles trabalharem, mais os comerciantes e os senhores de terra enriquecerão, enquanto eles serão sempre as bestas de carga. E este regime precisa mudar — concluiu e fitou o irmão, com ar interrogativo.

— Sim, é claro — disse Konstantin, observando o rubor que surgira sob os ossos salientes das faces do irmão.

— E nós estamos organizando uma associação de serralheiros, na qual toda a produção, os lucros e, o principal, os instrumentos de produção, tudo será propriedade comum.

— Onde ficará a associação? — perguntou Konstantin Liévin.

— Na aldeia de Vozdriem, na província de Kazan.

— Mas por que numa aldeia? Parece-me que nas aldeias já há muito trabalho. Por que uma associação de serralheiros numa aldeia?

— Porque os mujiques são agora tão escravos quanto eram antes e por isso o senhor e Serguei Ivánitch não apreciam que alguém queira tirá-los dessa escravidão — respondeu Nikolai Liévin, irritado com a objeção.

Konstantin Liévin deu um suspiro, enquanto observava o quarto sombrio e imundo. Esse suspiro pareceu irritar Nikolai mais ainda.

— Conheço muito bem os pontos de vista aristocráticos do senhor e de Serguei Ivánitch. Sei que ele emprega toda a força do pensamento para justificar o mal existente.

— Não é assim, mas para que você fica falando de Serguei Ivánitch? — perguntou Liévin, sorrindo.

— Serguei Ivánitch? Pois vou lhe dizer por quê! — gritou Nikolai, de repente, ao ouvir o nome de Serguei Ivánitch. — Eis aqui por quê... Mas de que adianta falar? Só uma coisa... Por que você veio me ver? Você despreza tudo isso, pois está muito bem, vá com Deus, então, vá embora! — gritou, levantando-se da cadeira. — Vá embora! Vá embora!

— Não desprezo, de maneira alguma — disse Konstantin Liévin, timidamente. — Eu nem o discuto.

Nesse momento, Mária Nikoláievna voltou. Nikolai Liévin dirigiu um olhar zangado para a mulher. Ela se aproximou dele e sussurrou algo.

— Estou doente, me irrito à toa — disse Nikolai Liévin, acalmando-se, com a respiração ofegante. — E você ainda vem me falar de Serguei Ivánitch e do artigo que ele escreveu. É tanto disparate, tanta mentira, tanta ilusão. O que pode escrever sobre a justiça um homem que não a conhece? O senhor leu o artigo dele? — voltou-se para Krítski, sentando-se à mesa outra vez e afastando até o meio os cigarros que estavam espalhados, a fim de abrir espaço.

— Não li — respondeu Krítski, com ar sombrio, obviamente desinteressado de tomar parte da conversa.

— Por quê? — Nikolai Liévin, dessa vez, dirigiu-se a Krítski com irritação.

— Porque não julgo necessário perder tempo com isso.

— Mas, permita que lhe pergunte, por que o senhor sabia que perderia seu tempo? Para muitos, o artigo é inacessível, ou seja, está acima de sua capacidade. Mas comigo é diferente, eu enxergo através do pensamento dele e sei por que é frágil.

Todos ficaram em silêncio. Krítski levantou-se vagarosamente e apanhou o chapéu.

— O senhor não quer jantar? Pois bem, até a vista. Venha amanhã com o serralheiro.

Tão logo Krítski saiu, Nikolai Liévin sorriu e piscou o olho.

— Também não presta — exclamou. — Pois eu vejo...

Mas, nesse instante, Krítski o chamou, na porta.

— O que quer, ainda? — disse Nikolai e saiu ao seu encontro, no corredor. Vendo-se a sós com Mária Nikoláievna, Liévin dirigiu-se a ela.

— A senhora está há muito tempo com o meu irmão?

— Já faz mais de um ano. A saúde dele piorou muito. Bebe demais — disse ela.

— O que ele bebe?

— Vodca, e faz mal a ele.

— Bebe muito? — sussurrou Liévin.

— Sim — respondeu, lançando um olhar temeroso na direção da porta, onde surgira Nikolai Liévin.

— Do que estavam falando? — perguntou, franzindo a sobrancelha e voltando os olhos assustados de um para o outro. — Do quê?

— De nada — respondeu Konstantin, confuso.

— Se não querem dizer, tanto faz. Só que você não tem nada o que falar com ela. É uma prostituta e você, um fidalgo — disse, repuxando o pescoço. — Pelo que vejo, você já entendeu e avaliou tudo e sente comiseração pelos meus erros — recomeçou a falar, erguendo a voz.

— Nikolai Dmítritch, Nikolai Dmítritch — sussurrou Mária Nikoláievna outra vez, aproximando-se dele.

— Ora, está bem, está bem!... Mas e o jantar? Ah, aqui está ele — disse, ao ver o criado com uma bandeja. — Aqui, ponha aqui — falou, zangado, e logo apanhou a vodca, encheu um cálice e sorveu tudo, com sofreguidão. — Beba, não quer? — perguntou ao irmão, alegrando-se num instante. — Bem, basta de Serguei Ivánitch. Apesar de tudo, estou contente de ver você. Por mais que se diga, não somos estranhos. Vamos, beba. Conte o que tem feito — prosseguiu, enquanto mastigava sofregamente um naco de pão e enchia mais um cálice. — Como vive?

— Moro sozinho no interior, como vivia antes, cuido da propriedade — respondeu Konstantin, observando com horror a sofreguidão com que ele bebia e comia, enquanto tentava disfarçar sua atenção.

— Por que não casou?

— Não aconteceu — respondeu Konstantin, ruborizando-se.

— Por quê? Para mim, está acabado! Desperdicei minha vida. Sempre disse e continuo a dizer que, se tivessem me dado a minha parte da herança naquela época, quando eu precisava, toda a minha vida seria diferente.

Konstantin Dmítritch apressou-se em mudar de assunto.

— Você sabia que o seu Vâniuchka está comigo, empregado num escritório em Pokróvskoie? — disse.

Nikolai repuxou o pescoço e se pôs pensativo.

— Pois bem, conte-me como andam as coisas em Pokróvskoie. A casa continua de pé? E as bétulas, e a nossa escolinha? E o jardineiro Filip, ainda está vivo? Como me lembro do caramanchão e do banco! Tome cuidado, não mude nada na casa, mas case rápido e faça tudo continuar como era antes. Então irei visitá-lo, se a sua esposa for bondosa.

— Mas então venha logo agora — disse Liévin. — Que ótimo seria para nós!

— Eu até iria se não soubesse que encontraria Serguei Ivánitch.

— Você não o encontrará. Vivo completamente independente dele.

— Sim, mas, diga o que disser, você terá de escolher entre mim e ele — disse, olhando timidamente para os olhos do irmão. Essa timidez comoveu Konstantin.

— Se quer ouvir minha confissão a respeito do assunto, digo que nessa briga entre você e Serguei Ivánitch eu não tomo nem um lado nem o outro. Os dois estão errados. Você está mais errado por fora e ele, por dentro.

— Ah! Ah! Você entendeu, você entendeu? — gritou Nikolai, com alegria.

— Mas eu, pessoalmente, se quer saber, tenho mais apreço à amizade com você porque...

— Por quê, por quê?

Konstantin não conseguiu responder que tinha mais apreço porque Nikolai era um infeliz e precisava de amizade. Mas Nikolai compreendeu que ele queria dizer exatamente isso e, com a testa franzida, pegou de novo a garrafa de vodca.

— Chega, Nikolai Dmítritch! — disse Mária Nikoláievna, estendendo o braço roliço e desnudo na direção da garrafinha.

— Deixe! Não me amole! Bato em você! — gritou ele. Mária Nikoláievna deu um sorriso manso e bondoso, que contagiou Nikolai, e retirou a vodca. — E você pensa que ela não compreende nada? — perguntou Nikolai. — Pois ela entende tudo isso melhor do que qualquer um de nós. Não é verdade que há nela algo de bom, de meigo?

— A senhora nunca esteve antes em Moscou? — perguntou Konstantin, para dizer alguma coisa.

— Mas não a trate por *senhora*. Isso a assusta. Ninguém a tratou por *senhora*, ninguém, exceto o juiz de paz que a julgou porque ela quis fugir da casa de depravação. Meu Deus, quanto absurdo neste mundo! — exclamou de repente. — Essas instituições novas, esses juízes de paz, o conselho rural, que monstruosidades!

E passou a expor suas divergências com as novas instituições.

Konstantin Liévin o escutava e essa oposição a todas as instituições sociais, oposição que ele compartilhava e que tantas vezes manifestou, agora soava desagradável, na boca do irmão.

— No outro mundo, vamos entender tudo isso — comentou, jocoso.

— No outro mundo? Oh, eu não gosto desse outro mundo! Não gosto — disse Nikolai, depois de fixar no rosto do irmão seus olhos ferozes e assustados. — Era de imaginar que deixar para trás todas as canalhices, todas as confusões, as nossas e as alheias, seria uma coisa boa, mas tenho medo da morte, tenho um medo terrível da morte. — Estremeceu. — Vamos, beba um pouco. Quer champanhe? Podemos ir a algum lugar. Vamos até os ciganos! Sabe, eu adoro canções ciganas e russas.

Sua língua começou a se atrapalhar e ele se pôs a saltar de um assunto para outro. Konstantin, com a ajuda de Macha, o persuadiu a não ir a parte alguma e levou-o para a cama, completamente embriagado.

Macha prometeu escrever para Konstantin em caso de necessidade e convencer Nikolai Liévin a ir morar com o irmão.

XXVI

De manhã, Konstantin Liévin deixou Moscou e, ao anoitecer, chegou a sua casa. No caminho, em seu vagão de trem, conversou com o passageiro vizinho sobre política, sobre as novas estradas de ferro e, assim como em Moscou, viu-se dominado pela confusão das ideias, pela insatisfação consigo mesmo, por uma vergonha de algo que nem sabia o que era; mas, quando desembarcou na sua estação e reconheceu o cocheiro caolho Ignat, com a gola do casaco levantada, quando viu, na luz pálida que descia das janelas da estação, o seu trenó estofado, os seus cavalos de caudas atadas, em arreios com argolas e fitas, quando o cocheiro Ignat, ainda enquanto arrumava as bagagens, se pôs a contar as novidades da aldeia, a chegada de um empreiteiro e o nascimento da cria de Pava, Liévin sentiu que, aos poucos, a confusão se dissipava e a vergonha e a insatisfação consigo mesmo passavam. Sentiu isso no instante em que pôs os olhos em Ignat e nos cavalos; mas quando vestiu o sobretudo de peles que lhe foi oferecido, sentou-se, agasalhou-se e partiu no trenó, refletindo sobre as providências que teria de tomar na aldeia e olhando para o fatigado cavalo do Don, atrelado do lado de fora do varal da troica, outrora usado como montaria, mas ainda fogoso, Liévin começou a compreender de modo completamente distinto tudo aquilo que acontecera. Sentiu-se inteiro em si mesmo e não queria ser outra pessoa. Agora, só queria ser melhor do que havia sido. Em primeiro lugar, a partir desse dia, resolveu que não alimentaria mais esperanças de uma felicidade extraordinária, a qual deveria vir do casamento e, em consequência, não menosprezaria tanto o seu presente. Em segundo lugar, nunca mais permitiria arrebatar-se por paixões sórdidas, cuja lembrança tanto o martirizara nos momentos em que se preparava para apresentar seu pedido de casamento. Depois, lembrando-se do irmão Nikolai, resolveu que nunca mais se permitiria esquecê-lo, acompanharia seus passos e não o perderia de vista, para estar pronto a ajudar, quando sua situação piorasse. E, Liévin o pressentia, isso não demoraria a acontecer. Em seguida, a conversa com o irmão sobre o comunismo, que na ocasião ele não levara a sério, agora o obrigou a refletir. Julgava absurda a reforma das condições econômicas, mas sempre se dera conta da injustiça da sua fartura, em comparação com a pobreza do povo, e então decidiu que, a fim de sentir-se inteiramente justo, embora antes já trabalhasse muito e não vivesse no luxo, agora trabalharia ainda mais e teria ainda menos luxo. E tudo isso lhe parecia tão fácil de executar que passou todo o trajeto entregue aos devaneios mais agradáveis. Com um animado sentimento de esperança numa vida nova e melhor, chegou a sua casa antes das nove horas da noite.

Das janelas do quarto de Agáfia Mikháilovna, a velha ama que desempenhava as funções de governanta, caía uma luz sobre a neve, no pátio em frente à casa. Ela ainda não dormia. Kuzmá, despertado por ela, correu para a varanda, descalço e sonolento. A cadela perdigueira Laska, que por pouco não derrubou Kuzmá, veio pulando e ganindo, esfregou-se nos joelhos de Liévin, ergueu-se com vontade de pôr as patas dianteiras em seu peito, mas não se atreveu.

— Voltou cedo, patrão — disse Agáfia Mikháilovna.

— Cansei, Agáfia Mikháilovna. Na casa dos outros, é bom; mas na nossa casa, é melhor — respondeu, e seguiu para o seu gabinete.

O gabinete iluminou-se aos poucos, com a vela que lhe trouxeram. Surgiram os detalhes conhecidos: os chifres de cervo, as estantes com os livros, o espelho, a estufa com a ventoinha, que havia muito carecia de reparos, o sofá que fora do pai, uma grande mesa, sobre ela um livro aberto, um cinzeiro quebrado, um caderno com a sua caligrafia. Assim que pôs os olhos em tudo isso, assaltou-o por um momento uma dúvida quanto à possibilidade de construir aquela vida nova, sobre a qual devaneara na viagem. Todos aqueles vestígios da sua vida pareceram cercá-lo e dizer: "Não, você não fugirá de nós e não será diferente, mas sim o mesmo que já era: com as dúvidas, com a eterna insatisfação consigo mesmo, com as vãs tentativas de se corrigir, com os fracassos e com a eterna esperança de felicidade, que não veio e que, para você, é impossível".

Mas, se os seus objetos lhe diziam isso, uma voz diferente, na alma, lhe dizia que não era preciso sujeitar-se ao passado e que cada um podia fazer de si o que bem entendesse. E, ao ouvir essa voz, Liévin aproximou-se do canto onde estavam dois pesos de dezesseis quilos e pôs-se a levantá-los com movimentos de ginástica, tentando imbuir-se de ânimo. Atrás da porta, rangeram passos. Ele rapidamente baixou os pesos.

Entrou o administrador e disse que tudo corria bem, com a graça de Deus, mas aconteceu que o trigo-sarraceno havia queimado na nova secadora. Essa notícia irritou Liévin. A nova secadora fora construída e, em parte, inventada por Liévin. O administrador sempre fora contrário àquela secadora e agora, com um triunfo dissimulado, anunciava que o trigo-sarraceno queimara. Liévin tinha a firme convicção de que, se o trigo queimara, o motivo era que não foram tomadas as medidas que ele havia recomendado cem vezes. Aborreceu-se e repreendeu o administrador. Mas havia um acontecimento importante e feliz: nascera a cria de Pava, sua melhor e mais valiosa vaca, comprada numa exposição agrícola.

— Kuzmá, traga o sobretudo de peles. E o senhor, mande trazer a lanterna, vou até lá dar uma olhada — disse para o administrador.

O estábulo para as vacas mais valiosas ficava, agora, atrás da casa. Depois de atravessar o quintal e contornar um monte de neve e os lilases, Liévin aproximou-se do estábulo. Sentiu o cheiro de estrume morno quando a porta, emperrada por causa do frio, se abriu e as vacas, surpresas com a inusitada luz da lanterna, começaram a se mexer sobre a palha fresca. Rebrilhou o amplo dorso liso, malhado de preto, da vaca holandesa. Berkut, o touro, jazia com sua argola no focinho e fez menção de levantar, mas pensou melhor e limitou-se a bufar duas ou três vezes quando passaram por ele. Pava, a beldade vermelha, imensa como um hipopótamo, tendo virado de costas, encobria a bezerra dos intrusos e a cheirava.

Liévin entrou na baia, examinou Pava e ergueu a bezerra malhada de vermelho sobre suas pernas compridas e cambaleantes. Nervosa, Pava chegou a mugir, mas acalmou-se quando Liévin repôs a bezerrinha junto dela e, depois de exalar um pesado suspiro, começou a lamber a cria com a língua áspera. A bezerrinha fuçava e empurrava com o focinho por baixo da virilha da mãe, enquanto girava o rabinho.

— Ilumine aqui, Fiódor, traga a lanterna para cá — disse Liévin, observando a bezerrinha. — Igual à mãe! Apesar de ter a cor do pelo igual à do pai. Muito bonita. Comprida e de ancas largas. Não é uma beleza, Vassíli Fiódorovitch? — perguntou ao administrador, esquecendo o trigo queimado e reconciliando-se totalmente com ele, sob o efeito da alegria diante da bezerrinha.

— E como poderia ser feia? Ah, o empreiteiro Semion veio um dia após a partida do senhor. Será preciso acertar as contas com ele, Konstantin Dmítritch — disse o administrador. — Já falei com o senhor, antes, sobre a máquina.

Bastou essa questão para transportar Liévin de volta para todos os pormenores da propriedade, que era grande e complexa, e ele saiu do estábulo das vacas direto para o escritório e, depois de falar com o administrador e com o empreiteiro Semion, voltou para casa e seguiu direto para a sala, no andar de baixo.

XXVII

A casa era grande, antiga, e Liévin, embora vivesse só, a ocupava e a mantinha aquecida de ponta a ponta. Sabia que era tolice, sabia que até era errado e contrário aos seus novos planos, mas aquela casa era o mundo inteiro para Liévin. Era o mundo em que viveram e morreram seu pai e sua mãe. Eles viveram a vida que, para Liévin, parecia um ideal de perfeição e que ele sonhava reconstituir com a sua vida e com a sua família.

Liévin mal se lembrava da mãe. Sua imagem era uma recordação sagrada para ele e a futura esposa haveria de ser, em sua imaginação, uma réplica daquele fascinante e divino ideal de mulher, que fora a mãe, aos seus olhos.

Liévin não só era incapaz de conceber o amor a uma mulher sem o casamento como, ainda à frente disso, imaginava uma família, e só depois aquela mulher, que lhe daria a família. Por essa razão o seu conceito de matrimônio divergia do da maior parte de seus conhecidos, para quem o matrimônio era mais uma entre as numerosas obrigações sociais; para Liévin, tratava-se da questão mais importante da vida, da qual dependia toda a sua felicidade. E agora era preciso renunciar a isso!

Quando entrou na pequena sala, onde sempre tomava chá, e sentou-se numa poltrona com um livro, e quando Agáfia Mikháilovna lhe trouxe o chá e com o seu costumeiro "ah, vou me sentar um pouco, patrão", sentou-se numa cadeira junto à janela, Liévin sentiu que, por mais estranho que fosse, ele não se desfizera de seus sonhos e que, sem eles, não poderia viver. Com ela ou com outra, haveriam de se realizar. Lia um livro, pensava no que lia, detinha-se a fim de escutar Agáfia Mikháilovna, que tagarelava o tempo todo; e, junto com isso, diversas cenas desconexas da futura vida em família e dos afazeres na propriedade se formavam na sua imaginação. Sentia que no fundo da alma algo se fixava, se consolidava, se punha em repouso. Escutava a conversa de Agáfia Mikháilovna sobre como Prókhor se esquecera de Deus e sobre o dinheiro que Liévin dera a ele para comprar um cavalo e que Prókhor gastara todo em bebida, e depois quase matou a mulher de tanto bater;

Liévin escutava, lia o livro e recordava toda a cadeia de seus pensamentos, despertados pela leitura. Tratava-se de um livro de Tyndall sobre o calor. Lembrava sua crítica a Tyndall por sua ridícula presunção ante a esperteza das experiências e pela carência de uma visão filosófica. E, de repente, veio à tona um pensamento alegre: "Daqui a dois anos, terei no rebanho duas vacas holandesas, a própria Pava talvez ainda esteja viva, e se às doze jovens filhas de Berkut juntarmos ainda por cima essas três, que maravilha!". Ergueu o livro de novo.

"Muito bem, a eletricidade e o calor são a mesma coisa, mas será possível, na equação que soluciona o problema, pôr uma grandeza no lugar da outra? Não. Muito bem, e aí? A unidade entre todas as forças da natureza é algo que se sente por instinto... Dá muito gosto imaginar a filha de Pava já transformada numa vaca malhada de vermelho, e o rebanho inteiro, ao qual se *somarão* as outras três... Que maravilha! Sair de casa com a esposa e com as visitas ao encontro do rebanho... A esposa dirá: Eu e Kóstia tratamos dessa bezerrinha como se fosse uma criança. Mas como uma coisa dessas pode interessar tanto à senhora?, perguntará uma das visitas. Tudo o que interessa a ele me interessa também. Mas quem é ela?" E Liévin lembrou-se do que se passara em Moscou... "Pois bem, o que fazer?... Não tenho culpa. Mas agora tudo será diferente. É um absurdo achar que a vida não permitirá, que o passado não permitirá. É preciso lutar para viver melhor, e muitíssimo melhor..." Ergueu a cabeça e pôs-se a refletir. A velha Laska, que ainda não dera vazão a toda a sua alegria com o regresso de Liévin e viera correndo para ladrar no pátio, voltou, abanando o rabo e trazendo consigo um aroma de ar livre, aproximou-se dele, enfiou a cabeça sob a sua mão e, com um ganido queixoso, exigiu que ele a acariciasse.

— Só falta falar — disse Agáfia Mikháilovna. — É só uma cadela... Mas entende que seu dono voltou e que está aborrecido.

— Por que aborrecido?

— E por acaso eu não enxergo, patrão? Já era tempo de eu conhecer os fidalgos. Desde criança, vivi no meio dos fidalgos. Não há de ser nada, patrão. Contanto que se tenha saúde e a consciência limpa.

Liévin olhou-a fixamente, surpreso de como ela compreendera seu pensamento.

— E então, quer que traga mais um chazinho? — perguntou ela e, depois de pegar a xícara, saiu.

Laska continuava a meter a cabeça sob a mão de Liévin. Ele a afagou e ela prontamente se enrolou como um anel aos seus pés, depondo a cabeça sob a pata traseira, que havia espichado. E, num sinal de que agora tudo estava bem e em ordem, ela abriu ligeiramente a boca, fez estalar os lábios e, depois de acomodar melhor os lábios viscosos ao longo dos dentes envelhecidos, aquietou-se numa beatitude serena. Liévin acompanhou com atenção esses últimos movimentos de Laska.

"Eu também serei assim!", disse para si mesmo. "Eu também! Não há de ser nada... Tudo vai dar certo."

XXVIII

Após o baile, de manhã cedo, Anna Arcádievna enviou ao marido um telegrama comunicando sua partida de Moscou nesse mesmo dia.

— Não, eu preciso, é preciso ir — explicava à cunhada sua mudança de planos, num tom de voz que sugeria haver lembrado tantos compromissos que nem conseguia enumerar. — Não, é melhor ir hoje mesmo!

Stiepan Arcáditch não jantou em casa, mas prometeu vir acompanhar a irmã às sete horas.

Kitty também não veio, tendo mandado um bilhete em que dizia estar com dor de cabeça. Dolly e Anna jantaram sozinhas com as crianças e a inglesa. Ou porque as crianças fossem volúveis, ou muito suscetíveis, e tivessem percebido que Anna, nesse dia, não era, nem de longe, a mesma pessoa de quando elas a adoravam, e que Anna já não se interessava por elas — o fato é que de repente suspenderam suas brincadeiras com a tia e o seu amor por ela, e não davam a menor importância ao fato de Anna estar de partida. Ela passou a manhã inteira ocupada com os preparativos da viagem. Escreveu um bilhete aos seus conhecidos em Moscou, fez suas contas e arrumou as malas. Dolly teve a impressão de que Anna não estava com a alma totalmente tranquila, mas tinha aquele ânimo preocupado que Dolly bem conhecia, por experiência própria, e que não vinha sem motivo e que, na maior parte das vezes, encobria uma insatisfação consigo mesma. Após o jantar, Anna foi ao seu quarto para trocar de roupa e Dolly a acompanhou.

— Como você está estranha, hoje! — disse Dolly.

— Eu? Você acha? Não estou estranha, mas não estou bem. Eh, isso acontece comigo. Sinto vontade de chorar. É muita tolice, mas acontece — falou Anna, ligeiro, e baixou o rosto, que havia se ruborizado, de encontro a uma bolsinha na qual guardava a touca de dormir e os lenços de cambraia. Seus olhos brilhavam de um modo peculiar e contraíam-se a todo instante por causa das lágrimas. — Assim como antes eu não queria partir de Petersburgo, agora eu também não quero ir embora daqui.

— Você veio para cá e praticou uma boa ação — disse Dolly, observando-a atentamente.

Anna fitou-a com os olhos molhados de lágrimas.

— Não diga isso, Dolly. Não fiz nada, não podia fazer. Muitas vezes me espanta ver como as pessoas parecem estar combinadas para me estragar com elogios. O que fiz e o que poderia fazer? Você tem no coração amor de sobra para perdoar...

— Sem você, só Deus sabe o que aconteceria! Como você é feliz, Anna! — exclamou Dolly. — Na sua alma, tudo é claro e bom.

— Todos têm, guardados na alma, os seus *skeletons*, como dizem os ingleses.

— E que *skeletons* teria você? Tudo em você é tão claro.

— Tenho, sim! — disse Anna, de repente e, de modo inesperado após as lágrimas, um sorriso malicioso e zombeteiro franziu seus lábios.

— Bem, pelo menos os seus *skeletons* são divertidos, e não sombrios — disse Dolly, sorrindo.

— Não, são sombrios, sim. Sabe por que parto hoje e não amanhã? Quero lhe confessar uma coisa que está me sufocando — disse Anna, recostando-se resoluta na poltrona e mirando bem nos olhos de Dolly.

E Dolly, para sua surpresa, viu que Anna se ruborizava até as orelhas, até os crespos cachinhos de cabelo negro, no pescoço.

— Sim — prosseguiu Anna. — Sabe por que Kitty não veio jantar? Está com ciúmes de mim. Eu estraguei... fui eu a causa de o baile ser para ela um tormento, e não uma alegria. Mas, é verdade, é verdade, não tenho culpa, ou só um pouquinho de culpa — disse ela, esticando, com voz aguda, a palavra "pouquinho".

— Oh, como você falou de um jeito parecido com o Stiva! — disse Dolly, rindo.

Anna ofendeu-se.

— Ah, não, não! Não sou como Stiva — retrucou, de sobrancelha franzida. — Estou lhe dizendo isso porque eu não me permitiria, nem por um minuto, ter dúvidas a respeito de mim mesma.

No mesmo instante em que proferiu essas palavras, Anna se deu conta de que eram injustas; não só tinha dúvidas a respeito de si mesma, como se emocionava ao pensar em Vrónski e só partia mais cedo do que desejava a fim de não se encontrar mais com ele.

— Sim, Stiva me contou que ele dançou com você a mazurca e que ele...

— Você não pode imaginar como foi ridículo. Eu só pensava em aproximar os noivos e, de repente, aconteceu exatamente o contrário. Talvez, contra a minha vontade, eu...

Anna ruborizou-se e emudeceu.

— Oh, eles sentem isso no mesmo instante! — disse Dolly.

— Mas eu ficaria desesperada se houvesse algo sério da parte dele — interrompeu Anna. — Tenho certeza de que tudo isso será esquecido e Kitty deixará de me odiar.

— Aliás, Anna, para dizer a verdade, não desejo tanto assim esse casamento para Kitty. E é melhor até que não aconteça, se ele, Vrónski, é capaz de se apaixonar por você, num só dia.

— Ah, meu Deus, seria uma enorme tolice! — disse Anna e, de novo, um denso rubor de prazer irrompeu em seu rosto, quando ouviu, em palavras, aquilo que ocupava seu pensamento. — Pois veja, aqui estou eu de partida, depois de me tornar inimiga de Kitty, de quem eu tanto gostava. Ah, como é encantadora! Mas você vai corrigir isso, Dolly. Não vai?

Dolly mal conseguiu reprimir um sorriso. Gostava de Anna, mas lhe agradava verificar que ela também tinha fraquezas.

— Inimiga? Não é possível.

— Eu adoraria que todos vocês gostassem de mim, como eu gosto de todos; e agora, adoro vocês mais ainda — disse Anna, com lágrimas nos olhos. — Ah, que tola estou hoje!

Passou um lenço no rosto e começou a trocar de roupa.

Já em cima da hora da partida, chegou Stiepan Arcáditch, que se atrasara, com o rosto vermelho e alegre e com um cheiro de vinho e charuto.

A emoção de Anna contagiara Dolly e, quando esta abraçou a cunhada pela última vez, sussurrou:

— Lembre, Anna: nunca vou esquecer o que fez por mim. Lembre que amo você, e sempre vou amar, como a minha melhor amiga!

— Eu não compreendo por quê — disse Anna, beijando-a e dissimulando as lágrimas.

— Você me compreendeu, e me compreende. Adeus, minha querida!

XXIX

"Bem, tudo está encerrado, graças a Deus!" — foi o primeiro pensamento de Anna Arcádievna quando pela última vez se despediu do irmão, que até o terceiro toque da campainha bloqueava a sua entrada no vagão. Ela sentou em seu pequeno sofá, ao lado de Ánuchka, e correu os olhos pela penumbra do vagão-dormitório. "Graças a Deus, amanhã verei Serioja e Aleksei Aleksándrovitch e a minha vida boa e costumeira seguirá, como antes."

Ainda no mesmo estado de preocupação em que se encontrara durante todo aquele dia, Anna instalou-se para a viagem, com prazer e capricho; abriu e fechou a bolsinha vermelha com suas pequenas mãos hábeis, tirou dali um travesseirinho, colocou sobre os joelhos e, depois de agasalhar as pernas com todo o cuidado, recostou-se tranquilamente. Uma senhora doente já se acomodara para dormir. Duas outras mulheres começaram a conversar com Anna e uma senhora gorda agasalhava as pernas e se queixava da calefação. Anna respondeu com poucas palavras, mas, prevendo que a conversa seria sem interesse, pediu a Ánuchka que pegasse a lanterna, prendeu-a no braço da poltrona e retirou de dentro da sua bolsinha uma espátula para separar as páginas de um romance inglês. A princípio, não conseguiu ler. O vozerio e o vaivém das pessoas a incomodavam, no início; em seguida, quando o trem se pôs em movimento, era impossível não ouvir os barulhos; depois, a neve, que batia na janela da esquerda e grudava no vidro, o vulto do condutor agasalhado que passava por ela com um dos lados do corpo coberto de neve e as conversas sobre a terrível nevasca lá fora distraíam sua atenção. E logo tudo se repetia; os mesmos solavancos que sacudiam, a mesma neve na janela, as mesmas mudanças abruptas do vapor quente para o frio, e de novo para o calor, o mesmo lampejo dos mesmos rostos na penumbra e as mesmas vozes, e Anna começou a ler e a entender o que lia. Ánuchka já cochilava, segurando uma bolsinha vermelha sobre os joelhos com as mãos largas e de luvas, uma delas, rasgada. Anna Arcádievna lia e compreendia, mas não tinha gosto em ler, ou seja, em seguir o reflexo da vida de outras pessoas. Sentia uma desmedida vontade de viver por si mesma. Se lia como a heroína do romance cuidava de um doente, tinha vontade de entrar, com passos inaudíveis, no quarto do doente; se lia como um membro do parlamento discursava, sentia vontade de fazer ela mesma o discurso; se lia como Lady Mary saía a cavalo atrás da matilha numa caçada, como provocava a cunhada e surpreendia a todos com a sua coragem, Anna sentia vontade de fazer tudo isso ela mesma. Mas nada havia para ela fazer e Anna, revirando a espátula lisa em suas mãos pequeninas, redobrava o esforço para ler.

O herói do romance já estava prestes a alcançar a sua felicidade inglesa, o baronato e uma propriedade rural, e Anna desejava partir em sua companhia rumo à propriedade quando, de repente, se deu conta de que, para o herói, seria uma vergonha e que ela, por isso mesmo, também sentiria vergonha. Mas por que seria uma vergonha para ele? "Por que seria uma vergonha para mim?", perguntou-se Anna, com uma surpresa ofendida. Baixou o livro e recostou-se na poltrona, apertando a espátula com força em ambas as mãos. Nada havia de vergonhoso. Chamou à memória todas as suas lembranças de Moscou. Tudo era bom, agradável. Lembrou-se do baile, lembrou-se de Vrónski e do seu rosto enamorado e submisso, lembrou-se de todas as suas atitudes com ele: nada havia de vergonhoso. No entanto, justamente nesse ponto de suas lembranças, o sentimento de vergonha se redobrava, como se uma voz interior, no exato momento em que ela se recordava de Vrónski, lhe dissesse: "Caloroso, muito caloroso, ardente". "Mas, e daí?", exclamava Anna para si mesma, resoluta, revirando-se na poltrona. "O que isso quer dizer? Acaso tenho medo de olhar para isso de frente? E então? Por acaso entre mim e esse menino militar existem, ou poderão existir, quaisquer relações senão aquelas habituais entre pessoas conhecidas?" Sorriu com desdém e pegou de novo o livro, mas, positivamente, já não conseguia compreender o que lia. Deslizou a espátula pelo vidro da janela, depois encostou sua superfície lisa e fria contra a face e por pouco não riu em voz alta, com a alegria que, sem motivo, se apoderou dela. Anna sentiu que seus nervos, como cordas, se punham cada vez mais tensos, puxados por uma cravelha que apertava. Sentia que os olhos se abriam mais e mais, que os dedos das mãos e dos pés se remexiam nervosos, que algo dentro dela comprimia sua respiração e que todos os sons e imagens, nessa penumbra trêmula, a impressionavam com uma clareza incomum. De forma ininterrupta, lhe vinham momentos de dúvida, se o vagão seguia para a frente ou para trás, ou se estava completamente parado. Era Ánuchka que estava ao seu lado ou alguma estranha? "O que é aquilo, na sua mãozinha, uma peliça ou um bicho? E eu mesma, o que sou, aqui? Serei eu mesma ou uma outra?" Para Anna, era horrível entregar-se a tal devaneio. Mas algo a arrastava nessa direção e Anna, a seu bel-prazer, podia entregar-se ou esquivar-se. Fez menção de levantar-se a fim de pôr as ideias em ordem, jogou para o lado a manta e tirou a pelerine que cobria seu vestido quente. Por um momento, voltou a si e compreendeu que o magro mujique que entrara, com um casaco comprido de nanquim no qual faltavam botões, era o foguista, que viera verificar o termômetro, e que o vento e a neve irromperam atrás dele, através da porta; mas depois, de novo, tudo se confundiu... Esse mujique de talhe espigado pôs-se a raspar algo na parede, a velha começou a esticar as pernas por todo o comprimento do vagão e o encheu com uma nuvem negra; depois, se ouviram rangidos e batidas terríveis, como se dilacerassem alguém; depois, um fogo vermelho ofuscou os olhos e, depois, tudo se ocultou atrás de um muro. Anna sentiu que afundava. Mas nada disso era terrível e sim, alegre. A voz de um homem, abafada e encoberta pela neve, gritou-lhe algo junto ao ouvido. Anna levantou-se e voltou a si; entendeu que se aproximavam da estação e que o homem era o condutor. Ela pediu a Ánuchka que lhe desse a pelerine que havia retirado e um xale, vestiu-os e dirigiu-se à porta.

— A senhora deseja sair? — perguntou Ánuchka.

— Sim, quero tomar um pouco de ar. Aqui está muito quente.

E abriu a porta. A nevasca e o vento arremeteram contra Anna e passaram a lutar com ela pelo domínio da porta. E isso lhe pareceu divertido. Anna abriu a porta e saiu. O vento, que parecia estar à sua espera, pôs-se a assobiar com alegria e quis levantá-la e carregá-la, mas Anna agarrou-se com as mãos ao balaústre gelado e, segurando o vestido, desceu até a plataforma e se abrigou atrás dos vagões. O vento soprava forte na porta do vagão, mas, na plataforma, por trás do trem, estava calmo. Com deleite, e o peito inflado, inspirou o ar puro e gélido e, parada ao lado do vagão, correu os olhos pela plataforma e pela estação iluminada.

XXX

A terrível tempestade se desencadeara e zunia entre as rodas dos vagões e ao redor dos postes, além da estação. Vagões, postes, pessoas, tudo o que se podia ver tinha um dos lados coberto de neve, e cada vez se cobria mais. Por um momento, a tempestade cessou, mas depois atacou de novo com tamanho ímpeto que parecia impossível resistir a ela. Enquanto isso, algumas pessoas corriam, trocavam ideias animadamente, fazendo ranger as tábuas da plataforma e abrindo e fechando, a todo instante, as portas pesadas. A sombra curvada de um homem deslizou aos pés de Anna e ouviram-se as batidas de um martelo contra o ferro. "Entregue esse telegrama!" — rompeu uma voz irritada, do outro lado, vindo da escuridão tempestuosa. "Por aqui, faça o favor! Número 28!" — gritaram diversas vozes e pessoas passaram correndo, cobertas de neve, enroladas em agasalhos. Dois cavalheiros, com cigarros acesos na boca, passaram por ela. Anna respirou fundo mais uma vez, a fim de se aquecer com a respiração, e já havia retirado a mão do regalo de peles para segurar-se ao balaústre e entrar no vagão quando um outro homem, num sobretudo militar, bem perto dela, encobriu a luz trêmula da lanterna. Anna ergueu o olhar e, no mesmo instante, reconheceu o rosto de Vrónski. Depois de tocar com a mão a pala do quepe, Vrónski curvou-se diante dela e perguntou se não precisava de alguma coisa, se ele não poderia servi-la. Durante um longo tempo, e sem nada responder, Anna fitou-o e, apesar da sombra onde ele estava, viu, ou lhe pareceu ver, a expressão do seu rosto e dos seus olhos. Era de novo aquela expressão de admiração respeitosa que causara tamanho efeito sobre ela no dia anterior. Mais de uma vez, Anna dissera a si mesma, nos últimos dias, e até pouco antes, que para ela Vrónski era apenas mais um entre centenas de jovens, todos sempre iguais, que encontrava por toda parte e sobre os quais nunca se dava ao trabalho sequer de pensar; mas agora, no primeiro instante do encontro com ele, Anna viu-se dominada por um sentimento de orgulho radiante. Não era preciso perguntar por que ele estava ali. Anna sabia disso com tanta certeza como se ele mesmo lhe tivesse dito que estava ali para estar onde ela também estava.

— Eu não sabia que o senhor ia viajar. Por que viaja? — perguntou Anna, depois de baixar a mão, com que quase havia segurado o balaústre. E uma alegria e um entusiasmo irresistíveis brilharam em seu rosto.

— Por que viajo? — repetiu ele, fitando-a nos olhos. — A senhora sabe, eu viajo para poder estar onde a senhora estiver — disse. — Não posso agir de outro modo.

Nesse exato momento, como se tivesse vencido um obstáculo, o vento dispersou em borrifos a neve que estava depositada sobre os vagões, fez trepidar alguma chapa de ferro solta e a locomotiva, lá na frente, pôs-se a bramir o apito penetrante, de modo lúgubre e tristonho. Para Anna, todo o horror da nevasca parecia, agora, ainda mais belo. Vrónski falara exatamente o que a alma de Anna desejava, mas que a sua razão temia. Ela nada respondeu e, em seu rosto, Vrónski viu um conflito.

— Perdoe-me se o que eu disse não lhe agrada — disse ele, em tom submisso. Falava com cortesia e respeito, mas de modo tão firme e tenaz que ela, por um longo tempo, nada conseguiu responder.

— Não está certo o que o senhor disse e eu lhe peço, se for um homem correto, que esqueça o que acabou de falar, como eu vou esquecer — respondeu, afinal.

— Não posso e nunca esquecerei nem uma palavra da senhora, nem um movimento da senhora...

— Chega, chega! — gritou Anna, tentando em vão dar uma expressão severa ao rosto, que ele fitava com avidez. E, depois de segurar o balaústre gelado, Anna galgou a escadinha e entrou depressa na plataforma do vagão. Mas, nessa pequena plataforma, se deteve, ponderando em sua imaginação aquilo que se passara. Sem lembrar-se das palavras dele ou de si mesma, Anna entendeu, por meio da emoção, que aquela conversa de um minuto os havia aproximado de uma forma terrível; e isso tanto a assustou quanto a alegrou. Depois de alguns segundos ali parada, Anna entrou no vagão e sentou-se em seu lugar. Aquele estado mágico e premente que a atormentava no início não só recomeçou como ganhou ainda mais força e chegou ao ponto de Anna temer que algo demasiado tenso se rompesse dentro dela a qualquer minuto. Não dormiu, a noite inteira. Mas nessa tensão e nesses devaneios que enchiam sua imaginação, nada havia de desagradável e de sombrio; ao contrário, havia algo de alegre, ardente e excitante. Ao amanhecer, Anna cochilou sentada na poltrona e, quando acordou, já era dia claro, branco, e o trem se aproximava de Petersburgo. No mesmo instante, pensamentos sobre a casa, o marido, o filho e preocupações sobre os afazeres desse dia e dos dias seguintes se apoderaram de Anna.

Em São Petersburgo, assim que o trem parou e ela desembarcou, o primeiro rosto que lhe chamou a atenção foi o do marido. "Ah, meu Deus! Por que suas orelhas são assim!?", pensou ela, enquanto observava sua figura fria e imponente e, em especial, a cartilagem das orelhas, que agora a impressionaram, e que pareciam escorar a aba do chapéu redondo. Ao vê-la, o marido veio ao seu encontro, de lábios cerrados, com o seu sorriso irônico de costume, e a fitava com olhos grandes e cansados. Um sentimento desagradável contraiu o coração de Anna, quando encontrou seu olhar tenaz e cansado, como se ela esperasse vê-lo diferente. Surpreendeu-a, sobretudo, o sentimento de insatisfação consigo mesma que experimentou ao encontrá-lo. Tratava-se de um sentimento antigo, conhecido, semelhante à condição de hipocrisia que Anna experimentava nas relações com o marido; mas, se antes ela não se dera conta desse sentimento, agora o percebia de forma clara e dolorosa.

— Sim, como vê, o seu afetuoso marido, afetuoso como no primeiro ano de casamento, ardia de desejo de revê-la — disse, com sua voz fina e vagarosa, e naquele tom que quase sempre empregava ao falar com ela, um tom de zombaria contra quem dissesse tais coisas a sério.

— Serioja está bem de saúde? — perguntou Anna.

— E essa é toda a recompensa por meu ardor? — disse o marido. — Está bem de saúde, muito bem...

XXXI

Também Vrónski nem sequer tentou dormir durante toda a noite. Permaneceu em sua poltrona, ora com os olhos fixos à sua frente, ora observando os passageiros que entravam e saíam e, se antes ele impressionava e perturbava desconhecidos com o seu aspecto de calma inabalável, agora parecia ainda mais orgulhoso e independente. Olhava as pessoas como se fossem coisas. Um jovem nervoso, funcionário do tribunal do distrito, que estava sentado à sua frente, tomou-se de ódio contra Vrónski, por causa dessa sua maneira. O jovem pediu-lhe um cigarro, começou a falar e até lhe deu um cutucão, a fim de lhe transmitir a sensação de que não era uma coisa, e sim uma pessoa, mas Vrónski olhava para ele como se fosse um lampião e o jovem fazia caretas, sentindo que perdia o autocontrole sob a pressão dessa recusa em reconhecê-lo como uma pessoa, e por isso não conseguiu dormir.

Vrónski não enxergava nada e ninguém. Sentia-se um rei, não porque acreditasse ter produzido uma forte impressão sobre Anna — ainda não acreditava nisso —, mas porque a impressão que ela produzira nele lhe dava felicidade e orgulho.

Vrónski não sabia o que resultaria de tudo isso e nem sequer pensava no assunto. Sentia que todas as suas forças, até então desregradas, desperdiçadas, estavam concentradas em um só ponto com uma energia terrível, dirigidas para um fim venturoso. E sentia-se feliz por isso. Só sabia que lhe dissera a verdade, que viera para onde ela estava, que toda a felicidade da vida, que o único sentido da vida, para ele, consistia em vê-la e ouvi-la. E, quando saiu do vagão em Bologova para beber soda e viu Anna, sua primeira palavra, involuntariamente, revelou a ela exatamente aquilo que ele pensava. E sentia-se contente de ter lhe falado assim, de que ela agora o soubesse e pensasse nisso. Vrónski não dormiu a noite inteira. Depois de voltar ao seu vagão, pôs-se a relembrar todas as situações em que a tinha visto, todas as palavras de Anna e, na imaginação, desfilavam quadros do futuro possível, que obrigavam seu coração a parar.

Quando Vrónski saiu do vagão, em Petersburgo, após uma noite insone, sentia-se animado e bem-disposto como depois de um banho frio. Demorou-se ao lado do seu vagão, à espera do desembarque de Anna. "Eu a verei mais uma vez", pensou consigo, sorrindo involuntariamente, "verei o seu andar, o seu rosto; quem sabe ela vai dizer alguma coisa, virar a cabeça, olhar de relance, sorrir." Mas, ainda antes de vê-la, viu o marido, a quem o chefe da estação conduzia respeitosamente em meio à multidão. "Ah, sim! O marido!" Só então, pela primeira vez, Vrónski compreendeu com clareza que o marido era uma pessoa ligada a ela. Sabia que Anna tinha um marido, mas não acreditava na sua existência e só acreditou inteiramente nisso quando o viu, com a sua cabeça, os seus ombros e as suas pernas vestidas em calças pretas; sobretudo quando viu como o marido, com um sentimento de propriedade, tomou calmamente Anna pelo braço.

Depois de ver Aleksei Aleksándrovitch, com seu fresco rosto petersburguês e sua figura implacavelmente segura de si, com o chapéu de aba redonda e as costas ligeiramente arqueadas, Vrónski acreditou nele e experimentou uma sensação desagradável, semelhante à que experimentaria um homem atormentado pela sede e que, ao alcançar uma fonte, encontra ali um cão, uma ovelha ou um porco, que já bebeu e turvou a água. Em especial, o andar de Aleksei Aleksándrovitch, de quadril bamboleante e pés chatos, ofendeu Vrónski. Só em si mesmo reconhecia o direito incontestável de amar Anna. Mas ela ainda era a mesma de antes; e seu aspecto agia sobre ele exatamente como antes, o animava e o excitava fisicamente, enchia sua alma de felicidade. Vrónski mandou seu criado alemão, que viera correndo da segunda classe, pegar as bagagens e ir embora, enquanto ele mesmo tomou a direção de Anna. Viu o primeiro encontro entre o marido e a esposa e, com a perspicácia de um enamorado, percebeu um traço de sutil constrangimento no modo como Anna falava com o marido. "Não, ela não o ama, e não pode amá-lo", decidiu Vrónski consigo mesmo.

Ainda quando se aproximava por trás de Anna, percebeu com alegria que ela pressentiu sua proximidade, olhou de esguelha para trás e, ao reconhecê-lo, voltou-se de novo para o marido.

— A senhora passou bem a noite? — perguntou Vrónski, inclinando-se diante de Anna e do marido ao mesmo tempo e permitindo a Aleksei Aleksándrovitch que tomasse o cumprimento como dirigido a ele e que o respondesse ou não, conforme preferisse.

— Muito bem, obrigada — respondeu Anna.

Seu rosto parecia cansado e não havia aquele brilho de vivacidade que incidia ora no sorriso, ora nos olhos; mas, no mesmo instante em que o viu, algo faiscou nos olhos dela e, embora essa chama logo se apagasse, ele se sentiu feliz por esse momento. Anna fitou o marido para entender se ele já conhecia Vrónski. Aleksei Aleksándrovitch olhou para Vrónski com descontentamento, lembrando vagamente quem era. A calma e a segurança de Vrónski, como uma foice contra uma pedra, chocaram-se de encontro à fria segurança de Aleksei Aleksándrovitch.

— O conde Vrónski — explicou Anna.

— Ah! Nós nos conhecemos, quero crer — disse com indiferença Aleksei Aleksándrovitch, oferecendo a mão. — Você foi com a mãe e voltou com o filho — comentou, articulando com clareza, como se cada palavra valesse um rublo. — O senhor, naturalmente, está de volta da sua licença, não é? — perguntou e, sem esperar resposta, dirigiu-se à mulher, no seu tom irônico: — E então, derramaram-se em Moscou muitas lágrimas na despedida?

Ao dirigir-se à esposa desse modo, deu a entender a Vrónski que desejava ficar a sós com ela e, virando-se para ele, tocou o chapéu com a mão; mas Vrónski voltou-se para Anna Arcádievna:

— Espero ter a honra de visitá-la — disse ele.

Aleksei Aleksándrovitch fitou Vrónski com os olhos cansados.

— Com muito prazer — respondeu friamente —, recebemos às segundas-feiras. — Em seguida, deixando Vrónski totalmente de lado, disse para a esposa: — Que ótimo eu dispor exatamente de meia hora livre para vir ao seu encontro e poder mostrar-lhe o meu carinho — prosseguiu, no mesmo tom irônico.

— Você realça muito o seu carinho só para que eu lhe dê mais valor — respondeu Anna, no mesmo tom irônico, escutando involuntariamente os passos de Vrónski, que vinha atrás deles. "Mas o que isso tem a ver comigo?", pensou e pôs-se a perguntar ao marido como Serioja havia passado, em sua ausência.

— Oh, magnificamente! Mariette diz que ele foi muito dócil e... tenho de lhe dar um desgosto... não sentiu sua falta, não tanto como o seu marido. Porém, mais uma vez, *merci*, minha cara, por me dar mais um dia. Nossa querida Samovar ficará exultante... (Ele chamava de Samovar a famosa condessa Lídia Ivánovna, porque sempre e por qualquer motivo ela se entusiasmava e se enchia de ardor.) Pergunta o tempo todo por você. Aliás, se me permite um conselho, seria bom visitá-la ainda hoje. Afinal, ela se aflige por qualquer coisa. Agora, além das próprias preocupações, anda muito interessada na reconciliação dos Oblónski.

A condessa Lídia Ivánovna era amiga do seu marido e o centro de um dos círculos da sociedade petersburguesa, aquele a que Anna, por intermédio do marido, estava mais ligada.

— Ora, eu escrevi para ela.

— Mas precisa saber de tudo em detalhes. Vá vê-la, minha cara, se não estiver cansada. Bem, Kondráti levará você na carruagem enquanto eu vou ao comitê. Não jantarei mais sozinho — prosseguiu Aleksei Aleksándrovitch, já em tom irônico. — Você não pode acreditar a que ponto me habituei...

Depois de apertar demoradamente sua mão, com um sorriso peculiar, ele a ajudou a embarcar na carruagem.

XXXII

Em casa, a primeira pessoa a vir ao encontro de Anna foi seu filho. Ele disparou pela escada em sua direção, apesar dos gritos da preceptora e, numa exultação desesperada, gritava: "Mamãe, mamãe!". Assim que a alcançou, pendurou-se ao seu pescoço.

— Eu disse à senhora que era a mamãe! — gritava o menino para a preceptora. — Eu sabia!

E, assim como ocorrera com o marido, o filho despertou em Anna um sentimento semelhante a uma decepção. Ela o imaginara melhor do que era, de fato. Teve de descer até a realidade para desfrutar o filho tal como ele era. Mas, mesmo tal como era, o menino se mostrava encantador, com suas mechas louras, olhos azuis e perninhas bem fornidas e graciosas, em meias justas. Anna experimentou um prazer quase físico com a sensação da sua proximidade e dos seus carinhos, e um apaziguamento moral quando encontrou seu olhar ingênuo, confiante e amoroso, e quando ouviu suas perguntas inocentes. Anna entregou os presentes que os filhos de Dolly haviam mandado e contou ao filho que, em Moscou, havia uma menina chamada Tânia, que sabia ler e até ensinava às outras crianças.

— Quer dizer que sou pior do que ela? — perguntou Serioja.

— Para mim, você é o melhor do mundo.

— Isso eu já sei — disse Serioja, sorrindo.

Anna mal tivera tempo de tomar um café quando anunciaram a condessa Lídia Ivánovna. A condessa Lídia Ivánovna era uma mulher alta, de corpo farto, rosto amarelo e doentio e belos olhos negros sonhadores. Anna gostava dela, mas, nesse dia, pareceu vê-la pela primeira vez com todos os seus defeitos.

— E então, minha cara, levou até eles o ramo de oliveira? — perguntou a condessa Lídia Ivánovna, assim que entrou na sala.

— Sim, tudo está resolvido, mas não era tão sério como havíamos pensado — respondeu Anna. — Minha *belle-soeur* é, em geral, impulsiva demais.

No entanto a condessa Lídia Ivánovna, embora se interessasse por tudo o que não lhe dizia respeito, tinha o hábito de nunca ouvir aquilo que lhe interessava; interrompeu Anna:

— Sim, há muito infortúnio e maldade no mundo e hoje estou muito atormentada.

— E por quê? — perguntou Anna, tentando conter um sorriso.

— Começo a me cansar de lutar em vão em prol da verdade e às vezes me sinto completamente exasperada. A obra das Irmãzinhas (tratava-se de uma instituição filantrópica, religiosa e patriótica) até poderia andar esplendidamente, mas com aqueles cavalheiros não é possível se fazer nada — acrescentou a condessa Lídia Ivánovna, num tom de irônica submissão ao destino. — Eles se aferraram à ideia, a desvirtuaram e agora se perdem a discutir ninharias e futilidades. Duas ou três pessoas, entre elas o seu marido, compreendem todo o significado dessa obra, mas os outros apenas a deturpam. Ontem, Právdin me escreveu...

Právdin era um famoso pan-eslavista que vivia no exterior, e a condessa Lídia Ivánovna relatou o conteúdo da carta.

Em seguida, a condessa contou ainda os percalços e as intrigas contra a unificação das igrejas e partiu afobada, pois nesse mesmo dia tinha de comparecer a uma reunião numa sociedade e ao Comitê Eslavo.

"Afinal, tudo está como antes; mas por que não me dei conta disso antes?", perguntou-se Anna. "Ou estará ela irritada, hoje? Na verdade, é engraçado: seu objetivo é a caridade, ela é cristã, mas vive aborrecida, sempre tem inimigos, e inimigos sempre em nome do cristianismo e da caridade."

Após a condessa Lídia Ivánovna, veio uma amiga, a esposa de um diretor de repartição, e contou todas as novidades da cidade. Às três horas, ela também saiu, prometendo voltar para o jantar. Aleksei Aleksándrovitch estava no ministério. Sozinha, Anna aproveitou o tempo livre antes do jantar para assistir à refeição do filho (ele jantava em separado) e para arrumar suas coisas, ler e responder bilhetes e cartas que haviam se acumulado sobre a sua mesa.

O sentimento de uma vergonha sem motivo, que ela já experimentara na viagem, e a agitação desapareceram totalmente. De volta às condições habituais de vida, sentia-se de novo segura e irrepreensível.

Com surpresa, lembrou-se de seu estado de ânimo no dia anterior. "O que foi aquilo? Nada. Vrónski falou algumas bobagens, a que foi fácil pôr um fim, e eu respondi da forma devida. Não devo, e nem seria possível, falar sobre isso ao meu marido. Falar sobre o assunto seria dar importância a algo sem importância." Lembrou como contara ao marido uma quase declaração que lhe fizera, em Petersburgo, um jovem subordinado ao seu marido e como Aleksei Aleksándrovitch respondera que, vivendo na sociedade, toda mulher estava sujeita a isso, mas que ele confiava plenamente no tato da esposa e nunca se permitiria rebaixar a ela e a si mesmo em razão de ciúmes. "Portanto, não contarei nada? Sim, e graças a Deus nem tenho nada para contar", disse consigo.

XXXIII

Aleksei Aleksándrovitch voltou do ministério às quatro horas, mas, como acontecia muitas vezes, não teve tempo de ir ter com a esposa. Seguiu direto para o escritório a fim de receber pessoas que o aguardavam com petições e assinar alguns documentos trazidos pelo secretário. Para o jantar (na residência dos Kariênin, sempre jantavam três ou quatro pessoas), vieram: uma velha prima de Aleksei Aleksándrovitch, um diretor de departamento com sua esposa e um jovem, recomendado a Aleksei Aleksándrovitch para ocupar uma vaga no serviço público. Anna veio à sala de visitas para recebê-los. Às cinco horas em ponto, o relógio de bronze do tempo do tsar Pedro I não havia soado ainda a quinta badalada quando entrou Aleksei Aleksándrovitch, de gravata branca e fraque, com duas medalhas em forma de estrela, pois teria de sair logo depois do jantar. Cada minuto da vida de Aleksei Aleksándrovitch estava distribuído e ocupado. E a fim de poder cumprir aquilo que lhe competia todos os dias, ele mantinha a mais rigorosa pontualidade. "Sem pressa e sem descanso", era o seu lema. Entrou na sala, saudou a todos com uma inclinação de cabeça e sentou-se rapidamente, sorrindo para a esposa.

— Sim, terminou minha solidão. Você nem acredita como é incômodo (e enfatizou a palavra "incômodo") jantar sozinho.

Durante o jantar, conversou com a esposa sobre assuntos moscovitas e, com um sorriso jocoso, perguntou a respeito de Stiepan Arcádievitch; mas a conversa tratou, sobretudo, de assuntos gerais, relativos à administração pública e à vida social em Petersburgo. Após o jantar, ele passou meia hora com os convidados e, de novo com um sorriso, apertou a mão da esposa, retirou-se e seguiu para o conselho. Anna, dessa vez, não foi à casa da princesa Betsy Tviérskaia, que, ciente de sua chegada, a convidara para aquela noite, nem ao teatro, onde tinha um camarote reservado. E não foi sobretudo porque o vestido que pretendia usar não estava pronto. Ao examinar seu guarda-roupas, depois que os convidados se retiraram, Anna sentiu-se muito desgostosa. Antes de viajar para Moscou, ela, em geral uma verdadeira mestra na arte de vestir-se sem gastar muito, entregara à costureira três vestidos para reformar. Tinham de ser reformados de modo que não fossem reconhecidos e deviam estar prontos já havia três dias. Aconteceu que dois vestidos não estavam prontos e o outro não ficara como Anna queria. A costureira viera explicar-se, garantindo que daquele modo estava melhor, e Anna se enfurecera a tal ponto que, mais tarde, ao lembrar, sentiu vergonha. A fim de acalmar-se completamente, foi ao quarto do filho e passou com ele todo o serão, pôs o menino para dormir, abençoou-o com o sinal da cruz e cobriu-o com a manta. Sentiu-se contente de não ir a parte alguma e de ter passado a noite de forma tão agradável. Sentia-se leve e serena, percebia claramente que tudo aquilo que, na estrada de ferro, lhe parecera tão importante não passava de mais um desses casos banais e rotineiros da vida e que ela, diante de si ou de qualquer pessoa, nada tinha de que se envergonhar. Sentou-se junto à lareira com um romance inglês e aguardou o marido. Às nove e meia em ponto, ouviu-se a campainha do marido e ele entrou na sala.

— Enfim, aí está você! — disse ela, estendendo-lhe a mão.

Ele beijou a mão de Anna e sentou-se ao seu lado.

— Vejo que, de modo geral, sua viagem foi bem-sucedida — disse o marido.

— Sim, muito — respondeu ela, e pôs-se a contar tudo, desde o início: sua viagem com a condessa Vrónskaia, a chegada, o incidente na estação de trem. Depois referiu-se à pena que sentira, primeiro do irmão e depois de Dolly.

— Não creio que se possa perdoar um homem como ele, embora seja seu irmão — disse Aleksei Aleksándrovitch, com severidade.

Anna sorriu. Compreendeu que ele lhe dizia aquilo exatamente para mostrar que razões de parentesco não podiam impedi-lo de expressar sua opinião sincera. Anna conhecia esse traço do marido e o apreciava.

— Estou contente por tudo haver terminado de um modo feliz e por você estar de volta — prosseguiu ele. — Mas o que comentam por lá sobre a nova lei que fiz passar no conselho?

Anna não ouvira nada sobre essa lei e envergonhou-se de ter esquecido, de modo tão leviano, um assunto de tamanha importância para o marido.

— Aqui, ao contrário, provocou muito falatório — disse ele, com um sorriso cheio de si.

Ela notou que Aleksei Aleksándrovitch queria revelar algo agradável, para ele, relativo a esse assunto e, por meio de perguntas, levou-o a contar o que desejava. Com o mesmo sorriso cheio de si, ele falou das ovações que lhe dedicaram em consequência da aprovação da lei.

— Fiquei muito, muito contente. Isso demonstra que, por fim, uma opinião consistente e sensata sobre o assunto começa a se estabelecer entre nós.

Depois de beber sua segunda xícara de chá com creme e com pão, Aleksei Aleksándrovitch levantou-se para ir ao seu escritório.

— Mas então, você não foi a lugar algum; ficou entediada, suponho — perguntou.

— Ah, não! — respondeu Anna, levantando-se junto com o marido e acompanhando-o através da sala, rumo ao escritório. — O que está lendo, agora?

— Estou lendo Duc de Lille, *Poésie des enfers* — respondeu. — Um livro extraordinário.

Anna sorriu como se sorri das fraquezas das pessoas a quem se ama e, tomando o braço do marido, conduziu-o até a porta do escritório. Anna conhecia o seu costume, que se tornara indispensável, de ler à noite. Sabia que, apesar das obrigações do trabalho que lhe consumiam quase todo o tempo, ele considerava um dever manter-se a par de tudo o que surgisse de notável na esfera intelectual. Sabia também que ele se interessava, de fato, por livros de política, de filosofia, de teologia, que a arte era totalmente estranha à natureza do marido, mas que, apesar disso, ou melhor, em consequência disso, Aleksei Aleksándrovitch não deixava passar nada que causasse rumor, nessa área, e considerava seu dever ler tudo. Anna sabia que, no terreno da política, da filosofia e da teologia, Aleksei Aleksándrovitch tinha dúvidas e buscava esclarecê-las; mas em questões de arte e de poesia, e em especial de música, de cuja compreensão era completamente privado, ele tinha as opiniões mais rígidas e categóricas. Adorava falar de Shakespeare, Rafael, Beethoven, do significado das novas escolas de poesia e de música, que classificava com extrema clareza e coerência.

— Bem, fique com Deus — disse ela, na porta do escritório, onde já haviam deixado, para ele, um abajur em frente à vela e uma garrafa de água junto à poltrona. — Eu vou escrever uma carta para Moscou.

Ele apertou a mão de Anna e, de novo, beijou-a.

"Apesar de tudo, é um homem bom, franco, gentil e notável no seu campo de atividade", disse Anna consigo mesma, de volta ao seu quarto, como se o defendesse de alguém que o tivesse acusado e dito que era impossível amá-lo. "Mas por que suas orelhas sobressaem de um jeito tão estranho? Será que cortou o cabelo?"

À meia-noite em ponto, quando Anna ainda estava sentada à escrivaninha redigindo uma carta para Dolly, ouviram-se passos regulares, de chinelos, e Aleksei Aleksándrovitch, lavado, penteado, com um livro debaixo do braço, aproximou-se.

— Está na hora, está na hora — disse ele, sorrindo de modo peculiar, e seguiu para o quarto de dormir.

"E que direito tinha ele de encará-lo daquele modo?", pensou Anna, lembrando o olhar que Vrónski dirigira a Aleksei Aleksándrovitch.

Depois de trocar de roupa, ela entrou no quarto de dormir, mas, no rosto, não só não havia aquela vivacidade que, durante sua estadia em Moscou, chamejava nos olhos e no sorriso: ao contrário, agora a chama parecia extinta, ou estava oculta em algum lugar distante.

XXXIV

Ao partir de Petersburgo, Vrónski deixara seus amplos aposentos na rua Morskaia aos cuidados de Petrítski, seu amigo e camarada predileto.

Petrítski era um jovem tenente, sem nada de especialmente notável e, além de não ser rico, vivia cercado de dívidas, à noite sempre se embriagava e, muitas vezes, depois das mais variadas encrencas, ridículas ou sórdidas, ia parar na cadeia, mas mesmo assim era adorado pelos camaradas e pelos chefes. Quando chegou à sua casa, já depois de onze horas, vindo da estação de trem, Vrónski avistou, na entrada, uma carruagem de aluguel que lhe era conhecida. Através da porta, ainda durante o toque da sua campainha, ouviu uma risada de homem, um murmúrio de mulher e um grito de Petrítski:

— Se for um daqueles canalhas, não deixe entrar!

Vrónski ordenou à criada que não o anunciasse e, de mansinho, entrou no primeiro aposento. A baronesa Shilton, amiga de Petrítski, fulgurante em seu vestido de cetim lilás e com o rostinho louro e rosado, enchia toda a sala, como um canarinho, com o seu sotaque parisiense, e fazia café, sentada diante de uma mesa redonda. Petrítski, de sobretudo, e o capitão de cavalaria Kamieróvski, de uniforme completo — sem dúvida, viera do serviço —, estavam sentados em torno dela.

— Bravo! Vrónski! — pôs-se a gritar Petrítski, erguendo-se de um salto e fazendo estrondo com a cadeira. — O dono da casa em pessoa! Baronesa, um café para ele, e da cafeteira nova. Puxa, não esperávamos! Tomara que fique satisfeito com o ornamento do seu escritório — disse, apontando para a baronesa. — Vocês já se conhecem, não é?

— Como não? — exclamou Vrónski, sorrindo alegre e apertando a mãozinha da baronesa. — É claro! Sou um velho amigo.

— O senhor chegou de viagem — disse a baronesa — e então é melhor eu ir embora correndo. Ah, se incomodo, saio neste minuto.

— Onde a senhora estiver, estará sempre em casa, baronesa — disse Vrónski. — Boa noite, Kamieróvski — acrescentou ele, apertando friamente a mão de Kamieróvski.

— Está vendo? O senhor nunca sabe dizer coisas bonitas assim — queixou-se a baronesa para Petrítski.

— Por que não? Depois do jantar, também direi coisas bonitas.

— Ora, depois do jantar não é vantagem! Bem, enquanto faço o café, vá lavar-se e arrumar-se — disse a baronesa, sentando-se de novo e girando cuidadosamente o parafusinho na cafeteira nova. — Pierre, me dê o café — chamou assim a Petrítski, deixando claro o tipo de relação que tinha com ele. — Vou misturar.

— Vai estragar.

— Não, não vou estragar! Mas, e a sua esposa? — perguntou a baronesa de repente, interrompendo a conversa de Vrónski com seus camaradas. — Nós, por aqui, andamos casando o senhor. Trouxe a esposa?

— Não, baronesa. Nasci cigano e morrerei cigano.

— Tanto melhor, tanto melhor. Vamos apertar as mãos.

E a baronesa, sem deixar que ele saísse, passou a expor, entre gracejos, seus mais recentes planos de vida e pediu o conselho de Vrónski.

— Ele continua a me negar o divórcio! Mas o que posso fazer? (*Ele* era o seu marido.) Agora quero abrir um processo. O que o senhor me aconselha? Kamieróvski, olhe o café, ferveu; veja, vivo atolada em negócios! Quero abrir um processo porque meus bens precisam ficar para mim. O senhor imagine que estupidez, só porque fui infiel — disse com desprezo — ele quer usufruir a minha propriedade.

Vrónski ouviu com prazer o balbucio alegre daquela mulher bonita, deu-lhe razão, deu-lhe conselhos semijocosos e imediatamente adotou, no geral, o tom que costumava usar com mulheres desse tipo. Em seu mundo petersburguês, todas as pessoas se dividiam em duas classes completamente opostas. Uma classe inferior: pessoas vulgares, tolas e, acima de tudo, ridículas, que acreditavam que um marido tinha de viver com a mulher com a qual estava casado, que uma jovem solteira devia ser inocente, a mulher, recatada, o marido, másculo, sóbrio e inabalável, que era preciso criar filhos, ganhar o seu sustento, saldar as dívidas — e várias tolices do mesmo tipo. Era uma classe de pessoas antiquadas e ridículas. Mas havia outra classe, de pessoas autênticas, à qual todos eles pertenciam e na qual era preciso, acima de tudo, ser elegante, bonito, generoso, corajoso, alegre, entregar-se a todas as paixões sem nenhum pudor e rir de todo o resto.

Vrónski, no primeiro momento, sentiu-se aturdido sob o efeito das impressões trazidas de Moscou, de um mundo completamente distinto, mas logo em seguida, como alguém que estica os pés e calça suas velhas chinelas, penetrou no seu mundo alegre e agradável de antes.

O café não ficou pronto, mas ferveu e salpicou a todos, fez exatamente aquilo que se esperava dele, ou seja, deu motivo para alvoroço e risadas e se derramou no tapete caro e no vestido da baronesa.

— Bem, agora, até logo, senão o senhor nunca se lavará e terei, na consciência, o pior crime para uma pessoa honrada, a falta de asseio. Portanto, o conselho do senhor é uma faca na garganta?

— Sem dúvida, e de tal modo que a mãozinha da senhora fique perto dos lábios do seu marido. Ele vai beijar sua mão e tudo terminará bem — respondeu Vrónski.

— Então, hoje, no Teatro Francês! — E, com um forte rumor do vestido, ela desapareceu.

Kamieróvski também se levantou, mas Vrónski, sem esperar sua saída, lhe estendeu a mão e seguiu para o banheiro. Enquanto se lavava, Petrítski relatou-lhe a sua situação, de forma resumida, detendo-se naquilo que havia mudado desde a partida de Vrónski. Dinheiro, não havia. O pai dissera que não daria dinheiro nem pagaria as dívidas. Um alfaiate queria vê-lo na cadeia e um outro também ameaçava mandá-lo direto para a prisão. O comandante do regimento havia declarado que, caso esses escândalos não cessassem, ele teria de se desligar. A baronesa o entediava mortalmente, sobretudo porque sempre queria lhe dar dinheiro; mas havia uma jovem, ele a mostraria para Vrónski, uma maravilha, um encanto, no clássico estilo oriental, no "*genre* da escrava Rebeca, entende?". No dia anterior, também se desentendera com Bierkóchiev e estava disposto a enviar os padrinhos para marcar um duelo, mas, é claro, aquilo não daria em nada. No geral, tudo corria às mil maravilhas e numa alegria esplêndida. E, sem permitir que seu camarada se aprofundasse nos pormenores da sua situação, Petrítski passou a contar todas as novidades interessantes. Ao ouvir as histórias de Petrítski, que lhe eram tão familiares, no ambiente também familiar daqueles aposentos em que já morava havia três anos, Vrónski experimentou a agradável sensação de estar de volta à vida habitual e despreocupada de Petersburgo.

— Não pode ser! — pôs-se a gritar, depois de soltar o pedal do lavatório, onde borrifara seu pescoço vermelho e saudável. — Não pode ser! — gritou, ao receber a notícia de que Lora se unira a Miliêiev e deixara Fiértingov. — E ele continua o mesmo idiota convencido de antes? Ora, e o Buzulúkov?

— Ah, com o Buzulúkov, houve um caso... maravilhoso! — exclamou Petrítski. — Veja, ele é louco por bailes e não perde um só baile na corte. Foi a um grande baile com um capacete novo. Você já viu os novos capacetes? Muito bonitos, mais leves. Lá estava ele... Não, escute só.

— Está certo, estou ouvindo — respondeu Vrónski, esfregando-se com uma toalha felpuda.

— Passa uma grande princesa com um embaixador qualquer e, por azar, começa a conversar sobre os novos capacetes. A grande princesa quer lhe mostrar o capacete novo... Olham em volta e lá está plantado o nosso caro amigo. (Petrítski imitou a posição do outro, com o capacete na mão.) A grande princesa pede que dê a ela o capacete... e ele não dá. Como pode ser? Em volta, piscam para ele, acenam com a cabeça, franzem o rosto. Dê. Não dá. Fica imóvel. Imagine só... E então o tal... não sei o nome... já quer tomar-lhe à força o capacete das mãos... Ele não dá!... O homem o arranca e entrega à grande princesa. "Veja, este é o modelo novo", diz a grande princesa. Ela vira o capacete e, imagine só, lá de dentro, pum! Cai uma pera, e balas, duas libras de balas!... Ele as havia guardado, o nosso caro amigo!

Vrónski rolou de rir. E ainda muito depois, já falando de outro assunto, quando lembrava o capacete, se contorcia em suas risadas vigorosas, que deixavam à mostra os dentes perfeitos e fortes.

Informado de todas as novidades, Vrónski vestiu o uniforme, com a ajuda do criado, e saiu para se apresentar ao regimento. Depois de se apresentar, pretendia encontrar o irmão, ir à casa de Betsy e fazer algumas visitas com o intuito de se introduzir no círculo social onde poderia encontrar Kariênina. Como sempre acontecia em Petersburgo, saiu de casa com a intenção de só voltar de madrugada.

PARTE DOIS

I

No fim do inverno, uma junta médica se reuniu na casa dos Cherbátski para tomar uma decisão quanto ao estado de saúde de Kitty e ao que era preciso fazer para recuperar suas forças em declínio. Ela estava doente e, com a proximidade da primavera, sua saúde piorara. O médico da família lhe deu óleo de fígado de bacalhau, depois ferro, depois nitrato de prata, mas nenhum dos três ajudou e, como ele recomendava uma viagem ao exterior na primavera, foi chamado um médico famoso. O médico famoso, homem ainda jovem, e extremamente bonito, fez questão de examinar a paciente. Insistia, pelo visto com uma satisfação especial, em que o pudor das mocinhas não passava de um vestígio da barbárie e que nada poderia ser mais natural do que um homem ainda jovem apalpar uma jovem nua. Achava isso natural porque o fazia todos os dias sem sentir coisa alguma e, assim lhe parecia, sem pensar nada de mau, e desse modo julgava o pudor de uma jovem não só um vestígio da barbárie como também um insulto contra ele mesmo.

Era preciso resignar-se, portanto, e apesar de todos os médicos estudarem na mesma escola, nos mesmos livros, conhecerem a mesma ciência, e apesar de alguns dizerem que aquele médico famoso era um médico ruim, em casa da princesa e no seu círculo de relações acreditava-se, por algum motivo, que só aquele médico famoso possuía um conhecimento específico e que só ele podia salvar Kitty. Após um minucioso exame e após percutir com os dedos a paciente desconcertada e atônita de tanta vergonha, o médico famoso, depois de lavar escrupulosamente as mãos, se encontrava na sala de estar e falava com o príncipe. O príncipe tinha as sobrancelhas franzidas e tossia, enquanto escutava o médico. Homem vivido, sem nada de tolo nem de doente, o príncipe não acreditava na medicina e, no fundo, se irritava com toda aquela comédia, ainda mais porque só ele compreendia plenamente a causa da doença de Kitty. "Cão sem faro que late à toa", pensou ele, aplicando ao médico famoso uma expressão do dicionário dos caçadores, enquanto ouvia seu palavrório sobre os sintomas da doença da filha. O médico, por sua vez, continha com dificuldade uma expressão de desprezo por aquele velho fidalgo e, com dificuldade, se rebaixava à insignificância do entendimento dele. O médico compreendeu que era inútil falar com o velho e que, naquela casa, o importante era a mãe. Para ela pretendia lançar suas pérolas. Nesse momento, a princesa entrou na sala em companhia do médico da família. O príncipe se retirou, tentando não dar mostras de como achava ridícula toda aquela comédia. A princesa estava desnorteada e não sabia o que fazer. Sentia-se culpada diante de Kitty.

— Então, doutor, decida a nossa sorte — exclamou. — Diga-me tudo. — "Existe esperança?" Era o que desejava perguntar, mas os lábios começaram a tremer e ela não foi capaz de pronunciar a pergunta. — E então, doutor?...

— Num instante, princesa. Vou deliberar com o meu colega e em seguida terei a honra de comunicar à senhora o meu parecer.

— Então devo me retirar?

— Como a senhora preferir.

A princesa, depois de dar um suspiro, saiu.

Quando os médicos ficaram a sós, o médico da família passou a expor seu parecer, que consistia em que havia um princípio de processo de tuberculose, mas... etc. O médico famoso escutava e, no meio do discurso do outro, olhou para o seu enorme relógio de ouro.

— Pois é — disse ele. — Mas...

O médico da família calou-se respeitosamente no meio do seu discurso.

— Como o senhor sabe, não podemos determinar o princípio de um processo de tuberculose; antes do surgimento de cavernas, não há nada de seguro. Mas podemos desconfiar. E existem sinais: a falta de apetite, a excitação nervosa e assim por diante. A questão é a seguinte: diante da suspeita de um processo de tuberculose, o que é preciso fazer a fim de manter a nutrição?

— Mas, como o senhor sabe, nesses casos sempre se escondem causas morais, espirituais — permitiu-se observar o médico da família, com um sorriso sutil.

— Sim, isso é muito natural — respondeu o médico famoso, de novo olhando para o relógio. — Desculpe; será que a ponte Iáuzki está pronta ou ainda é preciso fazer o contorno? — perguntou. — Ah! Está pronta. Ótimo, assim poderei estar lá em vinte minutos. Mas, como estávamos dizendo, a nossa questão é a seguinte: manter a nutrição e curar os nervos. Uma coisa está ligada à outra, é preciso agir nos dois lados do círculo.

— E a viagem para o exterior? — perguntou o médico da família.

— Sou contrário a viagens para o exterior. E, veja bem: se houver um princípio de processo de tuberculose, o que não podemos saber, essa viagem para o exterior não vai ajudar. O importante é encontrar um meio de manter a nutrição, sem causar danos.

E o médico famoso expôs seu plano de um tratamento com águas de Soden, prescrição cujo mérito principal consistia, obviamente, em não poder causar danos.

O médico da família escutou até o fim, com atenção e respeito.

— Por outro lado, em favor da viagem para o exterior, eu apontaria a mudança de hábitos, o afastamento das circunstâncias capazes de despertar recordações. E, além do mais, a mãe o deseja — disse ele.

— Ah! Pois, neste caso, que viajem; contanto que aqueles charlatões da Alemanha não façam estragos... É preciso que elas sigam as minhas orientações... Mas, que viajem, então.

Olhou de novo para o relógio.

— Oh! Está na hora — e caminhou para a porta.

O médico famoso comunicou à princesa (o sentimento de decoro o exigia) que era preciso ver a paciente mais uma vez.

— Como? Vai examinar de novo? — exclamou a mãe, com horror.

— Ah, não, só alguns pormenores, princesa.

— Como o senhor quiser.

E a mãe, acompanhada pelo médico, entrou na sala e seguiu ao encontro de Kitty. Emagrecida e ruborizada, com um brilho peculiar nos olhos devido à vergonha que passara, a jovem estava de pé no meio do cômodo. Quando o médico entrou, ela corou e seus olhos se encheram de lágrimas. Toda a sua doença e o seu tratamento pareceram a Kitty uma enorme tolice, e até uma coisa ridícula! Seu tratamento lhe parecia tão ridículo como colar os cacos de uma jarra quebrada. Seu coração estava partido. Como queriam curá-la com pílulas e pozinhos? Mas não podia desacatar a mãe, ainda mais porque a mãe se julgava culpada.

— Tenha a bondade de sentar-se, princesa — disse o médico famoso.

Com um sorriso, sentou-se diante dela, tomou-lhe o pulso e começou de novo a fazer perguntas enfadonhas. Kitty lhe respondia, mas, de repente, zangou-se e se levantou.

— Desculpe, doutor, mas isto não vai levar a nada, francamente. O senhor já veio três vezes me perguntar exatamente as mesmas coisas.

O médico famoso não se ofendeu.

— Irritação doentia — disse para a princesa, quando Kitty saiu. — Além do mais, já terminei...

E o médico, como se estivesse diante de uma mulher de inteligência extraordinária, descreveu para a princesa o estado de saúde da filha e concluiu com a rigorosa prescrição de beber aquelas águas inúteis. Ao ouvir uma pergunta da princesa sobre a viagem ao exterior, o médico mergulhou em meditações, como se tentasse solucionar uma questão difícil. Por fim, apresentou-se uma solução: viajar, não dar ouvidos aos charlatões e, a qualquer problema, pedir a ajuda dele.

Após a partida do médico, parecia que algo alegre havia acontecido. A mãe se alegrou, ao voltar para junto da filha, e Kitty fingiu alegrar-se. Agora, muitas vezes, e quase sempre, tinha de fingir.

— Estou bem, *maman*, sinceramente. Mas, se a senhora quiser viajar, vamos viajar! — disse e, tentando mostrar que estava interessada na viagem iminente, passou a falar sobre os preparativos.

II

Depois do médico, chegou Dolly. Sabia que nesse dia haveria um conselho de médicos e, apesar de haver terminado pouco antes o seu período de resguardo (tivera uma filha no fim do inverno), apesar de ter muita mágoa e preocupação, Dolly, deixando em casa uma criança de peito e uma filha adoentada, foi saber do destino de Kitty, que então se decidiria.

— Pois bem, e então? — perguntou, ao entrar na sala sem tirar o chapéu. — Estão todas alegres. Pelo visto, está tudo bem, não é?

Tentaram contar o que o médico dissera, mas aconteceu que, embora tivesse falado com calma e clareza, foi absolutamente impossível transmitir o que ele dissera. O interessante era apenas a resolução de viajar para o exterior.

Sem querer, Dolly soltou um suspiro. Sua melhor amiga, a irmã, ia viajar. Sua vida não era nada alegre. As relações com Stiepan Arcáditch, após a reconciliação, haviam se tornado humilhantes. A união, promovida por Anna, revelou-se precária e a harmonia familiar rachara, de novo, no mesmo lugar. Nada de específico ocorrera, mas Stiepan Arcáditch quase nunca estava em casa, também quase nunca havia dinheiro e as suspeitas de infidelidade atormentavam Dolly o tempo todo e ela até as afugentava, com medo das angústias do ciúme que já padecera. A primeira explosão de ciúme, uma vez sofrida, não podia se repetir e nem mesmo a descoberta de uma infidelidade poderia produzir sobre ela o mesmo efeito da primeira vez. Tal descoberta, agora, apenas perturbaria seus hábitos familiares, e Dolly se deixava enganar, desprezando o marido e, sobretudo, a si mesma por essa fraqueza. Além do mais, as preocupações com a família numerosa a atormentavam sem cessar: ora o aleitamento da criança de peito não corria bem, ora a babá se ausentava, ora, como agora, um dos filhos adoecia.

— E seus filhos, como vão? — perguntou a mãe.

— Ah, *maman*, temos muitos desgostos. Lili adoeceu e receio que seja escarlatina. Vim para saber notícias de vocês, mas depois, se for mesmo escarlatina, que Deus não o permita, não poderei sair de casa.

O velho príncipe, após a partida do médico, também deixara seu escritório e, depois de oferecer a face ao beijo de Dolly e falar com ela, dirigiu-se à esposa:

— Então, resolveram viajar? Muito bem, e comigo, o que pretendem fazer?

— Acho que é melhor ficar, Aleksandr — disse a esposa.

— Como quiser.

— *Maman*, por que papai não vem conosco? — perguntou Kitty. — Será mais alegre para ele e também para nós.

O velho príncipe levantou-se e afagou os cabelos de Kitty. Ela ergueu o rosto e, com um sorriso forçado, fitou-o. Sempre parecera a Kitty que o pai a compreendia melhor do que qualquer pessoa na família, embora pouco falasse com ela. Filha caçula, Kitty era a favorita do pai e tinha a impressão de que o seu amor por ela o tornava perspicaz. Agora, quando o olhar de Kitty encontrou os bondosos olhos azuis do pai, que a miravam com atenção, pareceu-lhe que ele lia seus pensamentos e compreendia todo o mal que se passava com ela. Ruborizando-se, Kitty inclinou-se para junto do pai, esperando um beijo, mas ele apenas afagou seus cabelos e disse:

— Que bobagem, essas mechas postiças! Nem se consegue tocar a filha de verdade, só se acaricia esses cabelos de defuntas. Mas e então, Dolly — voltou-se para a filha mais velha —, o que anda fazendo aquele seu fanfarrão?

— Nada, papai — respondeu Dolly, entendendo que se referia ao marido. — Vive fora de casa e quase não o vejo — não pôde deixar de acrescentar, com um sorriso sarcástico.

— Ora, então ele ainda não foi para o interior vender aquela floresta?

— Não, continua se preparando.

— Ora, vejam só! — exclamou o príncipe. — Então eu também tenho de me preparar? Pois muito bem — voltou-se para a esposa, sentando-se. — E você, Kátia, escute o que vou dizer — acrescentou para a filha caçula. — Um belo dia, você vai acordar e dizer a si mesma: pronto, estou completamente saudável e alegre, e então de novo iremos juntos, seu pai e você, bem cedinho, passear na friagem da manhã. Hem?

Parecia muito simples, o que o pai dissera, mas ao ouvir tais palavras Kitty se constrangeu e se perturbou, como um criminoso apanhado em flagrante. "Sim, ele sabe tudo, compreende tudo e com essas palavras me diz que, por mais que eu esteja envergonhada, tenho de superar a vergonha." Kitty não conseguiu fôlego para responder o que quer que fosse. Fez menção de falar e de repente desatou a chorar e correu para fora da sala.

— Olhe o resultado de suas brincadeiras! — exclamou a princesa, irritada com o marido. — Você sempre... — e começou seu discurso de acusação.

O príncipe escutou por bastante tempo as recriminações da princesa e manteve-se calado, mas seu rosto se franzia cada vez mais.

— Dá tanta pena, a pobrezinha, tanta pena, e você nem percebe que ela sofre a qualquer alusão à causa de tudo. Ah! Como a gente se engana com as pessoas! — disse a princesa e, pela mudança de tom, Dolly e o príncipe compreenderam que se referia a Vrónski. — Não entendo como não existem leis contra essas pessoas torpes, indignas.

— Ah, antes eu não tivesse de ouvir isso! — disse o príncipe em tom lúgubre, levantando-se da poltrona como se quisesse sair, mas parou na porta. — Leis existem, mãezinha, e já que você me provocou, vou lhe dizer quem é o culpado de tudo: você e mais ninguém, só você. Leis contra tais patifes existem e sempre existiram! Sim, e se tivesse acontecido algo que não devia acontecer, eu, mesmo velho, o forçaria a um duelo, aquele almofadinha. Sim, e agora a senhora quer tratar da saúde dela, manda vir à nossa casa esses charlatões.

O príncipe, pelo visto, ainda tinha muito o que dizer, mas a princesa, assim que ouviu o tom de sua voz, como sempre acontecia nas questões sérias, imediatamente se resignou e se arrependeu.

— *Alexandre, Alexandre* — sussurrou, agitando as mãos, e desatou a chorar.

Assim que ela começou a chorar, o príncipe também se calou. Aproximou-se dela.

— Vamos, chega, já chega! Você também sofre, eu sei. O que fazer? Não houve nenhuma desgraça. Deus é misericordioso... Vamos agradecer... — disse ele, já sem saber o que falar em resposta ao beijo molhado da princesa, que ele sentiu na mão. E saiu da sala.

Ainda antes, quando Kitty saíra da sala chorando, Dolly, com seus instintos maternais e familiares, percebera imediatamente que só uma mulher poderia cuidar daquele caso, e preparou-se para agir. Tirou o chapéu e, depois de arregaçar mentalmente as mangas, preparou-se para entrar em ação. Na hora em que a mãe atacou o pai, Dolly tentou contê-la, na medida em que o respeito filial permitia. Na hora da explosão do príncipe, Dolly se manteve calada; sentiu vergonha pela mãe e carinho pelo pai, por voltar tão prontamente ao seu ânimo bondoso; mas quando o pai saiu, Dolly reuniu forças para fazer o que mais importava, o que era necessário — ir ter com Kitty e tranquilizá-la.

— Há muito eu queria lhe dizer uma coisa, *maman*: a senhora sabia que Liévin pretendia fazer um pedido de casamento a Kitty quando veio aqui pela última vez? Ele contou a Stiva.

— E o que tem isso? Não entendo...

— Talvez Kitty o tenha rejeitado... Ela não contou à senhora?

— Não, nada me falou a respeito disso, nem de coisa alguma; é orgulhosa demais. Mas sei que tudo aconteceu por causa daquele...

— Pois bem, imagine que ela tenha rejeitado Liévin, e não o teria rejeitado se não existisse um outro, eu sei... E depois este outro a enganou de forma tão horrorosa.

Para a princesa, era terrível demais pensar na grande culpa que lhe cabia pela situação da filha, e zangou-se.

— Ah, já não compreendo mais nada! Hoje, todas querem viver como bem entendem, não contam nada para as mães, e depois, pronto...

— *Maman*, vou falar com ela.

— Vá. Por acaso a proibi? — disse a mãe.

III

Ao entrar no pequenino quarto de Kitty, um cômodo bonito, cor-de-rosa, com bonequinhas de porcelana *vieux saxe*, tão juvenil, cor-de-rosa e alegre como era a própria Kitty ainda dois meses antes, Dolly lembrou como o haviam decorado juntas no ano anterior, com que alegria e carinho. Seu coração gelou quando viu Kitty, sentada em uma cadeira baixa, perto da porta, com os olhos imóveis voltados para um canto do tapete. Kitty olhou de relance para a irmã e a expressão fria e algo severa de seu rosto não se alterou.

— Daqui a pouco vou para casa e ficarei lá, você não poderá visitar-me — disse Dária Aleksándrovna, sentando-se ao seu lado. — Eu queria falar com você.

— Sobre o quê? — perguntou Kitty, levantando a cabeça, com um susto.

— Sobre o seu desgosto, ora, o que mais poderia ser?

— Não tenho nenhum desgosto.

— Chega, Kitty. Por acaso acha que eu posso não saber? Sei tudo. E, creia, é tão insignificante... Todas passamos por isso.

Kitty se manteve calada e seu rosto tinha uma expressão severa.

— Ele não vale o que você sofreu por causa dele — prosseguiu Dária Aleksándrovna, indo direto ao assunto.

— Sim, porque ele me desprezou — disse Kitty, com voz trincada. — Não fale nada! Por favor, não fale!

— Mas quem lhe disse tal coisa? Ninguém falou isso. Tenho certeza... de que ele estava apaixonado por você, e continuou apaixonado, mas...

— Ah, para mim, não há nada mais horrível do que essa compaixão! — gritou Kitty, zangando-se de repente. Virou-se na cadeira, ruborizou-se e, num movimento rápido, pôs-se a retorcer os dedos, apertando a fivela do cinto, ora com a mão direita, ora com a esquerda. Dolly conhecia esse seu jeito de remexer as mãos quando se exaltava; sabia como Kitty, num momento de fúria, era capaz de perder o controle e falar mais do que devia, dizer coisas desagradáveis, e Dolly queria tranquilizá-la; mas já era tarde.

— O que, o que você quer que eu sinta, o quê? — perguntou Kitty, depressa. — Que me apaixonei por um homem que não quis saber de mim e que eu morro de amor por ele? E quem vem dizer isso é a minha própria irmã, que pensa que... que... que tem compaixão!... Não quero saber dessas condolências e desses fingimentos!

— Kitty, está sendo injusta.

— Por que me atormenta?

— Mas eu, ao contrário... Sei que está amargurada...

Mas Kitty, no seu furor, já não a ouvia.

— Não tenho por que me afligir nem do que me consolar. Sou orgulhosa o bastante para nunca mais me permitir amar um homem que não me ame.

— Sim, também não estou dizendo isso... Mas conte-me a verdade — disse Dária Aleksándrovna, tomando-lhe a mão. — Liévin falou com você?...

A alusão a Liévin pareceu privar Kitty do último vestígio de autocontrole; ergueu-se de um salto da cadeira e, depois de atirar a fivela contra o chão e fazendo gestos rápidos com as mãos, desatou a falar:

— O que Liévin tem a ver com o assunto? Não entendo por que você precisa me atormentar. Já disse e repito que sou orgulhosa e nunca, *nunca* farei aquilo que você está fazendo: voltar para um homem que traiu você, que se apaixonou por outra mulher. Não entendo, isso eu não entendo! Você pode, mas eu não posso!

Depois de dizer essas palavras, olhou de relance para a irmã e, vendo que Dolly se mantinha em silêncio, com a cabeça triste voltada para baixo, Kitty, em vez de sair do quarto como pretendia, sentou-se junto à porta e, depois de cobrir o rosto com um lenço, baixou a cabeça. O silêncio continuou por uns dois minutos. Dolly pensava em si mesma. Aquela humilhação, que ela sentia o tempo todo, afetou-a de modo especialmente doloroso quando Kitty lhe falou do assunto. Não esperava tal crueldade da irmã e zangou-se com ela. Mas, de repente, ouviu um rumor de vestido e, logo depois, o som de um soluço contido que se rompera, e uns braços, vindo por baixo, enlaçaram seu pescoço. Kitty, de joelhos, estava à sua frente.

— Dólinka, me sinto tão infeliz, tão infeliz! — sussurrou, em tom culpado.

E o rosto gentil, coberto de lágrimas, afundou na saia do vestido de Dária Aleksándrovna.

Como se as lágrimas fossem um lubrificante indispensável para o bom funcionamento da máquina das relações entre elas, as duas irmãs, depois das lágrimas, passaram a falar não daquilo que as preocupava; mas, mesmo falando de outros assuntos, entendiam-se mutuamente. Kitty entendeu que as palavras que, num momento de cólera, falara sobre a infidelidade do marido e sobre a humilhação haviam ferido a pobre irmã no fundo do coração, mas que ela a perdoara. Dolly, por seu lado, já sabia tudo o que queria saber; comprovou que suas suposições estavam corretas, que o desgosto, o incurável desgosto de Kitty, consistia justamente em Liévin haver pedido sua mão e Kitty ter negado, para logo depois se ver enganada por Vrónski, e agora ela estava pronta para amar Liévin e odiar Vrónski. Kitty não disse uma palavra sobre isso; falou apenas sobre o seu estado de ânimo.

— Não tenho mágoa nenhuma — disse, acalmando-se. — Mas será que você pode entender como tudo, para mim, se tornou sórdido, repugnante, vulgar, a começar por mim mesma? Você não pode imaginar que pensamentos sórdidos me vêm à mente a respeito de tudo.

— Mas que pensamentos sórdidos você poderia ter? — perguntou Dolly, sorrindo.

— Os piores, os mais sórdidos e vulgares; nem posso lhe contar. Não é melancolia, não é tédio, mas algo infinitamente pior. Como se tudo de bom que havia em mim tivesse se escondido, e só restasse o mais sórdido. Bem, como vou dizer a você? — prosseguiu, vendo a perplexidade nos olhos da irmã. — O papai, ainda há pouco, começou a falar comigo... parece-me que ele só pensa que eu preciso casar. Mamãe me leva a um baile: parece-me que ela só faz isso para me casar mais depressa e livrar-se de mim. Sei que não é verdade, mas não consigo afastar esses pensamentos. Não posso nem olhar para os assim chamados pretendentes. Parece-me que eles estão tirando as minhas medidas. Antes, ir a qualquer lugar num vestido de baile era, para mim, um puro prazer, eu me encantava comigo mesma; agora, sinto vergonha, constrangimento. Também, o que quer? O médico... Ora...

Kitty hesitou; queria falar ainda, dizer que, desde que sofrera essa transformação, Stiepan Arcáditch se tornara insuportavelmente desagradável aos seus olhos e ela não podia vê-lo sem imaginar as coisas mais vulgares e repulsivas.

— Pois é, tudo se apresenta para mim sob o aspecto mais vulgar e sórdido — prosseguiu. — É a minha doença. Um dia vai passar, quem sabe...

— Mas você não deve pensar...

— Não consigo. Só me sinto bem com as crianças, só na sua casa.

— Que pena que você não possa ficar comigo.

— Não, eu irei. Já tive escarlatina, vou convencer *maman* a me deixar ir.

Kitty obteve o que queria, mudou-se para a casa da irmã e cuidou das crianças todas, que de fato tiveram escarlatina. As duas irmãs conseguiram curar as seis crianças, mas a saúde de Kitty não melhorou e, na Quaresma, os Cherbátski partiram para o exterior.

IV

O mais alto círculo da sociedade em São Petersburgo é um círculo, propriamente dito; todos se conhecem, e até se frequentam. Mas esse grande círculo tem suas subdivisões. Anna Arcádievna Kariênina tinha amigos e laços estreitos em três círculos distintos. Um deles era o dos funcionários, o círculo oficial do seu marido, formado pelos colegas de trabalho e subordinados, unidos e separados, conforme as condições sociais, das maneiras mais diversas e caprichosas. Agora, Anna lembrava-se com dificuldade do sentimento de respeito quase religioso que, nos primeiros tempos, tivera por aquelas pessoas. Agora, conhecia a todos, como se conhecem os habitantes de uma cidade do interior; conhecia os hábitos e as fraquezas de todos eles, sabia onde o sapato lhes apertava; conhecia as relações que mantinham entre si e com o centro do poder; sabia quem era a favor de quem, e como e em que cada um se respaldava, sabia quem concordava e quem discordava, e por que razão; mas esse círculo de interesses políticos masculinos nunca despertara o seu interesse e Anna o evitava, apesar dos apelos da condessa Lídia Ivánovna.

Outro círculo próximo de Anna era aquele ao qual Aleksei Aleksándrovitch devia a sua carreira. No centro desse círculo estava a condessa Lídia Ivánovna. Tratava-se de um círculo pequeno, formado por mulheres velhas, feias, virtuosas e devotas, e por homens inteligentes, cultos e ambiciosos. Uma das pessoas inteligentes que pertenciam a esse círculo o chamava de "a consciência da sociedade petersburguesa". Aleksei Aleksándrovitch prezava muito esse círculo e Anna, que sabia tão bem como conviver com todos, encontrou amigos também ali, ainda nos primeiros tempos de sua vida em Petersburgo. Agora, após o seu regresso de Moscou, esse pequeno círculo se tornou insuportável para Anna. Parecia-lhe que todos fingiam, ela também, e essa sociedade tornou-se tão enfadonha e constrangedora que Anna frequentava o menos possível a casa da condessa Lídia Ivánovna.

Por fim, o terceiro círculo a que Anna estava ligada era a alta sociedade, propriamente dita — a sociedade dos bailes, dos jantares, das vestimentas suntuosas, a sociedade que, com uma das mãos, se agarrava à corte para não baixar ao nível da sociedade mediana, que os membros daquele círculo pensavam desprezar, porém cujos gostos eram não apenas semelhantes aos seus, como exatamente os mesmos. O elo entre Anna e esse círculo se mantinha por meio da princesa Betsy Tviérskaia, esposa do seu primo, a qual possuía uma renda de cento e vinte mil rublos e se afeiçoara a Anna, de modo especial, desde o seu ingresso na sociedade, zelava por Anna e a atraía para o seu círculo, ao mesmo tempo que zombava do círculo da condessa Lídia Ivánovna.

— Quando eu for velha e feia, também farei o mesmo — dizia Betsy —, mas para a senhora, uma jovem bonita, ainda é cedo para ficar naquele asilo.

Nos primeiros tempos, Anna evitou o mais que pôde a sociedade da princesa Tviérskaia, pois exigia gastos acima de seus recursos e, além disso, no fundo, preferia o primeiro círculo; mas, após a viagem a Moscou, deu-se o contrário. Ela evitava os amigos circunspectos e procurava a alta sociedade. Aí, encontrava Vrónski e nesses encontros experimentava um prazer provocante. Via Vrónski com especial frequência em casa de Betsy, que era Vrónskaia de nascimento e prima dele. Vrónski estava em toda parte onde houvesse uma chance de encontrar Anna e, quando podia, lhe falava do seu amor. Ela não lhe dava nenhum motivo para isso, mas, toda vez que o encontrava, ardia em sua alma o mesmo sentimento de vivacidade que a dominara quando o vira pela primeira vez, no vagão de trem. A própria Anna sentia que, ao vê-lo, a alegria brilhava em seus olhos e franzia seus lábios num sorriso, e ela não conseguia sufocar a expressão dessa alegria.

Nos primeiros tempos, Anna acreditava sinceramente estar desgostosa com ele por se permitir assediá-la; mas, pouco depois do seu regresso de Moscou, veio uma noite em que Anna imaginou encontrá-lo, mas Vrónski não apareceu e, pela tristeza que a dominou, Anna compreendeu claramente que se enganava, que esse assédio não só não lhe desagradava como constituía o principal interesse de sua vida.

Uma cantora famosa se apresentava pela segunda vez e a alta sociedade estava em peso no teatro. Vrónski, da sua poltrona na primeira fila, avistou a prima em seu camorote e se dirigiu até lá, sem esperar o intervalo.

— Por que o senhor não veio jantar? — perguntou Betsy. — Fico admirada com a clarividência dos enamorados — e acrescentou com um sorriso, de modo que só ele pudesse ouvir: — *Ela não estava lá.* Mas venha depois da ópera.

Vrónski dirigiu-lhe um olhar interrogativo. Ela inclinou a cabeça. Vrónski agradeceu com um sorriso e sentou-se ao seu lado.

— E dizer que o senhor zombava tanto dos outros! — prosseguiu a princesa Betsy, que sentia um prazer especial em acompanhar os passos daquela paixão rumo ao desfecho. — E agora, o que foi feito de tudo aquilo? O senhor foi fisgado, meu caro.

— É só o que desejo, ser fisgado — respondeu Vrónski, com seu sorriso calmo e jovial. — Para dizer a verdade, se há algo de que me queixar, é de ser fisgado muito pouco. Começo a perder a esperança.

— E que esperança pode ter o senhor? — disse Betsy, que, em defesa da amiga, se mostrou ofendida. — *Entendons-nous...*[1] — Mas pequenas luzes corriam por

---

1 Francês: "entendamo-nos".

seus olhos, dizendo que entendia muito bem, e tanto quanto Vrónski, a esperança que ele podia ter.

— Nenhuma — respondeu Vrónski, sorrindo e deixando à mostra os dentes perfeitos. — Perdão — acrescentou, tomando-lhe da mão o binóculo e passando a observar, por cima do ombro nu da prima, a fileira de camarotes do lado oposto. — Receio que eu esteja me tornando ridículo.

Vrónski sabia muito bem que, aos olhos de Betsy e de todas as pessoas da sociedade, ele não corria o menor risco de parecer ridículo. Sabia muito bem que aos olhos daquelas pessoas o papel de um infeliz apaixonado por uma jovem ou por qualquer mulher livre pode parecer ridículo; mas o papel de um homem que assedia uma mulher casada e põe a própria vida em jogo a fim de atraí-la para o adultério tem algo de belo, grandioso, jamais poderia parecer ridículo e por isso Vrónski baixou o binóculo e fitou a prima com um sorriso orgulhoso e satisfeito que ondulava sob o bigode.

— E por que o senhor não veio jantar? — perguntou ela, sorrindo.

— Isso eu tenho de lhe contar. Estive ocupado, e sabe com quê? Aposto cem, ou até mil... que a senhora não vai adivinhar. Fui reconciliar um marido com o homem que ofendeu sua esposa. Sim, é verdade!

— Mas e então, conseguiu?

— Quase.

— O senhor precisa me contar essa história — falou, levantando-se. — Venha no próximo intervalo.

— Não posso; vou ao Teatro Francês.

— E perder a Nilsson? — horrorizada, perguntou Betsy, que jamais conseguiria distinguir Nilsson de uma corista qualquer.

— O que fazer? Marquei um encontro lá, e tudo por causa da tal reconciliação.

— Bem-aventurados os reconciliadores, eles serão salvos — disse Betsy, lembrando-se de algo semelhante, que ouvira de alguém. — Pois bem, então sente-se e conte-me o que aconteceu.

E ela sentou-se, outra vez.

V

— É um pouco indiscreto, mas tão adorável que dá uma terrível vontade de contar — disse Vrónski, fitando-a com olhos risonhos. — Não direi os sobrenomes.

— Mas vou adivinhar, melhor ainda.

— Então, escute: iam dois jovens alegres...

— Sem dúvida, oficiais do regimento do senhor?

— Não disse oficiais, só dois jovens que haviam almoçado...

— Tradução: tinham bebido até fartar.

— Talvez. Estavam a caminho da casa de um amigo, para jantar, no estado de espírito mais alegre do mundo. De repente, uma jovem bonita os ultrapassou numa sege de aluguel, olhou para trás e, pelo menos assim lhes pareceu, acenou com a cabeça e riu para eles. Partiram no seu encalço, é claro. Desabalaram a galope. Para sua surpresa, a bela deteve-se diante da mesma casa à qual se dirigiam. A bela entrou correndo rumo ao andar de cima. Os dois viram de relance lábios rosados por baixo de um véu curto e lindos pezinhos miúdos.

— O senhor conta com tamanha emoção que me parece ter sido o senhor mesmo um dos dois.

— Ora, depois do que a senhora acabou de me dizer? Bem, os jovens entraram na casa do amigo, onde haveria um jantar de despedida. Ali, de fato, beberam talvez em excesso, como sempre ocorre nos jantares de despedida. E, durante o jantar, perguntaram quem morava no andar de cima daquela casa. Ninguém sabia e só o criado do anfitrião acudiu à pergunta: se lá em cima moravam umas *mamzeles*?[2] Respondeu que ali havia muitas. Depois do jantar, os jovens foram ao escritório do anfitrião a fim de escrever uma carta para a desconhecida. Redigiram uma carta apaixonada, uma declaração, e eles mesmos a levaram para o andar de cima, dispostos a esclarecer o que porventura não se mostrasse perfeitamente compreensível.

— Para que o senhor me conta essas coisas sórdidas? E depois?

— Tocaram a campainha. Uma criada atendeu, eles entregaram a carta e garantiram que ambos estavam apaixonados a tal ponto que eram capazes de morrer ali mesmo, diante da porta. A criada, perplexa, tentou acalmá-los. De repente, surgiu um cavalheiro com umas suíças que mais pareciam salsichas, vermelho como um camarão, declarou que ninguém morava na casa, exceto sua esposa, e enxotou a ambos.

— Como o senhor sabe que ele tinha suíças que, como disse, pareciam salsichas?

— Muito simples. Hoje, fui reconciliá-los.

— Pois bem, e aí?

— Isto é o mais interessante. Acontece que se trata de um casal feliz, um conselheiro titular e uma conselheira titular.[3] O conselheiro titular apresentou uma

---

2 Pronúncia deturpada do francês "mademoiselles" (senhoritas).

3 No serviço público russo, a esposa tinha o mesmo título do marido.

queixa e a mim coube o papel de conciliador, e que conciliador! Asseguro à senhora, Talleyrand não é nada em comparação comigo...

— Qual a dificuldade?

— Pois escute... Nós nos desculpamos da seguinte maneira: "Estamos desesperados, pedimos perdão pelo infeliz mal-entendido". O conselheiro titular de suíças começou a amolecer, mas também queria expressar seus sentimentos e, tão logo se pôs a expressá-los, começou a se inflamar e dizer grosserias, e de novo tive de pôr em ação todos os meus talentos diplomáticos. "Concordo que o ato deles é condenável, mas peço ao senhor que leve em consideração a imprevidência, a juventude; além do mais, os rapazes haviam acabado de almoçar. O senhor entende. Eles estão sinceramente arrependidos, pedem que o senhor perdoe a sua culpa." O conselheiro titular amoleceu outra vez: "Concordo, conde, e estou pronto a perdoar, mas entenda que minha esposa, a minha esposa, mulher honrada, se viu exposta ao assédio, às grosserias e às insolências de uns moleques, sem...". E a senhora imagine que os tais moleques estavam ali, presentes, e eu tinha de reconciliá-los. De novo, pus em ação a diplomacia e, de novo, justamente quando era preciso pôr um ponto-final naquele assunto, o meu conselheiro titular se inflamou, se ruborizou, as salsichas ficaram eriçadas e, de novo, eu me derramei em sutilezas diplomáticas.

— Ah, a senhora precisa ouvir isto! — voltou-se Betsy, rindo, para uma senhora que entrara em seu camarote. — Ele me fez rir tanto. Muito bem, *bonne chance*[4] — acrescentou, estendendo para Vrónski o dedo que o leque deixava livre e baixando o corpete do vestido com um meneio dos ombros, a fim de estar inteiramente nua, como convinha, quando saísse para a frente, na direção da ribalta, sob as lâmpadas de gás e sob a luz de todos os olhos.

Vrónski seguiu para o Teatro Francês, onde, de fato, tinha de encontrar-se com o comandante do regimento, que não perdia nenhum espetáculo daquele teatro, a fim de conversar acerca da sua ação pacificadora, que já o ocupava e o distraía havia três dias. Envolvidos naquela questão estavam Petrítski, de quem ele gostava, e um outro, que entrara pouco antes no regimento, ótimo sujeito, companheiro excelente, o jovem príncipe Kiédrov. O mais importante é que a questão envolvia os interesses do regimento.

Ambos eram do esquadrão de Vrónski. O comandante do regimento recebera a visita de um funcionário, o conselheiro titular Wenden, que trazia uma queixa contra oficiais do regimento por terem ofendido sua esposa. A jovem esposa,

---

4 Francês: "boa sorte".

conforme relatou Wenden — casado havia seis meses —, estava na igreja com a mãe e, de repente, começou a sentir-se mal, em razão do seu estado interessante, não conseguia mais ficar de pé e foi para casa na primeira sege de aluguel que passou. Nessa altura, os oficiais lançaram-se em sua perseguição, ela se assustou e, sentindo-se ainda pior, entrou em casa correndo, escada acima. O próprio Wenden, ao voltar da repartição, ouviu a campainha e algumas vozes, foi até a porta e, ao dar com os oficiais embriagados que traziam uma carta, enxotou-os. Viera pedir um castigo severo.

— Não, francamente — disse o comandante do regimento para Vrónski, a quem chamara para conversar —, Petrítski anda impossível. Não passa uma semana sem arranjar alguma confusão. Esse funcionário não vai desistir, vai levar a questão adiante.

Vrónski se deu conta de toda a complicação do caso e percebeu que não seria viável um duelo; era preciso fazer todo o possível para esfriar os ânimos daquele conselheiro titular e abafar o assunto. O comandante do regimento apelara a Vrónski justamente porque o tinha por um homem honrado e inteligente e, sobretudo, por um homem que prezava o bom nome do regimento. Eles deliberaram e resolveram que Petrítski e Kiédrov teriam de ir, em companhia de Vrónski, ao encontro do conselheiro titular para se desculparem. O comandante do regimento e Vrónski entendiam que o nome de Vrónski e suas insígnias de ajudante de campo haviam de contribuir bastante para apaziguar o conselheiro titular. E, de fato, esses dois expedientes se revelaram em parte eficazes; mas o resultado da reconciliação continuava incerto, como vinha explicar Vrónski.

Quando chegou ao Teatro Francês, Vrónski retirou-se para o foyer em companhia do comandante e lhe relatou seu sucesso, ou insucesso. Depois de considerar toda a situação, o comandante do regimento resolveu esquecer aquele assunto, mas, só para se divertir, passou a indagar sobre pormenores da conversa e, durante longo tempo, não conseguia conter o riso ao ouvir Vrónski relatar como o conselheiro titular, já de ânimo serenado, de repente se inflamou de novo, ao recordar detalhes do caso, e como Vrónski, contornando com derradeiras meias palavras de reconciliação, batia em retirada, empurrando Petrítski à sua frente.

— História deplorável, mas engraçada. Kiédrov não pode mesmo duelar contra esse cavalheiro! Ele se enfureceu tanto assim? — perguntou de novo, rindo. — Mas e que tal a Claire, hoje? Que maravilha! — disse, referindo-se à nova atriz francesa. — Por mais que a vejamos, parece nova a cada dia... Só as francesas são capazes disso...

VI

A princesa Betsy saiu do teatro sem esperar o fim do último ato. Mal tivera tempo de entrar no seu toalete, recobrir o rosto alongado com pó de arroz, espalhar o pó, ajeitar o penteado e pedir seu chá no salão, quando as carruagens, uma após a outra, começaram a chegar ao seu casarão na rua Bolchaia Morskaia. Os convidados desembarcavam no amplo pátio de entrada e o porteiro gordo, que pela manhã lia os jornais atrás da porta de vidro, para a edificação dos transeuntes, agora abria em silêncio essa porta enorme, dando passagem para os recém-chegados.

Quase ao mesmo tempo, entraram, por uma porta, a dona da casa, com o penteado refeito e o rosto refrescado e, pela outra, os convidados, rumo a um salão de paredes escuras, com tapetes de veludo e uma mesa iluminada com brilho, que reluzia sob a chama das velas, com a brancura da toalha, o samovar de prata e a translúcida porcelana do serviço de chá.

A anfitriã sentou-se junto ao samovar e despiu as luvas. Deslocando as cadeiras com a ajuda de criados discretos, o grupo se acomodou, dividindo-se em duas partes — perto do samovar, com a anfitriã, e na extremidade oposta do salão, em torno da bela esposa de um embaixador, de vestido de veludo preto e sobrancelhas negras salientes. Em ambos os círculos, como sempre acontece nos primeiros minutos, a conversa mostrou-se hesitante, interrompida a todo momento por encontros, cumprimentos, ou pelo chá, como que em busca de um ponto de apoio.

— Ela é extraordinária, como atriz; é evidente que estudou Kaulbach — disse um diplomata, no círculo da esposa do embaixador. — Perceberam o modo como ela caiu?...

— Ah, por favor, não falemos da Nilsson! Não se pode dizer nada de novo a respeito dela — falou uma senhora loura, gorda, vermelha, sem sobrancelhas e sem cabelos postiços, que usava um velho vestido de seda. Tratava-se da princesa Miágkaia, conhecida por sua franqueza, por suas maneiras ásperas, e chamada de *enfant terrible*.[5] A princesa Miágkaia estava sentada entre os dois círculos e, apurando os ouvidos, tomava parte ora de um, ora do outro. — Ainda hoje, três pessoas já me disseram esta mesma frase sobre Kaulbach, até parece que combinaram. E adoraram a frase, não sei por quê.

A conversa foi cortada por esse comentário e era preciso inventar um tema novo.

---

5 Francês: "criança terrível".

— Conte-nos algo divertido, mas que não seja malicioso — disse a esposa do embaixador, grande mestra da conversação elegante, chamada em inglês de *small-talk*, dirigindo-se ao diplomata, que agora também não sabia por onde recomeçar.

— Dizem que isso é muito difícil, que só a malícia é divertida — começou, com um sorriso. — Mas vou tentar. Dê-me um tema. Tudo depende disso. Com o tema nas mãos, é fácil bordar sobre ele. Muitas vezes penso que os célebres conversadores do século passado se veriam em apuros para dizer coisas inteligentes, hoje em dia. Estamos todos fartos de ditos inteligentes...

— Isso já foi dito há muito tempo — interrompeu-o, rindo, a esposa do embaixador.

A conversa começou gentil, mas, justamente por ser gentil demais, cessou de novo. Foi preciso recorrer a um expediente seguro, infalível — a maledicência.

— A senhora não acha que Tuchkiévitch tem algo de Luís XV? — perguntou ele, apontando com os olhos para um jovem louro e bonito, que estava de pé junto à mesa.

— Ah, sim! É do mesmo estilo que o salão, por isso vem aqui tantas vezes.

Essa conversa se manteve, pois por meio de alusões se falava exatamente do que não se podia falar naquele salão, ou seja, das relações entre Tuchkiévitch e a anfitriã.

Enquanto isso, em torno do samovar e da anfitriã, a conversa pareceu hesitar certo tempo entre três temas inevitáveis: as últimas notícias da sociedade, o teatro e a condenação do próximo, mas também só se firmou depois de apelar ao último tema, a maledicência.

— Sabiam que a Maltíscheva, não a filha, mas a mãe, está costurando para si um traje de *diable rose*?[6]

— Não pode ser! Ora, que encantador!

— Admiro-me que ela, com a sua inteligência, pois não é nada tola, não perceba como ficará ridícula...

Todos tinham algo a dizer, tratando-se de condenar e zombar da pobre Maltíscheva, e a conversa começou a crepitar alegremente, como uma fogueira que se acendeu.

O marido da princesa Betsy, um homem gordo e bonachão, apaixonado colecionador de gravuras, ao saber que a esposa receberia visitas, veio até o salão antes de seguir para o seu clube. Sobre o tapete macio, sem fazer ruído, caminhou ao encontro da princesa Miágkaia.

---

6 Francês: "diabo cor-de-rosa".

— Gostou da Nilsson? — perguntou.

— Ah, como consegue se aproximar tão sorrateiramente? Que susto o senhor me deu — respondeu ela. — Mas, por favor, não fale sobre ópera, o senhor não entende nada de música. Em vez disso, me rebaixarei até o senhor e falarei sobre suas gravuras e suas maiólicas. E então, que tesouro comprou há pouco na feira de artigos usados?

— Quer que eu lhe mostre? Mas a senhora nada entende desse assunto.

— Mostre. Aprendi bastante em casa daqueles, como chamam?... Banqueiros... Na casa deles, há gravuras magníficas. Mostraram para nós.

— O quê? A senhora esteve na casa dos Schutzburg? — perguntou a anfitriã, junto ao samovar.

— Estivemos, *ma chère*.[7] Convidaram a mim e ao meu marido para jantar e me disseram que o molho daquele jantar custou mil rublos — falou bem alto a princesa Miágkaia, notando que todos a escutavam. — Um molho, aliás, horroroso, uma coisa verde. Tivemos de convidá-los para jantar em nossa casa e preparei um molho que custou oitenta e cinco copeques e todos ficaram muito satisfeitos. Não posso fazer molhos de mil rublos.

— Ela é incomparável! — disse a anfitriã.

— Extraordinária! — exclamou alguém.

O efeito dos discursos da princesa Miágkaia era sempre o mesmo e o seu segredo consistia em dizer coisas simples, que faziam sentido, ainda que fossem inoportunas, como agora. Na sociedade em que vivia, tais palavras produziam o efeito do gracejo mais espirituoso. A princesa Miágkaia não conseguia entender a razão, mas sabia que era assim e tirava proveito disso.

Como todos pararam a fim de ouvir a princesa Miágkaia enquanto falava e a conversa em torno da esposa do embaixador havia cessado, a anfitriã quis reunir os dois grupos de convidados em um só e dirigiu-se a ela:

— Tem certeza de que não quer chá? A senhora poderia vir para junto de nós.

— Não, estamos muito bem aqui — respondeu com um sorriso a esposa do embaixador, e prosseguiu a conversa já iniciada.

A conversa estava muito agradável. Censuravam os Kariênin, a esposa e o marido.

— Anna mudou muito depois da sua viagem a Moscou. Há algo estranho nela — disse uma de suas amigas.

— A mudança mais importante é que ela trouxe consigo a sombra de Aleksei Vrónski — comentou a esposa do embaixador.

---

7 Francês: "minha cara".

— E que há de mais nisso? Existe uma fábula de Grimm sobre um homem sem sombra, um homem que se viu privado da própria sombra. Foi seu castigo por alguma coisa. Jamais consegui entender a razão do castigo. Mas, no caso de uma mulher, deve ser bem desagradável ficar sem sombra.

— Sim, mas as mulheres com sombra costumam acabar mal — disse uma amiga de Anna.

— Dobrem a língua — retrucou, de repente, a princesa Miágkaia, ao ouvir tais palavras. — Kariênina é uma mulher excelente. Do marido, eu não gosto, mas a ela, eu adoro.

— Por que não gosta do marido? É um homem tão notável — disse a esposa do embaixador. — Meu marido afirma que, na Europa, há poucos homens de Estado comparáveis a ele.

— Meu marido diz o mesmo, mas não acredito — retrucou a princesa Miágkaia. — Se nossos maridos não falassem, veríamos as coisas como são e, para mim, Aleksei Aleksándrovitch não passa de um tolo. Isto eu digo aqui entre nós... Mas não é verdade que assim tudo fica mais claro? Antes, quando me mandavam julgá-lo inteligente, eu procurava em vão por todo lado, sem encontrar nele nenhuma inteligência, e julgava que a tola era eu; porém desde o dia em que falei, mas em voz baixa: ele é um *tolo*, não é que tudo ficou muito claro?

— Como a senhora hoje está maldosa!

— De maneira alguma. Não tenho alternativa. Um de nós dois é tolo. Ora, a senhora sabe, ninguém pode dizer tal coisa de si mesmo.

— Ninguém está satisfeito com os bens que possui, mas todos estão satisfeitos com a inteligência que têm — disse o diplomata, citando o provérbio francês.

— Sim, exatamente — a princesa Miágkaia voltou-se ligeiro para ele. — Mas a questão é que não vou abandonar Anna à mercê dos senhores. Ela é tão admirável, tão gentil. Que culpa pode ter, se todos se apaixonam por ela e seguem seus passos, como sombras?

— Mas não tenho intenção de condená-la — justificou-se a amiga de Anna.

— Se ninguém nos segue como uma sombra, nem por isso temos o direito de condená-la.

E, tendo dado à amiga de Anna a devida resposta, a princesa Miágkaia levantou-se e, junto com a esposa do embaixador, aproximou-se da mesa onde se conversava sobre o rei da Prússia.

— De quem estavam falando mal? — perguntou Betsy.

— Dos Kariênin. A princesa traçou um retrato de Aleksei Aleksándrovitch — respondeu a esposa do embaixador, com um sorriso, sentando-se à mesa.

— Que pena não termos ouvido — disse a anfitriã, lançando um olhar para a porta. — Ah, aí está o senhor, afinal! — voltou-se com um sorriso para Vrónski, que entrava.

Vrónski não só era conhecido de todos os presentes como os encontrava todos os dias e por isso entrou com o ar sereno de quem chega aos aposentos de pessoas a quem deixara pouco antes.

— De onde estou vindo? — disse em resposta a uma pergunta da esposa do embaixador. — O que posso fazer, tenho de confessar: do teatro bufo. Pela centésima vez, eu creio, e sempre com um prazer renovado. Magnífico! Sei que é uma vergonha; mas, na ópera, eu pego no sono e, no teatro bufo, presto atenção até o fim e me divirto. Hoje mesmo...

Citou o nome de uma atriz francesa e fez menção de contar alguma coisa sobre ela; mas a esposa do embaixador, com um horror jocoso, interrompeu-o:

— Por favor, não conte essas coisas horríveis.

— Muito bem, não contarei, ainda mais porque todos conhecem muito bem essas coisas horríveis.

— E todos iríamos até lá, se fosse algo bem-visto, como ir à ópera — completou a princesa Miágkaia.

VII

Ouviram-se passos na porta e a princesa Betsy, sabendo que se tratava de Kariênina, olhou de relance para Vrónski. Ele olhava na direção da porta e seu rosto tinha uma expressão nova e estranha. Com prazer e, ao mesmo tempo, timidez, mirava fixamente a recém-chegada enquanto soerguia o corpo, bem devagar. Anna adentrou a sala. Mantendo-se perfeitamente ereta, como sempre, com seus passos rápidos, seguros e leves que a distinguiam das demais mulheres da sociedade e sem mudar a direção do olhar, percorreu os poucos passos que a separavam da anfitriã, apertou-lhe a mão, sorriu e, com o mesmo sorriso, virou-se e olhou para Vrónski. Ele a cumprimentou com uma grande inclinação do tronco e lhe ofereceu uma cadeira.

Anna respondeu apenas com uma inclinação da cabeça, ruborizou-se e franziu as sobrancelhas. Mas logo em seguida, enquanto cumprimentava os conhecidos com um aceno de cabeça e apertava as mãos que lhe eram oferecidas, Anna dirigiu-se à anfitriã:

— Estive na casa da condessa Lídia e tinha intenção de vir mais cedo para cá, mas me demorei. Sir John estava lá. Muito interessante.

— Ah, aquele missionário?

— Sim, contou coisas muito interessantes sobre a vida dos indianos.

A conversa, interrompida pela sua chegada, de novo esmoreceu, como a chama de um lampião quando soprada.

— Sir John! Sim, Sir John. Eu o vi. Fala bem. Vlássieva está completamente apaixonada por ele.

— É verdade que a Vlássieva caçula vai casar com Tópov?

— Sim, dizem que está tudo resolvido.

— Estou surpresa com os pais dela. Dizem que é um casamento por amor.

— Por amor? Que ideias antediluvianas! Quem, hoje em dia, fala em amor? — disse a esposa do embaixador.

— O que fazer? Essa antiga moda tola ainda não caiu em desuso — disse Vrónski.

— Pior para aqueles que seguem essa moda... Só conheço casamentos felizes feitos por conveniência.

— Sim, mas em compensação quantas vezes a felicidade dos casamentos por conveniência se dissolve como pó, justamente porque aparece aquela paixão à qual antes não deram importância — disse Vrónski.

— Mas chamamos de casamentos de conveniência aqueles em que ambas as partes já tomaram juízo. É como a febre escarlatina, é preciso ter sofrido para não adoecer de novo.

— Nesse caso é preciso inventar um modo de inocular o amor artificialmente, como a vacina contra a varíola.

— Quando moça, me apaixonei por um sacristão — disse a princesa Miágkaia. — Não sei se isso me trouxe algum benefício.

— Não, brincadeiras à parte, creio que para conhecer o amor é preciso errar e depois corrigir-se — disse a princesa Betsy.

— Mesmo após o casamento? — perguntou a esposa do embaixador, em tom jocoso.

— Nunca é tarde para se arrepender — o diplomata repetiu o provérbio inglês.

— Exatamente — apoiou Betsy —, é preciso errar e depois corrigir-se. O que pensa a senhora sobre isso? — voltou-se para Anna, que, com um sorriso constante e quase imperceptível, ouvia a conversa em silêncio.

— Penso — respondeu Anna, brincando com a luva que despira —, penso... se há tantas cabeças quantas são as maneiras de pensar, há de haver tantos tipos de amor quantos são os corações.

Vrónski fitava Anna e, com o coração em suspenso, esperava o que ela ia dizer. Como se tivesse escapado de um perigo, soltou um suspiro quando Anna concluiu suas palavras.

De súbito, Anna voltou-se para ele:

— Recebi uma carta de Moscou. Dizem que Kitty Cherbátskaia está muito doente.

— É mesmo? — reagiu Vrónski, de sobrancelhas franzidas.

Anna fitou-o com severidade.

— A notícia não interessa ao senhor?

— Ao contrário, interessa muito. O que diz exatamente a carta, se posso saber? — perguntou.

Anna levantou-se e aproximou-se de Betsy.

— Sirva-me uma xícara de chá — pediu, detendo-se atrás da cadeira de Betsy.

Enquanto a princesa Betsy lhe servia o chá, Vrónski aproximou-se de Anna.

— O que diz a carta? — repetiu ele.

— Muitas vezes, penso que os homens não compreendem o que vem a ser algo desonroso, embora falem sempre do assunto — disse Anna, sem lhe responder. — Faz tempo que eu queria dizer isto ao senhor — acrescentou e, avançando alguns passos, sentou-se à mesa de canto, onde havia alguns álbuns.

— Não entendo em absoluto o sentido de suas palavras — disse Vrónski, entregando-lhe a xícara. Anna olhou de relance para o sofá a seu lado e imediatamente Vrónski sentou-se.

— Sim, eu queria lhe falar — prosseguiu Anna, sem olhar para ele. — O senhor agiu mal, muito mal.

— E acaso ignoro que agi mal? Mas quem foi a causa de eu ter agido assim?

— Por que o senhor me diz isso? — perguntou Anna, lançando-lhe um olhar severo.

— A senhora sabe por quê — respondeu, com audácia e alegria, encarando seu olhar, sem desviar os olhos.

Não ele, mas ela sim perturbou-se.

— Isso apenas vem mostrar que o senhor não tem coração — disse Anna. Mas seu olhar dizia que ela sabia que Vrónski tinha coração e por isso mesmo o temia.

— Isso a que a senhora se referiu foi um engano, e não amor.

— O senhor lembre que eu o proibi de pronunciar esta palavra, esta palavra detestável — disse Anna, sobressaltada; mas no mesmo instante se deu conta de que com aquela palavra, "proibi", mostrava que reconhecia ter certos direitos sobre ele e, por isso mesmo, o incentivava a falar de amor. — Há muito eu queria dizer isto ao senhor — prosseguiu, fitando decidida os olhos de Vrónski e toda ela ardendo, no rosto corado que queimava —, e hoje vim aqui de propósito, sabendo que o encontraria. Vim dizer ao senhor que isto deve terminar. Nunca me ruborizei diante de ninguém, mas o senhor me obriga a me sentir culpada.

Ele a fitou e ficou impressionado com a nova beleza espiritual do seu rosto.

— O que a senhora quer de mim? — perguntou, de modo simples e sério.

— Quero que vá a Moscou e peça desculpas a Kitty — respondeu Anna, e uma pequenina luz começou a cintilar em seus olhos.

— A senhora não quer isso — disse ele.

Vrónski notava que Anna dizia aquilo que se obrigava a dizer e não o que desejava.

— Se o senhor me ama, como diz — sussurrou —, faça isso, para que eu fique em paz.

O rosto de Vrónski iluminou-se.

— Acaso ignora que a senhora é toda a minha vida? Mas, paz eu não conheço e não lhe posso dar. Todo o meu ser, o amor... sim, posso. Não consigo pensar na senhora e em mim separados. A senhora e eu somos um só, para mim. E não vejo, no futuro, nenhuma possibilidade de paz, nem para mim, nem para a senhora. Vejo a possibilidade de desespero, de infelicidade... ou vejo a possibilidade de felicidade, e que felicidade!... Será mesmo impossível? — acrescentou, só com os lábios; mas Anna ouviu.

Com toda a força do pensamento, Anna se obrigava a dizer o que devia ser dito; mas, em vez disso, concentrou no olhar dele o seu próprio olhar, repleto de amor, e nada respondeu.

"Aí está ele!", pensou Vrónski, com um arroubo. "Quando eu já começava a perder a esperança e quando parecia que isso não ia mais ter fim, aí está ele! Ela me ama. E o admite."

— Então, faça isto por mim, nunca mais me diga essas palavras e sejamos bons amigos — pediu a voz de Anna, mas seus olhos diziam algo bem diferente.

— Não seremos amigos, a senhora sabe disso. Seremos os mais felizes ou os mais infelizes dos seres humanos. Isto está em suas mãos.

Anna quis dizer algo, mas ele a interrompeu.

— Só lhe peço uma coisa, o direito de esperar, de sofrer, como agora; mas se isso também for impossível, mande que eu desapareça, e eu desaparecerei. A senhora não mais me verá, se a minha presença lhe for penosa.

— Não tenho intenção de banir o senhor.

— Apenas não mude nada. Deixe tudo como está — disse ele, com voz trêmula. — Chegou o seu marido.

De fato, nesse momento, Aleksei Aleksándrovitch, com seu passo calmo e desajeitado, entrava no salão.

Depois de lançar um olhar para a esposa e para Vrónski, aproximou-se da anfitriã e, após sentar-se para tomar uma xícara de chá, começou a falar com sua voz pausada, sempre audível, no seu tom irônico de costume, a zombar de alguém.

— O *Rambouillet*[8] da senhora está com o elenco completo — disse ele, correndo o olhar por todos os presentes —, as graças e as musas.

Mas a princesa Betsy não conseguia suportar aquele seu tom de voz *sneering*,[9] como o chamava, e, anfitriã inteligente, desviou-o com presteza para uma conversa séria sobre o serviço militar obrigatório. Aleksei Aleksándrovitch logo se deixou empolgar pela conversa e, já com seriedade, passou a defender a nova legislação perante a princesa Betsy, que a atacava.

Vrónski e Anna continuaram sentados junto à mesinha.

— Isso está se tornando indecente — sussurrou uma senhora, apontando com os olhos para Kariênina, Vrónski e o marido.

— E então, o que eu dizia à senhora? — reagiu uma amiga de Anna.

Mas não só aquelas senhoras como também quase todos os presentes no salão, até a princesa Miágkaia e a própria Betsy, lançavam olhares na direção do par que havia se isolado do círculo comum, como se aquilo os incomodasse. Só Aleksei Aleksándrovitch não dirigiu o olhar nem uma vez naquela direção e não se desviou do tema da conversa iniciada.

Percebendo a impressão desagradável que se produzia em todos, a princesa Betsy tratou de pôr outra pessoa em seu lugar, para ouvir Aleksei Aleksándrovitch, e aproximou-se de Anna.

— Sempre me admiro com a precisão e a clareza de expressão do seu marido — disse ela. — Os conceitos mais transcendentes tornam-se acessíveis para mim, quando ele fala.

— Ah, sim! — respondeu Anna, radiante com um sorriso de felicidade e sem compreender uma única palavra do que Betsy lhe dizia. Encaminhou-se à mesa grande e integrou-se à conversa geral.

Aleksei Aleksándrovitch, depois de meia hora ali sentado, aproximou-se da esposa e propôs irem juntos para casa; mas ela, sem olhar para ele, respondeu que ficaria para o jantar. Aleksei Aleksándrovitch curvou-se em cumprimento e saiu.

O cocheiro de Kariênina, um tártaro velho e gordo, de casaco de couro lustroso, controlava com dificuldade o cavalo cinzento da esquerda, que, gelado com a friagem, empinava no pátio de entrada. O lacaio estava imóvel, e segurava aberta a portinhola da carruagem. O porteiro estava imóvel, e segurava aberta a porta de saída. Anna Arcádievna, com a mãozinha ligeira, desembaraçava a renda da man-

---

8 Francês: a marquesa de Rambouillet (1588-1665) reuniu em seu salão, durante cinquenta anos, os grandes nomes do mundo literário e político francês.

9 Inglês: "escarnecedor".

ga que se prendera no colchete do seu manto e, com a cabeça inclinada, ouvia com admiração o que dizia Vrónski, que a acompanhava.

— A senhora nada declarou; e, convenhamos, eu também nada exijo — dizia ele. — Mas a senhora sabe que não preciso de amizade. Para mim, só é possível uma felicidade nesta vida, aquela palavra que a senhora tanto detesta... sim, amor...

— Amor... — repetiu Anna, devagar, com a voz voltada para dentro e, de repente, no instante em que desembaraçou a renda, acrescentou: — Não gosto dessa palavra porque, para mim, tem um significado enorme, muito maior do que o senhor pode imaginar. — E lançou um olhar para o rosto dele. — Até a vista!

Estendeu-lhe a mão, passou pelo porteiro com passos rápidos e ágeis e desapareceu no interior da carruagem.

O olhar de Anna e o toque de sua mão o puseram em chamas. Vrónski beijou a palma da própria mão no local em que Anna tocara e seguiu para casa, com a feliz consciência de que, naquela noite, ele se aproximara do seu objetivo mais do que nos dois meses anteriores.

VIII

Aleksei Aleksándrovitch não viu nada de excepcional e de inconveniente no fato de sua esposa estar sentada com Vrónski a uma mesa isolada e de ela conversar animadamente; mas percebeu que para os demais, no salão, aquilo parecia algo excepcional e inconveniente e por isso pareceu inconveniente também a ele. Resolveu que era preciso falar com a esposa sobre o assunto.

De volta para casa, Aleksei Aleksándrovitch seguiu para o seu escritório, como era seu costume, e sentou-se na poltrona, depois de abrir um livro sobre o papismo no ponto que deixara marcado com a espátula, e leu durante uma hora, como era seu costume; só de vez em quando esfregava a testa alta e balançava a cabeça, como que para afastar alguma coisa. Na hora de costume, levantou-se e preparou-se para dormir. Anna Arcádievna ainda não chegara. Com o livro debaixo do braço, ele subiu para o quarto, mas, nessa noite, em lugar dos pensamentos de costume e das considerações sobre assuntos de governo, seus pensamentos estavam tomados pela esposa e por algo desagradável que acontecera a ela. Contra seus hábitos, Aleksei Aleksándrovitch não se deitou e, depois de colocar as mãos cruzadas nas costas, pôs-se a caminhar pelo quarto, de um lado para o outro. Não podia deitar-se, percebendo que antes era indispensável refletir sobre a nova circunstância que surgira.

Quando Aleksei Aleksándrovitch decidira que precisava ter uma conversa com a esposa, o caso lhe parecia muito fácil e simples; mas agora, quando se pôs a refletir sobre a nova circunstância que surgira, a situação lhe parecia muito complexa e embaraçosa.

Aleksei Aleksándrovitch não era ciumento. O ciúme, segundo a sua convicção, insultava a esposa, na qual se devia ter toda confiança. Por que se devia ter confiança, ou seja, uma segurança absoluta de que sua jovem esposa sempre o amaria, isso ele não se perguntava; mas não experimentava suspeitas, porque tinha confiança, e dizia a si mesmo que assim estava correto. Agora, porém, apesar de não se ter abalado a sua convicção de que o ciúme era um sentimento vergonhoso e de que era preciso ter confiança, ele sentia estar face a face com algo ilógico e incoerente e não sabia o que devia fazer. Aleksei Aleksándrovitch estava face a face com a vida, diante da possibilidade do amor de sua mulher por alguém que não ele, e isso lhe parecia muito incoerente e incompreensível, porque era a vida real. Aleksei Aleksándrovitch passara toda a sua existência a trabalhar nas esferas da administração pública, em que só lidava com os reflexos da vida. Toda vez que esbarrava com a vida real, ele a rechaçava. Agora experimentava uma sensação semelhante à de alguém que atravessa com tranquilidade uma ponte sobre um precipício e de repente se dá conta de que a ponte foi desmontada e que em seu lugar há uma voragem. A voragem era a vida real; a ponte, aquela vida artificial que Aleksei Aleksándrovitch levava. Pela primeira vez, lhe ocorreu a questão da possibilidade de sua esposa vir a amar um outro, e se apavorou com isso.

Sem trocar de roupa para dormir, ele caminhava com seus passos regulares para um lado e para o outro, pelo soalho que ecoava na sala de jantar iluminada por um lampião, pelo tapete da escura sala de visitas onde a luz se refletia apenas no seu grande retrato, feito pouco tempo antes e pendurado acima do sofá, e pelo escritório da esposa, onde ardiam duas velas que iluminavam os retratos de parentes e de amigas de Anna e os bonitos bibelôs, que ele tão bem conhecia desde muito tempo, sobre a escrivaninha. Através do quarto de Anna, ele chegava até a porta do dormitório e de novo dava meia-volta.

A cada vez que perfazia seu trajeto, e em geral quando estava no soalho da sala de jantar iluminada, ele se detinha e falava consigo mesmo: "Sim, é imprescindível resolver e dar um basta, declarar o meu ponto de vista sobre o caso e a minha decisão". E dava meia-volta. "Mas declarar o quê? Qual a decisão?" — perguntava a si mesmo na sala de visitas, e não encontrava resposta. "Mas, afinal", se indagava antes de dar a volta no escritório, "o que aconteceu? Nada. Anna conversou longamente com ele. E daí? Não pode uma mulher, em sociedade, conversar com quem quiser? Além do mais, ter ciúme significa rebaixar a mim e a ela", disse para si mesmo, ao entrar no escritório de Anna; mas tal raciocínio, que antes tinha tanto peso para ele, agora nada pesava, nem significava coisa alguma. E, da porta do dormitório, dava de novo meia-volta, rumo à sala; porém, tão logo retornava à escura sala de visitas, uma voz lhe dizia que não estava bem assim e que, se os outros notavam algo, era porque havia alguma coisa. E de novo ele dizia a si mesmo, na sala de jantar: "Sim, é imprescindível resolver e dar um basta, declarar o meu ponto de vista...". E de novo, na sala de visitas, antes de dar meia-volta, se indagava: como resolver? E depois se indagava: o que aconteceu? E respondia: nada, e lembrava que o ciúme era um sentimento que rebaixava a esposa, mas de novo na sala de visitas convencia-se de que algo havia acontecido. Seus pensamentos, como seu corpo, perfaziam uma volta completa, sem topar com nada de novo. Ele o percebeu, esfregou a testa e sentou-se no escritório de Anna.

Lá, olhando para a mesa dela, onde havia um mata-borrão de malaquita e uma carta inacabada, seus pensamentos de repente mudaram de rumo. Pôs-se a pensar nela, no que Anna pensava e sentia. Pela primeira vez, concebeu com clareza a vida pessoal da esposa, seus pensamentos, seus desejos, e a ideia de que ela podia e devia ter uma vida própria lhe pareceu tão assustadora que tratou de rechaçá-la às pressas. Era aquela voragem, para a qual tinha pavor de dirigir seu olhar. Transferir-se para os pensamentos e os sentimentos de outra pessoa era um exercício espiritual alheio a Aleksei Aleksándrovitch. Julgava esse exercício espiritual uma fantasia nociva e perigosa.

"E o mais terrível", pensava, "é que justamente agora, quando a minha obra se aproxima do seu término (pensava no projeto que, naquela ocasião, queria ver aprovado), quando mais preciso de toda a tranquilidade e de toda a força de espírito, logo agora me aparece essa inquietude insensata. Mas o que fazer? Não sou dessas pessoas que suportam a preocupação e as inquietudes, mas não têm força de olhar para elas de frente."

— Preciso refletir, decidir e livrar-me do assunto — proferiu em voz alta.

"Questões relativas aos sentimentos dela, àquilo que se passa ou que se pode passar no seu espírito, nada disso me diz respeito, compete apenas à consciência de Anna e à religião", disse consigo, sentindo um alívio por ter encontrado um preceito legal aplicável à circunstância que surgira.

"Portanto", disse para si mesmo Aleksei Aleksándrovitch, "questões relativas aos sentimentos dela e coisas semelhantes são, em essência, questões de consciência, com as quais não posso me envolver. A minha obrigação está claramente definida. Como chefe de família, sou a pessoa a quem cabe o dever de orientá-la e por isso sou, em parte, responsável; devo lhe mostrar o perigo que vejo, prevenir e até empregar a autoridade. Devo falar-lhe com toda a franqueza."

E tudo o que havia de dizer à esposa formou-se claramente na cabeça de Aleksei Aleksándrovitch. Enquanto ponderava no que diria, lamentou que tivesse de empregar seu tempo e os poderes da sua inteligência para fins domésticos tão insignificantes; mas, apesar disso, a forma e a sequência do discurso que faria organizaram-se em seu pensamento de modo claro e preciso, como um relatório. "Devo dizer e deixar bem claro o seguinte: em primeiro lugar, uma exposição sobre a importância da opinião pública e do decoro; em segundo lugar, uma explanação do significado religioso do casamento; em terceiro lugar, se necessário, uma referência ao infortúnio que pode recair sobre nosso filho; em quarto lugar, uma referência ao infortúnio dela mesma." E, com os dedos entrecruzados e as palmas das mãos voltadas para baixo, Aleksei Aleksándrovitch fez uma pressão e os dedos estalaram nas juntas.

Este gesto, um hábito ruim — unir as mãos e estalar os dedos —, sempre o tranquilizava e lhe trazia acuidade, da qual agora tanto necessitava. Na entrada, ouviu-se o som de uma carruagem que se aproximava. Aleksei Aleksándrovitch deteve-se no meio do salão.

Passos de mulher subiram pela escada. Aleksei Aleksándrovitch, pronto para proferir o seu discurso, aguardava de pé, apertando os dedos entrecruzados, na esperança de ainda estalar algum ponto. Uma articulação estalou.

Só pelo som dos passos ligeiros na escada, ele pressentiu a proximidade da esposa e, embora estivesse satisfeito com seu discurso, sentiu-se apavorado com a conversa que dali a pouco teria lugar...

IX

Anna caminhava de cabeça baixa e revirando entre os dedos as borlas do capuz. Seu rosto reluzia com um brilho claro; mas esse brilho não era alegre — lembrava o brilho assustador da fogueira em meio a uma noite escura. Ao ver o marido, Anna ergueu a cabeça e sorriu, como se despertasse.

— Não foi dormir? Que milagre! — exclamou ela, soltando o capuz e, sem se deter, seguiu em frente, para o toalete. — Já passou da hora, Aleksei Aleksándrovitch — disse, por trás da porta.

— Anna, tenho de conversar com você.

— Comigo? — exclamou admirada, saiu de trás da porta e fitou-o. — O que houve? Sobre o quê? — perguntou, sentando-se. — Pois bem, vamos conversar, se é tão necessário. Mas seria melhor dormir.

Anna falava o que lhe vinha aos lábios e, ao ouvir-se, ela mesma se surpreendia com a sua capacidade de fingir. Como eram simples e naturais suas palavras e como parecia real que ela simplesmente quisesse dormir! Sentia-se revestida por uma impenetrável couraça de falsidade. Sentia que uma força invisível a ajudava e a amparava.

— Anna, devo adverti-la — disse ele.

— Advertir? — perguntou. — Por quê?

Anna o fitava de modo tão simples, tão alegre, que quem não a conhecesse, como a conhecia o marido, não notaria nada de artificial nem no som nem no sentido de suas palavras. Mas para ele, que a conhecia, que sabia que, quando ele se deitava cinco minutos atrasado, ela notava e perguntava a causa, para ele, que sabia que Anna imediatamente lhe comunicava todo contentamento, alegria e mágoa — para ele, ver agora que ela não queria perceber a sua situação, que ela não queria dizer nem uma palavra sobre si mesma, significava muito. Via que as profundezas da alma de Anna, antes sempre abertas para ele, haviam se fechado. Mais ainda, pelo tom de voz da esposa, via que ela não se perturbava com isso e parecia dizer-lhe de forma direta: sim, estão fechadas, assim deve ser e assim será, daqui em diante. Ele agora experimentava um sentimento semelhante ao de um homem que, ao voltar para casa, encontra a porta trancada. "Mas talvez ainda possa encontrar a chave", pensou Aleksei Aleksándrovitch.

— Quero adverti-la — disse, em voz baixa — de que, por imprudência e leviandade, pode vir a dar motivo à sociedade para falar de você. Sua conversa de hoje, excessivamente animada, com o conde Vrónski (pronunciou esse nome com firmeza e numa cadência serena) atraiu as atenções sobre você.

Falava e fitava os olhos risonhos da esposa, agora assustadores para ele, no seu brilho impenetrável, e enquanto falava percebia como eram inúteis e ociosas suas palavras.

— Você foi sempre assim — respondeu Anna, como se nada compreendesse e, intencionalmente, de tudo o que ele dissera, só tivesse entendido o final. — Ora se aborrece porque estou entediada, ora se aborrece porque estou alegre. Não fiquei entediada. Isso o ofende?

Aleksei Aleksándrovitch teve um sobressalto e retorceu as mãos, para estalar os dedos.

— Ah, por favor, não estale, detesto isso — disse ela.

— Anna, é você mesma? — perguntou Aleksei Aleksándrovitch em voz baixa, depois de fazer um esforço contra si próprio e refrear o movimento das mãos.

— Mas o que há? — disse Anna, com uma surpresa muito sincera e cômica. — O que quer de mim?

Aleksei Aleksándrovitch calou-se e esfregou a testa e os olhos com a mão. Viu que, em lugar do que pretendia fazer, ou seja, prevenir a esposa de erros cometidos aos olhos da sociedade, ele, à sua revelia, se preocupava com algo que dizia respeito à consciência dela e lutava contra uma barreira criada pela sua própria imaginação.

— Eis o que eu tinha intenção de lhe dizer — prosseguiu, de modo frio e sereno —, e peço que me escute até o fim. Como você sabe, considero o ciúme um sentimento ofensivo e humilhante e jamais admitiria guiar-me por tal sentimento; mas há certas leis de decoro que não podemos transgredir impunemente. Hoje, eu não percebi, mas, a julgar pela impressão causada na sociedade, todos perceberam que você não se conduziu e não se portou em absoluto como se poderia desejar.

— Francamente, não compreendo nada — disse Anna, encolhendo os ombros. "Para ele, é indiferente", pensou. "Mas, em sociedade, perceberam alguma coisa e isso o perturba." — Você não está bem de saúde, Aleksei Aleksándrovitch — acrescentou, levantou-se e quis sair pela porta; mas ele se adiantou, como se quisesse detê-la.

Seu rosto estava feio e sombrio, como Anna jamais vira. Ela parou e, depois de inclinar a cabeça para trás e para o lado, começou a retirar os grampos de cabelo, com sua mão ligeira.

— Pois bem, sou toda ouvidos — disse ela, em tom calmo e jocoso. — E tenho até muito interesse em ouvir, pois gostaria de entender do que se trata.

Anna falou e se surpreendeu com o seu tom seguro, de calma e naturalidade, e com a escolha das palavras que empregava.

— Não tenho o direito de entrar em todos os pormenores dos seus sentimentos e, de modo geral, considero tal coisa inútil e até prejudicial — começou Aleksei Aleksándrovitch. — Ao escavar nossa alma, não raro trazemos à superfície aquilo que, de outro modo, lá permaneceria sem ser notado. Os seus sentimentos dizem respeito apenas à sua consciência; mas sou obrigado, diante de você, diante de mim e diante de Deus, a apontar os seus deveres. Nossas vidas estão unidas, e não por pessoas, mas sim por Deus. Só um crime pode romper essa união e um crime desse tipo trará sobre você um pesado castigo.

— Não estou entendendo nada. Ah, meu Deus, e para piorar estou morta de sono! — disse ela, revirando os cabelos com a mão ligeira, à procura dos últimos grampos.

— Anna, pelo amor de Deus, não fale assim — pediu, dócil. — Talvez eu esteja enganado, mas, creia, se digo isso, o faço tanto por mim quanto por você. Sou seu marido e a amo.

Por um momento, o rosto dela esmaeceu e extinguiu-se o brilho jocoso em seu olhar; mas a palavra "amo" mais uma vez despertou sua indignação. Pensou: "Ama? Será ele capaz de amar? Se não tivesse ouvido dizer o que significa amor, jamais empregaria essa palavra. Ele nem sabe o que é amor".

— Aleksei Aleksándrovitch, sinceramente, não entendo — respondeu Anna. — Deixe claro o que você acha...

— Perdoe, deixe-me terminar. Amo você. Mas não falo por mim; as pessoas mais importantes, no caso, são o nosso filho e você mesma. É muito possível, repito, que minhas palavras lhe pareçam infundadas e descabidas; talvez se devam a um engano de minha parte. Nesse caso, peço que me perdoe. Mas se você mesma sentir que existe para elas um mínimo fundamento, peço-lhe que reflita e que, se o seu coração assim determinar, me conte com franqueza...

Sem se dar conta, Aleksei Aleksándrovitch falava algo completamente distinto do que havia preparado.

— Nada tenho a dizer. Além do mais — respondeu Anna, de repente, e rápido, reprimindo com dificuldade um sorriso —, já é hora de dormir.

Aleksei Aleksándrovitch deu um suspiro e, sem dizer mais nada, seguiu para o quarto de dormir.

Quando Anna entrou no quarto, ele já se achava deitado. Seus lábios estavam cerrados com severidade e os olhos não miravam a esposa. Anna deitou-se em seu leito e aguardou que ele, a qualquer minuto, voltasse a falar com ela. Anna temia, e ao mesmo tempo queria, que o marido falasse. Mas ele se mantinha calado. Anna esperou por um longo tempo, sem se mexer, e esqueceu-se dele. Anna pensava no outro, via-o e sentia como o coração se enchia de emoção e de um júbilo criminoso com esse pensamento. De súbito, ouviu um assobio nasalado, calmo e regular. No primeiro minuto, como que assustado com o próprio assobio, Aleksei Aleksándrovitch interrompeu-se; mas, após duas expirações, o assobio ressoou de novo, com serena regularidade.

— Já é tarde, já é tarde — sussurrou Anna, com um sorriso. Ficou longo tempo deitada, sem se mexer e sem fechar os olhos, cujo brilho ela mesma parecia ver, na escuridão.

X

A partir dessa noite, teve início uma vida nova para Aleksei Aleksándrovitch e sua esposa. Nada de especial acontecera. Anna, como sempre, frequentava a sociedade, em especial a casa da princesa Betsy, e encontrava Vrónski em toda parte. Aleksei Aleksándrovitch via isso, mas nada podia fazer. A toda tentativa de lhe pedir uma explicação, Anna contrapunha a barreira impenetrável de uma perplexidade divertida. Por fora, tudo corria como antes, mas suas relações íntimas haviam se modificado completamente. Aleksei Aleksándrovitch, homem tão enérgico nas questões de governo, sentia-se ali impotente. Como um boi, de cabeça docilmente abaixada, esperava o golpe do machado, que pressentia erguido sobre si. Toda vez que se punha a pensar no assunto, percebia que precisava tentar mais uma vez, que com bondade, carinho, persuasão, ainda havia esperança de salvá-la, de forçá-la a voltar à razão, e todo dia se preparava para falar com ela. Mas, cada vez que começava a conversar com a esposa, sentia que o mesmo espírito do mal e da mentira, que se apoderava de Anna, apoderava-se também dele, e Aleksei Aleksándrovitch acabava por falar num tom completamente distinto daquele que pretendia usar. Sem querer, falava com a esposa naquele seu tom costumeiro, em que parecia zombar de quem dissesse o que ele estava dizendo. E nesse tom era impossível falar o que se impunha dizer a ela.

XI

Aquilo que, durante quase um ano inteiro, constituíra para Vrónski o único e exclusivo desejo de sua vida e tomara o lugar de todos os seus desejos anteriores; aquilo que era, para Anna, um sonho de felicidade impossível, assustador e, por isso mesmo, ainda mais fascinante — esse desejo foi satisfeito. Pálido, com o maxilar inferior trêmulo, Vrónski estava de pé junto a ela e implorava que se acalmasse, sem saber ele mesmo por que ou como.

— Anna! Anna! — dizia, com voz trêmula. — Anna, pelo amor de Deus!...

Porém, quanto mais alto falava, mais ela baixava a cabeça, antes altiva, alegre, e agora envergonhada, e Anna recurvava-se inteira e descaía do divã, onde estava sentada, na direção do soalho, aos pés de Vrónski; e teria tombado no tapete se ele não a segurasse.

— Meu Deus! Perdoe-me! — disse ela, soluçando e apertando as mãos de Vrónski contra o peito.

Sentia-se tão criminosa e culpada que só lhe restava humilhar-se e pedir perdão: agora, não tinha mais ninguém na vida senão a ele, por isso lhe dirigia sua súplica de perdão. Olhando para Vrónski, Anna sentia fisicamente sua humilhação e não conseguia mais falar. Ele sentia o que deve sentir um assassino quando vê o corpo do qual tomou a vida. Esse corpo, cuja vida ele tomara, era o amor dos dois, a primeira fase do seu amor. Havia algo assustador e repulsivo na lembrança do que fora comprado ao preço daquela cena de vergonha. A vergonha diante da sua nudez espiritual oprimia Anna e se comunicava a Vrónski. Porém, por maior que seja o horror do assassino diante do corpo do assassinado, é preciso cortá-lo em pedaços, esconder esse corpo, é preciso tirar proveito daquilo que o assassino ganhou por meio do assassinato.

E, com arrebatamento, como que com paixão, o assassino se atira contra esse corpo e o arrasta e o retalha; assim também ele cobria de beijos o rosto e os ombros de Anna. Ela segurava a mão de Vrónski e não se mexia. Sim, estes beijos — eis o que foi comprado ao preço desta vergonha. Sim, e esta mão apenas, que será sempre minha — a mão do meu cúmplice. Anna levantou aquela mão e a beijou. Vrónski ajoelhou-se e quis olhar para o rosto dela; mas Anna ocultou-o e nada disse. Enfim, como que num esforço contra si mesma, ela se pôs de pé e empurrou-o para trás. O rosto de Anna continuava bonito como antes, mas por isso mesmo ainda mais desgraçado.

— Tudo está acabado — disse ela. — Não tenho mais nada, senão você. Não esqueça.

— Não posso esquecer aquilo que é a minha vida. Por um minuto dessa felicidade...

— Que felicidade! — interrompeu Anna, com asco e horror, e o horror, à revelia de Vrónski, o contagiou. — Pelo amor de Deus, nem uma palavra, nem mais uma palavra.

Levantou-se repentinamente e afastou-se dele.

— Nem mais uma palavra — repetiu e separou-se dele, com uma expressão de frio desespero no rosto, estranha para Vrónski. Anna sentia que naquele momento não conseguiria exprimir em palavras o sentimento de vergonha, de júbilo e de horror ante o limiar de uma vida nova, e não quis falar sobre o assunto, banalizar esse sentimento com palavras imprecisas. Mas depois, no dia seguinte e no próximo, ela não só não encontraria palavras para expressar toda a complexidade desses sentimentos, como não encontraria sequer os pensamentos com que pudesse ela mesma refletir sobre tudo o que se passava em sua alma.

Dizia consigo: "Não, agora não sou capaz de pensar nisso; mais tarde, quando estiver calma". Mas essa calma para pensar jamais chegava; toda vez que pensava sobre o que havia feito, sobre o que seria dela e o que devia fazer, o horror a dominava, e ela rechaçava tais pensamentos.

— Mais tarde, mais tarde — dizia —, quando eu estiver mais calma.

Em compensação, durante o sono, quando não tinha controle sobre seus pensamentos, sua situação se apresentava a ela em toda a sua hedionda nudez. O mesmo sonho a visitava quase todas as noites. Sonhava que os dois eram seus maridos, ao mesmo tempo, que ambos não poupavam suas carícias com ela. Aleksei Aleksándrovitch chorava, enquanto beijava suas mãos, e dizia: "Como estamos bem, agora!". E Aleksei Vrónski também estava ali e também era seu marido. E Anna, admirada de que antes tal coisa lhe parecesse impossível, explicava a ele, rindo, que assim era muito mais simples e que agora os dois estavam satisfeitos e felizes. Mas esse sonho a oprimia como um pesadelo e Anna acordava com horror.

XII

Ainda nos primeiros dias do seu regresso de Moscou, quando Liévin se sobressaltava e se ruborizava toda vez que trazia à memória a afronta da sua rejeição, dizia consigo: "Assim também eu me ruborizei e me sobressaltei, julgando que tudo estava perdido, quando levei nota um em física e repeti a segunda série; assim também eu me julguei liquidado depois que pus a perder o caso que minha irmã deixara a meu encargo. E o que aconteceu? Agora, quando já passaram os anos, eu me recordo e me espanta que aquilo pudesse me afligir. O mesmo acontecerá com esse desgosto. O tempo vai passar e me tornarei indiferente a ele".

Mas passaram três meses e Liévin não se tornou indiferente e, tal como nos primeiros dias, era doloroso pensar no assunto. Ele não conseguia se acalmar porque, depois de haver refletido por tanto tempo sobre a vida em família e sentir-se bastante maduro para ela, não estava casado e se encontrava mais distante do casamento do que nunca. Dolorosamente, dava-se conta, como todos à sua volta, de que não ficava bem ser um homem sozinho na sua idade. Lembrou como, certa vez, antes de partir para Moscou, disse para o seu vaqueiro Nikolai, um mujique ingênuo com quem adorava conversar: "Ora, Nikolai! Quero casar!". E Nikolai respondeu, apressado, como se não pudesse haver a menor dúvida sobre o assunto: "Pois já está mais do que na hora, Konstantin Dmítritch". Porém o casamento estava mais distante do que nunca. O lugar ficara vago e quando agora, na imaginação, ele punha nesse lugar alguma das moças que conhecia, se dava conta de que era totalmente impossível. Além do mais, a lembrança da rejeição e do papel que ele havia representado o martirizava de vergonha. Por mais que dissesse a si mesmo que não havia nada de que se culpar, essa lembrança, assim como outras lembranças vergonhosas do mesmo tipo, o compelia a sobressaltar-se e ruborizar-se. No seu passado, como no de qualquer pessoa, havia atos que ele tinha por condenáveis e cuja consciência deveria martirizá-lo; mas a lembrança de atos condenáveis remotos não o martirizava tanto quanto aquelas lembranças insignificantes, mas vergonhosas. Tais feridas jamais cicatrizavam. E agora a rejeição e a posição lamentável em que ele se havia mostrado aos olhos dos outros naquela noite se manifestavam com a mesma força daquelas lembranças. Mas o tempo e o trabalho faziam a sua parte. As lembranças penosas ficavam cada vez mais encobertas pelos acontecimentos triviais, para ele, mas importantes na vida rural. A cada semana, pensava em Kitty mais raramente. Aguardava com impaciência notícias de que se casara ou de que em breve se casaria, na esperança de que tal notícia, como a extração de um dente, o curasse de todo.

Enquanto isso, chegou a primavera, linda, impetuosa, sem a ansiedade e as negaças típicas da primavera, uma dessas raras primaveras em que se regozijam ao mesmo tempo as plantas, os animais e as pessoas. Essa linda primavera estimulou Liévin ainda mais e reforçou sua intenção de renunciar a tudo o que havia passado, a fim de organizar com firmeza e independência sua vida solitária. Embora muitos dos planos com os quais ele voltara para o campo não tivessem se realizado, pelo menos o mais importante deles, o de levar uma vida pura, estava sendo cumprido. Não experimentava aquela vergonha que costumava martirizá-lo após uma queda e podia atrever-se a fitar as pessoas nos olhos. Ainda em fevereiro, recebera uma carta de Mária Nikoláievna informando que a saúde do irmão Nikolai havia piorado, mas que ele não queria tratar-se e, logo depois dessa carta, Liévin foi a Moscou, à casa do irmão, e conseguiu persuadi-lo a consultar um médico e ir tratar-se numa estação de águas, no exterior. Liévin se saíra tão bem em sua missão de persuadir o irmão e de lhe emprestar dinheiro para a viagem, sem irritá-lo, que ficou satisfeito consigo mesmo, nesse aspecto. Além dos afazeres da propriedade, que exigiam uma atenção especial na primavera, e além das leituras, Liévin começara naquele inverno a redigir uma obra sobre agricultura, cujo intuito era provar que o caráter do trabalhador agrícola era um dado absoluto, assim como o clima e o solo e, por conseguinte, todos os preceitos da ciência agrícola não deviam ser deduzidos somente a partir dos dados do clima e do solo, mas sim a partir dos dados do clima, do solo e do caráter sabidamente invariável do trabalhador rural. Portanto, apesar da solidão, ou em consequência da solidão, sua vida era extremamente atarefada e só raras vezes experimentava um desejo insatisfeito de comunicar os pensamentos que fermentavam em sua cabeça a alguma outra pessoa que não Agáfia Mikháilovna, embora mesmo com ela lhe acontecesse, muitas vezes, de raciocinar sobre física, sobre teoria agrícola e em especial sobre filosofia; filosofia constituía o tema predileto de Agáfia Mikháilovna.

A primavera demorou a se revelar. Nas últimas semanas da Quaresma, fez um tempo claro e gélido. O dia derretia sob o sol, mas a noite chegava a sete graus; a crosta de neve gelada era de tal ordem que os carroções podiam rodar fora da estrada. A Páscoa foi debaixo de neve. Depois, de súbito, no dia seguinte à Semana Santa, soprou um vento quente, baixaram nuvens e por três dias e três noites derramou-se uma chuva quente e torrencial. Na quinta-feira, o vento amainou e uma neblina cinzenta e espessa desceu, como que para ocultar os mistérios das transformações que se processavam na natureza. No interior da neblina, as águas começavam a correr, os blocos de gelo estalavam e se deslocavam, as torrentes, turvas e espumosas, se moviam mais velozes e, exatamente no domingo seguinte à Páscoa, ao entardecer, a neblina dissipou-se, as nuvens debandaram como carneirinhos, o tempo clareou e revelou-se a verdadeira primavera. De manhã, o sol que brilhava claro corroeu rapidamente o gelo fino que recobria a água e todo o ar quente se pôs a tremer, saturado com os vapores que subiam da terra castigada. A relva antiga verdejava e a nova irrompia como agulhas, inchavam os brotos do viburno, da groselheira e da bétula, viscosa de resina e, no cacho do salgueiro envolto pela luz dourada, começava a zunir a abelha que se lançava a voar. Cotovias invisíveis puseram-se a piar acima do verdor aveludado e do restolho coberto de gelo, ventoinhas começaram a gemer acima dos pântanos e dos fossos inundados pela tempestade e pela água que não escoara e grous e gansos passaram voando bem alto, com grasnidos primaveris. O gado, escalvado nos pontos em que o pelo novo ainda não crescera, pôs-se a mugir nas pastagens, os cordeirinhos de pernas tortas começaram a brincar em volta das mães, que baliam e perdiam pelo, crianças de pernas ligeiras corriam pelas veredas que secavam com as marcas dos pés descalços, as vozes alegres das camponesas crepitavam no tanque, entre panos de linho, e no pátio começavam a bater os machados dos mujiques, que consertavam grades e arados. A verdadeira primavera chegara.

XIII

Liévin calçou suas botas grandes e, pela primeira vez, não vestiu o casaco de pele mas sim um de feltro, pregueado na cintura, e saiu a caminhar pela propriedade, atravessando regatos que feriam seus olhos com o reflexo do sol, e pisando ora no gelo, ora na lama pegajosa.

Primavera é tempo de planos e de projetos. E, ao vir para fora de casa, Liévin, como uma árvore que, na primavera, ainda ignora como e em que direção vão crescer seus brotos e ramos, encerrados em seus botões sumarentos, também não sabia ao certo que empreendimentos havia agora de realizar na sua adorada propriedade, mas sentia estar repleto dos melhores projetos e planos. Antes de tudo, foi ver o gado. As vacas estavam soltas no curral e, reluzindo com a pelagem lisa que nascia, aqueciam-se ao sol, mugiam, cintilavam no campo. Depois de admirar embevecido as vacas que conhecia até nos mínimos detalhes, Liévin mandou enxotá-las para o pasto e soltar os bezerros no curral. O vaqueiro correu alegremente a fim de preparar-se para o pasto. As jovens vaqueiras, de saias arregaçadas, descalças e com as pernas brancas, ainda não queimadas pelo sol, chapinhavam na lama, corriam com varetas atrás dos bezerros que mugiam, entontecidos com a alegria da primavera, e os enxotavam para o curral.

Depois de admirar as crias daquele ano, de beleza incomum — as bezerras novinhas eram do tamanho de uma vaca de mujique, a filha de Pava, de três meses, tinha a altura de uma novilha de um ano —, Liévin mandou trazer uma gamela e lhes dar feno por trás de um tapume. Mas viu-se que os tapumes, feitos no outono e deixados sem uso durante o inverno, estavam quebrados. Mandou chamar o carpinteiro, que recebera ordens de consertar a debulhadora. Mas viu-se que o carpinteiro estava consertando as grades, que já deveriam estar prontas desde a Ráslenitsa.[10] Liévin aborreceu-se muito com isso. O motivo era que se repetia o eterno desleixo da propriedade, contra o qual ele lutava, havia tantos anos, com todas as suas forças. Os tapumes, como ele sabia, inúteis no inverno, tinham sido levados para a cavalariça dos trabalhadores e lá se quebraram, pois eram feitos com material frágil, próprio para bezerros. Além disso, logo se verificou que as grades e todos os implementos agrícolas, que ele mandara consertar e guardar com cuidado desde o inverno, tendo até contratado três carpinteiros com essa finalidade específica, não tinham sido reparados e assim estavam consertando as grades no momento em que se precisava delas no campo. Liévin mandou chamar o administrador, mas logo depois foi ele mesmo procurá-lo. O administrador, radiante como tudo naquele dia, vinha da eira coberta, num sobretudo de pele de cordeiro, enquanto partia entre as mãos um canudinho de palha.

— Por que o carpinteiro não está cuidando da debulhadora?

— Pois é, eu queria ter informado ontem: é preciso consertar as grades. Afinal, está na hora de lavrar.

— Mas e no inverno, o que foi feito?

— Mas para que o senhor quer o carpinteiro?

— Onde estão os tapumes para o cercado dos bezerros?

— Mandei pôr no lugar. Com essa gente, o que o senhor quer? — disse o administrador, abanando a mão.

— Com essa gente, não: com este administrador! — exclamou Liévin, exaltado. — Ora, para que eu emprego o senhor? — gritou. Mas, lembrando que isso era inútil, deteve-se no meio do que ia dizer e apenas suspirou. — Está bem, e é possível semear? — perguntou, depois de um silêncio.

— Atrás de Turkino, amanhã, ou depois de amanhã, será possível.

— E o trevo?

— Mandei Vassíli e Míchka, estão semeando. Só não sei se vai pegar: está enlameado.

— Quantas dessiatinas?

— Umas seis.

— Por que não tudo? — gritou Liévin.

---

10 Corresponde ao Carnaval.

Aborreceu-se ainda mais porque semeavam o trevo apenas em seis dessiatinas e não em vinte. Tanto pela teoria como pela experiência pessoal, Liévin sabia que o trevo só crescia bem quando semeado o mais cedo possível, quase na neve. E ele jamais conseguia isso.

— Não tem gente. Com essa gente, também, o que o senhor quer? Três não apareceram. Veja só, o Semion...

— Ora, o senhor devia ter usado os que estão trabalhando com a palha.

— Mas foi o que fiz.

— E onde estão eles?

— Cinco estão preparando o "adobe" (ele queria dizer o adubo), quatro estão despejando a aveia; senão pode mofar, Konstantin Dmítritch.

Liévin sabia muito bem o que significava "senão pode mofar": a aveia de semente inglesa já estava estragada — de novo, não fizeram aquilo que ele mandara.

— Mas eu não disse, ainda na Quaresma, para pôr as chaminés de ventilação?... — gritou.

— Não se preocupe, tudo será feito a seu tempo.

Liévin abanou a mão, irritado, foi ao celeiro examinar a aveia e voltou para a cavalariça. A aveia ainda não havia estragado. Mas os trabalhadores a reviravam com pás, quando se poderia despejá-la direto para o celeiro de baixo e, depois de dar ordens nesse sentido e arrancar dali dois trabalhadores para semear o trevo, Liévin aplacou sua irritação contra o administrador. Na verdade, o dia estava tão bonito que era impossível se zangar.

— Ignat! — gritou para o cocheiro que, de mangas arregaçadas, lavava a carruagem junto ao poço. — Sele um cavalo para mim...

— Qual o senhor prefere?

— Bem, o Kólpik.

— Sim, senhor.

Enquanto selavam o cavalo, Liévin chamou de novo o administrador à sua presença para se reconciliar com ele e passou a falar sobre os próximos trabalhos e os planos agrícolas para a primavera.

O transporte do esterco nos carroções devia começar mais cedo para que tudo estivesse terminado antes da ceifa. E deviam lavrar com arados, e sem interrupção, o campo mais distante para deixá-lo de repouso. Não recolher a ceifa a meias, mas em troca de salários.

O administrador ouvia com atenção e fazia um esforço óbvio para aprovar as ideias do patrão; contudo ele estava com aquela expressão desanimada e sem esperança que Liévin tão bem conhecia e que sempre o exasperava. Essa expressão dizia: tudo isso é muito bonito, mas será como Deus quiser.

Nada amargurava Liévin tanto como esse tom. Mas era o tom comum a todos os administradores que trabalharam com ele. Todos tinham a mesma atitude com relação às suas ideias e por isso, agora, ele já não se zangava, porém se amargurava e sentia-se ainda mais estimulado a lutar contra essa força espontânea à qual não tinha como chamar senão "como Deus quiser" e que constantemente se contrapunha a ele.

— Conforme tivermos tempo, Konstantin Dmítritch — disse o administrador.

— Por que não teriam tempo?

— Precisamos, sem falta, contratar mais uns quinze trabalhadores. Só que eles não aparecem. Hoje vieram alguns, mas pedem setenta rublos por um verão.

Liévin ficou em silêncio. De novo, aquela força se contrapunha. Ele sabia que, por mais que tentasse, não conseguiria contratar mais de quarenta, trinta e sete ou trinta e oito trabalhadores, ao preço normal; haviam contratado quarenta, não mais que isso. Mas Liévin não conseguia deixar de lutar.

— Mande buscar em Súri, em Tchefirovca, se não aparecerem. É preciso procurar.

— Posso mandar — respondeu desanimado Vassíli Fiódorovitch. — Só que os cavalos estão cansados.

— Compraremos outros. Sei muito bem — acrescentou, rindo — que o senhor prefere trabalhar com o menos possível e com o pior possível; mas, neste ano, não deixarei o senhor fazer as coisas ao seu modo. Eu mesmo vou cuidar de tudo.

— É, e parece que o senhor tem dormido pouco. Ficamos mais satisfeitos quando trabalhamos sob os olhos do patrão...

— Já estão semeando o trevo atrás do vale das Bétulas? Vou até lá ver — disse Liévin, montando no pequenino baio Kólpik, trazido pelo cocheiro.

— Não atravesse os regatos, Konstantin Dmítritch — gritou o cocheiro.

— Tudo bem, vou pela floresta.

E, no cavalinho esperto, de passo esquipado, que resfolegava sobre as poças e repuxava as rédeas, afoito, depois de muito tempo inativo, Liévin saiu pelo pátio lamacento, atravessou a porteira e seguiu para o campo.

Se Liévin sentia-se alegre com o gado e os animais do terreiro, sua alegria era ainda maior no campo. Balançando-se de modo cadenciado ao passo esquipado do bom cavalinho, aspirando o aroma quente, mas cheio de frescor, da neve e do ar na travessia da floresta, pela neve que ainda restava, aqui e ali, a se esfacelar e se derreter com manchas que se alastravam, Liévin se alegrava com cada uma de suas árvores, em cuja casca o musgo renascia e cujos brotos inchavam. Quando saiu do lado oposto da floresta, estendeu-se na imensa vastidão à sua frente um verdor aveludado e liso como um tapete, sem um único ponto escalvado ou alagadiço, apenas manchado aqui e ali, nas depressões do terreno, com o que restara da neve derretida. Liévin não se enfureceu nem ante a visão do cavalo e do potro de um camponês que pisavam a sua relva (mandou um mujique que encontrou enxotá--los dali), nem ante a resposta zombeteira e estúpida do mujique Ipat, a quem encontrou e perguntou: "E então, Ipat, vamos semear logo?". "Antes, é preciso arar, Konstantin Dmítritch", respondeu Ipat. E quanto mais avançava, mais Liévin se alegrava e os planos para a propriedade vinham ao seu pensamento, cada um melhor do que o outro: plantar salgueiros à margem de todos os campos, numa barreira voltada para o sul, para que embaixo deles a neve não se acumulasse, separar seis campos para adubar e reservar três campos para plantar forragem, construir um estábulo na extremidade do campo, cavar um tanque e construir cercas móveis para o gado a fim de permitir a fertilização do solo. E, desse modo, cultivar trinta dessiatinas de trigo, cem de batata e cento e cinquenta de trevo, e sem esgotar uma única dessiatina de terra.

Com tais sonhos, guiando o cavalo cuidadosamente pelas linhas que delimitam os campos a fim de não pisar nas suas jovens plantinhas, Liévin seguiu ao encontro dos trabalhadores que semeavam o trevo. A carroça com as sementes não estava à margem, mas sim sobre o próprio campo lavrado, e uma sementeira de trigo de outono fora sulcada pelas rodas e revolvida pelo cavalo. Os dois trabalhadores estavam sentados à margem do campo, na certa fumando o mesmo cachimbo. A terra na carroça, com a qual as sementes se achavam misturadas, não fora solta, mas estava socada ou aglutinada em torrões. Ao ver o patrão, o trabalhador Vassíli foi até a carroça enquanto Míchka pôs-se a semear. Aquilo não estava certo, mas Liévin raramente se zangava com os trabalhadores. Quando Vassíli se aproximou, Liévin mandou-o afastar o cavalo para a margem do campo.

— Tudo bem, patrão, vai nascer de novo — respondeu Vassíli.

— Por favor, não discuta — disse Liévin —, apenas faça o que eu digo.

— Sim, senhor — respondeu Vassíli e puxou o cavalo pela cabeça. — Mas que semeadura, hem, Konstantin Dmítritch — disse ele, para agradar —, de primeira classe. É até difícil a gente andar! Arrasta um bom *pud* de terra grudada na sandália.

— Mas por que a terra não está peneirada? — perguntou Liévin.

— Estamos peneirando — respondeu Vassíli, apanhando umas sementes e esfarelando a terra na palma das mãos.

Vassíli não tinha culpa se haviam lhe entregado a terra sem peneirar, mesmo assim aquilo era irritante.

Várias vezes, Liévin experimentara com proveito um método para abafar sua irritação e tornar de novo bom tudo aquilo que se mostrava ruim e, nessa ocasião, empregou o mesmo método. Depois de observar como Míchka caminhava, arrancando enormes torrões de terra que aderiam aos seus pés, Liévin desceu do cavalo, tomou de Vassíli o cesto de sementes e passou ele mesmo a semear.

— Onde você parou?

Vassíli apontou com o pé para a marca e Liévin saiu a semear a terra da melhor maneira que conseguia. Era difícil caminhar, parecia estar num pântano, e ao chegar ao fim do sulco, coberto de suor, Liévin parou e devolveu o cesto de sementes.

— Bom, patrão, depois não venha ralhar comigo no verão por causa desse sulco aí — disse Vassíli.

— Ah, é? — retrucou Liévin, alegre, já sentindo o efeito do processo que empregara.

— Pois é, no verão, o senhor vai ver só. Vai se notar a diferença. O senhor devia ter visto onde eu semeei na primavera passada. Como espalhei bem! Sabe, Konstantin Dmítritch, eu me esforço como se trabalhasse para o meu querido pai. Eu mesmo não gosto de coisas malfeitas e não mando os outros fazerem nada no meu lugar. O que é bom para o patrão, é bom para nós também. Só de olhar por aí afora — disse Vassíli, apontando para o campo —, o coração se alegra.

— E a primavera está bonita, Vassíli.

— É, uma primavera dessa, nem os velhos se lembram de ter visto. Eu estive em casa e lá tem um velho que também semeou trigo, uns três *osmíniki*.[11] Diz que nem dá para distinguir do centeio.

— E vocês começaram a semear o trigo há muito tempo?

— Foi o senhor que ensinou, no ano retrasado; o senhor me deu duas medidas. Vendemos um quarto e semeamos três *osmíniki*.

— Bem, trate de esfarelar os torrões — disse Liévin, caminhando para o cavalo. — E fique de olho no Míchka. Se a colheita for boa, você terá cinquenta copeques por dessiatina de terra.

— Minha humilde gratidão. Estamos muito satisfeitos com o senhor.

Liévin montou no cavalo e seguiu para o campo em que, no ano anterior, crescera o trevo e que dessa vez tinha sido arado para o trigo de primavera.

A safra de trevo no restolho foi maravilhosa. O trevo a tudo suportara e verdejava com vigor por trás dos talos partidos do trigo do ano anterior. O cavalo afundava os cascos até em cima e cada uma de suas patas estalava com um ruído de sucção, enquanto abria buracos na terra semidescongelada. Era absolutamente impossível passar pela terra revolvida pelo arado: só havia resistência onde hou-

---

11 *Osmínik*: antiga unidade russa de medida, equivalente a um terço de um acre.

vesse gelo e, nos sulcos que degelavam, as patas afundavam muito além do casco. A terra lavrada estava magnífica; dentro de dois dias, seria possível passar a grade e semear. Tudo estava excelente, tudo era motivo de alegria. Liévin retornou pelo caminho que atravessava os regatos, na esperança de que a água tivesse baixado. E, de fato, os atravessou e espantou dois patos. "Deve ter umas galinholas por aqui", pensou e, na hora de fazer a curva em direção a casa, encontrou o guarda da floresta, que confirmou sua hipótese sobre as galinholas.

Liévin seguiu para casa a trote, a fim de ter tempo de jantar e de preparar a espingarda para o entardecer.

XIV

Ao se aproximar da casa no estado de espírito mais alegre possível, Liévin ouviu uma campainha do lado da entrada principal.

"Sim, é alguém que veio da estação", pensou, "está no horário do trem de Moscou... Quem será? E se for o irmão Nikolai? Afinal, ele disse: talvez eu vá me tratar numa estação de águas, ou quem sabe eu vá para a sua casa." No primeiro momento, sentiu-se aborrecido e receoso de que a presença do irmão fosse transtornar aquela sua disposição feliz de primavera. Mas envergonhou-se desse sentimento e, no mesmo instante, como que abriu os braços da sua alma e, com uma alegria comovida, agora esperava e desejava com todo o seu coração que fosse mesmo o irmão. Acelerou o passo do cavalo e, ao sair das acácias, avistou uma troica de aluguel que vinha da estação de trem e um senhor de peliça. Não era o seu irmão. "Ah, tomara que seja uma pessoa agradável, com quem se possa conversar", pensou.

— Ah! — gritou Liévin, contente, erguendo as duas mãos. — Que alegria, essa visita! Ah, como estou contente de ver você! — exclamou, ao reconhecer Stiepan Arcáditch.

"Saberei ao certo se ela já casou, ou quando vai casar", pensou Liévin.

E, nesse lindo dia de primavera, percebeu que a lembrança dela não o fazia sofrer de maneira alguma.

— Não me esperava, não é? — perguntou Stiepan Arcáditch, saltando do trenó, com respingos de lama no alto do nariz, na face e na sobrancelha, mas radiante de alegria e disposição. — Vim para ver você, em primeiro lugar — disse ele, abraçando e beijando Liévin —, para caçar, em segundo, e para vender a floresta de Iérguchov, em terceiro.

— Excelente! E que primavera, hem? Como conseguiu chegar aqui em um trenó?

— De carruagem seria ainda pior, Konstantin Dmítritch — respondeu o cocheiro, que o conhecia.

— Bem, estou muito, muito contente de ver você — disse Liévin, sinceramente, com um sorriso de alegria infantil.

Liévin conduziu seu visitante ao quarto de hóspedes, para onde também foram levadas as bagagens de Stiepan Arcáditch: o alforje, a espingarda dentro de um estojo, a carteira de charutos, e, deixando-o para lavar-se e trocar-se, Liévin seguiu para o seu escritório a fim de falar sobre a lavoura e o trevo. Agáfia Mikháilovna, sempre muito preocupada com as honras da casa, deteve-o na antessala com perguntas a respeito do jantar.

— Faça como a senhora quiser, mas se apresse — disse ele, e foi ao encontro do administrador.

Quando Liévin voltou, Stiepan Arcáditch, lavado, penteado e com um sorriso radiante, saiu pela porta e foram os dois juntos para o andar de cima.

— Puxa, como estou contente de ter conseguido vir à sua casa! Agora vou entender em que consistem os mistérios que você celebra aqui! Mas, não, falando sério, invejo você. Que casa, como tudo aqui é agradável! Claro, alegre — disse Stiepan Arcáditch, esquecendo que nem sempre era primavera e nem sempre fazia dia claro, como então. — E a sua velha criada é um encanto! Seria preferível uma criada de quarto bonitinha e de avental; mas, com a sua vida monástica e o seu estilo severo, assim está muito bem.

Stiepan Arcáditch contou muitas novidades interessantes, e de especial interesse para Liévin foi a notícia de que o seu irmão Serguei Ivánovitch planejava visitá-lo, no campo, nesse mesmo verão.

Nem uma palavra foi dita por Stiepan Arcáditch a respeito de Kitty e dos Cherbátski, em geral; ele apenas transmitiu os cumprimentos da esposa. Liévin sentiu-se agradecido por sua delicadeza e estava muito contente com o seu visitante. Como sempre lhe acontecia nos períodos de isolamento, havia se acumulado uma profusão de ideias e de sentimentos que ele não podia transmitir às pessoas que o rodeavam e agora extravasava com Stiepan Arcáditch o júbilo poético da primavera, os fracassos e os planos para a propriedade, os pensamentos e as ressalvas a respeito dos livros que lera e sobretudo a ideia do seu próprio livro, cujo fundamento, embora ele mesmo não se desse conta, consistia numa crítica de todas as antigas obras sobre agricultura. Stiepan Arcáditch, sempre gentil, capaz de tudo compreender com uma simples alusão, mostrava-se particularmente gentil nessa visita e Liévin notou no amigo um novo e lisonjeiro traço de respeito, e como que de ternura, com relação a ele.

Os esforços de Agáfia Mikháilovna e do cozinheiro para que o jantar ficasse especialmente bom tiveram por único resultado que os dois amigos famintos, depois de se sentarem para o antepasto, fartaram-se de pão com manteiga, ganso defumado e cogumelos em conserva, e também que Liévin mandou servir a sopa sem esperar pelos bolinhos, com os quais o cozinheiro contava deslumbrar o hóspede. Mas Stiepan Arcáditch, embora habituado a jantares muito diferentes, achou tudo magnífico: a aguardente de ervas, o pão, a manteiga e sobretudo o ganso defumado, os cogumelos e a sopa de urtigas, a galinha ao molho branco e o vinho branco da Crimeia — tudo estava magnífico e maravilhoso.

— Esplêndido, esplêndido — disse ele, começando a fumar um grosso cigarro com piteira, depois da carne assada. — Aqui em sua casa, parece que vim dar a uma praia tranquila, depois da algazarra e dos solavancos a bordo de um navio a vapor. Quer dizer então que, segundo você, o fator representado pelo trabalhador agrícola deveria ser considerado e deveria orientar a escolha dos métodos agrícolas. Claro, sou um leigo nesse assunto; mas me parece que a teoria e a sua aplicação produziriam um efeito também sobre o trabalhador.

— Sim, mas espere: não trato de economia política, mas sim de ciência agrícola. Ela deve ser como as ciências naturais, observar os dados que se apresentam e também o trabalhador, no ângulo econômico, etnográfico...

Nesse momento, entrou Agáfia Mikháilovna com um doce de frutas.

— Ora, Agáfia Mikháilovna — disse Stiepan Arcáditch, beijando a pontinha de seus dedos roliços —, que ganso defumado a senhora preparou, que aguardentezinha de ervas!... E então, Kóstia, não está na hora? — acrescentou.

Liévin olhou de relance, através da janela, para o sol que descia por trás da copa desfolhada das árvores da floresta.

— Está na hora, está na hora — respondeu. — Kuzmá, mande atrelar a charrete! — e correu para o andar de baixo.

Stiepan Arcáditch, ao descer, retirou com todo o cuidado uma capa de lona de dentro de uma caixa laqueada e, depois de abrir a capa, pôs-se a montar sua espingarda cara e de modelo novo. Kuzmá, que já farejava uma boa gorjeta, não saía de perto de Stiepan Arcáditch e calçou nele as meias e as botas, o que Stiepan Arcáditch de bom grado o deixou fazer.

— Kóstia, se aparecer por aqui um certo Riabínin, um comerciante, eu pedi que viesse hoje, mande que o recebam e que me espere...

— Ora, quer dizer que vai vender a floresta para Riabínin?

— Sim, você o conhece?

— Claro que conheço. Fiz com ele um negócio "positivo e categórico".

Stiepan Arcáditch deu uma risada. "Positivo e categórico" eram as palavras prediletas do comerciante.

— Sim, ele fala de um modo admiravelmente engraçado. Ora, ela entendeu aonde seu dono está indo! — acrescentou, com umas palmadinhas em Laska, que, ganindo e abanando o rabo em redor de Liévin, lambia ora a mão dele, ora suas botas e sua espingarda.

A charrete já estava ao pé da varanda quando saíram.

— Mandei atrelar, embora não seja longe; ou você prefere ir a pé?

— Não, é melhor ir de charrete — disse Stiepan Arcáditch, aproximando-se do veículo. Sentou-se, enrolou as pernas com a manta tigrada e pôs-se a fumar um charuto. — Como pode você não fumar? Um charuto não é só um prazer, mas a coroa e o cetro do prazer. Isto é que é vida! Que maravilha! É assim que eu gostaria de viver!

— E quem o impede? — perguntou Liévin, sorrindo.

— Não, você é que é um homem feliz. Tudo o que ama, você tem. Gosta de cavalos, e tem; gosta de cães, e tem; de caça, e tem; de terras para cultivar, e tem.

— Talvez porque eu me regozijo com o que tenho e não me atormento com o que não tenho — disse Liévin, lembrando-se de Kitty.

Stiepan Arcáditch compreendeu, fitou-o, mas nada disse.

Liévin estava agradecido a Oblónski porque este, com o seu tato de sempre, percebendo que Liévin temia uma conversa sobre os Cherbátski, nada falava a respeito deles; no entanto, agora, Liévin desejava ter notícia daquilo que tanto o atormentava, mas não se atrevia a tocar no assunto.

— E então, como vão as coisas com você? — perguntou Liévin, depois de se dar conta de que não era correto, da sua parte, pensar só em si.

Os olhos de Stiepan Arcáditch reluziram de alegria.

— Sei bem que você não admite que uma pessoa possa gostar de um brioche quando já recebeu a sua devida ração; para você, isso é um crime; mas eu não admito a vida sem o amor — disse, entendendo a seu modo a pergunta de Liévin. — O que posso fazer, fui criado assim. E, francamente, é tão pequeno o mal que, com isso, se faz aos outros, e tão grande o prazer para nós...

— Mas então há algo de novo? — perguntou Liévin.

— Há, sim, meu caro! Veja bem, acaso você conhece o tipo das mulheres ossianescas...[12] mulheres que vemos em sonhos... Pois elas existem no mundo real... e essas mulheres são terríveis. Veja bem, mulher é um tema de tal ordem que, por mais que você o estude, sempre se apresenta como algo totalmente novo.

— Então melhor seria não estudar.

— Nada disso. Não sei que matemático falou que o prazer não estava em descobrir a verdade, mas sim em procurá-la.

---

12 Ossian: nome do autor fictício de um ciclo de poemas publicado no século XVIII.

Liévin ouviu em silêncio e, apesar de todo o esforço que fazia contra si mesmo, não conseguia pôr-se na alma do amigo nem compreender o seu sentimento e o encanto que podia haver em estudar tais mulheres.

XV

O local da caçada era um pouco além do rio, num pequeno bosque de choupos. Quando chegaram ao bosque, Liévin saltou e conduziu Oblónski até o canto de uma clareira musgosa e lamacenta, já livre da neve. Liévin, por sua vez, voltou para a extremidade oposta, até uma bétula de tronco duplo e, depois de colocar a espingarda na bifurcação de um galho seco e baixo, despiu o cafetã, apertou o cinto e experimentou a liberdade de movimento das mãos.

A velha e grisalha Laska, que viera no encalço deles, sentou-se com cuidado à sua frente e pôs as orelhas de prontidão. O sol baixava por trás da floresta espessa; e, na luz do crepúsculo, as bétulas espalhadas pelo bosque de choupos delineavam-se bem nítidas com seus ramos pendentes e com os botões intumescidos, a ponto de desabrochar.

Da mata fechada, onde ainda restava neve, vinha o rumor quase imperceptível da água a correr pelos regatos estreitos e sinuosos. Passarinhos gorjeavam e, de quando em quando, voavam de uma árvore para outra.

Nos intervalos de completo silêncio, ouvia-se o sussurro das folhas do ano anterior que se remexiam por causa do degelo da terra ou do brotar da relva.

"Puxa! Dá até para ouvir e ver como a relva cresce!", disse Liévin para si mesmo, depois de notar que uma folha de choupo molhada, cor de ardósia, se mexia ao lado da agulha de uma relva jovem. Ele estava parado, de pé, escutava e espreitava para baixo, ora para a terra molhada e musgosa, ora para Laska, que apurava os ouvidos, ora para o mar de árvores de copa desfolhada que se estendia à sua frente, morro abaixo, ora para o céu coberto de listras brancas e embaçado por nuvens. Um gavião, batendo as asas lentamente, voava alto, acima da floresta distante; um outro logo voou da mesma maneira, na mesma direção, e desapareceu. Os passarinhos gorjeavam cada vez mais alto, e mais agitados, na mata. Perto, pôs-se a piar um corujão e Laska, com um sobressalto, avançou cuidadosamente alguns passos e, depois de inclinar a cabeça para o lado, apurou os ouvidos. Além do regato, ouviu-se um cuco. Ele fez soar duas vezes o seu canto habitual mas depois enrouqueceu, afobou-se e perdeu o ânimo.

— Puxa! O cuco já cantou! — disse Stiepan Arcáditch, saindo de trás de um arbusto.

— Pois é, estou ouvindo — respondeu Liévin, rompendo a contragosto o silêncio da floresta com sua voz que a ele mesmo pareceu desagradável. — Não vai demorar.

A figura de Stiepan Arcáditch voltou para trás do arbusto e Liévin viu apenas a centelha clara de um fósforo, logo seguida pela brasa vermelha de um cigarro e por uma fumaça azulada.

"Tchic! Tchic!" — estalou o cão da arma engatilhada por Stiepan Arcáditch.

— Que grito é este? — perguntou Oblónski, chamando a atenção de Liévin para um relincho prolongado, semelhante à voz aguda de um potro a fazer estripulias.

— Você não conhece? É o grito da lebre-macho. Agora, chega de falar! Escute, está voando! — quase gritou Liévin, engatilhando o cão da arma.

Ouviu-se ao longe um pio agudo e, após dois segundos, no exato intervalo de costume, tão conhecido dos caçadores — mais um pio, um terceiro e, após o terceiro, já se pôde ouvir um grasnido.

Liévin lançou os olhos para a direita, para a esquerda, mas eis que à sua frente, no céu azul opaco, acima da copa dos choupos cujos brotos se emaranhavam, surgiu um pássaro que voava. Vinha direto para ele: sons próximos de grasnidos, semelhantes ao de quando se rasga um tecido esticado com puxões curtos e regulares, ressoaram bem junto ao seu ouvido; já se via o bico longo e o pescoço do pássaro e, no momento em que Liévin fez pontaria, deflagrou-se um raio vermelho atrás do arbusto onde estava Oblónski; o pássaro desceu como uma flecha e de novo, com ímpeto, voou para as alturas. De novo, deflagrou-se um raio e ouviu-se um estrondo; meneando as asas, como se tentasse segurar-se ao ar, o pássaro deteve-se, imobilizou-se por um momento e, com um baque pesado, tombou sobre a terra lamacenta.

— Será que errei o tiro? — gritou Stiepan Arcáditch, com a visão toldada por trás da fumaça.

— Lá está ele! — disse Liévin, apontando para Laska, que, com uma orelha levantada, abanando bem alto a pontinha da cauda felpuda e a passos vagarosos, como se quisesse prolongar o prazer e como que sorrindo, trazia o pássaro morto para o seu dono. — Bem, estou contente por você ter acertado o tiro — disse Liévin, ao mesmo tempo que experimentava um sentimento de inveja por não ter conseguido acertar a galinhola.

— Foi um péssimo tiro perdido com o cano direito — respondeu Stiepan Arcáditch, recarregando a espingarda. — Pss... Está voando.

De fato, ouviram-se pios estridentes, que se seguiam ligeiro uns aos outros. Duas galinholas, brincando de ultrapassar uma à outra e apenas piando, sem guinchar, vieram voando exatamente acima da cabeça dos caçadores. Quatro tiros ressoaram, mas, como andorinhas, as galinholas fizeram uma curva brusca e sumiram de vista.

A caçada foi excelente. Stiepan Arcáditch matou mais duas peças e Liévin, outras duas, uma das quais não foi encontrada. Começou a escurecer. A oeste, baixa, Vênus já brilhava clara e prateada por trás das bétulas com o seu cintilar suave e, no alto, a leste, a sombria Arcturo já reverberava seu ardor vermelho. Acima da sua cabeça, Liévin divisava e perdia de vista as estrelas da Ursa Maior. As galinholas já haviam parado de voar; mas Liévin resolveu esperar um pouco mais, até que Vênus, que ele via por baixo de um ramo de bétula, se erguesse acima do galho e até que as estrelas da Ursa Maior estivessem todas visíveis. Vênus logo transpôs o ramo, a carruagem da Ursa Maior, com seu timão, já estava inteiramente visível no céu azul-escuro, mas Liévin ainda esperava.

— Já não é hora? — perguntou Stiepan Arcáditch.

Na floresta, tudo já silenciara e nem um pássaro se mexia.

— Fiquemos um pouco mais — respondeu Liévin.

— Como quiser.

Estavam, agora, a uns quinze passos um do outro.

— Stiva! — disse Liévin, de modo súbito e inesperado. — Você não me disse uma coisa: a sua cunhada já casou, ou quando vai casar?

Liévin sentia-se tão seguro e tranquilo que pensava que a resposta, qualquer que fosse ela, não poderia perturbá-lo.

Mas não contava, de forma alguma, com o que Stiepan Arcáditch respondeu.

— Ela não pensou e nem pensa em casar, além do mais está muito doente e os médicos mandaram-na para o exterior. Chegou-se a temer pela vida dela.

— O quê? — exclamou Liévin. — Muito doente? O que ela tem? Como foi...

Nesse momento, enquanto falavam, Laska, que pusera as orelhas de prontidão, mirava acima, para o céu, e também para eles, com ar de censura.

"Que hora encontraram para conversar", pensou. "Enquanto isso, a galinhola voa... Lá vai ela, e mais uma. Vão deixar passar", pensou Laska.

Mas, nesse exato minuto, os dois ouviram de súbito um pio estridente que pareceu fustigar suas orelhas, ambos agarraram suas espingardas, dois raios fulguraram e ressoaram dois estrondos a um só tempo. A galinhola que voava alto meneou as asas por um momento e caiu na mata, dobrando os brotos finos.

— Que ótimo! Juntinhos! — exclamou Liévin, e correu com Laska na direção da mata para procurar a galinhola. "Ah, sim, o que havia de desagradável, mesmo?", tentou-se lembrar. "Sim, Kitty está doente... Mas o que fazer? É uma pena", pensou.

— Ah, ela encontrou! Que inteligente — disse Liévin, retirando o pássaro quente da boca de Laska e pondo-o dentro da bolsa quase cheia. — Encontrei, Stiva! — gritou.

XVI

No caminho de volta para casa, Liévin indagou sobre todos os pormenores da doença de Kitty e sobre os planos dos Cherbátski e, embora lhe desse vergonha admiti-lo, o que ouviu lhe agradou. Agradou porque ainda havia esperança e agradou ainda mais porque ela, que lhe causara tanta dor, estava doente. Mas quando Stiepan Arcáditch começou a falar sobre as causas da doença de Kitty e mencionou o nome de Vrónski, Liévin interrompeu:

— Não tenho nenhum direito de conhecer pormenores da vida familiar deles e, para dizer a verdade, não tenho nenhum interesse.

Stiepan Arcáditch sorriu de modo quase imperceptível, depois de surpreender, no rosto de Liévin, a mudança brusca que ele conhecia muito bem e que lhe dava uma expressão tão soturna quanto, um minuto antes, estava alegre.

— Você já fechou o negócio da floresta com Riabínin?

— Sim, fechei. O valor é excelente, trinta e oito mil. Oito adiantados e o restante em seis anos. Perdi muito tempo com isso. Ninguém me ofereceu mais.

— Quer dizer que vai entregar a floresta de graça — disse Liévin, em tom soturno.

— Mas como de graça? — retrucou Stiepan Arcáditch, com um sorriso afável, ciente de que, agora, para Liévin, qualquer coisa seria ruim.

— Pois a floresta vale pelo menos quinhentos rublos por dessiatina — respondeu Liévin.

— Ah, esses proprietários de terras que moram no campo! — disse Stiepan Arcáditch, em tom jocoso. — O velho tom de desprezo por nós, os irmãos citadinos!... Mas, na hora de fazer negócios, sempre nos saímos melhor. Acredite, calculei tudo — disse ele —, e a floresta foi muito bem vendida, tanto assim que eu só temo que o homem volte atrás. Pois não é uma floresta que forneça madeira para construção — explicou, querendo, por meio das palavras "madeira para construção", convencer Liévin da impertinência da sua dúvida —, e sim mais para lenha. Não restam mais de trinta braças por dessiatina e ele me ofereceu duzentos rublos por dessiatina.

Liévin sorriu com desdém. "Conheço esse jeito", pensou, "não é só dele, mas de todos os habitantes da cidade que, depois de virem para o interior uma ou duas vezes em dez anos e aprenderem duas ou três palavras rurais, usam-nas a torto e a direito, absolutamente convencidos de que já conhecem tudo. *Madeira para construção, restam trinta braças*. Emprega as palavras, mas na verdade não entende nada."

— Não me atrevo a lhe ensinar aquilo que você escreve na sua repartição — disse ele — e, se necessário, pedirei seus conselhos sobre o assunto. Você, porém, está muito convencido de que conhece todo o dicionário da floresta. Ele é difícil. Acaso contou as árvores?

— Como assim, contar as árvores? — retrucou Stiepan Arcáditch, rindo, desejoso de afastar o amigo do seu mau humor. — Contar os grãos de areia e os raios de luz dos planetas, embora possível para uma inteligência elevada...

— Muito bem, pois isto é possível para a elevada inteligência de Riabínin. E nenhum negociante compra uma floresta sem contar as árvores, a menos que seja oferecida de graça, como fez você. Conheço a sua floresta. Vou lá caçar todo ano e a sua floresta vale quinhentos rublos por dessiatina, em dinheiro à vista, e você a entregou por duzentos, a prazo. Ou seja, você deu a ele trinta mil rublos.

— Ora, não exagere — disse Stiepan Arcáditch, em tom queixoso. — Então por que ninguém pagou isso?

— Porque ele tem um acordo com os negociantes; lhes deu uma compensação. Fiz negócios com todos, eu os conheço. Não são negociantes e sim atravessadores. Ele não se aventura em um negócio em que lucre dez, quinze por cento, mas se contém e espera a fim de comprar um rublo por vinte copeques.

— Ora, já chega! Você está de mau humor.

— Nem um pouco — disse Liévin, soturno, quando se aproximavam da casa.

Parada diante da varanda, já estava uma pequena telega, fortemente revestida de ferro e de couro, com um cavalo bem nutrido, fortemente atrelado por largos arreios. Na telega, fortemente ruborizado e com um cinto fortemente cingido à cintura, estava sentado o administrador, que servia de cocheiro para Riabínin. O próprio Riabínin já estava em casa e encontrou os amigos na antessala. Era alto, magricelo, de meia-idade, de bigode, com um queixo que sobressaía por causa da barba e olhos saltados e turvos. Vestia uma sobrecasaca azul de aba comprida, com botões abaixo da cintura na parte posterior, e de botas altas, franzidas nos tornozelos e retas nas panturrilhas, envolvidas por galochas grandes. Enxugou o rosto, em círculos, com um lenço e, depois de fechar a sobrecasaca que, sem isso, já o agasalhava muito bem, saudou com um sorriso os recém-chegados e estendeu a mão para Stiepan Arcáditch, como se quisesse apoderar-se de alguma coisa.

— Ah, então o senhor veio — disse Stiepan Arcáditch, estendendo a mão. — Que ótimo.

— Não ousei desobedecer às ordens de vossa excelência, embora a estrada esteja muito ruim. Vim positivamente a pé por todo o caminho, mas cheguei a tempo. Konstantin Dmítritch, meus respeitos — dirigiu-se a Liévin, tentando apoderar-se também da mão dele. Mas Liévin, de rosto franzido, fingiu não perceber a mão do outro e retirou as galinholas da bolsa. — Os senhores se deleitaram com os prazeres da caça? Que pássaros são estes, por obséquio? — acrescentou Riabínin, olhando com desdém para as galinholas. — Têm bom sabor, quero crer. — E balançou a cabeça com ar reprovador, como se tivesse sérias dúvidas de que aquele fogo valesse o pavio da vela.

— Quer ir ao escritório? — disse Liévin, soturno e carrancudo, para Stiepan Arcáditch, em francês. — Venham ao escritório, lá os senhores poderão conversar.

— Perfeitamente, onde o senhor quiser — respondeu Riabínin, com orgulho desdenhoso, como se quisesse dar a entender que os outros podiam se incomodar com a maneira como negociavam e com quem o faziam, mas para ele nunca, e por motivo algum, haveria incômodo.

Ao entrar no escritório, Riabínin, como de hábito, olhou em redor aparentemente à procura de ícones, mas, ao encontrar um deles, não se benzeu. Observou as estantes e as prateleiras de livros e, com a mesma expressão de dúvida com que avaliou as galinholas, sorriu desdenhoso e balançou a cabeça com ar reprovador, já não admitindo em hipótese alguma que aquele fogo pudesse valer o pavio da vela.

— E então, o senhor trouxe o dinheiro? — perguntou Oblónski. — Sente-se.

— Não teremos problemas quanto ao dinheiro. Vim ver o senhor, trocar algumas ideias.

— Sobre o quê? Mas sente-se.

— Com prazer — respondeu Riabínin, sentando-se apoiado nas costas da poltrona da forma mais incômoda possível. — É preciso baixar o preço, príncipe. Vai ser um pecado. E o dinheiro está prontinho, categórico, até o último copeque. Quanto a isso, não há obstáculos.

Liévin, que nesse meio-tempo havia guardado a espingarda no estojo e já estava saindo pela porta, ouviu as palavras do negociante e parou.

— O senhor tomou a floresta de graça — disse. — Ele me procurou tarde demais, senão eu teria estabelecido o preço.

Riabínin levantou-se e, em silêncio, com um sorriso, fitou Liévin de alto a baixo.

— É avaro em excesso, o Konstantin Dmítritch — respondeu, com um sorriso, dirigindo-se a Stiepan Arcáditch —, positivamente, nada se pode negociar com ele. Eu fazia negócios com trigo, oferecia um bom dinheiro.

— Para que eu lhe daria de graça o que é meu? O que tenho, não roubei, nem achei na terra.

— Queira perdoar, é positivamente impossível roubar, hoje em dia. Tudo, hoje em dia, se passa categoricamente nos processos judiciários a portas abertas, agora tudo é nobre; roubar está fora de questão. Nós conversávamos da forma devida. O senhor exige um valor alto pela floresta, não há vantagens para mim. Peço que baixe, pelo menos um pouco.

— Mas o negócio está fechado ou não? Se está, não há o que barganhar, e se não está — disse Liévin —, comprarei a floresta.

De repente, o sorriso desapareceu do rosto de Riabínin. Deu lugar a uma expressão de águia, rapinante e cruel. Com os dedos ossudos e rápidos, desabotoou a sobrecasaca, pondo a descoberto a camisa por fora da calça, o colete de botões de cobre e a correntinha do relógio, e sacou depressa uma carteira velha e fornida.

— Queira perdoar, a floresta é minha — declarou, benzendo-se e estendendo a mão. — Tome o dinheiro, a floresta é minha. Eis como Riabínin negocia, não perde tempo com ninharias — disse, de rosto franzido e brandindo a carteira.

— No seu lugar, eu não me apressaria — advertiu Liévin.

— Desculpe — respondeu Oblónski, com surpresa —, mas já dei minha palavra.

Liévin saiu do aposento e bateu a porta. Riabínin, olhando para a porta, balançou a cabeça com um sorriso.

— Coisas da mocidade, positivamente, infantilidade e nada mais. Afinal, vou comprar, creia, palavra de honra, assim, só por uma questão de dignidade, para que Riabínin e não algum outro compre o pequeno bosque de Oblónski. Mas só Deus sabe se terei lucro. Vamos crer em Deus. Por obséquio, senhor. Que tal redigir um contratozinho...

Uma hora mais tarde, depois de agasalhar-se com cuidado no casaco e abotoar os colchetes da sobrecasaca, levando o contrato no bolso, o negociante sentou-se na sua telega fortemente guarnecida de metal e partiu para casa.

— Ah, esses fidalgos! — disse para o administrador. — São todos iguais.

— Isso mesmo — respondeu o administrador, passando a ele as rédeas para abotoar a capota de couro. — E então, boas comprinhas, Mikhail Ignátitch?

— Assim, assim...

XVII

Com o bolso abarrotado com as cédulas que o negociante lhe dera por três meses adiantados, Stiepan Arcáditch chegou ao andar de cima. A venda da floresta estava encerrada, o dinheiro estava no bolso, a caçada fora ótima e Stiepan Arcáditch se achava no estado de espírito mais alegre possível e por isso queria, mais que tudo, dissipar o mau humor que dominava Liévin. Desejava terminar o dia, com o jantar, de forma tão agradável como havia começado.

Na verdade, Liévin estava mal-humorado e, apesar de todo seu desejo de ser afetuoso e amável com seu hóspede querido, não conseguia controlar-se. A embriaguez causada pela notícia de que Kitty não se casara começava, pouco a pouco, a subir à sua cabeça.

Kitty não casara e estava doente, doente de amor por um homem que a desprezara. Esse ultraje pareceu dominá-lo. Vrónski a desprezara, e Kitty desprezara a ele, Liévin. Em consequência, Vrónski tinha o direito de desprezar Liévin e por isso era seu inimigo. Mas Liévin não pensou tudo isso. Sentia vagamente que ali havia alguma ofensa contra ele e agora se irritava não por se haverem frustrado os seus planos; se atormentava, isto sim, com tudo o que se apresentava à sua frente. A estúpida venda da floresta, o engodo em que caíra Oblónski e que se realizara ali, na casa de Liévin, o exasperava.

— Então, negócio fechado? — perguntou, ao encontrar Stiepan Arcáditch no andar de cima. — Quer jantar?

— Sim, não vou rejeitar. Que apetite eu sinto no campo, é formidável! Por que não convidou Riabínin para comer?

— Que o diabo o carregue!

— Mas como você o trata! — disse Oblónski. — Nem lhe apertou a mão. Por que não lhe apertou a mão?

— Porque não aperto a mão de lacaios, e um lacaio é cem vezes melhor do que ele.

— Mas como você é retrógrado! E a integração das classes? — disse Oblónski.

— Quem gostar que se integre, e boa sorte, mas eu sou contra.

— Estou vendo que você é mesmo um retrógrado.

— Na verdade, nunca pensei no que sou. Eu sou Konstantin Liévin, e mais nada.

— E um Konstantin Liévin que está de muito mau humor — disse Stiepan Arcáditch, sorrindo.

— Sim, estou de mau humor, e sabe por quê? Por causa da sua venda estúpida, desculpe o termo...

Stiepan Arcáditch enrugou a testa, com brandura, como um homem a quem ofendem e afligem sem ter culpa alguma.

— Ora, chega! — disse. — Quando foi que alguém vendeu alguma coisa sem que depois viessem lhe dizer: "Valia muito mais"? Enquanto está à venda, ninguém quer comprar... Não, eu sei, você tem uma birra contra esse infeliz do Riabínin.

— Talvez tenha mesmo. E sabe por quê? Você vai me chamar de novo de retrógrado, ou até de alguma outra palavra horrorosa, no entanto me irrita e me dá pena ver, por toda parte, o empobrecimento da nobreza, à qual pertenço e à qual, a despeito da integração das classes, me sinto muito feliz de pertencer. E o empobrecimento não se deve ao luxo, isto não seria nada; levar uma vida de fartura é próprio da nobreza, só os fidalgos o sabem fazer. Agora, os mujiques à nossa volta açambarcam as terras, mas isso não me dá pena. O senhor de terra nada faz, o mujique trabalha e substitui o homem ocioso. Assim deve ser. E fico muito contente pelo mujique. Mas me dá pena ver esse empobrecimento causado por uma certa, não sei como chamar, inocência. Ali embaixo, o arrendatário polonês comprou, pela metade do valor, a esplêndida propriedade rural de uma fidalga que vive em Nice. Mais adiante, arrendaram a um negociante, por um rublo a dessiatina, terras que valem dez rublos. E aqui, sem nenhum motivo, você mesmo deu trinta mil rublos para esse velhaco.

— O que fazer? Contar árvore por árvore?

— É indispensável contar. Se você não contou, Riabínin contou. Os filhos de Riabínin terão meios para viver e para se educar, mas os seus talvez não tenham!

— Bem, você me perdoe, mas há algo de mesquinho nessa contagem. Nós temos as nossas ocupações, eles têm as deles, e precisam dos lucros. Ora, seja como for, o negócio está encerrado, e fim. Ah, aqui estão os ovos estrelados, a fritada de ovos, o meu prato predileto. Agáfia Mikháilovna nos trará aquela prodigiosa aguardente de ervas...

Stiepan Arcáditch sentou-se à mesa e pôs-se a gracejar com Agáfia Mikháilovna, garantindo a ela que havia muito não comia um almoço e um jantar como aqueles.

— Pelo menos o senhor faz elogios — disse Agáfia Mikháilovna —, já o Konstantin Dmítritch, qualquer coisa que se der para ele, mesmo que seja casca de pão, simplesmente come e vai embora.

Por mais que Liévin tentasse controlar-se, estava soturno e calado. Precisava fazer uma pergunta a Stiepan Arcáditch, mas não conseguia decidir-se e não encontrava nem a maneira nem a ocasião, não sabia como e quando fazê-la. Stiepan Arcáditch já tinha ido para o seu quarto, no andar de baixo, já se despira, se lavara de novo, vestira o camisolão de dormir, feito de um tecido plissado, e se deitara, enquanto Liévin ainda se demorava no quarto do amigo, falando coisas sem importância, e sem encontrar forças para perguntar o que queria.

— Que admirável a maneira como fazem este sabão — disse ele, vendo e desembrulhando uma barra de sabão aromático, que Agáfia Mikháilovna havia preparado para o hóspede, mas de que Oblónski não fizera uso. — Veja só, uma verdadeira obra de arte.

— Sim, agora tudo alcançou um estado de perfeição — respondeu Stiepan Arcáditch, com um bocejo úmido e feliz. — Os teatros, por exemplo, e esses locais de recreação... a-a-a! — bocejou. — A luz elétrica em toda parte... a-a-a!

— Sim, a luz elétrica — disse Liévin. — Sim. Bem, mas onde está Vrónski, agora? — perguntou, depois de recolocar bruscamente o sabão no lugar.

— Vrónski? — disse Stiepan Arcáditch, interrompendo um bocejo. — Está em Petersburgo. Partiu pouco depois de você e, desde então, não esteve em Moscou nem uma vez. Sabe, Kóstia, vou lhe dizer a verdade — prosseguiu, depois de apoiar o cotovelo na mesa e suster na mão o seu belo rosto rosado, em que cintilavam, como estrelas, os olhos gordurosos, sonolentos e amigos. — O culpado foi você mesmo. Apavorou-se com o rival. E eu, como lhe disse na ocasião, não sei qual lado tinha as maiores chances. Por que você não foi em frente, sem mais rodeios? Eu bem que lhe disse, então, que... — Bocejou só com os maxilares, mas sem abrir a boca.

"Será que ele sabe que fiz o pedido de casamento?", pensou Liévin, olhando para o amigo. "Sim, há nele algo de astuto, de diplomático." E, sentindo que ruborizava, fitou em silêncio os olhos de Stiepan Arcáditch.

— Se houve algo, da parte dela, na ocasião, foi só um entusiasmo superficial — prosseguiu Oblónski. — Você sabe, aquela perfeita aristocracia e a futura posição na sociedade agiram, não sobre ela, mas sobre a mãe.

Liévin franziu o rosto. A injúria da rejeição que ele sofrera inflamou seu coração como uma ferida recente, como um golpe que acabara de receber. Estava em casa e, em casa, até as paredes ajudam.

— Espere, espere aí — retrucou ele, interrompendo Oblónski. — Você diz: aristocracia. Permita que lhe pergunte em que consiste essa aristocracia de Vrónski, ou de quem quer que seja, uma aristocracia capaz de me tornar digno de desprezo? Você considera Vrónski um aristocrata, mas eu não. Um homem cujo pai veio do nada e subiu na vida à custa de espertezas, cuja mãe esteve ligada a só Deus sabe quem... Não, me desculpe, mas considero aristocratas a mim e a pessoas semelhantes a mim, que podem citar três ou quatro gerações familiares respeitáveis no passado, com o mais alto grau de educação (talento e inteligência, já é outra história), e que nunca, diante de ninguém, se rebaixaram, nunca precisaram da ajuda de ninguém para viver, assim como viveram o meu pai e o meu avô. E conheço muitos outros do mesmo tipo. A você, parece mesquinho que eu conte as árvores da floresta, e assim entrega de mão beijada trinta mil rublos para Riabínin; mas você receberá o arrendamento por suas terras e não sei o que mais, enquanto eu nada receberei e por isso valorizo aquilo que se obtém por meio de herança e pelo trabalho... Nós somos os aristocratas, e não esses que só conseguem viver à custa de esmolas obtidas com os poderosos do mundo, a quem se pode comprar com uma moeda de vinte copeques.

— Mas de quem está falando? Concordo com você — disse Stiepan Arcáditch, com sinceridade e alegria, embora sentisse que Liévin, ao referir-se aos homens que se vendem por vinte copeques, incluía também a ele. A animação de Liévin lhe agradava sinceramente. — De quem está falando? Embora muito do que você diz sobre Vrónski não seja verdade, eu não vou falar sobre isso. Vou direto ao que interessa: no seu lugar, eu partiria para Moscou, junto comigo...

— Não, eu não sei, talvez você saiba, talvez não, mas para mim tanto faz. Vou lhe contar: fiz o pedido de casamento e fui rejeitado, e agora, para mim, Katierina Aleksándrovna é uma lembrança penosa e humilhante.

— Por quê? Mas que disparate!

— Não vou falar. Perdoe, por favor, se fui rude com você — disse Liévin. Agora, depois de revelar tudo, era de novo o mesmo que fora de manhã. — Não está aborrecido comigo, Stiva? Por favor, não se zangue — disse e, sorrindo, segurou-lhe a mão.

— Mas, não, nem um pouco, e nem há motivo. Estou contente por termos esclarecido as coisas. E, sabe, é bom caçar de manhãzinha. Que tal, vamos? Não voltarei para dormir depois, irei direto da caçada para a estação de trem.

— Ótimo.

XVIII

Apesar de toda a vida interior de Vrónski estar tomada pela sua paixão, sua vida exterior rolava como antes, de forma irresistível e inalterável, pelos trilhos costumeiros de seus interesses e de suas relações na sociedade mundana e no regimento. Os interesses do regimento ocupavam um lugar importante na vida de Vrónski, porque ele estimava o regimento e, mais ainda, porque era estimado no regimento. Lá, não só estimavam Vrónski como o respeitavam e tinham orgulho dele — orgulhavam-se de que esse homem, imensamente rico, de ótima educação e de muitos talentos, com o caminho aberto à sua frente para toda sorte de sucesso, ambição e glória, desdenhasse tudo isso e, entre todos os interesses da vida, trouxesse mais perto do coração os interesses do regimento e dos seus camaradas. Vrónski tinha consciência da opinião dos seus camaradas a seu respeito e, além de amar aquela vida, sentia-se obrigado a dar respaldo a tal reputação.

É óbvio que não falava com nenhum de seus camaradas a respeito do seu amor, nada deixava escapar nem nas mais fortes bebedeiras (aliás, nunca ficava tão bêbado a ponto de perder o controle sobre si) e tratava de calar a boca de qualquer companheiro de armas mais leviano que tentasse fazer insinuações sobre o seu caso. Porém, apesar de seu amor ser do conhecimento de toda a cidade — todos adivinhavam, com maior ou menor exatidão, suas relações com Kariênina —, a maioria dos jovens o invejava exatamente por aquilo que havia de mais penoso no seu amor — a elevada posição do marido e a consequente publicidade de seu caso na esfera mundana.

A maioria das jovens, invejosas de Anna, que já havia muito tempo se aborreciam por ela *ser chamada de virtuosa*, alegravam-se de ver cumpridas suas conjecturas e só esperavam a confirmação da guinada da opinião pública para investir contra ela com toda a carga do seu desprezo. Elas já preparavam os salpicos de lama que lançariam sobre Anna, quando chegasse a hora. A maioria das pessoas mais vividas e de posição social mais elevada estavam descontentes com esse escândalo social que se armava.

A mãe de Vrónski, ciente do caso do filho, a princípio sentiu-se satisfeita — porque, no seu modo de ver, nada poderia dar um último retoque tão perfeito na formação de um jovem brilhante como uma relação íntima na alta sociedade, e também porque muito lhe agradava que Kariênina, que tanto falava do seu filho pequeno, fosse igual a todas as mulheres bonitas e respeitáveis, segundo a opinião da condessa Vrónski. Porém, mais tarde, ela soube que o filho recusara um posto a que fora indicado, um posto importante para a sua carreira, apenas para permanecer no regimento da cidade, onde podia encontrar-se com Kariênina, e soube que por isso pessoas da mais alta posição ficaram descontentes com ele, e a condessa mudou de opinião. Tampouco lhe agradava que, segundo tudo o que apurou sobre o caso, não se tratava da relação requintada, elegante e mundana que ela de bom grado aprovaria, mas de uma paixão desesperada, à maneira de Werther,[13] segundo lhe contaram, que podia levar seu filho a cometer alguma tolice. A condessa não o via desde o dia de sua inesperada partida de Moscou e, por intermédio do filho mais velho, exigiu que Vrónski viesse ter com ela.

O irmão mais velho também estava descontente com o caçula. Não discriminava que tipo de amor seria aquele, grande ou pequeno, apaixonado ou não, depravado ou não (ele mesmo, já tendo filhos, mantinha uma dançarina e portanto mostrava-se condescendente com isso); mas sabia que tal amor não era agradável àqueles a quem era preciso agradar e portanto não aprovava o comportamento do irmão.

Além dos interesses militares e mundanos, Vrónski tinha uma outra área de interesse — cavalos, pelos quais nutria uma verdadeira paixão.

---

13 Herói romântico que se suicida no romance *Os sofrimentos do jovem Werther*, de Goethe.

Naquele ano, organizaram-se corridas de obstáculos para os oficiais. Vrónski se inscreveu na corrida, comprou uma égua inglesa puro-sangue e, apesar do seu amor, e embora mantivesse a discrição, estava tomado de entusiasmo com a corrida...

As duas paixões não perturbavam uma à outra. Ao contrário, Vrónski precisava de um interesse e de um entusiasmo independentes do seu amor, nos quais pudesse revigorar-se e repousar das emoções que o inquietavam em demasia.

XIX

No dia das corridas em Krásnoie Seló, Vrónski veio comer um bife no refeitório dos oficiais no regimento mais cedo que de costume. Não precisava controlar-se com severidade porque rapidamente alcançara o peso devido, de quatro *puds* e meio; mas era preciso não engordar e por isso fugia dos alimentos farináceos e açucarados. Estava sentado, com a sobrecasaca desabotoada sobre o colete branco, os cotovelos apoiados sobre a mesa e, enquanto esperava o bife que pedira, mantinha os olhos voltados para um livro, um romance francês, aberto sobre o prato. Olhava para o livro apenas a fim de não ter de conversar com os oficiais que saíam e entravam, e poder pensar.

Pensava em Anna, que lhe prometera um encontro nesse dia, após as corridas. Mas fazia três dias que ele não a via e, em razão do regresso do marido do exterior, não sabia se o encontro seria de fato possível e não sabia como confirmá-lo. Estivera com Anna pela última vez na datcha da sua prima Betsy. Vrónski ia à datcha dos Kariênin o mais raramente possível. Agora, queria ir até lá e refletia sobre a maneira de fazê-lo.

"É claro, posso dizer que Betsy me mandou perguntar se ela irá às corridas. É claro, farei isso" — resolveu consigo mesmo, levantando a cabeça e deixando o livro. Ao imaginar com ardor a felicidade de vê-la, seu rosto resplandeceu.

— Vá à minha casa e mande atrelar rapidamente a troica — disse para o criado, que lhe havia servido o bife numa travessa quente de prata, e, depois de puxar para si a travessa, pôs-se a comer.

Do salão de bilhar vizinho, ouvia-se o entrechoque das bolas, vozes e risos. Através da porta, surgiram dois oficiais: um muito jovem, de rosto fino e frágil, que viera pouco antes do Corpo de Pajens para o regimento; o outro, um oficial gorducho, velho, com uma pulseira no braço e olhos pequenos e gordurosos.

Vrónski olhou de relance para eles, franziu o rosto e, como se não os tivesse notado, mirando o livro com o canto dos olhos, pôs-se a comer e ler ao mesmo tempo.

— O quê? Está refazendo as forças para o trabalho? — disse o oficial gorducho, sentando-se ao seu lado.

— Pois é — respondeu Vrónski, que franziu o rosto, limpou a boca e olhou para ele.

— E não tem medo de engordar? — retrucou, voltando uma cadeira para o oficial jovem.

— O quê? — indagou Vrónski, irritado, com uma careta de repugnância e pondo à mostra os dentes perfeitos.

— Não tem medo de engordar?

— Garçom, xerez! — disse Vrónski, sem responder, e, depois de pôr o livro em outro lugar, continuou a ler.

O oficial gorducho pegou a carta de vinhos e voltou-se para o oficial jovem.

— Escolha você o que vamos beber — entregou-lhe o cardápio e ficou olhando para ele.

— Vinho do Reno, talvez — sugeriu o oficial jovem, mirando Vrónski timidamente com o canto dos olhos, enquanto tentava apanhar com os dedos o bigodinho que mal despontava. Ao ver que Vrónski não se virava, o oficial jovem levantou-se.

— Vamos ao bilhar — disse. O oficial gorducho levantou-se obediente e ambos seguiram para a porta.

Nesse momento, entrou o alto e garboso capitão de cavalaria Iáchvin e, depois de um cumprimento com a cabeça por cima do ombro, dirigido com desprezo aos dois oficiais, aproximou-se de Vrónski.

— Ah! Aí está ele! — exclamou, e bateu forte com a mão grande na dragona de Vrónski. Este olhou para cima, irritado, mas no mesmo instante seu rosto se pôs radioso, com a simpatia serena e firme que lhe era peculiar.

— Muito bem, Aliocha — disse o capitão, com voz sonora de barítono. — Agora, coma apenas um pouco e beba só um cálice.

— Mas não tenho vontade de comer.

— Lá estão os inseparáveis — acrescentou Iáchvin, olhando com sarcasmo para os dois oficiais que saíam nesse momento. Sentou-se ao lado de Vrónski, depois de dobrar num ângulo agudo suas pernas, vestidas em apertadas calças de montaria e demasiado compridas para a altura da cadeira acolchoada. — Por que não foi ontem ao teatro de Krásnoie Seló? A Númierova não se saiu nada mal. Por onde você andava?

— Demorei-me na casa dos Tvierskói — respondeu Vrónski.

— Ah! — reagiu Iáchvin.

Iáchvin, jogador e farrista, homem não apenas destituído de princípios, mas seguidor de princípios imorais, era o melhor amigo de Vrónski no regimento.

Vrónski o admirava por sua força física incomum, que ele, em geral, demonstrava por sua capacidade de beber como uma pipa e de ficar sem dormir sem se alterar em nada, e por sua grande força moral, que ele demonstrava nas relações com os superiores e com os camaradas, o que atraía para si temor e respeito, e também no jogo, em que arriscava dezenas de milhares de rublos e em que sempre, por mais vinho que bebesse, se mostrava tão seguro de si e tão perspicaz que era tido como o melhor jogador no Clube Inglês. Vrónski o respeitava e o estimava em especial porque sentia que Iáchvin o estimava não por seu nome ou por sua riqueza, mas por sua pessoa... E, entre todos, só com ele Vrónski se disporia a falar do seu amor. Sentia que apenas Iáchvin, apesar de aparentemente desprezar todo sentimento — e só ele, assim parecia a Vrónski —, poderia entender aquela forte paixão que agora preenchia toda a sua vida. Além disso, estava convencido de que Iáchvin, seguramente, não encontrava prazer nenhum em mexericos e em escândalos e compreendia aquele sentimento da forma devida, ou seja, sabia e acreditava que esse amor não era uma brincadeira, não era um passatempo, mas algo sério e importante.

Vrónski não falava com ele sobre o seu amor, mas sabia que estava a par de tudo, o compreendia da forma devida e lhe era agradável ver isso nos olhos de Iáchvin.

— Ah, sim! — reagiu, ao saber que Vrónski estivera na casa dos Tvierskói e, com um brilho nos olhos negros, repuxou o bigode esquerdo e pôs-se a virá-lo na direção da boca, como era seu feio costume.

— Mas e você, o que fez ontem? Ganhou no jogo? — perguntou Vrónski.

— Oito mil. Mas três não contam, é pouco provável que eu receba.

— Muito bem, então você já pode perder comigo — disse Vrónski, rindo. (Iáchvin fizera uma grande aposta em Vrónski, na corrida.)

— Não vou perder nada.

— O único perigo é Makhótin.

E a conversa desviou-se para as expectativas da corrida desse dia, o único assunto em que Vrónski conseguia pensar, agora.

— Vamos, já terminei — disse Vrónski e, depois de se levantar, caminhou para a porta. Iáchvin também se levantou, após esticar as pernas imensas e as costas compridas.

— Ainda é cedo para eu almoçar, mas preciso beber alguma coisa. Irei num instante. Ei, vinho! — gritou, com sua voz encorpada, famosa no comando, capaz de sacudir os vidros das janelas. — Não, não precisa — gritou de novo, logo depois. — Você está indo para casa, portanto irei com você.

E saíram os dois juntos.

XX

Vrónski estava alojado em uma isbá espaçosa e limpa, de estilo finlandês, dividida em duas por um tabique. Petrítski morava com ele no acampamento. Petrítski estava dormindo quando Vrónski e Iáchvin entraram na isbá.

— Levante, chega de dormir — disse Iáchvin, passando para o outro lado do tabique e empurrando o ombro de Petrítski, que tinha o nariz enfiado no travesseiro e o cabelo desgrenhado. De um pulo, Petrítski se pôs de joelhos e olhou em volta.

— O seu irmão esteve aqui — disse para Vrónski. — Acordou-me, que o diabo o carregue, e avisou que voltará. — E de novo, depois de puxar o cobertor, atirou-se ao travesseiro. — Deixe-me em paz, Iáchvin — pediu, zangando-se com Iáchvin, que tomara dele o cobertor. — Solte! — Virou-se e abriu os olhos. — Melhor faria se me dissesse *o que* beber; estou com um tal gosto na boca que...

— Vodca é o melhor — respondeu Iáchvin com voz grossa. — Tieriechenko! Vodca para o patrão, e pepino em conserva — gritou, com evidente prazer de ouvir a própria voz.

— Vodca? Você acha? Ah? — perguntou Petrítski, torcendo a cara e esfregando os olhos. — E você, vai beber? Bebamos juntos, então! Vrónski, vai beber? — perguntou Petrítski, levantando-se e agasalhando-se com a manta tigrada segura pelas mãos. — Saiu pela porta do tabique, ergueu as mãos e desatou a cantar em francês: "Havia um rei em Tu-u-le". — Bebe, Vrónski?

— Deixe disso — respondeu Vrónski, que vestiu a sobrecasaca trazida pelo criado.

— Aonde vai? — perguntou Iáchvin. — Aí está a troica — acrescentou, ao ver a carruagem que chegava.

— À cavalariça, mas ainda preciso falar com Briánski a respeito dos cavalos — disse Vrónski.

De fato, Vrónski prometera ir à casa de Briánski, a dez verstas[14] de Petersburgo, e levar-lhe o dinheiro pelos cavalos; e desejava ter tempo de ir lá, também. Mas seus camaradas logo compreenderam que Vrónski não iria apenas lá.

Petrítski, continuando a cantar, piscou os olhos e projetou os lábios para a frente, como se dissesse: sabemos muito bem que Briánski é esse.

— Preste atenção, não se atrase! — disse Iáchvin, apenas, e para mudar de assunto: — E o meu cavalo baio, tem servido a contento? — perguntou, olhando pela janela para o cavalo de carga que ele vendera a Vrónski.

---

14 Em russo, *verstá*: medida russa equivalente a 1,06 km.

— Espere! — gritou Petrítski para Vrónski, que já saía. — Seu irmão deixou uma carta e um bilhete para você. Espere, onde pus?

Vrónski deteve-se.

— Muito bem, onde estão?

— Onde estão? Eis a questão! — disse Petrítski em tom solene, com o dedo indicador apontado para a parte de cima do nariz.

— Vamos, diga logo, deixe de besteira! — disse Vrónski, sorrindo.

— Não acendi a estufa. Está aqui, em algum lugar.

— Vamos, chega, meu amigo! Onde está a carta?

— Mas é verdade, eu me esqueci. Ou será que tive um sonho? Espere, espere! Para que se zangar? Se você tivesse bebido quatro garrafas sozinho, como bebi ontem, também esqueceria onde pôs. Espere, agora eu me lembro!

Petrítski passou para o outro lado do tabique e deitou-se na própria cama.

— Espere! Eu estava deitado assim, e ele estava ali de pé. Sim, sim, sim... Aqui está! — E Petrítski puxou a carta de sob o colchão, onde a havia escondido.

Vrónski tomou a carta e o bilhete do irmão. Era exatamente o que esperava — uma carta da mãe com recriminações por ele não ter ido vê-la e um bilhete do irmão, no qual dizia que precisavam conversar. Vrónski sabia que tudo isso era pelo mesmo motivo. "O que têm eles a ver com o assunto?", pensou e, depois de amassar as cartas, enfiou-as entre os botões da sobrecasaca para ler com atenção, na estrada. Na saída da isbá, dois oficiais vieram ao seu encontro: um deles, do seu regimento.

Os aposentos de Vrónski sempre serviam de local de reunião para todos os oficiais.

— Aonde vai?

— Tenho de ir a Peterhof.

— E a égua, já chegou de Tsárkoie?

— Já, mas eu nem a vi, ainda.

— Dizem que o Gladiador de Makhótin começou a mancar.

— Bobagem! Mas como vocês vão correr no meio dessa lama? — perguntou o outro oficial.

— Aí estão os meus salvadores! — gritou Petrítski, ao ver os recém-chegados, diante dos quais o criado servia, numa bandeja, vodca e pepino em conserva. — Vejam, o Iáchvin mandou que eu bebesse para me revigorar.

— Mas que noite você nos aprontou ontem — disse um dos recém-chegados. — Não pegamos no sono a noite inteira.

— Ora, se soubessem como a terminamos! — contou Petrítski. — Vólkov subiu no telhado e disse que estava triste. Aí eu falei: música, a marcha fúnebre! Ele pegou no sono, no telhado, ao som da marcha fúnebre.

— Beba tudo, beba a vodca todinha, até a última gota, e depois soda com muito limão — disse Iáchvin, junto a Petrítski, como uma mãe que obriga um menino a tomar o seu remédio —, e depois ainda um bocadinho de champanhe, uma garrafinha só.

— Isto é que é ser inteligente. Espere, Vrónski, vamos beber.

— Não, até logo, senhores, hoje não bebo.

— Por quê, teme ganhar peso? Pois bem, beberemos sozinhos. Traga a soda com limão.

— Vrónski! — gritou alguém, quando já saía.

— O que foi?

— Devia cortar o cabelo, você tem um cabelo muito pesado, sobretudo na careca.

Vrónski, de fato, começava prematuramente a ficar calvo. Soltou uma risada alegre, pondo à mostra seus dentes perfeitos e, depois de colocar o gorro sobre a calva, saiu e sentou-se na carruagem.

— Para a cavalariça! — ordenou, e fez menção de pegar as cartas para lê-las com atenção, mas depois mudou de ideia, para não se distrair antes de examinar a sua égua. "Mais tarde!..."

XXI

A cavalariça provisória era um barracão de tábuas construído ao lado do hipódromo e deviam ter levado sua égua para lá no dia anterior. Ele ainda não a vira. Nos últimos dias, em vez de sair ele mesmo a passear com ela, incumbiu o treinador de fazê-lo e agora não sabia com segurança que condição havia alcançado sua montaria e como ela estava. Vrónski mal havia saltado do veículo quando o seu cavalariço (o *groom*, assim chamavam o garoto), ao reconhecer ainda de longe a carruagem, mandou chamar o treinador. O inglês magro, de botas altas e jaqueta curta, com apenas um tufo de pelos na ponta do queixo, saiu a seu encontro no passo desajeitado dos jóqueis, bamboleando-se e abrindo os cotovelos.

— E então, como está a Fru-Fru? — perguntou Vrónski, em inglês.

— *All right, Sir*[15] — proferiu a voz do inglês em algum ponto na parte interna da garganta. — É melhor não entrar — acrescentou, levantando o chapéu. — Pus nela uma focinheira e está agitada. É melhor não entrar, pode ficar nervosa.

— Não, vou entrar mesmo assim. Quero dar uma olhada.

---

15 Inglês: "tudo bem, senhor".

— Vamos — disse o inglês, de cenho franzido, sem sequer abrir a boca e, meneando os cotovelos, caminhou à frente, com seu passo desengonçado.

Entraram no pequeno pátio diante do barracão. O menino de serviço, elegante, garboso, de japona limpa, com uma vassoura na mão, recebeu os dois e os seguiu. No barracão, havia cinco cavalos, cada um em sua baia, e Vrónski sabia que seu principal rival, o alazão Gladiador, de Makhótin, fora trazido nesse dia e estava ali. Mais do que a própria égua, Vrónski estava interessado em ver o Gladiador, que nunca vira; mas Vrónski sabia que, pelas normas éticas das corridas de cavalos, não só não podia vê-lo como era condenável até perguntar a respeito do animal. Na hora em que caminhava pelo corredor, o menino abriu a porta da segunda baia à esquerda e Vrónski entreviu um possante cavalo ruivo e as pernas brancas. Logo entendeu que se tratava do Gladiador, mas, com o sentimento de um homem que abriu uma carta endereçada a outra pessoa, virou-se e seguiu para a baia de Fru-Fru.

— Está aqui o cavalo de Ma... Ma... Não consigo pronunciar esse nome — disse o inglês por cima do ombro, apontando com a unha grande e suja de lama para o grande Gladiador.

— Makhótin? Sim, é o meu mais sério rival — disse Vrónski.

— Se o senhor o montasse — comentou o inglês —, apostaria no senhor.

— Fru-Fru é mais nervosa; já ele é mais forte — respondeu Vrónski, sorrindo ante o elogio à sua habilidade de cavaleiro.

— Numa corrida de obstáculos, tudo depende da habilidade do cavaleiro e do *pluck* — afirmou o inglês.

Pluck significava energia e audácia e Vrónski não apenas sentia em si uma abundância dessa qualidade como também, o que era muitíssimo mais importante, tinha a firme convicção de que não havia no mundo ninguém com mais *pluck* do que ele.

— O senhor tem certeza de que não seria preciso mais exercícios?

— Não é preciso — respondeu o inglês. — Por favor, não fale alto. Perturba o animal — acrescentou, meneando a cabeça na direção da baia fechada, diante da qual estavam parados e onde se ouvia o movimento das patas que mudavam de posição sobre a palha.

Ele abriu a porta e Vrónski entrou na baia escassamente iluminada por uma janelinha. Na baia, movendo as patas sobre a palha fresca, estava uma égua castanho-escura, de focinheira. Depois de acostumar os olhos à penumbra da baia, Vrónski, mais uma vez e de forma involuntária, avaliou numa visão geral o porte da sua adorada égua. Fru-Fru era de altura mediana e, no todo, não isenta de defeitos. Tinha as costas muito estreitas; embora o esterno se projetasse com força para a frente, o peito era estreito. A garupa era um pouco rebaixada e as patas dianteiras e sobretudo as traseiras eram nitidamente cambaias. Os músculos das pernas traseiras e dianteiras não eram especialmente robustos; em compensação, o dorso era extraordinariamente largo, o que chamava a atenção especialmente agora, quando tinha a barriga mais magra em razão dos exercícios. Os ossos das pernas abaixo do joelho pareciam não ter sequer a espessura de um dedo, olhando de frente; em compensação eram excepcionalmente largos, olhando de lado. Toda ela, com exceção das costelas, parecia como que estrangulada pelos flancos e esticada pelas pontas. Mas sua principal qualidade era o *sangue*, aquele sangue que *se faz sentir*, segundo a expressão inglesa. Os músculos, que sobressaíam abruptos sob a rede de veias que se alastrava na pelagem fina, movediça e lisa como cetim, pareciam sólidos como osso. A cabeça magra, com os olhos proeminentes, cintilantes e vivazes, se alargava no focinho e nas narinas dilatadas, com a mucosa sumarenta de sangue. Toda a sua figura e, em especial, a sua cabeça tinham uma expressão de vigor e, ao mesmo tempo, de ternura. Era um desses animais que pareciam não falar só porque a constituição mecânica da boca não permitia.

Pelo menos, Vrónski tinha a impressão de que a égua compreendia tudo o que ele sentia, agora, ao vê-la.

Assim que Vrónski se aproximou, ela respirou fundo e, revirando seu olho proeminente de modo que a parte branca se injetou de sangue, olhou para os homens pelo lado oposto, sacudindo a focinheira enquanto, com movimentos flexíveis, mudava o peso do corpo de uma perna para outra.

— Ora, aí está, veja o senhor mesmo como está agitada — disse o inglês.

— Ô minha querida! Ô! — disse Vrónski, aproximando-se do animal e tranquilizando-o. Mas, quanto mais perto chegava, mais ela se agitava. Apenas quando se aproximou da cabeça, a égua de repente se acalmou e seus músculos puseram-se a tremer sob o pelo fino e macio. Vrónski acariciou o pescoço vigoroso, ajeitou sobre a cernelha pronunciada uma mecha da crina que tombara para o outro lado e aproximou o rosto das narinas dilatadas, finas, como asas de morcego. Ela resfolegou ruidosamente e soltou o ar através das narinas tensas, depois de um tremor, contraiu a orelha pontuda e distendeu o beiço negro e vigoroso na direção de Vrónski, como se quisesse puxá-lo pela manga. Porém, lembrando-se da focinheira, ela a sacudiu e, de novo, pôs-se a mover as perninhas afiladas, uma de cada vez.

— Calma, minha querida, calma! — disse ele, ainda acariciando a garupa com a mão e, satisfeito por constatar que a égua estava em sua melhor forma, saiu da baia.

A agitação do animal também contagiou Vrónski; ele sentia que o sangue afluía ao seu coração e que, a exemplo da égua, lhe vinha uma gana de movimentar-se, de morder; era ao mesmo tempo assustador e prazeroso.

— Pois bem, então conto com o senhor — disse para o inglês —, às seis e meia, na pista.

— Em ponto — respondeu o inglês. — E o senhor, aonde vai, milorde? — perguntou, empregando de forma inesperada o tratamento *my-lord*, que quase nunca usava.

Vrónski levantou a cabeça com surpresa e olhou, como sabia olhar, não para os olhos, mas para a testa do inglês, admirando-se com a audácia da pergunta. Porém, entendendo que o inglês, ao fazer a pergunta, o encarava não como um patrão, mas como um jóquei, respondeu:

— Tenho de ir à casa de Briánski, em uma hora estarei de volta.

"Quantas vezes já me fizeram hoje esta mesma pergunta!", disse para si mesmo e ruborizou-se, o que raramente lhe acontecia. O inglês fitou-o atentamente. E como se soubesse aonde iria Vrónski, acrescentou:

— O principal é manter a calma antes de uma corrida — disse ele. — Não ficar de mau humor e não se perturbar com nada.

— *All right* — respondeu Vrónski, sorrindo e, após embarcar de um salto na carruagem, mandou seguir para Peterhof.

Mal havia percorrido alguns passos, baixaram as nuvens que desde a manhã ameaçavam chuva e desabou um aguaceiro.

"Péssimo!", pensou Vrónski, desdobrando a capota da carruagem. "Se antes já estava um lamaçal, agora vai ficar um verdadeiro pântano." No isolamento da carruagem coberta pela capota, ele pegou a carta da mãe e o bilhete do irmão e leu de ponta a ponta.

Sim, era sempre a mesma coisa. Todos, a mãe, o irmão, todos julgavam necessário intrometer-se nos seus assuntos afetivos. Tal intromissão despertava nele um rancor — sentimento que raramente experimentava. "O que têm eles a ver com isso? Por que todos acham que é seu dever preocupar-se comigo? E por que me importunam? Simplesmente porque percebem que se trata de algo que não conseguem compreender. Se fosse a costumeira ligação mundana e vulgar, me deixariam em paz. Percebem que se trata de outra coisa, que não é uma diversão, que essa mulher é mais preciosa para mim do que a própria vida. E isso é incompreensível e portanto os aborrece. Qualquer que seja ou venha a ser o nosso destino, somos nós que o fazemos, e não nos lamentamos", disse consigo, unindo-se a Anna na palavra "nós". "Não, eles têm de nos ensinar como viver. Não fazem a menor ideia do que é a felicidade, ignoram que sem esse amor não existe, para nós, nem felicidade, nem infelicidade — não existe vida", pensou.

Irritava-se contra todos por sua intromissão exatamente porque sentia, no fundo, que eles, todas aquelas pessoas, tinham razão. Sentia que o amor que o ligava a Anna não era um entusiasmo momentâneo que passaria, como passam as relações mundanas, sem deixar outros vestígios na vida de um e de outro senão lembranças agradáveis ou desagradáveis. Sentia todo o tormento da situação, dele e de Anna, tão expostos aos olhos de toda a sociedade, sentia toda a dificuldade que havia, para eles, de esconder seu amor, de mentir e de enganar; e mentir, enganar, usar de astúcia e pensar constantemente nos outros, quando a paixão que os unia era tão forte que ambos esqueciam tudo, exceto o seu amor.

Vrónski lembrou-se com nitidez de todas aquelas repetidas e frequentes circunstâncias em que se faziam indispensáveis a mentira e o logro, tão contrários à sua natureza; lembrou-se com especial nitidez do sentimento de vergonha que percebeu em Anna, mais de uma vez, por causa dessa necessidade de enganar e de mentir. E Vrónski experimentou o estranho sentimento que às vezes se manifestava nele, desde o começo de sua ligação com Anna. Tratava-se de um sentimento de repugnância, não sabia a quê: talvez a Aleksei Aleksándrovitch, ou a si mesmo, quem sabe a todo o mundo — ele não sabia ao certo. Mas sempre rechaçava esse sentimento estranho. E agora, após desvencilhar-se dele, continuou a seguir o fio dos seus pensamentos.

"Sim, antes ela era infeliz, mas orgulhosa e serena; agora, não pode ser serena e honrada, embora não o demonstre. Sim, isto tem de acabar", resolveu consigo mesmo.

E pela primeira vez lhe veio à mente uma ideia clara de que era preciso pôr fim a essa mentira, e quanto antes, melhor. "Abandonarmos tudo, ela e eu, e nos escondermos em algum lugar, sozinhos com o nosso amor", disse para si.

XXII

O aguaceiro durou pouco e quando Vrónski se aproximava, com o cavalo do meio da troica impelindo, a pleno galope, os dois outros cavalos que desabalavam à rédea solta sobre a lama, o sol emergiu de novo e os telhados das datchas, bem como as velhas tílias dos jardins de ambos os lados da via principal, reluziram com um brilho molhado, os ramos gotejavam alegremente e dos telhados escorria água. Ele já não pensava em como esse aguaceiro prejudicaria a pista de corridas e agora, em vez disso, se alegrava porque, graças à chuva, certamente ela estaria em casa e sozinha, pois Vrónski sabia que Aleksei Aleksándrovitch, que voltara pouco antes de uma estação de águas no exterior, ainda não partira de Petersburgo.

Contando encontrá-la sozinha, Vrónski, como sempre fazia a fim de chamar o mínimo de atenção, saltou da troica antes de cruzar a pontezinha e seguiu a pé. Não entrou pela varanda, na frente da casa, mas pelo pátio dos fundos.

— O patrão chegou? — perguntou ao jardineiro.

— Ainda não. A patroa está em casa. Mas o senhor, por gentileza, entre pela frente; tem gente lá, vão abrir para o senhor — respondeu o jardineiro.

— Não, vou entrar pelo jardim.

E, seguro de que Anna estava sozinha e querendo surpreendê-la, pois não prometera vir nesse dia e ela, sem dúvida, não pensava que ele viria antes da corrida, Vrónski avançou, segurando o sabre para não tilintar e pisando com cuidado sobre a areia da vereda, margeada de flores, rumo à varanda que dava para o jardim. Agora, Vrónski esquecera tudo o que havia pensado no caminho sobre o fardo e as dificuldades da situação deles. Só pensava que logo veria Anna, não apenas na imaginação, mas viva, completa, como era na realidade. Ele já entrava, pisando com a planta do pé inteira, para não provocar rangidos, nos degraus inclinados da escadinha da varanda, quando de repente se lembrou daquilo que sempre esquecia e que constituía o aspecto mais doloroso de sua relação com Anna — o filho dela, com seu olhar questionador e hostil, ou pelo menos assim lhe parecia.

Com mais constância do que qualquer outra pessoa, o menino era um obstáculo para as suas relações. Quando estava ali, tanto Vrónski quanto Anna não se permitiam falar algo que não pudessem repetir diante de todos e nem sequer falar por meio de alusões que o menino não conseguiria entender. Nada haviam combinado, mas estabeleceu-se entre eles que seria assim. Considerariam ofensivo a si mesmos enganar aquela criança. Diante do menino, conversavam como dois conhecidos. Porém, apesar dessa cautela, Vrónski não raro notava o olhar atento e perplexo do garoto concentrado sobre ele e um estranho acanhamento, uma hesitação, ora uma ternura, ora uma frieza e uma timidez, na atitude do menino com relação a ele. Como se a criança sentisse que entre aquele homem e a sua mãe existia uma relação importante cujo significado ele não conseguia compreender.

De fato, o menino sentia que não conseguia compreender essa relação, esforçava-se e não conseguia atinar que sentimento devia ter a respeito desse homem. Com a sensibilidade de uma criança para toda manifestação de sentimentos, via claramente que o pai, a governanta, a babá — todos não só não gostavam de Vrónski como olhavam para ele com repugnância e temor, embora nada dissessem a seu respeito, ao passo que a mãe o olhava como o melhor amigo.

“O que isso quer dizer? Quem é ele? De que modo devo gostar desse homem? Se não entendo, é culpa minha, ou sou burro, ou sou um mau menino” — pensava; e daí lhe vinha a expressão perscrutadora e inquisitiva, em parte hostil, e também a timidez, a hesitação, que tanto constrangiam Vrónski. A presença do menino sempre e invariavelmente provocava em Vrónski aquele sentimento estranho de uma repulsa sem motivo, que ultimamente experimentava. A presença do menino provocava em Vrónski e em Anna um sentimento semelhante ao de um navegador que verifica na bússola a direção em que se desloca rapidamente e vê que se desvia para muito longe do rumo certo, mas não tem meios de deter o movimento que, a cada minuto, o afasta mais e mais da direção devida, e admitir para si o desvio é o mesmo que admitir sua perdição.

O menino, com o seu olhar ingênuo para a vida, era a bússola que lhes mostrava o grau do seu desvio daquilo que eles sabiam, mas não queriam saber.

Mas dessa vez Serioja não estava em casa, Anna estava completamente só, sentada na varanda, à espera do regresso do filho, que saíra para passear e fora surpreendido pela chuva. Anna mandara um homem e uma moça procurá-lo e aguardava, sentada. Num vestido branco, de largos bordados, estava sentada no canto da varanda, por trás das flores, e não percebeu a chegada de Vrónski. Com a cabeça inclinada, de cabelos pretos e cacheados, Anna premia a testa contra um regador frio que estava sobre a balaustrada e, nas duas lindas mãos, com os anéis que Vrónski tão bem conhecia, segurava o regador. A beleza de toda a sua figura, da cabeça, do pescoço, dos braços, sempre impressionava Vrónski como uma surpresa. Deteve-se, olhando para ela, admirado. Mas tão logo quis dar um passo para aproximar-se de Anna, ela se deu conta da sua presença, afastou-se bruscamente do regador e voltou para ele seu rosto afogueado.

— O que tem a senhora? Está doente? — perguntou em francês, caminhando para ela. Quis chegar perto de Anna; mas, lembrando que podia haver estranhos, olhou para trás, na direção da porta da sacada, e ruborizou-se, como sempre se ruborizava, ao sentir que devia recear e manter-se alerta.

— Não, estou bem — respondeu Anna, levantando-se e apertando com força a mão que Vrónski lhe estendeu. — Não esperava... você.

— Meu Deus! Que mãos frias! — disse ele.

— Você me assustou — respondeu. — Estava sozinha e esperava Serioja, que foi dar um passeio; eles virão dessa direção.

Porém, embora tentasse ficar tranquila, os lábios de Anna tremiam.

— Perdoe-me por ter vindo, mas não podia passar o dia inteiro sem ver a senhora — prosseguiu em francês, como sempre falava, a fim de evitar o tratamento intoleravelmente frio, entre eles, do pronome russo "vi", da segunda pessoa do plural, bem como o perigoso "ti", da segunda pessoa do singular.

— Para que desculpar-se? Estou tão contente!

— Mas a senhora está doente, ou aflita — continuou Vrónski, sem soltar a mão de Anna e curvando-se sobre ela. — Em que pensava?

— Sempre na mesma coisa — respondeu, com um sorriso.

Dizia a verdade. Sempre, a qualquer momento que lhe perguntassem no que pensava, ela poderia, sem engano, responder: numa só coisa, na nossa felicidade e na nossa infelicidade. E exatamente agora, quando ele a surpreendeu, pensava no seguinte: por que para as outras, para Betsy, por exemplo (Anna conhecia a relação de Betsy com Tuchkiévitch, oculta para a sociedade), tudo isso era fácil e, para ela, tão torturante? Nesse dia, por vários motivos, esse pensamento a atormentava de forma especial. Perguntou-lhe sobre a corrida. Ele respondeu e, vendo que Anna estava agitada, tentou distraí-la, passou a contar pormenores dos preparativos para a corrida, no tom mais natural do mundo.

"Conto ou não conto?", pensou ela, fitando os olhos serenos e carinhosos de Vrónski. "Está tão feliz, tão entusiasmado com a sua corrida, que não entenderá da forma correta, não entenderá toda a importância desse fato para nós."

— Mas a senhora não disse no que pensava quando cheguei — perguntou Vrónski, interrompendo seu relato. — Por favor, conte!

Anna não respondeu e, depois de inclinar um pouco a cabeça, fitou-o de soslaio com olhos que brilhavam por trás dos cílios compridos. A mão, que brincava com uma folha arrancada, tremia. Vrónski notou-o e seu rosto expressou aquela submissão, aquela devoção de escravo, que tanto a cativava.

— Percebo que aconteceu alguma coisa. Acaso eu poderia ter um minuto de paz sabendo que a senhora tem um desgosto que eu não compartilho? Conte, pelo amor de Deus! — repetiu, em tom de súplica.

"Sim, eu não o perdoarei se ele não compreender toda a importância do que aconteceu. É melhor não contar, para que arriscar?", refletia Anna, enquanto olhava para ele e sentia que sua mão com a folha tremia cada vez mais.

— Pelo amor de Deus! — repetiu Vrónski, depois de segurar a mão dela.

— Devo contar?

— Sim, sim, sim...

— Estou grávida — disse, em voz baixa e vagarosa.

A folha na mão estremeceu mais forte ainda, mas ela não desviou seu olhar de Vrónski a fim de verificar como recebia a notícia. Ele empalideceu, fez menção de falar, mas se deteve, soltou a mão de Anna e baixou a cabeça. "Sim, ele compreendeu toda a importância do fato", pensou, e apertou sua mão com gratidão.

Mas estava enganada em pensar que ele recebia a notícia da mesma forma que ela, uma mulher. Vrónski, ao ouvir a notícia, sentiu com força decuplicada um acesso daquele estranho sentimento de repugnância a alguém, que às vezes lhe ocorria; mas ao mesmo tempo entendeu que a crise que ele desejava havia afinal começado, que não era mais possível esconder do marido e era imprescindível, de um modo ou de outro, romper rapidamente com essa situação antinatural. Contudo, além disso, a agitação física de Anna contagiou Vrónski. Voltou para ela o olhar comovido, submisso, beijou sua mão, levantou-se e, em silêncio, pôs-se a andar pela varanda.

— Sim — disse, aproximando-se dela, resoluto. — Nem eu nem a senhora encarávamos nossas relações como uma diversão e agora o nosso destino está decidido. É imprescindível pôr um fim — disse, olhando em redor — a esta mentira em que vivemos.

— Pôr um fim? Como pôr um fim, Aleksei? — perguntou Anna, em voz baixa. Agora, Anna se acalmara e seu rosto brilhava com um sorriso terno.

— Deixar o marido e unirmos nossas vidas.

— Elas já estão unidas — retrucou Anna, com voz quase inaudível.

— Sim, mas completamente, completamente.

— Mas de que modo, Aleksei, me explique? — pediu ela, num tom de melancólica zombaria a respeito da sua situação sem saída. — Acaso existe saída para esta situação? Não sou a esposa do meu marido?

— Para toda situação existe uma saída. É preciso decidir-se — afirmou Vrónski. — Qualquer coisa é melhor do que a situação em que você vive. Eu bem vejo como você se tortura por tudo, pela sociedade, pelo filho, pelo marido.

— Ah, não por meu marido — retrucou, com um sorriso singelo. — Não o conheço, não penso nele. Não existe.

— Você não está falando com sinceridade. Eu a conheço. Você se tortura também por ele.

— Mas se ele nem mesmo sabe — disse Anna, e de repente um forte rubor cobriu seu rosto; as faces, a testa, o pescoço ruborizaram-se e lágrimas de vergonha surgiram nos olhos. — Mas não vamos falar sobre ele.

XXIII

Vrónski já tentara diversas vezes, embora não de forma tão resoluta como agora, levar Anna a discutir sua situação, e sempre esbarrava contra a mesma superficialidade e leviandade de julgamento com que ela respondera à sua exortação. Como se houvesse nisso algo que ela não podia ou não queria tornar claro para si, como se, assim que começava a falar do assunto, Anna, a verdadeira Anna, se recolhesse para algum lugar dentro de si e uma outra tomasse o seu lugar, uma mulher estranha, alheia, que Vrónski não amava, temia, e que lhe oferecia resistência. Mas nesse dia ele resolveu dizer-lhe tudo.

— Saiba ele ou não — retrucou Vrónski, no seu tom firme e sereno de costume —, saiba ele ou não, isso em nada nos afeta. Não podemos... a senhora não pode permanecer assim, sobretudo agora.

— Mas o que fazer, na opinião do senhor? — perguntou Anna, com a mesma zombaria leviana. Ela, que tanto temia que Vrónski não recebesse com seriedade a notícia da sua gravidez, agora se desgostava por ele daí concluir a necessidade de tomar uma providência séria.

— Contar tudo para ele e deixá-lo.

— Muito bem; vamos supor que eu faça isso — respondeu Anna. — O senhor sabe o que daí resultará? Posso relatar tudo com antecedência. — E uma luz cruel reluziu em seus olhos, tão meigos um minuto antes. — "Ah, a senhora ama um outro e estabeleceu com ele uma relação criminosa? (Fazendo-se passar pelo marido, fez o mesmo que Aleksei Aleksándrovitch, pôs ênfase na palavra 'criminosa'.) Eu preveni a senhora quanto às consequências nos aspectos religioso, civil e familiar. A senhora não me deu ouvidos. Agora não posso entregar meu nome à desonra..." — nem entregar o meu filho, quis dizer Anna, mas com o filho ela não conseguia fazer ironias... — "meu nome à desonra", e outras coisas do mesmo tipo — acrescentou. — Em termos gerais, ele dirá, com seu jeito de homem de Estado, com toda a clareza e precisão, que ele não pode me deixar partir, mas tomará as medidas a seu alcance para evitar o escândalo. E executará, com calma, com apuro, aquilo que diz. Eis o que vai acontecer. Não é um homem, mas uma máquina, e uma máquina cruel quando se enfurece — acrescentou ela, enquanto se lembrava de Aleksei Aleksándrovitch em todos os pormenores da sua figura, da sua maneira de falar e do seu caráter, incriminando o marido por tudo de ruim que nele conseguia encontrar, sem perdoá-lo em nada, por causa da terrível falta de que era culpada perante ele.

— Mas, Anna — disse Vrónski, com voz persuasiva e suave, na tentativa de acalmá-la —, seja como for, é preciso contar a ele, e depois procederemos conforme o que ele fizer.

— O quê, então? Fugir?

— E por que não fugir? Não vejo nenhuma possibilidade de continuar isto. E não por mim: vejo como a senhora sofre.

— Sim, fugir, e fazer de mim a amante do senhor? — disse, em tom acerbo.

— Anna! — exclamou Vrónski, em terna censura.

— Sim — prosseguiu ela —, tornar-me a amante do senhor e perder tudo...

Quis de novo dizer: o filho, mas não conseguia pronunciar essa palavra.

Vrónski não podia entender como ela, com toda a sua natureza forte e pura, conseguia suportar essa situação de falsidade e não desejava escapar disso; mas ele nem de longe imaginava que a causa principal estava na palavra "filho", que Anna não conseguia pronunciar. Quando ela pensava no filho e na futura atitude do menino a respeito da mãe que abandonara o pai dele, lhe vinha um tamanho horror por aquilo que fizera que não conseguia raciocinar e, como mulher, apenas tentava acalmar-se com palavras e pensamentos enganosos, para tudo manter-se como antes e para esquecer, se possível, a terrível questão do que aconteceria com o seu filho.

— Eu perdoo você, suplico a você — disse ela, de súbito, num tom de todo diferente, sincero e meigo, depois de segurar a mão de Vrónski —, nunca fale comigo sobre isso!

— Mas, Anna...

— Nunca. Deixe-me decidir sozinha. Sei de toda a baixeza, de todo o horror da minha situação; mas resolvê-la não é tão fácil quanto você pensa. Deixe-me decidir e me obedeça. Nunca fale comigo sobre esse assunto. Promete?... Não, não: prometa!...

— Prometo tudo, mas não posso ficar em paz sobretudo depois do que você disse. Não posso ficar em paz quando você não pode estar em paz...

— Eu! — repetiu Anna. — Sim, às vezes isso me atormenta; mas vai passar, se você nunca falar comigo sobre o assunto. Só quando você fala a respeito, eu me atormento.

— Não compreendo — disse Vrónski.

— Eu sei — interrompeu ela —, sei como é penoso mentir, para a sua natureza pura, e me aflijo por você. Penso, muitas vezes, como você arruinou sua vida por mim.

— Eu estava agora pensando a mesma coisa — disse ele —, como você pôde, por minha causa, sacrificar tudo? Não posso me perdoar por você ser infeliz.

— Eu, infeliz? — disse ela, aproximando-se dele e fitando-o com um extasiado sorriso de amor. — Eu sou como uma pessoa faminta a quem deram o que comer. Talvez essa pessoa esteja com frio, e suas roupas estejam rasgadas, talvez sinta vergonha, mas infeliz não é. Eu, infeliz? Não, aqui está a minha felicidade...

Ela ouviu a voz do filho que voltava e, depois de lançar um rápido olhar através da varanda, levantou-se com ímpeto. Seu olhar inflamou-se com a chama já conhecida de Vrónski e, com um movimento rápido, Anna ergueu as mãos bonitas, cobertas de anéis, segurou-lhe a cabeça, fitou-o com um olhar demorado e, depois de aproximar seu rosto com lábios abertos e risonhos, beijou ligeiro sua boca e seus dois olhos, e afastou-se. Queria sair, mas ele a reteve.

— Quando? — perguntou Vrónski, num sussurro, olhando-a arrebatado.

— Hoje, à uma hora — murmurou ela e, com um suspiro pesado, seguiu adiante, no seu passo leve e rápido, ao encontro do filho.

A chuva apanhara Serioja no amplo jardim e ele e a babá se abrigaram sob o caramanchão.

— Bem, até logo — disse Anna para Vrónski. — Agora é preciso ir para a corrida. Betsy prometeu ir comigo.

Vrónski, depois de um rápido olhar para o relógio, partiu às pressas.

XXIV

Quando Vrónski olhou para o relógio na varanda da casa dos Kariênin, estava tão transtornado e absorto nos próprios pensamentos que viu o ponteiro no mostrador, mas não conseguiu entender que horas eram. Saiu pela estrada e dirigiu-se para a sua carruagem, pisando na lama com cuidado. Estava a tal ponto repleto de afeição por Anna que nem pensou que horas eram ou se teria tempo de ir à casa de Briánski. Como ocorre muitas vezes, restara a ele apenas a faculdade superficial da memória, que só registra o que se planejou fazer em seguida. Aproximou-se do seu cocheiro, que cochilava na boleia, à sombra já oblíqua de uma tília espessa, admirou-se com as oscilantes colunas de moscas que, do alto, atacavam os cavalos muito juntos uns dos outros e, depois de acordar o cocheiro, saltou para a carruagem e mandou tocar para a casa de Briánski. Só depois de percorrer umas sete verstas, Vrónski recobrou a razão o bastante para olhar o relógio e entender que eram cinco e meia e que estava atrasado.

Nesse dia, havia diversas corridas: a corrida da escolta imperial, depois a corrida de duas verstas para oficiais, a de quatro verstas e aquela em que ele ia competir. Podia chegar a tempo da sua corrida, mas, se fosse à casa de Briánski, chegaria em cima da hora para disputar a prova, e só depois que toda a corte já tivesse entrado. Isso não era bom. Mas dera a Briánski sua palavra de que iria à casa dele e por isso resolveu seguir em frente, ordenando ao cocheiro que não poupasse a troica.

Chegou à casa de Briánski, ficou lá cinco minutos e voltou a galope. Essa viagem rápida o acalmou. Tudo o que havia de penoso em suas relações com Anna, toda a incerteza que permanecera após a conversa entre ambos, tudo se apagou do seu pensamento; com prazer e ansiedade, pensava agora na corrida, pensava que, apesar de tudo, ainda chegaria a tempo e, de quando em quando, a expectativa da felicidade do encontro dessa noite inflamava uma chama radiosa na sua imaginação.

A sensação da corrida iminente o dominava cada vez mais, à medida que avançava e penetrava mais e mais na atmosfera das corridas, ultrapassando carruagens que vinham das datchas e de Petersburgo rumo ao hipódromo.

Em seu alojamento, já não havia ninguém: todos estavam nas corridas e seu criado o aguardava no portão. Enquanto se vestia, o criado lhe comunicou que já havia começado a segunda corrida, que muitos senhores tinham vindo perguntar por ele e que um garoto da cavalariça viera duas vezes.

Depois de trocar de roupa, sem nenhuma pressa (ele jamais se apressava nem perdia o autocontrole), Vrónski mandou que o levassem até o acampamento. Das barracas, já se podia avistar o mar de carruagens, de pedestres e de soldados em torno do hipódromo, e as tribunas que fervilhavam de gente. A segunda prova na certa estava em curso, pois, quando ele entrou no acampamento, ouviu a campainha. Ao aproximar-se da cavalariça, cruzou com o Gladiador de Makhótin, o alazão de pernas brancas, coberto por um xairel laranja com debruns azuis semelhantes a enormes orelhas, que estava sendo levado para o hipódromo.

— Onde está Kord? — perguntou ao cavalariço.

— Dentro da cavalariça, estão pondo a sela.

Na baia aberta, Fru-Fru já estava selada. Já iam retirá-la.

— Cheguei tarde?

— *All right! All right!* — exclamou o inglês. — Não se perturbe.

Vrónski mais uma vez percorreu com o olhar as formas magníficas e adoradas da égua, cujo corpo todo tremia, e, depois de conseguir com dificuldade dar as costas a esse espetáculo, saiu da cavalariça. Seguiu para as tribunas no momento mais propício para não atrair nenhuma atenção sobre si. A corrida de duas verstas estava no fim e todos os olhos estavam concentrados no cavaleiro da guarda, à frente, e no hussardo da guarda imperial, logo atrás, que fustigavam seus cavalos, já no fim de suas forças, e se aproximavam da linha de chegada. Do centro e de fora da pista, todos acorriam na direção da linha de chegada, e o grupo de soldados e oficiais da cavalaria da guarda manifestavam, em altos brados, a alegria com o triunfo do seu oficial e camarada. Vrónski, sem ser notado, penetrou no meio da multidão quase ao mesmo tempo que soou a campainha que deu por encerrada a corrida e o cavaleiro da guarda, alto, respingado de lama, que chegara em primeiro lugar, recurvado sobre a sela, soltou as rédeas do seu garanhão cinzento, escurecido pelo suor e muito ofegante.

O garanhão, cravando com esforço as patas no chão, reduziu a marcha acelerada do seu corpo volumoso e o oficial da cavalaria da guarda, como uma pessoa que desperta de um sono pesado, olhou à sua volta e sorriu com dificuldade. A multidão de conhecidos e de estranhos o cercou.

Vrónski evitava propositalmente a multidão de pessoas da elite e da alta sociedade que, discreta e livremente, se movimentava e trocava ideias diante dos pavilhões. Sabia que lá também estava Kariênina, além de Betsy, e a esposa do seu irmão e, intencionalmente, não se aproximava delas a fim de não se distrair. Porém, a todo instante, encontrava conhecidos que o detinham, relatavam detalhes das corridas anteriores e perguntavam por que se atrasara.

Na hora em que os competidores foram convocados à tribuna para a entrega dos prêmios e todos se voltaram para lá, o irmão mais velho de Vrónski, Aleksandr, um coronel com dragonas vistosas, de baixa estatura, um tipo robusto como o próprio Aleksei, porém mais bonito e corado, de nariz vermelho, rosto franco e de aspecto embriagado, aproximou-se dele.

— Você recebeu o meu bilhete? — perguntou. — Você nunca está em casa.

Aleksandr Vrónski, apesar da vida de farras e sobretudo de bebedeiras por que era afamado, era um perfeito cortesão.

Agora, ao falar com o irmão sobre assuntos extremamente desagradáveis, ciente de que os olhos de muitos podiam estar voltados na sua direção, assumiu um aspecto risonho, como se gracejasse com o irmão sobre coisas sem importância.

— Recebi e, francamente, não entendo por que você se preocupa — respondeu Aleksei.

— Preocupo-me porque ainda há pouco fui avisado de que você não estava aqui e, na segunda-feira, foi visto em Peterhof.

— Há assuntos que só dizem respeito às pessoas diretamente interessadas e este assunto que preocupa você é um deles...

— Sim, mas então não fique mais no Exército, não...

— Peço que não se intrometa, e chega.

O rosto franzido de Aleksei Vrónski tornou-se pálido e seu pronunciado maxilar inferior tremeu, o que raramente acontecia. Como homem de muito bom coração que era, raramente se irritava, mas, quando isso acontecia e quando seu queixo tremia, como bem sabia o irmão mais velho, ele se tornava perigoso. Aleksandr Vrónski sorriu jovial.

— Eu só queria entregar a carta da nossa mãezinha. Responda a ela e trate de não se perturbar antes da corrida. *Bonne chance*[16] — acrescentou, sorrindo, e afastou-se. Mas, logo depois, uma saudação amistosa deteve Vrónski.

— Não reconhece mais os amigos? Bom dia, *mon cher*![17] — exclamou Stiepan Arcáditch, que ali, em meio ao esplendor da sociedade de São Petersburgo, também brilhava, e não menos radiante do que em Moscou, com seu rosto corado e suas suíças lustrosas e penteadas. — Cheguei ontem e estou muito contente de poder assistir à sua vitória. Quando nos veremos?

— Venha amanhã ao refeitório dos oficiais — disse Vrónski e, depois de lhe apertar o braço por cima da manga do paletó, num gesto de desculpa, afastou-se rumo ao centro do hipódromo, para onde já levavam os cavalos que participariam da grande corrida de obstáculos.

Suados e exaustos, os cavalos que haviam corrido eram trazidos de volta pelos cavalariços e, um atrás do outro, surgiam os novos cavalos para a corrida seguinte, descansados, ingleses na maioria, com vendas nos olhos e os ventres

---

16 Francês: "boa sorte".

17 Francês: "meu caro".

encilhados, pareciam pássaros grandes e estranhos. Da direita, trouxeram a esguia beldade Fru-Fru, que, como que sobre molas, se movia sobre suas quartelas elásticas e bastante alongadas. Não distante dali, retiravam o xairel que cobria Gladiador, de orelhas pontudas. As formas vigorosas, fascinantes, perfeitamente proporcionais do garanhão, com a maravilhosa garupa e as quartelas extraordinariamente curtas, quase unidas aos cascos, atraíram de forma irresistível a atenção de Vrónski. Ele queria aproximar-se da sua égua, mas, de novo, um conhecido o deteve.

— Ah, lá está Kariênin! — disse o conhecido, com quem conversava. — Está à procura da esposa, mas ela está no meio da tribuna. O senhor não a viu?

— Não, não a vi — respondeu Vrónski e, sem sequer olhar para a tribuna onde lhe apontavam a presença de Kariênina, tomou a direção da sua égua.

Mal teve tempo de examinar a sela, à qual era preciso fazer ajustes, e já convocavam os competidores para as tribunas a fim de sortearem os números e darem a largada. Com rostos sérios, severos, pálidos muitos deles, dezessete oficiais reuniram-se junto às tribunas e tiraram os números. Coube a Vrónski o número sete. Ouviu-se: "Montar!".

Sentindo que ele, junto com os outros corredores, estava no centro para o qual convergiam todos os olhares, Vrónski, num estado de tensão que em geral o tornava tranquilo e vagaroso em seus movimentos, acercou-se da sua égua. Kord, para a solenidade da corrida, vestira seu traje de gala: sobrecasaca preta abotoada, colarinho engomado e alto, que escorava suas bochechas, chapéu preto de copa redonda e botas de montaria. Como sempre, estava calmo, imponente e, de pé ao lado da égua, segurava-a pelas duas rédeas. Fru-Fru continuava a tremer, como que febril. Seu olho cheio de fogo mirava de esguelha para Vrónski, que se aproximava. Ele correu o dedo por baixo da barrigueira. A égua fitou-o de esguelha com mais força ainda, arreganhou os dentes e contraiu a orelha. O inglês franziu os lábios, num sorriso que expressava sua surpresa por alguém duvidar da sua capacidade de selar um cavalo.

— Monte, vai sentir-se menos agitado...

Vrónski olhou uma última vez para os seus concorrentes. Sabia que, durante a prova, não os veria mais. Dois já tinham seguido na frente rumo à linha de largada. Gáltsin, um dos concorrentes perigosos e amigo de Vrónski, dava voltas em redor de um garanhão baio que não o deixava montar. O pequeno hussardo da guarda imperial, com calças de montaria apertadas, seguia a galope, arqueado sobre a garupa como um gato, no desejo de imitar os ingleses. O príncipe Kúzovliev, de rosto pálido, montava sua égua puro-sangue, do haras de Grabóvski, e um inglês a conduzia pelo cabresto. Vrónski e todos os seus camaradas conheciam Kúzovliev e sua peculiaridade, os nervos "fracos" e uma vaidade terrível. Sabiam que ele temia tudo, temia montar um cavalo impetuoso; porém, agora, exatamente por ser assustador, por poderem os cavaleiros quebrar o pescoço e junto a cada obstáculo haver um médico, uma ambulância com uma cruz costurada e uma irmã de caridade, ele resolveu competir. Seus olhares se cruzaram e Vrónski piscou o olho para ele, com simpatia e aprovação. Só não viu o seu principal concorrente, Makhótin, no Gladiador.

— Não se afobe — disse Kord para Vrónski —, e entenda uma coisa: não freie diante de um obstáculo e não a dirija, deixe que ela mesma decida o que vai fazer.

— Está bem, está bem — respondeu Vrónski, tomando as rédeas.

— Se possível, vá na frente da corrida; mas não se desespere até o último minuto, se o senhor estiver atrás.

A égua nem teve tempo de se mexer, enquanto Vrónski, com um movimento flexível e enérgico, apoiou o pé no estribo de aço decorado e, de modo leve e firme, alçou o corpo robusto sobre a sela de couro, que rangeu. Depois de enfiar o pé direito no estribo, ajeitou as rédeas duplas entre os dedos, com um gesto habitual, e Kord soltou as mãos. Como se não soubesse com que pata dar o primeiro passo, Fru-Fru, esticando as rédeas com o pescoço comprido, como que sobre molas, balançou o cavaleiro nas suas costas flexíveis. Kord, acelerando o passo, seguiu-o. A égua, nervosa, tentando enganar seu cavaleiro, puxava as rédeas ora para um lado, ora para o outro, e Vrónski tentava em vão tranquilizá-la com a voz e com a mão.

Já se aproximavam do riacho represado, a caminho da linha de largada. Muitos competidores estavam à frente, muitos outros atrás, quando Vrónski de repente ouviu às suas costas, sobre a pista de lama, o som do galope de um cavalo, e Makhótin ultrapassou-o com o seu Gladiador de pernas brancas e orelhas pontudas. Makhótin sorriu, pondo à mostra seus dentes compridos, mas Vrónski lançou-lhe um olhar irritado. Não gostava de Makhótin em absoluto, agora o considerava seu rival mais perigoso e se aborreceu por ele passar a galope ao seu lado e agitar sua égua. Fru-Fru levantou a pata esquerda para sair a galope, deu dois pulos e, irritando-se com as rédeas retesadas, passou para um trote saltitado, que impelia o cavaleiro para o alto. Kord também fechou a cara e quase corria atrás de Vrónski.

XXV

Os dezessete cavaleiros eram todos oficiais. A corrida devia ser disputada na grande pista de quatro verstas em forma elíptica, à frente das tribunas. Na pista, foram construídos nove obstáculos: um riacho, uma grande barreira maciça de dois *árchini*[18] bem em frente às tribunas, um fosso seco, um fosso com água, um declive acentuado, uma banqueta irlandesa (um dos obstáculos mais difíceis), que consistia em um aclive coberto de ramagens secas atrás do qual, invisível para os cavalos, havia um outro fosso, de modo que o animal devia saltar ambos os obstáculos de uma só vez ou então morrer; depois ainda havia mais dois fossos com água e um seco — e o fim da corrida era em frente às tribunas. Mas a corrida não começava na pista e sim ao seu lado, a cem braças, e nessa distância estava um primeiro obstáculo — um riacho represado de três *árchini* de largura, que os cavaleiros podiam atravessar de um salto ou cruzar a vau, como preferissem.

Por três vezes os cavaleiros se alinharam para a largada, mas sempre um dos cavalos se adiantava e era preciso voltarem à posição original. O fiscal da largada, o coronel Siéstrin, já começava a se irritar quando, enfim, pela quarta vez gritou: "Partir!" — e os cavaleiros largaram.

Todos os olhos, todos os binóculos estavam voltados para o aglomerado multicolorido dos cavaleiros no momento em que se alinhavam.

— Partiram! Lá vão eles! — ouviu-se de todos os lados, após o silêncio da expectativa. E grupos e pessoas isoladas puseram-se a correr de um lugar para o outro a fim de enxergar melhor. Já no primeiro minuto, o aglomerado de cavaleiros se estendeu e via-se como se aproximavam do riacho em pares, em trincas e um a um... Para os espectadores, parecia que todos galopavam juntos; mas, para os cavaleiros, havia segundos de diferença que tinham, para eles, uma importância enorme.

Fru-Fru, agitada e muito nervosa, desperdiçou os primeiros momentos e alguns cavalos tomaram lugar à frente dela, mas, ainda antes de alcançar o riacho, Vrónski, contendo com todas as forças a égua que puxava as rédeas, ultrapassou facilmente três adversários e à sua frente restou apenas o alazão Gladiador de Makhótin, que meneava a garupa em movimentos ligeiros e regulares, bem diante de Vrónski, e ainda à sua frente, liderando todos os competidores, a magnífica Diana, que levava Kúzovliev, mais morto que vivo.

Nos primeiros minutos, Vrónski não dominou a si nem a égua. Até o primeiro obstáculo — o riacho —, ele não conseguiu controlar os movimentos do animal.

Gladiador e Diana aproximaram-se juntos, quase no mesmo momento: a um só tempo, transpuseram o riacho e saltaram para o lado oposto; velozmente, como se voasse, Fru-Fru lançou-se atrás deles, mas, no exato momento em que Vrónski se sentiu no ar, viu, quase sob as patas da sua égua, Kúzovliev, que se deba-

---

18 *Árchin*: medida russa equivalente a 71 cm.

tia junto com Diana na outra margem do riacho. (Kúzovliev soltara as rédeas após o salto e a égua o arremessara voando por cima da cabeça.) Esses pormenores, Vrónski veio a saber mais tarde, agora apenas percebeu que, bem embaixo dele, no local onde Fru-Fru iria pôr as patas, podia estar a perna ou a cabeça de Diana. Mas Fru-Fru, como uma gata ao cair, fez um esforço com as pernas e com as costas, em pleno salto, esquivando-se da égua, e impeliu seu corpo um pouco mais à frente.

"Ah, querida!", pensou Vrónski.

Depois do riacho, Vrónski dominou por completo sua montaria e passou a contê-la, no intuito de transpor a grande barreira atrás de Makhótin e só tentar ultrapassá-lo no terreno de umas duzentas braças, sem obstáculos, que se estendia logo depois.

A grande barreira situava-se bem em frente à tribuna do tsar. O soberano, e toda a corte, e também a multidão do povo — todos olhavam para eles — para Vrónski e para Makhótin, à distância de um corpo à sua frente, quando se aproximavam do "demônio" (assim chamavam a barreira maciça). Vrónski sentia os olhos voltados para ele, de todos os lados, mas nada via senão as orelhas e o pescoço da sua égua, a terra que corria ao seu encontro, a garupa e as pernas brancas do Gladiador, que meneavam numa cadência acelerada à sua frente e se mantinham sempre e exatamente à mesma distância. O Gladiador se alçou no ar, sem haver tocado em nada, abanou a cauda curta e desapareceu do campo de visão de Vrónski.

— Bravo! — exclamou uma voz.

No mesmo instante, diante dos olhos de Vrónski, bem à sua frente, ergueram-se as tábuas da barreira. Sem a menor alteração em seus movimentos, a égua alçou-se ao ar embaixo de Vrónski; as tábuas se ocultaram e apenas algo bateu, atrás. Inflamada por Gladiador que corria à sua frente, a égua lançou-se ao ar cedo demais ante a barreira e esbarrou com a pata traseira. Mas sua marcha não se alterou e Vrónski, que sentira no rosto um salpico de lama, entendeu que estava de novo à mesma distância do Gladiador. Via de novo à sua frente a garupa, a cauda curta e de novo as pernas brancas que se moviam depressa e não se distanciavam dele.

No mesmo momento em que Vrónski pensou que era preciso ultrapassar Makhótin, a própria Fru-Fru, que já havia compreendido isso desde antes, acelerou sensivelmente, sem o menor estímulo do seu cavaleiro, e começou a aproximar-se de Makhótin pelo lado mais propício, o lado da corda. Makhótin não lhe deu passagem por esse lado. Vrónski mal havia raciocinado que também poderia ultrapassá-lo por fora quando Fru-Fru mudou de direção e tentou ultrapassá-lo exatamente desse modo. As espáduas de Fru-Fru, que já começavam a escurecer de suor, alcançaram a garupa de Gladiador. Os dois correram lado a lado por algumas passadas. Mas, antes do obstáculo de que se aproximavam, Vrónski, a fim de evitar o lado em que a curva era mais aberta, começou a forçar as rédeas e, rápido, exatamente no declive, ultrapassou Makhótin. De passagem, viu o rosto do adversário salpicado de lama. Teve até a impressão de que ele sorriu. Vrónski ultrapassou Makhótin, mas o pressentia logo atrás, junto dele, e ouvia sem cessar, bem às suas costas, o galope regular e a respiração entrecortada, mas sem o menor sinal de cansaço, das narinas do Gladiador.

Os dois obstáculos seguintes, o fosso e uma barreira, foram vencidos com facilidade, mas Vrónski começou a ouvir mais próximos o bufo e o galope do Gladiador. Instigou a égua e, com alegria, percebeu que ela acelerava o passo, e o som dos cascos do Gladiador passou de novo a ser ouvido na mesma distância de antes.

Vrónski liderava a corrida — exatamente o que ele queria e o que lhe recomendara Kord, e agora estava seguro da vitória. A sua emoção, a alegria e a ternura por Fru-Fru eram cada vez mais fortes. Ele queria olhar para trás, mas não se atrevia e tentou acalmar-se e não pressionar a égua, a fim de manter uma reserva de forças igual àquela que pressentia restar no Gladiador. Faltava um obstáculo, o mais difícil; se o transpusesse na frente dos demais, chegaria em primeiro. Aproximou-se a galope da banqueta irlandesa. Ainda de longe e ao mesmo tempo que Fru-Fru, Vrónski avistou a banqueta e ambos juntos, ele e a égua, tiveram uma dúvida momentânea. Vrónski notou a indecisão nas orelhas do animal e levantou o chicote, mas logo se deu conta de que sua dúvida era infundada: a égua sabia o que era necessário. Ela acelerou e, de modo cadenciado, exatamente como Vrónski imaginara, lançou-se ao ar e, desprendida da terra, entregou-se à força da inércia, que a transportou para longe, além do fosso; e, exatamente no mesmo ritmo, sem esforço, sem mudar a ordem das passadas, Fru-Fru prosseguiu o galope.

— Bravo, Vrónski! — ele ouviu vozes na aglomeração do público, e as reconheceu: eram do seu coronel e dos seus companheiros que estavam junto àquela barreira; não podia deixar de reconhecer a voz de Iáchvin, mas não o viu.

"Ah, minha adorada!", pensou, para Fru-Fru, enquanto tentava escutar o que se passava atrás dele. "Atravessou!", concluiu, depois de perceber o galope do Gladiador no seu encalço. Restava um último fosso com água, de dois *árchini*. Vrónski nem olhava para ele, mas, no intuito de se distanciar na primeira posição, começou a manobrar as rédeas em movimentos circulares, levantando e soltando a cabeça da égua no mesmo ritmo do galope. Sentiu que a égua usava sua última reserva de energia; não só o pescoço e as espáduas estavam encharcados, como a cernelha, a cabeça e as pontas das orelhas estavam cobertas de gotas de suor e sua respiração era curta e abrupta. Mas Vrónski sabia que essa reserva daria de sobra para cobrir as duzentas braças que restavam. Só por sentir-se mais próximo da terra e por uma suavidade peculiar no movimento do animal, Vrónski soube que sua égua aumentara muito a velocidade. Transpôs o fosso como se não existisse. Voou sobre o obstáculo como um pássaro; mas Vrónski, nesse exato momento, e para seu horror, sentiu que ele, em descompasso com o impulso da égua, e sem entender como, fez um movimento errado, imperdoável, ao repor o peso do corpo sobre a sela. De repente, sua posição mudou e ele entendeu que algo horrível ocorrera. Ainda não conseguira se dar conta do que havia acontecido quando irromperam, bem a seu lado, as pernas brancas de um garanhão ruivo e Makhótin passou num galope veloz. Vrónski roçou a terra com um pé e sua égua desabou sobre esse pé. Ele mal teve tempo de recolher a perna quando o animal tombou de lado, estertorando penosamente e, enquanto fazia esforços inúteis com seu pescoço fino e suado para levantar-se, a égua se debatia sobre a terra, aos pés de Vrónski, como um pássaro alvejado. O movimento desastrado de Vrónski partira a espinha do animal. Mas isso ele só foi compreender muito depois. Agora, via apenas que Makhótin se afastava rapidamente e Vrónski, cambaleante, estava de pé sozinho sobre a terra enlameada e imóvel e, à sua frente, arfando com dificuldade, jazia Fru-Fru, que, de cabeça virada para ele, o fitava com seu olhar magnífico. Ainda sem entender de todo o que ocorrera, Vrónski puxou a égua pela rédea. Ela se debateu outra vez, como um peixe, roçando contra a terra as abas da sela, estendeu as pernas dianteiras, porém, no esforço de levantar a garupa, logo se retraiu e de novo tombou de lado. Com o rosto desfigurado pelo horror, pálido e com o maxilar inferior trêmulo, Vrónski chutou a barriga do animal com o tacão da sua bota e de novo pôs-se a puxar a rédea. Mas a égua não se mexia e, depois de soltar um bufo pelo focinho enfiado contra a terra, apenas fitava o dono com seu olhar que falava.

— Aaah! — rosnou Vrónski, segurando a cabeça entre as mãos. — Aaah! O que fiz! — gritou. — Perdi a corrida! E é minha a culpa, vergonhosa, imperdoável! E esta égua infeliz, maravilhosa, está perdida! Aaah! O que fiz?

O médico, o enfermeiro, oficiais do seu regimento e outras pessoas corriam na direção de Vrónski. Para sua infelicidade, percebeu que estava intacto e ileso. A égua partira a espinha e resolveram matá-la com um tiro. Vrónski não conseguia responder as perguntas, não conseguia falar com ninguém. Deu as costas e, sem pegar o quepe que saltara da cabeça, caminhou para fora do hipódromo, nem ele sabia para onde. Sentia-se infeliz. Pela primeira vez na vida, experimentou a infelicidade mais penosa que existe, uma infelicidade irremediável, cujo culpado era ele mesmo.

Iáchvin alcançou-o com o quepe, acompanhou-o até sua casa e, meia hora depois, Vrónski estava de novo senhor de si. Mas a lembrança da corrida permaneceu por muito tempo em seu espírito como a recordação mais penosa e torturante de sua vida.

XXVI

Exteriormente, as relações entre Aleksei Aleksándrovitch e sua esposa estavam iguais a antes. A única diferença era que ele vivia ainda mais atarefado do que antes. No início da primavera, como nos anos anteriores, ele viajou para uma estação de águas no exterior a fim de tratar de sua saúde, abalada em virtude do trabalho do inverno que a cada ano redobrava e, como de costume, regressou em julho e imediatamente, com energia renovada, atirou-se ao seu trabalho habitual. Como também de costume, sua esposa viajou para a datcha enquanto ele permanecia em Petersburgo.

Desde a conversa que tiveram após a noite na casa da princesa Tviérskaia, ele não voltou a falar com Anna acerca de suas suspeitas e de seus ciúmes, e aquele seu tom habitual, em que se fazia passar por outra pessoa, era o mais cômodo que podia haver para suas atuais relações com a esposa. Mostrava-se um pouco mais frio com Anna. Parecia que apenas tivera um pequeno desgosto com ela, por causa daquela primeira conversa noturna, da qual Anna se esquivara. Em suas relações com a esposa, havia um matiz de enfado, mas nada além disso. "Você não quis esclarecer a situação comigo", parecia dizer à esposa em pensamento. "Pior para você. Agora, mesmo que me peça, não lhe darei explicações. Tanto pior para você", dizia em pensamento, como um homem que, depois de tentar em vão apagar um incêndio, se enfurece por seus esforços inúteis e diz: "Ora, que se dane! Queime à vontade!".

Aquele homem inteligente e sagaz em assuntos do serviço público não compreendia toda a loucura que havia em tratar a esposa desse modo. E não o compreendia porque lhe era aterrador demais apreender sua real situação e, no fundo da sua alma, trancou, aferrolhou e lacrou aquela gaveta em que se encontravam seus sentimentos com relação à família, ou seja, à esposa e ao filho. Pai atencioso, passou a mostrar-se, desde o fim do inverno, particularmente frio com o filho, e tinha com ele a mesma relação zombeteira que tinha com a esposa. "Ah! Jovem rapaz!", dizia ao menino.

Aleksei Aleksándrovitch pensava e dizia que nunca tivera um ano de tanto serviço como esse; mas não se dava conta de que ele mesmo inventava afazeres para si, nesse ano, pois isso era um meio de não abrir aquela gaveta onde estavam seus sentimentos com relação à esposa e à família, onde estavam seus pensamentos a respeito deles, os quais se tornavam mais terríveis quanto mais tempo lá permaneciam. Se alguém tivesse o direito de perguntar a Aleksei Aleksándrovitch o que ele pensava sobre o comportamento da esposa, o dócil, o cordato Aleksei Aleksándrovitch nada responderia, mas se enfureceria muito com quem lhe fizesse tal pergunta. Por isso havia algo de altivo e severo na expressão do rosto de Aleksei Aleksándrovitch quando lhe indagavam a respeito da saúde da esposa. Aleksei Aleksándrovitch não queria pensar nada a respeito do comportamento e dos sentimentos de sua mulher e, de fato, sobre isso ele nada pensava.

A datcha permanente de Aleksei Aleksándrovitch ficava em Peterhof e, em geral, a condessa Lídia Ivánovna passava o verão lá, bem próximo de Anna, a quem via constantemente. Nesse ano, a condessa Lídia Ivánovna não quis ir a Peterhof, nem uma vez visitou Anna Arcádievna e, em conversa com Aleksei Aleksándrovitch, aludiu à inconveniência da proximidade entre Anna, Betsy e Vrónski. Aleksei Aleksándrovitch interrompeu-a com severidade, depois de expressar o pensamento de que a esposa estava acima de qualquer suspeita e, a partir de então, passou a evitar a condessa Lídia Ivánovna. Ele não queria ver e não via que, na sociedade, muitos já olhavam para sua esposa de modo dúbio, não queria entender e não entendia por que sua esposa insistia especialmente em viajar para Tsárskoie, onde estava Betsy, não distante de onde ficava o acampamento do regimento de Vrónski. Ele não se permitia pensar sobre isso, e não pensava; por outro lado, no fundo de sua alma, sem jamais o admitir para si e sem ter não só nenhuma prova como tampouco qualquer suspeita, sabia com toda a certeza que era um marido enganado e por isso sentia-se profundamente infeliz.

Naqueles oito anos de vida feliz com a esposa, quantas vezes, ao olhar para esposas infiéis e maridos enganados, Aleksei Aleksándrovitch disse para si: "Como tolerar tal coisa? Como não pôr um fim a essa situação repugnante?". Mas agora, quando a desgraça caíra sobre a sua cabeça, ele não só não pensava num meio de pôr um fim àquela situação como não queria nem saber do assunto, e não queria exatamente porque era terrível demais, antinatural demais.

Desde seu regresso do exterior, Aleksei Aleksándrovitch esteve duas vezes na datcha. Numa vez, almoçou, na outra, passou o fim da tarde em companhia de visitas, porém, ao contrário do que era seu costume nos anos anteriores, não dormiu lá nenhuma vez.

O dia das corridas foi muito atarefado para Aleksei Aleksándrovitch; mas, depois de traçar, de manhã cedo, uma programação completa para o seu dia, resolveu que logo depois do jantar iria à datcha, encontrar a esposa e, de lá, seguiria para as corridas, onde estaria toda a corte e onde também ele deveria estar presente. Iria ao encontro da esposa porque resolveu estar com ela uma vez por semana, a fim de manter as aparências. Além do mais, tinha de dar a Anna o dinheiro da quinzena para as despesas da casa.

Com o seu habitual domínio sobre os próprios pensamentos, após refletir tudo isso sobre a esposa, ele não permitiu ao seu pensamento estender-se além do que dizia respeito a ela.

Essa manhã foi muito atarefada para Aleksei Aleksándrovitch. Na véspera, a condessa Lídia Ivánovna lhe enviara um folheto de um famoso viajante que estivera na China e que se encontrava em São Petersburgo, com uma carta pedindo que recebesse o próprio viajante, homem extremamente interessante e útil, por várias razões. À noite, Aleksei Aleksándrovitch não teve tempo de ler o folheto até o fim e terminou a leitura pela manhã. Depois vieram os peticionários, começaram os relatórios, os despachos, as nomeações, as exonerações, a distribuição de gratificações, de pensões, de vencimentos, a correspondência — o trabalho cotidiano, como o chamava Aleksei Aleksándrovitch, o qual lhe tomava tanto tempo. Em seguida, vieram seus afazeres pessoais, as visitas do médico e do administrador de seus negócios. O administrador não tomou muito tempo. Apenas entregou a Aleksei Aleksándrovitch o dinheiro necessário e deu respostas lacônicas sobre a situação dos negócios, que não andavam muito bem, pois nesse ano, em razão das viagens frequentes que fizera, gastou-se mais e havia um deficit. Mas o médico, um famoso médico de São Petersburgo, que mantinha relações de amizade com Aleksei Aleksándrovitch, tomou muito tempo. Aleksei Aleksándrovitch não o esperava nesse dia, ficou surpreso com sua visita e ainda mais porque o médico o interrogou de modo muito meticuloso acerca do seu estado de saúde, auscultou seu peito, percutiu e apalpou seu fígado. Aleksei Aleksándrovitch ignorava que sua amiga Lídia Ivánovna, notando que a saúde de Aleksei Aleksándrovitch não andava bem nesse ano, pedira ao médico que fosse examinar o doente. "Faça isso por mim", disse a condessa Lídia Ivánovna.

— Farei isso pela Rússia, condessa — respondeu o médico.

— Um homem inestimável! — disse a condessa Lídia Ivánovna.

O médico mostrou-se muito insatisfeito com Aleksei Aleksándrovitch. Achou o fígado sensivelmente aumentado, a capacidade digestiva reduzida e não viu nenhum resultado benéfico da temporada na estação de águas. Prescreveu o máximo possível de exercícios físicos, o mínimo possível de esforço mental e, o principal, nenhum aborrecimento, o que para Aleksei Aleksándrovitch era tão impossível como não respirar; e se foi, deixando em Aleksei Aleksándrovitch a consciência incômoda de que algo nele não estava bem e de que a cura era impossível.

Na saída, o médico esbarrou com um conhecido seu, na varanda, chamado Sliúdin, o secretário de Aleksei Aleksándrovitch. Tinham sido colegas na universidade e, embora raramente se vissem, respeitavam-se mutuamente, eram bons amigos e por isso o médico não revelaria a ninguém senão a Sliúdin sua opinião sincera sobre o paciente.

— Ainda bem que o senhor veio examiná-lo — disse Sliúdin. — Ele não está bem e me parece... O que acha?

— Já lhe digo — respondeu o médico, acenando na direção do seu cocheiro, por cima da cabeça de Sliúdin, para que trouxesse a carruagem para perto. — Já lhe digo — repetiu, depois de segurar em suas mãos brancas um dedo da luva de pelica e esticá-lo. — Deixe frouxa a corda de um instrumento musical e experimente arrebentá-la: é muito difícil. Mas estique o máximo possível e deposite apenas o peso de um dedo sobre a corda retesada que ela logo rebentará. Ele, com a sua assiduidade, com o seu rigor no trabalho, está retesado até o último grau; e a pressão externa existe, e é pesada — concluiu o médico, erguendo as sobrancelhas de modo significativo. — O senhor irá às corridas? — acrescentou, ao descer a escadinha rumo à carruagem que estacionara. — Sim, sim, é claro, vai tomar muito tempo — respondeu o médico a algo que Sliúdin dissera, mas que ele não escutara.

Após o médico, que tomara tanto tempo, veio o famoso viajante, e Aleksei Aleksándrovitch, valendo-se do folheto que acabara de ler e de seus conhecimentos prévios sobre o assunto, surpreendeu-o com a profundidade do seu conhecimento e a amplitude de suas opiniões esclarecidas.

Junto à do viajante, foi anunciada a chegada de um dirigente de província que estava de passagem por Petersburgo e com o qual era preciso tratar de certos assuntos. Depois da sua partida, foi preciso terminar os negócios de rotina com o seu secretário e ainda sair para tratar de uma questão séria e importante com uma pessoa eminente. Aleksei Aleksándrovitch mal tivera tempo de voltar às cinco horas, horário do seu jantar e, depois de comer em companhia do secretário, convidou-o para ir junto com ele até a datcha e depois às corridas.

Sem dar por isso, Aleksei Aleksándrovitch procurava agora, em todas as ocasiões, contar com a presença de uma terceira pessoa em seus encontros com a esposa.

XXVII

Anna estava no andar de cima, de pé, diante do espelho, prendendo o último laço de fita no vestido, com a ajuda de Ánuchka, quando ouviu o som do cascalho calcado pelas rodas da carruagem, na entrada da casa. “Ainda é cedo, para Betsy”, pensou e, ao olhar pela janela, viu a carruagem, o chapéu preto que sobressaía e as tão conhecidas orelhas de Aleksei Aleksándrovitch. “Que despropósito; será que vem passar a noite?”, pensou ela, e lhe pareceu tão horroroso e terrível o que poderia advir disso que, sem meditar sequer por um minuto, saiu com o rosto alegre e radiante ao encontro do marido e, sentindo em si a presença já familiar do espírito da mentira e da falsidade, logo se rendeu a esse espírito e começou a falar, sem sequer saber o que dizia.

— Ah, mas que gentileza! — exclamou, dando a mão ao marido e, com um sorriso, saudou Sliúdin, como uma pessoa já de casa. — Vai passar a noite aqui, espero. — Foram as primeiras palavras que o espírito de falsidade sugeriu a ela. — E agora sairemos juntos. Só lamento ter prometido ir com a Betsy. Ela virá para me buscar.

Aleksei Aleksándrovitch franziu o rosto à menção do nome de Betsy.

— Ah, não vou separar as inseparáveis — disse ele, em seu habitual tom de ironia. — Irei com Mikhail Vassílievitch. Os médicos mandaram-me caminhar. Vou percorrer a pé uma parte do caminho e imaginar que me encontro na estação de águas.

— Não há pressa — respondeu Anna. — Querem chá? — Fez soar a campainha. — Sirvam chá e avisem a Serioja que Aleksei Aleksándrovitch chegou. Mas e como vai sua saúde? Mikhail Vassílievitch, o senhor não conhece a minha casa; vejam como está bonita a minha varanda — disse, dirigindo-se ora a um, ora a outro.

Falava de modo muito simples e natural, mas em excesso e rápido demais. Ela mesma o percebia, ainda mais porque, no olhar curioso que lhe dirigia Mikhail Vassílievitch, notou que ele parecia examiná-la.

Mikhail Vassílievitch logo saiu para a varanda.

Anna sentou-se junto ao marido.

— Você não está com bom aspecto — disse ela.

— Pois é — respondeu ele —, hoje o médico veio me visitar e me roubou uma hora. Tenho a impressão de que um de meus amigos pediu que me examinasse: como é preciosa a minha saúde...

— Mas o que ele disse?

Anna perguntou sobre a sua saúde e sobre seus afazeres, tentou convencê-lo a repousar e a passar uma temporada ali, com ela.

Falava tudo de modo alegre, leve e com um brilho peculiar nos olhos; mas agora Aleksei Aleksándrovitch não atribuía nenhuma importância a esse tom. Limitava-se a ouvir as palavras da esposa e lhes dava apenas o sentido imediato que tinham. Respondia de modo simples, embora irônico. Em toda essa conversa, nada houve de especial, mas, depois, Anna jamais conseguiria lembrar-se de toda essa breve cena sem uma torturante dor de vergonha.

Veio Serioja, precedido pela governanta. Se Aleksei Aleksándrovitch se permitisse observar, notaria a expressão tímida e desconcertada com que Serioja olhava para o pai e, depois, para a mãe. Mas ele nada queria ver, e não via.

— Ah, o jovem rapaz! Está crescido. De fato, já está quase um homem. Boa tarde, meu jovem rapaz.

E deu a mão ao assustado Serioja.

Tímido, desde antes, no trato com o pai, Serioja, agora que Aleksei Aleksándrovitch começara a chamá-lo de jovem rapaz e que sua cabeça era assediada pelo enigma de saber se Vrónski era um amigo ou um inimigo, esquivava-se do pai. Como se pedisse proteção, Serioja olhou sobre o ombro para a mãe. Só com ela sentia-se bem. Enquanto isso, Aleksei Aleksándrovitch, que começara a conversar com a governanta, segurava o filho pelo ombro e Serioja sentia um desconforto tão torturante que Anna percebeu que o menino estava prestes a chorar.

Anna, que se ruborizara no instante em que o filho chegara, ao notar que Serioja estava aflito, levantou-se rapidamente, retirou a mão de Aleksei Aleksándrovitch do ombro do filho e, depois de beijar o menino, levou-o até a varanda e logo voltou sozinha.

— Mas já está na hora — disse ela, após olhar de relance para o seu relógio. — Por que Betsy não chega?...

— A propósito — respondeu Aleksei Aleksándrovitch e, levantando-se, entrecruzou as mãos e estalou os dedos —, vim também para lhe trazer dinheiro, pois os rouxinóis não se alimentam de fábulas — disse ele. — Você está precisando, creio eu.

— Não, não estou... sim, preciso — respondeu Anna, sem olhar para o marido, enquanto se ruborizava até a raiz dos cabelos. — Mas você, me parece, virá para cá depois das corridas.

— Ah, sim! — respondeu Aleksei Aleksándrovitch. — Mas aí está a beldade de Peterhof, a princesa Tviérskaia — acrescentou, depois de lançar um olhar através da janela para a carruagem que se aproximava, de feitio inglês, com a carroceria pequenina e muito alta. — Que elegância! Que encanto! Ora, então iremos nós também.

A princesa Tviérskaia não saiu da carruagem, apenas seu criado, de polainas, capa e chapéu preto, desceu diante da entrada.

— Estou indo, até logo! — disse Anna e, depois de beijar o filho, aproximou-se de Aleksei Aleksándrovitch e estendeu-lhe a mão. — Você foi muito gentil em vir aqui.

Aleksei Aleksándrovitch beijou sua mão.

— Bem, então até logo. Vá tomar o chá, que está ótimo! — disse Anna e se foi, radiante e alegre. Porém, assim que não teve mais o marido diante dos olhos, sentiu o ponto da mão em que os lábios dele haviam roçado e estremeceu de repugnância.

XXVIII

Quando Aleksei Aleksándrovitch apareceu nas corridas, Anna já estava sentada ao lado de Betsy, na tribuna onde havia se reunido toda a alta sociedade. Avistou o marido ainda de longe. Dois homens, o marido e o amante, eram para ela os dois centros da vida e, sem ajuda dos sentidos exteriores, Anna pressentia a proximidade deles. De longe, percebera a aproximação do marido e, involuntariamente, seguia-o nas ondas da multidão em que ele se deslocava. Via como se aproximava da tribuna, ora respondendo com indulgência a uma reverência bajuladora, ora saudando os seus pares de forma amistosa e distraída, ora espreitando sofregamente o olhar dos poderosos e levantando seu chapéu grande e redondo, que comprimia as pontinhas de suas orelhas. Anna conhecia todos aqueles expedientes e todos lhe eram abomináveis. "Só ambição, só desejo de vencer — eis tudo o que há em sua alma", pensava, "mas as motivações elevadas, o amor ao conhecimento, a religião, tudo isso são apenas instrumentos para alcançar o êxito."

Pelo modo como dirigia os olhos para a tribuna das senhoras (ele olhou direto para Anna, mas não reconheceu a esposa no mar de musselina, fitas, plumas, sombrinhas e flores), ela compreendia que a procurava; mas Anna, de propósito, não se fez notar.

— Aleksei Aleksándrovitch! — gritou a princesa Betsy. — O senhor, sem dúvida, não enxerga sua esposa; aqui está ela!

Ele sorriu, com o seu sorriso frio.

— Há tanto brilho, aqui, que os olhos se ofuscam — disse ele, e seguiu na direção da tribuna. Sorriu para Anna, como deve um marido sorrir ao encontrar a esposa a quem viu um pouco antes, e cumprimentou a princesa e outros conhecidos, oferecendo a cada um o que lhe era devido, isto é, gracejos para as senhoras e cumprimentos cordiais para os cavalheiros. Embaixo, ao lado da tribuna, estava um general-assistente famoso por sua inteligência e cultura, a quem Aleksei Aleksándrovitch respeitava. Aleksei Aleksándrovitch pôs-se a conversar com ele.

Era um intervalo nas corridas e, por isso, nada impedia a conversa. O general-assistente condenava as corridas. Aleksei Aleksándrovitch objetava, defendia-as. Anna ouvia sua voz aguda, monótona, não perdia uma só palavra e todas elas lhe pareciam falsas e feriam dolorosamente seu ouvido.

Quando começou a corrida de quatro verstas com obstáculos, Anna inclinou-se para a frente e, sem desviar os olhos, mirou Vrónski, que se aproximou da sua égua e montou, ao mesmo tempo que ouvia a voz abominável e incessante do marido. Sofria de receio por Vrónski, mas sofria sobretudo com o som da voz fina do marido, que lhe parecia incessante, com a entonação que tão bem conhecia.

"Sou uma mulher má, sou uma mulher perdida", pensou, "mas não gosto de mentir, não suporto mentiras, e o alimento dele (do marido) é a mentira. Sabe de tudo, vê tudo; o que pode sentir, se é capaz de conversar com tamanha calma? Se ele me matasse, se matasse Vrónski, eu o respeitaria. Mas não: tudo de que precisa é a mentira e o decoro", disse Anna a si mesma, sem pensar no que exatamente queria do marido e em como queria que ele fosse. Não compreendia que aquela singular loquacidade que Aleksei Aleksándrovitch manifestava nos últimos tempos, e que tanto a irritava, era apenas uma expressão do seu abalo interior e da sua inquietude. A exemplo de uma criança que se machucou e, pulando, põe os músculos em movimento para abafar a dor, era indispensável a Aleksei Aleksándrovitch a agitação intelectual para abafar os pensamentos em torno da esposa, pensamentos que, em presença de Anna e de Vrónski e ante a contínua repetição do nome dele, exigiam sua atenção. E assim como para uma criança é natural pular, para ele era também natural falar bem e com inteligência. Disse:

— Nas corridas de militares, de cavalarianos, o perigo é uma condição indispensável. Se a Inglaterra pode exibir, na história militar, os feitos mais notáveis da cavalaria, deve-se apenas a que ela fomentou, historicamente, essa força nos animais e nos homens. O esporte, a meu ver, tem uma grande importância e nós, como sempre, vemos apenas o aspecto mais superficial.

— Não é superficial — disse a princesa Tviérskaia. — Dizem que um oficial quebrou duas costelas.

Aleksei Aleksándrovitch sorriu com o seu sorriso, que apenas deixava os dentes à mostra, mas não expressava mais nada.

— Admitamos, princesa, que isso não seja superficial — disse ele —, mas interno. Porém a questão não é essa — e, de novo, voltou-se para o general, com o qual falava a sério. — Não esqueça que competem militares, os quais escolheram essa carreira e, convenhamos, toda vocação tem o seu reverso da medalha. Isso faz parte, de forma direta, das obrigações de um militar. Os monstruosos esportes do boxe ou das touradas espanholas são sinais de barbárie. Mas um esporte especializado é sinal de desenvolvimento.

— Não, em outra vez, eu não virei mais; me emociona em excesso — retrucou a princesa Betsy. — Não é verdade, Anna?

— Emociona, mas é impossível desviar os olhos — respondeu outra senhora. — Se tivesse sido romana, eu não perderia um único espetáculo do circo.

Anna ficou calada e, sem baixar o binóculo, mirava um único ponto.

Nesse momento, um general de elevada posição passava pela tribuna. Aleksei Aleksándrovitch, interrompendo a conversa, levantou-se afobado, mas com dignidade, e saudou o militar que passava com uma profunda reverência.

— O senhor não participa da corrida? — brincou o militar.

— Minha corrida é mais difícil — respondeu Aleksei Aleksándrovitch, de modo respeitoso.

E, embora a resposta não significasse coisa alguma, o militar deu a entender que ouvira uma resposta inteligente de um homem inteligente e que compreendera perfeitamente *la pointe de la sauce*.[19]

— Há dois aspectos — retomou Aleksei Aleksándrovitch. — Os competidores e os espectadores; o gosto por tais espetáculos é um sinal seguro de baixo desenvolvimento da parte dos espectadores, reconheço, porém...

— Princesa, vamos apostar! — ouviu-se, mais abaixo, a voz de Stiepan Arcáditch, que se dirigia a Betsy. — A senhora torce por quem?

— Eu e Anna torcemos pelo príncipe Kúzovliev — respondeu Betsy.

— E eu, por Vrónski. Aposto um par de luvas!

— Apostado!

— Mas que beleza de espetáculo, não é verdade?

Aleksei Aleksándrovitch ficou em silêncio, enquanto falavam à sua volta, mas logo recomeçou.

— Reconheço, mas os jogos viris... — fez menção de prosseguir.

No entanto, nesse momento os cavaleiros deram partida e todas as conversas cessaram. Aleksei Aleksándrovitch também calou-se e todos se levantaram e voltaram-se para o riacho. Aleksei Aleksándrovitch não se interessava por corridas e por isso não olhou para os cavaleiros e sim, com os olhos cansados, passou a observar distraidamente os espectadores. Seu olhar deteve-se em Anna.

O rosto dela estava pálido e tenso. Era óbvio que não via nada e ninguém, senão um único homem. Sua mão apertava o leque convulsivamente e ela não respirava. Ele a observou mais um pouco e virou-se, às pressas, mirando outros rostos.

"Esta senhora, aqui, e outras também estão muito emocionadas; é muito natural", disse consigo mesmo. Queria não se voltar para Anna, mas seu olhar, involuntariamente, era atraído para ela. De novo, observou aquele rosto, tentando não ler o que nele estava tão claramente escrito e, contra a própria vontade, leu nele com horror aquilo que não queria saber.

A primeira queda, de Kúzovliev no riacho, alvoroçou a todos, mas Aleksei Aleksándrovitch viu claramente, no rosto pálido e triunfante de Anna, que o cavaleiro que ela mirava não caíra. Quando, logo depois que Makhótin e Vrónski transpuseram a grande barreira, o oficial que os seguia tombou de cabeça e perdeu os sentidos, e um sussurro de horror percorreu toda a plateia, Aleksei Aleksándrovitch viu que Anna nem sequer notara o fato e teve dificuldade em compreender do que falavam à sua volta. Ele, porém, a observava, de modo cada vez mais constante e com

---

19 Francês: "o toque picante do molho".

grande persistência. Mesmo completamente absorvida pelo espetáculo do galope de Vrónski, Anna sentiu, de lado, fixa sobre si, a atenção dos olhos frios do marido.

Anna virou-se, por um momento, fitou-o de modo interrogativo e, depois de franzir ligeiramente o rosto, desviou-se de novo.

"Ah, tanto faz", pareceu dizer a ele, e não mais se voltou para o marido nem uma vez.

A corrida foi funesta e, de dezessete cavaleiros, mais de metade caiu e se machucou. Ao final, todos estavam agitados e o alvoroço foi ainda maior porque o imperador estava descontente.

XXIX

Todos manifestavam em voz alta sua insatisfação, todos repetiam a frase dita por alguém: "Só faltam o circo e os leões", e todos sentiam o mesmo horror, de modo que, quando Vrónski caiu e Anna soltou um grito, não houve nisso nada de extraordinário. Mas, em seguida, no rosto de Anna, ocorreu uma mudança, já positivamente indecorosa. Ela se descontrolou por completo. Começou a debater-se, como um pássaro capturado: ora queria levantar-se e ir a algum lugar, ora se voltava para Betsy.

— Vamos, vamos — dizia Anna.

Mas Betsy não a ouvia. Inclinada para baixo, falava com o general, que se aproximara.

Aleksei Aleksándrovitch veio até Anna e lhe ofereceu o braço, com cortesia.

— Vamos embora, se a senhora o deseja — disse ele em francês; mas Anna escutava o que o general dizia e nem reparou no marido.

— Dizem que também quebrou a perna — disse o general. — É um absurdo.

Sem responder ao marido, Anna ergueu o binóculo e mirou para o local onde caíra Vrónski; mas ficava tão longe e estava tão apinhado de gente que nada se podia distinguir. Baixou o binóculo e fez menção de sair; mas, nesse momento, um oficial aproximou-se a galope e comunicou algo ao imperador. Anna debruçou-se para a frente, a fim de ouvir.

— Stiva! Stiva! — gritou para o irmão.

Mas o irmão não a ouviu. De novo, Anna fez menção de sair.

— Mais uma vez, ofereço à senhora o meu braço, se deseja ir embora — disse Aleksei Aleksándrovitch, chegando a tocar o braço dela.

Com repugnância, Anna afastou-se do marido e, sem o fitar no rosto, respondeu:

— Não, não, afaste-se de mim, vou ficar.

Agora, Anna viu que um oficial, vindo do lugar onde Vrónski caíra, atravessava a pista e corria na direção da tribuna. Betsy acenou para ele com o lenço.

O oficial trouxe a notícia de que o cavaleiro não morrera, mas a égua quebrara a espinha.

Ao ouvir isso, Anna sentou-se rapidamente e cobriu o rosto com o leque. Aleksei Aleksándrovitch viu que ela chorava e que não conseguia conter não só as lágrimas como também os soluços, que sacudiam seu peito. Aleksei Aleksándrovitch pôs-se diante dela, para ocultá-la, dando-lhe tempo de se recuperar.

— Pela terceira vez, ofereço à senhora o meu braço — disse, após alguns momentos. Anna fitou-o e não sabia o que dizer. A princesa Betsy veio em seu socorro.

— Não, Aleksei Aleksándrovitch, eu trouxe Anna e tenho a obrigação de levá-la de volta — intrometeu-se Betsy.

— Perdoe-me, princesa — disse ele, sorrindo cordial, mas fitando-a nos olhos com firmeza. — Vejo que Anna não se sente bem e quero que venha comigo.

Anna virou-se assustada, levantou-se obediente e pôs a mão sobre o braço do marido.

— Mandarei buscar notícias na casa dele, saberei e direi a você — sussurrou Betsy.

Na saída da tribuna, como sempre, Aleksei Aleksándrovitch falou com as pessoas que encontrava e Anna teve, como sempre, de responder e falar; mas estava fora de si e, como que num sonho, caminhava de braço dado com o marido.

"Será que não se machucou? Será verdade? Virá, ou não? Será que o verei, hoje?", pensava ela.

Calada, tomou assento na carruagem de Aleksei Aleksándrovitch e, calada, afastou-se da multidão de veículos. Apesar de tudo o que via, Aleksei Aleksándrovitch não se permitia pensar na verdadeira situação da esposa. Via apenas os sintomas exteriores. Viu que ela se comportou de forma indecorosa e julgava seu dever apontá-lo. Mas era muito difícil para ele dizer só isso e nada mais. Abriu a boca para dizer à esposa que se comportara de forma indecorosa, mas, sem querer, falou algo completamente diverso.

— Mas que inclinação temos, todos nós, por esses espetáculos cruéis — disse. — Observo...

— O quê? Não entendo — falou Anna, com desprezo.

Ele se ofendeu e, no mesmo instante, passou a falar o que desejava.

— Tenho de falar à senhora — anunciou.

"Aí está, a explicação", pensou ela, e apavorou-se.

— Tenho de dizer à senhora que seu comportamento, hoje, foi indecoroso — disse, em francês.

— O que houve de indecoroso no meu comportamento? — retrucou Anna, erguendo a voz, enquanto voltava ligeiro a cabeça para o marido e fitava-o nos olhos, mas já não com a alegria de antes, que mascarava alguma coisa, e sim com uma expressão resoluta, sob a qual ocultava com dificuldade o medo que sentia.

— Cuidado — disse ele, apontando para a janela aberta voltada para o cocheiro.

Ergueu-se um pouco e levantou o vidro.

— O que o senhor achou indecoroso? — repetiu Anna.

— O desespero que a senhora não soube esconder em razão da queda de um dos cavaleiros.

Esperou que ela retrucasse; mas Anna permaneceu calada, olhando para a frente.

— Já lhe pedi que se controlasse, quando em sociedade, para que as línguas maldosas nada digam contra a senhora. Em certa ocasião, falei sobre as atitudes íntimas; pois agora não me refiro a elas. Falo das atitudes exteriores. A senhora se comportou de forma indecorosa e eu gostaria que isso não se repetisse.

Anna não ouviu nem metade das palavras do marido, sentia medo dele e pensava se era mesmo verdade que Vrónski não havia se machucado. Quando disseram que a montaria quebrara a espinha, mas o cavaleiro estava ileso, referiam-se a ele? Anna apenas sorriu, com fingida ironia, quando o marido concluiu, e nada respondeu porque não ouvira o que ele tinha dito. Aleksei Aleksándrovitch passou a falar com audácia, mas, quando entendeu claramente o que estava dizendo, o medo que Anna sentia também o contagiou. Viu aquele sorriso e um estranho equívoco se apoderou dele.

"Ela sorri das minhas suspeitas. Sim, ela agora me dirá o mesmo que da outra vez: que minhas suspeitas não têm fundamento, que isto é ridículo."

Naquele momento, em que era iminente a revelação de tudo, ele nada mais desejava senão que ela, como antes, lhe respondesse, com ar de zombaria, que suas suspeitas eram ridículas e não tinham fundamento. Aquilo que ele sabia era tão terrível que agora estava disposto a acreditar em tudo. Mas a expressão do rosto de Anna, assustada e sombria, não prometia agora sequer uma ilusão.

— Talvez eu esteja enganado — disse ele. — Nesse caso, peço desculpas.

— Não, o senhor não se enganou — respondeu Anna lentamente, depois de fitar com desespero o rosto frio do marido. — O senhor não se enganou. Eu fiquei desesperada, e não posso evitá-lo. Ouço o senhor e penso nele. Eu amo a ele, sou a amante dele, não consigo suportar o senhor, eu o temo, eu o desprezo... Faça de mim o que quiser.

Deixando-se cair para trás no canto da carruagem, ela desatou a soluçar, cobrindo o rosto com as mãos. Aleksei Aleksándrovitch não se moveu, nem alterou a direção do olhar. Mas todo o seu rosto adquiriu, de repente, a imobilidade solene de um defunto e essa expressão não se alterou durante todo o trajeto até a datcha. Chegando lá, voltou para ela a cabeça, ainda com a mesma fisionomia.

— Muito bem! Mas exijo, daqui por diante, a observância das condições exteriores do decoro — sua voz começou a tremer —, enquanto tomo as providências que salvaguardem minha honra, e delas darei parte à senhora.

Saiu da carruagem e ajudou-a a descer. Ante o olhar dos criados, apertou a mão da esposa em silêncio, voltou para a carruagem e partiu rumo a Petersburgo.

Logo depois, veio um criado da princesa Betsy e trouxe um bilhete para Anna:

"Mandei saber do estado de saúde de Vrónski e ele me escreveu que está bem, ileso, mas desesperado."

"Então *ele* virá!", pensou Anna. "Como fiz bem em contar tudo para ele."

Olhou para o relógio. Ainda faltavam três horas e as lembranças dos detalhes do último encontro fizeram seu sangue ferver.

"Meu Deus, como está claro! É terrível, mas adoro ver o seu rosto e adoro essa luz fantástica... O meu marido! Ah, sim... Bem, graças a Deus, tudo com ele está acabado."

XXX

Como em toda parte onde pessoas se reúnem, também na pequena estação de águas alemã, para onde tinham viajado os Cherbátski, ocorria uma espécie de cristalização da sociedade que, como de hábito, determinava um lugar preciso e imutável para cada um de seus participantes. Assim como, de forma precisa e imutável, uma partícula de água adquire, sob o frio gélido, a conhecida forma do cristal de neve, também cada pessoa nova que chegava à estação de águas ocupava imediatamente o seu devido lugar.

Fürst Cherbátski *sammt Gemahlin und Tochter*,[20] pelos aposentos que ocuparam, pelo seu nome, pelas amizades que fizeram, imediatamente se cristalizaram em seu lugar preciso, a eles destinado de antemão.

Nesse ano, na estação de águas, havia uma verdadeira *Fürstin*[21] e por isso a cristalização da sociedade se dava de uma forma ainda mais rigorosa. A princesa Cherbátskaia queria, por força, apresentar sua filha à princesa e, logo no segundo dia, realizou-se essa cerimônia. Kitty fez uma reverência graciosa, curvando-se até

---

20 Alemão: "o príncipe Cherbátski com sua esposa e filha".

21 Alemão: "princesa".

embaixo, em seu vestido de verão encomendado em Paris, *muito simples*, ou seja, muito elegante. A princesa disse:

— Espero que as rosas logo retornem a esse belo rostinho — e, para os Cherbátski, estabeleceram-se de imediato, e com rigor, determinados rumos na vida, dos quais já não era possível desviar-se. Os Cherbátski também travaram conhecimento com a família de uma lady inglesa, com uma condessa alemã e seu filho, ferido na última guerra, com um sábio sueco e com M. Canut e sua irmã. Mas o círculo social mais importante dos Cherbátski se formara espontaneamente em torno de uma senhora moscovita, Mária Evguénievna Rtíchevaia, e da sua filha, de quem Kitty não gostava porque, como ela, adoecera por amor, e também de um coronel moscovita que Kitty, desde a infância, via e conhecia de uniforme e de dragonas, e que ali, com seus olhinhos miúdos, seu pescoço descoberto e sua gravata colorida, parecia extraordinariamente ridículo e enfadonho, sobretudo porque era impossível livrar-se dele. Quando tudo isso se estabeleceu de forma rígida, Kitty sentiu-se muito entediada, ainda mais porque o príncipe partiu para Carslbad e ela ficou sozinha com a mãe. Kitty não se interessava pelas pessoas que conhecia, percebendo que delas nada viria de novo. Agora, seu principal interesse afetivo na estação de águas eram as observações e as conjecturas sobre as pessoas que não conhecia. Em razão de um traço do seu caráter, Kitty sempre supunha haver as melhores qualidades nas pessoas, em especial naquelas que não conhecia. E agora, enquanto fazia conjecturas sobre quem eram essas pessoas, quais as relações entre elas e como eram, Kitty imaginava os caracteres mais admiráveis e perfeitos e encontrava a confirmação disso em suas observações.

Entre essas pessoas, Kitty se interessava em especial por uma jovem russa, que viera à estação de águas com uma senhora russa enferma, Madame Stahl, como todos a conheciam. Madame Stahl pertencia à mais alta sociedade, porém estava tão doente que não conseguia andar e só nos raros dias de tempo bom aparecia no parque das águas em seu carrinho de inválida. Mas menos pela doença do que pelo orgulho, conforme explicava a princesa, Madame Stahl não se dava com nenhum dos russos. A jovem russa cuidava de Madame Stahl e, além disso, como Kitty notara, travava amizade com todos os doentes graves, numerosos na estação de águas, e cuidava deles do modo mais natural possível. Essa jovem russa, segundo as observações de Kitty, não era parente de Madame Stahl e, por outro lado, tampouco era uma ajudante assalariada. Madame Stahl a chamava de Várienka e os outros, de "Mademoiselle Várienka". Além de interessar-se pelas observações em torno do relacionamento dessa jovem com a sra. Stahl e também com outras pessoas desconhecidas, Kitty, como ocorre muitas vezes, experimentava uma inexplicável simpatia por essa Mademoiselle Várienka e sentia, pelos olhares que cruzavam, que também era estimada.

Mademoiselle Várienka não estava propriamente na primeira juventude, parecia antes uma criatura sem juventude: podia-se dar a ela dezenove ou trinta anos. Bem analisadas suas feições, apesar da cor doentia do rosto, era antes bonita que feia. Também era bem constituída, não fosse uma excessiva secura do corpo e a cabeça desproporcional em relação à estatura mediana; mas não devia parecer atraente para os homens. Era semelhante a uma flor bonita que, embora ainda cheia de pétalas, já murchava, sem perfume. Além do mais, não podia parecer atraente para os homens também porque lhe faltava aquilo que havia de sobra em Kitty — um contido fogo de vida e a consciência do que possuía de atraente.

Ela sempre parecia ocupada com afazeres sobre os quais não podia haver nenhuma dúvida e por isso, ao que parecia, não poderia interessar-se por nenhuma outra coisa. Esse contraste em relação a ela mesma é que atraía Kitty. Sentia que nessa jovem, na sua forma de viver, encontraria um modelo do que agora procurava aflitivamente: os interesses da vida, a dignidade da vida — à margem das relações mundanas, repugnantes para Kitty, entre moças e homens, algo que agora lhe parecia o vergonhoso mostruário de mercadorias, à espera de um comprador. Quanto mais Kitty observava a sua amiga desconhecida, mais se convencia de que a jovem era aquela criatura absolutamente perfeita que ela havia imaginado, e maior era a vontade que sentia de conhecê-la.

As duas moças encontravam-se várias vezes por dia e, a cada encontro, os olhos de Kitty diziam: "Quem é a senhorita? O que é a senhorita? Será verdade que é essa criatura encantadora que imagino? Mas, pelo amor de Deus, não pense", acrescentava seu olhar, "que eu pretendo forçá-la a me conhecer. Simplesmente admiro a senhorita e gosto da senhorita". "Também eu gosto da senhorita, que é muito, muito gentil. E ainda gostaria mais, se tivesse tempo", respondia o olhar da desconhecida. De fato, Kitty notava como ela vivia sempre atarefada: ora acompanhava crianças de famílias russas de volta do parque de águas, ora levava uma manta para uma enferma e a agasalhava, ora tentava distrair um doente irritado, ora escolhia e comprava biscoitos para o café de alguém.

Pouco depois da chegada dos Cherbátski, apareceram na estação de águas outras duas pessoas que atraíram para si uma atenção geral e hostil. Eram elas: um homem muito alto e curvado, de mãos enormes, casaco velho e curto para a sua altura, olhos pretos, ingênuos e ao mesmo tempo assustadores, e uma mulher graciosa, com marcas de varíola, vestida com muito mau gosto. Depois de reconhecê-los como russos, Kitty começou a compor, na sua imaginação, um romance belo e comovente em torno deles. Mas a princesa, que soubera pela

Kurliste[22] tratar-se de Nikolai Liévin e Mária Nikoláievna, explicou a Kitty que homem maligno era esse Liévin, e todos os seus sonhos a respeito daquelas duas pessoas evaporaram. Menos pelo que a mãe lhe disse do que por se tratar do irmão de Konstantin, de repente aquelas pessoas pareceram, aos olhos de Kitty, desagradáveis ao extremo. Aquele Liévin, com o seu hábito de torcer bruscamente a cabeça, despertava nela, agora, um incontrolável sentimento de repulsa.

Parecia a Kitty que nos olhos grandes e assustadores daquele homem, que a seguiam com insistência, expressava-se um sentimento de ódio e de zombaria, e ela tentava evitar qualquer encontro com ele.

XXXI

Era um dia de tempo ruim, tinha chovido a manhã toda e os doentes, de guarda--chuva, aglomeravam-se na galeria.

Kitty caminhava com a mãe e com o coronel moscovita, que ostentava alegremente sua sobrecasaca de feitio europeu comprada pronta, em Frankfurt. Caminhavam por um dos lados da galeria, na tentativa de evitar Liévin, que caminhava pelo outro lado. Várienka, com seu vestido escuro e o chapéu preto de abas dobradas para baixo, caminhava ao lado de uma francesa cega ao longo de toda a comprida galeria e, a cada vez que passava por Kitty, as duas trocavam um olhar amistoso.

— Mãe, posso falar com ela? — perguntou Kitty, que seguia com os olhos a sua amiga desconhecida e notara que ela se dirigia à fonte, onde as duas poderiam encontrar-se.

— Sim, se você quer tanto, mas antes saberei a respeito dela e eu mesma me apresentarei — respondeu a mãe. — O que viu nela de especial? Deve ser uma dama de companhia. Se quiser, eu me apresento à Madame Stahl. Conheci a sua *belle-soeur* — acrescentou a princesa, levantando a cabeça com orgulho.

Kitty sabia que a princesa se sentia ofendida porque a sra. Stahl parecia evitar contatos com ela. Kitty não insistiu.

— Puxa, que encantadora! — disse Kitty, olhando para Várienka, no momento em que oferecia um copo à francesa. — Vejam como tudo nela é simples, gentil.

— Acho divertidos os seus *engouements*[23] — respondeu a princesa. — Não,

---

22 Alemão: "lista de visitantes da estação de águas".

23 Francês: "entusiasmos".

é melhor voltarmos — acrescentou, ao notar que Liévin caminhava na direção deles, com a sua senhora e um médico alemão a quem dizia algo, em voz alta e irritada.

Faziam a curva para voltar atrás quando, de repente, ouviram não mais uma voz alta e sim um grito. Liévin, que havia parado, gritava e o médico também se irritava. Uma multidão se aglomerou em redor. A princesa e Kitty afastaram-se às pressas, mas o coronel juntou-se à multidão para saber do que se tratava.

Após alguns minutos, o coronel alcançou-as de novo.

— O que houve? — perguntou a princesa.

— Vergonha e indignidade! — respondeu o coronel. — Se há algo que se deve temer é encontrar russos no exterior. Aquele cavalheiro alto cobriu o médico de insultos, lhe disse insolências porque não o tratava como devia, e até levantou a bengala contra ele. Vergonha e indignidade!

— Ah, que desagradável! — disse a princesa. — Bem, e como terminou tudo?

— Felizmente, nesse momento intrometeu-se aquela... aquela que usa um chapéu em forma de cogumelo. Uma russa, ao que parece — disse o coronel.

— Mademoiselle Várienka? — perguntou Kitty, em júbilo.

— Sim, sim. Ela havia chegado antes de todos, tomou aquele senhor pelo braço e afastou-o dali.

— Veja, mamãe — disse Kitty. — E a senhora se admira que eu me encante com ela.

No dia seguinte, ao observar sua amiga desconhecida, Kitty notou que Mademoiselle Várienka já estabelecera com Liévin e a sua senhora as mesmas relações que mantinha com os seus demais *protegés*.[24] Aproximou-se deles, pôs-se a conversar e serviu de intérprete para a mulher, que não sabia falar nenhuma língua estrangeira.

Kitty passou a implorar à mãe, com mais insistência ainda, que lhe permitisse travar conhecimento com Várienka. E, por mais que desagradasse à princesa dar a impressão de tomar a iniciativa no desejo de travar conhecimento com a sra. Stahl, que se dava ares de soberba, tomou informações sobre Várienka e, depois de saber a seu respeito pormenores que permitiam concluir que nada havia de mau nesse conhecimento, embora também pouco houvesse de bom, ela mesma foi a primeira a aproximar-se de Várienka e apresentar-se.

Escolhendo um momento em que a filha tinha ido à fonte e Várienka se detinha diante da confeitaria, a princesa aproximou-se.

---

24 Francês: "protegidos".

— Permita que me apresente à senhorita — disse, com seu sorriso respeitável. — Minha filha está encantada pela senhorita — explicou. — Talvez a senhorita não me conheça. Eu...

— É mais do que recíproco, princesa — respondeu Várienka, com presteza.

— Que boa ação a senhorita praticou ontem para o nosso lamentável compatriota! — comentou a princesa.

Várienka ruborizou-se.

— Não lembro, creio que nada fiz — disse.

— Como não? A senhorita salvou aquele Liévin de uma situação desagradável...

— Sim, *sa compagne*[25] me chamou e tentei acalmá-lo: está muito doente e estava insatisfeito com o médico... E tenho o hábito de zelar por esses enfermos.

— Sim, ouvi dizer que a senhorita vive em Menton com sua tia, creio eu, Madame Stahl. Conheci sua *belle-soeur*.

— Não, ela não é minha tia. Eu a chamo de *maman*, mas não sou parente; fui criada por ela — respondeu Várienka e, de novo, ruborizou-se.

Isso foi dito de forma tão natural, a expressão do seu rosto era tão sincera e espontânea que a princesa entendeu por que Kitty gostava tanto dessa Várienka.

— Mas o que há com esse tal de Liévin? — perguntou a princesa.

— Ele vai partir — respondeu Várienka.

Nesse momento, radiante de alegria por sua mãe ter travado conhecimento com a amiga desconhecida, Kitty aproximou-se, vindo da fonte.

— Veja só, Kitty, o seu forte desejo de conhecer a Mademoiselle...

— Várienka — emendou Várienka, sorrindo. — É assim que me chamam.

Kitty ruborizou-se de satisfação e, sem dizer nada por um longo tempo, apertou a mão da sua nova amiga, que deixou a sua mão inerte, sem corresponder à pressão dos dedos de Kitty. Embora a mão não respondesse ao cumprimento, o rosto de Mademoiselle Várienka reluziu com um sorriso sereno, satisfeito, apesar de um pouco triste, que deixava à mostra dentes grandes, mas magníficos.

— Há muito que eu também queria isso — disse ela.

— Mas a senhorita estava tão ocupada...

— Ah, ao contrário, não tenho nada que fazer — respondeu Várienka, mas, nesse instante, teve de se separar de suas novas conhecidas porque duas meninas russas, filhas de um doente, correram até ela.

— Várienka, mamãe está chamando! — gritaram.

E Várienka as seguiu.

---

25 Francês: “sua companheira”.

XXXII

Os pormenores que a princesa apurou sobre o passado de Várienka, sobre suas relações com Madame Stahl e sobre a própria Madame Stahl foram os seguintes.

Madame Stahl, que, segundo alguns, havia atormentado o marido e, segundo outros, fora por ele atormentada em razão de seu comportamento indecente, sempre fora uma mulher doentia e nervosa. Quando teve seu primeiro filho, já depois de separar-se do marido, a criança morreu logo em seguida e os parentes da sra. Stahl, cientes de sua grande sensibilidade e temerosos de que essa notícia a matasse, substituíram o bebê, pondo em seu lugar a filha de um cozinheiro da corte, que nascera na mesma noite e na mesma casa, em Petersburgo. Essa criança era Várienka. Madame Stahl soube mais tarde que Várienka não era sua filha, mas continuou a criá-la, ainda mais porque, logo depois disso, Várienka se viu sozinha, sem parentes.

Madame Stahl já vivia no exterior, no sul, em caráter permanente, havia mais de dez anos, sem nunca deixar o leito. Uns diziam que Madame Stahl adquirira reputação social de mulher virtuosa e muito religiosa; outros diziam que de fato era, no fundo, mulher de moral elevada, vivendo apenas para o bem do próximo, como aparentava. Ninguém sabia qual a sua religião — católica, protestante ou ortodoxa; só havia uma coisa fora de dúvida: ela mantinha relações amistosas com pessoas da mais alta posição em todas as igrejas e crenças.

Várienka vivia todo o tempo com ela no exterior e todos que conheciam Madame Stahl conheciam e estimavam Mademoiselle Várienka, como todos a chamavam.

Depois de saber todos esses pormenores, a princesa nada encontrou de censurável na aproximação entre sua filha e Várienka, ainda mais porque Várienka tinha maneiras e educação excelentes: falava otimamente o francês e o inglês e, o mais importante, transmitira da parte da sra. Stahl seu pesar por estar impedida, em razão da doença, de ter o prazer de conhecer a princesa.

Kitty, após conhecer Várienka, sentia-se cada vez mais cativada por sua nova amiga e a cada dia descobria nela novas qualidades.

Informada de que Várienka sabia cantar bem, a princesa pediu-lhe que viesse cantar para ela, à noite.

— Kitty toca piano e temos um instrumento conosco, ruim, é verdade, mas a senhorita nos daria um grande prazer — disse a princesa, com o seu sorriso fingido, que agora era especialmente desagradável a Kitty, porque notara que Várienka não queria cantar. Mas Várienka, no entanto, veio à noite e trouxe consigo um caderno de partituras. A princesa convidou Mária Evguénievna, sua filha e o coronel.

Várienka mostrou-se totalmente alheia ao fato de haver ali pessoas desconhecidas e, de imediato, encaminhou-se para o piano. Não sabia acompanhar a si mesma, mas solfejava muito bem. Kitty, que tocava bem, acompanhou-a.

— A senhorita tem um talento extraordinário — disse a princesa, depois de Várienka cantar de forma esplêndida a primeira peça.

Mária Evguénievna e a filha lhe agradeceram e a elogiaram.

— Vejam — disse o coronel, olhando para a janela —, que plateia se reuniu para ouvi-la. — De fato, ao pé das janelas, reunira-se uma numerosa multidão.

— Fico muito contente que isso lhes dê prazer — respondeu Várienka, com naturalidade.

Kitty fitava sua amiga com orgulho. Ela se maravilhava com a sua arte, com a sua voz, com o seu rosto e, mais que tudo, se maravilhava com a maneira como, pelo visto, ela nada pensava sobre o seu canto e se mantinha completamente alheia aos elogios; parecia apenas dizer: tenho de cantar mais ou já basta?

"Se fosse eu", pensou Kitty, "como me orgulharia! Como ficaria contente, ao ver essa multidão sob as janelas! Mas para ela não faz a menor diferença. Sua motivação é apenas o desejo de não recusar o que lhe pedem e ser agradável à *maman*. O que há nela? O que lhe dá essa força de manter-se acima de tudo, serena e independente? Como eu gostaria de saber isso e de aprender com ela", pensava Kitty, enquanto fitava aquele rosto calmo. A princesa pediu que cantasse mais e Várienka entoou outra canção, com o mesmo esmero, com a mesma clareza e perfeição, ereta ao lado do piano e marcando nele o compasso, com sua mão magra e morena.

A peça seguinte no caderno de partituras era uma canção italiana. Kitty tocou a introdução até o fim e virou-se para Várienka.

— Vamos pular esta — disse Várienka, ruborizada. Com ar assustado e interrogativo, Kitty fixou o olhar no rosto de Várienka.

— Muito bem, a próxima — disse ela, afobada, virando a página, depois de logo ter compreendido que aquela canção estava ligada a alguma coisa.

— Não — retrucou Várienka, pondo a mão sobre a partitura e sorrindo. — Não, vamos cantar esta mesmo. — E cantou com tanta calma e frieza e com tanto esmero como antes.

Quando terminou, todos lhe agradeceram de novo e foram tomar chá. Kitty e Várienka saíram para o jardinzinho que ficava ao lado da casa.

— A senhorita tem alguma recordação ligada àquela música, não é verdade? — perguntou Kitty. — Não me conte — acrescentou, ligeiro —, apenas diga se é verdade.

— Não, por quê? Vou contar — respondeu Várienka, com naturalidade e, sem esperar a réplica, prosseguiu: — Sim, essa recordação era dolorosa para mim, tempos atrás. Amei um homem. Cantava aquela peça para ele.

De olhos arregalados, calada, comovida, Kitty olhava para Várienka.

— Eu o amava e ele, a mim; mas a mãe dele não queria, e casou-se com outra. Agora, mora perto de nós e às vezes o vejo. A senhorita não pensou que eu também tivesse um romance? — disse e, no seu rosto bonito, rebrilhou quase imperceptível a chama que, Kitty imaginou, a iluminava inteira em outros tempos.

— Como não pensei? Se eu fosse um homem, não poderia amar ninguém, depois de ter conhecido a senhorita. Só não entendo como ele, para agradar à mãe, pôde esquecer a senhorita e deixá-la infeliz; ele não tinha coração.

— Ah, não, é um homem muito bom e eu não sou infeliz; ao contrário, sou muito feliz. Bem, não vamos cantar mais hoje? — acrescentou, dirigindo-se para a casa.

— Como a senhorita é boa, como é boa! — exclamou Kitty e, depois de detê-la, lhe deu um beijo. — Quem me dera ser um pouquinho parecida com a senhorita!

— Para que precisa se parecer com outra pessoa? É boa, do jeito que é — disse Várienka, sorrindo com o seu sorriso dócil e cansado.

— Não, eu não sou nada boa. Bem, diga-me... Espere, vamos sentar — disse Kitty, fazendo-a sentar de novo no banco, ao seu lado. — Diga, não é humilhante pensar que um homem desprezou o seu amor, que ele não quis?...

— Mas ele não desprezou; acredito que ele me amava, mas era um filho obediente...

— Sim, mas e se não fosse pela vontade da mãe, mas apenas dele mesmo?... — perguntou Kitty, se dando conta de que revelara seu segredo e de que seu rosto, afogueado pelo rubor da vergonha, já a havia desmascarado.

— Nesse caso ele teria agido mal e eu não sofreria por causa dele — respondeu Várienka, compreendendo nitidamente que já não se tratava dela e sim de Kitty.

— Mas e a humilhação? — perguntou Kitty. — Não se pode esquecer a humilhação, é impossível esquecer — disse, lembrando a expressão de seu rosto no último baile, no intervalo da música.

— De que humilhação se trata? Acaso a senhorita fez algo de errado?

— Pior do que errado: vergonhoso.

Várienka meneou a cabeça e colocou a mão sobre a mão de Kitty.

— Mas o que houve de vergonhoso? — disse ela. — Acaso declarou seu amor a um homem que se mostrava indiferente à senhorita?

— Claro que não; eu jamais falei qualquer coisa, mas ele sabia. Não, não, foram olhares, foram gestos. Mesmo que viva cem anos, não esquecerei.

— Mas como assim? Não entendo. A questão é: a senhorita o ama agora, ou não? — disse Várienka, indo direto ao assunto.

— Eu o odeio; não consigo perdoar a mim mesma.

— Mas por quê?

— A vergonha, a humilhação.

— Ah, se todos fossem sensíveis como a senhorita — disse Várienka. — Não há uma jovem que não tenha experimentado isso. E é tudo tão sem importância.

— Então, o que é importante? — indagou Kitty, fitando seu rosto com uma surpresa curiosa.

— Ah, muita coisa é importante — respondeu, sorrindo.

— Sim, mas o quê?

— Ah, muita coisa é mais importante que isso — disse Várienka, sem saber o que falar. Mas, nesse momento, ouviu-se a voz da princesa, da janela:

— Kitty, está fresco! Vista um xale, ou então venha para dentro.

— É verdade, está na hora! — disse Várienka, levantando-se. — Ainda preciso ir ver Madame Berthe; ela me pediu.

Kitty segurou-a pela mão e, com ardente curiosidade e em tom de súplica, perguntou-lhe com o olhar: "O que, o que é o mais importante? O que lhe dá tamanha tranquilidade? A senhorita sabe, me diga!". Mas Várienka não entendia em absoluto o que lhe perguntava o olhar de Kitty. Só sabia que ainda precisava ir visitar Madame Berthe e depois correr de volta para tomar chá com *maman*, à meia-noite. Entrou, reuniu as partituras e, depois de se despedir de todos, fez menção de ir embora.

— Permita que eu a acompanhe — disse o coronel.

— Sim, como vai andar sozinha a esta hora da noite? — apoiou a princesa. — Vou mandar a Paracha acompanhá-la.

Kitty notou que Várienka mal conseguia conter um sorriso ao ouvi-los dizer que era preciso acompanhá-la.

— Não, sempre ando sozinha e jamais acontece nada comigo — disse ela, depois de pegar o chapéu. E, depois de beijar Kitty mais uma vez e sem revelar o que afinal havia de mais importante, a passos resolutos e com as partituras debaixo do braço, desapareceu na penumbra da noite de verão, levando consigo o segredo daquilo que havia de mais importante e do que lhe dava aquela dignidade e aquela tranquilidade invejável.

XXXIII

Kitty conheceu também a sra. Stahl e esse conhecimento, somado à amizade com Várienka, não só exerceu forte influência sobre ela como consolou sua mágoa. Ela encontrou tal consolo porque, graças a esse conhecimento, desvendou-se um mundo completamente novo, que nada tinha em comum com o seu passado, um mundo elevado, belo, de cujas alturas se podia contemplar aquele passado com serenidade. Revelou-se a Kitty que, além da vida instintiva a que ela se rendera até então, existia uma vida espiritual. Essa vida se revelava por meio da religião, mas uma religião que nada tinha em comum com aquela que Kitty conhecera desde a infância e que se manifestava na missa da manhã e da tarde no Lar das Viúvas, onde se podiam encontrar os conhecidos, e nas aulas do padre, em que se decoravam textos em eslavo eclesiástico; tratava-se de uma religião elevada, secreta, ligada a uma série de pensamentos e sentimentos belos e, mais do que apenas acreditar nessa religião porque assim lhe era ordenado, Kitty podia amá-la.

Kitty depreendeu tudo isso não de palavras. Madame Stahl conversava com ela como se fosse uma criança meiga, que nos encanta como uma recordação da nossa própria juventude, e apenas uma vez mencionou de passagem que o consolo para todas as amarguras humanas só pode vir do amor e da fé e que, por compaixão a nós, não havia amarguras insignificantes para Cristo, mas logo depois mudou de assunto. Kitty, porém, em cada gesto daquela senhora, em cada palavra, em cada expressão celestial, como dizia Kitty, e em particular em toda a história da sua vida, que soubera por intermédio de Várienka, em tudo Kitty depreendeu "o que era importante" e que até então ignorava.

No entanto, por mais elevado que fosse o caráter de Madame Stahl, por mais comovente que fosse toda a sua história, por mais elevadas e carinhosas que fossem as suas palavras, Kitty, à sua revelia, notava nela alguns traços que a desconcertavam. Reparou que, ao indagar a respeito de seus familiares, Madame Stahl sorrira com desdém, o que era contrário à bondade cristã. Notou também que, quando recebeu em sua casa um sacerdote católico, Madame Stahl manteve o rosto cuidadosamente na sombra de um abajur e sorria de modo singular. Por mais insignificantes que fossem essas duas observações, desconcertaram Kitty e ela teve dúvidas a respeito de Madame Stahl. Em compensação, Várienka, sozinha, sem família, sem amigos, com uma decepção amarga no passado, sem nada desejar, sem nada lamentar, era a própria perfeição, com a qual Kitty nem se atrevia a sonhar. Em Várienka, Kitty compreendeu que bastava esquecer-se de si e amar os outros para ser tranquila, feliz e bela. E era isso o que Kitty desejava. Agora, depois de entender claramente o que era *o mais importante*, em vez de se contentar em maravilhar-se com isso, Kitty entregou-se de imediato, e com toda a sua alma, a essa nova vida que se desvendou diante dela. Com base nos relatos de Várienka sobre o que faziam Madame Stahl e outras pessoas que nomeou, Kitty já traçara para si o plano feliz de sua vida futura. A exemplo da sobrinha da sra. Stahl, Aline, da qual muito lhe falara Várienka, Kitty pretendia, onde quer que estivesse, ir ao encontro dos infelizes para ajudá-los o quanto pudesse, distribuir o Evangelho, ler o Evangelho para os doentes, os criminosos e os moribundos. A ideia de ler o Evangelho para os criminosos, como fazia Aline, cativava Kitty em especial. Mas tudo isso eram pensamentos secretos, que ela não revelava nem à mãe nem a Várienka.

No entanto, à espera do momento de pôr em prática as grandes medidas do seu plano, Kitty, agora, na estação de águas, onde havia tantos doentes e infelizes, encontrava facilmente ocasião de aplicar suas novas regras, imitando Várienka.

A princípio, a princesa notou apenas que Kitty estava sob forte influência do seu *engouement*, como o chamava, pela sra. Stahl e, sobretudo, por Várienka. Via que Kitty não só imitava Várienka em suas ações como, involuntariamente, a imitava em sua maneira de andar, falar e piscar os olhos. Mais tarde, porém, a princesa notou que a filha, a despeito desse fascínio, passava por uma séria transformação espiritual.

A princesa via que Kitty, à noite, lia o Evangelho em francês que a sra. Stahl lhe dera, algo que antes não fazia; via também que ela evitava seus conhecidos da sociedade e se aproximava dos doentes que estavam sob a proteção de Várienka e, em especial, da família pobre do pintor Pietrov, que estava doente. Kitty, era evidente, se orgulhava de cumprir, para essa família, os deveres de uma irmã de caridade. Tudo isso estava bem e a princesa nada tinha a opor, ainda mais porque a esposa de Pietrov era uma mulher inteiramente correta e a princesa alemã, notando a atividade de Kitty, a elogiava e chamava-a de anjo consolador. Tudo isso estaria muito bem se não fosse em excesso. Mas a princesa notava que a filha cometia exageros e lhe dizia:

— *Il ne faut jamais rien outrer.*[26]

Mas a filha nada respondia; apenas pensava para si mesma que era impossível falar em excesso quando se tratava de caridade cristã. Qual poderia ser o exagero com relação a seguir o ensinamento que ordena oferecer a outra face quando nos golpeiam o rosto e dar a camisa quando nos tomam o casaco? Mas a princesa não gostava desses exageros e gostava ainda menos de perceber que Kitty não queria abrir todo o seu coração para ela. De fato, Kitty escondia da mãe seus novos pontos de vista e sentimentos. Escondia não porque não respeitasse ou não amasse sua mãe, mas sim porque era sua mãe. Ela se abriria antes com qualquer pessoa do que com a mãe.

— Por que Anna Pávlovna há tanto tempo não nos visita? — perguntou a princesa, certa vez, referindo-se à mulher de Pietrov. — Eu a convidei. Mas ela parece descontente com alguma coisa.

---

26 Francês: "nunca se deve exagerar".

— Não, eu não percebi, *maman* — respondeu Kitty, ruborizando-se.

— Faz tempo que você não os visita?

— Estaremos juntos amanhã para passear pela montanha — respondeu Kitty.

— Ora, podem ir — respondeu a princesa, fitando o rosto confuso da filha e tentando adivinhar o motivo do seu constrangimento.

Nesse mesmo dia, Várienka veio almoçar e informou que Anna Pávlovna desistira de ir à montanha no dia seguinte... E a princesa notou que Kitty se ruborizou de novo.

— Kitty, não terá ocorrido algo desagradável entre você e os Pietrov? — perguntou a princesa, quando ficaram a sós. — Por que ela parou de enviar as crianças e deixou de nos visitar?

Kitty respondeu que nada ocorrera entre eles e que não entendia, em absoluto, por que Anna Pávlovna parecia descontente com ela. Kitty dizia a pura verdade. Ignorava a causa da mudança de atitude de Anna Pávlovna em relação a ela, mas a adivinhava. Adivinhava, ali, coisas que não podia dizer à mãe, e que não dizia a si mesma. Era uma dessas coisas que a pessoa sabe, mas que não consegue dizer nem a si mesma; enganar-se é terrível e vergonhoso demais.

Vezes seguidas, repassava na memória todas as suas relações com aquela família. Lembrava-se da alegria ingênua que se expressava no rosto redondo e bondoso de Anna Pávlovna por ocasião dos seus encontros; recordava suas conversas secretas sobre o doente, conspirações para desviá-lo do trabalho, que lhe estava proibido, e levá-lo para passear; o apego do filho menor, que a chamava de "minha Kitty" e que não queria ir dormir sem a companhia dela. Como tudo era bom! Depois, lembrou-se da figura magérrima de Pietrov, com seu pescoço comprido e sua sobrecasaca marrom; seus cabelos ralos e crespos, seus olhos azuis, inquisitivos e assustadores para Kitty, no início, e de seu empenho doentio em mostrar-se bem-disposto e animado na presença dela. Lembrou-se de seus próprios esforços para, no início, superar a repugnância que sentia por ele, como por qualquer tuberculoso, e do zelo com que inventava algo para lhe dizer. Kitty lembrou-se daquele olhar tímido, enternecido, com que ele a fitava, lembrou-se do estranho sentimento de compaixão e de constrangimento e, depois, da consciência da própria caridade, que ela experimentava nessas ocasiões. Como tudo isso era bom! Mas tudo isso se deu no início. Agora, poucos dias antes, tudo se havia degenerado, de repente. Anna Pávlovna recebia Kitty com amabilidade fingida e não cessava de observar Kitty e o marido.

Será que a comovente alegria do marido em presença de Kitty era a causa da frieza de Anna Pávlovna?

"Sim", pensou Kitty, "havia em Anna Pávlovna algo que não era natural, algo totalmente estranho à sua bondade, quando me disse, irritada, dois dias atrás: 'Veja só, ele fica sempre à sua espera, não quer tomar café sem a sua presença, embora esteja horrivelmente fraco'. Sim, e talvez ela não tenha gostado quando eu dei ao marido um agasalho. Tudo isso era muito natural, mas ele o recebeu de modo tão embaraçoso, me agradeceu tão demoradamente que até eu me senti confusa. E depois aquele retrato meu, que ele pintou tão bem. Mas o principal foi aquele olhar, transtornado e enternecido! Sim, sim, foi isso!", repetiu Kitty consigo mesma. "Não, não pode ser, não deve ser! Ele dá tanta pena!", dizia para si mesma, em seguida.

Essa dúvida envenenava o encanto de sua vida nova.

XXXIV

Já no fim da temporada de tratamento na estação de águas, o príncipe Cherbátski, que depois de Carlsbad fora a Baden e a Kissingen para encontrar-se com conhecidos russos e respirar um ar russo, como dizia, voltou ao encontro de sua família.

As opiniões do príncipe e da princesa a respeito da vida no exterior eram completamente opostas. A princesa achava tudo lindo e, apesar da sua posição estável na sociedade russa, tentava, no exterior, portar-se como uma dama europeia, o que não era — pois era uma fidalga russa — e por isso fingia, o que a deixava um pouco embaraçada. Já o príncipe, ao contrário, achava tudo ruim, no exterior, incomodava-se com a vida europeia, mantinha seus costumes russos e se empenhava deliberadamente em mostrar-se menos europeu do que era de fato.

O príncipe voltara mais magro, com bolsas de pele pendentes nas bochechas, mas no estado de ânimo mais alegre possível. Sua alegria reforçou-se ainda mais quando viu Kitty completamente recuperada. A notícia da amizade de Kitty com a sra. Stahl e Várienka e o comunicado da princesa de que havia observado uma certa mudança em Kitty perturbaram o príncipe e despertaram o habitual sentimento de ciúme em relação a tudo o que pudesse arrastar a filha para longe dele e o temor de que a jovem estivesse fora do alcance da sua influência, em um domínio inacessível para o pai. Mas essas notícias desagradáveis afogaram-se no mar de boa disposição e de alegria que sempre havia no príncipe e que se revigorara, em especial, na estação de águas de Carlsbad.

No dia seguinte à sua chegada, o príncipe, com seu sobretudo comprido, com suas pregas russas e as suas bochechas dilatadas, escoradas pelo colarinho engomado, dirigiu-se com a filha rumo ao parque das águas, no melhor estado de ânimo possível.

A manhã estava linda; as casas asseadas e alegres com seus jardinzinhos, a imagem do rosto e das mãos coradas das criadas alemãs, grandes apreciadoras de cerveja, que trabalhavam com alegria, e o sol radiante alegravam o coração; porém, quanto mais o pai e a filha se aproximavam das fontes, mais frequentes eram os encontros com os enfermos, e o aspecto deles parecia ainda mais lamentável em meio às condições habituais da confortável vida alemã. Esse contraste já não surpreendia Kitty. O sol claro, o brilho alegre das plantas, o som da música eram, para ela, a moldura natural de todos aqueles rostos conhecidos e das mudanças, para melhor ou para pior, que ela acompanhava; mas, para o príncipe, a luz e o brilho da manhã de junho, os sons da orquestra, que tocava uma valsa alegre muito em voga, e sobretudo o aspecto das criadas saudáveis pareciam algo indecoroso e aberrante ao lado daqueles desoladores cadáveres ambulantes, oriundos de todos os cantos da Europa.

Apesar do sentimento de orgulho que experimentava e apesar de parecer ter de volta a sua juventude quando a filha adorada caminhava de braço dado com ele, o príncipe tinha agora a impressão de haver algo incômodo e vergonhoso em seu passo firme, em seus braços e pernas volumosos e fartos de gordura. Provava quase a sensação de um homem nu, em público.

— Apresente-me, apresente-me seus novos amigos — disse para a filha, apertando a mão dela no seu cotovelo. — Eu até passei a gostar desta detestável Soden por ter feito tanto bem a você. Mas quanta tristeza, quanta tristeza há aqui. Quem é aquele?

Kitty dizia o nome das pessoas que encontravam, conhecidas ou não. Bem na entrada do parque, encontraram a cega Madame Berthe, com sua acompanhante, e o príncipe ficou muito contente ante a expressão comovida da velha francesa quando ouviu a voz de Kitty. De imediato, com uma exagerada amabilidade francesa, falou com o príncipe e elogiou-o por ter uma filha tão encantadora e, sem meias palavras, exaltou Kitty às alturas e chamou-a de tesouro, pérola e anjo consolador.

— Bem, então ela é o segundo anjo — disse o príncipe, sorrindo. — Kitty diz que o anjo número um é a Mademoiselle Várienka.

— Ah! Mademoiselle Várienka é um verdadeiro anjo, *allez*[27] — concordou Madame Berthe.

Na galeria, encontraram a própria Várienka. Ela caminhou rapidamente ao seu encontro, levando uma elegante bolsinha vermelha.

— Veja, papai chegou! — disse Kitty.

Da maneira simples e natural que marcava todos os seus gestos, Várienka fez um movimento entre a saudação e a reverência e logo passou a conversar com o príncipe, como falava com todos, de modo natural e sem acanhamento.

---

27 Francês: "convenhamos".

— Mas é claro que eu a conheço, e conheço muito bem — disse o príncipe, com um sorriso, pelo qual Kitty compreendeu com alegria que o pai havia gostado da sua amiga. — Para onde vai com tanta pressa?

— *Maman* está aqui — respondeu, voltando-se para Kitty. — Ela não dormiu a noite inteira e o médico recomendou que ficasse ao ar livre. Vou levar-lhe seu trabalho.

— Então esse é o anjo número um! — exclamou o príncipe, quando Várienka se afastou.

Kitty viu que o pai queria dizer um gracejo sobre Várienka, mas não o conseguiu, de maneira alguma, porque havia gostado dela.

— Bem, vamos visitar todos os seus amigos — acrescentou —, e também a Madame Stahl, se ela se dignar a me receber.

— Então você já a conhece, papai? — perguntou Kitty, com temor, ao notar que uma centelha de zombaria se acendera nos olhos do príncipe, ante a lembrança de Madame Stahl.

— Conheci o marido, e também a ela, um pouco, antes de se unir aos pietistas.

— O que é um pietista, papai? — cortou Kitty, já temerosa ao saber que aquilo que tanto prezava na sra. Stahl tinha um nome.

— Eu mesmo não sei com exatidão. Só sei que ela agradece a Deus por tudo, por qualquer infortúnio, e agradeceu a Deus quando o marido morreu. Isso é até engraçado porque os dois não se davam nada bem. Mas quem é esse? Que rosto lamentável! — perguntou, depois de notar, sentado num banco, um doente de baixa estatura, de sobretudo marrom e calça branca, que formava pregas estranhas sobre os ossos das pernas, carentes de carne.

Esse cavalheiro levantara o chapéu de palha acima dos ralos cabelos crespos, pondo à mostra a testa alta, doentiamente avermelhada por causa do chapéu.

— É Pietrov, um pintor — respondeu Kitty, ruborizando-se. — E aquela é sua esposa — acrescentou, apontando para Anna Pávlovna, que no momento em que passavam, como que de propósito, saiu atrás do filho, que se afastara por uma vereda.

— Coitado, e que rosto simpático tem ele! — disse o príncipe. — Por que você não se aproximou? Ele não queria dizer-lhe algo?

— Bem, então vamos até lá — respondeu Kitty, voltando-se resoluta. — Como está sua saúde hoje? — perguntou para Pietrov.

Pietrov levantou-se, apoiando-se na bengala, e olhou tímido para o príncipe.

— Esta é a minha filha — disse o príncipe. — Permita que eu me apresente.

O pintor curvou-se e sorriu, pondo à mostra dentes brancos que brilhavam de um modo estranho.

— Nós esperamos a senhorita ontem, princesa — disse para Kitty.

Ele cambaleou ao falar isso e, repetindo o mesmo movimento, esforçou-se para mostrar que o fizera de propósito.

— Eu queria ir, mas Várienka disse que Anna Pávlovna mandara avisar que os senhores não iam sair.

— Como não íamos? — exclamou Pietrov, tornando-se vermelho e logo em seguida começando a tossir, enquanto procurava a esposa com os olhos. — Ánieta! Ánieta! — chamou em voz alta e, no pescoço fino e branco, veias grossas retesaram-se como cordas.

Anna Pávlovna se aproximou.

— Então você mandou avisar à princesa que nós não íamos passear? — sussurrou ele, irritado e sem voz.

— Bom dia, princesa! — disse Anna Pávlovna, com um sorriso fingido, muito diferente da atitude que tinha anteriormente. — Muito prazer em conhecê-lo — dirigiu-se ao príncipe. — Há muito que o esperavam, príncipe.

— Você mandou avisar à princesa que não íamos passear? — de novo sussurrou o pintor, com voz rouca, ainda mais zangado, e obviamente irritando-se ainda mais porque a voz o traía e ele não conseguia dar às suas palavras a expressão que desejava.

— Ah, meu Deus! Pensei que não íamos — respondeu a esposa, aborrecida.

— Mas como, quando... — pôs-se a tossir e abanou a mão. O príncipe ergueu o chapéu e afastou-se com a filha.

— Oh! Oh! — suspirou ele, profundamente. — Oh, que infelizes!

— Sim, papai — respondeu Kitty. — Mas é preciso ter em mente que eles têm três filhos, nenhum criado e quase nenhum dinheiro. Ele recebe alguma coisa da Academia — contou, animada, esforçando-se para abafar a perturbação causada pela estranha mudança de atitude de Anna Pávlovna em relação a ela. — E lá está Madame Stahl — disse Kitty, indicando o carrinho revestido por travesseiros em que algo jazia, metido em alguma coisa cinzenta e azulada, embaixo de uma sombrinha.

Era Madame Stahl. Atrás dela, o empregado alemão, soturno e saudável, empurrava o carrinho. Ao lado, estava o louro conde sueco, que Kitty conhecia de nome. Alguns doentes se demoravam em torno do carrinho, olhando para aquela senhora como algo extraordinário.

O príncipe aproximou-se. E, no mesmo instante, Kitty percebeu nos olhos do pai a centelha de zombaria que a perturbava. Ele se aproximou de Madame Stahl e pôs-se a falar naquele excelente francês que tão poucos falam, agora, extremamente refinado e cortês.

— Não sei se a senhora se lembra de mim, mas eu tenho de me lembrar de agradecer-lhe por sua bondade com a minha filha — disse, depois de tirar o chapéu e não o recolocar na cabeça.

— O príncipe Aleksandr Cherbátski — disse Madame Stahl, erguendo para ele seus olhos celestiais, nos quais Kitty percebeu um descontentamento. — Fico muito feliz em vê-lo. Estou encantada com a filha do senhor.

— A senhora ainda está mal de saúde?

— Sim, já estou acostumada — respondeu Madame Stahl e apresentou o príncipe ao conde sueco.

— Mas a senhora não mudou quase nada — disse-lhe o príncipe. — Faz dez ou onze anos que não tenho a honra de vê-la.

— Sim, Deus dá a cruz e dá a força para carregá-la. Muitas vezes nos perguntamos para que esta vida se prolonga tanto... Do outro lado! — virou-se irritada para Várienka, que não agasalhava sua perna com a manta como devia.

— Para fazer o bem, sem dúvida — disse o príncipe, com os olhos sorrindo.

— Não cabe a nós julgar — respondeu a sra. Stahl, notando uma nuance de expressão no rosto do príncipe. — Então o senhor me enviará esse livro, prezado conde? Fico muito agradecida ao senhor — dirigiu-se ao jovem sueco.

— Ah! — exclamou o príncipe, ao ver o coronel moscovita que estava ali perto e, depois de fazer uma reverência à sra. Stahl, afastou-se com a filha e com o coronel moscovita, que se juntara a eles.

— Esta é a nossa aristocracia, príncipe! — comentou, com intuito zombeteiro, o coronel moscovita, que tinha mágoa da sra. Stahl por não se interessar em conhecê-lo.

— É a mesma de sempre — respondeu o príncipe.

— E o senhor a conheceu ainda antes de ficar doente, príncipe, ou seja, antes de ficar sem andar?

— Sim. Parou de andar na ocasião em que eu a conheci — respondeu o príncipe.

— Dizem que não levanta há dez anos.

— Não fica de pé porque tem as pernas curtas demais. Tem o corpo muito mal constituído.

— Não pode ser, papai! — exclamou Kitty.

— É o que dizem as más-línguas, minha querida. E a sua Várienka bem o sabe — acrescentou. — Ah, essas senhoras inválidas!

— Papai, não pode ser! — exclamou Kitty, com ardor. — Várienka a adora. E, além disso, faz tanta caridade! Pergunte a quem quiser. Todos conhecem a ela e Aline Stahl.

— Pode ser — respondeu o príncipe, pressionando a mão da filha com o cotovelo. — Mas quando se faz caridade, é melhor que ninguém o saiba.

Kitty calou-se, não porque nada tivesse a dizer; nem ao pai queria revelar os seus pensamentos secretos. Contudo, por estranho que pareça, apesar de estar pronta a não se submeter à opinião do pai e a não lhe dar acesso ao seu santuário, Kitty sentia que a imagem divina da sra. Stahl, que ela trazia na alma fazia um mês inteiro, havia se perdido irremediavelmente, como desaparece uma figura humana formada por um vestido largado ao acaso, quando se percebe que nada mais é do que uma roupa vazia. Restara apenas uma mulher de pernas curtas, que não se punha de pé porque tinha o corpo mal constituído e que atormentava a humilde Várienka por não a agasalhar direito com a manta. E já nenhum esforço de imaginação conseguiria restabelecer a Madame Stahl que existia antes.

XXXV

O alegre estado de ânimo do príncipe contagiou a própria família, os conhecidos e até o hospedeiro alemão em cuja casa estavam alojados os Cherbátski.

Depois de voltar com Kitty do parque das águas e convidar o coronel, Mária Evguénievna e Várienka para tomar um café em sua casa, o príncipe mandou levar mesa e cadeiras para o jardim e ali, sob o castanheiro, servir o almoço. Até o hospedeiro e a criada se animaram sob a influência da sua alegria. Conheciam sua generosidade e, meia hora depois, um médico hamburguês doente, que morava mais acima, olhava pela janela com inveja para aquele alegre grupo de russos saudáveis, reunidos embaixo do castanheiro. Sob a sombra oscilante das folhas redondas, junto à mesa coberta por uma toalha branca e servida de cafeteiras, pão, manteiga e frios, sentou-se a princesa, de coifa com fitas lilases, que distribuía as xícaras e as fatias de pão. Na extremidade oposta, sentou-se o príncipe, que comia com fartura e conversava em voz alta e alegre. O príncipe colocara ao seu lado as suas compras, pequenos cofres lavrados, bugigangas, espátulas de todos os feitios, que comprara aos montes em todas as estações de água, e distribuiu-as a todos, inclusive a Lieschen, a criada, e ao hospedeiro, com quem gracejou no seu alemão comicamente ruim, garantindo que não fora a água que havia curado Kitty e sim a sua excelente cozinha, sobretudo a sopa de ameixa-preta. A princesa zombava do marido por causa de seus hábitos russos, mas estava mais animada e alegre do que em qualquer outro momento daquela temporada na estação de águas. O coronel, como sempre, sorria das brincadeiras do príncipe; mas no tocante à Europa, que ele, a seu juízo, analisava com minúcia, tomava o partido da princesa. A bondosa Mária Evguénievna rolava de rir de qualquer coisa que o divertido príncipe falasse e Várienka, coisa que Kitty jamais vira, sucumbia ao riso fraco mas contagiante que as brincadeiras do príncipe lhe provocavam.

Tudo isso alegrou Kitty, mas ela não podia deixar de se preocupar. Não conseguia solucionar o problema que o pai, sem querer, lhe apresentara, com a sua maneira alegre de encarar suas amigas e essa vida, à qual Kitty tanto se afeiçoara. A tal problema, vinha também somar-se a mudança de atitude de Anna Pávlovna, que hoje havia se manifestado de maneira tão flagrante e desagradável. Todos estavam alegres, mas Kitty não conseguia alegrar-se e isso a atormentava ainda mais. Sentia algo semelhante ao que experimentava na infância quando, de castigo, não podia sair do quarto e ouvia, lá fora, as risadas alegres das irmãs.

— Mas para que comprou essa montanha de coisas? — perguntou a princesa, sorrindo, ao entregar ao marido uma xícara de café.

— Ora, a gente sai para caminhar e tudo corre muito bem, até que passa por uma loja e, de lá, pedem que você compre: "*Erlaucht, Excellenz, Durchlaucht*".[28] Pois bem, quando gritam *Durchlaucht*, eu já não resisto: são dez táleres a menos.

— Isso é por puro tédio — disse a princesa.

— Claro, é o tédio. Um tédio tão grande, mãezinha, que a gente nem sabe onde se enfiar.

— Como pode entediar-se, príncipe? Há tanta coisa interessante aqui na Alemanha — disse Mária Evguénievna.

— Sim, conheço tudo o que há de interessante: conheço a sopa de ameixa-preta, conheço o chouriço com ervilha. Conheço tudo.

— Não, diga o que disser, príncipe, as instituições deles são interessantes — objetou o coronel.

— Mas interessantes em quê? Todos vivem satisfeitos, como moedas de cobre: venceram todo mundo. Muito bem, mas em que isso me deixa satisfeito? Não venci ninguém e tenho de descalçar as próprias botas e ainda por cima deixar do lado de fora da porta da casa deles. Tenho de levantar de manhã cedinho, vestir-me logo depois, ir à sala beber um chá horroroso. Que diferença, lá em casa! Acordamos sem a menor pressa, irritamo-nos com alguma coisa, resmungamos, ficamos bem de novo, refletimos sobre tudo, e nada de afobação.

— Mas tempo é dinheiro, o senhor esquece isso — comentou o coronel.

— Depende do tempo! Há um tempo em que se troca um mês inteiro por uma

---

28 Alemão: "eminência, excelência, alteza".

moedinha de cinquenta copeques e um outro em que não se troca meia hora por dinheiro nenhum no mundo. Não é assim, Kátienka? O que tem você, está triste?

— Não tenho nada.

— Para onde vai a senhorita? Fique mais um pouco — pediu ele para Várienka.

— Tenho de ir para casa — respondeu Várienka, levantando-se, e de novo submergiu num riso.

Depois que se recobrou, despediu-se e entrou na casa para pegar o chapéu. Kitty foi atrás dela. Até Várienka parecia outra pessoa, agora. Não ficara pior, mas era diferente daquela que Kitty antes imaginava.

— Ah, fazia tempo que eu não ria tanto! — disse Várienka, pegando a sombrinha e a bolsa pequena. — Como é simpático, o seu pai!

Kitty ficou calada.

— Quando nos veremos? — perguntou Várienka.

— *Maman* queria visitar os Pietrov. A senhorita não vai estar lá? — perguntou Kitty, testando Várienka.

— Estarei — respondeu. — Eles estão se preparando para partir e por isso prometi ajudar a fazer as malas.

— Ora, eu também irei lá.

— Não, para quê?

— Para quê? Para quê? Para quê? — pôs-se a repetir Kitty, de olhos arregalados e segurando a sombrinha de Várienka, para não a deixar sair. — Não, espere, para quê?

— Veja, seu pai chegou e, além disso, eles se sentem constrangidos com a sua presença.

— Não, diga-me, por que não quer que eu vá com frequência à casa dos Pietrov? Afinal, a senhorita não vai? Por quê?

— Eu não disse isso — respondeu Várienka, tranquila.

— Não, por favor, me diga!

— Digo tudo?

— Tudo, tudo! — confirmou Kitty.

— Não há nada de especial, ocorre apenas que Mikhail Alekséievitch (era o nome do pintor) tinha intenção de partir mais cedo, porém, agora, não quer mais ir embora — explicou Várienka, sorrindo.

— E daí? E daí? — pressionou-a Kitty, olhando para Várienka com ar sombrio.

— E daí, por alguma razão, Anna Pávlovna disse que ele não quer partir porque a senhorita está aqui. Claro, é uma bobagem, mas por essa razão, por causa da senhorita, houve um desentendimento. E a senhorita sabe como esses doentes ficam irritados.

Kitty, com o rosto cada vez mais franzido, se manteve calada e Várienka falava sozinha, enquanto tentava aplacar e acalmar a amiga e via que se preparava uma explosão, não sabia se de lágrimas ou de palavras.

— Assim, é melhor que a senhorita não vá... E a senhorita compreende, não fique ofendida...

— É bem feito, para mim, é bem feito! — desatou a falar Kitty, depressa, tomando a sombrinha das mãos de Várienka e desviando-se dos olhos da amiga.

Várienka sentiu vontade de sorrir, ao ver a raiva infantil da amiga, mas teve receio de ofendê-la.

— Bem feito, como? Não entendo — disse.

— É bem feito porque tudo isso era fingimento, tudo isso era inventado, não era de coração. O que tinha eu a ver com pessoas estranhas? Eis no que dá, causei um desentendimento por fazer algo que ninguém me pediu para fazer. Porque é tudo falsidade! Falsidade! Falsidade!...

— Falsidade, mas com que propósito? — indagou Várienka, com voz suave.

— Ah, que tolice, que baixeza! Eu não tinha a menor necessidade... Tudo falsidade! — disse Kitty, abrindo e fechando a sombrinha.

— Mas com que propósito?

— A fim de parecer melhor, aos olhos dos outros, aos meus próprios olhos, aos olhos de Deus, para enganar a todos. Não, agora eu não permitirei mais isso! Serei má, mas pelo menos não serei mentirosa, não serei falsa!

— Mas quem é falso? — perguntou Várienka, com um ar de censura. — A senhorita fala como se...

Mas Kitty estava num acesso de fúria. Não deixou a amiga terminar a frase.

— Não falo da senhorita, absolutamente. A senhorita é perfeita. Sim, sim, eu sei que a senhorita é a própria perfeição; mas o que posso fazer se sou má? Nada disso teria acontecido se eu não fosse má. Portanto, que eu seja como sou, mas não vou fingir. O que tenho a ver com Anna Pávlovna? Que eles vivam como bem entenderem e eu viva como quiser. Não posso ser diferente... Tudo isso não é assim, não é assim!...

— Mas o que não é assim? — perguntou Várienka, atônita.

— Tudo. Não posso viver senão segundo o meu coração, mas a senhorita vive em obediência a princípios. Eu me afeiçoei pela senhorita com naturalidade, mas a senhorita, provavelmente, só pensa em me salvar, me ensinar!

— Está sendo injusta — disse Várienka.

— Mas nada estou dizendo a respeito dos outros, falo de mim mesma.

— Kitty! — ouviu-se a voz da mãe. — Venha cá, mostre ao papai o seu colar de corais.

Kitty, com ar altivo, sem reconciliar-se com a amiga, pegou na mesa o colar de coral dentro de uma caixinha e foi ao encontro da mãe.

— O que tem você? Por que está tão vermelha? — perguntaram a mãe e o pai a uma só voz.

— Nada — respondeu. — Volto logo — e correu de novo para dentro.

"Ela ainda está aqui!", pensou. "O que vou dizer a ela, meu Deus? O que eu fiz, o que eu falei! Por que a ofendi? O que vou fazer? O que vou dizer a ela?", pensava Kitty e deteve-se à porta.

Várienka, de chapéu e com a sombrinha nas mãos, estava sentada à mesa, examinando a mola que Kitty havia quebrado. Ergueu a cabeça.

— Várienka, desculpe, desculpe! — sussurrou Kitty, aproximando-se. — Não lembro o que falei. Eu...

— Sinceramente, eu não queria causar um desgosto a você — disse Várienka, sorrindo.

A paz foi selada. Mas, para Kitty, a partir da vinda do pai, todo aquele mundo em que ela vivia se modificou. Kitty não renegou tudo o que aprendera, mas compreendeu que enganava a si mesma ao pensar que poderia ser o que quisesse. Ela pareceu despertar; deu-se conta de toda a dificuldade que havia em manter-se, sem falsidade e sem jactância, nas alturas a que desejava elevar-se; além disso, deu-se conta de todo o peso daquele mundo de sofrimento, de pessoas doentes e moribundas, em que ela vivia; os esforços que empenhava contra si mesma para gostar disso lhe pareceram torturantes e sentiu uma vontade de respirar ar puro, o mais rápido possível, na Rússia, em Ierguchov, para onde, soubera por cartas, já seguira a sua irmã Dolly, com os filhos.

Mas seu afeto por Várienka não se enfraqueceu. Ao despedir-se, Kitty suplicou a ela que fosse visitá-los na Rússia.

— Irei, quando a senhorita casar — respondeu Várienka.

— Jamais casarei.

— Bem, então jamais irei.

— Bem, então vou me casar só por isso. Veja bem, é uma promessa, não esqueça! — disse Kitty.

Os prognósticos do médico se cumpriram. Kitty voltou para casa, para a Rússia, curada. Não estava tão despreocupada e alegre como era antes, mas sentia-se tranquila e suas tristezas de Moscou transformaram-se numa recordação.

PARTE TRÊS

I

Serguei Ivánovitch Kóznichev queria descansar do trabalho intelectual e, em vez de viajar para o exterior, como era seu costume, seguiu no fim de maio rumo ao campo, para a casa do irmão. Tinha a convicção de que não existia vida melhor que a do campo. Viera, agora, desfrutar essa vida em casa do irmão. Konstantin Liévin ficou muito contente, ainda mais porque já não esperava receber o irmão Nikolai nesse verão. Porém, apesar da sua afeição e do seu respeito por Serguei Ivánovitch, no campo, Konstantin Liévin não se sentia à vontade em sua companhia. Era incômodo, e até desagradável, ver a atitude do irmão em relação à vida no campo. Para Konstantin Liévin, o campo era o lugar onde se vivia, ou seja, um lugar de alegria, de sofrimento, de trabalho; para Serguei Ivánovitch, o campo significava, de um lado, o repouso do trabalho e, de outro, um antídoto útil contra a corrupção, que ele tomava com prazer e com a consciência da sua utilidade. Para Konstantin Liévin, o campo era bom porque representava a oportunidade de um trabalho incontestavelmente útil; para Serguei Ivánovitch, o campo era bom, em especial, por representar a chance, e até mesmo a obrigação, de não fazer nada. Além disso, a atitude de Serguei Ivánovitch com os camponeses deixava Konstantin um pouco chocado. Serguei Ivánovitch dizia que estimava e compreendia os camponeses e, não raro, conversava com os mujiques, o que sabia fazer muito bem, sem fingir e sem mostrar condescendência, e de todas essas conversas extraía informações gerais em favor dos camponeses e também provas de que ele de fato conhecia aquela gente. Tal atitude em relação aos camponeses não agradava a Konstantin Liévin. Para ele, o povo era apenas o principal parceiro no trabalho comum e, apesar de todo o seu respeito e de uma afeição fraterna pelo mujique, na certa absorvida, como dizia ele mesmo, com o leite da camponesa que o amamentara, Konstantin, na condição de parceiro de suas atividades comuns, se em certas ocasiões ficava admirado com a força, com a brandura, com a justiça daquelas pessoas, muitas vezes, quando os trabalhos comuns exigiam outras virtudes, se exasperava com os camponeses por sua leviandade, por seu desleixo, por seu fraco pela bebida e pela mentira. Caso lhe perguntassem se gostava dos camponeses, Konstantin Liévin positivamente não saberia como responder. Gostava e não gostava, assim como lhe ocorria em relação às pessoas em geral. Naturalmente, como homem bom que era, gostava das pessoas mais do que desgostava, e assim também com os camponeses. Mas gostar ou não gostar dos camponeses como se fossem algo à parte, isto ele não conseguia, não só por viver com os camponeses, não só por todos os seus interesses estarem associados aos camponeses, mas também porque, como considerava a si mesmo parte dos camponeses, não via em si e neles quaisquer qualidades e defeitos específicos e não podia contrapor-se aos camponeses. Além disso, embora vivesse havia muito tempo no mais estreito contato com os mujiques, na condição de proprietário de terras e de mediador, mas sobretudo de conselheiro (os mujiques confiavam nele e percorriam até quarenta verstas para pedir seu conselho), Konstantin não tinha nenhuma opinião definida a respeito dos camponeses e, caso lhe perguntassem se conhecia os camponeses, se veria no mesmo apuro em que ficava quando tinha de responder se gostava ou não deles. Dizer que os conhecia seria, para Konstantin, o mesmo que dizer que conhecia as pessoas, em geral. Todo o tempo, observava e travava conhecimento com pessoas de todos os tipos, entre elas os mujiques, que considerava pessoas boas e interessantes, e neles percebia continuamente traços novos, alterava suas opiniões anteriores a seu respeito e formava novas. Serguei Ivánovitch era o contrário. Da mesma forma que estimava e elogiava a vida no campo em contraposição a uma vida que não estimava, assim também gostava dos camponeses em contraposição a uma classe de pessoas de que não gostava, e do mesmo modo conhecia os camponeses como algo contraposto às pessoas em geral. Em sua mente metódica, moldaram-se com clareza determinadas formas da vida camponesa, extraídas em parte da própria vida camponesa, mas principalmente de uma contraposição. Ele nunca alterava sua opinião a respeito dos camponeses e sua atitude de simpatia em relação a eles.

Nas discussões que ocorriam entre os irmãos no tocante às opiniões sobre os camponeses, Serguei Ivánovitch sempre vencia o irmão, justamente porque tinha ideias bem definidas sobre os camponeses, sobre o seu caráter, sobre as suas aptidões e os seus gostos; já Konstantin Liévin não tinha nenhuma ideia definida e invariável e assim, nessas discussões, era sempre apanhado em alguma contradição consigo mesmo.

Para Serguei Ivánovitch, o irmão caçula era um excelente rapaz, com o coração *bem-disposto* (como se expressava em francês), porém com uma inteligência, embora bastante ágil, submissa às impressões do momento e, por isso, repleta de contradições. Com a indulgência de um irmão mais velho, ele às vezes lhe explicava o significado das coisas, mas não conseguia encontrar prazer em discutir com o irmão caçula porque era demasiado fácil derrotá-lo.

Konstantin Liévin encarava o irmão como um homem de enorme inteligência e cultura, um homem nobre, no sentido mais elevado da palavra, e dotado da capacidade de agir em prol do bem comum. No entanto, no fundo de sua alma, quanto mais envelhecia e quanto mais intimamente conhecia o irmão, vinha-lhe ao pensamento, de modo cada vez mais frequente, que essa capacidade de agir em prol do bem comum, da qual se sentia completamente privado, talvez não fosse uma virtude, mas sim, ao contrário, a falta de alguma coisa — não uma falta de gostos e de desejos bons, honrados e nobres, mas uma falta de força vital, daquilo que chamam de coração, daquela aspiração que obriga a pessoa a escolher, entre todos os inumeráveis caminhos que se apresentam na vida, somente um e desejar apenas esse. Quanto mais conhecia o irmão, mais notava que Serguei Ivánovitch e muitos outros que agiam em prol do bem comum não eram levados pelo coração a esse amor ao bem comum, mas sim concluíam por força da razão que era bom incumbir-se disso e apenas por esse motivo o faziam. A hipótese de Liévin era também confirmada pela observação de que as questões do bem comum e da imortalidade da alma não entusiasmavam seu irmão mais do que uma partida de xadrez ou do que a construção engenhosa de uma nova máquina.

Além disso, Konstantin Liévin não ficava à vontade com o irmão, no campo, também porque ali, sobretudo no verão, Liévin estava constantemente ocupado com os afazeres da propriedade e nem o longo dia de verão bastava para que ele cumprisse tudo o que era necessário, enquanto Serguei Ivánovitch repousava. Mas, embora Serguei Ivánovitch também repousasse agora, ou seja, não trabalhasse no seu livro, estava de tal forma habituado à atividade mental que gostava de expressar, de modo sucinto e gracioso, as ideias que lhe ocorriam, e gostava que houvesse alguém para ouvi-lo. Seu ouvinte mais habitual e natural era o irmão. Por isso, apesar da naturalidade fraternal de suas relações, Konstantin não se sentia à vontade para deixá-lo sozinho. Serguei Ivánovitch adorava estirar-se sobre a relva, ao sol, e ficar ali deitado, como que se aquecendo, e tagarelar preguiçosamente.

— Você nem acredita — dizia ao irmão — que delícia é, para mim, essa indolência rural. Nenhum pensamento na cabeça, um vazio completo.

Mas, para Konstantin Liévin, era enfadonho ficar ali sentado e ouvi-lo, sobretudo porque sabia que, sem ele, levariam o estrume para um solo ainda não preparado adequadamente e o amontoariam Deus sabe como, se ele não estivesse lá para controlar; e que não aparafusariam as lâminas dos arados, deixariam que se soltassem, para depois dizerem que os arados novos eram uma invencionice inútil e que nada havia como a velha charrua Andréievna[1] e assim por diante.

---

1 Nome russo jocoso para o tosco arado tradicional.

— Você vai andar debaixo deste calor? — dizia Serguei Ivánovitch.

— Não, tenho só de passar rapidamente no escritório — respondia Liévin, e saía direto para o campo.

II

Nos primeiros dias de junho, aconteceu que a ama e governanta Agáfia Mikháilovna, ao levar para o porão um pequeno vasilhame com cogumelos que ela acabara de salgar, escorregou, caiu e torceu o pulso. Acudiu o médico do *ziemstvo*, jovem, falante, que acabara de concluir o curso de medicina. Examinou o braço, disse que não estava luxado, aplicou compressas e, ficando para almoçar, deliciou-se de forma flagrante com a presença do famoso Serguei Ivánovitch Kóznichev e, para demonstrar sua visão esclarecida das coisas, relatou todos os mexericos provincianos, lamentando-se da situação deplorável do *ziemstvo*. Serguei Ivánovitch ouviu com atenção, fez perguntas e, estimulado por um novo ouvinte, pôs-se a conversar e formulou alguns comentários certeiros e convincentes, acolhidos com reverência pelo jovem médico, e logo assumiu o estado de ânimo caloroso, bem conhecido pelo seu irmão, em que costumava ficar depois de uma conversa inteligente e animada. Após a partida do médico, Serguei Ivánovitch quis ir ao rio, com um caniço de pesca. Adorava pescar e parecia orgulhar-se de poder gostar de uma ocupação tão tola.

Konstantin Liévin, que precisava ir à lavoura e ao pasto, ofereceu-se para levar o irmão — no cabriolé.

Era a época, meados do verão, em que a colheita do ano já está definida, têm início os cuidados com a semeadura do ano seguinte e a sega se aproxima, era a época em que todo o centeio já começou a espigar e oscila ao vento, com as espigas ainda leves, não muito carregadas, cinzentas e esverdeadas, a época em que a aveia verde, com esparsas moitas de grama amarela de permeio, irrompe de forma irregular na semeadura tardia, quando o trigo-sarraceno precoce já brotou, toldando o solo, quando as terras de pousio, endurecidas como pedra de tão pisadas pelo gado, com sulcos em que o arado não consegue correr, estão parcialmente lavradas; quando, ao crepúsculo, montes de estrume seco transportados até o campo misturam seu cheiro ao da relva melosa e, nas várzeas, à espera do gadanho, os prados acolhedores se estendem como um mar sem fim, entre montes enegrecidos formados por pés de azedinha arrancados com enxada.

Era a época em que ocorre uma breve pausa no trabalho rural, antes do início da colheita, que a cada ano se repete e a cada ano convoca todas as forças dos camponeses. A safra foi excelente — e os dias de verão eram claros e quentes, com noites curtas e cheias de orvalho.

Os irmãos tinham de passar através da floresta para chegar aos prados. Serguei Ivánovitch admirava-se o tempo todo com a beleza da folhagem cerrada da floresta, indicando ao irmão ora uma velha tília prestes a florir, num recanto escuro de sombras, matizada pelos brotos amarelos, ora os jovens rebentos, com um brilho de esmeralda, de árvores nascidas naquele mesmo ano. Konstantin Liévin não gostava de falar nem de ouvir outros falarem sobre a beleza da natureza. Para ele, as palavras retiravam a beleza daquilo que via. Fazia coro ao irmão, mas, sem querer, punha-se a pensar em outro assunto. Quando terminaram de atravessar a floresta, todas as suas atenções foram absorvidas pela visão de um campo em pousio, num monte, em parte amarelado pela relva, em parte quadriculado por sulcos, em parte coalhado de montes de estrume e em parte lavrado. Carroças cruzavam o campo numa fila. Liévin contou as carroças, ficou satisfeito por terem trazido todas as que eram necessárias e, ante a visão do campo, seus pensamentos desviaram-se para a questão da sega. Sempre experimentava um entusiasmo especial com a colheita do feno. Quando chegou ao prado, Liévin deteve o cavalo.

O orvalho matinal perdurava ainda por baixo da relva espessa e Serguei Ivánovitch, a fim de não molhar os pés, pediu que o transportassem no cabriolé até um arbusto de salgueiro junto ao qual se pescavam percas. Por mais que lamentasse amassar sua relva, Konstantin Liévin avançou sobre o prado. A relva alta enlaçava-se com suavidade em torno das rodas e das patas do cavalo, largando suas sementes nos raios e nos cubos das rodas.

O irmão sentou-se sob o arbusto, depois de pegar um caniço, enquanto Liévin afastou o cavalo, amarrou-o e saiu a caminhar pelo vasto mar verde-acinzentado do prado, que nenhum vento movia. A relva sedosa, com as sementes maduras, alcançava quase a cintura, nos locais inundados.

Depois de cruzar o prado, Konstantin Liévin foi dar numa estrada e encontrou um velhinho, com um olho inchado, que carregava uma colmeia sobre os ombros.

— Ora! Apanhou mais uma, Fómitch? — perguntou.

— Que apanhei, nada, Konstantin Mítritch! Mal dou conta de guardar as que tenho. Olha que já é a segunda vez que me foge... Felizmente os garotos correram atrás, a galope. Estavam lavrando as terras do senhor. Desatrelaram o cavalo e saíram a galope.

— Ora, o que acha, Fómitch: vamos ceifar ou esperar um pouco?

— Bom, para mim, é melhor esperar até o dia de são Pedro. Mas o senhor sempre ceifa mais cedo. Mas, se Deus quiser, a relva será boa. O gado terá fartura.

— E o tempo, o que acha?

— Só Deus sabe. Talvez o tempo fique bom.

Liévin aproximou-se do irmão. Não pegara nenhum peixe, mas nem por isso Serguei Ivánovitch se aborrecia, e exibia o estado de ânimo mais alegre do mundo. Liévin notou que, estimulado pela conversa com o médico, ele queria falar mais. Liévin, ao contrário, queria ir logo para casa, a fim de mandar convocar os ceifeiros no dia seguinte e solucionar sua dúvida a respeito da sega, que o preocupava seriamente.

— Então vamos — disse ele.

— Para que essa pressa? Fiquemos um pouco. Como você está molhado, veja só! Não pesquei nada, mas está agradável, aqui. Qualquer caçada é boa porque se tem contato com a natureza. Puxa, mas que beleza essa água cor de aço! — exclamou. — Essas margens cobertas de relva — prosseguiu — sempre me fazem lembrar uma antiga charada... conhece? A relva diz para a água: vamos balançar, vamos balançar.

— Não conheço essa charada — respondeu Liévin, desanimado.

III

— Sabe, tenho pensado em você — disse Serguei Ivánovitch. — É o cúmulo o que vocês andam fazendo aqui na província, como me disse aquele médico, um rapaz nada tolo. Eu já lhe disse e continuo a dizer: é ruim você não ir às assembleias do conselho e, no geral, manter-se afastado dos trabalhos do *ziemstvo*. Se as pessoas de bem se omitirem, é claro que tudo ficará Deus sabe como. Pagamos e eles usam o nosso dinheiro para seus próprios ordenados, e nada de escolas, nada de enfermeiros, nada de parteiras, nada de farmácias, nada de coisa nenhuma.

— Veja, eu tentei — respondeu Liévin, com calma e a contragosto —, mas não consigo! O que fazer?

— Mas por que não consegue? Confesso que eu não compreendo. Indiferença, incompetência, isso eu não posso admitir; seria, então, apenas preguiça?

— Nem uma coisa nem outra, nada disso. Eu tentei e vejo que não posso fazer nada — explicou Liévin.

Mal parou para refletir no que o irmão dissera. Ao observar um campo lavrado do outro lado do rio, percebeu um ponto preto, mas não distinguia se era só um cavalo ou o administrador a cavalo.

— Por que não pode fazer nada? Você fez uma tentativa e, na sua opinião, não obteve sucesso, e resignou-se. Como pode ter tão pouco amor-próprio?

— Amor-próprio — disse Liévin, despertado pelas palavras do irmão. — Não compreendo. Se tivessem me dito, no tempo da universidade, que os outros entenderiam o cálculo integral, mas eu não seria capaz, isso seria uma questão de amor-próprio. Mas, no nosso caso, é preciso antes estar convencido de que esses assuntos exigem uma capacidade específica e, acima de tudo, de que todos esses assuntos são muito importantes.

— Como não? Acaso isso não é importante? — perguntou Serguei Ivánovitch, espicaçado pelo fato de o irmão não julgar importante algo que o preocupava e, sobretudo, por quase não ter escutado o que dissera.

— Não me parece importante, não desperta meu interesse, o que você quer que eu faça?... — respondeu Liévin, depois de concluir que o que tinha visto, à distância, era o administrador e que este, provavelmente, dispensava os mujiques da lavoura. Estavam largando o arado. "Será possível que já terminaram de arar?", pensou.

— Ora, escute aqui, veja bem — disse o irmão mais velho, franzindo o belo rosto inteligente. — Há um limite para tudo. Está muito bem ser um homem original, sincero e não estimar a falsidade, sei disso tudo; mas o que você está dizendo, ou não tem sentido algum, ou tem um sentido muito ruim. Como pode achar sem importância que esse povo do campo, que você ama, como afirma...

"Jamais afirmei tal coisa", pensou Konstantin Liévin.

— ... morra sem receber nenhuma assistência? Camponesas grosseiras deixam as crianças morrerem à toa enquanto os camponeses se atolam na ignorância e se submetem ao poder de qualquer escrivão, e você tem ao alcance das mãos um meio de ajudá-los, mas não ajuda, porque, na sua opinião, isso não é importante.

E Serguei Ivánovitch apresentou-lhe um dilema:

— Ou você tem uma inteligência tão limitada que não consegue ver tudo o que pode fazer, ou você não quer abrir mão da sua tranquilidade, da sua vaidade, quem sabe, para pôr mãos à obra.

Konstantin Liévin se deu conta de que só lhe restava submeter-se ou reconhecer sua falta de apreço pelo interesse público. E isso o ofendeu e amargurou.

— Tanto uma coisa quanto a outra — disse ele, resoluto. — Não vejo como seria possível...

— O quê? É impossível fornecer assistência médica se o dinheiro já está alocado para isso?

— É impossível, ao meu ver... Nas quatro mil verstas quadradas do nosso distrito, com nossas inundações, nossas nevascas, nosso trabalho sazonal, não vejo possibilidade de oferecer assistência médica em toda parte. Além do mais, no geral, não acredito na medicina.

— Ora, me desculpe, mas isso é injusto... Posso lhe dar milhares de exemplos... Mas, e as escolas?

— Para que escolas?

— O que está dizendo? Será que pode haver a menor dúvida a respeito do proveito da instrução? Se ela fez bem a você, fará também a todos.

Konstantin Liévin sentiu-se moralmente encurralado e por isso inflamou-se e, sem querer, manifestou a razão principal da sua indiferença com respeito ao interesse público.

— Talvez tudo isso esteja muito certo; mas por que eu devo me empenhar na instalação de postos médicos dos quais nunca vou me servir e de escolas para onde não vou enviar meus filhos, para onde os camponeses também não querem enviar seus filhos, e nem eu estou firmemente convencido de que deveriam fazê-lo? — perguntou.

Serguei Ivánovitch, por um minuto, ficou surpreso com essa inesperada maneira de ver a questão; mas logo elaborou um novo plano de ataque.

Calou-se por um tempo, pegou um caniço, atirou-o longe e, sorrindo, voltou-se para o irmão.

— Bem, me desculpe... Mas, em primeiro lugar, um posto médico era indispensável. Veja, para cuidar de Agáfia Mikháilovna, tivemos de chamar o médico do *ziemstvo*.

— Muito bem, mas acho que o braço vai continuar torto.

— Isso ainda veremos... E também um mujique alfabetizado seria, para você, um trabalhador mais útil e valioso.

— Não, pode perguntar a quem quiser — retrucou Konstantin Liévin, com firmeza. — Um trabalhador alfabetizado é imensamente pior. Também é impossível consertar as estradas e, assim que se constrói uma ponte, logo roubam tudo.

— Pensando bem — disse, de rosto franzido, Serguei Ivánovitch, a quem aborreciam as réplicas, sobretudo quando saltavam, sem parar, de um assunto para outro e, sem qualquer encadeamento, levavam a novos argumentos, de modo que era impossível saber como responder —, pensando bem, a questão não é essa. Desculpe. Você reconhece que a educação é um benefício para o povo?

— Reconheço — disse Liévin, por descuido, e no mesmo instante se deu conta de que falara o que não pensava. Percebeu que, se reconhecia aquilo, logo ficaria demonstrado que dizia bobagens sem o menor sentido. Ignorava como o irmão o demonstraria, mas sabia que, de modo indubitável e perfeitamente lógico, assim lhe seria demonstrado, e já aguardava tal demonstração.

O argumento revelou-se muito mais simples do que esperava Konstantin Liévin.

— Se reconhece tal benefício — disse Serguei Ivánovitch —, você, como um homem honesto, não pode deixar de solidarizar-se com essa questão e, portanto, não pode recusar-se a trabalhar para isso.

— Mas ainda não admito que a ideia seja boa — disse Konstantin Liévin, ruborizado.

— Como assim? Mas se você acabou de dizer...

— Quero dizer que não reconheço que seja uma coisa boa e nem mesmo possível.

— Isso, você não pode saber antes de ter feito um esforço.

— Pois bem, vamos admitir — propôs Liévin, embora não o admitisse de forma alguma —, vamos admitir que seja assim; apesar disso, não vejo por que eu deva me preocupar com o assunto.

— Mas não está claro?

— Não, já que estamos debatendo, explique-me do ponto de vista filosófico — disse Liévin.

— Não entendo o que tem a filosofia a ver com o assunto — respondeu Serguei Ivánovitch, num tom de voz que parecia não reconhecer no irmão o direito de discutir sobre filosofia. E isso irritou Liévin.

— Pois vou lhe mostrar! — retrucou, exaltado. — Penso que, apesar de tudo, o motor de todas as nossas ações é a felicidade pessoal. Eu, agora, na condição de nobre e senhor de terras, não vejo nas instituições do *ziemstvo* nada que possa contribuir para o meu bem-estar. As estradas não melhoraram e não podem melhorar; meus cavalos me transportam pelas estradas ruins, também. Não tenho necessidade de médicos e de postos de saúde, não preciso de juiz de paz, eu nunca recorro a ele e não vou recorrer. Quanto às escolas, não só não preciso delas como são até nocivas, conforme eu já lhe disse. Para mim, as instituições do *ziemstvo* significam apenas a obrigação de pagar dezoito copeques por dessiatina de terra, viajar até a cidade, pernoitar com os percevejos e ouvir toda sorte de absurdos e patifarias, e o meu interesse pessoal não me induz a nada disso.

— Desculpe — interrompeu Serguei Ivánovitch, com um sorriso —, o interesse pessoal também não nos induzia a trabalhar pela emancipação dos servos, mas trabalhamos.

— Não! — cortou Konstantin, cada vez mais exaltado. — A emancipação dos servos foi uma questão diferente. Ali havia interesse pessoal. Queríamos nos livrar daquele jugo, que oprimia a todos nós, a todas as pessoas de bem. Mas ser um vogal, deliberar sobre quantas lixeiras são necessárias e como instalar canos numa cidade onde eu não moro; ser jurado e julgar um mujique que roubou um presunto e ouvir durante seis horas todos os disparates que os defensores e os procuradores despejam, e ouvir como o presidente do tribunal interrogou o meu velhinho e desmiolado Aliochka: "O senhor reconhece, senhor réu, a apropriação indébita do presunto?", "Ahn!?".

Konstantin Liévin, desviando-se do assunto, pôs-se a imitar o presidente e o desmiolado Aliochka; parecia-lhe que isso tinha muito a ver com o tema em discussão.

Mas Serguei Ivánovitch deu de ombros.

— Mas, afinal, o que você quer dizer com isso?

— Quero dizer apenas que esses direitos... os meus interesses, que me dizem respeito, eu sempre defenderei com todas as minhas forças; quando éramos estudantes e a polícia dava buscas e lia as nossas cartas, eu estava pronto a defender esses direitos com todas as minhas forças, o meu direito à instrução, à liberdade. Compreendo o serviço militar obrigatório, que afetará o destino dos meus filhos, dos meus irmãos e o meu próprio; estou pronto a discutir aquilo que me diz respeito; mas deliberar para onde destinar quarenta mil rublos da verba do *ziemstvo*, ou julgar o desmiolado Aliochka, isso eu não compreendo e não consigo fazer.

Konstantin Liévin falava como se a represa das suas palavras tivesse se rompido. Serguei Ivánovitch sorriu.

— Mas e se amanhã você for julgado: seria mais agradável ser julgado na antiga câmara criminal?

— Não vou ser julgado. Não vou esfaquear ninguém, para mim isso não é necessário. Onde já se viu? — prosseguiu, de novo saltando para um assunto que nada tinha a ver com a discussão. — Nossas instituições e tudo o mais se parecem com as mudas de bétula que enfiávamos na terra, como é costume fazer no dia da Trindade, para que tudo ficasse parecido com uma daquelas florestas que, na Europa, cresceram espontaneamente, e eu não consigo, com toda a franqueza, regar essas bétulas e acreditar nelas!

Serguei Ivánovitch apenas encolheu os ombros, expressando com esse gesto sua surpresa ante o inesperado surgimento dessas mudas de bétulas na discussão, embora tivesse compreendido imediatamente o que seu irmão queria dizer.

— Desculpe, mas é impossível travar uma discussão desse modo — comentou.

Mas Konstantin Liévin queria justificar-se pelo defeito que reconhecia em si mesmo, sua indiferença pelo bem comum, e prosseguiu.

— Creio — disse ele — que nenhuma ação pode ser duradoura se não tiver por base o interesse pessoal. É uma verdade geral, filosófica — disse ele, repetindo com firmeza a palavra "filosófica", como se quisesse mostrar que, como todos, também tinha o direito de falar de filosofia.

Serguei Ivánovitch sorriu de novo. "Também ele tem lá a sua filosofia própria, a serviço das suas inclinações", pensou.

— Ora, deixe a filosofia de lado — disse. — A tarefa principal da filosofia de todos os tempos consiste justamente em encontrar o elo imprescindível entre o interesse pessoal e o interesse comum. Mas a questão não é essa e sim que é preciso corrigir a sua comparação. As mudas de bétula não são enfiadas na terra, mas sim plantadas, semeadas, e é necessário tratá-las com cuidado. Só têm futuro, e só podemos chamar de históricos, os povos que têm faro para o que é importante e significativo nas suas instituições, e que têm apreço por elas.

E Serguei Ivánitch conduziu a questão para o domínio histórico-filosófico, inacessível para Konstantin Liévin, e demonstrou-lhe toda a injustiça do seu ponto de vista.

— Quanto ao fato de isso não lhe agradar, você me perdoe, trata-se da nossa indolência e da ociosidade dos fidalgos russos e estou convencido de que este é um erro temporário em você, e vai passar.

Konstantin ficou em silêncio. Sentia-se derrotado de todos os lados, mas, ao mesmo tempo, sentia que aquilo que desejava dizer não fora compreendido pelo irmão. Só não sabia por que não fora compreendido: se ele não tinha sido capaz de se expressar com clareza ou se o irmão não queria, ou não conseguia, compreendê-lo. Mas não se aprofundou nesses pensamentos e, sem retrucar ao irmão, pôs-se a refletir em um assunto pessoal, completamente distinto.

— Bem, vamos, então.

Serguei Ivánovitch enrolou a última linha de pescar, Konstantin soltou o cavalo e os dois se foram.

IV

O assunto pessoal que passou a ocupar os pensamentos de Liévin por ocasião da conversa com o irmão foi o seguinte: no ano anterior, certa vez em que foi vistoriar a sega e irritou-se com o administrador, Liévin fez uso de um meio bem peculiar para acalmar-se — tomou a gadanha de um mujique e pôs-se a ceifar.

Esse trabalho lhe agradou de tal modo que, várias vezes depois disso, saiu a ceifar; ceifou um prado inteiro diante da casa e, naquele ano, desde o início da primavera, traçara um plano — ceifar um dia inteiro em companhia dos mujiques. Desde a chegada do irmão, Liévin cismava, em dúvida: ceifar ou não ceifar? Não ficava bem deixar o irmão sozinho um dia inteiro e receava que o irmão fosse ridicularizá-lo. Mas, ao passar pelo prado, lembrou-se do efeito que a ceifa produzira sobre ele e quase decidiu que ia ceifar. Depois da irritante discussão com o irmão, Liévin lembrou-se de novo desse intento.

"Preciso de atividade física, senão o meu caráter vai deteriorar-se, com toda a certeza", pensou, e resolveu ceifar, por mais que se sentisse embaraçado perante o irmão e os camponeses.

Ao entardecer, Konstantin Liévin foi ao escritório, tomou as providências relativas ao trabalho e mandou que, no dia seguinte, chamassem os ceifeiros nas aldeias, para ceifar o prado de Kalínov, o melhor e o mais vasto.

— E, por favor, mande levar a minha gadanha para a casa de Tito, para que ele afie e leve amanhã; quem sabe eu mesmo também vá ceifar? — disse, tentando não se sentir confuso.

O administrador sorriu e falou:

— Perfeitamente, senhor.

Ao anoitecer, durante o chá, Liévin disse ao irmão:

— Parece que o tempo firmou. Amanhã, vou começar a ceifar.

— Gosto muito desse trabalho — disse Serguei Ivánovitch.

— Eu gosto imensamente. Algumas vezes, eu mesmo ceifei com os mujiques e amanhã quero ceifar o dia inteiro.

Serguei Ivánovitch levantou a cabeça e fitou o irmão com curiosidade.

— Como assim? Da mesma forma que os mujiques, o dia inteiro?

— Sim, é muito agradável — respondeu Liévin.

— Como exercício físico, é excelente, mas é pouco provável que você consiga suportar — observou Serguei Ivánovitch, sem nenhum sinal de zombaria.

— Já experimentei. No início é penoso, depois você se acostuma. Acho que não vou ficar para trás...

— Ora, veja! Mas me diga como os mujiques encaram isso. Devem achar graça da excentricidade do patrão.

— Não, creio que não; é um trabalho, ao mesmo tempo, tão alegre e tão árduo que não deixa tempo para pensar.

— Mas como você vai almoçar com eles? Não fica bem levar até lá um vinho Lafite e um peru assado.

— Não, apenas virei para casa, na hora do repouso deles.

Na manhã seguinte, Konstantin Liévin acordou mais cedo do que o costume, mas as providências relativas à propriedade o retiveram em casa e, quando chegou ao prado, a ceifa já estava na segunda fileira.

Ainda no alto do monte, descortinou-se diante dele a parte do prado já ceifada, coberta pela sombra, ao pé do morro, com faixas acinzentadas e os montinhos pretos dos casacos que os ceifeiros despiram no lugar onde começaram a ceifar a primeira fileira.

À medida que Liévin se aproximava, surgiam aos seus olhos os mujiques, que avançavam um atrás do outro, numa extensa fila, e que brandiam as gadanhas cada um a seu modo, uns de cafetã, outros só de camisa. Liévin contou quarenta e dois homens.

Moviam-se devagar pela desnivelada parte baixa do prado, onde havia uma antiga represa. Liévin conhecia alguns deles. Ali estava o velho Iermil, com uma camisa branca e muito comprida, curvando-se ao brandir a gadanha; lá estava o jovem e bom Vaska, ex-cocheiro de Liévin, que com um só impulso alcançava toda uma fileira. Lá estava Tito, mujique miúdo e magricelo, o preceptor de Liévin no que se referia a ceifar. Sem se curvar, ele caminhava à frente de todos e cortava sua larga fileira, como se brincasse com a gadanha.

Liévin desceu do cavalo e, depois de amarrá-lo na beira da estrada, uniu-se a Tito, que, após pegar outra gadanha atrás de uma moita, entregou-a para ele.

— Está pronta, patrão; uma navalha, ceifa sozinha — disse Tito, que levantou o chapéu com um sorriso e lhe deu a gadanha.

Liévin tomou a gadanha e começou a experimentar. Suados e alegres, os ceifeiros que haviam terminado suas fileiras seguiam de volta pela estrada, um atrás do outro, e cumprimentavam o patrão, entre risos. Olhavam todos para Liévin, mas ninguém falou nada senão depois que um velho alto que também seguia pela estrada, com rosto enrugado, sem barba e com uma japona de pele de ovelha, dirigiu-se a ele.

— Veja lá, patrão, depois que a gente começa a puxar a carroça, não pode ficar para trás! — disse, e Liévin ouviu risos contidos entre os ceifeiros.

— Vou me esforçar para não ficar para trás — respondeu, tomando posição atrás de Tito e aguardando a hora de começar.

— Veja lá, hem — repetiu o velho.

Tito deixou um espaço livre e Liévin avançou atrás dele. A relva estava baixa, à beira da estrada, e Liévin, que havia muito não ceifava e se sentia constrangido com os olhares voltados para ele, ceifou mal, nos primeiros minutos, embora brandisse a gadanha com força. Às suas costas, ouviram-se vozes:

— Está segura de mau jeito, o cabo está alto, olha como ele tem de se curvar — disse um mujique.

— Apoie mais no calcanhar — sugeriu outro.

— Deixa, vai bem, ele se arranja — prosseguiu o velho. — Olha, foi até lá... Corta uma fileira muito larga, é melhor diminuir... Um patrão, isto não pode, ele se cansa para si mesmo! Mas veja a sobra que fica! Por uma coisa dessas, um irmão nosso ia levar uma surra no couro.

A relva ficou mais macia e Liévin, que escutava, mas nada respondia, e se esforçava para ceifar o melhor possível, seguia Tito. Avançaram uns cem passos. Tito caminhava sem parar, sem demonstrar o mínimo cansaço; mas Liévin já começava a temer que não suportaria: estava muito cansado.

Sentia que brandia a gadanha com as últimas forças e resolveu pedir a Tito que parasse. Mas nesse momento o próprio Tito se deteve e, depois de se abaixar, pegou um punhado de relva, esfregou na gadanha e pôs-se a afiar a lâmina. Liévin aprumou o corpo e, depois de respirar fundo, olhou para trás. Às suas costas, vinha um mujique e, obviamente, também estava cansado, porque parou no mesmo instante, sem alcançar Liévin, e tratou de afiar a gadanha. Tito molhou sua gadanha e também a de Liévin, e os dois foram em frente.

Na segunda vez, foi a mesma coisa. Tito avançou passo a passo, sem se deter e sem se cansar. Liévin seguiu-o, esforçando-se para não parar, e sentia uma dificuldade cada vez maior: veio um momento em que, percebeu, não tinha mais forças, mas, nesse exato instante, Tito se deteve e afiou a lâmina.

Assim, chegaram ao fim da primeira fileira. A longa fileira pareceu especialmente árdua para Liévin; em compensação, quando a fileira terminou e Tito, após erguer a gadanha sobre o ombro, seguiu a passos lentos as marcas deixadas pelos seus próprios tacões na relva ceifada, e Liévin também voltou sobre a relva que havia ceifado — apesar de o suor escorrer como chuva pelo seu rosto e gotejar do nariz, apesar de suas costas inteiras estarem encharcadas como se ele tivesse saído da água, Liévin sentia-se muito bem. Alegrava-se sobretudo por saber, agora, que ia suportar.

Só uma coisa envenenava sua satisfação: a sua fileira não fora bem ceifada. "Vou mover menos o braço e mais o tronco", pensou, enquanto comparava a fileira cortada por Tito, como que numa linha exata, com a sua fileira, desigual e tombada de forma irregular.

Tito, como Liévin notou, percorrera a primeira fileira de modo especialmente rápido, na certa com o intuito de pôr o patrão à prova, e a fileira calhou de ser comprida. As fileiras seguintes já foram mais fáceis, porém Liévin, mesmo assim, teve de se empenhar com todas as suas energias para não ficar para trás em relação aos mujiques.

Ele nada pensava, nada queria, exceto não ficar para trás em relação aos mujiques e executar seu trabalho o melhor possível. Ouvia apenas o tinir das gadanhas e apenas via à sua frente a silhueta reta de Tito, que se adiantava, o arqueado semicírculo da ceifa, a relva e a cabecinha das flores que tombavam, de forma lenta e ondulante, rente à lâmina da sua gadanha e, mais à frente, o fim da fileira, onde haveria o descanso.

Sem entender do que se tratava e de onde vinha, de repente, no meio do trabalho, Liévin experimentou uma agradável sensação de frio nos ombros ardentes e cobertos de suor. Olhou de relance para o céu, na hora de afiar as gadanhas. Uma nuvem baixa e pesada se acumulara e uma chuva graúda caía. Alguns mujiques foram apanhar os casacos e os vestiram; outros, como Liévin, se limitaram a contrair os ombros com alegria, sob o frescor agradável.

Percorreram fileira após fileira. Ceifaram fileiras compridas, curtas, de relva boa e de relva ruim. Liévin perdeu toda consciência do tempo e não sabia, absolutamente, se era tarde ou cedo. Em seu trabalho, começou a se verificar uma transformação que lhe proporcionava um imenso prazer. Em meio à sua faina, ocorriam minutos em que ele esquecia o que estava fazendo, tudo se tornava fácil e, nesses minutos, ceifava a sua fileira quase tão bem e tão reta quanto Tito. Porém, tão logo se lembrava do que fazia e se esforçava para fazer melhor, voltava a sentir todo o peso do trabalho e a fileira ficava mal cortada.

Ao encerrar mais uma fileira, Liévin quis começar uma outra, mas Tito parou e, aproximando-se do velho, disse-lhe algo em voz baixa. Os dois lançaram um olhar na direção do sol. "Do que estão falando e por que não começam outra fileira?", pensou Liévin, sem imaginar que os mujiques já ceifavam, sem interrupção, havia quatro horas, pelo menos, e estava na hora de almoçar.

— Almoçar, patrão — disse o velho.

— Já está na hora? Bem, vamos almoçar.

Liévin entregou a gadanha para Tito e, junto com os mujiques, que caminharam até os casacos para pegar sua comida, seguiu até o seu cavalo, através das fileiras, ligeiramente borrifadas de chuva, ao longo da vasta extensão ceifada. Só então compreendeu que se enganara a respeito do tempo e que a chuva molhava o seu feno.

— O feno vai estragar — disse ele.

— Não faz mal, patrão, ceife na chuva e recolha com o ancinho, no sol! — respondeu o velho.

Liévin soltou o cavalo e foi para casa tomar café.

Serguei Ivánovitch acabara de acordar. Depois de tomar café, Liévin saiu de novo rumo à ceifa, antes que Serguei Ivánovitch tivesse tempo de vestir-se e vir até a sala de refeições.

V

Após o almoço, Liévin não ocupou o mesmo lugar de antes, na fila, mas sim entre um velho brincalhão, que o convidou para parceiro, e um mujique jovem, que casara pouco antes, no outono, e ceifava nesse verão pela primeira vez.

O velho, que se mantinha ereto, seguiu na frente, deslocando de modo largo e regular seus pés virados para fora e, num movimento ritmado e preciso, que pelo visto não lhe exigia mais esforço do que brandir os braços ao mesmo tempo que caminhava, como se brincasse, derrubava a relva num renque alto e de altura uniforme. Parecia que não era ele e sim a própria gadanha afiada que segava a relva sumarenta.

Atrás de Liévin, vinha o jovem Míchka. Com uma trança de relva fresca em redor dos cabelos, seu rosto jovem e gracioso estava bem marcado pelo esforço; porém, toda vez que olhavam para ele, sorria. Pelo visto, preferia morrer a reconhecer que o trabalho lhe era penoso.

Liévin prosseguia entre os dois. Em pleno calor, a ceifa não lhe parecia tão árdua. O suor, que o encharcava, refrescava-o e o sol, que queimava as costas, a cabeça e o braço, com a manga arregaçada até o cotovelo, transmitia vigor e tenacidade ao trabalho; e ocorriam, de modo cada vez mais frequente, os minutos de inconsciência, em que podia não pensar no que fazia. A gadanha cortava sozinha. Eram minutos felizes. Também eram felizes os minutos em que, ao chegarem ao rio, no qual as fileiras iam mergulhar, o velho esfregava a gadanha com um punhado de relva espessa e molhada, acariciava o aço com a água fresca do rio, enchia uma caneca e oferecia a Liévin.

— Ei, prove o meu *kvás*![2] E aí, é bom? — disse ele, piscando.

E, de fato, Liévin jamais tomara uma bebida como aquela água morna, em que boiavam folhas, e com o gosto de ferrugem da caneca de lata. E logo em seguida tinha início o lento e prazeroso percurso de volta, com a gadanha em punho, em que era possível enxugar o suor que escorria, respirar a plenos pulmões e olhar para a comprida fila de ceifeiros e para aquilo que se passava em redor, na floresta e no campo.

Quanto mais tempo Liévin ceifava, mais frequentes eram os minutos de esquecimento em que já não era o braço que brandia a gadanha, mas sim a própria gadanha que puxava atrás de si um corpo cheio de vida, pleno de consciência, e como por encanto, sem pensar nisso, o trabalho se cumpria, correto e preciso. Eram esses os minutos mais ditosos.

Dificuldade só havia quando era necessário interromper esse movimento, que se procedia de modo inconsciente, e pôr-se a pensar, quando se fazia necessário ceifar um outeiro ou um terreno em que as azedinhas não tinham sido arrancadas. O velho o fazia com facilidade. Quando surgia um outeiro, ele alterava o movimento e, ora com a ponta, ora com a parte posterior da gadanha, atacava o outeiro por todos os lados, com golpes curtos. Ao fazê-lo, examinava e observava tudo o que se revelava à sua frente, ora arrancava azedinhas e comia, ou oferecia a Liévin, ora empurrava um ramo para o lado com a ponta da gadanha, ora examinava um

---

2 *Kvás*: refresco russo, fermentado de pão de centeio.

pequeno ninho de codorniz, do qual a fêmea alçava voo, bem debaixo da gadanha, ora apanhava uma serpente que aparecia no caminho e, depois de erguê-la na gadanha como num garfo, mostrava para Liévin e a jogava para o lado.

Tanto para Liévin como para o jovem que o seguia, essas alterações de movimento eram difíceis. Depois de se coordenarem num movimento constante e enérgico, ambos se deixavam arrastar pelo impulso do trabalho e não eram mais capazes de mudar o movimento e, ao mesmo tempo, observar o que estava à sua frente.

Liévin não percebia o passar do tempo. Se lhe perguntassem há quanto tempo ceifava, responderia meia hora — no entanto já estava chegando a hora do jantar. Ao passarem de volta por uma fileira, o velho chamou a atenção de Liévin para as meninas e os meninos que, de vários pontos, caminhavam na direção dos ceifeiros, pela estrada e pela relva alta, quase imperceptíveis, trazendo nas mãozinhas trouxas com pão e jarrinhas de *kvás* envoltas em trapos.

— Veja, os insetinhos rastejam! — disse, apontando para eles e, por baixo da mão, olhou para o sol.

Ceifaram mais duas fileiras e o velho parou.

— Bem, patrão, é o jantar! — disse, em tom resoluto. E, ao chegar ao rio, os ceifeiros encaminharam-se, entre as fileiras, para os seus cafetãs, onde as crianças, que haviam trazido a janta, os aguardavam sentadas. Os mujiques se agruparam — os mais distantes, ao pé de uma carroça, os mais próximos, sob um arbusto de salgueiro, onde haviam amontoado relva.

Liévin sentou-se junto a eles; não tinha nenhuma vontade de afastar-se.

Todo constrangimento em relação ao patrão já desaparecera havia muito tempo. Os mujiques preparavam-se para jantar. Alguns se lavavam, jovens rapazes banhavam-se no rio, outros arranjavam um lugar para repousar, desatavam os farnéis com pão e desarrolhavam os jarros de *kvás*. O velho esfarelou o pão dentro da xícara, amassou-o com o cabo da colher, verteu a água da caneca, picou mais ainda o pão e, depois de acrescentar sal, pôs-se a rezar, voltado para o oriente.

— Ei, patrão, prove a minha *tiurka*[3] — disse, e pôs-se de joelhos diante da xícara.

A *tiurka* estava tão saborosa que Liévin desistiu de ir jantar em casa. Jantou com o velho e conversou sobre os assuntos domésticos daquele homem, prestando seu mais vivo interesse, e lhe comunicou todos os seus assuntos e todas as cir-

---

3 *Tiurka*: pão e cebola misturados a uma bebida fermentada.

cunstâncias que poderiam interessar ao velho. Sentia-se mais próximo a ele do que ao irmão e, sem querer, sorria do carinho que experimentava por aquele homem. Quando o velho levantou-se outra vez, rezou e deitou-se ali mesmo, sob o arbusto, depois de acomodar sob a cabeça um travesseiro de relva, Liévin fez o mesmo e, apesar das moscas e dos insetos pegajosos e tenazes que faziam cócegas no seu rosto e no seu corpo suados, adormeceu imediatamente e só despertou quando o sol já passara para o outro lado do arbusto e começara a incidir sobre ele. Desde muito, o velho já não dormia e, sentado, afiava a gadanha dos moços.

Liévin passou os olhos em redor e não reconheceu o local: tudo estava muito mudado. Uma vasta extensão do prado fora ceifada e reluzia num brilho novo e singular, com as fileiras de relva que já exalavam seu aroma sob os raios oblíquos do sol poente. Os arbustos ceifados junto ao rio, o próprio rio, que antes não se via, mas agora rebrilhava como aço em seus meandros, os camponeses que se moviam e se levantavam, o brusco muro de relva da parte do prado que não fora ceifada, os gaviões que rodopiavam acima do prado despido — tudo era completamente novo. Liévin, já desperto, pôs-se a calcular quanto fora ceifado e quanto ainda seria necessário trabalhar nesse dia.

Para quarenta e dois homens, era extraordinário o trabalho já feito. Todo o grande prado, que no tempo da servidão demandava dois dias e trinta gadanhas, já estava ceifado. Restavam alguns cantos com fileiras curtas. Mas Liévin tinha vontade de ceifar o mais que pudesse ainda nesse mesmo dia e aborreceu-se com o sol, por se pôr tão cedo. Não sentia o menor cansaço; a única vontade era prosseguir seu trabalho o mais possível, e cada vez mais rápido.

— E então, o que acha, vamos ainda ceifar a encosta Machkin? — perguntou ao velho.

— Se Deus quiser, o sol não está alto. Que tal dar um pouquinho de vodca para os rapazes?

Na hora do lanche, quando de novo se sentaram e os fumantes puseram-se a fumar, o velho comunicou aos rapazes que "ceifando a encosta Machkin, tem vodca".

— Ora essa, claro que vamos ceifar! Vamos lá, Tito! Mãos à obra! Deixe para comer de noite. Vamos lá! — ouviram-se vozes e, terminando de comer o pão, os ceifeiros retomaram o trabalho.

— Vamos, rapazes, força! — disse Tito e, quase a trote, seguiu na frente.

— Vamos lá, vamos lá! — disse o velho, que acelerou o passo atrás dele e o ultrapassou com facilidade. — Vou ceifar tudo! Se cuida, gente!

Jovens e velhos ceifaram como se competissem. Porém, como não se afobavam, não estragavam a relva e as fileiras tombavam para o lado, limpas e exatas como antes. Os cantos que haviam restado por ceifar foram postos abaixo em cinco minutos. Os últimos ceifeiros ainda estavam chegando às suas fileiras quando os da frente começavam a pôr seus cafetãs sobre os ombros e seguiam pela estrada rumo à encosta Machkin.

O sol já se punha na direção das árvores quando eles, com as canecas tilintando, adentraram na pequena ribanceira arborizada que formava a encosta Machkin. A relva chegava até a cintura no centro da várzea, macia, delicada e felpuda, aqui e ali matizada de amores-perfeitos, no bosque.

Após uma breve deliberação — para definir se deviam ceifar para a frente ou para o lado —, Prókhor Ermílin, ceifeiro também afamado, mujique enorme e de cabelos negros, tomou a frente. Percorreu a primeira fileira até o fim, voltou atrás e deu início ao trabalho, e todos trataram de alinhar-se atrás dele, ceifando encosta abaixo, através da várzea, e monte acima, até a orla da mata. O sol desceu por trás da floresta. Já caía o orvalho e só os ceifeiros que se achavam no topo da pequena elevação estavam ao sol, enquanto embaixo, onde subia uma neblina, e também no lado oposto, ceifavam sob uma sombra fresca e orvalhada. O trabalho fervia.

A relva, cortada com um ruído repleto de sumo, exalando um aroma picante, tombava em fileiras altas. Os ceifeiros, que se espremiam entre as fileiras curtas, vinham de todas as direções, tilintando suas canecas e fazendo ressoar ora as gadanhas que se tocavam, ora, com um zunido, a pedra de amolar contra o fio das gadanhas, ora aqueles gritos alegres com que exortavam uns aos outros.

Liévin seguia, como antes, entre o velho e o jovem. O velho, que vestira seu casaco de pele de ovelha, continuava alegre, bem-humorado e desenvolto em seus movimentos. Na mata, os cogumelos das bétulas cortados pelas gadanhas tombavam sem cessar, intumescidos na relva sumarenta. Mas o velho, toda vez que encontrava um cogumelo, se curvava, o apanhava e metia no peito, debaixo do casaco. "Mais um presente para a velha", dizia.

Por mais fácil que fosse ceifar a relva molhada e fraca, era árduo subir e descer pelos flancos íngremes da várzea. Mas, para o velho, isso não era penoso. Sem parar de brandir a gadanha, com seus passinhos miúdos e firmes e os pés calçados em grandes alpercatas feitas de casca de tília, ele avançava lentamente pela escarpa e, apesar de o corpo todo sacudir-se e de a calça escorregar frouxa por baixo da camisa, não perdia em seu caminho nem a mais ínfima relva, nem um só cogumelo, sem parar de dizer gracejos a Liévin e aos mujiques. Liévin o seguia e não raro pensava que iria cair, inapelavelmente, ao subir com a gadanha um outeiro tão íngreme que seria árduo galgar mesmo sem o peso da gadanha; mas Liévin subia e fazia o que era preciso. Sentia que alguma força exterior o movia.

VI

Ceifaram a encosta Machkin, terminaram as últimas fileiras, vestiram os cafetãs e seguiram alegres para casa. Liévin montou no cavalo e, depois de despedir-se dos mujiques com pesar, foi para casa. No alto do monte, olhou para trás; eles já não estavam visíveis na neblina que subia do fundo; ouviam-se apenas as vozes alegres e rudes, o riso e o ruído das gadanhas que se entrechocavam.

Havia muito que Serguei Ivánovitch já terminara de jantar e bebia água com limão e gelo em seu quarto, enquanto folheava os jornais e as revistas que haviam acabado de chegar pelo correio, quando Liévin, com os cabelos emaranhados e colados à testa devido ao suor, com as costas e o peito enegrecidos e encharcados, irrompeu no quarto do irmão com um tom de voz alegre.

— Pronto, ceifamos o prado inteiro! Ah, que coisa boa, maravilhosa! E você, como passou? — disse Liévin, totalmente esquecido da conversa desagradável da véspera.

— Céus! Que aspecto você tem! — exclamou Serguei Ivánovitch, olhando descontente, no primeiro minuto, para o irmão. — A porta, a porta, feche! — gritou. — Você já deixou entrar umas dez, no mínimo.

Serguei Ivánovitch não podia suportar moscas, só abria a janela do quarto à noite e mantinha a porta cuidadosamente fechada.

— Juro, nem uma. E, se deixei entrar, eu pego. Você nem imagina o prazer que senti! E você, como passou o dia?

— Passei bem. Mas é mesmo verdade que você ceifou o dia inteiro? Deve estar faminto como um lobo, imagino. Kuzmá preparou tudo para você.

— Não, não tenho vontade de comer. Já comi por lá. Mas vou me lavar.

— Muito bem, vá, vá, e logo em seguida irei falar com você — disse Serguei Ivánovitch, balançando a cabeça e fitando o irmão. — Vá depressa — acrescentou, sorrindo e, depois de apanhar seus livros, preparou-se para sair. De repente, ele mesmo sentiu-se alegre e não queria separar-se do irmão. — Mas, e na hora da chuva, onde você ficou?

— Que chuva? Mal caíram uns pingos. Volto num instante. Então você passou bem o seu dia? Que ótimo. — E Liévin saiu para trocar de roupa.

Cinco minutos depois, os irmãos se encontraram na sala de jantar. Embora Liévin tivesse a impressão de não estar com fome, sentou-se para jantar apenas com a intenção de não ofender Kuzmá, porém, quando começou a comer, a janta lhe pareceu extraordinariamente saborosa. Serguei Ivánovitch olhava para ele, sorrindo.

— Ah, sim, chegou uma carta para você — lembrou. — Kuzmá, por favor, traga até aqui. E cuidado para não deixar a porta aberta.

A carta era de Oblónski. Liévin leu-a em voz alta. Oblónski escrevia de Petersburgo: "Recebi uma carta de Dolly, está em Iérguchovo e tudo vai mal com ela. Vá visitá-la, por favor, ajude-a com algum conselho, você sabe de tudo. Ela ficaria muito feliz em vê-lo. Está totalmente só, a pobrezinha. Minha sogra ainda está no exterior, com todos os outros".

— Mas que ótimo! Irei visitá-la sem falta — disse Liévin. — Poderíamos ir juntos. Ela é tão simpática. Não é verdade?

— Não é longe daqui?

— Umas trinta verstas. Talvez quarenta. Mas a estrada é excelente. Viajaremos otimamente.

— Terei muito prazer — respondeu Serguei Ivánovitch, sorrindo o tempo todo. O aspecto do irmão caçula o deixara imediatamente propenso à alegria. — Puxa, que apetite você tem! — exclamou, fitando seu rosto e seu pescoço, castanho-avermelhados e queimados de sol, curvados sobre o prato.

— É ótimo! Você nem imagina como esse regime é benéfico contra toda sorte de tolices. Quero enriquecer a medicina com um conceito novo: *Arbeitscur*.[4]

— Bem, mas pelo visto você não tem necessidade disso.

— Sim, mas será útil para várias pessoas doentes dos nervos.

— Certo, é preciso experimentá-lo. Bem que eu quis ir até a ceifa para ver você, mas fazia um calor tão insuportável que não fui além da floresta. Sentei-me um pouco e depois atravessei a floresta até os arrabaldes da aldeia, encontrei sua ama de leite e sondei-a a respeito da opinião dos mujiques sobre você. Até onde compreendi, não o aprovam. Ela me disse: "Não é coisa para um patrão". No geral, parece-me que no entendimento dos camponeses existem critérios, definidos com muita firmeza, para as reconhecidas atividades "de um patrão", como dizem. E eles não aceitam que os senhores se desviem do limite estabelecido em seu entendimento.

— Talvez; mas esse é um prazer como não experimentei outro igual, em toda a vida. E, afinal, nada aconteceu de ruim. Não é verdade? — retrucou Liévin. — Se eles não gostam, o que posso fazer? De resto, creio que não há nisso nada de mais. Hem?

— No geral — prosseguiu Serguei Ivánovitch —, você, pelo que vejo, ficou satisfeito com o seu dia.

— Muito satisfeito. Ceifamos o prado inteiro. E o velho com quem fiz amizade! Você nem pode imaginar que prodígio ele é!

---

4 Alemão: "cura pelo trabalho".

— Então, você ficou bastante satisfeito com o seu dia. Eu também. Primeiro, solucionei dois problemas de xadrez, um deles muito curioso: uma abertura com o peão. Vou lhe mostrar. Depois refleti sobre a nossa conversa de ontem.

— O quê? A conversa de ontem? — perguntou Liévin, que estreitou os olhos num estado de beatitude, respirou fundo após terminar a janta e, positivamente, sentia-se incapaz de lembrar que conversa seria aquela.

— Admito que você, em parte, tem razão. Nosso desacordo resume-se no fato de você considerar que o motor reside no interesse pessoal ao passo que eu preconizo que o interesse pelo bem comum deve existir em todos os homens de um determinado grau de instrução. Talvez você também esteja certo em que uma atividade materialmente interessada seria mais desejável. No geral, a sua natureza é demasiado *primesautière*,[5] como dizem os franceses; você deseja uma atividade apaixonada, vigorosa, ou então nada.

Liévin ouvia o irmão e não compreendia absolutamente coisa alguma, e nem queria compreender. Temia apenas que o irmão lhe fizesse alguma pergunta capaz de revelar que ele nada ouvia.

— Pois aí está, meu amigo — concluiu Serguei Ivánovitch, tocando no ombro do irmão.

— Sim, é claro. Ora! Também não vou fincar pé na minha opinião — respondeu Liévin, com um sorriso infantil e culpado. "O que foi mesmo que discuti?", pensou. "Claro, eu tenho razão e ele também, e tudo está ótimo. Só preciso ir ao escritório tomar umas providências." Levantou-se, espreguiçando-se e sorrindo.

Serguei Ivánovitch também sorriu.

— Se quer sair, vamos juntos — disse ele, sem a menor vontade de separar-se do irmão, que exalava frescor e entusiasmo. — Vamos, mas primeiro passemos no escritório, se você precisa.

— Ah, meu Deus! — exclamou Liévin, tão alto que Serguei Ivánovitch assustou-se.

— O que foi?

— E o braço de Agáfia Mikháilovna? — perguntou Liévin, batendo com a mão na cabeça. — Esqueci-me dela.

— Melhorou muito.

— Bom, mesmo assim vou vê-la rapidamente. Voltarei antes de você pôr o chapéu na cabeça.

E saiu correndo pela escada, a estalar os saltos das botas como uma matraca.

---

5 Francês: "impulsiva".

VII

Nessa ocasião, Stiepan Arcáditch fora a Petersburgo para cumprir a obrigação mais natural, necessária e conhecida de todos os funcionários, embora incompreensível para os que não pertencem ao serviço público, sem a qual nenhum emprego é possível — fazer-se lembrado no ministério — e como, a fim de cumprir tal obrigação, havia trazido quase todo o dinheiro que tinha em casa, ele passava o tempo de forma alegre e prazerosa nas corridas e nas casas de veraneio, enquanto Dolly e as crianças, por seu turno, haviam se mudado para o campo, com o intuito de reduzir as despesas o mais possível. Ela se transferira para a aldeia de Iérguchovo, que ganhara como dote, a mesma onde uma floresta fora vendida, na primavera, e que ficava a cinquenta verstas de Pokróvskoie, a propriedade de Liévin.

Em Iérguchovo, o antigo casarão fora demolido havia muito tempo e a casa dos fundos fora construída e ampliada ainda pelo príncipe. Vinte anos antes, quando Dolly era criança, a casa dos fundos era cômoda e bem instalada, embora, como toda casa desse tipo, ficasse de lado para a alameda de saída e voltada para o sul. Mas agora a casa dos fundos envelhecera e se deteriorara. Ainda quando Stiepan Arcáditch estivera ali, na primavera, com a intenção de vender a floresta, Dolly lhe pedira para examinar a casa e mandar fazer os reparos necessários. Stiepan Arcáditch, que, como todos os maridos culpados, zelava muito pelo conforto da esposa, vistoriou ele mesmo a habitação e tomou providências quanto a tudo o que lhe pareceu necessário. A seu ver, era preciso mudar o cretone de todos os móveis, instalar cortinas, limpar bem o jardim, construir uma pontezinha junto ao tanque e plantar flores; mas esqueceu muitas outras coisas indispensáveis, cuja falta, mais tarde, atribulou Dária Aleksándrovna.

Por mais que Stiepan Arcáditch se esforçasse em ser um pai e um marido zeloso, jamais conseguia lembrar que tinha esposa e filhos. Seus gostos eram os de um homem solteiro, e só a eles se atinha. De volta a Moscou, explicou cheio de orgulho à esposa que tudo estava pronto, que a casa estaria um brinco, e recomendou a ela, com ênfase, partir para lá. A mudança da esposa para o campo foi muito favorável para Stiepan Arcáditch, sob todos os aspectos: era saudável para as crianças, as despesas diminuíram e ele tinha mais liberdade. A própria Dária Aleksándrovna considerava indispensável para as crianças aquela mudança para o campo, sobretudo para a menina mais nova, que não conseguira recuperar-se após a escarlatina, e também para livrar-se das humilhações mesquinhas, das dívidas mesquinhas com o fornecedor de lenha, com o peixeiro e com o sapateiro, que a atormentavam. Além disso, a mudança lhe foi também agradável porque tinha a esperança de atrair para a sua aldeia a irmã Kitty, que recebera a recomendação de tratar-se com banhos e que deveria voltar do exterior em meados do verão. Kitty, em resposta, escrevera da estação de águas que nada lhe daria mais satisfação do que passar o verão com Dolly em Iérguchovo, local repleto de recordações de infância para ambas.

Os primeiros dias de vida no campo foram muito árduos para Dolly. Vivera ali na infância e guardara a impressão de que o campo ficava a salvo de todos os incômodos urbanos, de que a vida ali, embora não tivesse beleza (com isso, conformava-se facilmente), em compensação era barata e cômoda: havia de tudo, tudo custava pouco, tudo era acessível, e fazia bem às crianças. Mas agora, no campo, na condição de dona de casa e de proprietária, constatou que tudo era bem diferente do que imaginava.

No dia seguinte à sua chegada, caiu uma chuva torrencial e, à noite, começou a gotejar no corredor e no quarto das crianças, tanto que tiveram de levar as caminhas para a sala de visitas. Não havia cozinheiras para a criadagem; das nove vacas, segundo a vaqueira, algumas estavam prenhas, outras haviam acabado de parir, outras já estavam velhas e ainda outras tinham as tetas empedradas; não havia manteiga nem leite para as crianças. Tampouco havia ovos. Não havia como conseguir galinhas; cozinhavam e assavam galos velhos, de carne fibrosa e púrpura. Não se podiam contratar empregadas para esfregar o chão — todas estavam na colheita das batatas. Sair de carruagem era impossível, porque o único cavalo empacava e arrebentava o tirante. Não havia onde tomar banho — toda a margem do rio estava suja por causa do gado e era muito visível a quem passasse na estrada; até passear a pé era impossível, porque os bois e as vacas entravam no jardim através da cerca arrebentada e havia um touro velho que bramia e portanto, na certa, dava chifradas. Não havia armários para os vestidos. Os que havia, não fechavam e as portas abriam sozinhas quando se passava à sua frente. Não havia potes nem caçarolas; não havia caldeirões para lavar roupa nem tábuas de passar para as criadas.

Tendo encontrado, no início, em vez de calma e repouso, aquela calamidade terrível, no seu modo de ver, Dária Aleksándrovna caiu em desespero: se desdobrava com todas as suas forças, percebia a situação irremediável e a todo minuto continha as lágrimas que surgiam em seus olhos. O intendente, um furriel aposentado a quem Stiepan Arcáditch se afeiçoara e contratara entre os porteiros, por sua aparência bela e respeitável, não demonstrava o menor interesse pelos apuros de Dária Aleksándrovna e dizia, com reverência: "É totalmente impossível, esta gente não presta", e não ajudava em nada.

A situação parecia irremediável. Mas em casa dos Oblónski, como em todas as casas de família, havia uma pessoa discreta, mas importantíssima e extremamente útil: Matriona Filimónovna. Ela tranquilizava a senhora, garantia que tudo *se arranjaria* (este era o seu lema, e Matviei o tomara emprestado) e ela mesma punha mãos à obra, sem se afobar e sem se alarmar.

De saída, reuniu-se com a esposa do administrador e já no primeiro dia tomou chá com ele e com ela, sob as acácias, e debateu a situação em detalhes. Logo se constituiu, sob as acácias, o clube de Matriona Filimónovna e então, graças a esse clube, formado pelo administrador, pelo estaroste e pelo escriturário, as dificuldades da vida começaram aos poucos a ser removidas e, dentro de uma semana, de fato tudo *se arranjava*. Consertaram o telhado, conseguiram uma cozinheira — a comadre do estaroste —, compraram galinhas, começaram a tirar leite das vacas e cercaram o jardim com varas, o carpinteiro montou uma calandra, puseram trancas nos armários e eles passaram a não abrir por si mesmos, uma tábua de passar, envolta num feltro de uniforme militar, foi estendida entre o braço de uma poltrona e a cômoda, e o cheiro do ferro de passar se fez sentir no aposento das criadas.

— Veja só! Não há por que desesperar — disse Matriona Filimónovna, apontando para a tábua de passar.

Até construíram um reservado de paredes de palha para tomar banhos. Lili passou a banhar-se e realizaram-se, ainda que em parte, as esperanças de Dária Aleksándrovna de uma vida rural confortável, embora não de todo tranquila. Com seis filhos, a vida não poderia ser tranquila para Dária Aleksándrovna. Um adoecia, outro podia adoecer, outro carecia de alguma coisa, outro mostrava indícios de mau caráter etc. Muito raramente, ocorriam breves períodos de tranquilidade. Mas tais preocupações e inquietudes eram, para Dária Aleksándrovna, a única felicidade possível. Se não houvesse isso, ela ficaria entregue a seus pensamentos acerca do marido, que não a amava. Porém, apesar de tudo, por mais penoso que fosse para a mãe o temor das doenças, as próprias doenças e o desgosto de perceber sinais de inclinações condenáveis nos filhos — os próprios filhos, mesmo então, a recompensavam, por seus dissabores, com pequenas alegrias. Tais alegrias eram tão diminutas que se mostravam imperceptíveis, como ouro na areia, e nos momentos ruins ela só via os dissabores, só a areia; mas também havia bons minutos, quando ela só via alegria, só o ouro.

Agora, na solidão do campo, passou a atentar cada vez mais para essas alegrias... Muitas vezes, ao olhar para os filhos, fazia todo esforço possível para se convencer de que estava enganada, de que ela, na condição de mãe, tinha uma visão parcial dos filhos; no entanto, não conseguia deixar de dizer a si mesma que seus filhos eram encantadores, todos os seis, cada um a seu modo, e que crianças assim eram raras — e sentia-se feliz com elas e orgulhosa dos filhos.

VIII

No fim de maio, quando tudo já estava mais ou menos em ordem, recebeu uma resposta do marido à sua queixa sobre a desorganização da propriedade. Escreveu-lhe pedindo desculpas por não ter pensado em tudo e prometia vir vê-la na primeira oportunidade. Tal oportunidade não se apresentou e, até o fim de junho, Dária Aleksándrovna viveu sozinha no campo.

No domingo, antes do dia de são Pedro, Dária Aleksándrovna foi à missa comungar com todos os filhos. Em suas conversas cordiais e filosóficas com a irmã, a mãe e as amigas, Dária Aleksándrovna com muita frequência as surpreendia com a sua liberdade de pensamento no tocante à religião. Tinha uma religião estranha, própria, de metempsicose, na qual acreditava com fervor, e pouco lhe importavam os dogmas da Igreja. Porém, em família — e não só para dar o exemplo, mas de todo o coração —, cumpria com rigor todas as exigências da Igreja e, assim, o fato de as crianças terem ficado quase um ano sem comungar a inquietou muito e, com total aprovação e simpatia de Matriona Filimónovna, resolveu fazer isso naquele verão.

Dária Aleksándrovna, com vários dias de antecedência, pôs-se a refletir sobre como vestiria todos os filhos. Costuraram, reformaram e lavaram as roupas, baixaram as bainhas e os babados, pregaram os botõezinhos e arrumaram as fitas. O vestido de Tânia, que a inglesa se incumbira de costurar, deu muita dor de cabeça para Dária Aleksándrovna. A inglesa, ao reformá-lo, fez as cavas fora do lugar, baixou muito a manga e estragou completamente o vestido. Tânia ficou com os ombros tão encolhidos que dava pena. Mas Matriona Filimónovna teve a feliz ideia de acrescentar nesgas de pano e fazer uma capinha para os ombros. A questão se resolveu, mas quase houve um desentendimento com a governanta inglesa. De manhã, porém, tudo se arranjara e, pouco antes das nove horas — prazo de espera que haviam pedido ao padre, para o começo da missa —, as crianças, radiantes de alegria e vestidas com apuro, estavam na varanda diante da carruagem, à espera da mãe.

Na carruagem, em lugar do cavalo chamado Corvo, que costumava empacar, haviam atrelado o Pardo, e Dária Aleksándrovna, que se demorara nos cuidados com a sua toalete, trajando um vestido branco de musselina, veio tomar seu assento na carruagem. Dária Aleksándrovna penteava-se e vestia-se com esmero e entusiasmo. Antes, vestia-se para si mesma, para ficar bonita e agradar; depois, à medida que envelhecia, tinha cada vez menos prazer em vestir-se; via como se tornara feia. Mas agora, de novo, vestia-se com prazer e entusiasmo. Agora, não se vestia para si mesma, nem para a sua beleza, mas sim para que ela, como mãe daqueles encantos, não prejudicasse o efeito geral. E, depois de se examinar no espelho pela última vez, ficou satisfeita consigo. Estava bonita. Não tanto como, em tempos passados, desejava estar bonita em um baile, mas bonita para o objetivo que agora tinha em vista.

Na igreja, não havia ninguém senão os mujiques, os criados e suas mulheres. Mas Dária Aleksándrovna viu, ou lhe pareceu ver, a admiração que ela e seus filhos despertavam. Seus filhos não só estavam lindos em seus trajes elegantes como pareciam encantadores com as suas belas maneiras. Aliocha, é verdade, não se portava de todo bem: virava-se sem parar, no intuito de olhar a parte de trás de seu casaco; mesmo assim, estava extraordinariamente gracioso. Tânia se portava como um adulto e cuidava dos menores. Mas a caçula, Lili, estava encantadora, com o seu espanto ingênuo diante de tudo e foi difícil não sorrir quando, depois de comungar, falou: "*Please, some more*".[6]

Ao voltar para casa, as crianças percebiam que algo solene havia ocorrido e ficaram muito sossegadas.

Em casa, tudo correu bem, mas, durante o almoço, Gricha começou a assoviar e, o que foi ainda pior, desobedeceu à governanta inglesa, por isso foi privado da torta, na sobremesa. Dária Aleksándrovna, se estivesse presente, não permitiria um castigo naquele dia; mas era preciso fazer respeitar as ordens da inglesa e ela manteve a decisão da governanta, de privar Gricha da sobremesa. Isso estragou, em parte, a alegria geral.

Gricha chorava, dizia que Nikólienka também assoviara e não fora castigado, e que não estava chorando por ter ficado sem a sobremesa — para ele, não tinha importância —, mas sim porque tinham sido injustos com ele. Isso já era triste demais e Dária Aleksándrovna resolveu perdoar Gricha, depois de conversar com a inglesa, e foi ter com ela. Mas então, ao passar pela sala, viu uma cena que encheu seu coração de tamanha alegria que as lágrimas subiram aos seus olhos e ela mesma perdoou o malfeitor.

O castigado estava sentado na sala, no canto da janela; ao seu lado, estava Tânia, com um prato. Sob o pretexto de servir o almoço das bonecas, ela pedira à governanta inglesa permissão para levar sua porção da sobremesa para o quarto das crianças e, em vez disso, levou-a para o irmão. Ainda a chorar por causa da injustiça do castigo que sofrera, o menino comeu a torta trazida pela irmã e, entre soluços, repetia: "Come também, vamos comer juntos... juntos".

Tânia, a princípio, agira movida por pena de Gricha, depois pela consciência da sua boa ação, e as lágrimas também encheram seus olhos; mas ela, sem se fazer de rogada, comeu sua parte.

---

6 Inglês: "por favor, mais um pouco".

Ao ver a mãe, os dois se assustaram, mas, depois de fitarem o seu rosto, compreenderam que agiam bem, desataram a rir e, com as bocas cheias de torta, trataram de enxugar os lábios risonhos com as mãos e sujaram, de doce e de lágrimas, seus rostos radiantes.

— Meu Deus! O vestido branco novo! Tânia! Gricha! — exclamou a mãe, tentando salvar o vestido enquanto, com lágrimas nos olhos, abria um sorriso feliz e extasiado.

Tiraram as roupas novas, mandaram as meninas vestir suas blusinhas e os meninos, os casacos velhos, e mandaram atrelar a carruagem aberta — de novo, para desgosto do administrador, com Pardo no tirante —, a fim de irem colher cogumelos e tomar banho. Um clamor de estridentes gritos de entusiasmo ergueu-se entre as crianças e não silenciou senão com a chegada ao local reservado para os banhos.

Colheram um cesto cheio de cogumelos e até Lili encontrou um cogumelo de bétula. Até então, Miss Hull os encontrava e os apontava para ela; mas, agora, a própria menina achou um grande cogumelo de bétula e se ouviu um clamor geral e entusiástico: "Lili achou um grande!".

Depois, chegaram ao rio, puseram os cavalos à sombra das bétulas e foram até o local reservado para os banhos. O cocheiro Terenti, depois de amarrar a uma árvore os cavalos, que não paravam de afugentar as moscas, amassou a relva, deitou-se à sombra de uma bétula e fumou um cachimbo enquanto, dos banhos, chegavam até ele os gritos estridentes e alegres das crianças, que não se calavam.

Embora fosse trabalhoso tomar conta de todas as crianças e impedir suas travessuras, embora também fosse difícil lembrar e não confundir as pernas a que pertenciam todas aquelas meias, calças e sapatinhos, e desamarrar, desabotoar para depois voltar a amarrar os pequeninos cadarços e abotoar todos os botõezinhos, Dária Aleksándrovna, que sempre adorara banhar-se e julgava tal prática muito benéfica para as crianças, jamais se deliciava tanto como nesses banhos, em companhia de todos os filhos. Passar em revista todos aqueles pezinhos roliços, puxar as meiazinhas sobre eles, tomar nas mãos aqueles corpinhos desnudos, mergulhá-los e ouvir os gritos esganiçados, ora de alegria, ora de medo; ver os rostos arquejantes, de olhos arregalados, alegres e assustados, daqueles seus querubins saltitantes era, para ela, uma grande delícia.

Quando metade das crianças já estava vestida, camponesas que tinham saído em roupas domingueiras para colher eufórbias e angélicas chegaram ao local reservado para os banhos e, timidamente, se detiveram. Matriona Filimónovna chamou uma delas para que secasse uma camisa e uma toalha que haviam caído na água e Dária Aleksándrovna pôs-se a conversar com as camponesas. A princípio, elas riam por trás das mãos e não entendiam as perguntas, mas logo tomaram coragem e puseram-se a conversar, imediatamente cativando Dária Aleksándrovna com a sincera afeição que demonstraram pelas crianças.

— Puxa, como você é bonita, branquinha como açúcar — disse uma delas, afeiçoando-se a Tânia e balançando a cabeça. — Mas está magra...

— Sim, andou doente.

— Puxa, também deram banho neste aqui — disse outra, indicando o bebê.

— Não, tem só três meses — respondeu Dária Aleksándrovna com orgulho.

— Puxa!

— E você, tem filhos?

— Tive quatro, sobraram dois: um menino e uma menina. Desmamei a menina antes da Quaresma passada.

— Que idade tem ela?

— Já fez dois aninhos.

— Por que a amamentou por tanto tempo?

— Um costume nosso: três quaresmas...

E a conversa adquiriu o máximo interesse para Dária Aleksándrovna: Como foi o parto? Qual deles esteve doente? Onde andava o marido? Aparecia muitas vezes?

Dária Aleksándrovna não sentia nenhuma vontade de separar-se das camponesas, a tal ponto lhe parecia interessante conversar com elas, tão perfeitamente idênticos eram os seus interesses. O mais agradável para Dária Aleksándrovna era ver com clareza que todas aquelas mulheres admiravam, acima de tudo, o fato de ela ter tantos filhos e de serem tão bonitos. As camponesas até fizeram Dária Aleksándrovna rir e melindraram a governanta inglesa, por ser o motivo de tais risos, incompreensíveis para ela. Uma das jovens camponesas fixou o olhar na inglesa, que se vestia por último, e quando ela vestiu a terceira saia, a jovem não conseguiu reprimir um comentário:

— Puxa, ela se cobre, se cobre e nunca há pano que chegue! — disse, e todas soltaram uma gargalhada.

IX

Cercada por todos os filhos, banhados e de cabeça molhada, Dária Aleksándrovna, com um lenço na cabeça, já estava chegando a casa quando o cocheiro avisou:

— Lá vem um fidalgo, parece o senhor de Pokróvskoie.

Dária Aleksándrovna lançou um olhar à frente e alegrou-se ao reconhecer, no chapéu cinzento e no sobretudo cinzento, a figura familiar de Liévin, que caminhava ao seu encontro. Ela sempre se alegrava em vê-lo, mas, dessa vez, sentiu-se especialmente feliz, pois ele a veria em toda a sua glória. Ninguém melhor do que Liévin entenderia a sua grandeza.

Ao vê-la, Liévin deparou com um dos quadros que a sua imaginação pintava da futura vida familiar.

— A senhora parece uma galinha rodeada por seus pintinhos, Dária Aleksándrovna.

— Ah, como estou contente! — exclamou ela, dando-lhe a mão.

— Está contente, e não me avisou que estava aqui. Meu irmão está passando uma temporada comigo. Recebi um bilhete de Stiva, dizendo que a senhora se encontrava aqui.

— De Stiva? — perguntou Dária Aleksándrovna, com surpresa.

— Sim, ele contou que a senhora havia se mudado para cá e achou que a senhora permitiria que eu lhe prestasse alguma ajuda — respondeu Liévin que, ao dizê-lo, embaraçou-se de repente e, após interromper a frase, continuou a caminhar em silêncio ao lado da carruagem aberta, enquanto colhia brotos de tílias e os mordiscava. Embaraçou-se por causa da suposição de que Dária Aleksándrovna não gostaria de receber ajuda de um homem estranho à família, em assuntos que cumpriam ser resolvidos pelo marido. Dária Aleksándrovna, de fato, não gostou dessa maneira de Stiepan Arcáditch impor a estranhos assuntos da sua família. E logo compreendeu que Liévin entendia isso. Justamente por causa dessa agudeza de entendimento, dessa delicadeza, Dária Aleksándrovna estimava Liévin.

— Entendi, é claro — disse Liévin —, que isso apenas significava que a senhora gostaria de me ver, e fiquei muito contente. Claro, imagino que para a senhora, uma dama da cidade, isto aqui seja um ambiente selvagem e, se houver necessidade, estou completamente a seu dispor.

— Ah, não! — respondeu Dolly. — No início, tive uns contratempos, mas agora tudo se arranjou otimamente, graças à minha antiga ama-seca — disse, apontando para Matriona Filimónovna, que se deu conta de que falavam a seu respeito e sorriu para Liévin, de modo alegre e amigável. Ela o conhecia, sabia que seria um excelente partido para a jovem patroa e desejava que o assunto se arranjasse a contento.

— Tenha a bondade de sentar-se conosco, chegaremos um pouco para o lado — convidou-o.

— Não, seguirei a pé. Crianças, qual de vocês quer vir comigo e apostar corrida com os cavalos?

As crianças conheciam Liévin muito pouco, não lembravam quando o tinham visto, mas não demonstravam, em relação a ele, o estranho sentimento de acanhamento e de aversão que as crianças não raro experimentam ante pessoas adultas e dissimuladas, razão pela qual os pais tantas vezes as castigam de forma dolorosa. A dissimulação do que quer que seja pode enganar o homem mais inteligente e perspicaz; porém, mesmo a criança mais limitada, por mais hábil que seja o disfarce, logo o reconhece e se retrai. Quaisquer que fossem os defeitos de Liévin, não havia nele nem um vestígio de dissimulação e por isso as crianças o tratavam com a mesma simpatia que viam no rosto da mãe. Em resposta ao seu convite, os dois meninos mais crescidos logo saltaram para junto de Liévin e saíram a correr a seu lado, com a mesma naturalidade com que teriam agido com a criada, com Miss Hull ou com a mãe. Lili também pediu para ir e a mãe entregou-a para Liévin; ele a colocou sobre os ombros e correu com a menina nas costas.

— Não tenha medo, não tenha medo, Dária Aleksándrovna — disse ele, sorrindo alegre para a mãe. — Não vou deixar que caia e se machuque, não há possibilidade.

E, ao ver os seus movimentos ágeis, vigorosos, cautelosamente solícitos e excessivamente medidos, a mãe acalmou-se e sorriu com alegria e aprovação, enquanto olhava para ele.

Ali, no campo, em companhia das crianças e de Dária Aleksándrovna, que lhe era tão simpática, Liévin alcançou o estado de ânimo de uma alegria infantil, que muitas vezes lhe ocorria, e que Dária Aleksándrovna tanto apreciava em seu amigo. Enquanto corria ao lado das crianças, Liévin lhes ensinou exercícios de ginástica, divertiu Miss Hull com o seu inglês ruim e contou a Dária Aleksándrovna suas atividades no campo.

Depois do jantar, Dária Aleksándrovna, sentada a sós com ele na varanda, falou sobre Kitty.

— O senhor sabia? Kitty virá para cá e vai passar o verão comigo.

— É mesmo? — disse ele, ruborizado, e logo em seguida, para mudar de assunto, comentou: — Pois então, devo lhe mandar duas vacas? Se a senhora faz questão de calcular um preço, pode me pagar cinco rublos por mês, se for mesmo do seu agrado.

— Não, muito obrigado. Já nos arranjamos.

— Bem, então vou examinar as suas vacas e, se a senhora permitir, darei instruções sobre como alimentá-las. Tudo depende da alimentação.

E Liévin, apenas com o intuito de desviar o assunto da conversa, expôs a Dária Aleksándrovna uma teoria da produção de laticínios segundo a qual uma vaca nada mais é do que uma máquina para transformar forragem em leite etc.

Falava sobre isso e desejava ardentemente ouvir mais notícias sobre Kitty, ao mesmo tempo que temia essas notícias. Receava destruir a paz que alcançara com tamanha dificuldade.

— Sim, mas, na verdade, é preciso de alguém que cuide de tudo isso, e quem seria? — respondeu Dária Aleksándrovna, a contragosto.

Nessa altura, graças a Matriona Filimónovna, ela já organizara seus assuntos domésticos tão a contento que não queria promover mudanças; também não acreditava nos conhecimentos de Liévin sobre agronomia. Raciocínios como o de que uma vaca era apenas uma máquina para fabricar leite pareciam-lhe muito suspeitos. Tinha a impressão de que esse tipo de raciocínio só poderia trazer transtornos para a administração doméstica. Tinha a impressão de que tudo era muitíssimo mais simples: como explicava Matriona Filimónovna, bastava apenas dar de comer e de beber com mais fartura às vacas Pintada e Ancabranca e não deixar o cozinheiro levar os restos da cozinha para a vaca da lavadeira. Isso estava bem claro. Os argumentos sobre as diferenças entre a forragem de feno e a de farelo eram obscuros e duvidosos. E o mais importante era que ela queria falar sobre Kitty...

X

— Kitty me escreveu que o que ela mais deseja é solidão e tranquilidade — disse Dolly, após um silêncio que se seguiu.

— E a saúde dela está melhor? — perguntou Liévin, agitado.

— Graças a Deus, está completamente recuperada. Jamais acreditei que estivesse doente dos pulmões.

— Ah, fico muito contente! — exclamou Liévin, e Dolly julgou ver em seu rosto algo de comovente, de desamparado, quando pronunciou essas palavras e enquanto a fitava em silêncio.

— Escute, Konstantin Dmítritch — disse Dária Aleksándrovna, abrindo o seu sorriso bondoso e um pouco zombeteiro. — Por que o senhor está zangado com Kitty?

— Eu? Não estou zangado — respondeu.

— Não, o senhor está zangado. Por que o senhor não nos visitou, nem a nós nem a eles, quando esteve em Moscou?

— Dária Aleksándrovna — respondeu, ruborizado até a raiz dos cabelos —, eu até me surpreendo que a senhora, com a sua bondade, não o perceba. Como a senhora não tem, pelo menos, pena de mim, quando sabe que...

— Quando sei o quê?

— A senhora sabe que fiz um pedido de casamento e que fui rejeitado — declarou Liévin, e toda a ternura que um minuto antes sentia por Kitty transformou-se, em sua alma, num sentimento de rancor, causado pela afronta.

— Por que o senhor pensou que eu sabia?

— Porque todos sabem disso.

— Nisto o senhor se engana; eu não o sabia, embora desconfiasse.

— Ah! Pois bem, então agora a senhora já sabe.

— Eu só sabia que havia acontecido algo que a fizera sofrer terrivelmente e ela me pediu para nunca falar sobre o assunto. Mas, se Kitty não falou comigo, então não falou com ninguém. Mas o que se passou entre vocês? Conte-me.

— Já contei o que se passou.

— Quando?

— Da última vez em que estive na casa deles.

— Sabe, vou lhe dizer uma coisa — prosseguiu Dária Aleksándrovna. — Sinto uma pena dela terrível, terrível. O senhor sofre apenas por orgulho...

— Pode ser — respondeu Liévin. — Mas...

Ela o interrompeu:

— Mas ela, pobrezinha, me dá uma pena terrível, terrível. Agora, compreendo tudo.

— Muito bem, Dária Aleksándrovna, a senhora me perdoe -- disse Liévin, levantando-se. — Até logo! Até a vista, Dária Aleksándrovna.

— Não, espere — retrucou, segurando-o pela manga. — Espere, sente-se.

— Por favor, por favor, não vamos falar sobre isso — disse ele, sentando-se e, ao mesmo tempo, sentindo que, em seu coração, se agitava e se erguia uma esperança que lhe parecia sepultada.

— Se eu não estimasse o senhor — explicou Dária Aleksándrovna, e lágrimas surgiram em seus olhos —, se eu não o conhecesse, como o conheço...

O sentimento que parecia morto retomava cada vez mais vida, erguia-se e apoderava-se do coração de Liévin.

— Sim, agora compreendi tudo — prosseguiu Dária Aleksándrovna. — O senhor não pode compreender isso; para os senhores, homens, que são livres e escolhem à vontade, está sempre claro a quem amam. Mas uma jovem que se vê na condição de ter de esperar, com o pudor de mulher, de menina, uma jovem que vê os senhores, os homens, à distância, que dá fé a tudo, uma jovem assim pode muito bem experimentar um sentimento que ela não sabe como denominar.

— Sim, se o coração não falar...

— Não, o coração fala, mas o senhor pense bem: os senhores, homens, têm as atenções voltadas para uma jovem, visitam a sua casa, aproximam-se dela, avaliam-na, aguardam para decidir se a amam, e depois, quando estão convencidos de que a amam, apresentam um pedido de casamento...

— Bem, não é exatamente assim.

— Seja como for, os senhores fazem o pedido quando o seu amor amadureceu ou quando, entre duas mulheres, concluíram pela superioridade de uma. Mas, à moça, nada se pergunta. Querem que ela escolha por si mesma, mas não pode escolher, pode apenas responder: sim e não.

"Sim, uma escolha entre mim e Vrónski", pensou Liévin, e o defunto que renascera em sua alma morreu de novo e logo pesou dolorosamente em seu coração.

— Dária Aleksándrovna — disse ele —, assim elas escolhem um vestido, ou algo que foram comprar, quando estão em dúvida, mas o amor não... A escolha está feita, e é melhor assim... Não se pode repetir.

— Ah, o orgulho, o orgulho! — exclamou Dária Aleksándrovna, como se o desprezasse pela baixeza desse sentimento, em comparação com um outro sentimento que só as mulheres conhecem. — Na ocasião em que o senhor fez seu pedido de casamento a Kitty, ela estava exatamente nessa situação em que não se tem condições de responder. Havia nela uma indecisão. A seguinte indecisão: o senhor ou Vrónski. A ele, via todos os dias; ao senhor, não via desde muito tempo. Vamos supor que ela fosse mais velha; para mim, por exemplo, no lugar de Kitty, não poderia haver nenhuma indecisão. Ele sempre me pareceu repulsivo, e provou ser de fato assim.

Liévin lembrou-se da resposta de Kitty. Dissera: *Não, não pode ser...*

— Dária Aleksándrovna — disse, com secura —, prezo muito sua confiança em mim; creio que a senhora se engana. Mas, com ou sem razão, esse orgulho que a senhora tanto despreza torna impossível para mim todo e qualquer pensamento a respeito de Katierina Aleksándrovna. A senhora entende, é totalmente impossível.

— Só vou dizer mais uma coisa: o senhor compreende que falo a respeito de uma irmã a quem amo, como amo os meus filhos. Não digo que ela ame o senhor, quero apenas dizer que a resposta negativa de Kitty naquele momento nada prova.

— Não sei! — retrucou Liévin, de um salto. — Se a senhora soubesse como me faz sofrer! É exatamente como se a senhora tivesse perdido um filho e alguém lhe viesse dizer: ele seria assim e assado, e poderia ter vivido, e a senhora teria alegrias com ele. Só que está morto, morto, morto...

— Como o senhor é curioso — disse Dária Aleksándrovna, com um sorrisinho triste, apesar da agitação de Liévin. — Sim, agora estou compreendendo tudo, e cada vez mais — prosseguiu, pensativa. — Então o senhor não virá visitar-nos quando Kitty estiver aqui?

— Não, não virei. Claro, não vou fugir de Katierina Aleksándrovna, mas, onde eu puder, farei força para poupá-la da minha presença.

— O senhor é muito, muito curioso — repetiu Dária Aleksándrovna, fitando seu rosto com carinho. — Pois bem, então, vamos fazer de conta que não conversamos sobre isso. O que você quer, Tânia? — perguntou em francês para a menina que entrara.

— Onde está a minha pazinha, mamãe?

— Eu lhe falei em francês e você deve me responder assim, também.

A menina tentou falar, mas esqueceu como se dizia pazinha em francês; a mãe lhe soprou a palavra e depois respondeu, em francês, onde podia encontrar a pazinha. E isso desagradou a Liévin.

Agora, tudo na casa de Dária Aleksándrovna e nos seus filhos já não lhe parecia gracioso como antes.

"Mas para que ela fala em francês com os filhos?", pensou. "Como é artificial e falso! E as crianças percebem isso. Aprender o francês e desaprender a sinceridade", pensou consigo mesmo, sem saber que Dária Aleksándrovna já pensara e repensara a mesma coisa vinte vezes e no entanto, ainda que em prejuízo da sinceridade, julgava indispensável educar seus filhos desse modo.

— Mas aonde vai o senhor? Sente-se.

Liévin ficou até a hora do chá, mas toda sua alegria desapareceu e sentiu-se constrangido.

Após o chá, ele saiu até a antessala para mandar trazer seus cavalos e, quando voltou, encontrou Dária Aleksándrovna transtornada, com o rosto desfeito e com lágrimas nos olhos. No momento em que Liévin saíra, ocorrera algo que destruíra de repente, para Dária Aleksándrovna, toda a felicidade e todo o orgulho que havia sentido, nesse dia, em relação aos filhos. Gricha e Tânia atracaram-se por causa de uma bolinha. Dária Aleksándrovna, ao ouvir um grito no quarto das crianças, correu e encontrou-os numa cena horrível. Tânia segurava Gricha pelos cabelos e ele, com o rosto desfigurado pela maldade, batia na irmã com os punhos cerrados, sem escolher o alvo. Algo se rompeu no coração de Dária Aleksándrovna, ao ver aquilo. Teve a impressão de que trevas desciam sobre sua vida: compreendeu que aquelas crianças, das quais tanto se orgulhava, não só não eram as mais extraordinárias do mundo como eram até crianças más, mal-educadas, com tendências rudes e violentas, crianças perversas.

Ela não se sentia mais capaz de falar ou de pensar em outro assunto e não pôde deixar de contar a Liévin o seu desgosto.

Liévin percebeu que ela estava infeliz e esforçou-se para consolá-la, dizendo que isso nada provava de ruim, que todas as crianças brigavam; mas, ao dizê-lo, Liévin pensou, em sua alma: "Não, eu não vou mudar de voz e falar em francês com os meus filhos, nem terei filhos como esses: basta não estragar as crianças, não deformar os filhos, e eles serão encantadores. Sim, meus filhos não serão assim". Despediu-se e saiu, e ela não o reteve.

XI

No meio de julho, veio à casa de Liévin o estaroste da aldeia da irmã, que ficava a dez verstas de Pokróvskoie, para fazer um relatório sobre o andamento dos negócios e sobre a ceifa. A principal receita da propriedade da irmã provinha dos prados inundáveis à beira-rio. Nos anos anteriores, os mujiques pagavam pela ceifa até vinte rublos por dessiatina. Quando Liévin assumiu a direção da propriedade, examinou os prados e achou que valiam mais, passando a cobrar vinte e cinco rublos por dessiatina. Os mujiques não pagaram tal valor e, como Liévin já suspeitava que fariam, afugentaram outros arrendatários. Então Liévin foi até lá pessoalmente e deu ordens para ceifar o prado e pagar aos ceifeiros metade em dinheiro e metade com uma parte do que ceifassem. Seus mujiques tentaram, por todos os meios, impedir essa inovação, mas o trabalho foi feito e, já no primeiro ano, apurou-se quase o dobro com a ceifa. Nos dois anos seguintes, prosseguiu a mesma resistência dos mujiques, mas a ceifa se cumpriu a contento. Nesse ano, os mujiques se incumbiram de toda a ceifa em troca de um terço da colheita e agora o estaroste viera comunicar que a ceifa terminara e que ele, com medo da chuva, chamara o escriturário e, em sua presença, já separara e varrera as onze medas que cabiam ao patrão. Pelas respostas vagas a suas perguntas sobre a quantidade ceifada no prado principal, pela afobação do estaroste que dividira o feno sem a sua permissão, pelo tom geral do mujique, Liévin compreendeu que nessa partilha do feno havia algo desonesto, e resolveu ir lá pessoalmente, verificar o caso.

Após chegar à aldeia na hora do jantar e deixar o cavalo em frente à casa de um velho amigo, o marido da ama de leite do irmão, Liévin entrou e foi ao encontro do velho no apiário, no intuito de saber, por intermédio dele, pormenores sobre a colheita do feno. O velho Parmiénitch, falante e simpático, recebeu Liévin com alegria, mostrou-lhe todo o seu equipamento, expôs todos os detalhes sobre as suas abelhas e sobre as colmeias daquele ano; porém, às perguntas de Liévin sobre a ceifa, respondeu de modo vago e a contragosto. Isso reforçou ainda mais as suspeitas de Liévin. Dirigiu-se ao prado e examinou as medas. Não podia haver cinquenta carradas de feno em cada meda e, a fim de desmascarar os mujiques, Liévin mandou trazer imediatamente as carroças que haviam transportado o feno, embarcar uma meda e levá-la para o celeiro. A meda deu apenas trinta e duas carradas. Apesar das desculpas do estaroste, que alegou a faculdade de estufar e murchar, própria do feno, e o modo como o feno assenta nas medas, e apesar de suas juras de que tudo havia sido feito com a bênção de Deus, Liévin fincou pé em que haviam dividido o feno sem a sua autorização e que, portanto, ele não aceitaria a contagem de cinquenta carradas por meda. Após longas discussões, resolveu-se que os mujiques ficariam com aquelas onze medas, como o seu quinhão, estimando em cinquenta carradas cada uma, e a parte do patrão seria separada de novo. Essas negociações e a partilha dos montes de feno prolongaram-se até a hora do lanche. Quando terminaram a divisão do último feno, Liévin, depois de encarregar o escriturário da fiscalização do trabalho restante, sentou-se sobre um monte de feno marcado por um ramo de salgueiro e contemplou com admiração o prado, que fervilhava de camponeses.

À sua frente, na curva do rio, além do pântano, matraqueando alegremente ao som das vozes, movia-se uma colorida fila de camponesas e, do feno que ficara espalhado, erguiam-se, rapidamente, junto ao restolho verde-claro, ondas cinzentas e sinuosas. Atrás das camponesas, vinham os mujiques com forcados e, daquelas ondas, formavam altos e estufados montes de feno. À esquerda, pelo prado já limpo, rolavam com estrondo as telegas e, um após o outro, desapareciam os montes de feno, removidos em enormes feixes com a ajuda dos forcados e, no lugar desses montes de feno, aglomeravam-se pesadas carradas de feno aromático que, sobre as carroças, transbordavam sobre a garupa dos cavalos.

— Que tempinho bom para colher! Que feno vamos ter! — exclamou um velho, pondo-se de cócoras junto a Liévin. — Isso nem é feno, é chá! Eles colhem igualzinho aos patos quando catam os grãos espalhados! — acrescentou, apontando para os montes de feno que se avolumavam. — Do jantar para cá, já levaram uma boa metade. É a última leva? — gritou para um moço que estava de pé, na parte da frente de uma telega, e sacudia as pontas das rédeas de cânhamo, ao passar por eles.

— A última, paizinho! — gritou o moço, que freou o cavalo e, sorrindo, olhou para trás, para uma camponesa alegre e corada que também sorria, sentada na caixa da telega, e tocou para a frente.

— Quem é esse? Seu filho? — perguntou Liévin.

— O meu caçulinha — disse o velho, com um sorriso carinhoso.

— Que rapagão!

— Não é um mau menino.

— Já é casado?

— Sim, fez dois anos no dia de são Filipe.

— Puxa, e tem filhos?

— Que filhos! Passou um ano inteiro e ele não entendia nada, tinha vergonha — respondeu o velho. — Mas que feno! Um verdadeiro chá! — repetiu, no intuito de mudar de assunto.

Liévin observou com atenção Vanka Parmiénov e sua esposa. Não longe dali, os dois amontoavam o feno. Ivan Parmiénov estava de pé na carroça, recebia, arrumava e comprimia os enormes fardos que sua jovem e bonita patroa lhe jogava agilmente, a princípio em braçadas e depois com o forcado. A jovem trabalhava com leveza, alegria e agilidade. O feno espesso e compacto não ficava seguro de imediato no forcado. Antes, ela o alisava e enfiava o forcado; depois, com movimentos rápidos e flexíveis, pressionava o forcado com todo o peso do corpo e, logo em seguida, inclinando para trás as costas cingidas por uma faixa vermelha, reaprumava-se e, abrindo o peito farto debaixo da bata branca, segurava o forcado com agilidade entre as mãos e erguia o feno bem alto, até a carroça. Ivan, afoito, nitidamente preocupado em poupá-la de todo e qualquer minuto de trabalho excessivo, apanhava, abrindo muito os braços, o fardo que recebera e o acamava dentro da carroça. Após recolher o último punhado de feno com o ancinho, a camponesa sacudiu as palhas que recobriam seu pescoço e, depois de ajeitar o lenço vermelho que tombara sobre a testa branca, sem queimaduras de sol, meteu-se embaixo da telega para amarrar a carga. Ivan ensinou-lhe como atar a corda por trás da trave e, ao ouvir algo que ela disse, soltou uma gargalhada. Na expressão do rosto de ambos, via-se um amor vigoroso e jovem, que despertara havia pouco tempo.

XII

A carga foi amarrada. Ivan desceu de um salto e conduziu pela rédea o cavalo manso e bem nutrido. A camponesa jogou o ancinho para cima da carga, na carroça, e a passos firmes, abanando os braços, seguiu na direção das camponesas que haviam se reunido numa roda para dançar. Ivan, depois de tomar a estrada, incorporou-se ao comboio das demais carroças. As camponesas, com os ancinhos sobre os ombros, radiantes em suas cores claras e palpitantes, com suas vozes sonoras e alegres, caminhavam atrás das carroças. A voz rústica e bruta de uma camponesa entoou uma canção, cantou até o refrão, quando meia centena de vozes variadas e sadias, agudas e graves, todas unidas e em harmonia, retomaram a mesma canção desde o início.

As camponesas que cantavam aproximaram-se de Liévin e ele teve a impressão de que uma nuvem, com uma trovoada de alegria, descia sobre ele. A nuvem desceu, apoderou-se de Liévin e do monte de feno sobre o qual estava deitado, assim como dos outros montes de feno, da carga das carroças e do prado inteiro, com os campos mais além — tudo se pôs a marchar e a ondular, ao compasso dessa canção rústica e festiva, acompanhada de gritos, assovios e palmas. Liévin sentiu inveja desse júbilo saudável, sentiu vontade de tomar parte na expressão dessa alegria de viver. Mas nada podia fazer, senão ficar ali deitado, olhar e ouvir. Quando aquela gente que cantava desapareceu de vista e já não era mais ouvida, um pesado sentimento de tristeza apoderou-se de Liévin, por sua solidão, por sua ociosidade física, por sua posição antagônica em relação a esse mundo.

Alguns dos mujiques, justamente os que mais haviam discutido com ele por causa do feno, os mujiques a quem ele ofendera, ou que quiseram enganá-lo, esses mesmos mujiques o saudaram alegremente e, era evidente, não tinham e não podiam sentir por ele nenhum rancor, não experimentavam não só nenhum arrependimento como já não tinham a menor lembrança do motivo por que quiseram enganá-lo. Tudo isso afundara no mar do alegre trabalho em comum. Deus deu o dia, Deus deu as forças. E o dia e as forças são consagrados ao trabalho e, no trabalho, têm sua própria recompensa. Mas para quem é o trabalho? Quais serão os frutos do trabalho? Tais reflexões eram descabidas e fúteis.

Liévin muitas vezes se encantava com essa vida, muitas vezes experimentava um sentimento de inveja pela gente que vivia assim, mas nesse dia, pela primeira vez, especialmente sob a influência do que observara na atitude de Ivan Parmiénov com relação à sua esposa, veio a Liévin pela primeira vez a ideia de que dependia dele mesmo transformar essa vida enfadonha, ociosa, artificial e individualista que levava naquela vida trabalhadora, pura e de um encanto coletivo.

O velho que sentara a seu lado já fora para casa havia muito; os camponeses se dispersaram. Os que viviam perto foram para casa e os que moravam longe se reuniram para a ceia e para pernoitar no prado. Liévin, sem que os camponeses notassem sua presença, continuava deitado sobre o monte de feno, a olhar, ouvir e pensar. Os camponeses que permaneceram no prado quase não dormiram, ao longo da curta noite de verão. A princípio, ouviam-se a alegre conversa geral e gargalhadas, durante a ceia, depois novamente canções e risos.

Todo o longo dia de trabalho não deixara neles outra marca que não a alegria. Antes do amanhecer, tudo silenciou. Ouviam-se apenas os sons noturnos das rãs incessantes no pântano e dos cavalos, que resfolegavam pelo prado, na neblina que subia antes da manhã. Ao acordar, Liévin levantou-se do monte de feno e, depois de voltar os olhos para as estrelas, compreendeu que a noite havia passado.

"Pois bem, o que vou fazer? Como vou agir?", perguntou-se, tentando exprimir para si mesmo tudo o que havia pensado e sentido ao longo daquela noite curta. Tudo o que havia pensado e sentido se dividia em três ramos de pensamentos distintos. Um ramo era a renúncia da sua vida antiga, de seus conhecimentos inúteis, da sua instrução, que não lhe servia de nada. Esse ramo lhe trazia prazer e lhe parecia fácil e simples. Outros pensamentos e outras imagens se referiam à vida que ele agora desejava viver. Percebia nitidamente a simplicidade, a pureza, a legitimidade dessa vida e estava convencido de que nela encontraria a satisfação, a serenidade e a dignidade, cuja carência lhe era tão penosa. Mas a terceira série de pensamentos girava em torno da questão de como levar a efeito essa transição da vida antiga para a vida nova. E aí nada se apresentava a ele de modo claro. "Ter esposa? Ter trabalho e necessidade de trabalho? Deixar Pokróvskoie? Comprar terras? Inscrever-me numa comuna de camponeses? Casar com uma camponesa? Como farei isso?", perguntou-se de novo e não encontrou resposta. "Na verdade, fiquei a noite inteira sem dormir e não consigo me dar uma resposta clara", disse para si. "Mais tarde, pensarei melhor. A única certeza é que esta noite decidiu o meu destino. Todos os meus antigos sonhos de vida familiar são absurdos, nada valem", disse para si. "Tudo é imensamente mais simples e melhor..."

"Que beleza!", pensou, ao olhar para uma estranha concha, como que de nácar, formada por pequenas nuvens brancas acarneiradas que haviam se detido exatamente acima da sua cabeça, no meio do céu. "Como tudo é admirável nesta noite admirável! Em que momento essa concha teve tempo de formar-se? Olhei para o céu há pouco e nada havia, exceto duas faixas brancas. Assim também se transformou, imperceptivelmente, a minha maneira de ver a vida!"

Afastou-se do prado e seguiu para a aldeia pela estrada grande. Uma brisa levantou-se, o céu ficou cinzento, sombrio. Sobreveio o minuto nublado que costuma preceder o raiar do dia, a vitória completa da luz sobre a treva.

Encolhido por causa do frio, Liévin caminhava depressa, de olhos voltados para a terra. "O que é? Vem vindo alguém", pensou, ao ouvir guizos, e levantou a cabeça. A quarenta passos de distância, na grande estrada coberta de relva por onde caminhava, avançava em sua direção uma carroça puxada por quatro cavalos. Os cavalos de tiro faziam pressão sobre o varal por causa dos sulcos, mas o cocheiro hábil, sentado de lado na boleia, mantinha o timão seguro no rumo do sulco, de modo que as rodas giravam por uma superfície lisa.

Liévin notou apenas isso e, sem pensar em quem poderia estar vindo ali, olhou distraidamente para a carroça.

Na carroça, uma velhinha cochilava num canto e, sentada à janela, uma jovem, que visivelmente acabara de acordar, segurava nas mãos as fitinhas de uma touca branca. Radiante e pensativa, repleta de uma vida interior requintada e complexa, estranha a Liévin, ela olhava por cima dele, para o sol nascente.

Nesse instante, quando essa imagem já desaparecia, olhos sinceros voltaram-se para Liévin. Ela o reconheceu e uma alegria espantada iluminou o rosto da jovem.

Liévin não podia enganar-se. Não havia no mundo olhos iguais àqueles. Só havia no mundo uma criatura capaz de concentrar, para ele, toda a luz e todo o sentido da vida. Era ela. Era Kitty. Liévin compreendeu que ela vinha da estação de trem e seguia para Iérguchovo. E tudo o que inquietara Liévin naquela noite insone, todas as resoluções tomadas por ele, tudo de repente desapareceu. Com repugnância, lembrou-se de seus sonhos de casar com uma camponesa. Somente ali, naquela carruagem que rapidamente se afastava depois de passar para o outro lado da estrada, somente ali havia a possibilidade de encontrar a solução para o enigma da sua vida, que pesava de modo tão torturante sobre ele nos últimos tempos.

Ela não olhou para fora outra vez. Já não se ouvia o barulho das molas, mal se ouviam os guizos. Os latidos dos cães indicavam que a carruagem havia atravessado a aldeia — e, em redor, restaram apenas os campos vazios, as aldeias à frente e ele mesmo, sozinho e alheio a tudo, que seguia solitário pela grande estrada maltratada.

Olhou para o céu, na esperança de encontrar a concha que o deixara admirado e que personificava, para ele, todo o percurso dos pensamentos e dos sentimentos daquela noite. No céu, nada mais havia semelhante a uma concha. Lá, nas alturas inacessíveis, já se cumprira uma transformação misteriosa. Não havia nem sinal da concha, mas havia um tapete liso, formado por nuvens cada vez menores, que se alastrava por toda a metade do céu. O firmamento se tornava azul, brilhante e, com o mesmo carinho, porém do mesmo modo inacessível, respondia ao seu olhar interrogador.

"Não", disse a si mesmo, "por melhor que seja essa vida simples e laboriosa, não posso recuperá-la. É a *ela* que eu amo."

XIII

Ninguém, salvo as pessoas mais próximas de Aleksei Aleksándrovitch, sabia que esse homem, na aparência o mais frio e ponderado que se podia imaginar, tinha uma fraqueza que contradizia toda a constituição do seu caráter. Aleksei Aleksándrovitch não conseguia ver ou ouvir, com indiferença, o choro das crianças e das mulheres. A visão de lágrimas o deixava num estado de desorientação e ele perdia totalmente a capacidade de raciocínio. O chefe da sua repartição e o secretário sabiam disso e preveniam os peticionários de que não deveriam chorar em hipótese alguma, se não quisessem perder suas demandas. "Ele vai se zangar e não vai querer mais ouvir os senhores", diziam. E, de fato, nesses casos, o abalo emocional que as lágrimas provocavam em Aleksei Aleksándrovitch traduzia-se numa ira repentina. "Não posso, não posso fazer nada. Queira se retirar!", gritava, em geral, nesses casos.

Quando Anna, ao voltar das corridas, lhe revelou suas relações com Vrónski e, logo em seguida, cobrindo o rosto com as mãos, desatou a chorar, Aleksei Aleksándrovitch, apesar de toda a raiva que irrompeu contra a esposa, sentiu ao mesmo tempo um acesso daquela perturbação emocional que as lágrimas sempre provocavam nele. Como sabia disso e como sabia que a expressão dos seus sentimentos, naquele instante, seria incompatível com a situação, tentou sufocar dentro de si qualquer manifestação de vida e, portanto, não se moveu nem olhou para a mulher. Isso produziu em seu rosto a estranha expressão de palidez de cadáver, que tanto impressionou Anna.

Quando chegaram a casa, ele a ajudou a descer da carruagem e, depois de fazer um esforço sobre si mesmo, despediu-se da esposa com a cortesia habitual e pronunciou aquelas palavras que não o obrigavam a nada: disse que no dia seguinte comunicaria a sua resolução.

As palavras da esposa, que vieram confirmar suas piores suspeitas, causaram uma dor atroz no coração de Aleksei Aleksándrovitch. Essa dor foi ainda agravada em razão do estranho sentimento de piedade física pela esposa, provocado por suas lágrimas. Porém, ao ficar sozinho na carruagem, Aleksei Aleksándrovitch, para sua surpresa e para sua alegria, sentiu uma completa libertação, daquela piedade, das dúvidas e dos estranhos ciúmes que o atormentavam nos últimos tempos.

Experimentou a sensação de um homem a quem arrancam um dente que doía havia muito tempo. Após a dor terrível e a sensação de que algo enorme, maior do que a própria cabeça, foi extraído do maxilar, o paciente de súbito, ainda sem acreditar na sua felicidade, percebe que não existe mais aquilo que por tanto tempo envenenou sua vida, imobilizou toda sua atenção sobre si mesmo, e sente que pode novamente viver, pensar e interessar-se não apenas por seu dente. Foi esse o sentimento que Aleksei Aleksándrovitch experimentou. A dor foi estranha e terrível, mas agora havia passado; sentia que podia de novo viver e pensar não apenas na esposa.

"Sem honra, sem coração, sem religião: uma mulher degenerada! Eu sempre soube disso e sempre vi, embora tentasse me enganar, para poupá-la", disse para si. E lhe parecia, de fato, ter sempre notado isso; recordava detalhes da vida de ambos, que antes não lhe pareciam conter nada de ruim — agora, tais detalhes mostravam claramente que ela sempre fora uma degenerada. "Errei, ao unir minha vida a ela; mas, no meu erro, nada há de condenável e por isso não posso ser infeliz. A culpa não é minha", disse consigo, "mas sim dela. Porém nada tenho a ver com Anna. Ela não existe para mim..."

Tudo o que dizia respeito a ela e ao filho — com relação a quem, como no caso da esposa, seus sentimentos haviam mudado — deixou de preocupá-lo. A única questão que o preocupava agora era saber qual a melhor maneira possível, a mais conveniente, a mais cômoda, de limpar a lama que a esposa respingara sobre ele, com a sua perdição, e prosseguir no seu caminho de uma vida ativa, honrada e útil.

"Não posso ser infeliz porque uma mulher desprezível cometeu um crime; tenho apenas de encontrar a melhor saída possível para essa situação penosa em que ela me deixou. E hei de encontrar", disse para si, com as sobrancelhas cada vez mais franzidas. "Não sou o primeiro, nem serei o último." E, sem falar dos exemplos históricos, a começar por *A bela Helena*,[7] de Menelau, reavivada na memória de todos, uma longa série de casos contemporâneos de infidelidade cometidos por esposas da mais alta sociedade acudiu à imaginação de Aleksei Aleksándrovitch. "Dariálov, Poltávski, o príncipe Karibánov, o conde Paskúdin, Dram... Sim, Dram também... Um homem tão honesto, tão capaz... Semiónov, Tcháguin, Sigónin", lembrou Aleksei Aleksándrovitch. "Vamos admitir que um *ridicule*[8] estúpido tenha caído sobre essas pessoas, mas nisso eu nunca vi outra coisa que não a infelicidade e sempre me compadeci desses homens", disse para si, embora não fosse verdade e ele jamais tivesse se compadecido de uma infelicidade desse tipo, mas, isto sim, sentia por si mesmo um apreço tanto mais alto quanto mais frequentes eram os exemplos de esposas que traíam os maridos. "É uma infelicidade que pode suceder a qualquer um. E sucedeu a mim. A questão é apenas encontrar a melhor maneira possível de suportar a situação." E passou em revista os pormenores da maneira de agir dos homens que se viram na mesma situação que ele.

"Dariálov bateu-se em duelo..."

O duelo atraía de modo especial a atenção de Aleksei Aleksándrovitch, quando jovem, justamente por ser um homem de físico acanhado e por saber muito bem disso. Aleksei Aleksándrovitch não conseguia pensar sem horror numa pistola apontada contra si e jamais, em toda a vida, fizera uso de qualquer arma. Quando jovem, tal horror muitas vezes o obrigava a pensar num duelo e em pôr-se à prova numa situação em que seria necessário arriscar sua vida. Desde que alcançara o sucesso e uma posição sólida na sociedade, esquecera havia muito esse sentimento; mas o sentido do hábito acabou por vencer e o temor da sua própria covardia se manifestou também agora com tamanha força que Aleksei Aleksándrovitch considerou demoradamente, e de todos os ângulos, a respeito do duelo e afagou com o pensamento essa questão, embora soubesse de antemão que em nenhuma hipótese haveria de duelar.

"Sem dúvida, nossa sociedade ainda é tão bárbara (ao contrário do que acontece na Inglaterra) que muitos", entre os quais eram numerosos aqueles cuja opinião Aleksei Aleksándrovitch prezava bastante, "encaram o duelo de forma favorá-

---

7 Ópera-bufa de Offenbach, popular na época.

8 Francês: "ridículo".

vel; mas que resultado isso alcançaria? Suponhamos que eu o desafie para um duelo" — prosseguiu para si e, ao imaginar de modo vívido a noite seguinte ao desafio e uma pistola apontada contra ele, estremeceu e compreendeu que jamais faria tal coisa —, "suponhamos que eu o desafie para um duelo. Suponhamos que me ensinem", continuou a pensar, "que me ponham em posição, que eu puxe o gatilho", disse para si, fechando os olhos, "e que aconteça de eu o matar", concluiu para si Aleksei Aleksándrovitch e sacudiu a cabeça para afugentar esses pensamentos tolos. "Qual o sentido de assassinar um homem a fim de determinar que relações se vão estabelecer com uma esposa criminosa e um filho? Tal como antes, eu ainda teria de resolver o que fazer com ela. Porém o mais provável, e o que se daria sem dúvida, era eu ser morto ou ferido. Eu, um homem inocente, a vítima, morto ou ferido. É ainda mais absurdo. E isso não é tudo; um desafio para um duelo seria, da minha parte, um ato desonesto. Acaso não sei de antemão que meus amigos jamais permitirão que eu me bata em duelo, jamais permitirão que a vida de um homem público, indispensável à Rússia, seja posta em risco? O que vai acontecer? Vai acontecer que eu, sabendo de antemão que o caso não trará nenhum risco, desejarei apenas, mediante esse desafio, me atribuir uma glória falsa. É desonesto, é hipócrita, é enganar os outros e a mim mesmo. Um duelo é inconcebível e ninguém espera tal coisa de mim. Meu objetivo consiste em resguardar a minha reputação, elemento indispensável para que a minha carreira prossiga, sem obstáculos." A carreira no serviço público, que desde antes tinha uma grande importância aos olhos de Aleksei Aleksándrovitch, pareceu-lhe agora especialmente significativa.

Depois de considerar e rechaçar o duelo, Aleksei Aleksándrovitch voltou-se para o divórcio — uma outra saída, escolhida por algumas das pessoas de quem ele havia se lembrado. Passando em revista, na memória, todos os casos de divórcio famosos (havia muitos, na mais alta sociedade, que conhecia muito bem), Aleksei Aleksándrovitch não encontrou um sequer em que o objetivo do divórcio fosse o mesmo que ele tinha em mira. Em todos esses casos, o marido cedeu ou vendeu a esposa infiel, e a própria parte culpada, que não tinha direito de contrair novo matrimônio, dava início a uma relação fictícia, imaginariamente legitimada, com um novo cônjuge. No seu caso, Aleksei Aleksándrovitch percebia que era impossível a obtenção de um divórcio conforme a lei, ou seja, um divórcio em que apenas a mulher culpada fosse objeto de repúdio. Via que as complexas condições de vida em que se achava não admitiam a possibilidade das provas grosseiras, exigidas pela lei, para deixar patente o crime da esposa; via que o conhecido requinte dessa vida não permitia o emprego de tais provas, ainda que elas existissem, e que o emprego de provas desse tipo causaria mais danos a ele do que à mulher, perante a opinião pública.

Uma tentativa de divórcio só poderia levar a um processo escandaloso, que traria uma oportunidade providencial para os inimigos, para a calúnia, para o rebaixamento de sua posição elevada na sociedade. O objetivo principal — pôr em ordem a situação, com o mínimo de transtorno — também não seria alcançado por meio de um divórcio. Além do mais, no caso de um divórcio, e até no caso de uma tentativa de divórcio, era óbvio que a esposa rompia relações com o marido e se unia ao seu amante. Mas na alma de Aleksei Aleksándrovitch, apesar da indiferença desdenhosa e completa que agora, no seu entender, sentia pela esposa, restava um sentimento por ela — a repulsa ante a possibilidade de Anna unir-se a Vrónski sem nenhum obstáculo, de seu crime ser, no fim, vantajoso para ela. Só esse pensamento o irritou de tal modo que, apenas por imaginar tal coisa, Aleksei Aleksándrovitch pôs-se a gemer de uma dor interior, levantou-se e mudou de lugar na carruagem e, por um longo tempo depois disso, com as sobrancelhas franzidas, não parou de embrulhar as pernas friorentas e ossudas sob a manta felpuda.

"Além do divórcio formal, posso ainda proceder da mesma forma que Karibánov, Paskúdin e que o bom Dram, ou seja, separar-me da esposa", continuou a refletir, depois de se acalmar; mas essa medida apresentava as mesmas inconveniências e humilhações do divórcio e, mais importante, assim como o divórcio formal, lançaria sua esposa nos braços de Vrónski. "Não, é impossível, impossível!", exclamou em voz alta para si mesmo, e voltou a embrulhar-se nervosamente na sua manta. "Eu não posso ser infeliz, mas ela e ele não devem ser felizes."

O sentimento de ciúme que o atormentava no período de incerteza passou no mesmo minuto em que o dente lhe foi arrancado, dolorosamente, pelas palavras da esposa. Mas esse sentimento dera lugar a outro: o desejo de que ela não só não triunfasse como também recebesse uma punição por seu crime. Ele não admitia ter tal sentimento, mas, no fundo da alma, queria que Anna sofresse por abalar a sua tranquilidade e a sua honra. E, depois de examinar novamente as circunstâncias de um duelo, de um divórcio, de uma separação, e de rejeitar novamente tudo isso, Aleksei Aleksándrovitch convenceu-se de que só havia uma saída — manter Anna ao seu lado, ao mesmo tempo que escondia da sociedade o que acontecera e usava todos os meios possíveis para cortar aqueles laços e, o mais importante — algo que nem a si mesmo admitia —, a fim de castigar a esposa. "Tenho de lhe comunicar minha resolução de que, após refletir sobre a situação penosa em que ela pôs a família, todas as outras soluções seriam, para ambas as partes, piores do que o status quo aparente e que, desse modo, consinto em manter o casamento, porém sob a condição rigorosa de que ela obedeça à minha vontade, ou seja, cesse suas relações com o amante." Para sancionar sua resolução, quando ela já estava tomada em caráter definitivo, um outro argumento de peso acudiu a Aleksei Aleksándrovitch. "Apenas mediante tal resolução, procedo em conformidade com a religião", disse a si mesmo, "apenas mediante essa resolução, não repudio a esposa criminosa, mas sim lhe ofereço a possibilidade de reparar seu erro e até, por mais penoso que seja para mim, consagro uma parte de minhas forças para a sua reabilitação e a sua salvação." Embora Aleksei Aleksándrovitch soubesse muito bem que não poderia exercer sobre a esposa uma influência virtuosa e que, de todas as tentativas de reabilitação, nada resultaria, exceto a mentira; embora, no decorrer daqueles minutos penosos, ele não tenha pensado sequer uma vez em buscar orientação na religião — agora, quando sua resolução coincidira, ao que lhe parecia, com as exigências da religião, essa sanção religiosa lhe dava uma satisfação completa e uma tranquilidade parcial. Sentiu-se contente de pensar que, mesmo numa crise tão grave na vida, ninguém teria condições de falar que ele não agira de acordo com os preceitos dessa religião cuja bandeira ele sempre mantivera erguida bem alta, em meio à frieza e à indiferença geral. Ao ponderar detalhes subsequentes, Aleksei Aleksándrovitch não viu razão para que suas relações com a esposa não pudessem permanecer quase iguais ao que eram antes. Sem dúvida, ele nunca estaria em condições de devolver a Anna o seu respeito; mas não havia e não podia haver motivo algum para ele transtornar a própria vida e sofrer, em razão de Anna ter sido uma esposa má e infiel. "Sim, o tempo vai passar, o tempo, que a tudo acomoda, e as relações voltarão a ser como antes", disse para si, "ou seja, se restabelecerão em tal medida que não sentirei os transtornos no correr da vida. Ela tem de ser infeliz, mas eu não sou culpado e por isso não posso ser infeliz."

XIV

Ao aproximar-se de Petersburgo, Aleksei Aleksándrovitch não só se aferrara de todo a essa resolução como até compôs, em pensamento, a carta que escreveria para a esposa. Ao entrar na portaria, Aleksei Aleksándrovitch passou os olhos nas cartas e nos documentos trazidos do ministério e mandou que os levassem ao seu gabinete.

— Desatrelem os cavalos, não vou receber ninguém — disse em resposta ao porteiro, enfatizando com certo prazer as palavras "não vou receber ninguém", sinal de que estava em boa disposição de ânimo.

No gabinete, Aleksei Aleksándrovitch caminhou de uma ponta à outra duas vezes e, junto à enorme escrivaninha, na qual o camareiro, que entrara à sua frente, já acendera seis velas, deteve-se, fez estalar os dedos e sentou-se, selecionando o material para escrever. Depois de pôr o cotovelo sobre a mesa, inclinou a cabeça para o lado, refletiu por um minuto e começou a escrever, sem se interromper nem por um segundo. Escrevia sem se dirigir à esposa, e em francês, empregando o tratamento da segunda pessoa do plural, que não tem o caráter de frieza que denota na língua russa.

Em nossa última conversa, manifestei à senhora meu intento de comunicar minha resolução relativa ao tema dessa conversa. Após considerar tudo atentamente, escrevo agora com o objetivo de cumprir aquela promessa. Minha resolução é a seguinte: quaisquer que tenham sido os atos da senhora, não me considero no direito de romper os laços com que um Poder Superior nos uniu. Uma família não pode ser arrasada por um capricho, por um gesto arbitrário, nem mesmo por um crime cometido por um dos cônjuges, e nossa vida deve seguir como antes. Isso é imprescindível para mim, para a senhora e para o nosso filho. Estou plenamente convencido de que a senhora se arrependeu, e se arrepende, daquilo que deu motivo a esta carta e de que a senhora vai colaborar comigo no sentido de cortar, pela raiz, a causa de nossa discórdia e esquecer o passado. Caso contrário, a senhora mesma pode imaginar o que aguarda à senhora e ao seu filho. Espero conversar sobre tudo isso com mais detalhes num contato pessoal. Como a temporada de veraneio está chegando ao fim, peço à senhora que venha a Petersburgo o quanto antes, na terça-feira, o mais tardar. Todas as providências necessárias para a sua vinda serão tomadas. Peço à senhora que observe que atribuo uma importância especial ao cumprimento deste meu pedido.

A. Kariênin
P. S.: Anexo a esta carta, segue o dinheiro que pode ser necessário para as despesas da senhora.

Leu a carta do início ao fim e sentiu-se satisfeito sobretudo por lembrar-se de acrescentar o dinheiro; não havia nenhuma palavra brutal, nenhuma recriminação, mas tampouco havia indulgência. O principal é que havia uma ponte de ouro para o regresso de Anna. Depois de dobrar a carta, alisá-la com uma grande e pesada espátula de marfim e introduzi-la num envelope junto com o dinheiro, fez soar a sineta, com a satisfação que o manuseio dos seus bem ordenados apetrechos de escritório sempre lhe provocava.

— Entregue ao correio para que faça chegar a Anna amanhã, na datcha — disse, e levantou-se.

— Perfeitamente, vossa excelência; quer o chá no gabinete?

Aleksei Aleksándrovitch mandou servir o chá no gabinete e, brincando com a espátula pesada na mão, caminhou até a poltrona, junto à qual estavam a postos uma luminária e um livro francês, que já começara a ler, sobre antigas inscrições descobertas em Gubbio. Acima da poltrona, numa moldura oval e dourada, pendia um retrato de Anna, pintado de modo magnífico por um artista famoso. Aleksei Aleksándrovitch olhou de relance para o retrato. Olhos impenetráveis o fitaram zombeteiros e insolentes, como naquela última noite em que haviam discutido. Magnificamente recriado pelo artista, o aspecto da renda negra sobre a cabeça, dos cabelos negros e da encantadora mão branca com o dedo anular recoberto de anéis agiu sobre Aleksei Aleksándrovitch de modo insuportavelmente desafiador e insolente. Depois de contemplar o retrato por um minuto, Aleksei Aleksándrovitch estremeceu de tal modo que os lábios tiritaram, emitiram o som "brr", e ele virou-se de costas. Depois de sentar às pressas na poltrona, abriu o livro. Tentou ler, mas não conseguiu de modo algum recuperar o interesse vivo e profundo de antes pelas inscrições de Gubbio. Olhava para o livro e pensava em outra coisa. Pensava não na esposa, mas num problema surgido recentemente em suas atividades de Estado e que constituía o centro dos interesses do seu trabalho. Sentia que agora examinava esse problema mais a fundo do que nunca e que, em sua cabeça, nascia — podia afirmá-lo sem se iludir — uma ideia capital, que havia de desemaranhar toda aquela questão, elevá-lo na carreira do serviço público, pôr seus inimigos em apuros e, portanto, ser de grande proveito para o governo. Assim que o criado se retirou, depois de servir o chá, Aleksei Aleksándrovitch levantou-se e caminhou para a escrivaninha. Depois de puxar para o meio da mesa a pasta dos assuntos correntes, pegou um lápis da bancada, com um sorriso quase imperceptível de satisfação consigo mesmo, e submergiu na leitura de um documento complexo, obtido por ele, relacionado à complicação que o preocupava. A complicação era a seguinte: a peculiaridade de Aleksei Aleksándrovitch como homem de governo, aquele atributo característico e próprio a ele, e que todo funcionário de destaque possui, aquele atributo que, junto com a sua ambição tenaz, a discrição, a honestidade e a confiança em si mesmo, impulsionou sua carreira, consistia no menosprezo pela papelada burocrática, na redução da correspondência, no trato o mais direto possível com as questões vivas, e na economia. Ocorrera que, na célebre comissão de 2 de junho, foi abordada a questão da irrigação dos campos na província de Zaráiski, questão atinente ao ministério de Aleksei Aleksándrovitch e um exemplo clamoroso das despesas improdutivas e do trato burocrático com os problemas. Aleksei Aleksándrovitch sabia que era uma questão justa. O caso da irrigação dos campos na província de Zaráiski fora iniciado pelo antecessor do antecessor de Aleksei Aleksándrovitch. E, de fato, fora gasto e ainda se consumia nesse caso muitíssimo dinheiro, de modo completamente improdutivo, e era óbvio que toda essa questão não poderia dar em nada. Aleksei Aleksándrovitch, ao ocupar aquele cargo, logo se deu conta disso e quis incumbir-se do assunto; mas, no início, quando se sentia ainda inseguro, achou que o problema afetava demasiados interesses e seria uma insensatez interferir; mais tarde, ocupado em outras questões, simplesmente esqueceu o assunto. Este, como todos os assuntos, seguiu seu caminho por conta própria, pela força da inércia. (Muita gente vivia à custa daquele caso, sobretudo uma família muito correta e musical: todas as filhas tocavam instrumentos de cordas. Aleksei Aleksándrovitch conhecia essa família e era padrinho de casamento de uma das filhas mais velhas.) A retomada dessa questão por um ministério hostil foi, na opinião de Aleksei Aleksándrovitch, uma iniciativa desonesta porque em todos os ministérios havia casos que ninguém levantava, em obediência a uma conhecida norma ética do serviço público. Mas agora, como já haviam atirado essa luva aos seus pés, ele a levantou corajosamente e requereu a nomeação de uma comissão especial para examinar e averiguar os trabalhos da comissão da irrigação dos campos na província de Zaráiski; em compensação, ele já não perdoava nada àqueles cavalheiros. Requereu ainda a nomeação de outra comissão especial para examinar a questão da organização das etnias não russas. Essa questão fora por acaso levantada no comitê de 2 de junho e apoiada com energia por Aleksei Aleksándrovitch, uma vez que não se podiam mais tolerar adiamentos em face da situação deplorável das etnias não russas. No comitê, esse assunto serviu de pretexto para uma disputa entre alguns ministérios. Um ministério hostil a Aleksei Aleksándrovitch demonstrou que a situação dos não russos era extremamente próspera e que a planejada reordenação poderia arruinar sua prosperidade e que, se havia algo de ruim, decorria unicamente do descumprimento, por parte do ministério de Aleksei Aleksándrovitch, das medidas estabelecidas por lei. Agora Aleksei Aleksándrovitch tencionava requerer: em primeiro lugar, que se constituísse uma nova comissão, encarregada de averiguar no local a situação dos não russos; em segundo lugar, caso se comprovasse que a situação dos não russos era de fato como se mostrava nos dados oficiais que o comitê tinha em mãos, requereria a nomeação de uma nova comissão científica a fim de investigar as causas da situação desoladora dos não russos, nos pontos de vista: *a*) político; *b*) administrativo; *c*) econômico; *d*) etnográfico; *e*) material; *f*) religioso; em terceiro lugar, que fossem requeridas ao ministério adversário informações sobre as medidas tomadas nos últimos dez anos por esse ministério para prevenir aquelas condições desfavoráveis em que hoje se encontravam os não russos; e, em quarto lugar, por fim, que se exigisse do ministério uma explicação do motivo por que, como se observava pelos ofícios enviados ao comitê, sob os números 17015 e 18308, nos dias 5 de dezembro de 1863 e 7 de junho de 1864, o dito ministério agiu de forma diretamente contrária ao sentido da lei orgânica e fundamental, tomo..., artigo 18, e nota ao artigo 36. Uma coloração viva cobriu o rosto de Aleksei Aleksándrovitch, enquanto escrevia depressa, para si, um resumo desses pensamentos. Depois de encher uma folha de papel, levantou-se, fez soar a sineta e mandou um bilhete para o chefe da repartição, em que pedia certas informações necessárias. De pé, enquanto caminhava pelo gabinete, de novo olhou de relance para o retrato, franziu as sobrancelhas e sorriu com desprezo. Após ler mais um pouco o livro sobre as inscrições de Gubbio e reanimar seu interesse por ele, Aleksei Aleksándrovitch, às onze horas, foi dormir e quando, deitado em seu leito, recordou o incidente com a esposa, o problema já não se apresentou, de maneira alguma, sob um aspecto tão sombrio.

XV

Embora tivesse refutado Vrónski, de forma tenaz e exasperada, quando ele lhe disse que a situação dela era inaceitável e a persuadiu a revelar tudo ao marido, Anna, no fundo, considerava falsa e desonesta a sua situação e, com toda a alma, desejava modificá-la. Ao voltar das corridas em companhia do marido, Anna, em um minuto de agitação, lhe revelara tudo; apesar da angústia que sentira por isso, estava contente. Depois que o marido a deixou, Anna disse a si mesma que estava contente, que agora tudo se definiria e pelo menos não haveria mais mentira e falsidade. Parecia-lhe fora de dúvida que agora a sua situação se definiria de uma vez por todas. Poderia até ser ruim, a nova situação, mas seria clara, não haveria incerteza nem mentira. O sofrimento que causara a si e ao marido, ao dizer tais palavras, seria agora recompensado porque tudo se definiria, pensava ela. Nessa mesma noite, encontrou-se com Vrónski, mas nada lhe contou do que se passara entre ela e o marido, embora, para que a situação se definisse, fosse necessário contar a ele.

Quando acordou na manhã seguinte, a primeira coisa que veio à sua mente foram as palavras que dissera ao marido, e elas lhe pareceram tão horríveis que agora não conseguia entender como pudera tomar a decisão de pronunciar aquelas palavras estranhas e sórdidas e não conseguia imaginar o que dali resultaria. Mas as palavras foram ditas e Aleksei Aleksándrovitch se afastou sem dizer nada. "Estive com Vrónski e nada lhe contei. Porém, no instante em que saiu, eu quis chamá-lo de volta e dizer tudo, mas desisti, pois pareceria estranho eu não ter contado logo no primeiro minuto. Por que eu queria, mas não lhe contei?" E, em resposta, o rubor ardente da vergonha derramou-se em seu rosto. Anna compreendeu que tinha vergonha. Sua situação, que na noite da véspera lhe parecera clara, de súbito se afigurou não só confusa como também sem saída. Passou a temer a desonra, sobre a qual antes nem pensava. Só de imaginar o que o marido faria, acudiam-lhe os pensamentos mais tenebrosos. Veio-lhe a ideia de que a qualquer momento entraria o administrador para expulsá-la de casa, de que a sua desonra seria divulgada por toda parte. Anna se perguntava para onde iria, uma vez expulsa de casa, e não achava resposta.

Quando pensava em Vrónski, lhe parecia que ele não a amava, que já começava a sentir-se incomodado com a sua companhia e que ela não poderia oferecer-se a ele e, por isso, sentia uma hostilidade em relação a Vrónski. Anna tinha a impressão de que as palavras que dissera ao marido, e que repetia sem cessar em sua imaginação, ela as dissera diante de todos e que todos as tinham ouvido. Anna não conseguia atrever-se a olhar nos olhos as pessoas com quem vivia. Não conseguia atrever-se a chamar uma criada e menos ainda a descer e encontrar o filho e a preceptora.

A criada, que desde um bom tempo escutava atrás da porta, entrou no quarto sem ser chamada. Anna fitou-a nos olhos com ar indagador e ruborizou-se, de medo. A criada desculpou-se de ter entrado, dizendo que pensou ter ouvido a campainha. Trazia um vestido e um bilhete. O bilhete era de Betsy. Lembrava a Anna que nessa manhã receberia a visita de Lisa Merkálova e da baronesa Stolz, com os seus admiradores, Kalújski e o velho Striémov, para uma partida de croqué. "Venha, ainda que seja apenas para observar, como um estudo dos costumes. Espero a senhora" — rematava ela.

Anna leu o bilhete até o fim e soltou um suspiro profundo.

— Nada, eu não preciso de nada — disse para Ánuchka, que mudava os frascos e as escovas de lugar na mesinha do toucador. — Pode ir, vou me vestir num instante e descer. Não preciso de nada.

Ánuchka saiu, mas Anna não fez menção de vestir-se, sentou-se na mesma posição de antes, com a cabeça e os braços abaixados, e de quando em quando tremia com todo o corpo, como se quisesse fazer um certo gesto, falar algo, mas de novo se punha imóvel. Repetia sem cessar: "Meu Deus! Meu Deus!". Mas nem "Deus" nem "meu" tinham para ela nenhum sentido. A ideia de buscar na religião o socorro para os seus apuros era tão alheia a Anna como seria pedir socorro ao próprio Aleksei Aleksándrovitch, apesar de jamais haver duvidado da religião, na qual fora educada. Anna sabia de antemão que o socorro da religião só seria possível sob a condição da renúncia daquilo que constituía para ela todo o sentido da vida. Anna não só estava pesarosa, como também começava a sentir um pavor diante de um novo estado de espírito, que nunca experimentara. Sentia que em sua alma tudo começava a duplicar-se, como às vezes se duplicam os objetos para os olhos cansados. Às vezes, não sabia o que temia e o que desejava. Não sabia se temia ou se desejava o que existira antes ou o que iria existir, nem sabia exatamente o que desejava.

"Ah, o que estou fazendo!", disse para si mesma, sentindo uma dor súbita em ambos os lados da cabeça. Quando recobrou a razão, se deu conta de que segurava os cabelos das têmporas com as duas mãos e os retorcia. Levantou-se de um salto e pôs-se a andar.

— O café está pronto, e *madmzel* e Serioja estão à espera — avisou Ánuchka, que veio de novo e mais uma vez surpreendeu Anna na mesma posição.

— Serioja? O que tem o Serioja? — perguntou Anna, animando-se de repente, ao lembrar-se, pela primeira vez em toda a manhã, da existência do seu filho.

— Comportou-se mal, parece — respondeu Ánuchka, sorrindo.

— Mal como?

— Os pêssegos da senhora estavam na mesinha de canto; pois parece que, às escondidas, comeu um deles.

A lembrança do filho retirou Anna, de repente, da situação sem saída em que se achava. Lembrou-se do papel de mãe, em parte sincero, embora bastante exagerado, que desempenhava para o filho, papel que assumira nos últimos anos, e sentiu com alegria que, nas circunstâncias em que estava, contava com um poder que não dependia da sua posição em relação ao marido e a Vrónski. Esse poder era o filho. Qualquer que fosse a situação de Anna, não poderia abrir mão do filho. Ainda que o marido a cobrisse de infâmia e a expulsasse de casa, ainda que Vrónski se tornasse frio com ela e continuasse a levar sua vida independente (de novo, pensou nele com irritação e censura), Anna não poderia separar-se do filho. Anna tinha um propósito na vida. Era preciso agir, agir, a fim de assegurar essa posição em relação ao filho, para que não o tomassem dela. Rapidamente, o mais rapidamente possível, era preciso agir, enquanto ainda não o haviam tomado dela. Era preciso pegar o filho e fugir. Era só o que tinha a fazer, agora. Ela precisava acalmar-se e sair dessa situação torturante. A ideia de uma ação imediata que a ligava ao filho, a ideia de fugir com ele imediatamente para qualquer parte, trouxe a Anna essa tranquilidade.

Vestiu-se depressa, desceu e entrou na sala, a passos resolutos, onde a aguardavam, como de costume, o café, Serioja e a preceptora. Serioja, todo de branco, estava de pé junto à mesa, abaixo de um espelho e, com a cabeça e as costas curvadas, com uma expressão de atenção concentrada que Anna bem conhecia e que o deixava parecido com o pai, fazia algo com as flores que havia trazido.

A preceptora estava com um aspecto especialmente severo. Serioja gritou, estridente, como ocorria muitas vezes: "Ah, mamãe!". E parou, numa indecisão: ir em direção à mãe para saudá-la e largar as flores ou arrematar a grinalda e ir até ela com as flores.

A preceptora, depois de cumprimentá-la, passou a relatar, demorada e minuciosamente, o que Serioja fizera, mas Anna não lhe deu ouvidos; pensava se a levaria consigo. "Não, não vou levar", resolveu. "Partirei sozinha, com meu filho."

— Sim, isso é muito malfeito — disse Anna e, segurando o menino pelo ombro, fitou-o com um olhar nada severo, mas sim tímido, que desconcertou e alegrou o menino, e beijou-o. — Deixe-o comigo — disse Anna para a admirada preceptora e, sem tirar as mãos do filho, sentou-se à mesa em que o café estava servido.

— Mamãe! Eu... eu... não... — disse ele, tentando deduzir, pela expressão de Anna, o que o esperava por causa do pêssego.

— Serioja — disse Anna, assim que a preceptora saiu da sala. — Isso foi malfeito, mas você não fará mais isso, não é? Você gosta de mim?

Ela sentia que lágrimas nasciam em seus olhos. "Como poderia eu não ter amor por ele?", disse para si mesma, sondando o olhar do menino, assustado e ao mesmo tempo alegre. "Será possível que ele se alie ao pai a fim de me atormentar? Será possível que não sinta pena de mim?" As lágrimas já escorriam pelo seu rosto e, para escondê-las, Anna levantou-se impetuosamente e quase correu para a varanda.

Após as chuvas de trovoada dos últimos dias, o tempo havia clareado e esfriado. Sob o sol radiante que atravessava as folhas lavadas, o ar estava frio.

Anna estremeceu por causa do frio e de um horror interior, que a envolveram com força renovada, ao ar livre.

— Vá, vá ter com Mariette — disse para Serioja, que havia saído atrás da mãe, e pôs-se a caminhar sobre o tapete de palha da varanda. "Será possível que não me perdoarão, que não entenderão que tudo isso não poderia acabar de outro modo?", disse para si.

Depois de parar e olhar de relance para o topo dos álamos que oscilavam no vento, com as folhas lavadas que brilhavam radiantes sob o sol frio, Anna compreendeu que não a perdoariam, que tudo e todos seriam agora impiedosos com ela, como aquele céu, como aquela vegetação. E de novo sentiu que sua alma começava a duplicar-se. "Não preciso, não preciso pensar", disse consigo mesma. "Preciso preparar-me. Para onde? Quando? Quem levarei comigo? Sim, para Moscou, no trem vespertino. Ánuchka e Serioja, e apenas a bagagem indispensável. Mas antes é preciso escrever para os dois." Voltou rápido para dentro de casa e seguiu para o seu escritório, sentou-se à mesa e escreveu para o marido:

Depois do que se passou, não posso mais ficar na casa do senhor. Parto e levo comigo o meu filho. Não conheço as leis e por isso não sei com qual dos pais deve ficar o filho; mas eu o levo comigo porque sem ele não posso viver. Seja generoso, deixe-o para mim.

Até aí, ela escreveu ligeiro e com naturalidade, mas o apelo à generosidade, atributo que ela não reconhecia no marido, e a necessidade de concluir a carta com algo comovente detiveram-na.

"Não posso mencionar a minha culpa e o meu arrependimento, porque..."

De novo, interrompeu-se, sem encontrar um nexo em seus pensamentos. "Não", disse para si mesma. "Não preciso de nada." E, depois de rasgar a carta, reescreveu-a, excluindo a menção à generosidade, e lacrou-a.

Era preciso escrever outra carta, para Vrónski. "Informei ao meu marido", escreveu, e permaneceu longo tempo parada, sem forças para escrever mais nada. Era tão rude, tão pouco feminino. "Além do mais, o que posso escrever a ele?", perguntou a si mesma. De novo, o rubor da vergonha cobriu seu rosto, lembrou-se da serenidade dele e um sentimento de desgosto em relação a Vrónski obrigou-a a rasgar em pedaços pequenos a folha com a frase escrita. "Não preciso de nada", disse para si mesma e, depois de fechar a pasta, foi para o andar de cima, comunicou à preceptora e aos criados que partiria para Moscou nesse mesmo dia e logo em seguida começou a pôr suas coisas nas malas.

XVI

Por todos os cômodos da casa de veraneio circulavam faxineiros, jardineiros e criados, que carregavam coisas. Armários e cômodas estavam abertos; por duas vezes, correram até a lojinha para comprar barbante; pedaços de papel de jornal estavam caídos pelo chão. Duas arcas, sacos e mantas amarradas foram levados para a antessala. Uma carruagem e duas seges de aluguel aguardavam diante da varanda. Anna, que no trabalho de fazer as malas se esquecera da inquietação interior, arrumava sua bolsa de viagem, de pé diante da mesa, em seu escritório, quando Ánuchka chamou sua atenção para o ruído de uma carruagem que se aproximava. Anna voltou os olhos para a janela e avistou, em frente à varanda, o moço de recados de Aleksei Aleksándrovitch, que tocou a campainha na porta de entrada.

— Vá ver o que é — disse e, com uma tranquilidade preparada para tudo, sentou-se na poltrona e cruzou as mãos sobre os joelhos. O criado trouxe um envelope grosso, endereçado com a letra de Aleksei Aleksándrovitch.

— O moço de recados tem ordens de levar uma resposta — disse ele.

— Muito bem — respondeu Anna e, assim que o criado saiu, rasgou o envelope com os dedos trêmulos. Um maço de cédulas desdobradas, envoltas numa fita, tombou de dentro dele. Anna retirou a carta e começou a ler pelo fim. "Tomei providências para a sua vinda, atribuo importância ao cumprimento do meu pedido" — leu ligeiro. Anna percorreu o texto aos saltos, para a frente e para trás, até ler tudo, e mais uma vez leu a carta inteira, do início ao fim. Quando terminou, sentiu que estava com frio e que desabara sobre ela uma desgraça terrível, como não podia imaginar.

De manhã cedo, se arrependera do que tinha dito ao marido e desejou que tais palavras jamais tivessem sido pronunciadas. E eis que essa carta considerava as palavras como se não tivessem sido pronunciadas e lhe concedia aquilo que ela antes desejava. No entanto, agora, essa carta lhe parecia mais horrível do que tudo o que Anna poderia ter imaginado.

"Tem razão! Tem razão!", falou Anna. "Claro, ele sempre tem razão, é cristão, generoso! Sim, que homem torpe, ignóbil! E ninguém além de mim entende isso, nem jamais entenderá; e eu não consigo explicar. Eles dizem: um homem religioso, virtuoso, honesto, inteligente; mas não veem o que eu vi. Não sabem como ele sufocou minha alma durante oito anos, sufocou tudo o que em mim havia de vivo, não sabem que ele nem por uma vez pensou em mim como uma mulher viva, que precisa amar. Não sabem como ele, a cada passo, me ofendia e sentia-se satisfeito consigo mesmo. Acaso não tentei, e tentei com todas as forças, encontrar uma justificação para a minha vida? Acaso não me esforcei para amá-lo, para amar meu filho, quando já não era possível amar o marido? Mas o tempo passou e compreendi que não posso mais me enganar, que sou uma pessoa viva, que não sou culpada, que Deus me fez assim, com necessidade de amar e de viver. E agora? Se ele me matasse, se ele se matasse, eu suportaria tudo, eu perdoaria tudo, mas não, ele..."

"Como não adivinhei o que ele ia fazer? Havia de fazer o que era próprio ao seu caráter vil. Ele continuará com a razão, e eu, uma mulher perdida, pior ainda, pior do que perdida..." "A senhora mesma pode imaginar o que aguarda à senhora e ao seu filho" — lembrou-se das palavras da carta. "É uma ameaça de que vai tomar de mim o meu filho e, provavelmente, segundo as suas leis estúpidas, isso é possível. Mas acaso ignoro por que ele diz tal coisa? Não acredita no meu amor por meu filho ou despreza (como, aliás, sempre ridicularizou), despreza esse meu sentimento, mas sabe que não vou deixar meu filho, não posso deixá-lo, sabe que sem o meu filho não pode existir vida para mim, nem mesmo ao lado daquele a quem eu amo, e sabe que, se deixasse o meu filho e fugisse dele, eu estaria agindo como a mais infame e vil das mulheres. Isso ele sabe, e sabe que não tenho forças para fazer tal coisa."

"Nossa vida deve seguir como antes" — lembrou-se de outra passagem da carta. "Essa vida era um tormento desde antes e, nos últimos tempos, tornou-se um horror. E agora, o que será? Ele sabe de tudo isso, sabe que não posso arrepender-me de respirar, de amar; sabe que nada além de mentiras e de enganos poderá vir dessa vida; mas ele precisa continuar a me torturar. Eu o conheço, sei que ele, como um peixe na água, nada e se delicia na mentira. Mas não, eu não vou dar a ele esse prazer, vou rasgar a sua teia de mentiras, em que ele quer me prender; aconteça o que acontecer. Qualquer coisa é melhor do que a mentira e o engano!"

"Mas como? Meu Deus! Meu Deus! Terá havido algum dia uma mulher tão infeliz como eu?..."

— Não, eu vou rasgar, vou rasgar! — gritou, levantando-se de um salto e contendo as lágrimas. Dirigiu-se à escrivaninha para escrever ao marido uma outra carta. Mas, no fundo da alma, sentia já não ter forças para rasgar coisa alguma, não ter forças para escapar da sua situação anterior, por mais falsa e desonesta que fosse.

Sentou-se à escrivaninha, mas, em vez de escrever, depois de cruzar os braços no tampo da mesa, pousou a cabeça sobre eles e desatou a chorar, soluçando e sacudindo o peito, como choram as crianças. Chorava porque seu sonho de um esclarecimento, de uma definição para a situação em que estava, fora destruído para sempre. Ela sabia de antemão que tudo havia de permanecer como antes, e até infinitamente pior do que antes. Percebeu que a posição social que desfrutava, e que, pela manhã, lhe parecera tão insignificante, tinha importância para ela, e que não teria forças para trocá-la pela posição vergonhosa de uma mulher que deixou o marido e o filho para unir-se ao amante; percebeu que, por mais que tentasse, ela não seria mais forte do que si mesma. Jamais provaria a liberdade do amor e havia de continuar para sempre como uma criminosa, sob a ameaça de ser desmascarada a qualquer minuto, por ter enganado o marido em troca de uma ligação infame com um homem estranho, independente, cuja vida não poderia unir-se à sua como uma só. Anna sabia que assim havia de acontecer e, ao mesmo tempo, isso era tão horrível que ela não conseguia sequer imaginar como terminaria. Chorava, sem se conter, como choram as crianças que receberam um castigo.

O som dos passos do criado obrigou-a a controlar-se e, escondendo o rosto, Anna fingiu que escrevia.

— O moço de recados pede a resposta — comunicou o criado.

— Resposta? Sim — disse Anna. — Que ele espere. Farei soar a campainha.

"O que posso escrever?", pensou. "O que posso resolver sozinha? O que sei? O que quero? O que amo?" De novo sentiu que em sua alma ocorria uma duplicação. Assustou-se de novo com essa sensação e agarrou-se ao primeiro pretexto de atividade que se apresentou, capaz de desviá-la dos pensamentos a respeito de si mesma. "Tenho de conversar com Aleksei (assim denominava Vrónski, em pensamento), só ele pode me dizer o que devo fazer. Irei à casa de Betsy; talvez o encontre lá", disse para si, totalmente esquecida de que ainda na véspera, quando dissera a ele que não iria à casa da princesa Tviérskaia, Vrónski respondera que por isso também não iria lá. Anna caminhou até a mesa e escreveu um bilhete para o marido: "Recebi a sua carta. A.". Tocou a sineta e entregou-o para o criado.

— Nós não vamos mais — avisou para Ánuchka, que entrara.

— Não vamos, em definitivo?

— Não, não desfaçam as malas até amanhã e que a carruagem espere. Vou à casa da princesa.

— Que vestido devo aprontar?

XVII

O grupo da partida de croqué, para a qual a princesa convidara Anna, deveria compor-se de duas senhoras com os seus admiradores. As duas senhoras eram as principais representantes de um novo círculo seleto de São Petersburgo, chamado, numa imitação da imitação de alguma coisa, *les sept merveilles du monde.*[9] Essas senhoras pertenciam a um círculo que, embora da mais alta sociedade, era totalmente hostil àquele que Anna frequentava. Além disso, o velho Striémov, uma das pessoas influentes de Petersburgo e admirador de Lisa Merkálova, era inimigo de Aleksei Aleksándrovitch em razão de suas posições no serviço público. Por todos esses motivos, Anna não queria ir e o bilhete da princesa Tviérskaia fazia alusão a essa recusa. Agora, no entanto, na esperança de encontrar-se com Vrónski, Anna desejou ir.

Anna chegou à casa da princesa Tviérskaia antes dos outros convidados.

Assim que entrou, também chegou o lacaio de Vrónski, com suíças penteadas e de aspecto semelhante a um camareiro da corte. Deteve-se na porta e, depois de tirar o barrete, deixou-a passar. Anna o reconheceu e logo lembrou que Vrónski dissera, na véspera, que não viria. Na certa, havia trazido um bilhete sobre isso.

Enquanto despia seu agasalho no vestíbulo, Anna ouviu o lacaio, que também pronunciava o *r* como um camareiro da corte, dizer "da parte do conde para a princesa", quando entregou o bilhete.

Anna queria perguntar onde estava o patrão dele. Queria voltar e enviar-lhe uma carta para que viesse encontrá-la, ou ir ela mesma à casa de Vrónski. Mas não podia fazer nem uma coisa nem outra, nem a terceira: logo a seguir, soou a sineta que avisou sua chegada e o lacaio da princesa Tviérskaia já estava a postos, o corpo de lado na porta aberta, à espera da passagem de Anna rumo aos aposentos internos.

---

9 Francês: "as sete maravilhas do mundo".

— A princesa está no jardim, vão avisá-la imediatamente. A senhora gostaria de visitar o jardim? — acrescentou outro lacaio, num outro aposento.

A situação de indecisão, de indefinição, era a mesma que havia em sua casa; pior ainda, porque não podia tomar nenhuma atitude, não podia ver Vrónski e tinha de ficar ali, num ambiente de pessoas estranhas e de todo contrário ao seu estado de espírito; mas Anna estava com uma roupa que ela sabia cair-lhe bem; não estava sozinha, à sua volta, havia o costumeiro e solene cenário do ócio e Anna sentiu-se mais leve do que em casa; não tinha necessidade de pensar no que havia de fazer. Tudo se passou sem que ela interferisse. Ao ver Betsy, que veio ao seu encontro com um vestido branco que a surpreendeu pela elegância, Anna sorriu para ela, como sempre. A princesa Tviérskaia caminhava em companhia de Tuchkiévitch e de uma fidalga a ela aparentada, que passava o verão em casa da célebre princesa, para enorme felicidade de seus pais, na província.

Havia, provavelmente, algo de especial em Anna, porque Betsy logo o notou.

— Dormi mal — ressaltou Anna, fixando o olhar no lacaio que vinha na direção deles e que, segundo imaginou, trazia o bilhete de Vrónski.

— Como estou contente com a sua vinda — disse Betsy. — Fiquei cansada e me veio neste instante uma vontade de tomar uma xícara de chá, enquanto os outros não chegam. Mas o senhor prossiga — voltou-se para Tuchkiévitch —, vá com a Macha e experimentem o campo de croqué, onde podaram a grama. Terei tempo de ter uma conversa agradável com a senhora, enquanto tomamos chá, *we'll have a cosy chat*,[10] não é verdade? — voltou-se para Anna com um sorriso, enquanto apertava sua mão, que segurava a sombrinha.

— Sim, ainda mais porque não posso ficar muito tempo, tenho de visitar a velha Wrede. Já lhe prometi há um século — disse Anna, para quem a mentira, estranha à sua natureza, se tornara não só simples e natural em sociedade, como até lhe dava prazer.

Não conseguia explicar de forma alguma para que dissera aquilo, algo em que nem pensava um segundo antes. Ela o dissera pelo simples motivo de que, como Vrónski não viria, Anna precisava garantir sua própria liberdade e tentar vê-lo de algum modo. Mas por que fora falar justamente da velha dama de honra Wrede, a quem tinha tanta necessidade de visitar quanto a muitas outras pessoas, isso ela não sabia explicar, e no entanto, como depois se comprovou, entre os meios mais engenhosos que podia inventar para encontrar-se com Vrónski, Anna não poderia ter imaginado nada melhor.

---

10 Inglês: "teremos uma conversa amena".

— Não, eu não a deixarei ir embora por nada — retrucou Betsy, fitando atentamente o rosto de Anna. — Para ser franca, eu até me ofenderia, se não a estimasse tanto. Até parece que a senhora teme que a nossa companhia possa comprometê-la. Por favor, chá para nós, na saleta de estar — disse, semicerrando os olhos, como sempre fazia ao dirigir-se ao lacaio. Depois de receber dele o bilhete, leu até o fim. — Aleksei nos deu um rebate falso — disse, em francês. — Avisa que não poderá vir — acrescentou num tom tão natural e simples como se nunca pudesse passar pela sua cabeça que Vrónski tivesse para Anna algum outro significado que não o de um parceiro numa partida de croqué.

Anna sabia que Betsy estava a par de tudo, mas, ao ouvir como lhe falava a respeito de Vrónski, sempre se convencia por um minuto de que a princesa nada sabia.

— Ah! — disse Anna, com indiferença, como se aquilo pouco lhe interessasse, e continuou a sorrir. — Como poderia a companhia da senhora comprometer alguém? — Esse jogo de palavras, esses segredos dissimulados tinham um grande atrativo para Anna, como para todas as mulheres. Não era a necessidade de dissimular, tampouco a finalidade da dissimulação, mas sim o próprio processo de dissimulação que a empolgava. — Não posso ser mais católica do que o papa — disse. — Striémov e Lisa Merkálova são a nata da nata da sociedade. Além do mais, são recebidos em toda parte, e *eu* — sublinhou este *eu* de modo especial — nunca fui inflexível e intolerante. Simplesmente, não tenho tempo para isso.

— Não, talvez a senhora não queira encontrar-se com Striémov, não é verdade? Deixe que ele e Aleksei Aleksándrovitch quebrem lanças no comitê, isso não nos diz respeito. Mas, em sociedade, é um homem amabilíssimo, como não conheço outro, e um temível jogador de croqué. A senhora mesma verá. E, apesar da sua situação cômica de um velho enamorado por Lisa, é preciso ver como ele se sai bem nessa situação cômica! É muito gentil. A senhora não conhece Safo Stolz? É um tom novo, completamente novo.

Enquanto Betsy falava tudo isso, Anna percebeu, pelo seu olhar inteligente e alegre, que ela compreendera em parte a sua situação e que tramava alguma coisa. Estavam num pequeno escritório.

— Todavia, é preciso escrever uma resposta para Aleksei. — E Betsy sentou-se à mesa, redigiu algumas linhas, introduziu o papel no envelope. — Escrevo pedindo que venha jantar. Digo que tenho uma senhora sem um par para a mesa. Não lhe parece persuasivo? Perdoe, vou ter de deixá-la por um momento. Por favor, feche a carta e envie — disse, da porta. — Preciso dar algumas ordens.

Sem pensar nem um minuto, Anna sentou-se à mesa com a carta de Betsy e, sem ler, acrescentou embaixo: "Preciso vê-lo sem falta. Vá ao jardim de Wrede.

Estarei lá às seis horas". Fechou o envelope e, com Betsy já de volta, entregou a carta diante dela.

Durante o chá, servido em uma mesinha portátil na fresca salinha de visitas, as duas mulheres de fato entabularam um *cosy chat*, como prometera a princesa Tviérskaia, até a chegada dos convidados. Falaram a respeito das pessoas a quem esperavam e a conversa deteve-se em Lisa Merkálova.

— É muito amável e sempre se mostrou simpática comigo — disse Anna.

— A senhora faz bem em gostar dela. Pois tem loucura pela senhora. Ontem, Lisa veio à minha casa, depois das corridas, e ficou desesperada por não encontrar a senhora. Diz que a senhora é uma autêntica heroína de romance e que, se ela fosse homem, cometeria mil loucuras pela senhora. Striémov responde que ela já faz isso, sendo quem é.

— Mas por favor, me explique, eu não consigo entender uma coisa — disse Anna, depois de ficar um tempo calada, e num tom que denotava claramente que não faria uma pergunta ociosa, mas sobre algo que tinha, para ela, uma importância maior do que seria de esperar. — Explique-me, por favor, quais são as relações entre ela e o príncipe Kalújski, a quem chamam de Míchka? Eu estive com eles muito pouco. O que se passa?

Betsy sorriu com os olhos e fitou Anna atentamente.

— Uma nova maneira — respondeu. — Todos eles adotaram essa maneira. Mandaram as conveniências às favas. Mas há maneiras diferentes de fazer isso.

— Sim, mas quais as relações entre Lisa e Kalújski?

Com uma alegria inesperada e irreprimível, Betsy riu, algo que raramente acontecia com ela.

— A senhora, assim, está invadindo os domínios da princesa Miágkaia. Essa é uma pergunta de criança levada. — E Betsy, obviamente, queria, mas não conseguiu conter-se e desatou a rir de modo contagioso, como riem as pessoas que raramente soltam o riso. — Vai ser preciso perguntar a eles — acrescentou, entre as lágrimas do riso.

— Não, a senhora debocha — disse Anna, involuntariamente contagiada pelo riso. — Mas eu jamais consegui entender. Não entendo, nesse caso, o papel do marido.

— Do marido? O marido de Lisa Merkálova carrega os agasalhos atrás dela e está sempre pronto a servi-la. E o que há de fato além disso, ninguém quer saber. Veja, na melhor sociedade, não se fala nem se pensa a respeito de certos pormenores da toalete. Nesse caso, também é assim.

— A senhora vai à festa dos Rolandáki? — perguntou Anna, para mudar de assunto.

— Não creio — respondeu Betsy e, sem olhar para a amiga, passou a encher cuidadosamente as pequenas xícaras transparentes com um chá aromático. Depois de empurrar uma xícara na direção de Anna, pegou uma cigarrilha, prendeu numa piteira de prata e pôs-se a fumar.

— Como a senhora pode ver, encontro-me numa posição privilegiada — começou Betsy, já sem rir, depois de erguer a xícara na mão. — Compreendo a senhora e compreendo Lisa. Lisa é uma dessas naturezas ingênuas que, como as crianças, não compreendem o que é bom e o que é mau. Pelo menos, não compreendia, quando muito jovem. E agora sabe que essa falta de compreensão lhe cai bem. Agora, talvez ela não compreenda de propósito — disse Betsy, com um sorriso sutil. — Mas, seja como for, lhe cai bem. Como vê, a mesmíssima coisa pode ser vista de modo trágico e tornar-se um tormento, ou pode ser vista de modo natural e até alegre. Talvez a senhora tenda a ver as coisas de modo demasiado trágico.

— Como eu gostaria de conhecer os outros como conheço a mim mesma — disse Anna, séria e pensativa. — Serei pior do que os outros ou melhor? Pior, eu creio.

— Uma criança levada, uma criança levada — repetiu Betsy. — Mas aí estão eles.

XVIII

Ouviram-se passos e uma voz masculina, depois uma voz feminina e risos, e logo em seguida entraram os convidados: Safo Stolz e um jovem que irradiava uma saúde transbordante, chamado Vaska. Era evidente que tirava bom proveito de uma nutrição à base de carne de boi malpassada, trufas e borgonha. Vaska fez uma reverência diante das senhoras e olhou-as de relance, apenas por um segundo. Seguiu Safo ao entrar na sala e seguiu-a ao percorrer a sala, como se a ela estivesse preso, e dela não desviava os olhos brilhantes, como se quisesse devorá-la. Safo Stolz era uma lourinha de olhos negros. Caminhava com passinhos curtos e vivazes, em sapatos de saltos escarpados, e apertava a mão das senhoras com firmeza, como um homem.

Anna jamais se encontrara, até então, com essa nova celebridade e ficou pasma com a sua beleza, com o arrojo com que ostentava sua toalete e com a ousadia de suas maneiras. Em sua cabeça, com cabelos macios e dourados, próprios e alheios, se erguera no penteado um tamanho palanque que a cabeça igualava, em grandiosidade, o busto harmoniosamente protuberante e muito exposto na parte frontal. O arrojo com que ela avançava era tamanho que, a cada movimento, se delineavam através do vestido as formas dos joelhos e da parte superior das pernas e, sem querer, vinha à mente a pergunta a respeito de onde, em que ponto das costas, nessa massa ondulante, terminaria de fato o corpo pequeno e harmonioso, tão desnudo por cima e tão escondido atrás e embaixo.

Betsy apressou-se a apresentá-la a Anna.

— Imagine só, por pouco não esbarramos em dois soldados — pôs-se imediatamente a contar, piscando os olhos, sorrindo e abrindo, às suas costas, a cauda do vestido, que correra excessivamente para um lado. — Eu vinha com Vaska... Ah, sim, não o conhecem. — E, depois de chamá-lo pelo sobrenome de família, apresentou o jovem e, ruborizada, desatou a rir com estardalhaço do seu erro, a saber, tê-lo chamado de Vaska diante de uma estranha.

Vaska cumprimentou Anna com outra reverência, mas nada lhe disse. Dirigiu-se a Safo:

— Perdeu a aposta. Chegamos antes. Pague — disse, sorrindo.

Safo soltou o riso com ainda mais alegria.

— Mas não agora — respondeu.

— Não faz mal, receberei depois.

— Está bem, está bem. Ah, sim! — de súbito, voltou-se para a anfitriã. — Essa é boa... Eu já estava esquecendo... Trouxe um convidado para a senhora... Aqui está ele.

O jovem e imprevisto convidado que Safo trouxera e do qual se esquecera era, no entanto, um convidado tão importante que, apesar da sua juventude, as duas senhoras se levantaram para recebê-lo.

Tratava-se de um novo admirador de Safo. A exemplo de Vaska, o jovem agora não desgrudava dos seus calcanhares.

Logo depois, chegaram o príncipe Kalújski, Lisa Merkálova e Striémov. Lisa Merkálova era uma moreninha magra, com um tipo de rosto oriental e lânguido, e de olhos inefáveis, como todos diziam. O caráter da sua toalete (Anna logo reparou e apreciou) estava em perfeita conformidade com a beleza de Lisa. Na mesma medida em que Safo era abrupta e atirada, Lisa era maleável e displicente.

Mas Lisa, para o gosto de Anna, era muito mais atraente. Betsy dissera a Anna que Lisa adotara maneiras de criança inocente, mas, quando Anna a viu, percebeu que não era verdade. Era uma mulher mimada e inocente, de fato, mas também amável e modesta. Era verdade que seu tom era o mesmo de Safo, que dois admiradores a seguiam, um jovem e um velho, como se a ela estivessem costurados, e a devoravam com os olhos; mas em Lisa havia algo mais elevado do que aquilo que a rodeava — o brilho de um diamante autêntico em meio ao vidro. Esse brilho irradiava de seus olhos encantadores e, de fato, inefáveis. O olhar cansado e ao mesmo tempo ardente desses olhos rodeados por um círculo estreito causava assombro por sua total sinceridade. Ao fitar esses olhos, tinha-se a impressão de conhecê-la completamente e de, conhecendo-a, ser impossível não se apaixonar. Ao ver Anna, todo o rosto de Lisa iluminou-se de repente num sorriso de alegria.

— Ah, como estou contente em vê-la! — disse, aproximando-se. — Ontem, nas corridas, eu quis encontrá-la, mas a senhora já tinha ido embora. Desejava tanto vê-la, especialmente ontem. Mas não foi mesmo terrível o que aconteceu? — perguntou, fitando Anna com o seu olhar, que parecia deixar à mostra toda a sua alma.

— Sim, eu não contava de maneira alguma que fosse tão perturbador — disse Anna, ruborizando-se.

O grupo, nesse momento, levantou-se para ir ao jardim.

— Não irei — disse Lisa, sorrindo, e acomodou-se ao lado de Anna. — A senhora também não irá, não é? Como se pode ter vontade de jogar croqué?

— Não, eu gosto — respondeu Anna.

— Puxa, mas o que faz a senhora para não se entediar? Só de olhar para a senhora, vê-se que está alegre. A senhora vive, mas eu me entedio.

— Como se entedia? Afinal, a senhora vive na sociedade mais alegre de Petersburgo — disse Anna.

— Talvez as pessoas que não pertencem à nossa sociedade se sintam ainda mais entediadas; mas para nós, para mim seguramente, não há alegria e sim um terrível, terrível tédio.

Safo, depois de fumar uma cigarrilha, saiu para o jardim com os dois jovens. Betsy e Striémov ficaram para o chá.

— Mas que tédio? — perguntou Betsy. — Safo me disse que ontem se divertiu muito na casa da senhora.

— Ah, como foi aborrecido! — exclamou Lisa Merkálova. — Fomos todos para a minha casa, após as corridas. Sempre os mesmos, sempre as mesmas pessoas! Sempre a mesma coisa. A noite inteira estirados nos sofás. O que há nisso de divertido? Não, como a senhora faz para não ficar entediada? — perguntou de novo para Anna. — Basta pôr os olhos na senhora para logo se ver: eis aí uma mulher que, feliz ou infeliz, não se entedia. Ensine como a senhora faz.

— Não faço nada — respondeu Anna, ruborizando-se ante essas perguntas impertinentes.

— Eis a melhor maneira — intrometeu-se Striémov na conversa.

Striémov era um homem de uns cinquenta anos, semigrisalho, ainda jovial, muito feio, mas com um rosto inteligente e peculiar. Lisa Merkálova era sobrinha de sua esposa e Striémov passava com ela todas as horas livres. Ao ver-se diante de Anna Kariênina, Striémov, inimigo de Aleksei Aleksándrovitch na esfera do serviço público, como homem inteligente e mundano que era, esforçou-se em mostrar-se especialmente amável com ela, a esposa de um inimigo.

— "Nada" — repetiu ele, com um sorriso sutil. — Este é o melhor meio. Há muito que digo à senhora — voltou-se para Lisa Merkálova — que, para não se entediar, é preciso não pensar que ficará entediada. Assim como, se a pessoa teme a insônia, não deve ter receio de não adormecer. Foi exatamente isso o que lhe disse Anna Arcádievna.

— Eu ficaria muito contente de ter dito tal coisa, porque não só é inteligente como verdadeiro — respondeu Anna, sorrindo.

— Não, explique-me a senhora por que uma pessoa não consegue dormir e também por que não consegue evitar o tédio?

— Para adormecer é preciso trabalhar e, para divertir-se, também é preciso trabalhar.

— Para que vou trabalhar, quando ninguém tem necessidade do meu trabalho? Não sei fingir, nem quero.

— A senhora é incorrigível — disse Striémov, sem olhar para ela, e voltou-se de novo para Anna.

Como raramente se encontrava com Anna, nada podia dizer-lhe senão banalidades, mas dizia essas banalidades — sobre quando ela viajaria para Petersburgo e quanto a estimava a condessa Lídia Ivánovna — com uma expressão que indicava desejar, com toda a alma, ser amigo de Anna, demonstrar-lhe seu respeito e até mais do que isso.

Tuchkiévitch entrou e anunciou que todos estavam à espera, para iniciar a partida de croqué.

— Não, não vá embora, por favor — pediu Lisa Merkálova, ciente de que Anna ia retirar-se. Striémov aliou-se a ela.

— É um contraste demasiado grande — disse ele — ir encontrar-se com a velha Wrede, depois de estar nesta sociedade. Além disso, para ela, a senhora será motivo de maledicência, enquanto aqui a senhora apenas estimula outros sentimentos, os melhores que existem e os mais avessos à maledicência — argumentou.

Anna ponderou, por um minuto, indecisa. O discurso lisonjeiro daquele homem inteligente, a simpatia ingênua, infantil, que Lisa Merkálova expressava por ela e todo aquele ambiente mundano e familiar — tudo era tão fácil, enquanto do outro lado a esperava tamanha dificuldade que ela, por um minuto, ficou indecisa, imaginando se não seria melhor permanecer ali e adiar um pouco mais o minuto doloroso das explicações. No entanto, ao lembrar-se do que a aguardava em casa quando ficasse sozinha se não tomasse nenhuma decisão, ao lembrar-se do gesto terrível, para ela, em sua memória, quando agarrara os cabelos com as duas mãos, Anna despediu-se e saiu.

XIX

Vrónski, a despeito da sua vida de aparência frívola e mundana, era um homem que detestava a desordem. Ainda na juventude, quando estava no Corpo de Pajens, provou a humilhação de uma recusa quando, certa vez, enredado em dívidas, pediu dinheiro emprestado e, desde então, nem por uma vez se pôs numa situação semelhante.

A fim de sempre conservar suas finanças em ordem, Vrónski, com frequência maior ou menor, conforme as circunstâncias, cerca de cinco vezes por ano, recolhia-se e procedia a um exame minucioso de todos os seus negócios. Chamava a isso fazer as contas, ou *faire la lessive*.[11]

Depois de acordar tarde no dia seguinte às corridas, Vrónski, sem se barbear e sem tomar banho, vestiu a túnica militar, dispôs sobre a mesa dinheiro, contas, cartas e lançou-se ao trabalho. Petrítski, que sabia que naquelas ocasiões ele ficava irritado, despertou e, ao ver o colega sentado à escrivaninha, vestiu-se e saiu em silêncio, sem o incomodar.

Qualquer pessoa que conheça até os mínimos pormenores toda a complexidade das condições que a cercam é levada a supor, de modo involuntário, que a complexidade dessas condições e a dificuldade para encontrar uma solução constituem uma peculiaridade pessoal e fortuita, apenas sua, e nem de longe imagina que os outros estejam também cercados pela complexidade de suas próprias condições pessoais. Assim parecia a Vrónski. E ele, não sem orgulho interior, e não sem razão, pensava que qualquer outro teria, muito tempo antes, se enredado em dívidas e sido obrigado a agir de modo condenável, caso se encontrasse em circunstâncias igualmente difíceis. Mas Vrónski sentia que exatamente agora lhe era indispensável averiguar e esclarecer sua situação, a fim de não se ver em apuros.

Em primeiro lugar, Vrónski cuidou do que era mais fácil, as questões de dinheiro. Depois de anotar num papel de carta, com sua letra miúda, tudo o que devia, fez a soma e verificou que devia dezessete mil rublos e mais algumas centenas, que pôs de lado a fim de simplificar. Após calcular o dinheiro e os depósitos no banco, verificou que lhe restavam mil e oitocentos rublos, e não estava prevista nenhuma receita adicional até o Ano-Novo. Enquanto conferia a lista das dívidas, Vrónski copiou-a, subdividindo-a em três categorias. À primeira categoria, pertenciam as dívidas que precisavam ser pagas de imediato ou cujo pagamento, de um modo ou de outro, exigia ter o dinheiro à mão, para que, em caso de cobrança, não houvesse

---

11 Francês: "lavar a roupa".

nem um minuto de atraso. Tais dívidas giravam em torno de quatro mil rublos: mil e quinhentos dos cavalos e dois mil e quinhentos de uma fiança para o jovem amigo Veniévski, que perdera essa soma no jogo para um trapaceiro, em presença de Vrónski. Na ocasião, Vrónski quis ceder o dinheiro (tinha em mãos a quantia), mas Veniévski e Iáchvin insistiram em que eles mesmos pagariam, e não Vrónski, que nem havia jogado. Tudo isso era ótimo, mas Vrónski sabia que num negócio sujo como aquele, embora a sua participação se limitasse a servir de fiador para Veniévski, era imprescindível ter à mão os dois mil e quinhentos rublos, para entregá-los ao trapaceiro e não ter com ele mais nenhuma conversa. Assim, para essa primeira e mais importante seção, era preciso ter quatro mil rublos. Na segunda seção, de oito mil rublos, as dívidas eram menos relevantes. Tratava-se predominantemente de dívidas com as cavalariças das corridas, com o fornecedor de aveia e feno, com o treinador inglês, com o seleiro e assim por diante. No tocante a essas dívidas, também era preciso distribuir uns dois mil rublos, a fim de ficar perfeitamente tranquilo. As dívidas da última seção — com lojas, com hotéis e com o alfaiate — eram do tipo que não trazia preocupação. Faziam-se necessários pelo menos seis mil rublos, para as despesas correntes, mas ele tinha apenas mil e oitocentos. Para um homem com uma renda de cem mil rublos, segundo a avaliação que todos faziam da fortuna de Vrónski, tais dívidas, pelo visto, não poderiam gerar embaraços; mas a questão era que ele estava longe de possuir os cem mil rublos. A imensa fortuna do pai, que sozinha rendia até duzentos mil rublos anuais, não fora dividida igualmente entre os irmãos. Quando o irmão mais velho, que tinha uma montanha de dívidas, casou com a princesa Vária Tchirkova, filha de um decembrista[12] e sem nenhum patrimônio, Aleksei cedeu ao irmão mais velho toda a sua renda oriunda da propriedade do pai, apenas garantindo para si vinte e cinco mil rublos por ano. Aleksei disse ao irmão que esse dinheiro seria o suficiente, enquanto não casasse, algo que provavelmente jamais ocorreria. E o irmão, que comandava um dos regimentos mais dispendiosos e que acabara de casar, não podia recusar tal presente. A mãe, que possuía a sua fortuna particular, dava a Aleksei vinte mil rublos por ano, além dos outros vinte e cinco mil, e Aleksei gastava tudo. Nos últimos tempos, a mãe, desgostosa com ele em razão do seu caso amoroso e da sua partida de Moscou, havia parado de lhe enviar o dinheiro. Por causa disso, Vrónski, que já se habituara a viver com quarenta e cinco mil rublos e recebera nesse ano apenas vinte e cinco mil, encontrava-se agora em apuros. Para sair de tais apuros, não podia pedir dinheiro à mãe. A última carta da mãe, recebida na véspera, o ir-

---

12 Assim são chamados os rebeldes que conspiraram contra o tsar Nicolau I, em dezembro de 1825.

ritara especialmente por conter insinuações de que ela estava pronta a ajudá-lo a alcançar o êxito na sociedade e na carreira militar, mas não em uma vida que escandalizava todas as pessoas de bem. O intuito da mãe de suborná-lo ofendeu-o até o fundo da alma e deixou-o ainda mais frio em relação a ela. Mas Vrónski não podia trair a palavra generosa empenhada, embora sentisse agora, ao prever confusamente algumas eventualidades em sua relação com Kariênina, que a palavra generosa fora empenhada de forma leviana e que ele, embora solteiro, poderia necessitar de todos os cem mil rublos da sua renda. Mas era impossível voltar atrás na sua palavra. Bastou lembrar-se da esposa do irmão, lembrar como a meiga e simpática Vária recordava, em toda e qualquer oportunidade, que tinha sempre em mente a generosidade de Vrónski, pela qual era muito grata, para se dar conta da impossibilidade de tomar de volta o que fora dado. Era tão impossível quanto espancar uma mulher, roubar ou mentir. Só uma coisa era possível e necessária, e Vrónski decidiu-se, sem um minuto de hesitação: tomar dinheiro emprestado com um usurário, dez mil rublos, o que não apresentaria nenhuma dificuldade, reduzir suas despesas e vender os cavalos de corrida. Tomada essa resolução, escreveu imediatamente um bilhete para Rolandáki, que por várias vezes lhe mandara propostas para comprar seus cavalos. Em seguida, mandou chamar o treinador inglês e o usurário e, para pagar as contas, dividiu o dinheiro que tinha. Encerrado esse assunto, escreveu uma resposta fria e ríspida à carta da mãe. Em seguida, depois de sacar da carteira três bilhetes de Anna, releu-os, queimou-os e, ao recordar sua conversa da véspera com ela, pôs-se a meditar.

XX

A vida de Vrónski era particularmente feliz porque ele tinha um código de regras que definiam, de modo inequívoco, tudo o que devia e não devia fazer. O código de regras abarcava uma esfera muito reduzida de circunstâncias, mas, em compensação, eram regras inequívocas e Vrónski, que nunca saía dessa esfera, jamais hesitava, nem por um minuto, em cumprir o que era devido. Tais regras estabeleciam, de modo inequívoco, que era preciso pagar a um trapaceiro no jogo, mas não a um alfaiate; que não se devia mentir a um homem, mas se podia mentir a uma mulher; que não se podia enganar ninguém, mas a um marido, sim, podia-se; que não se podia perdoar um insulto, mas se podia insultar, e assim por diante. Todas essas regras podiam até ser insensatas, perniciosas, mas eram inequívocas e, ao cumpri-las, Vrónski sentia-se tranquilizado e podia ficar de cabeça erguida. Só nos últimos tempos, por causa de sua relação com Anna, Vrónski começara a sentir que o seu código de regras não definia completamente todas as circunstâncias e que, para o futuro, se adivinhavam dificuldades e dúvidas para as quais Vrónski já não encontrava diretrizes.

Sua atual relação com Anna e com o marido era simples e clara, para Vrónski. Estava definida de modo claro e preciso nas regras do seu código, segundo as quais ele se orientava.

Tratava-se de uma mulher honrada, que lhe dera o seu amor e a quem ele amava, e por isso Anna era para Vrónski uma mulher digna de um respeito igual ou maior do que o devido a uma esposa legítima. Vrónski antes deixaria que cortassem sua mão a permitir-se ofendê-la por uma palavra, por uma alusão sequer, ou faltar-lhe por pouco que fosse com o respeito que só uma mulher pode esperar.

As relações com a sociedade também eram claras. Todos podiam saber, suspeitar, mas ninguém devia atrever-se a comentar. Do contrário, Vrónski estaria pronto a calar à força quem quer que falasse e o obrigaria a mostrar respeito pela honra inexistente da mulher a quem ele amava.

As relações com o marido eram as mais claras de todas. A partir do minuto em que Anna se apaixonara por Vrónski, ele considerava inalienável o seu direito exclusivo sobre ela. O marido era apenas uma pessoa supérflua e incômoda. Sem dúvida, estava numa situação lamentável, mas o que se podia fazer? O único direito que tinha o marido era exigir-lhe satisfações de armas em punho e, para tanto, Vrónski estaria pronto, a qualquer minuto.

Mas nos últimos tempos haviam surgido, entre ele e Anna, novas relações íntimas, que assustavam Vrónski pela incerteza que traziam. Só na véspera Anna confessara que estava grávida. E ele se deu conta de que essa notícia e aquilo que Anna esperava dele exigiam algo que não estava plenamente definido pelo código de regras que norteava sua vida. De fato, foi apanhado de surpresa e, no primeiro minuto em que ela explicou sua situação, o coração de Vrónski sugeriu que devia exigir a sua separação do marido. Vrónski falou a Anna sobre isso, mas agora, pensando melhor, via claramente que seria preferível evitá-lo e, ao mesmo tempo que o dizia para si, receava estar agindo mal.

"Se eu disse a ela para separar-se do marido, significa que deve unir-se a mim. Será que estou preparado para isso? Como poderei partir com ela agora, quando não tenho dinheiro? Suponhamos que eu consiga arranjar... Mas como poderei fugir com ela, se estou de serviço, no Exército? Se eu disse tal coisa, preciso estar preparado para isso, ou seja, ter dinheiro e demitir-me do meu posto."

E pôs-se a refletir. A questão de deixar ou não o seu posto no Exército acarretou uma outra questão, secreta, só conhecida por ele e que, embora não fosse a mais importante, expressava um interesse oculto em toda a sua vida.

A ambição era um antigo sonho de infância e de juventude, sonho que ele não admitia para si mesmo, mas que era tão forte que agora essa paixão travava uma luta contra o seu amor. Seus primeiros passos na sociedade e no Exército foram auspiciosos, mas, dois anos antes, havia cometido um erro crasso. No intuito de demonstrar sua independência e avançar na carreira, havia recusado um posto que lhe fora oferecido, na esperança de que tal recusa elevasse o seu merecimento; mas verificou-se que tinha agido com ousadia excessiva, e Vrónski foi relegado; de todo modo, uma vez estabelecida sua condição de homem independente, Vrónski, agindo com extrema finura e inteligência, procedia como se ninguém o irritasse, não se considerava ofendido por pessoa alguma e desejava apenas que o deixassem em paz, porque estava alegre. Mas na realidade, desde o ano anterior, quando fora para Moscou, deixara de sentir-se alegre. Percebia que a posição independente de um homem que tudo podia, mas nada queria, já começava a empalidecer, que muitos começavam a pensar que ele não seria capaz de outra coisa senão ser um rapaz correto e bom. Os rumores que se ergueram e que voltaram as atenções gerais para o seu caso com Kariênina, depois de terem conferido a Vrónski um brilho novo, aplacaram com o tempo o verme da ambição que o espicaçava, mas na semana anterior esse verme despertara outra vez, com força renovada. Serpukhóvskoi, um amigo de infância, do mesmo círculo, da mesma sociedade, seu colega do Corpo de Pajens, da mesma turma que ele, com quem rivalizava nas aulas, na ginástica, nas travessuras e nos sonhos de ambição, voltara dias antes da Ásia Central, depois de receber duas promoções e uma condecoração, raramente conferida a um general tão jovem.

Assim que chegou a Petersburgo, passaram a falar a seu respeito como uma nova estrela de primeira grandeza que se erguera. Da mesma idade que Vrónski e seu colega de classe, ele já era general e aguardava uma nomeação para um posto que podia ter influência na condução dos assuntos de Estado, enquanto Vrónski, embora independente, brilhante, amado por uma mulher encantadora, não passava de um capitão de cavalaria, a quem permitiam ser independente o quanto quisesse. "Claro, não invejo e não posso invejar Serpukhóvskoi, mas sua ascensão me mostra que vale a pena aguardar a hora certa e que a carreira de um homem como eu pode ser feita muito rapidamente. Há três anos, ele estava na mesma situação que eu. Se me demitir do Exército, vou queimar meu último cartucho. Se permanecer, não perco nada. A própria Anna disse que não desejava modificar sua situação. E eu, com o amor dela, não posso invejar Serpukhóvskoi." Torcendo os bigodes com um movimento vagaroso, levantou-se da mesa e caminhou pela sala. Seus olhos faiscavam com uma luz peculiar e Vrónski experimentava aquele estado de ânimo firme, sereno e alegre que sempre lhe acudia depois de esclarecer sua situação. Tudo estava nítido e claro, como as contas que havia feito. Barbeou-se, tomou um banho frio, vestiu-se e saiu.

XXI

— Ah, eu vim buscar você. Sua lavagem demorou muito, hoje — disse Petrítski. — E então, acabou?

— Acabou — respondeu Vrónski, sorrindo só com os olhos, enquanto torcia a ponta do bigode com tamanho cuidado que parecia que qualquer movimento ousado ou brusco poderia destruir a boa ordem em que pusera seus negócios.

— Depois disso, você sempre parece que saiu de um banho — disse Petrítski. — Venho da casa de Grítski (assim chamavam o comandante do regimento), estão à sua espera.

Vrónski, sem responder, fitava o camarada enquanto pensava em outra coisa.

— Sim, essa música vem da casa dele? — perguntou, ao ouvir os conhecidos sons de trombetas, polcas e valsas, que voavam até ali. — Que festa é essa?

— Serpukhóvskoi chegou.

— Ah! — exclamou Vrónski. — Eu não sabia.

O sorriso em seus olhos passou a brilhar mais forte ainda.

Uma vez que decidira estar feliz com o seu amor e sacrificara a ele a sua ambição — ou, pelo menos, assumira esse papel —, Vrónski já não podia invejar Serpukhóvskoi, nem se zangar com ele por não ter vindo procurá-lo, em primeiro lugar, ao chegar ao regimento. Serpukhóvskoi era um bom amigo e Vrónski estava feliz por ele.

— Ah, estou muito contente.

Diêmin, o comandante do regimento, ocupava uma ampla casa senhorial. O grupo estava reunido na espaçosa varanda do térreo. Ao chegar ao pátio, a primeira coisa que bateu nos olhos de Vrónski foram os cantores de túnicas militares, postados junto a um pequeno barril de vodca, e a figura alegre e saudável do comandante do regimento, rodeado pelos oficiais; saindo até o primeiro degrau da varanda, ele ergueu um grito mais alto do que a música, que tocava uma quadrilha de Offenbach, deu alguma ordem e acenou para uns soldados que estavam afastados. Um grupo de soldados, um furriel e alguns suboficiais se aproximaram da varanda, junto com Vrónski. Depois de ter voltado para a mesa, o comandante do regimento voltou mais uma vez à entrada, com uma taça na mão, e propôs um brinde:

— À saúde do nosso antigo camarada e general destemido, o príncipe Serpukhóvskoi. Hurra!

Atrás do comandante, sorrindo, com uma taça na mão, veio Serpukhóvskoi.

— Você está cada vez mais jovem, Bondarenko — disse para o furriel, bem à sua frente, robusto, de faces coradas, e que servia o Exército já pela segunda vez.

Fazia três anos que Vrónski não via Serpukhóvskoi. Ficara mais forte, deixara crescer as suíças, mas era o mesmo homem garboso de antes, que impressionava não tanto pela beleza quanto pela ternura e pela altivez do rosto e da compleição. Uma alteração que Vrónski percebeu foi a presença daquela aura serena, constante, que se formava no rosto das pessoas que haviam obtido sucesso e que estavam convictas de que todos reconheciam esse sucesso. Vrónski conhecia essa aura e imediatamente a notou em Serpukhóvskoi.

Ao descer a escada, Serpukhóvskoi reconheceu Vrónski. Um sorriso de alegria iluminou o rosto de Serpukhóvskoi. Inclinou a cabeça para cima, ergueu a taça, saudando Vrónski e mostrando, com esse gesto, que não podia deixar de se dirigir primeiro ao furriel, que, com o corpo esticado, já punha os lábios em posição para um beijo.

— Puxa vida, aí está ele! — exclamou o comandante do regimento. — E o Iáchvin tinha me dito que você estava de mau humor.

Serpukhóvskoi beijou os lábios frescos e úmidos do bravo furriel e, esfregando a boca com um lenço, aproximou-se de Vrónski.

— Puxa, como estou contente! — disse, apertando-lhe a mão e conduzindo-o para o lado.

— Cuide dele! — gritou o comandante para Iáchvin, apontando para Vrónski, e desceu ao encontro dos soldados.

— Por que não foi às corridas, ontem? Pensei que ia vê-lo — disse Vrónski, fitando Serpukhóvskoi.

— Eu fui, mas já era tarde. Desculpe — acrescentou, e voltou-se para o ajudante de ordens. — Por favor, mande distribuir isto em meu nome, em partes iguais, para todos.

Apressadamente, retirou da carteira três notas de cem rublos e ruborizou-se.

— Vrónski! Quer comer ou beber alguma coisa? — perguntou Iáchvin. — Ei! Tragam algo para o conde comer! E tome aqui uma bebida.

A farra na casa do comandante do regimento prolongou-se por muito tempo.

Beberam muito. Balançaram Serpukhóvskoi nos braços e jogaram-no para o alto. Depois, balançaram o comandante do regimento. Depois, diante dos cantores, o próprio comandante dançou com Petrítski. Depois, o comandante do regimento, já um pouco enfraquecido, sentou-se num banco no pátio e começou a demonstrar para Iáchvin a superioridade da Rússia sobre a Prússia, em particular na carga de cavalaria, e a farra amainou por um momento. Serpukhóvskoi entrou na casa, foi ao banheiro para lavar a mão e lá encontrou Vrónski; estava se lavando. Depois de despir a túnica e pôr debaixo do jato de água da pia o pescoço vermelho coberto de pelos, Vrónski esfregava o pescoço e a cabeça com as mãos.

Quando terminou de lavar-se, sentou-se ao lado de Serpukhóvskoi. Os dois estavam sentados no mesmo sofá e, entre eles, teve início uma conversa de muito interesse para ambos.

— Eu soube de tudo a seu respeito por intermédio da minha esposa — disse Serpukhóvskoi. — Muito me alegra que você a tenha visto com frequência.

— É amiga de Vária e elas são as únicas mulheres de Petersburgo que tenho prazer em encontrar — respondeu Vrónski, sorrindo. Sorria porque já previa o tema para o qual a conversa se desviava, e isso lhe era agradável.

— As únicas? — interrogou Serpukhóvskoi, com um sorriso.

— Sim, e eu também tive notícias a respeito de você, mas não só por intermédio da sua esposa — disse Vrónski, cortando aquela alusão com uma expressão severa no rosto. — Fiquei muito contente com o seu sucesso, e nem um pouco surpreso. Eu esperava ainda mais...

Serpukhóvskoi sorriu. Era evidente que tinha prazer em ouvir tal opinião a seu respeito e não achava necessário escondê-lo.

— Eu, ao contrário, admito sinceramente, esperava menos. Mas estou contente, muito contente. Sou ambicioso, essa é a minha fraqueza, e eu o confesso.

— Talvez você não o confessasse, caso não tivesse obtido sucesso — disse Vrónski.

— Não creio — respondeu Serpukhóvskoi, sorrindo de novo. — Não quero dizer que sem isso não valeria a pena viver, mas seria maçante. Claro, talvez eu esteja enganado, mas me parece que tenho certa capacidade na esfera de atividade que escolhi e que, em minhas mãos, o poder, qualquer que seja ele, se houver, estará melhor do que nas mãos de muitas pessoas que conheço — disse Serpukhóvskoi, com o brilho da consciência do sucesso. — E assim, quanto mais me aproximo disso, mais me sinto satisfeito.

— Talvez seja assim para você, mas não para todos. Eu também pensava desse modo, mas agora vivo e acredito que não vale a pena viver só para isso — disse Vrónski.

— Aí está! Aí está! — exclamou Serpukhóvskoi, sorrindo. — Desde que ouvi falar que você havia recusado uma nomeação, eu comecei... Claro, eu o aprovei. Mas há uma maneira certa para o que quer que se faça. E creio que o seu procedimento foi bom, mas você não o executou da forma devida.

— O que está feito, está feito, e você sabe, eu nunca renego aquilo que fiz. Além do mais, me sinto ótimo.

— Ótimo... por um tempo. Mas não vai satisfazer-se com isso. Não falo o mesmo do seu irmão. É um bom rapaz, assim como o nosso anfitrião. Lá está ele! — acrescentou, ao ouvir o grito de "Hurra!". — Ele está contente, mas a você, isso não satisfaz.

— Não estou dizendo que me satisfaça.

— E não é só isso. Homens como você são necessários.

— A quem?

— A quem? À sociedade. A Rússia precisa de pessoas, precisa de um partido, do contrário, tudo será atirado aos cães.

— Como assim? O partido de Bertiénev, contra os comunistas russos?

— Não — respondeu Serpukhóvskoi, franzindo o rosto, irritado por alguém imaginar tamanha tolice da sua parte. — *Tout ça est une blague.*[13] Sempre houve e sempre haverá. Não existem comunistas. Mas os intrigantes têm sempre necessidade de imaginar um partido nocivo, perigoso. É um truque antigo. Não, é preciso um partido de poder, de pessoas independentes, como você e eu.

— Mas por quê? — Vrónski citou o nome de alguns homens que estavam no poder. — Por que não seriam eles pessoas independentes?

— Simplesmente porque não têm ou não tiveram, por nascimento, uma condição de independência, não tiveram um nome, não tiveram essa proximidade com o sol, com a qual nós nascemos. Podem ser comprados com dinheiro ou com afagos. Para se sustentarem, precisam inventar uma tendência. E elaboram um pensamento ou uma tendência qualquer, em que eles mesmos não acreditam, e que é prejudicial; e toda essa tendência não passa de um meio para se instalar sob o abrigo do Estado e receber honorários funcionais. *Cela n'est pas plus fin que ça,*[14] quando se consegue ver as cartas que eles têm nas mãos. Talvez eu seja pior, mais tolo do que eles, embora não veja por que eu seria pior do que eles. Mas conto com uma vantagem importante e indubitável: somos mais difíceis de se comprar. E pessoas assim são mais necessárias do que nunca.

Vrónski ouviu atentamente, mas lhe interessava menos o teor das palavras do que a atitude de Serpukhóvskoi, que já pensava em lutar pelo poder e tinha, nessa esfera, simpatias e antipatias, ao passo que para ele havia apenas, no Exército, os interesses do seu esquadrão. Vrónski percebia também como Serpukhóvskoi poderia vir a ser poderoso, com a sua indiscutível capacidade de ponderar, de compreender as coisas, com a sua inteligência e o seu dom da palavra, que tão raramente se encontravam no meio em que vivia. E, embora sentisse vergonha por isso, Vrónski o invejava.

— De todo modo, falta a mim uma coisa importante para isso — respondeu. — Falta o desejo de poder. Já tive, mas passou.

— Perdoe-me, mas não é verdade — disse Serpukhóvskoi, sorrindo.

---

13 Francês: "tudo isso é uma farsa".

14 Francês: "tal esperteza se limita a isso".

— Não, é verdade, é verdade!... Agora — acrescentou Vrónski, para ser sincero.

— Sim, de fato, *agora*, é outra história; mas este *agora* não vai durar para sempre.

— Pode ser — respondeu Vrónski.

— Você diz: *pode ser* — prosseguiu Serpukhóvskoi, como se tivesse adivinhado seu pensamento. — Mas eu lhe digo: *com certeza*. E é por isso que eu queria vê-lo. Você agiu como devia. Isso eu entendo, mas não deve *perseverar*. Só lhe peço *carte blanche*.[15] Não tenho a intenção de proteger você... Mas, pensando bem, por que eu não deveria protegê-lo? Tantas vezes você me protegeu! Espero que a nossa amizade fique acima de tudo isso. Sim — disse sorrindo, com carinho, como uma mulher. — Dê *carte blanche* para mim, saia do regimento e eu o puxarei para cima, sem ninguém perceber.

— Mas, entenda, não preciso de nada — respondeu Vrónski —, exceto que tudo continue como está.

Serpukhóvskoi levantou-se e ficou de frente para ele.

— Você disse: que tudo continue como está. Eu compreendo o que isso significa. Mas ouça: somos da mesma idade; talvez você tenha conhecido um número maior de mulheres do que eu. — O sorriso e os gestos de Serpukhóvskoi diziam que Vrónski não precisava temer, que tocaria com cuidado e delicadeza no ponto dolorido. — Mas sou um homem casado e, creia, depois que um homem conhece a sua única mulher (como alguém já escreveu), aquela a quem ama, conhece todas as mulheres mais do que se tivesse conhecido mil mulheres.

— Já estamos indo! — gritou Vrónski para o oficial, que viera dar uma espiada na sala e chamara os dois para irem ao encontro do comandante.

Agora, Vrónski queria ouvir até o fim e saber o que o amigo lhe diria.

— Esta é a minha opinião. As mulheres são o principal obstáculo para a atividade de um homem. É difícil amar uma mulher e fazer o que quer que seja. Para isso, só existe um meio de amar com comodidade e sem empecilhos: o casamento. Como eu poderia, como poderia lhe dizer o que penso — perguntou Serpukhóvskoi, que adorava comparações. — Espere, espere! Sim, é como carregar um *fardeau*[16] e fazer alguma coisa com as mãos: só é possível quando o *fardeau* estiver amarrado às costas, e isso é o casamento. Foi o que senti ao casar. De repente, minhas mãos se desembaraçaram. Mas, se carregarmos esse *fardeau* sem o casamento, as mãos estarão tão cheias que não será possível fazer nada. Veja o Mazánkov, o Krúpov. Eles liquidaram suas carreiras por causa de mulheres.

---

15 Francês: "carta branca".

16 Francês: "fardo".

— E que mulheres! — exclamou Vrónski, ao recordar a francesa e a atriz às quais se ligaram os dois homens citados.

— Quanto mais sólida for a posição da mulher na sociedade, pior será. E dá na mesma carregar o *fardeau* com as próprias mãos ou tirá-lo das mãos de um outro.

— Você nunca amou — disse Vrónski em voz baixa, olhando para a frente e pensando em Anna.

— Talvez. Mas lembre-se do que eu lhe disse. Mais uma coisa: todas as mulheres são mais materialistas do que os homens. Nós fazemos do amor algo enorme, mas elas sempre se mantêm *terre-à-terre*.

— Já vamos, já vamos! — gritou para o lacaio que entrara. Mas o lacaio não viera chamá-los de novo, como ele havia pensado. Trazia um bilhete para Vrónski.

— Um homem trouxe isto, da parte da princesa Tviérskaia.

Vrónski retirou o lacre do envelope e ruborizou-se.

— Minha cabeça começou a doer, vou para casa — disse para Serpukhóvskoi.

— Muito bem, então até logo. Você me dá *carte blanche*?

— Conversaremos depois, irei vê-lo em Petersburgo.

XXII

Já passava das cinco horas e por isso, a fim de não se atrasar e também para não ir com os seus cavalos, que todos conheciam, Vrónski tomou a carruagem de aluguel de Iáchvin e mandou tocar o mais rápido possível. Era uma carruagem antiga, espaçosa, com quatro lugares. Vrónski sentou-se no canto, esticou as pernas sobre o assento da frente e pôs-se a refletir.

A vaga consciência da clareza que havia estabelecido na sua situação financeira, a vaga lembrança da amizade e da lisonja de Serpukhóvskoi, que o considerava um homem imprescindível, e, acima de tudo, a expectativa do encontro iminente — tudo se unia na impressão geral de um sentimento de alegria de viver. Era um sentimento tão forte que ele sorria, sem querer. Baixou as pernas, cruzou uma perna sobre o joelho da outra e, segurando-a com a mão, apalpou a panturrilha rija, que machucara no dia anterior no momento da queda, e, inclinando-se para trás, respirou fundo várias vezes, enchendo o peito.

"Que bom, que ótimo!", disse para si mesmo. Já experimentara antes, muitas vezes, a consciência prazerosa do próprio corpo, mas nunca amara tanto a si mesmo, ao seu corpo, como agora. Tinha prazer em sentir aquela ligeira dor na perna forte, tinha prazer com a sensação muscular do movimento do peito ao respirar. Mesmo o dia claro e frio de agosto, que afetava Anna de modo tão desesperador, parecia a Vrónski estimulante, revigorante, e refrescava seu rosto e seu pescoço, ainda afogueados pela ducha. O cheiro de brilhantina dos seus bigodes lhe parecia especialmente agradável naquele ar fresco. Tudo o que via pela janela da carruagem, tudo naquele ar frio e limpo, na luz pálida do pôr do sol, era tão fresco, alegre e forte como ele mesmo: os telhados das casas, que brilhavam sob os raios do sol poente, o contorno bem marcado das cercas e das linhas angulosas das casas, as figuras dos pedestres e das carruagens que de quando em quando passavam por ele, o verdor imóvel das árvores e da relva, as plantações de batata com sulcos escavados em linhas regulares, as sombras oblíquas que tombavam das casas, das árvores, dos arbustos e até dos sulcos da plantação de batata. Tudo era bonito, como uma bela paisagem que pouco antes tivessem terminado de pintar e recoberto de verniz.

— Depressa! Depressa! — disse ao cocheiro, pondo a cabeça na janela e, depois de tirar do bolso uma nota de três rublos, entregou-a ao homem que olhara para trás. A mão do cocheiro tateou no ar junto à lanterna, ouviu-se o silvo do chicote e a carruagem rolou veloz pela estrada plana.

"Nada, não preciso de nada, além dessa felicidade", pensou, enquanto olhava para o puxador feito de osso, que acionava a sineta, no intervalo entre as janelas, e imaginava Anna tal como a vira pela última vez. "Quanto mais passa o tempo, mais eu a amo. Aí está o jardim da datcha de Wrede. Onde está ela? Onde? Como? Por que marcou um encontro aqui e escreveu na carta de Betsy?", pensou Vrónski, só agora; mas já não havia tempo para pensar. Mandou o cocheiro parar, antes de chegar à alameda, abriu a portinhola, saltou da carruagem ainda em movimento e pôs-se a caminhar pela alameda que levava à casa. Na alameda, não havia ninguém; mas, ao voltar os olhos para a direita, avistou-a. Tinha o rosto coberto por um véu, mas Vrónski abraçou com um olhar de júbilo o movimento singular dos passos, peculiar e exclusivo de Anna, a inclinação dos ombros e a postura da cabeça, e imediatamente teve a impressão de que um choque elétrico percorreu o seu corpo. Com força renovada, tomou consciência de si mesmo desde os movimentos vigorosos das pernas até os movimentos ligeiros da respiração, e algo começou a repuxar seus lábios.

Quando se aproximou dele, Anna apertou com força sua mão.

— Não está aborrecido por eu o ter chamado? Precisava muito falar com você — disse Anna; e a inclinação séria e severa dos lábios, que Vrónski via abaixo do véu, alterou no mesmo instante o seu estado de ânimo.

— Eu, aborrecido? Mas como você veio para cá, e para onde vai?

— Tanto faz — respondeu, pondo a mão no braço de Vrónski. — Vamos, preciso conversar.

Ele entendeu que algo havia acontecido e que o encontro não seria alegre. Em presença de Anna, ele não tinha vontade própria: ignorava a causa da inquietação dela, mas já sentia que a mesma inquietação o contagiava involuntariamente.

— O que foi? O que há? — perguntou, enquanto comprimia o braço de Anna com o cotovelo e tentava ler seus pensamentos, no rosto.

Ela deu alguns passos em silêncio, tomando coragem, e de repente parou.

— Não lhe disse ontem — começou Anna, com a respiração rápida e ofegante — que, ao voltar para casa com Aleksei Aleksándrovitch, contei tudo a ele... Falei que não posso ser esposa dele, que... falei tudo.

Vrónski a ouvia, curvando involuntariamente todo o seu torso como se quisesse, com isso, abrandar para ela o peso da sua situação. Mas, assim que Anna lhe contou aquilo, Vrónski de repente se pôs ereto, seu rosto adquiriu uma expressão orgulhosa e severa.

— Sim, sim, é melhor, mil vezes melhor! Eu compreendo como foi penoso — disse ele.

Mas Anna não ouviu suas palavras, lia os pensamentos de Vrónski nas feições do seu rosto. Ela não podia saber que a expressão do seu rosto se referia à primeira ideia que acudira a Vrónski — que agora um duelo era inevitável. Jamais passara pela cabeça de Anna a ideia de um duelo e portanto entendeu de outra forma a momentânea expressão de severidade.

Depois de receber a carta do marido, Anna sabia, no fundo da alma, que tudo haveria de ficar como antes, que ela não teria forças de desprezar sua condição, abandonar o filho e unir-se ao amante. A manhã que passara na casa da princesa Tviérskaia viera confirmar isso ainda mais. Porém, o encontro com Vrónski, mesmo assim, era extremamente importante para Anna. Tinha esperança de que o encontro modificasse a situação de ambos e a salvasse. Se ele, ao receber a notícia, lhe dissesse, de forma resoluta, ardente, sem um minuto de hesitação: "Largue tudo e fuja comigo!", Anna deixaria o filho e fugiria com Vrónski. Mas aquela notícia não produziu o efeito que Anna esperava: ele apenas pareceu ofendido com alguma coisa.

— Não foi nem um pouco penoso para mim. Aconteceu naturalmente — disse ela, num tom irritado. — E veja isto... — Retirou da luva a carta do marido.

— Entendo, entendo — interrompeu Vrónski, depois de tomar a carta, mas sem ler, e tentando tranquilizar Anna. — Tudo o que eu queria, o que eu pedia, era que essa situação fosse rompida, para eu consagrar minha vida à sua felicidade.

— Para que está dizendo isso? — perguntou Anna. — Acaso posso duvidar disso? Se eu tivesse alguma dúvida...

— Quem vem lá? — perguntou Vrónski, de repente, apontando para duas senhoras que vinham em sua direção. — Talvez nos conheçam. — E dirigiu-se às pressas para uma vereda lateral, puxando Anna atrás de si.

— Ah, para mim não faz diferença! — disse ela. Seus lábios começaram a tremer. E Vrónski teve a impressão de que os olhos de Anna, por trás do véu, o fitavam com uma estranha maldade. — Estou dizendo que não se trata disso, que não posso ter nenhuma dúvida a respeito; mas aí está o que ele me escreveu. Leia. — E Anna deteve-se novamente.

De novo, como no primeiro instante ao receber a notícia do rompimento de Anna com o marido, Vrónski, ao ler a carta, rendeu-se involuntariamente à impressão natural que a relação com um marido ultrajado suscitava. Agora, com a carta nas mãos, pôs-se a imaginar involuntariamente aquele bilhete de desafio que com certeza, nesse mesmo dia ou no dia seguinte, ele encontraria em sua casa, e também o próprio duelo, no qual, com a mesma expressão fria e orgulhosa que tinha agora no rosto, depois de disparar para o ar, Vrónski se poria sob a mira da arma do marido ofendido. E nesse instante, em sua cabeça, irrompeu a ideia daquilo que Serpukhóvskoi acabara de dizer e que ele mesmo havia pensado, de manhã cedo — que o melhor era não se prender —, e sabia que não podia transmitir essa ideia a Anna.

Depois de ler a carta, levantou os olhos para ela, e no olhar de Vrónski não havia firmeza. Anna compreendeu no mesmo instante que ele já vinha, de antemão, pensando sobre aquilo, por conta própria. Anna se deu conta de que, por mais que Vrónski lhe falasse, não diria tudo o que pensava. E compreendeu que a sua última esperança fora desenganada. Não era aquilo que ela esperava.

— Está vendo que tipo de homem é ele... — disse Anna, com voz trêmula.

— Perdoe-me, mas eu me alegro com isso — interrompeu Vrónski. — Pelo amor de Deus, deixe que eu termine de falar — acrescentou, suplicando com o olhar que ela lhe desse tempo para explicar suas palavras. — Eu me alegro porque isso não pode, não pode de maneira alguma, permanecer assim como ele pretende.

— Por que não pode? — perguntou Anna, contendo as lágrimas, e obviamente não atribuindo mais nenhuma importância ao que ele dizia. Tinha a sensação de que o seu destino estava decidido.

Vrónski queria dizer que, após o duelo, inevitável na sua opinião, aquela situação não poderia continuar como estava, mas falou outra coisa.

— Não pode continuar. Eu espero que agora você se separe dele. Espero — ficou confuso e ruborizou-se — que você permita que eu construa e decida nossa vida. Amanhã... — ia começar.

Ela não o deixou terminar.

— E o meu filho? — gritou. — Você não viu o que ele escreveu? Eu tenho de me separar, mas não posso e não quero fazer isso.

— Mas, pelo amor de Deus, o que é melhor? Separar-se do filho ou persistir nessa situação humilhante?

— Situação humilhante para quem?

— Para todos e sobretudo para você.

— Você chama de humilhante... mas não diga isso. Essa palavra não tem sentido para mim — disse Anna, com voz trêmula. Agora, não queria que ele dissesse inverdades. Só lhe restara o amor de Vrónski e queria amá-lo. — Entenda que, para mim, desde o dia em que passei a amar você, tudo, tudo mudou. Para mim, só existe uma coisa, só uma: o seu amor. Se ele é meu, eu me sinto tão elevada, tão firme, que nada pode ser humilhante para mim. Estou orgulhosa da minha posição, porque... orgulhosa de... orgulhosa... — Não terminou de dizer do que estava orgulhosa. Lágrimas de vergonha e desespero sufocaram sua voz. Parou e começou a soluçar.

Vrónski também sentiu que algo subia à sua garganta, comichava no nariz, e pela primeira vez na vida sentiu-se prestes a chorar. Não poderia dizer o que exatamente o havia afetado tanto; teve pena de Anna, sentia que não podia ajudá-la e, ao mesmo tempo, sabia que era ele o culpado da sua infelicidade, que ele tinha feito algo de ruim.

— Não será possível um divórcio? — perguntou, com voz fraca. Anna, sem responder, balançou a cabeça. — Não será possível separar-se do seu marido e mesmo assim ficar com o filho?

— Sim; mas tudo isso depende dele. Agora, tenho de ficar na casa dele — disse Anna, em tom seco. Seu pressentimento de que tudo permaneceria como antes não a enganara.

— Terça-feira, irei a Petersburgo e tudo se decidirá.

— Sim — respondeu ela. — Mas não falemos mais disso.

Aproximava-se a carruagem de Anna, que ela mandara embora e ordenara que depois voltasse até a grade do jardim de Wrede. Anna despediu-se dele e foi para casa.

XXIII

Na segunda-feira, teve lugar a habitual reunião da comissão de 2 de junho. Aleksei Aleksándrovitch entrou na sala da reunião, cumprimentou os membros da comissão e seu presidente, como de costume, e sentou-se no seu lugar, depois de colocar a mão sobre os documentos deixados prontos diante dele. Entre os documentos, estavam informações necessárias para ele e a minuta do pronunciamento que tencionava fazer. Na verdade, não tinha necessidade das informações. Lembrava-se de tudo e não achava necessário repetir na memória o que ia dizer. Sabia que, quando chegasse a hora e visse à sua frente o rosto do seu adversário, que tentaria em vão assumir uma feição de indiferença, seu discurso fluiria sozinho, melhor do que se ele pudesse prepará-lo agora. Sentia que o teor do seu discurso era tão formidável que cada palavra teria importância. Enquanto isso, ao ouvir o informe de costume, mantinha o aspecto mais inocente e mais inofensivo. Ao olhar para suas mãos brancas, de veias inchadas e dedos compridos, que apalpavam carinhosamente as duas extremidades da folha de papel branco colocada diante dele, e para sua cabeça inclinada para o lado e com expressão de cansaço, ninguém pensaria que dali a pouco sairia de seus lábios um discurso que desencadearia uma tempestade tremenda, obrigaria os membros da comissão a gritar, a cortar as palavras uns dos outros, e obrigaria o presidente a exigir a manutenção da ordem. Quando o informe terminou, Aleksei Aleksándrovitch anunciou, com sua voz fina e baixa, que tinha a comunicar algumas considerações acerca da organização das etnias não russas. As atenções se voltaram para ele. Aleksei Aleksándrovitch pigarreou e, sem olhar para o seu adversário, mas tendo escolhido, como sempre fazia ao pronunciar um discurso, o rosto da primeira pessoa sentada à sua frente — um velhinho miúdo e pacífico, que jamais defendia nenhum ponto de vista na comissão —, passou a expor suas considerações. Quando o assunto chegou à lei orgânica e fundamental, o adversário levantou-se de um salto e começou a protestar. Striémov, também membro da comissão e também atingido em seu ponto fraco, passou a justificar-se — e a reunião tornou-se um tumulto generalizado; mas Aleksei Aleksándrovitch triunfou e sua proposta foi bem recebida; nomearam-se três novas comissões e no dia seguinte, num conhecido círculo de Petersburgo, só se falava daquela reunião. O sucesso de Aleksei Aleksándrovitch foi até maior do que ele esperava.

Ao acordar na manhã seguinte, terça-feira, Aleksei Aleksándrovitch lembrou com prazer a vitória da véspera e não pôde deixar de sorrir, embora quisesse mostrar-se indiferente quando o chefe da repartição, no intuito de lisonjeá-lo, deu notícia dos rumores que haviam chegado até ele sobre o que se passara na comissão.

Entretido em afazeres com o chefe da repartição, Aleksei Aleksándrovitch esqueceu completamente que era terça-feira, o dia marcado por ele para a vinda de Anna Arcádievna, e ficou admirado e desagradavelmente surpreso quando um criado veio comunicar a sua chegada.

Anna chegara de Petersburgo de manhã bem cedo; a carruagem foi enviada para buscá-la, conforme pedira num telegrama, e por isso Aleksei Aleksándrovitch devia saber da sua chegada. Mas, quando Anna chegou, ele não foi encontrá-la. Disseram a Anna que ele não saíra de casa e estava atarefado com o chefe da repartição. Anna mandou avisar ao marido que havia chegado, foi para o seu escritório e ocupou-se em separar suas coisas, à espera de que ele viesse vê-la. Mas passou-se uma hora e ele não veio. Anna saiu para a sala de jantar com o pretexto de dar certas ordens e, de propósito, falou com voz bem alta, na esperança de que ele viesse até lá; mas não veio, apesar de Anna ter ouvido que ele saíra até a porta do escritório, acompanhando o chefe da repartição. Anna sabia que o marido costumava sair dali a pouco para o serviço e queria vê-lo antes disso, a fim de esclarecer as relações entre ambos.

Percorreu a sala e, resoluta, foi ao encontro dele. Quando entrou no escritório do marido, ele estava com o uniforme de funcionário público, obviamente preparado para sair, sentado a uma mesinha sobre a qual apoiava os cotovelos, e olhava para a frente, desalentado. Anna o viu antes que ele a visse e compreendeu que pensava nela.

Ao vê-la, Aleksei Aleksándrovitch fez menção de levantar-se, mudou de ideia, em seguida seu rosto ruborizou-se, algo que Anna jamais vira antes, levantou-se afobado e caminhou ao seu encontro, olhando não para os seus olhos e sim mais acima, para a sua testa e para o seu penteado. Aproximou-se, tomou sua mão e pediu que sentasse.

— Fico muito feliz que a senhora tenha vindo — disse, sentando-se ao seu lado e, com a óbvia intenção de dizer alguma coisa, titubeou. Mais de uma vez tentou começar a falar, mas se deteve... Apesar de Anna, ao preparar-se para esse encontro, ter instruído a si mesma a desprezar e culpar o marido, ela não soube o que lhe dizer e sentiu pena dele. O silêncio se prolongou bastante. — Serioja está bem? — perguntou Aleksei Aleksándrovitch e, sem esperar resposta, acrescentou: — Não vou almoçar em casa, e agora está na hora de eu sair.

— Eu queria ir para Moscou — disse ela.

— Não, a senhora fez muito bem, muito bem em vir para cá — respondeu ele e de novo ficou em silêncio.

Ao ver que Aleksei Aleksándrovitch não tinha forças para começar a falar, ela mesma tomou a iniciativa.

— Aleksei Aleksándrovitch — disse, fitando o marido, sem desviar os olhos do olhar dele, que continuava fixo no seu penteado —, sou uma criminosa, sou uma mulher má, mas sou a mesma de antes, a mesma que já falou ao senhor antes e vem lhe dizer agora que não posso mudar nada.

— Eu nada perguntei à senhora a respeito disso — retrucou o marido, de súbito resoluto e olhando, com ódio, direto nos olhos de Anna. — Eu também o supunha. — Sob a influência da ira, ele recuperou visivelmente o pleno domínio de todas as suas faculdades. — Mas, conforme eu disse à senhora e conforme lhe escrevi — passou a falar com voz ríspida e aguda —, repito agora que não tenho obrigação de saber disso. Eu o ignoro. Nem todas as esposas são tão bondosas como a senhora para se apressarem a transmitir aos maridos notícias tão *agradáveis*. — Enfatizou em especial a palavra "agradáveis". — Eu o ignoro enquanto a sociedade não souber do caso, enquanto o meu nome não for desonrado. E por isso previno a senhora de que nossas relações devem permanecer tal como sempre foram e que, só no caso de a senhora se *comprometer*, terei de tomar medidas para defender minha honra.

— Mas nossas relações não podem permanecer como sempre foram — começou a falar Anna, com voz tímida e olhando para ele, assustada.

Quando viu de novo aqueles gestos tranquilos, ouviu aquela voz estridente, infantil e irônica, a repugnância por ele aniquilou a pena que sentira antes, e agora Anna sentia apenas medo, porém queria, a todo custo, esclarecer sua situação.

— Não posso ser sua esposa quando eu... — fez menção de explicar.

Ele desatou a rir, com um riso cruel e frio.

— O tipo de vida que a senhora escolheu se reflete certamente nas suas opiniões. O meu respeito ou o meu desprezo ou ambos... respeito o passado da senhora e desprezo o presente... são tão grandes que estou bem longe da interpretação que a senhora deu a minhas palavras.

Anna suspirou e baixou a cabeça.

— Além do mais, não entendo como, tendo tanta independência como tem a senhora — prosseguiu, se inflamando —, que confessou prontamente ao marido sua infidelidade e que, pelo visto, nada encontra nisso de censurável, a senhora no entanto julga censurável o cumprimento dos deveres normais de uma esposa com respeito ao marido.

— Aleksei Aleksándrovitch! O que o senhor quer de mim?

— Quero não encontrar aqui esse homem e que a senhora se comporte de modo que nem a sociedade nem a criadagem possam incriminá-la... quero que a senhora não o veja. Não é muito, me parece. Em troca, a senhora desfrutará os direitos de uma mulher honrada, sem ter de cumprir os seus deveres. Eis tudo o que tenho a dizer à senhora. Agora, está na hora de eu ir para o trabalho. Não virei almoçar em casa.

Levantou-se e dirigiu-se para a porta. Anna também se levantou. Curvando-se em silêncio, ele a deixou passar na frente.

XXIV

A noite que Liévin passara sobre a meda de feno não fora em vão: a gestão da propriedade lhe causava repugnância e perdera para ele todo interesse. Apesar da colheita excelente, as relações entre ele e os mujiques nunca foram, ou pelo menos nunca lhe pareceram, tão malsucedidas e tão hostis como nesse ano, e a causa do insucesso e da hostilidade estava agora perfeitamente clara para ele. O encanto que Liévin experimentava no próprio trabalho, a proximidade que isso gerava entre ele e os mujiques, a inveja que sentia deles e de sua vida, o desejo de transferir-se para essa vida, que naquela noite fora para ele não um mero devaneio, mas sim um propósito, cuja execução ele ponderou em minúcias — tudo isso havia alterado de tal modo a sua maneira de encarar a gestão da sua propriedade que Liévin já não conseguia, de forma alguma, encontrar ali o mesmo interesse de antes e não conseguia deixar de ver o que havia de detestável na relação entre ele e os trabalhadores, e que constituía o fundamento da empresa inteira. O rebanho de vacas selecionadas, como Pava, toda a terra adubada, lavrada com arados, nove campos do mesmo tamanho, com salgueiros plantados em redor, noventa dessiatinas de terra lavrada a fundo com estrume, as ferramentas semeadoras e assim por diante — tudo seria ótimo, se o trabalho fosse feito apenas pelo próprio Liévin, ou por ele junto com seus companheiros, gente solidária a ele. Mas agora Liévin percebia claramente (e seu trabalho no livro sobre agronomia, no qual o elemento principal da atividade agrícola devia ser o trabalhador, o ajudou bastante, no caso) — percebia agora claramente que a propriedade por ele gerida não passava de uma luta brutal e tenaz entre ele e os trabalhadores, em que, de um lado, o lado de Liévin, havia uma constante e ferrenha aspiração de reformar tudo segundo um modelo considerado melhor e, do outro lado, havia a ordem natural das coisas. E percebia que, em face da maior força de tensão do seu lado e da ausência de empenho, e até de propósito, do lado oposto, o único resultado de tal luta seria que a propriedade não traria satisfação a ninguém e as ótimas ferramentas, o ótimo gado e a ótima terra se estragariam de um modo totalmente infrutífero. Mais importante ainda — a energia consagrada a essa empresa não só se perdera inutilmente como também, agora, quando o sentido da sua propriedade se desvelara aos seus olhos, Liévin não podia deixar de se dar conta de que o objetivo da sua energia era, em si mesmo, uma indignidade. Em que consistia, em essência, essa luta? Liévin defendia cada pequena moeda do seu patrimônio (e não podia deixar de fazê-lo, porque bastava relaxar a energia para logo ficar sem dinheiro para pagar aos trabalhadores), e eles por sua vez lutavam apenas para trabalhar com calma e com satisfação, ou seja, do modo como estavam habituados. Segundo os interesses de Liévin, cada trabalhador devia trabalhar o mais possível, além de não esquecer de empenhar-se em não danificar as limpadoras de grão, os ancinhos puxados por cavalos, as debulhadoras, e devia pensar bastante no que estivesse fazendo; o trabalhador, por seu lado, queria trabalhar da maneira mais agradável possível, com repouso e, acima de tudo, despreocupado, distraído e sem ter de pensar. Nesse verão, Liévin percebia isso a cada passo. Mandava ceifar trevo para forragem, escolhendo as terras ruins, com relva e absinto crescidos em excesso, imprestáveis para produzir sementes — e eles ceifavam sempre as terras mais aptas a produzir sementes, justificavam-se dizendo que eram ordens do administrador e o consolavam garantindo que a forragem seria ótima; mas Liévin sabia que agiam assim porque aquelas dessiatinas de terra eram mais fáceis de ceifar. Mandava uma máquina de revolver o feno e eles a quebravam logo nas primeiras fileiras, porque o mujique achava maçante ficar sentado na boleia, sob as asas que abanavam por cima dele. E diziam a Liévin: "Por favor, não se preocupe, patrão, as mulheres vão revolver o feno num instante". Os arados se revelavam imprestáveis porque não entrava na cabeça do camponês que era preciso baixar a relha quando esta levantava e, ao virar com força, ele assustava os cavalos e estragava a terra; e depois pediam a Liévin que tivesse calma. Deixaram cavalos invadir o campo de trigo, porque nenhum camponês queria trabalhar de vigia noturno e, apesar de uma ordem expressa para não agirem assim, os camponeses se alternaram numa guarda noturna e Vanka, que havia trabalhado o dia inteiro, adormeceu, arrependeu-se da sua falta e disse: "O patrão manda". Três dos melhores bezerros morreram porque os soltaram no campo de trevo sem antes lhes terem dado de beber e depois não quiseram de maneira alguma acreditar que os bezerros tinham inchado por causa do trevo e, para se consolar, contavam como um proprietário vizinho havia perdido cento e doze cabeças de gado em três dias. Tudo isso ocorria não porque alguém desejasse o mal para Liévin ou para a sua propriedade; ao contrário, ele sabia que o estimavam, que o consideravam um patrão simples (o que era um alto elogio); tudo isso ocorria apenas porque desejavam trabalhar com alegria e despreocupação, ao passo que os interesses de Liévin eram, para eles, não só distantes e incompreensíveis como também fatalmente contrários aos seus mais justos interesses. Já havia muito tempo que Liévin se sentia descontente a respeito da sua relação com a propriedade. Percebia que seu barco fazia água, mas não encontrava e nem mesmo procurava as fendas, talvez com o intuito de enganar a si mesmo. Mas agora não podia mais se enganar. A propriedade que geria se tornara não só sem interesse como também abominável, para ele, e Liévin não conseguia mais dedicar-se a ela.

Vinha somar-se a isso a presença de Kitty, a trinta verstas dali, a quem ele queria ver, mas não podia. Dária Aleksándrovna Oblónskaia, quando estiveram juntos, convidara Liévin para voltar lá: voltar a fim de renovar a proposta de casamento à sua irmã, que, como ela dera a entender, agora o aceitaria. O próprio Liévin, depois de ver Kitty Cherbátskaia, compreendeu que seu amor não se extinguira; mas não podia ir à casa dos Oblónski, sabendo que ela estava lá. O fato de Liévin ter feito a proposta e ter sido rejeitado erguia entre ele e ela uma barreira intransponível. "Não posso pedir-lhe que seja minha esposa só porque ela não pôde ser esposa do homem que ela desejava", dizia para si. Pensar nisso o tornava frio e hostil com relação a Kitty. "Não terei forças para falar com ela sem um sentimento de recriminação, de olhar para ela sem raiva, e ela vai apenas me odiar cada vez mais, como é natural. Além disso, como posso ir visitá-las agora, depois de tudo o que Dária Aleksándrovna me contou? Posso, acaso, esconder que sei aquilo que ela me contou? E irei generosamente perdoá-la, dar-lhe um indulto. Diante dela, estarei no papel de um homem que perdoa e que lhe dá a honra do seu amor!... Para que Dária Aleksándrovna foi me contar isso? Eu poderia vê-la simplesmente por acaso e então tudo se resolveria de maneira natural, mas agora isso é impossível, impossível!"

Dária Aleksándrovna enviou-lhe um bilhete, pedindo uma sela de senhoras, para Kitty. "Disseram-me que o senhor possui uma sela", escreveu ela. "Espero que o senhor traga pessoalmente."

Aquilo era mais do que ele podia suportar. Como uma mulher inteligente, delicada, podia humilhar assim a própria irmã? Liévin escreveu dez bilhetes, rasgou todos e mandou a sela sem nenhuma resposta. Era impossível responder que iria, porque não podia ir; responder que não podia ir porque algo o impedia ou porque estava de partida seria pior ainda. Enviou a sela sem nenhuma resposta, com a consciência de que fazia algo vergonhoso, mas no dia seguinte, depois de transferir para o administrador todas as obrigações da propriedade, que agora lhe causava aversão, partiu rumo a um distrito distante, para a casa de um amigo chamado Sviájski, em cujos arredores havia ótimos pântanos para caçar narcejas, o qual lhe escrevera pouco antes, pedindo que cumprisse a antiga promessa de ir visitá-lo. Os pântanos de narcejas do distrito de Suróvski já atraíam Liévin havia muito tempo, mas ele sempre adiava a viagem, em razão dos afazeres da propriedade. Agora estava contente de afastar-se da vizinhança dos Cherbátski e, acima de tudo, da sua propriedade, ainda mais para caçar, a atividade que melhor se prestava para consolar todas as suas amarguras.

XXV

No distrito de Suróvski, não havia estrada de ferro nem estações de posta, e Liévin viajou com seus próprios cavalos, na sua *tarantás*, de quatro rodas e descoberta.

No meio do caminho, deteve-se na casa de um mujique rico, para dar de comer aos cavalos. Um velho calvo e jovial, de vasta barba ruiva, grisalha nas faces, abriu a porteira e encostou-se contra um mourão para dar passagem à troica. Depois de apontar ao cocheiro um local sob um telheiro no pátio novo, amplo, limpo e arrumado, com arados danificados pelo fogo, o velho convidou Liévin a entrar. Uma jovem, com roupas limpas e de galochas nos pés sem meias, esfregava o chão dos novos telheiros, de cabeça baixa. Assustou-se com o cão que entrara correndo atrás de Liévin e deu um grito, mas logo se pôs a rir do próprio susto, ao saber que o cão não atacava. Depois de apontar para Liévin a porta para a sala, a moça curvou-se de novo, escondeu seu rosto bonito e continuou a lavar.

— O samovar? — perguntou ela.

— Sim, por favor.

A sala era grande, com uma estufa holandesa e uma divisória. Sob os ícones, havia uma mesa com ramagens pintadas, um banco e duas cadeiras. Na entrada, havia um pequeno guarda-louça. As venezianas estavam fechadas, havia poucas moscas e o ambiente era tão limpo que Liévin, com receio de Laska sujar o chão, depois de ter corrido pela estrada e se banhado em poças, apontou para ela um lugar num canto junto à porta. Depois de examinar a sala, Liévin saiu para o pátio dos fundos. A decente mocinha de galochas, balançando baldes vazios numa canga, desceu ligeiro na sua frente a fim de pegar água no poço.

— Depressa, minha menina! — gritou alegremente o velho e voltou-se para Liévin. — Então, senhor, está a caminho da casa de Nikolai Ivánovitch Sviájski? Ele também para aqui, quando em viagem — começou, com ânimo falador, apoiando o cotovelo na balaustrada da varandinha.

No meio do relato do velho sobre seus contatos com Sviájski, a porteira rangeu de novo e adentraram no pátio trabalhadores, de volta do campo, com arados e grades. Cavalos robustos e bem nutridos estavam atrelados aos arados e às grades. Os trabalhadores, ao que parecia, eram da família: dois eram jovens, de camisas estampadas e quepe; outros dois, de camisas rústicas, eram assalariados, um deles velho e o outro moço. Deixando a varanda, o velho aproximou-se dos cavalos e tratou de soltar os arreios.

— O que estavam arando? — perguntou Liévin.

— Foram arar as batatas. Também temos umas terrinhas. Ei, Fiedot, não solte esse cavalo capão, prenda no cepo e vamos atrelar um outro.

— Paizinho, e aquelas relhas que eu pedi para trazer, será que trouxeram? — perguntou um rapaz saudável e de grande estatura, obviamente filho do velho.

— Lá… no telheiro — respondeu o velho, enrolando as rédeas desatreladas e jogando-as por terra. — Arranje isso, enquanto eles jantam.

A mocinha decente passou em direção ao telheiro, com os baldes cheios, que vergavam seus ombros. Apareceram camponesas, vindas de algum lugar — jovens bonitas, mulheres de meia-idade e velhas feias, com filhos e sem filhos.

O samovar começou a apitar pelo bico; os trabalhadores e os familiares foram jantar, depois de desatrelados os cavalos. Liévin, após retirar suas provisões da carruagem, convidou o velho para tomar chá.

— Ora, já tomei chá hoje — respondeu o velho, que recebeu o convite com visível prazer. — Um pouquinho só, para acompanhar.

Durante o chá, Liévin ficou sabendo toda a história do velho anfitrião. Dez anos antes, o velho arrendara cento e vinte dessiatinas de terras da proprietária, no ano anterior comprara essas terras e ainda arrendava mais trezentas dessiatinas do vizinho. Uma pequena parte da terra, a pior, ele alugava, e umas quarenta dessiatinas de campo ele mesmo lavrava, com a sua família e dois trabalhadores assalariados. O velho se queixava dos negócios, que corriam mal. Mas Liévin compreendeu que ele se queixava apenas por modéstia, enquanto sua propriedade prosperava. Se as coisas andassem mal, não teria comprado a terra a cento e cinco rublos, não teria casado três filhos e um sobrinho, não teria reconstruído sua casa duas vezes, depois de incêndios, e feito uma casa melhor a cada obra. Apesar dos lamentos do velho, era evidente que sentia um justo orgulho da sua abastança, dos filhos, do sobrinho, das noras, dos cavalos, das vacas e em especial do fato de toda aquela propriedade se manter em boas condições. Pela conversa com o velho, Liévin soube que ele não era contrário a inovações. Semeava muita batata e a sua batata, que Liévin vira ao chegar, já havia florido e começava a germinar, enquanto a batata de Liévin apenas agora começava a florir. Ele arava a terra da batata com uma charrua, como chamava o arado, que pegara emprestada da proprietária. Semeava trigo. O pequeno detalhe que impressionou Liévin foi que o velho, quando cortava o centeio, alimentava os cavalos com as aparas do centeio. Quantas vezes, ao ver aquela excelente forragem desperdiçada, Liévin quis recolhê-la; mas sempre se revelava impossível. Nas terras do mujique, fazia-se aquilo e o velho não se cansava de elogiar aquela forragem.

— O que vão fazer as mulheres? Carregam os montinhos até a estrada e uma carroça vem buscar.

— Pois nós, os senhores de terra, nos entendemos pessimamente com os trabalhadores — disse Liévin, enquanto lhe entregava um copo de chá.

— Obrigado — respondeu o velho, ao pegar o copo, mas recusou o açúcar, apontando para um torrão que havia sobrado, já roído por ele. — Onde já se viu tocar um negócio com trabalhadores assalariados? — disse. — É uma ruína só. Veja o caso do Sviájski. Sabemos como é boa a terra dele, cor de semente de papoula, mas a colheita não é nada de se gabar. Muito descuidido!

— Mas você não trabalha com assalariados?

— Nosso negócio é de mujiques. Cuidamos nós mesmos de tudo. Se há alguém ruim, vai embora; damos conta do recado com gente nossa.

— Paizinho, Finóguien mandou arranjar alcatrão — disse uma camponesa que entrou de galochas.

— É assim, meu senhor! — disse o velho, levantando-se, benzeu-se demoradamente, agradeceu a Liévin e saiu.

Quando Liévin entrou na isbá de serviço para chamar seu cocheiro, viu à mesa todos os homens da família. As mulheres, de pé, serviam. O filho jovem e saudável, com a boca cheia de mingau, contava algo engraçado, todos riam e a mulher de galochas, que vertia sopa de repolho numa tigela, ria com uma alegria especial.

É bem provável que o rosto decente da mulher de galochas tenha contribuído muito para a impressão de bem-estar que aquela casa de camponeses provocou em Liévin, mas essa impressão foi tão forte que Liévin não conseguiu de forma alguma desfazer-se dela. E, por todo o caminho entre a casa do velho e as terras de Sviájski, Liévin recordava a todo instante aquela propriedade camponesa, como se algo nessa impressão exigisse dele uma atenção especial.

XXVI

Sviájski era o dirigente da nobreza do seu distrito. Era cinco anos mais velho que Liévin e estava casado havia muito tempo. Em sua casa, morava a sua jovem cunhada, moça muito simpática a Liévin. E Liévin sabia que Sviájski e sua esposa queriam muito casá-lo com essa jovem. Ele sabia disso com absoluta certeza, como sempre sabem os jovens assim chamados casadouros, embora ninguém jamais se decidisse a falar diretamente do assunto, e sabia também que, apesar de ele querer casar, e apesar de aquela jovem atraente ao extremo ter todos os atributos para vir a ser uma esposa excelente, era tão impossível casar-se com ela quanto voar pelo céu, mesmo se não estivesse apaixonado por Kitty Cherbátskaia. E essa compreensão envenenava o prazer que Liévin esperava extrair da viagem às terras de Sviájski.

Ao receber a carta de Sviájski com o convite para uma caçada, Liévin no mesmo instante refletiu sobre isso, mas, apesar de tudo, concluiu que tais intenções de Sviájski a seu respeito não passavam de suposições suas, sem maior fundamento, e por isso partiu para lá assim mesmo. Além do mais, no fundo da alma, ele queria se pôr à prova, verificar de novo sua reação diante daquela moça. A vida doméstica dos Sviájski era agradável, no mais alto grau, e o próprio Sviájski, o tipo mais perfeito que Liévin já vira do cidadão dedicado aos assuntos do *ziemstvo*, era para ele uma pessoa extremamente interessante.

Sviájski era uma dessas pessoas, sempre surpreendentes para Liévin, cujo raciocínio, muito lógico, embora nem sempre pessoal, seguia um caminho próprio, enquanto sua vida, extraordinariamente resoluta e firme em seu rumo, seguia um caminho próprio, de modo totalmente independente e quase sempre em desacordo com o seu raciocínio. Sviájski era um homem extremamente liberal. Desprezava a nobreza e considerava a maioria dos nobres secretamente partidários da escravidão, o que só por medo não declaravam. Considerava a Rússia um país perdido, a exemplo da Turquia, e julgava o governo russo tão ruim que nunca se permitia sequer criticar a sério as suas medidas, e ao mesmo tempo era funcionário do governo e um perfeito dirigente da nobreza e, em viagem, sempre usava a insígnia oficial e a fita vermelha no quepe. Acreditava que a vida humana só era possível no exterior, para onde viajava a qualquer oportunidade, e ao mesmo tempo geria na Rússia uma propriedade rural muito complexa e modernizada e acompanhava tudo com enorme interesse e sabia de tudo o que se fazia na Rússia. Considerava que o mujique russo, quanto à evolução, se situava num grau intermediário entre o macaco e o homem, e ao mesmo tempo, nas eleições do *ziemstvo*, ninguém apertava as mãos dos mujiques e ouvia suas opiniões com mais boa vontade do que Sviájski... Não acreditava nem em Deus nem no Diabo, mas se preocupava muito com a questão da melhoria das condições de vida do clero e com a redução das suas receitas, além disso se empenhava de modo especial para que a igreja permanecesse em sua aldeia.

Na questão feminina, estava do lado dos partidários extremados da liberdade total das mulheres e, em especial, do seu direito de trabalhar, mas vivia com a esposa de tal modo que todos se admiravam com a sua aconchegante vida familiar, sem filhos, e havia organizado a existência da esposa de tal forma que ela nada fazia e nada podia fazer, salvo dividir com o marido os cuidados para o tempo passar da maneira melhor e mais alegre possível.

Se Liévin não tivesse a característica de interpretar as pessoas pelo seu lado melhor, o caráter de Sviájski não representaria para ele nenhuma dificuldade ou problema; diria a si mesmo: é um tolo ou um patife, e tudo estaria esclarecido. Mas Liévin não podia dizer *tolo* porque Sviájski era, sem dúvida alguma, não só um homem muito inteligente como também muito culto, e de modéstia invulgar com relação à sua cultura. Não havia assunto que não conhecesse; mas só demonstrava seu conhecimento quando obrigado. Liévin também não podia, menos ainda, dizer que era um patife, porque Sviájski era, sem dúvida alguma, um homem honesto, bondoso, ajuizado, que sempre cuidava de seus negócios com ânimo e alegria, era tido em alta conta por todos que o cercavam e, com absoluta certeza, jamais fizera conscientemente algo mau e nem poderia fazê-lo.

Liévin esforçava-se para entender, e não entendia, e sempre contemplava o amigo e sua existência como um enigma vivo.

Os dois eram muito amigos e por isso Liévin se permitia sondar Sviájski, na tentativa de alcançar os fundamentos da sua maneira de encarar a vida; mas sempre em vão. Toda vez que Liévin tentava penetrar além da antessala da mente de Sviájski, que estava aberta para todos, percebia que o amigo se perturbava um pouco; um receio quase imperceptível transparecia em seu olhar, como se temesse que Liévin o compreendesse, e Sviájski lhe oferecia uma resistência divertida e bondosa.

Agora, depois da decepção com a gestão da sua propriedade, Liévin achou particularmente agradável a estada na casa de Sviájski. Além do alegre efeito que produzia nele a imagem do casal de pombinhos felizes, satisfeitos consigo e com todos, e do seu ninho aconchegante, Liévin, agora que se sentia tão descontente com a própria vida, desejava alcançar o segredo que havia em Sviájski e que lhe dava tamanha clareza, segurança e alegria na vida. Além disso, Liévin sabia que na casa de Sviájski encontraria os senhores de terras vizinhos e tinha agora especial interesse em conversar, em participar daquelas conversas sobre agricultura, colheitas, trabalhadores assalariados e tudo o mais que, Liévin sabia, era de bom-tom considerar como algo muito rasteiro, mas que agora lhe parecia o único assunto importante. "Talvez não fosse o mais importante no tempo da servidão, nem seria importante na Inglaterra. Em ambos os casos, as condições estavam perfeitamente estabelecidas; mas entre nós, na Rússia, agora, quando tudo se pôs em desordem e apenas se esboça uma organização, a única questão importante é como essas condições irão se configurar", pensava Liévin.

A caçada correu pior do que Liévin esperava. O pântano secara e não havia narcejas. Caminhou um dia inteiro e trouxe de volta apenas três peças de caça, mas, em compensação, como sempre acontecia nas caçadas, trouxe também um ótimo apetite, uma excelente disposição e aquele ânimo mental exaltado que um intenso exercício físico sempre despertava em Liévin. E na caçada, num momento em que parecia não pensar em nada, de repente se lembrou do velho mujique e da sua família, e aquela impressão parecia exigir de Liévin não só uma atenção como também uma resolução de algo ligado a eles.

Ao anoitecer, durante o chá, em presença de dois senhores de terras que tinham vindo para tratar de uma certa tutela, entabulou-se exatamente a conversa interessante que Liévin esperava ouvir.

Liévin estava sentado junto à sua anfitriã, diante da mesa de chá, e devia conversar com ela e com a cunhada de Sviájski, sentada à sua frente. A anfitriã tinha o rosto redondo, era loura e de baixa estatura, toda radiante, entre sorrisos e covinhas. Liévin tentava alcançar, através dela, a solução do enigma crucial que o seu marido representava para ele; mas Liévin não tinha plena liberdade de pensamento, porque se sentia terrivelmente embaraçado. O motivo de sentir-se assim era ter a cunhada de Sviájski à sua frente, com um vestido, na opinião de Liévin, escolhido especialmente para ele, com um profundo decote em forma de trapézio sobre o peito branco; o decote quadrangular, apesar de o peito ser muito branco, ou especialmente por ser ela muito branca, privava Liévin da sua liberdade de pensamento. Imaginava, na certa erroneamente, que o decote fora cortado em sua homenagem, não se julgava no direito de olhar para ele e tentava não olhar; mas sentia-se culpado pelo simples fato de aquele decote ter sido cortado. Liévin tinha a impressão de que enganava alguém, de que tinha o dever de explicar alguma coisa, mas era absolutamente impossível explicá-lo, e por isso a todo instante se ruborizava, sentia-se inquieto e embaraçado. Seu embaraço contagiou a bela cunhada. No entanto, a anfitriã, pelo visto, não o percebeu e, de maneira intencional, a envolvia na conversa.

— O senhor diz — a anfitriã prosseguiu a conversa — que o que é russo não pode interessar ao meu marido. Ao contrário, ele se sente alegre no estrangeiro, mas nunca tanto como aqui. Aqui, ele se sente na sua esfera. Tem muitos assuntos para cuidar e possui o dom de se interessar por tudo. Ah, o senhor não conheceu a nossa escola?

— Vi... Aquela casinha coberta de hera?

— Sim, é obra de Nástia — disse, apontando para a irmã.

— A senhora mesma leciona? — perguntou Liévin, tentando desviar os olhos do decote, mas sentindo que, para onde quer que olhasse, naquela direção, o veria.

— Sim, eu mesma lecionei e leciono, mas temos uma excelente professora. E introduzimos aulas de ginástica.

— Não, obrigado, não quero mais chá — disse Liévin e, embora sentisse que cometia uma indelicadeza, foi incapaz de prosseguir a conversa e levantou-se, ruborizando. — Estou ouvindo uma conversa muito interessante — acrescentou, e aproximou-se da outra extremidade da mesa, onde estavam o anfitrião e dois senhores de terra. Sviájski estava sentado de lado, junto à mesa, girava a xícara na mão, com o cotovelo apoiado, e, com a outra mão, arrepanhava a barba e a levantava até o nariz, como se farejasse. Com os olhos negros e brilhantes, olhava direto para um irritado senhor de terras, de bigode grisalho, e se divertia visivelmente com as suas palavras. O senhor de terras se queixava do povo. Para Liévin, estava claro que Sviájski conhecia uma resposta para as queixas do senhor de terras, uma réplica que aniquilaria de um só golpe toda a razão de suas palavras, mas em virtude da posição em que estava não podia pronunciar tal réplica, e ouvia, não sem prazer, o cômico discurso do senhor de terras.

O homem de bigode grisalho era, pelo visto, um escravocrata inveterado e um autêntico homem do campo, um ardoroso proprietário rural. Liévin notava sinais disso nas roupas — a sobrecasaca surrada e antiquada, visivelmente alheia aos seus costumes — e também nos olhos inteligentes e franzidos, no modo entoado de falar russo, no tom imperioso, obviamente aprendido à custa de demorada prática, nos movimentos resolutos das mãos grandes, bonitas e coradas, numa das quais se via um velho anel de noivado no dedo anular.

XXVII

— Se ao menos eu não tivesse pena de abandonar o que já está em andamento... tanto trabalho despendido... eu daria adeus a tudo, venderia, iria embora, como Nikolai Ivánitch... iria ouvir a *Helena* — disse o proprietário, com um sorriso simpático, que iluminou seu rosto inteligente.

— E no entanto o senhor não o abandona — disse Nikolai Ivánovitch Sviájski. — Logo, há vantagens.

— A única vantagem é que moro numa casa que é minha, não é alugada, nem comprada. Além do mais, a gente sempre espera que o povo crie juízo. Senão, o senhor nem acredita, é uma bebedeira, uma devassidão! Tudo foi dividido e, agora, não possuem mais nem um cavalinho, nem uma vaquinha. O sujeito pode estar morrendo de fome, mas ofereça um trabalho assalariado que ele num instante vai estragar as ferramentas do senhor, e ainda levará o caso ao juiz de paz.

— Mas então se queixe o senhor ao juiz de paz — disse Sviájski.

— Eu, dar queixa? Por nada neste mundo! Iria se espalhar tamanho falatório que eu me arrependeria de ter feito a queixa! Veja, na usina, eles pegaram o adiantamento e foram embora. E o juiz de paz? Absolveu. Só quem os segura é o juiz da comarca e o sargento-ajudante. Este os escorraça à moda antiga. Se não fosse assim, seria melhor largar tudo! Correr mundo afora!

Era óbvio que o senhor de terras queria provocar Sviájski, mas este não só não ficou irritado como parecia até divertir-se.

— Acontece que nós, aqui, gerimos nossas propriedades sem essas medidas — disse, sorrindo. — Eu, Liévin e este senhor.

Apontou para o outro senhor de terras.

— Muito bem, nas terras de Mikhail Petróvitch a coisa anda, mas pergunte só como ele faz. Por acaso pode se chamar isso de uma agricultura racional? — indagou o senhor de terras, obviamente alardeando o uso da palavra "racional".

— A gestão da minha propriedade é simples — explicou Mikhail Petróvitch. — Graças a Deus. Tudo depende de ter o dinheiro pronto para pagar os impostos do outono. Os mujiques vêm e dizem: "Patrãozinho, pai, ajude!". Puxa, os mujiques são todos nossos vizinhos, dá pena. Muito bem, eu dou um terço de adiantamento e só digo assim: "Lembrem, rapazes, ajudei vocês, e vocês me ajudarão quando for preciso, para semear a aveia, ceifar o feno, o restolho", e então estipulo quanto será o tributo que me devem. Entre eles, também há alguns desonestos, é verdade.

Liévin, que havia muito já conhecia esses métodos patriarcais, trocou um olhar com Sviájski e interrompeu Mikhail Petróvitch, dirigindo-se de novo ao proprietário de bigode grisalho.

— Então, o que o senhor recomenda? — perguntou. — Como se deve gerir uma propriedade rural, hoje?

— Ora, do mesmo jeito que Mikhail Petróvitch: ou então é ceder a terra pela metade, ou ter mujiques assalariados; isso é possível, só que assim se aniquila a riqueza geral do Estado. Ali onde a minha terra, no tempo do trabalho servil e da boa gestão rural, rendia nove vezes, num regime de meias, rende só três vezes. A emancipação dos servos arruinou a Rússia!

Sviájski fitou Liévin com olhos risonhos e até lhe dirigiu um aceno irônico, quase imperceptível; mas Liévin não achou ridículas as palavras do senhor de terras — compreendia-as melhor do que as ideias de Sviájski. Boa parte daquilo que disse o senhor de terras em seguida, para demonstrar por que a Rússia foi arruinada pela emancipação, lhe pareceu até bastante justo, novo e irrefutável. O senhor de terras expressava certamente pensamentos próprios, o que é raro acontecer, e pensamentos aos quais ele foi conduzido não pelo desejo de ocupar sua mente ociosa, mas que nasceram das circunstâncias da própria vida, pensamentos que ele incubou na sua solidão rural e ponderou por todos os ângulos.

— A questão, veja bem, reside em que todo progresso só se realiza por meio da autoridade — disse, sem dúvida no intuito de mostrar que não era alheio à instrução. — Veja as reformas de Pedro, de Catarina, de Alexandre. Veja a história da Europa. Mais ainda, o progresso na agricultura. Veja a batata, que foi introduzida aqui à força. Veja o arado, também, pois nem sempre araram a terra. Também foi introduzido, talvez, nos tempos feudais, mas seguramente foi introduzido à força. Agora, em nosso tempo, nós, senhores de terra, sob o regime do trabalho servil, geríamos nossas propriedades usando aperfeiçoamentos; máquinas de secar, máquinas de limpar os grãos, o transporte de estrume em carroças, diversos instrumentos, tudo nós introduzimos com nossa autoridade e, no início, os mujiques se opuseram, mas depois nos imitaram. Agora, com a servidão abolida, retiraram de nós a nossa autoridade, e a nossa agricultura, que havia se elevado a um alto nível, está fadada a decair ao nível mais baixo, a uma condição primitiva. Assim, eu entendo...

— Mas por quê? Se é racional, o senhor poderá gerir sua propriedade com trabalhadores assalariados — argumentou Sviájski.

— Não há autoridade, meu senhor. Com a ajuda de quem eu irei dirigir a propriedade? Responda, por favor.

"Aí está ela, a força do trabalho, o principal elemento da agricultura", pensou Liévin.

— Com trabalhadores assalariados.

— Os assalariados não querem saber de trabalhar direito, nem de trabalhar com bons instrumentos. Nossos assalariados só sabem uma coisa: beber até cair, como porcos, embriagar-se e estragar tudo o que o senhor puser nas mãos deles. Dão água demais aos cavalos, arrebentam arreios bons, substituem as rodas pneumáticas para gastar o lucro em bebida, soltam a cravija na debulhadora para danificá-la. Detestam ver as coisas de um jeito que não é o deles. Por isso decaiu o nível geral da agricultura. Terras abandonadas, cobertas por absintos ou entregues aos mujiques e, onde se produziam milhões, se produzem algumas centenas de milhar; a riqueza geral diminuiu. Se tivessem feito o mesmo, mas levando em conta...

E passou a expor o seu plano para a emancipação, no qual tais incômodos teriam sido evitados.

Liévin não tinha interesse por isso, mas, quando o senhor de terras terminou, Liévin voltou à sua primeira argumentação e disse, dirigindo-se para Sviájski e tentando desafiá-lo a expor sua opinião a sério:

— Que o nível da agricultura está caindo e que, nas nossas atuais relações com os trabalhadores, não existe possibilidade de estabelecer com proveito uma agricultura racional, isso é absolutamente justo — disse.

— Não acho — retrucou Sviájski, já com seriedade. — Só vejo que não sabemos gerir nossas terras e que, ao contrário, o nível da nossa agricultura no tempo do regime servil, em vez de muito alto, era, isto sim, extremamente baixo. Não temos nem máquinas, nem bons animais de tração, nem uma autêntica administração, nem contar direito nós sabemos. Pergunte a um senhor de terras. Ele nem sabe o que lhe é vantajoso e o que lhe é desvantajoso.

— A contabilidade italiana — disse o senhor de terras com ironia. — Não importa como faça as contas, se estragam tudo o que o senhor lhes dá, não haverá lucro.

— Por que estragam? A debulhadora ruim, a sua engenhoca russa, eles quebram, mas a minha, a vapor, não quebram. Um pangaré russo, como chamam mesmo?, da raça puxadora, aquele que é preciso puxar pelo rabo para fazer andar, esse cavalo eles estragam, mas mande vir uns cavalos percherões ou pelo menos uns bons cavalos de tiro, que eles não vão estragar. E tudo é assim. Temos de elevar nossa atividade agrícola.

— Quem dera houvesse meios para isso, Nikolai Ivánitch! Para o senhor, está muito bem, mas eu tenho de sustentar um filho na universidade e os filhos menores no ginásio, e assim não posso comprar cavalos percherões.

— Para isso existem os bancos.

— Para no final ir tudo a leilão? Não, muito obrigado!

— Não concordo que seja necessário ou possível elevar mais ainda o nível da agricultura — objetou Liévin. — Eu me ocupo com isso, e tenho recursos, mas não posso fazer nada. Não sei que benefício trazem os bancos. No meu caso, pelo menos, todo dinheiro que gastei na agricultura só me trouxe prejuízo: os animais, prejuízo; as máquinas, prejuízo.

— É exatamente isso — confirmou o proprietário de bigode grisalho, até rindo de satisfação.

— E não sou só eu — prosseguiu Liévin. — Posso contar com o testemunho de todos os proprietários que administram suas atividades de forma racional; todos, com raras exceções, trabalham com prejuízo. Bem, mas o senhor diz que a sua propriedade é lucrativa? — indagou e, no mesmo instante, notou nas feições de Sviájski aquela fugaz expressão de receio que notava quando queria penetrar além da antessala da mente de Sviájski.

Além disso, essa pergunta da parte de Liévin não era inteiramente honesta. Pouco antes, durante o chá, a anfitriã lhe dissera que, naquele verão, haviam chamado de Moscou um alemão, perito em contabilidade, que em troca de uma remuneração de quinhentos rublos fizera o balanço de sua propriedade e constatara um prejuízo de mais de três mil rublos. Ela não se lembrava de quanto, exatamente, mas parecia que o alemão havia contabilizado até a quarta parte de um copeque.

O senhor de terras sorriu ante a referência aos lucros da propriedade de Sviájski, sem dúvida ciente de quanto poderiam ser os lucros do seu vizinho e dirigente da nobreza.

— Talvez não seja lucrativa — respondeu Sviájski. — Isso apenas demonstra que sou um mau administrador rural, ou que gasto capital para aumentar a renda.

— Ah, a renda! — exclamou Liévin, com aversão. — Talvez exista renda na Europa, onde a terra se tornou melhor em razão do trabalho despendido sobre ela, mas aqui toda a terra se torna pior justamente em razão do trabalho despendido, ou seja, esgotam a terra, e portanto não existe renda.

— Como não existe renda? É a lei.

— Então estamos fora da lei: a renda nada nos explica, ao contrário, confunde. Não, o senhor me diga como pode existir uma doutrina de renda...

— O senhor quer uma coalhada? Macha, traga para nós coalhadas ou framboesas — pediu Sviájski à esposa. — Este ano, as framboesas deram até muito tarde.

E, no estado de ânimo mais afável do mundo, Sviájski levantou-se e afastou-se, obviamente sugerindo que a conversa estava encerrada, exatamente no ponto em que, para Liévin, ela apenas começava.

Privado de interlocutor, Liévin prosseguiu a conversa com o senhor de terras, tentando demonstrar-lhe que toda a dificuldade advinha do fato de não querermos conhecer as peculiaridades e os costumes do nosso trabalhador; mas o senhor de terras, a exemplo de todas as pessoas que pensam por conta própria e isoladamente, era pouco propenso a compreender o pensamento alheio e particularmente tendencioso em favor do seu próprio modo de pensar. Fincava pé em que o mujique russo é um porco e adora a porcaria e que, para retirá-lo da porcaria, se faz necessária a autoridade, mas esta não existe, é preciso um porrete, só que nos tornamos de tal forma liberais que, de uma hora para a outra, substituímos o porrete milenar por um punhado de advogados e prisões, nas quais mujiques fedorentos e imprestáveis se fartam de boa sopa e ganham de graça uns pés cúbicos de ar.

— Por que o senhor acha impossível — perguntou Liévin, tentando voltar à questão — encontrar uma relação com a força de trabalho na qual o trabalho fosse produtivo?

— Isso jamais acontecerá com o povo russo! Não existe autoridade — retrucou o senhor de terras.

— Como se poderiam encontrar condições novas? — perguntou Sviájski, de novo se aproximando dos debatedores, depois de comer uma coalhada e fumar um cigarro. — Todas as possibilidades de um relacionamento com a força de trabalho estão determinadas e estudadas — disse. — A comuna camponesa primitiva com a caução solidária, um vestígio da barbárie, desagregou-se sozinha, a servidão foi aniquilada, só restou o trabalho livre, suas formas estão definidas e prontas, e é preciso adotá-las. O camponês assalariado, o diarista, o colono, e disso o senhor não tem como escapar.

— Mas a Europa está descontente com essas formas.

— Descontente e procura formas novas. E seguramente as encontrará.

— É exatamente o que estou dizendo — replicou Liévin. — Por que nós não procuramos por nossa conta?

— Porque seria o mesmo que inventar de novo os métodos para construir estradas de ferro. Eles foram inventados, estão prontos.

— Mas e se não nos servirem, se forem métodos idiotas? — perguntou Liévin.

De novo, notou nos olhos de Sviájski uma expressão de receio.

— Pois sim: lançaremos nossos chapéus para o alto, descobrimos o que a Europa tanto procura! Sei muito bem disso tudo, mas, queira perdoar, o senhor acaso tem ideia do que foi feito na Europa a respeito da organização dos trabalhadores?

— Não, sei muito pouco.

— Essa questão ocupa agora as melhores mentes da Europa. A corrente de Schulze-Delitzsch... Depois, toda a vasta literatura da corrente muito liberal de Lassalle, sobre a questão do trabalhador... A organização de Mulhouse, isso já é um fato, o senhor sem dúvida já sabe.

— Tenho alguma ideia, mas muito vaga.

— Não, o senhor está falando por falar; certamente o senhor conhece tudo isso tão bem quanto eu. É claro, não sou um professor de estudos sociais, mas me interessei por isso e, de fato, se lhe interessa, o senhor há de ter estudado o assunto.

— Mas a que chegaram eles?

— Desculpe...

Os senhores de terra se levantaram e Sviájski, depois de mais uma vez interromper Liévin no seu costume incômodo de querer sondar o que estava além da antessala da mente do amigo, acompanhou as duas visitas até a porta.

XXVIII

Liévin, nessa noite, se entediou com as senhoras de um modo intolerável; como nunca antes, perturbava-o a ideia de que o descontentamento que agora sentia com a gestão da sua propriedade não era exclusivo da sua situação, mas sim a condição geral em que se encontrava a Rússia, e também a ideia de que o estabelecimento de uma relação de trabalho em que os camponeses trabalhassem como nas terras do mujique que encontrara na estrada não era um sonho, mas sim um problema que era indispensável resolver. E lhe pareceu possível resolver tal problema e necessário tentar fazê-lo.

Depois de se despedir das senhoras e de prometer passar com elas o dia seguinte inteiro, para caminharem juntos até um ponto elevado e observarem um interessante fosso que se abrira numa floresta do Estado, Liévin, antes de ir dormir, foi ao escritório do seu anfitrião para pegar um livro sobre a questão do trabalhador, que Sviájski lhe sugerira. O escritório de Sviájski era um cômodo enorme, cercado por estantes de livros e com duas mesas — uma escrivaninha maciça, situada no centro, e uma mesa redonda, atulhada com os últimos números de jornais e revistas, em várias línguas, dispostos em forma de estrela, em redor do lampião. Na escrivaninha, havia um balcão com gavetas subdivididas, por etiquetas douradas, em diversos tipos de assunto.

Sviájski tirou o livro da estante e sentou-se na cadeira de balanço.

— O que o senhor está olhando? — perguntou a Liévin, que, parado junto à mesa redonda, passava os olhos pelas revistas.

— Ah, sim, há aí um artigo muito interessante — disse Sviájski, sobre a revista que Liévin tinha nas mãos. — Ocorre — acrescentou, com um entusiasmo jovial — que o principal culpado pela divisão da Polônia não foi absolutamente Frederico.[17] Ocorre que...

E, com a clareza que lhe era peculiar, expôs em resumo aquelas descobertas novas, interessantes e de grande importância. Embora, nessa ocasião, os pensamentos sobre a sua propriedade o ocupassem mais do que qualquer outra coisa, Liévin, enquanto ouvia seu anfitrião, se perguntava: "O que se passa dentro dele? E por quê, por que tem interesse pela divisão da Polônia?". Quando Sviájski terminou, Liévin não pôde deixar de perguntar:

— Muito bem, mas e daí? — Só que, daí, não havia nada. Era apenas interessante que aquilo tivesse "ocorrido". Sviájski não explicou e não achou necessário explicar por que aquilo era interessante.

— Sim, mas o que disse aquele senhor de terras exaltado me interessou muito — comentou Liévin, com um suspiro. — É inteligente e disse muitas verdades.

— Ah, ora essa! Um escravocrata inveterado, no fundo, como são todos eles! — retrucou Sviájski.

— Dos quais o senhor é o dirigente...

— Sim, só que eu os dirijo para outra direção — respondeu, sorrindo.

— O que me interessou muito foi o seguinte — disse Liévin. — Ele tem razão ao afirmar que nossos negócios, ou seja, a gestão racional da propriedade rural, não funcionam, só dão certo os negócios dos usurários, como aquele sujeito calado, ou então os negócios mais simples. Quem é o culpado disso?

— Nós mesmos, é claro. Além do mais, não é verdade que não funcione. No caso de Vassíltchikov, funciona.

— Uma fábrica...

— Mas não sei o que tanto surpreende o senhor. O povo se encontra num nível tão baixo de desenvolvimento material e moral que, obviamente, há de se opor a tudo o que lhe for estranho. Na Europa, a gestão racional funciona porque o povo é educado; portanto nós devíamos educar o povo, e pronto.

---

17 Frederico, o Grande (1812-86), rei da Prússia.

— Mas como educar o povo?

— A fim de educar o povo, são necessárias três coisas: escolas, escolas e escolas.

— Mas o senhor mesmo disse que o povo se encontra num nível baixo de desenvolvimento material. Que ajuda as escolas trariam ao povo?

— Sabe, o senhor me lembra a anedota sobre os conselhos a um doente: "O senhor devia experimentar um purgante", "Já me deram: foi pior", "Experimente sanguessugas", "Já experimentei: foi pior", "Bem, só resta rezar para Deus", "Já experimentei: foi pior". Assim estamos nós dois. Falo de economia política e o senhor responde: é pior. Falo em socialismo, é pior. Educação, é pior.

— Mas que ajuda as escolas trariam ao povo?

— Darão ao povo outras aspirações.

— Aí está o que eu jamais entendi — retrucou Liévin, com ardor. — De que modo as escolas ajudarão o povo a melhorar sua condição material? O senhor diz que as escolas e a educação trarão novas aspirações. Tanto pior, porque o povo não será capaz de satisfazer tais aspirações. E eu jamais vou entender como o conhecimento da soma, da subtração e do catecismo ajudará o povo a melhorar sua condição material, jamais conseguirei entender. Anteontem à tarde encontrei uma camponesa com uma criança de peito e perguntei aonde ia. Respondeu: "Fui à velha curandeira, a criança desandou a gritar e aí levei para curar". Perguntei como a velha curava. "Ela pôs a criança no poleiro da galinha e repetiu umas palavras."

— Aí está, é como o senhor mesmo diz! Para ela não levar a criança para se tratar num poleiro de galinha, era preciso... — disse Sviájski, sorrindo com alegria.

— Ah, não! — retrucou Liévin, irritado. — Para mim, esse tipo de remédio é semelhante a querer curar o povo com escolas. O povo é pobre e sem instrução, isso nós vemos tão claramente quanto a camponesa ouve os gritos, porque a criança grita. Mas por que as escolas seriam de alguma ajuda para curar as desgraças da pobreza e da ignorância, isso é incompreensível, como é incompreensível que o poleiro da galinha cure uma criança que grita. É preciso curar aquilo que faz o povo ser pobre.

— Ora, nisso pelo menos o senhor está de acordo com Spencer, de quem o senhor tanto desgosta; ele também diz que a educação pode ser consequência de uma grande prosperidade e conforto, de abluções mais frequentes, como diz ele, mas não saber ler nem contar...

— Veja bem, fico muito contente, ou melhor, muito descontente de estar de acordo com Spencer; só que sei disso há muito tempo. As escolas não vão ajudar, a única forma de ajudar será por meio de uma organização econômica em que o povo enriqueça, tenha mais lazer, e aí eles terão também escolas.

— No entanto, hoje, em toda a Europa, as escolas são obrigatórias.

— E o senhor, até que ponto está de acordo com Spencer, nesse caso? — perguntou Liévin.

Mas pelos olhos de Sviájski correu uma expressão de medo e, sorrindo, ele disse:

— Não, esse caso dos gritos da criança é formidável! O senhor mesmo o ouviu?

Liévin se deu conta de que assim não descobriria o elo entre a vida desse homem e seus pensamentos. Pelo visto, era de todo indiferente para Sviájski a que o seu raciocínio o conduziria; apenas precisava do processo do raciocínio. E lhe era desagradável quando o processo do raciocínio o conduzia para um beco sem saída. Disso Sviájski não gostava, e fugia, desviando a conversa para algo alegre e agradável.

Todas as impressões desse dia, a começar pela impressão deixada pelo mujique na estrada, que por assim dizer servia de base para todas as observações e pensamentos do dia, deixaram Liévin bastante agitado. Aquele estimável Sviájski, que sustentava certas ideias só para o uso social, mas que obviamente guardava no íntimo outras ideias, ocultas para Liévin, situadas na base da sua vida, e que, a exemplo dessa multidão cujo nome é legião, queria guiar a opinião pública com pensamentos alheios a si mesmo; aquele exasperado senhor de terras, absolutamente correto em seus raciocínios, extraídos da vida, mas errado na sua exasperação contra uma classe inteira, e logo contra a melhor classe social da Rússia; a própria insatisfação de Liévin com as suas atividades e a confusa esperança de encontrar o remédio para tudo isso — tudo confluía para um sentimento de inquietação interior e para a espera de uma solução iminente.

No quarto reservado para ele, Liévin demorou muito a dormir, deitado num colchão de molas que, a qualquer movimento, empurrava inesperadamente para cima seus braços e suas pernas. Nenhuma conversa com Sviájski interessava Liévin, embora ele tivesse dito muita coisa inteligente; mas os argumentos do senhor de terras exigiam uma discussão. Involuntariamente, Liévin lembrou-se de todas as suas palavras e, na imaginação, corrigiu o que lhe havia respondido.

"Sim, eu deveria ter dito: o senhor afirma que nossas propriedades rurais não funcionam porque o mujique odeia todos os aperfeiçoamentos e que, para introduzi-los, é necessário autoridade; no entanto, se uma propriedade rural não funcionasse absolutamente sem esses aperfeiçoamentos, o senhor teria razão; mas funciona, e funciona apenas onde o trabalhador age em conformidade com seus costumes, como nas terras do velho mujique, na estrada. A insatisfação geral, sua e nossa, com a gestão da propriedade demonstra que os culpados somos nós ou os trabalhadores. Há muito tempo impomos a nossa maneira, a maneira europeia, sem levar em conta as peculiaridades da força de trabalho. Tentemos reconhecê-la não como uma força de trabalho *ideal*, mas sim como o *mujique russo*, com seus instintos, e de acordo com isso organizemos a nossa propriedade rural. Imagine, eu deveria ter dito a ele, que a propriedade do senhor fosse gerida como a do velho mujique, que o senhor tivesse encontrado um meio de interessar os trabalhadores pelo êxito do trabalho e tivesse encontrado o grau médio de aperfeiçoamentos que eles conseguem aceitar, e então o senhor, sem esgotar o solo, ganharia em dobro, em triplo, ao contrário do que ocorria antes. Divida meio a meio, entregue metade à força de trabalho; a diferença que ficará para o senhor será maior, e a força de trabalho também ganhará mais. Porém, para fazer isso, é preciso reduzir o nível da produção e interessar os trabalhadores pelo êxito do negócio. Como fazer isso é uma questão de pormenor, mas não há dúvida de que é possível."

Essa ideia levou Liévin a uma intensa agitação. Ficou metade da noite sem dormir, refletindo em minúcias nos meios de transformar essa ideia em realidade. Antes, não tencionava partir no dia seguinte, mas agora resolveu voltar para casa, bem cedo. Além disso, a cunhada com o vestido decotado produzira nele um sentimento semelhante à vergonha e ao arrependimento por alguma conduta absolutamente condenável. O mais importante é que precisava partir sem demora: não podia perder tempo, a fim de apresentar aos mujiques seu novo projeto antes da semeadura de inverno, para já semearem segundo as novas bases. Liévin resolveu transformar radicalmente a forma antiga de gerir a propriedade.

XXIX

A realização do plano de Liévin apresentava muitas dificuldades; mas ele lutou com todas as forças e conseguiu, não o que desejava, mas um resultado suficiente para, sem iludir a si mesmo, convencer-se de que o trabalho valia a pena. Uma das principais dificuldades residia no fato de que o plantio já estava em andamento, era impossível parar tudo e começar novamente, e era preciso reparar a máquina com ela em funcionamento.

Quando Liévin, nessa mesma noite, ao vir para casa, comunicou seus planos ao administrador, este, com evidente satisfação, concordou com a parte que demonstrava que tudo o que fora feito até então era absurdo e desvantajoso. O administrador respondeu que já dizia isso havia muito tempo e que não queriam ouvi-lo. Quanto à proposta feita por Liévin — participar como sócio, junto com os trabalhadores, de todas as atividades agrícolas —, o administrador manifestou apenas desânimo e nenhuma opinião definida, passando imediatamente a falar da necessidade de, no dia seguinte, transportar as medas restantes de centeio e arar de novo a terra, e Liévin entendeu que o momento não era propício para tratar do assunto.

Quando começou a conversar com os mujiques sobre isso e lhes fez a proposta de arrendar as terras em condições novas, Liévin também esbarrou em uma dificuldade decisiva: eles ficavam de tal modo ocupados com o trabalho ao longo do dia que não tinham tempo de ponderar nas vantagens e desvantagens da empresa.

O ingênuo mujique Ivan, um vaqueiro, parecia entender plenamente a proposta de Liévin — participar, ele e sua família, dos lucros do estábulo — e simpatizava inteiramente com essa empresa. Mas quando Liévin tentava convencê-lo das vantagens futuras, no rosto de Ivan surgia uma inquietação, se desculpava por não poder ouvir até o fim e tratava, às pressas, de encontrar alguma tarefa que não podia ser adiada: empunhava o forcado para retirar o feno da cocheira, ou ia buscar água, ou limpava o estrume.

Outra dificuldade era a invencível desconfiança dos camponeses de que o propósito do senhor de terras pudesse ser outro que não o desejo de extorquir deles o mais possível. Estavam firmemente convencidos de que o seu verdadeiro objetivo (a despeito do que lhes dissesse) se achava sempre naquilo que ele não lhes dizia. E eles mesmos, quando se pronunciavam, falavam muito, mas nunca diziam qual o seu verdadeiro propósito. Além do mais (Liévin sentia que o exaltado senhor de terras tinha razão), a primeira e invariável condição dos camponeses para todo e qualquer acordo era não serem obrigados a aplicar quaisquer métodos novos de agricultura ou usar novos implementos agrícolas. Eles concordavam que o arado novo lavrava melhor, que o escarificador trabalhava mais depressa, mas encontravam mil razões para não poderem utilizar nem um nem outro e, embora Liévin estivesse convencido de que era preciso baixar o nível da produção, lamentava ter de renunciar a aperfeiçoamentos cuja vantagem era tão flagrante. Mas, apesar de todas essas dificuldades, ele alcançou seu objetivo e, no outono, o seu sistema estava em andamento, ou pelo menos assim lhe parecia.

No início, Liévin pensou em arrendar toda a propriedade, tal como estava, aos mujiques, aos trabalhadores e ao administrador, sob as novas condições de parceria, mas logo se persuadiu de que não era possível e resolveu subdividir as terras. O estábulo, o pomar, a horta, os prados, os campos, subdivididos em diversas partes, deveriam formar setores isolados. O ingênuo vaqueiro Ivan, que, assim parecia a Liévin, entendia o sistema melhor do que todos os demais, tornou-se parceiro no estábulo, depois de formar uma equipe de trabalho, sobretudo com seus familiares. Um campo distante, abandonado oito anos sem cultivo algum, foi ocupado por seis famílias de mujiques, com a ajuda do inteligente carpinteiro Fiódor Rezunov, sob as novas bases de trabalho em parceria, e o mujique Churáiev se incumbiu da horta inteira, sob as mesmas condições. O restante ainda funcionava à maneira antiga, mas aqueles três setores eram o início de uma nova organização e ocupavam Liévin inteiramente.

É verdade que os negócios do estábulo não andavam melhores do que antes e Ivan se opunha firmemente aos abrigos aquecidos para as vacas e à manteiga de nata, sustentando que, no frio, a vaca consumia menos forragem e que a manteiga de creme azedo rendia mais, e ainda exigia um salário, como no sistema anterior, e não lhe interessava em absoluto que o dinheiro recebido não era um salário, mas sim um adiantamento do seu quinhão dos lucros.

É verdade que a equipe de Fiódor Rezunov não arou a terra duas vezes antes de semear, como fora combinado, sob a alegação de que o tempo era curto. É verdade que os mujiques dessa equipe, embora tivessem combinado trabalhar segundo as novas bases, não consideravam a terra coletiva, mas sim arrendada a meias e, várias vezes, os mujiques dessa equipe e o próprio Rezunov diziam a Liévin: "Se recebesse um dinheirinho pela terra, o senhor ficaria mais sossegado e nós, mais livres". Além disso, todos esses mujiques, sob vários pretextos, adiavam a construção de um estábulo e de uma eira naquela terra, conforme prometido, e a protelavam para o inverno.

É verdade que Churáiev quis repartir em pequenos lotes, entre os mujiques, as hortas deixadas a seu encargo. Era óbvio que ele compreendera de modo completamente deturpado e, ao que parecia, propositalmente deturpado, as condições sob as quais a terra lhe fora cedida.

É verdade que, muitas vezes, quando falava com os mujiques e lhes explicava todas as vantagens da empresa, Liévin percebia que só ouviam a melodia da sua voz e que tinham a firme convicção de que, a despeito do que ele lhes dissesse, não se deixariam enganar. Percebia isso sobretudo quando falava com o mais inteligente dos mujiques, Rezunov, e notava nos seus olhos uma cintilação que indicava nitidamente o desdém por Liévin e a firme certeza de que, se alguém havia de ser enganado, não seria de maneira alguma ele, Rezunov.

Porém, apesar de tudo isso, Liévin pensava que o sistema estava funcionando e que, controlando as contas com rigor e persistindo com firmeza em seus propósitos, terminaria por mostrar aos mujiques, no futuro, as vantagens daquela organização e então o sistema andaria sozinho.

Essas questões, somadas ao restante da propriedade que permanecia em suas mãos, e somadas ao trabalho realizado no escritório para escrever o seu livro, mantiveram Liévin de tal modo ocupado durante todo o verão que ele quase não saía para caçar. Soube, no fim de agosto, por meio do criado que viera devolver a sela, que os Oblónski haviam partido para Moscou. Liévin percebeu que, ao não responder à carta de Dária Aleksándrovna, ao cometer essa descortesia que não podia recordar sem um rubor de vergonha, perdera sua última chance e nunca mais iria à casa dos Oblónski. Ele se comportara da mesma forma com os Sviájski, ao partir sem despedir-se. Mas também nunca mais iria à casa deles. Agora, para Liévin, isso era indiferente. A questão da nova organização da sua propriedade o entusiasmava como nada antes em toda a sua vida. Atirou-se à leitura dos livros que Sviájski lhe dera e, depois de encomendar obras que não possuía, leu livros de economia política e de tendência socialista sobre esse tema e, como já esperava, nada encontrou a respeito da experiência que empreendia. Nos livros de economia política, em Mill, por exemplo, que Liévin estudara no início com grande ardor, esperando a todo minuto encontrar a solução dos problemas que o absorviam, encontrou leis extraídas da situação da agricultura europeia; mas não compreendia de maneira alguma por que tais leis, inaplicáveis à Rússia, tinham de ser universais. O mesmo via nos livros socialistas: ou eram belas fantasias, conquanto inaplicáveis, pelas quais se entusiasmara quando estudante, ou eram reformas, aprimoramentos das condições em que a Europa estava organizada, condições com as quais a agricultura na Rússia nada tinha em comum. A economia política dizia que as leis pelas quais a riqueza da Europa se desenvolvera e se desenvolvia eram leis universais e evidentes. A doutrina socialista dizia que o desenvolvimento por tais leis levava à perdição. E nem uma nem outra lhe davam uma resposta, nem sequer a mais vaga sugestão daquilo que Liévin, todos os mujiques russos e os proprietários deviam fazer com seus milhões de braços e de dessiatinas de terras, a fim de se tornarem mais proveitosos para o bem-estar geral.

Havendo já se ocupado dessa questão, releu escrupulosamente tudo o que dizia respeito ao seu tema e planejou viajar para o exterior, no outono, a fim de estudar o assunto no próprio local, para que não lhe acontecesse nessa questão aquilo que tantas vezes lhe ocorria em questões diversas. Às vezes, tão logo começava a compreender o pensamento do seu interlocutor e passava a expor o seu próprio, lhe diziam, de repente: "Mas e Kauffmann, e Jones, e Dubois, e Micelli? O senhor não os leu. Deve ler; eles examinaram essa questão".

Liévin via agora claramente que Kauffmann e Micelli nada tinham a lhe dizer. Liévin sabia o que queria. Via que a Rússia tinha terras excelentes, trabalhadores excelentes e que, em certos casos, como nas terras do mujique na estrada, os trabalhadores e a terra produziam muito, porém na maioria dos casos, quando o capital era investido à maneira europeia, produziam pouco e que isso acontecia simplesmente porque os camponeses queriam trabalhar apenas ao seu jeito, e assim trabalhavam bem, e Liévin percebia que essa resistência não era fortuita mas constante, e tinha por base o espírito do povo. Ele julgava que o povo russo, cuja vocação era povoar e lavrar imensas vastidões desocupadas, se aferrava conscientemente aos métodos necessários para isso, enquanto todas as terras não fossem ocupadas, e considerava que tais métodos não eram, em absoluto, tão ruins como se costumava pensar. E Liévin queria demonstrar isso teoricamente, em seu livro, e na prática, em sua propriedade.

XXX

No fim de setembro, trouxeram a madeira para a construção do estábulo na terra cedida ao grupo de camponeses formado por Rezunov, vendeu-se a manteiga das vacas e dividiram-se os lucros. O sistema, na prática, funcionava às mil maravilhas na propriedade, ou pelo menos assim parecia a Liévin. Para elucidar teoricamente toda a questão e concluir a obra que, segundo os sonhos de Liévin, devia não só causar uma reviravolta na economia política como também aniquilar completamente essa ciência e estabelecer as bases de uma ciência nova — sobre as relações entre o povo e a terra —, era preciso apenas passar uma temporada no exterior, estudar no próprio local tudo o que fora feito nessa direção e encontrar provas convincentes de que tudo o que fora feito não era o necessário. Liévin só esperava que o trigo fosse entregue para receber o dinheiro e partir para o exterior. Mas as chuvas começaram, impediram a colheita dos cereais e da batata que restavam no campo, interromperam todos os trabalhos e até o transporte do trigo. Nas estradas, havia um lamaçal intransitável; dois moinhos foram carregados pela enchente e o tempo ficava cada vez pior.

Na manhã do dia 30 de setembro, o sol apareceu e, na esperança de o tempo firmar, Liévin começou, de forma resoluta, os preparativos para a viagem. Mandou juntar o trigo, enviou o administrador ao encontro do comerciante para pegar o dinheiro e ele mesmo percorreu a propriedade a fim de dar as últimas instruções antes da partida.

No entanto, depois de deixar tudo em ordem, encharcado pelos regatos que escorriam pelo casaco de couro, ora para o pescoço, ora para dentro do cano das botas, mas num estado de ânimo muito bem-disposto e jovial, Liévin voltou para casa ao entardecer. O mau tempo piorou mais ainda, ao entardecer, e o granizo fustigava com tanta força o cavalo encharcado que o animal marchava de lado, sacudindo a cabeça e as orelhas; mas Liévin estava bem sob o capuz e mirava em volta com alegria, ora para os regatos turvos que corriam pelas trilhas, ora para as gotas que pendiam de todos os galhinhos desfolhados, ora para a brancura da mancha do granizo não derretido sobre as tábuas de uma ponte, ora para as folhas de olmo sumarentas, ainda carnudas, que haviam tombado e formavam uma espessa camada em redor da árvore despida. Apesar das cores sombrias que cercavam a natureza, Liévin sentia-se particularmente estimulado. As conversas com os mujiques na aldeia distante demonstravam que eles começavam a se habituar com a nova forma de trabalhar. O velho zelador, em cuja casa Liévin entrara para secar-se, obviamente aprovava o plano de Liévin e propôs, ele mesmo, ingressar no regime de parceria na comercialização do gado.

"Basta caminhar com tenacidade rumo ao meu objetivo que conseguirei o que desejo", pensava Liévin, "e há uma razão para trabalhar e para enfrentar as dificuldades. Esse projeto não diz respeito só a mim, individualmente, trata-se da questão do bem comum. Toda a agricultura e, mais ainda, a situação de todo o povo devem ser completamente transformadas. Em lugar da pobreza, a riqueza e a abastança gerais; em lugar da hostilidade, a concórdia e a união dos interesses. Numa palavra, uma revolução sem sangue, mas a maior de todas as revoluções, a princípio, na pequena esfera do nosso distrito, e depois, na nossa província, na Rússia, no mundo inteiro. Pois uma ideia justa não pode deixar de ser frutífera. Sim, esse objetivo é algo por que vale a pena trabalhar. E o fato de ter sido eu, Kóstia Liévin... o mesmo que foi a um baile de gravata preta, o mesmo que a Cherbátskaia rejeitou e que julgava a si mesmo tão insignificante e digno de pena, isso não prova coisa alguma. Estou convencido de que Franklin se sentia igualmente insignificante e inseguro quando recordava tudo o que se passava consigo. Isso não significa nada. E certamente ele também tinha a sua Agáfia Mikháilovna, à qual confiava seus planos."

Com tais pensamentos, Liévin chegou a sua casa quando já estava escuro.

O administrador, que fora ao encontro do comerciante, já havia voltado, trazendo parte do dinheiro pago pelo trigo. Fechara um acordo com o velho zelador e, na estrada, o administrador recebera a notícia de que o cereal permanecia intacto por toda parte nos campos, e assim as suas cento e sessenta medas ainda não recolhidas não eram nada em comparação com o que ocorria nas terras dos outros.

Após o jantar, como de costume, Liévin sentou-se na poltrona com um livro e, enquanto lia, continuava a pensar na sua iminente viagem, relacionada ao seu livro. Nesse momento, toda a importância do seu projeto se apresentava a ele com uma clareza especial e, em sua mente, formavam-se períodos inteiros, que expressavam a essência do seu pensamento. "Tenho de anotar isso", pensou. "Há de servir para uma breve introdução, que antes julguei desnecessária." Levantou-se para ir até a escrivaninha e Laska, que jazia aos seus pés, levantou-se também, espreguiçando-se, e fitou-o como que indagando aonde ir. Mas Liévin não teve tempo de anotar, pois chegaram os capatazes e ele saiu ao seu encontro, na antessala.

Após distribuir as tarefas, ou seja, dar as ordens para os trabalhos do dia seguinte, e receber todos os mujiques que tinham assuntos a tratar com ele, Liévin foi para o escritório e sentou-se, resolvido a trabalhar. Laska estava deitada embaixo da mesa; Agáfia Mikháilovna estava sentada em seu lugar, costurando uma meia.

Depois de escrever por um tempo, Liévin, de repente, com uma intensidade extraordinária, lembrou-se de Kitty, da sua recusa e do último encontro de ambos. Levantou-se e pôs-se a caminhar pelo escritório.

— Não vale a pena se aborrecer — disse Agáfia Mikháilovna. — Ora, para que o senhor fica em casa? Se viajasse para uma estação de águas termais, iria melhorar.

— Vou partir depois de amanhã, Agáfia Mikháilovna. Tenho de terminar um assunto.

— Ora, que assunto tem o senhor? Acaso foi pouco o que já fez pelos mujiques? Andam falando assim: o patrão de vocês vai ganhar um prêmio do tsar. E é esquisito: por que o senhor tem de se preocupar tanto com os mujiques?

— Não me preocupo com eles, ajo em meu próprio benefício.

Agáfia Mikháilovna conhecia todos os detalhes dos planos de Liévin para a propriedade. Muitas vezes, Liévin expunha para ela suas ideias, com todos os pormenores, e muitas vezes discutia e discordava das explicações dela. Mas dessa vez Agáfia Mikháilovna compreendeu de modo muito diferente o que Liévin dissera.

— É claro que o mais importante é cada um pensar na sua própria alma — disse ela com um suspiro. — Veja o Parmion Deníssitch: apesar de analfabeto, teve a morte que todos pedem a Deus — disse, referindo-se a um criado que morrera havia pouco tempo. — Recebeu a comunhão, a extrema-unção.

— Não estou falando disso — respondeu Liévin. — Estou dizendo que penso nas vantagens que as mudanças me trazem. Se os mujiques trabalharem melhor, será vantajoso para mim.

— Mas, faça o senhor o que fizer, se o mujique for preguiçoso, tudo vai dar na mesma. Se tiver consciência, vai trabalhar, mas, se não, não adianta fazer nada.

— Ora, mas a senhora mesma diz que o Ivan passou a cuidar melhor dos animais.

— Só digo uma coisa — respondeu Agáfia Mikháilovna, não de modo gratuito, sem dúvida, mas segundo uma rigorosa cadeia de ideias. — O senhor precisa casar, e pronto!

A alusão de Agáfia Mikháilovna exatamente àquilo que Liévin acabara de pensar deixou-o magoado e ofendido. Liévin franziu as sobrancelhas e, sem responder, sentou-se de novo para cuidar do seu trabalho e repetiu para si mesmo tudo o que pensava acerca da importância dessa tarefa. Só de quando em quando ficava a escutar, em meio ao silêncio, o ruído das agulhas de Agáfia Mikháilovna e, ao lembrar aquilo que não queria lembrar, franzia de novo as sobrancelhas.

Às nove horas, ouviu-se a campainha e o oscilar surdo de uma carruagem sobre a lama.

— Ora vejam só, chegaram visitas para o senhor, não vai mais se aborrecer — disse Agáfia Mikháilovna, levantando-se e tomando a direção da porta. Mas Liévin tomou-lhe a frente. O seu trabalho naquele momento não progredia e ele ficou satisfeito de receber uma visita, quem quer que fosse.

XXXI

Depois de descer correndo até a metade da escada, Liévin ouviu um conhecido som de tosses na antessala; mas o ouviu sem nitidez, por causa do barulho dos próprios passos, e teve esperança de estar enganado; em seguida, entreviu uma conhecida figura muito alta e descarnada e lhe pareceu que já não podia haver engano, mas ainda assim teve esperança de estar errado e de que aquela pessoa espigada, que despia o casaco de peles e expectorava, não fosse o seu irmão Nikolai.

Liévin amava o irmão, mas sua companhia era sempre um martírio. E justamente agora, quando Liévin, sob o efeito dos pensamentos que lhe vieram à mente e da alusão feita por Agáfia Mikháilovna, se achava num estado obscuro e confuso, o encontro iminente com o irmão se anunciava especialmente penoso. Em lugar da visita alegre e saudável que ele desejava, de alguém alheio aos seus assuntos, para distraí-lo em sua confusão de espírito, Liévin teria de estar com o irmão, que lia os seus pensamentos, despertava nele os sentimentos mais afetuosos e o obrigava a expor-se inteiramente. E isso ele não queria.

Irritado consigo mesmo por esse sentimento desprezível, Liévin correu até a antessala. Assim que viu o irmão de perto, desapareceu instantaneamente aquele sentimento de decepção egoísta e deu lugar à pena. Por mais terrível que o irmão Nikolai tivesse parecido antes, com sua magreza e seu aspecto doentio, agora havia emagrecido mais ainda e definhado ainda mais. Era um esqueleto coberto de pele.

Estava de pé na antessala, revirando o pescoço comprido e magro, enquanto arrancava o cachecol e sorria de modo estranhamente lamentoso. Ao ver tal sorriso, resignado e dócil, Liévin sentiu câimbras contraírem sua garganta.

— Aqui estou, vim para a sua casa — disse Nikolai com voz surda, sem desviar os olhos, nem por um segundo, do rosto do irmão. — Há muito tempo que eu pretendia vir, mas estava sempre me sentindo mal. Agora melhorei bastante — disse, esfregando a barba com a grande palma das mãos magras.

— Sim, sim! — respondeu Liévin. E maior ainda foi seu horror quando, ao se beijarem, sentiu nos lábios a secura do corpo do irmão e viu de perto seus olhos grandes, que brilhavam de modo estranho.

Algumas semanas antes, Liévin escrevera para o irmão a respeito da venda da pequena extensão de terra de sua propriedade que ainda não fora dividida, avisando que Nikolai agora podia receber sua parte, cerca de dois mil rublos.

Nikolai explicou que tinha vindo receber o dinheiro e, sobretudo, passar uma temporada no seu velho ninho, tocar a terra para, como os heróis lendários, encher-se de força a fim de enfrentar as tarefas que tinha pela frente. Apesar de estar mais curvado, apesar da magreza assombrosa acentuada pela sua estatura, os movimentos, como de hábito, eram ligeiros e impetuosos. Liévin o conduziu ao seu escritório.

Nikolai trocou de roupa com um cuidado especial, algo que antes não ocorria, penteou seus cabelos ralos e lisos e, sorrindo, foi para o andar de cima.

Seu estado de espírito era o mais afetuoso e alegre, tal como Liévin recordava o irmão, na infância. Chegou mesmo a referir-se a Serguei Ivánovitch sem ódio. Ao ver Agáfia Mikháilovna, gracejou com ela e perguntou pelos velhos criados. A notícia da morte de Parmion Deníssitch produziu nele um efeito desagradável. Um temor se expressou em seu rosto; mas Nikolai rapidamente se refez.

— Afinal ele já era velho — disse, e mudou de assunto. — Pois é, vou ficar em sua casa um mês ou dois e depois partirei para Moscou. Sabe, Miákhkov prometeu-me um cargo e vou começar uma carreira no serviço público. Agora, organizarei minha vida de forma completamente diversa — prosseguiu. — Sabe, eu mandei embora aquela mulher.

— Mária Nikoláievna? Mas como, por quê?

— Ah, é uma mulher indigna! Causou-me uma porção de aborrecimentos. — Mas não contou quais foram esses aborrecimentos. Não podia contar que mandara Mária Nikoláievna embora porque fazia o chá fraco e, acima de tudo, porque o tratava como a um doente. — Além do mais, agora quero mudar completamente a minha vida. Claro, fiz bobagens, como todos, mas a riqueza é a última coisa que importa e eu não me arrependo. Basta que haja saúde e, graças a Deus, minha saúde está recuperada.

Liévin ouvia e tentava inventar algo para dizer, mas não conseguia. É provável que Nikolai sentisse o mesmo; passou a indagar sobre as atividades do irmão; e Liévin ficou satisfeito de falar de si, pois podia falar sem dissimular. Relatou ao irmão seus planos e suas iniciativas.

O irmão ouvia, mas, obviamente, não se interessava.

Os dois homens eram tão afins e tão próximos que o menor movimento ou a menor nuance de voz falava para ambos mais do que se podia dizer com palavras.

Agora, os dois pensavam na mesma coisa — a doença e a proximidade da morte de Nikolai, que sufocava todo o resto. Mas nem um nem outro se atrevia a falar do assunto e por isso, sem darem voz ao único pensamento que os interessava, tudo o que diziam não passava de mentira. Nunca Liévin se sentira tão contente de ver a noite chegar e ter de ir dormir. Nunca, nem diante de uma pessoa estranha, nem por ocasião de alguma visita oficial, Liévin se sentira tão artificial e falso como naquele momento. A consciência disso e o arrependimento por sua falta de naturalidade tornavam-no ainda mais artificial. Tinha vontade de chorar pelo irmão querido, que ia morrer, mas era obrigado a ouvir e a dar continuidade à conversa sobre como ele levaria a vida.

Uma vez que a casa era úmida e só um cômodo tinha aquecimento, Liévin instalou o irmão para dormir no seu quarto, atrás de um tabique.

O irmão deitou-se e, dormindo ou não, mas sempre se remexendo na cama, doente como estava, tossia e, quando não conseguia deter a tosse, resmungava. Às vezes, quando suspirava fundo, dizia: "Ah, meu Deus!". Às vezes, quando a umidade o sufocava, exclamava com irritação: "Ah, diabos!". Liévin ficou muito tempo acordado, ouvindo o irmão. Os pensamentos de Liévin eram os mais variados, porém o fim de todos os pensamentos era um só: a morte.

A morte, o inevitável fim de tudo, se apresentava a ele pela primeira vez com força irresistível. E essa morte, bem ali, no seu irmão tão amado, que gemia semiadormecido e que, como de hábito, apelava de forma indiferente ora a Deus, ora ao Diabo, não se mostrava nem um pouco remota, como antes lhe parecia. A morte estava também nele mesmo — Liévin o sentia. Se não hoje, amanhã, se não amanhã, dali a trinta anos, e não daria no mesmo? Mas o que era essa morte inevitável, ele não só o ignorava, não só jamais pensara no assunto, como não era capaz de pensar e nem mesmo se atrevia a isso.

"Eu trabalho, desejo fazer uma coisa, mas esqueci que tudo termina, que existe a morte."

Ficou sentado na cama, no escuro, encolhido, abraçado aos joelhos e, contendo a respiração sob o efeito dos pensamentos tensos, refletia. Porém, quanto mais tensionava os pensamentos, mais claro se tornava para ele que assim era de fato, sem sombra de dúvida, que ele na verdade esquecera e deixara passar uma pequena circunstância da vida — que a morte virá e tudo terminará, que não vale a pena começar nada e que é absolutamente impossível evitá-la. Sim, é horroroso, mas é assim.

"Mas, afinal, ainda estou vivo. O que devo fazer neste momento, o que fazer?", disse, com desespero. Acendeu uma vela, levantou-se com cuidado, caminhou até o espelho e pôs-se a observar seu rosto e seus cabelos. Sim, nas têmporas havia cabelos grisalhos. Abriu a boca. Os dentes de trás começavam a apodrecer. Despiu os braços musculosos. Sim, tinha muita força. Mas Nikólienka, que ali respirava com o que lhe restava dos pulmões, também tivera um corpo saudável. De repente, Liévin lembrou como os dois se deitavam juntos para dormir, quando crianças, e só esperavam que Fiódor Bogdánitch saísse pela porta para se atirarem um contra o outro, com os travesseiros, e rirem, rirem de modo incontrolável, e nem o temor que sentiam de Fiódor Bogdánitch conseguia deter a borbulhante e exuberante consciência da alegria de viver. "E agora, esse peito vazio, curvado... e eu, que não sei o que será de mim, nem para que vou viver..."

— Uh! Uh! Ah, diabos! Por que essa agitação? Por que você não dorme? — exclamou a voz do irmão.

— Pois é, não sei, é a insônia.

— Já eu dormi bem, agora já não transpiro. Veja, apalpe a camisa. Não tem suor, tem?

Liévin apalpou, saiu para trás do tabique, apagou a vela, mas ainda ficou muito tempo sem dormir. O problema de como viver havia apenas começado a se esclarecer, para ele, quando se apresentara um novo problema insolúvel — a morte.

"Pois bem, ele vai morrer, sim, vai morrer na primavera, mas como ajudá-lo? O que posso dizer a ele? O que sei sobre isso? Até esqueci que isso existe."

XXXII

Liévin já observara, havia muito tempo, que, quando as pessoas se tornavam incômodas por sua excessiva condescendência ou submissão, em pouco tempo acabavam por se tornar insuportáveis por seu excessivo rigor e severidade. Ele sentia que assim aconteceria com o irmão. E, de fato, a docilidade do irmão Nikolai não durou muito. Já na manhã seguinte, ficou irritado e pôs-se a atormentar o irmão com críticas, ferindo-o nos pontos mais sensíveis.

Liévin sentia-se culpado e não conseguia recuperar-se disso. Dava-se conta de que, se ambos não tivessem fingido, mas falado, como se diz, de peito aberto, ou seja, só exatamente aquilo que pensavam e sentiam, teriam apenas olhado nos olhos um do outro e Konstantin haveria dito ao irmão: "Você vai morrer, você vai morrer, você vai morrer!". E Nikolai teria respondido: "Sei que vou morrer; mas tenho medo, tenho medo, tenho medo!". E nada mais teriam dito, se tivessem falado de peito aberto. Mas era impossível viver assim e, por isso, Konstantin tentava fazer aquilo que tentara por toda a vida, sem conseguir, aquilo que, segundo suas observações, muitos sabiam perfeitamente como fazer, e sem o que era impossível viver: ele tentava falar não o que pensava e, o tempo todo, sentia que o efeito era de falsidade, sentia que o irmão adivinharia o seu fingimento e ficaria irritado.

No terceiro dia, Nikolai induziu o irmão a falar de novo sobre seus planos e passou não só a reprová-lo como também a confundi-lo, de modo intencional, com a ideia do comunismo.

— Você simplesmente tomou uma ideia alheia, mas a deformou e quer aplicá-la onde é inaplicável.

— Mas estou lhe dizendo que as duas coisas nada têm em comum. Eles negam a legitimidade da propriedade, do capital, da hereditariedade, enquanto eu, sem negar esse importantíssimo *stimulus* — Liévin era pessoalmente contrário a usar tais palavras, mas, a partir do momento em que se entusiasmara pela sua obra, passara involuntariamente a usar cada vez mais palavras estrangeiras —, desejo apenas regularizar o trabalho.

— Pois é isso mesmo, você tomou uma ideia alheia, amputou dessa ideia tudo o que constitui a sua força e quer me convencer de que se trata de algo novo — retrucou Nikolai, contorcendo-se irritado, sob a pressão da gravata.

— Mas a minha ideia nada tem em comum...

— Na outra — disse Nikolai Liévin, com um brilho maligno nos olhos e um sorriso irônico —, na outra ideia, existe pelo menos o encanto, como direi, da clareza geométrica, da evidência. Talvez seja uma utopia. Mas vamos admitir que se possa fazer *tabula rasa* de todo o passado: não há propriedade, não há família, e então vamos organizar o trabalho. Mas você não tem nada...

— Por que está confundindo as coisas? Nunca fui comunista.

— Mas eu fui e acho isso prematuro, mas racional, e tem futuro, como o cristianismo nos primeiros tempos.

— Eu simplesmente sugiro que é preciso encarar a força de trabalho do ponto de vista de um naturalista, ou seja, estudá-la, conhecer suas características e...

— Mas isso é perfeitamente inútil. Conforme o seu grau de desenvolvimento, essa força encontra por si mesma uma determinada forma de atividade. Em toda parte houve escravos, depois *métayers*;[18] nós temos o trabalho a meias, temos o arrendamento, temos o trabalho assalariado. O que mais você procura?

Liévin exaltou-se, de repente, ao ouvir tais palavras, porque no fundo da alma temia que fosse verdade — que ele quisesse equilibrar-se entre o comunismo e as formas estabelecidas e que tal coisa dificilmente fosse exequível.

---

18 Francês: "rendeiros".

— Procuro meios de trabalhar de um modo proveitoso, para mim e para os trabalhadores. Quero organizar... — respondia com ardor.

— Não quer organizar nada; simplesmente, tal como fez durante toda a vida, quer mostrar-se original, demonstrar que você não explora simplesmente os mujiques, mas que tem uma ideia.

— Pois bem, é o que você pensa, e então basta! — retrucou Liévin, sentindo que o músculo da face esquerda tremia de modo incontrolável.

— Você não tinha e não tem convicções, só quer satisfazer sua vaidade.

— Pois muito bem, então me deixe em paz!

— Vou deixar! E já não é sem tempo, vá para o diabo! Lamento muito ter vindo!

Por mais que Liévin tentasse acalmar o irmão, mais tarde, Nikolai nada queria ouvir, respondia que era muito melhor ir embora de uma vez e Konstantin percebia que, para o irmão, a vida se tornara simplesmente insuportável.

Nikolai já havia preparado tudo para partir quando Konstantin o procurou de novo e, sem naturalidade, pediu que o desculpasse, se o havia ofendido.

— Ah, que magnanimidade! — exclamou Nikolai, e sorriu. — Se você quer ter razão, posso lhe dar esse prazer. Você tem razão, mas mesmo assim vou embora!

Só no momento da partida, Nikolai beijou o irmão e disse, olhando para ele com ar sério e estranho:

— Apesar de tudo, não se lembre de mim com rancor, Kóstia! — E sua voz tremeu.

Eram palavras naturais, ditas com sinceridade. Liévin compreendeu que tais palavras subentendiam: "Você está vendo, sabe que estou péssimo e que talvez não nos vejamos mais". Liévin entendeu isso e as lágrimas correram de seus olhos. Beijou o irmão mais uma vez, mas não conseguiu falar e nem sabia o que lhe dizer.

Três dias após a partida do irmão, Liévin partiu para o estrangeiro. Na estação de trem, ao encontrar-se com Cherbátski, o primo de Kitty, Liévin o surpreendeu muito por seu abatimento.

— O que tem você? — perguntou Cherbátski.

— Nada, há poucas alegrias neste mundo.

— Como poucas? Vamos, venha comigo para Paris, em vez de ir para essa tal de Mulhausen. Vou lhe mostrar o que é alegria!

— Não, estou acabado. Para mim, chegou a hora de morrer.

— Ora, essa é muito boa! — disse Cherbátski, rindo. — Pois eu justamente estou preparado para começar.

— Sim, eu também pensava assim, faz pouco tempo, mas agora sei que vou morrer em breve.

Liévin dizia o que de fato pensava, nos últimos tempos. Em tudo, via apenas a morte ou o avanço rumo à morte. Mas o projeto que empreendera o interessava ainda mais. Era preciso, de algum modo, viver sua vida, enquanto a morte não vinha. Para ele, a escuridão recobria tudo; mas, graças precisamente a essa escuridão, Liévin sentia que o único fio condutor através das trevas era o seu projeto, e ele se agarrava e se aferrava a isso com suas últimas forças.

PARTE QUATRO

I

Os Kariênin, marido e esposa, continuaram a morar na mesma casa, encontravam-se todos os dias, mas eram perfeitos estranhos um para o outro. Aleksei Aleksándrovitch se impôs a regra de ver a esposa todos os dias, para que os criados não tivessem o direito de fazer conjecturas, mas evitava jantar em casa. Vrónski nunca ia à casa de Aleksei Aleksándrovitch, mas Anna o encontrava fora de casa, e o marido sabia.

A situação era torturante para os três e nenhum deles teria sido capaz de continuar a viver assim nem mais um dia se não achasse que a situação ia mudar, que se tratava apenas de uma amarga dificuldade temporária, que havia de passar. Aleksei Aleksándrovitch achava que aquela paixão ia passar, como tudo passa, que tudo a respeito do assunto seria esquecido e que o seu nome permaneceria livre de desonra. Anna, que era o motivo daquela situação e para quem ela era mais torturante do que para qualquer outro, a suportava porque não só esperava que logo tudo fosse se resolver e se esclarecer, como estava firmemente convencida disso. Não sabia, em absoluto, o que poderia resolver tal situação, mas estava firmemente convencida de que algo havia de acontecer, muito em breve. Vrónski, submetendo-se a ela a contragosto, também esperava que algo independente da sua ação viesse por força resolver todas as dificuldades.

Em meados do inverno, Vrónski passou uma semana muito enfadonha. Foi designado para acompanhar um príncipe estrangeiro em visita a Petersburgo e teve de mostrar-lhe os lugares notáveis da capital. Vrónski tinha um aspecto imponente, além disso possuía a arte de portar-se de forma digna e respeitável e estava habituado a tratar com tais pessoas; por isso foi designado para acompanhar o príncipe. Mas a obrigação lhe pareceu muito penosa. O príncipe não queria deixar de ver nada do que, mais tarde, lhe perguntariam em sua terra a respeito da Rússia; por sua vez, queria também desfrutar, o mais possível, os divertimentos dos russos. Vrónski viu-se obrigado a guiá-lo em ambos os sentidos. Pela manhã, iam observar os pontos notáveis; à noite, tomavam parte dos divertimentos nacionais. O príncipe gozava de uma saúde incomum, mesmo entre os príncipes; graças à ginástica e a bons cuidados com o corpo, chegara a possuir tamanha energia que, apesar do excesso com que se entregava aos divertimentos, mantinha o frescor, como um grande e lustroso pepino verde holandês. O príncipe viajava muito e achava que uma das principais vantagens da rapidez das atuais vias de comunicação consistia em tornar acessíveis os divertimentos das várias nações. Esteve na Espanha e lá participou de serenatas, travou relações com uma espanhola que tocava bandolim. Na Suíça, matou uma camurça. Na Inglaterra, galopou de casaca vermelha por cima de sebes e, em razão de uma aposta, matou duzentos faisões. Na Turquia, esteve num harém, na Índia, montou num elefante, e agora, na Rússia, queria degustar todos os divertimentos tipicamente russos.

Para Vrónski, que se portava diante dele como se fosse um grande mestre de cerimônias, o maior problema era distribuir todos os divertimentos russos que as mais diversas pessoas sugeriam ao príncipe. Havia os cavalos trotadores, os *blini*,[1] a caçada ao urso, a troica, os ciganos e as festanças russas em que se quebrava toda a louça. E o príncipe, com extraordinária facilidade, assimilou o espírito russo, espatifou bandejas cheias de louça, sentou uma ciganinha sobre os joelhos e parecia perguntar: o que há, ainda, ou é apenas nisso que consiste todo o espírito russo?

Na verdade, entre todos os divertimentos russos, o que mais agradou ao príncipe foram as atrizes francesas, uma dançarina de balé e o champanhe com selo branco. Vrónski estava habituado a lidar com príncipes, mas — ou porque ele mesmo tivesse mudado nos últimos tempos, ou porque a proximidade com aquele príncipe fosse excessiva — a semana lhe pareceu terrivelmente penosa. Não cessou de experimentar, ao longo de toda a semana, um sentimento semelhante ao de um homem que, incumbido de vigiar um louco perigoso, teme o louco e ao mesmo tempo, por força da proximidade com ele, teme pela própria razão. Vrónski sentia o tempo todo a necessidade de não afrouxar, nem por um segundo, o tom de severo respeito oficial, para não se ofender. O príncipe tratava de maneira desdenhosa aquelas mesmas pessoas que, para surpresa de Vrónski, faziam das tripas coração a fim de lhe oferecer os divertimentos russos. Mais de uma vez, seus juízos sobre as mulheres russas, que ele desejava estudar, deixaram Vrónski vermelho de indignação. O motivo que tornava o príncipe especialmente irritante para Vrónski era o fato de ver nele, a contragosto, uma imagem de si mesmo. E o que via nesse espelho não lisonjeava sua vaidade. Era um homem muito tolo, muito cheio de si, muito saudável, muito asseado, e nada mais. Era um gentleman — é verdade, e Vrónski não podia negá-lo. Com os superiores, portava-se de modo correto e sem

---

1 Pequenas panquecas russas.

adulação; ao tratar com seus pares, mostrava desembaraço e simplicidade; com os subalternos, era desdenhosamente benévolo. O próprio Vrónski era assim e considerava isso um grande mérito; mas, com relação ao príncipe, estava em posição subalterna e a benevolência desdenhosa que o príncipe lhe dirigia o indignava.

"Animal imbecil! Será possível que eu seja assim?" — pensava.

Fosse ou não, quando se despediu no sétimo dia, no momento da partida do príncipe para Moscou, e recebeu seus agradecimentos, ficou feliz por livrar-se da situação incômoda e do espelho desagradável. Despediu-se na estação, após uma caçada ao urso em que a bravura russa se exibira por uma noite inteira.

II

De volta para casa, Vrónski encontrou um bilhete de Anna. Dizia: "Estou doente e infeliz. Não posso sair, mas não posso ficar mais tempo sem ver o senhor. Venha à noite. Às sete horas, Aleksei Aleksándrovitch irá a um conselho e lá ficará até às dez". Depois de refletir por um minuto sobre a estranheza do fato de Anna convidá-lo explicitamente para ir visitá-la, apesar da exigência do marido de não o receber em sua casa, Vrónski decidiu ir.

Nesse inverno, ele tinha sido promovido a coronel, deixara o quartel do regimento e morava sozinho. Depois de almoçar, estirou-se imediatamente no sofá e, em cinco minutos, lembranças das cenas horríveis que presenciara nos últimos dias embaralharam-se e fundiram imagens de Anna e do mujique que desempenhara um papel decisivo na caçada ao urso; e Vrónski adormeceu. Despertou quando já estava escuro, tremendo de medo, e acendeu uma vela às pressas. "O que foi? O quê? O que era a coisa horrível que vi no sonho? Sim, sim. O mujique incumbido de acuar a caça, um homem pequeno, sujo, de barba eriçada, fazia alguma coisa agachado e de repente se pôs a falar umas palavras estranhas em francês. Sim, e não aconteceu mais nada no sonho", disse para si mesmo. "Mas por que era tão apavorante?" Lembrou-se vivamente do mujique, mais uma vez, e das incompreensíveis palavras francesas que ele pronunciou, e o horror, com um toque frio, percorreu suas costas.

"Mas que absurdo!", pensou, e lançou um olhar para o relógio.

Já eram oito e meia. Tocou a campainha para chamar o criado, vestiu-se às pressas e saiu para a varanda, já totalmente esquecido do sonho e atormentado apenas por estar atrasado. Ao aproximar-se da varanda da casa dos Kariênin, olhou para o relógio e viu que faltavam dez minutos para as nove horas. Uma carruagem alta e estreita, atrelada a uma parelha de tordilhos, estava na entrada. Ele reconheceu a carruagem de Anna. "Ela ia sair ao meu encontro", pensou, "e seria melhor assim. Não me agrada entrar nessa casa. Mas tanto faz; não posso esconder-me", disse para si mesmo e, com as maneiras, assimiladas desde a infância, de um homem que de nada se envergonha, Vrónski desceu do trenó e se aproximou da entrada. A porta se abriu e o porteiro, com uma manta no braço, chamou a carruagem. Vrónski, que não tinha o hábito de notar detalhes, notou porém dessa vez a expressão de espanto com que o porteiro o olhou. Bem na porta, Vrónski quase esbarrou de frente com Aleksei Aleksándrovitch. O bico de gás iluminava em cheio o rosto exangue, macilento, sob o chapéu preto, e a gravata branca que reluzia por dentro do casaco de pele de castor. Os olhos imóveis e opacos de Kariênin fixaram-se no rosto de Vrónski. Este saudou-o com a cabeça e Aleksei Aleksándrovitch, depois de mastigar de boca vazia, ergueu a mão na direção do chapéu e seguiu adiante. Vrónski viu como ele, sem olhar para trás, sentou-se na carruagem, recebeu pela janela um binóculo e a manta, e desapareceu. Vrónski entrou na antessala. Suas sobrancelhas estavam franzidas e os olhos cintilavam com um brilho maligno e orgulhoso.

"Que situação!", pensou. "Se ele se batesse em duelo, se saísse em defesa da sua honra, eu poderia agir, dar vazão aos meus sentimentos; mas essa fraqueza, ou infâmia... Ele me deixa na posição de um impostor, o que eu não queria e não quero ser."

Desde sua conversa decisiva com Anna, no jardim de Wrede, as ideias de Vrónski haviam mudado bastante. Rendendo-se a contragosto à fraqueza de Anna, que lhe cedera tudo e, disposta a qualquer coisa dali em diante, esperava apenas dele a decisão do seu destino, Vrónski havia muito deixara de acreditar que sua ligação com Anna podia terminar, como então havia imaginado. Seus projetos ambiciosos foram, de novo, relegados ao segundo plano e, percebendo que deixara o círculo de atividade em que tudo estava estabelecido de antemão, entregava-se por inteiro ao seu sentimento, um sentimento que o unia a Anna com uma força cada vez maior.

Ainda na antessala, ouviu os passos de Anna, que se afastavam. Compreendeu que ela o esperava, estivera à escuta e agora voltara para a sala.

— Não! — gritou ela ao vê-lo e, ao primeiro som de sua voz, as lágrimas tomaram seus olhos. — Não, se isto continuar assim, vai acontecer alguma coisa, e muito, muito em breve!

— O que houve, minha amiga?

— O que houve? Eu espero, me torturo, uma hora, duas horas... Não, eu não vou brigar!.. Não posso brigar com você. Sem dúvida, você não pôde. Não, não vou brigar!

Anna pôs as duas mãos nos ombros de Vrónski e fitou-o demoradamente com um olhar profundo, extasiado e ao mesmo tempo perscrutador. Estudou seu rosto para compensar o tempo que ficara sem o ver. Anna, como fazia em todos os encontros, decalcava em uma única imagem aquela figura representada em sua imaginação (incomparavelmente melhor, impossível, na realidade) e a figura de Vrónski em pessoa, tal como era de fato.

III

— Você o encontrou? — perguntou Anna, quando se sentaram à mesa, sob o lampião. — Aí está o castigo por ter se atrasado.

— Sim, mas como aconteceu? Ele não deveria estar na reunião do conselho?

— Ele foi, voltou e saiu de novo, não sei para onde. Mas não importa. Não falemos disso. Onde você esteve? Com o príncipe o tempo todo?

Anna sabia todos os detalhes da vida de Vrónski. Ele queria contar que passara a noite em claro e por isso pegara no sono, mas, ao ver o rosto emocionado e feliz de Anna, sentiu vergonha. Disse então que tivera de fazer um relatório após a partida do príncipe.

— Mas agora terminou? Ele se foi?

— Graças a Deus, terminou. Você nem pode imaginar como foi insuportável, para mim.

— Mas por quê? Afinal, essa é a vida habitual de todos vocês, homens jovens — disse ela de sobrancelhas franzidas e, depois de pegar o crochê que estava sobre a mesa, fez menção de retirar a agulha da peça, sem olhar para Vrónski.

— Já larguei essa vida há muito tempo — respondeu, surpreso com a mudança de expressão no rosto de Anna e tentando penetrar no seu significado. — Reconheço — disse, com um sorriso que deixou à mostra seus dentes brancos e cerrados — que, nessa semana, eu me senti como que diante de um espelho, ao presenciar essa vida, e não foi nada agradável para mim.

Ela segurava o crochê nas mãos, mas não costurava e sim o fitava, com um olhar de brilho estranho e hostil.

— Hoje pela manhã Lisa veio me ver: elas já não têm medo de me visitar, apesar da condessa Lídia Ivánovna — acrescentou Anna. — E me contou a respeito da noitada de orgia de vocês. Que repugnante!

— Eu só queria dizer que...

Ela o interrompeu.

— Essa Thérèse é a mesma que você conheceu antes?

— Eu queria dizer...

— Como vocês, homens, são asquerosos! Como não conseguem entender que uma mulher não pode esquecer uma coisa dessas? — falou, cada vez mais exaltada e, com isso, revelando a ele o motivo da sua irritação. — Sobretudo uma mulher que não pode conhecer a vida que você leva. O que sei? O que sabia? — disse. — Só o que você me conta. Como vou saber se é verdade o que você me diz...

— Anna! Você está me ofendendo. Acaso não acredita em mim? Acaso não lhe disse que não tenho pensamentos que não revele a você?

— Sim, sim — respondeu ela, esforçando-se visivelmente para afugentar os pensamentos de ciúmes. — Mas se você soubesse como é difícil para mim! Acredito, acredito em você... O que você estava dizendo?

Mas Vrónski não conseguiu lembrar de imediato o que pretendia dizer. Nos últimos tempos, esses acessos de ciúmes a acometiam com frequência cada vez maior, causavam horror a Vrónski e, por mais que ele se esforçasse para escondê-lo, arrefeciam seus sentimentos por Anna, apesar de saber que a causa dos ciúmes era o amor por ele. Quantas vezes já dissera a si mesmo que o amor de Anna era a felicidade; e agora ela o amava, como pode amar uma mulher para quem o amor vale mais do que todas as riquezas da vida, no entanto Vrónski estava muito mais distante da felicidade do que quando deixara Moscou para seguir os passos de Anna. Nessa época, ele se julgava infeliz, mas a felicidade estava à sua frente; agora, tinha a sensação de que a melhor felicidade já ficara para trás. Anna já não era de maneira alguma a mesma que ele via nos primeiros tempos. Física e mentalmente, mudara para pior. Toda ela ficara mais larga, e no rosto, no momento em que falava da atriz, havia uma expressão cruel que deformava suas feições. Vrónski a fitava como um homem observa uma flor murcha, que ele mesmo colheu, e na qual mal reconhece a beleza que o levou a arrancá-la da terra e arruiná-la. E, apesar de sentir que, quando seu amor tinha sido mais forte, ele poderia, se o desejasse com firmeza, ter extirpado esse amor do coração, agora quando, como naquele instante, lhe parecia não sentir amor por Anna, sabia que seus laços com ela não podiam ser rompidos.

— Pois bem, o que você queria me dizer sobre o príncipe? Afugentei, afugentei o demônio — acrescentou ela. Entre os dois, o ciúme era chamado de demônio. — Sim, o que você começou a me dizer sobre o príncipe? Por que achou tão penoso?

— Ah, insuportável! — disse ele, esforçando-se para encontrar o fio perdido do pensamento. — Ele nada ganha quando visto de perto. Se eu tiver de classificá-lo, será como um desses magníficos animais muito bem alimentados que, nas exposições agropecuárias, ganham medalhas de campeão, e mais nada — disse Vrónski, com uma irritação que a deixou interessada.

— Ora, como assim? — protestou Anna. — No entanto, ele viu muita coisa. Não é um homem culto?

— É uma cultura completamente estranha, a dessas pessoas. Parece que ele é culto só para ter o direito de desprezar a cultura, como desprezam tudo, exceto os prazeres animais.

— Mas, afinal, todos vocês gostam desses prazeres animais — disse Anna, e Vrónski notou de novo aquele olhar sombrio, que se esquivava dele.

— Mas por que você o defende? — perguntou, sorrindo.

— Não o defendo, para mim é de todo indiferente; mas penso que, se você mesmo não apreciasse tais prazeres, poderia ter renunciado a isso. Só que lhe dá prazer contemplar Thérèse em trajes de Eva...

— De novo, de novo o demônio! — disse Vrónski, segurando e beijando a mão que Anna pusera sobre a mesa.

— Sim, mas eu não consigo! Você não sabe como me atormentei enquanto o esperava! Pensei que eu não era ciumenta. Não sou ciumenta; acredito em você, quando está aqui, comigo; mas quando está sozinho, não sei onde, e leva sua vida, incompreensível para mim...

Desviou o rosto de Vrónski, retirou enfim a agulha do crochê e rapidamente, com a ajuda do dedo indicador, passou a acumular um laço após o outro com a lã branca que brilhava sob a luz do lampião e, depressa, começou a girar nervosamente o pulso fino dentro do punho bordado.

— Mas e então? Onde encontrou Aleksei Aleksándrovitch? — ressoou de súbito a voz de Anna, artificial e estridente.

— Esbarramos um contra o outro na porta.

— E ele o cumprimentou assim?

Anna empertigou o rosto e, com os olhos entrecerrados, alterou rapidamente sua fisionomia, cruzou os braços e Vrónski reconheceu de repente, no seu rosto bonito, a mesma expressão com que Aleksei Aleksándrovitch o cumprimentara. Vrónski sorriu e Anna, com alegria, soltou uma daquelas risadas graciosas, que vinham do fundo do peito, e que eram um de seus principais encantos.

— Decididamente, eu não o compreendo — disse Vrónski. — Se, depois da sua confissão, na datcha, ele tivesse rompido com você, se ele houvesse me desafiado para um duelo... Mas isto eu não compreendo: como ele consegue suportar tal situação? Está sofrendo, isso é evidente.

— Ele? — replicou Anna, com um sorriso. — Está absolutamente satisfeito.

— Por que todos nós nos martirizamos, quando tudo poderia ficar tão bem?

— Todos, menos ele. Acaso não o conheço, e essa mentira da qual ele está impregnado?... Acaso seria possível viver comigo como ele vive, se tivesse algum sentimento? Ele nada compreende, nada sente. Poderia um homem com algum sentimento morar na mesma casa com a sua esposa *criminosa*? Poderia sequer falar com ela? Tratá-la por "você"?

E mais uma vez não pôde deixar de imitá-lo. "Você, *ma chère*,[2] você, Anna!"

— Aquilo não é um homem, é um boneco! Ninguém sabe, mas eu sei. Ah, se eu estivesse no lugar dele, já teria matado há muito tempo, já teria feito em pedaços essa mulher, semelhante a mim, e não lhe diria: você, *ma chère*, Anna. Aquilo não é um homem, mas sim uma máquina ministerial. Ele não entende que sou esposa de você, que ele é um estranho, supérfluo... Não falemos, não falemos disso!...

— Você *não* está sendo justa, *nem um pouco* justa, minha amiga — disse Vrónski, tentando tranquilizá-la. — Mas não importa, não falemos dele. Conte-me o que você fez. O que houve com você? Que doença é essa e o que falou o médico?

Anna fitou-o com uma alegria zombeteira. Pelo visto, descobriu outros aspectos ridículos e grotescos no marido e esperava uma oportunidade para apontá-los.

Vrónski prosseguiu.

— Imagino que não se trata de uma doença, mas sim do seu estado. Quando será?

O brilho zombeteiro apagou-se dos olhos dela, mas um outro sorriso — a consciência de algo que ele ignorava e uma tristeza serena — alterou a expressão anterior de Anna.

— Em breve, em breve. Você dizia que a nossa situação é torturante, que é preciso pôr um fim a isto. Se você soubesse como é penoso para mim, do que eu seria capaz para poder amar você com liberdade e sem medo! Eu não me torturaria, nem torturaria você com o meu ciúme... E isso virá em breve, mas não como nós pensamos.

E, ante o pensamento de como aquilo haveria de acontecer, Anna pareceu, a si mesma, tão digna de pena que as lágrimas tomaram seus olhos e ela não conseguiu prosseguir. Pousou sobre a manga a mão que brilhava sob o lampião, com sua brancura e seus anéis.

— Não será como nós pensamos. Eu não queria dizer-lhe isto, mas você me obrigou. Em breve, em breve, tudo se resolverá e todos nós, todos, nos tranquilizaremos e não nos atormentaremos mais.

— Não compreendo — disse ele, compreendendo.

— Você perguntou quando? Em breve. E eu não sobreviverei a isso. Não interrompa! — E Anna apressou-se a falar. — Eu sei disso, sei com certeza. Vou morrer, e fico muito feliz de morrer e, assim, libertar a mim e a vocês.

---

2 Francês: "minha querida".

As lágrimas começaram a correr de seus olhos; Vrónski curvou-se sobre a mão dela e pôs-se a beijar, tentando esconder sua perturbação que, embora soubesse não ter nenhum fundamento, ele não conseguia dominar.

— Pois então, assim será melhor — disse Anna, apertando a mão de Vrónski, com um movimento enérgico. — E é só, é só isso o que nos restou.

Vrónski dominou-se e levantou a cabeça.

— Que disparate! Que disparate absurdo está dizendo!

— Não, é verdade.

— O que, o que é verdade?

— Que vou morrer. Vi num sonho.

— Sonho? — repetiu Vrónski e, no mesmo instante, lembrou-se do mujique no seu sonho.

— Sim, um sonho — respondeu Anna. — Tive esse sonho já faz muito tempo. Vi que eu corria para dentro do meu quarto de dormir, que eu precisava pegar alguma coisa lá, descobrir alguma coisa; você sabe como são os sonhos — disse, arregalando os olhos com pavor. — E no quarto, num canto, havia uma coisa.

— Ah, que absurdo! Como pode acreditar...

Mas Anna não admitia ser interrompida. O que dizia era importante demais para ela.

— E essa coisa virou-se e eu vi que era um mujique, com a barba desgrenhada, pequeno e horrendo. Eu quis correr, mas ele curvou-se sobre um saco e, com as mãos, remexeu algo lá dentro...

Anna mostrou como ele remexia o interior do saco. O horror estava em seu rosto. E Vrónski, recordando seu próprio sonho, sentiu o mesmo horror tomar sua alma.

— Ele remexia e falava em francês muito depressa e, sabe, pronunciava mal o *r*: "*Il faut battre le fer, le broyer, le pétrir...*".[3] E eu, de medo, quis acordar, acordei... mas acordei só no sonho. E passei a me perguntar o que aquilo significava. E Korniei me disse: "No parto, no parto a senhora vai morrer, mãezinha...". E acordei...

— Que absurdo, que absurdo! — exclamou Vrónski, mas ele mesmo sentia não haver nenhuma convicção na sua voz.

— Mas não falemos disso. Toque a campainha, vou mandar servir o chá. Mas fique ainda, daqui a pouco eu...

Porém deteve-se, de repente. A expressão do rosto de Anna num instante se transformou. O horror e a perturbação deram lugar, de súbito, a uma expressão

---

3 Francês: "é preciso bater o ferro, malhar, moldar...".

de atenção serena, séria e maravilhada. Vrónski não pôde compreender o sentido dessa mudança. Anna sentiu dentro de si o movimento de uma vida nova.

IV

Após o encontro com Vrónski na porta de sua casa, Aleksei Aleksándrovitch foi à ópera italiana, como pretendia. Assistiu a dois atos e viu todas as pessoas que precisava ver. De volta para casa, observou com atenção o cabide e, depois de constatar que o sobretudo militar não estava ali, seguiu para o seu quarto, como de costume. Porém, ao contrário do seu costume, não se deitou para dormir e pôs-se a caminhar para um lado e para o outro em seu escritório, até as três horas da madrugada. O sentimento de cólera contra a esposa, que não quis observar a decência e cumprir a única condição imposta a ela — não receber o amante em sua casa —, não o deixava em paz. Anna não cumprira a sua exigência e agora ele tinha de castigá-la e cumprir a sua ameaça — exigir o divórcio e tomar o filho para si. Conhecia todas as dificuldades relativas a esse assunto, mas dissera que faria isso e agora precisava cumprir a ameaça. A condessa Lídia Ivánovna havia sugerido que essa era a melhor saída para a sua situação e, ultimamente, a prática dos divórcios nos tribunais levara essa matéria a tal aperfeiçoamento que Aleksei Aleksándrovitch via a possibilidade de superar as dificuldades formais. Além do mais, uma desgraça nunca vem sozinha e a questão da organização dos povos não russos e a da irrigação dos campos na província de Zaráiski trouxeram tantos aborrecimentos para Aleksei Aleksándrovitch em seu trabalho que, nos últimos tempos, ele andava num estado de extrema irritação. Passou a noite inteira sem dormir e sua cólera, que aumentava numa espécie de progressão colossal, alcançou pela manhã seu ponto máximo. Vestiu-se às pressas e, como se levasse na mão uma taça cheia de cólera e temesse derramá-la, com receio de, junto com a cólera, perder a energia necessária para a conversa que travaria com a esposa, entrou nos aposentos de Anna assim que soube que ela já havia levantado.

Anna, que pensava conhecer tão bem o marido, ficou espantada com o seu aspecto quando entrou no quarto. A testa estava franzida e os olhos soturnos miravam para a frente, evitando o olhar dela; a boca estava cerrada, com força e com desprezo. No modo de andar, nos movimentos, no som da voz, havia uma firmeza e uma decisão que a esposa jamais vira no marido. Entrou no quarto e, sem cumprimentá-la, encaminhou-se direto para a escrivaninha e, depois de pegar uma chave, abriu uma gaveta.

— O que o senhor quer? — gritou Anna.

— Uma carta do seu amante — respondeu.

— Não estão aqui — disse Anna, fechando a gaveta; mas, por esse gesto, ele entendeu que sua suposição estava correta e, depois de empurrar com rudeza a mão de Anna, apoderou-se ligeiro de uma pasta na qual sabia que ela guardava seus documentos mais necessários. Anna quis arrancar-lhe a pasta, mas ele empurrou a esposa para trás.

— Sente-se! Preciso falar com a senhora — disse, com a pasta embaixo do braço e apertando-a com o cotovelo com tamanha pressão que o ombro se ergueu.

Anna o olhava com surpresa e temor.

— Eu disse à senhora que não admito que receba o seu amante em minha casa.

— Tive necessidade de vê-lo para...

Ela se interrompeu, incapaz de inventar um motivo.

— Não vou entrar nos pormenores das circunstâncias por que uma mulher precisa ver seu amante.

— Eu queria, eu só... — disse ela, ruborizada. A rudeza do marido a exasperava e lhe dava coragem. — Será possível que o senhor não percebe como me ofende com facilidade? — exclamou.

— É possível ofender uma pessoa honrada e uma mulher honrada, mas dizer a um ladrão que é um ladrão é apenas *la constatation d'un fait*.[4]

— Esse traço novo, a crueldade, eu ainda não conhecia no senhor.

— A senhora chama de crueldade o fato de o marido conceder liberdade à esposa e lhe dar o abrigo de um nome honrado, sob a condição apenas de observar a decência. Isso é crueldade?

— É pior do que crueldade, é uma infâmia, se o senhor quer mesmo saber! — gritou Anna numa explosão de ódio e, de pé, quis sair.

— Não! — gritou o marido, com sua voz esganiçada, dessa vez uma nota acima do habitual, e, depois de agarrar entre os dedos grandes o braço da esposa com tanta força que marcas vermelhas surgiram na pele de Anna, por causa da pulseira que ele apertava, obrigou-a a sentar-se de novo. — Infâmia? Se a senhora quer empregar tal palavra, a infâmia está em abandonar o marido e o filho, em troca de um amante, e ainda comer o pão do marido!

Anna baixou a cabeça. Ela não só não disse o que tinha dito no dia anterior ao amante — que *ele* era o seu marido e que o marido era supérfluo — como nem pensou tal coisa. Anna sentia toda a justeza das palavras do marido e limitou-se a falar em voz baixa:

---

4 Francês: "a constatação de um fato".

— O senhor não conseguirá descrever a minha situação pior do que eu mesma a entendo, mas para que diz tudo isso?

— Para que digo isso? Para quê? — prosseguiu ele, com a mesma cólera. — Para que a senhora saiba que, como não cumpriu a minha vontade no tocante à observação da decência, tomarei medidas para que esta situação tenha um fim.

— Em breve, em breve, ela vai ter um fim, de um modo ou de outro — respondeu Anna e de novo as lágrimas surgiram em seus olhos, ante o pensamento da morte próxima e, agora, desejada.

— Terminará antes do que a senhora e o seu amante imaginam! Vocês têm necessidade de satisfazer as paixões animais...

— Aleksei Aleksándrovitch! Não vou falar em egoísmo, mas isso é uma covardia: bater em quem está caído.

— Sim, a senhora só pensa em si, mas o sofrimento do homem que foi seu marido não lhe interessa. Para a senhora, não importa que toda a vida dele desmorone, que ele muito se afi... se afle... se afilija.

Aleksei Aleksándrovitch falava tão ligeiro que se embrulhou e não conseguiu de maneira alguma pronunciar aquela palavra. No fim, pronunciou *afilija*. Anna sentiu vontade de rir e no mesmo instante se envergonhou de, num momento como aquele, ainda poder achar algo engraçado. E, pela primeira vez, por um instante, Anna compadeceu-se, pôs-se na posição do marido, e sentiu pena. Mas o que ela podia dizer ou fazer? Baixou a cabeça e ficou em silêncio. Ele também se manteve calado por algum tempo e depois passou a falar com voz fria, já menos estridente, acentuando a pronúncia de palavras escolhidas, que não tinham nenhuma importância especial.

— Vim dizer à senhora... — falou.

Anna dirigiu os olhos para ele. "Não, tive só uma impressão...", pensou, lembrando-se da expressão do rosto do marido quando tropeçou na palavra "afilija". "Não, será possível que um homem com esses olhos opacos, com essa calma tão cheia de si, ainda sinta alguma coisa?"

— Não posso mudar nada — sussurrou Anna.

— Vim dizer à senhora que amanhã viajarei para Moscou e não voltarei mais para esta casa e que a senhora receberá notícias da minha decisão por intermédio de um advogado, que contratarei para cuidar da questão do divórcio. Quanto ao meu filho, se mudará para a casa da minha irmã — disse Aleksei Aleksándrovitch, lembrando-se com um esforço do que pretendia falar a respeito do filho.

— O senhor só quer Serioja para me causar dor — respondeu Anna, olhando-o de soslaio. — O senhor não tem amor por ele... Deixe o Serioja!

— Sim, perdi também o amor por meu filho porque a ele está associada a minha repugnância pela senhora. Mesmo assim, eu o levarei. Adeus!

E quis sair, mas agora ela o reteve.

— Aleksei Aleksándrovitch, deixe o Serioja comigo! — sussurrou outra vez. — Não tenho mais nada a dizer. Deixe o Serioja até a minha... Em breve darei à luz, deixe-o comigo!

Aleksei Aleksándrovitch exasperou-se e, depois de desvencilhar sua mão que Anna segurava, saiu do quarto, em silêncio.

V

A sala de espera do famoso advogado de São Petersburgo estava cheia quando Aleksei Aleksándrovitch entrou. Três senhoras: uma velhinha, uma jovem e a esposa de um comerciante; três cavalheiros: um banqueiro alemão de anel no dedo, um comerciante barbado e um severo funcionário público de uniforme, com uma condecoração em forma de cruz no pescoço — todos, pelo visto, esperavam havia muito. Dois escriturários escreviam nas mesas, rangendo as penas. O material de escritório, artigos que Aleksei Aleksándrovitch muito apreciava, era de uma qualidade excepcional e ele não pôde deixar de notá-lo. Um dos escriturários, sem se levantar e com os olhos entrecerrados, dirigiu-se severamente a Aleksei Aleksándrovitch:

— O que o senhor deseja?

— Tenho um assunto a tratar com o advogado.

— O advogado está ocupado — retrucou asperamente o escriturário, apontando com a pena as demais pessoas na sala de espera, e continuou a escrever.

— Não poderá dispor de um tempo? — perguntou Aleksei Aleksándrovitch.

— Ele não tem tempo vago, está sempre ocupado... Tenha a bondade de esperar.

— Então o senhor faça-me o obséquio de lhe entregar o meu cartão — disse Aleksei Aleksándrovitch, com dignidade, se dando conta de que era necessário não se manter incógnito.

O escriturário tomou o cartão e, pelo visto, sem aprovar seu conteúdo, cruzou a porta.

Aleksei Aleksándrovitch, por princípio, apoiava o julgamento público, mas não aprovava integralmente certos pormenores da sua aplicação entre nós, em razão das mais elevadas considerações do serviço público, e o condenava, até onde podia condenar algo que tinha a sanção imperial. Toda a sua vida transcorrera no âmbito da atividade administrativa e por isso, quando não aprovava alguma coisa, tal desaprovação era atenuada pelo reconhecimento da inevitabilidade de erros e pela possibilidade de uma correção em todos os assuntos. Nas novas instituições judiciárias, ele não aprovava as condições em que se organizara a advocacia. Mas até então não tivera nenhum contato direto com a advocacia e, por isso, não a aprovava apenas teoricamente; agora, sua desaprovação se reforçou ainda mais, por conta da impressão desagradável que experimentou na sala de espera do advogado.

— Vai recebê-lo num instante — disse o escriturário; e de fato, dois minutos depois, surgiu na porta a figura comprida de um velho jurista, que viera consultar-se com o advogado, e também o próprio advogado.

Era um homem pequeno, atarracado, calvo, de barba preta e arruivada, sobrancelhas claras e longas e testa pronunciada. Estava vestido como um noivo no casamento, da gravata e da correntinha dupla do relógio até os sapatos de verniz. Tinha um rosto inteligente, de camponês, mas a roupa era afetada e de mau gosto.

— Por favor — disse o advogado, dirigindo-se a Aleksei Aleksándrovitch. E, com ar soturno, depois de deixar Kariênin passar na sua frente, fechou a porta.

— Tenha a bondade — apontou para uma poltrona junto a uma escrivaninha atulhada de papéis, sentou-se no lugar principal, esfregando uma na outra as mãos pequenas, com dedos curtos cobertos de pelos brancos, e inclinou a cabeça para o lado. Mas, assim que se acalmou em sua pose, uma traça passou voando sobre a mesa. O advogado, com uma rapidez que não se podia esperar dele, estendeu as mãos, capturou a traça e, de novo, assumiu a posição anterior.

— Antes de começar a expor a minha questão — disse Aleksei Aleksándrovitch, que, com olhos surpresos, seguira o movimento do advogado —, devo observar que o assunto que venho tratar com o senhor deve ser mantido em segredo.

Um sorriso quase imperceptível entreabriu o bigode arruivado e espesso do advogado.

— Eu não seria advogado se não pudesse guardar os segredos confiados a mim. Mas se o senhor desejar uma comprovação...

Aleksei Aleksándrovitch mirou seu rosto e percebeu que os olhos cinzentos e inteligentes riam e já sabiam de tudo.

— O senhor conhece o sobrenome da minha família? — prosseguiu Aleksei Aleksándrovitch.

— Conheço o senhor e suas úteis atividades — de novo, capturou uma traça —, como todos os russos conhecem — respondeu o advogado, e fez um cumprimento com a cabeça.

Aleksei Aleksándrovitch suspirou, tomando coragem. Porém, uma vez tomada sua decisão, ele prosseguiu com sua voz estridente, sem se acanhar, sem titubear e sublinhando determinadas palavras.

— Tenho a infelicidade — começou Aleksei Aleksándrovitch — de ser um marido enganado e desejo, segundo a lei, romper relações com a minha esposa, ou seja, divorciar-me, mas além disso quero que o filho não fique com a mãe.

Os olhos cinzentos do advogado esforçaram-se para não rir, mas saltavam com uma alegria incontrolável e Aleksei Aleksándrovitch percebeu que ali havia não apenas a alegria de um homem que recebe uma incumbência lucrativa — havia ali triunfo e êxtase, havia um brilho semelhante ao brilho funesto que via nos olhos da esposa.

— O senhor deseja minha assistência para a efetivação do divórcio?

— Sim, exatamente, mas devo prevenir o senhor de que estou tomando a liberdade de abusar da sua atenção. Vim apenas consultar-me com o senhor em caráter preliminar. Desejo o divórcio, mas para mim o mais importante são as formas em que isso é possível. Muito provavelmente, se as formas não coincidirem com as minhas exigências, renunciarei à demanda judicial.

— Ah, é sempre assim — respondeu o advogado —, depende sempre da vontade do senhor.

O advogado baixou os olhos para os pés de Aleksei Aleksándrovitch, sentindo que poderia ofender o cliente com a imagem da sua alegria incontrolável. Observou uma traça que passou voando diante do seu nariz e estendeu a mão, mas não a capturou, em respeito à posição de Aleksei Aleksándrovitch.

— Embora, em linhas gerais, eu esteja a par da nossa legislação sobre essa matéria — prosseguiu Aleksei Aleksándrovitch —, eu gostaria de conhecer em seu todo as formas como se executa, na prática, semelhante questão.

— O senhor quer — respondeu o advogado, sem levantar os olhos e adotando, não sem satisfação, o tom do seu cliente — que eu exponha os caminhos pelos quais é possível realizar o seu desejo.

E, ante o meneio afirmativo da cabeça de Aleksei Aleksándrovitch, ele prosseguiu, só de quando em quando dirigindo um ligeiro olhar de passagem pelo rosto de Aleksei Aleksándrovitch, onde havia manchas vermelhas.

— O divórcio, segundo nossas leis — disse ele, com uma leve nuance de desaprovação dirigida às nossas leis —, é possível, como o senhor sabe, nos seguintes casos... Espere! — exclamou para o escriturário que surgira na porta, mas mesmo assim levantou-se, disse-lhe algumas palavras e sentou-se outra vez. — Nos seguintes casos: defeito físico dos cônjuges, ausência de cinco anos com paradeiro ignorado — disse, dobrando um dedo curto, coberto de pelos —, adultério (pronunciou essa palavra com prazer evidente). As subdivisões são as seguintes (continuou a dobrar seus dedos grossos, embora os casos e as subdivisões não pudessem, obviamente, ser classificados juntos): deficiência física do marido ou da esposa, adultério do marido ou da esposa. — Como já dobrara todos os dedos, desdobrou-os e prosseguiu: — Isto do ponto de vista teórico, mas suponho que o senhor me concedeu a honra desta consulta a fim de inteirar-se da aplicação prática. Portanto, guiando-me pelos antecedentes, devo acrescentar ao senhor que, entre todos os casos de divórcio, resta-nos o seguinte: não há defeitos físicos, suponho, tampouco ausência com paradeiro ignorado, não é certo?...

Aleksei Aleksándrovitch fez que sim com a cabeça.

— Resta-nos o seguinte: adultério de um dos cônjuges e identificação da parte culpada por concordância mútua e, na ausência de tal concordância, identificação unilateral da culpa. Devo dizer que este último caso raramente se verifica, na prática — explicou o advogado e, dirigindo um olhar de passagem para Aleksei Aleksándrovitch, calou-se, como um vendedor de pistolas que, depois de descrever as vantagens de duas armas, espera a escolha do comprador. Mas Aleksei Aleksándrovitch se manteve em silêncio e, por isso, o advogado prosseguiu: — O mais comum, simples e racional, a meu ver, é o adultério reconhecido por concordância mútua. Eu não me permitiria expressar-me de tal modo, ao falar com um homem de pouca instrução — disse o advogado —, mas suponho que entre nós isto esteja claro.

Aleksei Aleksándrovitch, porém, estava tão transtornado que não compreendeu de imediato a racionalidade do adultério reconhecido por concordância mútua e expressou, em suas feições, essa incompreensão; mas o advogado logo veio em seu socorro:

— As pessoas não conseguem mais viver juntas, isso é um fato. E, se ambas estão de acordo com isso, os pormenores e as formalidades tornam-se indiferentes. Além disso, é o meio mais simples e mais seguro.

Agora Aleksei Aleksándrovitch compreendeu inteiramente. Mas tinha escrúpulos religiosos que tolhiam a execução de tais medidas.

— Isso está fora de questão, no caso presente — respondeu. — Aqui, só um caso é possível: identificação unilateral da culpa, comprovada por meio de cartas que estão em meu poder.

Ante a menção a cartas, o advogado comprimiu os lábios e emitiu um som agudo, de compaixão e de desprezo.

— Veja bem, por favor — começou ele. — Questões desse tipo se resolvem, como o senhor sabe, no âmbito clerical; os padres arciprestes, em casos desse tipo, adoram esmiuçar os detalhes mais insignificantes — explicou, com um sorriso que indicava simpatia com aquele gosto dos arciprestes. — As cartas, sem dúvida, podem confirmar, em parte; mas as provas devem ser obtidas por via direta, ou seja, por testemunhas. Com efeito, se o senhor me dá a honra de me conceder sua confiança, deixe a meu encargo a escolha dos meios a serem empregados. Quem deseja o resultado também deve aceitar os meios.

— Se é assim... — começou Aleksei Aleksándrovitch, ruborizando-se de repente, mas nesse instante o advogado levantou-se e de novo foi até a porta, na direção do escriturário que o interrompera.

— Diga a ela que não estamos numa loja de saldos! — exclamou o advogado e voltou ao encontro de Aleksei Aleksándrovitch.

Enquanto voltava, capturou mais uma traça, sem ninguém perceber. "Meus estofados de repes estarão uma beleza, no verão!", pensou, franzindo o rosto.

— Mas como o senhor estava dizendo... — retomou ele.

— Comunicarei ao senhor minha decisão por meio de carta — respondeu Aleksei Aleksándrovitch, levantando-se, e segurou-se na mesa. Depois de um momento de silêncio, falou: — Segundo as palavras do senhor, posso concluir, por conseguinte, que a realização do divórcio é possível. Peço que o senhor me informe quais as suas condições.

— É perfeitamente possível, caso o senhor me conceda completa liberdade de ação — disse o advogado, sem responder a pergunta. — Quando posso esperar receber uma resposta do senhor? — indagou, movendo-se em direção à porta, com os olhos e os sapatos de verniz cintilando.

— Dentro de uma semana. Tenha a bondade de me enviar a resposta do senhor, dizendo se aceita incumbir-se do caso e em que condições.

— Perfeitamente, às suas ordens.

O advogado curvou-se reverente, abriu a porta para o cliente e, ao ficar sozinho, entregou-se ao sentimento de alegria. Sentiu-se tão alegre que, contra as suas regras, baixou o valor de seus honorários para a senhora que regateava e parou de agarrar traças, decidindo por fim que, no inverno seguinte, teria de forrar os móveis com veludo, como no escritório de Sigônin.

VI

Aleksei Aleksándrovitch conseguira uma vitória brilhante na reunião da comissão no dia 17 de agosto, mas as consequências dessa vitória foram arrasadoras para ele. Uma nova comissão para investigar as condições dos povos não russos, em todos os seus aspectos, foi instituída e enviada ao local com uma rapidez e com uma energia incomuns, sob a pressão de Aleksei Aleksándrovitch. Três meses depois, apresentou um relatório. A condição dos povos não russos foi investigada dos pontos de vista político, administrativo, econômico, etnográfico, material e religioso. Para todos os quesitos, foram redigidas respostas de forma admirável, e respostas que não deixavam margem a nenhuma dúvida, pois não eram produto do pensamento humano, sempre sujeito a erros, mas sim produto da atividade do serviço público. Todas as respostas resultavam de dados oficiais, fornecidos pelos governadores e pelos bispos, com base nos relatórios dos dirigentes de província e das autoridades eclesiásticas provinciais, com base, por sua vez, em relatórios de superintendentes de comarca e de sacerdotes paroquiais; e por isso todas as respostas não deixavam margem a dúvidas. Todas aquelas questões sobre, por exemplo, por que ocorrem colheitas ruins, por que os habitantes conservam suas crenças antigas e assim por diante, questões que, fora das comodidades da máquina do serviço público, não encontram solução e não podem ter solução nem mesmo em séculos, ganharam soluções claras e incontestáveis. E a resolução foi favorável ao parecer de Aleksei Aleksándrovitch. Mas Striémov, que se sentira profundamente ferido na última reunião, empregou, ao receber o relatório da comissão, uma tática que Aleksei Aleksándrovitch não esperava. Striémov, que conquistara o apoio de vários membros, de repente passou para o lado de Aleksei Aleksándrovitch e, com ardor, não só defendeu a implementação das providências propostas por Kariênin como propôs outras medidas extremas, no mesmo espírito. Tais medidas, que ampliavam mais ainda a ideia fundamental de Aleksei Aleksándrovitch, foram acatadas, e então a tática de Striémov revelou o seu sentido. Levadas ao extremo, tais medidas mostraram-se de súbito tão tolas que, ao mesmo tempo, as autoridades do governo, a opinião pública, as senhoras inteligentes, os jornais — todos investiram contra essas medidas, manifestando sua indignação contra as medidas em si e contra o seu pai declarado, Aleksei Aleksándrovitch. Striémov afastou-se, dando a impressão de que apenas seguira cegamente o plano de Kariênin e agora se sentia surpreso e indignado com o que fora feito. Isso arrasou Aleksei Aleksándrovitch. Mas, apesar da saúde em declínio, apesar dos desgostos familiares, Aleksei Aleksándrovitch não se rendeu. Houve uma cisão na comissão. Alguns membros, com Striémov à frente, justificaram seu erro com a desculpa de que haviam acreditado na comissão de revisão dirigida por Aleksei Aleksándrovitch, que apresentara os relatórios, e disseram que os relatórios dessa comissão eram um disparate e não passavam de papel rabiscado. Aleksei Aleksándrovitch, partidário daqueles que viam um perigo nessa atitude revolucionária com relação aos documentos, continuou a apoiar os dados elaborados pela comissão de revisão. Em consequência, nas altas esferas e até na sociedade, tudo se embaralhava e, apesar de a questão interessar extremamente a todos, ninguém conseguia entender se de fato os povos não russos viviam na miséria ou prosperavam. Por conta disso e, em parte, por conta do desprezo que caíra sobre ele em razão da infidelidade da esposa, a situação de Aleksei Aleksándrovitch tornou-se bastante precária. E, nessa situação, Aleksei Aleksándrovitch tomou uma decisão importante. Para surpresa da comissão, ele comunicou que pediria autorização para ir em pessoa ao local a fim de averiguar o problema. Obtida a autorização, Aleksei Aleksándrovitch dirigiu-se às províncias distantes.

A partida de Aleksei Aleksándrovitch suscitou muito falatório, ainda mais porque, antes de partir, ele devolveu oficialmente a importância em dinheiro oferecida para as despesas de viagem com os doze cavalos necessários para alcançar o local determinado.

— Acho isso muito nobre — disse Betsy, a respeito, para a princesa Miágkaia. — Para que dar dinheiro para custear os cavalos de posta quando todos sabem que em toda parte há agora estradas de ferro?

Mas a princesa Miágkaia discordava e a opinião da princesa Tviérskaia até a irritava.

— A senhora pode falar sem dificuldade porque possui milhões, nem sei quantos — disse ela —, mas eu gosto muito quando meu marido viaja para fazer inspeções, no verão. É muito saudável para ele e lhe dá muito prazer, e já está estabelecido que esse dinheiro se destina a manter uma carruagem e um cocheiro para mim.

Na viagem rumo às províncias distantes, Aleksei Aleksándrovitch se deteve três dias em Moscou.

No dia seguinte à sua chegada, foi visitar o governador-geral. No cruzamento da travessa Gaziétni, onde sempre se aglomeravam carruagens e cocheiros, Aleksei Aleksándrovitch ouviu de repente seu nome, gritado com voz tão alta e alegre que não pôde deixar de olhar para trás. Num canto da calçada, com um curto casaco de última moda, com um chapéu curto de banda na última moda, resplandecente num sorriso de dentes brancos entre lábios vermelhos, alegre, jovem, exuberante, estava Stiepan Arcáditch, que gritava e exigia, de forma resoluta e insistente, que a carruagem parasse. Segurava-se com a mão na janela de uma carruagem estacionada na esquina, onde se viam uma cabeça de mulher de chapéu de veludo e duas cabeças de criança, e sorria e acenava com a mão para o cunhado. A senhora sorria com um sorriso gentil e também acenou com a mão para Aleksei Aleksándrovitch. Era Dolly, com os filhos.

Aleksei Aleksándrovitch não queria ver ninguém em Moscou, muito menos o irmão da sua esposa. Levantou o chapéu e fez menção de ir em frente, mas Stiepan Arcáditch mandou o cocheiro parar e correu até ele, no meio da neve.

— Ora, mas que pecado não nos avisar! Faz tempo que chegou? Ontem mesmo estive no Dussot e vi "Kariênin" no quadro de hóspedes, mas nem me passou pela cabeça que era você! — disse Stiepan Arcáditch, enfiando a cabeça na janela da carruagem. — Se eu soubesse, teria entrado. Como estou contente de ver você! — exclamou, batendo com os pés um no outro para sacudir deles a neve. — Que pecado não nos comunicar a sua vinda! — repetiu.

— Não tive tempo, ando muito ocupado — respondeu com secura Aleksei Aleksándrovitch.

— Vamos falar com a minha esposa, ela quer muito ver você.

Aleksei Aleksándrovitch retirou a manta que agasalhava suas pernas friorentas e, saindo da carruagem, atravessou a neve na direção de Dária Aleksándrovna.

— O que há, Aleksei Aleksándrovitch, por que o senhor nos evita dessa maneira? — perguntou Dolly, sorrindo.

— Estive muito ocupado. Tenho grande prazer em ver a senhora — respondeu num tom que dizia claramente estar desgostoso com isso. — Como vai a saúde da senhora?

— E a minha querida Anna?

Aleksei Aleksándrovitch grunhiu alguma coisa e quis ir embora. Mas Stiepan Arcáditch o deteve.

— Veja o que faremos amanhã. Dolly, convide-o para jantar! Vamos convidar Kóznichev e Piestsov para regalá-lo com a intelectualidade moscovita.

— Sim, venha, por favor — pediu Dolly. — Vamos esperá-lo às cinco ou seis horas, se o senhor quiser. Mas e a minha querida Anna? Há quanto tempo...

— Ela está bem — grunhiu Aleksei Aleksándrovitch, com as feições contraídas. — Fico muito contente! — E caminhou na direção da sua carruagem.

— O senhor virá? — gritou Dolly.

Aleksei Aleksándrovitch disse alguma coisa que Dolly não conseguiu distinguir em meio ao barulho das carruagens que passavam.

— Vou visitá-lo amanhã! — gritou-lhe Stiepan Arcáditch.

Aleksei Aleksándrovitch tomou seu lugar na carruagem e afundou-se nela de modo a não ver nem ser visto.

— Que tipo estranho! — disse Stiepan Arcáditch para a esposa e, depois de olhar para o relógio, fez diante do rosto um movimento com a mão, que denotava um gesto de carinho dirigido à esposa e aos filhos, e saiu a caminhar com ímpeto pela calçada.

— Stiva! Stiva! — gritou Dolly, ruborizada.

Ele virou-se.

— Tenho de comprar um casaco para o Gricha e para a Tânia. Dê-me o dinheiro!

— Não tem importância, diga que pagarei mais tarde — e desapareceu, depois de cumprimentar com a cabeça um conhecido que passava numa carruagem.

VII

O dia seguinte era domingo. Stiepan Arcáditch foi ao teatro Bolchói, no ensaio do balé, e deu a Macha Tchibíssova, uma graciosa bailarina contratada pouco antes por recomendação dele, o colar de coral que prometera na véspera e, nos bastidores, na penumbra do teatro, conseguiu beijar seu rostinho bonito, que estava radiante com o presente. Além de dar o colar de presente, ele precisava combinar com ela um encontro após o balé. Depois de explicar que não poderia assistir ao início do balé, ele prometeu que viria no último ato e a levaria para cear. Do teatro, Stiepan Arcáditch foi ao mercado Okhótni, escolheu pessoalmente um peixe e aspargos para o jantar e, ao meio-dia, já estava no Dussot, onde tinha de ver três pessoas, por sorte sua hospedadas no mesmo hotel: Liévin, que estava ali e chegara pouco antes do estrangeiro; seu novo chefe, recém-nomeado para aquele alto posto e que viera fazer uma inspeção em Moscou; e o cunhado Kariênin, a fim de convidá-lo para jantar, sem falta.

Stiepan Arcáditch gostava de jantar, mas gostava mais ainda de oferecer um jantar, pequeno, mas refinado na comida, na bebida e na escolha dos convidados. O cardápio do jantar desse dia lhe agradava muito: haveria percas bem frescas, aspargos e *la pièce de résistance*[5] — um rosbife formidável, mas simples, e vinhos apropriados: isso quanto à comida e à bebida. Quanto aos convidados, viriam Kitty e Liévin e, para que isso não chamasse a atenção, viriam também o cunhado e o jovem Cherbátski, e *la pièce de résistance* dos convidados: Serguei Kóznichev e Aleksei Aleksándrovitch. Serguei Ivánovitch era filósofo e moscovita e Aleksei Aleksándrovitch, petersburguês e homem de ação; também fora convidado o excêntrico e entusiasta Piestsov, liberal, tagarela, musicista, historiador e um simpaticíssimo jovem de cinquenta anos, que seria o molho ou a guarnição para Kóznichev e Kariênin. Iria provocá-los e instigá-los.

O dinheiro da segunda prestação da venda da floresta fora recebido e ainda não fora gasto, Dolly se mostrava muito boazinha ultimamente e a ideia desse jantar alegrava Stiepan Arcáditch, em todos os aspectos. Ele se achava no estado de espírito mais alegre possível. Havia duas circunstâncias um pouco desagradáveis; mas tanto uma como outra desapareciam no mar de alegria jovial que se agitava no espírito de Stiepan Arcáditch. Essas duas circunstâncias eram: primeiro, no dia anterior, ao encontrar Aleksei Aleksándrovitch na rua, notara como o cunhado se mostrara seco e severo com ele e, associando aquela expressão no rosto de Aleksei

---

5 Francês: "prato principal".

Aleksándrovitch, e também o fato de ele não o ter procurado nem comunicado sua vinda, com os rumores sobre Anna e Vrónski que chegaram aos seus ouvidos, Stiepan Arcáditch deduziu que algo não ia bem entre o marido e a esposa.

Essa era uma das coisas desagradáveis. A outra circunstância um pouco desagradável era que o novo chefe, como todos os chefes novos, já gozava da reputação de um homem terrível, que acordava às seis horas da manhã, trabalhava como um cavalo e exigia que os subordinados trabalhassem da mesma forma. Além disso, o novo chefe também gozava da reputação de ser um urso na maneira de tratar as pessoas e, segundo os boatos, era totalmente contrário à orientação adotada pelo chefe anterior e, até então, acatada pelo próprio Stiepan Arcáditch. No dia anterior, Stiepan Arcáditch comparecera ao serviço de uniforme e o novo chefe se mostrou muito amável e conversou com Oblónski como se fosse um velho conhecido; por isso Stiepan Arcáditch considerava sua obrigação fazer-lhe uma visita de sobrecasaca. A ideia de que o novo chefe poderia não receber isso muito bem era a segunda circunstância desagradável. Mas Stiepan Arcáditch sentia instintivamente que tudo *se arranjaria* de forma esplêndida. "São todos gente, também, são homens e pecadores, como nós: para que se irritar e brigar?", pensava, ao entrar no hotel.

— Bom dia, Vassíli — disse a um criado conhecido, ao passar pelo corredor, com o chapéu de lado. — Deixou crescer as costeletas? Liévin está no quarto número 7, não é? Leve-me até lá, por favor. E veja se o conde Anítchkin (era o novo chefe) pode me receber.

— Perfeitamente, senhor — respondeu Vassíli, sorrindo. — Há muito o senhor não nos dá a honra.

— Estive aqui ontem, só que vim pela outra entrada. É o quarto número 7?

Liévin estava de pé, no meio do quarto, em companhia de um mujique de Tvier, e media a pele de um urso recém-caçado, quando Stiepan Arcáditch entrou.

— Ah, vocês o mataram? — exclamou Stiepan Arcáditch. — Que peça formidável! Uma ursa? Bom dia, Arkhip!

Apertou a mão do mujique e sentou-se na cadeira, sem tirar o sobretudo e o chapéu.

— Mas tire o casaco, fique um pouco aqui! — disse Liévin, tomando o chapéu do amigo.

— Não, não tenho tempo, vim só por um segundo — respondeu Stiepan Arcáditch. Abriu o sobretudo, mas depois o despiu e ficou ali sentado durante uma hora, conversando com Liévin a respeito de caçadas e dos assuntos mais caros a ambos.

— Puxa, me conte por favor o que andou fazendo no estrangeiro. Onde esteve? — perguntou Stiepan Arcáditch, quando o mujique saiu.

— Estive na Alemanha, na Prússia, na França, na Inglaterra, mas não nas capitais e sim nas cidades fabris, e vi muitas novidades. E estou feliz de ter viajado.

— Sim, conheço suas ideias sobre a organização dos trabalhadores.

— Nada disso: na Rússia, não pode existir a questão trabalhista. Na Rússia, a questão é a da relação entre o povo trabalhador e a terra; essa questão também existe lá, mas lá se trata de consertar o que se deteriorou, ao passo que entre nós...

Stiepan Arcáditch ouvia Liévin com atenção.

— Sim, sim! — disse ele. — É muito provável que você tenha razão. Mas estou contente de vê-lo bem-disposto; vai caçar ursos, trabalha, se entusiasma. Cherbátski me contou algo muito diferente; ele o encontrou e disse que você estava num total desânimo, só falava em morte...

— Sim, ora essa, eu nunca deixo de pensar na morte — disse Liévin. — É verdade que é hora de morrer. E que tudo isto aqui é um absurdo. Digo-lhe a verdade: tenho um apreço tremendo pelas minhas ideias e pelo meu trabalho, mas, na realidade, pense no seguinte: todo este nosso mundo não passa de um pequeno bolor que cresceu na crosta do planeta. E pensamos que pode haver em nós algo grandioso, ideias, obras! Tudo isso são grãos de areia.

— Mas isso, meu amigo, é velho como o mundo!

— É velho, mas, sabe, quando o compreendemos com clareza, tudo se torna insignificante. Quando você compreende que vai morrer qualquer dia desses e não vai restar nada, tudo se torna insignificante! Eu considero muito importantes as minhas ideias, mas, ainda que se concretizassem, elas me parecem tão insignificantes quanto dar uma volta ao redor desta ursa. Assim, a gente vai passando a vida, se distrai com a caça, com o trabalho, só para não pensar na morte.

Stiepan Arcáditch sorria de forma sutil e carinhosa, enquanto ouvia Liévin.

— Pois bem, é claro! Agora você chegou à minha maneira de pensar. Lembra como você me atacou por eu buscar os prazeres da vida? Não sejais, ó moralista, tão severo!...

— Não, apesar de tudo o melhor na vida é... — Liévin hesitou. — Mas nem eu sei. Só sei que vou morrer em breve.

— Por que em breve?

— Sabe, há menos encanto na vida quando se pensa na morte, mas também há mais tranquilidade.

— Ao contrário, no fim é ainda mais divertido. Mas já está na minha hora — disse Stiepan Arcáditch, levantando-se pela décima vez.

— Mas não, fique mais um pouco! — disse Liévin, contendo-o. — Quando nos veremos agora? Vou partir amanhã.

— Ora, que cabeça a minha! Por isto estou aqui... Venha hoje sem falta à minha casa para jantar. O seu irmão virá, e também Kariênin, o meu cunhado.

— Quer dizer que ele está aqui? — perguntou Liévin, e quis indagar sobre Kitty. Soubera que, no início do inverno, ela havia estado em São Petersburgo na casa da sua irmã, esposa de um diplomata, e não sabia se ela havia voltado ou não, mas resolveu não perguntar. "Tanto faz que vá ou não."

— Então, você virá?

— Ora, é claro.

— Então às cinco, e de sobrecasaca.

Stiepan Arcáditch levantou-se e desceu ao encontro do novo chefe. O instinto não enganara Stiepan Arcáditch. O novo e terrível chefe revelou-se um homem absolutamente gentil e Stiepan Arcáditch almoçou com ele e tanto se demorou que só depois das três horas foi encontrar-se com Aleksei Aleksándrovitch.

VIII

Aleksei Aleksándrovitch, de volta da missa, passou a manhã inteira em casa. Nessa manhã, dois assuntos o aguardavam: primeiro, receber e orientar uma delegação dos povos não russos que se dirigia a Petersburgo e que agora se encontrava em Moscou; segundo, redigir a carta prometida ao advogado. A delegação, embora convocada por iniciativa de Aleksei Aleksándrovitch, representava muitos incômodos, e até perigos, e Aleksei Aleksándrovitch ficou muito contente de encontrá-la em Moscou. Os membros da delegação não tinham a menor compreensão do seu papel e dos seus deveres. Estavam ingenuamente convencidos de que sua tarefa consistia em expor suas necessidades e o verdadeiro estado de coisas, enquanto pediam ajuda ao governo, e não compreendiam em absoluto que algumas de suas declarações e exigências dariam respaldo ao partido adversário e, portanto, poriam tudo a perder. Aleksei Aleksándrovitch ocupou-se longamente com eles, redigiu um roteiro do qual não deviam afastar-se e, após despedir-se deles, redigiu uma carta a Petersburgo, para orientarem a delegação. A sua principal colaboradora nessa tarefa devia ser a condessa Lídia Ivánovna. Era uma especialista em questões de delegações e ninguém sabia tão bem como ela conduzir as delegações e lhes dar a orientação correta. Feito isso, Aleksei Aleksándrovitch escreveu a carta para o advogado. Sem a menor hesitação, lhe transmitiu a resolução de que devia agir como julgasse melhor. E anexou à carta três bilhetes de Vrónski para Anna, encontrados na pasta que ele tomara à força.

Desde que Aleksei Aleksándrovitch partira de casa com a intenção de não voltar para a família, desde que estivera com o advogado e revelara sua intenção, embora apenas a uma pessoa, e sobretudo desde que traduzira essa questão de vida nos termos de uma questão burocrática, habituou-se cada vez mais à sua intenção e, agora, via com clareza a viabilidade da realização dos seus planos.

Estava pondo o selo no envelope endereçado ao advogado quando ouviu sons altos da voz de Stiepan Arcáditch. Ele discutia com o criado de Aleksei Aleksándrovitch e insistia em ser anunciado.

"Não importa", pensou Aleksei Aleksándrovitch. "Tanto melhor: explicarei agora a minha posição com relação à irmã dele e explicarei por que não posso ir jantar na sua casa."

— Faça entrar — ordenou bem alto, recolhendo os papéis e arrumando-os na pasta.

— Veja, olhe só, você está mentindo, ele está em seu quarto, sim! — retrucou a voz de Stiepan Arcáditch ao lacaio, que não o deixava passar e, despindo o casaco no caminho, Oblónski entrou no quarto. — Ora, estou muito contente de encontrar você! Eu tinha esperança de... — começou Stiepan Arcáditch, alegremente.

— Não posso ir — cortou Aleksei Aleksándrovitch com frieza, pondo-se de pé, sem convidar a visita para sentar.

Aleksei Aleksándrovitch pensara em dar início imediatamente às relações frias que cumpria ter com o irmão da esposa, contra a qual estava começando um processo de divórcio; mas não contava com aquele mar de bondade que transbordava das margens da alma de Stiepan Arcáditch.

Stiepan Arcáditch arregalou os olhos claros e cintilantes.

— Mas por que não pode? O que quer dizer? — perguntou, com perplexidade e em francês. — Não, já está prometido. E todos nós contamos com você.

— Quero dizer que não posso ir à casa do senhor porque as relações familiares que existiam entre nós devem cessar.

— O quê? Como assim? Por quê? — disse Stiepan Arcáditch, com um sorriso.

— Porque estou dando início a uma ação de divórcio contra a irmã do senhor, a minha esposa. Eu tive de...

Mas Aleksei Aleksándrovitch nem teve tempo de concluir sua frase quando Stiepan Arcáditch reagiu de um modo muito diferente do que ele esperava. Stiepan Arcáditch soltou um gemido e sentou-se numa poltrona.

— Não, Aleksei Aleksándrovitch, o que está dizendo? — gritou Oblónski, e o sofrimento estampou-se no seu rosto.

— É isso mesmo.

— Desculpe-me, mas não posso, não posso acreditar nisso...

Aleksei Aleksándrovitch sentou-se, sentindo que suas palavras não haviam agido do modo como esperava, que seria necessário explicar-se e que, quaisquer que fossem suas explicações, seu relacionamento com o cunhado permaneceria como antes.

— Sim, me encontro na penosa necessidade de requerer o divórcio — disse.

— Vou dizer uma coisa, Aleksei Aleksándrovitch. Sei que você é um homem excelente, justo, sei que Anna, e me perdoe, não posso mudar minha opinião sobre ela, é uma mulher maravilhosa, excelente, e portanto, me perdoe, não posso acreditar nisso. Há aqui algum mal-entendido — disse.

— Quem dera fosse apenas um mal-entendido...

— Por favor, eu compreendo — interrompeu Stiepan Arcáditch. — Mas, é claro... Só uma coisa: não é preciso afobar-se. Não é preciso, não é preciso afobar-se!

— Não me afobo — respondeu Aleksei Aleksándrovitch, com frieza. — Mas não se pode pedir conselhos a ninguém nesse tipo de assunto. Tomei uma firme resolução.

— É horrível! — exclamou Stiepan Arcáditch, após um suspiro profundo. — Eu faria uma coisa, Aleksei Aleksándrovitch. Suplico a você, faça isto! — disse. — O processo ainda não foi iniciado, pelo que entendi. Antes de abrir o processo, aviste-se com a minha esposa, converse com ela. Minha esposa ama Anna, como a uma irmã, ama a você, e é uma mulher admirável. Pelo amor de Deus, fale com ela! Faça-me este gesto de amizade, eu imploro!

Aleksei Aleksándrovitch refletiu e Stiepan Arcáditch fitou-o com simpatia, sem interromper seu silêncio.

— Virá falar com ela?

— Não sei. Por isso não fui à casa do senhor. Creio que nossas relações precisam modificar-se.

— Por quê? Não entendo assim. Perdoe-me, mas penso que, afora as nossas relações familiares, você tem por mim, ao menos em parte, aquele sentimento de amizade que sempre tive por você... E um respeito sincero — disse Stiepan Arcáditch, apertando-lhe a mão. — Mesmo se as suas piores suposições forem corretas, eu não pretendo e jamais pretenderei julgar nem um lado nem o outro e não vejo por que nossas relações devam se modificar. Mas agora, faça isto, vá conversar com a minha esposa.

— Bem, nós encaramos a questão de forma muito diferente — respondeu Aleksei Aleksándrovitch, com frieza. — Na verdade, é melhor não falarmos deste assunto.

— Não, por que você não viria? Pelo menos hoje, para jantar? Minha mulher conta com você. Por favor, venha. E, o mais importante, fale com ela. É uma mulher admirável. Pelo amor de Deus, eu lhe imploro, de joelhos!

— Se o senhor deseja tanto assim, irei — respondeu Aleksei Aleksándrovitch, depois de soltar um suspiro.

E, com o intuito de mudar de assunto, indagou a respeito de algo que interessava a ambos: o novo chefe de Stiepan Arcáditch, um homem ainda jovem que, de repente, recebera um cargo tão elevado.

Aleksei Aleksándrovitch, desde antes, já não gostava do conde Anítchkin e sempre divergia de suas opiniões, mas agora não conseguia reprimir o ódio, bastante compreensível entre funcionários, de um homem que sofrera uma derrota no serviço público contra um homem que recebera uma promoção.

— Mas você esteve com ele? — perguntou Aleksei Aleksándrovitch, com um sorrisinho venenoso.

— Como não, ontem ele esteve na nossa repartição. Parece conhecer esplendidamente o serviço e ser muito ativo.

— Sim, mas qual a direção da sua atividade? — perguntou Aleksei Aleksándrovitch. — Fazer o trabalho ou refazer o que já está feito? A desgraça do nosso Estado é a papelada administrativa, da qual ele é um digno representante.

— Na verdade, não sei o que se pode condenar nele. Ignoro a orientação que segue, mas sei uma coisa: é um ótimo sujeito — respondeu Stiepan Arcáditch. — Agora há pouco, estive com ele e, acredite, é um ótimo sujeito. Almoçamos juntos e eu o ensinei a preparar aquela bebida, você sabe, vinho com laranjas. É muito refrescante. O admirável é que ele não a conhecia. Gostou muito. Não, acredite em mim, é um ótimo sujeito.

Stiepan Arcáditch olhou para o relógio.

— Ah, meu Deus! Já passa das quatro e ainda tenho de visitar o Dolgovúchin! Então, por favor, venha jantar conosco. Você não pode imaginar a tristeza que daria para mim e para a minha esposa.

Aleksei Aleksándrovitch acompanhou o cunhado num estado de ânimo completamente diferente daquele em que o recebera.

— Prometi e irei — respondeu, desanimado.

— Acredite, me alegra muito, e espero que não se arrependa — respondeu Stiepan Arcáditch, sorrindo.

E, enquanto vestia o sobretudo no caminho, tocou a mão na cabeça do criado, deu uma risada e saiu.

— Às cinco horas, e de sobrecasaca, por favor! — gritou de novo, voltando-se para a porta.

IX

Passava das cinco e alguns convidados já haviam chegado, quando chegou o próprio anfitrião. Entrou junto com Serguei Ivánovitch Kóznichev e Piestsov, que se esbarraram na entrada. Eram dois destacados representantes da intelectualidade moscovita, como Oblónski os chamava. Ambos eram respeitados, pelo caráter e pela inteligência. Respeitavam-se mutuamente, mas quase sempre estavam em total e inapelável discordância — não porque pertencessem a tendências antagônicas, mas justamente porque eram do mesmo campo (seus inimigos os confundiam com um só), porém nesse campo tinham cada um o seu matiz. E como não há nada mais incapaz de levar à concórdia do que pensamentos discrepantes sobre questões semiabstratas, os dois não só jamais concordavam nas opiniões como, sem se irritar, já haviam se acostumado, desde muito tempo, a apenas rir do erro incorrigível do outro.

Atravessavam a porta, falando sobre o clima, quando Stiepan Arcáditch os alcançou. Na sala, já estavam sentados o príncipe Aleksei Dmítrievitch, sogro de Oblónski, o jovem Cherbátski, Turóvtsin, Kitty e Kariênin.

Stiepan Arcáditch logo se deu conta de que, sem ele, as coisas não andavam nada bem na sala. Dária Aleksándrovna, em seu vestido de gala cinzento e de seda, obviamente preocupada com os filhos, que teriam de jantar sozinhos no quarto das crianças, e com o marido, que ainda não chegara, não sabia sem ele integrar devidamente todo aquele grupo. Todos estavam sentados como as filhas de um pope quando fazem uma visita (como dizia o velho príncipe), obviamente perplexos, sem entender por que estavam ali, espremendo as palavras à força, para não ficarem calados. O bondoso Turóvtsin, obviamente, sentia-se deslocado, e o sorriso dos lábios grossos, com que recebeu Stiepan Arcáditch, parecia dizer: "Puxa, meu amigo, você me trouxe para o meio desses crânios! Vamos tomar uma bebida e vamos ao Château des Fleurs, isso sim é mais do meu estilo". O velho príncipe estava sentado sem falar nada, olhando de esguelha para Kariênin, com seus olhinhos cintilantes, e Stiepan Arcáditch compreendeu que ele já havia inventado algum dito espirituoso para aplicar àquele homem de Estado que, como um esturjão, era servido aos convidados. Kitty olhava para a porta, reunindo forças para não se ruborizar à chegada de Konstantin Liévin. O jovem Cherbátski, que não fora apresentado a Kariênin, esforçava-se em mostrar que não estava nem um pouco constrangido por isso. O próprio Kariênin viera de fraque e gravata branca, devido ao costume petersburguês de vestir-se assim em jantares com senhoras, e Stiepan Arcáditch compreendeu, pelo seu rosto, que ele viera apenas para cumprir sua palavra e que, ao comparecer em tal sociedade, se desincumbia de uma obrigação penosa. Era ele o principal culpado pelo frio que gelara todos os convidados até a chegada de Stiepan Arcáditch.

Quando entrou na sala, Stiepan Arcáditch desculpou-se, explicou que ficara retido por certo príncipe, que era invariavelmente o bode expiatório de todos os seus atrasos e ausências e, no mesmo minuto, apresentou todos e, aproximando Aleksei Aleksándrovitch de Serguei Kóznichev, levantou uma discussão sobre a russificação da Polônia, tema a que eles imediatamente se agarraram, junto com Piestsov. Depois de dar uns tapinhas nas costas de Turóvtsin, sussurrou-lhe algo engraçado e instalou-o junto à esposa e ao príncipe. Em seguida, disse a Kitty que estava muito bonita nesse dia e apresentou Cherbátski e Kariênin. Num minuto, ele sovou de tal forma toda aquela massa social que a sala se transformou num espetáculo e vozes animadas ressoaram. Só faltava Konstantin Liévin. Mas isso veio a calhar porque, ao sair para a sala de jantar, Stiepan Arcáditch notou, para seu horror, que o vinho do Porto e o xerez tinham vindo de Desprez e não do Lowe e ele, depois de dar ordens para que o cocheiro fosse ao Lowe o mais depressa possível, tomou de novo a direção da sala de visitas.

Na sala de jantar, encontrou-se com Liévin.

— Não me atrasei?

— E por acaso você consegue chegar na hora? — exclamou Stiepan Arcáditch, tomando-o pelo braço.

— Há muita gente na sua casa? Quem são eles? — perguntou Liévin, incapaz de conter um rubor, sacudindo com a luva a neve do chapéu.

— Todos conhecidos nossos. Kitty está aqui. Vamos, vou apresentá-lo a Kariênin.

Stiepan Arcáditch, apesar de seu liberalismo, sabia que ser apresentado a Kariênin não podia deixar de ter um efeito lisonjeiro e por isso regalava os melhores amigos com esse convidado. Mas, nesse instante, Konstantin Liévin não se achava em condições de desfrutar toda a satisfação de tal conhecimento. Não via Kitty desde aquela memorável tarde em que encontrara Vrónski, se não levasse em conta aquele minuto em que a avistara na estrada. No fundo da alma, Liévin sabia que iria encontrá-la ali, nessa noite. Porém, para manter sua liberdade de pensamento, procurava convencer-se de que o ignorava. Ainda agora, ao ser informado de que ela estava ali, Liévin sentiu de repente tamanha alegria, e ao mesmo tempo tamanho pavor, que o ar lhe faltou e ele não conseguiu pronunciar o que desejava dizer.

"Como está ela? Tal como era antes, ou como estava na carruagem? Será verdade o que Dária Aleksándrovna disse? Por que não haveria de ser verdade?", pensava Liévin.

— Ah, por favor, apresente-me a Kariênin — pronunciou com esforço e, num passo resoluto e desesperado, entrou na sala de visitas e avistou-a.

Não era a mesma de antes, nem a mesma que vira na carruagem; era de todo uma outra pessoa.

Estava assustada, tímida, envergonhada, e por isso ainda mais encantadora. Ela o viu no instante em que entrou na sala. Já o esperava. Alegrou-se, e perturbou-

-se com a própria alegria a tal ponto que houve um momento, exatamente aquele em que Liévin aproximou-se da anfitriã e de novo lançou um olhar para ela, em que Kitty, Liévin e também Dolly, que tudo via, tiveram a impressão de que ela não conseguiria resistir e desataria a chorar. Kitty ruborizou-se, empalideceu, de novo ruborizou-se e fez-se imóvel, com um leve tremor nos lábios, à espera dele. Liévin aproximou-se dela, saudou-a com uma reverência e estendeu a mão sem falar nada. Não fosse o leve tremor dos lábios e a umidade que cobria seus olhos e lhes dava um brilho, o sorriso de Kitty estaria quase sereno quando lhe disse:

— Há quanto tempo não nos vemos! — E, com uma firmeza desesperada, apertou-lhe a mão com a sua mão fria.

— A senhora não me viu, mas eu vi a senhora — disse Liévin, com um radiante sorriso de felicidade. — Vi a senhora quando viajava da estrada de ferro para Iérguchovo.

— Quando? — perguntou, com surpresa.

— A senhora estava a caminho de Iérguchovo — disse Liévin, sentindo que sufocava com a felicidade que inundava sua alma. "Como me atrevi a associar a ideia de algo que não fosse inocente a essa criatura tocante! Sim, parece ser verdade aquilo que disse Dária Aleksándrovna", pensou.

Stiepan Arcáditch tomou Liévin pelo braço e levou-o até Kariênin.

— Permitam que os apresente — e declinou o nome de ambos.

— Tenho muito prazer em vê-lo de novo — disse Aleksei Aleksándrovitch, com frieza, enquanto apertava a mão de Liévin.

— Já se conhecem? — indagou Stiepan Arcáditch, surpreso.

— Passamos três horas juntos num vagão de trem — respondeu Liévin, sorrindo. — Mas saímos de lá tão intrigados como se sai de um baile de máscaras, pelo menos no meu caso.

— Ora essa! Por aqui, por favor — disse Stiepan Arcáditch, apontando na direção da sala de jantar.

Os homens saíram na direção da sala de jantar e se acercaram da mesa dos antepastos, servida com seis tipos de vodca e um igual número de tipos de queijo, alguns com pazinhas de prata e outros sem pazinhas, caviares, arenques, conservas de vários tipos e travessas com fatiazinhas de pão francês.

Os homens se puseram de pé em torno das vodcas e das iguarias aromáticas e a conversa entre Serguei Ivánitch Kóznichev, Kariênin e Piestsov sobre a russificação da Polônia cessou, à espera do jantar.

Serguei Ivánovitch, que, para encerrar a discussão mais séria e abstrata, sabia melhor do que qualquer outro como adicionar inesperadamente uma pitada de sal ático e, assim, modificar o ânimo dos interlocutores, fez isso também nessa ocasião.

Aleksei Aleksándrovitch demonstrava que a russificação da Polônia só poderia ser obtida com a ajuda de princípios elevados, que deviam ser ali introduzidos pela administração russa.

Piestsov fincava pé em que uma nação assimila a outra só quando é mais densamente povoada.

Kóznichev admitia ambas as opiniões, mas com restrições. Quando já saíam da sala de visitas, a fim de encerrar a discussão, Kóznichev disse, sorrindo:

— Portanto, só há um meio para russificar os povos estrangeiros: ter o maior número possível de filhos. Nesse caso, eu e meu irmão nos portamos pior do que todos. Mas os senhores, cavalheiros casados, sobretudo o senhor, Stiepan Arcáditch, procedem de forma inteiramente patriótica; quantos filhos tem? — perguntou para o anfitrião, com um sorriso carinhoso, e estendendo para ele um minúsculo cálice.

Todos riram, e Stiepan Arcáditch com especial alegria.

— Aí está! Este é o melhor meio! — disse, mastigando queijo e vertendo um tipo especial de vodca no cálice à sua frente. A conversa, de fato, terminara com um chiste.

— Este queijo não é nada mau. Os senhores não gostariam? — perguntou o anfitrião. — Será que você anda fazendo ginástica de novo? — dirigiu-se a Liévin, apalpando seus músculos com a mão esquerda. Liévin sorriu, tensionou o braço e, como um queijo redondo, sob os dedos de Stiepan Arcáditch, ergueu-se uma colina de aço por baixo da lã fina da sobrecasaca.

— Mas que bíceps! É um Sansão!

— Creio que é preciso ter muita força para caçar ursos — disse Aleksei Aleksándrovitch, que tinha as ideias mais vagas a respeito de caçadas, enquanto besuntava queijo e esfarelava um miolo de pão fininho como uma teia de aranha.

Liévin sorriu.

— De maneira alguma. Ao contrário, até um menino pode matar um urso — respondeu, abrindo caminho com uma ligeira reverência para as senhoras que, em companhia da anfitriã, seguiam na direção da mesa de antepastos.

— Mas o senhor matou um urso, pelo que me contaram — disse Kitty, enquanto tentava em vão capturar com um garfo um cogumelo rebelde, que fugia, e sacudia as rendas, entre as quais se destacava a brancura do seu braço. — Acaso o senhor já comeu um urso? — acrescentou, de lado, virando para ele a cabeça encantadora e sorrindo.

Não parecia haver nada de extraordinário no que ela dissera, mas, para Liévin, que significado intraduzível em palavras se abrigava em cada som, em cada movimento dos lábios, dos olhos e das mãos de Kitty, quando falou aquilo! Havia ali um pedido de perdão, confiança nele, carinho, um carinho meigo, tímido, e uma promessa, uma esperança, e amor por ele, um amor em que Liévin não podia deixar de acreditar e que o sufocava de felicidade.

— Não, nós tínhamos ido à província de Tvier. Ao voltar de lá, encontrei no trem o *beau-frère*[6] da senhora, ou o cunhado do seu *beau-frère* — disse ele, com um sorriso. — Foi um encontro divertido.

E contou alegremente, e de modo engraçado, como ele, que passara a noite inteira sem dormir, entrara precipitadamente, com uma peliça curta, no compartimento de Aleksei Aleksándrovitch.

— O condutor, ao contrário do que diz o provérbio, quis expulsar-me dali por causa da minha roupa; mas então comecei a me expressar num estilo elevado e... o senhor também — disse, voltando-se para Kariênin, cujo nome esquecera —, a princípio, por causa da minha peliça curta, também quis me expulsar, mas depois intercedeu em meu favor, pelo que sou muito grato.

— De modo geral, os direitos dos passageiros para a escolha do lugar no trem são extremamente imprecisos — respondeu Aleksei Aleksándrovitch, enxugando a ponta dos dedos com um lenço.

— Vi que o senhor ficou indeciso a meu respeito — disse Liévin, sorrindo com bom humor. — Mas eu me apressei em entabular uma conversa inteligente, para me redimir da minha peliça curta.

Serguei Ivánovitch, que prosseguia a conversa com a anfitriã enquanto, com o outro ouvido, escutava o irmão, olhou-o de esguelha. "O que há com ele hoje? Que ar de triunfo", pensou. Ignorava que Liévin tinha a sensação de que lhe cresciam asas. Liévin sabia que Kitty ouvia suas palavras e tinha prazer em ouvi-las. E só isso lhe interessava. Para Liévin, não apenas naquela sala, mas também em todo o mundo, só existiam ele, que aos próprios olhos alcançara um valor e uma importância enormes, e ela. Liévin sentia-se nas alturas, o que fazia sua cabeça rodar, e lá embaixo, longe, estavam aqueles bondosos e simpáticos Kariênin, Oblónski e o mundo inteiro.

Com absoluta discrição, sem sequer olhar para eles, e como se na verdade não houvesse outros assentos vagos, Stiepan Arcáditch acomodou Liévin e Kitty lado a lado.

— Bem, você pode sentar-se aqui — disse para Liévin.

O jantar estava tão bom quanto a louça, da qual Stiepan Arcáditch era um apreciador entusiasmado. A sopa Marie-Louise estava excelente; os bolinhos minúsculos, que se derretiam na boca, estavam irrepreensíveis. Dois lacaios e

---

6 Francês: "cunhado".

Matviei, de gravata branca, cuidavam dos pratos e da bebida de maneira discreta, silenciosa e rápida. No aspecto material, o jantar foi bem-sucedido; e não menos no aspecto espiritual. A conversa, ora generalizada, ora em particular, não se interrompia e, no final do jantar, animou-se de tal modo que os homens se levantaram da mesa, sem parar de falar, e até Aleksei Aleksándrovitch animou-se.

X

Piestsov gostava de levar um raciocínio até o fim e não se satisfez com as palavras de Serguei Ivánovitch, ainda mais porque sentia a injustiça da sua própria opinião.

— Jamais me referi — disse, durante a sopa, dirigindo-se a Aleksei Aleksándrovitch — à densidade populacional isoladamente, mas em associação com os fundamentos, e não com os princípios.

— Parece-me — respondeu Aleksei Aleksándrovitch, sem pressa e com indolência — que é a mesma coisa. Na minha opinião, só pode influir sobre um outro povo aquele povo que possui um maior desenvolvimento, que...

— Mas é exatamente esta a questão... — interrompeu Piestsov, com sua voz de baixo, sempre afoito para falar e, ao que parecia, sempre profundamente convicto do que dizia. — O que se pode entender por um desenvolvimento mais elevado? Ingleses, franceses, alemães, a quem se deve atribuir um grau mais elevado de desenvolvimento? Quem irá nacionalizar o outro? Vemos que o Reno se afrancesou, mas os alemães não se encontram numa posição inferior! — gritou. — Existe aí uma outra lei em ação!

— Parece-me que a influência está sempre ao lado do saber autêntico — disse Aleksei Aleksándrovitch, levantando ligeiramente as sobrancelhas.

— Mas em que devemos reconhecer os sinais de um saber autêntico? — retrucou Piestsov.

— Creio que tais sinais são conhecidos — respondeu Aleksei Aleksándrovitch.

— Plenamente conhecidos? — interveio Serguei Ivánovitch, com um sorriso sutil. — Hoje se tem por certo que o saber verdadeiro só pode ser o puramente clássico; mas vemos discussões encarniçadas de ambas as partes e é impossível negar que também o campo adversário tem argumentos fortes a seu favor.

— O senhor é clássico, Serguei Ivánovitch. Gostaria de um vinho tinto? — disse Stiepan Arcáditch.

— Não estou expressando minha opinião sobre este ou aquele saber — disse Serguei Ivánovitch levantando o copo, com um sorriso condescendente, como que diante de uma criança. — Digo apenas que ambos os lados têm fortes argumentos

— prosseguiu, voltando-se para Aleksei Aleksándrovitch. — Sou clássico por formação, mas, nesse debate, pessoalmente, não consigo encontrar o meu lugar. Não vejo argumentos claros para conceder às ciências clássicas uma vantagem sobre as ciências reais.

— As ciências naturais têm uma influência pedagógico-formativa do mesmo peso — emendou Piestsov. — Tomem por exemplo a astronomia, a botânica, a zoologia, com o seu sistema de leis gerais!

— Não posso concordar inteiramente com isso — respondeu Aleksei Aleksándrovitch. — Parece-me que não se pode deixar de reconhecer que o próprio processo de estudo das formas das línguas age de modo especialmente benéfico sobre o desenvolvimento espiritual. Além disso, não se pode também negar uma influência dos escritores clássicos no mais elevado nível moral, ao passo que, desgraçadamente, ao ensino das ciências naturais se associam aqueles estudos nocivos e falsos que constituem a chaga do nosso tempo.

Serguei Ivánovitch quis dizer algo, mas Piestsov, com sua profunda voz de baixo, interrompeu-o. Começou a demonstrar, com ardor, a injustiça de tal opinião. Serguei Ivánovitch esperou com calma que lhe dessem a palavra, obviamente com uma objeção irrefutável já preparada.

— Porém — disse Serguei Ivánovitch, com um sorriso sutil, e dirigindo-se a Kariênin — é impossível não concordar que é difícil ponderar plenamente todas as vantagens e desvantagens das duas modalidades de ciências e que a questão de quais ciências devemos preferir não poderia ser resolvida de forma tão rápida e categórica se do lado do saber clássico não existisse essa vantagem a que o senhor agora se referiu: a influência moral e, *disons le mot*,[7] antiniilista.

— Sem dúvida.

— Caso não houvesse essa vantagem de uma influência antiniilista no lado das ciências clássicas, pensaríamos com mais vagar, ponderaríamos os argumentos de ambas as partes — disse Serguei Ivánovitch, com um sorriso sutil. — Daríamos livre curso a ambas as tendências. Mas agora sabemos que nessas pílulas de saber clássico se abriga a força curativa do antiniilismo e não hesitamos em prescrevê-las para os nossos pacientes... Mas e se elas não tiverem essa força curativa? — concluiu, salpicando uma pitada de sal ático.

Todos riram das pílulas de Serguei Ivánovitch e Turóvtsin riu de modo particularmente ruidoso e alegre, ao ouvir afinal o chiste que já esperava desde o início da conversa.

---

7 Francês: "digamos a palavra".

Stiepan Arcáditch não se enganara ao convidar Piestsov. Com ele, uma conversa inteligente não podia silenciar nem por um minuto. Tão logo Serguei Ivánovitch encerrou a conversa com o seu chiste, Piestsov levantou uma nova discussão.

— Não é mesmo possível concordar — disse — que o governo tivesse esse propósito. O governo, é óbvio, administra segundo considerações de ordem geral, mantendo-se indiferente às influências que as medidas tomadas possam produzir. Por exemplo, era de esperar que a questão da educação das mulheres fosse considerada nociva, mas o governo abre cursos e universidades para as mulheres.

E a conversa, prontamente, saltou para o novo tema da educação das mulheres.

Aleksei Aleksándrovitch manifestou a ideia de que a educação das mulheres geralmente se confunde com a questão da emancipação das mulheres e só por isso pode ser considerada nociva.

— Eu, ao contrário, creio que as duas questões estão indissoluvelmente ligadas — retrucou Piestsov. — É um círculo vicioso. A mulher está privada de direitos por falta de instrução e a falta de instrução decorre da ausência de direitos. É preciso não esquecer que a escravização das mulheres é tão grande e tão antiga que nós, muitas vezes, não queremos compreender o abismo que nos separa delas — disse.

— O senhor falou em direitos — disse Serguei Ivánovitch, que aguardava o silêncio de Piestsov —, o direito de ocupar os cargos de jurados, de vogais, de presidentes de assembleia, o direito de entrar no serviço público, de ser membro do parlamento...

— Sem dúvida.

— Mas se as mulheres, com raras exceções, são também capazes de ocupar tais cargos, parece-me que o senhor empregou de maneira indevida a palavra "direitos". Com mais exatidão, teria dito: deveres. Todos concordam que, ao ocupar um cargo de jurado, de vogal, de funcionário do telégrafo, sentimos que cumprimos um dever. E portanto mais exato seria dizer que as mulheres almejam deveres, e de modo absolutamente legítimo. Só podemos nos solidarizar com tal desejo das mulheres, de cooperar no trabalho comum do homem.

— É absolutamente justo — confirmou Aleksei Aleksándrovitch. — A questão, eu creio, consiste apenas em saber se elas são capazes de cumprir tais deveres.

— É provável que venham a ser muito capazes — interveio Stiepan Arcáditch —, quando a educação estiver difundida entre elas. Vemos isso...

— E o provérbio? — disse o príncipe, que já acompanhava a conversa fazia muito tempo, com seus olhinhos zombeteiros e brilhantes. — Posso dizê-lo diante das filhas: os cabelos são compridos porque...

— Era o mesmo que se pensava sobre os negros até a sua emancipação! — cortou Piestsov, com irritação.

— Só acho estranho que as mulheres procurem novos deveres — disse Serguei Ivánovitch —, quando vemos, infelizmente, que os homens em geral fogem deles.

— Os deveres estão ligados aos direitos; o poder, o dinheiro, as honras: eis o que as mulheres procuram — disse Piestsov.

— É como se eu buscasse ter o direito de ser ama de leite e me ofendesse por contratarem mulheres, mas não a mim — disse o velho príncipe.

Turóvtsin desatou uma gargalhada estrondosa e Serguei Ivánovitch lamentou não ter dito aquilo. Até Aleksei Aleksándrovitch sorriu.

— Sim, mas o homem não pode amamentar — retrucou Piestsov —, enquanto a mulher...

— Não, um inglês amamentou seu bebê numa vaca — respondeu o velho príncipe, permitindo-se essa liberdade de expressão diante das filhas.

— Haverá tantas mulheres funcionárias públicas quantos forem os ingleses como esse — acrescentou Serguei Ivánovitch.

— Sim, mas o que será das meninas que não têm família? — perguntou Stiepan Arcáditch, lembrando-se de Tchibíssova, a qual ele tinha sempre em mente, solidarizando-se com Piestsov e lhe dando apoio.

— Se analisar direitinho a história dessa menina, o senhor descobrirá que ela abandonou a família, a sua própria ou a de uma irmã, onde ela poderia desempenhar o papel adequado a uma mulher — disse Dária Aleksándrovna, com irritação, interferindo na conversa de forma inesperada, na certa adivinhando que menina Stiepan Arcáditch tinha em mente.

— Mas nós nos pautamos por um princípio, por um ideal! — objetou Piestsov, com voz de baixo. — A mulher quer ter o direito de ser independente, instruída. Ela está tolhida, reprimida, com a consciência dessa impossibilidade.

— E eu me sinto tolhido e reprimido porque não me admitem como ama de leite num orfanato — disse de novo o velho príncipe, para grande alegria de Turóvtsin, que, ao rir, deixou o aspargo cair com a ponta grossa dentro do molho.

XI

Todos participavam da conversa geral, exceto Kitty e Liévin. A princípio, quando se falava sobre a influência de uma nação sobre outra, veio involuntariamente à cabeça de Liévin aquilo que tinha a dizer sobre o assunto; mas tais ideias, antes muito importantes para ele, pareciam mover-se em sua mente como num sonho e não tinham agora, para ele, o menor interesse. Pareceu-lhe até estranho que os outros se esforçassem tanto para falar sobre algo de que ninguém necessitava. Quanto a

Kitty, também seria de imaginar que a conversa lhe interessasse, pois tratava dos direitos e da educação da mulher. Quantas vezes ela havia pensado no assunto; ao recordar sua amiga Várienka, no exterior, e sua penosa dependência, quantas vezes pensou no seu próprio caso, e em que o mesmo lhe aconteceria se não casasse, e quantas vezes discutiu com a irmã sobre isso! Mas agora o assunto não lhe interessava nem um pouco. Entre Kitty e Liévin, transcorria uma conversa só deles, e nem era uma conversa, mas um contato misterioso que, a cada minuto, os aproximava mais e mais e produzia em ambos um sentimento de temor exultante, em face do desconhecido em que os dois ingressavam.

A princípio, ante a pergunta de Kitty sobre como pudera vê-la numa carruagem no ano anterior, Liévin contou que voltava da ceifa caminhando pela estrada e encontrou-a.

— Era de manhã cedinho. A senhora, com certeza, havia acabado de acordar. Sua *maman* dormia ao seu lado. A manhã estava deslumbrante. Eu caminhava e pensava: quem virá nessa carruagem de quatro cavalos? Eram duas parelhas excelentes, com guizos, e por um momento a senhora surgiu e eu a vi na janela: a senhora estava sentada assim e, com as duas mãos, segurava a fita da touquinha, terrivelmente pensativa — disse, sorrindo. — Como eu gostaria de saber sobre o que a senhora pensava. Algo importante?

"Será que eu estava despenteada?", pensou ela; mas, ao ver o sorriso exultante que aquela recordação despertava em Liévin, Kitty sentiu que, ao contrário, deixara uma impressão muito boa. Ruborizou-se e sorriu com alegria.

— Francamente, não me lembro.

— Que bela gargalhada tem o Turóvtsin! — disse Liévin, admirando os olhos úmidos e o corpo sacolejante.

— O senhor o conhece há muito? — perguntou Kitty.

— Quem não o conhece?

— Vejo que o senhor o considera um homem tolo, não é?

— Tolo não, mas insignificante.

— Mas não é verdade! E o senhor precisa parar de julgá-lo assim! — disse Kitty. — Também eu tinha uma opinião ruim a respeito dele, mas é... é... um homem admiravelmente bom e amável. Tem um coração de ouro.

— Como pode a senhora conhecer o coração dele?

— Somos grandes amigos. Eu o conheço muito bem. No inverno passado, pouco depois de... o senhor ter estado em nossa casa — disse, com um sorriso culpado e, ao mesmo tempo, confiante —, todos os filhos de Dolly pegaram escarlatina e um dia ele foi visitá-la. E, imagine o senhor — disse, num sussurro —, teve tanta pena de Dolly que ficou lá e passou a ajudá-la a cuidar das crianças. Pois é, passou três semanas com as crianças, em nossa casa, e cuidou delas como uma babá. Estou contando a Konstantin Dmítritch a respeito de Turóvtsin, na época da escarlatina — disse Kitty, inclinando-se na direção da irmã.

— Sim, foi admirável, um encanto! — exclamou Dolly, sorrindo e lançando um olhar para Turóvtsin, que pressentiu que falavam dele. Liévin olhou mais uma vez para Turóvtsin e surpreendeu-se de não ter compreendido antes todo o encanto daquele homem.

— Perdão, perdão, e nunca mais pensarei mal das pessoas! — disse Liévin, alegre, exprimindo com sinceridade aquilo que agora sentia.

XII

Na conversa que se iniciara sobre os direitos da mulher, havia questões embaraçosas para se discutir em presença de senhoras, referentes à desigualdade de direitos no casamento. Piestsov, durante o jantar, tocou algumas vezes nessas questões, mas Serguei Ivánovitch e Stiepan Arcáditch desviaram o rumo da conversa cuidadosamente.

Quando se levantaram da mesa e as senhoras haviam saído, Piestsov, que não as seguira, voltou-se para Aleksei Aleksándrovitch e passou a expor o principal motivo da desigualdade. Na sua opinião, a desigualdade entre os cônjuges consistia em que a infidelidade da esposa e a infidelidade do marido são punidas de maneira desigual, tanto pela lei como pela opinião pública.

Stiepan Arcáditch aproximou-se rapidamente de Aleksei Aleksándrovitch e perguntou se não gostaria de fumar.

— Não, eu não fumo — respondeu Aleksei Aleksándrovitch, com tranquilidade e, como se quisesse intencionalmente mostrar que não temia aquela conversa, voltou-se para Piestsov com um sorriso frio.

— Creio que as bases de tal ponto de vista repousam na própria essência das coisas — disse, e fez menção de seguir para a sala de visitas; mas nisso, de repente e de modo inesperado, Turóvtsin falou, voltando-se para Aleksei Aleksándrovitch:

— O senhor, decerto, já soube do caso de Priátchnikov? — perguntou Turóvtsin, que se animara com o champanhe e que, havia muito tempo, esperava uma oportunidade para interromper o silêncio que lhe pesava. — Vássia Priátchnikov — disse, com seu sorriso bondoso de lábios úmidos e rosados, dirigindo-se sobretudo ao convidado principal, Aleksei Aleksándrovitch —, contaram-me hoje mesmo, bateu-se em duelo em Tvier, contra Kvítski, e o matou.

Da mesma forma que, como se fosse de propósito, parece que sempre nos machucamos justamente num ponto do corpo já ferido, assim também Stiepan Arcáditch tinha agora a sensação de que, por infelicidade, cada minuto daquela conversa espicaçava o ponto ferido de Aleksei Aleksándrovitch. Quis de novo afastar o cunhado, mas o próprio Aleksei Aleksándrovitch perguntou, com curiosidade:

— Por que se bateu Priátchnikov?

— Por causa da esposa. Agiu como um bravo! Desafiou para um duelo e matou!

— Ah! — disse Aleksei Aleksándrovitch, com indiferença e, depois de erguer as sobrancelhas, seguiu para a sala de visitas.

— Como estou contente com a sua vinda — disse-lhe Dolly, com um sorriso assustado, ao encontrá-lo na sala intermediária. — Preciso falar com o senhor. Vamos sentar aqui.

Aleksei Aleksándrovitch, com a expressão de indiferença que lhe davam as sobrancelhas levantadas, sentou-se junto a Dária Aleksándrovna e sorriu de maneira falsa.

— Vem mesmo a calhar — disse ele —, pois eu queria pedir desculpas à senhora e despedir-me. Preciso viajar amanhã.

Dária Aleksándrovna estava firmemente convencida da inocência de Anna e sentiu que empalidecia e que os lábios tremiam de fúria contra esse homem frio e sem sentimentos que, com tanta calma, tencionava desgraçar sua amiga inocente.

— Aleksei Aleksándrovitch — disse ela, fitando-o nos olhos com uma determinação desesperada. — Perguntei ao senhor sobre Anna e o senhor não me respondeu. Como está ela?

— Parece estar bem de saúde, Dária Aleksándrovna — respondeu Aleksei Aleksándrovitch, sem olhar para ela.

— Aleksei Aleksándrovitch, perdoe-me, não tenho este direito... mas eu amo e respeito Anna como a uma irmã; peço, imploro ao senhor que me conte o que se passa entre vocês. De que o senhor a acusa?

Aleksei Aleksándrovitch franziu o rosto e, de olhos quase fechados, baixou a cabeça.

— Suponho que o seu marido tenha informado à senhora as causas por que considero necessário modificar as minhas anteriores relações com Anna Arcádievna — disse, sem a fitar nos olhos, enquanto, com desprazer, lançava um olhar para Cherbátski, que cruzava a sala.

— Não acredito, não acredito, não posso acreditar nisso! — exclamou Dolly, apertando à sua frente as mãos ossudas, uma na outra, num gesto enérgico. Levantou-se bruscamente e pôs a mão sobre a manga de Aleksei Aleksándrovitch. — Aqui, vão incomodar-nos. Vamos até ali, por favor.

A emoção de Dolly produziu efeito sobre Aleksei Aleksándrovitch. Levantou-

-se e seguiu-a com docilidade até a sala de estudo das crianças. Sentaram-se junto à mesa, revestida por uma lona encerada, cortada por canivetes.

— Não acredito, não acredito nisso! — exclamou Dolly, esforçando-se para captar seu olhar, que se esquivava.

— É impossível não acreditar nos fatos, Dária Aleksándrovna — respondeu, enfatizando a palavra "fatos".

— Mas, afinal, o que ela fez? — perguntou Dária Aleksándrovna. — O que ela fez, exatamente?

— Ela desprezou seus deveres e traiu seu marido. Eis o que ela fez — respondeu.

— Não, não, não pode ser! Não, pelo amor de Deus, o senhor está enganado! — disse Dolly, tocando com as mãos nas têmporas e fechando os olhos.

Aleksei Aleksándrovitch sorriu friamente, só com os lábios, com o intuito de mostrar a ela e a si mesmo a firmeza da sua convicção; mas aquela defesa ardente, embora não o abalasse, avivou sua ferida. Pôs-se a falar com grande ímpeto.

— É extremamente difícil haver engano quando a própria esposa o declara ao marido. Declara que oito anos de vida e um filho, declara que tudo isso foi um erro e que ela quer recomeçar sua vida — disse irritado, resfolegando pelo nariz.

— Anna e um vício, não consigo ligar as duas coisas, não posso acreditar nisso.

— Dária Aleksándrovna! — disse ele, agora olhando de frente para o rosto bondoso e comovido de Dolly e sentindo que sua língua, sem querer, se desatava. — Eu daria qualquer coisa para que ainda pudesse existir uma dúvida. Quando eu tinha dúvidas, era penoso para mim, porém era mais leve do que agora. Quando eu tinha dúvidas, havia esperança; mas agora não há esperança e, no entanto, tenho dúvidas a respeito de tudo. Tantas dúvidas eu tenho a respeito de tudo que chego a odiar o meu filho e às vezes não acredito que seja meu filho. Estou muito infeliz.

Ele não precisava dizer isso. Dária Aleksándrovna o percebeu, assim que olhou para o seu rosto; sentiu pena dele, e a fé na inocência da amiga vacilou.

— Ah! É horrível, horrível! Mas é mesmo verdade que o senhor se decidiu pelo divórcio?

— Decidi tomar medidas drásticas. Não há mais nada que eu possa fazer.

— Nada que se possa fazer, nada que se possa fazer... — repetiu ela, com lágrimas nos olhos. — Não, não é assim! — exclamou.

— O que é horrível nesse tipo de infortúnio é que não se pode, como em qualquer outro, como na perda, na morte, carregar a sua cruz, pois nesse caso é preciso agir — disse ele, como que adivinhando o pensamento dela. — É preciso sair dessa situação humilhante em que nos encontramos: não se pode viver a três.

— Compreendo, compreendo isso muito bem — disse Dolly, e baixou a cabeça. Calou-se, pensando em si, no seu infortúnio doméstico e, de repente, com um gesto enérgico, levantou a cabeça e uniu as mãos num gesto de súplica. — Mas espere! O senhor é um cristão. Pense nela! O que será dela, se o senhor a abandonar?

— Eu pensei, Dária Aleksándrovna, e pensei muito — disse Aleksei Aleksándrovitch. Manchas vermelhas surgiram em seu rosto e os olhos turvos fitaram-na de frente. Dária Aleksándrovna agora sentia pena dele, com toda a sua alma. — Fiz exatamente isso, logo depois que fui informado, por ela mesma, da minha desonra; deixei tudo como era antes. Ofereci a possibilidade de ela reparar seu erro, esforcei-me para salvá-la. De que adiantou? Ela não cumpriu nem a mais simples das exigências: observar a decência — disse, inflamando-se. — É possível salvar uma pessoa que não deseja perder-se; mas se a natureza inteira está a tal ponto degradada e pervertida que a própria perdição parece a ela ser a salvação, o que se há de fazer?

— Tudo, menos o divórcio! — respondeu Dária Aleksándrovna.

— Mas o que é tudo?

— Não, isso é horrível. Ela não será esposa de ninguém, estará desgraçada!

— O que posso fazer? — perguntou Aleksei Aleksándrovitch, levantando os ombros e as sobrancelhas. A lembrança da última falta da esposa o encolerizara a tal ponto que se tornou frio outra vez, como no início da conversa. — Agradeço muito à senhora, pelo seu interesse, mas está na minha hora — disse, levantando-se.

— Não, espere! O senhor não pode levá-la à desgraça. Espere, vou contar ao senhor a meu respeito. Casei-me e o meu marido me enganava; de ódio, de ciúme, eu quis largar tudo, quis mesmo... Mas pensei melhor; e quem me ajudou? Anna me salvou. E aqui estou, viva. Os filhos crescem, meu marido está de volta à família e sente sua culpa, se torna mais casto, melhor, e eu vou vivendo... Eu perdoei e o senhor deve perdoar!

Aleksei Aleksándrovitch ouvia, mas as palavras dela já não agiam sobre ele. Em sua alma, se ergueu de novo todo o rancor do dia em que tomara a decisão de divorciar-se. Sacudiu a roupa, limpando-se, e disse, com voz alta e penetrante:

— Perdoar, eu não posso, nem quero, e considero injusto. Fiz tudo por essa mulher e ela pisou tudo isso na lama, que é a sua essência. Não sou um homem cruel, jamais odiei alguém, mas a ela, eu odeio com todas as forças da alma e não poderia perdoar-lhe porque a odeio demais, por todo o mal que me fez! — exclamou, com lágrimas de rancor na voz.

— Amai aqueles que vos odeiam... — murmurou Dária Aleksándrovna, com vergonha.

Aleksei Aleksándrovitch sorriu com desprezo. Já sabia disso havia muito tempo, mas não podia ser aplicado ao seu caso.

— Amai aqueles que vos odeiam, mas amar aqueles a quem odiamos é impossível. Perdoe se eu a decepcionei. A cada um já basta o próprio desgosto! — E, tendo recuperado o domínio sobre si mesmo, Aleksei Aleksándrovitch despediu-se tranquilo e se retirou.

XIII

Quando se levantaram da mesa, Liévin quis ir para a sala de visitas, atrás de Kitty; mas receou que ela não gostasse de ser cortejada de maneira tão evidente. Liévin permaneceu no círculo de homens, tomando parte da conversa geral e, sem olhar para Kitty, pressentia seus movimentos, seus olhares e o local em que estava, na sala.

Ele já começara a cumprir, e sem o menor esforço, a promessa que fizera a Kitty — sempre pensar bem de todas as pessoas e sempre amar a todos. A conversa tratava da comuna camponesa russa, na qual Piestsov reconhecia um princípio especial, a que denominava princípio do coro. Liévin não concordava nem com Piestsov nem com o seu irmão, que, de um modo muito próprio a ele, reconhecia e não reconhecia a importância da comuna camponesa russa. Mas falou com os dois tentando apenas reconciliá-los e abrandar suas objeções. Não lhe interessava nem um pouco aquilo que ele mesmo dizia e menos ainda o que eles diziam e só desejava uma coisa: que eles e todos se sentissem bem e satisfeitos. Liévin, agora, sabia que só existia uma coisa importante. E isso estava a princípio ali, na sala, depois começou a mover-se e se deteve junto à porta. Sem se virar, Liévin sentiu um olhar dirigido para ele, e um sorriso, e não pôde deixar de virar-se. Ela estava na porta, com Cherbátski, e olhava para ele.

— Pensei que caminhavam em direção ao piano — disse Liévin, aproximando-se. — Aí está uma coisa de que sinto falta no campo: música.

— Não, nós vínhamos apenas buscar o senhor, e agradecer por ter vindo — disse ela, recompensando-o com um sorriso, como se fosse um presente. — De que adianta discutir? Afinal, nunca uma pessoa consegue convencer a outra.

— Sim, é verdade — disse Liévin. — Na maior parte das vezes, discutimos com ardor apenas porque não conseguimos de maneira alguma compreender o que exatamente o nosso adversário quer demonstrar.

Liévin muitas vezes notava em discussões entre pessoas inteligentíssimas que, após enormes esforços, após uma enorme quantidade de argúcias lógicas e de palavras, os debatedores chegavam, por fim, à compreensão de que aquilo que eles tão demoradamente pelejaram para demonstrar um ao outro, havia muito tempo, desde o início da discussão, já era sabido por ambos, mas que eles gostavam de coisas diferentes e, portanto, não queriam mencionar aquilo de que gostavam para não serem contestados. Liévin experimentava com frequência, durante uma discussão, apreender aquilo de que o adversário gostava e, de repente, ele mesmo gostava da mesma coisa, e logo concordava, e então todos os argumentos desapareciam, como se fossem desnecessários; e às vezes experimentava o oposto: expressava, afinal, aquilo de que ele mesmo gostava e inventava argumentos em sua defesa e, se calhasse de expressar-se bem e com sinceridade, de repente o adversário concordava e parava de discutir. Eis o que Liévin queria dizer.

Kitty franziu a testa, esforçando-se para compreender. Mas, assim que Liévin começou a explicar, ela entendeu.

— Eu entendo: é preciso saber o que se está discutindo, e do que se gosta, e então é possível...

Ela adivinhou e expressou com perfeição o pensamento que Liévin havia formulado de modo confuso. Liévin sorriu, radiante: assombrou-o muito a transição da discussão emaranhada e palavrosa entre seu irmão e Piestsov para essa forma de comunicação lacônica e clara, quase sem palavras, das ideias mais complexas.

Cherbátski afastou-se deles e Kitty, aproximando-se de uma mesa de jogar cartas, sentou-se e, depois de tomar um giz na mão, pôs-se a riscar círculos em espiral sobre o feltro novo e verde.

Retomaram a conversa do jantar: sobre a liberdade e as ocupações da mulher. Liévin concordava com a opinião de Dária Aleksándrovna, de que a jovem que não se casa encontra na sua família ocupações próprias a uma mulher. Comprovava isso com o fato de que nenhuma família pode prescindir de uma ajudante, em toda família, pobre ou rica, há e tem de haver babás, assalariadas ou parentes.

— Não — retrucou Kitty, ruborizada, mas fitando-o de modo ainda mais corajoso, com seus olhos sinceros. — A jovem pode estar numa situação tal que ela não consiga entrar numa família sem humilhar-se, embora ela mesma...

Liévin compreendeu a alusão.

— Ah! Sim! — disse ele. — Sim, sim, sim, a senhora tem razão, a senhora tem razão!

E compreendeu tudo o que Piestsov argumentara durante o jantar sobre a liberdade da mulher, assim que viu no coração de Kitty o medo de ficar solteira, o medo da humilhação e, como a amava, solidarizou-se com aquele medo e com aquela humilhação e prontamente renegou seus próprios argumentos.

Seguiu-se um silêncio. Kitty continuava a riscar a mesa com o giz. Seus olhos reluziam com um brilho sereno. Sob o efeito do estado de ânimo de Kitty, Liévin sentiu em todo o seu ser uma tensão de felicidade que aumentava sem parar.

— Ah! Risquei a mesa toda! — disse Kitty e, pondo de lado o giz, fez menção de levantar-se.

"Como poderei ficar sozinho, sem ela?", pensou Liévin, com pavor, e pegou o giz.

— Espere — disse, sentando-se à mesa. — Eu queria, há muito tempo, lhe perguntar uma coisa.

Fitou-a de frente, nos olhos meigos, embora assustados.

— Por favor, pergunte.

— Veja — disse Liévin e escreveu as letras iniciais: q, a, s, m, r, n, p, s, q, d, n, o, n, m? Essas letras significavam: "Quando a senhora me respondeu *não pode ser* queria dizer nunca ou naquele momento?". Não havia a menor probabilidade de que ela conseguisse entender essa frase complexa; mas Liévin fitou-a com tal expressão que sua vida parecia depender da compreensão daquelas palavras.

Ela olhou para ele com ar sério, depois apoiou na mão a testa franzida e começou a ler. De vez em quando, dirigia os olhos para Liévin, interrogava-o com o olhar: "Será o que estou pensando?".

— Compreendi — disse Kitty, ruborizada.

— Que palavra é esta? — perguntou ele, apontando para o N, que significava a palavra "nunca".

— Significa a palavra "nunca" — respondeu. — Mas não é verdade!

Liévin rapidamente apagou as letras, entregou a ela o giz e levantou-se. Ela escreveu: n, m, e, n, p, d, o, r.

Dolly já estava inteiramente consolada do desgosto causado pela conversa com Aleksei Aleksándrovitch quando viu estas duas figuras: Kitty, com o giz nas mãos e com um sorriso tímido e feliz, que olhava para Liévin, acima dela, e a bela figura de Liévin, curvado sobre a mesa, com olhos ardentes de atenção dirigidos ora para a mesa, ora para Kitty. De repente, ele se tornou radiante: compreendeu. Significava: "Naquele momento, eu não podia dar outra resposta".

Fitou-a de modo interrogativo, tímido.

— Só naquele momento?

— Sim — respondeu o sorriso dela.

— E a... E agora? — perguntou Liévin.

— Pois bem, leia aqui. Direi o que eu gostaria. E gostaria muito! — Escreveu as letras iniciais: q, o, s, p, e, p, o, q, a. Significava: "Que o senhor possa esquecer e perdoar o que aconteceu".

Ele tomou um giz com os dedos tensos, trêmulos e, depois de parti-lo ao meio, escreveu as letras iniciais do seguinte: "Nada tenho para esquecer e perdoar, eu nunca deixei de amar a senhora".

Kitty olhou para ele com um sorriso indelével.

— Compreendi — respondeu, num sussurro.

Liévin sentou-se e escreveu uma frase comprida. Kitty compreendeu tudo e, sem lhe perguntar: é isto?, pegou o giz e respondeu de imediato.

Por longo tempo, Liévin não conseguiu compreender o que ela havia escrito e mirou os olhos de Kitty muitas vezes. Um estupor de felicidade o havia dominado. Não conseguia de forma alguma restituir as palavras que ela deixara subentendidas; mas nos olhos encantadores de Kitty, que reluziam de felicidade, Liévin compreendeu tudo aquilo que precisava saber. E escreveu três letras. Mas ele não havia ainda terminado de escrever e Kitty já lia, ao mesmo tempo que a mão dele escrevia, e ela mesma terminou, e escreveu a resposta: sim.[8]

— Estão jogando *secrétaire*? — perguntou o velho príncipe, aproximando-se. — Mas temos de ir, se quisermos chegar a tempo ao teatro.

Liévin levantou-se e conduziu Kitty até a porta.

Na conversa entre eles, tudo fora dito; fora dito que ela o amava, que diria ao pai e à mãe que, no dia seguinte, Liévin viria visitá-los pela manhã.

XIV

Quando Kitty saiu e Liévin ficou só, sentiu tamanha inquietação sem ela e um desejo tão impaciente de que chegasse logo a manhã do dia seguinte, quando a veria outra vez e se uniria a ela para sempre, que se apavorou, como que diante da morte, com as catorze horas que tinha pela frente, longe de Kitty. Era indispensável estar com alguém e conversar, para não ficar sozinho, para enganar o tempo. Stiepan Arcáditch era, para Liévin, o interlocutor mais agradável, mas estava de saída para um sarau, como dissera — na verdade, para o balé. Liévin só teve tempo de lhe dizer que estava feliz, que gostava dele e que nunca, nunca esqueceria o que fizera por ele. A expressão e o sorriso de Stiepan Arcáditch mostraram a Liévin que havia entendido esse sentimento da forma correta.

— Quer dizer então que já não é hora de morrer? — perguntou Stiepan Arcáditch, apertando a mão de Liévin com emoção.

— Nããão! — respondeu.

Dária Aleksándrovna, ao despedir-se dele, também pareceu felicitá-lo, dizendo:

— Como estou contente que o senhor tenha reencontrado Kitty, é preciso dar valor às velhas amizades.

---

8 Este foi o método que o próprio Tolstói utilizou quando se declarou à sua futura esposa.

Mas Liévin não recebeu bem essas palavras de Dária Aleksándrovna. Ela não podia entender o quanto tudo aquilo era elevado e inacessível para ela e não devia atrever-se a fazer nenhuma alusão.

Liévin despediu-se deles, mas, a fim de não ficar só, colou-se ao irmão.

— Para onde você vai?

— Para uma reunião.

— Vou com você também. Posso?

— Para quê? Vamos lá — respondeu Serguei Ivánovitch, sorrindo. — O que tem você, hoje?

— O que tenho? Tenho a felicidade! — disse Liévin, baixando a janela da carruagem que os transportava. — Você se importa? Está abafado. Tenho a felicidade! Por que você nunca se casou?

Serguei Ivánovitch sorriu.

— Eu fico muito contente, ela me parece uma jovem simp... — começou Serguei Ivánovitch.

— Não fale, não fale, não fale! — gritou Liévin, agarrando-o com as duas mãos pela gola da peliça e agasalhando-o melhor. "Uma jovem simpática" eram palavras tão simples, vulgares, tão incompatíveis com o seu sentimento.

Serguei Ivánovitch soltou uma risada alegre, algo raro nele.

— Bem, mas pelo menos posso dizer que estou muito feliz com isso.

— Amanhã vai poder, amanhã, e mais nada! *Nada, nada, silêncio!*[9] — disse Liévin e, depois de fechar novamente a gola do irmão, acrescentou: — Gosto muito de você! E então, posso ir a essa reunião?

— Claro que pode.

— O que irão discutir hoje? — perguntou Liévin, sem parar de sorrir.

Chegaram à reunião. Liévin escutou como o secretário, gaguejando, leu a ata, que obviamente não entendia; mas, pelo rosto do secretário, Liévin percebeu que se tratava de um homem simpático, bondoso e gentil. Notava-se isso pelo modo como se confundia e se atrapalhava ao ler a ata. Em seguida, começaram os discursos. Discutiam a respeito da aprovação de certa verba e da construção de certas tubulações e Serguei Ivánovitch melindrou dois membros e falou de modo triunfante e demorado; outro membro, depois de escrever algo num papel, fez-se tímido, a princípio, mas depois retrucou com muito veneno e de maneira primorosa. Em seguida, Sviájski (também estava ali) disse algo igualmente belo e nobre. Liévin escutava e percebia claramente que nem as verbas, nem as tubulações, nem nada

---

9 Citação de *Diário de um louco*, de Gógol.

daquilo existia, que eles não estavam nem um pouco irritados, que eram pessoas muito bondosas e simpáticas e que, entre eles, tudo se passava de modo bom e gentil. Não causavam embaraços uns aos outros e todos se sentiam satisfeitos. O admirável para Liévin era que, nesse dia, ele conseguia enxergar através daquelas pessoas e, por pequenos sinais, antes despercebidos, chegava a conhecer a alma de cada um deles e via claramente que eram todos bondosos. Sobretudo ao próprio Liévin, nesse dia, todos estimavam de uma forma extraordinária. Isso era bem visível pelo modo como falavam com ele, como o fitavam com carinho, com afeição, mesmo aqueles que não o conheciam.

— E então, está satisfeito? — perguntou Serguei Ivánovitch.

— Muito. Nunca imaginei que fosse tão interessante! Excelente, maravilhoso!

Sviájski aproximou-se de Liévin e convidou-o para tomar chá em sua casa. Liévin não conseguia de forma alguma entender e lembrar o que antes o desgostava em Sviájski, que defeito via nele. Era inteligente e admiravelmente bondoso.

— Terei muito prazer — respondeu, e perguntou pela esposa e pela cunhada. E, por uma estranha associação de ideias, como na sua imaginação a ideia da cunhada de Sviájski se ligava ao casamento, ocorreu-lhe que não havia ninguém melhor do que a esposa e a cunhada de Sviájski para ouvi-lo falar da sua felicidade, e ficou muito contente de ir ao encontro delas.

Sviájski indagou-o a respeito do seu empreendimento no campo, supondo, como sempre, não haver a menor possibilidade de descobrir na Rússia algo que já não tivesse sido descoberto na Europa e, dessa vez, para Liévin, isso não pareceu nem um pouco desagradável. Ao contrário, sentiu que Sviájski tinha razão, que todo aquele empreendimento era insignificante e notou a surpreendente brandura e ternura com que Sviájski evitava declarar suas razões. As sras. Sviájski estavam especialmente gentis. Liévin teve a impressão de que elas já sabiam de tudo e solidarizavam-se com ele, mas nada diziam apenas por uma questão de delicadeza. Ficou em companhia deles por uma hora, duas horas, três horas, conversando sobre vários assuntos, mas tendo em mente apenas aquilo que enchia a sua alma, sem notar que os aborrecia tremendamente e que já passara, havia muito, da hora de ir dormir. Sviájski levou-o até a porta, bocejando, espantado com o estranho estado de ânimo do amigo. Já era mais de uma hora. Liévin voltou ao hotel e assustou-se ao pensar como agora, sozinho, com a sua impaciência, passaria as dez horas que ainda restavam. O lacaio escalado para o turno da noite acendeu para ele as velas e fez menção de sair, mas Liévin o deteve. Esse criado, Iegor, a quem antes Liévin não notara, revelou-se um homem muito inteligente, correto e, o mais importante, bondoso.

— E então, Iegor, é verdade que não vai dormir?

— O que fazer? É nossa obrigação. Na casa de um senhor, é mais tranquilo; em compensação, ganha-se mais, aqui.

Verificou-se que Iegor tinha uma família, três meninos e uma filha costureira, a qual ele queria casar com o vendedor da loja de um correeiro.

Aproveitando a ocasião, Liévin comunicou a Iegor sua tese de que, no casamento, o principal é o amor e que, com amor, sempre haverá felicidade, porque a felicidade só existe no interior da própria pessoa.

Iegor ouviu com atenção e, pelo visto, compreendeu plenamente o pensamento de Liévin, mas, a fim de corroborar tal ideia, fez a observação surpreendente para Liévin de que, quando morava em casa de bons senhores, sempre estivera satisfeito com os seus senhores e agora também se sentia plenamente satisfeito com o seu patrão, embora fosse um francês.

"Que homem admiravelmente bondoso", pensou Liévin.

— Bem, e você, Iegor, quando se casou, amava sua esposa?

— Como é que eu não ia amar? — respondeu Iegor.

E Liévin viu que Iegor se encontrava também num estado de exaltação e tencionava expressar todos os seus sentimentos íntimos.

— Minha vida também é uma coisa admirável. Desde a infância... — começou, com os olhos brilhando, obviamente contagiado pelo entusiasmo de Liévin, assim como as pessoas se contagiam com um bocejo.

Mas nesse momento soou uma campainha; Iegor saiu e Liévin ficou só. Não havia comido quase nada no jantar, recusara o chá e a ceia na casa de Sviájski, mas não conseguia pensar em cear. Não dormira na noite anterior, mas não conseguia nem pensar no sono. No quarto, estava fresco, mas ele respirava com abafamento. Escancarou os dois postigos da janela e sentou-se à mesa, em frente a eles. Além do telhado coberto de neve, via-se uma cruz com arabescos desenhados e, acima dela, o triângulo ascendente da constelação do Cocheiro, com a luz amarela e brilhante da estrela Capela. Olhava ora para a cruz, ora para a estrela, inspirava o ar fresco da friagem noturna que entrava no quarto em lufadas regulares e, como num sonho, seguia as imagens e as lembranças que surgiam em sua imaginação. Quando já passava de três horas, ouviu passos no corredor e voltou os olhos para a porta. Era Miáskin, um jogador conhecido seu, que voltava do clube. Ele caminhava com ar soturno, de sobrancelhas franzidas e expectorava. "Coitado, um infeliz!", pensou Liévin, e lágrimas subiram aos seus olhos, de amor e de pena por aquele homem. Quis ir falar com ele, consolá-lo; mas, ao lembrar que estava só de camisa, pensou melhor e sentou-se de novo diante do postigo, para banhar-se com o ar frio e contemplar a forma da cruz, deslumbrante e silenciosa, mas para ele repleta de significado, e a estrela amarela e brilhante que se erguia. Depois das seis horas, ouviu-se o rumor dos enceradores de chão, começaram a tocar as campainhas que chamavam o serviço de quarto e Liévin, que começava a sentir frio, fechou o postigo da janela, lavou-se, vestiu-se e saiu para a rua.

XV

As ruas ainda estavam vazias. Liévin caminhou na direção da casa dos Cherbátski. O portão principal estava fechado e todos dormiam. Voltou atrás, entrou de novo em seu quarto de hotel e exigiu o café. O lacaio do dia, que já não era Iegor, serviu-o. Liévin quis entabular conversa, mas o lacaio foi chamado por uma campainha e saiu. Liévin experimentou beber um pouco do café e colocar na boca uma rosca de pão, mas sua boca não sabia, absolutamente, o que fazer com o pão. Liévin cuspiu o pão, vestiu o casaco e foi de novo andar. Já passava das nove horas quando, pela segunda vez, se aproximou da varanda da casa dos Cherbátski. Dentro, haviam acabado de acordar e o cozinheiro estava saindo para buscar mantimentos. Era preciso esperar pelo menos mais duas horas.

Liévin viveu toda aquela noite e aquela manhã em total inconsciência e sentia-se totalmente subtraído das circunstâncias materiais da vida. Não comera durante um dia inteiro, não dormia havia duas noites, passara várias horas despido diante da friagem noturna e sentia-se não só mais bem-disposto e saudável do que nunca, como também totalmente independente do corpo: movimentava-se sem esforço dos músculos e tinha a sensação de poder fazer tudo. Estava convencido de que voaria nas alturas ou levantaria com a mão um canto da casa, se necessário. Passou na rua o tempo que restava, observando continuamente o relógio e olhando para os lados.

E o que viu, então, nunca mais voltou a ver. Em especial, o comoveram as crianças que corriam para a escola, os pombos azulados que voavam dos telhados para a calçada e os pãezinhos polvilhados de farinha que uma mão invisível oferecia. Os pãezinhos, os pombos e os dois meninos eram seres de outro mundo. Tudo isto aconteceu ao mesmo tempo: um menino correu na direção de um pombo e, sorrindo, olhou de relance para Liévin; o pombo começou a estalar as asas e alçou voo, brilhando no sol entre grãos de poeira de neve que tremulavam no ar e, através de uma janelinha, vinha um cheiro de pão no forno e ofereciam pãezinhos. Tudo isso junto era algo tão extraordinariamente bom que Liévin desatou a rir e a chorar de alegria. Depois de dar uma grande volta pela travessa Gaziétni e pela Kislovka, ele retornou mais uma vez ao hotel e, depois de colocar o relógio à sua frente, sentou-se, à espera das doze horas. No quarto vizinho, falavam sobre certas máquinas, sobre embustes, e tossiam com a tosse matinal. Não entendiam que o ponteiro já se aproximava das doze horas. O ponteiro chegou lá. Liévin saiu para a rua. Os cocheiros, pelo visto, sabiam de tudo. Com rostos felizes, cercaram Liévin, discutindo entre si e oferecendo seus serviços. Tentando não ofender os outros cocheiros e prometendo contratar seus serviços mais tarde, Liévin tomou um deles e mandou tocar para a casa dos Cherbátski. O cocheiro parecia encantador, com a gola branca da camisa, que se mostrava por baixo do cafetã, retesada em torno do pescoço roliço, vermelho e robusto. O trenó desse cocheiro era alto, confortável, e nunca mais Liévin viajou num trenó semelhante, e o cavalo era bom e pelejava para correr, mas não saía do lugar. O cocheiro conhecia a casa dos Cherbátski e, com uma reverência toda especial por aquele passageiro, depois de girar o braço e gritar "prrru", freou bruscamente diante do portão. O porteiro dos Cherbátski, seguramente, sabia de tudo. Percebia-se pelo sorriso de seus olhos e pelo modo como disse:

— Ora viva, há quanto tempo o senhor não aparece, Konstantin Dmítritch!

Não só sabia de tudo como, pelo visto, se regozijava e fazia força para esconder sua alegria. Depois de fitar seus gentis olhos de velho, Liévin compreendeu ainda algo de novo em sua própria felicidade.

— Acordaram?

— Entre, por favor! Deixe isto aqui — disse, sorrindo, quando Liévin quis voltar-se para pegar o chapéu. Aquilo significava alguma coisa.

— A quem devo anunciar o senhor? — perguntou o lacaio.

O lacaio, embora jovem e um dândi, como são os novos lacaios, era um homem muito bondoso e correto, e também compreendia tudo.

— À princesa... ao príncipe... à jovem princesa... — disse Liévin.

A primeira pessoa que viu foi Mademoiselle Linon. Ela atravessou a sala e seu rosto e seus cachinhos reluziam. Mal Liévin começou a dizer algo a ela, de repente, através da porta, ouviu-se o rumor de um vestido e Mademoiselle Linon desapareceu da visão de Liévin e um alegre temor ante a aproximação da sua felicidade contagiou-o. Mademoiselle Linon apressou-se e, afastando-se dele, saiu por outra porta. Assim que saiu, passos muito rápidos e leves ressoaram sobre o parquê e a felicidade de Liévin, sua vida, ele mesmo — o melhor de si mesmo, aquilo que almejava e desejava havia tanto tempo, aproximou-se cada vez mais depressa. Ela não caminhava, mas, sim, movida por uma força invisível, voava ao encontro de Liévin.

Ele viu apenas os seus olhos brilhantes e sinceros, assustados com a própria alegria do amor, que enchia também o coração dele. Aqueles olhos brilhavam cada vez mais próximos, cegando Liévin com a sua luz do amor. Ela parou já bem perto dele, tocando-o. Suas mãos ergueram-se e pousaram nos ombros de Liévin.

Ela fez tudo o que pôde — correu ao encontro dele e rendeu-se inteira, tímida, exultante. Ele a abraçou e apertou os lábios contra a sua boca, que procurava o beijo dele. Também ficara acordada a noite inteira e a manhã toda, à espera dele. A mãe e o pai haviam concordado sem nenhuma objeção e ficaram felizes com a felicidade da filha. Ela o esperava. Queria ser a primeira a lhe anunciar a felicidade, sua e dele. Preparara-se para encontrá-lo sozinha e se alegrava com essa ideia, se acanhava, se envergonhava, e ela mesma não sabia o que ia fazer. Ouviu os passos e a voz dele e se pôs à espera atrás da porta, enquanto Mademoiselle Linon saía. Mademoiselle Linon saiu. Sem pensar, sem indagar a si mesma como nem o quê, veio ao encontro dele e fez o que fez.

— Vamos falar com mamãe! — disse ela, tomando-o pela mão. Durante muito tempo, Liévin nada conseguiu falar, não só porque temia corromper com palavras a elevação do seu sentimento, mas também porque, toda vez que queria falar alguma coisa, em lugar de palavras, sentia subirem aos olhos lágrimas de felicidade. Segurou a mão dela e a beijou.

— Será mesmo verdade? — disse ele, enfim, com voz abafada. — Não consigo acreditar que você me ama!

Ela sorriu daquele "você" e da timidez com que ele a olhava.

— Sim! — pronunciou ela, lentamente, de maneira significativa. — Estou tão feliz!

Sem soltar a mão de Liévin, ela entrou na sala de visitas. Ao vê-los, a princesa respirou mais depressa, logo desatou a chorar e logo desatou a rir e, com passos tão vigorosos que Liévin até se espantou, correu ao seu encontro e, depois de segurar a cabeça de Liévin entre as mãos, beijou-o e molhou com lágrimas as faces dele.

— Então, tudo se resolveu! Estou feliz! Ame-a. Estou feliz... Kitty!

— Bem depressa se arranjaram! — disse o velho príncipe, esforçando-se para se mostrar indiferente; mas Liévin notou que seus olhos estavam úmidos quando se dirigiu a ele.

— Eu há muito, eu sempre desejei isto! — disse ele, segurando a mão de Liévin e puxando-o para si. — Ainda quando essa cabeça oca aqui cismou de...

— Papai! — gritou Kitty e tapou-lhe a boca com as mãos.

— Está bem, não vou falar! — disse ele. — Estou muito, muito... fe... Ah! Que tolo sou eu...

Abraçou Liévin, beijou o rosto da filha, a mão, de novo o rosto e abençoou-a com o sinal da cruz.

E apoderou-se de Liévin um novo sentimento de amor por aquele homem, antes estranho a ele, o velho príncipe, quando viu como Kitty beijava, carinhosa e demoradamente, sua mão carnuda.

XVI

A princesa sentou-se na poltrona, em silêncio, e sorria; o príncipe sentou-se ao seu lado. Kitty ficou de pé junto à poltrona do pai, sem soltar sua mão. Todos ficaram em silêncio.

A princesa foi a primeira a pôr tudo em palavras e traduzir todos os pensamentos e sentimentos em termos de questões práticas. E a todos, igualmente, isso pareceu estranho, e até penoso, no primeiro momento.

— E então, quando será? É preciso dar a bênção e fazer o anúncio. Quando será o casamento? O que acha, Aleksandr?

— Aí está ele — disse o velho príncipe, apontando para Liévin. — Este aqui é o personagem principal.

— Quando? — repetiu Liévin, ruborizando-se. — Amanhã. Se os senhores perguntam minha opinião, então, para mim, hoje a bênção e amanhã o casamento.

— Ora, *mon cher*, não diga tolices!

— Bem, daqui a uma semana.

— Ele deve estar louco.

— Não, por quê?

— Ora, por favor! — disse a mãe, sorrindo de alegria com aquela pressa. — E o enxoval?

"Terá mesmo de haver um enxoval e tudo o mais?", pensou Liévin, com horror. "Mas, afinal, poderá o enxoval, a bênção e tudo o mais estragar a minha felicidade? Não há nada que possa fazer isso!" Lançou um olhar para Kitty e notou que a ideia do enxoval não a ofendera nem um pouco. "Pois então, é necessário", pensou.

— Na verdade, eu nada sei, apenas expressei o meu desejo — disse Liévin, desculpando-se.

— Decidiremos depois. Agora, é preciso dar a bênção e fazer o anúncio. Assim deve ser.

A princesa aproximou-se do marido, beijou-o e quis sair; mas ele a segurou, abraçou-a e, com carinho, como um jovem enamorado, beijou-a várias vezes, sorrindo. Os velhos, pelo visto, ficaram confusos por um momento, sem saber ao certo se eram eles de novo os enamorados ou apenas a sua filha. Quando o príncipe e a princesa saíram, Liévin aproximou-se de sua noiva e segurou sua mão. Dessa vez dominou-se e conseguiu falar, e precisava muito falar com ela. Mas o que disse não foi, em absoluto, o que precisava dizer.

— Eu tinha certeza de que isto aconteceria! Nunca alimentei esperanças; mas, no fundo da alma, sempre estive convencido — disse ele. — Creio que isto estava predestinado.

— E eu? — perguntou ela. — Mesmo quando... — Deteve-se e de novo prosseguiu, fitando-o resoluta com seus olhos sinceros —, mesmo quando eu rechacei minha própria felicidade. Sempre amei só ao senhor, mas fui levada por um arrebatamento. Preciso falar... O senhor pode esquecer isso?

— Talvez assim tenha sido melhor. A senhora tem muito a perdoar em mim. Tenho de contar à senhora...

Era uma das coisas que decidira contar a ela. Decidira contar, desde os primeiros dias, duas coisas — que não era tão puro como ela e também que não acreditava em Deus. Era doloroso, mas julgava que devia contar as duas coisas.

— Não, agora não, depois! — disse ele.

— Está bem, depois, mas não deixe de me contar. Não tenho medo de nada. Preciso saber tudo. Agora, tudo está resolvido.

Ele concluiu a frase:

— Está resolvido que a senhora me aceitará como quer que eu seja, não desistirá de mim? Sim?

— Sim, sim.

A conversa foi interrompida por Mademoiselle Linon, que, com um sorriso terno, embora fingido, viera parabenizar sua discípula predileta. Mal havia saído quando vieram os criados dar os parabéns. Depois vieram parentes e teve início aquele ditoso tumulto, do qual Liévin não emergiu senão um dia após o casamento. Sentia-se o tempo todo desconcertado, incomodado, mas a tensão da felicidade aumentava sem cessar. Sentia o tempo todo que se exigia dele muita coisa que ignorava e fazia tudo o que lhe diziam, e tudo isso lhe trazia felicidade. Pensava que o seu casamento nada teria de parecido com os outros, que as circunstâncias habituais de um casamento estragariam sua felicidade especial; mas acabou por fazer o mesmo que os outros e sua felicidade, com isso, apenas aumentava e se tornava cada vez mais especial, e não tinha nem teria nada de semelhante às outras.

— Agora precisamos de balas — disse Mademoiselle Linon. E Lievin saiu para comprar balas.

— Puxa, estou muito contente — disse Sviájski. — Recomendo ao senhor comprar buquês com o Fomin.

— Mas é preciso? — E foi ao Fomin.

O irmão lhe disse que era preciso tomar dinheiro emprestado porque haveria muitas despesas, presentes...

— Mas é preciso dar presentes? — E correu à loja de Fulde.

E na confeitaria, na loja de Fomin e na de Fulde, via que o esperavam, que estavam felizes por ele e que celebravam sua felicidade, assim como todos com quem tratava naqueles dias. Era extraordinário não só que todos o estimassem, mas também que todos os que antes eram antipáticos, frios, indiferentes se mostrassem maravilhados com ele, cedessem a todas as suas vontades, tratassem com carinho e delicadeza o seu sentimento e partilhassem a sua convicção de que era o homem mais feliz do mundo porque sua noiva era o máximo da perfeição. O mesmo sentia Kitty. Quando a condessa Nordston se permitiu insinuar que teria desejado um noivo melhor, Kitty inflamou-se a tal ponto e demonstrou de modo tão convincente que não podia haver no mundo ninguém melhor do que Liévin, que a condessa Nordston teve de admiti-lo e, em presença de Kitty, nunca deixava de sorrir, maravilhada, quando encontrava Liévin.

A confissão que Liévin havia prometido foi o único fato penoso, nesse período. Aconselhou-se com o velho príncipe e, após receber sua autorização, entregou a Kitty o seu diário, em que estava escrito aquilo que o atormentava. Escrevera o diário com o pensamento na futura noiva. Duas coisas o atormentavam: sua falta de castidade e sua falta de fé. A confissão da falta de fé passou despercebida. Kitty era religiosa, jamais punha em dúvida as verdades da religião, mas a descrença exterior de Liévin não a afetou em nada. Por meio do amor, conhecia toda a alma do noivo, via nessa alma aquilo que desejava e, para ela, não tinha a menor importância que chamassem de descrente tal estado de espírito. Já a outra confissão obrigou-a a chorar amargamente.

Não foi sem uma luta interior que Liévin lhe entregou seu diário. Sabia que entre ela e ele não podia e não devia haver segredos, por isso resolvera que era preciso; mas ele não se deu conta de como aquilo poderia agir sobre ela, não se pôs no lugar de Kitty. Só quando, nessa noite, foi à casa deles antes de ir ao teatro, entrou no quarto de Kitty e viu choroso o rosto encantador e tristonho, infeliz por causa do desgosto irreparável causado por ele, compreendeu o abismo que separava o seu passado infame da pureza de pomba de Kitty, e horrorizou-se com o que havia feito.

— Leve, leve daqui estes livros horríveis! — disse ela, rechaçando os cadernos que estavam sobre a mesa à sua frente. — Para que o senhor me deu isso?... Não, apesar de tudo, é melhor assim — acrescentou, compadecida diante do rosto desesperado de Liévin. — Mas é horrível, horrível!

Ele baixou a cabeça e ficou em silêncio. Não conseguia falar nada.

— A senhora não me perdoará — murmurou.

— Não, eu perdoei, mas é horrível!

Contudo a felicidade de Liévin era tão imensa que aquela confissão não a abalou, apenas lhe deu um novo matiz. Kitty lhe perdoara; mas, daí em diante, ele se considerava ainda mais indigno dela, curvava-se moralmente ainda mais diante dela e dava um valor ainda mais alto à sua felicidade imerecida.

XVII

Recompondo involuntariamente em suas lembranças a impressão das conversas ocorridas durante e após o jantar, Aleksei Aleksándrovitch voltou ao seu quarto de solteiro no hotel. As palavras de Dária Aleksándrovna sobre o perdão só lhe haviam causado irritação. Aplicar ou não aplicar o mandamento cristão ao seu próprio caso era uma questão difícil demais, sobre a qual não se podia falar de um modo ligeiro, e Aleksei Aleksándrovitch já se decidira havia muito tempo pela negativa. De tudo o que fora dito, gravaram-se mais fundo na sua imaginação as palavras do tolo e bondoso Turóvtsin: *agiu como um bravo; desafiou para um duelo e matou*. Todos, pelo visto, compartilhavam esse sentimento, embora por civilidade não o declarassem.

"De resto, esse assunto está encerrado, não há mais o que pensar a respeito", disse Aleksei Aleksándrovitch consigo mesmo. E, pensando apenas na viagem iminente e na inspeção, entrou em seu quarto e perguntou ao porteiro que o conduzia onde estava o seu lacaio; o porteiro respondeu que ele havia acabado de sair. Aleksei Aleksándrovitch mandou servir um chá, sentou-se à mesa e, depois de pegar a tabela dos horários de trem, pôs-se a refletir sobre o roteiro de viagem.

— Dois telegramas — disse o lacaio, que voltara, entrando no quarto. — Perdoe, vossa excelência, saí só por um momento.

Aleksei Aleksándrovitch pegou os telegramas e rompeu o lacre. O primeiro dava notícia da nomeação de Striémov exatamente para o cargo que Kariênin almejava. Aleksei Aleksándrovitch jogou fora a mensagem e, ruborizado, levantou-se e pôs-se a caminhar pelo quarto. "*Quos vult perdere dementat*",[10] disse ele, subentendendo na palavra "quos" as pessoas que haviam contribuído para tal nomeação. Não se aborrecia por não ter recebido aquele cargo, por ter sido flagrantemente posto à margem; mas o desgostava, e lhe causava surpresa, não perceberem que o tagarela e frasista Striémov era a pessoa menos habilitada para o cargo. Como não percebiam que punham a perder o seu próprio *prestige* com essa nomeação!

"Mais alguma coisa da mesma espécie", disse consigo, com amargura, enquanto abria a segunda mensagem. Era um telegrama da esposa. O remetente, em lápis azul, "Anna", bateu em seus olhos antes de qualquer outra coisa. "Estou morrendo, eu lhe peço, suplico que venha. Morrerei mais tranquila com o perdão", leu ele até o fim. Sorriu com desprezo e jogou fora o telegrama. Não podia haver

---

10 Latim: Júpiter "enlouquece aqueles a quem quer perder". (O original omite a palavra "Júpiter".)

nenhuma dúvida de que era uma mentira e um ardil, como lhe pareceu desde o primeiro minuto.

"Não há mentira de que ela não seja capaz. Deve estar perto de dar à luz. Talvez esteja com uma doença de gravidez. Mas qual é o propósito deles? Legitimar a criança, comprometer-me e impedir o divórcio", pensou. "Mas diz algo como: estou morrendo..." Releu o telegrama; e de repente o sentido direto do que estava dito na mensagem o atingiu. "E se for verdade?", disse consigo. "E se for verdade que, no instante da agonia e à beira da morte, ela se arrependeu sinceramente e eu, tomando isso por mentira, me recusasse a voltar? Seria não só cruel, e todos me condenariam, como também seria uma tolice de minha parte."

— Piotr, chame uma carruagem. Vou a Petersburgo — disse ao lacaio.

Aleksei Aleksándrovitch resolveu ir a Petersburgo e ver a esposa. Se a doença dela fosse mentira, ele se calaria e iria embora. Se estivesse de fato doente, à beira da morte, e quisesse vê-lo antes de morrer, ele a perdoaria, se a encontrasse entre os vivos, e prestaria as honras fúnebres, se chegasse tarde demais.

Durante todo o percurso, não pensou senão no que lhe cabia fazer.

Com uma sensação de cansaço e de falta de limpeza, após passar a noite no trem, Aleksei Aleksándrovitch seguiu, sob a neblina matinal de Petersburgo, pela avenida Niévski deserta, e olhava para a frente, sem pensar no que o aguardava. Não conseguia pensar nisso, pois, ao imaginar o que ia acontecer, não conseguia afastar a conjectura de que a morte da esposa resolveria de um só golpe todos os apuros da sua situação. Os padeiros, as lojas fechadas, os cocheiros da noite, os zeladores que varriam as calçadas apareciam diante de seus olhos e ele observava tudo, tentando abafar no pensamento aquilo que o aguardava e aquilo que ele não tinha coragem de desejar e, no entanto, desejava. Chegou ao portão da sua casa. Uma sege de aluguel e uma carruagem com um cocheiro adormecido estavam na entrada. Ao chegar à entrada, Aleksei Aleksándrovitch pareceu extrair uma decisão do canto mais remoto do cérebro e aferrou-se a ela. Seu sentido era: "Se for mentira, um desprezo sereno, e ir embora. Se for verdade, manter a compostura".

O porteiro abriu a porta ainda antes de Aleksei Aleksándrovitch tocar a campainha. O porteiro Petrov, também chamado de Kapitónitch, tinha um aspecto estranho, de sobrecasaca velha, sem gravata e de chinelos.

— Como está sua patroa?

— Ontem, teve um parto bem-sucedido.

Aleksei Aleksándrovitch deteve-se e empalideceu. Compreendeu, então, com que força desejava a morte de Anna.

— E a saúde?

Korniei, com o avental da manhã, desceu a escada correndo.

— Muito mal — respondeu. — Ontem, houve um conselho de médicos e agora um médico está aqui.

— Tragam minhas bagagens — ordenou Aleksei Aleksándrovitch e, experimentando certo alívio com a notícia de que, apesar de tudo, havia uma esperança de morte, entrou no vestíbulo.

No cabide, havia um casaco militar. Aleksei Aleksándrovitch notou e perguntou:

— Quem está aqui?

— O médico, a parteira e o conde Vrónski.

Aleksei Aleksándrovitch passou para os aposentos internos.

Na sala, não havia ninguém; ao som dos seus passos, a parteira saiu do gabinete da esposa, com uma touca de fitas lilases.

Aproximou-se de Aleksei Aleksándrovitch e, com a familiaridade gerada pela vizinhança da morte, tomou-o pela mão e conduziu-o na direção do quarto.

— Graças a Deus que o senhor chegou! Só fala do senhor o tempo todo — disse ela.

— Tragam-me gelo, rápido! — soou, do quarto, a voz autoritária do médico.

Aleksei Aleksándrovitch atravessou o gabinete da esposa. Sentado junto à mesa, apoiado de lado no espaldar de uma cadeira baixa, estava Vrónski, e, com o rosto coberto pelas mãos, chorava. Levantou-se de um salto ao som da voz do médico, afastou as mãos do rosto e viu Aleksei Aleksándrovitch. Ao ver o marido, ele se perturbou de tal forma que sentou outra vez, encolheu a cabeça entre os ombros, como se quisesse sumir; mas fez um esforço, levantou-se e disse:

— Ela está morrendo. Os médicos disseram que não há esperança. Estou inteiramente à disposição do senhor, mas permita que fique aqui... de resto, estou às suas ordens, eu...

Aleksei Aleksándrovitch, ao ver as lágrimas de Vrónski, sentiu um acesso daquela perturbação de espírito que a visão do sofrimento alheio lhe causava e, virando o rosto, sem ouvir as palavras de Vrónski, avançou depressa rumo à porta. Do quarto, ouviu-se a voz de Anna, que dizia alguma coisa. Sua voz soava alegre, animada, com uma entonação extraordinariamente precisa. Aleksei Aleksándrovitch entrou no quarto e aproximou-se da cama. Ela estava deitada, com o rosto virado para ele. As faces se tingiram de um rubor, os olhos brilhavam, as mãozinhas brancas, que se deixavam ver através dos punhos da blusa, brincavam com a beirada da colcha, torcendo-a. Parecia não só estar saudável e fresca como também no seu melhor estado de ânimo. Falava ligeiro, com voz sonora e entonação extraordinariamente regular e comovida.

— Pois o Aleksei, eu me refiro a Aleksei Aleksándrovitch (que destino estranho e terrível, haver dois Aleksei, não é verdade?), o Aleksei não me rejeitaria. Eu esqueceria, ele perdoaria... Mas por que ele não vem? Ele é bom, ele nem mesmo sabe como é bom. Ah, meu Deus, que tristeza! Dê-me água, rápido, rápido! Ah, vai ser ruim para ela, para a minha menina! Pois bem, deem a ela uma ama de leite. Muito bem, eu concordo, assim é até melhor. Ele virá, vai ser penoso, para ele, ver a menina. Levem-na.

— Anna Arcádievna, ele chegou. Aqui está ele! — disse a parteira, tentando chamar a atenção de Anna para Aleksei Aleksándrovitch.

— Ah, que absurdo! — prosseguiu Anna, sem ver o marido. — Tragam-me a menina, tragam! Ele ainda não chegou. Vocês dizem que ele não me perdoará porque não o conhecem. Ninguém o conhecia. Só eu, e isso era doloroso para mim. É preciso conhecer os olhos dele, Serioja tem olhos assim também, e por isso eu não consigo olhar para eles. Já deram o jantar para o Serioja? Pois sei que todos se esquecem disso. Ele não esqueceria. É preciso transferir Serioja para o quarto do canto e pedir a Mariette que durma com ele.

De repente, ela se contraiu, calou-se e, com terror, como se esperasse levar uma pancada, como se quisesse defender-se, ergueu as mãos na direção do rosto. Tinha visto o marido.

— Não, não — começou a falar —, eu não tenho medo dele, tenho medo da morte. Aleksei, venha aqui. Tenho pressa porque tenho pouco tempo, só me resta viver mais um pouco, logo começará a febre e não terei mais compreensão de nada. Agora, compreendo, compreendo tudo, e vejo tudo.

O rosto enrugado de Aleksei Aleksándrovitch tomou uma expressão de sofrimento; segurou-a pela mão e quis dizer algo, mas não conseguiu falar; seu lábio inferior tremia enquanto ele continuava a lutar contra a sua comoção, e só de quando em quando olhava de relance para Anna. A cada vez que olhava, via os olhos dela que o fitavam com tamanha compaixão e com uma ternura tão exaltada como nunca vira antes.

— Espere, você não sabe... Espere, espere... — Ela se deteve, como que para concentrar as ideias. — Sim — começou. — Sim, sim, sim. Eis o que eu queria dizer. Não se surpreenda comigo. Ainda sou a mesma... Mas em mim há uma outra mulher, tenho medo dela: ela se apaixonou por aquele homem e eu queria odiar você e não conseguia esquecer a mulher que havia antes. Eu não sou ela. Agora sou a verdadeira, sou eu toda. Agora estou morrendo, sei que vou morrer, pergunte a ele. E mesmo agora eu sinto, olhe só, que peso nas mãos, nas pernas, nos dedos. Olhe só que dedos: enormes! Mas tudo isso logo vai terminar... Só preciso de uma coisa: que você me perdoe, me perdoe completamente! Sou horrível, mas a ama-seca me contava: uma santa mártir, como se chamava? Ela era pior. E vou a Roma, há um deserto lá, então eu não serei um peso para ninguém, levarei apenas o Serioja e a menina... Não, você não pode perdoar! Eu sei, isso não se pode perdoar! Não, não, vá embora, você é bom demais! — Segurava a mão dele com a sua mão ardente e, com a outra, o repelia.

A perturbação de espírito de Aleksei Aleksándrovitch aumentava sem cessar e, nessa altura, alcançou tal ponto que ele parou de lutar contra ela; de repente, sentiu que aquilo que ele considerava uma perturbação de espírito era, ao contrário, um estado de beatitude que, de súbito, lhe proporcionava uma felicidade nova, que nunca experimentara. Não achava que os mandamentos cristãos, que por toda a vida ele quisera seguir, lhe ordenavam perdoar e amar todos os seus inimigos; mas um alegre sentimento de amor e de perdão dirigido aos inimigos enchia sua alma. Ficou de joelhos e, depois de deitar a cabeça na dobra do braço de Anna, que o queimava como uma chama através da blusa, desatou a soluçar como uma criança. Ela abraçou sua cabeça calva, moveu-se para perto dele e, com uma altivez desafiadora, levantou os olhos.

— Aqui está ele, eu sabia! Agora, adeus a todos, adeus!... Eles vieram outra vez, por que não vão embora?... Tirem de cima de mim esses mantos de pele!

O médico afastou os braços dela, deitou-a cuidadosamente sobre o travesseiro e cobriu-a até os ombros. Anna deitou-se de costas docilmente e olhava para a frente com um olhar brilhante.

— Lembre-se só de uma coisa, de que eu só precisava de perdão, não quero mais nada... Por que *ele* não vem? — recomeçou Anna, virando-se para a porta, na direção de Vrónski. — Venha, aproxime-se! Dê a mão a ele.

Vrónski aproximou-se da beira da cama e, depois de olhar para Anna, cobriu de novo o rosto com as mãos.

— Descubra o rosto, olhe para ele. É um santo — disse ela. — Vamos, descubra, descubra o rosto! — exclamou, severa. — Aleksei Aleksándrovitch, descubra o rosto dele! Quero vê-lo.

Aleksei Aleksándrovitch segurou as mãos de Vrónski e afastou-as do rosto, horrendo pela expressão de sofrimento e de vergonha que nele havia.

— Dê a mão a ele. Perdoe.

Aleksei Aleksándrovitch lhe deu a mão, sem conter as lágrimas que escorriam de seus olhos.

— Graças a Deus, graças a Deus — disse Anna. — Agora tudo está pronto. É só esticar um pouquinho minhas pernas. Isso, assim está ótimo. Como essas flores estão malfeitas, nem parecem violetas — disse, apontando para o papel de parede. — Meu Deus, meu Deus! Quando isto terá fim? Dê-me morfina. Doutor! Dê-me morfina. Meu Deus, meu Deus!

E começou a debater-se sobre o leito.

Os médicos disseram que era febre puerperal, da qual noventa e nove casos em cem terminavam em morte. O dia inteiro foi de febre, delírio e inconsciência. À meia-noite, a paciente caiu sem sentidos e quase sem pulsação.

O fim era esperado a qualquer momento.

Vrónski foi para casa, mas, de manhã, veio saber notícias e Aleksei Aleksándrovitch, ao encontrá-lo no vestíbulo, disse:

— Fique. Talvez ela pergunte pelo senhor — e levou-o ele mesmo ao gabinete da esposa.

Durante a manhã, recomeçou a agitação, a vivacidade, a rapidez de raciocínio e de fala, e de novo terminou na inconsciência. No terceiro dia, foi a mesma coisa e os médicos disseram que havia esperança. Nesse dia, Aleksei Aleksándrovitch entrou no gabinete onde Vrónski estava sentado e, depois de trancar a porta, sentou-se diante dele.

— Aleksei Aleksándrovitch — disse Vrónski, sentindo que se avizinhava o momento de uma explicação. — Não consigo falar, não consigo entender. Tenha piedade de mim! Por mais penoso que seja para o senhor, acredite, para mim é ainda mais terrível!

Quis levantar. Mas Aleksei Aleksándrovitch segurou sua mão e disse:

— Peço ao senhor que me escute, é imprescindível. Preciso explicar ao senhor os meus sentimentos, que me guiaram e me guiarão, para que o senhor não se engane com relação a mim. O senhor sabe que me decidi pelo divórcio e até já dei entrada no processo. Não esconderei do senhor que, ao dar início ao processo, eu estava indeciso, eu me angustiava; reconheço que o desejo de vingar-me do senhor e dela me perseguia. Quando recebi o telegrama, vim para cá com esses mesmos sentimentos, e direi mais: eu desejava a morte dela. Mas... — Calou-se, pensativo, ponderando se devia ou não revelar a ele o seu sentimento. — Mas eu a vi e perdoei. E a felicidade do perdão me revelou o meu dever. Perdoei por completo. Quero oferecer a outra face, quero dar a camisa a quem me toma o casaco, e suplico a Deus que apenas não me tire a felicidade do perdão! — Havia lágrimas em seus olhos e seu olhar radiante e sereno surpreendeu Vrónski. — Esta é a minha posição. O senhor pode me espezinhar na lama, escarnecer de mim diante do mundo, não vou abandoná-la e não direi ao senhor nenhuma palavra de recriminação — prosseguiu. — Para mim, minha obrigação está claramente traçada: devo ficar com ela, e ficarei. Se ela quiser ver o senhor, mandarei avisar, mas agora sugiro que o melhor é o senhor retirar-se.

Havia se levantado e soluços interrompiam suas palavras. Vrónski levantou-se também e, numa posição curvada, sem se aprumar, fitou-o de esguelha. Não entendia os sentimentos de Aleksei Aleksándrovitch. Mas sentia que era algo muito elevado e até inacessível para ele, na sua maneira de ver a vida.

XVIII

Após sua conversa com Aleksei Aleksándrovitch, Vrónski saiu para a varanda da casa dos Kariênin e se deteve, com dificuldade de lembrar onde estava e para onde tinha de ir, se era a pé ou de carruagem. Sentia-se envergonhado, humilhado, culpado e privado da possibilidade de lavar aquela mancha de humilhação. Sentia-se empurrado para fora do trilho sobre o qual, até então, avançava tão altivo e com tanta facilidade. Todas as regras e as normas de sua vida, que pareciam tão sólidas, de repente se revelaram falsas e inaplicáveis. O marido, o marido enganado, que até então se apresentava como um ser lamentável, um obstáculo fortuito e ligeiramente cômico à sua felicidade, de repente foi chamado por ela mesma, foi erguido a uma altura que inspirava sentimentos servis, e esse marido não se mostrou, em tais alturas, nem maldoso, nem falso, nem ridículo, mas sim bondoso, simples e magnânimo. Isso, Vrónski não podia deixar de sentir. De repente, os papéis haviam se invertido. Vrónski sentia a elevação do marido e a sua própria humilhação, a razão do marido e a sua falta de razão. Sentia que o marido era generoso mesmo em seu infortúnio, enquanto ele mesmo era baixo, mesquinho em sua impostura. Mas a consciência de sua baixeza diante daquele homem, a quem desprezava injustamente, constituía apenas uma pequena parte do seu infortúnio. Sentia-se agora indescritivelmente infeliz porque a sua paixão por Anna, que havia arrefecido, lhe parecia, nos últimos tempos, agora que sabia que a perdera para sempre, ter ficado mais forte do que nunca. Por ocasião da doença de Anna, ele viera a compreendê-la inteiramente, conheceu sua alma e lhe pareceu que, até então, nunca a havia amado tanto. E agora, quando a conhecia, e quando a amava como se devia amar, fora humilhado diante dela e a perdera para sempre, deixando de si para ela apenas uma lembrança vergonhosa. O mais horrível de tudo foi a sua posição ridícula, vergonhosa, quando Aleksei Aleksándrovitch baixou-lhe as mãos com que cobria o rosto envergonhado. Estava parado na saída da casa de Kariênin, como que desnorteado, e não sabia o que fazer.

— O senhor quer uma carruagem de aluguel? — perguntou o porteiro.

— Sim, uma carruagem de aluguel.

De volta para casa, após três noites sem dormir, Vrónski deitou-se de bruços no sofá, sem trocar de roupa, cruzou as mãos e pôs sobre elas a cabeça. Tinha a cabeça pesada. As imagens, as recordações e os pensamentos mais estranhos sucediam-se, um após o outro, com velocidade e nitidez extraordinárias: ora o remédio que dera à paciente e entornara da colher, ora as mãos brancas da parteira, ora a estranha posição de Aleksei Aleksándrovitch, agachado no chão, junto à cama.

"Dormir! Esquecer!" — disse a si mesmo, com a serena convicção que tem o homem sadio de que, se estiver cansado e quiser dormir, adormecerá de imediato.

E, de fato, nesse instante, seus pensamentos passaram a se embaralhar e ele começou a afundar no abismo do esquecimento. As ondas do mar da vida inconsciente já começavam a quebrar sobre a sua cabeça quando, de repente — como se uma fortíssima descarga elétrica o tivesse atingido —, sobressaltou-se de tal modo que o corpo inteiro pulou nas molas do sofá e, apoiado nas mãos, ergueu-se sobre os joelhos, assustado. Tinha os olhos arregalados, como se nunca tivesse dormido. O peso da cabeça e a lassidão dos membros, que ele sentia até um minuto antes, haviam desaparecido de súbito.

"O senhor pode me espezinhar na lama", ouvia as palavras de Aleksei Aleksándrovitch e o via à sua frente, via o rosto de Anna corado pela febre e com olhos brilhantes, que o fitavam com ternura e amor, a ele, mas não a Aleksei Aleksándrovitch; via a sua própria figura, tola e ridícula, assim lhe parecia, no momento em que Aleksei Aleksándrovitch baixou-lhe as mãos com que cobria o rosto. Estendeu as pernas outra vez, atirou-se de encontro ao sofá na mesma posição de antes e fechou os olhos.

"Dormir! Dormir!", repetiu para si mesmo. Mas, de olhos fechados, viu com ainda maior nitidez o rosto de Anna tal como estava naquela tarde, para ele inesquecível, anterior à corrida.

— Isso não existe mais e não voltará, e ela quer apagar tudo da memória. Só que eu não posso viver sem isso. Como poderemos nos reconciliar, como poderemos nos reconciliar? — disse em voz alta e, de modo inconsciente, passou a repetir aquelas palavras. A repetição das palavras freava o surgimento de novas imagens e recordações que, ele sentia, fervilhavam em sua cabeça. Mas a repetição das palavras freou a imaginação só por um breve tempo. De novo, um após o outro, em uma velocidade extraordinária, começaram a surgir no pensamento os seus minutos mais felizes e, junto com eles, a recente humilhação. "Descubra o rosto", disse a voz de Anna. Ele afastou as mãos e sentiu a expressão envergonhada e tola do seu rosto.

Continuava deitado, tentando dormir, embora sentisse não haver a menor esperança, e continuava a repetir, num murmúrio, as palavras fortuitas de um pensamento qualquer, com a intenção de frear, assim, o surgimento de novas imagens. Pôs-se a escutar com atenção — e ouviu palavras repetidas num murmúrio estranho e louco: "Não soube apreciar, não soube aproveitar; não soube apreciar, não soube aproveitar".

"O que é isso? Estou perdendo a razão?", disse a si mesmo. "Talvez. Por que as pessoas perdem a razão, por que se matam com um tiro?", repetiu consigo mesmo e, depois de abrir os olhos, viu com surpresa ao lado da cabeça o bordado da almofada feito por Vária, a esposa do irmão. Tocou na franja da almofada e experimentou lembrar-se de Vária, tal como a vira na última vez. Mas pensar em qualquer coisa alheia era torturante. "Não, eu preciso dormir!" Puxou a almofada e apertou contra ela a cabeça, mas foi preciso fazer um esforço para manter os olhos fechados. Ergueu-se de um salto e ficou sentado. "Para mim, está acabado", disse consigo. "Tenho de pensar no que fazer. O que restou?" Seu pensamento, rapidamente, passou a vida em revista, deixando de fora o seu amor por Anna.

"A ambição? Serpukhóvskoi? A sociedade? A corte?" Não conseguia deter-se em coisa alguma. Tudo isso tinha sentido antes, mas agora já não fazia nenhum sentido. Levantou-se do sofá, tirou a sobrecasaca, soltou o cinturão e, depois de descobrir o peito peludo para respirar com mais liberdade, pôs-se a caminhar pelo cômodo. "É assim que as pessoas enlouquecem", repetiu. "É assim que se matam com um tiro... para se livrar da vergonha", acrescentou lentamente.

Aproximou-se da porta e fechou-a; depois, com um olhar parado e com os dentes cerrados com força, aproximou-se da mesa, pegou o revólver, examinou-o, girou o tambor para a câmara carregada e se pôs a refletir. Por uns dois minutos, de cabeça baixa e com uma expressão de intenso esforço de pensamento, permaneceu com o revólver nas mãos, imóvel, e pensou. "É claro", disse a si mesmo, como se a cadeia de um pensamento lógico, contínuo e cristalino o tivesse conduzido a uma conclusão incontestável. Na verdade, esse "é claro", tão persuasivo para ele, era a mera consequência da repetição do mesmo círculo de recordações e de imagens, que ele já percorrera dez vezes na última hora. Eram as mesmas recordações de uma felicidade perdida para sempre, as mesmas imagens do absurdo de toda a sua vida, dali para a frente, a mesma consciência da sua humilhação. Até a sucessão dessas imagens e sentimentos era a mesma.

"É claro", repetiu, quando pela terceira vez seu pensamento tomou de novo o rumo do mesmo círculo encantado de recordações e pensamentos e, depois de apontar o revólver para o lado esquerdo do peito e contrair com força a mão inteira, como se de repente cerrasse o punho, puxou o gatilho. Não ouviu o som do tiro, mas um forte golpe contra o peito o derrubou. Quis segurar-se na beira da mesa, deixou cair o revólver, cambaleou e sentou-se no chão, enquanto olhava atônito à sua volta. Não reconheceu o próprio quarto, ao ver por baixo as arqueadas pernas da mesa, o cestinho de papéis e a pele de tigre. Os passos ligeiros e rangentes do criado, que caminhava através da sala, obrigaram-no a dominar-se. Fez um esforço de pensamento e entendeu que estava no assoalho e, ao ver sangue na pele de tigre e na sua mão, compreendeu que havia atirado contra si mesmo.

— Que estupidez! Não acertei — disse, vasculhando com a mão em busca do revólver. O revólver estava do seu lado — ele o procurava longe dali. Ainda procurando, arrastou-se para o lado oposto e, sem forças para manter o equilíbrio, tombou, se esvaindo em sangue.

O criado, elegante e de suíças, que repetidas vezes se queixava aos seus conhecidos da fragilidade de seus nervos, assustou-se tanto, ao ver o seu senhor estirado no chão, que o deixou ali a esvair-se em sangue e correu em busca de socorro. Uma hora depois, chegou Vária, a esposa do irmão, e com ajuda dos três médicos que acudiram ao mesmo tempo aos apelos que ela mandou em todas as direções pôs o ferido no leito e ficou ali para cuidar dele.

XIX

O erro que Aleksei Aleksándrovitch cometera, ao se preparar para o reencontro com a esposa sem levar em conta a eventualidade de o arrependimento de Anna ser sincero, de ele a perdoar e de ela não morrer — esse erro se fez patente, para ele, com toda a sua força, dois meses depois de seu regresso de Moscou. Mas o erro que cometera havia decorrido não só de não ter levado em conta aquela eventualidade, mas também de, até o dia do encontro com a esposa agonizante, ele não ter conhecido de fato o próprio coração. Junto ao leito da esposa doente, rendeu-se pela primeira vez na vida àquele sentimento de compaixão enternecida que os sofrimentos dos outros lhe provocavam, sentimento do qual antes se envergonhava, como uma fraqueza perniciosa; a piedade por ela, o arrependimento por haver desejado sua morte e, acima de tudo, a própria alegria do perdão fizeram com que ele, de súbito, sentisse não só o apaziguamento de seus sofrimentos como também uma serenidade espiritual que nunca antes experimentara. Sentiu, de repente, que aquilo mesmo que constituía a fonte de seu sofrimento se tornara a fonte da sua alegria espiritual, que aquilo que parecia insolúvel quando ele condenava, acusava e odiava se tornava simples e claro, quando ele perdoava e amava.

Perdoara a esposa e tinha piedade do seu sofrimento e do seu arrependimento. Perdoara Vrónski e tinha piedade dele, sobretudo depois que tivera notícia do seu gesto desesperado. Tinha piedade do filho, ainda mais do que antes, e agora se recriminava por se interessar muito pouco por ele. Quanto à recém-nascida, porém, experimentava um sentimento especial, não só de piedade, mas também de carinho. A princípio, por um mero sentimento de compaixão, ocupou-se daquela menina fraca e recém-nascida, que não era sua filha, ficara abandonada durante a doença da mãe e provavelmente teria morrido se ele não houvesse cuidado dela — e ele mesmo não notou como a amava. Várias vezes por dia, caminhava até o quarto das crianças e lá se demorava tanto que a ama de leite e a babá, no início tímidas diante dele, se habituaram à sua presença. Às vezes, durante meia hora, contemplava calado o rostinho enrugado, penugento e vermelho-açafrão da criança que dormia e acompanhava os movimentos da testa franzida e das mãozinhas rechonchudas, de dedos dobrados, que com as palmas viradas para cima esfregavam os olhinhos e o intercílio. Nesses minutos em especial, Aleksei Aleksándrovitch sentia-se completamente calmo e em harmonia consigo mesmo e não via na sua situação nada de extraordinário, nada que fosse preciso modificar.

Porém, quanto mais passava o tempo, mais nitidamente percebia que, por mais natural que fosse para ele agora essa situação, os outros não iriam permitir que ele continuasse assim. Sentia que, além da boa força espiritual que guiava sua alma, existia uma outra, igual ou ainda maior, uma força imperiosa que guiava a sua vida, e ele sentia que essa força não lhe traria a serenidade resignada que almejava. Sentia que todos o olhavam com uma surpresa interrogadora, não o compreendiam e dele esperavam alguma coisa. Sentia sobretudo a precariedade e a falta de naturalidade de suas relações com a esposa.

Quando passou o abrandamento causado pela proximidade da morte, Aleksei Aleksándrovitch começou a notar que Anna o temia, incomodava-se com ele e não conseguia fitá-lo nos olhos. Parecia querer alguma coisa e não se resolvia a lhe falar, e também, como que pressentindo que as relações entre os dois não poderiam prosseguir, esperava dele alguma coisa.

No fim de fevereiro aconteceu que a filha recém-nascida de Anna, também chamada Anna, adoeceu. Aleksei Aleksándrovitch foi de manhã ao quarto das crianças e, depois de mandar chamar o médico, foi para o ministério. Encerrados seus trabalhos, voltou para casa antes das quatro horas. Ao entrar no vestíbulo, viu um lacaio imponente, de galões, com uma capa de pele de urso, que segurava um manto branco de pelo de cão americano.

— Quem está aqui? — perguntou Aleksei Aleksándrovitch.

— A princesa Elizavieta Fiódorovna Tviérskaia — respondeu o lacaio com um sorriso, assim pareceu a Aleksei Aleksándrovitch.

Durante todo aquele período penoso, Aleksei Aleksándrovitch percebia que seus conhecidos da sociedade, sobretudo as mulheres, demonstravam um interesse especial por ele e pela esposa. Percebia em todos aqueles conhecidos uma alegria que tinham dificuldade em esconder, a mesma alegria que vira nos olhos do advogado e, agora, nos olhos do lacaio. Todos pareciam estar entusiasmados, como se alguém fosse casar. Quando o encontravam, com uma alegria mal disfarçada, perguntavam sobre a sua saúde.

A presença da princesa Tviérskaia desagradava a Aleksei Aleksándrovitch, tanto pelas recordações a ela associadas quanto por não gostar nem um pouco da princesa, e então seguiu direto para a ala das crianças. No primeiro quarto, com o peito deitado sobre a mesa e as pernas escoradas na cadeira, Serioja desenhava alguma coisa e tagarelava a esmo com alegria. A preceptora inglesa, que durante a doença de Anna substituíra a francesa, estava sentada perto do menino fazendo crochê, levantou-se afobada, fez uma reverência e puxou Serioja para trás.

Aleksei Aleksándrovitch acariciou com a mão os cabelos do filho, respondeu a uma pergunta da preceptora sobre a saúde da esposa e perguntou o que o médico dissera sobre o baby.

— O médico disse que não é nada perigoso e prescreveu banhos, senhor.

— Mas ela ainda tem dores — retrucou Aleksei Aleksándrovitch, atento aos gritos da criança no quarto vizinho.

— Acho que a ama de leite não serve, senhor — disse a inglesa, resoluta.

— Por que pensa assim? — perguntou ele, detendo-se.

— Foi assim também na casa da condessa Polh, senhor. Davam remédios para a criança, mas no fim se constatou que estava simplesmente faminta: a ama de leite estava sem leite, senhor.

Aleksei Aleksándrovitch pôs-se pensativo e, após alguns segundos, entrou pela outra porta. A menina estava deitada, com a cabeça tombada para trás, contorcendo-se nos braços da ama de leite, e não queria pegar o peito farto que lhe era oferecido nem queria se calar, apesar dos sons de reprovação da ama de leite e da babá, curvada sobre ela.

— Ainda não melhorou? — perguntou Aleksei Aleksándrovitch.

— Está muito agitada — respondeu a babá, num sussurro.

— Miss Edward diz que talvez a ama de leite não tenha leite — disse ele.

— Penso o mesmo, Aleksei Aleksándrovitch.

— Então por que não disse?

— Dizer a quem? Anna Arcádievna continua doente — respondeu a babá, descontente.

A babá era uma criada antiga na casa. E, naquelas palavras simples, Aleksei Aleksándrovitch percebeu uma alusão à situação dele.

O bebê gritou ainda mais alto, ofegando e tossindo. A babá, depois de abanar a mão, aproximou-se, tomou a criança dos braços da ama de leite e pôs-se a embalar o bebê enquanto caminhava.

— É preciso pedir ao médico que examine a ama de leite — disse Aleksei Aleksándrovitch.

De aparência saudável, a bem-vestida ama de leite, com medo de que a despedissem, murmurou algo para si e, escondendo o peito farto, sorriu com desdém, ante as dúvidas sobre o seu leite. Nesse sorriso, Aleksei Aleksándrovitch também descobriu uma zombaria dirigida à situação dele.

— Pobre criança! — exclamou a babá, fazendo com a boca sons para o bebê acalmar-se, enquanto caminhava.

Aleksei Aleksándrovitch sentou-se na cadeira e, com rosto sofrido e desolado, olhou para a babá que andava para um lado e para o outro.

Quando o bebê, que enfim se calara, foi colocado no berço fundo e a babá se afastou, depois de ajeitar o travesseiro, Aleksei Aleksándrovitch levantou-se e, pisando com dificuldade na ponta dos pés, aproximou-se da criança. Por um minuto, ficou em silêncio e fitou o bebê com o mesmo rosto desolado; mas de repente irrompeu em seu rosto um sorriso, que fez mexer seu cabelo e a pele na testa, e em seguida ele saiu do quarto sem fazer barulho.

Na sala de jantar, tocou a campainha e mandou o criado chamar de novo o médico. Estava aborrecido com a esposa por não se preocupar com aquela criança encantadora e, nesse ânimo de irritação contra ela, não tinha vontade de ir ao quarto de Anna, assim como também não queria ver a princesa Betsy; mas a esposa poderia estranhar que ele, ao contrário do costume, não fosse ao seu quarto e por isso, depois de fazer um esforço sobre si mesmo, dirigiu-se ao quarto de dormir. Enquanto se aproximava da porta, sobre o tapete macio, não pôde deixar de ouvir uma conversa que não queria ouvir.

— Se ele não estivesse de partida, eu compreenderia a recusa da senhora, e a dele também. Mas o marido da senhora deve estar acima disso — falou Betsy.

— Não é pelo meu marido, é por mim que não quero. Não fale mais disso! — retrucou a voz agitada de Anna.

— Sim, mas a senhora não pode deixar de querer despedir-se do homem que tentou matar-se por causa da senhora...

— Por isso mesmo eu não quero.

Aleksei Aleksándrovitch deteve-se, com uma expressão assustada e culpada, e quis recuar sem ser notado. Mas, depois de ponderar que isso seria indigno, virou-se e, após tossir de leve, avançou na direção do quarto de dormir. As vozes calaram-se e ele entrou.

Anna, de roupão cinzento, com os cabelos negros cortados curtos, de um modo que pareciam uma espessa escova sobre a cabeça redonda, estava sentada num canapé. Como sempre acontecia ao ver o marido, a animação do seu rosto desapareceu de repente; ela baixou a cabeça e lançou um olhar inquieto para Betsy. Vestida na última moda, com um chapéu que flutuava em algum ponto acima da cabeça, como um abajur acima da lâmpada, e com um vestido cor de pombo com faixas oblíquas bem destacadas, numa direção, no corpete, e noutra direção, na saia, Betsy estava sentada junto a Anna, mantendo ereto seu talhe alto e achatado e, de cabeça inclinada, recebeu Aleksei Aleksándrovitch com um sorriso zombeteiro.

— Ah! — exclamou, como que surpresa. — Estou muito contente de o senhor estar em casa. O senhor não aparece em parte alguma e eu não o vejo desde a doença de Anna. Eu soube de tudo: a sua dedicação. Sim, o senhor é um marido admirável! — disse, de modo afetuoso e significativo, como se conferisse a ele uma condecoração de magnanimidade por sua conduta com a esposa.

Aleksei Aleksándrovitch cumprimentou-a friamente com uma reverência e, depois de beijar a mão da esposa, perguntou sobre a sua saúde.

— Acho que estou melhor — respondeu Anna, evitando o olhar do marido.

— Mas a senhora parece ter no rosto uma cor febril — disse ele, pondo ênfase na palavra "febril".

— Nós duas conversamos em excesso — explicou Betsy. — Receio que seja egoísmo da minha parte e já estou de saída.

Levantou-se, mas Anna, que havia se ruborizado de repente, segurou-a depressa pela mão.

— Não, fique um pouco, por favor. Tenho de conversar com a senhora... não, com os dois — voltou-se para Aleksei Aleksándrovitch e um rubor cobriu seu pescoço e sua testa. — Não quero e não posso esconder nada do senhor — disse.

Aleksei Aleksándrovitch estalou a junta dos dedos e baixou a cabeça.

— Betsy dizia que o conde Vrónski gostaria de vir à nossa casa para despedir-se antes de partir para Tachkent. — Anna não olhava para o marido e, obviamente, tinha pressa em contar tudo, por mais difícil que fosse, para ela. — Eu respondi que não podia recebê-lo.

— A senhora, minha amiga, disse que ia depender de Aleksei Aleksándrovitch — emendou Betsy.

— Mas não, eu não posso recebê-lo e isso de nada... — deteve-se, de repente, e lançou um olhar interrogativo para o marido (ele não estava olhando para ela). — Em suma, eu não quero...

Aleksei Aleksándrovitch avançou e fez menção de pegar sua mão.

Num primeiro impulso, Anna retirou bruscamente sua mão da mão úmida do marido, de veias inchadas, que procurava a sua; mas, depois de um evidente esforço sobre si mesma, apertou-a.

— Sou muito grato pela confiança da senhora, mas... — disse ele, sentindo com embaraço e irritação que aquilo que, sozinho, poderia resolver de maneira fácil e clara, não conseguiria discutir em presença da princesa Tviérskaia, que lhe parecia a personificação daquela força vulgar que devia guiar sua vida aos olhos da sociedade e que o impedia de entregar-se ao seu sentimento de amor e de perdão. Ele se deteve, fitando a princesa Tviérskaia.

— Bem, adeus, minha querida — disse Betsy, levantando-se. Beijou Anna e saiu. Aleksei Aleksándrovitch acompanhou-a.

— Aleksei Aleksándrovitch! Sei que o senhor é um homem sinceramente generoso — disse Betsy, que havia se detido na pequena sala de visitas e apertava a mão dele mais uma vez, com uma força especial. — Não sou uma pessoa da família, mas a amo tanto e respeito tanto o senhor que me permito dar um conselho. Receba-o em sua casa. Aleksei é a personificação da honra e está de partida para Tachkent.

— Obrigado, princesa, por seu interesse e por seu conselho. Mas é a minha esposa mesma quem decide se pode ou não recebê-lo.

Falou assim por hábito, levantando as sobrancelhas com dignidade, e no mesmo instante refletiu que, quaisquer que fossem as palavras, não poderia haver dignidade na sua situação. E constatou isso no sorriso contido, malévolo e sarcástico com que Betsy o olhou, após sua frase.

XX

Aleksei Aleksándrovitch despediu-se de Betsy com uma reverência, na sala, e seguiu para o quarto da esposa. Ela estava deitada, mas, ao ouvir seus passos, sentou-se depressa na mesma posição de antes e fitou-o assustada. Ele viu que Anna chorava.

— Estou muito grato pela sua confiança em mim — repetiu ele, em russo, a frase dita em francês diante de Betsy e sentou-se ao lado dela. Quando falava em russo, a tratava por "você", e esse "você" irritava Anna de uma forma incontrolável. — E sou muito grato pela sua decisão. Creio também que, como ele está de partida, não existe nenhuma necessidade de o conde Vrónski vir aqui. Além do mais...

— Mas eu já o disse, e então para que repetir? — interrompeu Anna, de repente, com uma irritação que não conseguiu reprimir. "Nenhuma necessidade", refletiu ela, "de um homem vir despedir-se da mulher a quem ama, por cuja causa quis morrer e arruinar-se e que não pode viver sem ele. Não, não existe nenhuma necessidade!" Comprimiu os lábios e baixou os olhos brilhantes para as mãos do marido, que tinham veias inchadas e que, lentamente, se esfregavam uma na outra.

— Nunca mais falaremos desse assunto — acrescentou Anna, mais calma.

— Permiti que você decidisse essa questão e estou muito contente de ver... — quis começar Aleksei Aleksándrovitch.

— Que o meu desejo vai ao encontro do seu — concluiu Anna, depressa, irritada por ele falar tão lentamente, enquanto ela já sabia de antemão tudo o que o marido ia dizer.

— Sim — confirmou. — E a princesa Tviérskaia está se intrometendo de modo totalmente despropositado em dificílimas questões de família. Especialmente...

— Não acredito em nada do que dizem sobre ela — retrucou Anna, bruscamente. — Sei que ela me estima com sinceridade.

Aleksei Aleksándrovitch suspirou e calou-se. Inquieta, Anna bulia com as borlas do roupão, olhando para o marido com aquele torturante sentimento de aversão física, sentimento pelo qual Anna se recriminava, mas que não conseguia vencer. Ela agora só desejava uma coisa — ver-se livre da presença odiosa do marido.

— Acabei de mandar chamar o médico — disse Aleksei Aleksándrovitch.

— Mas estou bem; para que preciso de médico?

— Não, a menina está gritando e dizem que a ama de leite tem pouco leite.

— Por que você não me permitiu amamentar, quando eu implorei isso? De um jeito ou de outro (Aleksei Aleksándrovitch entendeu o que significava esse "de um jeito ou de outro"), ela é uma criança e a estão matando. — Tocou a campainha e mandou trazer a menina. — Eu pedi para amamentar, não permitiram e agora me recriminam.

— Não estou recriminando...

— O senhor está recriminando, sim! Meu Deus! Por que não morri! — Começou a soluçar. — Desculpe, estou irritada, estou sendo injusta — disse, dominando-se. — Mas saia...

"Não, isto não pode continuar assim", disse consigo Aleksei Aleksándrovitch, resoluto, ao sair do quarto da esposa.

Nunca, até então, a impossibilidade da sua situação aos olhos da sociedade, o ódio que a esposa tinha por ele e o poder generalizado daquela misteriosa força vulgar que, em contradição com o seu estado de espírito, dirigia a sua vida e exigia obediência e uma mudança das suas relações com a esposa haviam se apresentado a ele de forma tão flagrante como agora. Via com clareza que toda a sociedade assim como a esposa exigiam algo dele, mas o quê, precisamente, ele não conseguia entender. Sentia que, por causa disso, despertava em seu espírito um sentimento de rancor, que arruinava sua serenidade e todo o mérito de sua façanha. Ele considerava que, para Anna, seria melhor interromper as relações com Vrónski, mas, se todos achassem que isso era impossível, ele estaria pronto a admitir tal relação, contanto que não trouxesse vergonha às crianças, que ele não se visse privado delas e que a sua situação não se alterasse. Por mais que fosse ruim, ainda seria melhor do que o divórcio, no qual Anna se veria numa situação irremediável e infamante e ele mesmo seria privado de tudo o que amava. Porém, sentia-se impotente; sabia de antemão que todos estavam contra ele, não admitiriam que fizesse aquilo que agora lhe parecia muito natural e correto e o obrigariam a fazer algo ruim, mas que lhes parecia necessário.

XXI

Antes que Betsy tivesse tempo de sair da sala, Stiepan Arcáditch, que acabara de chegar do Elisséiev, onde haviam recebido ostras frescas, encontrou-a na porta.

— Ah! Princesa! Que encontro agradável! — exclamou. — Estive há pouco na casa da senhora.

— É um encontro de um minuto apenas, pois já estou de saída — respondeu Betsy, sorrindo, enquanto vestia as luvas.

— Espere, princesa, antes de vestir as luvas, permita que beije sua mãozinha. Não há nada a que eu seja mais grato do que a volta dos velhos costumes, como o de beijar a mão. — Beijou a mão de Betsy. — Quando nos veremos?

— O senhor não merece — respondeu Betsy, sorrindo.

— Não, mereço muito, pois me tornei o mais sério dos homens. Não só ponho em ordem a minha vida doméstica como a dos outros também — disse, com uma expressão significativa no rosto.

— Ah! Fico muito contente! — respondeu Betsy, compreendendo logo que se referia a Anna. E, de volta para a sala, os dois se detiveram num canto. — Ele vai matá-la — disse Betsy, num sussurro enfático. — É impossível, impossível...

— Fico muito contente de que a senhora pense assim — respondeu Stiepan Arcáditch, balançando a cabeça com uma expressão séria e de sofrida compaixão. — Por isso vim a Petersburgo.

— A cidade inteira fala do caso — disse ela. — É uma situação impossível. Ela está definhando cada vez mais. Ele não entende que ela é uma dessas mulheres que não conseguem brincar com os próprios sentimentos. Das duas, uma: ou ele a leva para longe, e age com energia, ou concede o divórcio. Mas isto a sufoca.

— Sim, sim... exatamente... — disse Oblónski, suspirando. — É por isso que eu vim. Quer dizer, não especialmente por isso... Fui nomeado camareiro da corte e, bem, é preciso agradecer. Porém o mais importante é resolver isto aqui.

— Muito bem, que Deus ajude o senhor! — disse Betsy.

Depois de acompanhar a princesa Betsy até o vestíbulo, beijar mais uma vez sua mão acima da luva, no ponto onde o pulso bate, e sussurrar um chiste tão indecente que ela não soube se ficava zangada ou se ria, Stiepan Arcáditch seguiu para o quarto da irmã. Encontrou-a em lágrimas.

Apesar do estado de espírito transbordante de alegria em que se encontrava, Stiepan Arcáditch passou, de forma natural e instantânea, para o tom compassivo, poeticamente exaltado, que convinha ao estado de espírito de Anna. Perguntou sobre sua saúde e como havia passado a manhã.

— Muito mal, muito mal. O dia, a manhã e todos os dias passados e futuros — respondeu Anna.

— Parece-me que você se rende à melancolia. É preciso se animar, é preciso olhar para a vida de frente. Sei que é penoso, mas...

— Ouvi dizer que as mulheres amam as pessoas até por seus defeitos — começou Anna, de repente. — Mas eu o odeio por suas virtudes. Não posso viver com ele. Você entende, a aparência dele me afeta fisicamente, eu não consigo me controlar. Não posso, não posso viver com ele. O que fazer? Eu era infeliz e pensava que era impossível ser mais infeliz, mas não podia imaginar a situação horrível em que vivo agora. Você acredita que eu, sabendo que ele é um homem bondoso e excelente, sabendo que não sou digna sequer de uma unha dele, mesmo assim o odeio? Eu o odeio pela sua generosidade. Para mim, não resta mais nada, senão...

Quis dizer a morte, mas Stiepan Arcáditch não a deixou concluir.

— Você está doente e irritada — disse. — Acredite, você exagera terrivelmente. Não há aqui nada tão terrível assim.

E Stiepan Arcáditch sorriu. Ninguém na posição de Stiepan Arcáditch, tendo de lidar com tamanho desespero, se permitiria sorrir (o sorriso pareceria brutal), mas, além de uma ternura quase feminina, havia em seu sorriso tanta bondade que, em vez de ofender, aliviava e tranquilizava. Seu sorriso e suas palavras serenas e tranquilizadoras produziram um efeito emoliente e calmante, como óleo de amêndoas. E Anna logo sentiu isso.

— Não, Stiva — disse. — Estou perdida, perdida! Pior do que perdida. Ainda não estou perdida e não posso dizer que tudo está terminado, ao contrário, sinto que não terminou. Eu sou como uma corda esticada que tem de rebentar. Mas ainda não terminou... e há de terminar de modo horrível.

— Nem tanto, é possível afrouxar a corda aos pouquinhos. Não há situação que não tenha uma saída.

— Pensei muito, muito. Só há uma...

Pelo olhar assustado da irmã, ele compreendeu de novo que essa única saída, na opinião dela, era a morte, e não a deixou concluir.

— Absolutamente — retrucou. — Desculpe. Você não pode ver a sua situação como eu posso. Permita que eu diga com toda a franqueza a minha opinião. — De novo sorriu cuidadosamente com o seu sorriso amendoado. — Começarei do princípio: você casou com um homem vinte anos mais velho que você. Casou sem amor, ou sem conhecer o amor. Isso foi um erro, admitamos.

— Um erro terrível! — disse Anna.

— Mas, repito: é um fato consumado. Depois você teve, digamos, a infelicidade de se apaixonar por um homem que não era o seu marido. Isso é uma infelicidade; mas é também um fato consumado. E o seu marido o reconheceu e a perdoou. — Fazia uma pausa após cada frase, à espera da objeção de Anna, mas ela nada retrucava. — Pois bem. Agora, a questão é a seguinte: pode você continuar a viver com o seu marido? Você deseja isso? Ele deseja isso?

— Não sei, não sei de nada.

— Mas você mesma disse que não pode suportá-lo.

— Não, eu não disse. Retiro o que disse. Não sei de nada e não entendo nada.

— Sim, mas, me desculpe...

— Você não pode entender. Sinto que estou caindo de cabeça em um abismo e não devo fazer nada para me salvar. E nem posso.

— Não importa. Poremos algo embaixo e apanharemos você. Eu a compreendo, compreendo que você não consegue dominar-se e exprimir o seu desejo, o seu sentimento.

— Não desejo nada, nada... só que tudo termine.

— Mas ele vê isso, e sabe. Acaso você pensa que pesa menos para ele do que para você? Você se atormenta, ele se atormenta, e o que pode resultar daí? Entretanto, um divórcio resolverá tudo — não sem esforço, Stiepan Arcáditch declarou sua ideia principal, e fitou-a de modo significativo.

Ela nada disse em resposta e fez que não com a cabeça, de cabelos aparados. Mas pela expressão do rosto, que de repente se iluminou com a antiga beleza, ele compreendeu que ela só não desejava aquilo porque lhe parecia uma felicidade impossível.

— Sinto uma pena terrível de vocês! E como eu ficaria feliz se conseguisse dar uma solução a isso! — disse Stiepan Arcáditch, sorrindo agora com mais ousadia. — Não fale, não fale nada! Se Deus apenas me permitisse falar da mesma maneira como eu me sinto. Irei conversar com ele.

Anna, com olhos pensativos e brilhantes, fitou-o e nada disse.

XXII

Com as feições ligeiramente solenes com que ocupava a cadeira de presidente da sua repartição, Stiepan Arcáditch entrou no escritório de Aleksei Aleksándrovitch.

Com as mãos cruzadas nas costas, Aleksei Aleksándrovitch caminhava para um lado e para o outro e pensava no mesmo assunto sobre o qual Stiepan Arcáditch conversara com a sua esposa.

— Não estou incomodando? — perguntou Stiepan Arcáditch, que de súbito, ante a visão do cunhado, experimentou um acanhamento, sentimento nele incomum. A fim de esconder o acanhamento, tirou do bolso uma cigarreira que acabara de comprar, com um novo modelo provido de tampa, e, depois de cheirar o couro, puxou um cigarro.

— Não. Precisa de alguma coisa? — perguntou Aleksei Aleksándrovitch, a contragosto.

— Sim, eu gostaria... eu preciso... sim, preciso ter uma conversa — respondeu Stiepan Arcáditch, sentindo com surpresa uma timidez incomum.

Esse sentimento foi tão inesperado e estranho que Stiepan Arcáditch não acreditou ser a voz da consciência que lhe dizia ser ruim aquilo que ele pretendia fazer. Stiepan Arcáditch fez um esforço e venceu a timidez que o havia dominado.

— Espero que você acredite no meu amor pela minha irmã e na sinceridade da minha afeição e do meu respeito por você — disse, ruborizando-se.

Aleksei Aleksándrovitch deteve-se e nada respondeu, mas seu rosto impressionou Stiepan Arcáditch pela expressão de vítima resignada.

— Eu tinha a intenção, eu queria conversar sobre a minha irmã e sobre a situação de vocês dois — disse Stiepan Arcáditch, ainda lutando contra aquele acanhamento incomum. Aleksei Aleksándrovitch sorriu, tristonho, fitou o cunhado e, sem responder, aproximou-se da mesa, apanhou ali uma carta inacabada e entregou-a ao cunhado.

— Também não paro de pensar nisso. Eis o que comecei a escrever, supondo que me exprimiria melhor por meio de uma carta, já que a minha presença a irrita — disse, entregando-lhe a carta.

Stiepan Arcáditch pegou a carta, com uma surpresa atônita fitou os olhos embaçados, que haviam se detido de maneira imóvel sobre ele, e começou a ler.

Vejo que minha presença aflige a senhora. Por mais que me pese constatar tal coisa, vejo que é assim e não pode ser de outro modo. Não culpo a senhora e Deus é minha testemunha de que eu, tendo visto a senhora durante a sua doença, resolvi com toda a alma esquecer tudo o que houve entre nós e começar uma vida nova. Não me arrependo e jamais me arrependerei do que fiz; mas desejo apenas o seu bem, o bem da sua alma, e agora vejo que não alcancei isso. Diga-me a senhora mesma o que lhe dará a felicidade verdadeira e paz à sua alma. Entrego-me de todo à sua vontade e ao seu sentimento de justiça.

Stiepan Arcáditch devolveu a carta e, com a mesma perplexidade, continuou a fitar o cunhado, sem saber o que dizer. Esse silêncio era, para ambos, tão desconfortável que os lábios de Stiepan Arcáditch tiveram um tremor doentio enquanto ele se mantinha em silêncio, sem desviar os olhos do rosto de Kariênin.

— Eis o que eu queria dizer a ela — explicou Aleksei Aleksándrovitch, virando-se.

— Sim, sim... — disse Stiepan Arcáditch, sem forças para responder, pois as lágrimas haviam subido à sua garganta. — Sim, sim. Compreendo o senhor — conseguiu dizer, afinal.

— Desejo saber o que ela quer — explicou Aleksei Aleksándrovitch.

— Receio que ela mesma não compreenda sua própria situação. Ela não é uma juíza — disse Stiepan Arcáditch, dominando-se. — Ela está esmagada, literalmente esmagada, pela sua generosidade. Se ela ler essa carta, não terá forças de dizer nada, vai apenas abaixar a cabeça ainda mais.

— Sim, mas nesse caso o que se pode fazer? Como explicar... como saber o que ela deseja?

— Se me permite dar a minha opinião, penso que cabe a você indicar com toda a clareza as providências que julga necessárias para pôr fim a essa situação.

— Portanto você acha que é preciso pôr um fim a essa situação? — interrompeu Aleksei Aleksándrovitch. — Mas como? — acrescentou, fazendo um gesto nele incomum, com as mãos diante dos olhos. — Não vejo nenhuma saída possível.

— Para toda situação há uma saída — disse Stiepan Arcáditch, levantando-se e animando-se. — Houve um momento em que você quis romper... Se agora você constatar que vocês dois não podem fazer a felicidade um do outro...

— A felicidade pode ser compreendida de várias formas. Mas suponhamos que eu concorde com tudo, que eu nada queira. Qual seria a saída para a nossa situação?

— Se quer saber minha opinião — respondeu Stiepan Arcáditch, com o mesmo sorriso emoliente, suave e amendoado com que havia falado com Anna. O sorriso bondoso era tão persuasivo que Aleksei Aleksándrovitch, mesmo sem querer, sentindo sua fraqueza e submetendo-se a ela, estava predisposto a acreditar naquilo que Stiepan Arcáditch dissesse. — Ela nunca se manifestará sobre o assunto. Mas uma coisa é possível, uma coisa ela pode desejar — prosseguiu Stiepan Arcáditch. — Isto: o fim da relação e de todas as lembranças a ela associadas. A meu ver, na situação de vocês, é imprescindível esclarecer as novas relações mútuas. E só é possível alcançar tal esclarecimento por meio da liberdade de ambas as partes.

— O divórcio — interrompeu Aleksei Aleksándrovitch, com repugnância.

— Sim, suponho que sim, o divórcio. Sim, o divórcio — repetiu Stiepan Arcáditch, ruborizando-se. — Sob todos os aspectos, é a saída mais racional para os cônjuges que se encontram numa situação como a de vocês. O que fazer se os cônjuges descobrem que a vida em comum é, para eles, impossível? Sempre pode acontecer. — Aleksei Aleksándrovitch suspirou fundo e fechou os olhos. — Só há, aqui, um ponto a considerar: será que um dos cônjuges deseja casar de novo? Se não, tudo será muito simples — disse Stiepan Arcáditch, cada vez mais livre de constrangimentos.

Aleksei Aleksándrovitch, com o rosto franzido de aflição, disse algo para si e nada respondeu. Tudo aquilo que para Stiepan Arcáditch parecia muito simples, Aleksei Aleksándrovitch já o havia ponderado milhares de vezes. E tudo aquilo lhe parecia não só nem um pouco simples como também completamente impossível. O divórcio, cujos pormenores já conhecia, agora lhe parecia impossível porque o sentimento de dignidade e o respeito pela religião não lhe permitiam assumir a culpa de um adultério fictício e menos ainda admitir que a esposa, perdoada e amada por ele, se visse desprotegida e desonrada. O divórcio se revelava impossível também por outras razões, ainda mais sérias.

O que seria do filho, em caso de divórcio? Deixá-lo com a mãe era impossível. A mãe divorciada teria a sua família ilícita, na qual a condição de enteado e a sua educação, muito provavelmente, não haveriam de ser benéficas. Ficar ele mesmo com o filho? Sabia que seria uma vingança da sua parte e ele não o desejava. Afora isso, porém, o divórcio lhe parecia impossível acima de tudo porque, ao concordar com o divórcio, ele estaria também arruinando Anna. Gravaram-se em seu espírito as palavras ditas por Dária Aleksándrovna em Moscou, segundo as quais, ao decidir-se pelo divórcio, ele pensara em si, sem levar em conta que arruinaria Anna de modo irremediável. E ele, depois de associar tais palavras ao seu perdão, à sua afeição pelos filhos, agora as compreendia à sua maneira. Concordar com o divórcio, dar a Anna a liberdade, significaria, a seu ver, cortar de si o último laço com a vida das crianças, às quais ele amava, e para Anna, retirar o último apoio no caminho do bem e precipitá-la na perdição. Uma vez divorciada, ele sabia que Anna se casaria com Vrónski, e essa união seria ilícita e criminosa porque a esposa, segundo o espírito da lei da Igreja, não pode casar-se enquanto o marido estiver vivo. "Ela se unirá a ele e, após um ou dois anos, ele a abandonará, ou ela dará início a uma nova união", pensava Aleksei Aleksándrovitch. "E eu, tendo concordado com um divórcio ilícito, serei o culpado pela perdição de Anna." Ponderou tudo isso centenas de vezes e se convenceu de que o divórcio não só não era nada simples, como dizia o cunhado, como também era completamente impossível. Não acreditava em nenhuma palavra de Stiepan Arcáditch; para cada uma de suas palavras, ele tinha mil refutações, mas o ouvia, sentindo que em suas palavras se expressava aquela poderosa força vulgar, que guiava a sua vida e à qual ele teria de submeter-se.

— A única dúvida são as condições em que você concordaria com o divórcio. Ela nada quer, não ousa pedir nada a você, deixa tudo nas mãos da sua generosidade.

"Meu Deus! Meu Deus! Para quê?", pensou Aleksei Aleksándrovitch, ao relembrar os pormenores do processo de divórcio, em que o marido lança a culpa sobre si e, de vergonha, num gesto idêntico ao de Vrónski, cobriu o rosto com as mãos.

— Você está abalado, eu entendo. Mas se ponderar bem...

"E a quem te bater na face direita, oferece a esquerda, e a quem te pedir o casaco, dá a camisa", pensou Aleksei Aleksándrovitch.

— Sim, sim! — gritou com voz esganiçada. — Assumirei sozinho a infâmia, abrirei mão do meu filho, mas... mas não seria melhor deixar isso de lado? De resto, faça como quiser...

E, depois de dar as costas para o cunhado, para que não pudesse vê-lo, sentou-se na cadeira junto à janela. Estava amargurado, estava envergonhado; mas, junto com a amargura e a vergonha, experimentava uma alegria e uma comoção diante da grandeza da sua humildade.

Stiepan Arcáditch estava comovido. Manteve-se calado.

— Aleksei Aleksándrovitch, creia-me, ela aprecia muito a sua generosidade — disse, afinal. — Mas, está claro, esta era a vontade de Deus — acrescentou e, ao dizer isso, sentiu que era uma tolice e reprimiu com dificuldade um sorriso diante da própria tolice.

Aleksei Aleksándrovitch fez menção de responder, mas as lágrimas o detiveram.

— É uma infelicidade do destino e é preciso aceitá-la. Aceitarei essa infelicidade como um fato consumado e me esforçarei para ajudar a ela e a você — disse Stiepan Arcáditch.

Quando saiu do escritório do cunhado, Stiepan Arcáditch sentia-se comovido, mas isso não o impedia de estar satisfeito por haver resolvido com êxito aquela questão, pois estava convicto de que Aleksei Aleksándrovitch não faltaria com a sua palavra. A essa satisfação, veio somar-se ainda o pensamento de que, quando aquela questão estivesse encerrada, ele faria à esposa e aos conhecidos mais próximos a seguinte pergunta: "Qual a diferença entre mim e o imperador? O imperador faz um divórcio e ninguém se beneficia com isso, enquanto eu faço um divórcio e três pessoas se beneficiam... Ou então: qual a semelhança entre mim e o imperador? Quando... Pensando bem, vou imaginar algo melhor", disse consigo, sorrindo.

XXIII

O ferimento de Vrónski foi perigoso, embora a bala não tivesse tocado o coração. Durante alguns dias, esteve entre a vida e a morte. Quando, pela primeira vez, ficou em condições de falar, só Vária, a esposa do irmão, estava no quarto.

— Vária! — disse, olhando-a com ar severo. — Atirei contra mim mesmo por acidente. E, por favor, nunca fale do assunto, conte para todos que foi assim. Seria uma idiotice grande demais!

Sem responder a suas palavras, Vária debruçou-se sobre ele e, com um sorriso jovial, fitou-o no rosto. Os olhos estavam radiantes, sem febre, mas tinham uma expressão severa.

— Ora, graças a Deus! — disse Vária. — Não sente dor?

— Um pouco, aqui — apontou para o peito.

— Então me deixe trocar o curativo.

Contraindo em silêncio suas largas maçãs do rosto, ele a fitava enquanto Vária refazia o curativo. Quando terminou, ele disse:

— Não estou delirando; por favor, cuide para que não corra o boato de que atirei de propósito contra mim mesmo.

— Ninguém anda dizendo tal coisa. Só espero que você não se fira de novo por acidente — respondeu ela, com um sorriso interrogativo.

— Não farei isso, é certo, mas teria sido melhor...

E sorriu, tristonho.

Apesar dessas palavras e do sorriso, que tanto assustaram Vária, quando a inflamação passou e ele começou a recuperar-se, Vrónski sentiu que se libertara completamente de uma parte do seu infortúnio. Com aquele gesto, parecia ter lavado a humilhação e a vergonha que antes experimentava. Podia, agora, pensar com calma em Aleksei Aleksándrovitch. Reconhecia toda a generosidade dele e já não se sentia humilhado. Além disso, sua vida entrou de novo nos mesmos trilhos de antes. Via a possibilidade de encarar os outros, sem ter vergonha, e já podia viver orientando-se pelas suas normas. Só uma coisa não conseguia arrancar do coração, apesar de não parar de lutar contra esse sentimento: era a mágoa, que chegava às raias do desespero, de ter perdido Anna para sempre. O fato de que ele, agora, redimido de sua culpa perante o marido, devia renunciar a Anna e jamais, dali em diante, se pôr entre a esposa arrependida e o marido era algo firmemente decidido no coração de Vrónski; mas ele não conseguia arrancar do coração a mágoa da perda do amor de Anna, não conseguia apagar da memória os minutos de felicidade que conhecera a seu lado, tão pouco valorizados por ele, na ocasião, e que o perseguiam, agora, com todo o seu encanto.

Serpukhóvskoi arranjou para ele um posto em Tachkent e Vrónski aceitou a proposta, sem a menor hesitação. Mas, quanto mais próxima a hora da partida, mais penoso se tornava seu sacrifício àquilo que julgava ser seu dever.

A ferida estava curada e ele já saía de carruagem, cuidando dos preparativos da partida para Tachkent.

"Vê-la só uma vez e depois me enterrar, morrer", pensava e, enquanto fazia as visitas de despedida, manifestou esse pensamento para Betsy. Com tal missão, Betsy foi à casa de Anna: e lhe trouxe de volta a resposta negativa.

"Tanto melhor", pensou Vrónski, depois de receber a notícia. "Era uma fraqueza que poria a perder minhas últimas forças."

No dia seguinte, a própria Betsy foi vê-lo de manhã e informou que ela havia recebido por intermédio de Oblónski a notícia segura de que Aleksei Aleksándrovitch concederia o divórcio e que, portanto, ele poderia ver Anna.

Sem se preocupar sequer em acompanhar Betsy até a porta, já esquecido de todas as suas decisões, sem perguntar quando poderia ir e onde estava o marido, Vrónski seguiu no mesmo instante para a casa dos Kariênin. Subiu correndo as escadas, sem enxergar nada e ninguém e, com passos rápidos, entrou no quarto dela, mal conseguindo frear a corrida. E sem pensar em nada, sem verificar se havia ou não alguém no quarto, abraçou-a e começou a cobrir de beijos o seu rosto, as suas mãos e o seu pescoço.

Anna havia se preparado para aquele encontro, pensara no que lhe diria, mas não conseguiu dizer nada daquilo: a paixão de Vrónski dominou-a. Ela quis acalmá-lo, acalmar-se, mas já era tarde. O sentimento de Vrónski contagiou Anna. Seus lábios tremiam tanto que, por longo tempo, nada conseguiu falar.

— Sim, você se apossou de mim e eu sou sua — conseguiu pronunciar, enfim, apertando a mão dele contra o peito.

— Assim tinha de ser! — disse ele. — Enquanto estivermos vivos, assim deverá ser. Agora sei disso.

— É verdade — disse Anna, cada vez mais pálida, abraçando a cabeça de Vrónski. — No entanto há nisso algo terrível, depois de tudo o que aconteceu.

— Tudo vai passar, tudo vai passar, e como seremos felizes! Nosso amor, se fosse possível ficar mais forte, ganharia mais força ainda, por haver nele algo terrível — respondeu Vrónski, levantando a cabeça e, com um sorriso, pôs à mostra os dentes fortes.

Anna não pôde deixar de responder com um sorriso — não às palavras, mas sim aos seus olhos adorados. Segurou a mão de Vrónski e com ela acariciou a si mesma, nas faces geladas e nos cabelos cortados.

— Nem reconheci você com esses cabelos curtos. Ficou tão bonita. Parece um menino. Mas como está pálida!

— Sim, estou muito fraca — respondeu, sorrindo. E os lábios recomeçaram a tremer.

— Iremos à Itália, depois que você estiver restabelecida — disse ele.

— Será possível que viveremos como marido e mulher, sozinhos, com a nossa própria família? — disse Anna, fitando-o de perto nos olhos.

— Só me espanta que alguma vez tenha sido de outro modo.

— Stiva diz que *ele* concordou com tudo, mas não posso aceitar a generosidade *dele* — disse Anna, pensativa, olhando o rosto de Vrónski como se não o visse. — Não quero o divórcio, agora para mim não faz diferença. Só não sei o que ele decidiu sobre Serioja.

Vrónski não conseguia de maneira alguma entender como ela podia, nesse momento do encontro, pensar no filho, no divórcio, e lembrar-se disso. Acaso tinha alguma importância?

— Não fale disso, não pense — pediu Vrónski, revirando a mão dela na sua e tentando atrair para si a atenção de Anna; mas ela continuava sem olhar para ele.

— Ah, por que não morri, teria sido melhor! — exclamou Anna e, sem soluçar, lágrimas correram pelas duas faces; mas ela tentou sorrir para não amargurá-lo.

Antes, Vrónski considerava impossível e infame recusar o posto lisonjeiro e perigoso para o qual fora indicado, em Tachkent. Mas agora, sem refletir sequer por um minuto, ele o recusou e, ao perceber que os superiores desaprovavam o seu gesto, imediatamente pediu seu desligamento do Exército.

Um mês depois, Aleksei Aleksándrovitch ficou sozinho com o filho, em sua casa, enquanto Anna partia com Vrónski para o exterior, sem estar divorciada, depois de ter recusado o divórcio com toda a firmeza.

PARTE CINCO

I

A princesa Cherbátskaia achava impossível realizar o casamento antes da Quaresma, para a qual faltavam cinco semanas, pois metade do enxoval não poderia ficar pronta nesse prazo; mas não podia deixar de concordar com Liévin que, após a Quaresma, já seria tarde demais, pois a velha tia do príncipe Cherbátski estava muito doente e poderia morrer, e então o luto retardaria ainda mais o casamento. Por isso, depois de resolver dividir o enxoval em duas partes, um enxoval grande e um pequeno, a princesa concordou em realizar o casamento antes da Quaresma. Decidiu que prepararia agora toda a parte pequena do enxoval para, só depois, enviar a parte grande, e zangou-se muito com Liévin porque ele não conseguiu de maneira alguma lhe responder com seriedade se concordava ou não com isso. Tal solução era tanto mais cômoda porquanto, logo após o casamento, os noivos partiriam para o campo, onde a parte maior do enxoval não seria necessária.

Liévin continuava sempre no mesmo estado de loucura, em que lhe parecia que ele e a sua felicidade constituíam o objetivo principal e único de tudo o que existia e que, agora, ele não precisava pensar nem se preocupar com coisa alguma, pois os outros estavam fazendo e continuariam a fazer tudo para ele. Liévin não tinha sequer planos e objetivos para a sua vida futura; deixava a decisão para os outros, sabendo que tudo havia de ser excelente. Seu irmão Serguei Ivánovitch, Stiepan Arcáditch e a princesa o orientavam naquilo que cumpria fazer. Ele sempre estava perfeitamente de acordo com tudo o que lhe propunham. O irmão pegou dinheiro emprestado para ele, a princesa recomendou partir de Moscou após o casamento. Stiepan Arcáditch recomendou viajar para o exterior. Liévin concordava com tudo. “Façam como quiserem, se isso lhes traz alegria. Eu estou feliz e a minha felicidade não pode aumentar nem diminuir por causa do que vocês fizerem”, pensava. Quando transmitiu a Kitty o conselho de Stiepan Arcáditch de viajar para o exterior, ficou muito surpreso ao ver que ela não concordava e que tinha algumas aspirações bem precisas acerca da sua vida futura. Kitty sabia que Liévin desenvolvia um trabalho no campo, que ele adorava. Ela, como Liévin percebia, não só não compreendia esse trabalho como não queria compreender. Isso, porém, não a impedia de considerar tal trabalho da maior importância. E, por isso, sabia que o lar deles seria no campo e, em vez de viajar para o exterior, onde não iria morar, Kitty desejava ir para onde teria a sua casa. Tal intenção expressa de um modo bem preciso surpreendeu Liévin. Mas, já que para ele tudo era indiferente, pediu de imediato a Stiepan Arcáditch, como se essa fosse a sua obrigação, que partisse para o campo e lá cuidasse de tudo como só ele sabia fazer, com o bom gosto que tinha de sobra.

— Mas escute — disse, um dia, Stiepan Arcáditch, ao voltar do campo onde havia cuidado de tudo para a chegada dos recém-casados. — Você tem o certificado de que fez a confissão?

— Não. Por quê?

— Sem isso, não se pode casar.

— Ai, ai, ai! — exclamou Liévin. — Creio que já faz uns dez anos que não jejuo, não comungo nem me confesso. Nem pensei nisso.

— Que beleza! — disse Stiepan Arcáditch, rindo. — E você me chama de niilista! Mas assim é impossível. Você tem de jejuar, comungar e confessar.

— Quando? Faltam três dias.

Stiepan Arcáditch cuidou também disso. E Liévin começou a jejuar. Para Liévin, como para as pessoas que não têm fé e que, ao mesmo tempo, respeitam a crença dos demais, a presença e a participação em qualquer cerimônia da igreja eram muito penosas. Agora, naquele suave estado de espírito em que se encontrava, sensível a tudo, essa necessidade de fingir era para Liévin não só penosa como também lhe parecia absolutamente impraticável. Agora, em seu estado de glória, de florescimento, ele teria de mentir ou cometer um sacrilégio. Não se sentia em condições de fazer nem uma coisa nem outra. Porém, por mais que indagasse ao amigo se não haveria algum jeito de receber o certificado sem jejuar, Stiepan Arcáditch declarava ser impossível.

— Mas o que custa? São só dois dias. Além do mais, ele é um velhinho simpático e inteligente. Ele vai arrancar esse dente de um jeito que você nem vai notar.

Ao assistir à primeira missa, Liévin tentou reavivar as recordações juvenis daquele intenso sentimento religioso que experimentara entre os dezesseis e os dezessete anos. Mas logo se convenceu de que era totalmente impossível. Tentou encarar tudo isso como um costume vazio, que não tem significado, a exemplo do costume de fazer visitas; mas sentiu que não seria capaz, de maneira alguma. Com respeito à religião, Liévin, assim como a maioria de seus contemporâneos, se encontrava na situação mais indefinida possível. Não conseguia acreditar e, ao mesmo tempo, não estava firmemente convencido de que tudo aquilo era injusto. Por isso, incapaz de acreditar no significado do que fazia ou de encará-lo com indiferença, como uma formalidade vazia, Liévin experimentou, durante todo o período do jejum que precedeu a confissão e a comunhão, um sentimento de desconforto e de vergonha, por fazer algo que ele mesmo não compreendia e, portanto, como lhe dizia uma voz interior, algo falso e ruim.

Por ocasião das cerimônias, ora ele se punha a ouvir as preces, tentando atribuir-lhes um significado que não estivesse em choque com as suas opiniões, ora, percebendo que não conseguia entender e que devia condená-las, tentava não ouvir as orações, ocupava-se com os próprios pensamentos, com as observações e as recordações que vagueavam em sua cabeça com extraordinária vivacidade, durante essa permanência ociosa na igreja.

Assistiu até o fim à missa, às vésperas e ao ofício noturno e, no dia seguinte, após levantar mais cedo do que costumava, foi para a igreja às oito horas, sem tomar chá, a fim de ouvir a leitura matinal das regras e fazer a confissão.

Na igreja, não havia ninguém, exceto um soldado que mendigava, duas velhinhas e os funcionários da igreja.

Um jovem diácono, do qual se viam nitidamente marcadas sob a sotaina fina as duas metades das costas compridas, encontrou-o e, logo em seguida, aproximando-se de uma mesinha junto à parede, começou a ler as regras. No correr da leitura, em especial na rápida e constante repetição das palavras "Senhor, perdoai", que soavam "sopidoai, sopidoai", Liévin sentia que sua mente estava fechada e lacrada e que agora não convinha tocá-la e agitá-la, pois o resultado seria uma confusão e, por isso, de pé atrás do diácono, ele continuava a seguir os próprios pensamentos, sem escutar nem deter sua atenção na leitura. "É surpreendente como a mão dela é expressiva", pensou, lembrando como na véspera estavam ambos sentados a uma mesa de canto. Nada tinham do que falar, como quase sempre, nesse período, e ela, depois de colocar a mão sobre a mesa, pôs-se a abrir e fechar os dedos, e ela mesma riu enquanto observava o seu movimento. Liévin lembrou como beijou essa mão e depois examinou os traços convergentes na palma rosada. "De novo sopidoai", pensou Liévin, fazendo o sinal da cruz, curvando-se e olhando o movimento flexível das costas do diácono, que se curvavam. "Depois ela pegou minha mão e observou as linhas: 'Você tem uma excelente mão', disse ela." E Liévin olhou para a sua mão e para a mão curta do diácono. "Sim, agora falta pouco para terminar", pensou. "Não, parece que recomeçou", pensou, quando voltou a escutar as preces. "Não, vai terminar; pronto, ele já está se curvando até o chão. Isso sempre acontece quando está no fim."

Depois de receber discretamente uma nota de três rublos na mão oculta dentro do punho plissado, o diácono disse que inscreveria o nome de Liévin para a confissão e, com os sapatos novos que rangiam alto sobre as lajes da igreja vazia, seguiu para o altar. Um minuto depois, olhou de lá e chamou Liévin. Um pensamento, até então aprisionado, passou a se agitar na cabeça de Liévin, mas ele logo tratou de afugentá-lo. "De um jeito ou de outro, vai dar certo", pensou, e caminhou na direção do púlpito. Chegou aos degraus e, após virar para a direita, avistou o sacerdote. O velho sacerdote, com barba rala e semigrisalha, de olhos bondosos e cansados, estava postado junto ao facistol e folheava o missal. Depois de cumprimentar Liévin com uma ligeira reverência, passou imediatamente a ler as orações com a voz de costume. Encerrada a leitura, curvou-se até o chão e voltou o rosto para Liévin.

— Aqui, invisível, Cristo está presente e recebe a sua confissão — disse, apontando para o crucifixo. — O senhor acredita em tudo o que nos ensina a Santa Igreja Apostólica? — prosseguiu o sacerdote, desviando os olhos do rosto de Liévin e colocando as mãos debaixo da estola.

— Eu duvidava e duvido de tudo — respondeu Liévin, com uma voz que lhe desagradou, e calou-se.

O sacerdote deixou passar alguns segundos à espera de que ele falasse mais alguma coisa e, depois de fechar os olhos, disse, com o sotaque de Vladímir e a pronúncia rápida da vogal "o":

— A dúvida é uma fraqueza própria ao homem, mas temos de rezar para que o Senhor misericordioso nos dê forças. Que pecados pessoais o senhor tem a confessar? — acrescentou, sem nenhuma pausa, como se tentasse não perder tempo.

— Meu principal pecado é a dúvida. Duvido de tudo e, na maioria das vezes, estou em dúvida.

— A dúvida é própria da fraqueza humana — repetiu as mesmas palavras. — De que principalmente o senhor duvida?

— Duvido de tudo. Às vezes, duvido até da existência de Deus — disse Liévin, a contragosto, e assustou-se com a inconveniência do que dissera. Mas, ao que parecia, suas palavras não produziram nenhuma impressão no sacerdote.

— Que dúvidas podem existir quanto à existência de Deus? — perguntou apressado, com um sorriso quase imperceptível.

Liévin ficou em silêncio.

— Que dúvida o senhor pode ter do Criador, quando está vendo diante de si a sua criação? — prosseguiu ligeiro o sacerdote, com o sotaque de costume. — Quem adornou a abóbada celeste com os astros? Quem recobriu a Terra com a sua beleza? Como poderia existir isso, sem um Criador? — disse, olhando Liévin com ar indagador.

Liévin percebeu que seria inconveniente entrar num debate filosófico com o sacerdote e por isso, em resposta, disse apenas o que se referia diretamente à pergunta:

— Não sei — respondeu.

— O senhor não sabe? Então como o senhor duvida que Deus tenha criado tudo? — indagou o sacerdote, com uma perplexidade divertida.

— Não compreendo nada — respondeu Liévin, ruborizando-se, sentindo que suas palavras eram tolas, e que não poderiam deixar de ser tolas, naquelas circunstâncias.

— Oremos a Deus e imploremos a Ele. Até os santos padres tinham dúvidas e pediam a Deus que fortalecesse a sua fé. O diabo possui um poder grande e nós não nos devemos render a ele. Reze a Deus, implore a Ele. Reze a Deus — repetiu, depressa.

O sacerdote se manteve em silêncio por um tempo, como que meditando.

— O senhor, pelo que eu soube, tenciona casar-se com a filha de um meu paroquiano e meu filho espiritual, o príncipe Cherbátski — acrescentou, com um sorriso. — Uma linda mocinha.

— Sim — respondeu Liévin, ruborizando-se pelo sacerdote. "Por que precisa indagar sobre isso, na confissão?", pensou.

E, como em resposta ao seu pensamento, o sacerdote lhe disse:

— O senhor tenciona casar-se e Deus talvez recompense o senhor com descendentes, não é assim? Pois bem, que educação poderá o senhor oferecer às criancinhas se não tiver derrotado dentro de si a tentação do diabo que o arrasta para a incredulidade? — perguntou, com um leve tom de repreensão. — Se o senhor ama sua prole, então, como um bom pai, não desejará para seus filhos apenas a riqueza, o luxo, a honra; desejará, para eles, a salvação, a iluminação da alma com a luz da verdade. Não é assim? O que responderá o senhor, quando a criancinha inocente lhe perguntar: "Papai! Quem criou tudo o que me encanta neste mundo: a terra, a água, o sol, as estrelas, a grama?". Acaso o senhor responderá: "Não sei"? O senhor não pode deixar de saber, quando Deus Nosso Senhor, por sua grande misericórdia, já o revelou para o senhor. Ou então se o seu filhinho lhe perguntar: "O que me espera na vida após a morte?". O que lhe responderá, se o senhor nada sabe? Como poderá responder a ele? Vai encaminhá-lo para os atrativos do mundo e do diabo? Isso é errado! — disse e se deteve, com a cabeça inclinada para o lado, fitando Liévin com olhos bondosos e dóceis.

Liévin, dessa vez, nada respondeu — não porque não quisesse travar um debate com o sacerdote, mas porque ninguém lhe havia formulado tais perguntas; e, até o dia em que seus filhos lhe fizessem essas perguntas, haveria tempo para pensar em como responder.

— O senhor vai ingressar num período da vida — continuou o sacerdote — em que é preciso escolher um caminho e nele persistir. Reze a Deus para que Ele, na Sua bondade, o ajude e o perdoe — concluiu. — Que Deus Nosso Senhor Jesus Cristo, com a bênção e a clemência do seu amor aos homens, perdoe este Seu filho... — E, encerrada a prece da absolvição, o sacerdote benzeu Liévin e dispensou-o.

De volta para casa, nesse dia, Liévin experimentou um sentimento de alegria por haver chegado ao fim aquela situação incômoda, e sem que ele fosse obrigado a mentir. Além disso, restou-lhe a vaga lembrança de que as palavras ditas pelo bondoso e afável sacerdote não eram absolutamente tão tolas como lhe haviam parecido de início, e que ali havia algo que era preciso esclarecer.

"Não agora, é claro", pensou Liévin, "mas depois, um dia." Mais do que antes, Liévin sentia que havia algo confuso e impuro em sua alma e que, com respeito à religião, ele se achava na mesma situação que distinguia tão nitidamente nos outros, e que não lhe agradava, a mesma situação pela qual recriminava seu amigo Sviájski.

Naquela noite, em companhia da noiva e de Dolly, Liévin estava particularmente alegre e, ao explicar para Stiepan Arcáditch a exultação em que se encontrava, disse estar alegre como um cachorro ao qual ensinaram a saltar através de um arco e que, havendo por fim compreendido e aprimorado aquilo que dele se espera, gane e, sacudindo o rabo, pula de entusiasmo para cima das mesas e das janelas.

II

No dia do casamento, em obediência ao costume (a princesa e Dária Aleksándrovna insistiam em seguir com rigor todos os costumes), Liévin não viu a noiva e jantou no hotel com três homens solteiros que, por acaso, haviam se reunido ali: Serguei Ivánovitch, Katavássov, colega de universidade e agora professor de ciências naturais a quem, depois de encontrar na rua, Liévin arrastara consigo, e Tchírikov, o padrinho de casamento, juiz de paz moscovita e parceiro de Liévin nas caçadas de urso. O jantar foi muito animado. Serguei Ivánovitch estava na disposição de espírito melhor possível e se divertia com a originalidade de Katavássov. Percebendo que a sua originalidade era apreciada e compreendida, Katavássov a exibia com ostentação. Alegre e atencioso, Tchírikov estava sempre pronto a manter qualquer conversa.

— Vejam só — disse Katavássov, alongando as palavras, segundo o costume adquirido na cátedra de professor —, que jovem capaz era o nosso colega Konstantin Dmítritch. Falo de um ausente, pois ele não é mais um dos nossos. Amava a ciência, na época em que saiu da universidade, tinha interesses humanos; agora, metade da sua capacidade é dedicada a iludir-se e a outra, a justificar essa ilusão.

— Nunca vi um inimigo do casamento mais implacável do que o senhor — disse Serguei Ivánovitch.

— Não, eu não sou inimigo. Sou amigo da divisão do trabalho. Pessoas que não fazem nada devem fazer pessoas, enquanto as demais devem contribuir para a instrução e a felicidade delas. Eis o que penso. Para confundir esses dois ofícios, há uma multidão de amadores, a cujo número não pertenço.

— Como ficarei feliz quando souber que o senhor está apaixonado! — disse Liévin. — Por favor, convide-me para o casamento.

— Já estou apaixonado.

— Sim, por uma siba. Sabe — Liévin voltou-se para o irmão —, Mikhail Semiónitch está escrevendo uma obra sobre nutrição e...

— Ora, não faça confusão! Não importa sobre o que escrevo. A questão é que sou de fato um apaixonado pela siba.

— Mas ela não o impedirá de amar sua esposa.

— Ela não impedirá, mas a esposa impedirá.

— Como assim?

— Logo verá. O senhor ama a agricultura, a caça... pois vai ver só!

— Aliás, o Arkhip esteve aqui hoje e disse que em Prúdnoie há uma multidão de alces e dois ursos — disse Tchírikov.

— Bem, o senhor pode ir apanhá-los sem mim.

— Aí está a verdade — disse Serguei Ivánovitch. — Daqui em diante, renuncie à caça ao urso: a esposa não vai deixar!

Liévin sorriu. A ideia de que a esposa não o deixaria lhe era tão agradável que estava pronto a abdicar para sempre do prazer de ver um urso.

— Mas, mesmo assim, é uma pena que peguem esses dois ursos sem o senhor. Lembra-se da última vez, em Khapílovo? Que caçada maravilhosa! — exclamou Tchírikov.

Liévin não quis desiludi-lo em sua ideia de que, em algum lugar, poderia haver algo de bom sem ela e, por isso, nada respondeu.

— Não foi à toa que se instituiu este costume de despedir-se da vida de solteiro — disse Serguei Ivánovitch. — Por maior que seja a felicidade, dá pena perder a liberdade.

— E admita, não sente, como o noivo da história de Gógol, aquela vontade de fugir pela janela?[1]

— Claro que sente, mas ele não vai admitir! — disse Katavássov, e soltou uma gargalhada.

— Ora, a janela está aberta... Vamos agora mesmo para Tvier! Uma ursa, só uma, podemos ir até a sua toca. Falando sério, vamos partir no trem das cinco! E quem ficar aqui, que se vire! — exclamou Tchírikov, sorrindo.

---

1 Refere-se à peça *O casamento*, de Gógol.

— Puxa, eu juro — disse Liévin, sorrindo — que não consigo encontrar na minha alma esse sentimento de pesar quanto à minha liberdade!

— Sim, agora o senhor tem na alma tamanho caos que não vai encontrar mesmo nada — retrucou Katavássov. — Espere só, até se acomodar um pouco, e então vai encontrar!

— Não, nesse caso, ainda que muito pequena, eu perceberia que além do meu sentimento (não queria falar em amor diante deles)... e da felicidade, haveria a pena de perder a liberdade... Mas, ao contrário, estou contente com essa perda de liberdade.

— Isto é mau! Um caso sem esperança! — disse Katavássov. — Bem, bebamos pela sua cura ou desejemos que pelo menos um centésimo do seu sonho se realize. Já será uma felicidade como nunca se viu na face da Terra!

Logo depois do jantar, os convidados saíram a fim de ter tempo para trocarem de roupa para o casamento.

Sozinho, ao recordar as conversas daqueles homens solteiros, Liévin se perguntou mais uma vez: teria ele na alma esse sentimento de pesar pela perda da liberdade de que falaram? Sorriu ante essa pergunta. "Liberdade? Liberdade para quê? A felicidade está apenas em amar e desejar, pensar com os desejos dela e com os pensamentos dela, ou seja, não ter nenhuma liberdade — isto é a felicidade!"

"Mas será que conheço os pensamentos dela, seus desejos e sentimentos?", murmurou uma voz de repente. O sorriso apagou-se do rosto e ele ficou pensativo. De repente, lhe acudiu uma sensação terrível. Foi dominado pelo medo e pela dúvida, uma dúvida a respeito de tudo.

"E se ela não me amar? E se ela for casar comigo só para se casar? E se ela mesma não souber o que está fazendo?", perguntou para si. "Ela pode pensar melhor e, justamente na hora de casar, compreender que não me ama e que não pode me amar." E começaram a lhe acudir os piores e mais estranhos pensamentos a respeito de Kitty. Teve ciúmes dela por causa de Vrónski, como um ano antes, como se aquela noite em que a vira ao lado de Vrónski tivesse ocorrido na véspera. Desconfiou que ela não lhe tivesse contado tudo.

Levantou-se de um salto. "Não, assim não é possível!", disse consigo, em desespero. "Irei falar com ela, direi pela última vez: somos livres, não seria melhor desistir? Qualquer coisa é melhor do que a infelicidade eterna, a vergonha, a infidelidade!" Com o desespero no coração e com ódio de todos, de si mesmo e dela, Liévin saiu do hotel e seguiu para a casa de Kitty.

Ninguém o esperava. Surpreendeu-a nos aposentos interiores da casa. Estava sentada em uma arca e dava instruções a uma criada, enquanto arrumava pilhas de vestidos de várias cores, espalhados nas costas das cadeiras e no chão.

— Ah! — gritou, ao ver Liévin, e ficou radiante de alegria. — Mas então é você, é o senhor (até aqueles últimos dias, ela o tratava ora de "você", ora de "o senhor")? Eu não o esperava! Estou separando meus vestidos de solteira, escolhendo para quem vou dar...

— Ah! Isto é ótimo! — disse ele, olhando para a criada com ar soturno.

— Saia, Duniacha, chamarei depois — disse Kitty. — O que há com você? — perguntou, tratando-o por "você", sem hesitar, assim que a criada se retirou. Notara o rosto estranho de Liévin, agitado e soturno, e sentiu medo.

— Kitty! Estou atormentado. Não posso sofrer sozinho — disse, com desespero na voz, detendo-se diante dela e fitando-a com olhos suplicantes. Pelo rosto amoroso e sincero de Kitty, ele já percebera que nada poderia haver de justo naquilo que pretendia dizer, no entanto era preciso que ela mesma retirasse Liévin do seu engano. — Vim dizer que ainda há tempo para não casar. Tudo isto pode ser liquidado e corrigido.

— O quê? Não estou entendendo. O que tem você?

— É o que eu já disse mil vezes e não consigo deixar de pensar... eu não sou digno de você. Você não podia concordar em casar comigo. Pense bem. Você cometeu um engano. Pense melhor. Você não pode me amar... Se... é melhor você contar — disse, sem olhar para ela. — Eu serei um infeliz. Que os outros falem o que quiserem; qualquer coisa é melhor do que a infelicidade... É melhor agora, enquanto ainda há tempo...

— Não entendo — respondeu, assustada —, você quer dizer que quer desistir... que é melhor não casar?

— Sim, se você não me ama.

— Mas você ficou louco! — gritou ela, vermelha de irritação.

Mas o rosto de Liévin dava tanta pena que ela conteve sua irritação e, depois de apanhar uns vestidos nas costas da cadeira, veio sentar-se mais perto dele.

— O que está pensando? Conte tudo.

— Estou pensando que você não pode me amar. Por que razão poderia me amar?

— Meu Deus! O que posso fazer?... — disse ela e desatou a chorar.

— Ah, o que fiz! — exclamou Liévin e, pondo-se de joelhos diante dela, começou a beijar suas mãos.

Quando a princesa entrou no quarto cinco minutos depois, encontrou-os já perfeitamente reconciliados. Kitty não só o convencera de que o amava como também, em resposta à pergunta de Liévin, explicara suas razões para amá-lo. Dissera que o amava porque o compreendia inteiramente, sabia do que ele gostava e tudo de que ele gostava era bom. E isso pareceu a Liévin absolutamente claro. Quando a princesa entrou, os dois estavam sentados juntos sobre a arca, separavam os vestidos e discutiam porque Kitty queria dar a Duniacha o vestido marrom que ela usara no momento em que Liévin lhe fez a proposta de casamento, enquanto ele insistia em não dar a ninguém esse vestido e presentear Duniacha com o vestido azul.

— Será que você não entende? Ela é morena e não vai combinar... Já tenho tudo calculado.

Depois que soube por que ele viera, a princesa zangou-se, meio séria, meio irônica, e despachou-o para casa a fim de vestir-se e para não atrapalhar Kitty enquanto fazia o seu penteado, pois Charles chegaria a qualquer momento.

— Ela ficou sem comer nada durante todos esses dias, está feia, e você ainda vem entristecê-la com as suas tolices — disse. — Vá embora, vá embora, meu caro.

Liévin, culpado e envergonhado, porém tranquilo, voltou para o seu hotel. Seu irmão, Dária Aleksándrovna e Stiepan Arcáditch, todos em trajes a rigor, já o aguardavam para abençoá-lo com o ícone. Não havia um segundo a perder. Dária Aleksándrovna ainda precisava passar em sua casa para apanhar o filho, de cabelo empomadado e frisado, a quem caberia levar o ícone na carruagem, com a noiva. Depois, era preciso mandar uma carruagem buscar o padrinho e chamar de volta a outra, que ia levar Serguei Ivánovitch... No geral, havia muitas questões extremamente complicadas. Entre elas, sem dúvida, estava a necessidade de não perder tempo, pois já eram seis e meia.

A bênção com o ícone foi muito rápida. Stiepan Arcáditch ficou numa posição cômica-solene, ao lado do noivo, pegou o ícone e, depois de mandar que Liévin se curvasse até o chão, abençoou-o com um sorriso bondoso e zombeteiro e beijou-o três vezes; Dária Aleksándrovna fez o mesmo e imediatamente se apressou em sair e de novo se enredou nas complicadas orientações sobre o destino das carruagens.

— Pois bem, eis o que vamos fazer: você vai buscá-lo na nossa carruagem e Serguei Ivánovitch, se não se importar, pode ir junto e depois mandar de volta a carruagem.

— Ora, com todo o prazer.

— Então iremos logo, junto com ele. As bagagens já foram enviadas? — perguntou Stiepan Arcáditch.

— Já — respondeu Liévin e mandou Kuzmá ajudá-lo a trocar de roupa.

III

Uma multidão, sobretudo de mulheres, rodeava a igreja iluminada para o casamento. Aqueles que não haviam conseguido penetrar pelo centro aglomeravam-se perto das janelas, empurrando-se, discutindo e espiando através da grade.

Mais de vinte carruagens já tinham sido dispostas em fila, ao longo da rua, pelos guardas. Um oficial de polícia, indiferente à friagem, estava postado na entrada, radiante em seu uniforme. A todo momento chegavam mais carruagens e, na igreja, entravam ora mulheres, com flores e a cauda do vestido erguida na mão, ora homens, que retiravam o quepe ou o chapéu preto. Dentro da igreja, já estavam acesos todos os lustres e todas as velas junto aos ícones. O resplendor dourado sobre o fundo vermelho da iconóstase, a entalhadura dos ícones banhada em ouro, o prateado dos candelabros e dos castiçais, as lajes do chão, os tapetinhos, os estandartes no alto do coro, as escadas dos púlpitos, os velhos livros enegrecidos, as sotainas, as sobrepelizes — tudo estava inundado de luz. No lado direito da igreja aquecida, na multidão de fraques, gravatas brancas, uniformes, feltros, veludos, cetins, cabelos, flores, ombros e braços desnudos e luvas compridas, corria uma conversa discreta e animada, que ressoava de modo estranho na cúpula alta. Toda vez que se ouvia o rangido da porta que se abria, a conversa na multidão se aquietava e todos voltavam os olhos para lá, na esperança de ver entrar a noiva e o noivo. Mas a porta já se abrira mais de dez vezes e era ou um convidado atrasado, ou convidados que se haviam reunido ao círculo dos convidados do lado direito, ou uma espectadora que enganara ou comovera o oficial de polícia e vinha se unir à multidão, do lado esquerdo. Parentes e estranhos já haviam passado por todas as fases da espera.

A princípio, imaginaram que o noivo e a noiva iriam chegar a qualquer minuto, sem atribuir nenhuma importância ao atraso. Depois, passaram a olhar, de modo cada vez mais frequente, na direção da porta, perguntando uns aos outros se não teria ocorrido alguma coisa. Mais adiante, o atraso tornou-se já incômodo e tanto os parentes como os convidados se esforçaram para dar a impressão de que não estavam pensando no noivo, mas sim interessados apenas em suas próprias conversas.

O arquidiácono, como se tivesse lembrado como o seu tempo era precioso, tossia impaciente, a ponto de fazer trepidar os vidros das janelas. No coro, ouviam-se os cantores enfadados ora ensaiando a voz, ora assoando o nariz. O sacerdote a todo momento mandava ora o sacristão, ora o diácono informar-se sobre a chegada do noivo, e ele mesmo, de batina lilás e com uma faixa bordada na cintura, saía de modo cada vez mais frequente até a porta lateral, à espera do noivo. Por fim, uma das senhoras, depois de olhar para o relógio, disse: "Mas isto é estranho!" — e todos os convidados se inquietaram e passaram a expressar em voz alta sua surpresa e seu descontentamento. Um dos padrinhos foi tentar saber o que havia ocorrido. Nessa altura, Kitty, já pronta havia muito tempo, de vestido branco, véu longo e uma coroa de flores de laranjeira, aguardava de pé, na sala da casa dos Cherbátski, em companhia da madrinha de casamento e da irmã Lvova, e olhava para a janela, esperando em vão já havia mais de meia hora que o seu padrinho viesse avisar a chegada do noivo à igreja.

Enquanto isso, de calça, mas sem colete nem fraque, Liévin caminhava para um lado e para o outro no seu quarto de hotel, abria a porta a todo instante e olhava para o corredor. Mas não via aquilo que esperava e, voltando atrás em desespero e agitando as mãos, dirigiu-se a Stiepan Arcáditch, que fumava tranquilamente.

— Será que algum dia já se ouviu falar de um homem numa situação tão terrivelmente idiota? — exclamou.

— Sim, é uma tolice — confirmou Stiepan Arcáditch, com um sorriso apaziguador. — Mas se acalme, logo vão trazer.

— Ora, mas que absurdo! — disse Liévin, com fúria contida. — E esses coletes idiotas abertos! É impossível! — exclamou, olhando para a frente amarrotada da sua camisa. — E se já tiverem levado as bagagens para a estação de trem? — gritou em desespero.

— Nesse caso, você vestirá a minha.

— Eu já devia ter feito isso há muito tempo.

— Não é bom fazer um papel ridículo... Espere! Tudo vai se arranjar.

A questão foi que, quando Liévin teve de vestir-se, Kuzmá, um velho criado, trouxe o fraque, o colete e tudo o que era necessário.

— E a camisa! — gritou Liévin.

— A camisa, o senhor está vestindo — respondeu Kuzmá, com um sorriso tranquilo.

Não ocorreu a Kuzmá a ideia de deixar separada uma camisa limpa e, ao receber a ordem de guardar tudo e levar para a casa dos Cherbátski, de onde partiriam os noivos nessa mesma noite, ele pôs tudo nas malas, exceto o fraque. A camisa, vestida desde a manhã, estava amarrotada e era impossível usá-la com o colete aberto, da moda. A casa dos Cherbátski ficava longe, para mandar alguém até lá. Mandaram comprar uma camisa. O criado voltou: tudo estava fechado, era domingo. Mandaram buscar na casa de Stiepan Arcáditch, trouxeram de lá uma camisa; não serviu, ficou absurdamente larga e curta. Por fim, mandaram-no ir à casa de Cherbátski e desfazer as malas. Na igreja, aguardavam o noivo, mas ele, como uma fera trancada numa jaula, caminhava pelo quarto, espiava no corredor e, com horror e desespero, lhe vinha à lembrança o que dissera para Kitty e o que ela poderia estar pensando, agora.

Enfim, o culpado Kuzmá, retomando fôlego a muito custo, irrompeu no quarto com a camisa.

— Peguei no último instante. Já estavam pondo na carruagem — disse Kuzmá.

Três minutos depois, sem olhar para o relógio a fim de não piorar sua angústia, Liévin saiu em disparada pelo corredor.

— Isso não vai ajudar — disse Stiepan Arcáditch, com um sorriso, seguindo-o devagar. — Tudo vai se arranjar, tudo vai se arranjar... Estou lhe dizendo.

IV

— Chegaram! — Lá está ele! — Qual deles? — O mais jovem, não é? — E ela, minha nossa, parece mais morta que viva! — diziam na multidão, quando Liévin, após encontrar a noiva na entrada, entrou com ela na igreja.

Stiepan Arcáditch contou à mulher a causa do atraso e os convidados, sorrindo, trocaram comentários em voz baixa. Liévin não via nada nem ninguém; olhava só para a noiva, sem desviar os olhos.

Todos diziam que ela ficara mais feia naqueles últimos dias e que, ao casar-se, estava longe de exibir a beleza de costume; mas Liévin não achava isso. Olhava para o penteado alto de Kitty, com um longo véu azul e flores brancas, para a gola alta e pregueada, que ocultava os lados de um modo particularmente virginal e deixava descoberta a frente do seu pescoço alongado, olhava para o talhe assombrosamente fino, e lhe parecia que ela estava mais bonita do que nunca — não porque aquelas flores, aquele véu, aquele vestido copiado de Paris acrescentassem algo à sua beleza, mas sim porque, apesar dessa estudada suntuosidade dos trajes, a expressão do seu rosto meigo, do seu olhar, dos seus lábios, era aquela expressão de autenticidade inocente, tão peculiar a Kitty.

— Eu já estava pensando que você queria fugir — disse, e sorriu para Liévin.

— Que coisa idiota aconteceu comigo, tenho até vergonha de contar! — respondeu ele, ruborizando-se, e teve de voltar-se para Serguei Ivánovitch, que se aproximara.

— Muito boa essa sua história da camisa! — disse Serguei Ivánitch, balançando a cabeça e sorrindo.

— Sim, sim — respondeu Liévin, sem entender do que estavam falando.

— Bem, Kóstia, agora está na hora de resolver uma questão importante — disse Stiepan Arcáditch, fingindo-se assustado. — Você se encontra exatamente na condição adequada para avaliar a importância disso. Perguntaram-me: é para acender velas novas ou já queimadas? A diferença é de dez rublos — acrescentou, unindo os lábios num sorriso. — Tomei uma decisão, mas receio que você não esteja de acordo.

Liévin compreendeu que era uma brincadeira, mas não conseguiu sorrir.

— Pois bem, e então? Novas ou já queimadas? Eis a questão.

— Sim, sim! Novas.

— Ora, fico muito contente. A questão está resolvida! — disse Stiepan Arcáditch, sorrindo. — Veja só como as pessoas ficam tolas nessa situação — disse para Tchírikov, quando Liévin, depois de lhe dirigir um olhar rápido e perplexo, voltou-se para a noiva.

— Veja bem, Kitty, você vai pisar o tapete primeiro — alertou a condessa Nordston, aproximando-se. — E o senhor veja lá! — disse para Liévin.

— E então, não dá medo? — perguntou Mária Dmítrievna, uma velha tia.

— Não está com frio? Está pálida. Pare aí, abaixe a cabeça! — pediu Lvova, a irmã de Kitty, e, arqueando os belos braços roliços, ajeitou as flores sobre a cabeça da noiva, com um sorriso.

Dolly aproximou-se, queria dizer algo, mas não conseguiu falar, desatou a chorar e a rir de um modo forçado.

Kitty olhava para todos com um olhar tão ausente quanto o de Liévin. A todas as palavras que lhe dirigiam, só conseguia responder com um sorriso de felicidade, que agora lhe era tão natural.

Enquanto isso, os clérigos se paramentaram e o sacerdote saíra com o diácono para o facistol, situado na frente da igreja. O sacerdote voltou-se para Liévin, depois de dizer algo. Liévin não ouviu o que o sacerdote falou.

— Segure a mão da noiva e a conduza — disse o padrinho para Liévin.

Por longo tempo, Liévin não foi capaz de entender o que queriam dele. Por longo tempo, o corrigiam e quiseram até desistir — porque ele sempre segurava com essa mão e não com aquela, ou segurava aquela mão e não essa —, até que afinal compreendeu que era preciso, com a sua mão direita, e sem mudar de posição, segurar a mão direita da noiva. Quando, enfim, tomou a mão da noiva da maneira devida, o sacerdote percorreu alguns passos à frente deles e se deteve junto ao facistol. A multidão de parentes e conhecidos, em meio a um zumbido de conversas e a um rumorejar de caudas de vestido, moveu-se atrás deles. Alguém, abaixando-se, corrigiu a posição da cauda do vestido da noiva. Na igreja, se fez tamanho silêncio que se podia ouvir a queda de uma gota de cera derretida.

De solidéu, com as mechas grisalhas dos cabelos brilhantes como prata penteadas para trás das orelhas, o sacerdote velhinho, depois de pôr as mãos velhas e pequenas para fora da pesada casula prateada, que tinha uma cruz dourada no dorso, remexia alguma coisa no facistol.

Stiepan Arcáditch aproximou-se com cuidado, sussurrou algo e, depois de piscar o olho para Liévin, recuou novamente.

O sacerdote acendeu duas velas decoradas com flores, segurou-as de lado na mão esquerda, de modo que a cera pingasse devagar, e virou o rosto para os noivos.

O sacerdote era o mesmo que dera a confissão a Liévin. Com olhar cansado e tristonho, fitou o noivo e a noiva, suspirou e, pondo a mão direita para fora da casula, abençoou com ela o noivo e também, mas com um cuidadoso toque de carinho, pousou os dedos cruzados sobre a cabeça abaixada de Kitty. Em seguida, entregou a eles as duas velas e, depois de apanhar o incensório, afastou-se lentamente.

"Será mesmo verdade?", pensou Liévin, e olhou para o lado na direção da noiva. Via o seu perfil um pouco de cima e, pelo movimento quase imperceptível dos lábios e dos cílios de Kitty, percebeu que ela havia sentido o seu olhar. Kitty não olhou de volta, mas a gola alta e pregueada começou a mexer-se, erguendo-se na direção das orelhas pequenas e rosadas. Liévin percebeu que um suspiro estava preso no peito de Kitty e que a mão pequenina que segurava a vela tremia dentro da luva de cano longo.

Todo o rebuliço em torno da camisa, do atraso, as conversas com os conhecidos e com os parentes, a insatisfação deles, a sua situação ridícula — tudo desapareceu de repente e ele se sentiu exultante e assustado.

O belo e alto arquidiácono, com uma túnica prateada e as mechas de cabelos frisados penteadas para os lados, prontamente se adiantou e, com o gesto de costume, levantou a estola com dois dedos e deteve-se diante do sacerdote.

— A-ben-ço-ai, Se-nhor! — lentamente, os sons solenes vibraram, agitando ondas de ar.

— Bendito seja o nosso Deus sempre, agora e pelos séculos dos séculos — respondeu o sacerdote velhinho, com voz humilde e melodiosa, continuando a remexer no facistol em busca de alguma coisa. E, enchendo a igreja inteira, das janelas até as cúpulas, um acorde perfeito do coro invisível ergueu-se, amplo e harmonioso, ganhou força, deteve-se por um instante e extinguiu-se, serenamente.

Rezaram, como sempre, pela paz eterna e pela salvação, pelo sínodo, pelo soberano; rezaram também pelos servos de Deus Konstantin e Ekatierina, que nesse dia receberam a consagração do matrimônio.

— Concedei a eles o amor perfeito, a paz e a ajuda, oremos ao Senhor. — A igreja inteira pareceu respirar através da voz do arquidiácono.

Liévin ouviu as palavras e elas o afetaram. "Como adivinharam que é de ajuda, exatamente de ajuda que eu preciso?", pensou, lembrando todos os seus recentes terrores e dúvidas. "O que sei? O que posso fazer, nesse caso terrível, sem ajuda?", pensou. "É exatamente de ajuda que eu preciso, agora."

Quando o diácono terminou a litania, o sacerdote voltou-se para os noivos, com um livro:

— Deus eterno, que unistes os que estavam separados — leu, com voz melodiosa — e lhes concedestes a indestrutível união do amor; que abençoastes Isaac e

Rebeca e seus herdeiros, conforme as vossas promessas: assim também abençoai os vossos servos Konstantin e Ekatierina e os conduzi sempre no rumo das boas obras. Pois sois Deus misericordioso, piedoso, e Vos damos glória, agora e sempre, pelos séculos dos séculos, em nome do Pai, do Filho e do Espírito Santo.

— Amém — o coro invisível derramou-se de novo no ar.

"'Unistes os que estavam separados e lhes concedestes a união indestrutível do amor' — como estas palavras têm um sentido profundo e como correspondem ao que estou sentindo neste minuto!", pensou Liévin. "Estará ela sentindo o mesmo que eu?"

E, olhando para o lado, encontrou o olhar de Kitty.

Pela expressão desse olhar, concluiu que ela o entendia da mesma forma que ele. Mas não era verdade; ela não compreendeu quase nenhuma das palavras da cerimônia e já nem sequer as ouvia, no momento da consagração. Não conseguia ouvir nem compreender as palavras: o sentimento que enchia sua alma era forte demais, e ainda se tornava cada vez mais forte. Tal sentimento era a alegria da realização completa daquilo que, já havia um mês e meio, se processava em sua alma e que, no decorrer de todas aquelas seis semanas, lhe trouxera alegria e tormento. Em sua alma, naquele dia em que, com seu vestido marrom, ela se aproximou de Liévin na sala da casa na rua Arbat e, em silêncio, entregou-se a ele — em sua alma, nesse dia e nessa hora, efetivou-se um rompimento completo com a sua vida anterior e teve início uma vida totalmente distinta, nova, uma vida totalmente desconhecida para ela, enquanto na realidade a vida antiga prosseguia. Aquelas seis semanas foram as mais venturosas e as mais torturantes para Kitty. Toda a sua vida, todos os desejos e esperanças estavam concentrados só nesse homem, para ela ainda incompreensível, ao qual a unia um sentimento ainda mais incompreensível do que o próprio homem, um sentimento que ora a atraía, ora a repelia, e ao mesmo tempo ela continuava a viver nas condições da sua vida anterior. Enquanto continuava a viver a vida antiga, Kitty se horrorizava consigo mesma, por sua completa e invencível indiferença a todo o seu passado: às coisas, aos costumes, às pessoas que a amavam e a quem ela amava, à mãe, amargurada por essa indiferença, ao pai meigo e carinhoso, até então o mais querido do mundo, para ela. Kitty ora se horrorizava com essa indiferença, ora se alegrava com aquilo que a havia levado a essa indiferença. Não conseguia pensar nem desejar coisa alguma fora da vida com aquele homem; mas essa vida nova ainda não existia e Kitty não conseguia sequer imaginá-la com clareza. Tudo era expectativa — medo e alegria, ante o novo e o desconhecido. E agora, de súbito, a expectativa, o desconhecimento, o remorso pela renúncia à vida anterior — tudo ia terminar, e teria início o novo. Esse novo não podia deixar de ser assustador, pois era desconhecido; porém, assustador ou não, ele já se cumprira em sua alma seis semanas antes; agora, apenas recebera a consagração daquilo que, desde muito tempo, já se consumara em sua alma.

Depois de voltar para o facistol, o sacerdote segurou com dificuldade o pequenino anel de Kitty e, após pedir que Liévin lhe desse a mão, enfiou-o na primeira articulação do seu dedo.

— O servo de Deus Konstantin contrai matrimônio com a serva de Deus Ekatierina. — E, depois de enfiar o anel grande no dedo de Kitty, rosado, pequenino e tão frágil que dava pena, o sacerdote proferiu as mesmas palavras.

Os noivos, por diversas vezes, tentaram adivinhar o que deviam fazer, mas sempre se enganavam, e o sacerdote os corrigia com um sussurro. Enfim, cumprido o que era necessário, e após fazer o sinal da cruz sobre os noivos com os anéis, ele entregou o anel grande para Kitty e o pequeno, para Liévin; de novo, se confundiram e, por duas vezes, trocaram os anéis de uma mão para a outra e, mesmo assim, não alcançaram o resultado devido.

Dolly, Tchírikov e Stiepan Arcáditch adiantaram-se para ajudá-los. Isso causou perplexidade, sussurros e sorrisos, mas a expressão solene e comovida no rosto dos noivos não se alterou; ao contrário, enquanto se atrapalhavam com as mãos, olhavam ainda mais sérios e mais solenes do que antes, e o sorriso com que Stiepan Arcáditch veio sussurrar que, agora, cada um devia enfiar no dedo o seu anel extinguiu-se em seus lábios, sem que ele o quisesse. Sentia que qualquer sorriso os deixaria ofendidos.

— Vós, que desde o início criastes o homem e a mulher — leu o sacerdote, diante da troca de anéis —, fizestes com que ao homem se una a mulher, para ajudá-lo e para dar continuidade à descendência humana. Ó Senhor Deus nosso, que enviastes a verdade por meio da Vossa herança e da Vossa promessa para os Vossos servos nossos pais, Vossos escolhidos, de geração em geração: protegei o Vosso servo Konstantin e a Vossa serva Ekatierina e confirmai o seu matrimônio na fé, na unidade de pensamento, na verdade e no amor...

Liévin sentia, cada vez mais, que todas as suas ideias sobre o casamento, os seus sonhos sobre como havia de organizar sua vida — tudo isso era uma infantilidade e que aquilo que, até então, ele não havia compreendido, agora compreendia ainda menos, embora estivesse acontecendo a ele; em seu peito, erguia-se, cada vez mais alto, um estremecimento, e lágrimas rebeldes vieram aos seus olhos.

V

Na igreja estava Moscou inteira, todos os parentes e os conhecidos. Durante a cerimônia de núpcias na igreja iluminada e radiante, tanto no círculo das mulheres e das mocinhas vestidas com esmero como no dos homens de gravata branca, de fraque e de uniforme, não cessava por um minuto a conversa respeitosa, em voz baixa, sobretudo da parte dos homens, enquanto as mulheres se concentravam na observação de todos os pormenores do ofício religioso, sempre tão comovente para elas.

No pequeno círculo mais próximo da noiva estavam suas duas irmãs: Dolly e a mais velha, a serena beldade Lvova, que chegara do estrangeiro:

— Por que Marie está de lilás, num casamento? É o mesmo que usar preto — disse Kórsunskaia.

— Com a cor do seu rosto, essa é a única salvação... — respondeu Drubiétskaia. — Eu me admiro que tenham feito o casamento à noite. É coisa de comerciantes.

— É mais bonito. Eu também me casei ao anoitecer — retrucou Kórsunskaia, e suspirou, ao lembrar como estava graciosa naquele dia, como seu marido estava ridiculamente apaixonado e como agora tudo era diferente.

— Dizem que quem é padrinho de casamento mais de dez vezes não se casa; eu quis ser padrinho, agora, pela décima vez para me pôr a salvo, mas a vaga já estava ocupada — disse o conde Siniávin à bela princesa Tchárskaia, que tinha pretensões quanto a ele.

Tchárskaia respondeu apenas com um sorriso. Olhava para Kitty e pensava em como e quando estaria, ao lado do conde Siniávin, na mesma posição de Kitty, e como ela, nesse momento, lembraria a ele o seu gracejo de agora.

Cherbátski disse à velha dama de honra Nikoláieva que tinha intenção de pôr a coroa sobre o chinó de Kitty, para lhe trazer sorte e felicidade.

— Não era necessário usar o chinó — retrucou Nikoláieva, que havia muito tempo já decidira que, se viesse a casar com um velho viúvo à caça do qual andava, seu casamento haveria de ser o mais simples possível. — Não me agrada essa ostentação.

Serguei Ivánovitch conversava com Dária Aleksándrovna, tentando de brincadeira convencê-la de que o costume de ir embora após o casamento se difundia cada vez mais porque os recém-casados sempre sentiam uma certa vergonha.

— O irmão do senhor pode se orgulhar. Ela é um prodígio de tão graciosa. Acho que o senhor está com inveja, não está?

— Para mim, tudo isso já ficou para trás, Dária Aleksándrovna — respondeu, e seu rosto ganhou inesperadamente uma expressão séria e tristonha.

Stiepan Arcáditch disse à sua cunhada um trocadilho sobre casamento.

— É preciso pôr a coroa na posição correta — respondeu ela, sem escutar suas palavras.

— Que pena que ela tenha ficado tão mais feia — disse a condessa Nordston para Lvova. — Mesmo assim, ele não vale nem um dedo de Kitty. Não é verdade?

— Não, eu gosto muito dele. Não por ser o meu futuro *beau-frère* — replicou Lvova. — E como ele se comporta bem! E é muito difícil portar-se bem numa situação dessa, não se tornar ridículo. E ele não está ridículo, não está tenso, é evidente que está comovido.

— Parece até que a senhora já esperava por isso.

— Quase. Ela sempre o amou.

— Bem, vamos ver qual deles vai pisar primeiro no tapete. Já fiz minha recomendação a Kitty.

— Tanto faz — respondeu Lvova. — Somos todas esposas obedientes, isso está no nosso sangue.[2]

— Pois eu pisei no tapete propositalmente antes de Vassíli. E a senhora, Dolly?

Dolly estava ao lado delas, ouviu, mas não respondeu. Estava emocionada. Tinha lágrimas paradas nos olhos e não conseguiria falar coisa alguma sem desatar o choro. Estava contente por causa de Kitty e Liévin; ao voltar o pensamento para o próprio casamento, dirigiu o olhar para o radiante Stiepan Arcáditch, esqueceu todo o presente e só lembrava o seu primeiro e inocente amor. Lembrou-se não de si, mas de todas as mulheres, conhecidas e próximas a ela; lembrou-se delas naquele momento único e solene, para elas, quando, a exemplo de Kitty, estavam de pé sob uma coroa, com amor, esperança e medo no coração, renunciando ao passado e ingressando num futuro misterioso. Entre todas as noivas que lhe acudiram à memória, lembrou-se também da sua querida Anna e dos detalhes do possível divórcio, sobre o qual ouvira falar recentemente. Também ela, pura, estivera sob as flores de laranjeira e sob o véu. Mas e agora?

— É estranho e terrível — disse.

As irmãs, amigas e parentes não eram as únicas a acompanhar todos os detalhes do ofício religioso; mulheres estranhas aos noivos, espectadoras emocionadas, acompanhavam a cerimônia prendendo a respiração, com medo de perder um só movimento, uma só expressão do rosto do noivo e da noiva e, irritadas, não respondiam e muitas vezes nem sequer ouviam as palavras dos homens indiferentes, que diziam gracejos ou comentários despropositados.

— Por que está tão chorosa? Será que casou contra a vontade?

— Contra a vontade, com um rapagão desse? Quem é, algum príncipe?

— E aquela de cetim branco, é irmã? Puxa, escute só como o diácono se esgoela: “Tema o seu marido”.

— É o coro de Tchúdovo?

---

2 Segundo a tradição, quem pisasse primeiro no tapete teria o comando da casa.

— É o do sínodo.

— Perguntei a um criado. Disse que ele vai levar a noiva, logo depois, para a sua propriedade. Dizem que é tremendamente rico. Por isso a casaram.

— Não, é um parzinho bonito.

— E você quis discutir que não se usavam crinolinas, Mária Vlassílievna. Olhe só essa daí, de marrom, dizem que é esposa de um embaixador, e que jeito de combinar... Ora assim, ora assado.

— Que gracinha, essa noiva, parece uma ovelhinha retirada do rebanho! Por mais que digam, dá uma pena na gente, essa nossa irmã.

Assim falavam no meio da multidão das espectadoras que haviam conseguido penetrar pela porta da igreja.

VI

Quando a cerimônia de casamento terminou, um eclesiástico estendeu um pedaço de tecido de seda cor-de-rosa diante do facistol, no meio da igreja, o coro começou a cantar um salmo rebuscado e complexo em que o baixo e o tenor ecoavam um ao outro e o sacerdote, depois de se virar, acenou para os noivos, indicando que deviam caminhar na direção do trecho de pano cor-de-rosa. Por mais que ambos tivessem ouvido falar da crendice de que aquele que primeiro pisasse no tapete seria o verdadeiro cabeça da família, nem Liévin nem Kitty puderam lembrar-se disso enquanto davam aqueles poucos passos. Tampouco ouviram os comentários e as discussões em voz alta, segundo os quais, na observação de alguns, ele pisara primeiro e, na opinião de outros, ambos haviam pisado ao mesmo tempo.

Após as perguntas habituais a respeito do desejo de se casarem, de não estarem comprometidos com outros, e após as respostas dos noivos, que soaram estranhas para eles mesmos, teve início uma outra parte da cerimônia. Kitty escutava as palavras da prece com o desejo de compreender o seu sentido, mas não conseguia. Um sentimento de triunfo e de uma alegria radiante inundava sua alma, cada vez mais, à medida que o ofício religioso se realizava, e a privava da capacidade de prestar atenção.

Rezavam "concedei-lhes que os frutos do ventre sejam castos e que eles se alegrem ante a visão de seus filhos e filhas". Mencionava-se que Deus criara a mulher de uma costela de Adão "e por esse motivo o homem há de se separar do pai e da mãe e unir-se à esposa, e serão os dois uma só carne", e que "isto é um grande mistério"; rogaram a Deus que lhes desse fecundidade e a sua bênção, como Isaac e Rebeca, José, Moisés e Séfora, e que vissem os filhos de seus filhos. "Tudo isto é lindo", pensou Kitty, ao ouvir aquelas palavras, "tudo, e não podia deixar de ser", e um sorriso de alegria, que espontaneamente contagiou todos os que olhavam para ela, reluziu em seu rosto radiante.

— Ponha de uma vez! — ouviram-se recomendações, quando o sacerdote lhes entregou as coroas de núpcias e Cherbátski, com a mão trêmula na luva de três botões, sustinha a coroa no alto, acima da cabeça de Kitty.[3]

— Ponha! — sussurrou ela, sorrindo.

Liévin olhou de novo para ela e ficou impressionado com o brilho de alegria em seu rosto; e esse sentimento o contagiou espontaneamente. Ficou também radiante e alegre, como ela.

Ouviram com alegria a leitura da epístola de um apóstolo e o ribombar da voz do arquidiácono no último verso, aguardado com tamanha impaciência pelo público de desconhecidos. Beberam com alegria o vinho tinto e morno, misturado com água, na taça rasa, e ainda maior foi a alegria quando o sacerdote, depois de levantar a casula e segurar a mão de ambos na sua mão, conduziu-os em redor do facistol, sob as rajadas da voz do baixo, que disparava "Isaías, rejubilai". Cherbátski e Tchírikov, que sustinham as coroas e tropeçavam na cauda do vestido da noiva, também sorrindo alegres sem saber o motivo, ora se atrasavam, ora esbarravam de encontro aos noivos, por causa das paradas súbitas do sacerdote. A centelha de alegria, que começara a arder em Kitty, parecia ter contagiado todos os presentes na igreja. Liévin teve a impressão de que o sacerdote e o diácono, assim como ele, tinham vontade de sorrir.

Depois de retirar as coroas da cabeça dos noivos, o sacerdote leu a última prece e deu os parabéns aos recém-casados. Liévin olhou para Kitty e nunca, até então, a vira assim. Estava encantadora com o novo resplendor de felicidade que havia em seu rosto. Liévin sentiu vontade de lhe dizer algo, mas não sabia se já havia terminado. O sacerdote retirou-o da dificuldade. Sorriu com sua boca bondosa e, em voz baixa, disse:

— Beije a sua esposa, e a senhora beije o seu marido — e tirou as velas das mãos deles.

Liévin beijou com prudência seus lábios sorridentes, deu-lhe o braço e, sentindo uma nova e estranha intimidade, caminhou para fora da igreja. Não acreditava, não conseguia acreditar que era verdade. Só quando os seus olhares surpresos e tímidos se encontraram, acreditou nisso, porque sentia que eles já eram um só.

Após a ceia, nessa mesma noite, os recém-casados partiram para o campo.

---

3 Na cerimônia, coroas de metal ficavam, em certos momentos, suspensas ligeiramente acima da cabeça dos noivos. Acreditava-se que pôr a coroa diretamente sobre a cabeça trazia sorte.

VII

Já havia três meses que Vrónski e Anna viajavam juntos pela Europa. Visitaram Veneza, Roma, Nápoles, e tinham acabado de chegar a uma pequena cidade italiana onde pretendiam instalar-se, por algum tempo.

Um maître garboso, com o cabelo espesso, empomadado e partido ao meio com uma risca desde a nuca, de fraque e com um largo peitilho branco de cambraia sobre a camisa, com um feixe de berloques sobre a pança arredondada, as mãos enfiadas nos bolsos e os olhos entrecerrados com desprezo, respondia severamente a um cavalheiro, que se detivera ali. Ao ouvir, do lado oposto da entrada, o som de passos que subiam a escada, o maître virou-se e, ao reconhecer um conde russo que ocupava ali os melhores quartos, respeitosamente retirou as mãos dos bolsos e, depois de se inclinar numa reverência, comunicou que já viera o mensageiro e que o negócio com o *palazzo* estava acertado. O administrador principal estava pronto a assinar o contrato.

— Ah! Fico muito contente! — exclamou Vrónski. — E a senhora, está no quarto?

— A senhora saiu para passear, mas logo estará de volta — respondeu.

Vrónski retirou da cabeça o chapéu macio de abas largas e, com um lenço, esfregou a testa suada e os cabelos que deixara crescer até a metade das orelhas, penteados para trás a fim de esconder a calva. E, depois de olhar de relance e distraidamente para o cavalheiro que ainda estava ali parado e olhava para ele fixamente, fez menção de se afastar.

— Este cavalheiro é russo e perguntou pelo senhor — disse o maître.

Com um misto de irritação, por ter sempre de topar com conhecidos em seu caminho, e de desejo de encontrar qualquer coisa que o distraísse da monotonia da sua vida, Vrónski voltou o olhar mais uma vez para o cavalheiro que recuara e se detivera; e os olhos de ambos desanuviaram ao mesmo tempo.

— Goleníchev!

— Vrónski!

De fato, era Goleníchev, colega de Vrónski no Corpo de Pajens. Naquela escola, Goleníchev pertencia ao partido liberal, de lá saiu na categoria de civil e não exercera em parte alguma nenhum cargo público. Os dois colegas tomaram rumos distintos ao saírem da escola, e desde então só haviam se encontrado uma vez.

Naquele encontro, Vrónski entendeu que Goleníchev havia optado por uma atividade liberal altamente intelectualizada e, em consequência, quis mostrar desprezo pela carreira e pela patente de Vrónski. Por isso, ao encontrar Goleníchev, Vrónski demonstrou aquela reação fria e orgulhosa, com que sabia atingir as pessoas e cujo sentido era: "O senhor pode gostar ou não gostar do meu modo de viver, mas para mim isso não faz a menor diferença: o senhor tem de me respeitar, se quiser me conhecer". O próprio Goleníchev se mostrara desdenhosamente indiferente ao tom de Vrónski. Esse novo encontro, pelo visto, deveria afastá-los ainda mais. Contudo, agora os dois exultaram e gritaram de alegria ao reconhecerem um ao outro. Vrónski não esperava nem de longe alegrar-se tanto ao ver Goleníchev, mas, provavelmente, nem ele mesmo sabia a que ponto andava entediado. Esquecera as impressões desagradáveis do último encontro e, com o rosto alegre e franco, estendeu a mão para o antigo colega. A mesma expressão de alegria tomou o lugar da anterior expressão de alarme no rosto de Goleníchev.

— Como estou contente em vê-lo! — exclamou Vrónski, exibindo seus dentes brancos e fortes, com um sorriso amigável.

— Veja só, ouvi alguém falar: Vrónski. Mas eu não sabia se era o mesmo. Estou muito, muito contente!

— Vamos entrar. Mas o que anda fazendo?

— Vivo aqui há mais de um ano. Trabalho.

— Ah! — exclamou Vrónski, com simpatia. — Vamos entrar.

E, como é hábito entre russos, em lugar de falar em russo, passou a falar em francês aquilo que desejava ocultar dos criados.

— Você conhece a sra. Kariênina? Estamos viajando juntos. Estou justamente indo ao encontro dela — disse em francês, fitando com atenção o rosto de Goleníchev.

— Ah! Eu não sabia (embora ele já soubesse) — respondeu Goleníchev, com indiferença. — Você chegou há muito tempo? — acrescentou.

— Eu? Hoje é o quarto dia — respondeu Vrónski, novamente fitando com atenção o rosto de Goleníchev.

"Sim, é um homem correto e encara a questão da maneira correta", disse Vrónski, para si, após compreender o significado da fisionomia de Goleníchev e da mudança de assunto. "Posso apresentá-lo para Anna, ele encara as coisas da maneira correta."

Ao longo daqueles três meses que passara com Anna no exterior, toda vez que Vrónski fazia novos conhecidos, se perguntava como essas pessoas novas iriam encarar suas relações com ela e, na maioria das vezes, encontrava nos homens a maneira correta de compreender. Mas se perguntassem a ele e àqueles que compreendiam "da maneira correta" em que consistia tal compreensão, tanto Vrónski como eles se veriam em grandes apuros.

Na realidade, aqueles que, na opinião de Vrónski, compreendiam "da maneira correta" não compreendiam coisa alguma do assunto e se portavam, no geral, como fazem pessoas bem-educadas com relação a todas as questões complicadas e insolúveis que cercam a vida, por todos os lados — portavam-se com decoro, evitando alusões e perguntas desagradáveis. Davam a impressão de compreender plenamente a importância e o significado da situação, de compreendê-la e até de aprová-la, mas julgavam inoportuno e excessivo explicar tudo isso.

Vrónski adivinhara de imediato que Goleníchev era um desses e, portanto, ficou duplamente alegre com ele. De fato, ao ser apresentado, Goleníchev portou-se com Kariênina exatamente como Vrónski desejava. Sem o menor esforço aparente, evitou qualquer assunto que pudesse levar a algum constrangimento.

Não conhecera Anna anteriormente, e ficou impressionado pela sua beleza e mais ainda pela naturalidade com que aceitava sua situação. Ela ruborizou-se quando Vrónski lhe apresentou Goleníchev, e o rubor infantil que recobriu seu rosto, belo e franco, agradou imensamente a ele. Mas lhe agradou sobretudo o fato de Anna, imediatamente, como que de propósito, para não permitir nenhum mal-entendido da parte de uma pessoa estranha, chamar Vrónski simplesmente de Aleksei e dizer que os dois iam se mudar para uma nova casa alugada, ali chamada de *palazzo*. Essa atitude natural e franca a respeito de sua situação agradou a Goleníchev. Vendo a maneira bondosa, alegre e resoluta de Anna, e conhecendo tanto Aleksei Aleksándrovitch quanto Vrónski, Goleníchev teve a impressão de que compreendia Anna inteiramente. Pareceu-lhe compreender aquilo que ela mesma não compreendia, em absoluto: mais precisamente, como, depois de causar a infelicidade do marido, depois de abandonar a ele e ao filho e de pôr a perder o próprio bom nome, ela podia sentir-se alegre, resoluta e feliz.

— Está no guia — disse Goleníchev, referindo-se ao *palazzo* que Vrónski alugara. — Há um lindo Tintoretto lá. Da última fase.

— Sabem de uma coisa? O tempo está ótimo, vamos até lá dar mais uma olhada — propôs Vrónski, dirigindo-se a Anna.

— Com muito prazer. Vou pôr o meu chapéu num instante. O senhor disse que está calor? — perguntou ela, parada junto à porta, e fitando Vrónski com ar interrogativo. E, de novo, um nítido rubor cobriu seu rosto.

Pelo seu olhar, Vrónski compreendeu que ela não sabia que tipo de relações ele pretendia manter com Goleníchev e que receava não haver se comportado como ele desejava.

Vrónski a fitou com um olhar prolongado e carinhoso.

— Não, não muito — respondeu.

E Anna teve a impressão de que havia compreendido tudo, principalmente que Vrónski estava satisfeito com ela; e, depois de sorrir para ele, saiu pela porta com um passo ligeiro.

Os amigos olharam de relance um para o outro e no rosto de ambos surgiu uma hesitação, como se Goleníchev, obviamente encantado com Anna, quisesse dizer algo sobre ela e não encontrasse as palavras, enquanto Vrónski desejava e temia exatamente isso.

— Pois é — começou Vrónski, a fim de iniciar alguma conversa —, então você se estabeleceu aqui? Continua se dedicando à mesma atividade de antes? — prosseguiu, lembrando-se de que lhe haviam dito que Goleníchev estava escrevendo algo...

— Sim, estou escrevendo a segunda parte de *Os dois princípios* — respondeu Goleníchev, ruborizado de prazer com aquela pergunta. — Ou melhor, para ser preciso, ainda não estou escrevendo, mas apenas me preparando, reunindo o material. Será uma obra vastíssima e abrangerá quase todas as questões. Na Rússia, não queremos admitir que somos herdeiros de Bizâncio — começou uma explicação longa e entusiasmada.

A princípio, Vrónski sentiu-se um pouco embaraçado por não conhecer a primeira parte de *Os dois princípios*, a que o autor se referia como a algo muito conhecido. Mas depois, quando Goleníchev passou a expor seus pensamentos e Vrónski pôde acompanhá-los, mesmo sem conhecer *Os dois princípios*, escutou-o com certo interesse, pois Goleníchev falava bem. Mas o surpreendia e o desgostava a emoção exasperada com que Goleníchev falava sobre o tema a que se dedicava. Quanto mais falava, mais seus olhos se inflamavam, mais precipitadamente refutava contestações imaginárias e mais alarmadas e ofendidas se mostravam suas feições. Ao lembrar que Goleníchev tinha sido um menino magro, vivaz, nobre e de boa índole, sempre o primeiro aluno da escola, Vrónski não conseguia de forma alguma entender o motivo daquela irritação e não a aprovava. Desagradava-lhe sobretudo o fato de Goleníchev, homem da boa sociedade, se pôr em pé de igualdade com uns reles escrevinhadores, irritar-se e aborrecer-se com eles. Valeria a pena? Isso desagradou a Vrónski, mas, apesar disso, percebia que Goleníchev era infeliz e sentiu pena dele. A infelicidade, a quase loucura, se faziam visíveis naquele rosto volúvel e bastante bonito, enquanto ele, sem sequer notar a entrada de Anna, continuava a explanar suas ideias com precipitação e fervor.

Quando Anna chegou de chapéu e capa e, brincando com a sombrinha num rápido movimento da mão bonita, deteve-se ao seu lado, Vrónski, com um sentimento de alívio, desviou sua atenção do olhar de Goleníchev, fixamente concentrado nele, e encarou com um amor renovado sua amiga encantadora, cheia de vida e de alegria. Goleníchev, com dificuldade, recuperou o controle de si mesmo e a princípio se mostrou tristonho e soturno, mas Anna, que manifestava uma disposição afetuosa com todos (assim ela estava, nessa época), logo o reanimou com a sua atitude natural e alegre. Depois de experimentar diversos temas, Anna conduziu a conversa para a pintura, sobre a qual ele discorria muito bem, e ela o escutou com atenção. A pé, chegaram à casa alugada e a examinaram.

— Há uma coisa que me deixa muito contente — disse Anna para Goleníchev, já no caminho de volta. — Aleksei terá um belo ateliê. Você tem de ocupar aquele cômodo — disse para Vrónski, em russo, e tratando-o por "você", pois já percebera que Goleníchev se tornaria uma pessoa íntima, na solidão em que viviam, e que não havia necessidade de esconder nada diante dele.

— Mas então você pinta? — perguntou Goleníchev, voltando-se depressa para Vrónski.

— Sim, me dedicava à pintura tempos atrás e há pouco a retomei — respondeu Vrónski, ruborizando-se.

— Tem muito talento — disse Anna, com um sorriso alegre. — Eu não sou um bom juiz, é claro! Mas juízes abalizados dizem o mesmo.

VIII

Anna, nesse primeiro período da sua liberdade e da sua rápida convalescença, sentia-se imperdoavelmente feliz e repleta de alegria de viver. A recordação da infelicidade do marido não envenenava sua felicidade. Tal recordação, de um lado, era terrível demais para ser trazida ao pensamento. De outro lado, a infelicidade do marido lhe proporcionara uma felicidade grande demais para poder arrepender-se. A recordação de tudo o que lhe ocorrera após a doença: a reconciliação com o marido, o divórcio, a notícia do ferimento de Vrónski, a vinda dele à sua casa, os preparativos da separação, a partida da casa do marido, a despedida do filho — tudo isso lhe parecia um sonho febril, do qual ela despertara sozinha, ao lado de Vrónski, no exterior. A recordação do mal que causara ao marido despertava nela um sentimento semelhante ao nojo e parecido ao que experimenta uma pessoa que está se afogando, quando consegue desvencilhar-se de uma outra, que insiste em se agarrar a ela. Essa outra pessoa afogou-se. Claro, foi ruim, mas era a única salvação, e o melhor é não recordar esses detalhes tenebrosos.

O único raciocínio tranquilizador a respeito da sua conduta lhe viera no primeiro minuto da separação e, quando agora ela trazia à memória todo o passado, recordava esse único raciocínio. "Fiz, inevitavelmente, a infelicidade daquele homem", pensou, "mas não quero tirar proveito dessa infelicidade; eu também sofro, e vou sofrer: estou me privando daquilo que mais prezava no mundo — o meu bom nome e o meu filho. Fiz um mal e por isso não quero a felicidade, não quero o divórcio e vou sofrer por causa da vergonha e da separação do meu filho." No entanto, por mais sinceramente que Anna quisesse sofrer, não sofria. Não existia vergonha alguma. Com o tato que ambos tinham de sobra, e evitando as senhoras russas no estrangeiro, eles nunca se viam numa situação falsa e, em toda parte, encontravam pessoas que fingiam compreender plenamente a posição de ambos, e compreendê-la até muito melhor do que eles mesmos. A separação do filho, que ela amava — nem sequer isso a atormentava nos primeiros tempos. A menina, o seu bebê, era tão meiga e cativara Anna a tal ponto, pois era tudo o que lhe restara, que ela raramente se lembrava do filho.

A ânsia de viver, que tomara impulso com a sua convalescença, era tão forte e as condições de vida eram tão novas e agradáveis que Anna se sentia imperdoavelmente feliz. Quanto mais conhecia Vrónski, mais o amava. Anna o amava por ele mesmo e pelo amor que tinha por ela. A posse plena de Vrónski era, para Anna, uma alegria constante. Sua proximidade lhe era sempre agradável. Todos os traços do seu caráter, que ela conhecia cada vez mais, eram para Anna indescritivelmente queridos. Sua aparência, que havia se alterado ao adotar trajes civis, era para Anna tão atraente como se fosse uma recém-casada apaixonada. Em tudo o que ele dizia, pensava e queria, Anna encontrava algo especialmente nobre e elevado. Sua admiração por ele, não raro, assustava a própria Anna: procurava e não conseguia encontrar em Vrónski nada que não fosse belo. Não se atrevia a lhe mostrar que tinha consciência da sua inferioridade em relação a ele. Tinha a impressão de que Vrónski, ciente disso, poderia deixar de amá-la mais depressa; e agora não havia nada que ela mais temesse do que perder o amor de Vrónski, embora não tivesse nenhum motivo para tal temor. No entanto, não podia deixar de ser agradecida por sua atitude em relação a ela, nem podia deixar de mostrar como dava valor a isso. Vrónski, que na opinião de Anna tinha uma vocação tão evidente para a carreira dos assuntos de Estado, em que havia de exercer um papel de relevo, sacrificara sua ambição por causa dela, sem jamais dar sinal do menor pesar. Ainda mais do que antes, Vrónski se mostrava amorosamente respeitoso com Anna, e a preocupação de que ela nunca se sentisse desconfortável com a sua situação não o abandonava nem por um minuto. Ele, um homem tão viril, não só jamais contradizia Anna como também não tinha vontade própria e parecia dedicar-se exclusivamente a adivinhar os desejos dela. E Anna não podia deixar de apreciar isso, embora essa mesma tensão da sua atenção em torno dela, essa atmosfera de cuidado em que ele a envolvia, às vezes lhe fosse um peso.

Vrónski, por sua vez, apesar da plena realização daquilo que tanto havia desejado, não era inteiramente feliz. Logo se deu conta de que a realização de seus desejos lhe proporcionava apenas um grão de areia da montanha de felicidade que havia esperado. Tal realização revelara a ele o eterno engano cometido pelas pessoas que imaginam alcançar a felicidade por meio da realização dos desejos. Nos primeiros tempos, logo depois de se unir a Anna e adotar trajes civis, sentiu todo o encanto da liberdade em geral, que antes não conhecia, e também da liberdade do amor, e ficou satisfeito, mas não por muito tempo. Logo sentiu que em sua alma se erguiam os desejos de desejos: o tédio. Malgrado seu, passou a aferrar-se a qualquer capricho efêmero, que acatava como um desejo e como um propósito. Era preciso ocupar-se com alguma coisa durante dezesseis horas por dia, pois no estrangeiro viviam em total liberdade, fora do círculo da vida em sociedade que, em Petersburgo, ocupava seu tempo. Nos prazeres da vida de solteiro, que antes da viagem para o exterior mantinham Vrónski ocupado, não podia nem pensar, pois uma tentativa dessa natureza, um jantar até tarde com amigos, causara em Anna um abatimento inesperado e desproporcional. Também era impossível desenvolver relações quer com a sociedade local, quer com a dos russos, por causa da situação indefinida em que viviam. A visita aos locais curiosos, sem falar no fato de que tudo já fora visto, não tinha para Vrónski, russo e inteligente, a inexplicável importância que os ingleses sabem atribuir a tais assuntos. E, assim como um animal faminto agarra qualquer objeto que apareça à sua frente, na esperança de encontrar nele algum alimento, Vrónski se agarrava de modo totalmente inconsciente ora à política, ora a livros novos, ora a pinturas.

Como desde jovem tinha uma queda para a pintura e como, sem saber onde gastar seu dinheiro, começara a colecionar gravuras, Vrónski concentrou-se na pintura, passou a dedicar-se a isso e dirigiu para ela a sua reserva de desejo ociosa, que exigia uma satisfação.

Vrónski tinha a capacidade de compreender a arte e de imitá-la, com gosto e fidelidade, e pensou possuir o necessário para ser um artista e, após hesitar por um tempo sobre o gênero de arte que escolheria — religiosa, histórica ou realista —, começou a pintar. Compreendia todos os gêneros e podia inspirar-se com qualquer um; mas não conseguia conceber a possibilidade de ignorar de todo quais eram os gêneros de arte e de inspirar-se diretamente no que tivesse na alma, sem se preocupar em saber se aquilo que pintava pertencia a este ou àquele gênero reconhecido. Como ignorava isso e não se inspirava diretamente na vida, mas indiretamente na vida já personificada na arte, Vrónski se inspirava muito depressa e facilmente e assim também, depressa e facilmente, conseguia que aquilo que pintava ficasse muito parecido com o gênero de arte que pretendia imitar.

O tipo de que mais gostava era o francês, gracioso e de grande efeito, e nesse estilo começou a pintar um retrato de Anna, vestida à italiana, e esse retrato pareceu, a ele e a todos que o viam, muito bem realizado.

IX

O velho *palazzo* abandonado, de tetos altos com ornatos de gesso, com afrescos nas paredes, mosaicos nos pisos, pesadas cortinas amarelas e adamascadas nas janelas altas, vasos nos consoles e nas lareiras, portas lavradas e salões sombrios cobertos de quadros — esse *palazzo*, depois que os dois se mudaram para lá, mesmo pelo seu aspecto exterior, nutria em Vrónski a ilusão agradável de que ele era menos um russo proprietário de terras e um cavalariano afastado do serviço militar do que um instruído patrono e aficionado das artes, ele mesmo também um artista modesto, que renunciara à sociedade, aos conhecidos, à ambição, em favor da mulher amada.

O papel escolhido por Vrónski desde a mudança para o *palazzo* alcançou um completo sucesso e, tendo conhecido por intermédio de Goleníchev algumas pessoas interessantes, ele se manteve tranquilo nos primeiros tempos. Pintava, sob a orientação de um professor italiano, estudos de natureza e dedicava-se a conhecer a vida na Itália na Idade Média. A vida medieval italiana fascinara Vrónski a tal ponto, nos últimos tempos, que ele até passou a usar um chapéu e um manto sobre o ombro, ao estilo medieval, que nele caía muito bem.

— Aqui vamos vivendo sem saber de mais nada — disse Vrónski certa vez para Goleníchev, que viera visitá-lo de manhã. — Você viu o quadro de Mikháilov? — perguntou, entregando-lhe o jornal russo que recebera pouco antes, naquela manhã, e apontando a matéria sobre o pintor russo que morava naquela mesma cidade e que havia terminado uma pintura sobre a qual circulavam rumores desde muito tempo e que já fora comprada de antemão. Na matéria, havia censuras dirigidas ao governo e à Academia por deixarem um artista notável sem nenhum estímulo e nenhuma ajuda.

— Vi — respondeu Goleníchev. — Claro, ele não deixa de ter talento, mas segue um caminho completamente equivocado. É sempre a mesma atitude em relação a Cristo e à arte religiosa, à maneira ivánov-strauss-renaniana.[4]

---

4 Referência ao pintor russo Aleksandr Ivánov (1806-58), ao teólogo alemão David Strauss (1808-74) e ao escritor francês Ernest Renan (1823-92).

— O que representa o quadro? — perguntou Anna.

— Cristo diante de Pilatos. Cristo é representado como um judeu, com todo o realismo da nova escola.

E, levado a um de seus temas favoritos pela pergunta sobre o conteúdo daquele quadro, Goleníchev começou a discorrer:

— Não entendo como podem eles enganar-se de modo tão grosseiro. Cristo já tem sua personificação estabelecida na arte dos grandes mestres antigos. Portanto, se quiserem retratar, não Deus, mas um revolucionário ou um sábio, que escolham da história Sócrates, Franklin, Charlotte Corday, mas Cristo não. Eles escolhem exatamente o rosto que não se pode escolher para a arte, e depois...

— Mas então é verdade que esse Mikháilov vive em tamanha pobreza? — perguntou Vrónski, raciocinando que ele, como um mecenas russo, devia ajudar o artista, a despeito de seu quadro ser bom ou ruim.

— Tenho as minhas dúvidas. É um retratista notável. Viram o retrato que fez da sra. Vassíltchikova? Mas parece que não quer mais pintar retratos e por isso, talvez, ande necessitado. Eu acho que...

— Não seria possível pedir a ele que fizesse um retrato de Anna Arcádievna? — perguntou Vrónski.

— Para quê, meu Deus? — exclamou Anna. — Após o seu retrato, não quero nenhum outro. É melhor um retrato de Annie (assim chamava sua filhinha). Lá está ela — acrescentou, depois de olhar de relance, através da janela, para a bela ama de leite italiana que levava o bebê pelo jardim e, logo em seguida, voltando o olhar discretamente para Vrónski. A bela ama de leite, cuja cabeça Vrónski estava pintando num de seus quadros, era a única amargura secreta na vida de Anna. Ao pintá-la, Vrónski admirava sua beleza e seu porte medieval e Anna não ousava confessar a si mesma que temia ter ciúmes dessa ama de leite e por isso a cercava de atenções e de carinhos especiais, não só a ela como também ao seu filho pequeno.

Vrónski também olhou de relance para a janela e para os olhos de Anna e, virando-se logo em seguida para Goleníchev, disse:

— Mas você conhece esse Mikháilov?

— Já estive com ele. Mas é um excêntrico e não tem nenhuma educação. Sabe, um desses novos selvagens que agora se encontram com frequência; sabe, um desses livres-pensadores educados *d'emblée*[5] nas ideias do ateísmo, da negação e do materialismo. Antigamente — disse Goleníchev, sem notar ou sem querer notar que Anna e Vrónski desejavam falar —, antigamente, o livre-pensador

5 Francês: "de improviso", "às pressas".

era um homem educado nas ideias da religião, do direito, da moral, e tinha de travar uma árdua luta até chegar ao livre-pensamento; mas hoje em dia há um tipo novo de livre-pensador nato, que brota sem nunca sequer ter ouvido falar que existem leis morais, religiosas, que existem autoridades, e que nasce diretamente da ideia da negação de tudo, ou seja, são uns selvagens. Eis o que ele é. Parece que é filho de um mordomo moscovita e não recebeu nenhuma educação. Quando entrou para a Academia e adquiriu sua reputação, como nada tem de tolo, quis educar-se. E voltou-se para aquilo que lhe parecia a fonte da cultura: as revistas. Veja bem, antigamente, quando um homem queria instruir-se, um francês, suponhamos, passava a estudar todos os clássicos: os teólogos, os trágicos, os historiadores, os filósofos, e assim vejam quanto trabalho intelectual ele tinha pela frente. Mas entre nós, agora, ele mergulha direto na literatura da negação, assimila muito depressa todo o extrato da ciência da negação e está pronto. Mais ainda: há uns vinte anos, ele encontraria nessa literatura indícios de luta contra as autoridades, contra pontos de vista que vigoram há séculos, e dessa luta deduziria que ainda existia alguma outra coisa; mas agora ele mergulha diretamente nessas obras que nem se dignam a discutir os antigos conceitos e dizem logo de saída: não existe nada, *evolution*, seleção, luta pela existência, e é tudo. Eu, em meu artigo...

— Sabe de uma coisa? — disse Anna, que havia algum tempo trocava olhares cautelosos com Vrónski e sabia que não interessava a ele a educação daquele artista, mas apenas a ideia de ajudá-lo e de lhe encomendar um retrato. — Sabe de uma coisa? — Anna interrompeu com firmeza Goleníchev, que desatara a falar. — Vamos visitá-lo!

Goleníchev dominou-se e concordou de bom grado. Mas, como o artista morava num bairro distante, resolveram tomar uma carruagem.

Uma hora depois, Anna e Goleníchev, lado a lado, e Vrónski, no assento dianteiro da carruagem, seguiram para a casa nova e feia, num bairro distante. Depois que a esposa do zelador saiu ao encontro deles e lhes disse que Mikháilov permitia a entrada em seu ateliê, mas que no momento estava fora, ali mesmo no bairro, a dois passos de casa, mandaram a mulher levar seus cartões de visita ao pintor, pedindo permissão para ver seus quadros.

X

O pintor Mikháilov, como sempre, estava trabalhando quando lhe trouxeram os cartões de visita do conde Vrónski e de Goleníchev. De manhã, trabalhara num quadro grande, no ateliê. Ao vir para casa, zangou-se com a esposa porque ela não soubera esquivar-se da senhoria, que exigia dinheiro.

— Já lhe disse dez vezes, não dê explicações. Você já é bastante burra e, se começa a se explicar em italiano, fica três vezes mais burra — disse à esposa, ao fim da longa discussão.

— Então não atrase tanto, eu não sou culpada. Se eu tivesse dinheiro...

— Deixe-me em paz, pelo amor de Deus! — gritou Mikháilov, com lágrimas na voz e, depois de tapar os ouvidos, retirou-se para a sua sala de trabalho, atrás de um tabique, e fechou a porta atrás de si. "Estúpida!", disse consigo, sentou-se à mesa e, depois de abrir uma pasta, retomou imediatamente, com um entusiasmo especial, um desenho já começado.

Nunca trabalhava com tanto ardor e com tanto êxito como nas ocasiões em que a vida andava mal, sobretudo quando discutia com a esposa. "Ah! Quem dera eu pudesse sumir!", pensava, enquanto continuava a trabalhar. Fazia o desenho para a figura de um homem que estava em pleno acesso de raiva. Fizera um desenho antes; mas não ficara satisfeito. "Não, aquele outro ficou melhor... Onde está?" Foi aos aposentos da esposa e, de sobrancelhas franzidas, sem olhar para ela, perguntou à filha mais velha onde estava o papel que lhes dera. O papel com o desenho descartado foi encontrado, mas estava sujo e manchado de estearina. Mesmo assim, pegou o desenho, levou-o consigo, colocou sobre a sua mesa e, depois de se afastar um pouco, estreitando os olhos, pôs-se a examiná-lo. De repente, sorriu e abanou os braços com alegria.

— É isso, é isso! — exclamou e imediatamente, pegando o lápis, começou a desenhar depressa. A mancha de estearina dava ao homem uma nova atitude.

Ao desenhar essa nova atitude, lembrou-se de repente do rosto enérgico, e de queixo proeminente, do comerciante com quem comprava charutos, e desenhou no homem aquele mesmo rosto, aquele mesmo queixo. Soltou uma risada de alegria. De repente, a figura morta e inventada passou a estar viva, e de tal modo que já era impossível modificá-la. A figura vivia, estava definida de modo claro e indubitável. Era possível corrigir o desenho conforme as necessidades da figura, era possível e até necessário dispor as pernas de outro modo, alterar totalmente a posição da mão esquerda, pôr os cabelos para trás. Mas, ao fazer tais reparos, ele não modificava a figura, apenas punha de lado aquilo que a encobria. Como que removia as camadas por trás das quais toda ela se tornava visível; cada novo traço apenas revelava ainda mais a figura inteira, com toda a sua força veemente, tal como surgira para ele, de súbito, por efeito da mancha de estearina. Arrematava com esmero a figura quando lhe trouxeram os cartões de visita.

— Já vou, já vou!

Passou pelo quarto da esposa.

— Tudo bem, já chega, Sacha, não fique zangada! — disse para ela, sorrindo com timidez e carinho. — Você teve culpa. Eu tive culpa. Vou resolver tudo. — E, reconciliado com a esposa, vestiu um casaco verde-oliva, de gola de veludo, um chapéu, e foi para o ateliê. A figura bem resolvida já fora esquecida. Agora, ele estava alegre e agitado com a visita ao seu ateliê daqueles russos importantes que chegaram de carruagem.

Sobre o seu quadro, aquele que agora se achava no seu cavalete, Mikháilov tinha, no fundo da alma, uma convicção — ninguém jamais pintara um quadro semelhante. Não achava que o seu fosse melhor do que todos os quadros de Rafael, mas sabia que aquilo que pretendia transmitir e que transmitira nesse quadro ninguém jamais havia transmitido. Sabia disso com segurança e já o sabia desde muito tempo, desde quando começara a pintá-lo; no entanto, as opiniões das pessoas, quaisquer que fossem, tinham para ele uma importância enorme e o perturbavam até o fundo da alma. Qualquer observação, mesmo a mais insignificante, reveladora de que os críticos viam pelo menos uma pequena parte do que ele via no quadro o deixava agitado até o fundo da alma. Sempre atribuía a seus críticos uma compreensão profunda e maior do que aquela que ele mesmo tinha e deles sempre esperava algo que ele mesmo não via em seu quadro. E, não raro, tinha a impressão de encontrar isso na opinião dos espectadores.

Aproximou-se, a passos rápidos, da porta do seu ateliê e, apesar da sua agitação, impressionou-se com a figura suavemente iluminada de Anna, que estava de pé à sombra da entrada e escutava algo que Goleníchev lhe dizia com entusiasmo, ao mesmo tempo que, obviamente, queria olhar para o artista que se aproximava. O próprio Mikháilov não percebeu como, ao aproximar-se deles, agarrou e engoliu essa impressão, assim como fizera com o queixo do comerciante que lhe vendia charutos, e a escondeu em algum lugar de onde a retiraria quando precisasse. Os visitantes, já desiludidos pelo que Goleníchev dissera antes a respeito do pintor, desiludiram-se ainda mais com a sua aparência. De estatura mediana, gorducho, com um modo inquieto de andar, com seu chapéu marrom, seu casaco verde-oliva e suas calças apertadas, quando já fazia muito tempo que se usavam calças largas, e sobretudo com o aspecto vulgar do seu rosto largo e a combinação de uma expressão de timidez com o desejo de manter sua dignidade, Mikháilov produziu uma impressão desagradável.

— Tenham a bondade — disse ele, tentando manter um ar indiferente e, ao entrar no vestíbulo, tirou uma chave do bolso e abriu a porta.

XI

Quando entrou no ateliê, o artista Mikháilov voltou os olhos de novo para os visitantes e anotou na sua imaginação também a expressão do rosto de Vrónski, em especial as maçãs do rosto. Apesar de seu sentimento artístico não parar de funcionar, coletando material para uso próprio, e apesar de ele sentir uma agitação cada vez maior, pois se aproximava o minuto do julgamento da sua obra, Mikháilov formava para si, com rapidez e agudeza, uma ideia sobre aquelas três pessoas, a partir de traços imperceptíveis. Este aqui (Goleníchev) era um russo já estabelecido na cidade. Mikháilov não se lembrava do seu sobrenome de família, nem de onde o havia encontrado e sobre o que haviam conversado. Só se lembrava do seu rosto, como se lembrava de todos os rostos que vira alguma vez, mas se lembrava também de que era um desses rostos que ele mantinha isolados em sua imaginação, na imensa categoria dos rostos falsamente importantes e carentes de expressão. Os cabelos vastos e a testa muito descoberta davam ao rosto uma importância aparente, em que só havia uma ligeira expressão infantil e inquieta, concentrada acima do estreito intervalo entre as sobrancelhas. Vrónski e Kariênina, no entender de Mikháilov, deviam ser russos nobres e ricos que nada entendiam de arte, como todos os russos ricos, mas que fingiam ser aficionados e apreciadores. "Sem dúvida, já viram todos os antigos e agora percorrem o ateliê dos novos, o charlatão alemão e o idiota inglês pré-rafaelita, e vieram à minha casa só para completar o roteiro", pensou. Conhecia muito bem a maneira como os diletantes (quanto mais inteligentes, piores) observavam o ateliê dos pintores contemporâneos com o único propósito de ter o direito de dizer que a arte decaíra e que, quanto mais viam os novos, mais constatavam como os grandes mestres antigos permaneciam inimitáveis. Ele esperava tudo isso, via tudo isso em seus rostos, na negligência indiferente com que conversavam entre si, com que observavam os manequins e os bustos, e no modo como passeavam à vontade, enquanto esperavam que ele descobrisse o quadro. Porém, apesar disso, enquanto Mikháilov revirava os seus esboços, levantava as cortinas e retirava os lençóis, sentia uma forte emoção, ainda mais porque, apesar de no seu entender todos os russos nobres e ricos serem, por força, canalhas e idiotas, ele havia simpatizado com Vrónski e sobretudo com Anna.

— Aqui está, tenham a bondade — disse, afastando-se para o lado, com passos agitados, e apontando para o quadro. — É Jesus perante Pilatos. Mateus, capítulo 27 — explicou, sentindo que seus lábios começavam a tremer de emoção. Afastou-se e pôs-se atrás dos visitantes.

Naqueles poucos segundos em que os visitantes observavam o quadro em silêncio, Mikháilov também o observou, e o fez com um olhar indiferente e desinteressado. Durante esses poucos segundos, estava convencido de antemão que um juízo elevado e justo seria proferido por eles, exatamente os visitantes que ele tanto desprezava, um minuto antes. Havia esquecido tudo o que até então pensara sobre o seu quadro, ao longo daqueles três anos em que o pintava; havia esquecido todo o mérito do quadro, que para ele era inquestionável — via o quadro pelo olhar indiferente, desinteressado e novo dos visitantes e, nele, nada enxergava de bom. Via, no primeiro plano, o rosto irritado de Pilatos e o rosto sereno de Cristo e, no segundo plano, as figuras dos súditos de Pilatos e o rosto de João, atento ao que se passava. Cada rosto, que à custa de tamanha pesquisa e de tantos erros e reparos desenvolvera o seu caráter próprio, cada rosto, que lhe trouxera tamanho tormento e alegria, todos esses rostos, que tantas vezes foram deslocados em benefício do conjunto, todos os matizes de cor e de tonalidade, alcançados por Mikháilov com tamanha dificuldade — tudo isso junto, agora, à luz dos olhos deles, lhe parecia uma vulgaridade mil vezes repetida. O seu rosto preferido, o do Cristo, no centro do quadro, que lhe causara tanta emoção quando se revelara, perdeu toda a graça ao observar o quadro pelos olhos dos visitantes. Via uma bem desenhada (e nem tão bem assim — percebia agora nitidamente uma porção de defeitos) repetição dos intermináveis Cristos de Ticiano, Rafael, Rubens, e dos mesmos soldados e do mesmo Pilatos. Tudo era vulgar, pobre e velho, e até mal desenhado — desigual e fraco. Eles estariam cobertos de razão, se pronunciassem expressões fingidas e educadas em presença do artista, sentissem pena dele e rissem às suas costas, quando estivessem a sós.

Aquele silêncio era muito penoso para o pintor (embora não tenha durado mais de um minuto). A fim de interrompê-lo e mostrar que não estava agitado, Mikháilov, fazendo um esforço, dirigiu a palavra a Goleníchev.

— Creio que já tive o prazer de encontrar o senhor — disse, voltando os olhos inquietos ora para Anna, ora para Vrónski, a fim de não deixar escapar nem um traço da expressão de seus rostos.

— Como não? Encontramo-nos na residência de Rossi, lembra, naquela tarde em que declamava aquela senhorita italiana, a nova Rachel[6] — respondeu Goleníchev, com desembaraço, sem o menor remorso de desviar o olhar do quadro e dirigi-lo para o pintor.

Notando, entretanto, que Mikháilov aguardava um juízo sobre o quadro, disse:

— O quadro do senhor progrediu bastante desde a última vez que o vi. E agora, como então, me impressiona também de um modo extraordinário a figura de

---

6 Alusão a uma atriz francesa da época.

Pilatos. Percebe-se nele um homem bom, cordial, mas um burocrata até o fundo da alma, que não sabe o que faz. Mas me parece...

O rosto sempre vivaz de Mikháilov começou a brilhar, de repente: os olhos cintilaram. Quis dizer alguma coisa, mas não conseguiu falar, por causa da emoção, e fingiu pigarrear. Por mais reduzida que considerasse a capacidade de apreciação artística de Goleníchev, por mais insignificante que fosse aquele comentário justo sobre a fidelidade da expressão do rosto de Pilatos como um burocrata, por mais ofensiva que lhe pudesse parecer a manifestação de uma observação tão insignificante como essa, enquanto se deixavam de lado coisas muito mais importantes, Mikháilov ficou maravilhado com tal comentário. Ele próprio pensava o mesmo que dissera Goleníchev sobre a figura de Pilatos. O fato de aquela reflexão ser uma entre milhões de outras que, como Mikháilov sabia muito bem, seriam igualmente acertadas, não diminuía em nada, para ele, a importância do comentário. Encheu-se de afeição por Goleníchev por conta desse comentário e, de um estado de desânimo, passou de súbito para a euforia. Imediatamente, o quadro inteiro renasceu diante dele, com a indescritível complexidade de tudo aquilo que vive. Mikháilov tentou de novo dizer que entendia Pilatos dessa mesma forma; mas os lábios tremeram de modo incontrolável e ele não conseguiu falar. Vrónski e Anna também disseram algo com aquela voz baixa que se costuma usar nas exposições, em parte para não ofender o artista, em parte para não pronunciar em voz alta as tolices que é tão fácil dizer quando se fala sobre arte. Pareceu a Mikháilov que também neles o quadro produzira uma boa impressão. Aproximou-se.

— Que expressão admirável tem o Cristo! — disse Anna. De tudo que via, essa expressão era o que mais lhe agradava, sentiu que isso era o centro do quadro e que tal elogio, portanto, seria agradável para o pintor. — Vê-se que tem pena de Pilatos.

De novo, tratava-se de uma entre milhões de reflexões acertadas que se podiam encontrar em seu quadro e na figura de Cristo. Anna dissera que ele tinha pena de Pilatos. Na expressão de Cristo, devia haver também uma expressão de pena porque existia nela uma expressão de amor, de serenidade celestial, de prontidão para a morte, além da consciência da futilidade das palavras. Claro, havia uma expressão de burocrata em Pilatos e de piedade em Cristo, pois um era a personificação da vida carnal e o outro, da vida espiritual. Tudo isso e muito mais cruzou o pensamento de Mikháilov. E de novo seu rosto brilhou de entusiasmo.

— Sim, e como está feita essa figura, que presença. Pode-se andar em volta dela — disse Goleníchev, pelo visto demonstrando com esse comentário que não aprovava o conteúdo e a ideia da figura.

— Sim, que maestria admirável! — disse Vrónski. — Como as figuras no segundo plano se destacam! Aí está a técnica — disse para Goleníchev e aludindo, com isso, a uma conversa ocorrida entre ambos, em que Vrónski comentou sua falta de esperança de alcançar aquela técnica.

— Sim, sim, admirável! — repetiram Goleníchev e Anna. Apesar do estado de agitação em que se encontrava, o comentário sobre técnica feriu dolorosamente o coração de Mikháilov e ele, de repente, após fitar Vrónski com ar irritado, pôs-se carrancudo. Ouvia muitas vezes a palavra "técnica" e não compreendia em absoluto o que as pessoas queriam dizer com isso. Sabia que tal palavra subentendia a capacidade mecânica de pintar e de desenhar, de forma totalmente independente do conteúdo. Muitas vezes, mesmo num elogio verdadeiro, notava que as pessoas contrapunham a técnica ao valor intrínseco, como se fosse possível pintar bem algo ruim. Sabia que era preciso ter muita atenção e muito cuidado para, ao remover as camadas que recobriam as figuras, não estragar a própria obra, e também para remover a camada inteira; na arte de pintar, porém, não havia técnica nenhuma. Se a uma criança pequena ou à cozinheira de Mikháilov também se revelassem aquilo que ele via, os dois seriam capazes de descascar o que viam. Por outro lado, mesmo o mais experiente e habilidoso pintor técnico não conseguiria pintar nada só com a capacidade mecânica, se antes não se revelassem a ele as linhas que delimitam o conteúdo. Além do mais, Mikháilov percebia que, no que dizia respeito à técnica, não era possível elogiá-lo. Em tudo o que pintara e pintava, percebia falhas que cortavam seus olhos, fruto do descuido com que removera as camadas que recobriam as figuras, falhas que agora ele não podia corrigir sem estragar a obra inteira. E, em quase todas as figuras e rostos, via restos das camadas não inteiramente removidas, que prejudicavam o quadro.

— Há só um comentário, que se pode fazer, se o senhor me permitir... — observou Goleníchev.

— Ah, muito me agrada, tenha a bondade — respondeu Mikháilov, sorrindo com falsidade.

— É que o senhor o fez um homem-deus e não um Deus-homem. Aliás, sei que o senhor queria isso mesmo.

— Não posso pintar um Cristo que não trago dentro da minha alma — respondeu Mikháilov, com ar soturno.

— Sim, mas nesse caso, se o senhor permite que eu expresse meu pensamento... Seu quadro é tão bom que o meu comentário não pode prejudicá-lo e além do mais é só a minha opinião pessoal. Para o senhor, a questão é outra. O motivo mesmo é outro. Mas tomemos, por exemplo, Ivánov. Creio que, se Cristo tem de ser rebaixado ao nível de uma figura histórica, seria melhor para Ivánov escolher um outro tema histórico, novo, intocado.

— Mas como, se este é o tema supremo para a arte?

— Se procurasse, encontraria outros temas. Mas a questão é que a arte não tolera discussões e argumentos. E quanto ao quadro de Ivánov, para os crentes e para os ateus, surge a pergunta: isto é Deus ou não é Deus? E a unidade de impressão se destrói.

— Mas por quê? Parece-me que, para pessoas esclarecidas — disse Mikháilov —, já não pode haver discussão.

Goleníchev não concordava e, sustentando sua ideia anterior sobre a unidade da impressão, necessária para a arte, derrotou Mikháilov. Este se agitou, mas não soube dizer nada em defesa de seu modo de pensar.

XII

Anna e Vrónski havia muito trocavam olhares, deplorando a verborragia intelectual do amigo e, por fim, Vrónski, sem esperar o convite do anfitrião, passou para outra pintura, um quadro pequeno.

— Ah, que beleza, mas que beleza! Um prodígio! Que beleza! — puseram-se ambos a exclamar, a uma só voz.

“Do que será que gostaram tanto?”, pensou Mikháilov. Havia esquecido aquele quadro, pintado três anos antes. Esquecera todo o sofrimento e a euforia que experimentara com o quadro, quando se ocupara dele com afinco, dia e noite, durante vários meses, esquecera como sempre esquecia os quadros terminados. Não gostava sequer de olhar para ele e só o deixara à mostra porque estava à espera de um inglês que pretendia comprá-lo.

— Ora, esse é um estudo já antigo — explicou.

— Como é bom! — disse também Goleníchev, pelo visto sinceramente subjugado pelo encanto do quadro.

Dois meninos, à sombra de um salgueiro, pescavam com varas. Um, o mais velho, acabara de erguer a vara e, com cuidado, tentava retirar a boia presa do outro lado de um arbusto, totalmente concentrado nessa tarefa; o outro garoto, mais moço, estava deitado na relva, a cabeça loura e desgrenhada apoiada sobre as mãos, e contemplava a água com olhos azuis e pensativos. Sobre o que pensava?

Essa admiração ante o quadro agitou em Mikháilov a antiga emoção, mas ele tinha receio e não gostava desse sentimento vão por coisas já passadas e, portanto, embora aqueles elogios lhe dessem alegria, quis desviar os visitantes para um terceiro quadro.

Mas Vrónski perguntou se o quadro estava à venda. Para Mikháilov, agora, alvoroçado com a presença dos visitantes, era muito desagradável falar sobre assuntos de dinheiro.

— Está exposto para a venda — respondeu, franzindo as sobrancelhas com ar soturno.

Quando os visitantes saíram, Mikháilov sentou-se diante do quadro de Pilatos e Cristo e, em pensamento, repetiu o que os visitantes disseram e o que, embora não o tivessem dito, deram a entender. E era estranho: aquilo que tivera para Mikháilov tanto peso quando os visitantes estavam ali e quando ele, mentalmente, se transferira para o ponto de vista deles, havia perdido de súbito toda importância. Passou a contemplar seu quadro com toda a sua plena visão de artista e alcançou aquele estado de certeza da perfeição e, portanto, do valor do seu quadro, estado indispensável para aquela tensão que excluía todos os demais interesses e sem a qual ele não conseguia trabalhar.

O pé de Cristo em esboço, porém, não estava bom. Mikháilov pegou a paleta e pôs-se a trabalhar. Enquanto corrigia o pé, olhava a todo instante para a figura de João, no segundo plano, que os visitantes não haviam notado, mas que, ele sabia, era o máximo da perfeição. Depois de terminar o pé, quis ocupar-se dessa figura, mas sentiu-se agitado demais para isso. Do mesmo modo, não conseguia trabalhar quando sentia frio, quando estava fatigado demais ou quando percebia tudo bem demais. Na transição da frieza para o entusiasmo, havia um só degrau em que era possível trabalhar. E nesse dia ele estava agitado demais. Quis cobrir o quadro, mas se deteve e, segurando o lençol na mão, sorrindo satisfeito, contemplou demoradamente a figura de João. Por fim, como se lamentasse interromper, soltou o lençol e, cansado, mas feliz, foi para casa.

Vrónski, Anna e Goleníchev, enquanto voltavam para casa, mostraram-se especialmente animados e alegres. Conversavam sobre Mikháilov e seus quadros. A palavra "talento", na qual subentendiam uma capacidade congênita, quase física, independente da inteligência e do coração, e com a qual pretendiam denominar tudo o que era experimentado pelo artista, surgia com muita frequência em sua conversa, pois precisavam dela para denominar aquilo de que não tinham nenhuma compreensão, mas de que mesmo assim queriam falar. Diziam que era impossível negar o seu talento, mas que o seu talento não podia desenvolver-se devido à carência de instrução — infortúnio generalizado entre os nossos artistas russos. Porém o quadro dos meninos gravara-se na sua memória e a todo instante voltavam a falar dele.

— Que beleza! Como foi bem realizado e como é natural! Ele nem mesmo percebe como o quadro é bom. Sim, não posso perder a oportunidade de comprá-lo — disse Vrónski.

XIII

Mikháilov vendeu seu quadro para Vrónski e aceitou fazer um retrato de Anna. No dia marcado, ele veio e começou o trabalho.

O retrato, a partir da quinta sessão, impressionou a todos, em especial a Vrónski, não só pela semelhança, mas sobretudo pela beleza. Era estranho como Mikháilov conseguira descobrir aquela beleza singular de Anna. "Seria preciso conhecer e amar Anna, como eu amei, para descobrir essa sua belíssima expressão espiritual", pensava Vrónski, embora só por meio do retrato ele tivesse conhecido aquela belíssima expressão espiritual. Mas tal expressão era tão verdadeira que ele e os outros tinham a impressão de que a conheciam havia muito tempo.

— Venho lutando há tanto tempo e não consegui fazer nada — disse, referindo-se ao seu retrato —, enquanto ele olhou uma vez só e pintou. Eis aí a importância da técnica.

— Você vai chegar lá — consolou-o Goleníchev, em cuja opinião Vrónski tinha talento e, o mais importante, cultura, o que lhe dava uma visão elevada da arte. A crença de Goleníchev no talento de Vrónski apoiava-se ainda no fato de precisar da simpatia e dos elogios de Vrónski aos seus artigos e às suas ideias, e além disso sentia que os elogios e estímulos deviam ser recíprocos.

Em casa de estranhos e sobretudo no *palazzo* de Vrónski, Mikháilov era uma pessoa em tudo diferente do que era em seu ateliê. Mostrava-se respeitosamente hostil, como se temesse uma intimidade com pessoas a quem não estimava. Chamava Vrónski de senhor conde e, apesar do convite de Anna e Vrónski, nunca ficava para jantar e não vinha por outra razão que não as sessões de pintura. Anna era mais carinhosa com ele do que com as demais pessoas e sentia-se grata pelo retrato. Vrónski mostrava-se mais do que cordial com ele e, obviamente, estava interessado na opinião do artista sobre o seu quadro. Goleníchev não perdia uma chance de inculcar em Mikháilov os conceitos corretos a respeito da arte. Mas Mikháilov mantinha-se igualmente frio com todos. Anna sentia, pelo olhar do pintor, que ele gostava de olhar para ela; mas evitava conversas com Anna. Diante dos comentários de Vrónski a respeito da sua pintura, Mikháilov mantinha-se obstinadamente calado, e continuava obstinadamente calado quando lhe mostravam o quadro de Vrónski, e também era evidente que se sentia incomodado com as conversas de Goleníchev e nada lhe retrucava.

No geral, com a sua atitude reservada e antipática, e como que hostil, Mikháilov desagradou muito a todos, quando passaram a conhecê-lo mais de perto. E todos ficaram contentes quando terminaram as sessões de pintura, em suas mãos restou o belo retrato, e Mikháilov parou de vir à casa deles.

Goleníchev foi o primeiro a expressar o pensamento que todos tinham — ou seja, que Mikháilov simplesmente sentia inveja de Vrónski.

— Claro, não é inveja propriamente, porque ele tem talento: mas se sente irritado porque um homem rico e da corte, e ainda por cima um conde (pois todos eles detestam isso), sem nenhum grande esforço, pinta tão bem ou até melhor do que ele, que se dedicou a isso a vida inteira. Mas o principal é a cultura, que ele não tem.

Vrónski defendia Mikháilov, mas no fundo da alma acreditava naquilo porque, no seu entendimento, um homem de um mundo inferior devia sentir inveja.

O retrato de Anna — o mesmo modelo pintado ao natural por ele e por Mikháilov — deveria revelar a Vrónski a diferença que existia entre ele e o pintor; mas Vrónski não via essa diferença. Logo depois que o quadro de Mikháilov ficou pronto, Vrónski parou de pintar o seu retrato de Anna, decidindo que agora já era supérfluo. Quanto ao seu quadro da vida medieval, continuou a pintá-lo. E ele mesmo, assim como Goleníchev e sobretudo Anna, achava que estava muito bom, porque estava muito mais parecido com pinturas famosas do que o quadro de Mikháilov.

Enquanto isso, apesar de ter se entusiasmado pelo retrato de Anna, Mikháilov ficou ainda mais contente do que eles quando as sessões de pintura terminaram, não foi mais preciso ouvir as lições de Goleníchev sobre arte e pôde esquecer a pintura de Vrónski. Sabia que não se podia proibir Vrónski de brincar de pintura; sabia que ele e todos os diletantes tinham pleno direito de pintar o que bem entendessem, mas Mikháilov não gostava disso. Não se podia proibir um homem de fazer para si uma grande boneca de cera e beijá-la. Mas se esse homem chegasse com a sua boneca e sentasse diante de pessoas enamoradas e passasse a acariciar sua boneca como um namorado acaricia aquela a quem ama, seria desagradável para o homem enamorado. Mikháilov provava o mesmo sentimento desagradável diante da pintura de Vrónski; achava ridículo, irritante, lamentável e ofensivo.

O entusiasmo de Vrónski pela pintura e pela Idade Média não durou muito. Tinha gosto artístico suficiente para não ser capaz de terminar seu quadro. O quadro parou. Vrónski sentia vagamente que seus defeitos, pouco visíveis a princípio, se tornariam clamorosos se continuasse a pintar. Aconteceu a ele o mesmo que a Goleníchev, que sentia que nada tinha a dizer, iludia-se continuamente com o pretexto de que o pensamento ainda não amadurecera, de que ele estava deixando que amadurecesse e de que preparava os dados de seu trabalho. Mas, se a Goleníchev isso exasperava e atormentava, Vrónski não conseguia iludir-se, atormentar-se e muito menos exasperar-se. Com o caráter decidido que lhe era peculiar, sem nada explicar ou justificar, parou de dedicar-se à pintura.

Porém, sem essa ocupação, a vida dele e de Anna, muito surpresa com a decepção de Vrónski, lhe pareceu tão enfadonha naquela cidade italiana, o *palazzo* lhe pareceu de repente tão velho e sujo, era tão desagradável ver as manchas nas cortinas, as rachaduras nos assoalhos, o estuque quebrado nas cornijas, e tornaram-se tão enfadonhos os sempre monótonos Goleníchev, o professor italiano e o viajante alemão, que foi indispensável mudar de vida. Resolveram partir para a Rússia, para o campo. Em Petersburgo, Vrónski tencionava fazer uma partilha de bens com o irmão e Anna pretendia encontrar-se com o filho. Planejavam passar o verão na vasta propriedade da família de Vrónski.

XIV

Liévin estava no terceiro mês de casado. Era feliz, mas não como esperava, em absoluto. A cada passo, encontrava uma desilusão dos antigos sonhos e um novo encanto inesperado. Liévin era feliz, mas, uma vez iniciada sua vida familiar, percebia a cada passo que ela não era de maneira alguma aquilo que havia imaginado. A cada passo, experimentava o mesmo que um homem, depois de se encantar com o movimento suave e feliz de um barquinho sobre o lago, toma assento ele mesmo nesse barquinho. Liévin percebia que não bastava sentar-se reto para não balançar — era preciso ainda refletir, não esquecer nem por um minuto para onde navegar, não esquecer que sob os pés havia água, que era preciso remar e que as mãos, sem o hábito, doíam, que só olhar era fácil enquanto que fazê-lo, embora muito prazeroso, era também muito difícil.

Antes, quando solteiro, ao observar a vida conjugal dos outros, as preocupações com ninharias, as discussões, os ciúmes, Liévin limitava-se a sorrir por dentro, com desdém. Na sua futura vida conjugal, estava seguro, não só não poderia haver nada semelhante como também todas as formas exteriores, no seu entender, haveriam de ser, em tudo, completamente distintas da vida dos outros. E de repente, em vez disso, sua vida com a esposa não só nada apresentava de especial como, ao contrário, se constituía toda ela daquelas mesmas ninharias insignificantes que ele tanto desprezara, mas que agora, malgrado seu, adquiriam uma importância extraordinária e incontestável. E Liévin percebia que a organização de todas essas ninharias não era, em absoluto, tão fácil como antes lhe parecera. Embora julgasse ter ideias muito precisas sobre a vida em família, Liévin, como todos os homens, não pôde deixar de imaginar que a vida em família seria formada apenas pelas delícias do amor, que não deveriam ser perturbadas por preocupações corriqueiras nem tolhidas por nenhum obstáculo. No seu entender, cabia a ele fazer o seu trabalho e depois repousar na felicidade do amor. À esposa, cabia apenas ser amada. Mas Liévin, como todos os homens, esquecia que ela também tinha de trabalhar. E admirou-se como ela, a poética e encantadora Kitty, pôde não só nas primeiras semanas, mas já nos primeiros dias da vida em família, dedicar seus pensamentos, suas atenções e cuidados às toalhas de mesa, aos móveis, aos colchões para os visitantes, à bandeja, ao cozinheiro, ao almoço etc. Antes, ainda quando noivo, Liévin ficara impressionado com a firmeza com que ela recusara a viagem para o exterior e resolvera partir para o campo, como se já soubesse o que era preciso fazer e pudesse ainda pensar em outros assuntos que não o seu amor. Isso o ofendeu, na ocasião, e agora as preocupações e os afazeres corriqueiros de Kitty o ofendiam. Mas percebia que, para ela, aquilo era indispensável. E, como a amava, mesmo sem entender seus motivos, mesmo achando graça daquelas preocupações, Liévin não podia deixar de deleitar-se com tudo isso. Achava graça no modo como ela dispunha os móveis, trazidos de Moscou, como arrumava de um modo novo o quarto de ambos, como pendurava as cortinas, como distribuía as futuras acomodações para os hóspedes e para Dolly, como preparava as acomodações da sua nova criada, como ordenava ao velho cozinheiro qual seria o almoço, como se desentendia com Agáfia Mikháilovna, afastando-a do controle da despensa. Via que o velho cozinheiro sorria, encantado com Kitty, enquanto escutava suas ordens inexperientes e desnecessárias; via que Agáfia Mikháilovna balançava a cabeça, com ar pensativo e carinhoso, diante das novas disposições da jovem senhora quanto à despensa; via que Kitty parecia extraordinariamente encantadora quando, rindo e chorando, vinha até ele para comunicar que a criada Macha se acostumara a tratá-la como uma simples mocinha e por isso ninguém a levava a sério. Para Liévin, aquilo parecia encantador, mas estranho, e pensava que seria melhor viver sem isso.

Ele ignorava o sentimento de mudança que ela experimentava, pois, na casa dos pais, às vezes tinha vontade de comer couve com *kvás* ou de chupar balas e não podia ter nem uma coisa nem outra, ao passo que agora podia encomendar o que desejasse, comprar uma porção de balas, gastar quanto dinheiro quisesse e encomendar o doce que quisesse.

Com alegria, Kitty agora imaginava a vinda de Dolly com seus filhos, sobretudo porque encomendaria para as crianças o doce favorito de cada uma e Dolly poderia apreciar a nova arrumação da casa, feita por Kitty. Ela mesma ignorava o motivo, mas os afazeres domésticos a atraíam de maneira irresistível. Sentindo por instinto a aproximação da primavera e sabendo que chegariam também os dias chuvosos, construía o seu ninho como podia e apressava-se em construí-lo e, ao mesmo tempo, em aprender como fazê-lo.

Essa faina de Kitty com coisas corriqueiras, tão avessa ao ideal de Liévin da felicidade sublime dos primeiros tempos de casados, foi uma das suas decepções;

e essa faina adorável cujo sentido ele não compreendia, mas que não podia deixar de amar, foi um dos encantos novos.

Outra decepção e outro encanto foram as discussões. Liévin nunca poderia ter imaginado que entre ele e a esposa pudesse haver outras atitudes que não de ternura, respeito, amor, mas de repente, desde os primeiros dias, puseram-se os dois a discutir de tal modo que ela lhe dizia que ele não a amava, só amava a si mesmo, e depois desatava a chorar e a abanar os braços.

A primeira discussão ocorreu porque Liévin foi até uma granja nova e ficou fora de casa meia hora além do esperado, porque quis passar por um caminho mais curto e se perdeu. Enquanto vinha para casa, pensava só nela, no amor de Kitty, na sua própria felicidade e, quanto mais se aproximava, mais se inflamava em sua ternura pela esposa. Entrou correndo no quarto com esse mesmo sentimento, e mais forte ainda do que quando entrara na casa dos Cherbátski para lhe propor casamento. E, de repente, deparou com uma expressão soturna, como nunca vira em Kitty. Quis beijá-la, e ela o rechaçou.

— O que deu em você?

— Você está bem alegre... — começou ela, no intuito de mostrar-se calma e mordaz.

Porém, assim que abriu a boca, irromperam palavras de recriminação e de ciúme insensato, de tudo o que a atormentara na meia hora que ela passara imóvel, sentada junto à janela. Só então, pela primeira vez, Liévin compreendeu com clareza aquilo que não havia compreendido quando, após o casamento, a conduzia para fora da igreja. Compreendeu que ela não era apenas íntima dele, mas que agora ele não sabia onde ela terminava e ele começava. Compreendeu-o graças à torturante sensação de desdobramento que experimentava nesse minuto. Ofendeu-se, no primeiro instante, mas no mesmo segundo sentiu que não podia ofender-se por causa de Kitty, pois ela era ele mesmo. Experimentou no primeiro instante uma sensação parecida com a de um homem que de repente recebe uma pancada pelas costas, volta-se com raiva e com desejo de vingança, para enfrentar o culpado, mas verifica que ele próprio se machucou por descuido, que não há contra quem ter raiva e que é preciso suportar a dor e amenizá-la.

Nunca mais voltou a sentir isso com a mesma força, mas, nessa primeira vez, demorou muito tempo para se recuperar. Um sentimento espontâneo exigia que ele se justificasse, demonstrasse a Kitty a culpa que cabia a ela; mas demonstrar sua culpa significava irritá-la ainda mais e aumentar o rompimento que era a causa de todo o desgosto. Um sentimento rotineiro o impelia a eximir-se da culpa e transferi-la para Kitty; outro sentimento, mais forte, o impelia a aplainar o rompimento o mais depressa possível e não deixar que aumentasse. Era torturante ter de suportar uma acusação tão injusta, mas seria ainda pior justificar-se e fazer Kitty sofrer. Como um homem que, em estado de sonolência, sofre uma dor, ele queria arrancar, extirpar de si o ponto dolorido, mas, quando voltou a si, percebeu que o ponto dolorido era ele mesmo. Só lhe restava esforçar-se para ajudar o ponto dolorido a suportar, e assim se esforçou.

Fizeram as pazes. Ela, após reconhecer sua culpa, mas sem o dizer, tornou-se mais terna com Liévin e os dois experimentaram uma nova e redobrada felicidade do amor. Mas isso não impedia que tais conflitos se repetissem, até de um modo bastante frequente, e pelos motivos mais inesperados e insignificantes. Muitas vezes, os conflitos se produziam porque nenhum dos dois ainda sabia o que era importante para o outro e, durante aquela primeira fase, os dois em geral estavam de mau humor. Quando um estava bem e o outro estava mal, a paz não era perturbada, mas quando calhava de ambos estarem de mau humor, os conflitos se produziam por motivos tão incompreensíveis e insignificantes que, mais tarde, eles mesmos não conseguiam lembrar-se sobre o que haviam discutido. É verdade que quando os dois estavam de bom humor a sua alegria de viver duplicava. Mas, apesar disso, os primeiros tempos de casados foram difíceis para eles.

Ao longo de todo esse primeiro período, uma tensão se fazia sentir de modo particularmente vivo, como se a corrente que os prendia estivesse sendo puxada para os dois lados. No geral, a lua de mel, ou seja, o mês seguinte ao casamento, do qual, conforme a tradição, Liévin esperava tanto, não só nada teve de mel como permaneceu na memória de ambos como a época mais difícil e humilhante de suas vidas. Mais tarde, os dois igualmente tentaram riscar da memória todas as circunstâncias detestáveis e vergonhosas daquela temporada doentia, em que raramente os dois se achavam num estado de ânimo normal e raramente eram eles mesmos.

Só no terceiro mês de casamento, após o regresso de Moscou, aonde tinham ido passar um mês, sua vida tornou-se mais estável.

XV

Assim que chegaram de Moscou, sentiram-se contentes com a sua solidão. Liévin ficava em seu escritório, sentado à escrivaninha, e escrevia. Kitty, com o vestido lilás-escuro que usara nos primeiros dias de casada e que agora voltava a usar, vestido que trazia lembranças especiais para o marido, estava sentada no sofá, o mesmo velho sofá de couro que sempre ficara no escritório que fora do avô e do pai de Liévin, e bordava uma *broderie anglaise*.[7] Ele pensava e escrevia, sem deixar de sentir com alegria a presença de Kitty. Seus afazeres com a propriedade e com o livro, que haveria de expor as bases de uma nova agricultura, não foram postos de lado; mas assim como antes esses afazeres e pensamentos lhe haviam parecido pequenos e insignificantes em comparação com as trevas que encobriam toda a vida, também agora pareciam insignificantes e pequenos em comparação com a radiosa luz de felicidade que se derramava na vida à sua frente. Levava adiante os seus afazeres, mas agora sentia que o centro de gravidade da sua atenção havia se transferido para outro ponto e, por conseguinte, encarava o trabalho de modo diferente e mais claro. Antes, esse trabalho era para ele a salvação da vida. Antes, sentia que sem o trabalho sua vida seria demasiado sombria. Agora, aqueles mesmos afazeres lhe eram indispensáveis para que a vida não fosse luminosa de maneira demasiado monótona. Ao retomar seus escritos e ler o que fora redigido, Liévin constatou com satisfação que valia a pena dedicar-se àquela obra. Tratava-se de uma obra nova e útil. Entre as ideias anteriores, muitas lhe pareceram excessivas e extremadas, mas muitas lacunas se tornaram claras para ele quando repassou toda a questão em sua memória. Escrevia agora um capítulo novo sobre as causas da situação desfavorável da agricultura na Rússia. Demonstrava que a pobreza da Rússia decorria não só da injusta distribuição da propriedade agrária e de uma diretriz equivocada, como também contribuíra para isso, nos últimos tempos, o enxerto anômalo de uma civilização estrangeira na Rússia, em especial as vias de comunicação, as estradas de ferro, que acarretaram a centralização nas cidades, o incremento do luxo e, por conseguinte, em prejuízo da agricultura, o incremento da indústria fabril, do crédito e de suas implicações — as especulações na bolsa. Parecia a Liévin que, no desenvolvimento normal da riqueza de um Estado, todos aqueles fenômenos teriam lugar apenas quando um trabalho significativo já tivesse sido investido na agricultura, quando esta houvesse alcançado condições estáveis, ou pelo menos bem determinadas; parecia-lhe que a riqueza do país devia crescer de modo uniforme e, em especial, que os outros setores da economia não deviam levar vantagem sobre a agricultura; que, conforme o estágio da agricultura, se deviam construir vias de comunicação correspondentes e que, em nosso injusto usufruto da terra, as estradas de ferro, concebidas não por necessidade econômica, mas sim política, eram prematuras e, em lugar de auxiliarem a agricultura, como delas se esperava, deixaram a agricultura para trás e provocaram o desenvolvimento da indústria e do crédito, estagnaram a agricultura, e que por isso, assim como o desenvolvimento unilateral e prematuro de

---

7 Francês: "bordado inglês".

um órgão no corpo de um animal representaria um estorvo para o seu desenvolvimento geral, o mesmo representavam, para o desenvolvimento geral da riqueza na Rússia, o crédito, as vias de comunicação e o fortalecimento das atividades fabris, sem dúvida necessários na Europa, onde se mostravam oportunos, enquanto em nosso país só causavam dano, ao deixar de lado a questão importante e premente da organização da agricultura.

Enquanto Liévin escrevia sua obra, Kitty pensava em como seu marido se mostrara artificialmente atencioso com o jovem príncipe Tchárski, que, com muito pouca habilidade, lhe dissera galanteios na véspera da viagem de volta. "Na certa, está com ciúmes", pensou. "Meu Deus! Como ele é adorável e tolo. Tem ciúmes de mim! Se soubesse que todos os outros são para mim iguais ao cozinheiro Piotr", pensou, enquanto olhava para a nuca e para o pescoço vermelho de Liévin com um sentimento de propriedade que ela mesma estranhou. "Embora eu lamente afastá-lo de seus afazeres (mas ele terá tempo, depois!), tenho de olhar seu rosto; será que sente que estou olhando para ele? Quero que ele se volte... Quero, já!" E arregalou os olhos, no intuito de reforçar assim o efeito do olhar.

— Sim, eles desviam para si toda a seiva e adquirem um brilho falso — balbuciou Liévin, parando de escrever e, sentindo que ela o fitava e sorria, olhou para trás.

— O que foi? — perguntou, sorrindo e levantando-se.

"Olhou para trás", pensou Kitty.

— Nada, eu queria que você olhasse para trás — respondeu, enquanto fitava Liévin e desejava adivinhar se ele ficaria irritado ou não por tê-lo distraído do trabalho.

— Puxa, veja como é bom, para nós, quando estamos sozinhos! Para mim, quero dizer — emendou Liévin, enquanto se aproximava dela, radiante num sorriso de felicidade.

— Para mim, é ótimo! Não irei a lugar nenhum, especialmente a Moscou.

— E em que você estava pensando?

— Eu? Eu pensava... Não, não, continue a escrever, não se distraia — disse ela, franzindo os lábios. — E agora eu preciso cortar estes furinhos aqui, está vendo?

Pegou a tesourinha e pôs-se a cortar.

— Não, me diga, o que era? — perguntou Liévin, sentando-se ao lado de Kitty e observando os movimentos circulares da tesourinha.

— Ah, no que eu pensava? Eu pensava em Moscou, na sua nuca.

— Por que tamanha felicidade coube justamente a mim? Não é natural. É bom demais — disse ele, beijando a mão de Kitty.

— Para mim, é o contrário, quanto melhor, mais natural.

— Tem uma trancinha solta no seu cabelo — disse Liévin, virando com cuidado a cabeça de Kitty. — Uma trancinha. Veja, aqui está. Não, não, estamos os dois ocupados com os nossos afazeres.

Os afazeres não foram retomados e os dois, como que culpados, afastaram-se um do outro quando Kuzmá veio avisar que o chá estava servido.

— Chegaram da cidade? — perguntou Liévin para Kuzmá.

— Acabaram de chegar, estão retirando a bagagem.

— Venha depressa — disse Kitty para ele, já saindo do escritório —, senão vou ler as cartas sem você. Vamos tocar piano a quatro mãos.

Sozinho, após arrumar seus cadernos dentro da pasta nova, comprada pela esposa, Liévin começou a lavar as mãos no lavatório novo, com todos os acessórios novos e requintados que surgiram com a vinda de Kitty. Liévin sorria dos próprios pensamentos e balançava a cabeça em desaprovação a eles; um sentimento semelhante ao arrependimento o torturava. Havia algo vergonhoso, afeminado, capouliano,[8] como ele o chamava, na sua vida atual. "Não é bom viver assim", pensava. "Daqui a pouco, vai fazer três meses, e não fiz quase nada. Hoje, quase pela primeira vez, eu me dediquei ao trabalho com seriedade, e o que aconteceu? Mal comecei, pus de lado. Mesmo os meus afazeres de costume, até isso eu quase abandonei. Quanto à propriedade, quase não caminho pelas minhas terras, nem saio de carruagem. Às vezes, tenho pena de deixar Kitty sozinha, outras vezes vejo que ela está entediada. E eu que pensava que a vida antes do casamento não era nada, não contava, e que a vida verdadeira só começaria depois do casamento. Pois daqui a pouco vai fazer três meses e eu nunca passei meu tempo de modo tão ocioso e inútil. Não, assim não é possível, é preciso começar. Claro, ela não tem culpa. Não há o que censurar nela. Eu é que deveria ser mais firme, fazer valer a minha independência masculina. Ou então, deste modo, eu mesmo vou acabar me acostumando e levarei Kitty a se habituar, também... Claro, ela não tem culpa", disse para si.

Mas, para uma pessoa insatisfeita, é difícil não pôr a culpa nos outros, sobretudo em quem estiver mais perto de tudo aquilo que causa a sua insatisfação. E, confusamente, acudiu a Liévin a ideia de que Kitty não tinha culpa (não podia ser culpada de nada), mas a culpa estava na educação que a esposa recebera, excessivamente superficial e frouxa ("aquele idiota do Tchárski: ela, eu sei, queria detê-lo, mas não soube como"). "Sim, afora os interesses domésticos (isto ela tem), afora a sua toalete e a *broderie anglaise*, Kitty não tem interesses sérios. Nenhum interesse pelo meu trabalho, pela propriedade, pelos mujiques, nem pela música, para a qual tem bastante aptidão, nem pela leitura. Ela não faz nada e sente-se perfeitamen-

---

8 Referência a um célebre dândi francês chamado Joseph Capoul.

te satisfeita." Liévin, no fundo, condenava isso e ainda não compreendia que sua esposa se preparava para o período de atividade que, para ela, teria início quando se tornasse, ao mesmo tempo, esposa do marido e senhora da casa, e iria dar à luz, amamentar e educar os filhos. Liévin não pensava que ela intuitivamente sabia disso e, preparando-se para aquele trabalho terrível, não se censurava pelos minutos de despreocupação e de felicidade amorosa que agora desfrutava, enquanto construía alegremente o seu ninho futuro.

XVI

Quando Liévin foi para o andar de cima, a esposa estava sentada junto ao novo samovar de prata, atrás do novo aparelho de chá e, depois de ter acomodado a velha Agáfia Mikháilovna diante de uma mesinha com uma xícara de chá à sua frente, lia uma carta de Dolly, com quem mantinha correspondência regular e constante.

— Veja só, a sua senhora me fez sentar aqui, mandou ficar com ela — disse Agáfia Mikháilovna, sorrindo amistosa para Kitty.

Nessas palavras de Agáfia Mikháilovna, Liévin decifrou o desenlace do drama que, nos últimos tempos, se passava entre Agáfia Mikháilovna e Kitty. Ele percebeu que, apesar de todo o desgosto que a nova patroa causara a Agáfia Mikháilovna, ao lhe tomar as rédeas da casa, mesmo assim Kitty a conquistara e a obrigara a gostar dela.

— Tome aqui, li também uma carta sua — disse Kitty, entregando-lhe uma carta com muitos erros de ortografia. — É daquela mulher, parece, a do seu irmão... — disse. — Eu não li até o fim. Estas são dos meus familiares e de Dolly. Imagine só! Dolly levou Gricha e Tânia para um baile infantil na casa dos Sarmátski; Tânia foi de marquesa.

Mas Liévin não a ouvia; ruborizado, pegou a carta de Mária Nikoláievna, ex-amante do irmão Nikolai, e começou a ler. Já era a segunda carta de Mária Nikoláievna. Na primeira, escrevera que o irmão a mandara embora sem que ela tivesse culpa alguma e, com ingenuidade comovente, acrescentava que, embora estivesse de novo na miséria, nada pedia, nada queria, mas que apenas a atormentava o pensamento de que Nikolai Dmítrievitch estaria perdido sem ela, por causa da debilidade de sua saúde, e pedia que o irmão cuidasse dele. Dessa vez, escrevia outra coisa. Havia reencontrado Nikolai Dmítrievitch, unira-se de novo a ele, em Moscou, e partiram ambos para uma cidade de província onde ele recebera um cargo no serviço público. Mas lá ele se desentendeu com o chefe e tomou o caminho de volta para Moscou, porém na estrada adoeceu tanto que talvez não pudesse levantar-se outra vez — escrevia ela. "É sempre do senhor que ele se lembra, e não há mais dinheiro."

— Leia isto aqui, Dolly escreve sobre você — Kitty fez menção de sorrir, mas, de repente, se conteve ao notar que a expressão do rosto do marido havia se alterado.

— O que tem você? O que houve?

— Ela me escreve que Nikolai, meu irmão, está à beira da morte. Tenho de partir.

O rosto de Kitty alterou-se de repente. Os pensamentos sobre Tânia vestida de marquesa e tudo o mais desapareceram.

— Quando vai partir?

— Amanhã.

— E eu posso ir com você? — perguntou.

— Kitty! O que é isso? — exclamou, com censura.

— O que tem de mais? — ofendeu-se, por ele receber sua proposta com aparente irritação e repugnância. — Por que não devo ir? Não vou atrapalhar você.

— Eu vou porque meu irmão está à beira da morte — respondeu Liévin. — Para que você...

— Para quê? Por isso mesmo, pelo mesmo motivo que você.

"Num momento tão grave para mim, ela só pensa que vai ficar entediada, sozinha", pensou Liévin. E aquele pretexto numa questão de tamanha gravidade deixou-o encolerizado.

— É impossível — retrucou, severo.

Agáfia Mikháilovna, ao ver que a questão se encaminhava para um desentendimento, pousou a xícara em silêncio e saiu. Kitty nem percebeu. O tom em que o marido dissera as últimas palavras a ofendera, em especial porque parecia não acreditar no que ela dissera.

— Pois eu lhe digo que, se você for, irei também com você, e irei sem falta — replicou ela, com precipitação e furiosa. — Por que é impossível? Por que você diz que é impossível?

— Porque significa ir só Deus sabe aonde, só Deus sabe por que estradas e por que hotéis. Você vai me deixar constrangido — disse Liévin, tentando manter o sangue-frio.

— Nada disso. Não preciso de nada. Aonde você pode ir, eu também posso...

— Mas há uma outra razão: lá está aquela mulher, com quem você não pode travar relações.

— Não sei de nada, nem quero saber quem é ou o que fez. Só sei que o irmão do meu marido está à beira da morte e se o meu marido vai ao encontro dele, irei junto com o meu marido para...

— Kitty! Não fique irritada. Mas, pense bem, é um assunto tão grave que me dói pensar que você mistura a isso um sentimento de fraqueza, o receio de ficar sozinha. Está certo, é enfadonho ficar sozinha, mas então vá para Moscou.

— Pronto, você sempre me atribui pensamentos ruins, baixos — desatou a falar Kitty, com lágrimas de ofensa e de raiva. — Não tenho nada disso, não é fraqueza, nada disso... Sinto que o meu dever é estar junto do marido quando ele enfrenta um desgosto, mas você quer de propósito me fazer sofrer, de propósito não quer entender...

— Não, isto é horrível. Ser escravo dessa forma! — exclamou Liévin, levantando-se já sem forças para conter sua irritação. Mas, no mesmo segundo, percebeu que estava atacando a si mesmo.

— Então para que você se casou? Poderia ficar livre. Para quê, se você está arrependido? — retrucou Kitty, que se levantou com um movimento brusco e correu para a sala.

Quando foi ao encontro dela, Kitty soluçava em lágrimas.

Ele começou a falar, querendo encontrar palavras capazes não de a dissuadir, mas só de tranquilizá-la. No entanto, Kitty não o ouvia e não concordava com nada. Liévin inclinou-se sobre ela e segurou sua mão, que resistia. Beijou a mão, beijou os cabelos, beijou a mão de novo — e ela sempre calada. Mas quando Liévin segurou o rosto de Kitty com as duas mãos e disse: "Kitty!" —, de repente ela se refez, chorou um pouco e reconciliou-se.

Ficou resolvido que partiriam juntos no dia seguinte. Liévin disse à esposa estar convencido de que ela queria ir só para lhe ser útil, concordou que a presença de Mária Nikoláievna junto ao irmão não representava nada de indecente; mas, no fundo da alma, partia insatisfeito com ela e consigo. Estava insatisfeito com Kitty por ela não ser capaz de se manter distante dele, quando isso era necessário (e como era estranho pensar que, pouco tempo antes, ele nem se atrevia a acreditar naquela felicidade, a acreditar que ela pudesse amá-lo, enquanto agora se sentia infeliz porque ela o amava em excesso!), e insatisfeito consigo por não fazer valer a sua vontade. Além do mais, no fundo, não concordava que ela tivesse contato com a mulher que vivia com o irmão, e Liévin pensava com horror em todas as desavenças acaloradas que teriam pela frente. A simples ideia de que a sua esposa, a sua Kitty, estaria em um mesmo cômodo com uma prostituta o fazia estremecer de repulsa e horror.

XVII

O hotel da cidade de província em que Nikolai Liévin estava hospedado era um desses hotéis de província geridos conforme os padrões mais aprimorados, com as melhores intenções possíveis de limpeza, de conforto e até de elegância, mas que, por causa dos clientes que neles se hospedam, se transformam com uma rapidez extraordinária em tabernas imundas, com pretensões de oferecer melhoramentos modernos e, por conta dessas mesmas pretensões, tornam-se hotéis ainda piores do que os antigos e simplesmente sujos. Esse hotel já havia chegado a tal estágio; e o soldado de uniforme imundo que fumava um cigarro na entrada, e que devia fazer as vezes do porteiro, a escada de ferro fundido, sombria, sem patamares e desagradável, o criado abusado, de fraque imundo, e o salão inteiro com o empoeirado buquê de flores de cera que enfeitava a mesa, a sujeira, a poeira e o desleixo em toda parte, e ao mesmo tempo um certo nervosismo moderno, vaidoso, com ares de estrada de ferro, que se sentia no hotel, produziram nos Liévin, após sua vida de recém-casados, uma sensação extremamente penosa, sobretudo porque a impressão de falsidade causada pelo hotel não se coadunava de maneira alguma com aquilo que os aguardava.

Como sempre, aconteceu que, após a pergunta sobre que faixa de preço lhes interessava, não havia nenhum quarto bom disponível: um quarto bom estava ocupado por um fiscal da estrada de ferro, o outro por um advogado de Moscou, um terceiro pela princesa Astáfieva, que viera do campo. Restava um quarto sujo, junto ao qual havia um outro, que prometeram liberar ao anoitecer. Liévin conduziu a esposa para o quarto designado para eles, irritado com Kitty porque havia acontecido aquilo que temia, ou seja, que logo no momento da chegada, quando seu coração se agitava de ansiedade ao pensar em como estaria o irmão, era obrigado a se preocupar com ela, em vez de correr logo ao encontro do irmão.

— Vá, vá! — disse Kitty, fitando o marido com um olhar tímido e culpado.

Liévin saiu em silêncio pela porta e ali mesmo topou com Mária Nikoláievna, que soubera de sua chegada e não ousara entrar no quarto dele. Estava exatamente como a vira em Moscou: o mesmo vestido de lã, que deixava os punhos e o pescoço nus, e o mesmo rosto bondoso e apagado, com marcas de varíola, mas um pouco mais gordo.

— E então? Como está ele? O que houve?

— Muito mal. Não vai levantar mais. Esperava o senhor o tempo todo. Ele... o senhor... veio com a cônjuge.

Liévin não compreendeu, a princípio, o que a perturbava, mas logo ela se explicou.

— Vou sair, vou para a cozinha — falou. — Ele vai ficar contente. Ele soube, conhece a sua senhora e se lembra dela, do estrangeiro.

Liévin compreendeu que se referia à sua esposa e não soube o que responder.

— Vamos, vamos! — disse Liévin.

Porém, assim que se pôs em movimento, a porta do seu quarto se abriu e Kitty olhou para fora. Liévin ruborizou-se de vergonha e de irritação com a esposa, que punha a si e a ele naquela situação penosa; mas Mária Nikoláievna ruborizou-se ainda mais. Encolheu-se toda, ruborizou-se até as lágrimas e, após segurar com as mãos as pontas do xale, torceu-as com os dedos vermelhos, sem saber o que falar e o que fazer.

No primeiro instante, Liévin viu uma expressão de curiosidade sôfrega no olhar com que Kitty observou aquela mulher, assustadora e incompreensível para ela; mas isso durou apenas um instante.

— E então? Como está ele? — voltou-se para o marido e depois para ela.

— Não podemos ficar conversando aqui no corredor! — disse Liévin, olhando irritado para um cavalheiro que, com pernas trôpegas, passava nesse momento pelo corredor, supostamente cuidando da própria vida.

— Bem, então entrem — disse Kitty, dirigindo-se a Mária Nikoláievna, que havia se recuperado; mas, ao notar o rosto assustado do marido, emendou: — Ou melhor, vão em frente, vão logo, e depois venham me buscar — disse, e voltou para dentro do quarto. Liévin seguiu ao encontro do irmão.

Não esperava em absoluto aquilo que viu e sentiu no quarto do irmão. Esperava encontrar o mesmo estado de autoengano que, pelo que ouvia dizer, muitas vezes acometia os tuberculosos e que tanto o impressionara por ocasião da visita do irmão, no outono. Esperava encontrar mais acentuados os sinais físicos da morte que se avizinhava, uma fraqueza maior, uma magreza maior, mas, apesar de tudo, ainda a mesma situação. Esperava provar também o mesmo sentimento de piedade ante a perda de um irmão querido e o mesmo horror diante da morte, que já havia provado naquela ocasião, apenas num grau maior. E preparou-se para isso; mas encontrou algo muito diferente.

No pequeno quarto imundo, com o painel pintado da parede coberto de marcas de escarro, um fino tabique através do qual se ouviam as conversas dos vizinhos e o ar impregnado por um cheiro sufocante de excrementos, um corpo jazia coberto por uma colcha sobre a cama, separada da parede. Uma das mãos desse corpo estava pousada por cima da colcha e, enorme como um ancinho, tinha o pulso inconcebivelmente preso a um fuso comprido, fino e reto, do início até a metade. A cabeça jazia de lado sobre o travesseiro. Liévin podia ver os cabelos ralos e suados nas têmporas, a testa contraída e como que transparente.

"Não é possível que este corpo medonho seja o meu irmão Nikolai", pensou Liévin. Mas aproximou-se, distinguiu o rosto e já era impossível existir qualquer dúvida. Apesar da terrível transformação do rosto, bastou Liévin avistar aqueles olhos vivazes, que se ergueram para o visitante, perceber o ligeiro movimento da boca sob o bigode pegajoso, para compreender esta verdade estranha: aquele corpo morto era o seu irmão vivo.

Olhos brilhantes fitaram, com severidade e censura, o irmão que chegara. E de imediato, com esse olhar, estabeleceu-se uma relação viva entre vivos. Liévin, de imediato, sentiu a censura no olhar concentrado sobre ele, e sentiu remorsos pela própria felicidade.

Quando Konstantin segurou sua mão, Nikolai sorriu. O sorriso foi tênue, quase imperceptível e, apesar do sorriso, a expressão severa dos olhos não se alterou.

— Você não esperava encontrar-me neste estado — pronunciou, com dificuldade.

— Sim... não — respondeu Liévin, confundindo-se com as palavras. — Por que não me mandou notícias antes, ou seja, ainda na época do meu casamento? Procurei saber de você por toda parte.

Era preciso falar para evitar o silêncio e ele não sabia o que dizer, ainda mais porque o irmão nada respondia, limitava-se a olhar, sem desviar os olhos, e pelo visto pesava o significado de cada palavra. Liévin informou ao irmão que sua esposa o acompanhara. Nikolai manifestou prazer, mas disse temer assustá-la com o seu estado. Sobreveio um silêncio. De súbito, Nikolai pôs-se a mexer-se e começou a dizer algo. Liévin esperava alguma coisa particularmente importante e grave, pela expressão do seu rosto, mas Nikolai falou a respeito da sua saúde. Acusou o médico, lamentou não estar ali um célebre médico moscovita e Liévin compreendeu que seu irmão ainda tinha esperanças.

Aproveitando o primeiro minuto de silêncio, Liévin ergueu-se no intuito de libertar-se daquele sentimento aflitivo, ainda que só por um minuto, e disse que ia buscar sua esposa.

— Muito bem, e eu vou mandar que limpem, aqui. Está imundo, e fede, eu acho. Macha! Arrume isto aqui — disse o doente, com dificuldade. — E, depois que tiver arrumado, saia — acrescentou, com um olhar interrogativo voltado para o irmão.

Liévin nada respondeu. Quando saiu para o corredor, deteve-se. Dissera que ia buscar a esposa, mas agora, ao se dar conta do sentimento que experimentava, decidiu que, ao contrário, tentaria convencê-la a não visitar o doente. "Para que haveria ela de se atormentar como eu?", pensou.

— E então? Como está ele? — perguntou Kitty, com o rosto assustado.

— Ah, é horrível, horrível! Para que você veio? — disse Liévin.

Kitty ficou em silêncio por alguns segundos, enquanto olhava para o marido com timidez e piedade; em seguida, se aproximou e, com as duas mãos, segurou o braço de Liévin pelo cotovelo.

— Kóstia! Leve-me até ele, será mais fácil para nós se estivermos juntos. Apenas me leve até lá, por favor, leve-me e depois saia — disse. — Compreenda que, para mim, ver você e não ver a ele é muito mais penoso. Lá eu poderei, quem sabe, ser útil a você e também a ele. Por favor, deixe! — suplicou ao marido, como se a felicidade de sua vida dependesse disso.

Liévin teve de concordar e, após recuperar o domínio de si, e já esquecido de Mária Nikoláievna, voltou com Kitty para o quarto do irmão.

Pisando de leve, a todo instante voltando os olhos para o marido e mostrando a ele um rosto corajoso e solidário, Kitty entrou no quarto do doente e, depois de se virar sem pressa, fechou a porta sem fazer ruído. Rápida e com passos silenciosos, aproximou-se do leito do enfermo e, dando a volta de modo que ele não precisasse virar a cabeça, tomou na sua mão fresca e jovem o esqueleto da mão enorme do doente, apertou-a e, com aquela vivacidade tranquila, tão própria às mulheres, que demonstra compaixão sem ofender, começou a falar com ele.

— Nós nos encontramos em Soden, mas não fomos apresentados — disse Kitty. — O senhor nem podia imaginar que um dia eu seria sua irmã.

— A senhora nem teria me reconhecido, não é verdade? — perguntou ele, com um sorriso que se acendera no momento em que ela havia entrado.

— Nada disso, eu o teria reconhecido, sim. Mas que ótimo o senhor ter nos mandado notícias! Não se passou um dia sem que Kóstia se lembrasse do senhor e ficasse preocupado.

Mas a animação do doente durou pouco.

Mal ela terminara de falar, no rosto dele se instalou de novo a severa e recriminadora expressão da inveja que sentem dos vivos aqueles que estão morrendo.

— Receio que o senhor, aqui, não esteja de todo confortável — disse Kitty, desviando-se do olhar fixo de Nikolai e correndo os olhos pelo quarto. — Será preciso pedir um outro quarto ao hotel — disse para o marido — e depois cuidar para que os nossos quartos fiquem mais próximos.

XVIII

Liévin não conseguia olhar tranquilamente para o irmão, não conseguia sentir-se à vontade e tranquilo em sua presença. Quando entrava no quarto, seus olhos e sua atenção se toldavam, sem que ele tivesse consciência disso, e não via nem distinguia os pormenores do estado do irmão. Sentia o cheiro horroroso, via a imundície, a desordem, a situação atroz, os gemidos, e sentia que era impossível ajudar. Também não lhe vinha à cabeça a ideia de analisar todos os pormenores da situação do doente, pensar em como aquele corpo estava deitado sob a colcha, como as pernas, as coxas e as costas, arqueando-se, haviam se acomodado, e se era possível de algum modo acomodá-lo melhor, fazer algo para, se não melhorar sua situação, pelo menos torná-la menos ruim. Um frio penetrava em sua espinha quando começava a pensar em todos aqueles pormenores. Estava convencido de que nada se podia fazer, nem para prolongar a vida nem para atenuar o sofrimento. Mas a consciência de que Liévin reconhecia ser impossível qualquer socorro refletia-se no doente e o enfurecia. Isso tornava a situação ainda mais penosa para Liévin. Ficar no quarto do doente era, para ele, um tormento, e não ficar era ainda pior. E ele saía, a todo instante, sob diversos pretextos, e depois entrava de novo, incapaz de permanecer sozinho.

Mas Kitty pensava, sentia e agia de forma totalmente distinta. O aspecto do doente lhe dava pena. E, em sua alma de mulher, a comiseração não despertava em absoluto aquele sentimento de horror e de repugnância que despertava em seu marido, mas sim uma necessidade de agir, de conhecer todos os detalhes da situação de Nikolai e ajudá-lo. E como não havia em Kitty a menor dúvida de que devia ajudá-lo, também não tinha dúvida de que isso era possível, e imediatamente pôs mãos à obra. Os mesmos pormenores que ao marido, só de pensar, causavam horror atraíram de imediato a atenção de Kitty. Ela mandou chamar o médico, mandou ir à farmácia, obrigou a criada que a acompanhara e Mária Nikoláievna a varrer, a limpar a poeira e a lavar, enquanto ela mesma lavava uma coisa, enxaguava outra, enfiava algo embaixo do cobertor. Graças às suas ordens, introduziram-se algumas coisas no quarto do doente e outras foram dele removidas. A própria Kitty ia várias vezes ao seu quarto, sem prestar atenção nas pessoas com quem cruzava de passagem, apanhava e trazia lençóis, fronhas, toalhas, camisas.

O criado, que servia o almoço a engenheiros no refeitório, vinha diversas vezes, com o rosto zangado, atender os chamados de Kitty e não podia deixar de cumprir suas ordens, pois era tão carinhosa a sua insistência que era impossível recusar-lhe ajuda. Liévin não aprovava tudo isso: não acreditava que daí resultasse algo útil para o doente. Acima de tudo, temia que o doente fosse ficar irritado. Porém, embora parecesse indiferente em relação a isso, o doente não se zangava, apenas ficava envergonhado e, no geral, parecia interessar-se pelo que ela fazia por ele. Quando voltou do médico, que a esposa o mandara procurar, Liévin abriu a porta do quarto e surpreendeu o doente no momento em que, por ordem de Kitty, trocavam suas roupas de baixo. O arcabouço alongado e branco das costas estava nu, com as imensas espáduas salientes, as costelas e as vértebras protuberantes, e Mária Nikoláievna e o criado se atrapalhavam com a manga da camisa e não conseguiam enfiar por ali o braço comprido e pendente. Kitty, que veio depressa fechar a porta às costas de Liévin, não olhava para aquele lado; mas o doente começou a gemer e ela rapidamente caminhou na direção dele.

— Mais depressa — disse Kitty.

— Não venha — resmungou o doente, zangado. — Eu mesmo...

— O que está dizendo? — indagou Mária Nikoláievna.

Mas Kitty ouviu bem e compreendeu que, para ele, era desagradável e constrangedor estar despido diante dela.

— Não estou olhando, não estou olhando! — disse Kitty, enquanto ajeitava o braço. — Mária Nikoláievna, passe para o outro lado, ajeite aqui — acrescentou. — Por favor, vá até o meu quarto, há um frasquinho de vidro — disse para o marido —, você sabe, no bolsinho lateral, traga, por favor, e enquanto isso terminaremos tudo por aqui.

Quando voltou com o frasco, Liévin já encontrou o doente acomodado e tudo à sua volta completamente modificado. O cheiro desagradável se transformara num cheiro de vinagre balsâmico, graças aos perfumes que, de lábios franzidos e com as bochechas cor-de-rosa infladas, Kitty borrifava através de um tubinho. Não se notava poeira em parte alguma, junto à cama havia um tapete. Sobre a mesa, dispostos com esmero, estavam os frascos, uma garrafa, a roupa de baixo dobrada e o trabalho de *broderie anglaise* de Kitty. Na outra mesa, junto à cama do doente, havia uma bebida, uma vela e uns pozinhos. O próprio doente, bem lavado e penteado, jazia sobre lençóis limpos, em travesseiros altos e levantados, numa camisa limpa com a gola branca em volta do pescoço estranhamente fino e, com uma nova expressão de esperança, olhava para Kitty sem baixar os olhos.

O médico chamado por Liévin, que o encontrara no clube, não era o que havia tratado de Nikolai Liévin e que o deixara insatisfeito. O médico novo pegou um estetoscópio e auscultou o enfermo, balançou a cabeça, receitou um remédio e, com uma notável minúcia, explicou, primeiro, como tomar o remédio e, depois, a dieta que se devia seguir. Recomendou ovos crus ou malcozidos e água mineral gaseificada com leite fresco, a uma temperatura determinada. Quando o médico saiu, o doente disse algo para o irmão; mas Liévin só ouviu as últimas palavras: "a sua Kátia", mas pelo olhar que dirigiu para ela, Liévin compreendeu que a elogiava. E mandou vir Kátia, como ele a chamava.

— Já estou imensamente melhor — disse. — Puxa, com a senhora aqui eu já estaria curado há muito tempo. Como estou bem! — Segurou a mão dela e puxou-a na direção dos lábios, mas, como que receoso de haver nisso algo desagradável, mudou de ideia, soltou-a e limitou-se a acariciá-la. Kitty segurou aquela mão com as duas mãos e apertou-a.

— Agora me vire para o lado esquerdo e vá dormir — disse.

Ninguém ouviu o que ele disse, só Kitty o compreendeu. Compreendia porque, em pensamento, não cessava de acompanhar as necessidades do doente.

— Do outro lado — disse Kitty ao marido. — Ele sempre dorme desse lado. Ajeite-o, não lhe agrada chamar o criado. Eu não estou conseguindo. E a senhora, não pode? — dirigiu-se a Mária Nikoláievna.

— Tenho medo — respondeu.

Como foi horroroso, para Liévin, tomar nos braços aquele corpo terrível, tocar por baixo da colcha nos lugares que ele preferia ignorar, porém, cedendo à influência de Kitty, assumiu no rosto a expressão decidida que sua esposa bem conhecia e, depois de estender os braços, agarrou-o, mas, apesar da sua força, ficou impressionado com o peso estranho dos membros macilentos. Enquanto movia o doente, sentindo por trás do próprio pescoço aquele braço enorme e descarnado, Kitty, rapidamente e sem fazer ruído, virou o travesseiro, amaciou-o com um tapinha, acomodou a cabeça do doente e ajeitou seus cabelos ralos, que de novo haviam se grudado às têmporas.

O doente segurou a mão de Liévin. Este sentiu que ele queria fazer algo com a sua mão e que a puxava para algum lugar. Liévin rendeu-se, paralisado. Sim, ele a puxou na direção da boca e beijou-a. Liévin, abalado pelos soluços e sem forças para falar, saiu do quarto.

XIX

"Ocultou dos sábios aquilo que revelou às crianças e aos de pouco juízo." Assim pensava Liévin a respeito da esposa, enquanto conversava com ela, nessa noite.

Liévin pensou na máxima do Evangelho não por se considerar um sábio. Não se considerava sábio, mas não podia ignorar que era mais inteligente do que a esposa e do que Agáfia Mikháilovna e não podia ignorar que, quando pensava na morte, pensava com todas as forças da alma. Sabia também que grandes e numerosos intelectos masculinos, cujas ideias a esse respeito ele havia lido, refletiram em torno do assunto e não chegaram a saber um centésimo do que sabiam sua esposa e Agáfia Mikháilovna. Por mais diferentes que fossem essas duas mulheres, Agáfia Mikháilovna e Kátia, como seu irmão Nikolai a chamava e como agora Liévin sentia um prazer especial em chamá-la, eram ambas muito semelhantes a esse respeito. Sabiam, sem a menor dúvida, o que era a vida e o que era a morte e, embora não pudessem responder e nem mesmo compreendessem as perguntas que se apresentavam ao espírito de Liévin, as duas não tinham nenhuma dúvida quanto ao significado desse fato e o encaravam de modo absolutamente igual, não só uma em relação à outra, como também partilhavam essa maneira de ver com milhões de outras pessoas. A prova de que elas sabiam com segurança o que era a morte consistia em que ambas, sem hesitar um só minuto, sabiam como deviam lidar com os moribundos e não os temiam. Liévin e os outros, embora pudessem falar muito sobre a morte, obviamente não o sabiam, pois temiam a morte e ignoravam completamente o que era preciso fazer quando as pessoas morriam. Se Liévin estivesse agora sozinho com o irmão Nikolai, teria ficado olhando para ele com horror e, com um horror ainda maior, esperaria, incapaz de fazer qualquer coisa.

Além disso, não sabia o que dizer, como olhar, como caminhar. Falar de outros assuntos lhe parecia ofensivo, era impossível; falar sobre a morte, sobre coisas soturnas, também era impossível. Calar-se também era impossível. "Se eu olhar, ele vai pensar que eu o estou examinando, que tenho medo; se eu não olhar, vai achar que estou pensando em outras coisas. Se eu caminhar na ponta dos pés, ele vai ficar aborrecido; pisar firme é constrangedor." A própria Kitty, pelo visto, não pensava e não tinha tempo de pensar em si; pensava nele, porque sabia alguma coisa, e tudo corria bem. Ela lhe falava de si, contava como foi o seu casamento, e sorria, tinha pena, fazia-lhe carinhos, falava de casos de cura e tudo corria bem; portanto, ela sabia. A prova de que a atividade de Kitty e de Agáfia Mikháilovna não era instintiva, animal, impensada, residia em que, além dos cuidados físicos, do alívio do sofrimento, tanto Agáfia Mikháilovna quanto Kitty desejavam para o moribundo ainda outra coisa, mais importante do que os cuidados físicos, e que não tinha nenhuma relação com as condições físicas em geral. Agáfia Mikháilovna, ao falar sobre um velho que morrera, disse: "Bem, graças a Deus ele comungou e recebeu a extrema-unção, Deus conceda a todos morrerem assim". Kátia, da mesma forma, além de todos os afazeres em torno da roupa branca, das escaras, das beberagens, desde o primeiro dia, ainda encontrava tempo de falar ao doente sobre a necessidade de comungar e de receber a extrema-unção.

Ao voltar do quarto do doente para os dois quartos que ocupava, Liévin sentou-se e baixou a cabeça, sem saber o que fazer. Já incapaz de falar sobre o jantar, incapaz de arrumar a cama, de sequer pensar no que iriam fazer, ele nem mesmo conseguiu conversar com a esposa: sentiu-se constrangido. Kitty, ao contrário, mostrou-se mais ativa do que o habitual. Estava até mais animada do que o habitual. Mandou trazer o jantar, ela mesma desfez as malas, ajudou a criada a arrumar as camas e não se esqueceu de pulverizar sobre elas um pozinho inseticida. Havia em Kitty a agitação e a presteza de raciocínio que acodem aos homens antes de uma batalha, de uma luta, nos instantes perigosos e decisivos da vida, os instantes em que, de uma vez por todas, o homem demonstra o seu valor e mostra que todo o seu passado não foi um desperdício, mas uma preparação para esses instantes.

Tudo se resolveu bem graças a Kitty e, ainda antes da meia-noite, toda a bagagem estava arrumada, com asseio e com apuro, de modo tão peculiar que o quarto do hotel ficou parecido com a sua casa, com o seu quarto: camas feitas, escovas, pentes e espelhinhos em posição, guardanapos estendidos.

Liévin achava imperdoável comer, dormir e, agora, até falar, e sentia que todo movimento seu era indecente. Kitty arrumava as escovinhas, mas fazia tudo de tal modo que não havia nisso nada de ofensivo.

Porém não puderam comer, ficaram longo tempo sem conseguir dormir e até demoraram muito a deitar-se.

— Estou muito contente por tê-lo convencido a receber a extrema-unção amanhã — disse ela, sentando-se com sua blusinha de dormir diante do seu espelho dobrável e penteando os cabelos macios e cheirosos com um pente fino.

— Você pensa mesmo que ele pode se recuperar? — perguntou Liévin, enquanto olhava, na parte de trás da cabecinha redonda de Kitty, para uma risca estreita que se encobria toda vez que ela corria o pente para a frente.

— Perguntei ao médico: ele disse que não conseguirá viver mais de três dias. Mas será que eles podem mesmo saber? Apesar de tudo, fiquei contente por tê-lo convencido — disse Kitty, olhando para o marido com o canto dos olhos, por trás dos cabelos. — Tudo pode acontecer — acrescentou, com aquela expressão peculiar, um pouco astuta, que sempre surgia em seu rosto quando falava sobre religião.

Após a conversa que tiveram sobre religião quando ainda eram noivos, nem ele nem ela jamais tentaram voltar ao assunto, mas Kitty cumpria seus ritos, frequentava a igreja e rezava, sempre com a mesma consciência serena de que assim era preciso. Apesar de suas afirmações em contrário, estava firmemente convencida de que Liévin era um cristão igual a ela, e ainda melhor, e que tudo o que ele dizia a respeito de religião não passava de uma dessas divertidas extravagâncias masculinas, como o que falava sobre a *broderie anglaise*: que pessoas boas cerziam os furos, enquanto ela os cortava de propósito, e assim por diante.

— Pois é, veja, essa mulher, Mária Nikoláievna, não sabia como pôr as coisas em ordem — disse Liévin. — E... tenho de reconhecer que estou muito, muito contente de você ter vindo. Sua pureza é tanta que... — Segurou sua mão e não a beijou (beijar a mão de Kitty em tal proximidade da morte lhe parecia obsceno), apenas apertou-a com uma expressão de culpa, mirando seus olhos, que ficaram radiantes.

— Seria tão doloroso para você se estivesse aqui sozinho — disse ela e, erguendo as mãos que cobriam as faces ruborizadas de prazer, enrolou umas trancinhas na nuca e prendeu-as. — Não — prosseguiu —, ela não sabia... Eu, por sorte, aprendi muita coisa em Soden.

— Mas lá havia doentes em estado tão grave assim?

— Pior.

— Para mim, o horrível é não conseguir deixar de ver meu irmão como era quando jovem... Você nem acreditaria que rapaz encantador era ele, mas eu não o compreendia, nessa época.

— Acredito, acredito bastante. Tenho a forte sensação de que teríamos sido amigos — disse Kitty e assustou-se com o que falou, olhou de lado para o marido e surgiram lágrimas em seus olhos.

— Sim, teriam sido — disse ele, com tristeza. — Aí está uma dessas pessoas de quem se costuma dizer que não pertencem a este mundo.

— Mas temos muitos dias pela frente, precisamos nos deitar — disse Kitty, depois de olhar ligeiro para o seu minúsculo relógio de pulso.

XX

Morte

No dia seguinte, o doente recebeu a comunhão e a extrema-unção. Durante a cerimônia, Nikolai Liévin rezou com fervor. Em seus olhos grandes, concentrados num ícone colocado sobre uma mesa de jogo coberta por um guardanapo colorido, expressavam-se uma esperança e uma súplica tão fervorosa que, para Liévin, era horrível olhar. Liévin sabia que essa esperança e essa súplica fervorosa só serviriam para tornar ainda mais árdua, para Nikolai, a separação da vida, que ele amava tanto. Liévin conhecia o irmão e o rumo do seu pensamento; sabia que sua falta de fé não provinha de ser mais fácil viver sem fé, mas sim de as explicações da ciência contemporânea para os fenômenos do mundo terem, passo a passo, desalojado toda crença e também de ele saber que sua atual recaída não era legítima, fruto daqueles mesmos pensamentos, mas apenas momentânea, egoísta, ligada a uma insensata esperança de cura. Liévin sabia também que Kitty reforçara ainda mais essa esperança com relatos de curas extraordinárias, ouvidos por ela. Liévin sabia de tudo isso e lhe era cruelmente doloroso ver aquele olhar suplicante, repleto de esperança, ver o pulso emagrecido da mão que se erguia com dificuldade e traçava o sinal da cruz na testa fortemente contraída, ver os ombros salientes e o peito oco e estertorante, que já não podiam conter dentro de si aquela vida que o doente pedia. Durante o sacramento, Liévin também rezou e fez o que ele, um incrédulo, já fizera mil vezes. Disse, dirigindo-se a Deus: "Se existis, fazei este homem curar-se (afinal, isso já se repetiu muitas vezes) e salvareis a ele e a mim".

Após a unção, o doente teve uma melhora acentuada. Não tossiu nem uma vez durante a hora seguinte, sorriu, beijou a mão de Kitty, agradeceu-lhe com lágrimas e disse que estava bem, que nada doía e que tinha apetite e força. Até se levantou, quando lhe trouxeram a sopa, e pediu mais uma almôndega. Por mais desenganado que ele estivesse, por mais evidente aos olhos de todos que era impossível recobrar a saúde, Liévin e Kitty encontraram-se durante essa hora num entusiasmo feliz, mas também temeroso, como se pudessem estar enganados.

— Ele está melhor.

— Sim, imensamente melhor.

— É espantoso.

— Não há nada de espantoso.

— Mesmo assim, está melhor — diziam os dois, em sussurros, sorrindo um para o outro.

A melhora foi breve. O doente dormiu tranquilo, mas, meia hora depois, a tosse o despertou. E de repente desapareceram todas as esperanças, nas pessoas que o cercavam e também nele mesmo. A realidade do sofrimento as destruiu em Liévin, em Kitty e no próprio doente, sem deixar nenhuma dúvida e até nenhuma lembrança das esperanças anteriores.

Sem sequer recordar aquilo em que havia acreditado meia hora antes, como se fosse até constrangedor lembrar tal coisa, Nikolai exigiu que lhe trouxessem iodo para inalar no frasco, coberto por um papel com furinhos. Liévin lhe deu o vidro e aquele mesmo olhar de esperança fervorosa com que recebera a extrema-unção cravou-se agora no irmão, cobrando dele uma confirmação das palavras do médico, para quem inalações de iodo faziam milagres.

— E então, Kátia não está aqui? — estertorou Nikolai, que olhava em volta, enquanto Liévin confirmava as palavras do médico. — Não, então posso falar... Por ela, eu representei esta comédia. É tão gentil, mas nem eu nem você podemos nos enganar. Aqui está aquilo em que eu acredito — falou e, comprimindo o frasco com a mão ossuda, pôs-se a respirar sobre ele.

Antes de oito horas da noite, Liévin e a esposa tomavam chá no seu quarto quando Mária Nikoláievna, ofegante, veio às pressas ao quarto deles. Estava pálida e seus lábios tremiam.

— Está morrendo! — murmurou. — Temo que vá morrer agora.

Os dois correram para o quarto. Soerguido, o doente estava sentado sobre a cama, apoiado na mão, as costas compridas curvadas e a cabeça muito baixa.

— O que está sentindo? — perguntou Liévin, num sussurro, após um breve silêncio.

— Sinto que estou partindo — pronunciou Nikolai, com dificuldade, mas com uma clareza extraordinária, lentamente arrancando as palavras de dentro de si. Não levantava a cabeça, apenas dirigia os olhos para cima, mas sem alcançar com eles o rosto do irmão. — Kátia, vá para o seu quarto! — disse ainda.

Liévin levantou-se de um salto e, com um sussurro premente, obrigou-a a sair.

— Estou partindo — disse ele, outra vez.

— Por que pensa assim? — perguntou Liévin, para falar alguma coisa.

— Porque estou partindo — repetiu, como se tivesse um apego por essa expressão. — É o fim.

Mária Nikoláievna aproximou-se.

— Se o senhor deitasse, ficaria melhor — disse ela.

— Logo estarei deitado tranquilamente — pronunciou —, morto — disse, com sarcasmo e raiva. — Pois bem, deitem-me, se preferem.

Liévin deitou o irmão sobre as costas, sentou-se ao seu lado e, sem respirar, mirou o seu rosto. O moribundo estava deitado de olhos fechados, mas, na testa, de vez em quando se agitavam uns músculos, como num homem que pensa de modo intenso e profundo. Liévin, involuntariamente, pensava junto com ele a respeito do que ocorria naquele momento com o irmão, mas, apesar do esforço do pensamento para acompanhar os seus passos, Liévin via pela expressão do seu rosto sereno e severo e pelo movimento dos músculos acima das sobrancelhas que, para o moribundo, se tornava cada vez mais claro aquilo mesmo que, para Liévin, ficava cada vez mais obscuro.

— Sim, sim, é isso — pronunciou o moribundo, devagar, separando bem as sílabas. — Esperem. — De novo, ficou em silêncio. — É isso! — Falou de repente, num tom prolongado e tranquilizador, como se, para ele, tudo tivesse se resolvido. — Ah, Senhor! — pronunciou, e soltou um suspiro pesado.

Mária Nikoláievna apalpou seus pés.

— Estão esfriando — murmurou.

Por um tempo longo, muito longo, ou assim pareceu a Liévin, o doente ficou deitado, imóvel. Mas ainda estava vivo e, de quando em quando, suspirava. Liévin já estava exausto pelo esforço de pensamento. Sentia que, apesar de todo o seu esforço de pensamento, não conseguia compreender o que significava "é isso". Tinha a sensação de que o moribundo já o deixara para trás havia muito tempo. Não conseguia mais pensar na questão da morte propriamente dita e, sem querer, lhe acudiam pensamentos sobre o que precisava fazer agora, naquele instante: fechar os olhos, trocar a roupa, encomendar o caixão. E, coisa estranha, sentia-se completamente frio e não experimentava nem desgosto, nem perda, e menos ainda piedade do irmão. Se havia nele, agora, um sentimento com respeito ao irmão, era antes o de inveja pelo conhecimento que o moribundo passara a possuir e que ele não podia ter.

Ainda ficou longo tempo sentado ali, junto ao irmão, sempre à espera do fim. Mas o fim não vinha. A porta se abriu e surgiu Kitty. Liévin levantou-se para detê-la. Mas, no momento em que se levantou, ouviu um movimento no cadáver.

— Não saia — disse Nikolai, e estendeu a mão. Liévin lhe deu a sua mão e, irritado, acenou para que a esposa saísse.

Com a mão do cadáver segura na sua mão, ficou sentado durante meia hora, uma hora, e outra hora. Já não pensava em absoluto sobre a morte. Pensava no que Kitty estaria fazendo, em quem estaria hospedado no quarto vizinho, se o médico possuía uma casa própria. Tinha vontade de comer e de dormir. Com todo o cuidado, soltou a mão e apalpou os pés de Nikolai. Estavam frios, mas o doente respirava. Liévin, de novo, quis sair na ponta dos pés, mas, de novo, o doente mexeu-se e falou:

— Não saia.

Havia amanhecido; a situação do doente era a mesma. Liévin, depois de soltar a mão furtivamente, sem olhar para o moribundo, retirou-se para o seu quarto e adormeceu. Quando acordou, em lugar da notícia da morte do irmão, que esperava, soube que o doente voltara à situação anterior. Estava de novo sentado, tossia, começara de novo a comer, a conversar, e havia de novo parado de falar sobre a morte, de novo manifestava esperança na cura e se tornara ainda mais irritadiço e soturno do que antes. Ninguém, nem o irmão, nem Kitty, conseguia acalmá-lo. Irritava-se com todos, falava a todos coisas desagradáveis, acusava a todos por seus sofrimentos e exigia que lhe trouxessem um médico famoso de Moscou. Mas, a todas as perguntas que lhe faziam sobre como se sentia, respondia sempre com a mesma expressão de ódio e de acusação:

— Sofro horrivelmente, é insuportável!

O doente sofria cada vez mais, sobretudo por causa das escaras, que já eram incuráveis, e se irritava cada vez mais com as pessoas à sua volta, acusava-os de tudo, em especial de não trazerem o médico de Moscou. Kitty esforçava-se de todas as maneiras para ajudá-lo, acalmá-lo; mas tudo era em vão, e Liévin percebia que mesmo ela estava física e moralmente esgotada, embora não o admitisse. Aquele sentimento da morte, despertado em todos pela sua despedida da vida naquela noite em que chamara o irmão, fora destruído. Todos sabiam que ele morreria em breve e inevitavelmente, que já estava meio morto. Todos só desejavam uma coisa: que ele morresse o mais rápido possível, e todos, escondendo isso, lhe davam os frascos de remédio, procuravam os medicamentos, os médicos e enganavam ao doente, a si mesmos e uns aos outros. Tudo era mentira, uma mentira torpe, ultrajante e sacrílega. E essa mentira se fazia sentir mais dolorosamente para Liévin, tanto pela sua índole pessoal como pelo fato de amar o moribundo mais do que todos os outros.

Liévin, que havia muito abrigava no pensamento a ideia de reconciliar os irmãos, nem que fosse à beira da morte, escrevera para o irmão Serguei Ivánovitch e, tendo recebido uma resposta, leu a carta para o doente. Serguei Ivánovitch escrevia que não podia vir em pessoa, mas, com expressões comoventes, pedia perdão ao irmão.

O doente nada disse.

— O que devo escrever a ele? — perguntou Liévin. — Espero que não esteja zangado com ele.

— Não, nem um pouco! — respondeu Nikolai, com irritação. — Escreva-lhe que me mande um médico.

Passaram-se mais três dias torturantes; o doente continuava na mesma situação. O desejo de que sua morte viesse era compartilhado, agora, por todos que o viam: os criados do hotel, o dono, todos os hóspedes, o médico, Mária Nikoláievna, Liévin e Kitty. Só o doente não expressava o mesmo sentimento, ao contrário, enfurecia-se por não chamarem o médico, continuava a tomar os remédios e falava sobre a vida. Apenas nos raros minutos em que o ópio o obrigava a esquecer-se, por instantes, dos sofrimentos ininterruptos, ele às vezes dizia, em sua sonolência, aquilo que se manifestava com mais força na sua alma que na de qualquer outra pessoa: "Ah, quem dera fosse o fim!". Ou: "Quando isto vai terminar?".

Os sofrimentos, que aumentavam continuamente, cumpriam a sua missão e o preparavam para a morte. Não havia posição em que não sofresse, não havia minuto em que se esquecesse, não havia um ponto ou um membro do seu corpo que não doesse, que não o torturasse. Até as recordações, as impressões, os pensamentos a respeito do seu corpo suscitavam nele, agora, tanta aversão quanto o próprio corpo. O aspecto das outras pessoas, o que elas diziam, suas próprias lembranças — tudo isso, para ele, era só uma tortura. As pessoas à sua volta percebiam isso e, diante dele, de modo inconsciente, não se permitiam nenhuma liberdade de movimentos, de palavras, nem se permitiam expressar os seus desejos. Toda a vida de Nikolai convergia para um único sentimento, o sofrimento e também o desejo de livrar-se disso.

Ao que tudo indicava, ocorria em Nikolai aquela reviravolta em que ele seria obrigado a ver a morte como a satisfação de um desejo, como uma felicidade. Antes, cada desejo específico, despertado por um sofrimento ou por uma carência, como a fome, o cansaço e a sede, era satisfeito por alguma função do corpo, que trazia prazer; mas agora a carência e o sofrimento não encontravam satisfação alguma, e as tentativas de obter satisfação causavam um novo sofrimento. Por isso todos os desejos convergiam para um só — o desejo de livrar-se de todos os sofrimentos e da sua fonte, o corpo. Porém ele não dispunha de palavras que expressassem esse desejo de libertação e por isso não falava do assunto, mas, como de hábito, exigia a satisfação de desejos que já não podiam ser atendidos. "Virem-me para o outro lado", dizia e, logo depois, exigia que o pusessem como antes. "Tragam-me uma canja. Levem essa canja daqui. Falem alguma coisa, por que ficam calados?" E, assim que as pessoas começavam a falar, ele fechava os olhos e manifestava cansaço, indiferença e repugnância.

No décimo dia após sua chegada à cidade, Kitty adoeceu. Teve dor de cabeça, vômito e não conseguiu levantar-se da cama durante toda a manhã.

O médico explicou que a doença advinha do cansaço, da agitação, e recomendou-lhe paz de espírito.

Após o almoço, no entanto, Kitty levantou-se e, como sempre, foi ao quarto do doente com um trabalho de costura nas mãos. Quando entrou, ele a fitou com severidade e sorriu com desprezo quando ela disse que estava adoentada. Nesse dia, ele assoava o nariz sem parar e gemia lamuriento.

— Como o senhor está se sentindo? — perguntou Kitty.

— Pior — respondeu com dificuldade. — Está doendo!

— Doendo onde?

— Tudo.

— Hoje vai terminar, o senhor vai ver — disse Mária Nikoláievna num sussurro, mas de modo que o doente, muito sensível, como Liévin percebera, tivesse de ouvi-la. Liévin fez sinal para que ela calasse e virou-se para olhar o doente. Nikolai tinha ouvido; mas aquelas palavras não produziram nele nenhuma impressão. Seu olhar continuava o mesmo, tenso e recriminador.

— Por que pensa assim? — perguntou Liévin, quando ela saiu com ele para o corredor.

— Começou a se depenar — disse Mária Nikoláievna.

— Como assim, depenar?

— Deste jeito — explicou ela, repuxando as pregas do seu vestido de lã. De fato, Liévin notara que, durante todo esse dia, o doente agarrava a si mesmo, como se quisesse arrancar alguma coisa.

A previsão de Mária Nikoláievna estava correta. À noite, o doente já não tinha forças para levantar a mão e apenas olhava para a frente, sem alterar a expressão atentamente concentrada do olhar. Mesmo quando o irmão ou Kitty se curvavam acima dele, de modo que pudesse vê-los, continuava a olhar da mesma forma. Kitty mandou chamar o sacerdote, para ler os últimos sacramentos.

Enquanto o sacerdote lia os últimos sacramentos, o moribundo não dava nenhum sinal de vida; os olhos estavam fechados. Liévin, Kitty e Mária Nikoláievna estavam de pé, ao lado da cama. O sacerdote ainda não havia chegado ao fim da prece quando o moribundo se esticou, suspirou e abriu os olhos. Encerrada a prece, o sacerdote encostou o crucifixo na testa fria, em seguida envolveu-o lentamente na estola e, após mais uns dois minutos de silêncio, tocou na mão enorme, gelada e sem sangue.

— Acabou-se — disse o sacerdote, e fez menção de sair; mas de súbito os bigodes pegajosos do cadáver se mexeram e, no silêncio, ouviram-se com nitidez, vindo do fundo do peito, sons distintamente agudos:

— Ainda não... Falta pouco.

E, um minuto depois, o rosto se iluminou, surgiu um sorriso abaixo do bigode e as mulheres que ali haviam se reunido trataram zelosamente de preparar o defunto.

O aspecto do irmão e a proximidade da morte fizeram ressurgir, na alma de Liévin, aquele sentimento de horror diante do indecifrável, e também da proximidade e da inevitabilidade da morte, que o dominara naquela noite de outono, em que o irmão viera à sua casa. Tal sentimento era agora ainda mais forte que antes; sentia-se ainda menos capaz que antes de entender o sentido da morte e lhe parecia ainda mais horrorosa a sua inevitabilidade; mas agora, graças à proximidade da esposa, esse sentimento não o levava ao desespero: apesar da morte, ele sentia a necessidade de viver e de amar. Sentia que o amor o salvava do desespero e que esse amor, sob a ameaça do desespero, se tornava ainda mais forte e mais puro.

O mistério da morte mal tivera tempo de se desvendar diante de seus olhos, permanecendo indecifrável, quando irrompeu um outro, igualmente indecifrável, que o impelia a amar e a viver.

O médico confirmou suas suspeitas a respeito de Kitty. Seu mal-estar era a gravidez.

XXI

A partir do momento em que Aleksei Aleksándrovitch compreendeu, pelas explicações de Betsy e de Stiepan Arcáditch, que dele se exigia apenas que deixasse sua esposa em paz, sem a incomodar com a sua presença, e que a própria esposa assim o desejava, ele se sentiu tão desnorteado que não conseguia decidir nada sozinho, nem mesmo sabia o que agora queria e, depois de entregar-se nas mãos daqueles que, com tanta satisfação, se incumbiam de seus assuntos particulares, a tudo dava o seu consentimento. Só quando Anna já havia deixado sua casa e a governanta inglesa mandou perguntar se deveria jantar com ele ou separadamente, pela primeira vez compreendeu com clareza sua situação, e horrorizou-se.

O mais difícil de tudo em tal situação era não poder, de forma alguma, unir e conciliar o próprio passado àquilo que agora ocorria. Não o perturbava aquele passado em que vivera feliz com a esposa. Já havia superado, de maneira dolorosa, a transição daquele passado para a consciência da infidelidade da mulher; tal situação era penosa, mas, para ele, estava esclarecida. Se a esposa, na ocasião em que confessou sua infidelidade, o tivesse deixado, ele ficaria amargurado, infeliz, mas não se veria nessa situação insolúvel e para ele mesmo incompreensível, em que agora sentia encontrar-se. Não conseguia, agora, conciliar o seu recente perdão, a sua comoção, o seu amor pela esposa enferma e pela filha de um estranho com o que agora ocorria, ou seja, com o fato de que, como uma recompensa por tudo isso, ele agora se encontrava sozinho, desonrado, escarnecido, sem ninguém que precisasse dele, e desprezado por todos.

Nos primeiros dois dias após a partida da esposa, Aleksei Aleksándrovitch recebeu os peticionários, o secretário, foi à comissão e jantou em sua sala de jantar, como de costume. Sem prestar contas a si mesmo do motivo pelo qual agia assim, empenhou todas as forças da alma, nesses dois dias, apenas para produzir uma impressão de calma e até de indiferença. Em resposta às perguntas sobre como arrumar os quartos e as coisas de Anna, ele fazia um grande esforço sobre si mesmo para ter o aspecto de um homem para quem o incidente ocorrido nada tinha de imprevisto e nada continha que se desviasse da sequência de fatos normais, e alcançou seu objetivo: ninguém pôde notar nele sinais de desespero. Mas, no segundo dia após a partida de Anna, quando Korniei lhe trouxe a conta de uma loja de modas que Anna se esquecera de pagar e acrescentou que o caixeiro estava ali em pessoa, Aleksei Aleksándrovitch mandou que fizesse entrar o caixeiro.

— Queira perdoar, vossa excelência, se me atrevo a incomodá-lo. Mas, se o senhor determinar que eu me dirija a sua excelência sua esposa, tenha a bondade de me informar o endereço.

Aleksei Aleksándrovitch refletiu, assim pareceu ao caixeiro, e de repente, depois de virar-se, sentou-se à mesa. Com a cabeça entre as mãos, demorou-se nessa posição, tentou falar algumas vezes, mas logo se interrompia.

Compreendendo o sentimento do patrão, Korniei pediu ao caixeiro que voltasse em outra ocasião. Aleksei Aleksándrovitch, de novo sozinho, se deu conta de que não tinha mais forças para desempenhar o seu papel de firmeza e de tranquilidade. Mandou desatrelar a carruagem que o aguardava para sair, avisou que não receberia ninguém e não desceria para comer.

Sentiu que não podia suportar a pressão do desprezo geral e da sanha que vira claramente no rosto do caixeiro, de Korniei e de todos, sem exceção, que encontrara nesses dois dias. Sentia que não podia desviar-se do ódio das pessoas, porque esse ódio decorria não de ele ter agido mal (nesse caso, poderia empenhar-se em agir melhor), mas sim de estar infeliz de modo vergonhoso e detestável. Sabia que por isso, exatamente por seu coração estar dilacerado, as pessoas seriam implacáveis com ele. Sentia que as pessoas o aniquilariam, como cães esganam um cão ferido, que gane de dor. Sabia que a única maneira de salvar-se das pessoas era esconder delas as suas feridas e, de forma inconsciente, vinha tentando fazer isso havia dois dias, mas agora já se sentia sem forças de levar adiante essa luta desigual.

Seu desespero aumentou ainda mais em virtude da consciência de estar completamente só com o seu desgosto. Não só em Petersburgo ele não tinha uma única pessoa a quem pudesse expressar tudo o que sentia, uma única pessoa que tivesse pena dele, não como um alto funcionário do Estado, não como um membro da sociedade, mas simplesmente como um homem que sofria; como também não havia em nenhum lugar uma pessoa assim.

Aleksei Aleksándrovitch cresceu órfão. Eram dois irmãos. Eles não tinham lembrança do pai e a mãe morreu quando Aleksei Aleksándrovitch tinha dez anos. O patrimônio era pequeno. O tio Kariênin, funcionário público importante e, outrora, um dos favoritos da falecida imperatriz, criou-os.

Concluídos com distinção os estudos no ginásio e na universidade, Aleksei Aleksándrovitch logo ingressou, com a ajuda do tio, num cargo importante do serviço público e, daí em diante, dedicou-se exclusivamente à ambição política. Nem no ginásio, nem na universidade, nem mais tarde no serviço público, Aleksei Aleksándrovitch criou laços de amizade com quem quer que fosse. O irmão tinha sido a pessoa mais próxima a ele pela afeição, mas trabalhara no Ministério de Assuntos Exteriores e vivera sempre no estrangeiro, onde havia morrido pouco depois do casamento de Aleksei Aleksándrovitch.

No tempo em que era governador de província, a tia de Anna, uma rica fidalga de província, aproximou sua sobrinha daquele homem, já nem um pouco jovem, mas ainda moço para um governador, e soube deixá-lo numa tal situação que teria de pedi-la em casamento ou então ir embora da cidade. Aleksei Aleksándrovitch hesitou longo tempo. Havia, na ocasião, argumentos a favor tantos quantos eram os argumentos contrários a esse passo, e não havia nenhum argumento decisivo que o obrigasse a violar sua regra: abster-se, em caso de dúvida; mas a tia de Anna, por intermédio de um conhecido, persuadiu-o de que já havia comprometido a jovem e de que o dever de honra o obrigava a pedi-la em casamento. Fez o pedido e deu à noiva e à esposa todo o sentimento de que era capaz.

A afeição que sentia por Anna baniu da sua alma as últimas necessidades de ligação afetiva com as pessoas. E agora, entre todos com quem tratava, não havia ninguém próximo a ele. Havia muitos daqueles a quem é costume chamar de conhecidos; mas não existiam relações de amizade. Aleksei Aleksándrovitch conhecia muitas pessoas a quem podia convidar para jantar em sua casa, solicitar ajuda em assuntos do seu interesse ou apoio para algum protegido, pessoas com quem podia discutir com franqueza as atividades de outras pessoas e ações do alto escalão do governo; mas as relações com essas pessoas restringiam-se a um campo rotineiro e habitual, delimitado com rigor, do qual era impossível se afastar. Havia um colega de universidade do qual mais tarde ele se aproximou e com quem poderia conversar sobre um desgosto pessoal; mas esse colega era curador de ensino numa circunscrição distante. Entre as pessoas que moravam em Petersburgo, as mais próximas e mais disponíveis eram o seu secretário e o seu médico.

Mikhail Vassílievitch Sliúdin, o seu secretário de gabinete, era um homem simples, inteligente, bondoso e íntegro, e nele Aleksei Aleksándrovitch sentia existir, em relação a si, uma simpatia pessoal; mas cinco anos juntos no serviço público ergueram entre ambos uma barreira que impedia confidências afetivas.

Aleksei Aleksándrovitch, após terminar de assinar os documentos, permaneceu longo tempo calado, olhando para Mikhail Vassílievitch, e tentou falar algumas vezes, mas não conseguiu. Já havia preparado uma frase: "O senhor já soube do meu infortúnio?". Mas terminou por falar o mesmo de costume: "O senhor pode preparar isto para mim?" — e, com tais palavras, dispensou-o.

O outro homem era o médico, também simpático em relação a ele; mas entre ambos já havia se estabelecido, desde muito, um acordo tácito segundo o qual os dois estavam sempre sobrecarregados de trabalho e precisavam apressar-se.

Quanto às suas amigas, e à melhor de todas, a condessa Lídia Ivánovna, Aleksei Aleksándrovitch nem pensava nelas. Todas as mulheres, simplesmente por serem mulheres, eram para ele assustadoras e repugnantes.

XXII

Aleksei Aleksándrovitch esquecera-se da condessa Lídia Ivánovna, mas ela não se esquecera dele. Justamente nesse momento doloroso de seu desespero solitário, ela veio à sua casa e, sem avisar, entrou em seu escritório. Encontrou-o na posição em que estava sentado, com a cabeça segura entre as mãos.

— *J'ai forcé la consigne*[9] — disse ela, ao entrar com passos ligeiros e com a respiração ofegante, devido à comoção e aos movimentos rápidos. — Eu já soube de tudo! Aleksei Aleksándrovitch! Meu amigo! — prosseguiu, apertando a mão dele com firmeza entre as suas mãos e fitando-o nos olhos com seus lindos olhos sonhadores.

---

9 Francês: "desobedeci à proibição".

Aleksei Aleksándrovitch, franzindo o rosto, soergueu-se e, depois de soltar a mão, ofereceu-lhe uma cadeira.

— Tenha a bondade, condessa. Não estou recebendo ninguém porque estou doente, condessa — explicou, e seus lábios tremeram.

— Meu amigo! — repetiu a condessa Lídia Ivánovna, sem desviar dele os olhos, e de repente os cantos internos de suas sobrancelhas se ergueram, formando um triângulo na testa; seu rosto amarelo, que já não era bonito, ficou ainda menos bonito; mas Aleksei Aleksándrovitch sentiu que a condessa tinha pena dele e estava a ponto de chorar. E lhe veio uma comoção: agarrou sua mão roliça e pôs-se a beijá-la.

— Meu amigo! — disse ela, com a voz entrecortada de emoção. — O senhor não deve entregar-se ao infortúnio. O seu infortúnio é grande, mas o senhor precisa encontrar um consolo.

— Estou arrasado, estou morto, não sou mais um homem! — disse Aleksei Aleksándrovitch, soltando a mão dela, mas sem deixar de fitar seus olhos repletos de lágrimas. — Minha situação é ainda mais hedionda porque não encontro um ponto de apoio em parte alguma, nem em mim mesmo.

— O senhor encontrará apoio, procure-o não em mim, embora eu rogue ao senhor que acredite na minha amizade — disse ela com um suspiro. — O nosso apoio é o amor, o amor que Ele derramou sobre nós. O seu fardo é leve — disse, com aquele olhar extasiado que Aleksei Aleksándrovitch bem conhecia. — Ele será o seu esteio e ajudará o senhor.

Apesar de haver nessas palavras aquela comoção cuja causa eram apenas os próprios sentimentos elevados de quem falava, e apesar de conterem também aquele novo e exaltado ânimo místico que nos últimos tempos se difundia em Petersburgo, e que parecia exagerado para Aleksei Aleksándrovitch, agradou-lhe ouvir isso, agora.

— Estou fraco. Estou aniquilado. Não previ nada e, agora, nada compreendo.

— Meu amigo — repetiu Lídia Ivánovna.

— Não se trata da perda do que agora não existe mais, não é isso — continuou Aleksei Aleksándrovitch. — Eu não o lastimo. Mas não posso deixar de sentir-me envergonhado diante das pessoas por causa da situação em que me encontro. É errado, mas não consigo. Não consigo.

— Não foi o senhor que praticou aquele sublime gesto de perdão, que a mim e a todos maravilhou, mas sim Ele, ao fazer morada no seu coração — disse a condessa Lídia Ivánovna, erguendo os olhos em exaltação —, e por isso o senhor não pode envergonhar-se do seu gesto.

Aleksei Aleksándrovitch franziu as sobrancelhas e, depois de torcer as mãos, passou a estalar os dedos.

— É preciso conhecer todos os detalhes — disse ele, com voz aguda. — As forças de um homem têm limites, condessa, e eu cheguei ao limite das minhas forças. Hoje, o dia inteiro, tive de tomar providências relativas ao meu lar, providências motivadas (sublinhou a palavra "motivadas") por minha nova situação solitária. A criadagem, a governanta, as contas... Esse fogo rasteiro me consumiu, não tive forças para resistir. No jantar... ontem, eu mal consegui sair da mesa. Não consegui suportar a maneira como o meu filho me olhava. Ele não me perguntou o que significa tudo isso, mas queria perguntar, e eu não consegui suportar esse olhar. Ele sentiu medo de olhar para mim, mas isso não é tudo...

Aleksei Aleksándrovitch quis mencionar a conta que lhe trouxeram para pagar, mas sua voz começou a tremer e ele se interrompeu. Não podia lembrar-se dessa fatura, num papel azul, pela compra de um chapéu e fitas, sem ter pena de si mesmo.

— Eu compreendo, meu amigo — respondeu a condessa Lídia Ivánovna. — Compreendo tudo. Ajuda e consolo, o senhor encontrará, não em mim, no entanto eu vim aqui apenas para ajudá-lo, se eu puder. Se eu pudesse retirar dos seus ombros todas essas preocupações rasteiras e humilhantes... Compreendo que faz falta uma palavra feminina, uma orientação feminina. O senhor confiará isso a mim?

Mudo e agradecido, Aleksei Aleksándrovitch apertou a mão dela.

— Cuidaremos juntos de Serioja. Questões práticas não são o meu forte. Mas me encarregarei de tudo, serei a sua administradora. Não me agradeça. Não sou eu que faço isso...

— Não posso deixar de agradecer.

— Mas, meu amigo, não se entregue ao sentimento a respeito do qual me falou há pouco, envergonhar-se do que é a mais sublime elevação para um cristão: quem se humilha há de ser engrandecido. E o senhor não pode ser grato a mim. É preciso agradecer a Ele e pedir ajuda a Ele. Só Nele encontraremos a paz, o consolo, a salvação e o amor — concluiu e, depois de erguer os olhos para o céu, começou a rezar, como Aleksei Aleksándrovitch deduziu do seu silêncio.

Aleksei Aleksándrovitch, dessa vez, a ouvira com atenção, e as mesmas expressões que, antes, não só lhe soavam desagradáveis como lhe pareciam exageradas revelaram-se, agora, naturais e consoladoras. Aleksei Aleksándrovitch não apreciava esse novo espírito exaltado. Tinha fé, interessava-se por religião, sobretudo no sentido político, mas a nova doutrina que se permitia interpretações novas lhe era por princípio desagradável, justamente porque abria as portas para a discussão e para a análise. Antes, referia-se com frieza e até com hostilidade a essa nova doutrina, jamais discutia com a condessa Lídia Ivánovna, uma entusiasta de tais ideias, e por meio do silêncio esquivava-se cuidadosamente das suas provocações. Agora, pela primeira vez, ouviu suas palavras com prazer e, em seu íntimo, não levantou objeções.

— Sou muito, muito grato à senhora, por suas ações e por suas palavras — disse, quando ela acabou de rezar.

A condessa Lídia Ivánovna apertou mais uma vez as mãos do seu amigo.

— Agora, vou pôr mãos à obra — disse ela, com um sorriso, após um breve silêncio, enquanto enxugava do rosto as lágrimas restantes. — Vou conversar com Serioja. Só me dirigirei ao senhor em caso de extrema necessidade. — Levantou-se e saiu.

A condessa Lídia Ivánovna foi aos aposentos de Serioja e lá, banhando em lágrimas as faces do menino assustado, lhe disse que seu pai era um santo e que sua mãe havia morrido.

A condessa Lídia Ivánovna cumpriu sua promessa. De fato, assumiu todas as preocupações relativas à organização e à gestão da casa de Aleksei Aleksándrovitch. Mas não havia exagerado quando avisou que as questões práticas não eram o seu forte. Todas as suas ordens tinham de ser modificadas, pois eram inexequíveis, e quem as alterava era Korniei, o criado de quarto de Aleksei Aleksándrovitch, que agora, sem ninguém notar, governava por inteiro a casa de Kariênin e, com calma e cuidado, na hora de vestir o seu patrão, lhe comunicava o que se fazia necessário. Porém, apesar disso, a ajuda de Lídia Ivánovna era válida, no mais alto grau: fornecia apoio moral a Aleksei Aleksándrovitch, por meio da consciência do seu amor e do seu respeito por ele, e sobretudo porque, como ela se sentia reconfortada em imaginar, quase o convertera ao cristianismo, ou seja, de um fiel relapso e indiferente, o convertera num adepto firme e fervoroso daquela nova interpretação da doutrina cristã que se difundia em Petersburgo nos últimos tempos. Para Aleksei Aleksándrovitch, foi fácil persuadir-se. Assim como Lídia Ivánovna e as demais pessoas que compartilhavam tais opiniões, Aleksei Aleksándrovitch era de todo carente de profundidade de imaginação, essa faculdade do espírito graças à qual as representações evocadas pela imaginação afiguram-se tão reais que exigem um tratamento equivalente ao das demais representações e ao da própria realidade. Ele não via nada de impossível ou de incongruente na ideia de que a morte, que existia para os incrédulos, não existisse para ele, e que, como dispunha de uma fé plena, de cuja medida ele mesmo era o juiz, já não havia pecados em sua alma e já desfrutava aqui, na terra, a salvação completa.

É verdade que a leviandade e o equívoco dessa imagem da sua fé se faziam sentir vagamente para Aleksei Aleksándrovitch e ele sabia que, quando se entregava a esse sentimento espontâneo, sem pensar de forma alguma que o seu perdão era o gesto de uma força superior, experimentava mais felicidade do que quando, como agora, pensava a todo minuto que em sua alma vivia Cristo e que, enquanto assinava documentos, cumpria a Sua vontade; mas para Aleksei Aleksándrovitch era necessário pensar assim e, em sua humilhação, era tão indispensável contar com aquela elevação, embora apenas inventada, graças à qual, desprezado por todos, ele poderia desprezar os outros, que ele se aferrava à sua salvação fictícia como se fosse a salvação propriamente dita.

XXIII

A condessa Lídia Ivánovna casou-se, ainda muito jovem e entusiasmada, com um homem rico, fidalgo, jovial, muito bonachão e muito libertino. No segundo mês de casamento, o marido a abandonou e, às suas entusiásticas declarações de carinho, respondeu apenas com pilhérias e até com hostilidade, que as pessoas que conheciam o bom coração do conde e que não viam nenhum defeito na entusiasmada Lídia não conseguiam compreender. Desde então, embora não fossem divorciados, viviam separados e, quando o marido encontrava a esposa, sempre se dirigia a ela com uma indefectível zombaria venenosa, cuja causa era impossível compreender.

A condessa Lídia Ivánovna deixara, havia muito, de estar apaixonada pelo marido, mas, desde então, nunca deixava de estar apaixonada por alguém. Apaixonava-se de repente por várias pessoas, homens e mulheres; em especial, se apaixonava por quase todas as pessoas de algum destaque. Apaixonava-se por todos os novos príncipes e princesas que se ligavam por matrimônio à família do tsar, apaixonou-se por um arcebispo, por um vigário e por um padre. Apaixonou-se por um jornalista, por três eslavófilos e por Komissárov; por um ministro, por um médico, por um missionário inglês e por Kariênin. Todos esses amores, que ora enfraqueciam, ora se revigoravam, não representavam para ela nenhum obstáculo na coordenação dos relacionamentos muito ramificados e complexos que mantinha na corte e na sociedade mundana. Porém, após o infortúnio que acometera Kariênin, desde que ela o tomou sob a sua proteção especial, desde que passou a se incumbir da casa de Kariênin, zelando pelo seu bem-estar, a condessa se deu conta de que todos os demais amores não eram verdadeiros e que, agora, estava sinceramente apaixonada só por Kariênin. O sentimento que então experimentava em relação a ele parecia-lhe mais forte do que todos os sentimentos anteriores. Ao analisar seu sentimento e ao compará-lo com os anteriores, via claramente que não teria se apaixonado por Komissárov se ele não tivesse salvado a vida do imperador,[10]

---

10 Em 1866, Komissárov salvou o tsar Alexandre II de morrer num atentado à pistola, desviando o tiro com um golpe no braço do assassino.

não teria se apaixonado por Rístitch-Kudjítski se não existisse a questão eslava,[11] mas que, no caso de Kariênin, ela o amava por ele mesmo, por sua alma elevada e incompreendida, pelo som fino e, para ela, encantador de sua voz, com a sua entonação arrastada, ela o amava pelo seu olhar cansado, pelo seu caráter e por suas mãos brancas e macias, de veias salientes. Ela não só se regozijava de ter encontrado Kariênin como procurava em seu rosto sinais da impressão que estava produzindo sobre ele. Queria agradar-lhe não só pelas palavras, mas por toda a sua pessoa. A condessa, por causa dele, cuidava agora mais do que nunca da própria aparência. Surpreendia-se em devaneios sobre como seria se ela não fosse casada e se ele fosse um homem livre. Ruborizava-se de agitação quando ele entrava, não conseguia conter o sorriso de admiração quando ele lhe dizia coisas gentis.

Havia já vários dias que a condessa Lídia Ivánovna se achava numa agitação muito intensa. Sabia que Anna e Vrónski estavam em Petersburgo. Era preciso salvaguardar Aleksei Aleksándrovitch de qualquer encontro com ela, era preciso salvaguardá-lo até da notícia aflitiva de que essa mulher horrível estava na mesma cidade que ele e de que a qualquer minuto poderia encontrá-la.

Lídia Ivánovna apurou, entre seus conhecidos, que intenções tinham aquelas pessoas abjetas, como ela chamava Anna e Vrónski, e no decorrer desses dias esforçou-se para guiar todos os movimentos do amigo, a fim de evitar que ele os encontrasse. Um jovem ajudante de campo, colega de Vrónski, por meio do qual ela recebia informações e que esperava conseguir uma concessão por intermédio da condessa Lídia Ivánovna, lhe contou que eles já haviam resolvido seus assuntos na capital e partiriam no dia seguinte. Lídia Ivánovna já começara a se acalmar quando, na manhã seguinte, lhe vieram entregar um bilhete, cuja caligrafia reconheceu com horror. Era um bilhete de Anna Kariênina. O envelope era feito de um papel grosso como cartão; sobre uma folha de papel amarela e comprida, havia um enorme monograma e a carta exalava um perfume delicioso.

— Quem trouxe?

— Um mensageiro do hotel.

Por longo tempo, a condessa Lídia Ivánovna não pôde sentar-se para ler a carta. Devido à agitação, teve um acesso de falta de ar, a que era sujeita. Quando se acalmou, leu até o fim a seguinte carta, em francês:

---

11 Rístitch-Kudjítski era ministro do Exterior da Sérvia. Em 1876, a Rússia uniu-se à Sérvia e a Montenegro numa guerra contra a Turquia. O motivo era a defesa do "povo eslavo". Um ano antes, ocorrera um levante na Bósnia e na Herzegóvina contra os turcos, responsáveis pela morte de milhares de búlgaros. A crise era chamada de "questão eslava".

Madame la Comtesse — os sentimentos cristãos que dominam o coração da senhora me conferem, eu sinto, a imperdoável audácia de lhe escrever. Estou infeliz com a separação do meu filho. Imploro a permissão para vê-lo uma vez antes da minha partida. Perdoe-me por fazer a senhora lembrar-se de mim. Dirijo-me à senhora e não a Aleksei Aleksándrovitch apenas porque não quero causar sofrimento a esse homem generoso com a recordação da minha pessoa. Ciente da amizade que a senhora tem por ele, sei que me ajudará. A senhora poderia mandar Serioja ao meu encontro, ou eu poderia ir até aí num horário marcado previamente, ou a senhora poderia me avisar quando e onde posso vê-lo fora de casa. Não cogito uma recusa, pois sei da generosidade da pessoa de quem depende a decisão. A senhora não pode imaginar a ansiedade que sinto para vê-lo e por isso não pode imaginar a gratidão que a ajuda da senhora despertará em mim.

Anna

Tudo na carta irritou a condessa Lídia Ivánovna: o conteúdo, a alusão à generosidade e sobretudo o tom, que lhe pareceu atrevido.

— Diga que não haverá resposta — avisou a condessa Lídia Ivánovna e, imediatamente, após abrir seu bloco de cartas, escreveu para Aleksei Aleksándrovitch que pretendia vê-lo à uma hora, na cerimônia de congratulações, no palácio.

"Preciso conversar com o senhor a respeito de um assunto importante e triste. Lá, providenciaremos um lugar. O melhor seria na minha casa, onde mandarei preparar o seu chá. É imprescindível. Ele dá a cruz, mas também dá a força", acrescentou, a fim de prepará-lo, ainda que só um pouco.

A condessa Lídia Ivánovna costumava escrever dois ou três bilhetes por dia para Aleksei Aleksándrovitch. Gostava desse sistema de comunicação, que se prestava muito bem à elegância e ao mistério que não podiam faltar em suas relações pessoais.

XXIV

A cerimônia das congratulações estava chegando ao fim. Encontrando-se perto da saída, as pessoas conversavam sobre as últimas novidades do dia, sobre as condecorações recebidas e as transferências de funcionários importantes.

— Quem dera que a condessa Mária Boríssovna fosse nomeada ministra da Guerra e a princesa Vatkóvskaia fosse nomeada chefe do Estado-Maior — disse um velhote grisalho, com seu uniforme de funcionário bordado a ouro, dirigindo-se a uma dama de honra bela e alta, que lhe indagara a respeito de uma transferência.

— E que eu fosse nomeada ajudante de campo — completou a dama de honra, sorrindo.

— Já há uma nomeação reservada para a senhora. Para o departamento espiritual. E o seu ajudante será Kariênin. Bom dia, príncipe! — disse o velhote, ao apertar a mão de um homem que se aproximou.

— Estão falando a respeito de Kariênin? — perguntou o príncipe.

— Ele e Putiátov receberam a comenda Alexandre Niévski.

— Pensei que já a tivesse recebido.

— Não. Olhem só para ele — disse o velhote, apontando com o chapéu bordado para Kariênin, que havia se detido no limiar da porta do salão, ao lado de um dos membros influentes do Conselho de Estado, e vestia o uniforme da corte, com a nova fita vermelha atravessada sobre o ombro. — Está feliz e satisfeito, radiante como uma moedinha de cobre — acrescentou, no momento em que se detinha para apertar a mão de um camareiro atlético e garboso.

— Não, ele envelheceu — começou o camareiro.

— De preocupação. Não faz outra coisa senão redigir projetos. Agora, ele não vai mais largar aquele pobre coitado, antes de explicar tudo em minúcias.

— Quem disse que envelheceu? *Il fait des passions.*[12] Creio que a condessa Lídia Ivánovna está agora com ciúmes da esposa dele.

— Ora essa! Por favor, não fale mal da condessa Lídia Ivánovna.

— E por acaso falo mal quando digo que está apaixonada por Kariênin?

— E é verdade que a Kariênina está aqui?

— Não aqui, no palácio, mas em Petersburgo. Ontem eu a encontrei, com Aleksei Vrónski, *bras dessus, bras dessous*,[13] na rua Morskaia.

— *C'est um homme qui n'a pas...*[14] — quis começar o camareiro, mas se deteve, abrindo caminho e curvando-se para uma pessoa da família imperial que passava.

Assim, condenando e zombando, não cessavam de falar sobre Aleksei Aleksándrovitch, enquanto ele, bloqueando o caminho do membro do Conselho de Estado que caíra em suas mãos, e sem interromper um só minuto suas explicações para não deixá-lo escapar, expunha em minúcias seu projeto financeiro.

Quase ao mesmo tempo que a esposa o abandonou, sobreveio a Aleksei Aleksándrovitch o fato mais amargo na vida de um funcionário público — o fim da ascensão funcional. O fim da linha havia chegado, e todos viam isso claramen-

---

12 Francês: "ele desperta paixões".

13 Francês: "de braços dados".

14 Francês: "é um homem que não tem...".

te, mas o próprio Aleksei Aleksándrovitch ainda não se dera conta de que sua carreira havia terminado. Seu conflito com Striémov, o infortúnio com a esposa, ou o simples fato de que Aleksei Aleksándrovitch chegara ao ponto máximo a que estava predestinado — qualquer que fosse o motivo, tornou-se óbvio para todos, nesse ano, que suas atividades funcionais estavam encerradas. Ainda ocupava um cargo importante, era membro de várias comissões e comitês; mas era um homem para quem tudo havia passado e do qual já não se esperava mais nada. O que quer que ele dissesse, o que quer que propusesse, ouviam-no como se aquilo que propunha fosse algo já sabido desde muito, e fosse exatamente aquilo que não era necessário.

Mas Aleksei Aleksándrovitch não se dava conta disso e, ao contrário, afastado da participação direta das atividades do governo, via agora com mais clareza que antes as deficiências e os erros na ação dos outros e considerava seu dever indicar os meios de corrigi-los. Logo após a separação da esposa, ele começou a escrever um relatório sobre um novo processo judicial, o primeiro de uma inumerável série de relatórios, dos quais ninguém tinha nenhuma necessidade e que ele estava fadado a escrever, sobre todas as esferas da administração pública.

Aleksei Aleksándrovitch não só não percebia sua situação irremediável no mundo funcional e não se amargurava com isso, como também nunca antes estivera mais satisfeito com a sua atividade.

"O homem casado ocupa-se com as coisas do mundo, para agradar à esposa; o solteiro ocupa-se com as coisas do Senhor, para agradar ao Senhor", diz o apóstolo Paulo, e Aleksei Aleksándrovitch, que agora guiava todos os seus assuntos pelas escrituras, lembrava-se muitas vezes desse texto. Parecia-lhe que, desde que ficara sem a esposa, servia ao Senhor mais do que antes, por meio daqueles projetos.

A evidente impaciência do membro do Conselho, que desejava livrar-se dele, não embaraçava Aleksei Aleksándrovitch; só interrompeu sua explanação quando o membro do Conselho aproveitou a passagem de uma pessoa da família imperial para escapar.

Ao ver-se sozinho, Aleksei Aleksándrovitch baixou a cabeça, concentrou os pensamentos e depois, distraidamente, olhou para trás e caminhou para a porta, onde esperava encontrar a condessa Lídia Ivánovna.

"E como são todos fortes e fisicamente saudáveis", pensou Aleksei Aleksándrovitch, olhando para o camareiro vigoroso, de suíças penteadas e perfumadas, e para o pescoço vermelho de um príncipe, cingido por seu uniforme justo, perto dos quais ele agora tinha de passar. "É com razão que se diz que tudo no mundo é maldade", refletiu, olhando de esguelha, mais uma vez, para as panturrilhas do camareiro.

Com seu habitual aspecto de cansaço e de dignidade, e movendo as pernas devagar, Aleksei Aleksándrovitch saudou com uma reverência aqueles senhores, que falavam a respeito dele, e, olhando para a porta, localizou a condessa Lídia Ivánovna.

— Ah! Aleksei Aleksándrovitch! — disse o velhote, com um brilho malvado nos olhos, no momento em que Kariênin o alcançou e, com um gesto frio, inclinou a cabeça. — Eu ainda não o cumprimentei — disse, apontando para a fita recém-recebida.

— Muito obrigado — respondeu Aleksei Aleksándrovitch. — Que dia lindo está hoje — acrescentou, enfatizando, da sua maneira habitual, a palavra "lindo".

Sabia que zombavam dele, mas não esperava daqueles homens outra coisa que não hostilidade; já estava habituado a isso.

Ao avistar os ombros amarelos da condessa Lídia Ivánovna, que se arvoravam do corpete, e os lindos olhos pensativos que o chamavam para ela, enquanto saía pela porta, Aleksei Aleksándrovitch sorriu, deixando à mostra os dentes brancos e impecáveis, e caminhou ao seu encontro.

A toalete de Lídia Ivánovna lhe custara muito trabalho, como sempre ocorria ultimamente. Agora, o objetivo da sua toalete era totalmente inverso daquele que perseguira trinta anos antes. Naquela época, queria embelezar-se com o que quer que fosse, e quanto mais se embelezasse, melhor. Agora, ao contrário, era inevitável enfeitar-se em tamanha discordância com a sua idade e com a sua figura que a sua única preocupação consistia em evitar que a contradição entre esses ornamentos e a sua aparência se tornasse horrível demais. E, pelo menos em relação a Aleksei Aleksándrovitch, ela alcançara o seu objetivo e, aos olhos dele, parecia encantadora. Para Kariênin, ela era a única ilha não só de simpatia em relação a ele, mas também de amor, em meio ao mar de hostilidade e de escárnio que o rodeava.

Enquanto atravessava essa barreira de olhares escarnecedores, ele procurava espontaneamente o olhar amoroso da condessa, como uma planta procura a luz.

— Meus parabéns — disse ela, apontando para a fita, com os olhos.

Reprimindo um sorriso de satisfação, ele encolheu os ombros, de olhos fechados, como se dissesse que aquilo não podia lhe trazer alegria. A condessa Lídia Ivánovna sabia muito bem que a condecoração era uma das suas principais alegrias, embora ele jamais o admitisse.

— Como está o nosso anjo? — perguntou a condessa Lídia Ivánovna, referindo-se a Serioja.

— Não posso dizer que eu esteja de todo satisfeito com ele — respondeu Aleksei Aleksándrovitch, levantando as sobrancelhas e abrindo os olhos. — E Sítnikov também não está satisfeito. (Sítnikov era o professor encarregado da educação secular de Serioja.) Como eu disse à senhora, há nele uma certa frieza a respeito das questões mais importantes que devem afetar a alma de todo homem e de todo menino — e começou a expor suas ideias acerca da única questão que lhe interessava, fora do âmbito do serviço público: a educação do filho.

Quando Aleksei Aleksándrovitch, com a ajuda de Lídia Ivánovna, voltou à sua vida e à sua atividade normais, sentiu que era sua obrigação preocupar-se com a educação do filho que ficara em suas mãos. Como nunca antes se interessara por questões de educação, Aleksei Aleksándrovitch consagrou certo tempo ao estudo teórico da matéria. E, após ler alguns livros de antropologia, pedagogia e didática, Aleksei Aleksándrovitch elaborou para si um plano de educação e, contratando o melhor preceptor de Petersburgo para supervisioná-lo, pôs mãos à obra. E dedicava-se constantemente a esse assunto.

— Sim, mas e o coração? Vejo nele o coração do pai e, com tal coração, um menino não pode ser mau — disse a condessa Lídia Ivánovna, com enlevo.

— Sim, talvez... Quanto a mim, cumpro o meu dever. É tudo o que posso fazer.

— Venha, por favor, à minha casa — disse a condessa Lídia Ivánovna, após um breve silêncio. — Precisamos conversar sobre um assunto triste para o senhor. Eu daria tudo para poupá-lo de certas recordações, mas outras pessoas não pensam da mesma forma. Recebi uma carta, dela. Está aqui, em Petersburgo.

Aleksei Aleksándrovitch sobressaltou-se ante a recordação da esposa, mas logo se consolidou em seu rosto aquela imobilidade cadavérica que traduzia sua completa impotência nesse assunto.

— Eu já esperava por isso — disse ele.

A condessa Lídia Ivánovna fitou-o com enlevo, e lágrimas de admiração, ante a grandeza da alma de Kariênin, romperam em seus olhos.

XXV

Quando Aleksei Aleksándrovitch entrou no pequeno e acolhedor gabinete da condessa Lídia Ivánovna, repleto de porcelanas antigas e coberto de retratos, a própria dona da casa ainda não se encontrava ali. Estava trocando de roupa.

Sobre a mesa redonda, coberta por uma toalha, estava um serviço de porcelana chinesa e uma chaleira de prata, aquecida a álcool. Aleksei Aleksándrovitch olhou distraído para os inúmeros retratos já bem conhecidos que enfeitavam o aposento e, após sentar-se à mesa, abriu o Evangelho que estava sobre ela. O rumor do vestido de seda da condessa o distraiu da leitura.

— Muito bem, agora podemos conversar com calma — disse a condessa Lídia Ivánovna, com um sorriso agitado, insinuando-se entre a mesa e o sofá —, e conversaremos enquanto tomamos o nosso chá.

Após algumas palavras de preparação, a condessa Lídia Ivánovna suspirou profundamente, ruborizou-se e entregou na mão de Aleksei Aleksándrovitch a carta que recebera.

Após ler a carta, ele ficou longo tempo em silêncio.

— Não creio que eu tenha o direito de negar — disse com timidez, levantando os olhos.

— Meu amigo! O senhor não vê maldade em ninguém!

— Eu, ao contrário, vejo que todos são maus. Porém seria isso justo?

Em seu rosto, havia indecisão e a busca de conselho, de apoio e de orientação, num assunto para ele incompreensível.

— Não — interrompeu a condessa Lídia Ivánovna. — Há um limite para tudo. Compreendo a imoralidade — disse, não de todo sincera, pois jamais pudera compreender o que levava as mulheres à imoralidade —, mas não compreendo a crueldade, e logo contra quem? Contra o senhor! Como pode ela vir para a mesma cidade onde o senhor reside? Não, quanto mais se vive, mais se aprende. E aprendi a compreender a elevação do senhor e a baixeza dela.

— Mas quem vai atirar a primeira pedra? — perguntou Aleksei Aleksándrovitch, obviamente satisfeito com o seu papel. — Perdoei tudo e não posso privá-la do que, para ela, é uma aspiração do amor, do amor pelo filho.

— Mas que amor será esse, meu amigo? Será sincero? Vamos admitir que o senhor perdoou, e o senhor vai perdoar... mas será que temos o direito de influir na alma daquele anjo? Ele acredita que a mãe morreu. Reza por ela e pede a Deus que perdoe seus pecados... E assim é melhor. Mas, agora, o que ele vai pensar?

— Eu não havia pensado nisso — respondeu Aleksei Aleksándrovitch, obviamente concordando.

A condessa Lídia Ivánovna cobriu o rosto com as mãos e ficou em silêncio. Rezava.

— Se o senhor quer o meu conselho — disse ela, depois de rezar e descobrir o rosto —, não recomendo que o faça. Acaso não vejo como o senhor está sofrendo, como isso abriu suas feridas? Mas vamos admitir que o senhor, como sempre, não pense em si mesmo. A que isso poderá levar? A novos sofrimentos para o senhor, a tormentos para o menino? Se nela ainda restasse algo de humano, ela mesma não desejaria fazer tal coisa. Não, eu não hesito, não recomendo e, se o senhor me autorizar, escreverei para ela.

Aleksei Aleksándrovitch concordou e a condessa Lídia Ivánovna redigiu a seguinte carta em francês:

Prezada senhora,
A recordação da senhora para o seu filho pode despertar perguntas, da parte dele, às quais será impossível responder sem inocular na alma da criança a condenação daquilo que, para ele, deve ser sagrado, e por isso peço que entenda a negativa do seu marido segundo o espírito do amor cristão. Rogo ao Todo-Poderoso que tenha misericórdia da senhora.

Condessa Lídia

Esta carta alcançou um objetivo secreto que a condessa Lídia Ivánovna escondia de si mesma. Ofendeu Anna no fundo da alma.

Por seu lado, de volta da residência de Lídia Ivánovna, Aleksei Aleksándrovitch não conseguiu entregar-se aos seus afazeres habituais e encontrar a serenidade espiritual que antes experimentava, a serenidade de um homem que tem fé e que encontrou a salvação.

As recordações da esposa, que era tão culpada perante ele e com quem ele se portara de modo tão santo, como dissera com justiça a condessa Lídia Ivánovna, não deveriam perturbá-lo; mas não estava calmo: não conseguia entender o livro que lia, não conseguia rechaçar as lembranças torturantes de suas relações com a esposa e dos erros que, agora, ele julgava ter cometido a respeito dela. A lembrança de como ele, ao voltar das corridas, recebera a confissão da infidelidade de Anna (sobretudo o fato de ter apenas exigido da esposa que guardasse as aparências de decoro e também de não ter desafiado Vrónski para um duelo) o atormentava como um remorso. Da mesma forma, atormentava-o a lembrança da carta que escrevera para a esposa; sobretudo o seu perdão, inútil para quem quer que fosse, e o seu desvelo com a filha de um outro homem queimavam o seu coração com a vergonha e com o remorso.

E provava, agora, esse mesmo sentimento de vergonha e de remorso, ao rememorar todo o seu passado em companhia da esposa e ao recordar as palavras desajeitadas com que ele, após demoradas hesitações, a pedira em casamento.

"Mas que culpa tenho eu?", dizia consigo. E essa pergunta sempre despertava uma outra: se eles sentiam de outro modo, amavam e casavam-se de outro modo, esses Vrónski e Oblónski... esses camareiros de panturrilhas grossas. E lhe acudia ao pensamento toda uma série daqueles homens viçosos, fortes, sem hesitações, que sempre e em toda parte atraíam para si a atenção curiosa de Kariênin, mesmo que ele não o quisesse. Rechaçava tais pensamentos, tentava convencer-se de que vivia não para esta vida temporal e terrena, mas sim para a vida eterna, e de que em sua alma habitavam a paz e o amor. Porém o fato de ter ele, nesta vida temporal e a seu ver insignificante, cometido alguns erros insignificantes o atormentava como se não existisse a salvação eterna em que ele acreditava. Mas tal tentação não durou muito e logo, outra vez, na alma de Aleksei Aleksándrovitch, restabeleceram-se a serenidade e a elevação, graças às quais podia esquecer aquilo que não queria lembrar.

XXVI

— E então, Kapitónitch? — disse Serioja, ao voltar alegre e corado de um passeio, na véspera do seu aniversário, quando entregou o seu casaco pregueado ao velho porteiro alto que, da imponência da sua estatura, sorria para o homenzinho. — Hoje veio o funcionário enfaixado? Papai o recebeu?

— Recebeu. Assim que o secretário saiu, e eu o anunciei — disse o porteiro, com um alegre piscar de olhos. — Por favor, deixe que eu tiro isso.

— Serioja! — exclamou o preceptor eslavo, detendo-se no limiar da porta que dava para os aposentos internos. — Tire sozinho.

Mas Serioja, embora tivesse ouvido a voz fraca do preceptor, não lhe deu atenção. Ficou parado, segurando com a mão uma correia que o porteiro usava a tiracolo, e fitou-o no rosto.

— E então, o papai fez o que ele precisava?

O porteiro meneou a cabeça num gesto afirmativo.

O funcionário enfaixado, que já viera sete vezes pedir algo a Aleksei Aleksándrovitch, interessava tanto a Serioja quanto ao porteiro. Serioja o surpreendeu certa vez na entrada e ouviu como suplicava ao porteiro, em tom queixoso, que o anunciasse, dizendo que ele e os filhos estavam à beira da morte.

Desde então, Serioja, que o encontrara ainda outra vez na entrada, passou a interessar-se pelo funcionário.

— E então, ele ficou muito contente? — perguntou.

— Como não haveria de ficar? Saiu daqui quase aos pulos.

— E trouxeram alguma coisa? — perguntou Serioja, após um breve silêncio.

— Bem, meu senhor — respondeu o porteiro num sussurro e balançando a cabeça —, veio algo da condessa.

Serioja logo compreendeu que o porteiro se referia a um presente da condessa Lídia Ivánovna, por causa do seu aniversário.

— Não diga! Onde está?

— Korniei levou para o quarto do seu pai. Deve ser uma coisa muito boa!

— De que tamanho? Será que é assim?

— Menor, mas é muito bom.

— É um livro?

— Não, é alguma coisa. Ande, ande. Vassíli Lúkitch está chamando — disse o porteiro ao ouvir os passos do preceptor que se aproximava e, soltando com cuidado a mãozinha que, com a luva despida até a metade, o segurava pela correia a tiracolo e, piscando o olho, apontou com a cabeça para o preceptor.

— Vassíli Lúkitch, só mais um minutinho! — respondeu Serioja, com o sorriso alegre e afetuoso que sempre derrotava o consciencioso Vassíli Lúkitch.

Serioja estava contente demais, feliz demais para não poder partilhar com o seu amigo porteiro a nova alegria da sua família, da qual ele tivera notícia por intermédio da sobrinha da condessa Lídia Ivánovna, num passeio pelo jardim de verão. Essa alegria lhe parecia especialmente importante por coincidir com a alegria do funcionário e com a sua própria alegria, por terem trazido um brinquedo de presente. Serioja tinha a impressão de que era um desses dias em que todos devem ficar alegres e contentes.

— Você sabia que papai ganhou a comenda Alexandre Niévski?

— Como poderia não saber? Já vieram felicitá-lo.

— E então, ele está contente?

— Como não ficar contente com a benevolência do tsar? Afinal, ele fez por merecer — disse o porteiro, sério e severo.

Serioja ficou pensativo, observando o rosto do porteiro, que ele havia estudado nos mínimos detalhes, em especial o queixo, suspenso entre as suíças grisalhas, que ninguém mais via, exceto Serioja, que o olhava sempre e exclusivamente de baixo para cima.

— E então, faz muito tempo que a sua filha não vem?

A filha do porteiro era dançarina de balé.

— E em que horário poderia vir me ver, nos dias úteis? Elas também têm de estudar. Como aliás o senhor tem de estudar, patrão. Vá.

Ao chegar ao quarto, em vez de sentar-se para estudar sua lição, Serioja contou ao professor sua conjectura de que o presente que lhe haviam trazido devia ser uma máquina.

— O que o senhor acha? — perguntou.

Mas Vassíli Lúkitch só pensava que era preciso estudar a lição de gramática para o professor que viria às duas horas.

— Não, o senhor me diga só uma coisa, Vassíli Lúkitch — pediu de repente, já sentado à escrivaninha e com o livro na mão. — O que é maior do que a comenda Alexandre Niévski? O senhor sabia que papai ganhou a comenda Alexandre Niévski?

Vassíli Lúkitch respondeu que acima da Alexandre Niévski havia a comenda Vladímir.

— E mais acima?

— A mais alta de todas é a Andrei Pervózvani.

— E acima da Andrei?

— Não sei.

— Como o senhor não sabe? — E Serioja, com os cotovelos apoiados na mesa, afundou em pensamentos.

Seus pensamentos eram os mais diversos e complicados. Imaginou que seu pai receberia de repente as comendas Vladímir e Andrei e que, por causa disso, se mostraria muito mais benevolente na lição de hoje e que, quando fosse grande, ele mesmo também ganharia todas as comendas, e mais alguma que inventassem acima da comenda de Andrei. Tudo o que inventassem, ele faria por merecer. E assim que inventassem uma comenda mais alta, ele logo faria por merecer essa também.

Em tais devaneios, o tempo passou e, quando chegou o professor, a lição sobre os advérbios de tempo, lugar e modo não estava pronta e o professor ficou não só insatisfeito como desgostoso. O desgosto do professor comoveu Serioja. Acreditava não ter culpa por não haver aprendido a lição; por mais que se esforçasse, não conseguia aprender: enquanto o professor lhe explicava, ele acreditava e parecia compreender, mas, tão logo se via sozinho, não conseguia de maneira alguma lembrar nem compreender que a expressão "subitamente", tão curtinha e conhecida, era um advérbio de modo. Mesmo assim teve pena de causar um desgosto ao professor e quis consolá-lo.

Escolheu um momento em que o professor olhava para o livro, em silêncio.

— Mikhail Ivánitch, quando é o seu aniversário? — perguntou, de repente.

— Era melhor o senhor pensar na sua tarefa; o dia do aniversário não tem nenhuma importância para uma pessoa sensata. É um dia como todos os outros, em que é preciso cumprir suas tarefas.

Serioja fitou com atenção o professor, a barbicha rala, os óculos, que tinham descido abaixo da marca que deixara no nariz, e pôs-se a pensar de tal modo que já não ouvia nenhuma palavra das explicações do professor. Percebia que o professor não acreditava no que dizia, sentia isso pelo tom da sua voz. "Mas para que todos eles combinaram de falar do mesmo jeito, todas essas coisas tão enjoadas e tão inúteis? Por que ele me repele, por que ele não gosta de mim?", perguntava a si mesmo, com tristeza, e não conseguia encontrar uma resposta.

XXVII

Depois do professor, vinha a lição do pai. Enquanto o pai não chegava, Serioja, sentado à mesa, brincando com um canivete, pôs-se a pensar. Uma das ocupações prediletas de Serioja era procurar a mãe, no horário do seu passeio. Não acreditava na morte, em geral, e em especial na morte da mãe, apesar do que Lídia Ivánovna lhe dissera e do que o pai confirmara, e por isso, mesmo depois de lhe terem dito que Anna morrera, ele a procurava no horário do seu passeio. Toda mulher bem fornida e graciosa, de cabelos escuros, era sua mãe. Ao ver tais mulheres, erguia-se em sua alma um sentimento de ternura tão grande que ele sufocava, e surgiam lágrimas em seus olhos. No mesmo instante, esperava que ela fosse aproximar-se dele e levantar o véu. O rosto da mãe ficaria de todo visível, ela sorriria, o abraçaria, ele sentiria o seu perfume, sentiria o carinho da mão dela e choraria de felicidade, como certa vez em que se deitara aos seus pés e ela lhe fizera cócegas, e ele dera gargalhadas e mordiscara sua mão branca e cheia de anéis. Depois, quando soube acidentalmente, por intermédio da babá, que a mãe não havia morrido e que o pai e Lídia Ivánovna haviam lhe explicado que ela morrera porque era uma mulher má (nisso, ele não pôde acreditar, porque a amava), logo passou a procurá-la e a esperar por ela. Nesse dia, no jardim de verão, havia uma mulher de véu lilás, a quem observou com o coração aflito, enquanto ela se aproximava pela vereda, esperando que fosse a mãe. A mulher não chegou até eles, esquivou-se para algum recanto. Serioja sentia, hoje mais forte do que nunca, um acesso de amor pela mãe, e agora, perdido em devaneios à espera do pai, retalhava toda a beirada da mesa com o canivete, enquanto mirava à sua frente, com olhos radiantes, e pensava nela.

— Papai chegou! — alertou-o Vassíli Lúkitch.

Serioja levantou-se de um pulo, caminhou ao encontro do pai e, após beijar sua mão, fitou-o com atenção, em busca de sinais de alegria por ter recebido a comenda Alexandre Niévski.

— O passeio foi bom? — perguntou Aleksei Aleksándrovitch, sentando-se na sua poltrona, puxando para si o livro do Velho Testamento e abrindo-o. Apesar de Aleksei Aleksándrovitch ter dito várias vezes a Serioja que todo cristão devia conhecer com segurança a história sagrada, ele mesmo consultava o livro com frequência para as lições do Velho Testamento, e Serioja percebia isso.

— Sim, foi muito bom, papai — respondeu Serioja, sentando-se de lado na cadeira e balançando-a, o que era proibido. — Vi Nádienka (Nádienka era a sobrinha que Lídia Ivánovna criava em sua casa). Ela me disse que o senhor ganhou uma nova medalha. Está contente, papai?

— Em primeiro lugar, não balance a cadeira, por favor — disse Aleksei Aleksándrovitch. — Em segundo lugar, o que tem valor não é a recompensa, mas sim o trabalho. E eu gostaria que você compreendesse isso. Pois se você for trabalhar e estudar com o intuito de receber uma recompensa, o trabalho vai lhe parecer pesado; mas quando você trabalha com amor — disse Aleksei Aleksándrovitch, lembrando-se de como havia se amparado na consciência do dever, durante o maçante trabalho daquela manhã, que consistira em assinar cento e dezoito documentos —, encontra no próprio trabalho a sua recompensa.

Os olhos de Serioja, radiantes de carinho e de alegria, se apagaram e baixaram sob o olhar do pai. Aquele era o mesmo tom de voz, conhecido havia muito tempo, com que o pai sempre se dirigia a Serioja e que ele já aprendera a imitar. O pai sempre lhe falava — assim sentia Serioja — como se dirigisse a palavra a algum menino imaginado por ele, um desses meninos que surgiam nos livros, mas que não se pareciam em nada com Serioja.

E, diante do pai, ele sempre tentava fazer-se passar por esse menino livresco.

— Você compreende isso, eu espero — disse o pai.

— Sim, papai — respondeu Serioja, fingindo ser o menino imaginário.

A lição consistia em aprender de cor alguns versículos do Evangelho e repetir o início do Velho Testamento. Os versículos do Evangelho, Serioja sabia muito bem, mas no momento em que os recitava, viu de relance o osso da testa do pai, que fazia uma curva tão abrupta na altura das frontes que ele se confundiu e trocou o fim de um versículo pelo início de outro, que tinha uma palavra igual. Para Aleksei Aleksándrovitch, era óbvio que o filho não entendia o que estava falando, e isso o deixou irritado.

Franziu as sobrancelhas e passou a explicar aquilo que Serioja ouvira já muitas vezes, mas jamais conseguia lembrar, por entendê-lo bem demais — assim como entendia que "subitamente" era um advérbio de modo. Serioja fitava o pai com um olhar assustado e só pensava numa coisa: se o pai o obrigaria ou não a repetir o que havia falado, como às vezes fazia. E essa ideia assustou Serioja a tal ponto que ele já não compreendia mais nada. No entanto o pai não o obrigou a repetir e passou para a lição do Velho Testamento. Serioja narrava bem os fatos em si, mas, quando tinha de responder a perguntas sobre o que certos fatos prefiguravam, nada sabia, apesar de já ter sido castigado por causa dessa lição. O momento em que já não conseguia dizer mais nada, quando hesitava, arranhava a mesa e balançava-se na cadeira, era aquele em que precisava falar dos patriarcas antediluvianos. Não conhecia nenhum deles, exceto Henoc, que fora arrebatado vivo para o céu. Antes, lembrava-se dos nomes, mas agora esquecera completamente, sobretudo porque Henoc era o seu personagem predileto em todo o Velho Testamento e o rapto de

Henoc vivo para o céu se prendia, em sua cabeça, a toda uma longa série de pensamentos, aos quais ele agora se entregava, enquanto fitava com olhos fixos o relógio de correntinha do pai e um botão abotoado só até a metade, no seu colete.

Na morte, da qual lhe falavam tantas vezes, Serioja não acreditava absolutamente. Não acreditava que as pessoas a quem adorava pudessem morrer e, sobretudo, que ele mesmo morreria. Para ele, isso era absolutamente impossível e incompreensível. Mas lhe diziam que todos iam morrer; ele perguntava às pessoas em quem acreditava e mesmo elas o confirmavam; a babá também o dizia, embora a contragosto. Mas Henoc não morrera, portanto nem todos morrem. "E por que não pode qualquer outra pessoa ser digna de Deus e ser arrebatada viva para o céu?", pensava Serioja. Os maus, ou seja, aqueles de quem Serioja não gostava, esses podiam morrer, mas todos os bons podiam ser como Henoc.

— Pois bem, quais são os patriarcas?

— Henoc, Enós.

— Sei, você já disse. Isso é mau, Serioja, muito mau. Se você não se esforça para saber aquilo que é o mais importante para um cristão — disse o pai, levantando-se —, o que há de interessar a você? Estou insatisfeito com você, e Piotr Ignátitch (era o principal professor) está insatisfeito com você... Tenho de castigá-lo.

O pai e o professor estavam ambos insatisfeitos com Serioja e, de fato, ele ia muito mal nos estudos. Mas ninguém poderia dizer que era um menino incapaz. Ao contrário, era muito mais capaz do que os meninos que o professor apresentava para Serioja, como exemplo. Do ponto de vista do pai, ele não queria aprender aquilo que lhe ensinavam. Na realidade, não podia mesmo aprender aquilo. E não podia porque, em sua alma, havia exigências mais prementes para ele do que aquelas que o pai e o professor impunham. Essas exigências estavam em contradição, e o menino lutava abertamente contra seus educadores.

Serioja tinha nove anos, era um menino; mas conhecia a própria alma, era preciosa para ele, e a protegia como a pálpebra protege o olho e, sem a chave do amor, não deixava ninguém entrar em sua alma. Os educadores queixavam-se de que ele não queria aprender, mas a sua alma transbordava de sede de conhecimento. E aprendia com Kapitónitch, com a babá, com Nádienka, com Vassíli Lúkitch, mas não com o professor. A água que o pai e o professor esperavam para rodar o seu moinho já fluíra havia muito tempo e movia outras rodas.

O pai castigou Serioja, proibindo-o de encontrar Nádienka, a sobrinha de Lídia Ivánovna; mas tal castigo redundou numa felicidade para Serioja. Vassíli Lúkitch estava de bom humor e lhe mostrou como fazer cata-ventos. A tarde inteira se passou, para Serioja, em meio a esse trabalho e aos devaneios de como montar um cata-vento capaz de fazê-lo girar também: agarrar-se com as mãos nas pás de vento, ou amarrar-

-se — e girar. Serioja não pensou na mãe a tarde inteira, mas, depois de se acomodar na cama, de repente se lembrou dela e rezou com suas próprias palavras para que no dia seguinte, no seu aniversário, a mãe parasse de se esconder e viesse ao seu encontro.

— Vassíli Lúkitch, o senhor sabe o que eu pedi a mais quando rezei?

— Que aprenda melhor?

— Não.

— Brinquedos?

— Não. O senhor não vai adivinhar. É ótimo, mas é segredo! Quando se realizar, vou contar ao senhor. Não adivinhou?

— Não, não adivinho. Conte-me o senhor mesmo — disse Vassíli Lúkitch, sorrindo, o que nele era raro. — Vamos, deite-se direito, vou apagar a vela.

— Sem a vela, fica ainda mais visível para mim aquilo que eu vejo e aquilo por que eu rezei. Puxa, quase contei o meu segredo! — disse Serioja, rindo alegre.

Quando levaram a vela, Serioja ouviu e sentiu sua mãe. Ela estava de pé, diante dele, e o acariciava com uma expressão amorosa. Mas surgiram cata-ventos, canivetes, tudo se misturou e ele adormeceu.

XXVIII

Ao chegar a Petersburgo, Vrónski e Anna hospedaram-se num dos melhores hotéis. Vrónski ficou separado, no andar de baixo, e Anna, com a criança, a ama de leite e a criada, se instalou no andar de cima, num aposento espaçoso, de quatro quartos.

No mesmo dia em que chegaram, Vrónski foi à casa do irmão. Lá, calhou de encontrar a mãe, que viera de Moscou para tratar de negócios. A mãe e a cunhada o receberam como de costume; indagaram sobre sua viagem ao exterior, conversaram sobre conhecidos comuns, mas não mencionaram uma palavra sequer sobre seus laços com Anna. Só o próprio irmão, quando na manhã do dia seguinte foi ao encontro de Vrónski, perguntou a respeito dela, e Aleksei Vrónski disse, com toda a franqueza, que ele devia encarar sua relação com Kariênina como um matrimônio; que esperava conseguir o divórcio e casar-se com ela e que, até lá, a considerava sua esposa, em pé de igualdade com qualquer outra mulher, e pediu ao irmão que comunicasse isso à mãe e à cunhada.

— Se a sociedade não o aprovar, a mim não importa — disse Vrónski —, mas se meus parentes quiserem manter relações familiares comigo, deverão manter as mesmas relações com a minha esposa.

O irmão mais velho, que sempre respeitava as opiniões do irmão mais novo, não sabia ao certo se Aleksei tinha ou não razão, enquanto a sociedade não decidisse a questão; ele mesmo, de sua parte, nada tinha a opor e, em companhia de Vrónski, seguiu ao encontro de Anna.

Em presença do irmão, como acontecia diante de todos, Vrónski tratou Anna de "a senhora" e se dirigiu a ela como a uma conhecida íntima, mas estava subentendido que o irmão sabia das relações existentes entre ambos, e conversaram sobre a ida de Anna para a propriedade rural de Vrónski.

Apesar de toda a sua experiência mundana, Vrónski, devido à situação nova em que se achava, era vítima de uma ilusão estranha. Seria de esperar que compreendesse que a sociedade estava fechada para ele e para Anna; mas agora, em sua cabeça, formaram-se certas considerações confusas segundo as quais isso só acontecia nos velhos tempos e agora, com o progresso acelerado (sem notar, ele se tornara um partidário de todo e qualquer progresso), a opinião da sociedade se modificara e ainda não fora decidido se ele e Anna seriam ou não recebidos na sociedade. "Claro", pensava Vrónski, "a sociedade da corte não a receberá, mas as pessoas próximas podem e devem entender isso da maneira adequada."

Podemos ficar sentados durante várias horas, com as pernas dobradas na mesma posição, quando sabemos que nada nos impede de mudar de posição; mas se sabemos que somos obrigados a ficar sentados desse jeito, com as pernas dobradas, logo virão as câimbras, as pernas irão repuxar e pressionar na direção em que queremos estendê-las. Eis o que experimentava Vrónski em relação à sociedade. Embora soubesse, no fundo da alma, que a sociedade estava fechada para eles, quis verificar se a sociedade agora havia se modificado e os receberia. Mas logo se deu conta de que, embora a sociedade estivesse aberta para ele pessoalmente, se mantinha fechada para Anna. Como num jogo de gato e rato, os braços que se levantavam para dar passagem a Vrónski imediatamente baixavam na frente de Anna.

Uma das primeiras senhoras da sociedade de Petersburgo que encontrou Vrónski foi sua prima Betsy.

— Finalmente! — saudou-o com alegria. — E Anna? Como estou feliz! Onde estão hospedados? Imagino que, depois da sua maravilhosa viagem, vocês estejam horrorizados com a nossa Petersburgo; posso imaginar a sua lua de mel em Roma. E o divórcio? Tudo resolvido?

Vrónski notou que o entusiasmo de Betsy diminuiu quando soube que o divórcio ainda não se concretizara.

— Vão atirar pedras contra mim, eu sei — disse ela —, mas irei visitar Anna; sim, eu irei, sem falta. Vão ficar aqui pouco tempo?

De fato, nesse mesmo dia, foi visitar Anna; mas seu tom já não era, nem de longe, o de antes. Obviamente, orgulhava-se de sua coragem e desejava que Anna desse valor ao desvelo de sua amizade. Ficou não mais de dez minutos, conversou a respeito das novidades mundanas e, ao sair, disse:

— Vocês não me disseram quando ficará pronto o divórcio. Convenhamos, eu mandei às favas as convenções sociais, mas outras pessoas, mais severas, vão tratá-los com frieza enquanto não estiverem casados. E agora isso é tão simples. *Ça se fait.*[15] Então, vão partir na sexta-feira? É uma pena que não nos veremos novamente.

Pelo tom de Betsy, Vrónski poderia depreender o que lhe cabia esperar da sociedade; mas ele fez outra tentativa, na sua família. Na mãe, não tinha esperança. Sabia que, tão encantada com Anna quando a conhecera, agora a mãe se mostrava implacável com ela, por ter sido a causa do transtorno na carreira do filho. Porém Vrónski depositava mais esperança em Vária, a esposa do irmão. Parecia-lhe que ela não jogaria pedras e, com naturalidade e firmeza, viria ao encontro de Anna e a receberia em sua casa.

No dia seguinte à sua chegada, Vrónski foi visitá-la e, encontrando-a sozinha, expressou abertamente seu desejo.

— Você sabe, Aleksei — respondeu ela, após ouvi-lo —, como eu o amo e como estou pronta a fazer tudo por você, mas me mantive quieta porque sabia que não posso ser útil a você e a Anna Arcádievna — disse, pronunciando o nome "Anna Arcádievna" com um esforço especial. — Não pense, por favor, que eu a condeno. Nunca; talvez, no lugar dela, eu fizesse o mesmo. Não entro e não posso entrar em detalhes — disse, lançando um olhar tímido para o rosto soturno de Vrónski. — Mas temos de chamar as coisas pelo seu nome. Você gostaria que eu fosse visitá-la, que eu a recebesse em minha casa e, assim, a reabilitasse para a sociedade; mas entenda que não posso fazer isso. Tenho filhas que estão crescendo e preciso viver na sociedade para o bem do meu marido. Pois bem, irei visitar Anna Arcádievna; ela compreenderá que não posso convidá-la para vir à minha casa, ou teria de fazer isso de tal maneira que ela não encontrasse as pessoas que encaram a situação de um modo diferente: isso a ofenderia. Não posso levantá-la...

— Ora, eu não considero que ela tenha decaído mais do que centenas de mulheres que vocês recebem em sua casa! — interrompeu-a Vrónski, ainda mais soturno, e levantou-se em silêncio, compreendendo que a decisão da cunhada era irrevogável.

— Aleksei! Não fique zangado comigo. Por favor, entenda que não tenho culpa — pediu Vária, fitando-o com um sorriso tímido.

---

15 Francês: "isso se faz".

— Não estou zangado com você — respondeu, soturno como antes —, mas para mim é duplamente doloroso. É doloroso também porque isso rompe a nossa amizade. Ou, mesmo que não rompa, enfraquece. Você entende que, para mim, não pode ser de outra maneira.

Com isso, despediu-se.

Vrónski compreendeu que seriam inúteis outras tentativas e que teria de passar aqueles dias em Petersbsurgo como se estivesse numa cidade estranha, evitando qualquer contato com os antigos conhecidos, a fim de não se sujeitar a constrangimentos e ofensas, que seriam para ele tão torturantes. Uma das situações mais constrangedoras em Petersburgo era o fato de que Aleksei Aleksándrovitch e o seu nome pareciam estar em toda parte. Era impossível começar a falar sobre o que quer que fosse sem que a conversa logo se desviasse para Aleksei Aleksándrovitch; era impossível ir a qualquer lugar sem o encontrar. Pelo menos, assim parecia a Vrónski, como parece a um homem de dedo machucado, que, como que de propósito, ele sempre esbarra em toda parte com esse mesmo dedo.

A estada em Petersburgo pareceu a Vrónski ainda mais penosa porque, durante todo esse tempo, percebia em Anna um novo estado de espírito, incompreensível para ele. Ora parecia apaixonada, ora se tornava fria, irritadiça e impenetrável. Anna se atormentava por alguma razão, escondia algo de Vrónski e parecia não notar as afrontas que envenenavam a vida dele e que, para ela, com o seu entendimento aguçado, deveriam ser ainda mais aflitivas.

XXIX

Para Anna, um dos propósitos da vinda à Rússia era ter um encontro com o filho. Desde o dia em que deixou a Itália, a ideia desse encontro não parou de agitá-la. E, quanto mais se aproximava de Petersburgo, a alegria e a importância desse encontro se apresentavam cada vez maiores em seu pensamento. Ela não se propunha a questão de como conseguir combinar esse encontro. Parecia-lhe natural e simples ver o filho, quando estivesse na mesma cidade que ele; mas de repente, ao chegar a Petersburgo, se deu conta, com toda a clareza, da sua atual situação na sociedade e entendeu que seria difícil combinar um encontro.

Já estava em Petersburgo havia dois dias. O pensamento do filho não a deixava nem por um minuto, mas ainda não o vira. Ir direto à casa, onde poderia encontrar-se com Aleksei Aleksándrovitch, Anna sentia não ter o direito de fazê-lo. Poderiam barrar sua entrada e ofendê-la. Escrever e entrar em contato com o marido era algo que, só de pensar, a atormentava: só conseguia ficar tranquila quando não pensava no marido. Avistar o filho de longe, em seu horário de passeio, depois de apurar quando ele sairia e aonde iria, seria muito pouco para Anna: ela havia se preparado demais para esse encontro, tinha demasiada necessidade de falar com ele, sentia uma vontade muito grande de abraçá-lo e beijá-lo. A velha babá de Serioja poderia ajudá-la e lhe dar as instruções necessárias. Mas a babá já não estava na casa de Aleksei Aleksándrovitch. Em meio a tais hesitações e entre esforços para localizar a babá, passaram-se dois dias.

Ciente da estreita ligação entre Aleksei Aleksándrovitch e a condessa Lídia Ivánovna, Anna resolveu, no terceiro dia, escrever-lhe uma carta, que lhe custou muito trabalho e na qual dizia, premeditadamente, que a autorização para ver o filho devia depender da generosidade do marido. Sabia que, se mostrassem a carta ao marido, ele continuaria a representar o seu papel de homem magnânimo e não recusaria o pedido.

O mensageiro que levara a carta lhe trouxe a resposta mais cruel e mais inesperada: não havia resposta. Anna jamais se sentira tão humilhada como no momento em que, após mandar entrar o mensageiro, ouviu dele o relato pormenorizado de como havia aguardado até que lhe disseram: "Não haverá resposta nenhuma". Anna sentiu-se humilhada, ofendida, mas percebeu que, do seu ponto de vista, a condessa Lídia Ivánovna estava certa. O desgosto de Anna era ainda mais forte por ser solitário. Não podia e não queria dividi-lo com Vrónski. Sabia que, para ele, apesar de ser Vrónski a causa principal da infelicidade dela, a questão do seu encontro com o filho pareceria a coisa mais irrelevante do mundo. Sabia que ele nunca seria capaz de compreender toda a profundidade do seu sofrimento; sabia que, devido ao tom frio de Vrónski ante qualquer referência ao assunto, ela acabaria por tomar ódio dele. E Anna temia isso mais do que tudo no mundo e, portanto, escondia de Vrónski tudo o que dizia respeito ao filho.

Permanecendo em casa o dia inteiro, ela imaginava maneiras de encontrar o filho e concentrou-se na decisão de escrever para o marido. Já estava redigindo essa carta quando lhe trouxeram a carta de Lídia Ivánovna. O silêncio da condessa a havia subjugado e abatido, mas a carta, e tudo o que leu nas entrelinhas, deixou-a tão enfurecida, e lhe pareceu tão revoltante aquela malevolência, em comparação com o seu legítimo e sofrido carinho pelo filho, que Anna se revoltou contra os outros e parou de recriminar-se.

"Essa frieza, essa simulação de sentimentos", disse consigo. "Só desejam insultar-me e atormentar a criança, e eu terei de me submeter a eles? De jeito nenhum! Ela é pior do que eu. Pelo menos, eu não minto." E ali mesmo resolveu que no dia seguinte, no dia do aniversário de Serioja, iria direto à residência do marido, subornaria as pessoas, enganaria, mas nada a impediria de ver o filho e de lançar por terra o embuste hediondo com que haviam cercado o menino infeliz.

Foi a uma loja de brinquedos, comprou brinquedos e concebeu um plano de ação. Chegaria de manhã cedo, às oito horas, quando Aleksei Aleksándrovitch provavelmente ainda não houvesse levantado. Ela teria nas mãos o dinheiro para dar ao porteiro e ao criado, a fim de que a deixassem entrar e, sem levantar o véu, diria que viera da parte do padrinho de Serioja para cumprimentá-lo e que fora incumbida de pôr os brinquedos junto à cama do filho. Anna preparou tudo, menos as palavras que diria ao filho. Por mais que pensasse, não conseguia imaginar o que diria.

No dia seguinte, às oito da manhã, Anna saiu numa carruagem de aluguel e fez soar a campainha na grande porta de entrada da sua antiga residência.

— Vão ver do que se trata. É uma senhora — disse Kapitónitch, de casaco e de galochas, ainda não de todo vestido, depois de ter visto através da janela a senhora coberta por um véu que estava postada junto à porta.

O ajudante do porteiro, um rapaz que Anna não conhecia, mal teve tempo de abrir a porta e ela já havia entrado e, depois de tirar do regalo de peles uma nota de três rublos, enfiou-a às pressas na mão dele.

— Serioja... Serguei Alekseitch — disse Anna, e fez menção de avançar. Depois de olhar para a cédula, o ajudante do porteiro a deteve na porta de vidro seguinte.

— A senhora deseja falar com alguém? — perguntou.

Ela não ouviu suas palavras e nada respondeu.

Depois de notar a perturbação da desconhecida, o próprio Kapitónitch foi ao seu encontro, deixou-a passar pela porta e perguntou o que desejava.

— Venho da parte do príncipe Skorodúmov para ver Serguei Alekseitch — disse ela.

— O senhor ainda não se levantou — disse o porteiro, observando com atenção.

Anna, nem por um momento, havia previsto que o ambiente do vestíbulo, exatamente igual ao que era antes, dessa casa onde vivera nove anos, a afetaria com tanta força. Uma após a outra, as recordações, alegres e aflitivas, se ergueram em sua alma e ela, por um instante, esqueceu por que estava ali.

— A senhora teria a bondade de esperar? — disse Kapitónitch, tomando dela o manto.

Depois de tirar o manto, Kapitónitch olhou de relance seu rosto, reconheceu-a e, em silêncio, curvou-se até embaixo numa reverência.

— Queira entrar, vossa excelência — disse a ela.

Anna fez menção de dizer algo, mas a voz recusou-se a produzir quaisquer sons; com um olhar culpado e de súplica dirigido ao velho, ela avançou pela escada com passos ligeiros e ágeis. Todo curvado para a frente e tolhido pelas galochas que se agarravam aos degraus, Kapitónitch corria atrás dela, tentando ultrapassá-la.

— O preceptor está lá, talvez ainda esteja despido. Eu vou avisá-lo.

Anna continuava a subir pela escada conhecida, sem compreender o que o velho dizia.

— Por aqui, à esquerda, por favor. Perdoe se não está limpo. O senhor ocupa agora a antiga saleta — disse o porteiro, ofegante. — Tenha a bondade, aguarde um momento, vossa excelência, eu vou verificar — pediu e, tomando a sua frente, entreabriu a porta alta e logo desapareceu atrás dela. Anna ficou parada, à espera.

— Acabou de acordar — disse o porteiro, saindo de novo pela porta.

E no mesmo instante em que o porteiro falava, Anna ouviu o som de um bocejo de criança. Só pela voz do bocejo, reconheceu o filho e o viu como se já estivesse à sua frente.

— Deixe, deixe-me entrar! — disse ela, e entrou pela porta alta. À direita da porta, havia uma cama e sobre ela estava sentado um menino que acabara de acordar, com a camisa desabotoada e, espreguiçando-se, com o corpinho inclinado, terminava um bocejo. No instante em que seus lábios se uniram, formaram um sorriso feliz e sonolento e, com esse sorriso, ele se deixou cair de novo para trás, lenta e docemente.

— Serioja! — murmurou Anna, aproximando-se sem fazer barulho.

Durante o tempo em que esteve separada do filho, e naquele acesso de amor que vinha experimentando ultimamente, Anna o imaginava como um menino de quatro anos, tal como ela mais o amara. Agora, ele já nem sequer estava como no dia em que ela o deixara; afastara-se ainda mais dos quatro anos, crescera e emagrecera. Puxa! Como seu rosto está magro, como estão curtos seus cabelos! Que mãos compridas! Como mudou, desde o dia em que ela o deixou! Mas era ele, com a mesma forma da cabeça, com os seus lábios, o pescocinho macio e os ombrinhos largos.

— Serioja! — repetiu Anna, quase no ouvido da criança.

Ele se ergueu de novo, apoiado no cotovelo, voltou a cabeça despenteada para ambos os lados, como que procurando algo, e abriu os olhos. Com ar sereno e interrogativo, por alguns segundos, fitou a mãe, que estava imóvel a seu lado, em seguida, de repente, deu um sorriso exultante e, fechando de novo os olhos que se colaram, deixou-se cair, mas não para trás e sim para ela, para os seus braços.

— Serioja! Meu menino adorado! — exclamou Anna, sem fôlego, e apertando nos braços o seu corpo roliço.

— Mamãe! — exclamou, remexendo-se sob os seus braços, a fim de tocar nas mãos de Anna com várias partes do corpo.

Sorrindo sonolento, sempre de olhos fechados, ele se agarrou ao encosto da cama, com as mãozinhas roliças, por trás dos ombros de Anna, deixou-se cair na direção dela, cobrindo-a com o hálito e com o calor sonolento e meigo que só existe nas crianças, e começou a esfregar-se com o rosto no seu pescoço e nos seus ombros.

— Eu sabia — disse ele, abrindo os olhos. — Hoje é o meu aniversário. Eu sabia que você viria. Estou acordando agora...

E, dizendo isso, deitou-se.

Anna mirou-o com sofreguidão; percebia como ele havia crescido e mudado em sua ausência. Reconhecia e não reconhecia suas pernas nuas, tão maiores agora, esticadas para fora da coberta, reconhecia as faces emagrecidas, os cachinhos do cabelo aparado curto na nuca, onde ela tantas vezes o beijava. Anna apalpava tudo isso e não conseguia falar nada; lágrimas a sufocavam.

— Por que está chorando, mamãe? — perguntou ele, que já despertara de todo. — Mamãe, por que está chorando? — gritou com voz chorosa.

— Eu? Não vou chorar... Estou chorando de alegria. Fazia tanto tempo que eu não o via. Não vou, não vou chorar — disse, engolindo as lágrimas e virando-se. — Puxa, mas já é hora de você se vestir — acrescentou, retomando o domínio de si, após um breve silêncio e, sem soltar as mãos dele, sentou-se ao lado da cama do filho, numa cadeira sobre a qual a roupa do menino já estava preparada.

— Como faz para se vestir sem mim? Como... — quis ela começar a conversar com naturalidade e alegria, mas não conseguiu e virou-se outra vez.

— Não tomo banho com água fria, papai não deixa. Mas e o Vassíli Lúkitch, você não o viu? Ele vai vir aqui. Ei, você sentou em cima da minha roupa! — e Serioja soltou uma gargalhada.

Anna olhou para ele e sorriu.

— Mamãe, querida, adorada! — gritou o menino, atirando-se de novo sobre ela e abraçando-a. Como se só agora, ao ver o seu sorriso, ele tivesse compreendido o que significava. — Não precisa disso — falou, tirando o chapéu de Anna. E como se, sem o chapéu, a tivesse reconhecido de novo, atirou-se a beijá-la outra vez.

— Mas o que você pensava a meu respeito? Pensou que eu tinha morrido?

— Nunca acreditei nisso.

— Não acreditou, meu anjo?

— Eu sabia, eu sabia! — repetiu sua expressão favorita e, depois de segurar a mão de Anna que acariciava seu cabelo, pôs-se a apertá-la, com a palma contra a boca, e a beijá-la.

XXX

Enquanto isso, Vassíli Lúkitch, que não compreendera de início quem era aquela senhora, mas que pelo teor da conversa percebera que se tratava da mãe em pessoa, aquela que abandonara o marido e a quem ele não conhecia, pois entrara para o serviço da casa após a sua partida, ficou em dúvida se deveria entrar ou se deveria avisar Aleksei Aleksándrovitch. Após concluir que, afinal, sua obrigação consistia em acordar Serioja num horário determinado e que, portanto, não lhe cabia saber quem estava sentado ali, a mãe ou qualquer outra pessoa, mas sim cumprir a sua obrigação, ele terminou de se vestir, aproximou-se da porta e abriu-a.

Mas os carinhos da mãe e do filho, os sons das vozes e o que diziam — tudo isso o obrigou a mudar de opinião. Meneou a cabeça e, após soltar um suspiro, fechou a porta. "Vou esperar mais dez minutos", disse consigo, pigarreou e enxugou as lágrimas.

Entre a criadagem, enquanto isso, reinava uma intensa agitação. Todos sabiam que a senhora havia chegado, que Kapitónitch a deixara entrar, que ela estava agora com o filho e que o senhor da casa, por sua vez, sempre ia pessoalmente ao quarto do menino entre as oito e as nove horas e todos compreendiam que o encontro dos cônjuges era impossível e que era preciso evitá-lo. Korniei, o camareiro, entrou na guarita do porteiro, perguntou quem a deixara entrar e como o fizera e, ao saber que Kapitónitch a havia recebido e conduzido até o andar de cima, repreendeu o velho. O porteiro mantinha-se tenazmente calado, mas, quando Korniei lhe disse que teria de expulsá-lo de casa por causa disso, Kapitónitch deu um salto em sua direção e, sacudindo as mãos diante do rosto de Korniei, exclamou:

— E você por acaso não a deixaria entrar? Eu a servi durante dez anos, nunca recebi outra coisa senão gentilezas, e agora você acha que eu poderia me pôr à sua frente e dizer: por favor, para fora, rua! Você só entende de política! E olhe lá! Você deveria, em vez disso, pensar em como anda depenando o patrão e surrupiando os casacos de pele!

— Seu soldado raso! — retrucou Korniei, com desprezo, e voltou-se para a babá que havia chegado. — Julgue a senhora, Mária Efímovna: ele a deixou entrar, não avisou a ninguém — explicou para ela. — Aleksei Aleksándrovitch vai levantar daqui a pouco e irá para o quarto da criança.

— Que problema, que problema! — disse a babá. — Korniei Vassílievitch, o senhor faça o possível para conter o patrão, enquanto eu vou depressa dar um jeito de levá-la para longe. Que problema, que problema!

Quando a babá entrou no quarto do menino, Serioja contava à mãe como ele e Nádienka haviam caído, quando rolaram juntos pela encosta e deram três cambalhotas. Anna ouvia o som da sua voz, via o seu rosto e os movimentos de suas feições, apalpava sua mão, mas não entendia o que ele falava. Tinha de sair, tinha de deixá-lo — só pensava e sentia isso. Ouviu os passos de Vassíli Lúkitch, que se aproximara da porta e tossira, ouviu também os passos da babá que se aproximava; mas ficou sentada, como que petrificada, sem forças sequer para começar a falar, quanto mais para levantar-se.

— Patroa, meu anjo! — falou a babá, aproximando-se de Anna e beijando suas mãos e seus ombros. — Olhe só que alegria Deus mandou para o nosso aniversariante. A senhora não mudou nem um pouquinho.

— Ah, querida babá, eu não sabia que a senhora estava em casa — respondeu Anna, que voltou a si por um momento.

— Não moro aqui, moro com a minha filha, mas vim dar os parabéns, Anna Arkádievna, meu anjo!

A babá pôs-se a chorar, de repente, e começou de novo a beijar a mão de Anna.

Serioja, com os olhos e o sorriso radiantes, segurando a mãe com uma das mãos e a babá com a outra, sapateava sobre o tapete, com as perninhas gordas e nuas. O sorriso de carinho da babá para a mãe deixara o menino maravilhado.

— Mamãe! Ela vem me ver muitas vezes e quando vem... — começou, mas se deteve ao notar que a babá sussurrava algo para Anna e que no rosto da mãe se refletia um temor e algo parecido com vergonha, o que não combinava com ela.

Anna chegou perto dele.

— Meu querido! — disse. Não conseguiu dizer adeus, mas a expressão do seu rosto o disse, e ele compreendeu. — Meu querido Kútik! — usou o nome com que o chamava quando pequeno. — Você não vai se esquecer de mim? Você... — mas não conseguiu falar mais nada.

Depois, quantas palavras imaginou que poderia ter dito a ele! Mas, naquele momento, nada soube nem conseguiu dizer. Serioja, porém, compreendeu tudo o que ela queria lhe dizer. Compreendeu que ela estava infeliz e o amava. Compreendeu até o que a babá dissera num sussurro. Ouviu as palavras: "Sempre, entre oito e nove horas", e compreendeu que se referiam ao pai e que a mãe e o pai não podiam encontrar-se. Isso ele compreendia, mas uma coisa não conseguia compreender: por que no rosto da mãe havia medo e vergonha?... Ela não tinha culpa, mas sentia medo dele e se envergonhava de alguma coisa. Serioja quis fazer uma pergunta que esclareceria sua dúvida, mas não se atreveu: via que a mãe sofria e sentiu pena dela. Apertou-se contra ela em silêncio e disse, num sussurro:

— Não vá embora ainda. Ele não vem logo.

A mãe afastou-o de si para verificar se o que ele pensava era aquilo que dizia e, pela expressão assustada de seu rosto, percebeu que Serioja não só falava do pai como também parecia lhe perguntar o que devia pensar a respeito dele.

— Serioja, meu querido — disse Anna. — Ame-o, ele é melhor e mais bondoso do que eu e, diante dele, eu sou culpada. Quando você crescer, vai julgar sozinho.

— Ninguém é melhor do que você! — gritou o menino, em desespero, entre lágrimas e, agarrando os ombros de Anna, apertou-a com toda a força contra si, com os braços que tremiam de agitação.

— Meu anjinho, meu pequenino! — exclamou Anna, e desatou a chorar de maneira tão fraca e tão infantil quanto ele chorava.

Nesse momento, a porta abriu e Vassíli Lúkitch entrou. Pela outra porta, ouviram-se passos e a babá sussurrou assustada:

— Vá — e deu o chapéu para Anna.

Serioja deixou-se cair na cama e pôs-se a soluçar, com o rosto coberto pelas mãos. Anna afastou essas mãos, mais uma vez beijou seu rosto molhado e, a passos rápidos, saiu pela porta. Aleksei Aleksándrovitch caminhava ao encontro dela. Ao vê-la, deteve-se e fez uma reverência com a cabeça.

Apesar de ter acabado de dizer que Aleksei Aleksándrovitch era melhor e mais bondoso do que ela, após o rápido olhar de passagem que lançou para ele e com o qual apreendeu toda a sua figura, em todos os detalhes, os sentimentos de repulsa e de ódio pelo marido e de inveja por causa do filho dominaram-na. Com um gesto rápido, baixou o véu e, acelerando as passadas, retirou-se quase correndo.

Ela não teve tempo de retirá-los da carruagem e, assim, levou de volta para casa os brinquedos que com tanto amor e com tanta tristeza escolhera na loja, no dia anterior.

XXXI

Embora tivesse desejado com tanta intensidade o encontro com o filho, embora por longo tempo tivesse pensado muito nisso e se preparado muito para isso, ela não esperava de maneira alguma que o encontro fosse ter um efeito tão forte sobre ela. Após voltar para o seu aposento solitário no hotel, Anna ficou muito tempo sem conseguir compreender por que estava ali. "Sim, tudo isso acabou e estou de novo sozinha", disse consigo e, sem tirar o chapéu, sentou-se na poltrona junto à lareira. Com os olhos cravados e imóveis no relógio de bronze que estava sobre a mesa entre as janelas, pôs-se a pensar.

A criadinha francesa que trouxera do exterior entrou para saber se ela queria trocar-se. Com surpresa, Anna fitou-a e disse:

— Depois.

O lacaio perguntou se queria o café.

— Depois — disse ela.

A ama de leite italiana, depois de ter arrumado a menina, entrou com a criança e levou-a para Anna. A menina gorducha e bem amamentada, assim que reconheceu a mãe, como sempre fazia, revirou os punhozinhos nus, rodeados por linhazinhas, com as palmas voltadas para baixo e, sorrindo com a boquinha sem dentes, começou a abanar as mãozinhas como se fossem as nadadeiras de um peixe, o que fazia farfalhar as pregas engomadas da saiazinha bordada. Era impossível não sorrir, não beijar a menina, era impossível não lhe oferecer um dedo para ela agarrar, enquanto guinchava e sacudia o corpo todo; era impossível não lhe oferecer o lábio, que ela, à maneira de um beijo, tomava em sua boquinha. E Anna fez tudo isso, tomou-a nas mãos, fez a menina dar saltinhos no ar, beijou a bochechinha fresca e os braços desnudos; porém, ante a imagem dessa criança, percebeu com ainda maior clareza que o sentimento que experimentava por ela nem era amor, em comparação com o que sentia por Serioja. Tudo nessa menina era meigo, mas por algum motivo tudo isso não arrebatava seu coração. No primeiro filho, embora de um homem a quem não amava, foram depositadas todas as forças do amor que permaneciam insatisfeitas; já a menina nascera nas condições mais penosas e nela não fora depositada nem a centésima parte dos desvelos dirigidos ao primogênito. Além disso, na menina, tudo ainda era esperança, enquanto Serioja já era quase um homem, e um homem querido; nele, já lutavam pensamentos, sentimentos; ele compreendia, amava, julgava-a, pensava Anna, ao recordar as palavras e os olhares do filho. E ela estava separada dele para sempre, não só fisicamente, mas também espiritualmente, e era impossível remediar isso.

Devolveu a menina à ama de leite, deixou-a sair e abriu o medalhão em que estava um retrato de Serioja, quando tinha quase a mesma idade da menina. Levantou-se e, após tirar o chapéu, pegou sobre a mesinha o álbum em que estavam cartões fotográficos do filho, em diversas idades. Queria comparar os cartões e começou a retirá-los do álbum. Retirou-os todos. Restou só um, o último, a melhor fotografia. Serioja estava de camisa branca, sentado a cavalo numa cadeira, com os olhos franzidos e um sorriso na boca. Era a sua expressão mais peculiar, a melhor de todas. Com as pequeninas mãos hábeis, que agora se movimentavam de modo especialmente tenso, Anna enfiou várias vezes os dedos brancos e finos por trás do canto da foto, mas a foto escapava e ela não conseguia puxá-la. Não havia nenhuma espátula sobre a mesa e Anna, após retirar a foto que estava ao lado (era uma foto de Vrónski, tirada em Roma, de chapéu redondo e de cabelos compridos), usou-a para empurrar para cima a foto do filho. "Sim, aqui está ele!" — disse Anna, ao lançar os olhos para a foto de Vrónski, e de repente lembrou quem era a causa do seu atual infortúnio. Não se lembrara dele nem uma vez, durante toda a manhã. Mas agora, de repente, ao reconhecer o rosto másculo, nobre, tão conhecido e tão querido dela, Anna sentiu um inesperado ímpeto de amor por ele.

"Sim, onde está ele? Como pôde me deixar sozinha com os meus sofrimentos?" — pensou, de repente, com um sentimento de recriminação, esquecendo-se de que ela mesma escondia de Vrónski tudo o que dizia respeito ao filho. Anna mandou que o chamassem imediatamente; com o coração agitado, enquanto imaginava as palavras com que lhe diria tudo e também as expressões de amor com que Vrónski a consolaria, Anna o esperava. O enviado voltou com a resposta de que ele estava com uma visita, mas logo viria, e mandou perguntar a Anna se não poderia receber também o príncipe Iáchvin, que chegara a Petersburgo. "Não virá sozinho, e não me vê desde o almoço de ontem", pensou, "não virá sozinho, mas sim com Iáchvin, para que eu não possa dizer-lhe tudo." E de súbito lhe acudiu um pensamento estranho: será que ele não a amava mais?

Repassando na memória os acontecimentos dos últimos dias, lhe pareceu encontrar em tudo uma confirmação dessa ideia estranha: o fato de não ter jantado com ela no dia anterior, de ter feito questão de se hospedarem em aposentos separados em Petersburgo e de agora não vir vê-la sozinho, como se quisesse evitar um encontro, frente a frente.

"Mas ele tem de me dizer isso. Preciso saber. Se eu souber, saberei então o que fazer", dizia consigo, incapaz de imaginar o que seria dela caso ficasse convencida da indiferença de Vrónski. Pensava que ele já não a amava, sentia-se à beira do desespero e por isso sentia-se especialmente agitada. Tocou a campainha chamando a criada e foi ao toucador. Ao se trocar, esmerou-se em sua toalete mais do que nos últimos dias, como se Vrónski, depois de ter perdido o amor por ela, pudesse apaixonar-se de novo pelo fato de ela usar o vestido e o penteado que lhe caíam melhor.

Ouviu o som da campainha, antes que estivesse pronta.

Quando saiu para a sala de estar, não foi ele, mas sim Iáchvin quem a recebeu com um olhar. Vrónski estava examinando as fotografias do filho que Anna esquecera sobre a mesa e não se apressou a voltar os olhos para ela.

— Já nos conhecemos — disse Anna, pousando a mão pequenina na mão enorme de Iáchvin, que se mostrou embaraçado (algo muito estranho, devido ao contraste com a sua estatura de gigante e com o seu rosto rude). — Conhecemo-nos no ano passado, nas corridas. Dê-me — disse, tomando de Vrónski, com um gesto rápido, as fotos do filho que ele observava, enquanto lhe dirigia, num relance, os olhos que brilharam de modo significativo. — As corridas deste ano foram melhores? Em vez delas, assisti ao Corso em Roma. O senhor, aliás, não aprecia a vida no estrangeiro — disse, com um sorriso afetuoso. — Conheço o senhor e sei de todos os seus gostos, embora nos tenhamos encontrado poucas vezes.

— Lamento muito isso, porque meus gostos são péssimos — respondeu Iáchvin, enquanto mordiscava o lado esquerdo do bigode.

Após conversar por algum tempo e notar que Vrónski havia dirigido um olhar para o relógio, Iáchvin perguntou a Anna se ainda iria demorar-se em Petersburgo e, pondo ereta sua imensa estatura, estendeu o braço para pegar o quepe.

— Creio que não — respondeu Anna, com hesitação, após dirigir um olhar para Vrónski.

— Então, não nos veremos mais? — perguntou Iáchvin, levantando-se e dirigindo-se a Vrónski: — Onde vai jantar?

— Venha jantar aqui — disse Anna, resoluta, como que irritada consigo mesma por causa do seu constrangimento, mas ruborizando-se, como sempre, quando mostrava sua situação diante de um novo conhecido. — O jantar aqui não é bom, mas pelo menos os senhores se encontrarão. Entre todos os companheiros do regimento, o senhor é aquele que Aleksei mais aprecia.

— Terei muito prazer — disse Iáchvin com um sorriso, no qual Vrónski percebeu que havia gostado muito de Anna.

Iáchvin fez um cumprimento e saiu. Vrónski ficou para trás.

— Você vai sair também? — perguntou Anna.

— Já estou atrasado — respondeu. — Vá indo! Logo alcançarei você — gritou para Iáchvin.

Anna o segurou pela mão e, sem baixar os olhos, fitou-o, procurando nos pensamentos algo para falar, com o intuito de retê-lo.

— Espere, há algo que preciso lhe dizer — e, segurando sua mão curta, apertou-a contra o pescoço. — Fiz mal em convidá-lo para jantar?

— Agiu muito bem — respondeu Vrónski, com um sorriso sereno, que pôs à mostra seus dentes perfeitos, e beijou a mão de Anna.

— Aleksei, você não mudou em relação a mim? — perguntou, apertando a mão dele com as duas mãos. — Aleksei, fico atormentada, aqui. Quando vamos partir?

— Em breve, em breve. Você não pode imaginar como é penosa para mim a nossa estada aqui — disse e puxou a mão.

— Está bem, vá, vá! — exclamou Anna, num tom ofendido, e afastou-se dele depressa.

XXXII

Quando Vrónski voltou para o hotel, Anna ainda não havia chegado. Disseram que, pouco depois de ele ter saído, uma senhora viera visitá-la e as duas saíram juntas. O fato de Anna ter saído sem dizer aonde ia, de ainda não ter voltado, de naquela manhã ter ido a algum lugar sem lhe avisar — tudo isso, somado à expressão estranha e agitada em seu rosto naquela manhã e à recordação do tom hostil com que ela, diante de Iáchvin, quase arrancara de suas mãos as fotos do filho, obrigou Vrónski a refletir. Decidiu que era imprescindível esclarecer a situação com ela. E a esperava na sala. Mas Anna não voltou só, trouxe consigo a tia, uma velha solteirona, a princesa Oblónskaia. Era a mulher que viera pela manhã e com quem Anna saíra para fazer compras. Anna pareceu não notar a expressão do rosto de Vrónski, preocupada e interrogativa, e lhe contou o que havia comprado naquela manhã. Vrónski percebeu que lhe havia ocorrido algo de especial: nos olhos, que brilhavam quando se detinham nele de passagem, havia uma atenção intensa e, nas palavras e nos gestos, havia aquela rapidez nervosa e aquela graça que tanto o fascinavam nos primeiros tempos de seu convívio, mas que agora o inquietavam e assustavam.

O jantar fora servido para quatro pessoas. Todos já estavam reunidos a fim de se encaminharem para a pequena sala de refeições, quando chegou Tuchkiévitch, incumbido por Betsy de dar um recado para Anna. A princesa Betsy pedia desculpas por não vir despedir-se; estava adoentada, mas pedia a Anna que fosse visitá-la entre seis e meia e nove horas. Vrónski olhou de relance para Anna ante a menção a esse horário específico, que denotava haverem sido tomadas providências a fim de ela não se encontrar com ninguém; mas Anna pareceu não perceber.

— Que pena que eu não possa sair justamente entre seis e meia e nove horas — disse, com um sorriso sutil.

— A princesa vai lamentar muito.

— E eu também.

— A senhora, certamente, irá ouvir a Patti, não? — perguntou Tuchkiévitch.

— Patti? O senhor me deu uma boa ideia. Eu iria, se fosse possível conseguir um camarote.

— Posso conseguir — ofereceu-se Tuchkiévitch.

— Eu ficaria muito, muito agradecida ao senhor — disse Anna. — Mas não quer jantar conosco?

Vrónski levantou os ombros num gesto quase imperceptível. Não entendia em absoluto o que Anna estava fazendo. Por que trouxera a velha princesa, por que convidara Tuchkiévitch para jantar e, o mais surpreendente de tudo, por que o mandara obter um camarote? Seria possível que ela, na sua situação, pensava mesmo em ir ao espetáculo da soprano Patti numa noite de assinatura, onde estaria presente toda a sociedade? Vrónski fitou-a com ar sério, mas Anna respondeu-lhe com aquele olhar desafiador, não exatamente exultante, e tampouco desesperado, cujo sentido ele não conseguia entender. Após o jantar, Anna mostrou-se agressivamente alegre: parecia tentar seduzir ora Tuchkiévitch, ora Iáchvin. Quando se levantaram da mesa de jantar e Tuchkiévitch saiu para providenciar o camarote, Iáchvin retirou-se para fumar e Vrónski desceu com ele para o seu quarto. Após algum tempo ali, subiu às pressas. Anna já trajava um vestido de tom claro, feito de seda e de veludo, com o decote muito aberto, que mandara confeccionar em Paris, e uma renda branca e cara na cabeça, que emoldurava seu rosto e exibia sua beleza radiante de um modo especialmente favorável.

— A senhora irá mesmo ao teatro? — perguntou Vrónski, esforçando-se em não olhar para ela.

— Por que o senhor me pergunta com um ar tão assustado? — disse Anna, de novo ofendida por ele não a fitar. — Por que eu não haveria de ir?

Parecia não compreender o significado das palavras de Vrónski.

— É claro, não existe nenhum motivo — retrucou ele, de cenho franzido.

— É exatamente o que estou dizendo — insistiu Anna, evitando intencionalmente compreender a ironia do tom de voz de Vrónski e puxando para cima, com toda a calma, o comprido cano da luva perfumada.

— Anna, pelo amor de Deus! O que há com a senhora? — exclamou Vrónski, chamando-a à razão, exatamente como outrora lhe falava o marido.

— Não entendo do que o senhor está falando.

— A senhora sabe que é impossível ir.

— Por quê? Não irei sozinha. A princesa Varvara foi trocar de roupa, ela irá comigo.

Vrónski encolheu os ombros com um ar de perplexidade e de desespero.

— Será que a senhora não sabe que... — começou a explicar.

— E nem quero saber! — quase gritou Anna. — Não quero. Acaso estou arrependida do que fiz? Não, não e não. E se fosse recomeçar, eu faria exatamente o mesmo. Para nós, para mim, para o senhor, só uma coisa importa: se amamos um ao outro. Quanto às demais pessoas, não contam para nós. Por que estamos em aposentos separados e não nos vemos? Por que não posso ir? Amo você e, para mim, tudo é indiferente — disse Anna, em russo, com um brilho singular nos olhos, que o fitaram de relance, e que ele não compreendeu —, se você não tiver mudado. Por que não olha para mim?

Olhou para ela. Viu toda a beleza do seu rosto e da sua roupa, que sempre lhe caía tão bem. Mas agora eram justamente a beleza e a elegância dela que o irritavam.

— Meu sentimento não pode mudar, a senhora sabe, mas eu lhe peço que não vá, eu imploro à senhora — disse, de novo em francês, com uma carinhosa súplica na voz, mas com frieza no olhar.

Ela não ouviu as palavras, mas viu a frieza do olhar e retrucou, com irritação:

— E eu peço ao senhor que me explique por que não devo ir.

— Porque isso pode ocasionar à senhora... — ele titubeou.

— Não estou compreendendo nada. Iáchvin *n'est pas compromettant*[16] e a princesa Varvara não é pior do que ninguém. Ah, aí está ela.

XXXIII

Vrónski experimentou pela primeira vez um sentimento de mágoa com relação a Anna, quase de rancor, por sua intencional falta de compreensão da situação em que estava. Tal sentimento tornou-se ainda mais forte por não conseguir expressar a ela a causa de sua mágoa. Se lhe dissesse abertamente o que pensava, diria: "Aparecer no teatro com essa roupa, com uma princesa que todos conhecem muito bem, significaria não só reconhecer sua situação de mulher decaída como também lançar um desafio à sociedade, ou seja, renunciar a ela para sempre".

Não podia dizer isso a Anna. "Mas como pode ela não compreender tal coisa, e o que pretende fazer?", dizia consigo. Percebia que, ao mesmo tempo que o seu respeito por Anna diminuía, a sua consciência da beleza dela aumentava.

Voltou ao seu quarto mal-humorado e, após sentar-se ao lado de Iáchvin, que esticara as pernas compridas sobre uma cadeira e bebia conhaque com água gaseificada, pediu que lhe servissem a mesma bebida.

— Você falava do Poderoso de Lankóvski. É um bom cavalo e recomendo que compre — disse Iáchvin, depois de olhar de relance para o rosto soturno do amigo. — Tem a garupa um pouco caída, mas as pernas e a cabeça, ninguém pode querer nada melhor.

— Acho que vou comprar — respondeu Vrónski.

A conversa sobre cavalos animou-o, mas não esquecia Anna nem por um minuto, não conseguia deixar de prestar atenção nos sons de passos no corredor e, volta e meia, lançava olhares para o relógio sobre a lareira.

— Anna Arcádievna mandou avisar que foi ao teatro.

Iáchvin, após entornar mais um cálice de conhaque na água borbulhante, bebeu e levantou-se, abotoando-se.

— E então? Vamos lá — disse, com um ligeiro sorriso sob o bigode e demonstrando, com esse sorriso, que compreendia a causa do mau humor de Vrónski, mas que não lhe dava importância.

— Não vou — respondeu Vrónski, com ar soturno.

— Mas eu preciso ir, prometi. Bem, até logo. No entanto, se você for, fique na plateia, pegue a poltrona de Krássinski — acrescentou Iáchvin, ao sair.

---

16 Francês: "não é comprometedor".

— Não, eu tenho um assunto a resolver.

"Uma esposa é um transtorno e, se não for esposa, é pior ainda", refletiu Iáchvin, enquanto saía do hotel.

Quando ficou só, Vrónski levantou-se da cadeira e pôs-se a andar pelo quarto.

"E o que vai acontecer hoje? É o quarto espetáculo de assinatura... Iegor e a esposa estarão lá e minha mãe também, na certa.[17] Quer dizer que toda São Petersburgo estará lá. Agora ela entrou, tirou o casaco de peles e se expôs diante da sociedade. Tuchkiévitch, Iáchvin, a princesa Varvara..." — imaginava ele. "E quanto a mim? Será que estou com medo, ou deixei a proteção de Anna ao encargo de Tuchkiévitch? De qualquer ponto de vista, uma tolice, uma tolice... E por que ela me deixa numa tal situação?" — disse ele, brandindo a mão.

Com esse gesto, esbarrou na mesinha sobre a qual estavam a água gaseificada e a garrafa de conhaque, e por pouco não a derrubou. Quis segurá-la, deixou-a escapulir e, com irritação, empurrou a mesa com o pé e tocou a campainha.

— Se quer trabalhar para mim — disse para o camareiro que entrara —, lembre-se dos seus deveres. Que isso não aconteça mais. Você devia ter retirado isso.

O camareiro, sentindo-se inocente, quis justificar-se, mas, ao olhar de relance para o patrão, entendeu pelo seu rosto que era melhor ficar em silêncio e, com movimentos rápidos, abaixou-se sobre o tapete e começou a recolher as taças e as garrafas, inteiras e partidas.

— Isso não é trabalho seu, mande o criado vir limpar e me prepare um fraque.

Vrónski entrou no teatro às oito e meia. O espetáculo estava no auge. O velho camaroteiro despiu o casaco de Vrónski e, ao reconhecê-lo, chamou-o de "vossa excelência" e sugeriu que não era preciso pegar o número, bastava chamar "Fiódor" quando viesse buscar o casaco. No corredor bem iluminado, não havia ninguém exceto um camaroteiro e dois lacaios, com casacos de peles nos braços, que escutavam junto à porta. Por trás da porta entreaberta, ouvia-se o som de um cuidadoso acompanhamento da orquestra em staccato e de uma voz de mulher, que emitia com nitidez uma frase musical. A porta se abriu, deixando passar um camaroteiro que se esgueirou rapidamente, e a frase musical, que chegava ao fim, atingiu com clareza os ouvidos de Vrónski. No entanto, a porta logo se fechou, Vrónski não ouviu o fim da frase e da cadência, mas, pelo aplauso ruidoso por trás da porta, entendeu que a cadência havia terminado. Quando entrou na sala, iluminada com esplendor por lustres e por bicos de gás feitos de bronze, o clamor ainda ressoava. No palco, a cantora, que reluzia com os ombros

---

17 Provável lapso do autor. O nome Iegor aparece em lugar do nome do irmão de Vrónski, Aleksandr.

nus e com os brilhantes, inclinava-se e sorria, enquanto recolhia, com a ajuda do tenor que a apoiava pelo braço, os buquês lançados de maneira estabanada por cima da ribalta, e aproximou-se de um cavalheiro, com o cabelo empomadado e lustroso, dividido ao meio e penteado para os lados, que estendia os braços compridos por cima da ribalta, com alguma coisa nas mãos — e todo o público da plateia, como também dos camarotes, se alvoroçava, se esticava para a frente, gritava e batia palmas. O maestro, do seu posto elevado, ajudava a entregar os presentes e ajeitava sua gravata branca. Vrónski entrou pelo corredor central da plateia e, após se deter, começou a olhar em redor. Nesse dia, ele prestou menos atenção do que nunca ao ambiente conhecido e habitual, ao palco, àquele clamor, a todo aquele conhecido, desinteressante e variegado rebanho de espectadores, no teatro superlotado.

Como sempre, lá estavam certas senhoras nos camarotes, com certos oficiais, ao fundo; lá estavam as mesmas mulheres com trajes festivos, só Deus sabe quem seriam, e os uniformes e as sobrecasacas; lá estava a mesma multidão suja nas galerias, e em meio a toda aquela multidão, nos camarotes e nas primeiras filas de poltronas, estavam cerca de quarenta pessoas que eram os homens e as mulheres que de fato contavam. Para esse oásis, Vrónski prontamente dirigiu sua atenção e com eles prontamente travou contato.

O ato havia terminado quando ele entrou e por isso, em vez de se dirigir ao camarote do irmão, Vrónski foi até a primeira fileira e deteve-se junto à ribalta em companhia de Serpukhóvskoi, que, com o joelho dobrado e batendo de leve o tacão da bota contra a ribalta onde se escorava, o vira de longe e o chamara com um sorriso.

Vrónski ainda não vira Anna, de propósito não olhara para o seu lado. Mas, pela direção dos olhares, sabia onde estava. Observou em redor discretamente, mas não a procurou; esperando pelo pior, procurava os olhos de Aleksei Aleksándrovitch. Para sua felicidade, nessa noite Aleksei Aleksándrovitch não estava no teatro.

— Como restou pouco do militar em você! — disse Serpukhóvskoi. — Um diplomata, um artista, é isso o que parece.

— Pois é, assim que voltei para casa, vesti logo um fraque — respondeu Vrónski, sorrindo enquanto retirava lentamente do bolso o seu binóculo.

— Sabe, até admito, nisso eu o invejo. Quando volto do exterior e visto isto aqui — tocou nas dragonas —, lamento a falta de liberdade.

Já havia muito que Serpukhóvskoi desistira da carreira militar de Vrónski, mas o estimava como antes e agora se mostrava especialmente amável com ele.

— Que pena que tenha perdido o primeiro ato.

Vrónski, enquanto o ouvia sem muita atenção, desviou o binóculo da frisa para o balcão e observou os camarotes. Ao lado de uma senhora de turbante e de um velhote calvo, que pestanejou irritado ante o reflexo da lente do binóculo que se mexia, Vrónski avistou de repente a cabeça de Anna, altiva, assombrosamente bela, que sorria na moldura de rendas. Estava na quinta frisa, a vinte passos dele. Estava sentada na frente e, ligeiramente virada para o lado, conversava com Iáchvin. A postura da cabeça sobre os ombros largos e bonitos, o fulgor discretamente excitado em seus olhos e todo o seu rosto lhe trouxeram à memória, com perfeição, o modo como ele a vira no baile, em Moscou. Mas agora aquela beleza o afetava de maneira completamente distinta. Em seus sentimentos por Anna, agora, nada havia de misterioso e por isso sua beleza, embora o atraísse com mais força do que antes, ao mesmo tempo o ofendia. Ela não olhava na sua direção, mas Vrónski sentia que já o tinha visto.

Quando voltou o binóculo de novo para aquele lado, notou que a princesa Varvara estava especialmente ruborizada, ria de maneira pouco natural e a todo instante virava os olhos na direção do camarote vizinho; Anna, por sua vez, com o leque fechado e batendo com ele no veludo vermelho, olhava fixamente para algum lugar, mas não via nem queria ver o que se passava no camarote vizinho. No rosto de Iáchvin, havia a mesma expressão de quando estava perdendo no jogo. De cenho franzido, ele enfiava o bigode esquerdo cada vez mais fundo na boca e olhava de esguelha para o camarote vizinho.

Nesse camarote, à esquerda, estavam os Kartássov. Vrónski os conhecia e sabia que Anna era conhecida deles. Kartássova, mulher magra e miúda, estava de pé em seu camarote e, de costas voltadas para Anna, vestia uma capa que o marido lhe oferecia. Seu rosto estava pálido e severo e ela falava algo, de maneira agitada. Kartássov, um cavalheiro gordo e calvo, voltava os olhos constantemente para Anna, enquanto tentava acalmar a esposa. Quando a esposa saiu, o marido ainda se demorou bastante, procurando com os olhos o olhar de Anna, pelo visto com o intuito de cumprimentá-la. Mas Anna, parecendo propositadamente não o notar, lhe dava as costas e falava algo a Iáchvin, que inclinava para ela a cabeça de cabelos raspados. Kartássov saiu sem se curvar em cumprimento e o camarote ficou vazio.

Vrónski não compreendeu o que exatamente se passara entre os Kartássov e Anna, mas compreendeu que se tratava de algo humilhante para ela. Compreendeu-o pelo que viu e também, sobretudo, pelo rosto de Anna, que, ele sabia, concentrava suas últimas forças a fim de manter-se aferrada em seu papel. Esse papel de calma exterior lhe caía bem. Quem não conhecia Anna e o seu círculo, quem não tinha ouvido todas as expressões de comiseração, de indignação e de espanto proferidas pelas mulheres, por Anna se permitir exibir-se na sociedade, e exibir-se de maneira tão ostensiva em seu ornato rendado e com toda a sua beleza, essas pessoas admiravam a calma e a beleza daquela mulher e não suspeitavam que ela provava o mesmo sentimento de um homem exposto ao público num pelourinho.

Ciente de que algo havia ocorrido, mas sem saber exatamente do que se tratava, Vrónski sentia uma inquietação torturante e, com esperança de obter alguma explicação, foi ao camarote do irmão. Escolhendo intencionalmente a passagem na plateia situada no lado oposto ao camarote de Anna, ele, ao sair, topou com o antigo comandante do seu regimento, que conversava com dois conhecidos. Vrónski ouviu pronunciarem o nome Kariênin e notou como o comandante do regimento se apressou em chamar Vrónski em voz alta, depois de lançar um olhar significativo para seus interlocutores.

— Ei, Vrónski! Quando irá ao regimento? Não podemos deixá-lo ir embora sem um banquete. Você é o nosso campeão — disse o comandante do regimento.

— Estou sem tempo, lamento muito, fica para outra vez — respondeu Vrónski e subiu depressa pela escada rumo ao camarote do irmão.

A velha condessa, mãe de Vrónski, com seus cachinhos prateados, estava no camarote do irmão. Vária e a jovem princesa Sorókina o encontraram no corredor do primeiro balcão.

Após deixar a princesa Sorókina com a mãe, Vária ofereceu a mão ao cunhado e logo começou a falar aquilo que interessava a Vrónski. Estava agitada como ele raramente a via.

— Considero isso baixo e sórdido e Madame Kartássova não tinha nenhum direito. Madame Kariênina... — começou.

— O que houve? Eu não soube.

— Como, não lhe disseram?

— Como vê, serei o último a saber.

— Será que existe alguma criatura mais cruel do que Kartássova?

— Mas o que ela fez?

— Meu marido contou... Ela insultou Kariênina. O marido dela, do seu camarote, começou a conversar com Anna e então Kartássova fez um escândalo com ele. Dizem que falou algo ofensivo em voz bem alta e saiu.

— Conde, a *maman* do senhor o está chamando — avisou a princesa Sorókina, que espiou através da porta do camarote.

— Eu estava à sua espera há muito tempo — disse-lhe a mãe, com um sorriso de zombaria. — Não se vê você em parte alguma.

O filho notou que ela não conseguiu conter um sorriso de alegria.

— Boa noite, *maman*. Fui à casa da senhora — respondeu friamente.

— Por que não vai *faire la cour a madame Karenine*? — acrescentou, quando a princesa Sorókina se retirou. — *Elle fait sensation. On oublie la Pattie pour elle.*[18]

— *Maman*, eu pedi à senhora que não me falasse a respeito disso — respondeu, franzindo as sobrancelhas.

— Falo o que todos falam.

Vrónski nada respondeu e, após dizer algumas palavras à princesa Sorókina, se retirou. Na porta, encontrou o irmão.

— Ah, Aleksei! — disse o irmão. — Que baixeza! Não passa de uma imbecil, essa mulher... Eu tinha intenção de ir até ela agora mesmo. Vamos juntos.

Vrónski não lhe deu ouvidos. Desceu a passos ligeiros: sentia que precisava fazer algo, mas ignorava o quê. O desgosto com Anna, por ter posto a si e a ele numa situação tão hipócrita, somado à compaixão pelos sofrimentos dela, deixaram-no perturbado. Desceu até a plateia e seguiu direto para a frisa de Anna.

Striémov estava de pé junto à frisa e conversava com ela:

— Não há mais tenores. *Le moule en est brisé.*[19]

Vrónski cumprimentou-a com uma reverência e se deteve, enquanto saudava Striémov.

— O senhor, quero crer, se atrasou e não ouviu a melhor ária — disse Anna para Vrónski, com um olhar que lhe pareceu irônico.

— Não sou grande entendedor — respondeu, fitando-a com severidade.

— Como o príncipe Iáchvin — disse Anna, sorrindo —, que acha que Patti canta alto demais. Obrigada — disse, após pegar na mão pequena, envolta numa luva comprida, o programa que Vrónski apanhara do chão, e de repente, nesse instante, o rosto bonito de Anna estremeceu. Ela se levantou e foi para o fundo do camarote.

No ato seguinte, ao perceber que o camarote de Anna permanecia vazio, Vrónski, provocando apupos do teatro, que logo silenciaram ante os sons da cavatina, levantou-se, saiu da plateia e foi para o seu hotel.

Anna já estava em casa. Quando Vrónski entrou nos aposentos dela, Anna se achava sozinha, nos mesmos trajes que usara no teatro. Estava sentada na primeira poltrona encostada à parede e olhava para a frente. Voltou o olhar para Vrónski por um momento e logo em seguida retomou a posição anterior.

— Anna — disse ele.

---

18 Francês: "fazer a corte à sra. Kariênina? [...] Ela causa sensação. Até se esquecem de Patti por causa dela".

19 Francês: "o molde se quebrou".

— Você, você é o culpado de tudo! — gritou, com lágrimas de desespero e de cólera na voz, e levantou-se.

— Eu pedi, eu implorei que você não fosse, eu sabia que seria desagradável para você...

— Desagradável? — gritou. — Horroroso! Enquanto eu viver, jamais esquecerei. Ela disse que era uma desonra sentar-se a meu lado.

— Palavras de uma mulher estúpida — disse Vrónski. — Mas para que se arriscar a provocar...

— Odeio a sua calma. Você não deveria ter me levado a isso. Se me amasse...

— Anna! O que o meu amor tem a ver com...

— Sim, se você me amasse, como eu, se você sofresse, como eu... — disse Anna, enquanto lhe dirigia olhares com uma expressão de pavor.

Vrónski tinha pena dela e, mesmo assim, sentia-se irritado. Assegurou-lhe o seu amor porque via que só isso, agora, podia tranquilizá-la, e não lhe dizia palavras de recriminação, mas no íntimo a recriminava.

E essas garantias de amor, que a ele pareciam tão vulgares que sentia vergonha ao pronunciá-las, Anna as absorvia até o fundo e, aos poucos, acalmou-se. No dia seguinte, totalmente reconciliados, partiram para o campo.

PARTE SEIS

I

Dária Aleksándrovna e os filhos estavam passando o verão em Pokróvskoie, na casa de sua irmã Kitty Liévina. Na propriedade rural de Dária, a casa estava em ruínas e Liévin e sua esposa convenceram-na a passar o verão com eles. Stiepan Arcáditch aprovou com entusiasmo essa medida. Disse lamentar muito que o serviço o impedisse de passar o verão com a família no campo, o que para ele teria sido a maior felicidade, e, enquanto permanecia em Moscou, viajava para o campo de tempos em tempos, onde ficava por um ou dois dias. Além dos Oblónski, de todos os seus filhos e da preceptora, a casa dos Liévin hospedava também, nesse verão, a velha princesa, que considerava seu dever acompanhar a filha inexperiente e em estado interessante. Além disso, Várienka, a amiga de Kitty no exterior, cumprira a promessa de vir visitá-la quando Kitty se casasse e estava hospedada na casa da amiga. Todos eram parentes e amigos da esposa de Liévin. E, embora gostasse de todos, ele lamentava um pouco pelo seu mundo lieviniano e por sua ordem, abafados sob aquele afluxo do "elemento cherbatskiano", como ele dizia consigo. Entre os seus parentes, só Serguei Ivánovitch se hospedara em sua casa nesse verão, mas não se tratava de um homem de feitio lieviniano e sim koznicheviano, de sorte que o espírito lieviniano fora completamente eliminado.

Na casa de Liévin, que ficara vazia durante muito tempo, agora havia tanta gente que quase todos os quartos estavam ocupados e, quase todos os dias, acontecia de a velha princesa, ao sentar-se à mesa, contar todos os presentes e fazer sentar à parte, numa mesinha, o neto ou a neta de número treze.[1] E para Kitty, que se empenhava com afinco em sua função de anfitriã, não eram poucas as dificuldades para comprar galinhas, perus e patos, que tinham de ser sempre numerosos para satisfazer o apetite estival dos hóspedes e das crianças.

A família inteira estava sentada à mesa, para jantar. Os filhos de Dolly, a preceptora e Várienka planejavam aonde iriam para colher cogumelos. Serguei

---

1 Segundo uma superstição, caso treze pessoas se sentassem à mesa, uma delas morreria no ano seguinte.

Ivánovitch, que entre os hóspedes gozava de um respeito à beira da adoração por sua inteligência e por seu saber, surpreendeu a todos ao tomar parte na conversa sobre cogumelos.

— Permitam que eu vá com as senhoras. Adoro caminhar à cata de cogumelos — disse ele, fitando Várienka. — Creio que é uma atividade excelente.

— Ora, ficaremos muito contentes — respondeu Várienka, ruborizando-se. Kitty trocou um olhar significativo com Dolly. A proposta do culto e inteligente Serguei Ivánovitch de ir procurar cogumelos com Várienka confirmava certas conjecturas de Kitty, que muito a ocupavam ultimamente. Apressou-se em falar com a mãe para que o olhar dela não fosse notado. Após o jantar, Serguei Ivánovitch sentou-se com sua xícara de café junto à janela na sala de estar e, enquanto prosseguia a conversa iniciada com o irmão, olhava de vez em quando para a porta pela qual deviam sair as crianças, a fim de colher cogumelos. Liévin estava sentado no parapeito da janela, ao lado do irmão.

Kitty estava de pé ao lado do marido, pelo visto, à espera do fim da conversa desinteressante, para lhe dizer alguma coisa.

— Você mudou muito desde que casou, e mudou para melhor — disse Serguei Ivánovitch, sorrindo para Kitty e, ao que parecia, sem grande interesse pela conversa antes iniciada. — Mas permaneceu fiel à sua paixão de defender as teses mais paradoxais.

— Kátia, não é bom para você ficar de pé — disse-lhe o marido, empurrando uma cadeira para Kitty e fitando-a de modo significativo.

— Aí estão eles, agora não tenho mais tempo — acrescentou Serguei Ivánovitch, ao ver as crianças que corriam para fora da casa.

À frente de todos, a galope e de lado, com as meias esticadas, balançando nas mãos um cestinho e o chapéu de Serguei Ivánovitch, Tânia correu direto em sua direção.

Ao chegar afoita até Serguei Ivánovitch, com os olhos reluzentes, tão semelhantes aos belos olhos do pai, entregou-lhe o seu chapéu e deu a entender que queria vesti-lo ela mesma, enquanto abrandava sua ousadia com um sorriso tímido e meigo.

— Várienka está esperando — disse Tânia, enquanto cuidadosamente vestia nele o chapéu, depois de perceber, pelo sorriso de Serguei Ivánovitch, que poderia fazê-lo.

Várienka estava na porta, com um vestido amarelo de chita e um lenço branco amarrado à cabeça.

— Já vou, já vou, Varvara Andréievna — disse Serguei Ivánovitch, enquanto sorvia até o fim a xícara de café e guardava no bolso um lenço e o estojo de charutos.

— Que encanto é a minha Várienka, hem? — disse Kitty ao marido, assim que Serguei Ivánovitch se levantou. Falou de modo que Serguei Ivánovitch pôde ouvi-la, o que obviamente era o seu único intuito. — E como é bonita, de uma beleza nobre! Várienka! — gritou Kitty. — Vocês vão à floresta do moinho? Iremos com vocês.

— Sem dúvida você está esquecendo a condição em que se encontra, Kitty — advertiu a velha princesa, que veio depressa até a porta. — Não pode gritar desse jeito.

Várienka, ao ouvir a voz de Kitty e a advertência da mãe, rapidamente aproximou-se da amiga, com seus passos ágeis. A velocidade dos movimentos, o rubor que cobria o rosto animado — tudo denotava que nela se passava algo fora do comum. Kitty sabia o que era e a observava com atenção. Chamara Várienka, agora, só para abençoá-la mentalmente pelo acontecimento importante que, no pensamento de Kitty, havia de se realizar nesse dia, após o jantar, na floresta.

— Várienka, vou ficar muito feliz se acontecer uma coisa — murmurou ela, beijando-a.

— E o senhor vai conosco? — perguntou Várienka a Liévin, encabulada, dando a entender que não ouvira o que lhe fora dito.

— Eu vou, mas só até a eira coberta, e ficarei lá.

— Mas o que quer lá? — perguntou Kitty.

— Preciso vistoriar as carroças novas e verificar sua capacidade — respondeu Liévin. — E você, onde vai ficar?

— Na varanda.

II

Na varanda, reuniu-se toda a sociedade feminina. Elas, em geral, gostavam de ficar sentadas ali, após o jantar, mas dessa vez havia, além disso, uma tarefa a cumprir. Além de costurar as camisolinhas e tricotar as fraldas, afazeres que a todas ocupavam, dessa vez, ali, cozinhavam doces em calda segundo um método novo para Agáfia Mikháilovna, sem acrescentar água. Kitty introduzira o novo método, usado em casa de seus pais. Agáfia Mikháilovna, que sempre fora incumbida dessa tarefa, considerando que aquilo que fora feito na casa dos Liévin não podia ser ruim, acrescentou água ao morango de horta e ao morango silvestre, ponderando que era impossível preparar o doce de outro modo; ela fora flagrada ao fazer isso e, agora, Agáfia Mikháilovna cozinhava a framboesa diante de todos e teria de se convencer de que, sem água, o doce em calda ficava bom.

Agáfia Mikháilovna, com o rosto acalorado e desgostoso, os cabelos emaranhados e os braços magros descobertos até o cotovelo, balançava o tacho em círculos acima do braseiro e olhava para a framboesa com ar soturno, desejando com toda a alma que ela empedrasse e não dissolvesse. A princesa, sentindo que, na condição de principal conselheira do cozimento da framboesa, devia ser ela o alvo do ódio de Agáfia Mikháilovna, tentava dar a impressão de estar ocupada com outras coisas e, sem se interessar pela framboesa, falava de outros assuntos, mas olhava de esguelha para o braseiro.

— Sempre compro eu mesma, em saldos, a roupa das minhas criadas — dizia a princesa, continuando a conversa já entabulada. — Será que não está na hora de retirar a espuma, minha querida? — acrescentou, dirigindo-se a Agáfia Mikháilovna. — Não há a menor necessidade de você fazer isso, e está muito quente — disse para Kitty, a fim de contê-la.

— Farei isso — disse Dolly e, após levantar-se, começou a deslizar cuidadosamente a colher pelo açúcar que espumara e, de vez em quando, a fim de desprender o que grudava na colher, batia com ela num prato, já coberto por espumas coloridas, amarelo-rosadas, e pela calda cor de sangue, que escorria. "Como eles vão adorar lamber isto, junto com o chá!", pensou, tendo em mente seus filhos, ao recordar como ela mesma, quando criança, se admirava de ver que os adultos não comiam a melhor parte: a espuma.

— Stiva diz que é infinitamente melhor dar dinheiro — prosseguia Dolly, enquanto isso, uma conversa interessante sobre a melhor forma de presentear os criados. — Mas...

— Dinheiro, nem pensar! — retrucaram a uma só voz a princesa e Kitty. — Eles dão valor a presentes.

— Bem, eu, por exemplo, no ano passado, comprei para a nossa Matriona Semiónovna não exatamente uma popelina, mas algo do gênero — disse a princesa.

— Eu me lembro, ela o vestiu no aniversário da senhora.

— Um estampado lindo; tão simples e distinto. Eu faria um vestido assim para mim, se ela já não tivesse um igual. Do tipo do vestido de Várienka. Barato e gracioso.

— Bem, agora parece que está pronto — disse Dolly, escorrendo a calda da colher.

— Só está pronto quando forma umas rodinhas. Ferva mais um pouco, Agáfia Mikháilovna.

— Essas moscas! — exclamou Agáfia Mikháilovna, irritada. — Tudo isso vai dar na mesma — acrescentou.

— Ah, como ele é lindo, não o assuste! — disse Kitty, de repente, olhando para um pardal que pousara na balaustrada e que, após virar-se para um cabinho de framboesa, começou a bicá-lo.

— Sim, mas fique afastada do braseiro — advertiu a mãe.

— *À propos de*[2] Várienka — disse Kitty, em francês, como sempre falavam quando não queriam que Agáfia Mikháilovna as compreendesse. — A senhora sabe, *maman*, que por algum motivo eu espero uma decisão para hoje. A senhora entende do que estou falando. Como seria bom!

— Vejam só que grande mestra casamenteira! — exclamou Dolly. — Como ela os manobrou com cuidado e habilidade...

— Não, *maman*, diga o que a senhora pensa.

— Ora, o que há para pensar? Ele (referia-se a Serguei Ivánovitch) podia casar com o melhor partido da Rússia; agora, já não está tão jovem, mesmo assim, sei de muitas que casariam com ele a qualquer momento... Ela é muito boa, mas ele poderia...

— Não, entenda, mamãe, é impossível imaginar algo melhor para ele e para ela. Em primeiro lugar, ela é um encanto! — disse Kitty, dobrando um dedo.

— Ele gosta muito dela, isso é certo — confirmou Dolly.

— Depois, ele ocupa uma tal posição na sociedade que sua esposa não precisa ter fortuna nem posição social. Ele só precisa de uma coisa: uma esposa boa, meiga e tranquila.

— Sim, com ela, poderia ficar mesmo tranquilo — confirmou Dolly.

— Em terceiro lugar, é preciso que ela o ame. E assim é... Seria tão bom se acontecesse!... Espero que voltem logo da floresta; e que tudo se resolva. Verei no mesmo instante pelos seus olhos. Eu ficaria tão contente! O que acha, Dolly?

— Não fique tão agitada. Não é nada bom para você se agitar — advertiu a mãe.

— Não estou agitada, mamãe. Parece-me que ele hoje vai se declarar.

— Ah, é tão estranho como e quando o homem se declara... Existe uma espécie de barreira e, de repente, ela desmorona — disse Dolly, sorrindo pensativa, enquanto lembrava seu passado, com Stiepan Arcádievitch.

— Mamãe, como o papai se declarou à senhora? — perguntou Kitty, de repente.

— Não aconteceu nada de extraordinário, foi muito simples — respondeu a princesa, mas seu rosto inteiro reluziu ante essa recordação.

— Não, mas como foi? A senhora já o amava antes de permitirem que conversasse com ele?

Kitty experimentava um encanto especial por, agora, poder conversar com a mãe de igual para igual, a respeito dessas questões cruciais na vida de uma mulher.

— Claro, amava; ele nos visitava em nossa casa no campo.

— Mas como tudo se resolveu? Hem, mamãe?

---

2 Francês: “a propósito de”.

— Por acaso pensa que vocês inventaram alguma novidade? A mesma coisa de sempre: se resolveu por meio de olhares, de sorrisos...

— Como a senhora descreveu bem, mamãe! É exatamente por meio de olhares e de sorrisos — confirmou Dolly.

— Mas que palavras ele disse?

— E que palavras disse Kóstia a você?

— Ele escreveu com giz. Foi maravilhoso... Parece fazer tanto tempo! — exclamou.

E as três mulheres puseram-se a refletir sobre a mesma coisa. Kitty foi a primeira a interromper o silêncio. Lembrou-se de tudo o que havia ocorrido no inverno anterior ao seu casamento e do seu entusiasmo por Vrónski.

— Há só uma coisa... Aquela paixão antiga de Várienka — disse, ao recordar-se disso, por força de uma natural associação de ideias. — Eu queria contar de algum modo a Serguei Ivánovitch, prepará-lo. Eles, todos os homens — acrescentou —, são horrivelmente ciumentos a respeito do nosso passado.

— Nem todos — disse Dolly. — Você está julgando pelo seu marido. Até hoje ele se atormenta com a lembrança de Vrónski. Hem? Não é verdade?

— É verdade — respondeu Kitty, sorrindo com os olhos, pensativa.

— Só não entendo — interferiu a princesa mãe, em defesa do seu zelo maternal pela filha — o que, no seu passado, pode inquietar o seu marido. O fato de Vrónski ter feito a corte a você? Isso acontece com todas as moças.

— Bem, não vamos falar desse assunto — disse Kitty, ruborizando-se.

— Ora, me desculpe — prosseguiu a mãe —, mas, afinal, foi você mesma que não me permitiu falar com Vrónski. Lembra?

— Ah, mamãe! — disse Kitty, com uma expressão de sofrimento.

— Hoje em dia, não há como segurar vocês... Suas relações não deveriam ter ido além do conveniente; eu mesma o teria chamado às falas. Pensando bem, meu anjo, você não deve se agitar. Por favor, lembre-se disso e se acalme.

— Estou perfeitamente tranquila, mamãe.

— Que felicidade, para Kitty, ter surgido Anna — disse Dolly. — E que infelicidade, para a própria Anna. Vejam só, foi exatamente o contrário — acrescentou, impressionada com o seu pensamento. — Na ocasião, Anna estava tão feliz, enquanto Kitty se julgava uma infeliz. Como a situação se inverteu completamente! Eu penso muito nela.

— Logo em quem vai pensar! Mulher torpe, repulsiva, sem coração — disse a mãe, incapaz de esquecer que Kitty não se casara com Vrónski, mas sim com Liévin.

— Para que falar desse assunto? — retrucou Kitty, com enfado. — Não penso nisso nem quero pensar... Nem quero pensar — repetiu, atenta ao som dos conhecidos passos de seu marido na escada da varanda.

— Por que diz isso: nem quero pensar? — perguntou Liévin, ao entrar na varanda. Mas ninguém lhe respondeu e ele não repetiu a pergunta.

— Lamento perturbar o reino feminino das senhoras — disse, depois de olhar descontente para todas e compreender que conversavam sobre algo que não falariam em sua presença.

Por um segundo, sentiu que partilhava o descontentamento de Agáfia Mikháilovna por cozinharem a framboesa sem água e pela influência cherbatskiana, em geral. Sorriu, porém, e aproximou-se de Kitty.

— E então? — perguntou Liévin, olhando para Kitty com a mesma expressão que, agora, todos usavam ao se dirigir a ela.

— Tudo bem, tudo ótimo — respondeu Kitty, sorrindo. — E você, como se saiu?

— As carroças levam três vezes mais carga do que uma telega. Vamos atrás das crianças? Mandei atrelar.

— Como assim, você quer levar Kitty num breque? — disse a mãe, em tom de recriminação.

— Iremos bem devagar, princesa.

Liévin nunca chamava a princesa de *maman*, como fazem os genros, e a princesa se ressentia disso. Mas, apesar de amar e respeitar muito a princesa, Liévin não conseguia chamá-la desse modo sem profanar seus sentimentos pela falecida mãe.

— Venha conosco, *maman* — pediu Kitty.

— Não quero presenciar essas imprudências.

— Então irei a pé. Afinal, vai me fazer bem. — Kitty levantou-se, aproximou-se do marido e tomou-lhe o braço.

— Vai fazer bem, mas tudo na medida certa — disse a princesa.

— E então, Agáfia Mikháilovna, o doce está pronto? — perguntou Liévin, que sorriu para Agáfia Mikháilovna, com o intuito de alegrá-la. — Ficou bom do jeito novo?

— Deve estar bom. Para nós, está cozido demais.

— Assim fica melhor ainda, Agáfia Mikháilovna, não vai azedar, mesmo que o nosso gelo já tenha começado a derreter e não tenhamos onde guardar o doce — disse Kitty, que havia entendido prontamente a intenção do marido e dirigia-se à velha com aquele mesmo sentimento. — Em compensação, os legumes em salmoura da senhora são tão bons que a mamãe disse que não comeu nada igual em parte alguma — acrescentou sorrindo e ajeitando o lenço na cabeça da velha criada.

Agáfia Mikháilovna olhou para Kitty, zangada.

— A senhora não precisa me consolar, patroa. Basta olhar para a senhora ao lado dele para eu ficar alegre — disse, e essa familiaridade ligeiramente rude ao se referir a Liévin comoveu Kitty.

— Venha conosco para colher cogumelos, a senhora nos mostrará os lugares. — Agáfia Mikháilovna sorriu, balançou a cabeça como que dizendo: "Eu bem que gostaria de ficar zangada com a senhora, mas é impossível".

— Por favor, siga o meu conselho — disse a velha princesa. — Por cima do doce, ponha um papelzinho e molhe com rum: assim, mesmo sem gelo, nunca vai criar mofo.

III

Kitty ficou especialmente feliz com a oportunidade de estar sozinha com o marido, porque notara como uma sombra de mágoa percorrera seu rosto, no qual tudo se refletia com muita nitidez, no momento em que entrara na varanda, perguntara sobre o que elas estavam conversando e não lhe responderam.

Quando os dois caminharam a pé à frente dos demais e saíram do raio de visão da casa, pela estrada aplainada, poeirenta e juncada de espigas e de grãos de centeio, ela apoiou-se com força no braço de Liévin e apertou-o contra si. Ele já esquecera a momentânea impressão desagradável e, a sós com Kitty, experimentava agora, quando a gravidez da esposa não saía do seu pensamento nem por um minuto, um deleite ainda novo para ele, alegre, totalmente isento de sensualidade, por estar próximo da esposa adorada. Não havia o que falar, mas ele tinha vontade de ouvir o som da voz de Kitty, que, a exemplo do olhar, havia se modificado com a gravidez. Na voz, como no olhar, havia a suavidade e a seriedade que se notam nas pessoas concentradas continuamente em uma única tarefa, muito cara a elas.

— Não está cansada? Apoie-se mais — disse ele.

— Não, estou muito feliz de ter a chance de ficar sozinha com você e, por melhor que eu me sinta em companhia delas, confesso que tenho saudades de nossas noites de inverno a dois.

— Aquilo era bom, mas isto é melhor ainda. As duas coisas são melhores — respondeu Liévin, apertando o braço da esposa.

— Sabe do que falávamos, quando você entrou?

— Do doce em calda?

— Sim, também do doce; mas depois falamos da maneira como os homens fazem o pedido de casamento.

— Ah! — exclamou Liévin, ouvindo mais o som da voz de Kitty do que as palavras que ela dizia, pensando sempre na estrada, que agora seguia pela floresta, e desviando-se dos lugares onde ela poderia pisar em falso.

— E quanto a Serguei Ivánitch e Várienka? Você notou?... Eu desejo tanto isso — prosseguiu ela. — O que pensa a respeito? — E sondou o seu rosto.

— Não sei o que pensar — respondeu Liévin, sorrindo. — Nesses assuntos, Serguei me parece muito estranho. Aliás, eu já contei...

— Sim, que ele esteve apaixonado por aquela moça que morreu...

— Foi quando eu era criança; só conheço a história de ouvir dizer. Lembro-me dele, na época. Era incrivelmente simpático. Mas, desde então, eu o tenho observado com as mulheres: é amável, gosta de algumas, mas percebe-se que, para ele, são apenas pessoas, e não mulheres.

— Sim, mas agora com a Várienka... Parece que há alguma coisa...

— Talvez haja, mesmo... Mas é preciso conhecê-lo... É um homem singular, extraordinário. Leva uma vida apenas espiritual. É um homem de alma elevada e pura demais.

— Como? Acaso isso o diminui?

— Não, mas está de tal modo habituado a levar uma vida exclusivamente espiritual que não consegue reconciliar-se com a realidade, e Várienka, no entanto, é uma realidade.

Liévin, agora, já estava habituado a expressar seu pensamento sem hesitação, sem se dar ao trabalho de revesti-lo com palavras precisas; sabia que, nos momentos amorosos como aquele, Kitty compreendia, por uma simples alusão, o que ele queria dizer, e ela o compreendeu.

— Sim, mas Várienka não tem tanto a ver com essa realidade como eu tenho; compreendo que ele jamais me amaria. Ela é toda espiritual...

— Não, nada disso, ele gosta muito de você, e sempre fiquei muito feliz por meus parentes gostarem de você...

— Sim, ele é bom para mim, mas...

— Mas não tanto como o falecido Nikolai... Vocês dois se afeiçoaram um pelo outro — concluiu Liévin. — Por que não falar dele? — acrescentou. — Às vezes, eu me censuro: o que se esquece, acaba. Ah, que homem assustador e fascinante... Sim, mas do que estávamos falando mesmo? — perguntou Liévin, após um breve silêncio.

— Você acha que ele não consegue apaixonar-se — disse Kitty, traduzindo para a sua língua.

— Não é tanto que não consiga apaixonar-se — respondeu Liévin, sorrindo. — Acontece que nele não existe essa fraqueza indispensável... Sempre o invejei e, mesmo agora quando estou tão feliz, mesmo assim eu o invejo.

— Inveja-o por ele não poder apaixonar-se?

— Invejo-o por ser melhor do que eu — respondeu Liévin, sorrindo. — Ele não vive para si. Sua vida inteira está subordinada ao dever. E por isso ele pode seguir adiante, tranquilo e satisfeito.

— E você? — perguntou Kitty, com um sorriso zombeteiro e carinhoso.

Ela jamais conseguiria exprimir a cadeia de pensamentos que a levava a sorrir; mas o último elo era que o marido, ao mostrar-se maravilhado com o irmão e ao diminuir-se em relação a ele, estava sendo insincero. Kitty sabia que essa insinceridade provinha do amor pelo irmão, de um sentimento de escrúpulo por ser demasiado feliz e, sobretudo, do seu irreprimível desejo de ser melhor — Kitty amava isso no marido, e por tal motivo havia sorrido.

— E você? Com que está insatisfeito? — perguntou, com o mesmo sorriso.

A incredulidade de Kitty quanto à insatisfação de Liévin consigo mesmo deixou-o contente e ele, de modo inconsciente, instigou-a a revelar a causa da sua incredulidade.

— Sou feliz, mas não estou satisfeito comigo mesmo... — disse ele.

— Mas como pode estar insatisfeito, se é feliz?

— Acontece que, como posso dizer?... No fundo mesmo, eu não desejo nada, exceto que você não tropece. Oh, veja lá, não pode pular desse jeito! — interrompeu o que dizia com uma repreensão, por Kitty ter feito um movimento brusco demais ao passar sobre um galho tombado no caminho. — Mas quando eu me avalio e me comparo aos outros, em especial ao meu irmão, sinto que sou medíocre.

— Mas por quê? — prosseguiu Kitty com o mesmo sorriso de antes. — Acaso você também não trabalha em prol dos outros? E a sua granja, e a sua propriedade rural, e o seu livro?...

— Não, eu sinto, sobretudo agora, e você é a culpada — disse Liévin, depois de apertar o braço dela —, eu sinto que isso não importa. Eu me dedico por alto, apenas. Se eu pudesse amar todas essas atividades como amo você... Em vez disso, ultimamente, trabalho como se fosse uma lição de casa que sou obrigado a fazer.

— Mas e o que você acha do papai? — perguntou Kitty. — Afinal, ele é medíocre porque não faz nada em prol de uma causa comum?

— Ah? Não. Mas é preciso ter a simplicidade, a clareza de espírito, a bondade do seu pai, e acaso eu tenho isso? Eu não ajo e isso me incomoda. Foi você a causa de tudo. Quando você não existia, e ainda não existia isso — dirigiu para a barriga da esposa um olhar que ela compreendeu —, eu punha todas as minhas forças no trabalho; mas agora não consigo, e tenho vergonha; trabalho exatamente como se fosse uma lição de casa que me obrigam a fazer, eu finjo...

— Pois bem, mas você gostaria de trocar de lugar com o Serguei Ivánitch, agora? — perguntou Kitty. — Gostaria de agir em prol dessa causa comum e amar essa lição de casa, como ele, e nada mais que isso?

— Claro que não — respondeu. — Na verdade, estou tão feliz que nem compreendo mais nada. Mas você acredita mesmo que ele vai pedi-la em casamento, hoje? — acrescentou, após um breve silêncio.

— Creio que sim, e que não. É que eu desejo muito isso. Espere aí. — Kitty se curvou e colheu, na margem do caminho, uma margarida silvestre. — Vamos, conte uma a uma: vai pedi-la em casamento, não vai pedir — disse, entregando-lhe a flor.

— Vai pedir, não vai pedir — disse Liévin, enquanto arrancava, uma após a outra, as pétalas brancas e estreitas.

— Não, não! — Kitty, que acompanhava aflita os dedos de Liévin, segurou-lhe a mão e o deteve. — Você tirou duas de uma vez.

— Pois bem, em compensação, não vou contar esta miudinha aqui — respondeu Liévin, e arrancou uma pétala curta que ainda não crescera. — Veja, o breque veio atrás de nós.

— Você não está cansada, Kitty? — gritou a princesa.

— Nem um pouco.

— Se estiver, sente no banco, se os cavalos ficarem mansos, e vá devagar.

Mas não valia a pena sentar-se no breque. Já estavam perto e todos seguiram a pé.

IV

De lenço branco e cabelos pretos, rodeada pelas crianças com as quais se ocupava com alegria e bondade, e visivelmente agitada ante a perspectiva de uma proposta da parte do homem por quem tinha afeição, Várienka estava muito atraente. Serguei Ivánovitch caminhava a seu lado e não parava de admirá-la. Enquanto a olhava, lembrava-se de todas as palavras gentis que ouvira dela, de tudo de bom que sabia a seu respeito, e cada vez mais se dava conta de que o sentimento que experimentava por ela era algo especial, que já experimentara muito tempo antes, e só uma vez, no início da juventude. O sentimento de alegria por estar próximo de Várienka crescia cada vez mais e chegou ao ponto de, ao entregar a ela e pôr em seu cestinho um enorme cogumelo de bétula, de caule fino e com as bordas enroladas para baixo, mirou-a nos olhos por um momento e, ao notar o rubor de alegria e de emoção assustada que cobria seu rosto, ele mesmo se perturbou e sorriu para ela, em silêncio, com um sorriso que falava demais.

"Se é assim", disse consigo, "tenho de refletir e decidir, e não me entregar, como um garoto, ao ardor de um momento."

— Agora, irei apanhar cogumelos sem ajuda de ninguém, senão as minhas contribuições passarão sem ser notadas — disse, e se afastou sozinho da orla da floresta, onde estavam caminhando sobre a relva sedosa e rasteira, entre bétulas antigas e esparsas, e seguiu rumo ao centro da floresta, onde os troncos dos álamos cinzentos se destacavam entre os troncos brancos das bétulas e onde as densas aveleiras formavam manchas escuras. Afastando-se uns quarenta passos e rumando para um arbusto de evônimo em plena floração, com suas espigas vermelho-rosadas, Serguei Ivánovitch, ciente de que não o viam, parou. À sua volta, havia um completo silêncio. Apenas, acima das bétulas ao pé das quais ele se encontrava, moscas zumbiam sem cessar, como um enxame de abelhas, e chegavam de quando em quando vozes de crianças. De repente, não longe da orla da floresta, ressoou a voz de contralto de Várienka, que chamava Gricha, e um sorriso alegre irrompeu no rosto de Serguei Ivánovitch. Ao se dar conta desse sorriso, Serguei Ivánovitch balançou a cabeça em desaprovação ao estado em que se encontrava e, após pegar um charuto, quis acendê-lo para fumar. Durante um longo tempo, não conseguiu riscar o fósforo contra o tronco de uma bétula. A delicada película da casca branca aderia ao fósforo e abafava o fogo. Por fim, um dos fósforos acendeu e a fumaça aromática do charuto, que oscilava como uma ampla toalha, estendeu-se nitidamente para a frente e para o alto, acima do arbusto e abaixo dos ramos pendentes de uma bétula. Enquanto acompanhava com os olhos a faixa de fumaça, Serguei Ivánovitch avançava a passos silenciosos, refletindo na sua situação.

"Por que não?", pensou ele. "Se fosse um arroubo de momento ou uma paixão, se eu experimentasse apenas essa atração, essa atração mútua (posso dizer mútua), haveria de sentir nisso algo contrário a toda a minha maneira de viver; se eu sentisse que, ao ceder a essa atração, eu trairia minha vocação e o meu dever... Mas não é assim. A única objeção que posso levantar é que, quando perdi Marie, disse a mim mesmo que me manteria fiel à sua memória. Eis a única objeção ao meu sentimento que posso encontrar... É importante", disse Serguei Ivánovitch consigo, sentindo ao mesmo tempo que tal ideia não podia ter para ele, pessoalmente, nenhuma importância e que talvez apenas estragasse, aos olhos dos outros, o papel poético que ele representava. "Porém, afora isso, por mais que eu procure, não encontrarei nenhuma objeção ao meu sentimento. Se eu fosse escolher guiado apenas pela razão, não poderia encontrar pessoa melhor."

Por mais que trouxesse à memória as mulheres e as moças que conhecia, não conseguia lembrar-se de nenhuma jovem que reunisse a tal ponto todas, e precisamente todas, as qualidades que ele, raciocinando friamente, desejaria encontrar na sua esposa. Várienka tinha todo o encanto e o frescor da mocidade, mas não era criança e, se o amava, amava com consciência, como deve amar uma mulher: isso era um ponto. Outro ponto: não só se mantinha afastada da vida mundana como também, ao que tudo indicava, tinha aversão à sociedade, enquanto ao mesmo tempo conhecia a sociedade e tinha todas as maneiras das mulheres de boa sociedade, sem as quais, para Serguei Ivánovitch, era impensável uma amiga para toda a vida. Terceiro ponto: era religiosa, e não da maneira irrefletida como uma criança pode ser religiosa e bondosa, como acontecia com Kitty, por exemplo; em vez disso, sua vida tinha por base convicções religiosas. Até em detalhes sem importância, Serguei Ivánovitch encontrava nela tudo o que desejaria de uma esposa: era pobre e sozinha, portanto não traria consigo um bando de parentes e a influência deles para a casa do marido, como ele via acontecer no caso de Kitty, e em tudo seria devedora do marido, o que ele também sempre desejara para a sua futura vida em família. E essa jovem, que reunia todas essas qualidades, o amava. Ele era modesto, mas não podia deixar de perceber. E ele a amava. Um ponto negativo era a idade dele. Mas sua linhagem era longeva e ele não tinha nem um fio de cabelo grisalho, ninguém lhe dava quarenta anos e ele se lembrava de Várienka ter dito que só na Rússia as pessoas se julgavam velhas aos cinquenta anos, enquanto na França um homem de cinquenta anos é considerado *dans la force de l'age* e um de quarenta, *un jeune homme.*[3] Mas o que importava a idade, quando ele se sentia com o espírito tão jovem como vinte anos antes? Acaso não era a juventude esse sentimento que ele experimentava agora, quando, ao sair de novo pelo outro lado na orla da floresta, viu, na luz brilhante dos raios oblíquos do sol, a figura graciosa de Várienka que, de vestido amarelo e com o cestinho, passava à frente de um velho tronco de bétula a passos ligeiros, e quando essa impressão causada pelo aspecto de Várienka, com sua beleza que o surpreendeu, se fundiu ao aspecto do campo de aveia amarelecido pelos raios oblíquos que o banhavam e, além do campo, ao aspecto da velha floresta distante, pontilhada de amarelo, que esvaecia na vastidão azul? Seu coração se contraiu de alegria. Um sentimento de ternura o envolveu. Sentiu que havia tomado uma decisão. Várienka, que acabara de se abaixar para colher um cogumelo, levantou-se com um movimento flexível e olhou para trás. Após jogar fora o charuto, Serguei Ivánovitch caminhou em sua direção, a passos resolutos.

V

"Varvara Andréievna, quando eu ainda era muito jovem, concebi um ideal de mulher que eu haveria de amar e a quem ficaria feliz de chamar de minha esposa. Vivi muito tempo e agora, pela primeira vez, encontrei na senhora o que eu procurava. Amo a senhora e lhe ofereço minha mão."

Serguei Ivánovitch dizia isso a si mesmo quando estava já a dez passos de

---

3 Francês: "no auge da vida [...] um homem jovem".

Várienka. Ajoelhada, protegendo o cogumelo com as mãos, contra as investidas de Gricha, ela chamou a pequena Macha.

— Venha cá! Venha cá! São pequeninos! São muitos — disse ela, com sua voz gentil e profunda.

Ao ver que Serguei Ivánovitch se aproximava, não se levantou nem mudou de posição; mas tudo indicava a ele que ela sentia sua proximidade e que se alegrava com isso.

— E então, o senhor achou alguma coisa? — perguntou Várienka, por trás do lenço branco, voltando para ele seu rosto bonito, que sorria sereno.

— Nem um — respondeu Serguei Ivánovitch. — E a senhora?

Ela não respondeu, ocupada com as crianças que a rodeavam.

— Ainda tem um ali, do lado do ramo — indicou, para a pequena Macha, um cogumelo pequeno cujo chapéu rosado e flexível era atravessado por uma folha de relva seca, embaixo da qual ele havia nascido. Várienka levantou-se, quando Macha colheu o cogumelo, quebrando-o em duas partes brancas. — Isto me lembra a minha infância — acrescentou, enquanto se afastava das crianças e caminhava ao lado de Serguei Ivánovitch.

Deram alguns passos em silêncio. Várienka percebia que ele queria falar; adivinhava o assunto e sentia-se aflita, de alegria e de medo. Afastaram-se tanto que já ninguém podia ouvi-los, mas ele ainda continuava calado. Para Várienka, seria melhor ficar em silêncio. Seria mais fácil falar o que eles queriam falar após um silêncio do que após um comentário sobre cogumelos; mas, contra a sua vontade, como que por um acidente, Várienka disse:

— Então o senhor não achou nem um? Na verdade, há sempre menos cogumelos no meio da floresta.

Serguei Ivánovitch suspirou e nada respondeu. Sentiu-se incomodado por ela falar de cogumelos. Queria voltar às primeiras palavras que Várienka dissera sobre a sua infância; mas, como que contra a vontade, após algum tempo calado, fez um comentário sobre as últimas palavras dela.

— Ouvi dizer que os cogumelos comestíveis crescem de preferência na orla da floresta, mas não sei distinguir uns dos outros.

Passaram-se mais alguns minutos, os dois se afastaram ainda mais das crianças e estavam completamente sós. O coração de Várienka batia tanto que ela ouvia as pancadas e sentia que ruborizava, empalidecia e ruborizava outra vez. Ser a esposa de um homem como Kóznichev, depois da posição que ocupara ao lado da sra. Stahl, parecia a ela o máximo de felicidade. Além disso, estava quase convencida de que se apaixonara por ele. E tudo havia de se decidir agora. Ela sentia medo. Medo de ele falar e medo também de ele não falar.

Agora ou nunca, era preciso explicar-se; Serguei Ivánovitch também sentia isso. Nas feições, no rubor, nos olhos baixos de Várienka, tudo indicava uma espera dolorida. Serguei Ivánovitch percebia e tinha pena dela. Sentia até que nada dizer, a essa altura, significaria ofendê-la. Depressa, em pensamento, repetiu para si todos os argumentos em favor da sua decisão. Repetiu consigo mesmo até as palavras com que pretendia formular o seu pedido de casamento; porém, em lugar dessas palavras, por causa de algum pensamento que lhe acudiu de modo inesperado, perguntou de repente:

— Como se podem diferenciar os cogumelos comestíveis dos cogumelos de bétula?

Os lábios de Várienka tremeram de emoção quando respondeu:

— No chapéu, quase não há diferença, mas há na haste.

E, assim que foram pronunciadas essas palavras, ele e ela compreenderam que o assunto estava encerrado, que aquilo que deveria ser dito não o seria, e a emoção de ambos, que a essa altura chegara ao máximo, começou a amainar.

— A haste do cogumelo de bétula lembra a barba de um homem que ficou dois dias sem se barbear — disse Serguei Ivánovitch, já calmo.

— Sim, é verdade — respondeu Várienka, sorrindo, e o rumo do passeio mudou, espontaneamente. Começaram a aproximar-se das crianças. Várienka sentia mágoa e vergonha, mas ao mesmo tempo experimentava um sentimento de alívio.

Após voltar para casa e recapitular todos os seus argumentos, Serguei Ivánovitch concluiu que estava raciocinando de maneira errada. Não podia trair a memória de Marie.

— Quietas, crianças, fiquem quietas! — gritou Liévin, até zangado, pondo-se diante da esposa a fim de protegê-la, quando a multidão de crianças voou ao seu encontro, com um alarido de alegria.

Após as crianças, Serguei Ivánovitch e Várienka vieram da floresta. Kitty nada precisou perguntar a Várienka; pela expressão calma e um pouco encabulada no rosto de ambos, ela compreendeu que seus planos não haviam se realizado.

— E então? — perguntou o marido, depois de voltarem para casa.

— Não pega — disse Kitty, com um sorriso e com um modo de falar que lembrava o pai, como Liévin percebia muitas vezes, e com prazer.

— Como assim, não pega?

— Veja como é — respondeu, e segurou a mão do marido, levantou-a até a boca e roçou-a com os lábios fechados. — É como beijar a mão de um bispo.

— E qual dos dois não pega? — perguntou Liévin, rindo.

— Os dois. Mas veja como tinha de ser...

— Vêm vindo uns mujiques...

— Não, eles não viram.

VI

Na hora do chá das crianças, os adultos sentaram-se na varanda e conversavam como se nada tivesse acontecido, embora todos, e em especial Serguei Ivánovitch e Várienka, soubessem muito bem que algo muito importante se passara, ainda que negativo. Ambos experimentavam o mesmo sentimento, semelhante ao de um aluno que, após uma prova em que não foi bem, terá de repetir a série ou ser expulso da escola para sempre. Todos os presentes, sentindo também que algo havia ocorrido, falavam animadamente sobre assuntos fortuitos. Liévin e Kitty sentiam-se especialmente felizes e amorosos nessa noite. E o fato de estarem felizes no seu amor continha uma alusão desagradável para aqueles que desejavam o mesmo e não podiam — e isso, para os dois, era constrangedor.

— Marquem bem as minhas palavras: *Alexandre* não virá — disse a velha princesa.

Nessa noite, esperavam que Stiepan Arcáditch chegasse no trem, e o velho príncipe escreveu, avisando que talvez viesse também.

— E eu sei o motivo — prosseguiu a princesa. — Ele diz que é preciso deixar os recém-casados sozinhos, no início.

— Sim, e o papai nos deixou sozinhos mesmo. Não o vimos mais — confirmou Kitty. — E quem disse que somos recém-casados? Já somos até velhos casados.

— Mas, se ele não vier, eu também vou me despedir de vocês, crianças — disse a princesa, com um suspiro tristonho.

— Ora, o que está dizendo, mamãe? — as duas filhas atiraram-se sobre a mãe.

— Você imagina como ele está se sentindo? Afinal, agora...

E, de súbito, a voz da velha princesa estremeceu, de modo totalmente inesperado. As filhas ficaram em silêncio e se entreolharam. "*Maman* sempre encontra alguma coisa para se entristecer", disseram-se as duas, nesse olhar. Ignoravam que, por mais que se sentisse bem na casa da filha, por mais que se sentisse necessária ali, a princesa padecia de uma tristeza torturante, por si mesma e pelo marido, desde que a última filha, a sua predileta, se casara e o ninho familiar ficara deserto.

— O que há, Agáfia Mikháilovna? — perguntou Kitty, de repente, a Agáfia Mikháilovna, que surgira com um ar misterioso e uma expressão significativa no rosto.

— É sobre o jantar.

— Ah, que ótimo — disse Dolly. — Vá você dar as ordens enquanto eu vou tomar a lição de Gricha. Senão ele não estuda mais nada, hoje.

— É minha vez de tomar a lição! Não, Dolly, vou eu — exclamou Liévin, erguendo-se de um salto.

Gricha, que já estava no liceu, tinha lições para estudar nas férias de verão. Dária Aleksándrovna, que em Moscou já estudava latim com o filho, tomara por hábito, desde que viera para a casa de Liévin, estudar com Gricha as lições mais difíceis de aritmética e de latim, ao menos uma vez por dia. Liévin ofereceu-se para substituí-la; mas a mãe, depois de acompanhar, certa vez, a lição de Liévin e notar que era diferente do que o professor em Moscou lecionava, acanhada e sem querer ofender Liévin, declarou-lhe com firmeza que era necessário seguir o livro, como o professor fazia, e que era melhor ela mesma cuidar das lições outra vez. Liévin ficou decepcionado com Stiepan Arcáditch, que, por sua leviandade, não assumia o controle do ensino, deixando a tarefa ao encargo da mãe, que nada entendia do assunto, e aborreceu-se também com os professores, por educarem tão mal as crianças; mas prometeu à cunhada seguir as lições como ela desejava. E continuou a cuidar das lições de Gricha, não ao seu modo, mas conforme o livro, e por isso o fazia a contragosto e muitas vezes esquecia a hora da lição. Assim foi, também, nesse dia.

— Não, irei eu, Dolly, você fique aí — disse Liévin. — Faremos tudo da maneira devida, conforme está no livro. Quando o Stiva chegar e nós formos caçar, aí deixarei as lições de lado.

E Liévin foi ao encontro de Gricha.

Várienka disse a mesma coisa para Kitty. Mesmo na casa feliz e confortável dos Liévin, Várienka sabia tornar-se útil.

— Eu vou cuidar do jantar e vocês fiquem aí mesmo — disse ela, levantando-se e indo ao encontro de Agáfia Mikháilovna.

— Já sei, é claro: não arranjaram frangos. Então, peguem dos nossos, mesmo... — disse Kitty.

— Eu e Agáfia Mikháilovna vamos resolver isso — e Várienka desapareceu junto com ela.

— Que jovem gentil! — disse a princesa.

— Gentil, não, *maman*. Um encanto, como não existe outra igual.

— Então, hoje, as senhoras estão à espera de Stiepan Arcáditch? — disse Serguei Ivánovitch, que visivelmente não desejava dar seguimento à conversa sobre Várienka. — É difícil encontrar dois cunhados menos parecidos que os das senhoras — comentou, com um sorriso sutil. — Um, agitado, que só vive em sociedade, como um peixe na água; o outro, o nosso Kóstia, ativo, rápido, atencioso com todos, mas, assim que está em sociedade, ou se torna apático ou se debate de forma incoerente, como um peixe sobre a terra.

— Sim, ele é um tanto leviano — respondeu a princesa, dirigindo-se a Serguei Ivánovitch. — Eu queria justamente pedir ao senhor que lhe dissesse que ela (apontou para Kitty) não pode permanecer aqui, é imprescindível que vá para Moscou. Ele diz que mandará vir um médico...

— *Maman*, ele fará tudo, ele já concordou com tudo — interrompeu Kitty, irritada com a mãe por apelar para o julgamento de Serguei Ivánovitch, nessa questão.

No meio da conversa, ouviu-se um resfolegar de cavalos e o rumor de rodas no saibro da alameda.

Dolly mal tivera tempo de levantar-se para ir ao encontro do marido quando Liévin já havia saltado para fora de casa, através da janela do quarto de baixo, onde ele e Gricha estavam estudando, e já havia ajudado o menino a descer do parapeito.

— É o Stiva! — gritou Liévin, embaixo da varanda. — Já terminamos, Dolly, não se preocupe! — acrescentou e, como um garoto, saiu a correr ao encontro da carruagem.

— *Is, ea, id, eius, eius, eius*[4] — gritou Gricha, ao saltos, pela alameda.

— E vem mais alguém. O papai, com certeza! — gritou Liévin, que se deteve na entrada da alameda. — Kitty, não desça pela escada íngreme, dê a volta.

Mas Liévin se enganara ao tomar pelo velho príncipe a pessoa sentada na carruagem. Quando se aproximou, reconheceu ao lado de Stiepan Arcáditch não o príncipe, mas sim um jovem bonito e corpulento, com uma boina escocesa de fitas com pontas compridas, que escorriam para trás. Tratava-se de Vássienka Vieslóvski, primo em segundo grau dos Cherbátski — um jovem que brilhava no circuito Moscou-Petersburgo, "excelente rapaz e caçador fervoroso", como Stiepan o apresentou.

Nem um pouco embaraçado com a decepção que causara ao vir em lugar do velho príncipe, Vieslóvski saudou Liévin alegremente, lembrando que já haviam sido apresentados e, após suspender Gricha até a carruagem, o fez passar por cima do cão *pointer* que Stiepan Arcáditch trouxera consigo.

Liévin não se sentou na carruagem, mas caminhou atrás. Estava um pouco aborrecido por não ter vindo o velho príncipe, a quem conhecia melhor e estimava mais, e por surgir o tal Vássienka Vieslóvski, homem de todo estranho e supérfluo. Ele lhe pareceu ainda mais estranho e supérfluo quando Liévin se aproximou da varanda, no térreo, onde se reunira toda a animada multidão dos adultos e das crianças, e viu que Vássienka Vieslóvski beijava a mão de Kitty com um carinho especial e com ares de galanteio.

— Eu e sua esposa somos *cousins*[5] e também velhos conhecidos — disse Vássienka Vieslóvski, apertando de novo a mão de Liévin com muita força.

---

4 Declinação do pronome demonstrativo em latim.

5 Francês: "primos".

— E então, temos caça? — perguntou Stiepan Arcáditch para Liévin, antes mesmo de cumprimentar a todos. — Eu e ele viemos com as intenções mais cruéis. Puxa, *maman*, eles não foram a Moscou nem uma vez desde então. Ei, Tânia, olhe aqui uma coisa para você! Tirem as malas da carruagem, por favor — falava ele para todos os lados. — Como você rejuvenesceu, Dólienka — disse à esposa e beijou-lhe a mão outra vez, segurando-a com uma das mãos e acariciando-a com a outra.

Liévin, que um minuto antes se encontrava no mais alegre estado de ânimo, agora olhava para todos com ar sombrio e nada lhe agradava.

"Quem ele beijou ontem com esses lábios?", pensava, enquanto via a ternura de Stiepan Arcáditch com a esposa. Voltou os olhos para Dolly e ela também não lhe agradou.

"Afinal, ela não acredita no amor do marido. Então por que está tão contente? Que coisa detestável!", pensou Liévin.

Olhou para a princesa, que lhe parecia tão gentil um minuto antes, e não gostou da maneira como ela cumprimentou o tal Vássienka, com suas fitinhas, como se estivesse em sua própria casa.

Até Serguei Ivánovitch, que também viera da varanda até lá, lhe pareceu desagradável com a benevolência fingida com que recebeu Stiepan Arcáditch, pois Liévin sabia que seu irmão não estimava e não respeitava Oblónski.

E até Várienka lhe pareceu detestável quando, com o seu jeito de *sainte nitouche*,[6] travou conhecimento com esses cavalheiros, enquanto na verdade só pensava em se casar.

E, entre todos, a mais detestável era Kitty, por se deixar influenciar pelo tom de alegria com que esse cavalheiro encarava a sua chegada ao campo, como se fosse uma festa para si e para todos, e ela lhe pareceu desagradável sobretudo por causa do sorriso com que respondia ao sorriso dele.

Conversando ruidosamente, todos seguiram na direção da casa; mas assim que todos se sentaram, Liévin deu as costas e se retirou.

Kitty notou que algo se passava com o marido. Queria arranjar um minutinho para falar com ele a sós, mas Liévin apressou-se em afastar-se da esposa, dizendo que precisava ir ao escritório. Havia muito que os afazeres da propriedade não lhe pareciam tão importantes como nesse dia. "Para eles, tudo é uma festa", pensou Liévin. "Mas, aqui, o trabalho nada tem de festivo, não pode esperar, e sem ele não há como viver."

---

6 Francês: "mulher que afeta recato".

VII

Liévin só voltou para casa quando mandaram chamá-lo para o jantar. Na escada, junto a Agáfia Mikháilovna, Kitty fazia recomendações sobre os vinhos e sobre a janta.

— Por que estão fazendo todo esse *fuss*?[7] Sirva o mesmo de sempre.

— Não, Stiva não bebe... Kóstia, espere aí, o que tem você? — quis saber Kitty, apressando-se atrás dele, mas Liévin, impiedosamente, sem esperar por ela, saiu a passos largos rumo à sala de jantar e prontamente se integrou à animada conversa entre Vássienka Vieslóvski e Stiepan Arcáditch.

— E então, amanhã vamos à caça? — perguntou Stiepan Arcáditch.

— Vamos sim, com prazer — respondeu Vieslóvski, indo sentar-se meio de lado em outra cadeira, por cima da gorda perna dobrada.

— Ficarei muito contente, iremos sim. O senhor já caçou neste ano? — perguntou Liévin para Vieslóvski, enquanto observava atentamente a perna do visitante, com aquela fingida amabilidade tão conhecida de Kitty, e que não combinava com Liévin. — Não sei se encontraremos narcejas, mas galinholas, há muitas. Só que é preciso sair bem cedo. O senhor não está cansado? Você não se cansou, Stiva?

— Se eu me cansei? Nunca me senti cansado. Que tal ficar a noite inteira sem dormir? Vamos passear.

— Boa ideia, vamos ficar acordados! Excelente! — apoiou Vieslóvski.

— Ah, ninguém tem dúvida de que você pode ficar sem dormir a noite toda e não deixar os outros dormirem, também — disse Dolly para o marido, com aquela ironia sutil que agora quase sempre empregava quando se dirigia a ele. — Mas para mim já está na hora... Vou dormir, não vou jantar.

— Não, fique um pouco, Dólienka — pediu Stiepan Arcáditch, dando a volta para perto da esposa, atrás da mesa onde estavam jantando. — Ainda tenho muito o que lhe contar!

— Sem dúvida, nada de importante.

— Sabia que Vieslóvski esteve com Anna? E vai visitá-los de novo. Afinal, estão apenas a setenta verstas de vocês. E eu também irei, sem falta. Vieslóvski, venha aqui!

Vássienka deslocou-se até as senhoras e sentou-se ao lado de Kitty.

— Ah, conte, por favor, o senhor esteve com ela? Como está? — perguntou Dária Aleksándrovna.

Liévin permaneceu na outra extremidade da mesa e, sem interromper a conversa com a princesa e com Várienka, percebia que entre Stiepan Arcáditch,

---

7 Inglês: "rebuliço".

Dolly, Kitty e Vieslóvski transcorria uma conversa animada e misteriosa. Além da conversa misteriosa, notava no rosto da esposa a expressão de um sentimento sério enquanto, sem baixar os olhos, fitava o belo rosto de Vássienka, que relatava algo animadamente.

— Moram muito bem — dizia Vássienka a respeito de Vrónski e Anna. — É claro, não me cabe julgá-los, mas, na casa deles, a pessoa se sente em uma família.

— O que pretendem fazer?

— Parece que pretendem ir a Moscou, no inverno.

— Como seria bom irmos juntos à casa deles! Quando você irá? — perguntou Stiepan Arcáditch para Vássienka.

— Vou passar o mês de julho na casa deles.

— E você vai? — Stiepan Arcáditch voltou-se para a esposa.

— Há muito que eu quero ir e irei sem falta — disse Dolly. — Sinto pena dela e eu a conheço. É uma mulher maravilhosa. Irei sozinha, depois que você tiver ido embora, assim não vou atrapalhar ninguém. E é até melhor eu ir sem você.

— Excelente — respondeu Stiepan Arcáditch. — E você, Kitty?

— Eu? Para que eu iria? — disse Kitty, toda ruborizada, enquanto lançava um olhar para o marido.

— A senhora conhece Anna Arcádievna? — perguntou-lhe Vieslóvski. — É uma mulher muito encantadora.

— Sim — respondeu ela, ainda mais ruborizada, levantou-se e aproximou-se do marido.

— Então você vai mesmo caçar amanhã? — perguntou Kitty.

Naqueles poucos minutos, os ciúmes de Liévin já tinham ido bem longe, em especial por causa do rubor que cobriu as faces de Kitty quando falava com Vieslóvski. Agora, ao ouvir as palavras da esposa, ele as compreendeu à sua maneira. Por mais estranho que aquilo lhe parecesse, mais tarde, ao lembrar-se do caso, estava bem claro para Liévin, naquele momento, que ela só lhe perguntava se ia caçar porque lhe interessava saber se ele daria esse prazer a Vássienka Vieslóvski, pelo qual, na opinião de Liévin, Kitty já estava apaixonada.

— Sim, irei — respondeu, com uma voz que até para ele soou artificial.

— Não, é melhor passarem o dia aqui, amanhã, senão Dolly quase não vai ficar com o marido, e vocês podem ir caçar depois de amanhã.

Liévin, dessa vez, traduziu o sentido das palavras de Kitty assim: "Não me separe dele. Não me importa que você vá, mas deixe que eu me delicie com a companhia desse jovem encantador".

— Ah, se você quer, amanhã ficaremos em casa — respondeu Liévin, com uma amabilidade especial.

Enquanto isso, Vássienka, que nem de longe suspeitava do mal-estar causado por sua presença, levantou-se da mesa após Kitty e, observando-a com um olhar sorridente e carinhoso, caminhou atrás dela.

Liévin notou esse olhar. Empalideceu e, por um minuto, não conseguiu respirar. "Como se atreve a olhar para a minha esposa desse jeito!" — ferveu ele.

— E então, amanhã? Vamos lá, por favor — disse Vássienka, que viera sentar-se na cadeira e, de novo, dobrou a perna, como era seu costume.

Os ciúmes de Liévin foram ainda além. Já se via como um marido enganado, necessário à esposa e ao amante apenas para lhes proporcionar uma vida de conforto e de prazer... Mas, apesar disso, indagou Vássienka de maneira amável e hospitaleira a respeito de suas caçadas, de sua espingarda, de suas botas, e concordou em ir caçar no dia seguinte.

Para sorte de Liévin, a velha princesa pôs fim ao seu sofrimento, quando ela mesma se levantou e aconselhou Kitty a ir dormir. Mas nem isso se passou sem um novo sofrimento para Liévin. Ao despedir-se da anfitriã, Vássienka quis beijar de novo sua mão, mas Kitty, ruborizada, com uma rispidez ingênua, sobre a qual mais tarde a mãe lhe chamou a atenção, disse, ao retrair a mão:

— Em nossa casa, não é costume.

Aos olhos de Liévin, ela era culpada por consentir tais relações, e mais culpada ainda por demonstrar, de maneira tão estabanada, que não apreciava isso.

— Ora, como se pode dormir antes de caçar! — exclamou Stiepan Arcáditch, que, depois de ter bebido alguns copos de vinho após o jantar, chegara ao seu estado de ânimo mais poético e gentil. — Olhe, olhe, Kitty! — disse ele, apontando para a lua, que acabara de levantar-se atrás das tílias. — Que beleza! Vieslóvski, está na hora de uma serenata. Sabe, ele tem uma voz formidável, cantamos juntos durante a viagem. Ele trouxe consigo umas romanças maravilhosas, duas bem novas. Ele podia cantar junto com Varvara Andréievna.

Quando todos se retiraram, Stiepan Arcáditch ainda se demorou a caminhar longo tempo pela alameda, em companhia de Vieslóvski, e se ouviram suas vozes, enquanto cantavam uma nova romança.

Enquanto ouvia essas vozes, Liévin, com as sobrancelhas franzidas, estava sentado numa poltrona no quarto da esposa e se mantinha obstinadamente calado diante das perguntas de Kitty sobre o que havia com ele; mas quando, enfim, ela mesma perguntou, com um sorriso tímido: "Será que houve alguma coisa que não lhe agradou em Vieslóvski?" — ele estourou e disse tudo; mas o que disse o ofendeu e, por isso, irritou-se ainda mais.

Pôs-se de pé diante dela e, com olhos que brilhavam de maneira terrível, embaixo das sobrancelhas carregadas, apertou as mãos fortes contra o peito, como se mobilizasse todas as suas energias para se conter. A expressão do seu rosto seria severa e até cruel se ao mesmo tempo não exprimisse o sofrimento que o abalava. As maçãs do rosto tremiam e a voz soava entrecortada.

— Compreenda que não estou com ciúmes: esta é uma palavra infame. Não posso ter ciúmes e acreditar que... Não consigo dizer o que sinto, mas é horrível... Não estou com ciúmes, mas me sinto ofendido, humilhado, por alguém se atrever a pensar, se atrever a olhar para você, com aqueles olhos...

— Com que olhos? — perguntou Kitty, tentando, da maneira mais conscienciosa possível, lembrar-se de todas as palavras e gestos daquela noite, e de todas as suas nuances.

No fundo da alma, Kitty achava que tinha havido alguma coisa, exatamente naquele instante em que ele veio atrás dela até a outra ponta da mesa, mas não se atrevia a admiti-lo nem para si, muito menos poderia dizê-lo para Liévin e reforçar assim o seu sofrimento.

— E o que pode haver de atraente em mim, deste jeito que eu...?

— Ah! — exclamou ele, agarrando a cabeça entre as mãos. — Não devia falar assim!... Quer dizer que se você estivesse atraente...

— Não, nada disso, Kóstia, espere, escute! — retrucou ela, fitando-o com uma expressão de compaixão dolorosa. — Ora, como pode pensar? Quando para mim não existe no mundo ninguém, ninguém!... Será que você queria que eu não visse mais pessoa alguma?

No primeiro momento, os ciúmes de Liévin deixaram-na ofendida; ela se aborreceu por se ver proibida de desfrutar a mais ínfima diversão, mesmo a mais inocente; mas agora, de bom grado Kitty sacrificaria não só aquelas ninharias, mas tudo, em troca da tranquilidade dele, para livrá-lo do sofrimento que padecia.

— Entenda bem o horror e o ridículo da minha situação — prosseguiu Liévin, num sussurro desesperado. — Ele está na minha casa, nada tem de inconveniente, a rigor, pois nada fez além de agir sem cerimônia e sentar em cima da perna dobrada. Para ele, essa é a melhor maneira possível de se comportar e, por isso, eu devo ser amável com ele.

— Mas, Kóstia, você está exagerando — disse Kitty, alegrando-se, no fundo da alma, com a força daquele amor, que agora se manifestava nos ciúmes de Liévin.

— O mais horrível de tudo é que você, como sempre, e agora mais ainda, é tão sagrada para mim, e nós estamos tão felizes, tão especialmente felizes, e de repente essa porcaria... Não é porcaria, por que eu praguejo contra ele? Não tenho nada a ver com ele. Mas por que a minha, a sua felicidade...?

— Sabe, eu compreendo por que isso aconteceu — começou Kitty.

— Por quê? Por quê?

— Eu vi como você olhava quando conversamos após o jantar.

— Ah, é? É mesmo? — disse Liévin, assustado.

Kitty lhe contou sobre o que conversavam. E, enquanto contava, ela ofegava de emoção. Liévin guardou silêncio, depois fitou seu rosto pálido, assustado, e de repente agarrou a própria cabeça entre as mãos.

— Kátia, eu atormentei você! Minha querida, me perdoe! Isso é uma loucura! Kátia, a culpa é toda minha. Como é possível se atormentar com tamanha tolice?

— Não, eu tenho pena de você.

— De mim? De mim? O que sou eu? Um louco... Fazer isso com você? É horrível pensar que qualquer pessoa estranha possa abalar nossa felicidade.

— Claro, isso também é ofensivo...

— Então, para compensar, vou mantê-lo em nossa casa durante todo o verão e vou me derramar em gentilezas com ele — disse Liévin, beijando a mão de Kitty. — Você verá. Amanhã... Sim, é verdade, amanhã iremos caçar.

VIII

No dia seguinte, as senhoras ainda não haviam se levantado quando já estavam a postos, diante da entrada, as carruagens próprias para caçadas, uma carroça e uma telega, e Laska, que desde a madrugada já compreendera que iria à caça, depois de se fartar de latir e de pular, estava sentada na carroça, junto ao cocheiro, e olhava para a porta com ansiedade e com desaprovação pela demora de todos, que ainda não haviam saído para a caçada. Primeiro, saiu Vássienka Vieslóvski, com botas novas e grandes, que chegavam à metade das coxas grossas, blusão verde cingido por uma cartucheira nova que cheirava a couro, boina com fitinhas e uma espingarda inglesa, nova em folha, sem bandoleira e sem braçadeira. Laska saltou na direção dele, saudou-o depois de dar uns pulos, perguntou-lhe ao seu modo se os outros ainda iam demorar, porém, como não recebeu nenhuma resposta, voltou para o seu posto de espera e de novo se imobilizou, com a cabeça virada para o lado e uma orelha de sobreaviso. Por fim, a porta se abriu com um estrondo, Krak, o cão *pointer* malhado de Stiepan Arcáditch, voou para fora e depois saiu o próprio Stiepan Arcáditch, com uma espingarda nas mãos e um charuto na boca. "Aqui, aqui, Krak!" — gritava carinhoso para o cão, que punha as patas erguidas na barriga e no peito dele, prendendo com elas a bolsa de caçador. Stiepan Arcáditch vestia perneiras, calças esfarrapadas e um casaco curto. Na cabeça, trazia um chapéu muito surrado, mas a espingarda de sistema novo era uma beleza, e a bolsa de caçador e a cartucheira, embora gastas, eram da melhor qualidade.

Vássienka Vieslóvski não havia entendido, até então, que a suprema elegância do caçador consistia em vestir farrapos, mas ter um equipamento de caça da melhor qualidade. Só se deu conta disso então, ao ver Stiepan Arcáditch, que, naqueles farrapos, resplandecia com a sua figura elegante, bem nutrida, alegre e senhorial, e decidiu que, na próxima caçada, faria questão de se arrumar assim, também.

— E então, onde está o nosso anfitrião? — perguntou.

— Tem uma esposa jovem — respondeu Stiepan Arcáditch, sorrindo.

— Sim, e muito encantadora.

— Ele já estava vestido. Sem dúvida, correu para junto dela, de novo.

Stiepan Arcáditch acertou. Liévin correra de novo para junto da esposa, a fim de perguntar mais uma vez se o perdoava pela tolice da véspera e também para pedir que tomasse cuidado, pelo amor de Cristo. O principal era ficar longe das crianças — elas sempre podiam esbarrar em Kitty. Além disso, precisava receber de novo a confirmação de que ela não estava zangada por ele passar dois dias fora de casa e também pedir que lhe mandasse um bilhete, sem falta, no dia seguinte pela manhã, por intermédio de um empregado a cavalo, mesmo que ela escrevesse só duas palavras, só para que Liévin pudesse saber que ela estava sã e salva.

Kitty, como sempre, sentia-se triste por ter de separar-se do marido durante dois dias, mas assim que viu a sua figura animada, que parecia especialmente grande e forte com as botas de caça e com o blusão branco, e aquela espécie de resplendor causado pela excitação da caçada, incompreensível para ela, Kitty, em razão da alegria do marido, esqueceu-se da própria mágoa e despediu-se com alegria.

— Desculpem, senhores! — disse ele, enquanto saía correndo pela varanda. — Guardaram o farnel do almoço? Por que o alazão está na direita? Bem, tanto faz. Laska, chega, fique quieta! Ponha no rebanho de novilhos — disse para um vaqueiro que esperava por ele, na varanda, para perguntar o que fazer com os bezerros. — Desculpem, lá vem mais um bandido.

Liévin saltou da carroça, onde já ia sentar, ao encontro de um carpinteiro que caminhava na direção da varanda, com uma trena nas mãos.

— Aí está, não veio ontem ao escritório e agora me atrasa. E então, o que é?

— Permita que eu faça mais uma modificação. Acrescentar só três degrauzinhos. Vai encaixar direitinho. Ficará muito mais cômodo.

— Você devia ter me ouvido — retrucou Liévin, com irritação. — Eu disse, ponha os montantes da escada e depois encaixe os degraus. Agora, não vai ficar direito. Faça do jeito que eu mandei, construa uma escada nova.

A questão era que, na casa dos fundos que estava em obras, o carpinteiro havia estragado uma escada, ao construí-la em separado e sem calcular a elevação, de modo que os degraus ficaram inclinados para baixo quando foram postos no lugar. Agora, o carpinteiro queria acrescentar três degraus, mantendo a mesma escada.

— Vai ficar muito melhor.

— Mas onde vai dar essa sua escada com mais três degraus?

— Queira perdoar, senhor — disse o carpinteiro com um sorriso desdenhoso. — Vai dar no lugar certinho. Sabe, ela vai começar bem de baixo — explicou, com um gesto persuasivo —, vai subindo, vai subindo, e chega lá.

— Afinal, três degrauzinhos vão aumentar a altura... E aonde ela vai chegar?

— Sabe, ela começa assim, de baixo, e aí sobe, e chega lá — disse o carpinteiro, teimoso e persuasivo.

— Vai dar no teto e na parede, isso sim.

— Queira perdoar. Pois ela vai vir de baixo. Vai subindo, vai subindo, e chega lá.

Liévin pegou a vareta da espingarda e, com ela, começou a desenhar uma escada na areia.

— Pois bem, está vendo?

— Como o senhor mandar — disse o carpinteiro, com os olhos subitamente radiantes e, pelo visto, compreendendo a questão, afinal. — Estou vendo que terei de construir uma nova.

— Ora, faça assim, então, conforme foi ordenado! — gritou Liévin, sentando-se na carruagem. — Vamos embora! Segure os cães, Filipp!

Agora, ao deixar para trás todos os afazeres domésticos e agrícolas, Liévin experimentava um sentimento tão forte de alegria de viver, e de expectativa, que nem tinha vontade de falar. Além disso, enquanto se aproximava do local da caçada, experimentava o sentimento de ansiedade concentrada que todo caçador conhece. Se algo o preocupava, agora, era apenas se encontrariam o que caçar no pântano Kolpiênski, se Laska se sairia bem, em comparação com Krak, e se ele mesmo teria êxito em seus tiros. Será que não ia fazer feio diante de um homem estranho? Será que Oblónski não ia acertar um tiro nele, por engano? — também isso lhe passava pela cabeça.

Oblónski experimentava um sentimento semelhante e também se mantinha calado. Só Vássienka Vieslóvski falava alegremente e sem parar. Agora, enquanto o ouvia, Liévin lembrou, envergonhado, como fora injusto com ele, no dia anterior. Vássienka era de fato um bom sujeito, simples, bondoso e muito alegre. Se Liévin o tivesse conhecido quando solteiro, teria estreitado relações com ele. A sua atitude festiva diante da vida e uma certa falta de cerimônia desagradavam Liévin. Era como se atribuísse a si mesmo uma importância elevada e inquestionável, por usar unhas compridas, boina e o restante no mesmo estilo; mas tudo isso podia ser perdoado, por conta da sua simpatia e honestidade. Liévin gostou da sua boa educação, da excelente desenvoltura na língua francesa e inglesa e de ser ele um homem do seu meio.

Vássienka gostou imensamente do cavalo atrelado à esquerda, oriundo da estepe do rio Don. Elogiava-o o tempo todo.

— Como deve ser bom cavalgar pela estepe num cavalo da estepe. Hem? Não é verdade? — disse.

Imaginava que montar um cavalo da estepe era algo selvagem e poético, quando na realidade não era nada disso; mas a sua ingenuidade, ainda mais associada ao seu sorriso bonito e gentil e à graça de seus movimentos, era muito encantadora. Ou porque sua natureza era simpática a Liévin, ou porque Liévin procurava expiar o pecado da véspera, vendo tudo de bom que havia nele, o fato é que Vieslóvski lhe agradou muito.

Após percorrer três verstas, Vieslóvski de repente se deu conta de que não estava com os charutos e a carteira e, agora, não sabia se os havia perdido ou se os deixara sobre a mesa. Na carteira, havia trezentos e setenta rublos e, portanto, ele não podia deixar o assunto sem uma solução.

— Sabe de uma coisa, Liévin? Vou montar aquele cavalo que está atrelado e galopar até sua casa. Seria excelente, hem? — sugeriu, já se preparando para saltar.

— Não, para quê? — retrucou Liévin, depois de calcular que Vássienka devia pesar não menos que seis *puds*. — Vou mandar o cocheiro.

O cocheiro montou o cavalo e Liévin conduziu a parelha atrelada.

IX

— Pois bem, qual é o nosso roteiro? Explique direitinho — pediu Stiepan Arcáditch.

— O plano é o seguinte: agora, vamos até Gvózdievo. Ao lado de Gvózdievo, há um pântano de narcejas e, além de Gvózdievo, iremos a outros maravilhosos pântanos de galinholas, onde há também narcejas. Agora está calor, chegaremos lá quando entardecer (daqui a vinte verstas), e podemos aproveitar para caçar à noitinha; pernoitaremos e, no dia seguinte, iremos ao pântano grande.

— E no caminho, será que não há nada?

— Há; mas vamos nos poupar, e está calor. Há dois lugarzinhos ótimos, mas duvido que haja o que caçar.

O próprio Liévin tinha vontade de ir a esses lugarzinhos, mas ficavam perto da sua casa, ele podia ir lá a qualquer momento e eram pequenos — nem havia espaço para três caçadores atirarem. Por isso faltou à verdade e disse que lá dificilmente haveria o que caçar. Quando passaram perto do pequeno pântano, Liévin quis seguir em frente, mas o olho experiente de Stiepan Arcáditch logo percebeu uma vegetação de brejo que se avistava da estrada.

— Que tal ir até lá? — propôs, apontando para o pântano.

— Liévin, por favor! Que lugar excelente! — começou a pedir Vássienka Vieslóvski, e Liévin não pôde negar-se.

Mal haviam parado as carruagens, os cães voaram para o pântano, apostando corrida um com o outro.

— Krak! Laska!...

Os cães voltaram.

— Para três, vai ficar muito apertado. Vou permanecer aqui — disse Liévin, na esperança de que eles nada encontrassem além dos abibes, que fugiram ante a aproximação dos cães e que, ao passar voando, soltaram pios chorosos, acima do pântano.

— Não. Vamos lá, Liévin, vamos juntos! — chamou Vieslóvski.

— Mas é verdade, não tem mesmo espaço. Laska, para trás! Laska! Não vão precisar de outro cão?

Liévin permaneceu junto à carruagem e, com inveja, observou os caçadores. Eles atravessaram todo o pântano. Afora alguns frangos-d'água e abibes, um dos quais Vássienka alvejou, nada havia no pântano.

— Aí está, agora estão vendo que eu não fiz pouco desse pântano — disse Liévin. — É pura perda de tempo.

— Não, mesmo assim foi divertido. O senhor viu? — disse Vássienka Vieslóvski, enquanto subia na carroça desajeitadamente, com a espingarda e um abibe nas mãos. — Que belo tiro eu dei! Não é verdade? Muito bem, e ainda vamos demorar para chegar ao local melhor?

De repente, os cavalos dispararam, Liévin bateu com a cabeça no cano de alguma espingarda e um tiro ressoou. O tiro, a rigor, ressoou antes, mas aquela foi a impressão de Liévin. Aconteceu que Vássienka Vieslóvski, ao soltar os cães da arma, segurou um gatilho, mas apertou o outro. A carga foi cravar-se na terra, sem causar dano a ninguém. Stiepan Arcáditch balançou a cabeça e riu, em repreensão a Vieslóvski. Mas Liévin não teve coragem de lhe dizer nada. Em primeiro lugar, qualquer censura pareceria causada pelo perigo que havia corrido e pelo galo que nascera em sua testa; em segundo lugar, Vieslóvski ficou tão ingenuamente consternado a princípio, e depois riu com tanto bom humor, e de maneira tão contagiante, do alvoroço geral dos três, que era impossível não rir também.

Quando se aproximaram do segundo pântano, que era bastante grande e iria tomar muito tempo deles, Liévin quis convencê-los a não ir até lá. Mas, de novo, Vieslóvski pediu para ir. De novo, como o pântano era estreito, Liévin, em seu papel de anfitrião hospitaleiro, ficou junto às carruagens.

Assim que chegou, Krak saiu em disparada, rumo a umas pequenas elevações. Vássienka Vieslóvski foi o primeiro a correr atrás do cão. Stiepan Arcáditch mal teve tempo de se aproximar e já voara uma narceja. Vieslóvski errou alguns tiros e a narceja transferiu-se para um prado que não fora ceifado. Cabia a Vieslóvski caçar essa narceja. Krak encontrou-a de novo, ficou em posição, Vieslóvski matou-a e voltou para as carruagens.

— Agora vá você, enquanto eu fico aqui com os cavalos — disse.

Liévin começava a sentir a inveja típica do caçador. Entregou as rédeas para Vieslóvski e adentrou o pântano.

Laska, que gania queixosa havia já muito tempo e se lamentava daquela injustiça, saiu em disparada, direto para um morrote seguro e bem conhecido de Liévin, onde Krak não havia caminhado.

— Por que você não detém a Laska? — gritou Stiepan Arcáditch.

— Ela não vai espantar a caça — respondeu Liévin, contente com sua cadela e se apressando no seu encalço.

Quanto mais Laska se aproximava dos morrotes conhecidos, mais séria se tornava a sua busca. Um pequeno pássaro de pântano a distraiu, só por um instante. Ela deu uma volta diante dos morrotes, começou outra volta e, de repente, teve um sobressalto e estacou, imóvel.

— Vá, vá, Stiva! — gritou Liévin, sentindo que seu coração começava a bater com mais força e que, como se uma tranca se abrisse na sua audição tensa, todos os sons, perdendo a medida da distância, começaram a ferir seus ouvidos, em desordem, mas com nitidez. Ouviu os passos de Stiepan Arcáditch e pensou que fossem o tropel distante de um cavalo, ouviu o som quebradiço que se desprendeu das raízes em que pisou, na orla do morrote, e pensou que fosse o esvoaçar de uma narceja. Ouviu também, perto e atrás de si, umas palmadinhas sobre a água, ruído a que não conseguiu dar uma explicação.

Escolhendo o lugar onde punha as pés, ele avançava rumo à cadela.

— Pegue!

Laska fez voar, não uma narceja, mas sim uma galinhola. Liévin levantou a espingarda, mas, no instante em que fez pontaria, aquele mesmo ruído de palmadinhas sobre a água soou mais forte, aproximou-se, fundiu-se à voz de Vieslóvski que, num tom alto e estranho, gritou algo na sua direção. Liévin viu que apontava a espingarda para trás da galinhola, mesmo assim atirou.

Convencido de que errara o tiro, Liévin olhou para trás e viu que os cavalos e a carroça já não estavam na estrada, mas sim no pântano.

Vieslóvski, no intuito de ver o tiro, avançou pelo pântano e atolou os cavalos.

— Diabos o carreguem! — exclamou Liévin, consigo mesmo, enquanto se dirigia à carruagem que havia atolado. — Para que o senhor veio? — disse a ele, em tom seco e, depois de chamar o cocheiro com um grito, pôs-se a puxar os cavalos para fora da lama.

Liévin sentou-se aborrecido, porque o haviam atrapalhado na hora de atirar, porque haviam atolado seus cavalos e, acima de tudo, porque nem Stiepan Arcáditch nem Vieslóvski vieram ajudar, a ele e ao cocheiro, na tarefa de desatolar e desatrelar os cavalos, pois nem um nem outro tinha a menor noção do como lidar com os arreios. Sem dizer nenhuma palavra em resposta às explicações de Vássienka de que ali estava totalmente seco, Liévin trabalhou calado, junto com o cocheiro, a fim de desatolar os cavalos. Mas depois, afogueado com o trabalho e ao ver que Vieslóvski puxava a carroça pelo para-lamas com tanto empenho e afinco que o quebrou, Liévin censurou a si mesmo por se deixar influenciar pelo sentimento da véspera e mostrar-se demasiado frio com Vieslóvski, e assim, com uma amabilidade especial, tentou aplacar sua secura. Quando tudo foi posto em ordem e as carroças foram levadas até a estrada, Liévin mandou servir o almoço.

— *Bonne appetit, bonne conscience! Ce poulet va tomber jusqu'au fond de mes bottes*[8] — disse Vássienka, em francês, de novo se alegrando, ao terminar de comer o segundo frango. — Bem, agora nossas calamidades terminaram; agora tudo caminhará bem. Só que, por causa do meu erro, estou obrigado a sentar na boleia. Não é verdade? Hem? Não, não, eu sou um Automedonte.[9] Vejam como vou conduzi-los! — replicou, sem soltar as rédeas, quando Liévin lhe pediu que desse o lugar ao cocheiro. — Não, eu tenho de expiar minha culpa e adoro ficar na boleia. — E tocou adiante os cavalos.

Liévin receava um pouco que ele maltratasse os cavalos, em especial o da esquerda, o alazão, que ele não sabia controlar; mas não pôde deixar de render-se à sua alegria, ouviu as romanças que Vieslóvski, sentado na boleia, cantava ao longo de todo o caminho, ou os casos que contava, as personagens que encarnava e suas demonstrações de como guiar à inglesa, um *four in hand*;[10] e todos, após o almoço, no melhor estado de ânimo, chegaram ao pântano de Gvózdievo.

---

8 Francês: "bom apetite, boa consciência! Esta galinha vai me cair esplendidamente".

9 Automedonte: cocheiro do herói grego Aquiles, na *Ilíada*, de Homero.

10 Tipo de carruagem inglesa com quatro cavalos.

X

Vássienka conduziu os cavalos tão depressa que eles chegaram ao pântano demasiado cedo, quando ainda estava calor.

Após alcançarem a parte do pântano que interessava, objetivo principal da jornada, Liévin não pôde deixar de pensar no que faria para livrar-se de Vássienka e caçar sem empecilhos. Stiepan Arcáditch, pelo visto, desejava o mesmo e, em seu rosto, Liévin viu a expressão de preocupação que sempre se manifesta num caçador autêntico, antes do início de uma caçada, e também uma espécie de astúcia cordial, muito peculiar a ele.

— Como iremos? O pântano é excelente, estou vendo, há até gaviões — disse Stiepan Arcáditch, apontando dois pássaros grandes que adejavam acima de uns espargânios. — Onde há gaviões, é certo haver caça.

— Pois bem, vejamos então, senhores — disse Liévin, com uma expressão um pouco soturna, enquanto firmava melhor as botas e examinava as espoletas da espingarda. — Estão vendo aquele espargânio? — Apontou para uma ilhota sombreada por um verdor enegrecido, no vasto prado úmido e ceifado até a metade que se estendia na margem direita do rio. — O pântano começa aqui mesmo, bem à nossa frente, vejam, onde está mais verde. Dali, vira à direita, onde vão os cavalos; lá, há uns morrotes onde aparecem umas narcejas; e, depois, passa em volta daqueles espargânios, segue adiante até aqueles amieiros e vai até o moinho. Lá embaixo, vejam, onde está alagado. É o melhor lugar. Certa vez, matei dezessete galinholas ali. Vamos nos separar com os dois cães, seguiremos em direções diferentes e nos encontraremos lá, no moinho.

— Pois bem, quem vai pela direita e quem vai pela esquerda? — perguntou Stiepan Arcáditch. — Pela direita é mais largo, vão os senhores, e eu vou pela esquerda — disse, com ar de indiferença.

— Ótimo! Acertaremos mais tiros do que ele! Bem, vamos lá, vamos lá! — apoiou Vássienka.

Liévin não podia deixar de concordar e eles se separaram.

Assim que entraram no pântano, os dois cães saíram juntos a farejar e correram, rumo a um alagado cor de ferrugem. Liévin conhecia aquele modo de Laska farejar, prudente e disperso; também conhecia o lugar e contava encontrar ali um bando de galinholas.

— Vieslóvski, do meu lado, fique do meu lado! — exortou, com voz abafada, ao parceiro, que espirrava água atrás de Liévin, o qual, mesmo sem querer, após o disparo por descuido ocorrido no pântano Kolpiênski, se preocupava com a posição da espingarda de Vieslóvski.

— Não, eu não quero atrapalhar o senhor, nem pense em mim.

Mas Liévin, mesmo sem querer, pensava e lembrava-se das palavras de Kitty, quando se despedira: "Cuidado, não vão atirar uns nos outros". Os cães se aproximavam cada vez mais, evitavam um ao outro e cada um seguia o seu rastro; a expectativa de encontrar galinholas era tão forte que um estalido do salto de sua bota ao se desprender da lama cor de ferrugem pareceu a Liévin o grasnar de uma galinhola, e ele agarrou e apertou a coronha da espingarda.

Bam! Bam! — ressoou, bem junto ao seu ouvido. Vássienka havia atirado num bando de patos que voava acima do pântano, longe, fora do alcance, e que naquele momento vinha na direção dos caçadores. Liévin mal teve tempo de virar para trás e uma galinhola grasnou, e uma segunda, e uma terceira, e oito galinholas alçaram voo, uma após a outra.

Stiepan Arcáditch abateu uma delas, naquele exato momento, quando o pássaro se preparava para começar seu zigue-zague, e a galinhola tombou no lamaçal como uma bolinha. Oblónski, sem se afobar, mirou uma outra, que voava ainda baixo rumo aos espargânios e, no mesmo instante em que soou o tiro, essa galinhola também caiu; e deu para ver como ela tentava desvencilhar-se dos espargânios ceifados, debatendo-se com a asa que não fora ferida e que era branca na parte de baixo.

Liévin não foi tão feliz: estava perto demais quando atirou na primeira galinhola e errou; mirou quando ela já começava a alçar voo, mas, nesse instante, voou uma outra, quase junto ao seu pé, distraiu-o e ele errou mais um tiro.

Enquanto recarregavam as espingardas, uma galinhola alçou voo e Vieslóvski, que tivera tempo de recarregar sua arma, disparou na água mais duas cargas de chumbo miúdo. Stiepan Arcáditch recolheu as suas galinholas e fitou Liévin com olhos radiantes.

— Muito bem, agora vamos nos separar — disse ele e, mancando da perna esquerda, com a espingarda a postos para atirar, assobiou para o cão e seguiu para um lado. Liévin e Vieslóvski foram para o lado oposto.

Sempre que errava os primeiros tiros, Liévin se irritava, se aborrecia e atirava mal pelo resto do dia. Assim foi também dessa vez. As galinholas se revelaram numerosas. Perto dos cães, perto dos pés dos caçadores, as galinholas alçavam voo sem cessar e Liévin poderia reabilitar-se; porém, quanto mais atirava, mais se envergonhava na frente de Vieslóvski, que, feliz da vida, atirava a esmo, nada alvejava e não se perturbava nem um pouco por isso. Liévin afobava-se, não se continha, irritava-se mais e mais e chegou a um ponto em que, ao atirar, quase já não mais contava acertar em nada. A própria Laska pareceu compreender isso. Passou a farejar preguiçosamente e, como que com perplexidade ou com censura, voltava os olhos para os caçadores. Os tiros se sucediam. A fumaça da pólvora pairava em torno dos caçadores e, na grande e espaçosa rede de caçador, só havia três galinholas, miudinhas e leves. Uma delas foi morta por Vieslóvski e uma outra, por ambos. Enquanto isso, do outro lado do pântano, ouviam-se os disparos de Stiepan Arcáditch, não frequentes, mas, assim parecia a Liévin, conscientes e, após quase todos eles, se ouvia: "Krak, Krak, pega!".

Isso deixava Liévin ainda mais agitado. As galinholas não paravam de voar acima dos espargânios. Seus grasnidos em terra e seu crocitar no alto não cessavam e se faziam ouvir de todos os lados; as galinholas que tinham voado primeiro e flutuaram no ar vinham, agora, pousar diante dos caçadores. Em vez de dois gaviões, dezenas deles voavam, agora, e piavam acima do pântano.

Após percorrerem mais de metade do pântano, Liévin e Vieslóvski chegaram ao local onde os espargânios confinavam com o prado dos mujiques, atravessado por faixas compridas que assinalavam, às vezes, trilhas de relva pisada e, outras vezes, fileiras ceifadas. Metade dessas faixas já tinham sido ceifadas.

Embora a esperança de encontrar caça no prado não ceifado fosse tão pequena quanto no prado já ceifado, Liévin prometera a Stiepan Arcáditch unir-se a ele e seguiu adiante, com seu parceiro, pelas faixas ceifadas e não ceifadas.

— Ei, caçadores! — gritou um dos mujiques que estavam sentados numa telega desatrelada. — Venham almoçar conosco! Tomar vinho!

Liévin virou-se.

— Venham, tudo certo! — gritou um mujique alegre e barbado, com o rosto vermelho, os dentes brancos sorridentes, enquanto erguia no sol um garrafão esverdeado e cintilante.

— *Qu'est-ce qu'ils disent?*[11] — perguntou Vieslóvski.

— Estão chamando para tomar vodca. Na certa, fizeram a partilha do feno. Eu bem que gostaria de tomar um gole — disse Liévin, não sem alguma astúcia, na esperança de que Vieslóvski se deixasse seduzir pela bebida e se afastasse para ficar com eles.

— Por que estão oferecendo?

— Por nada, estão alegres. Escute, vá ficar com eles. O senhor vai achar interessante.

— *Allons, c'est curieux.*[12]

— Vá o senhor. Vá. Depois o senhor encontrará o caminho até o moinho! — gritou Liévin e, quando se virou, viu com satisfação que Vieslóvski, curvado e tro-

---

11 Francês: "o que eles estão dizendo?".

12 Francês: "vamos, é curioso".

peçando nas pernas cansadas, com a espingarda segura no braço estendido, saía do pântano a duras penas e caminhava ao encontro dos mujiques.

— Venha você também! — gritou um mujique para Liévin. — Não tenha medo! É só beliscar um bolinho! Venha!

Liévin tinha muita vontade de tomar vodca e comer um pedaço de pão. Estava enfraquecido e sentia que só a muito custo conseguia desprender do charco os pés que fraquejavam e, por um minuto, hesitou. Mas Laska ficou em posição. Imediatamente todo o cansaço desapareceu e Liévin se pôs a caminhar com agilidade pelo charco, na direção da cadela. Junto ao seu pé, uma galinhola alçou voo; ele atirou e acertou — Laska continuava em posição. "Pega!" Bem do lado dela, outra galinhola alçou voo. Liévin disparou. Mas não era o seu dia; Liévin errou o tiro e, além do mais, quando foi procurar a galinhola que alvejara, também não a encontrou. Vasculhou todos os espargânios, mas Laska não acreditava que ele tivesse acertado e, quando ele a mandou procurar, a cadela fingiu procurar, mas não o fez.

E mesmo sem Vássienka, a quem Liévin acusava por seu fracasso, a situação não melhorou. As galinholas eram numerosas também ali, mas Liévin errava um tiro após o outro.

Os raios oblíquos do sol ainda estavam quentes; as roupas, totalmente encharcadas de suor, colavam no corpo; a bota esquerda, cheia de água, pesava e soltava estalidos de sucção; o suor rolava em gotas pelo rosto sujo de resíduos de pólvora; na boca, havia um amargor, no nariz, um cheiro de pólvora e ferrugem, nos ouvidos, o grasnar incessante das galinholas; ele não podia sequer tocar nos canos da espingarda, tão quentes estavam; o coração batia acelerado e curto; as mãos tremiam de agitação, os pés cansados tropeçavam e se arrastavam a custo pelos morrotes e pelo charco; mas ele seguia em frente e atirava. Enfim, após um vergonhoso erro de pontaria, jogou a espingarda e o chapéu por terra.

"Não, é preciso me controlar!", disse consigo. Apanhou a espingarda e o chapéu, chamou Laska para junto dos seus pés e saiu do pântano. Ao sair para o terreno seco, sentou-se num morrote, descalçou-se, entornou a água que estava dentro das botas, em seguida caminhou para o pântano, matou a sede com o sabor ferruginoso da água, molhou os canos abrasados da arma e lavou bem o rosto e as mãos. Refrescado, encaminhou-se de novo para o lugar onde uma galinhola havia pousado, com o firme propósito de não se irritar.

Queria acalmar-se, mas nada mudou. Seu dedo apertava o gatilho antes de ter o pássaro sob a mira. Tudo ia de mal a pior.

Tinha apenas cinco peças de caça na rede de caçador quando saiu do pântano, rumo aos amieiros, onde deveria unir-se a Stiepan Arcáditch.

Antes de avistar Stiepan Arcáditch, avistou o seu cão. Junto às raízes retorcidas de um amieiro, Krak pulou, todo enegrecido com o lodo fétido do pântano e, com ares de vitorioso, pôs-se a farejar Laska, que o farejou também. Logo atrás de Krak, vindo das sombras dos amieiros, surgiu a figura imponente de Stiepan Arcáditch. Vermelho, encharcado de suor, com o colarinho desabotoado e sempre claudicante, caminhou na direção de Liévin.

— E então? Atiraram muito! — disse ele, sorrindo, contente.

— E você? — perguntou Liévin. Mas não era preciso responder, porque já vira a rede de caçador cheia.

— Nada mau.

Tinha catorze peças de caça.

-- Pântano magnífico. Na certa, o Vieslóvski atrapalhou você. Caçar em dupla com um só cão é incômodo — disse Stiepan Arcáditch, abrandando seu triunfo.

XI

Quando Liévin e Stiepan Arcáditch chegaram à isbá do mujique onde Liévin sempre se hospedava, Vieslóvski já se achava lá. Estava sentado no meio da isbá e, enquanto se agarrava com as duas mãos ao banco e um soldado, irmão da dona da casa, tentava arrancar de seus pés as botas manchadas de lodo, soltava suas gargalhadas alegres e contagiantes.

— Eu acabei de chegar. *Ils ont été charmants.*[13] Imaginem só, me deram bebida e comida até fartar. E que pão, que maravilha! *Delicieux!*[14] E a vodca? Nunca tomei uma mais gostosa! E não quiseram aceitar dinheiro de jeito nenhum. E diziam o tempo todo: "Não se ofenda", ou algo assim.

— Por que razão aceitariam dinheiro? Quer dizer, eles se divertiram com o senhor. Por acaso estavam vendendo vodca? — disse o soldado, conseguindo enfim arrancar a bota encharcada, junto com a meia enegrecida.

Apesar da sujeira da isbá, emporcalhada pelas botas dos caçadores e pelos cães imundos que se lambiam, apesar do cheiro de pântano e de pólvora que encheu a casa inteira e apesar da ausência de facas e garfos, os caçadores tomaram bastante chá e jantaram com o prazer que só numa caçada se conhece. Lavados e limpos, foram para um telheiro de feno que fora varrido, onde o cocheiro preparara o leito dos senhores.

---

13 Francês: "eles foram encantadores".

14 Francês: "deliciosos".

Embora já tivesse anoitecido, nenhum dos caçadores queria dormir.

Após oscilar entre recordações e relatos de tiros, cães e caçadas anteriores, a conversa concentrou-se num tema que a todos interessava. Devido às expressões de admiração que Vieslóvski já repetira várias vezes acerca do encanto daquela pousada e do aroma do feno, do encanto da telega quebrada (ela lhe parecia quebrada porque estava sem as rodas dianteiras), dos mujiques bondosos que lhe deram vinho até fartar, dos cães que jaziam cada um ao pé do seu dono, Oblónski começou a falar sobre as maravilhas de uma caçada ocorrida nas terras de Maltus, da qual participara no verão anterior. Maltus era um famoso ricaço das estradas de ferro. Stiepan Arcáditch falou dos pântanos que o tal Maltus havia arrendado, na província de Tvier, e contou como estavam conservados, falou das carruagens, das charretes que transportaram os caçadores, e da barraca armada no pântano, para o almoço.

— Eu não entendo você — disse Liévin, erguendo-se um pouco sobre o seu feno. — Como essa gente não lhe causa aversão? Compreendo que um almoço regado a Lafite seja muito agradável, mas será que exatamente esse luxo não lhe causa aversão? Toda essa gente, como antigamente ocorria com os detentores do monopólio do comércio de bebidas, consegue seu dinheiro de um jeito que faz o seu lucro merecer o desprezo de todos, mas eles fazem pouco-caso desse desprezo e, mais tarde, com a ajuda daquilo que ganharam desonestamente, pagam o resgate do antigo desprezo.

— É exatamente assim! — respondeu Vássienka Vieslóvski. — Exatamente. Claro, Oblónski age assim por *bonhomie*,[15] mas os outros dizem: "Oblónski vai lá...".

— Nada disso — Liévin percebeu que Oblónski sorria enquanto retrucava. — Eu simplesmente não considero Maltus mais desonesto do que nenhum de nossos ricos comerciantes ou nobres. Tanto estes como aqueles enriqueceram do mesmo modo, com o trabalho e com a inteligência.

— Sim, mas que trabalho? Por acaso é trabalho conseguir uma concessão do governo e depois revendê-la?

— Claro que é trabalho. Trabalho no sentido de que, se não for ele ou outras pessoas do mesmo tipo, nem existiriam estradas de ferro.

— Mas esse trabalho não se compara com o trabalho de um mujique ou de um sábio.

— Admito, mas é trabalho no sentido de que a atividade dele dá resultado: a estrada de ferro. Se bem que você acha as ferrovias inúteis.

---

15 Francês: "bonomia".

— Não, isso é outra questão; estou disposto a admitir que são úteis. Mas qualquer lucro que não corresponda a um trabalho investido é desonesto.

— E quem vai determinar essa correspondência?

— Um lucro obtido por um meio desonesto, por meio de astúcia — disse Liévin, sentindo que não sabia como determinar a fronteira entre o honesto e o desonesto —, como os lucros obtidos pelas casas bancárias — prosseguiu. — Isso é condenável, a acumulação de imensas fortunas sem trabalho, é exatamente como no caso dos detentores do monopólio do comércio de bebidas, só mudou a forma. *Le roi est mort, vive le roi!*[16] Assim que conseguiram abolir as concessões de monopólio do comércio de bebida, logo surgiram as estradas de ferro, os bancos: também é riqueza adquirida sem trabalho.

— Sim, talvez tudo isso seja certo e bem pensado... Deite, Krak! — gritou Stiepan Arcáditch para o cão que se coçava, revirando-se sobre o feno. Estava obviamente convencido da justiça do seu ponto de vista e, por isso, mostrava-se calmo e sem pressa. — Mas você não determinou a fronteira entre o trabalho honesto e o desonesto. O fato de eu receber um ordenado mais alto que o chefe da minha repartição, embora ele conheça o serviço melhor do que eu, é desonesto?

— Não sei.

— Pois bem, vou lhe dizer uma coisa: o que você ganha com o seu trabalho na propriedade é, digamos, cinco mil rublos e o mujique nosso anfitrião, por mais que trabalhe, não consegue ganhar mais do que cinquenta rublos, algo exatamente tão desonesto quanto acontece no meu caso, por ganhar mais que o chefe da repartição, e também no caso de Maltus, que ganha mais que o chefe da estação de trem. Ao contrário, vejo da parte da sociedade uma atitude hostil, sem nenhuma justificativa, com relação a essas pessoas, e me parece que aqui há inveja...

— Não, isso é incorreto — disse Vieslóvski. — Não pode ser inveja, e há algo de sórdido nessa situação.

— Não, me desculpe — retomou Liévin. — Você diz que é injusto eu ganhar cinco mil rublos e o mujique cinquenta: é verdade. É injusto, e eu sinto isso, mas...

— E é de fato. Por que nós comemos, bebemos, caçamos, não fazemos nada, enquanto ele está eternamente, eternamente, no trabalho? — perguntou Vássienka Vieslóvski, que pelo visto refletia claramente sobre o assunto pela primeira vez na vida e, portanto, falava com total sinceridade.

— Sim, você sente, mas nem por isso entrega a ele a sua propriedade — disse Stiepan Arcáditch, como se quisesse provocar Liévin.

---

16 Francês: "o rei está morto, viva o rei!".

Ultimamente, formara-se entre os dois cunhados uma espécie de hostilidade secreta: como se, desde o momento em que um e outro estavam casados com duas irmãs, houvesse surgido, entre ambos, uma rivalidade a respeito de quem havia organizado melhor sua vida e, agora, essa hostilidade se manifestava na conversa, que começava a adquirir um matiz pessoal.

— Não cedo minha propriedade, porque ninguém me cobra isso e, mesmo se eu o quisesse, não poderia fazê-lo — respondeu Liévin —, nem tenho a quem entregá-la.

— Dê a esse mujique; ele não vai recusar.

— Sim, mas como eu faria isso? Vamos os dois juntos e registramos uma transferência de bens?

— Não sei; mas se você está mesmo convencido de que não tem direito...

— Não estou de maneira alguma convencido. Ao contrário, sinto que não tenho o direito de dar, sinto que eu tenho uma obrigação com a terra e com a família.

— Não, me desculpe; mas, se você considera que é injusto e desigual, por que não age de maneira condizente?

— Mas eu ajo, só que negativamente, no sentido de que não vou tentar aumentar essa diferença de condição que existe entre mim e ele.

— Não, você me perdoe; isso é um paradoxo.

— Sim, há um certo sofisma nessa explicação — concordou Vieslóvski. — Ah! O anfitrião — disse para o mujique, o qual, rangendo a porta, entrou no telheiro. — E então, ainda não dormiu?

— Não, estou sem sono! Pensei que os nossos senhores dormiam, mas ouvi que conversavam. Vim aqui buscar um gancho. O cachorro não morde? — acrescentou, enquanto avançava cautelosamente, com os pés descalços.

— E você, onde vai dormir?

— Nós estamos no pasto, com os cavalos.

— Ah, que noite! — exclamou Vieslóvski, olhando, através da grande porta aberta do telheiro, para uma extremidade da isbá e para a carroça desatrelada, que agora podiam ser vistas sob a luz fraca da noite. — Mas, escutem, são vozes de mulheres que estão cantando, e não cantam nada mal. Quem são elas, anfitrião?

— Ah, são mocinhas servas, aqui do lado.

— Ei, vamos passear! Afinal, não estamos mesmo dormindo. Vamos lá, Oblónski!

— Quem dera eu pudesse ir e também ficar deitado — respondeu Oblónski, espreguiçando-se. — É ótimo ficar aqui deitado.

— Bem, irei sozinho — resolveu Vieslóvski, levantando-se com animação e calçando-se. — Até a vista, cavalheiros. Se estiver divertido, mandarei chamá-los. Os senhores me proporcionaram uma caçada e eu não vou esquecê-los.

— Não é mesmo um ótimo rapaz? — perguntou Oblónski, depois que Vieslóvski saiu e o mujique fechou a porta atrás dele.

— Sim, um ótimo rapaz — respondeu Liévin, enquanto continuava a refletir sobre o assunto discutido pouco antes. Pareceu-lhe que havia expressado seu pensamento e seu sentimento da maneira mais clara que podia e, no entanto, os outros dois, pessoas inteligentes e francas, disseram a uma só voz que ele se consolava com sofismas. Isso o perturbava.

— Pois é, meu amigo. Das duas, uma: ou a pessoa reconhece que a organização atual da sociedade é justa, e então defende os seus direitos; ou reconhece que desfruta privilégios injustos, como eu faço, e então os desfruta com satisfação.

— Não, se isso fosse injusto, você não conseguiria desfrutar esses benefícios com satisfação, pelo menos eu não conseguiria. O principal para mim é que preciso sentir que não sou culpado.

— Ora, afinal, por que não vamos até lá? — sugeriu Stiepan Arcáditch, pelo visto cansado de pensamentos tensos. — Não vamos mesmo dormir. É isso mesmo, vamos até lá!

Liévin não respondeu. As palavras que dissera durante a conversa, a respeito de agir com justiça apenas no sentido negativo, não saíam do seu pensamento. "Será que só é possível ser justo de forma negativa?", perguntava a si mesmo.

— Mas que aroma forte de feno fresco! — disse Stiepan Arcáditch, levantando-se. — Que vou dormir, que nada! Vássienka já aprontou alguma coisa, por lá. Está ouvindo a voz dele e como dá gargalhadas? Você não vem? Vamos lá!

— Não, eu não vou — respondeu Liévin.

— Será também por algum princípio? — perguntou Stiepan Arcáditch, sorrindo, enquanto procurava seu boné, no escuro.

— Não é por um princípio, mas por que razão eu iria?

— Sabe, você ainda vai arranjar problemas para si mesmo — disse Stiepan Arcáditch, que encontrou o boné e se pôs de pé.

— Por quê?

— Acaso não estou vendo o modo de vida que você estabeleceu com a sua esposa? Notei que, entre vocês, é uma questão da maior gravidade se você sai ou não sai para caçar durante dois dias. Tudo isso é muito bom como um idílio, mas, durante uma vida inteira, não vai dar certo. O homem deve ser independente, ele tem seus interesses viris. O homem deve ser viril — disse Oblónski, enquanto abria a porta.

— E o que isso quer dizer? Sair para cortejar mocinhas servas? — perguntou Liévin.

— Por que não ir até lá, se é divertido? *Ça ne tire pas a consequence.*[17] Não fará mal nenhum à minha esposa e eu me divertirei. O importante é zelar pela santidade do lar. Cuidar para que, em casa, nada aconteça. Mas nem por isso vamos amarrar as próprias mãos.

— Talvez — respondeu Liévin com secura e virando-se para o lado. — Tenho de sair amanhã cedo e não vou acordar ninguém, irei ao raiar do dia.

— *Messieurs, venez vite!*[18] — ouviu-se a voz de Vieslóvski, que estava de volta. — *Charmante!*[19] Fui eu que descobri. *Charmante*, uma perfeita Gretchen,[20] e já travei amizade com ela. Sério, é uma beleza! — falava com tamanha aprovação que se tinha a impressão de que a jovem fora criada com tais encantos exatamente em benefício dele, que agora mostrava sua satisfação com quem a havia preparado para ele.

Liévin fingiu que dormia, mas Oblónski, após calçar os sapatos e acender um charuto, saiu do telheiro e logo suas vozes cessaram.

Liévin ficou longo tempo sem adormecer. Ouviu como seus cavalos mastigavam o feno, depois como o anfitrião se juntou ao filho mais velho e foram com os cavalos para o pasto; depois, ouviu como o soldado se deitava para dormir no outro lado do telheiro, junto com o sobrinho, o filho caçula do anfitrião; ouviu como o garoto, com voz fininha, comunicava ao tio suas impressões acerca dos cães que, para o menino, pareciam aterradores e enormes; depois, ouviu que o garoto perguntou a quem os cães iriam caçar e o soldado lhe disse, com voz rouca e sonolenta, que no dia seguinte os caçadores iriam para o pântano, iriam disparar com as espingardas, e depois, para livrar-se das perguntas do garoto, disse: "Durma, Váska, durma, senão vai ver só". E logo ele mesmo se pôs a roncar e tudo silenciou; só se ouviam o relinchar dos cavalos e os grasnidos das galinholas. "Será mesmo só de forma negativa?", repetiu, consigo. "Mas e daí? Não tenho culpa." E pôs-se a pensar no dia seguinte.

"Amanhã sairei bem cedo e vou me controlar para não ficar irritado. Há galinholas aos montes. E narcejas também. E, quando eu voltar, já terá chegado o bilhete de Kitty. Sim, quem sabe Stiva tenha razão: com ela, não me comporto como um homem, virei um maricas... Mas o que fazer? De novo, ajo de forma negativa!"

Em meio ao sono, ouviu risos e conversas alegres de Vieslóvski e Stiepan Arcáditch. Abriu os olhos, por um momento: a lua havia subido e, na porta aber-

---

17 Francês: "não vai ter nenhuma consequência".

18 Francês: "senhores, venham depressa!".

19 Francês: "encantadora!".

20 Alemão: "Margarida". Nome de uma personagem da peça *Fausto*, de Goethe.

ta, estavam os dois, de pé, conversando, claramente iluminados pelo luar. Stiepan Arcáditch disse algo sobre o frescor de uma jovem, comparou-a a uma noz pequena e tenra que acabou de ser retirada da casca, e Vieslóvski, rindo com a sua gargalhada contagiante, repetiu algumas palavras ditas, provavelmente, por algum mujique: "Trate logo de namorar a sua!". Liévin, em meio ao sono, conseguiu falar:

— Senhores, amanhã ao raiar do dia! — E adormeceu.

XII

Após acordar logo ao amanhecer, Liévin tentou despertar os colegas. Vássienka, deitado sobre a barriga e com uma perna esticada, ainda com a meia, dormia tão pesadamente que foi impossível obter dele qualquer resposta. Oblónski, em meio ao sono, recusou-se a sair tão cedo. Até Laska, que dormia com o corpo enrolado em forma de anel na beirada do feno, levantou-se de má vontade e com preguiça, esticou as pernas traseiras, uma de cada vez, e colocou-as na posição correta. Depois de se calçar, apanhar a espingarda e abrir cuidadosamente a porta rangente do telheiro, Liévin saiu. Os cocheiros dormiam nas carruagens, os cavalos cochilavam. Só um deles comia aveia, preguiçosamente, espalhando os grãos pela gamela, com seus bufos. O céu ainda estava cinzento.

— O que está fazendo acordado tão cedo, meu amigo? — disse a anfitriã, amistosamente, ao sair da isbá, como se falasse com um velho e bom amigo.

— Vou caçar, titia. O pântano fica para lá?

— Direto, lá atrás; depois das nossas eiras cobertas, meu bom homem, e depois dos cânhamos; o atalho fica lá.

Pisando cuidadosamente com os pés descalços que começavam a arder com o calor, a velha conduziu Liévin e baixou, para ele, a cerca da eira coberta.

— Siga direto e vai chegar ao pântano. Nossos rapazes foram para lá, de noite, atrás de uns cavalos.

Laska corria à frente, alegre, pelo atalho; Liévin caminhava ligeiro, atrás dela, com passos ágeis, observando o céu a todo momento. Gostaria que o sol não surgisse antes de ele chegar ao pântano. Mas o sol não demorou. A lua, que ainda fulgurava quando Liévin saíra, agora tinha apenas um brilho pálido, como um punhado de mercúrio; o crepúsculo matinal, que antes era impossível não ver, agora só se percebia com esforço; o que antes eram nódoas imprecisas no campo, ao longe, agora já se enxergava com nitidez. Eram medas de centeio. No cânhamo alto e aromático, de onde já tinham sido retirados os talos maduros, o orvalho ainda estava invisível, na ausência da luz do sol, mas molhava as pernas e o blusão de Liévin, acima da cintura. Na calma transparente da manhã, ouviam-se pequenos ruídos. Uma abelha passou voando perto da orelha de Liévin, com o assovio de uma bala. Ele prestou atenção e viu mais uma, e ainda uma outra. Todas saíam voando de trás da cerca do colmeal e desapareciam acima do cânhamo, na direção do pântano. O atalho seguia dali, em linha reta, rumo ao pântano. Podia-se adivinhar o pântano pelos vapores que se erguiam, ora mais espessos, ora mais ralos, de tal maneira que os espargânios e os arbustos de salgueiros, como ilhotas, oscilavam nesse vapor. Na margem do pântano e da estrada, meninos e mujiques, que haviam pernoitado no pasto vigiando os animais, estavam deitados no solo e, sob a aurora, dormiam todos enrolados em seus cafetãs. Perto deles, vagavam três cavalos com peias nas pernas. Um dos cavalos tilintava correntes. Laska andava ao lado do seu dono, pedindo a ele para ir na frente e olhando para os lados. Quando passaram pelos mujiques adormecidos e venceram o primeiro charco, Liévin verificou as espoletas da arma e soltou a cadela. Um dos cavalos, pardo, bem nutrido e de uns três anos, ao ver a cadela, afastou-se bruscamente e, com o rabo levantado, resfolegou. Os outros cavalos também se assustaram e, chapinhando na água as patas presas com peias e produzindo um ruído semelhante a um estalo quando desprendiam os cascos da argila espessa, saíram do pântano aos saltos. Laska deteve-se, olhou para os cavalos com ar de zombaria e, depois, para Liévin, de modo interrogativo. Liévin fez um carinho em Laska e emitiu um assovio, num sinal de que podiam começar.

Laska correu, alegre e compenetrada, pelos alagadiços que cediam sob o seu peso.

Assim que adentrou o pântano, em meio aos conhecidos aromas das raízes, da relva do brejo, do lodo ferruginoso, e em meio ao aroma desconhecido de excremento de cavalo, Laska logo sentiu, disseminado por toda parte, um cheiro de pássaro, daquele mesmo pássaro aromático que, mais do que qualquer outro, a deixava agitada. Aqui e ali, pelo musgo e entre as bardanas do brejo, esse cheiro era muito forte, mas era impossível determinar para que lado ele aumentava ou diminuía. A fim de encontrar uma direção, era preciso ir adiante, a favor do vento. Sem sentir o movimento de suas patas, num galope tão tenso que poderia deter-se a qualquer salto, caso surgisse uma necessidade, Laska saiu a galopar para a direita, desviando-se da brisa do amanhecer que soprava do leste, e voltou-se contra o vento. Ao farejar o ar com as narinas muito abertas, Laska logo percebeu que não se tratava apenas de vestígios, mas sim do próprio pássaro que estava ali mesmo, na sua frente, e não só um, mas muitos. Laska reduziu a velocidade da corrida. Eles estavam ali, mas em que local, exatamente, ela não podia ainda determinar. A fim de encontrar esse local, já começara a fazer uma curva, quando a voz repentina do seu dono a distraiu. "Laska! Aqui!" — disse Liévin, indicando a ela uma outra direção. Laska parou, indagando ao dono se não seria melhor levar adiante o que havia começado. Mas Liévin repetiu a ordem, com voz zangada, apontando para um morrote alagado, onde não podia haver coisa alguma. Laska obedeceu, fingindo procurar, só para satisfazer a vontade do seu dono, vasculhou o morrote e voltou ao mesmo lugar de antes, onde imediatamente sentiu o cheiro. Agora, sem que ele a atrapalhasse, Laska sabia o que fazer e, sem olhar onde pisava, tropeçando com irritação nos morrotes altos e caindo na água, mas logo em seguida retomando o domínio das pernas fortes e flexíveis, deu início à curva que havia de esclarecer tudo. O cheiro dos pássaros se fazia sentir cada vez mais forte, cada vez mais preciso, e de repente ficou claro para Laska que um deles estava ali mesmo, atrás daquele morrote, cinco passos à sua frente, e ela se deteve, o corpo inteiro imóvel. Como tinha pernas baixas, Laska nada podia ver à sua frente, mas sabia, pelo faro, que o pássaro estava a não mais que cinco passos. Ficou ali, sentindo cada vez mais o seu cheiro e se deliciando com a expectativa. A cauda rija estava esticada e só tremia bem na pontinha. A boca estava ligeiramente aberta, as orelhas, soerguidas. Uma orelha estava dobrada para trás, por causa da corrida, e Laska respirava com cuidado, mas ofegante, e olhava em volta com mais cuidado ainda, antes com os olhos do que com a cabeça, em busca do seu dono. Ele, com o rosto conhecido de Laska, mas com olhos sempre terríveis, caminhava aos tropeções pelos morrotes e, assim pareceu a Laska, numa lentidão extraordinária. Pareceu a Laska que Liévin caminhava devagar, mas ele corria.

Ao notar aquela posição especial de Laska, em que ela se estreitava inteira em direção ao solo, como se arrastasse atrás de si as patas de trás, e abria ligeiramente a boca, Liévin compreendeu que a cadela topara com narcejas e, depois de pedir a Deus que ele tivesse sucesso, sobretudo no primeiro pássaro, aproximou-se. Ao chegar lá, valendo-se da sua altura, pôs-se a observar com atenção à frente e avistou com os olhos o que Laska via com o nariz. Numa vereda entre os morrotes, via-se uma narceja sozinha. Com a cabeça virada, a narceja escutava com atenção. Depois de alisar as asas e acomodá-las de novo junto ao corpo, o pássaro, com um meneio para o lado, desapareceu atrás de um recanto.

— Pegue, pegue — gritou Liévin, dando um empurrão na anca de Laska.

"Mas eu não posso ir", refletiu Laska. "Para onde eu iria? Sinto que o cheiro delas vem de lá, mas, se eu me mover para a frente, não vou compreender nada, nem onde elas estão nem o que são." Mas Liévin lhe deu um empurrão com o joelho e disse, num sussurro nervoso: "Pegue, Lássotchka! Pegue!".

"Bem, se ele quer mesmo isso, vou fazer, mas agora já não posso responder por mim mesma", refletiu e saiu em disparada para a frente, entre os morrotes. Já não farejava coisa alguma, agora, e apenas via e ouvia, sem nada compreender.

A dez passos do local anterior, uma narceja levantou voo, com o grasnido encorpado e com o estridente bater de asas peculiar das narcejas. Após o tiro, com um baque surdo, o pássaro tombou com o peito branco sobre um charco alagado. Outra narceja não se fez esperar e voou às costas de Liévin, sem que Laska a espantasse.

Quando Liévin se voltou, ela já estava longe. Mas o tiro a alvejou. Após voar mais uns vinte passos, a segunda narceja fez uma curva para cima, se enrijeceu, despencou girando, como uma bolinha largada, e tombou pesadamente num local seco.

"Desta vez a coisa vai!", pensou Liévin, enquanto enfiava na bolsa de caçador as narcejas gordas e quentes. "Ah, Lássotchka, será que vamos conseguir?"

Quando Liévin, após recarregar a espingarda, moveu-se adiante, o sol já havia nascido, embora ainda não estivesse visível por trás de umas nuvenzinhas. A lua, uma vez perdido todo o seu brilho, branquejava no céu como uma nuvem; já não se via nenhuma estrela. Os alagadiços, que antes brilhavam prateados com o orvalho, agora refletiam um tom de ouro. O lodo ferruginoso estava todo cor de âmbar. O azul da relva se transformara num verde-amarelado. Junto ao regato, os passarinhos do pântano fervilhavam nos arbustos, que brilhavam de orvalho e deitavam uma sombra comprida. Um gavião despertou e deixou-se ficar sobre uma meda de feno, enquanto virava a cabeça de um lado para o outro e olhava insatisfeito para o pântano. Gralhas voavam no campo e um menino descalço já tocava os cavalos na direção de um velho que se levantara, saíra de debaixo do cafetã e coçava a cabeça. A fumaça dos tiros branquejava como leite, sobre o verdor da relva.

Um dos meninos correu na direção de Liévin.

— Tio, ontem tinha uns patos aqui! — gritou, e seguiu-o à distância.

E Liévin experimentou um prazer em dobro, por haver matado três narcejas, uma após a outra, diante de um menino que expressava a sua aprovação.

XIII

A superstição existente entre os caçadores, segundo a qual se o primeiro animal ou o primeiro pássaro não escapar a caçada será boa, revelou-se correta.

Cansado, faminto, feliz, às dez horas da manhã, após percorrer trinta verstas, Liévin, com dezenove belas peças de caça e mais um pato, que ele trazia preso ao cinto, pois não cabia mais na bolsa de caçador, voltou para a morada do mujique. Seus companheiros havia muito estavam acordados e já haviam tido tempo de sentir fome e tomar o desjejum.

— Espere, espere, eu sei que são dezenove — disse Liévin, enquanto contava pela segunda vez as narcejas e as galinholas, que não tinham aquele aspecto conhecido, de quando saíam voando, e sim estavam retorcidas, ressecadas, com sangue coagulado e as cabeças viradas para o lado.

A contagem estava correta e a inveja de Stiepan Arcáditch deu prazer a Liévin. Também lhe deu prazer voltar ao abrigo e já encontrar ali um mensageiro, que Kitty enviara com seu bilhete.

"Estou em perfeita saúde e alegre. Se você receia por mim, pode ficar ainda mais tranquilo do que antes. Tenho um novo guarda-costas, Mária Vlássievna (era a parteira, um personagem novo e importante na vida familiar de Liévin). Ela veio me visitar. Encontrou-me em perfeita saúde e nós a hospedamos até que você volte. Todos estão felizes, saudáveis, e você, por favor, se a caçada estiver boa, não se apresse, fique mais um dia."

Essas duas alegrias, a caçada feliz e o bilhete da esposa, foram tão grandes que os dois pequenos aborrecimentos que ocorreram em seguida não pesaram em Liévin. Um deles era que o alazão que haviam atrelado no canto de fora da troica obviamente se esgotara com o esforço excessivo no dia anterior, não havia comido a forragem e estava abatido. O cocheiro disse que o cavalo estava acabado.

— Forçaram muito, ontem, Konstantin Dmítritch — disse ele. — Como é possível, dez verstas sem parar!

O outro aborrecimento, que perturbou por um minuto a sua boa disposição de ânimo, mas do qual mais tarde ele riu muito, foi que, de todas as provisões, que Kitty havia embalado com tamanha fartura que parecia impossível comer tudo em uma semana, já nada mais restava. Ao voltar da caçada faminto e fatigado, Liévin sonhava com os seus bolinhos, de forma tão nítida que, ao aproximar-se da casa do mujique, já sentia o cheiro e o gosto na boca, assim como Laska farejava a caça, e imediatamente mandou Filipp servir a comida. Aconteceu que não só os bolinhos como também os frangos haviam acabado.

— Mas que apetite! — exclamou Stiepan Arcáditch, rindo e apontando para Vássienka Vieslóvski. — Não sofro de nenhuma falta de apetite, mas isso é fantástico...

— Bem, o que fazer? — disse Liévin, olhando para Vieslóvski com ar soturno. — Filipp, sirva carne de vaca.

— Já comeram a carne de vaca, dei os ossos para os cães — respondeu Filipp.

Liévin ficou tão ofendido que disse, irritado:

— Deviam ter deixado alguma coisa para mim! — E sentiu vontade de chorar. — Então limpe a caça, mesmo — disse com voz trêmula, para Filipp, tentando não olhar para Vássienka —, e ponha sobre ela umas urtigas. E peça pelo menos leite, para mim.

Já mais tarde, quando havia se saciado com o leite, sentiu vergonha por ter manifestado irritação diante de um estranho e pôs-se a rir da sua própria exasperação esfomeada.

À noite, saíram a campo de novo, quando até Vieslóvski abateu várias peças de caça e, já noite fechada, voltaram para a casa do mujique.

O caminho de volta foi tão alegre como a ida. Vieslóvski ora cantava, ora lembrava com prazer suas aventuras entre os mujiques, que lhe haviam oferecido vodca e lhe disseram: "Não se ofenda"; ora lembrava suas aventuras noturnas com as nozezinhas, as mocinhas servas e os mujiques, que lhe perguntaram se ele era casado e, ao saberem que não era, lhe disseram: "Não vá se meter com a mulher dos outros, melhor é pedir uma em casamento e se meter só com a sua". Vieslóvski achava essas palavras especialmente divertidas.

— No geral, estou tremendamente satisfeito com a nossa excursão. E o senhor, Liévin?

— Estou muito satisfeito — respondeu com sinceridade Liévin, que estava especialmente feliz por não sentir mais aquela hostilidade que, em sua casa, sentira contra Vássienka Vieslóvski, mas sim, ao contrário, nutrir por ele o ânimo mais amistoso possível.

XIV

No dia seguinte, às dez horas, depois de percorrer a propriedade, Liévin bateu à porta do quarto onde Vássienka dormia.

— *Entrez*[21] — gritou Vieslóvski. — O senhor me desculpe, acabei de fazer as minhas *ablutions*[22] — disse, sorrindo, de pé à sua frente, em roupas de baixo.

— Não se perturbe por minha causa, por favor. — Liévin foi sentar-se à janela. — O senhor dormiu bem?

— Como um morto. Que belo dia hoje para uma caçada!

— Sim. O senhor quer chá ou café?

— Nem um, nem outro. Vou só almoçar. Sabe, estou envergonhado. As senhoras já levantaram, eu suponho. Seria ótimo dar um passeio agora. O senhor poderia me mostrar seus cavalos.

Após passearem pelo jardim, visitarem as estrebarias e terem até feito ginástica juntos nas barras, Liévin voltou para casa com seu hóspede e entrou com ele na sala.

— Tivemos uma caçada esplêndida, e quantas impressões! — exclamou Vieslóvski, aproximando-se de Kitty, que estava sentada junto ao samovar. — Que pena que as senhoras estejam privadas desses prazeres!

---

21 Francês: "entre".

22 Francês: "abluções".

"Ora, afinal ele tem de falar alguma coisa com a senhora da casa", disse Liévin consigo. De novo, lhe pareceu haver algo no sorriso, naquela expressão de triunfo, com que o hóspede se dirigia a Kitty...

A princesa, sentada na outra ponta da mesa, ao lado de Mária Vlássievna e de Stiepan Arcáditch, chamou Liévin e com ele iniciou uma conversa sobre a ida de Kitty a Moscou, para o parto, e sobre os preparativos de suas acomodações. Assim como antes do casamento todos os preparativos eram desagradáveis para Liévin e, com a sua insignificância, ofendiam a grandeza daquilo que se celebrava, também agora ainda mais ofensivos lhe pareciam os preparativos para o futuro parto, um tempo que elas pareciam contar na ponta dos dedos. Liévin sempre tentava não escutar essas conversas sobre as formas de se enfaixar o futuro bebê, tentava desviar-se e não ver aquelas misteriosas e intermináveis faixas tricotadas, aqueles triângulos de linho, a que Dolly atribuía uma importância toda especial, e tudo o mais. O fato do nascimento de um filho (Liévin estava seguro de que seria um menino), que lhe haviam prometido, mas em que ele, mesmo assim, não conseguia acreditar — a tal ponto lhe parecia extraordinário —, se afigurava a ele, de um lado, uma felicidade imensa demais e portanto inconcebível e, de outro lado, um acontecimento tão misterioso que aquele saber antecipado do que haveria de ocorrer e, em consequência, toda a discussão sobre os preparativos, como se fosse uma coisa corriqueira que acontece a qualquer um, lhe pareciam revoltantes e humilhantes.

Mas a princesa não entendia seus sentimentos e atribuía sua falta de vontade de pensar e de falar sobre o assunto à leviandade e à indiferença e, assim, ela não lhe dava sossego. Encarregou Stiepan Arcáditch de encontrar acomodações e, agora, chamara Liévin para perto de si.

— Não sei de nada, princesa. Faça como quiser — disse ele.

— É preciso decidir quando vocês vão se mudar.

— Na verdade, eu não sei. Sei que nascem milhões de crianças sem médicos e sem Moscou... para que...

— Mas se é assim...

— Não, será como Kitty quiser.

— Não se pode falar com Kitty sobre isso! O que você quer? Que eu a deixe assustada? Ainda nesta primavera, Natalie Golítsina morreu por causa de problemas no parto.

— Como a senhora desejar, assim eu farei — retrucou ele, com ar sombrio.

A princesa começou a falar, mas Liévin não a escutava. Embora a conversa com a princesa o desgostasse, a causa das suas feições sombrias não era essa conversa, mas sim o que ele viu perto do samovar.

“Não, é impossível”, pensou, enquanto lançava de quando em quando um olhar para Vássienka, que se inclinava na direção de Kitty e lhe dizia algo com o seu sorriso bonito, e para Kitty, ruborizada e perturbada.

Havia algo indecente na atitude de Vássienka, no seu olhar, no seu sorriso. Liévin viu até algo indecente na atitude e no olhar de Kitty. E, de novo, a luz se extinguiu em seus olhos. De novo, como no dia anterior, de repente, sem a menor transição, ele sentiu-se empurrado, do cume da felicidade, da paz e da dignidade, para o abismo do desespero, do ódio e a da humilhação. De novo, tudo e todos lhe eram repugnantes.

— Faça como a senhora quiser, princesa — disse Liévin, enquanto olhava de novo para trás.

— Como tu pesas, chapéu de Monomakh![23] — comentou Stiepan Arcáditch, em tom de zombaria, aludindo obviamente não ao tema da conversa com a princesa, mas sim à verdadeira causa da agitação de Liévin, que ele já compreendera. — Como você demorou a acordar hoje, Dolly!

Todos se levantaram para receber Dária Aleksándrovna. Vássienka, por um minuto, e com a falta de cortesia pelas senhoras tão peculiar aos jovens modernos, mal fez uma reverência e retomou de novo sua conversa, rindo de alguma coisa.

— Macha me perturbou. Ela dormiu mal e, agora, está com uns caprichos horríveis — explicou Dolly.

A conversa entre Vássienka e Kitty tratava do mesmo tema abordado antes: Anna e se o amor pode ser colocado acima das circunstâncias mundanas. Kitty não gostava dessa conversa, era incômoda, pelo seu próprio conteúdo, pelo tom em que era conduzida e sobretudo porque Kitty sabia o efeito que isso produzia sobre o marido. Mas ela era demasiado simples e inocente para saber como interromper a conversa e até como esconder o prazer superficial que lhe causava a evidente atenção daquele jovem. Kitty queria interromper essa conversa, mas não sabia como proceder. Tudo o que fizesse, ela sabia, seria observado pelo marido e interpretado por um ângulo ruim. E, de fato, quando ela perguntou a Dolly o que havia com Macha, e Vássienka, enquanto aguardava o fim dessa conversa maçante para ele, adotou um ar de indiferença ao olhar para Dolly, essa pergunta pareceu a Liévin um ardil forçado e deplorável.

---

23 Em russo, *chapka monomakha*: chapéu de pele e pedras preciosas usado na cerimônia da coroação do tsar. A expressão se refere à dificuldade de estar no poder. Aparece na peça *Boris Godunov*, de Púchkin, quando o direito de Boris Godunov ao trono é contestado por alguém que se diz herdeiro legítimo do tsar.

— E então, vamos colher cogumelos hoje? — perguntou Dolly.

— Vamos sim, por favor, eu também irei — respondeu Kitty e ruborizou-se. Por cortesia, queria perguntar a Vássienka se ele iria, mas não perguntou. — Aonde vai, Kóstia? — perguntou ao marido, com ar de culpa, quando ele passou, com passos resolutos. Essa expressão de culpa vinha confirmar todas as suas suspeitas.

— O maquinista chegou quando eu estava fora de casa e ainda não falei com ele — respondeu Liévin, sem olhar para Kitty.

Desceu ao térreo, mas mal tivera tempo de sair do escritório quando ouviu os conhecidos passos da esposa que vinham em sua direção, rápidos e descuidados.

— O que você quer? — perguntou Liévin, com rispidez. — Estamos ocupados.

— O senhor me desculpe — dirigiu-se ao maquinista alemão —, preciso trocar umas palavras com o meu marido.

O alemão fez menção de se afastar, mas Liévin lhe disse:

— Não se incomode.

— O trem não sai às três? — perguntou o alemão. — Vou me atrasar.

Liévin não lhe respondeu, mas saiu com a esposa.

— Pois bem, o que você tem a me dizer? — falou ele em francês.

Não olhava para o rosto de Kitty e não queria ver que, na condição em que ela se encontrava, seu rosto todo tremia e tinha um aspecto arrasado, lastimável.

— Eu... eu quero dizer que é impossível viver deste modo, que isto é um suplício... — conseguiu falar Kitty.

— Tem gente aqui — disse Liévin, zangado. — Não faça uma cena.

— Ora, então vamos para lá!

Estavam no corredor. Kitty quis entrar no cômodo vizinho. Mas lá, a professora inglesa dava uma aula para Tânia.

— Bem, vamos para o jardim!

No jardim, deram de cara com o mujique que limpava a vereda. E já sem se preocupar com o mujique, que veria Kitty chorosa e veria o rosto transtornado de Liévin, sem se preocupar com o fato de terem, os dois, o aspecto de pessoas que fogem de alguma desgraça, ambos seguiram adiante, a passos ligeiros, sentindo que precisavam conversar com franqueza e dissuadir um ao outro, ficar os dois sozinhos por algum tempo e, assim, livrar-se do suplício que padeciam.

— É impossível viver assim! É um suplício! Eu sofro, você sofre. Para quê? — disse Kitty, quando enfim alcançaram um banquinho isolado, na esquina de uma aleia de tílias.

— Mas me diga uma coisa: havia no tom de voz dele algo indecente, desonroso, humilhante, horrível? — perguntou Liévin, parado diante dela, na mesma posição em que ficara naquela noite, com os punhos cerrados contra o peito.

— Havia — respondeu Kitty, com voz trêmula. — Mas, Kóstia, será que você não percebe que não tenho culpa? Desde manhã cedo, eu quis evitar aquele tom, mas essa gente... Para que ele veio? Como estávamos felizes! — exclamou, sufocando em soluços que sacudiram todo o seu corpo inchado.

O jardineiro viu, com surpresa, apesar de nada os perseguir e de não haver nada de que fugir, e apesar de não poderem, os dois, encontrar nada de especialmente alegre naquele banquinho — o jardineiro viu que eles voltaram para casa, e passaram direto por ele, com os rostos radiantes e apaziguados.

XV

Depois de levar a esposa até o andar de cima, Liévin foi aos aposentos de Dolly. Dária Aleksándrovna, por seu lado, estava muito desgostosa nesse dia. Caminhava pelo quarto e falava, zangada, com uma menina que estava num canto e chorava muito:

— E vai ficar de pé o dia inteiro, aí no canto, e vai almoçar sozinha, e não vai ver nem uma boneca, e não vou costurar um vestido novo para você — dizia, já sem saber como castigá-la. — Não, ela é uma menina má! — disse para Liévin. — De onde podem ter vindo essas tendências abomináveis?

— Mas o que fez ela? — perguntou Liévin com bastante indiferença, pois queria pedir o conselho de Dolly para seus assuntos pessoais e, por isso, ficou aborrecido de chegar num momento inconveniente.

— Ela e Gricha foram colher framboesas e lá... não consigo contar o que ela fez. Veja que coisa sórdida. Pobre da Miss Elliot. Não sabe como tomar conta, é uma máquina... *Figurez vous, qu'elle...*[24]

E Dária Aleksándrovna contou o crime de Macha.

— Isso não prova nada, não há nenhuma tendência abominável, é apenas uma travessura — tranquilizou-a Liévin.

— Mas você está aborrecido com alguma coisa? Por que veio aqui? — perguntou Dolly. — O que aconteceu lá embaixo?

E, pelo tom da pergunta, Liévin percebeu que seria fácil dizer aquilo que tinha intenção de dizer.

— Eu não estava lá, estava no jardim, sozinho com Kitty. Discutimos pela segunda vez, desde que o... Stiva chegou.

---

24 Francês: "imagine o senhor que ela...".

Dolly fitou-o com olhos sagazes e compreensivos.

— Pois bem, me diga, de todo o coração, se houve... não em Kitty, mas nesse hóspede, um tom que poderia ser desagradável, não só desagradável, mas horrível, ofensivo para um marido?

— Veja bem, como posso dizer... Fique aí, fique no canto! — voltou-se para Macha, que, ao notar um sorriso quase imperceptível no rosto da mãe, fez menção de virar-se. — Na opinião da sociedade, ele se comporta como todos os jovens. *Il fait la cour a une jeune et jolie femme*,[25] e um marido da sociedade deve sentir-se lisonjeado com isso.

— Sim, sim — disse Liévin, com ar sombrio. — Mas você notou?

— Não só eu, mas também Stiva. Logo depois do chá, ele me disse: *je crois que Vieslóvski fait un petit brin de cour a Kitty*.[26]

— Muito bem, ótimo, agora estou mais calmo. Vou escorraçá-lo daqui — disse Liévin.

— O quê? Você enlouqueceu? — exclamou Dolly, com horror. — O que deu em você, Kóstia? Controle-se! — disse ela, rindo. — Muito bem, agora pode ir ao encontro de Fanny — disse para Macha. — Bem, mas se é isso o que quer, vou falar com o Stiva. Ele o levará embora. Podemos alegar que você espera visitas. Ele não combina mesmo com a nossa casa.

— Não, não, eu mesmo cuido disso.

— Mas não vai brigar?...

— De jeito nenhum. Para mim, vai ser até divertido — disse Liévin, com olhos que de fato brilhavam com um ar divertido. — Bem, Dolly, desculpe a menina! Ela não vai fazer isso de novo — disse, referindo-se à pequena criminosa, que não fora ao encontro de Fanny e, hesitante, continuava parada diante da mãe, esperando e procurando um olhar de Dolly com o canto dos olhos.

A mãe olhou-a de relance. A menina desatou a chorar, afundou o rosto nos joelhos da mãe e Dolly pôs a mão magra e carinhosa sobre a cabeça da menina.

"E o que há de comum entre nós e ele?", refletiu Liévin, e saiu à procura de Vieslóvski.

Ao passar pela entrada, mandou atrelar a caleche para ir à estação.

— Ontem a mola quebrou — respondeu o criado.

— Bem, então atrele a carroça, mas depressa. Onde está o hóspede?

— Foi para o quarto.

---

25 Francês: "ele faz a corte a uma mulher jovem e bela".

26 Francês: "acho que Vieslóvski está fazendo uma ligeira corte a Kitty".

Liévin encontrou Vássienka no momento em que, após retirar sua bagagem da mala e separar novas romanças, ele experimentava as polainas no intuito de andar a cavalo.

Ou porque havia no rosto de Liévin algo diferente, ou porque o próprio Vássienka percebeu que *ce petit brin de cour*[27] que ele havia começado era inconveniente naquela família, o fato é que ele ficou um pouco confuso (até onde pode ficar confuso um homem da sociedade) com a chegada de Liévin.

— O senhor vai cavalgar de polainas?

— Sim, é muito mais limpo — respondeu Vássienka, pondo a perna gorda sobre a cadeira e abotoando o colchete de baixo, com um sorriso amável.

Era sem dúvida um bom rapaz e Liévin teve pena dele e sentiu vergonha de si mesmo, como seu anfitrião, quando percebeu uma timidez no olhar de Vássienka.

Sobre a mesa, estava o pedaço de pau que, naquela manhã, os dois juntos haviam quebrado na ginástica, quando tentavam erguer as barras de exercício. Liévin pegou aquele pedaço de pau e começou a partir lascas da ponta rachada, sem saber como começar.

— Eu queria... — fez menção de calar-se, mas, de repente, ao lembrar-se de Kitty e de tudo o que tinha havido, fitou-o nos olhos com firmeza e disse: — Mandei atrelar os cavalos para o senhor.

— Como assim? — reagiu Vássienka, surpreso. — Para ir aonde?

— Para levar o senhor à estrada de ferro — respondeu Liévin, com expressão soturna, picando a ponta do pedaço de pau.

— O senhor vai viajar ou aconteceu alguma coisa?

— Aconteceu que vão chegar uns hóspedes — respondeu Liévin, enquanto, com os dedos fortes, e cada vez mais depressa, quebrava lascas da ponta rachada do pedaço de pau. — Na verdade, não vai chegar ninguém, e não aconteceu nada, mas peço que o senhor vá embora. O senhor pode entender como quiser a minha descortesia.

Vássienka aprumou o corpo.

— Peço ao senhor que me explique... — disse, com dignidade, por fim compreendendo.

— Não posso explicar — respondeu Liévin, em voz baixa e vagarosa, tentando ocultar o tremor de suas faces. — E é melhor o senhor não perguntar.

E, como as pontas rachadas já estavam todas partidas, Liévin segurou entre os dedos as duas grossas extremidades, rompeu ao meio o pedaço de pau e, com cuidado, apanhou no ar a extremidade que caiu.

---

27 Francês: "essa ligeira corte".

Provavelmente o aspecto daqueles braços tensos, aqueles mesmos músculos que, pela manhã, ele apalpara na ginástica, e os olhos afogueados, a voz baixa e as faces trêmulas convenceram Vássienka, mais do que as palavras. Depois de encolher os ombros e sorrir com ar de desdém, ele curvou a cabeça numa reverência.

— Não posso falar com Oblónski?

O encolher de ombros e o sorriso não irritaram Liévin. "O que mais ele pode fazer?", pensou.

— Mandarei chamá-lo, em seguida.

— Que loucura é esta? — exclamou Stiepan Arcáditch, já informado pelo amigo de que ele estava sendo expulso da casa, quando encontrou Liévin no jardim, onde passeava à espera da partida do hóspede. — *Mais c'est ridicule!* Que bicho mordeu você? *Mais c'est du dernier ridicule!*[28] Pense bem, só porque um rapaz...

Mas o lugar onde o bicho mordera Liévin ainda doía, pelo visto, pois de novo ele empalideceu quando Stiepan Arcáditch quis explicar o motivo e, rapidamente, Liévin o interrompeu:

— Por favor, não explique nada! Não posso agir de outra forma! Estou muito envergonhado, diante de você e diante dele. Mas para ele, eu creio, não será nenhum grande desgosto partir, enquanto para mim e para a minha esposa a presença dele é desagradável.

— Mas é ofensivo para ele! *Et puis, c'est ridicule.*[29]

— Para mim também é ofensivo e torturante! E não tenho culpa nenhuma, não tenho motivo nenhum para sofrer!

— Ora, eu não esperava tal coisa de você! *On peut être jaloux, mais a ce point c'est du dernier ridicule.*[30]

Liévin deu-lhe as costas depressa, afastou-se para o fundo da vereda e continuou a andar sozinho, para a frente e para trás. Assim que ouviu o estrépito da carroça, avistou, por trás das árvores, como Vássienka, sentado sobre o feno (infelizmente, não havia assento na carroça), com a sua boina escocesa e saltitando com os solavancos, passava pela alameda.

"O que mais vai acontecer?", pensou Liévin, quando o criado, que saíra correndo de casa, deteve a carroça. Era o maquinista, do qual Liévin se esquecera completamente. O maquinista, com um gesto de reverência, disse algo a Vieslóvski; logo depois, embarcou na carroça e os dois foram embora juntos.

---

28 Francês: "mas é ridículo! [...] É o cúmulo do ridículo!".

29 Francês: "além disso, é ridículo".

30 Francês: "pode-se ser ciumento, mas a esse ponto é o cúmulo do ridículo".

Stiepan Arcáditch e a princesa ficaram revoltados com a atitude de Liévin. E ele mesmo sentiu-se não só *ridicule* no mais alto grau como também culpado de tudo e coberto de vergonha; mas, ao lembrar-se do que ele e a esposa haviam padecido, Liévin, em resposta a sua própria pergunta sobre como agiria se aquilo acontecesse outra vez, respondeu que faria exatamente o mesmo.

Apesar de tudo isso, no fim do dia, todos, com a exceção da princesa, que não perdoava a atitude de Liévin, se mostraram extraordinariamente animados e alegres, como crianças no fim de um castigo ou adultos depois de uma penosa recepção oficial, e tanto assim que à noite, na ausência da princesa, já falavam da expulsão de Vieslóvski como de um acontecimento remoto. E Dolly, que herdara do pai o dom de contar casos engraçados, levou Várienka às gargalhadas quando, pela terceira e quarta vez, sempre com novos acréscimos humorísticos, contou como ela havia acabado de vestir novos lacinhos em honra ao hóspede e, ao entrar na sala, ouviu de repente o estrépito da carroça. E quem estava na carroça? O próprio Vássienka, com sua boina escocesa, com suas romanças, com suas polainas, sentado sobre o feno.

— Pelo menos você podia ter mandado atrelar a carruagem! Puxa, e depois ouvi gritarem: "Esperem!". Bem, pensei, tiveram pena dele. Olhei, acomodaram um alemão gordo ao seu lado e foram embora... E os meus lacinhos não serviram para nada!...

XVI

Dária Aleksándrovna cumpriu o seu intento e foi visitar Anna. Lamentava muito causar um desgosto à irmã e fazer algo desagradável ao marido dela; Dária compreendia que os Liévin, como pessoas virtuosas, não quisessem ter nenhuma relação com Vrónski; mas ela achava que era seu dever visitar Anna e lhe mostrar que seus sentimentos não podiam se alterar, apesar da mudança da situação de Anna. A fim de não depender dos Liévin nessa viagem, Dária Aleksándrovna mandou alugar cavalos na vila; mas Liévin, ao saber disso, procurou-a e a repreendeu.

— Por que acha que a sua viagem não me agrada? E, mesmo se não me agradasse, me desagradaria ainda mais se você não fosse com os meus cavalos — disse ele. — Você não me contou nem uma vez que estava resolvida a ir. Em primeiro lugar, alugar cavalos na vila não me agrada, e o pior é que eles vão aceitar o serviço, mas não vão levar você até lá. Eu tenho cavalos aqui. E, se você não quiser me causar um desgosto, use os meus cavalos.

Dária Aleksándrovna teve de concordar e, no dia marcado, Liévin preparou para a cunhada duas parelhas de cavalos e outros para a muda, reunidos entre animais de trabalho e de montaria, um conjunto muito feio, mas que poderia transportar Dária Aleksándrovna em um dia. Justamente agora, quando havia necessidade de cavalos também para a princesa e para a parteira, que iam viajar, aquilo representava um transtorno para Liévin, mas, por um dever de hospitalidade, ele não podia permitir que Dária Aleksándrovna alugasse cavalos de fora e, além disso, sabia que os vinte rublos que haviam cobrado a ela por tal viagem eram muito importantes para a cunhada; e as finanças de Dária Aleksándrovna, que estavam em péssima situação, afetavam Liévin como se fosse um problema seu.

Dária Aleksándrovna, a conselho de Liévin, partiu antes do raiar do dia. A estrada estava boa, a carruagem era confortável, os cavalos corriam bastante e, na boleia, além do cocheiro, estava o escriturário que Liévin mandara ir em lugar do criado, por uma questão de segurança. Dária Aleksándrovna cochilou e só acordou quando já se aproximavam da estação de muda, onde teriam de trocar de cavalos.

Depois de tomar o chá na casa do mesmo mujique rico onde Liévin se detivera em sua viagem para as terras de Sviájski, e depois de ter conversado com as camponesas sobre os filhos e com o velho a respeito do conde Vrónski, a quem ele muito elogiou, Dária Aleksándrovna seguiu viagem, às dez horas. Em sua casa, atarefada com os filhos, ela nunca tinha tempo de pensar. Em compensação, agora, nessa viagem de quatro horas, todos os pensamentos até então reprimidos se amontoaram de uma só vez em sua cabeça e ela refletiu a fundo sobre toda a sua vida, como nunca fizera, e sob os mais diferentes aspectos. Mesmo para ela, seus pensamentos pareceram estranhos. A princípio, pensou nos filhos, com os quais estava preocupada, apesar de a princesa e sobretudo Kitty (ela confiava mais na irmã) terem prometido cuidar das crianças. "Tomara que Macha não comece a fazer suas travessuras, tomara que Gricha não bata no cavalo, tomara que o estômago de Lili não fique desarranjado, de novo." Mas, em seguida, as questões do presente começaram a dar lugar às questões do futuro próximo. Pôs-se a pensar que, naquele mesmo inverno, seria preciso mudar para uma nova residência, em Moscou, trocar os móveis da sala e costurar um manto para a filha mais velha. Depois, começaram a surgir questões relativas a um futuro mais remoto: como preparar os filhos para ganhar a vida por conta própria? "As meninas, tudo bem", pensou ela, "mas, e os meninos?"

"Está certo, agora eu mesma estou cuidando do Gricha, mas isso só acontece porque me acho desimpedida, não estou grávida. Claro, com o Stiva não se pode contar. E eu, com a ajuda de pessoas bondosas, estou criando meus filhos; mas se eu engravidar de novo..." E lhe veio o pensamento de como era injusto dizer que a maldição lançada sobre a mulher eram os suplícios de dar à luz. "Dar à luz não é nada, mas a gravidez, isso sim é que um suplício", refletiu, recordando a sua última gravidez e a morte daquele último filho. E recordou a conversa que tivera com uma jovem camponesa, na estação de muda de cavalos. Quando perguntou se tinha filhos, a bela jovem respondeu:

— Tive uma menina, mas Deus desfez. Enterrei na Quaresma.

— Puxa, e você ficou muito triste? — perguntou Dária Aleksándrovna.

— Triste por quê? O velho tem tantos netos. É só preocupação. Não dá para trabalhar, nem para fazer nada. Só amarram a gente.

Tal resposta lhe pareceu abominável, apesar da graciosidade bondosa da jovem, mas agora, sem querer, lembrou-se dessas palavras. Também havia, nessas palavras cínicas, uma fração de verdade.

"Sim, é só isso", refletiu Dária Aleksándrovna, ao recordar sua vida naqueles quinze anos de casamento, "gravidez, enjoo, pensamento embotado, indiferença a tudo e, principalmente, feiura. Kitty, tão moça, a linda Kitty, e mesmo ela ficou tão feia, e eu, grávida, fico horrenda, eu sei. O parto, o sofrimento, um sofrimento horrendo, aquele último minuto... depois, a amamentação, as noites sem dormir, as dores terríveis..."

Dária Aleksándrovna estremeceu, só de pensar na dor dos mamilos rachados, que ela padeceu quase com todos os bebês. "Depois, as doenças das crianças, aquele eterno pavor; depois, a educação, os maus instintos (lembrou-se do crime da pequenina Macha, nos pés de framboesa), os estudos, o latim — tudo isso, tão difícil e tão incompreensível. E, acima de tudo, a morte desses filhos." E de novo, em sua imaginação, surgiu a cruel lembrança, sempre opressiva para o seu coração materno, da morte do último menino, uma criança de peito que morrera de difteria, e o seu enterro, a indiferença geral diante daquele caixãozinho miúdo e cor-de-rosa, e o seu próprio coração despedaçado, a sua dor solitária, diante da testinha pálida com os cabelos crespos nas temporazinhas, diante da boquinha aberta e espantada, que viu dentro do caixão, no instante em que o cobriram com a tampinha cor-de-rosa, que tinha uma cruz bordada em galões.

"E tudo isso para quê? No que vai dar, tudo isso? Vai dar em que eu, sem ter um só minuto de tranquilidade, ora grávida, ora amamentando, sempre irritada, rabugenta, um peso para mim mesma e um tormento para os outros, e também repulsiva para o meu marido, vou consumindo a minha vida e criando filhos infelizes, mal-educados e indigentes. E agora, se eu não pudesse passar o verão na casa de Liévin, nem sei como iríamos viver. Claro, Kóstia e Kitty são tão delicados que nem notamos nada; mas isso não pode continuar. Quando tiverem filhos, não poderão nos ajudar; mesmo agora, isso já é um constrangimento para eles. Como o papai, que não ficou com quase nada para si, poderá nos ajudar? O fato é que, sozinha, não posso criar meus filhos, só com a ajuda dos outros, e com humilhação.

Bem, vamos supor o melhor: meus filhos não vão mais morrer e eu, de um jeito ou de outro, vou conseguir educá-los. Na melhor das hipóteses, pelo menos não serão patifes. Eis tudo o que posso desejar. Quanto tormento, quanto trabalho, para conseguir só isso... Uma vida inteira arruinada!" Lembrou-se de novo do que tinha dito a camponesa recém-casada e, de novo, achou repugnante lembrar-se disso; mas não pôde deixar de reconhecer que havia, naquelas palavras, uma fração de uma verdade brutal.

— E então, Mikhail, ainda estamos longe? — perguntou Dária Aleksándrovna para o escriturário, a fim de distrair-se dos pensamentos que a assustavam.

— Umas sete verstas, depois daquele vilarejo, pelo que dizem.

A carruagem seguiu pela rua do vilarejo, até a pontezinha. Pela ponte, em conversa alegre e ruidosa, passava uma multidão de camponesas alegres, com feixes de feno amarrados sobre os ombros. As camponesas se detiveram na ponte, voltando-se curiosas para a carruagem. Todos os rostos que se voltaram para Dária Aleksándrovna lhe pareceram saudáveis, contentes, buliçosos, em sua alegria de viver. "Todas vivem, todas gozam a vida", continuou a pensar, após deixar as camponesas para trás, e já a caminho da montanha, de novo a trote, no balanço agradável das molas macias da velha carruagem, "e eu, como quem sai de uma prisão, ao deixar para trás um mundo que me aniquila de preocupações, só agora abro os olhos, por um instante. Todas vivem: essas camponesas, minha irmã Natalie, Várienka, Anna, a quem estou indo visitar, todas, menos eu."

"E atacam Anna. Por quê? Por acaso sou melhor do que ela? Pelo menos, tenho um marido a quem amo. Não do modo como eu gostaria de amar, mas eu o amo, enquanto Anna não amava o seu marido. De que ela é culpada? Ela quer viver. Deus introduziu isso em nossa alma. É muito provável que eu agisse da mesma forma. E até agora não sei se fiz bem ao lhe dar ouvidos naquela horrível ocasião, em que ela veio ter comigo, em Moscou. Eu devia ter abandonado meu marido e recomeçado a minha vida. Eu poderia amar e ser amada, de verdade. Por acaso minha situação está melhor, agora? Na época, eu ainda podia agradar alguém, ainda me restava certa beleza", continuou a pensar Dária Aleksándrovna, e sentiu vontade de se ver no espelho. Tinha um espelho de viagem, dentro da bolsinha, e quis apanhá-lo; mas, depois de olhar para as costas do cocheiro e do escriturário que se sacudiam, ela percebeu que teria vergonha se um deles virasse para trás, e não se atreveu a pegar o espelho.

Porém, mesmo sem olhar para o espelho, pensou que ainda não era tarde e lembrou-se de Serguei Ivánovitch, que se mostrava especialmente afetuoso com ela, lembrou-se de um amigo de Stiva, o bondoso Turóvtsin, que ao seu lado cuidara das crianças na época da escarlatina e se enamorou dela. E havia ainda um homem bastante jovem que, como lhe dizia o marido em tom de troça, achava que, entre as irmãs, ela era a mais bela. E os romances mais apaixonados e inverossímeis acudiram ao pensamento de Dária Aleksándrovna. "Anna agiu de maneira excelente e não serei eu, de forma alguma, quem vai censurá-la. Faz a felicidade de um outro homem, está feliz, e não acabada como eu, mas sim, sem dúvida nenhuma, está exatamente como sempre, viçosa, inteligente, aberta a tudo", pensou Dária Aleksándrovna, e um sorriso maroto franziu seus lábios, sobretudo porque, ao pensar no romance de Anna, ela se imaginou, em paralelo, num romance quase exatamente igual, com um homem imaginário e coletivo, que era o seu enamorado. Tal como Anna, ela confessaria tudo ao marido. E a surpresa e a perturbação de Stiepan Arcáditch, diante de tal notícia, obrigaram-na a sorrir.

Em meio a tais devaneios, chegou à curva da estrada principal que levava a Vozdvijénski.

XVII

O cocheiro deteve os quatro cavalos e olhou para o lado direito, para um campo de centeio, onde havia uns mujiques em uma telega. O escriturário fez menção de saltar, mas depois pensou melhor e gritou, em tom autoritário, para um mujique, e acenou para que se aproximasse. A brisa, que soprara durante a viagem, havia cessado assim que eles se detiveram; os moscardos voaram sobre os cavalos suados, que os rechaçavam com irritação. O som metálico de uma gadanha sendo afiada, que vinha da telega, cessou. Um dos mujiques se levantou e caminhou na direção da carruagem.

— Vamos, anda logo! — gritou, irritado, o escriturário para o mujique, que pisava devagar, com os pés descalços, nos sulcos da estrada seca, de terra batida. — Vamos, anda!

O velho de cabelos crespos, com uma casca de árvore em volta da cabeça e as costas curvadas e escuras de suor, depois de apressar o passo, aproximou-se da carruagem e segurou o para-lama com a mão queimada de sol.

— Vozdvijénski, a casa senhorial? Do conde? — repetiu ele. — Olhe, é só ir por aqui toda a vida. Depois, vire à esquerda. Vá em frente pela avenida e pronto, está lá. O senhor quer falar com quem? O conde mesmo?

— Escute, eles estão em casa, meu bom amigo? — perguntou Dária Aleksándrovna de maneira vaga, sem saber como perguntar a respeito de Anna, nem mesmo a um mujique.

— Devem estar, sim — respondeu, mudando o ponto de apoio de um pé descalço para o outro, deixando na poeira uma pegada bem nítida, com os cinco dedos. — Devem estar em casa — repetiu, com o óbvio desejo de entabular conversa. — Ontem mesmo vieram umas visitas. Uma porção de visitas... O que quer você? — Voltou-se para um rapaz que, da telega, lhe gritara alguma coisa. — Ora essa! Passaram por aqui a cavalo, não faz muito tempo, foram ver a ceifadeira. Agora, já devem estar em casa. E quem são os senhores?...

— Viemos de longe — respondeu o cocheiro, subindo para a boleia. — Então, não estamos longe?

— Estou dizendo, é logo ali. Como os senhores estão vendo... — disse ele, enquanto com a mão examinava o para-lama da carruagem.

Jovem, saudável, atarracado, o rapaz se aproximou, também.

— Por acaso, não tem vaga para trabalhar na colheita? — perguntou ele.

— Não sei dizer, meu bom amigo.

— Então é isso, pegue à esquerda e daí vai sair lá — disse o mujique, obviamente insatisfeito em separar-se dos viajantes, pois queria conversar.

O cocheiro tocou os cavalos adiante, mas, assim que começaram a fazer a curva, o mujique gritou:

— Espere! Ei, minha gente! Espere — gritaram duas vozes.

O cocheiro freou.

— Lá vêm eles! Olhem lá! — gritou o mujique. — Vejam, eles vêm na carreira! — exclamou, apontando para quatro pessoas a cavalo e duas numa caleche, que seguiam ligeiro pela estrada.

Eram Vrónski com um jóquei, Vieslóvski e Anna, a cavalo, e a princesa Varvara e Sviájski, na caleche. Tinham ido passear e ver em atividade a ceifadeira mecânica, adquirida recentemente.

Quando a carruagem parou, os cavaleiros reduziram o passo. Na frente, vinha Anna, ao lado de Vieslóvski. Anna seguia a passo tranquilo, montada num cavalo inglês, baixo e suado, com a crina aparada e a cauda curta. A bela cabeça de Anna, com os cabelos negros que haviam se soltado debaixo da cartola, os seus ombros fartos, o seu talhe fino, vestido numa amazona preta, e toda a sua postura serena e graciosa impressionaram Dolly.

Num primeiro momento, pareceu-lhe indecente que Anna andasse a cavalo. A noção de uma senhora que andasse a cavalo estava associada, no entendimento de Dária Aleksándrovna, à imagem de uma jovem leviana e coquete, o que, na sua opinião, não condizia com a posição de Anna; mas, quando a viu mais de perto, logo se reconciliou com o fato de ela andar a cavalo. Apesar da elegância, tudo era tão simples, sereno e digno, na postura, na roupa e nos movimentos de Anna, que nada poderia ser mais natural.

Ao lado de Anna, num afogueado e cinzento cavalo de cavalaria, esticando as pernas grossas para a frente e, pelo visto, satisfeito consigo mesmo, ia Vássienka Vieslóvski, com sua boina escocesa de fitinhas esvoaçantes, e, ao reconhecê-lo, Dária Aleksándrovna não pôde conter um sorriso divertido. Atrás deles, vinha Vrónski. Montava um cavalo puro-sangue, negro-acastanhado, obviamente afogueado pelo galope. Ao refrear o cavalo, ele manobrava a rédea.

Atrás dele, veio um homem pequeno em trajes de jóquei. Sviájski e a princesa, numa caleche nova em folha e puxada por um corpulento murzelo trotador, vinham no encalço dos cavaleiros.

No instante em que reconheceu Dolly na pequena figura encolhida num canto da velha carruagem, o rosto de Anna resplandeceu com um sorriso de alegria. Soltou um grito, deu um salto sobre a sela e tocou o cavalo a galope. Já próxima da carruagem, desmontou de um salto sem ajuda de ninguém e, segurando na mão a amazona, correu ao encontro de Dolly.

— Pensei que era você, mas não me atrevi a acreditar! Que alegria! Você não pode imaginar a minha alegria! — disse Anna, ora estreitando seu rosto ao de Dolly e beijando-o, ora se afastando e fitando-a com um sorriso. — Que alegria, veja Aleksei! — disse ela, voltando-se para Vrónski, que descera do cavalo e caminhava ao encontro delas.

Vrónski, após retirar a cartola cinzenta, aproximou-se de Dolly.

— A senhora nem imagina como nos alegra a sua visita — disse ele, conferindo um significado especial às palavras que pronunciava, com um sorriso que deixava à mostra seus dentes brancos e fortes.

Sem desmontar, Vássienka Vieslóvski tirou a boina e, em saudação à visitante, agitou as fitas alegremente, em sua direção, acima da cabeça.

— É a princesa Varvara — respondeu Anna a um olhar de Dolly, quando a caleche se aproximou.

— Ah! — disse Dária Aleksándrovna e, sem querer, seu rosto expressou descontentamento.

A princesa Varvara era tia do seu marido, Dolly a conhecia havia muito tempo e não tinha respeito por ela. Sabia que a princesa Varvara sempre vivia como uma parasita em casa de parentes ricos; mas o fato de ela agora morar na casa de Vrónski, uma pessoa a quem não era aparentada, ofendeu-a na condição de parente do seu marido. Anna percebeu a expressão no rosto de Dolly e ficou embaraçada, ruborizou-se, soltou a amazona e nela tropeçou.

Dária Aleksándrovna aproximou-se da caleche que se detivera e cumprimentou friamente a princesa Varvara. Sviájski também era seu conhecido. Ele perguntou como estava passando o seu amigo excêntrico com a jovem esposa e, ao perceber, com um rápido olhar, os cavalos mal emparelhados e os para-lamas remendados da carruagem, convidou a senhora a vir também na caleche.

— E eu irei nesse veículo — disse ele. — O cavalo é manso e a princesa conduz muito bem.

— Não, fiquem como estão — respondeu Anna, que se aproximara. — Eu irei na carruagem. — E, tomando Dolly pelo braço, afastou-se com ela.

Naquilo que a rodeava, Dária Aleksándrovna não sabia o que mais admirar, se aquela carruagem elegante como nunca vira, se aqueles cavalos excelentes, se aqueles rostos elegantes e radiosos. Porém o que mais a impressionou foi a mudança que se produzira na sua conhecida e querida Anna. Outra mulher, menos atenta, que não conhecesse Anna anteriormente e que, sobretudo, não houvesse tido os pensamentos que acudiram a Dária Aleksándrovna, durante a viagem, não notaria nada de especial. Mas Dolly ficou impressionada com aquela beleza passageira, que só ocorre às mulheres nos momentos de amor e que ela, então, surpreendeu no rosto de Anna. Tudo, em seu rosto: a precisão das covinhas nas faces e no queixo, o feitio dos lábios, o sorriso que parecia voar em redor do rosto, o brilho dos olhos, a graça e a agilidade dos movimentos, a plenitude dos sons da voz e até a maneira zangada e, ao mesmo tempo, carinhosa como respondeu a Vieslóvski, que lhe pedira permissão para montar no seu cavalo inglês, a fim de ensiná-lo a galopar com a pata direita à frente — tudo era singularmente encantador; e, pelo visto, ela mesma o sabia e se regozijava com isso.

Quando as duas mulheres sentaram na carruagem, sentiram ambas um constrangimento. Anna sentiu-se constrangida por causa do olhar atento e interrogador que Dolly lhe dirigia; Dolly, porque, após as palavras de Sviájski sobre o veículo, não pôde deixar de sentir-se envergonhada com a carruagem velha e imunda em que ela e Anna se encontravam. O cocheiro Filipp e o escriturário experimentavam o mesmo sentimento. O escriturário, a fim de esconder o seu constrangimento, agitou-se, ajudando as senhoras a subir, mas o cocheiro Filipp fez-se soturno e predispôs-se para, no futuro, não mais se sujeitar a esse tipo de superioridade superficial. Sorriu com ironia, depois de lançar um olhar para o cavalo trotador, negro como um corvo, atrelado à caleche, bom apenas para passeios de lazer e incapaz de percorrer quarenta verstas, de um só estirão, sob o calor.

Todos os mujiques haviam se posto de pé, na telega, e observavam curiosos e alegres o encontro dos visitantes, enquanto faziam seus comentários.

— Também estão contentes, não se viam há muito tempo — disse o velho de cabelo crespo, coberto com uma casca de árvore.

— Olhe só, tio Guerássim, aquele garanhão preto carregaria umas boas braçadas de feno, e rapidinho!

— Puxa, aquela de calças é uma mulher? — perguntou um deles, apontando para Vássienka Vieslóvski, que se sentara numa sela de mulher.

— Não, é um homem. Olhe como pulou ligeiro!

— Eh, minha gente, olhe a hora, não vamos tirar um cochilo?

— Hoje não vai ter sono! — disse o velho, depois de olhar para o sol com o canto dos olhos. — Vejam, o meio-dia já foi embora! Peguem os ganchos e vamos lá!

XVIII

Anna fitou o rosto de Dolly, magro, extenuado, com poeira acumulada nas rugas, e quis falar o que estava pensando — ou seja, que Dolly havia emagrecido; mas, ao lembrar que ela mesma ficara mais bela e que a expressão de Dolly lhe dizia isso, deu um suspiro e pôs-se a falar de si.

— Você olha para mim e se pergunta — disse Anna — como eu posso estar feliz, na minha situação, não é? Pois bem! É vergonhoso reconhecer; mas eu... eu estou imperdoavelmente feliz. Algo mágico se passou comigo, como num sonho, quando as coisas se mostram terríveis, horrorosas, e de repente acordamos e sentimos que todos esses pavores não existem. Eu acordei. Padeci o tormento, o horror, mas agora, e isso já faz muito tempo, sobretudo desde que viemos para cá, estou muito feliz!... — disse, olhando para Dolly, com um sorriso tímido e interrogativo.

— Como isso me deixa contente! — reagiu Dolly sorrindo, mas, malgrado seu, com uma frieza maior do que desejava. — Estou muito contente por você. Por que não me escreveu?

— Por quê?... Porque não me atrevi... Você está esquecendo a minha situação...

— Para mim? Não se atreveu? Se você soubesse como eu... Eu considero... — Dária Aleksándrovna quis expressar os pensamentos que tivera naquela manhã, mas, por alguma razão, agora isso não lhe parecia conveniente. — Olhe, deixemos isso para mais tarde. O que são todas essas construções? — perguntou, no intuito de mudar de assunto, e apontou para os telhados verdes e vermelhos que se avistavam por trás do verdor das sebes de acácias e de lilases. — Parece uma cidadezinha.

Mas Anna não respondeu.

— Não, não! O que acha da minha situação, o que você pensa, o quê? — perguntou.

— Eu acho... — fez menção de dizer Dária Aleksándrovna, mas, nesse momento, Vássienka Vieslóvski, que ensinara o cavalo inglês a galopar com a pata direita à frente, passou por elas a galope, sacudindo-se pesadamente sobre a sela de mulher, feita de camurça, em sua jaqueta curta.

— Deu certo, Anna Arcádievna! — gritou ele.

Anna nem olhou para ele; mas, de novo, Dária Aleksándrovna teve a impressão de que não convinha começar essa longa conversa na carruagem e, por isso, abreviou seu pensamento.

— Não acho nada — disse ela —, mas sempre gostei de você e, se gostamos de uma pessoa, devemos gostar dela por inteiro, como é, e não como gostaríamos que fosse.

Anna, desviando o olhar do rosto da amiga e semicerrando os olhos (um hábito novo, que Dolly não conhecia na amiga), pôs-se a refletir, no intuito de compreender plenamente o significado daquelas palavras. E, pelo visto, após compreendê-las como quis, fitou Dolly.

— Se você tivesse pecados — disse Anna —, eles haveriam de ser perdoados, por ter vindo aqui e por dizer essas palavras.

E Dolly viu que lágrimas surgiam em seus olhos. Em silêncio, apertou a mão de Anna.

— E o que são essas construções? Como são numerosas! — repetiu sua pergunta, após um minuto de silêncio.

— São as residências dos empregados, a usina, as cavalariças — respondeu Anna. — E aqui começa o parque. Tudo isso estava abandonado, mas Aleksei recuperou tudo. Ele adora esta propriedade e se entusiasmou com ardor pelos afazeres agrícolas, coisa que eu jamais esperava. Na verdade, tem uma natureza tão rica! Tudo a que se dedica, ele faz de maneira magnífica. Não só não se entedia, como se empenha com ardor. Ele, e eu sei como ele é, tornou-se um ótimo e prudente senhor de terras, e chega até a ser avarento com a propriedade. Mas só com a propriedade. Fora daqui, quando se trata de um negócio de dezenas de milhares de rublos, ele nem conta o dinheiro — disse Anna, com aquele sorriso alegre e astuto com que não raro falam as mulheres, quando se referem a certas características secretas do homem amado, só a elas reveladas. — Olhe, está vendo aquela construção grande? É o novo hospital. Creio que vai custar mais de cem mil rublos. É a sua *dada*,[31] agora. E sabe como isso começou? Os seus mujiques pediram que lhes cedesse um prado, por um preço baixo, eu suponho, e ele recusou e eu o acusei de avareza. Claro, não foi só por isso, mas por tudo: ele começou a construir esse hospital, entende, para mostrar que não é avarento. *C'est une petitesse*,[32] você pode pensar, se quiser; mas eu o amo ainda mais por causa disso. E agora já se pode ver a nossa casa. É a mesma casa dos seus avós, e ele não alterou nada, por fora.

---

31 Francês: "ideia fixa".

32 Francês: "é uma bobagem".

— Que beleza! — exclamou Dolly, com uma admiração espontânea, enquanto contemplava a casa magnífica, com colunas, que se destacava do verdor de vários tons das velhas árvores do jardim.

— Não é mesmo uma beleza? E a vista que se tem do andar de cima é admirável.

Elas adentraram um pátio coberto de cascalho e enfeitado com canteiros de flores, onde dois empregados cercavam, com pedras brutas e porosas, um canteiro de flores que tinha a terra revolvida, e detiveram-se na entrada coberta.

— Ah, eles já chegaram! — disse Anna, ao ver os cavalos de montaria que acabavam de trazer do alpendre. — Não é mesmo uma beleza, esse cavalo? É um *cob*.[33] O meu preferido. Tragam-no aqui e me deem açúcar. Onde está o conde? — perguntou aos dois criados que logo acudiram, em trajes de gala. — Ah, aí está ele! — exclamou Anna, ao ver Vrónski e Vieslóvski, que haviam saído ao seu encontro.

— Onde a senhora acomodará a princesa? — perguntou Vrónski, em francês, dirigindo-se a Anna e, sem esperar a resposta, cumprimentou de novo Dária Aleksándrovna e, dessa vez, beijou-lhe a mão. — Que tal no quarto da sacada grande?

— Ah, não, fica muito longe! É melhor no do canto, assim vamos nos ver mais. Bem, vamos lá — disse Anna, que dava ao seu cavalo predileto o açúcar que o criado lhe trouxera.

— *Et vous oubliez votre devoir*[34] — disse ela para Vieslóvski, que também viera do alpendre.

— *Pardon, j'en ai tout plein les poches*[35] — respondeu ele sorrindo, enfiando os dedos no bolso do colete.

— *Mais vous venez trop tard*[36] — disse Anna, enquanto enxugava com um lenço a mão que o cavalo tinha molhado, ao pegar o açúcar. Anna voltou-se para Dolly: — Você vai ficar aqui por muito tempo? Só por um dia? Não é possível!

— Eu prometi, e tenho as crianças... — explicou Dolly, sentindo-se confusa, também, porque precisava retirar sua bolsa da carruagem e porque sabia que o seu rosto devia estar muito empoeirado.

— Não, Dolly, minha querida... Bem, depois veremos. Vamos, vamos! — E Anna levou Dolly ao seu quarto.

Esse aposento não era o quarto de luxo que Vrónski havia sugerido, e Anna pediu desculpas a Dolly pelas suas acomodações. Mas esse quarto, pelo qual era

---

33 Inglês: tipo de cavalo baixo e forte.

34 Francês: "e o senhor se esquece do seu dever".

35 Francês: "perdão, meus bolsos estão repletos".

36 Francês: "mas o senhor veio tarde demais".

preciso desculpar-se, estava repleto de um luxo em que Dolly jamais vivera e que lhe trazia à memória os melhores hotéis que vira no exterior.

— Ah, minha querida, como estou contente! — exclamou Anna, sentando-se por um minuto, em sua amazona, ao lado de Dolly. — Conte-me como vai a sua família. Só vi o Stiva de passagem. Mas ele nada pôde contar sobre os filhos. Como vai Tânia, a minha predileta? Já é uma mocinha, imagino?

— Sim, está bem grande — respondeu Dária Aleksándrovna, de forma breve, admirada ela mesma de falar tão friamente sobre seus filhos. — Vivemos esplendidamente na propriedade dos Liévin — acrescentou.

— Ora, se eu soubesse — disse Anna — que você não me desprezava... Todos vocês poderiam vir para a nossa casa. Afinal, Stiva é um velho e grande amigo de Aleksei — acrescentou e, de repente, ruborizou-se.

— Sim, mas estamos tão bem acomodados... — respondeu Dolly, embaraçada.

— Claro, é que eu, de tão feliz, acabo falando bobagens. O que importa, querida, é que estou feliz de estar com você! — disse Anna, beijando-a de novo. — Você ainda não me disse o que pensa a meu respeito e eu quero saber tudo. Mas fico contente por você me ver como eu sou. O mais importante é que eu não queria que pensassem que pretendo provar alguma coisa. Não quero provar nada, quero simplesmente viver; não fiz mal a ninguém, senão a mim mesma. Tenho esse direito, não tenho? Aliás, esta é uma longa conversa e nós ainda vamos conversar bastante sobre tudo. Agora, eu vou me trocar e mandarei uma criada vir servir você.

XIX

Ao ficar só, Dária Aleksándrovna observou o quarto com um olhar de dona de casa. Tudo o que vira ao se aproximar da casa, ao entrar nela e, agora, em seu quarto, tudo produzira uma impressão de fartura, de elegância e desse novo luxo europeu sobre o qual ela só havia lido em romances ingleses, mas nunca tinha visto na Rússia e muito menos no campo. Tudo era novo, desde o novo papel de parede francês até o tapete, que revestia o quarto inteiro. A cama tinha um colchão de molas e uma cabeceira diferente, com fronhas de seda em travesseiros pequenos. O lavatório de mármore, o toucador, a duquesa estofada, as mesas, o relógio de bronze no console da lareira, as cortinas e os reposteiros — tudo era caro e novo.

A elegante criada, que viera oferecer-lhe os seus serviços, com um penteado e um vestido mais em dia com a moda que os da própria Dolly, era tão nova e dispendiosa como tudo no quarto. Dária Aleksándrovna apreciou a sua cortesia, o seu asseio e a sua solicitude, mas sentiu-se pouco à vontade com ela; sentiu vergonha diante da criada por causa da blusinha remendada que, infelizmente, viera na sua bagagem, por engano. Sentiu vergonha dos mesmos remendos e pontos cerzidos de que, em sua casa, tanto se orgulhava. Em sua casa, estava muito claro que, para seis blusinhas, eram necessários vinte e quatro *árchini* de nanzuque, ao preço de sessenta e cinco copeques, o que totalizava mais de quinze rublos, além do acabamento e da mão de obra, e esses quinze rublos provinham de suas economias. Porém, agora, diante da criada de quarto, sentiu-se não propriamente envergonhada, mas sim desconfortável.

Dária Aleksándrovna experimentou um grande alívio quando Ánuchka, a quem ela conhecia havia muito, entrou no quarto. A criada elegante estava sendo chamada pela senhora da casa e Ánuchka ficou com Dária Aleksándrovna.

Ánuchka estava obviamente muito feliz com a chegada da senhora e desandou a falar. Dolly percebeu que ela queria expressar sua opinião a respeito da situação da patroa e, em especial, a respeito do amor e da devoção do conde por Anna Arcádievna, mas Dolly a detinha com zelo, assim que começava a falar do assunto.

— Fui criada com Anna Arcádievna e, para mim, ela é mais cara do que tudo. Ora, não cabe a nós julgar. E, afinal, parece que amar...

— Olhe, por favor, mande lavar isto aqui, se for possível — interrompeu Dária Aleksándrovna.

— Sim, senhora. Temos duas lavadeiras encarregadas das roupas especiais, mas a roupa branca vai toda para a máquina. O próprio conde controla tudo. Nossa, que marido...

Dolly ficou contente quando Anna entrou e, com a sua chegada, interrompeu a tagarelice de Ánuchka.

Anna pusera um vestido muito simples, de cambraia. Dolly observou com atenção o vestido simples. Sabia o que significava e quanto dinheiro havia custado aquela simplicidade.

— Uma velha conhecida — disse Anna para Ánuchka.

Agora, Anna já não estava constrangida. Estava perfeitamente desembaraçada e tranquila. Dolly viu que ela já havia se recuperado inteiramente da impressão que sua chegada produzira e adotara aquele tom superficial, indiferente, com o qual parecia manter fechada a porta do recinto onde se abrigavam seus sentimentos e seus pensamentos íntimos.

— Bem, e como vai a sua filha, Anna? — perguntou Dolly.

— Áni? (Assim Anna chamava sua filha.) Está bem. Engordou muito. Quer vê-la? Vamos, vou mostrá-la a você. Tive aborrecimentos terríveis com as babás — começou a contar. — Arranjamos uma ama de leite italiana. Boazinha, mas tão tola! Quisemos mandá-la embora, mas a menina ficou tão habituada a ela que ainda a mantemos aqui.

— Mas como vocês resolveram... — Dolly começou a fazer a pergunta a respeito do nome que dariam à criança; mas, ao notar que o rosto de Anna se contraiu de repente, mudou o sentido da pergunta. — Como resolveram? Já a desmamaram?

Mas Anna compreendeu.

— Não era isso o que você queria perguntar. Queria perguntar a respeito do nome. Não é verdade? Isso incomoda Aleksei. Ela não tem sobrenome. Ou melhor, é Kariênina — disse Anna, após entrecerrar os olhos de tal modo que só se viam as pestanas unidas. — Aliás — o rosto iluminou-se de repente —, sobre isso conversaremos mais tarde. Vamos, vou mostrá-la a você. *Elle est très gentile*.[37] Já está engatinhando.

No quarto da criança, o luxo que já impressionava Dária Aleksándrovna em toda a casa impressionou-a mais ainda. Ali havia carrinhos encomendados da Inglaterra, instrumentos para ensinar a andar, um divã especial, construído à maneira de uma mesa de bilhar, para a criança engatinhar, cadeiras de balanço e banheiras novas e especiais. Tudo era inglês, sólido, de primeira qualidade e, obviamente, muito caro. O quarto era amplo, muito alto e claro.

Quando elas entraram, a menina estava numa cadeirinha junto à mesa, só com uma camisolinha, e jantava um caldo, com que havia sujado todo o seu peitinho. A criada russa que trabalhava no quarto da criança lhe dava a comida na boca e, era evidente, comia junto com ela. Não se achavam ali nem a ama de leite nem a babá; estavam no quarto vizinho e de lá se ouvia a sua conversa num francês estranho, a única maneira de se entenderem mutuamente.

Ao ouvir a voz de Anna, a inglesa alta, bem-vestida, de rosto desagradável e aspecto sujo, sacudindo afobada as madeixas louras, entrou pela porta e imediatamente começou a desculpar-se, embora Anna não a tivesse acusado de nada. A cada palavra de Anna, a inglesa se punha a falar, diversas vezes e afobada: "*Yes, my lady*".[38]

A menina rosada, de sobrancelhas negras, de cabelos negros, com o corpinho robusto e vermelho coberto por uma pele arrepiada, agradou muito a Dária Aleksándrovna; ela até invejou o seu aspecto saudável. Também lhe agradou muito a maneira como a criança engatinhava. Nenhum de seus filhos havia engatinhado assim. Essa menina, quando a colocaram sobre o tapete e arregaçaram para trás o seu vestidinho, mostrou-se de uma graça surpreendente. Como um animalzinho, espiava em volta, com os grandes olhos pretos e brilhantes, sem dúvida satisfeita por se ver admirada, sorriu e, mantendo as pernas separadas, apoiou-se nas mãos

---

37 Francês: "ela é muito graciosa".

38 Inglês: "sim, minha senhora".

com energia e, depressa, puxou o quadril inteiro adiante e, de novo, impeliu as mãozinhas para a frente.

Mas a atmosfera geral do quarto e, sobretudo, a inglesa não agradaram a Dária Aleksándrovna. Só o fato de que uma boa preceptora não aceitaria trabalhar numa família irregular como a de Annie poderia explicar, para Dária Aleksándrovna, que Anna, com o conhecimento que tinha das pessoas, tivesse contratado uma inglesa tão antipática e tão pouco respeitável. Além disso, por algumas palavras apenas, Dária Aleksándrovna prontamente compreendeu que Anna, a ama de leite, a babá e a criança não se davam bem entre si, e que aquela visita da mãe era algo fora do comum. Anna quis pegar um brinquedo para a criança, mas não conseguiu encontrá-lo.

O mais surpreendente de tudo para Dolly foi que, ao perguntar quantos dentes tinha a menina, Anna se enganou e nada sabia a respeito dos dois últimos dentes.

— Às vezes, é penoso para mim ver como aqui sou dispensável — disse Anna, ao sair do quarto da criança, levantando a cauda do vestido a fim de evitar os brinquedos que estavam junto à porta. — Não foi assim com o meu primeiro filho.

— Pensei que seria o contrário — comentou Dária Aleksándrovna, com timidez.

— Ah, não! Aliás, sabe que eu vi o Serioja? — disse Anna, semicerrando os olhos, como se fitasse algo distante. — Mas falaremos sobre isso mais tarde. Você não vai acreditar, mas pareço uma pessoa esfomeada a quem de repente serviram um banquete e ela nem sabe do que se servir primeiro. Esse banquete é você e as conversas que teremos, e que eu não poderia ter com mais ninguém; e não sei por qual conversa devo começar. *Mais je ne vous ferai grâce de rien.*[39] Preciso contar tudo. Sim, preciso lhe apresentar um resumo da sociedade que você encontrará em nossa casa — começou Anna. — Vamos começar pelas senhoras. A princesa Varvara. Você a conhece, e eu conheço a sua opinião e a de Stiva a respeito dela. Stiva diz que o único propósito da vida da princesa é provar sua superioridade em relação à tia Katierina Pávlovna; tudo isso é verdade; mas ela é bondosa e eu lhe sou muito grata. Em São Petersburgo, houve um momento, para mim, em que foi imprescindível *un chaperon.*[40] Depois, ela apareceu aqui. Mas, creia, é bondosa. Tornou muito mais leve a minha situação. Vejo que você não compreende todo o tormento da minha situação... lá, em Petersburgo — acrescentou. — Aqui, estou perfeitamente serena e feliz. Bem, deixemos isso para mais tarde. É preciso seguir a lista. Depois vem Sviájski: é o decano eleito da nobreza do distrito, homem muito distinto, mas que está precisando obter alguma coisa de Aleksei. Veja

---

39 Francês: "mas não vou esconder nada da senhora".

40 Francês: "um acompanhante".

bem, com a sua fortuna e agora que nos instalamos no campo, Aleksei pode vir a exercer uma grande influência. Depois, vem Tuchkiévitch, você o viu, estava sempre com a Betsy. Agora o mandaram embora e veio para a nossa casa. Como diz Aleksei, ele é uma dessas pessoas que são muito agradáveis, se as tomarmos por aquilo que pretendem aparentar, *et puis, il est comme il faut*,[41] como diz a princesa Varvara. Depois, temos o Vieslóvski... esse, você conhece. Um menino muito amável — disse, e um sorriso maroto franziu seus lábios. — E o que foi essa história absurda com o Liévin? Vieslóvski contou a Vrónski e nós não acreditamos. *Il est très gentil et naïf*[42] — disse, de novo, com o mesmo sorriso. — Os homens precisam de distração e Aleksei precisa de uma plateia, por isso tenho apreço por toda essa sociedade. Isso é necessário, para que nossa casa fique alegre e animada e para que Aleksei não comece a desejar nenhuma novidade. Depois, vem o administrador, um alemão, homem muito bom e que conhece o seu trabalho. Aleksei o tem em alta conta. Depois, o médico, homem jovem, não propriamente um niilista, mas, você sabe, ele come com a faca... mas é um médico excelente. Depois, vem o arquiteto... *Une petite cour.*[43]

XX

— Pronto, princesa, aqui tem a Dolly, a quem a senhora tanto queria ver — disse Anna, ao entrar, junto com Dária Aleksándrovna, na grande varanda de pedra onde a princesa Varvara estava sentada, à sombra, diante de um bastidor, bordando uma almofada para o conde Aleksei Kirílovitch. — Ela diz que não quer nada até o jantar, mas a senhora, por favor, mande servir alguma coisa, enquanto eu vou procurar Aleksei e trazer todos os outros.

A princesa Varvara recebeu Dolly com carinho e com um ar protetor e, de imediato, passou a lhe explicar que havia se instalado na casa de Anna porque sempre gostara mais dela que da irmã, Katierina Pávlovna, a mesma que havia criado Anna, e porque agora, quando todos haviam voltado as costas para Anna, ela julgava seu dever ajudá-la, nesse dificílimo período de transição.

— Quando o marido lhe conceder o divórcio, partirei de novo para a minha propriedade, mas agora posso ser útil e, por mais que me seja penoso, eu cum-

---

41 Francês: "e além do mais, é uma pessoa como convém".

42 Francês: "ele é muito gentil e ingênuo".

43 Francês: "uma pequena corte".

pro o meu dever, ao contrário de outras pessoas. Mas como você foi gentil, como agiu bem em vir até aqui! Eles vivem perfeitamente, como os melhores esposos do mundo; Deus os julgará, não nós. Acaso não houve Biriúzovski e Aviéneva... E mesmo Nikándrov, e Vassíliev e Mamónovna, e Lisa Neptúnova... Ninguém falou nada, não foi? E, no fim, todos os receberam. E depois, *c'est un interior si joli, si comme il faut. Tout à fait à l'anglaise. On se reunit le matin au breakfast et puis on se sepaire.*[44] Cada um faz o que deseja, até o jantar. O jantar é às sete horas. Stiva fez muito bem em enviar você. Ele precisa do apoio deles. Sabe, por intermédio da mãe e do irmão, ele pode conseguir tudo. Depois, eles fazem muitas coisas boas. Ele não lhe contou sobre o hospital? *Ce sera admirable*,[45] tudo vem de Paris.

A conversa delas foi interrompida por Anna, que encontrara a sociedade masculina reunida na mesa de bilhar e, com eles, voltou para a varanda. Ainda faltava muito tempo para o jantar, o clima estava ótimo e por isso propuseram-se diversas maneiras de passar as duas horas restantes. As maneiras de passar o tempo eram numerosas, em Vozdvijénski, muito diferentes das que se usavam em Pokróvskoie.

— *Une partie de lawn tennis*[46] — sugeriu Vieslóvski, com seu sorriso bonito. — Seremos de novo parceiros, Anna Arcádievna.

— Não, está calor; é melhor passear pelo jardim e dar uma volta de bote, mostrar as margens do rio a Dária Aleksándrovna — propôs Vrónski.

— Aceito tudo — respondeu Sviájski.

— Creio que o mais agradável para Dolly seria caminhar, não é verdade? E depois andaremos de bote — disse Anna.

Assim ficou resolvido. Vieslóvski e Tuchkiévitch seguiram para a cabine de banhos, prometeram preparar o bote e ficar lá, à espera deles.

Os demais caminharam pelo jardim em dois pares, Anna com Sviájski, e Dolly com Vrónski. Dolly ficou um pouco constrangida e preocupada, com aquele ambiente em que fora parar, totalmente novo para ela. Abstrata e teoricamente, ela não só justificava como até aprovava o procedimento de Anna. Como, em geral, não é raro em mulheres irrepreensivelmente corretas, mas que se cansaram da monotonia de uma vida virtuosa, ela, à distância, não só desculpava o amor criminoso, como até o invejava. Além disso, estimava Anna de todo o coração. Mas, na

---

44 Francês: "é um ambiente tão bonito, tão conveniente. Perfeitamente à maneira inglesa. As pessoas se reúnem de manhã, no desjejum, e depois se dispersam".

45 Francês: "vai ser admirável".

46 Francês: "uma partida de tênis na grama".

realidade, ao vê-la no ambiente daquelas pessoas que lhe eram estranhas, com as suas maneiras sofisticadas, novas para ela, Dária Aleksándrovna sentiu-se pouco à vontade. Sobretudo, lhe desagradava ver a princesa Varvara, que tudo lhes perdoava, em troca do conforto que ali podia desfrutar.

No geral, abstratamente, Dolly aprovava o procedimento de Anna, mas ver o homem que fora o motivo de tal procedimento lhe desagradou. Além disso, Vrónski jamais lhe agradara. Considerava-o muito orgulhoso e não via nele nada de que pudesse se orgulhar, além da riqueza. Porém, contra a própria vontade de Dolly, Vrónski, ali, em sua casa, se impunha a ela ainda mais do que antes e Dolly não conseguia sentir-se à vontade em sua companhia. Experimentava, com ele, um sentimento semelhante ao que experimentara com a criada de quarto, por causa da sua blusinha. Assim como diante da criada ela não sentira propriamente vergonha, mas sim um desconforto por causa dos remendos, também diante de Vrónski sentia-se não propriamente envergonhada, mas sim desconfortável, por causa de si mesma.

Dolly sentia-se embaraçada e procurou um tema para a conversa. Embora julgasse que Vrónski, com o seu orgulho, não fosse apreciar ouvir elogios à sua casa e ao seu jardim, ela, sem encontrar outro tema de conversação, lhe disse que a sua casa lhe havia agradado muito.

— Sim, é uma construção muito bonita, num estilo antigo e belo — respondeu ele.

— Gostei muito do pátio diante da varanda. Já era assim?

— Ah, não! — respondeu, e seu rosto brilhou de prazer. — Se a senhora tivesse visto esse pátio na primavera passada!

E, de início com cautela e, depois, com um entusiasmo cada vez maior, começou a chamar a atenção de Dolly para diversos detalhes do embelezamento da casa e do jardim. Era evidente que, após dedicar muito trabalho à melhoria e ao embelezamento da sua propriedade, Vrónski sentia a necessidade de gabar-se disso diante de uma pessoa nova e alegrava-se sinceramente com os elogios de Dária Aleksándrovna.

— Se a senhora quiser dar uma olhada no hospital e não estiver cansada, não fica longe daqui. Vamos lá? — perguntou, mirando-a no rosto, para convencer-se de que não estava de fato entediada. — Você vem, Anna? — indagou ele.

— Vamos sim. Não é verdade, Sviájski? — voltou-se Anna para Sviájski. — *Mais il ne faut pas laisser le pauvre Vieslóvski et Tuchkiévitch se morfondre la dans le bateau.*[47] Temos de mandar alguém avisá-los. Sim, é um monumento que ele vai deixar aqui — disse Anna, voltando-se para Dolly, com aquele sorriso matreiro, astucioso, com que antes falara a respeito do hospital.

---

47 Francês: "mas não devemos deixar o pobre Vieslóvski e o Tuchkiévitch mofando lá no bote".

— Ah, é uma obra capital! — disse Sviájski. Mas, para não parecer que adulava Vrónski, prontamente acrescentou um ligeiro comentário de censura. — Surpreende-me, no entanto, conde — disse ele —, como o senhor, que faz tanto para o povo no aspecto sanitário, se mostre tão indiferente em relação às escolas.

— *C'est devenu tellement commum, les écoles*[48] — respondeu Vrónski. — O senhor compreende, não é por isso, mas eu me empolguei tanto. É preciso ir por aqui para chegar ao hospital — acrescentou para Dária Aleksándrovna, apontando para uma saída lateral da alameda.

As senhoras abriram as sombrinhas na vereda lateral. Enquanto passava por algumas curvas e saía por uma cancela, Dária Aleksándrovna via à sua frente, numa elevação, a construção grande e vermelha, de feitio complicado, e já quase pronta. O telhado de ferro, que ainda não fora pintado, brilhava ofuscante sob o sol forte. Junto à construção já encerrada, erguia-se uma outra, rodeada de andaimes, e operários de avental, em cima dos estrados, colocavam os tijolos em posição, recobriam com a argamassa retirada de baldes e depois aplanavam com espátulas.

— Como o serviço anda ligeiro, em suas terras! — exclamou Sviájski. — Da última vez que estive aqui, ainda não havia telhado.

— No outono, tudo estará pronto. Por dentro, já está quase tudo concluído — disse Anna.

— E aquele prédio novo?

— São as instalações para os médicos e para a farmácia — respondeu Vrónski, que, ao ver o arquiteto, com um casaco curto, caminhando em sua direção, desculpou-se das senhoras, e foi ao encontro dele.

Contornando o misturador, de onde os operários retiravam a cal, Vrónski deteve-se diante do arquiteto e teve início uma conversa inflamada.

— O frontão ficou baixo demais — respondeu ele para Anna, que lhe perguntara o que havia.

— Eu disse que era preciso levantar as fundações — disse Anna.

— Sim, claro, seria melhor, Anna Arcádievna — confirmou o arquiteto. — Mas agora já está feito.

— Sim, eu me interesso muito por isso — explicou Anna a Sviájski, que expressara surpresa com os seus conhecimentos de arquitetura. — É necessário, para que a nova construção esteja em harmonia com o hospital. Mas ela foi iniciada sem um projeto e só depois se pensou nisso.

---

48 Francês: "tornaram-se tão comuns, as escolas".

Encerrada a conversa com o arquiteto, Vrónski juntou-se de novo às senhoras e conduziu-as para o interior do hospital. Apesar de, do lado de fora, ainda estarem concluindo as cornijas e, no andar de baixo, ainda estarem pintando, quase tudo estava pronto no andar superior. Depois de subirem por uma larga escada de ferro até o patamar, eles entraram no primeiro cômodo espaçoso. As paredes estavam cobertas de estuque, de um modo que aparentasse mármore, amplas janelas inteiriças já tinham sido instaladas e só o assoalho ainda não estava pronto, e os marceneiros, que aplanavam um quadrado já armado no piso, interromperam o trabalho para, após soltarem as fitas que prendiam seus cabelos, saudarem os visitantes.

— Isto é a recepção — explicou Vrónski. — Aqui vai ter um balcão, uma mesa, uma estante e mais nada.

— Por aqui, vamos nessa direção. Não se aproximem da janela — disse Anna, verificando se a tinta havia secado. — Aleksei, a tinta já secou — acrescentou.

Da recepção, passaram para o corredor. Ali, Vrónski mostrou o novo sistema de ventilação instalado por ele. Depois mostrou os banheiros de mármore, os leitos com molas extraordinárias. Depois, uma após a outra, mostrou as enfermarias, o depósito, o quarto para as roupas de cama, depois as estufas modernas e os carrinhos que rodavam sem ruído, enquanto transportavam o que fosse necessário pelo corredor, e muitas outras coisas. Sviájski, como um homem que conhece todos os novos aperfeiçoamentos, apreciou muito tudo aquilo. Dolly simplesmente se admirava com as coisas que nunca vira e, no intuito de tudo compreender, perguntava a respeito de tudo, com minúcias, o que obviamente proporcionava um grande prazer a Vrónski.

— Sim, acho que será o único hospital construído de maneira correta na Rússia — disse Sviájski.

— E não terá uma ala para a maternidade? — perguntou Dolly. — Isso é tão necessário, no campo. Eu muitas vezes...

Apesar da sua cortesia, Vrónski a interrompeu.

— Isto não é uma maternidade, mas um hospital, e se destina a todas as doenças, exceto as contagiosas — explicou. — Ah, veja só isto... — E fez rolar até Dária Aleksándrovna uma cadeira de rodas encomendada pouco antes, para os convalescentes. — Veja só. — Sentou-se na cadeira e pôs-se a movimentá-la. — A pessoa não consegue andar, suas pernas ainda estão fracas ou doentes, mas precisa tomar ar e então se desloca, roda...

Dária Aleksándrovna interessava-se por tudo, tudo lhe agradava muito, mas lhe agradava mais que tudo o próprio Vrónski, com aquele entusiasmo ingênuo e espontâneo. "Sim, é um homem muito bom, encantador", pensava de quando em quando, sem o ouvir, mas fitando-o, examinando sua expressão e, mentalmente, pondo-se no lugar de Anna. Agora, em sua animação, Vrónski agradou tanto a Dolly que ela compreendeu como Anna pôde apaixonar-se por ele.

XXI

— Não, acho que a princesa está cansada e não tem interesse por cavalos — disse Vrónski para Anna, que havia sugerido irem até a cavalariça, onde Sviájski queria ver o novo garanhão. — Vão vocês, enquanto acompanho a princesa até a casa, e assim conversaremos um pouco — sugeriu —, se isso agradar à senhora — voltou-se para ela.

— De cavalos, não entendo nada, e para mim será um prazer — disse Dária Aleksándrovna, um pouco surpresa.

Viu pelo rosto de Vrónski que ele queria alguma coisa dela. Não se enganara. Assim que atravessaram a cancela e entraram de novo no jardim, ele olhou na direção para onde seguia Anna e, convencido de que ela não podia ouvi-los ou vê-los, começou:

— Adivinhou que eu queria conversar com a senhora? — perguntou, fitando-a com olhos risonhos. — Não me engano ao pensar que a senhora é amiga de Anna. — Tirou o chapéu e, após pegar um lenço, esfregou-o na cabeça, que começava a ficar calva.

Dária Aleksándrovna nada respondeu e apenas olhou para ele, assustada. Quando se viu sozinha com Vrónski, de repente teve medo: os olhos risonhos e a expressão severa do rosto assustaram-na.

As mais variadas suposições acerca do que ele pretendia conversar passaram, como um relâmpago, pela sua cabeça: "Vai me pedir que venha com os meus filhos passar uma temporada em sua casa e terei de recusar; ou que eu forme um círculo social para Anna em Moscou... Ou quer falar sobre Vássienka Vieslóvski e suas relações com Anna? Quem sabe quer falar sobre Kitty e dizer que se sente culpado?". Previa só coisas desagradáveis, mas não adivinhou o que ele pretendia conversar com ela.

— A senhora tem tal influência sobre Anna, ela adora tanto a senhora — disse Vrónski —, ajude-me.

Dária Aleksándrovna, de maneira tímida e interrogativa, observou o seu rosto enérgico, que, ora inteiro, ora em partes, recebia uma faixa de sol através da sombra da tília, ora se toldava de novo na sombra, e aguardou que Vrónski falasse mais alguma coisa, porém ele caminhava em silêncio, ao seu lado, arrastando o cascalho com a ponta da bengala.

— Se a senhora veio nos visitar, a senhora, a única entre as antigas amigas de Anna, pois não conto a princesa Varvara, quero crer que a senhora agiu assim não porque considere normal a nossa situação, mas porque, compreendendo todo o peso dessa situação, ainda quer bem a Anna e deseja ajudá-la. Interpretei a senhora corretamente? — perguntou, voltando-se para ela.

— Ah, sim — respondeu Dária Aleksándrovna, fechando a sombrinha. — Mas...

— Não — cortou Vrónski e, sem querer, esquecendo-se de que assim deixaria sua interlocutora numa situação desconfortável, deteve-se, de modo que ela também se viu obrigada a deter-se. — Ninguém sente mais fundo e com mais intensidade do que eu todo o peso da situação de Anna. E isso é compreensível, se a senhora me dá a honra de me considerar um homem de coração. Sou eu a causa de tal situação e, por isso, sinto-me assim.

— Entendo — disse Dária Aleksándrovna, que não pôde deixar de mirá-lo com admiração, enquanto ele lhe falava de maneira tão sincera e firme. — Mas justamente porque sente ser a causa, o senhor exagera, eu receio — disse ela. — A situação de Anna é penosa na sociedade, eu entendo.

— Na sociedade, é um inferno! — proferiu depressa, com o rosto contraído e sombrio. — É impossível imaginar tormentos morais piores do que os que ela suportou em Petersburgo, naquelas duas semanas... e eu peço à senhora que acredite nisso.

— Sim, mas aqui, desde então, uma vez que nem Anna... nem o senhor sentem falta da sociedade...

— A sociedade! — exclamou Vrónski, com desprezo. — Para que eu poderia precisar dela?

— Desde então, e isto pode durar para sempre, vocês estão felizes e tranquilos. Vejo como Anna está feliz, perfeitamente feliz, ela já teve ocasião de me comunicar isso — disse Dária Aleksándrovna, sorrindo; e, enquanto falava, começou, sem querer, a duvidar de que Anna estivesse de fato feliz.

Mas Vrónski, pelo visto, não tinha dúvidas a respeito.

— Sim, sim — concordou ele. — Eu sei que ela se recuperou, após todos aqueles sofrimentos; está feliz. Ela está feliz no presente. Mas e eu?... Temo aquilo que nos aguarda... Perdoe, a senhora quer ir adiante?

— Não, tanto faz.

— Pois bem, então sentemos aqui.

Dária Aleksándrovna sentou-se num banco de jardim, numa esquina da alameda. Vrónski se deteve diante dela.

— Vejo que ela está feliz — repetiu Vrónski, e as dúvidas de que Anna estivesse de fato feliz acudiram a Dária Aleksándrovna com mais força ainda. — Mas será que isto pode durar? Se procedemos bem ou mal, é uma outra questão; mas a sorte está lançada — disse, passando do russo para o francês — e estamos unidos para toda a vida. Estamos ligados pelos laços do amor, os mais sagrados que existem, para nós. Temos um bebê, podemos ter mais filhos. Mas a lei e as nossas circunstâncias são de tal ordem que surgem milhares de complicações, as quais ela agora, enquanto repousa a alma após todos os sofrimentos e provações, não vê e não quer ver. Isso é compreensível. Mas eu não posso deixar de ver. Minha filha, pela lei, não é minha filha, mas sim de Kariênin. Eu não quero essa mentira! — exclamou, com um veemente gesto de rejeição, e fitou Dária Aleksándrovna com um ar sombrio e interrogativo.

Ela nada respondeu e limitou-se a fitá-lo. Vrónski prosseguiu:

— E se amanhã nascer um filho, um filho meu, pela lei, será um Kariênin, não será herdeiro nem do meu nome nem da minha fortuna e, por mais que sejamos felizes, não seremos uma família, por mais que tenhamos filhos, não haverá vínculos entre mim e eles. Serão Kariênin. A senhora compreende a aflição e o horror de tal situação! Tentei conversar com Anna sobre o assunto. Isso a irrita. Ela não compreende e eu não consigo explicar-lhe tudo. Agora, encare de outro ângulo. Estou feliz com o amor de Anna, mas preciso ter uma ocupação. Encontrei essa ocupação e me orgulho dela, considero-a mais nobre do que a ocupação de meus antigos companheiros, na corte e no Exército. E agora, sem dúvida nenhuma, eu não trocaria a minha atividade pela deles. Trabalho aqui, levo minha vida aqui, e estou feliz, satisfeito, e nós não precisamos de mais nada para a nossa felicidade. Adoro essa atividade. *Cela n'est pas un pis-aller*,[49] ao contrário...

Dária Aleksándrovna notou que, nesse ponto da sua explanação, Vrónski se confundiu e ela não compreendeu muito bem aquela digressão, mas sentiu que, após ter começado a falar de suas preocupações íntimas, sobre as quais não podia conversar com Anna, ele agora desabafava tudo de uma só vez, e a questão de suas atividades no campo situava-se na mesma esfera em que se encontravam seus pensamentos íntimos, como a questão de suas relações com Anna.

— Pois bem, vou prosseguir — disse ele, recobrando-se. — O principal é que, enquanto eu trabalho, é indispensável ter a convicção de que minha obra não morrerá junto comigo, de que terei herdeiros, e isso eu não tenho. Imagine a senhora a situação de um homem que sabe de antemão que seus filhos e sua esposa

---

49 Francês: "não se trata de um mero consolo".

adorada não serão seus, mas de um outro, de alguém que os odeia e que nem quer saber deles. Veja que horror!

Calou-se, ao que parecia, devido à força da emoção.

— Sim, claro, compreendo isso. Mas o que Anna pode fazer? — perguntou Dária Aleksándrovna.

— Sim, isso me conduz ao propósito da minha conversa — respondeu ele, acalmando-se com esforço. — Anna pode, isso depende dela... Até para apresentar ao imperador um pedido de adoção, é preciso o divórcio. E isso depende de Anna. O marido concordaria com o divórcio, o esposo da senhora já havia arranjado tudo, naquela ocasião. E agora, eu sei, ele não o recusaria. Bastaria escrever para ele. Naquela ocasião, ele respondeu de forma direta que, se Anna manifestasse tal desejo, ele não recusaria. Claro — disse, em tom sombrio —, trata-se de uma dessas crueldades farisaicas de que apenas são capazes as pessoas sem coração. Ele sabe quanto tormento custa a Anna qualquer lembrança dele e, mesmo a conhecendo, exige dela uma carta. Entendo como é torturante para Anna. Mas as razões são tão importantes que é preciso *passer pardessus toutes ces finesses de sentiment. Il y va du bonheur et de l'existence d'Anne et de ses enfants.*[50] Não falo de mim, embora me seja penoso, muito penoso. Aí está, princesa, agarro-me à senhora sem nenhum pudor, como a uma âncora de salvação. Ajude-me a convencê-la a escrever ao marido e exigir o divórcio!

— Sim, claro — respondeu Dária Aleksándrovna, pensativa, recordando com nitidez seu último encontro com Aleksei Aleksándrovitch. — Sim, claro — repetiu com decisão, ao recordar-se de Anna.

— Use sua influência sobre ela, faça-a escrever. Não quero e quase não consigo falar com Anna sobre isso.

— Muito bem, vou falar. Mas por que ela mesma não pensou nisso? — perguntou Dária Aleksándrovna, lembrando-se de repente, por algum motivo, do novo e estranho costume de semicerrar os olhos que notara em Anna. E lembrou que ela semicerrava os olhos exatamente quando a conversa tratava de aspectos íntimos da sua vida. "É como se ela semicerrasse os olhos em face da sua vida, para não ver tudo", refletiu Dolly. — Por mim e por Anna, falarei sem falta com ela a respeito do assunto — declarou Dária Aleksándrovna, em resposta à expressão de gratidão de Vrónski.

Levantaram-se e seguiram para casa.

---

50. Francês: "passar por cima de todas essas sutilezas de sentimento. Depende disso a felicidade e a vida de Anna e de seus filhos".

XXII

Ao encontrar Dolly, que já havia voltado, Anna observou atentamente seus olhos, como que indagando sobre a conversa que tivera com Vrónski, mas não pronunciou nenhuma palavra.

— Parece que já está na hora do jantar — disse Anna. — E nós ainda não tivemos uma chance de conversar melhor. Estou contando com a noite. Agora, preciso ir trocar de roupa. E você também, eu creio. Todos nos sujamos na construção.

Dolly foi para o seu quarto e sentiu vontade de rir. Não tinha roupa para trocar porque já havia usado o seu melhor vestido; porém, a fim de marcar de alguma forma seus preparativos para o jantar, pediu à criada de quarto que limpasse o seu vestido, trocou os punhos e o lacinho e vestiu uma renda sobre a cabeça.

— Eis tudo o que posso fazer — disse sorrindo para Anna, que veio ao seu encontro, com o seu terceiro vestido, de novo extremamente simples.

— Pois é, aqui somos muito formais — disse, como que se desculpando por sua elegância. — Aleksei está contente com a sua vinda, e é raro que ele fique assim. Está decididamente enamorado de você — acrescentou. — Mas não está cansada?

Antes do jantar, não tiveram tempo de falar sobre nada. Ao entrar na sala de refeições, já encontraram lá a princesa Varvara e os homens de sobrecasacas pretas. O arquiteto estava de fraque. Vrónski apresentou à visitante o médico e o administrador. O arquiteto, ele já lhe apresentara no hospital.

O volumoso mordomo, com o rosto redondo, barbeado e radiante, e com o laço engomado da gravata branca, anunciou que a refeição estava servida, e as senhoras se levantaram. Vrónski pediu a Sviájski que desse a mão a Anna Arcádievna e ele mesmo se aproximou de Dolly. Antes de Tuchkiévitch, Vieslóvski ofereceu o braço à princesa Varvara, e assim Tuchkiévitch, o administrador e o médico seguiram sozinhos.

O jantar, a sala de refeições, a louça, os criados, o vinho e a comida não só combinavam com o novo luxo que dava o tom geral da casa como também pareciam ainda mais luxuosos e modernos do que tudo. Dária Aleksándrovna contemplava esse luxo novo para ela e, como dona de casa — embora não tivesse esperança de aplicar em sua casa nada do que via ali, pois todo aquele luxo estava muito acima de seu modo de vida —, não podia deixar de examinar todos os detalhes e se perguntava quem fizera tudo isso, e como. Vássienka Vieslóvski, o marido dela e até Sviájski e muita gente que ela conhecia jamais pensavam nessa questão e acreditavam ao pé da letra naquilo que todo anfitrião digno desejava dar a entender aos seus hóspedes, ou seja, que tudo aquilo que se revelava tão bem organizado em sua casa não custara para ele, o anfitrião, o menor trabalho e se formara por si mesmo. Mas Dária Aleksándrovna sabia que nem a papa do desjejum das crianças se fazia por si mesma e que, portanto, para se alcançar uma organização tão complexa e deslumbrante, era preciso que alguém aplicasse uma atenção redobrada. E, pela expressão de Aleksei Kirílovitch, pelo modo como observava a mesa, como fazia sinais com a cabeça para o mordomo e como propôs a Dária Aleksándrovna a opção entre a *botvínia*[51] e a sopa, ela compreendeu que tudo se cumpria e se mantinha em ordem graças aos cuidados do próprio anfitrião. Ao que parecia, tudo aquilo dependia tão pouco de Anna quanto de Vieslóvski. Ela, Sviájski, a princesa e Vieslóvski eram hóspedes por igual, que desfrutavam com alegria aquilo que fora preparado para eles.

Anna era a anfitriã só na condução da conversa. Em uma mesa pequena, entre pessoas de um mundo totalmente diverso, como era o caso do administrador e do arquiteto, pessoas que se esforçavam em não se intimidar diante de um luxo nunca visto e que não conseguiam manter um interesse mais demorado pela conversação geral, essa conversa era extremamente difícil para a senhora da casa, e Anna a conduzia com o seu tato habitual, com naturalidade e até com prazer, como percebeu Dária Aleksándrovna.

A conversa voltou-se para o passeio que Tuchkiévitch e Vieslóvski deram sozinhos, num bote, e Tuchkiévitch pôs-se a relatar as últimas corridas no Iate Clube de Petersburgo. Mas Anna, que aguardava uma interrupção, prontamente dirigiu-se ao arquiteto a fim de retirá-lo do seu silêncio.

— Nikolai Ivánovitch ficou impressionado — disse Anna, referindo-se a Sviájski — ao ver como a nova obra avançou depressa, desde a última vez que esteve aqui; mas eu mesma vou lá todo dia e, todo dia, me admiro com a rapidez das obras.

— É ótimo trabalhar com vossa excelência — disse o arquiteto, com um sorriso (era um homem calmo, respeitoso e consciente do seu valor). — Bem diferente de trabalhar com as autoridades provinciais. Numa situação em que normalmente se gastaria uma resma inteira de papel, eu informo ao conde e em três palavras resolvemos o assunto.

— A maneira americana — disse Sviájski, sorrindo.

— Sim, lá eles erguem os edifícios de modo racional...

A conversa desviou-se para os abusos de poder nos Estados Unidos, mas Anna, imediatamente, conduziu-a para um outro tema, a fim de retirar o administrador do seu silêncio.

— Você já viu alguma vez as máquinas de ceifar? — voltou-se ela para Dária Aleksándrovna. — Nós tínhamos ido vê-las quando encontramos você. Eu mesma nunca tinha visto.

---

51 Sopa fria, feita de kvás (refresco de pão de centeio fermentado), folhas de beterraba e peixe.

— Como elas funcionam? — perguntou Dolly.

— Exatamente como tesouras. Uma placa e muitas tesourinhas. Veja como é.

Com as mãos brancas, bonitas, recobertas de anéis, Anna pegou uma faquinha e um garfo e começou a demonstrar. Obviamente, via que nada se podia compreender com a sua explicação; porém, ciente de que falava de maneira agradável e de que tinha as mãos bonitas, prosseguiu.

— Mais parecem canivetes — disse Vieslóvski, gracejando, sem desviar dela os olhos.

Anna sorriu de modo quase imperceptível, mas não respondeu.

— Não é verdade que parecem umas tesouras, Karl Fiódoritch? — dirigiu-se Anna ao administrador.

— Oh, *ja* — respondeu o alemão. — *Es ist ein ganz einsfaches Ding*[52] — e passou a explicar a constituição da máquina.

— É pena que ela não amarre também os feixes cortados. Na exposição de Viena, vi uma que amarra os feixes com arame — disse Sviájski. — Assim, seria mais lucrativo.

— *Es commt drauf an... Der Preis vom Draht muss ausgerechnet werden.*[53] — E o alemão, após sair do seu mutismo, voltou-se para Vrónski: — *Das lässt sich ausrechnen, Erlaucht.*[54] — O alemão já fazia menção de enfiar a mão no bolso, onde tinha um lápis e uma caderneta, na qual calculava tudo, mas, ao se dar conta de que estava diante da mesa de jantar e ao perceber o olhar frio de Vrónski, mudou de ideia. — *Zu compliziert, macht zu viel Klopt*[55] — concluiu.

— *Wunst man Dochots, so hat man auch Klopts*[56] — disse Vássienka Vieslóvski, zombando do alemão. — *J'adore l'allemand*[57] — dirigiu-se a Anna, de novo com o mesmo sorriso.

— *Cessez*[58] — disse ela, com severidade jocosa. — Pensamos que íamos encontrar o senhor no campo, Vassíli Semiónitch — voltou-se para o médico, um homem doentio. — O senhor estava lá?

— Estava, mas evaporei — respondeu o médico, com um gracejo lúgubre.

— Então o senhor fez um bom exercício.

---

52 Alemão: "é uma coisa muito simples".

53 Alemão: "isso depende, o preço do arame deve ser computado".

54 Alemão: "isso pode ser calculado, vossa excelência".

55 Alemão: "é muito complicado, dá muito trabalho".

56 Alemão: "quando se quer o lucro, é preciso ter trabalho". (*Dokhód* é a palavra russa para "lucro". Vieslóvski a usa como se fosse uma palavra alemã.)

57 Francês: "adoro o alemão".

58 Francês: "basta".

— Esplêndido!

— E como vai a saúde daquela velha? Não está com tifo, espero.

— Tifo ou não, ela não está nada bem.

— Que pena! — disse Anna e, depois de assim ter prestado um tributo de cortesia às pessoas da esfera doméstica, voltou-se para os seus.

— Apesar de tudo, Anna Arcádievna, seria difícil construir uma máquina à luz da explicação que a senhora nos deu — disse Sviájski, em tom de brincadeira.

— Não, por que seria? — perguntou Anna, com um sorriso indicador de que ela sabia haver na sua explanação sobre o funcionamento da máquina algo gracioso, que fora notado por Sviájski. Esse novo traço de sedução juvenil causou má impressão a Dolly.

— Mas, em compensação, na arquitetura, os conhecimentos de Anna Arcádievna são admiráveis — disse Tuchkiévitch.

— E como. Ontem mesmo ouvi Anna Arcádievna falar em canaletas de escoamento e plintos — confirmou Vieslóvski. — Falei certo?

— Não há nada de admirável, quando há tanto o que ver e ouvir — disse Anna. — Mas o senhor, decerto, ignora até do que é feita uma casa, não é?

Dária Aleksándrovna via que desagradava a Anna aquele tom de pilhéria que se estabelecera entre ela e Vieslóvski, mas, mesmo sem querer, a própria Anna recaía nessa maneira de falar.

Vrónski, nesse caso, procedia de forma totalmente diversa de Liévin. Pelo visto, não atribuía nenhuma importância à tagarelice de Vieslóvski e, ao contrário, incentivava aqueles gracejos.

— Sim, mas diga, Vieslóvski, com que se unem as pedras?

— Com cimento, é claro.

— Bravo! E o que é o cimento?

— É assim, uma espécie de papa... não, de betume — respondeu Vieslóvski, levantando uma gargalhada geral.

A conversa entre os comensais, com a exceção do médico, do arquiteto e do administrador, que se mantinham imersos num silêncio soturno, não silenciava, ora deslizava de um tema para outro, ora se detinha e exaltava os ânimos de alguém. A certa altura, Dária Aleksándrovna se exaltou a tal ponto e se inflamou tanto que até enrubesceu e, mais tarde, chegou a se perguntar se não teria dito algo excessivo e desagradável. Sviájski pôs-se a falar de Liévin, referiu-se à sua estranha opinião de que as máquinas são apenas nocivas para a agricultura russa.

— Não tenho o prazer de conhecer esse sr. Liévin — disse Vrónski, sorrindo —, mas provavelmente nunca viu essas máquinas que critica. E, se viu e experimentou, foi alguma máquina russa, feita sem cuidado, e não uma estrangeira. Que opiniões se podem formar desse modo?

— Opiniões completamente turcas — disse Vieslóvski, com um sorriso, voltando-se para Anna.

— Não posso defender os pontos de vista dele — retrucou Dária Aleksándrovna, ruborizada —, mas posso dizer que é um homem muito instruído e, se estivesse aqui, saberia o que responder aos senhores, mas eu não sei.

— Eu gosto muito dele e somos bons colegas — disse Sviájski, sorrindo com simpatia. — *Mais, pardon, il est un petit peu toqué*:[59] por exemplo, ele afirma que o *ziemstvo* e os juízes de paz são de todo desnecessários e não quer participar de nada.

— É a nossa apatia russa — comentou Vrónski, enquanto vertia água de uma garrafa gelada para um copo fino, com haste —, não sentimos as obrigações que nossos direitos nos impõem e, por isso, rejeitamos essas obrigações.

— Não conheço homem mais rigoroso no cumprimento de suas obrigações — retrucou Dária Aleksándrovna, irritada com o tom de superioridade de Vrónski.

— Eu, ao contrário — prosseguiu Vrónski, que obviamente se empolgara por algum motivo com a conversa —, eu, ao contrário, como os senhores podem ver, sou muito grato pela honra que me foi feita, graças aqui ao nosso Nikolai Ivánitch (apontou para Sviájski), ao me indicarem para o cargo de juiz de paz honorário. Tenho para mim que exercer as funções no conselho e julgar o processo de um mujique sobre cavalos são coisas tão importantes quanto tudo o mais que eu possa fazer. E considerarei uma honra se me elegerem vogal. Só desse modo eu posso retribuir as vantagens que desfruto como senhor de terras. Infelizmente, os grandes senhores de terras não entendem a importância que deveriam ter no Estado.

Dária Aleksándrovna achou estranho ouvir como ele se mostrava tranquilo em sua razão, diante da mesa em sua própria casa. Lembrou como Liévin, que pensava o oposto, também se mostrava taxativo em suas opiniões, diante da mesa em sua própria casa. Mas ela gostava de Liévin e, por isso, se pôs do seu lado.

— Portanto, podemos contar com o senhor, conde, para a próxima eleição? — perguntou Sviájski. — Mas é preciso que o senhor vá antes, de modo que às oito já esteja lá. O senhor me daria a honra de ficar em minha casa?

— Concordo um pouco com o seu *beau-frère* — disse Anna. — Mas não tanto assim — acrescentou, com um sorriso. — Receio que ultimamente temos tido um excesso dessas obrigações sociais. Assim como antigamente havia tantos funcionários que, para resolver qualquer questão, era indispensável procurar um

---

59 Francês: "mas, queira desculpar, ele é um pouquinho maluco".

funcionário, agora também todos são líderes sociais. Aleksei está aqui há seis meses e já é membro, me parece, de cinco ou seis instituições públicas: curador, juiz, vogal, jurado e alguma coisa dos cavalos. *Du train que cela va*,[60] todo o seu tempo será consumido nisso. E eu receio que, quando tais atividades se multiplicam dessa maneira, não passem de mera formalidade. O senhor é membro de que instituições, Nikolai Ivánitch? — voltou-se para Sviájski. — Parece-me que são mais de vinte, não?

Anna falava de modo jocoso, mas, em seu tom, sentia-se uma irritação. Dária Aleksándrovna, que observava Anna e Vrónski atentamente, percebeu de imediato. Percebeu também que o rosto de Vrónski, por ocasião dessa conversa, tomara uma expressão séria e obstinada. Após se dar conta disso, e de que a princesa Varvara prontamente, a fim de mudar o assunto da conversa, se apressou em falar sobre os seus conhecidos em Petersburgo, e lembrando também que Vrónski, no jardim, e sem nenhum motivo, falara de suas atividades, Dolly entendeu que a questão das atividades públicas estava ligada a alguma desavença íntima entre Anna e Vrónski.

O jantar, o vinho, o serviço — tudo aquilo era muito bom, mas era tudo como Dária Aleksándrovna vira nos jantares e nos bailes de gala, aos quais estava desacostumada, e tinham o mesmo caráter impessoal e tenso; por isso, num dia comum e num círculo reduzido, tudo aquilo produzia nela uma impressão desagradável.

Depois do jantar, sentaram-se na varanda. Em seguida, foram jogar *lawn tennis*. Os jogadores, divididos em dois grupos, distribuíram-se numa quadra de croqué cuidadosamente aplanada e batida, com uma rede estendida no meio do campo, presa em colunazinhas douradas. Dária Aleksándrovna chegou a tentar jogar, mas demorou muito para conseguir compreender o jogo e, quando compreendeu, estava tão cansada que foi sentar-se ao lado da princesa Varvara e limitou-se a ver os jogadores. O seu parceiro, Tuchkiévitch, também desistiu; mas os demais continuaram a jogar por longo tempo. Sviájski e Vrónski jogavam muito bem e com seriedade. Acompanhavam com olhar vigilante a bola atirada em sua direção, corriam agilmente para ela, sem se apressar e sem se atrasar, aguardavam que quicasse e, com um golpe certeiro e exato da raquete, devolviam a bola por cima da rede. Vieslóvski jogava pior do que os outros. Irritava-se demais, porém, em compensação, animava os jogadores com a sua alegria. Seus risos e gritos não cessavam. A exemplo dos outros homens, e com a autorização das senhoras, ele despiu a sobrecasaca, e a sua figura volumosa e bela, em mangas de camisa branca, com o rosto rubro de suor e com movimentos impetuosos, logo ficava gravada na memória.

---

60 Francês: "da maneira que vão as coisas".

Nessa noite, quando Dária Aleksándrovna deitou-se para dormir, assim que fechou os olhos, viu a imagem de Vássienka Vieslóvski agitando-se na quadra de croqué.

Durante o jogo, Dária Aleksándrovna não se sentiu alegre. Não lhe agradava que Vássienka Vieslóvski e Anna mantivessem, entre si, aquela atitude chistosa e também lhe desagradava a artificialidade geral daqueles adultos que, sozinhos, sem crianças, se entretinham com uma brincadeira infantil. Mas, para não frustrar os demais e para passar o tempo de alguma forma, ela, após descansar, integrou-se de novo ao jogo e fingiu sentir-se alegre. Durante todo o dia, pareceu-lhe que representava num teatro, com atores melhores que ela, e que sua interpretação ruim estragava toda a peça.

Viera com a intenção de passar dois dias, caso se sentisse bem. Mas já ao entardecer, durante o jogo, tomou a resolução de partir no dia seguinte. Os torturantes afazeres maternais, que ela tanto odiara na estrada, agora, após passar um dia sem eles, lhe surgiam sob uma outra luz e atraíam-na.

Quando, após o chá do anoitecer e após o passeio noturno de bote, Dária Aleksándrovna entrou sozinha em seu quarto, tirou o vestido e sentou-se para arrumar seus cabelos ralos para dormir, sentiu um grande alívio.

Até lhe desagradou pensar que Anna viria ao seu quarto dali a pouco. Tinha vontade de ficar só com seus pensamentos.

XXIII

Dolly já queria deitar-se quando Anna entrou, em trajes de noite.

No correr do dia, por diversas vezes, Anna começara a conversar sobre assuntos íntimos, mas sempre, após dizer algumas poucas palavras, se detinha. "Mais tarde, a sós, conversaremos sobre tudo isso. Há muita coisa que preciso falar com você", dizia ela.

Agora estavam a sós e Anna não sabia o que falar. Sentada junto à janela, fitava Dolly e repassava na memória todas aquelas reservas de conversas íntimas, que antes lhe pareceram inesgotáveis, e não encontrava nada. Parecia-lhe, nesse momento, que tudo já fora dito.

— E então, como está Kitty? — perguntou Anna, depois de um suspiro profundo, fitando Dolly com ar culpado. — Diga-me a verdade, Dolly, ela não está zangada comigo?

— Zangada? Não — respondeu Dária Aleksándrovna, sorrindo.

— Mas me odeia, me despreza?

— Ah, não! Mas, você sabe, não é coisa que se perdoe.

— Sim, sim — disse Anna, virando-se e olhando para a janela. — Mas não sou culpada. E quem é culpado? O que significa ser culpado? Acaso poderia ter sido de outro modo? Pois bem, o que você pensa? Seria possível não ser você esposa de Stiva?

— Na verdade, não sei. Mas diga-me uma coisa...

— Sim, sim, mas ainda não terminamos de falar sobre Kitty. Está feliz? É um homem excelente, pelo que dizem.

— Excelente ainda é pouco. Eu não conheço pessoa melhor.

— Ah, como isso me alegra! Estou muito contente! Excelente ainda é pouco — repetiu Anna.

Dolly sorriu.

— Mas fale-me de você. Precisamos ter uma longa conversa. Eu conversei com... — Dolly não sabia como chamá-lo. Sentia-se constrangida em chamá-lo de conde ou de Aleksei Kirílitch.

— Com Aleksei — disse Anna. — Eu sei que vocês conversaram. Mas eu queria lhe perguntar com toda a franqueza o que você pensa de mim, da minha vida?

— Como explicar, assim, tão de repente? Na verdade, eu não sei.

— Não, mesmo assim, diga-me... Você viu a minha vida. Mas não esqueça que você veio no verão e que não estamos sós... Mas nós chegamos aqui no início da primavera, vivemos totalmente sozinhos e viveremos sozinhos, e não desejo nada melhor do que isso. Mas imagine-me vivendo só, sem ele, sozinha, e isso vai acontecer... Tudo indica que isso vai repetir-se, que ele vai passar metade do tempo longe de casa — disse Anna, levantando-se e vindo sentar-se perto de Dolly.

— É claro — Anna interrompeu Dolly, que quis retrucar —, é claro, não vou retê-lo à força. E eu não o retenho. Está na época das corridas, seus cavalos vão correr, pois que ele vá. Fico muito contente. Mas pense você em mim, imagine a minha situação... Mas para que falar desse assunto? — Sorriu. — E sobre o que ele conversou com você?

— Falou de algo que eu mesma queria falar e, por isso, para mim é fácil ser advogada dele: quer saber se não haveria uma possibilidade e se seria impossível... — Dária Aleksándrovna titubeou — ... corrigir, melhorar a sua situação... Você sabe como eu encaro a questão... Mesmo assim, se possível, é preciso casar-se...

— Quer dizer, um divórcio? — perguntou Anna. — Você sabia que a única mulher que veio me ver em Petersburgo foi Betsy Tviérskaia? Você a conhece, não é mesmo? *Au fond c'est la femme la plus depravée qui existe.*[61] Teve uma ligação com Tuchkiévitch, enganando o marido da maneira mais torpe. E ela me disse que não

61 Francês: "no fundo, é a mulher mais depravada que existe".

queria manter contato comigo enquanto minha situação estivesse irregular. Não pense que eu estou comparando... Conheço você, minha querida. Porém não posso deixar de lembrar... Mas o que ele lhe disse? — repetiu.

— Disse que está sofrendo por você e por si mesmo. Talvez você vá dizer que isso é egoísmo, mas que egoísmo legítimo e nobre! Ele deseja, em primeiro lugar, legitimar a filha e ser o seu marido, ter direito sobre você.

— Que esposa, que escrava pode ser tão escrava quanto eu, na minha situação? — interrompeu Anna, em tom soturno.

— O importante é que ele quer... quer que você não sofra.

— Isso é impossível! E depois?

— E depois, e isso é o mais legítimo, ele quer que os filhos de vocês tenham um nome.

— Que filhos? — retrucou Anna, sem olhar para Dolly e semicerrando os olhos.

— Annie e os futuros filhos...

— Quanto a isso, ele pode ficar tranquilo, não haverá mais filhos.

— Como pode dizer que não haverá?...

— Não haverá porque não quero.

E, apesar de toda a sua emoção, Anna sorriu, depois de notar uma ingênua expressão de curiosidade, de surpresa e de horror no rosto de Dolly.

— O médico, depois da minha doença, me disse que ....

— Não pode ser! — exclamou Dolly, de olhos arregalados. Para ela, tratava-se de uma dessas descobertas cujos efeitos e cujas conclusões eram tão vastos que, num primeiro momento, só se sentia que era impossível compreender tudo, mas que era necessário refletir muito, muito mesmo, sobre o assunto.

Tal descoberta, que de repente explicava todas aquelas famílias de só um ou dois filhos, até então incompreensíveis para Dolly, despertou nela tantos pensamentos, tantas reflexões e sentimentos contraditórios, que não soube o que dizer e limitou-se a fitar Anna com surpresa e com os olhos arregalados. Foi exatamente sobre isso que ela havia devaneado durante a viagem, ainda naquela manhã, mas agora, ao reconhecer que aquilo era possível, horrorizou-se. Sentia que se tratava de uma solução muito simples para um problema muito complicado.

— *N'est ce pas immoral?*[62] — mal conseguiu pronunciar, após um silêncio.

— Por quê? Pense bem, eu tinha duas opções: ficar grávida, ou seja, uma mulher doente, ou ser a amiga, a companheira de meu marido, marido por assim dizer — argumentou Anna, num tom intencionalmente superficial e frívolo.

---

62 Francês: "isso não é imoral?".

— Claro, claro — disse Dária Aleksándrovna, ao ouvir os mesmos argumentos que antes apresentara para si, sem encontrar neles, agora, a força persuasiva de antes.

— Para você, para outras — disse Anna, como que adivinhando o pensamento dela —, ainda pode haver uma dúvida; mas para mim... Compreenda, não sou uma esposa; ele me ama enquanto me amar. E como vou manter o seu amor? Com isto?

Estendeu as mãos brancas à frente da barriga.

Com uma rapidez incomum, como acontece nos momentos de emoção, pensamentos e recordações se amontoaram na cabeça de Dária Aleksándrovna. "Eu", pensou, "deixei de atrair Stiva; ele me abandonou por outras, e mesmo aquela primeira mulher com quem ele me traiu não o reteve, apesar de estar sempre bela e alegre. Ele a deixou e procurou outra. Será que Anna vai atrair e reter o conde dessa forma? Se for isso o que ele procura, encontrará roupas e maneiras ainda mais atraentes e alegres. E por mais lindos, por mais desnudos que estejam os braços de Anna, por mais belo que seja todo o seu talhe e o seu rosto caloroso cercado por esses cabelos pretos, ele encontrará melhores, como procura e encontra o meu repugnante, deplorável e caro marido."

Dolly nada respondeu e apenas suspirou. Anna percebeu o suspiro, que denotava uma discordância, e prosseguiu. Tinha à mão outros argumentos, tão fortes que era impossível rebatê-los.

— Você acha que isso não é correto? Mas é preciso ponderar — prosseguiu. — Você esquece a minha posição. Como posso querer filhos? Não me refiro às dores, não as receio. Mas pense bem: quem serão os meus filhos? Crianças infelizes, que levarão o nome de um estranho. Pelo próprio nascimento, eles se verão obrigados a envergonhar-se da mãe, do pai, do seu nascimento.

— Mas é justamente por isso que o divórcio é necessário.

Anna, porém, não a ouviu. Queria expor até o fim os mesmos argumentos com que tantas vezes convencera a si mesma.

— Para que me foi concedida a razão, se eu não a utilizo para não pôr mais infelizes neste mundo?

Fitou Dolly, mas prosseguiu, sem esperar resposta:

— Eu sempre me sentiria culpada diante desses filhos infelizes — disse. — Se eles não existirem, pelo menos não serão infelizes, mas se forem infelizes, serei eu a única culpada.

Eram os mesmos argumentos que Dária Aleksándrovna apresentara a si; mas, agora, ela os ouvia e não compreendia. "Como se pode ser culpada diante de criaturas que nem existem?", pensou. E, de súbito, lhe veio um pensamento: em alguma circunstância, poderia ter sido melhor para Gricha, o seu filho predileto, se ele nunca tivesse existido? E isso lhe pareceu tão cruel, tão estranho, que sacudiu a cabeça para dissipar essa confusão de pensamentos insanos, que rodavam.

— Não, eu não sei, isso não é correto — disse ela, apenas, com uma expressão de repulsa no rosto.

— Sim, mas não esqueça o que você é e o que eu sou... Além do mais — acrescentou Anna, a despeito da riqueza de seus argumentos e da pobreza dos argumentos de Dolly, como se, apesar de tudo, admitisse que aquilo não era correto —, não esqueça o mais importante, que eu agora não estou na mesma situação que você. Para você, a questão é: não desejo ter mais filhos? Mas, para mim, a questão é: desejo ter filhos? E a diferença é grande. Entenda que, na minha situação, não posso desejar tal coisa.

Dária Aleksándrovna não retrucou. De repente, sentiu que já estava tão distante de Anna que existiam, entre ambas, questões a respeito das quais nunca chegariam a um acordo, questões sobre as quais era melhor não falar.

XXIV

— Por isso é ainda mais necessário que você legalize a sua situação, se possível — disse Dolly.

— Sim, se possível — respondeu Anna, com uma voz de súbito diferente, calma e tristonha.

— Acaso o divórcio é impossível? Disseram-me que o seu marido está de acordo.

— Dolly! Não quero falar sobre isso.

— Muito bem, não falaremos — apressou-se em dizer Dária Aleksándrovna, ao notar a expressão de sofrimento no rosto de Anna. — Vejo apenas que você encara as coisas de um modo sombrio demais.

— Eu? Nem um pouco. Estou bem alegre e satisfeita. Você viu, *je fais des passions.*[63] Vieslóvski...

— Sim, para dizer a verdade, não me agradou o tom de Vieslóvski — comentou Dária Aleksándrovna, com a intenção de mudar de assunto.

— Ah, bobagem! Isso excita o Aleksei e mais nada; mas ele é um menino e está todo nas minhas mãos; entenda bem, eu o controlo como quero. É exatamente igual ao seu Gricha... Dolly! — De repente, desviou o rumo da conversa. — Você disse que eu encaro as coisas de modo sombrio. Você não pode compreender. É horrível demais! Eu tento não encarar absolutamente nada.

---

63 Francês: "desperto paixões".

— Mas parece-me que é necessário. É necessário fazer tudo o que for possível.

— Mas o que é possível? Nada. Você diz para eu casar com Aleksei e diz que eu não penso nisso. Que eu não penso nisso! — repetiu, e um rubor surgiu em seu rosto. Levantou-se, endireitou o peito, deu um suspiro profundo e começou a caminhar pelo quarto, com seu passo ligeiro, para a frente e para trás, detendo-se de quando em quando. — Eu não penso? Não há um dia, uma hora em que eu não pense e não me censure pelo que penso... porque tais pensamentos podem enlouquecer. Enlouquecer — repetiu. — Quando penso nisso, não consigo dormir sem morfina. Mas está bem. Vamos conversar com calma. Dizem-me: o divórcio. Em primeiro lugar, ele não me concederá o divórcio. Ele agora está sob a influência de Lídia Ivánovna.

Dária Aleksándrovna estava sentada com as costas retas na cadeira e, movendo a cabeça com uma fisionomia de sofrimento e de compaixão, acompanhava os passos de Anna.

— É preciso tentar — disse ela, em voz baixa.

— Vamos supor que eu tente. O que isso significa? — Anna explicou uma ideia que obviamente já repensara mil vezes e que até aprendera de cor. — Significa que eu, embora o odeie, me reconheço culpada perante ele, e que o considero generoso, e que eu me humilho a ponto de escrever para ele... Pois bem, vamos supor que eu faça um esforço, que eu faça isso. Receberei ou uma resposta injuriosa, ou o consentimento. Muito bem, recebi o consentimento... — Anna, nesse momento, estava na extremidade mais remota do quarto e deteve-se ali, mexendo na cortina da janela. — Recebi o consentimento, e o f... o filho? Afinal, não vão devolvê-lo a mim. E ele vai crescer me desprezando, junto ao pai que eu abandonei. Compreenda que eu amo duas criaturas, por igual, me parece, Serioja e Aleksei, mas a ambos mais do que a mim mesma.

Veio para o meio do quarto e parou diante de Dolly, comprimindo as mãos no peito. De penhoar branco, sua figura parecia especialmente grande e larga. Inclinou a cabeça e, com os olhos úmidos e brilhantes, olhou de esguelha para a pequenina Dolly, magrinha e digna de pena em sua blusinha remendada e em sua touquinha de dormir, toda trêmula de emoção.

— Só amo essas duas criaturas e uma exclui a outra. Não posso uni-las e, para mim, só isso é necessário. Sem isso, nada mais me importa. Nada, nada mais. Vai terminar, de um jeito ou de outro, e por isso não posso, não gosto de falar do assunto. Assim, não me censure, não me julgue por nada. Você não pode, com a sua pureza, compreender tudo o que eu sofro.

Aproximou-se, sentou-se ao lado de Dolly e, com expressão culpada, fitou-a no rosto, segurou sua mão.

— O que você pensa? O que pensa de mim? Não me despreze. Não mereço desprezo. Sou só uma infeliz. Se existe alguém infeliz, sou eu — falou e, virando-se de costas, pôs-se a chorar.

Depois que ficou só, Dolly rezou a Deus e deitou-se na cama. Com toda a alma, sentira pena de Anna no momento em que as duas conversavam; mas agora não conseguia obrigar-se a pensar nela. As lembranças da casa e dos filhos surgiam na sua imaginação sob um brilho novo e com um encanto especial e novo, para Dolly. Esse seu mundo lhe parecia agora tão precioso e adorado que ela não queria passar nem mais um dia longe dele, e resolveu partir, sem falta, no dia seguinte.

Anna, enquanto isso, após voltar ao seu toucador, pegou um cálice e pingou dentro dele algumas gotas de um remédio cujo ingrediente principal era a morfina e, após beber e ficar por um tempo imóvel, encaminhou-se para o dormitório, com o ânimo serenado e alegre.

Quando entrou no dormitório, Vrónski fitou-a com atenção. Procurou sinais da conversa que sabia que Anna devia ter tido com Dolly, uma vez que ficara tanto tempo no quarto da amiga. Mas na sua fisionomia, ao mesmo tempo agitada e contida, e que dissimulava algo, Vrónski nada encontrou além da beleza que, embora para ele já fosse habitual, ainda assim o cativava, e também a consciência da própria beleza e o desejo de que ela agisse sobre ele. Vrónski não queria perguntar sobre o que haviam conversado, mas tinha esperança de que ela mesma lhe contasse algo. Porém Anna disse apenas:

— Estou contente por você ter gostado de Dolly. Não gostou?

— Na verdade, eu a conheço há bastante tempo. É muito boa, parece, *mais excessivement terre-à-terre*.[64] Mesmo assim, fiquei muito contente por ela ter vindo.

Pegou a mão de Anna e fitou-a nos olhos, com ar indagador.

Ela, que interpretou esse olhar num outro sentido, sorriu para ele.

Na manhã seguinte, apesar dos apelos dos anfitriões, Dária Aleksándrovna preparou-se para partir. O cocheiro de Liévin, com o seu cafetã velho e o seu chapéu de condutor de correio, com os cavalos mal emparelhados na carruagem de para-lamas remendados, avançou com ar soturno e resoluto pela pista da entrada, revestida de areia.

Foi desagradável, para Dária Aleksándrovna, a despedida da princesa Varvara e dos homens. Passado um dia, ela e os senhores da casa sentiam nitidamente que não tinham afinidade e que era melhor não se encontrarem. Só Anna estava triste.

---

64 Francês: "mas excessivamente terra a terra".

Sabia que agora, com a partida de Dolly, já ninguém faria reviver em sua alma os sentimentos que haviam despertado durante aquele encontro. Perturbar esses sentimentos lhe era doloroso, mas, mesmo assim, Anna sabia que era a melhor parte da sua alma e que essa parte da sua alma começava a ser rapidamente encoberta na vida que levava agora.

Quando a carruagem seguiu pelo campo, Dária Aleksándrovna experimentou uma agradável sensação de alívio e queria perguntar aos outros se tinham gostado de ficar nas terras de Vrónski, quando, de repente, o próprio cocheiro Filipp começou a falar:

— Ricaços eles são, mas só deram três medidas de aveia. Antes de o galo cantar, os cavalos já tinham raspado tudo. Dá para o quê, três medidas? Só para beliscar. E hoje em dia a aveia custa quarenta e cinco copeques nas estações de posta. Em nossa casa, nem se discute, damos aos que chegam tudo quanto quiserem comer.

— Um senhor avarento — confirmou o escriturário.

— Bem, e dos cavalos deles, vocês gostaram? — perguntou Dolly.

— Os cavalos, nem se fala. E a comida é boa. Mas achei tudo meio triste, Dária Aleksándrovna, e a senhora não achou? — perguntou, virando para ela seu rosto bonito e simpático.

— Sim, também achei. E então, chegaremos ao entardecer?

— Temos de chegar.

Após voltar para casa e encontrar todos muito bem-dispostos e particularmente encantadores, Dária Aleksándrovna relatou com grande animação a sua viagem, a sua boa acolhida, o luxo e o bom gosto da vida dos Vrónski, as suas distrações, e não permitiu que ninguém dissesse uma única palavra contra eles.

— É preciso conhecer Anna e Vrónski, e agora eu o conheço melhor, para compreender como são gentis e comoventes — disse, com total sinceridade, esquecendo o vago sentimento de insatisfação e de desconforto que lá experimentara.

XXV

Vrónski e Anna, ainda nas mesmas condições, ainda sem tomar nenhuma providência para o divórcio, passaram no campo todo o verão e uma parte do outono. Entre eles, ficou resolvido que não iriam a parte alguma; porém, quanto mais tempo viviam sozinhos, em especial no outono e sem hóspedes, tanto mais se davam conta de que não suportavam aquela vida e que era preciso modificá-la.

Ao que parecia, era impossível desejar uma vida melhor: havia completa fartura, havia saúde, havia o bebê e ambos tinham suas ocupações. Mesmo sem os hóspedes, Anna cuidava de si e mantinha-se muito ocupada com leituras — romances e livros sérios, que estavam em voga. Encomendava todos os livros mencionados com elogios nas revistas e nos jornais estrangeiros recebidos por ela e, com aquela atenção à leitura que só os solitários conhecem, lia-os até o fim. Além disso, Anna estudava, em livros e revistas especializadas, todos os assuntos por que Vrónski se interessava, de modo que, não raro, ele se dirigia diretamente a ela acerca de questões de agronomia, de arquitetura, e às vezes até sobre criação de cavalos e esportes. Vrónski se admirava com o conhecimento e com a memória de Anna e, de início, duvidando, queria uma comprovação; e ela encontrava nos livros aquilo que ele perguntara, e lhe mostrava.

A construção do hospital também interessava a Anna. Não só ajudava como também organizava e inventava muita coisa. Mas, apesar de tudo, a sua principal preocupação era consigo mesma — a que ponto era estimada por Vrónski, a que ponto podia substituir tudo o que ele havia abandonado. Vrónski apreciava esse desejo, que se tornara o único propósito da vida de Anna, de não só lhe agradar, mas também de o servir, porém, ao mesmo tempo, sentia-se oprimido pelas redes do amor com que ela se empenhava em prendê-lo. Quanto mais o tempo passava, mais frequentemente Vrónski se via preso por essas redes, mais vontade sentia, não de sair de dentro delas, mas sim de provar que não tolhiam sua liberdade. Não fosse o desejo, cada vez mais forte, de ser livre e de não provocar uma cena toda vez que precisava ir à cidade para uma reunião política ou para uma corrida, Vrónski estaria perfeitamente satisfeito com a sua vida. O papel que escolhera, o de um abastado senhor de terras, classe que devia constituir o núcleo da aristocracia russa, não só era inteiramente do seu agrado como agora, após viver desse modo meio ano, lhe proporcionava uma satisfação sempre crescente. E seus negócios, que o ocupavam e o absorviam cada vez mais, andavam de vento em popa. Apesar da enorme soma de dinheiro que lhe custavam o hospital, as máquinas, as vacas encomendadas da Suíça e muitas outras coisas, Vrónski estava convencido de que não dissipava sua fortuna, mas sim a aumentava. Quando a questão eram os lucros da venda de madeira, dos cereais, da lã, do arrendamento de terras, Vrónski se mostrava firme como uma rocha e sabia manter o preço. Nas questões agrícolas em larga escala, tanto naquela como em suas demais propriedades, ele seguia o método mais simples, menos arriscado, e nas miudezas domésticas era econômico e controlado no mais alto grau. A despeito de toda a astúcia e habilidade do alemão, que queria induzi-lo a certas compras e mostrava toda conta como se, a princípio, fosse necessário gastar muito mais, porém, após alguns acertos, fosse possível obter o mesmo resultado de maneira mais barata e auferir logo o lucro, Vrónski não cedia. Escutava o administrador, fazia perguntas e só concordava quando o que se devia encomendar ou instalar fosse algo recentíssimo, ainda desconhecido na Rússia e capaz de provocar admiração. Além do mais, só se resolvia a fazer uma despesa de vulto quando havia dinheiro de sobra e, ao fazer tal despesa, descia a todos os pormenores e fazia questão de obter o melhor possível em troca do seu dinheiro. Pela maneira como conduzia seus negócios, ficava claro que ele não dissipava sua fortuna, mas sim a aumentava.

No mês de outubro, havia as eleições dos decanos da nobreza na província de Káchin, onde se encontravam as propriedades de Vrónski, Sviájski, Kóznichev, Oblónski e uma parte das terras de Liévin.

Essas eleições atraíam a atenção pública em razão de muitas circunstâncias e, também, em razão das pessoas que dela participavam. Falava-se muito sobre o assunto e todos se preparavam para isso. Habitantes de Moscou, de São Petersburgo e residentes no exterior, que jamais haviam presenciado uma eleição, viajavam para lá.

Vrónski, já havia muito tempo, prometera a Sviájski ir para as eleições.

Antes das eleições, Sviájski, que visitava Vozdvijénski com frequência, foi à casa de Vrónski.

Ainda na véspera desse dia, quase houve uma discussão entre Vrónski e Anna por causa da planejada viagem. Estavam sob o clima outonal mais penoso e maçante e por isso Vrónski, enquanto se preparava para a disputa, comunicou a Anna sua partida com uma fisionomia severa e fria, que nunca antes usara ao lhe falar. Mas, para sua surpresa, Anna recebeu a notícia com muita calma e apenas perguntou quando voltaria. Ele a observou com atenção, sem compreender aquela calma. Anna sorriu diante do seu olhar. Vrónski conhecia sua capacidade de fugir para dentro de si mesma e sabia que isso só acontecia quando ela decidira algo em seu íntimo, sem lhe comunicar seus planos. Vrónski temia isso; mas tão grande era a sua vontade de evitar cenas que ele fingiu acreditar, e em parte acreditou sinceramente no que ele desejava acreditar — no bom senso de Anna.

— Espero que você não fique entediada.

— Espero — respondeu Anna. — Recebi ontem uma caixa de livros de Gautier. Não, eu não vou me entediar.

"Se ela quer adotar este tom, tanto melhor", pensou ele. "Se não, seria a mesma história de sempre."

E assim, sem obter de Anna uma explicação franca, ele partiu para as eleições. Desde o início de seu convívio, era a primeira vez que os dois se separavam, sem se explicarem inteiramente. De um lado, isso inquietou Vrónski; de outro, achou melhor assim. "A princípio, como agora, haverá algo obscuro, oculto, mas depois ela se habituará. De todo modo, eu posso lhe dar tudo, mas não a minha independência masculina", pensou.

XXVI

Em setembro, Liévin se mudou para Moscou, por causa do parto de Kitty. Já passara um mês em Moscou sem nada fazer quando Serguei Ivánovitch, que possuía uma propriedade na província de Káchin e tinha grande interesse na questão das próximas eleições, resolveu viajar para o pleito. Chamou o irmão, que tinha direito de votar pela comarca de Seliezniov. Além disso, em Káchin, Liévin tinha a resolver a questão de uma tutela e da cobrança de uma dívida em dinheiro, de extrema importância para sua irmã, que vivia no exterior.

Liévin ainda estava indeciso, mas Kitty, que notava como ele se aborrecia em Moscou e o aconselhava a ir, encomendou um uniforme de fidalgo, sem ele saber, ao preço de oitenta rublos. E esses oitenta rublos, pagos pelo uniforme, foram o principal motivo que induziu Liévin a viajar. Partiu para Káchin.

Liévin já estava em Káchin havia seis dias, frequentando a assembleia diariamente e cuidando dos negócios da irmã, que continuavam sem solução. Os decanos da nobreza estavam todos ocupados com as eleições e era impossível dar andamento mesmo ao mais simples dos processos, do qual dependia a questão da tutela. A outra questão — a cobrança da dívida em dinheiro — também parecia esbarrar em obstáculos. Após demoradas diligências para suspender o embargo, o dinheiro estava disponível para o pagamento; mas o tabelião, homem obsequiosíssimo, não podia entregar o talão porque era preciso ter a assinatura do presidente, e este, que não delegara suas funções a ninguém, estava nas sessões da assembleia. Todas essas diligências, as idas e vindas de um lugar para outro, as conversas com pessoas muito cordiais e bondosas que compreendiam perfeitamente a situação desagradável do requerente, mas não podiam atendê-lo — toda essa tensão, que não alcançava nenhum resultado, produzia em Liévin um sentimento aflitivo, semelhante à fraqueza lamentável que se experimenta quando, num sonho, queremos empregar a força física. Ele experimentava isso muitas vezes, quando conversava com o seu bondosíssimo advogado. Ao que parecia, o advogado fazia todo o possível e aplicava toda a sua capacidade intelectual para retirar Liévin de seus apuros. "Veja bem, o senhor experimente o seguinte", dizia ele várias vezes: "Vá a tal lugar e a tal lugar", e elaborava um plano completo para contornar o entrave fatal que estorvava tudo. Mas, logo em seguida, acrescentava: "Apesar disso, vai atrasar; porém tente assim mesmo". E Liévin tentava, ia ver um e outro. Todos eram bondosos e amáveis, mas parecia que o obstáculo contornado se reerguia no fim e, de novo, barrava o caminho. O mais humilhante era que Liévin não conseguia entender contra quem estava lutando, a quem interessava que seu processo não chegasse a bom termo. Pelo visto, ninguém o sabia; nem o advogado. Se Liévin pudesse compreender, da mesma forma que compreendia por que só era possível chegar ao guichê da estação ferroviária entrando numa fila, não seria tão humilhante e aborrecido; porém, no caso dos obstáculos que encontrava para o andamento do processo, ninguém conseguia explicar para que eles existiam.

Mas Liévin mudara muito após o casamento; estava paciente e, se não compreendia o motivo de tudo aquilo estar organizado de tal modo, dizia a si mesmo que, sem conhecer tudo, não podia julgar, e provavelmente era necessário que as coisas fossem assim, e tentava não se revoltar.

Agora, presente às eleições e delas tomando parte, tentava também não condenar, não discutir, e compreender o mais possível a questão de que se ocupavam, com tamanha seriedade e entusiasmo, pessoas boas e honradas, que ele respeitava. Desde o casamento, haviam se revelado a Liévin tantos aspectos novos e sérios da vida — aspectos que, até então, lhe pareciam insignificantes, devido à sua atitude leviana a seu respeito — que ele supunha haver também na questão das eleições um significado sério, e o procurava.

Serguei Ivánovitch explicou-lhe o sentido e a importância da planejada reviravolta nas eleições. O decano da nobreza da província, em cujas mãos se encontravam, pela lei, tantos assuntos sociais importantes — as tutelas (as mesmas que agora causavam a Liévin tantos sofrimentos), os imensos fundos formados pelas contribuições dos nobres, os liceus feminino, masculino e militar, a instrução pública segundo as novas disposições e por fim o *ziemstvo* —, o decano da nobreza da província, Sniétkov, era um nobre ao estilo antigo, que consumira uma vasta fortuna, um homem bondoso, honrado à sua maneira, mas que não compreendia em nada as exigências dos novos tempos. Sempre e em todos os casos, tomava o partido da nobreza, era francamente contrário à difusão da instrução popular e, ao *ziemstvo*, que deveria ter uma importância enorme, ele atribuía um caráter de casta. Era preciso substituí-lo por um homem jovem, moderno, prático, completamente novo, e conduzir o processo de modo a extrair, de todos os direitos concedidos à nobreza, não como se fosse para a nobreza, mas sim para um elemento do *ziemstvo*, todas as vantagens de autonomia administrativa possíveis. Na rica província de Káchin, sempre à frente das demais em tudo, concentravam-se agora tais forças que, se uma questão fosse ali conduzida de forma correta, poderia servir de modelo para as outras províncias e para toda a Rússia. Por isso todo o processo tinha grande relevância. Para ocupar o lugar de Sniétkov como decano da nobreza, propunha-se ou Sviájski ou, melhor ainda, Nieviedóvski, um ex-professor universitário, homem de inteligência notável e grande amigo de Serguei Ivánovitch.

A assembleia foi aberta pelo governador, que proferiu um discurso para os nobres e pediu que elegessem os funcionários públicos, não por simpatia, mas pelos méritos e para o bem da pátria, e disse esperar que a honrada nobreza de Káchin, a exemplo das eleições anteriores, cumprisse o seu dever como algo sagrado e correspondesse à elevada confiança do monarca.

Terminado o discurso, o governador retirou-se do salão e os nobres o seguiram, ruidosa e animadamente, alguns até com entusiasmo, e cercaram-no enquanto ele vestia a peliça e conversava amistosamente com o decano da nobreza da província. Liévin, com o intuito de observar tudo a fundo e não deixar nada escapar, pôs-se ali no meio da multidão e ouviu quando o governador disse: "Por favor, transmita a Mária Ivánovna que minha esposa lamenta muito, mas tem de ir ao asilo". Em seguida, os nobres pegaram suas peliças alegremente e se encaminharam para a catedral.

Na catedral, erguendo a mão e repetindo as palavras do arcipreste junto com os demais, Liévin pronunciou as mais terríveis juras de cumprir tudo aquilo que o governador esperava. As cerimônias da igreja sempre exerciam um grande efeito sobre Liévin e, quando pronunciou as palavras "beijo a cruz" e olhou em redor, para a multidão de pessoas jovens e velhas que repetiam as mesmas palavras, sentiu-se comovido.

No segundo e no terceiro dia, trataram da questão dos fundos oriundos das contribuições dos nobres e do liceu feminino, que, como explicou Serguei Ivánovitch, não tinham nenhuma importância, e Liévin, ocupado com suas peregrinações em busca de solução para os seus negócios, não acompanhou os debates. No quarto dia, em torno da mesa do decano da província, procedeu-se à conferência dos fundos provinciais. E ali, pela primeira vez, verificou-se um choque entre o partido novo e o velho. A comissão encarregada de aferir as contas comunicou à assembleia que os fundos estavam perfeitamente íntegros. O decano da nobreza levantou-se, agradeceu aos nobres por sua confiança e derramou algumas lágrimas. Os nobres aplaudiram-no com alarde e apertaram sua mão. Porém, nesse momento, um fidalgo do partido de Serguei Ivánovitch disse ter sabido que a comissão não havia aferido as contas, pois considerava tal aferição um insulto ao decano da nobreza da província. Por descuido, um dos homens da comissão confirmou isso. Então um cavalheiro pequeno, de aspecto muito jovem, mas muito venenoso, pôs-se a falar que na certa muito agradaria ao decano da nobreza da província a apresentação de um relatório sobre os fundos e que a delicadeza excessiva dos membros da comissão o privava dessa satisfação moral. Então os membros da comissão retiraram seu assentimento e Serguei Ivánovitch passou a demonstrar, pela lógica, que era preciso admitir que os fundos ou tinham sido aferidos por eles ou não tinham sido aferidos, e explanou em detalhes esse dilema. O orador do partido contrário objetou a Serguei Ivánovitch. Em seguida, falou Sviájski e de novo o cavalheiro venenoso. Os debates prosseguiram longamente e não deram em nada. Liévin admirou-se de discutirem tão demoradamente a respeito do assunto, sobretudo porque, quando perguntou a Serguei Ivánovitch se supunha que os fundos tinham sido desperdiçados, ele respondeu:

— Ah, não! É um homem honesto. Mas é preciso minar o velho método paternal e familiar de gerir os assuntos da nobreza.

No quinto dia, foram eleitos os decanos da nobreza do distrito. Foi um dia bastante tempestuoso em muitos distritos. No distrito de Seliezniov, Sviájski foi eleito por aclamação, sem votação, e nesse dia ofereceu um jantar em sua casa.

XXVII

No sexto dia, estavam previstas as eleições provinciais. As salas grandes e pequenas estavam repletas de nobres, que vestiam diversos uniformes. Muitos vieram só para esse dia. Sem ver os conhecidos havia muito tempo, uns vieram da Crimeia, outros de Petersburgo, outros do exterior, e todos se encontravam nos salões. Em torno da mesa do decano da província, sob o retrato do soberano, os debates prosseguiam.

Nas salas grandes e pequenas, os nobres agrupavam-se em campos distintos e, pelos olhares de hostilidade e desconfiança, pelos murmúrios que silenciavam ante a aproximação de pessoas estranhas, pelo fato de alguns, enquanto sussurravam, se retirarem para um corredor distante, percebia-se que cada partido tinha segredos que escondia do outro. Pelo aspecto exterior, os nobres se dividiam nitidamente em dois tipos: os velhos e os jovens. Os velhos, em sua maioria, vestiam ou os antigos uniformes abotoados da nobreza, com chapéus e sabres, ou os seus uniformes específicos, da marinha, da cavalaria, da infantaria, da reserva. Os antigos uniformes da nobreza eram confeccionados à maneira antiga, com enchimentos nos ombros; eram visivelmente pequenos, curtos na cintura e estreitos, como se os homens que os vestiam tivessem crescido. Os jovens, por seu lado, vestiam uniformes da nobreza desabotoados, com cintura baixa, ombros largos e coletes brancos, ou uniformes de golas pretas e folhas de louro bordadas, emblema do Ministério da Justiça. Aos jovens, pertenciam os uniformes de cortesão que aqui e ali enfeitavam a multidão.

Mas a divisão entre jovens e velhos não coincidia com a divisão dos partidos. Alguns jovens, segundo as observações de Liévin, pertenciam ao partido antigo e, ao contrário, alguns dos nobres mais velhos trocavam sussurros com Sviájski e, pelo visto, eram ardentes adeptos do partido novo.

Liévin ficou numa sala pequena, onde fumavam e comiam petiscos, perto do grupo dos seus conhecidos, atento ao que conversavam e aplicando em vão suas forças intelectuais para compreender o que se dizia. Serguei Ivánovitch era o centro em torno do qual os demais se agrupavam. Agora ele escutava Sviájski e Khliústov, decano da nobreza de outro distrito, que pertencia ao partido deles. Khliústov não concordava em pedir, em nome do seu distrito, que Sniétkov se apresentasse como candidato, enquanto Sviájski tentava persuadi-lo e Serguei Ivánovitch aprovava esse plano. Liévin não entendia por que o partido de oposição devia propor a apresentação da candidatura de um decano da nobreza que eles mesmos queriam derrotar.

Stiepan Arcáditch, que acabara de beber e comer uns petiscos e enxugava a boca num perfumado lenço de cambraia debruado, aproximou-se, em seu uniforme de camareiro da corte.

— Estamos conquistando posições, Serguei Ivánovitch! — disse ele, alisando as suíças.

E, após ouvir o que diziam, ratificou a opinião de Sviájski.

— Basta apenas um distrito e Sviájski já é obviamente da oposição — disse ele, o que todos compreenderam, exceto Liévin. — Ora, Kóstia, parece que você também tomou gosto por isto, hem? — acrescentou, dirigindo-se a Liévin, e tomou-lhe o braço. Liévin até ficaria contente de tomar gosto por aquilo, mas não conseguia entender do que se tratava e, enquanto se afastavam alguns passos dos homens que debatiam, expressou para Stiepan Arcáditch sua incompreensão acerca do motivo para pedirem a permanência do decano da nobreza da província.

— Ah, *sancta simplicitas*! — exclamou Stiepan Arcáditch, e esmiuçou para Liévin, de maneira clara e sucinta, do que se tratava.

Se, como na eleição anterior, todos os distritos propuserem a candidatura do decano da nobreza da província, ele será eleito por aclamação, sem votação. Isso não pode acontecer. Agora, oito distritos concordaram em propor sua candidatura; se dois se recusarem a propor sua candidatura, Sniétkov pode desistir da votação. E então o partido velho pode escolher outro candidato, o que estragará todas as previsões. Mas se só um distrito, o de Sviájski, não propuser sua candidatura, Sniétkov vai candidatar-se à votação. Eles irão até votar nele e, de propósito, conseguir mais votos, de modo a confundir os cálculos do partido adversário, mas, quando apresentarem o nosso candidato, votarão nele.

Liévin compreendeu, mas não de todo, e ainda queria fazer algumas perguntas quando, de repente, todos se puseram a falar, a fazer barulho e a mover-se pelo vasto salão.

— O que há? O quê? Quem? — Procuração? Para quem? O quê? — Rejeitam? — Não há procuração. — Não aceitam Fliórov. Ora, só porque está sendo processado? — Desse jeito, não vão aceitar ninguém. É uma infâmia. — A lei! — ouviu Liévin de vários lados e, junto com todos, que se apressavam rumo a algum lugar e temiam perder algo, dirigiu-se para a sala grande e, espremido pelos nobres, aproximou-se da mesa do decano da província onde o decano da nobreza da província, Sviájski e outros líderes debatiam com ardor.

XXVIII

Liévin estava bastante afastado. Um nobre, que ao seu lado respirava de maneira ofegante e rouca, e um outro, que rangia as solas grossas dos sapatos, o impediam de ouvir com clareza. De longe, distinguiu apenas a voz suave do decano da nobreza, depois a voz esganiçada do fidalgo venenoso e depois a voz de Sviájski. Até onde pôde compreender, discutiam acerca do sentido de um artigo da lei e acerca do sentido destas palavras: "que é objeto de um inquérito".

A multidão se dividiu a fim de abrir caminho para Serguei Ivánovitch, que se dirigia à mesa. Serguei Ivánovitch, que aguardou o término do discurso do fidalgo venenoso, disse então acreditar que o mais justo seria consultar o artigo da lei, e pediu ao secretário que localizasse o artigo. No artigo, dizia-se que, em caso de divergência, era preciso proceder a uma votação.

Serguei Ivánovitch leu o artigo até o fim e passou a explicar o seu sentido, mas então um senhor de terras corpulento, alto, recurvado, de bigode pintado, com um uniforme muito justo, cuja gola escorava seu pescoço por trás, interrompeu-o. Aproximou-se da mesa e, após bater sobre ela com o anel do dedo, gritou bem alto:

— Votar! Votação! Não há o que discutir! Votação!

Nisso, de súbito, algumas vozes começaram a falar e o fidalgo de alta estatura e de anel exasperava-se cada vez mais e gritava cada vez mais alto. Mas era impossível decifrar o que dizia.

Dizia o mesmo que propunha Serguei Ivánovitch; contudo, pelo visto, tinha ódio a ele e a todo o seu partido e tal sentimento de ódio contagiou o partido inteiro e, em contraposição, suscitou do outro lado uma exaltação de ânimo equivalente, ainda que mais decorosa. Ergueram-se gritos e, por um momento, todos se perturbaram de tal modo que o decano da nobreza da província teve de pedir ordem no recinto.

— Votar, votar! Quem for nobre, compreenderá. Nós derramamos nosso sangue... A confiança do monarca... Não se fiscaliza a contabilidade de um decano da nobreza, ele não é um reles caixeiro... Não é disso que se trata... Submetam à votação! Patifaria!... — ouviam-se gritos exaltados, violentos, de todas as direções. Os olhares e os rostos se mostravam ainda mais exaltados e violentos do que as palavras. Exprimiam um ódio implacável. Liévin não compreendia de forma alguma do que se tratava e se admirava ao ver a paixão com que se debatia a questão de votar ou não votar a respeito de Fliórov. Ele estava esquecendo, como lhe explicou mais tarde Serguei Ivánovitch, o silogismo segundo o qual, em nome do bem público, era preciso derrubar o decano da nobreza; para derrubar o decano da nobreza, era preciso obter a maioria dos votos; para obter a maioria dos votos, era preciso dar a Fliórov o direito de voto; para reconhecer esse direito de Fliórov, era preciso esclarecer o sentido do artigo da lei.

— Um voto pode decidir tudo e é preciso sermos sérios e coerentes, se quisermos ser úteis ao interesse público — concluiu Serguei Ivánovitch.

Mas Liévin se esquecera disso e lhe era penoso ver pessoas de bem, pessoas a quem respeitava, presas de uma agitação tão desagradável e feroz. Para livrar-se desse sentimento penoso, sem esperar o fim do debate, retirou-se para uma sala onde não havia ninguém, exceto os criados em redor do bufê. Ao ver os criados que lustravam a louça, arrumavam os pratos e os cálices, ao ver suas feições calmas e animadas, Liévin experimentou um repentino sentimento de alívio, como ao sair de um aposento fétido para o ar livre. Pôs-se a andar para um lado e para o outro, olhando para os criados com satisfação. Muito lhe agradou ver como um criado de suíças grisalhas, desdenhando os demais, jovens que dele zombavam, lhes ensinava como deviam dobrar os guardanapos. No momento em que Liévin resolveu travar conversa com o criado mais velho, o secretário de tutelas da nobreza, um velhote que tinha a peculiaridade de conhecer todos os fidalgos da província pelo nome e pelo patronímico, distraiu-o.

— Por favor, Konstantin Dmítritch — disse ele —, o irmão do senhor o procura. Estão votando a questão.

Liévin entrou na sala, recebeu uma bolinha branca e, seguindo o irmão Serguei Ivánovitch, aproximou-se da mesa junto à qual Sviájski, com uma fisionomia irônica e significativa, arrepanhava a barba no punho cerrado e a cheirava. Serguei Ivánovitch enfiou a mão na urna, colocou a bola em algum lugar e, após abrir espaço para Liévin, deteve-se ali. Liévin aproximou-se, mas, como se esquecera totalmente do que se tratava e estava confuso, voltou-se para Serguei Ivánovitch e perguntou: "Onde vou colocar?". Perguntou em voz baixa, no momento em que outros falavam ali perto, de modo que esperava não ser ouvido. Mas os que falavam se calaram e sua pergunta inconveniente foi ouvida. Serguei Ivánovitch franziu as sobrancelhas.

— É uma questão de convicção pessoal — respondeu, severo.

Alguns sorriram. Liévin ruborizou-se, encobriu a mão sob o pano de lã e colocou a bolinha no lado direito, uma vez que ela estava na mão direita. Logo em seguida, lembrou que era preciso encobrir também a mão esquerda sob o pano, e encobriu-a, mas já era tarde e, mais constrangido ainda, retirou-se às pressas para as últimas fileiras.

— Cento e vinte e seis a favor! Noventa e oito contra! — proclamou a voz do secretário, que não conseguia pronunciar a letra *r*. Em seguida, ouviu-se uma gargalhada: um botão e duas nozes foram encontrados na urna. O fidalgo fora aceito e o partido novo vencera.

Mas o partido velho não se dava por vencido. Liévin soube que pediram a Sniétkov que apresentasse sua candidatura e viu como uma multidão de nobres cercava o decano da nobreza da província, que dizia algo. Liévin chegou mais perto. Em resposta aos nobres, Sniétkov falava sobre a confiança da nobreza, sobre sua afeição a ele, à qual não fazia jus, porquanto todo o seu mérito consistia na fidelidade à nobreza, a que consagrara doze anos de trabalho. Repetiu algumas vezes as palavras: "Servi com todas as minhas forças, do lado da fé e da verdade, estimo muito e agradeço", e de repente silenciou, por causa das lágrimas que o sufocavam, e saiu da sala. Viessem tais lágrimas da consciência de uma injustiça cometida contra ele, ou da sua afeição pela nobreza ou da tensão da situação em que se achava, sentindo-se cercado de inimigos, o fato é que a emoção contagiou a maioria dos nobres, que se comoveram, e Liévin sentiu afeição por Sniétkov.

Na porta, o decano da nobreza da província esbarrou em Liévin.

— Sinto muito, me perdoe, por favor — disse ele, como se falasse a um desconhecido; mas, ao reconhecer Liévin, sorriu tímido. Liévin teve a impressão de que ele queria dizer algo, mas não conseguia, por causa da emoção. A expressão do seu rosto e toda a sua figura, enquanto caminhava às pressas, de uniforme, com suas medalhas e uma calça branca com galões bordados, lembraram a Liévin um animal caçado que percebe que sua situação é péssima. A expressão no rosto do decano da nobreza comoveu Liévin em especial porque, justamente no dia anterior, fora à sua casa tratar da questão da tutela e vira-o em todo o seu esplendor de homem bondoso e dedicado à família. A casa ampla, com a antiga mobília da família; os criados velhos, um tanto sujos, que não se vestiam de maneira afetada, mas eram respeitosos, obviamente servos antigos, que não mudaram de senhor; a esposa gorda, simpática, de touquinha com rendas e um xale turco, que fazia carinhos numa neta bonitinha, filha da sua filha; o filho mais jovem, estudante da sexta série, que chegara do liceu e, ao cumprimentar o pai, beijou sua mão grande; as palavras e os gestos afetuosos e imponentes do senhor da casa — tudo isso despertara em Liévin, no dia anterior, um espontâneo respeito e uma simpatia. Esse velho, agora, lhe pareceu comovente e digno de pena, e Liévin sentiu vontade de lhe dizer algo agradável.

— Pois então, o senhor há de ser novamente o nosso decano da nobreza — disse.

— Duvido — respondeu, enquanto olhava assustado para os lados. — Estou cansado, já sou velho. Se há homens mais jovens e mais dignos do que eu, que eles prestem seus serviços.

E o decano da nobreza esquivou-se por uma porta lateral.

Chegara o momento mais solene. Era necessário dar logo início à eleição. Os líderes de ambos os partidos calculavam nos dedos as bolinhas brancas e pretas. Os debates a respeito de Fliórov deram ao partido novo não só o voto de Fliórov como também um tempo adicional, que foi usado para convocar mais três nobres, privados da possibilidade de participar das eleições por conta das manobras do partido velho. Dois deles, que tinham um fraco pela bebida, foram embriagados pelos lacaios de Sniétkov, que também esconderam o uniforme do terceiro.

Ciente disso, o partido novo aproveitou o tempo em que decorria o debate acerca de Fliórov para enviar seus partidários numa carruagem a fim de fornecer ao nobre o uniforme que faltava e trazer pelo menos um dos dois embriagados para a assembleia.

— Trouxe um, despejei água em cima dele — disse o senhor de terras que fora buscá-lo, ao aproximar-se de Sviájski. — Está bem, vai dar conta do recado.

— Não está bêbado demais, não vai cair? — perguntou Sviájski, balançando a cabeça.

— Não, ele é valente. Agora, é só ninguém o embriagar... Falei ao copeiro que não lhe sirva nada, em hipótese nenhuma.

XXIX

A sala estreita, onde fumavam e comiam petiscos, estava repleta de nobres. A agitação aumentava mais e mais e se percebia uma inquietação em todos os rostos. Com especial intensidade, agitavam-se os líderes, que conheciam todos os pormenores e o cômputo de todas as bolinhas. Eram os comandantes da batalha que se avizinhava. Os demais, como soldados antes de uma batalha, embora também se preparassem para o combate, procuravam nesse meio-tempo uma distração. Alguns comiam petiscos, de pé ou sentados junto à mesa; outros caminhavam para um lado e para o outro, no amplo salão, enquanto fumavam cigarros e conversavam com amigos que havia muito tempo não encontravam.

Liévin não tinha vontade de comer, e não fumava; não queria reunir-se aos seus, ou seja, a Serguei Ivánovitch, Stiepan Arcáditch, Sviájski e outros, porque junto deles, em conversa animada, se encontrava Vrónski, com seu uniforme de cavalariço da corte. Ainda no dia anterior, Liévin o avistara na eleição e o evitara com cuidado, pois não desejava falar com ele. Aproximou-se de uma janela e sentou-se, enquanto observava os grupos e ouvia com atenção o que diziam à sua volta. Sentia-se triste, sobretudo porque todos, como podia ver, estavam animados, motivados e atarefados e, a não ser por um homem velhíssimo e desdentado, que vestia uniforme da marinha, mastigava com os lábios e viera sentar-se a seu lado, só Liévin não tinha ali interesse nem propósito.

— Que tremendo canalha! Eu disse a ele, mas não adianta. Veja só! Em três anos, ele não conseguiu arrecadar — disse com veemência um senhor de terras recurvado e baixo, de cabelos besuntados que escorriam pela gola bordada de seu uniforme, enquanto batia com força no chão os saltos das botas novas, obviamente calçadas para as eleições. E, após lançar um olhar descontente para Liévin, o senhor de terras, com um movimento brusco, deu meia-volta.

— Sim, é um negócio sujo, não há o que discutir — respondeu com voz fina um pequeno senhor de terras.

Logo depois deles, uma verdadeira multidão de senhores de terras, em torno de um general corpulento, aproximou-se às pressas de Liévin. Os senhores de terras, pelo visto, procuravam um lugar onde pudessem conversar sem que ninguém os ouvisse.

— Como ele se atreve a dizer que eu mandei roubar suas calças! Aposto que deu as calças em troca de bebida. Não me importa se é um príncipe. Que ele se atreva a falar para ver só. Isso é uma indecência!

— Mas com licença! Eles se apoiam no artigo da lei — argumentaram num outro grupo —, a esposa deve estar registrada na condição de nobre.

— Que a lei vá para o diabo! Falo com a alma. Para isso, somos nobres fidalgos. Tenham confiança.

— Excelência, vamos tomar *fine champagne*.[65]

Outra multidão seguia um fidalgo que esbravejava: era um dos que tinham sido embriagados.

— Sempre recomendei a Mária Semiónovna que arrendasse as terras, porque ela nunca terá lucro — dizia com voz agradável um senhor de terras de bigode grisalho, que vestia um uniforme de coronel do antigo Estado-Maior. Tratava-se do mesmo senhor de terras que Liévin encontrara na casa de Sviájski. Prontamente o reconheceu. O senhor de terras também deteve o olhar em Liévin e os dois se cumprimentaram.

---

65 Francês: conhaque destilado de uvas da região de Grande Champagne e Petite Champagne, na França.

— Prazer em vê-lo. Ora, é claro! Lembro-me muito bem. No ano passado, em casa de Nikolai Ivánovitch, o decano da nobreza.

— Pois é, e como anda a propriedade do senhor? — indagou Liévin.

— Sempre do mesmo jeito, no prejuízo — respondeu o senhor de terras, detendo-se ao seu lado, com um sorriso resignado, mas com uma expressão de calma e também de convicção de que tinha de ser assim. — E o senhor, como veio parar aqui, em nossa província? — perguntou. — Veio tomar parte do nosso *coup d'état*?[66]— disse com firmeza, mas pronunciando mal as palavras francesas. — A Rússia inteira se reuniu aqui: até os camareiros da corte, só faltam os ministros. — Apontou para a figura imponente de Stiepan Arcáditch, de calça branca e uniforme de camareiro da corte, que passava ao lado de um general.

— Tenho de confessar ao senhor que compreendo muito mal o sentido das eleições da nobreza — disse Liévin.

O senhor de terras fitou-o.

— Mas o que há para compreender aqui? Não há sentido nenhum. A instituição ruiu, continua a mover-se apenas pela força da inércia. Observe os uniformes, e eles dizem: esta é uma reunião de juízes de paz, de membros vitalícios e de pessoas desse tipo, mas não de nobres.

— Então, para que o senhor veio? — perguntou Liévin.

— Por hábito, apenas. Além disso, é preciso manter as relações. Uma espécie de obrigação moral. E também, para dizer a verdade, há um interesse pessoal. Meu genro quer candidatar-se a membro vitalício; não são gente rica e é preciso conseguir uma posição para ele. Mas, veja, para que vêm aqui cavalheiros como aquele? — perguntou, indicando o cavalheiro venenoso, que falava atrás da mesa do decano da província.

— É a nova geração da nobreza.

— Nova, pode ser. Mas não da nobreza. São proprietários de terras, e nós somos senhores de terras, por herança. Como nobres, eles estão matando a si mesmos.

— Ora, mas o senhor mesmo disse que é uma instituição caduca.

— Caduca, pode ser, porém é preciso mesmo assim tratá-la com mais respeito. Veja só o Sniétkov... Bons ou ruins, existimos há mil anos. Sabe, se o senhor tiver vontade de plantar um jardinzinho diante da sua casa, fizer um projeto e se nesse local houver uma árvore centenária... Embora velha e nodosa, o senhor não vai cortá-la para fazer um canteirinho de flores. Em vez disso, reformulará o projeto do

---

66 Francês: "golpe de Estado".

canteiro a fim de aproveitar a árvore. Não se faz crescer uma árvore dessa em um ano — disse, com cuidado, e prontamente mudou de assunto. — E a propriedade do senhor, como anda?

— Não muito bem. Rende cinco por cento.

— Sim, mas o senhor não está contando com seu próprio trabalho. Pois o senhor também vale alguma coisa, não é? Veja só o meu caso. Antes de ir cuidar da minha propriedade, eu ganhava três mil rublos no serviço público. Agora, trabalho mais que no serviço público e, assim como o senhor, ganho cinco por cento, e olhe lá. O meu próprio trabalho é gratuito.

— Então, para que o senhor faz isso? Se é prejuízo certo?

— Ora, faz-se por fazer! O que o senhor queria? É o hábito, além do mais, sabemos que é preciso. Vou lhe dizer mais uma coisa — continuou o senhor de terras, recostando-se na janela e desandando a falar. — Meu filho não tem o menor gosto pela agricultura. É evidente que será um homem de ciência. Assim, não haverá ninguém para prosseguir. E, no entanto, continuo a trabalhar. Veja, ainda este ano, plantei um pomar.

— Sim, sim — disse Liévin —, é a pura verdade. Sempre senti que não existe um proveito real em trabalhar na minha propriedade, e mesmo assim trabalho... Como se sentíssemos uma espécie de obrigação com a terra.

— Vou dizer uma coisa ao senhor — prosseguiu o senhor de terras. — Tive um vizinho que era comerciante. Estávamos andando pela propriedade, pelo jardim. "Não, Stiepan Vassílitch", disse ele, "tudo está em ordem nas suas terras, mas o jardinzinho está abandonado." E, veja só, o meu jardim estava bem tratado. "No seu lugar, eu cortaria essa tília. Só que é preciso cortá-la com a seiva. Aliás, há mil tílias como essa e de cada uma se poderia retirar duas boas pranchas. Hoje, uma prancha dessa vale muito e eu cortaria logo as tílias todas."

— E com o dinheiro compraria gado, ou compraria umas terrinhas por uma pechincha, e alugaria para uns mujiques — arrematou Liévin, sorrindo, pois sem dúvida já topara várias vezes com semelhantes cálculos de lucro. — E ele fará fortuna. Enquanto o senhor e eu daremos graças a Deus se conseguirmos conservar a nossa e deixá-la para os filhos.

— Ouvi dizer que o senhor casou, não é? — perguntou o senhor de terras.

— Casei — respondeu Liévin, com uma satisfação orgulhosa. — Sim, é estranho — prosseguiu. — Vivemos assim, sem ter lucro, como se tivéssemos sido designados para velar um fogo sagrado, como as antigas vestais.

O senhor de terras sorriu, sob o bigode branco.

— Entre nós, há também os que desejam implementar uma indústria agrícola, veja por exemplo o nosso amigo Nikolai Ivánitch ou o conde Vrónski, que agora se estabeleceu aqui, na região; mas, por enquanto, isso não deu outro resultado senão devorar seu capital.

— Mas por que não agimos como os comerciantes? Por que não cortamos as árvores para fazer pranchas? — disse Liévin, voltando a uma ideia que o deixara abalado.

— Sim, veja, como o senhor disse, trata-se de velar um fogo sagrado. Além do mais, isso não é tarefa para um nobre. A nossa tarefa de nobres não está aqui, nesta eleição, mas lá, no nosso canto. Há também o nosso instinto de classe, que diz o que é necessário e o que não é. Veja também os mujiques, observe-os com atenção: um bom mujique agarra o máximo de terra que puder alugar. Por pior que seja a terra, ele vai lavrar tudo. Também sem lucro. Puro prejuízo.

— Igual a nós — respondeu Liévin. — Mas que grande prazer encontrá-lo — acrescentou, ao ver Sviájski, que se aproximava.

— Ora, eis que nos encontramos aqui pela primeira vez, desde que nos conhecemos na casa do senhor — disse o senhor de terras. — E também agora conversamos bastante.

— E então, estão imprecando contra a nova ordem das coisas? — disse Sviájski, com um sorriso.

— De certo modo.

— Desabafamos um pouco.

XXX

Sviájski tomou Liévin pelo braço e levou-o para perto de seus amigos.

Dessa vez, foi impossível evitar Vrónski. Ele estava de pé, com Stiepan Arcáditch e Serguei Ivánovitch, e olhava direto para Liévin, que se aproximava.

— Muito prazer em vê-lo. Creio que já tive a satisfação de conhecê-lo... na casa da princesa Cherbátskaia — disse, estendendo a mão para Liévin.

— Sim, recordo muito bem o nosso encontro — respondeu Liévin e, muito ruborizado, virou-se e pôs-se a conversar com o irmão.

Depois de sorrir de leve, Vrónski continuou a conversar com Sviájski, obviamente sem o menor desejo de travar conversa com Liévin; mas Liévin, enquanto conversava com o irmão, voltava a todo momento os olhos para Vrónski, imaginando o que poderia dizer-lhe, a fim de reparar a sua grosseria.

— E agora, o que vai acontecer? — perguntou Liévin, voltando-se para Sviájski e para Vrónski.

— Agora, a questão é o Sniétkov. Era preciso que ele renunciasse ou aceitasse a candidatura — respondeu Sviájski.

— Mas e ele, aceitou ou não?

— A questão é exatamente esta, não fez uma coisa nem outra — disse Vrónski.

— E, se ele renunciar, quem vai candidatar-se? — perguntou Liévin, fitando Vrónski.

— Quem quiser — respondeu Vrónski.

— O senhor vai querer? — perguntou Liévin.

— Eu não, de maneira alguma — disse Vrónski, embaraçado e lançando um olhar de susto para o cavalheiro venenoso, que estava ao lado de Serguei Ivánovitch.

— Mas então, quem? Nieviedóvski? — perguntou Liévin, percebendo que criava uma situação embaraçosa.

Porém era pior que isso. Nieviedóvski e Sviájski eram ambos candidatos.

— Não serei eu, em nenhuma hipótese — retrucou o cavalheiro venenoso.

Tratava-se do próprio Nieviedóvski. Sviájski apresentou-o a Liévin.

— E então, você também está tomando gosto por isto? — disse Stiepan Arcáditch, piscando um olho para Vrónski. — É uma espécie de corrida. Pode-se até apostar.

— Sim, isto empolga — admitiu Vrónski. — E, depois que a pessoa começa, quer ir até o fim. É uma luta! — disse, de sobrancelhas franzidas e com as maçãs do rosto contraídas.

— Que espírito prático tem o Sviájski! Vê tudo muito claro.

— Ah, sim — disse Vrónski, distraído.

Houve um silêncio, durante o qual Vrónski — afinal, era preciso olhar para alguma coisa — observou Liévin, seus pés, seu uniforme, depois seu rosto, e, ao notar os olhos sombrios voltados para ele, disse, apenas por dizer:

— Como é que o senhor, um morador estabelecido na zona rural, não é juiz de paz? O senhor não está usando o uniforme de juiz de paz.

— Porque, a meu ver, o juizado de paz é uma instituição idiota — respondeu Liévin, com ar soturno, sempre à espera de uma oportunidade para entabular conversa com Vrónski, no intuito de reparar a grosseria cometida no momento em que se cumprimentaram.

— Não penso assim, ao contrário — respondeu Vrónski, com uma surpresa serena.

— Não passa de uma brincadeira — cortou Liévin. — Os nossos juízes de paz não são necessários. Em oito anos, não tive de entrar com nenhum processo. E, quando tive, foi resolvido ao contrário do que deveria. O juizado de paz fica a quarenta verstas de distância da minha casa. Por qualquer questão de dois rublos, eu tenho de mandar um advogado, que me cobra quinze rublos.

E contou como um mujique roubou farinha do moleiro e, quando o moleiro lhe disse isso, o mujique abriu um processo por calúnia. Tudo era absurdo e tolo e, enquanto falava, o próprio Liévin se dava conta disso.

— Ah, este aqui é um grande excêntrico! — exclamou Stiepan Arcáditch, com o seu mais adocicado sorriso. — Mas vamos; parece que estão começando a votação...

E se dispersaram.

— Não compreendo — disse Serguei Ivánovitch, que percebera a desajeitada investida de Liévin —, não compreendo como alguém pode ser a tal ponto destituído do tato político mais elementar. Aí está o que nós, russos, não temos. O decano da nobreza da província é nosso oponente e você se faz *ami cochon*[67] dele, e ainda lhe pede para aceitar a candidatura. Já o conde Vrónski... não sou amigo dele; convidou-me para jantar em sua casa, mas não irei; porém está do nosso lado. Para que transformá-lo num inimigo? E ainda por cima você perguntou se Nieviedóvski não seria candidato. Isso não se faz.

— Ah, eu não estou entendendo nada! E isso tudo é bobagem — retrucou Liévin, com ar soturno.

— Pois bem, você diz que tudo isso é bobagem, mas, quando começa a se meter, cria logo confusão.

Liévin ficou em silêncio e, juntos, entraram no grande salão.

O decano da nobreza da província, apesar de sentir no ar que lhe preparavam um ardil, e apesar de nem todos terem proposto a sua candidatura, resolveu candidatar-se mesmo assim. Tudo estava em silêncio no salão, o secretário anunciou, em alto e bom som, que se candidatava ao cargo de decano da nobreza da província o capitão de cavalaria da guarda imperial Mikhail Stiepánovitch Sniétkov.

Os decanos da nobreza dos distritos levantaram-se de suas mesas, encaminharam-se com pratinhos, onde estavam as bolas, para a mesa do decano da nobreza da província, e deram início à eleição.

— Coloque do lado direito — sussurrou Stiepan Arcáditch para Liévin, enquanto, ao lado do cunhado, se aproximava da mesa, atrás do decano da nobreza do distrito. Mas Liévin já esquecera a estratégia que lhe haviam explicado e temia que Stiepan Arcáditch tivesse se enganado ao dizer "lado direito". Afinal, Sniétkov era o inimigo. Ao se aproximar da urna, levou a bola para a direita, mas pensou que estava enganado e, bem na frente da urna, passou a bola para a mão esquerda e, de maneira visível, depositou-a no lado esquerdo. Um conhecedor do assunto que estava postado junto à urna, e que só pelo movimento do cotovelo reconhecia de

---

67 Francês: "muito amigo".

que lado as pessoas depositavam a bolinha, fez uma careta. Nem teve chance de aplicar sua argúcia.

Todos ficaram em silêncio e puseram-se a ouvir com atenção a contagem das bolinhas. Em seguida, uma voz solitária proclamou o número dos votos a favor e contra.

O decano da nobreza foi eleito por uma significativa maioria. Todos se alvoroçaram com alarde e se precipitaram para a porta. Sniétkov entrou e a nobreza cercou-o, cumprimentando-o.

— E então, agora terminou? — perguntou Liévin para Serguei Ivánovitch.

— Está apenas começando — respondeu sorrindo Sviájski, em lugar de Serguei Ivánovitch. — Outro candidato pode receber uma votação ainda maior.

Liévin se esquecera disso completamente. Apenas agora lembrou que havia ali alguma artimanha sutil, mas lhe aborrecia tentar lembrar-se do que se tratava. Sentiu um desânimo e teve vontade de se ver livre daquela multidão.

Como ninguém prestava atenção em Liévin e, pelo visto, sua presença não era necessária a ninguém, ele discretamente se encaminhou para uma sala pequena, onde comiam petiscos, e experimentou de novo um grande alívio ao ver os criados. O velho criado ofereceu-lhe algo para comer e Liévin aceitou. Depois de comer almôndega com feijão e de conversar com o criado sobre os senhores antigos, Liévin, sem ânimo de voltar para o salão onde se sentia tão mal, foi dar uma volta pelas tribunas.

Estavam repletas de senhoras muito bem-vestidas, que se debruçavam no parapeito e se esforçavam em não deixar escapar uma só palavra do que se pronunciava lá embaixo. Junto às senhoras, sentados ou de pé, estavam advogados elegantes, professores do liceu, de óculos, e oficiais do Exército. Em toda parte, falava-se das eleições, de como o decano da nobreza estava aflito e de como eram bonitos os discursos; num grupo, Liévin ouviu um elogio ao seu irmão. Uma senhora dizia a um advogado:

— Como estou contente de ter ouvido Kóznichev! Vale a pena ficar sem comer. Que maravilha! Como tudo é claro e audível! Nos tribunais do senhor, ninguém fala assim. Só o Maidel, e mesmo ele está longe dessa eloquência.

Encontrando um local vago junto ao parapeito, Liévin inclinou-se e pôs-se a observar e a ouvir.

Todos os nobres estavam sentados, distribuídos em pequenas divisórias conforme o seu distrito. No meio do salão, estava um homem de uniforme, que proclamou com voz alta e aguda:

— Ao cargo de decano da nobreza da província, propõe-se a candidatura do major de cavalaria Evguéni Ivánovitch Apúkhtin!

Houve um silêncio de morte e ouviu-se uma voz débil, de velho:

— Renuncio!

— Propõe-se a candidatura do conselheiro Piotr Pietróvitch Bohl — começou novamente a voz.

— Renuncio! — ressoou uma voz jovem e esganiçada.

De novo a voz recomeçou e mais uma vez se ouviu "renuncio". Assim decorreu aproximadamente uma hora. Liévin, que se apoiara no parapeito, observava e escutava. A princípio, admirou-se e quis entender o que aquilo significava; em seguida, se convenceu de que não conseguia compreender e aborreceu-se. Depois, ao recordar toda a comoção e o furor que vira em todos os rostos, ficou triste: decidiu ir embora e saiu. Ao passar pela entrada para a tribuna, encontrou um aluno do liceu, tristonho e de olhos inchados, que caminhava para um lado e para o outro. Na escada, encontrou um casal: uma senhora que corria célere, aos saltinhos, e o jovial suplente do procurador.

— Eu disse à senhora que não se atrasasse — falou o procurador, enquanto Liévin se punha de lado e abria caminho para a senhora.

Liévin já estava na escada da saída e procurava, no bolso do colete, o número do seu casaco de peles, quando o secretário o segurou.

— Tenha a bondade, Konstantin Dmítritch, estão votando.

Estavam votando a candidatura de Nieviedóvski, que antes a recusara com tanta firmeza.

Liévin aproximou-se da porta do salão; estava trancada. O secretário bateu, a porta abriu e dois senhores de terras ruborizados se precipitaram na direção de Liévin.

— Não aguento mais — disse um senhor de terras ruborizado.

Por trás do senhor de terras, apareceu o rosto do decano da nobreza da província. Era um rosto aterrador, de esgotamento e de medo.

— Eu lhe disse para não deixar ninguém sair! — gritou para o vigia.

— Abri para deixar uma pessoa entrar, vossa excelência!

— Meu Deus! — o decano da nobreza da província soltou um profundo suspiro, baixou a cabeça e, afobando-se cansado em suas calças brancas, seguiu para o meio do salão, rumo à mesa grande.

Elegeram Nieviedóvski, conforme o planejado, e ele se tornou o decano da nobreza da província. Muitos estavam alegres, muitos estavam satisfeitos, felizes, muitos estavam em êxtase, muitos estavam descontentes e infelizes. O decano da nobreza da província estava num desespero que não conseguia disfarçar. Quando Nieviedóvski saiu do salão, a multidão cercou-o e seguiu-o em êxtase, como no primeiro dia seguira o governador que dera início às eleições, e como antes também havia seguido Sniétkov, quando ele fora eleito.

XXXI

O decano da nobreza da província recém-eleito e muitos dos novos membros do partido vencedor jantaram, nesse dia, na residência de Vrónski.

Vrónski viera à eleição porque estava entediado de ficar no campo, porque precisava manifestar seu direito à liberdade perante Anna e também para retribuir, com seu apoio nas eleições, todos os favores que Sviájski lhe prestara, nas eleições do *ziemstvo*, e acima de tudo a fim de cumprir com rigor todas as obrigações da posição que escolhera para si, de nobre senhor de terras. Mas não esperava de maneira alguma que a questão da eleição o interessasse tanto, o empolgasse tanto, e que ele pudesse se sair tão bem naquele processo. Era uma pessoa absolutamente nova no círculo dos fidalgos, mas, era óbvio, alcançara êxito e não se enganava ao pensar que já obtivera influência entre os fidalgos. Contribuíam para tal influência: a sua riqueza e a sua origem nobre; a magnífica residência na cidade, cedida por um velho conhecido, Chirkov, financista que fundara um banco próspero em Káchin; o excelente cozinheiro de Vrónski, que fora trazido do campo; a amizade com o governador, que fora colega de estudos e até protegido de Vrónski; e acima de tudo a maneira simples e igual de tratar a todos, que bem depressa obrigou a maioria dos nobres a mudar de opinião a respeito do seu suposto orgulho. O próprio Vrónski percebia que, exceto aquele senhor amalucado casado com Kitty Cherbátski e que *à propos de bottes*[68] lhe falara com ódio raivoso uma porção de tolices incoerentes, todos os fidalgos com quem travara contato se fizeram seus adeptos. Via claramente, e outros o reconheciam, que muito havia contribuído para o sucesso de Nieviedóvski. E agora, à mesa em sua casa, enquanto festejava a eleição de Nieviedóvski, ele provava uma agradável sensação de triunfo pela vitória do seu escolhido. As eleições em si o atraíram a tal ponto que, se viesse a casar-se no futuro triênio, ele mesmo cogitaria em candidatar-se — assim como, após ter ganhado uma aposta devido à vitória de um jóquei, resolvera que ele mesmo iria correr.

Agora, portanto, comemoravam a vitória de um jóquei. Vrónski ocupava a cabeceira da mesa, à sua direita estava sentado o jovem governador, um general da corte. Para todos, ele era o senhor da província que abrira as eleições de maneira solene, fizera um discurso e, na visão de Vrónski, despertava respeito e obediência em muitos; mas para Vrónski era apenas Máslov Katka — tal era seu apelido no Corpo de Pajens —, que se sentia acanhado diante dele e que Vrónski tentava

---

68 Francês: "sem nenhum motivo".

mettre à son aise.[69] À esquerda, estava sentado Nieviedóvski, com seu rosto jovem, inabalável e venenoso. Com ele, Vrónski se mostrava respeitoso e simples.

Sviájski suportava o seu fracasso com bom humor. Para ele, nem era um fracasso, como disse com a taça na mão, dirigindo-se a Nieviedóvski: seria impossível encontrar um representante melhor da nova tendência que a nobreza devia seguir. E por isso todos os homens honestos, como disse Sviájski, apoiaram o triunfo daquele dia e celebravam a sua vitória.

Stiepan Arcáditch também estava contente, por ter passado o tempo de forma divertida e por estarem todos satisfeitos. Durante o magnífico jantar, esmiuçaram os episódios da eleição. Sviájski reproduziu de forma cômica o discurso lacrimoso do decano da nobreza e, dirigindo-se a Nieviedóvski, observou que sua excelência teria de escolher um modo mais complicado do que as lágrimas para aferir as contas. Um outro fidalgo brincalhão contou que haviam sido contratados lacaios de meias altas e calções para o baile do decano da nobreza da província e agora era preciso dispensá-los, caso o novo decano da nobreza não fosse promover um baile com lacaios de meias e calções.

Durante o jantar, quando se dirigiam a Nieviedóvski, diziam a todo momento: "Nosso decano da nobreza da província" e "vossa excelência".

Dizia-se isso com a mesma satisfação com que se trata uma noiva recém-casada de madame e pelo nome do marido. Nieviedóvski dava a impressão não só de estar indiferente como até de desprezar esse título, mas era óbvio que se sentia feliz e que se refreava com rédea curta a fim de não dar vazão a um júbilo incompatível com o novo ambiente liberal em que todos se encontravam.

Após o jantar, foram enviados telegramas para pessoas interessadas no andamento da eleição. E Stiepan Arcáditch, que estava muito contente, enviou a Dária Aleksándrovna um telegrama com o seguinte teor: "Nieviedóvski eleito vinte votos. Parabéns. Divulgue". Ditou o telegrama em voz alta, comentando: "É preciso dar a eles esta alegria". Quanto a Dária Aleksándrovna, ao receber o despacho urgente, limitou-se a soltar um suspiro por causa do rublo que ia custar o telegrama e compreendeu que aquilo havia se passado no fim do jantar. Sabia que Stiva tinha um fraco por, no fim do jantar, "*faire jouer le telegraphe*".[70]

Além do excelente jantar e dos vinhos, comprados não de comerciantes russos, mas vindos diretamente do exterior, tudo era muito distinto, simples e alegre. O círculo de vinte homens fora selecionado por Sviájski entre liberais novos e de

---

69 Francês: "deixar à vontade".

70 Francês: "fazer soar o telégrafo".

ideias afins, que fossem também espirituosos e de boa família. Brindaram e beberam, entre gracejos, em honra ao novo decano da nobreza da província, ao governador, ao diretor do banco e à "nossa gentil anfitriã".

Vrónski estava contente. Não contava, de forma alguma, encontrar um ambiente tão amável na província.

No fim do jantar, a alegria tornou-se ainda maior. O governador pediu a Vrónski que fosse ao concerto em benefício dos irmãos,[71] organizado por sua esposa, que desejava conhecê-lo.

— Haverá um baile e o senhor verá as nossas beldades. De fato, é extraordinário.

— *Not in my line*[72] — respondeu Vrónski, que gostava dessa expressão, mas sorriu e prometeu ir.

Já pouco antes de deixarem a mesa, quando todos fumavam, o camareiro de Vrónski aproximou-se dele com uma carta em uma bandeja.

— Veio de Vozdvijénski, por um mensageiro especial — disse, com uma expressão grave.

— É espantoso como ele se parece com o suplente de procurador Svientítski — comentou um dos convivas, em francês, referindo-se ao camareiro, no mesmo instante em que Vrónski franzia as sobrancelhas ao ler a carta.

Era uma carta de Anna. Ainda antes de terminar a leitura da carta, já sabia seu conteúdo. Imaginando que as eleições terminariam em cinco dias, ele prometera voltar na sexta-feira. Já era sábado e ele sabia que a carta continha recriminações por não ter voltado no prazo combinado. A carta que Vrónski enviara na véspera, ao entardecer, provavelmente ainda não havia chegado.

O conteúdo era exatamente o que ele esperava, mas a forma era inesperada e lhe pareceu particularmente desagradável. "Annie está muito doente, o médico disse que pode ser pneumonia. Sozinha, eu vou perder a cabeça. A princesa Varvara não é uma ajuda, e sim um transtorno. Eu esperava ter você após três dias, ontem, e agora escrevo para saber onde está e o que é feito de você. Eu queria ir pessoalmente, mas mudei de ideia, sabendo que seria um incômodo para você. Mande alguma resposta, para que eu saiba o que fazer."

O bebê adoentado e, mesmo assim, ela queria vir pessoalmente. A filha enferma, e esse tom hostil.

---

71 Irmãos: refere-se aos sérvios, povo eslavo do sudeste da Europa que se achava sob domínio otomano.

72 Inglês: "não é do meu feitio".

De um lado, a alegria inocente das eleições e, do outro, o amor sombrio, penoso, para o qual ele teria de regressar, impressionaram Vrónski por seu contraste. Mas era preciso partir e, no primeiro trem da noite, ele seguiu para casa.

XXXII

Antes da partida de Vrónski para as eleições, Anna concluiu que as cenas que se repetiam entre ambos, toda vez que ele se afastava, só poderiam arrefecer os sentimentos de Vrónski, em vez de o prender, e assim ela decidiu fazer todo o esforço possível para se controlar e aceitar com serenidade a separação. Mas o olhar frio e severo com que ele a fitou quando veio comunicar sua partida ofendeu-a e, antes mesmo de Vrónski partir, a serenidade de Anna já estava destruída.

Depois, na solidão, ao pensar melhor sobre aquele olhar, que expressava um direito à liberdade, Anna chegou ao mesmo ponto de sempre — a consciência da sua humilhação. "Ele tem o direito de partir, quando e para onde quiser. Não só de partir, mas de me abandonar. Tem todos os direitos e eu não tenho nenhum. Mas, sabendo disso, ele não devia agir assim. No entanto, o que foi que ele fez? Fitou-me com uma expressão fria e severa. Claro, isso é algo indefinível, impalpável, mas não existia antes, e esse olhar significa muita coisa", refletiu Anna. "Esse olhar mostra que está começando a frieza."

E, embora estivesse convencida de que a frieza começava, mesmo assim ela nada podia fazer, era impossível alterar por pouco que fosse suas relações com Vrónski. Exatamente como antes, só por meio do amor e do encanto ela podia segurá-lo. E, assim como antes, graças aos afazeres durante o dia e à morfina à noite, ela conseguia abafar os pensamentos terríveis sobre o que aconteceria caso ele a deixasse de amar. Na verdade, havia ainda um meio: não o segurar — ela não queria, para tanto, nada além do amor de Vrónski —, mas sim estreitar suas relações com ele, estabelecer uma situação em que ele não a abandonasse. Esse meio era o divórcio e o casamento. E Anna passou a desejá-lo e resolveu concordar, na próxima vez em que Vrónski ou Stiva viessem falar com ela a respeito do assunto.

Entre tais pensamentos, Anna passou cinco dias sem Vrónski, os mesmos dias em que ele devia estar ausente.

Passeios, conversas com a princesa Varvara, visitas aos doentes e sobretudo leituras, a leitura de um livro após o outro, ocupavam o seu tempo. Mas no sexto dia, quando o cocheiro voltou sem Vrónski, Anna sentiu que já não tinha forças para abafar nenhum pensamento a respeito dele e do que estaria fazendo lá. Nessa mesma ocasião, a filha adoeceu. Anna incumbiu-se de cuidar da criança, mas nem isso a distraía, ainda mais porque não era uma doença perigosa. Por mais que se esforçasse, não conseguia amar a menina e não conseguia simular o amor. No anoitecer desse dia, ao se ver só, Anna sentiu tanto medo por causa de Vrónski que resolveu viajar até a cidade, mas, após pensar melhor, redigiu aquela carta contraditória recebida por Vrónski e, sem a reler, enviou-a por um mensageiro especial. Na manhã seguinte, Anna recebeu a carta dele e arrependeu-se da sua. Esperava com horror a repetição daquele olhar severo que Vrónski lançara sobre ela ao partir, sobretudo quando soubesse que a criança não tinha nenhuma doença perigosa. Mesmo assim, ficou contente de lhe haver escrito. Agora, Anna já reconhecia que Vrónski se incomodava por sua causa, que ele lamentava abrir mão da sua liberdade a fim de voltar para ela e, apesar disso, Anna estava contente com a sua volta. Pouco importava que se incomodasse, pelo menos estaria ali, com ela, para que ela o visse e soubesse de todos os seus movimentos.

Estava sentada na sala de visitas, sob o lampião, com um livro novo de Taine, e lia, atenta aos sons do vento lá fora e esperando, a cada minuto, a chegada da carruagem. Várias vezes, pareceu ouvir um rumor de rodas, mas enganou-se; por fim, ouviu não só um rumor de rodas, mas também os gritos do cocheiro e um barulho surdo, na entrada coberta. Até a princesa Varvara, que jogava paciência, confirmou-o, e Anna, ruborizada, levantou-se, mas, em vez de descer como já fizera antes por duas vezes, ficou parada. Sentiu-se de súbito envergonhada por sua mentira, mas, acima de tudo, temia o modo como ele iria recebê-la. O sentimento de ofensa já passara; Anna temia apenas a expressão do descontentamento de Vrónski. Lembrou-se de que a filha já estava em perfeita saúde havia dois dias. Ficou até aborrecida com a menina por ter ficado boa assim que a carta foi enviada. Em seguida, lembrou-se dele, lembrou-se de que ele estaria ali, inteiro, com suas mãos, seus olhos. Anna ouviu de longe a sua voz. E, esquecida de tudo, correu alegre ao seu encontro.

— E então, como está Annie? — perguntou, tímido, do andar de baixo, olhando para Anna, que descia a escada correndo em sua direção.

Estava sentado numa cadeira enquanto um criado, com esforço, descalçava suas botas aquecidas.

— Vai bem, está melhor.

— E você? — perguntou, sacudindo a roupa.

Anna segurou a mão de Vrónski com as duas mãos e puxou-a ao encontro da sua cintura, sem desviar dele os olhos.

— Bem, fico muito contente — disse ele enquanto, com frieza, fitava Anna, o seu penteado e o seu vestido, que Vrónski sabia ter sido escolhido para recebê-lo.

Tudo isso lhe agradava, mas já lhe agradara vezes demais! E aquela expressão severa, de pedra, que Anna tanto temia, instalou-se no rosto de Vrónski.

— Bem, fico muito contente. E você está bem de saúde? — perguntou ele, após enxugar com um lenço a barba molhada e beijar sua mão.

"Não importa", pensou Anna, "basta que esteja aqui e, quando está aqui, ele não consegue, não se atreve a não me amar."

A noite transcorreu alegre e feliz, na companhia da princesa Varvara, que se queixou a Vrónski de que Anna, sem ele, tomava morfina.

— O que posso fazer? Não conseguia dormir... Os pensamentos se embaralhavam. Quando ele está aqui, eu nunca tomo. Quase nunca.

Vrónski falou sobre as eleições e Anna, por meio de perguntas, soube conduzi-lo para o assunto que mais o alegrava — o seu próprio sucesso. Ela lhe contou tudo o que lhe interessava saber de casa. E as notícias de Anna eram todas as mais alegres possíveis.

Porém, tarde da noite, quando ficaram a sós, vendo que o tinha inteiro sob o seu domínio, Anna quis apagar de seus olhos a impressão penosa causada por sua carta. Disse:

— Confesse, você ficou aborrecido quando recebeu a carta e não acreditou em mim, não foi?

Assim que falou, compreendeu que, por mais que Vrónski estivesse afetuosamente inclinado a seu favor, aquilo ele não lhe perdoava.

— Sim — respondeu. — A carta era tão estranha. Annie estava doente e, mesmo assim, você queria viajar.

— Era tudo verdade.

— Sim, eu não estou duvidando.

— Não, você duvida. Está descontente, eu vejo.

— Nem por um minuto. Só estou descontente, é verdade, porque você parece não querer admitir que existem certas obrigações...

— A obrigação de ir a um concerto...

— Mas não vamos falar sobre isso — pediu ele.

— Por que não? — perguntou Anna.

— Só quero dizer que podem surgir tarefas imprescindíveis. Veja, agora mesmo eu preciso ir a Moscou, para tratar do negócio da casa... Ah, Anna, por que você se irrita tão facilmente? Será que não sabe que não posso viver sem você?

— Se é assim — disse Anna, que de repente mudara o tom de voz —, significa que esta vida o aborrece... Sim, você chega num dia e parte no outro, como fazem os...

— Anna, isso é cruel. Estou pronto a sacrificar toda a minha vida...

Mas ela não o ouvia.

— Se você for a Moscou, também irei. Não vou ficar aqui. Ou nos separamos, ou vivemos juntos.

— Você bem sabe que esse é o meu único desejo. Mas para isso...

— É preciso um divórcio? Escreverei para ele. Vejo que não posso mais viver assim. Mas irei com você a Moscou.

— Você fala como se estivesse me ameaçando. E no entanto o que mais desejo é não me separar de você — disse Vrónski, sorrindo.

Porém, tão logo falou essas palavras carinhosas, em seus olhos brilhou o olhar frio e raivoso do homem acossado e tenaz.

Anna viu esse olhar e adivinhou, de maneira correta, o seu significado. "Se é assim, será uma desgraça!" — dizia o olhar de Vrónski. Foi uma impressão momentânea, mas ela nunca mais a esqueceu.

Anna escreveu uma carta para o marido, pedindo o divórcio, e no fim de novembro, após despedir-se da princesa Varvara, que precisou ir a Petersburgo, partiu com Vrónski para Moscou. À espera, todos os dias, de uma resposta de Aleksei Aleksándrovitch e do divórcio que viria a seguir, os dois se estabeleceram agora juntos, como marido e mulher.

PARTE SETE

I

Os Liévin já viviam em Moscou havia mais de dois meses. Segundo os cálculos mais rigorosos das pessoas entendidas nesses assuntos, fazia tempo que vencera o prazo em que Kitty devia dar à luz; mas sua gravidez continuava e não havia o menor sinal de que a hora do parto estivesse, agora, mais próxima do que estivera dois meses antes. O médico, a parteira, Dolly, a mãe e sobretudo Liévin, que não conseguiam pensar sem terror naquilo que se avizinhava, começaram a experimentar impaciência e inquietude; só Kitty se sentia perfeitamente tranquila e feliz.

Tinha agora a clara consciência de que nascia nela um novo sentimento de amor pelo futuro filho, em parte já um bebê real, para ela, e com regozijo zelava por tal sentimento. Agora, ele já não era apenas uma parte de Kitty e, às vezes, vivia sua própria vida, independente dela. Muitas vezes, Kitty sofria por isso, mas ao mesmo tempo tinha vontade de rir, com uma alegria nova e estranha.

Todos a quem amava estavam a seu lado e todos eram tão bons, cuidavam tão bem dela, preocupavam-se tanto em só lhe apresentar o que fosse agradável, que se Kitty não soubesse e não sentisse que aquilo, em breve, havia de terminar, não desejaria para si uma vida melhor e mais prazerosa. O único ponto que estragava o encanto dessa vida era que, ali, o marido não era como ela o amava e não se portava como quando estava no campo.

Kitty amava o jeito calmo, afetuoso e hospitaleiro que o marido tinha no campo. Já na cidade, ele parecia o tempo todo inquieto e de sobreaviso, como se temesse que alguém o ofendesse e, sobretudo, que alguém ofendesse a ela. Lá, no campo, sabendo obviamente estar em seu lugar, ele nunca se apressava e nunca ficava desocupado. Ali, na cidade, afobava-se o tempo todo, como que com receio de perder a hora de alguma coisa, mas nada tinha para fazer. E Kitty sentia pena dele. Não ocorria aos outros, ela sabia, terem pena de Liévin; ao contrário, quando Kitty o observava em sociedade, como às vezes se olha para o homem amado, no esforço de vê-lo como se fosse um estranho, a fim de avaliar a impressão que ele causa nos demais, ela via, até assustada com o próprio ciúme, que Liévin não só nada tinha que inspirasse pena como parecia até muito atraente, com o seu ar digno, com a sua cortesia tímida e um tanto antiquada com as mulheres, com o seu porte robusto e, sobretudo, assim parecia a Kitty, com o seu rosto expressivo. Mas ela não o via por fora e sim por dentro; via que, ali, ele não era o verdadeiro; e Kitty não conseguia definir de outra forma a condição do marido. Às vezes, em seu íntimo, ela o recriminava por não saber viver na cidade; outras vezes, reconhecia que era de fato difícil, para Liévin, organizar sua vida, ali, de modo satisfatório.

Na verdade, o que podia ele fazer? Não gostava de jogar cartas. Não frequentava o clube. Divertir-se com homens do tipo de Oblónski, Kitty já sabia, agora, o que significava... Significava beber e depois ir a certos lugares. Ela não podia pensar sem horror nos lugares aonde iam os homens em tais ocasiões. Frequentar a sociedade? Mas Kitty sabia que, para isso, era preciso encontrar satisfação na proximidade de mulheres jovens, e ela não podia desejar tal coisa. Ficar em casa com ela, com a mãe e com as irmãs? Por mais que fossem agradáveis e divertidas, para Kitty, as mesmas conversas de sempre — "Aline-Nadine", como o velho príncipe chamava aquelas conversas, entre as irmãs —, Kitty sabia que, para Liévin, deviam ser enfadonhas. O que lhe restava fazer? Continuar a escrever o seu livro? Ele bem que tentava e, a princípio, ia até a biblioteca buscar citações e dados para o seu livro; porém, como dizia para Kitty, quanto mais ficava sem fazer nada, menos tempo lhe restava. Além disso, Liévin queixava-se com a esposa de ter falado demais sobre o livro, ali, na cidade, e achava que por isso todos os seus pensamentos a respeito do assunto haviam se embaralhado e tinham perdido o interesse.

A única vantagem da vida na cidade era que, ali, nunca havia discussões entre os dois. Ou porque as condições na cidade eram diversas, ou porque ambos se tornaram mais cuidadosos e prudentes a esse respeito, em Moscou não havia entre eles discussões por causa de ciúmes, aquilo que tanto temiam ao mudar-se para a cidade.

A esse respeito, ocorreu até um fato muito importante para ambos, o encontro de Kitty com Vrónski.

A velha princesa Mária Boríssovna, madrinha de Kitty, sempre muito afetuosa com ela, desejava vê-la a todo custo. Kitty, que por conta do seu estado não ia a parte alguma, foi com o pai à casa da venerável senhora e, lá, encontrou Vrónski.

Nesse encontro, Kitty só pôde recriminar-se de, por um momento, quando reconheceu em trajes civis as feições que um dia conhecera tão bem, sua respiração ter se interrompido, o sangue ter afluído ao coração e um vivo rubor, ela até o sentiu, ter surgido em seu rosto. Mas isso durou apenas alguns segundos. O pai, que começara a falar com Vrónski em voz propositadamente alta, ainda não terminara sua troca de palavras e Kitty já estava inteiramente pronta para olhar para Vrónski, para conversar com ele, se necessário, exatamente da mesma forma como conversava com a princesa Mária Boríssovna e, sobretudo, de modo que toda e qualquer inflexão da voz e cada sorriso merecessem a aprovação do marido, cuja presença invisível ela parecia sentir a seu lado, nesse momento.

Kitty lhe disse algumas palavras, até sorriu tranquila ao seu gracejo sobre as eleições, que Vrónski chamou de "nosso parlamento". (Era preciso sorrir, para mostrar que ela compreendera o gracejo.) Mas Kitty logo se voltou para a princesa Mária Boríssovna e nenhuma vez dirigiu o olhar para Vrónski, até que ele se levantou para despedir-se; então o olhou, mas, era evidente, apenas porque seria uma descortesia não olhar para um homem no momento em que ele se curva numa reverência.

Kitty sentiu-se grata ao pai por não lhe dizer nada a respeito do encontro com Vrónski; mas, pelo carinho especial que o pai lhe demonstrou após a visita e durante o passeio de costume, Kitty percebeu que ele ficara satisfeito com ela. E ela mesma ficara satisfeita consigo. Não esperava, de forma alguma, encontrar em si essa força para reter em algum ponto no fundo da alma todas as recordações dos antigos sentimentos por Vrónski e não só mostrar-se, mas estar de todo indiferente e tranquila em relação a ele.

Liévin ruborizou-se muito mais que ela quando Kitty lhe contou que encontrara Vrónski na casa da princesa Mária Boríssovna. Foi muito difícil lhe contar isso, mas foi ainda mais difícil continuar a conversar sobre os detalhes do encontro, pois ele não lhe fazia perguntas e limitava-se a fitá-la, com as sobrancelhas franzidas.

— Lamentei muito que você não estivesse lá — disse Kitty. — Não que você estivesse no mesmo cômodo... eu não ficaria tão natural na sua presença... Agora, eu estou muito mais ruborizada, muito, muito mais — disse ela, ruborizando-se até as lágrimas. — Quem dera você pudesse ter espiado por uma fresta.

Os olhos sinceros diziam a Liévin que ela estava satisfeita consigo, e ele, apesar de Kitty estar ruborizada, logo se acalmou e passou a indagar da esposa exatamente o que ela queria. Quando soube tudo, até aquele pormenor de que Kitty, só no primeiro segundo, não pôde deixar de ruborizar-se, mas que depois se sentiu natural e à vontade, como num encontro qualquer, Liévin alegrou-se de todo e disse que estava muito contente com isso e que, agora, já não agiria de forma tão idiota como fizera nas eleições, mas tentaria, no primeiro encontro que tivesse com Vrónski, mostrar-se o mais amigável possível.

— É um tormento pensar que existe um homem que é quase um inimigo, e com o qual é penoso encontrar-se — disse Liévin. — Estou muito, muito contente.

II

— Por favor, vá visitar os Bohl — disse Kitty ao marido, quando veio vê-la, às onze horas, antes de sair de casa. — Sei que você vai jantar no clube, papai inscreveu você na lista. Mas, e pela manhã, o que vai fazer?

— Vou só à casa de Katavássov — respondeu Liévin.

— Mas por que tão cedo?

— Ele prometeu apresentar-me a Miétrov. Eu desejava conversar com Miétrov sobre o meu trabalho, é aquele famoso sábio de Petersburgo — disse Liévin.

— Sei; não era dele o artigo que você elogiou tanto? Muito bem, e depois? — perguntou Kitty.

— Irei ainda ao tribunal, talvez, para tratar do processo da minha irmã.

— E o concerto? — perguntou ela.

— Como posso ir sozinho?

— Nada disso, vá; eles vão tocar essas peças novas... Isso lhe interessava tanto. Em seu lugar, eu iria, sem falta.

— Bem, em todo caso, virei para cá antes do jantar — disse Liévin, olhando para o relógio.

— Vista a sobrecasaca para ir direto à casa da condessa Bohl.

— Será que é absolutamente necessário?

— Ah, absolutamente! O conde veio nos visitar. Ora, o que custa a você? Vá, sente-se um pouco, converse cinco minutos sobre o tempo, levante e vá embora.

— Bem, você não vai acreditar, mas estou tão desacostumado a isso que tenho até vergonha. Onde já se viu? Chega uma pessoa estranha, senta-se, fica ali sem nenhum propósito, os incomoda, perturba a si mesma e vai embora.

Kitty desatou a rir.

— Ora, mas você não fazia visitas, quando solteiro? — perguntou.

— Fazia, mas sempre sentia vergonha, e agora estou tão desacostumado que, palavra de honra, prefiro ficar dois dias sem jantar a ter de fazer essa visita. Fico tão constrangido! O tempo todo, tenho a impressão de que eles se sentem ofendidos e estão dizendo: por que você veio, se não tem nada a tratar aqui?

— Não, não se sentirão ofendidos. Isso eu mesma posso lhe garantir — disse Kitty, com um sorriso, olhando seu rosto. Segurou-lhe a mão. — Muito bem, até logo... Vá, por favor.

Ele já ia sair, depois de beijar a mão da esposa, quando ela o deteve.

— Kóstia, sabe que só me restam cinquenta rublos?

— Puxa, então irei ao banco pegar dinheiro. Quanto? — perguntou, com uma expressão de descontentamento, que ela bem conhecia.

— Não, fique mais um pouco. — Kitty reteve-o pela mão. — Vamos conversar, isso me perturba. Parece que eu não faço nenhuma despesa supérflua, mas o dinheiro simplesmente derrete. Há algo errado em nossa maneira de agir.

— Não é nada — disse ele, tossindo e fitando-a de esguelha.

Kitty conhecia aquela maneira de pigarrear. Era um sinal da sua profunda insatisfação, não com ela, mas consigo. De fato, ele estava insatisfeito, não porque gastassem muito dinheiro, mas sim por ter de lembrar-se de algo que ele, sabendo que não andava bem, preferia esquecer.

— Mandei Sókolov vender o trigo e pegar um adiantamento no moinho. De um jeito ou de outro, haverá dinheiro.

— Sim, mas receio que estejamos gastando demais...

— Não é nada, não é nada — repetiu Liévin. — Bem, até logo, querida.

— Não, sinceramente, às vezes eu lamento ter dado ouvidos a mamãe. Teria sido muito melhor ficar no campo! Desse jeito, eu atormento todos vocês e desperdiçamos o seu dinheiro...

— Não é nada, não é nada. Desde que casei, nem uma vez eu me disse que as coisas poderiam estar melhores do que estão.

— É verdade? — perguntou Kitty, fitando-o nos olhos.

Liévin falou aquilo sem pensar, só para consolar a esposa. Mas quando, ao fitá-la, percebeu os olhos sinceros e meigos cravados nele, de modo interrogativo, ele o repetiu já de todo o coração. "Não há dúvida, estou me esquecendo dela", pensou. E lembrou-se daquilo que, em breve, os aguardava.

— E falta pouco? Como se sente? — sussurrou Liévin, segurando-lhe as mãos.

— Já pensei tanto nisso que agora não penso mais nada, nem sei de nada.

— Não sente medo?

Ela sorriu com desdém.

— Nem um pingo — respondeu.

— Se houver alguma coisa, estarei na casa de Katavássov.

— Não, não vai acontecer nada, nem pense nisso. Vou passear com o papai no bulevar. Faremos uma visita a Dolly. Eu espero você, antes do jantar. Ah, sim! Você sabia que a situação de Dolly está se tornando positivamente insustentável? Está com dívidas por todo lado e não tem dinheiro nenhum. Ontem conversamos com a mamãe e com Arsiêni (assim ela chamava o marido da irmã, Lvov) e decidimos mandar que você e ele fossem pressionar o Stiva. Isso é positivamente insustentável. Com o papai, é impossível falar sobre esse assunto... Mas se você e ele...

— Mas o que podemos fazer? — perguntou Liévin.

— De todo modo, você vai encontrar-se com Arsiêni, converse com ele; Arsiêni vai lhe explicar o que nós decidimos.

— Muito bem, de antemão eu concordo com Arsiêni em tudo. Irei à casa dele. A propósito, se for ao concerto, irei com a Natalie. Bem, até logo.

Na saída para a varanda, Kuzmá, o antigo criado dos tempos de solteiro, que cuidava da casa na cidade, deteve Liévin.

— Puseram ferraduras novas em Beladona (era uma égua que haviam trazido do campo e atrelavam à esquerda do timão) e ela está mancando sem parar — disse ele. — O que o senhor ordena?

Nos primeiros tempos que passou em Moscou, Liévin usou os cavalos que trouxera do campo. Quis organizar esse assunto da maneira melhor e mais barata possível; mas verificou-se que usar os seus próprios cavalos saía mais caro do que contratar coches de aluguel e que, mesmo com os seus cavalos, era preciso usar ainda os serviços dos coches de aluguel.

— Mande chamar o veterinário, talvez haja um ferimento.

— Muito bem, e para Katierina Alieksándrovna? — perguntou Kuzmá.

Liévin, agora, já não se impressionava, como em seus primeiros dias em Moscou, com o fato de que, simplesmente para ir de Vozdvijénski a Sívtsev-Vrájek, era preciso atrelar uma parelha de cavalos fortes a uma carruagem pesada, conduzir essa carruagem por ruas que eram um lamaçal de neve, ao longo de um quarto de versta, e ficar lá parado durante quatro horas, depois de pagar cinco rublos para isso. Agora, tal coisa já lhe parecia natural.

— Mande alugar uma parelha para a nossa carruagem — disse ele.

— Perfeitamente, senhor.

E assim, após resolver de forma simples e fácil, graças às circunstâncias da cidade, uma dificuldade que no campo teria exigido trabalho e um empenho pessoal, Liévin saiu para a varanda e, após chamar com um grito um coche de aluguel, sentou-se e partiu para a rua Nikítskaia. No caminho, já não pensava em dinheiro e refletia sobre como travaria contato com o sábio de Petersburgo, estudioso da sociologia, e como falaria com ele sobre o seu livro.

Em Moscou, só nos primeiros dias Liévin se impressionara com aqueles gastos improdutivos, mas inevitáveis, tão estranhos aos olhos dos habitantes do campo, e que se impunham a ele por todo lado. Mas agora já estava habituado. Com ele, se passava o mesmo que, segundo dizem, ocorre aos bêbados: a primeira taça agarra na garganta, a segunda voa como um falcão, mas, da terceira em diante, são todas como passarinhos. Quando Liévin trocou a primeira nota de cem rublos para comprar as librés do lacaio e do porteiro, não pôde deixar de pensar que as librés eram totalmente supérfluas, mas também inevitavelmente necessárias, a julgar pelo modo como Kitty e a princesa se espantaram ante o seu comentário de que se podia passar muito bem sem as librés — de que essas librés iam custar o mesmo que se paga a dois trabalhadores durante um verão inteiro, ou seja, cerca de trezentos dias de trabalho árduo, do amanhecer até o fim da tarde, dia após dia, desde a Semana Santa até a Assunção — e aquela nota de cem rublos ainda estava agarrada em sua garganta. Mas a nota seguinte, trocada na compra de provisões para um jantar com seus familiares ao preço de vinte e oito rublos, apesar de ter despertado em Liévin a lembrança de que vinte e oito rublos é o preço de nove quartas de aveia, que, com suor e gemidos, trabalhadores haviam ceifado, amarrado em feixes, debulhado, peneirado, sobressemeado e ensacado — aquela segunda nota, apesar de tudo, saiu com mais facilidade. E agora já fazia muito tempo que as notas que ele trocava não despertavam tais pensamentos, e voavam como passarinhos. Se o trabalho investido na obtenção do dinheiro correspondia de fato à satisfação proporcionada por aquilo que ele comprava, essa era uma questão que ele perdera de vista, fazia já muito tempo. Os cálculos econômicos que visavam à definição de determinado preço abaixo do qual não se poderia vender determinado cereal também foram esquecidos. O centeio, cujo preço ele havia defendido por tanto tempo, era agora vendido por cinquenta copeques a quarta, um valor mais baixo que o de um mês antes. Até os cálculos que mostravam ser impossível continuar a viver mais um ano, com tais despesas sem se endividar — mesmo esses cálculos já não tinham nenhuma importância. Só uma coisa era necessária: ter dinheiro no banco, sem indagar de onde vinha, para sempre saber que, amanhã, poderia comprar carne de vaca. E até então ele havia mantido em ordem suas contas: sempre tinha dinheiro no banco. Mas, agora, o dinheiro no banco se fora e ele não sabia ao certo onde obtê-lo. E foi isso que o transtornou por um instante, quando Kitty lhe falou em dinheiro; mas, agora, não tinha tempo para pensar nisso. Liévin seguia adiante, meditando a respeito de Katavássov e do iminente encontro com Miétrov.

III

Liévin, nessa estada em Moscou, reatara amizade com um antigo colega de universidade, o professor Katavássov, a quem não tornara a ver desde o seu casamento. Katavássov agradava-lhe pela clareza e pela simplicidade da sua visão de mundo. Liévin pensava que a clareza da visão de mundo de Katavássov provinha da sua pobreza de espírito, enquanto Katavássov, por seu turno, julgava que a incoerência das ideias de Liévin provinha da falta de disciplina de seu pensamento; mas a clareza de Katavássov agradava a Liévin e a abundância de ideias indisciplinadas de Liévin agradava a Katavássov e, assim, os dois gostavam de se encontrar e discutir.

Liévin lera para Katavássov algumas passagens da sua obra e os trechos lhe agradaram. Na véspera, ao encontrar Liévin numa conferência pública, Katavássov lhe disse que o famoso Miétrov, cujo artigo tanto agradara a Liévin, se encontrava em Moscou e se mostrara muito interessado pelo que Katavássov lhe contara acerca do trabalho de Liévin, e disse que Miétrov estaria em sua casa, no dia seguinte, às onze horas, e gostaria muito de conhecê-lo.

— Decididamente, meu amigo, você está se aprimorando, dá gosto ver — disse Katavássov, ao encontrar Liévin na saleta de estar. — Ouvi a campainha e pensei: não pode ser, tão pontual assim... Mas, e então, o que diz dos montenegrinos? São guerreiros natos.

— O que aconteceu? — perguntou Liévin.

Katavássov, em poucas palavras, lhe transmitiu as últimas notícias e, ao entrar no escritório, apresentou Liévin a um homem baixo, corpulento, de aparência muito agradável. Era Miétrov. A conversa deteve-se, por um breve tempo, na política e na maneira como as altas esferas de Petersburgo encaravam os últimos acontecimentos. Miétrov lhe transmitiu as palavras que lhe haviam chegado de uma fonte segura, como tendo sido ditas, a propósito do assunto, pelo imperador e por um de seus ministros. Katavássov, por sua vez, ouvira de fonte também segura que o imperador dissera algo muito diferente. Liévin tentou imaginar uma situação em que as duas declarações pudessem ter sido ditas, e a conversa em torno desse tema cessou.

— Mas veja, este homem aqui quase terminou de escrever um livro sobre as condições naturais do trabalhador em relação com a terra — disse Katavássov. — Não sou um especialista, mas, como naturalista, agradou-me o fato de ele não tratar o gênero humano como algo alheio às leis zoológicas, mas sim, ao contrário, levar em conta a sua dependência em relação ao meio e encontrar, nessa dependência, as leis do desenvolvimento.

— Isso é muito interessante — disse Miétrov.

— Eu, na verdade, comecei a escrever um livro sobre agricultura, mas, sem querer, ao estudar o principal instrumento da economia agrícola, o trabalhador — explicou Liévin, ruborizando-se —, cheguei a resultados totalmente inesperados.

E Liévin, cuidadosamente, como que tateando o terreno, começou a expor seu ponto de vista. Sabia que Miétrov escrevera um artigo contra a doutrina político-econômica universalmente aceita, mas, pelo rosto sereno e inteligente do sábio, Liévin não sabia e não conseguia adivinhar até que ponto poderia contar com a aprovação a si e ao seu novo ponto de vista.

— Mas em que o senhor identifica as principais peculiaridades do trabalhador russo? — perguntou Miétrov. — Nas suas peculiaridades zoológicas, por assim dizer, ou nas condições em que ele se encontra?

Liévin percebeu que a pergunta, em si, já revelava a ideia com que ele não concordava; mas Liévin continuou a expor sua tese de que o trabalhador russo tinha uma visão da terra completamente distinta da dos demais povos. E, a fim de demonstrar sua tese, apressou-se a acrescentar que, na sua opinião, essa visão do povo russo decorria da consciência de que era sua vocação povoar enormes vastidões desabitadas no Oriente.

— É fácil ser induzido a erro quando se tira conclusões com base na vocação geral de um povo — disse Miétrov, interrompendo Liévin. — As condições do trabalhador irão sempre depender da sua relação com a terra e com o capital.

E, já sem permitir que Liévin apresentasse até o fim seu pensamento, Miétrov passou a expor a peculiaridade da sua própria teoria.

Em que consistia a peculiaridade da sua teoria, Liévin não o compreendeu, porque também não se deu ao trabalho de compreender: via que Miétrov, da mesma forma que os outros, apesar do artigo que escrevera, no qual refutava a doutrina dos economistas, ainda assim só enxergava a situação do trabalhador russo do ponto de vista do capital, do salário e da renda. Contudo também ele tinha de reconhecer que, na parte oriental da Rússia, a maior do país, a renda ainda era nula, que para nove décimos dos oitenta milhões de pessoas que formavam a população russa o salário só bastava para a alimentação pessoal e que o capital ainda não existia senão na forma dos instrumentos mais primitivos — e, no entanto, só desse ponto de vista considerava todo e qualquer trabalhador, apesar de, em muitos aspectos, não concordar com os economistas e ter uma teoria própria e nova sobre o salário, a qual expôs a Liévin.

Liévin ouvia a contragosto e, a princípio, fez objeções. Quis interromper Miétrov para exprimir seu pensamento, o que a seu ver tornaria desnecessária uma exposição mais demorada. Porém, depois, convencido de que encaravam o assunto de formas tão díspares que jamais chegariam a entender um ao outro, já não o contradisse e limitou-se a escutar. Apesar de agora já não estar mais interessado no que Miétrov dizia, Liévin experimentava, mesmo assim, alguma satisfação em ouvi-lo. O seu amor-próprio sentiu-se lisonjeado ao ver que um homem tão sábio lhe explicava suas ideias com tanto entusiasmo, com tanta atenção e com tanta confiança no conhecimento de Liévin sobre o tema que, às vezes, indicava por meio de uma só alusão todo um aspecto do problema. Liévin atribuía isso ao seu próprio mérito, sem saber que Miétrov, após ter discutido à exaustão com todos os seus amigos, falava com especial entusiasmo sobre o tema a qualquer pessoa que viesse a conhecer, e que, de maneira geral, falava com entusiasmo a qualquer pessoa quando se tratava de um assunto que era do seu interesse e que ainda não estava claro para ele.

— No entanto, estamos atrasados — disse Katavássov, após olhar para o relógio, assim que Miétrov encerrou sua exposição. — Pois é, hoje há uma reunião na Sociedade dos Amadores, em homenagem ao jubileu de cinquenta anos de Svíntitch — disse Katavássov, a uma pergunta de Liévin. — Eu e Piotr Ivánitch fomos convocados. Prometi falar sobre suas obras de zoologia. Venha conosco, vai ser muito interessante.

— Sim, e de fato já está na hora — disse Miétrov. — Venha conosco e de lá, se for do seu agrado, o senhor poderia vir à minha casa. Desejo muito ouvir mais detalhes sobre a sua obra.

— Não, não. Ainda não está concluída. Mas eu ficaria contente de ir à reunião.

— E então, meu amigo, o senhor soube? Apresentei um parecer em separado — disse Katavássov, do cômodo vizinho, onde vestia o fraque.

E teve início uma conversa sobre uma questão universitária. Essa questão universitária era um fato muito importante, naquele inverno, em Moscou. Três antigos professores no conselho não aceitaram um parecer dos jovens; os jovens apresentaram um parecer em separado. Esse parecer, na opinião de alguns, era pavoroso e, na opinião de outros, era o mais simples e o mais justo possível e, assim, os professores se dividiram em dois partidos.

Uns, entre os quais estava Katavássov, viam no lado oposto a delação infame e o embuste; os outros — molecagem e desrespeito à autoridade constituída. Liévin, embora não pertencesse aos quadros da universidade, por diversas vezes em sua estada em Moscou ouvira e falara sobre o assunto e tinha uma opinião formada a respeito; tomou parte da conversa, que continuou pela rua, enquanto os três seguiam para o prédio da antiga universidade.

A reunião já começara. À mesa, coberta por um pano, à qual se sentaram Miétrov e Katavássov, estavam seis homens e um deles, que se inclinava para perto do manuscrito, lia em voz alta. Liévin sentou-se numa das cadeiras vagas, dispostas em redor da mesa, e num sussurro perguntou a um estudante ali sentado o que estavam lendo. O estudante, após olhar com desagrado para Liévin, respondeu:

— A biografia.

Embora não tivesse interesse na biografia do sábio, Liévin a ouviu a contragosto e soube de coisas interessantes e novas sobre a vida do famoso sábio.

Quando o leitor concluiu, o diretor agradeceu e leu versos enviados pelo poeta Ment em honra a esse jubileu e também algumas palavras de agradecimento ao bardo. Em seguida, com sua voz possante e gritada, Katavássov leu sua comunicação sobre as obras científicas do homenageado.

Quando Katavássov terminou, Liévin olhou para o relógio, viu que já era mais de uma hora e refletiu que, antes de ir ao concerto, não teria tempo de ler sua obra para Miétrov, mas agora já nem mesmo tinha vontade de fazê-lo. Durante a leitura, pensava também na conversa de pouco antes. Agora, estava claro para ele que, embora as ideias de Miétrov tivessem talvez relevância, as suas próprias ideias também tinham; essas ideias só poderiam esclarecer-se mutuamente e levar a algum resultado depois que cada um deles tivesse trabalhado em separado, no caminho que escolhera, e não haveria proveito algum em promover o contato de tais ideias. Decidido a recusar o convite de Miétrov, Liévin aproximou-se dele no fim da reunião. Miétrov apresentou-o ao diretor, com quem conversava sobre as notícias políticas. Miétrov relatava ao diretor o mesmo que já relatara a Liévin e Liévin fez as mesmas observações que já fizera pela manhã, mas, para variar, formulou também opiniões novas, que lhe vieram à cabeça ali mesmo. Em seguida, recomeçou a conversa sobre a questão universitária. Como já ouvira tudo aquilo, Liévin apressou-se em dizer a Miétrov que lamentava não poder desfrutar o seu convite, fez um cumprimento com a cabeça e saiu, rumo à casa de Lvov.

IV

Lvov, casado com Natalie, irmã de Kitty, passara toda a vida nas capitais[1] e no exterior, onde se educara e trabalhava na diplomacia.

No ano anterior, deixara o serviço diplomático, não por conta de algum aborrecimento (ele nunca se aborrecia com ninguém), e transferiu-se para o serviço público no Departamento Palaciano, em Moscou, com o intuito de poder oferecer a melhor educação possível a seus dois filhos.

Apesar da acentuadíssima disparidade de hábitos e de opiniões, e apesar também de Lvov ser mais velho que Liévin, nesse inverno, os dois estreitaram muito suas relações e estimavam-se mutuamente.

Lvov estava em casa e Liévin entrou ao seu encontro, sem se fazer anunciar.

Lvov, com uma sobrecasaca de uso doméstico e com cinto, de botinas de camurça, estava sentado numa poltrona, com um *pince-nez* de lentes azuis, e lia um livro que estava num leitoril, enquanto, na sua bela mão, que ele mantinha cuidadosamente afastada, segurava um charuto, já transformado em cinzas até a metade.

Seu rosto belo, fino e ainda jovem, ao qual os cabelos cacheados, lustrosos e cor de prata davam um aspecto ainda mais aristocrático, reluziu com um sorriso quando reconheceu Liévin.

---

1 Refere-se a Moscou e São Petersburgo, chamadas de “as duas capitais da Rússia”.

— Que ótimo! Eu queria mesmo chamar o senhor. Mas, e como está Kitty? Sente-se aqui, é mais confortável... — Levantou-se e puxou para a frente uma cadeira de balanço. — Já leu a última circular do *Journal de St. Petersbourg*? Achei excelente — disse, com um sotaque francês.

Liévin contou o que ouvira de Katavássov sobre o que comentavam em Petersburgo e, após falar de política, relatou seu encontro com Miétrov e sua ida à reunião. Lvov mostrou-se muito interessado.

— É isto o que invejo no senhor, ter acesso ao interessante mundo da ciência — disse. E, como de hábito, logo após começar a falar, passou para o idioma francês, no qual se sentia mais à vontade. — É verdade que eu não teria mesmo tempo. Meu trabalho e meus afazeres com os filhos privam-me disso; além do mais, não me envergonha confessar que minha instrução é demasiado deficiente.

— Não penso assim — retrucou Liévin sorrindo e, como sempre, comovendo-se com a baixa opinião que ele tinha sobre si, na qual não havia nem de longe um desejo de mostrar-se, ou mesmo de ser modesto, e que era totalmente sincera.

— Ah, como não? Sinto agora como a minha educação foi ruim. Por causa da educação dos meus filhos, tive até de refrescar muita coisa na memória e agora, pura e simplesmente, tenho de estudar. Pois não basta ter professores, é preciso haver um observador, assim como, na sua propriedade, é preciso que haja os trabalhadores e um capataz. Olhe o que estou lendo — mostrou a gramática de Busláiev, que estava no leitoril —, é o que exigem de Micha, e é muito difícil... Veja só, explique-me o senhor isto aqui. Ele diz...

Liévin quis explicar que não era possível compreendê-lo, mas era preciso ensiná-lo; porém Lvov não o admitia.

— Aí está, o senhor zomba de tudo isso!

— Ao contrário, o senhor nem pode imaginar como, ao vê-lo, sempre aprendo alguma coisa a respeito daquilo que me espera, sobretudo a educação dos filhos.

— Ora, não há nada para o senhor aprender — disse Lvov.

— Só sei — respondeu Liévin — que não conheço filhos mais bem-educados que os do senhor e não desejaria, para mim, filhos melhores que os do senhor.

Lvov, visivelmente, quis conter-se para não manifestar sua alegria, mas seu sorriso foi radiante.

— Se eles forem melhores do que eu, está ótimo. É tudo o que eu desejo. O senhor ainda não sabe — começou ele — todo o trabalho que se tem com filhos como os meus, que ficaram com os estudos negligenciados por causa dessa vida que se leva no exterior.

— O senhor logo vai recuperar o tempo perdido. São crianças muito capazes. O principal é a educação moral. Eis o que aprendi, vendo os filhos do senhor.

— O senhor fala em educação moral. Pois não pode nem imaginar como isso é difícil! Mal se consegue vencer um problema, outros logo surgem e a luta recomeça. Se não tiver apoio na religião, lembre-se, nós já falamos sobre isso, nenhum pai, apenas com suas próprias forças e sem aquela ajuda, poderá educar os filhos.

Essa conversa, sempre do maior interesse para Liévin, foi interrompida pela bela Natalie Aleksándrovna, que entrou já vestida para sair.

— Puxa, eu não sabia que o senhor estava aqui — disse ela, que obviamente não só não lamentava como até se alegrava de interromper aquela conversa, que já conhecia muito bem e que a aborrecia. — E como está Kitty? Vou jantar na casa do senhor hoje. Escute, Arsiêni — voltou-se para o marido —, mande buscar a carruagem...

E entre marido e esposa teve início uma troca de ideias sobre como organizariam aquele dia. Pois o marido precisava encontrar-se com alguém, no trabalho, ao passo que a esposa precisava ir ao concerto e a uma sessão pública do comitê do sudeste,[2] e portanto havia muito o que resolver e ponderar. Liévin, como pessoa da família, tinha de fazer parte de tais planos. Ficou resolvido que Liévin iria com Natalie ao concerto e à sessão pública e que, de lá, mandariam a carruagem apanhar Arsiêni no escritório, ele viria então buscar a esposa e levá-la à casa de Kitty; caso Arsiêni não tivesse encerrado seu trabalho, mandaria a carruagem sozinha, e Liévin iria com ela.

— Veja, ele está me estragando com seus elogios — disse Lvov à esposa. — Quer me convencer de que nossos filhos são maravilhosos, quando sei que há neles tanta coisa de ruim.

— Arsiêni leva as coisas ao extremo, é o que sempre digo — comentou a esposa. — Quando a pessoa procura a perfeição, nunca fica satisfeita. Meu pai é que está certo quando diz que havia um exagero na nossa educação, pois nos mantinham na água-furtada, enquanto os pais moravam no primeiro andar; e agora é o exagero contrário, os pais moram no quarto de despejo enquanto os filhos ficam no primeiro andar. Hoje em dia, os pais nem têm o direito de viver, é tudo para os filhos.

— Por que não, se assim é mais prazeroso? — perguntou Lvov, com o seu sorriso bonito, enquanto afagava a mão da esposa. — Quem não a conhecesse, pensaria que você não é mãe, mas madrasta.

— Não, o exagero não é bom para nada — disse Natalie, serena, enquanto colocava a espátula do marido na posição correta, sobre a mesa.

— Ora vejam, venham cá, filhos perfeitos — disse ele aos belos meninos, que

---

2 Referência ao movimento em apoio aos sérvios e a outros povos eslavos.

entraram e que, após cumprimentar Liévin com uma reverência, se aproximaram do pai, no intuito evidente de lhe perguntar algo.

Liévin gostaria de conversar com eles, ouvir o que diriam ao pai, mas Natalie pôs-se a falar com ele e, nesse momento, entrou na sala um colega de serviço de Lvov, Makhotin, com o uniforme da corte, a fim de irem os dois juntos encontrar-se com uma certa pessoa, e então teve início uma conversa ininterrupta sobre a Herzegóvina, sobre a princesa Korzínskaia, sobre a Duma[3] e sobre a morte súbita de Apráksina.

Liévin esquecera-se do encargo que havia recebido. Lembrou-se quando já estava saindo para o vestíbulo.

— Ah, Kitty me incumbiu de conversar com o senhor a respeito de Oblónski — disse, quando Lvov se deteve na escada, aonde fora conduzir a esposa e Liévin.

— Sim, sim, *maman* quer que nós, *les beaux-frères*, chamemos sua atenção — disse ele, ruborizando-se e sorrindo. — Mas, afinal, por que eu?

— Pois então eu mesma chamarei a atenção dele — retrucou a sra. Lvova, sorrindo, em sua capa branca de pele de cachorro, ansiosa para que terminassem a conversa. — Vamos logo.

V

No concerto vesperal, apresentavam-se duas peças muito interessantes.

Uma era a fantasia *Rei Lear na estepe*, a outra era um quarteto, dedicado à memória de Bach. As duas peças eram novas e num espírito novo e Liévin queria formar uma opinião própria sobre elas. Após conduzir a cunhada até a sua poltrona, Liévin postou-se junto a uma coluna e decidiu escutar com a maior atenção e com a maior imparcialidade possível. Tentou não se distrair e não deixar que sua impressão fosse afetada de forma negativa pela visão dos braços do regente de gravata branca, que se agitavam muito e que sempre, de maneira desagradável, distraíam a atenção musical, ou pela visão das senhoras de chapéu, cuidadosamente amarrados com fitas sobre os ouvidos para o concerto, nem pela visão de todos os rostos que não demonstravam dar atenção a nada, ou apenas a seus próprios e variados interesses, mas nunca à música. Tentou evitar encontros com entendidos em música e com pessoas tagarelas e ficou parado, olhando para o chão, e escutou.

---

3 Nome da assembleia legislativa na Rússia.

Porém, quanto mais escutava a fantasia do Rei Lear, mais distante se sentia da possibilidade de formar qualquer opinião determinada. Toda vez que começava e parecia tomar forma a expressão de um sentimento musical, logo se desfazia em fragmentos de novos inícios de frases musicais e, de outras vezes, se desfazia pura e simplesmente em caprichos do compositor, sons desconexos, mas extremamente complicados. Porém, mesmo os fragmentos dessas frases musicais, por vezes bonitos, soavam desagradáveis, porque eram de todo inesperados e nada os preparava. A alegria, a tristeza, o desespero, a ternura e o triunfo acudiam sem nenhuma justificativa, como os sentimentos de um louco. E tais sentimentos, como os de um louco, desapareciam de forma inesperada.

Liévin, durante todo o tempo da execução, experimentava a sensação de um surdo que observa dançarinos. Estava totalmente perplexo quando a peça terminou e sentia um grande cansaço, devido à atenção forçada e sem nenhuma compensação. De todos os lados, ouviram-se aplausos ruidosos. Todos se levantaram, puseram-se a caminhar e a conversar. No intuito de elucidar a sua perplexidade por intermédio da impressão dos outros, Liévin caminhou em busca de entendidos e ficou contente ao ver um desses famosos entendidos em conversa com Piestsov, um conhecido seu.

— Admirável! — dizia Piestsov, em tom de baixo profundo. — Ora, viva, Konstantin Dmítritch. Singularmente alegórico e escultural, digamos assim, e que riqueza de matizes, naquela passagem onde até sentimos a proximidade de Cordélia, onde a mulher, *das ewig Weibliche*,[4] entra em luta contra o destino. Não é verdade?

— Mas o que tem Cordélia a ver com isso? — perguntou Liévin, tímido, totalmente esquecido de que a fantasia representava o Rei Lear na estepe.

— Cordélia surge... Veja aqui! — exclamou Piestsov, batendo com os dedos no folheto acetinado que trazia na mão, e entregou-o a Liévin.

Só então Liévin se lembrou do título da fantasia e apressou-se a ler a tradução russa dos versos de Shakespeare, impressa no verso do programa.

— Sem isso não se pode acompanhar — disse Piestsov, dirigindo-se a Liévin, pois seu interlocutor se afastara e ele não tinha outra pessoa com quem conversar.

Durante o intervalo, houve uma discussão entre Liévin e Piestsov sobre os méritos e os defeitos da corrente musical wagneriana. Liévin assegurava que o erro de Wagner e de todos os seus seguidores residia em querer transferir a música para a esfera de outra arte e que a poesia também se equivocava, quando descrevia as

---

4 Alemão: "o eterno feminino".

feições de um rosto, tarefa que cabia a um pintor, e, como exemplo desse erro, citou um escultor que tivera a ideia de talhar, no mármore, as sombras das imagens poéticas que se insurgem em torno da figura do poeta, num pedestal.

— Para o escultor, essas sombras têm tão pouco de sombras que até se agarram à escada — disse Liévin. A frase agradou-lhe, mas ele não lembrava ao certo se já não havia falado antes a mesma frase, e justamente para Piestsov, e depois de a pronunciar, sentiu-se confuso.

Piestsov, por sua vez, assegurava que a arte é uma só e que só é possível alcançar suas manifestações mais elevadas mediante a combinação de todas as variedades de arte.

A segunda peça do concerto, Liévin já não pôde escutar. Piestsov, que se detivera a seu lado, falou-lhe quase durante todo o tempo, criticando aquela peça por sua ostentação de uma ingenuidade adocicada e excessiva e comparando-a à ingenuidade dos pré-rafaelitas na pintura. À saída, Liévin encontrou ainda muitos conhecidos, com quem conversou sobre política, sobre música e sobre conhecidos comuns; entre outros, encontrou o conde Bohl, a quem se esquecera completamente de ir visitar.

— Bem, o senhor vá até lá, agora, então — disse-lhe Lvova, a quem comunicou o fato. — Talvez não o recebam e, nesse caso, venha ao meu encontro na reunião. Ainda estarei lá.

VI

— Acaso estão recebendo? — perguntou Liévin, ao entrar no vestíbulo da casa da condessa Bohl.

— Estão recebendo, tenha a bondade de entrar — disse o porteiro, tomando-lhe prontamente a peliça.

“Que maçada”, pensou Liévin, com um suspiro, enquanto tirava uma luva e alisava o chapéu. “Ora, para que eu vim? E o que vou conversar com eles?”

Ao entrar na primeira sala, Liévin encontrou na porta a condessa Bohl, que, com o rosto severo e preocupado, dava ordens a um criado. Quando viu Liévin, ela sorriu e convidou-o a passar para a segunda pequena sala, de onde se ouviam vozes. Ali, as duas filhas da condessa e um coronel de Moscou, conhecido de Liévin, estavam sentados em poltronas. Liévin aproximou-se, cumprimentou-os e sentou-se ao lado do sofá, com o chapéu sobre os joelhos.

— Como vai a saúde de sua esposa? O senhor esteve no concerto? Nós não pudemos ir. Mamãe teve de ir ao enterro.

— Sim, eu soube... Que morte repentina — disse Liévin.

A condessa entrou, sentou-se no sofá e também perguntou sobre a esposa e sobre o concerto.

Liévin respondeu e repetiu a pergunta a respeito da morte repentina de Apráksina.

— Na verdade, ela sempre teve a saúde frágil.

— O senhor foi ontem à ópera?

— Sim, fui.

— Lucca esteve esplêndida.

— Sim, esplêndida — respondeu Liévin e, como lhe era de todo indiferente o que pensassem a seu respeito, pôs-se a repetir o que já ouvira dizer cem vezes sobre a singularidade do talento da cantora. A condessa fingiu escutar. Em seguida, quando já falara o suficiente e se calara, o coronel, em silêncio até então, começou a falar. O coronel também comentou a ópera e a iluminação. Por fim, após falar de uma suposta *folle journée*[5] em casa de Tiúrin, o coronel deu uma risada, fez barulho, levantou-se e foi embora. Liévin também se levantou, mas, pelo rosto da condessa, percebeu que ainda não era a hora de sair. Precisava ficar mais alguns minutos. Sentou-se.

No entanto, como não parava de pensar em como aquilo era idiota, Liévin não achava um assunto para conversar e se mantinha calado.

— O senhor não vai assistir à sessão pública? Dizem que é muito interessante — começou a condessa.

— Não, mas eu prometi ir lá buscar minha *belle-soeur* — respondeu Liévin.

Veio um silêncio. A mãe e uma filha se entreolharam de novo.

“Bem, parece que chegou a hora”, pensou Liévin, e levantou-se. As senhoras apertaram-lhe a mão e pediram que transmitisse *mille choses*[6] à esposa.

O porteiro perguntou-lhe, ao devolver a peliça:

— Onde o senhor está residindo? — E prontamente anotou, num grande e belo livro encadernado.

“Claro, para mim tanto faz, mas isto é uma completa e horrível idiotice”, pensou Liévin, consolando-se com o pensamento de que todos faziam o mesmo, e dirigiu-se para a sessão pública do comitê, onde devia encontrar a cunhada a fim de levá-la para casa.

Na sessão pública do comitê, havia muita gente e estava lá quase toda a sociedade. Liévin ainda chegou a tempo de ouvir a exposição geral, que, como todos

---

5 Francês: “grande farra”.

6 Francês: “mil coisas”.

diziam, era muito interessante. Quando a leitura da exposição geral chegou ao fim, as pessoas começaram a conversar e Liévin encontrou Sviájski, que o convidou para ir, sem falta, nessa noite, à Associação Agrícola, onde seria proferida uma célebre conferência, e encontrou também Stiepan Arcáditch, que havia acabado de chegar das corridas, além de muitos outros conhecidos, e Liévin ainda falou e ouviu diversas opiniões sobre a sessão pública, sobre uma peça nova e sobre um processo. Porém, devido provavelmente à fadiga da atenção, que começou a sentir quando falava sobre o processo, Liévin cometeu um erro e, mais tarde, lembrou-se várias vezes desse erro, com irritação. Ao falar sobre a condenação iminente de um estrangeiro que estava sendo julgado na Rússia e sobre como seria injusto condená-lo à deportação, Liévin repetiu o que ouvira, na véspera, numa conversa com um conhecido.

— Penso que deportá-lo seria o mesmo que castigar um peixe jogando-o na água — disse Liévin.

Mais tarde, lembrou que esse pensamento, que ouvira de um conhecido e que parecia traduzir o seu próprio pensamento, provinha na verdade de uma fábula de Krilov[7] e que o seu conhecido reproduzira essa frase de uma crônica satírica de jornal.

Após levar a cunhada para casa e encontrar Kitty alegre e bem-disposta, Liévin seguiu para o clube.

VII

Liévin chegou ao clube na hora certa. Junto com ele, em suas carruagens, estavam chegando os convidados e os membros efetivos. Liévin não ia ao clube havia muito, desde a época em que ainda estava terminando a faculdade, morava em Moscou e frequentava a sociedade. Lembrava-se do clube, dos detalhes exteriores de sua construção, mas esquecera por completo a impressão que, no início, ali experimentava. Todavia, assim que entrou no amplo pátio em semicírculo, desceu do coche de aluguel, adentrou a varanda e, à sua aproximação, um porteiro com uma faixa a tiracolo abriu a porta em silêncio e cumprimentou-o com uma reverência; assim que viu, na portaria, as galochas e as peliças dos sócios, que entendiam ser menos trabalhoso descalçar as galochas no térreo do que levá-las para o andar de cima; assim que ouviu a campainha misteriosa que o precedia e viu, ao entrar pela escada atapetada e ín-

---

7 Ivan Andréievitch Krilov (1769-1844), célebre autor russo de fábulas.

greme, a estátua no patamar e, na entrada no andar de cima, viu o terceiro porteiro, seu conhecido já velho e com a libré do clube, que sem pressa nem demora abria a porta e media com os olhos os convidados — acudiu-lhe a antiga impressão que o clube lhe causava, uma impressão de repouso, de satisfação e de respeito.

— O chapéu, por favor — disse o porteiro para Liévin, que esquecera a regra do clube de deixar o chapéu na portaria. — Faz muito tempo que o senhor não aparece. O príncipe, ainda ontem, pôs o seu nome na lista dos que viriam. O príncipe Stiepan Arcáditch ainda não chegou.

O porteiro não só conhecia Liévin como também a todos os seus laços e parentescos, e tratou logo de dar notícia das pessoas que lhe eram mais próximas.

Ao cruzar a primeira sala com biombos e dobrar à direita para um cômodo à parte, onde se oferecia uma mesa de frutas, Liévin ultrapassou um velho que caminhava lentamente e entrou numa sala de jantar, onde havia muita gente e barulho.

Passou junto às mesas, já quase todas ocupadas, enquanto olhava para os convidados. Aqui e ali, topava com as pessoas mais diversas, jovens e velhos, amigos íntimos e outros que mal conhecia. Não havia nenhum rosto aborrecido e preocupado. Todos pareciam haver deixado na portaria, junto com o chapéu, as suas inquietações e ansiedades e, sem pressa, preparavam-se para gozar os bens materiais da vida. Ali estavam Sviájski, Cherbátski, Nieviedóvski, o velho príncipe, Vrónski e Serguei Ivánovitch.

— Ah! Por que se atrasou? — perguntou o príncipe, sorrindo e estendendo-lhe a mão sobre o ombro. — Como está Kitty? — acrescentou, enquanto alisava o guardanapo que havia metido por trás de um botão do colete.

— Vai bem; as três vão jantar lá em casa.

— Ah, Aline-Nadine. Bem, na nossa mesa não há vaga. Mas vá àquela mesa ali e ocupe um lugar, o mais depressa possível — disse o príncipe e, depois de virar-se, apanhou com cuidado um prato de sopa de enguia.

— Liévin, venha para cá! — gritou uma voz simpática, um pouco adiante. Era Turóvtsin. Estava com um jovem militar e, ao lado deles, duas cadeiras viradas de pernas para o ar. Liévin aproximou-se com alegria. Sempre gostara do pândego e simpático Turóvtsin — associava a ele as lembranças de seu pedido de casamento a Kitty —, mas agora, após tantas conversas intensamente intelectuais, a maneira descontraída de Turóvtsin lhe pareceu especialmente agradável.

— Estão reservadas para você e Oblónski. Ele vai chegar daqui a pouco.

O militar, que se mantinha muito reto, de olhos alegres e sempre risonhos, era Gáguin, de Petersburgo. Turóvtsin apresentou um ao outro.

— Oblónski está eternamente atrasado.

— Ah, aí está ele.

— Você também chegou agora? — perguntou Oblónski, aproximando-se depressa. — Boa tarde. Já tomou vodca? Então vamos lá.

Liévin levantou-se e foi com ele até uma grande mesa, repleta de vários tipos de vodca e dos mais diversos petiscos. Era de esperar que, entre duas dezenas de petiscos, fosse possível escolher algo do seu agrado, mas Stiepan Arcáditch fez questão de algo especial e um dos criados de libré que estavam ali postados trouxe prontamente o que foi pedido. Eles beberam um cálice e voltaram para a mesa.

Com presteza, ainda durante a sopa, serviram uma garrafa de champanhe a Gáguin e ele mandou encher quatro taças. Liévin não recusou a bebida e ainda pediu outra garrafa. Estava com fome, e comeu e bebeu com grande prazer e, também com grande prazer, participou das conversas alegres e simples de seus interlocutores. Gáguin, em voz baixa, contou uma anedota nova de Petersburgo, que, embora tola e indecente, era muito engraçada, e Liévin soltou uma gargalhada tão alta que as pessoas das mesas vizinhas se voltaram para ele.

— É do mesmo tipo que aquela: "Eu não consigo suportar mais isso!". Você conhece? — perguntou Stiepan Arcáditch. — Ah, isto é excelente! Sirva mais uma garrafa — pediu ao criado e começou a contar.

— Da parte de Piotr Ilítch Vinóvski — um velho criado interrompeu Stiepan Arcáditch, servindo dois copos finíssimos, com champanhe até a borda, e dirigindo-se a Stiepan Arcáditch e a Liévin. Stiepan Arcáditch ergueu o copo e, com o olhar voltado para a extremidade oposta da mesa, na direção de um homem calvo e de bigode ruivo, fez-lhe um cumprimento com a cabeça, sorrindo.

— Quem é? — perguntou Liévin.

— Você o encontrou uma vez, não lembra? Um bom sujeito.

Liévin fez o mesmo que Stiepan Arcáditch e ergueu o copo.

A anedota de Stiepan Arcáditch também era muito engraçada. Liévin contou uma anedota e também agradou. Em seguida, teve início uma discussão sobre cavalos, sobre as corridas daquele mesmo dia e sobre a maneira como o cavalo Atlas, de Vrónski, conquistara com audácia o primeiro prêmio. Liévin, durante o jantar, nem percebeu o tempo passar.

— Ah! Aí estão eles! — exclamou Stiepan Arcáditch, já ao fim do jantar, inclinando-se por cima das costas da cadeira e estendendo a mão para Vrónski, que vinha na sua direção, em companhia de um coronel da guarda, de alta estatura. No rosto de Vrónski, reluzia a mesma alegre camaradagem que reinava em todo o clube. Apoiou-se alegremente com o braço no ombro de Stiepan Arcáditch, sussurrou-lhe algo ao ouvido e, com o mesmo sorriso alegre, estendeu a mão para Liévin.

— Tenho muito prazer em vê-lo — disse. — Procurei pelo senhor nas eleições, mas disseram-me que já tinha ido embora — contou a Liévin.

— Sim, parti naquele mesmo dia. Estávamos agora mesmo conversando sobre o cavalo do senhor. Dou-lhe os meus parabéns — disse Liévin. — É muito rápido.

— Mas, se não me engano, o senhor também cria cavalos.

— Não, meu pai criava; mas eu me lembro e conheço bem.

— Onde você jantou? — perguntou Stiepan Arcáditch.

— Estamos na segunda mesa, atrás das colunas.

— Estávamos comemorando a sua vitória — disse o coronel de alta estatura. — É o seu segundo prêmio do imperador; quem dera eu tivesse, nas cartas, a sorte que ele tem nos cavalos. Bem, não adianta perder tempo, que vale ouro. Vou ao infernal — concluiu o coronel e afastou-se da mesa.

— É Iáchvin — respondeu Vrónski a Turóvtsin, e sentou-se num lugar vago, ao lado deles. Depois de beber um copo que lhe foi oferecido, pediu uma garrafa. Sob o efeito das impressões do clube ou da bebida, Liévin pôs-se a conversar com Vrónski sobre a melhor raça de gado e ficou muito contente por não sentir nenhuma hostilidade contra aquele homem. Até lhe disse, entre outras coisas, ter sabido pela esposa que ela o encontrara na casa da princesa Mária Boríssovna.

— Ah, a princesa Mária Boríssovna, que encanto! — exclamou Stiepan Arcáditch, e contou sobre ela uma anedota que a todos fez rir. Vrónski, sobretudo, gargalhou com tamanha espontaneidade que Liévin se sentiu inteiramente reconciliado com ele.

— E então, terminaram? — perguntou Stiepan Arcáditch, levantando-se e sorrindo. — Vamos lá!

VIII

Liévin, deixando a mesa e sentindo que os braços balançavam num vaivém particularmente solto e cadenciado, seguiu com Gáguin rumo ao salão de bilhar, através de cômodos de teto alto. Ao passar por uma sala grande, topou com o sogro.

— E então? Que acha deste nosso templo do ócio? — perguntou o príncipe, segurando-o pelo braço. — Venha, vamos dar uma volta.

— Eu queria mesmo andar e observar. É interessante.

— Sim, para você é interessante. Mas para mim o interesse é de outra ordem. Você olha para esses velhinhos — disse, apontando para um sócio arqueado, de lábio caído e que, mal conseguindo mover os pés nas botas macias, avançava ao encontro deles — e pensa que já nasceram desse jeito, como canoas.

— Como assim, canoas?

— Vejo que você não conhece essa expressão. É um termo aqui do nosso clube. Sabe, é como no costume de fazer rolar os ovos e, depois de rolar muito, o ovo se parte e acaba virando uma canoa.[8] Assim também somos nós: de tanto rolar pelo clube, viramos canoas. Aí está, você acha graça, mas nós todos temos de estar atentos, pois a qualquer hora também vamos virar canoas. Você conhece o príncipe Tchetchénski? — perguntou o príncipe, e Liévin percebeu pelo seu rosto que ele tencionava contar algo divertido.

— Não, não conheço.

— Ora, como não? Puxa, o príncipe Tchetchénski é famoso. Bem, não importa. Ele sempre vai ao salão de bilhar para jogar. Ainda há três anos, ele se fazia de valente e não estava entre os canoas. E ele mesmo chamava os outros de canoas. Pois bem, certa vez ele veio ao clube e o nosso porteiro... você conhece o Vassíli? Ora, é aquele gordo. Um grande frasista. Pois bem, o príncipe Tchetchénski lhe perguntou: "Ora, Vassíli, quem foi que veio hoje? Há algum canoa?". E ele respondeu: "O senhor é o terceiro". Sim, meu amigo, aí está!

Enquanto conversava e cumprimentava os conhecidos que encontravam, Liévin e o príncipe percorreram todas as salas: a grande, já com as mesas prontas, onde os parceiros de costume jogavam e apostavam baixo; uma saleta, onde se jogava xadrez e onde estava sentado Serguei Ivánovitch, que conversava com alguém; o salão de bilhar, onde, num sofá que ficava num canto mais recuado, Gáguin bebia champanhe junto com um grupo muito alegre; foram ver também o infernal, onde, em torno de uma das mesas, à qual já estava sentado Iáchvin, se aglomeravam muitos espectadores. Tentando não fazer barulho, entraram na sombria sala de leitura, onde, sob os lampiões com quebra-luzes, estava sentado um jovem de rosto severo, que apanhava uma revista depois da outra, e um general calvo, imerso na leitura. Entraram também na sala que o príncipe chamava de intelectual. Nesse aposento, três senhores conversavam com ardor sobre as últimas notícias políticas.

— Príncipe, tenha a bondade, estamos prontos — disse um dos seus parceiros, ao encontrá-lo ali, e o príncipe saiu. Liévin sentou-se e ouviu; porém, ao recordar todas as conversas daquela manhã, acudiu-lhe de repente um tédio horroroso. Levantou-se, afobado, e saiu em busca de Oblónski e de Turóvtsin, com quem se sentia alegre.

Turóvtsin estava sentado numa roda de amigos, que bebiam num divã alto, no salão de bilhar, e Stiepan Arcáditch conversava com Vrónski, junto à porta, na extremidade da sala.

---

8 Referência à tradição russa dos ovos de madeira pintados, mais comuns na Páscoa.

— Não é que ela esteja propriamente entediada, o problema é esta situação indefinida, indecisa — ouviu Liévin, e quis logo afastar-se; mas Stiepan Arcáditch chamou-o.

— Liévin! — exclamou Stiepan Arcáditch, e Liévin notou que nos olhos dele não havia lágrimas e sim umidade, como sempre acontecia quando bebia muito ou quando se emocionava. Dessa vez, eram as duas coisas. — Liévin, não vá embora — disse, e segurou seu braço com força, na altura do cotovelo, com o evidente intuito de não o soltar.

— Este é um amigo sincero e, certamente, o meu melhor amigo — disse para Vrónski. — Você, para mim, também se tornou ainda mais próximo e mais estimado. E eu quero e eu sei que vocês devem tornar-se amigos e íntimos, porque são ambos ótimas pessoas.

— Ora, já não nos resta outra coisa senão nos beijarmos — disse Vrónski, gracejando com simpatia, enquanto lhe estendia a mão. Liévin rapidamente segurou a mão estendida e apertou-a com firmeza.

— Estou muito, muito contente — disse Liévin, enquanto apertava sua mão.

— Garçom, uma garrafa de champanhe — pediu Stiepan Arcáditch.

— Também estou muito contente — respondeu Vrónski.

Mas, apesar do desejo de Stiepan Arcáditch e do desejo de ambos, eles não tinham o que se dizer e os dois sentiram isso.

— Sabia que ele não conhece a Anna? — perguntou Stiepan Arcáditch a Vrónski. — E eu faço questão absoluta de apresentá-lo a ela. Vamos até lá, Liévin!

— É mesmo? — perguntou Vrónski. — Ela ficará muito contente. Eu já deveria mesmo ter ido para casa — acrescentou —, porém Iáchvin me deixa preocupado e eu quero ficar mais um pouco, até ele terminar.

— O que foi, o jogo vai mal?

— Ele sempre perde e sou o único que pode ajudá-lo.

— Qual tal uma partida de pirâmide? Liévin, quer jogar? Ora, que ótimo — disse Stiepan Arcáditch. — Prepare uma pirâmide — dirigiu-se ao marcador.

— Está pronta já faz tempo — respondeu o marcador, que já dispusera as bolas num triângulo e, para distrair-se, fazia rolar a bola vermelha.

— Então vamos lá.

Depois da partida, Vrónski e Liévin foram sentar à mesa de Gáguin e, por sugestão de Stiepan Arcáditch, Liévin começou a apostar nos ases. Vrónski ora ficava sentado à mesa, cercado de conhecidos que se aproximavam dele o tempo todo, ora ia até o infernal para ver a situação de Iáchvin. Liévin experimentava um agradável repouso da fadiga intelectual da manhã. Alegrava-o a suspensão do sentimento de hostilidade contra Vrónski e uma sensação de calma, de respeito e de contentamento não o abandonava.

Quando o grupo que jogava se desfez, Stiepan Arcáditch tomou Liévin pelo braço.

— Muito bem, então vamos visitar Anna. Agora mesmo? Que tal, hem? Ela está em casa. Há muito que lhe prometi levá-lo até lá. Aonde pretendia ir esta noite?

— A nenhum lugar em especial. Prometi a Sviájski ir à Associação Agrícola. Mas, se você quiser, podemos ir — respondeu Liévin.

— Ótimo; vamos lá! Veja se a minha carruagem já chegou — Stiepan Arcáditch dirigiu-se a um criado.

Liévin aproximou-se da mesa, pagou os quarenta rublos que perdera nos ases, pagou sua conta no clube, cuja cifra um velho lacaio, postado no limiar, já conhecia de alguma forma misteriosa, e, balançando os braços de um modo singular, atravessou a sala inteira, rumo à saída.

IX

— A carruagem de Oblónski! — gritou o porteiro, com uma zangada voz de baixo. A carruagem aproximou-se e os dois ocuparam seus assentos. Enquanto a carruagem atravessava os portões, Liévin ainda experimentou, por alguns momentos, a sensação de tranquilidade, de contentamento e de indubitável respeito que o cercara no clube; mas assim que a carruagem saiu para a rua e ele sentiu o sacolejar do veículo na pista desnivelada, ouviu o grito irritado de um cocheiro de praça, que vinha em sentido contrário, avistou na iluminação ruim a tabuleta vermelha de uma taberna e de uma vendinha, aquela sensação se desfez e Liévin pôs-se a refletir sobre seus atos e se perguntou se agia bem ao ir ter com Anna. O que diria Kitty? Mas Stiepan Arcáditch não lhe deu tempo para meditar e, como se adivinhasse suas dúvidas, dissipou-as.

— Como estou contente — disse — por você ir conhecê-la. Sabe, Dolly há muito o desejava. Também Lvov já esteve com ela, e costuma ir lá. Não é por ser minha irmã — prosseguiu Stiepan Arcáditch —, mas eu não hesito em dizer que é uma mulher notável. Você mesmo o verá. A situação dela é muito penosa, sobretudo agora.

— Por que sobretudo agora?

— Estamos negociando o divórcio com o marido. E ele concorda; mas há algumas complicações com relação ao filho, e esse processo, que já deveria estar encerrado há muito, já se arrasta há três meses. Assim que houver o divórcio, ela se casará com Vrónski. Como é tolo o velho costume de dar voltas e gritar "Rejubila,

Isaías",[9] em que ninguém acredita e que impede a felicidade das pessoas! — acrescentou Stiepán Arcáditch. — Pois é, mas, quando isso acontecer, a situação deles estará normalizada, como a minha, como a sua.

— Qual é a complicação? — perguntou Liévin.

— Ah, é uma história longa e enfadonha! Em nosso país, tudo isso é muito indefinido. Mas a questão é a seguinte: ela está à espera do divórcio aqui, em Moscou, onde todos conhecem a ela e a ele, e está morando aqui faz três meses; não vai a parte alguma; com a exceção de Dolly, não vê mulher nenhuma porque, entenda bem, ela não quer que a procurem por simples piedade; até aquela idiota da princesa Varvara se afastou, julgando que isso não era decente. Veja bem, nessa situação, outra mulher não conseguiria encontrar forças em si mesma. Mas não ela, e você mesmo verá como ela organizou sua vida, como está tranquila, digna. Vire à esquerda, na travessa, em frente à igreja! — gritou Stiepan Arcáditch, inclinando-se para fora, pela janela da carruagem. — Puxa, como está quente! — exclamou, apesar dos doze graus negativos, abrindo ainda mais sua peliça, já bastante aberta.

— Mas ela tem uma filha; sem dúvida, isso já a mantém ocupada, não é? — perguntou Liévin.

— Pelo visto você imagina que toda mulher é só uma fêmea, *une couveuse*[10] — disse Stiepan Arcáditch. — Se está ocupada, tem de ser necessariamente com os filhos. Não, ela a educa de forma excelente, ao que parece, mas não fala do assunto. Dedica-se, antes de tudo, ao que está escrevendo. Vejo que você sorri com ironia, mas não há motivo. Está escrevendo um livro infantil e não fala a ninguém sobre isso, mas leu para mim e eu mostrei o manuscrito ao Vorkúiev... sabe, aquele editor... e também escritor, parece. Entende dessas coisas e disse que é uma obra notável. Mas você por acaso está pensando que ela é uma dessas mulheres literatas? Nada disso. Antes de tudo, é uma mulher com um coração, você mesmo verá. Em sua casa, há agora uma jovem inglesa e uma família inteira à qual se dedica.

— Mas então tem uma espécie de atividade filantrópica?

— Aí está, você quer ver tudo pelo ângulo ruim. Não é filantropia, mas compaixão. Na casa deles, ou seja, de Vrónski, havia um treinador de equitação inglês, um mestre na sua especialidade, mas beberrão. Entregou-se totalmente à bebida, tinha *delirium tremens* e abandonou a família. Anna encontrou-os, ajudou-os, criou afeição e agora tem a família inteira nas mãos; mas não é assim,

---

9 Momento da cerimônia de casamento da Igreja Ortodoxa.

10 Francês: "galinha chocadeira".

com arrogância, com dinheiro, ela mesma leciona russo aos garotos, para poderem entrar no liceu, e trouxe a mocinha para trabalhar em sua casa. Mas você mesmo verá.

A carruagem adentrou o pátio e Stiepan Arcáditch tocou a sineta bem alto, junto à entrada, onde estava um trenó.

E, sem perguntar ao criado que abrira a porta se os patrões estavam em casa, Stiepan Arcáditch entrou no vestíbulo. Liévin seguiu-o, cada vez mais em dúvida, sem saber se agia bem ou mal.

Ao olhar para o espelho, Liévin notou que estava ruborizado; mas tinha certeza de que não estava bêbado e subiu pela escada atapetada, atrás de Stiepan Arcáditch. No andar de cima, ao criado que o cumprimentou com uma reverência, como a uma pessoa de casa, Stiepan Arcáditch perguntou quem estava com Anna Arcádievna e soube que se tratava de Vorkúiev.

— Onde estão?

— No escritório.

Atravessando a pequena sala de jantar com paredes forradas de madeira escura, Stiepan Arcáditch e Liévin caminharam sobre um tapete macio, rumo ao escritório à meia-luz, iluminado apenas por um lampião, com um grande quebra-luz escuro. Outro lampião com refletor ardia na parede e iluminava um grande retrato de mulher, de corpo inteiro, para o qual Liévin não pôde deixar de dirigir sua atenção. Era o retrato de Anna, pintado na Itália por Mikháilov. No momento em que Stiepan Arcáditch passou para trás da treliça e uma voz masculina, após ter falado algo, silenciou, Liévin observou o retrato, sob a iluminação brilhante que a moldura ressaltava, e não conseguiu desviar-se dele. Chegou a esquecer onde estava e, sem escutar o que diziam, não baixava os olhos do retrato admirável. Não era um quadro, mas uma fascinante mulher viva, de cabelos negros e anelados, ombros e braços desnudos, e um meio sorriso pensativo nos lábios margeados por uma penugem tênue, que o fitava de modo afetuoso e triunfante, com olhos que o perturbavam. O único motivo de não estar viva era ser mais bela do que é possível, para uma mulher viva.

— Estou muito contente em vê-lo — ouviu de súbito, ao seu lado, uma voz obviamente dirigida a ele, a voz da mesma mulher que ele admirava, com enlevo, no retrato. Anna viera de trás da treliça ao seu encontro, e Liévin, na meia-luz do escritório, reconheceu a mesma mulher do retrato, com um vestido escuro em vários matizes de azul, não na mesma posição, nem com a mesma expressão, mas exatamente com o mesmo primor de beleza com que fora captada pelo pintor no retrato. Era menos deslumbrante na realidade, mas, em compensação, a pessoa viva tinha algo novo e sedutor, que não havia no retrato.

X

Ela se levantara e viera ao encontro de Liévin, sem esconder a sua alegria em vê-lo. E na serenidade com que ela lhe estendeu a mão pequena e vigorosa, apresentou-o a Vorkúiev e apontou para a mocinha arruivada e bonita que estava ali sentada trabalhando, chamando-a de sua pupila, Liévin reconheceu com prazer as maneiras de uma mulher da alta sociedade, sempre serena e natural.

— Estou muito, muito contente — repetiu ela, e em seus lábios essas palavras simples adquiriram, por algum motivo, um significado especial para Liévin. — Conheço o senhor, faz muito tempo, e o estimo, pela amizade com Stiva e pela sua esposa... Eu a conheci por um tempo muito curto, mas ela deixou em mim a impressão de uma flor encantadora, uma verdadeira flor. E, em breve, ela será mãe!

Anna falava com desembaraço e sem pressa, de quando em quando desviava seu olhar de Liévin para o irmão, e Liévin percebia que a impressão que causava era boa e logo se sentiu à vontade, espontâneo e alegre, ao lado de Anna, como se a conhecesse desde criança.

— Eu e Ivan Pietróvitch nos instalamos no escritório de Aleksei, justamente para fumar — disse ela, em resposta à pergunta de Stiepan Arcáditch, que indagara se podia fumar. E, após dirigir o olhar para Liévin, em vez de perguntar se ele fumava, puxou para si uma cigarreira feita de casco de tartaruga e pegou uma cigarrilha.

— Como está de saúde, hoje? — perguntou a ela o irmão.

— Mais ou menos. São os nervos, como sempre.

— Não é mesmo de uma beleza extraordinária? — perguntou Stiepan Arcáditch, ao notar que Liévin dirigia os olhos para o quadro.

— Nunca vi um retrato melhor que este.

— E é extraordinariamente parecido, não é verdade? — perguntou Vorkúiev.

Liévin voltou os olhos do retrato para o original. Um brilho especial iluminou o rosto de Anna, no momento em que ela sentiu sobre si o olhar de Liévin. Ele ruborizou-se e, a fim de esconder sua perturbação, quis perguntar se não fazia muito que ela vira Dária Aleksándrovna; mas, nesse mesmo instante, Anna pôs-se a falar:

— Agora mesmo eu estava conversando com Ivan Pietróvitch sobre os últimos quadros de Váchenkov. O senhor já os viu?

— Sim, vi — respondeu Liévin.

— Mas, desculpe, eu o interrompi. O senhor queria dizer...

Liévin perguntou se fazia muito tempo que ela vira Dolly.

— Ela esteve aqui comigo ontem, está muito irritada com o liceu, por causa de Gricha. O professor de latim parece que não foi justo com ele.

— Sim, eu vi os quadros. Gostei muito deles — voltou Liévin à conversa que ela havia começado.

Dessa vez, Liévin já não falava, em absoluto, da maneira mecânica como havia conversado naquela manhã. Na conversa com Anna, cada palavra adquiria um sentido especial. Falar com ela era agradável e ouvi-la, mais ainda.

Anna falava não só de modo natural e inteligente, mas também inteligente e despretensioso, sem atribuir nenhum valor às próprias ideias, mas dando o máximo valor às ideias do seu interlocutor.

A conversa enveredou por uma nova tendência da arte, as novas ilustrações da Bíblia feitas por um artista francês. Vorkúiev recriminou o artista pelo realismo, que chegara à grosseria. Liévin disse que os franceses haviam levado o convencionalismo na arte mais longe do que ninguém e, por isso, viam um mérito especial no retorno ao realismo. No fato de já não mentirem, eles encontram poesia.

Nunca algo inteligente dito por Liévin lhe proporcionou tanta satisfação quanto essas palavras. O rosto de Anna iluminou-se, de súbito, quando reconheceu de um golpe o valor daquele pensamento. Ela riu.

— Estou rindo — explicou Anna — como rimos quando vemos um retrato muito parecido conosco. O que o senhor disse caracteriza com perfeição a arte francesa atual, a pintura e até a literatura: Zola, Daudet. Mas talvez seja sempre assim, os artistas elaboram suas *conceptions* a partir de figuras inventadas e convencionais e, depois de fazer todas as *combinaisons*,[11] as figuras inventadas cansam e eles passam a imaginar figuras mais naturais, mais fidedignas.

— Está corretíssimo! — exclamou Vorkúiev.

— Mas então vocês estiveram no clube? — dirigiu-se Anna ao irmão.

"Sim, sim, aí está uma mulher!", pensou Liévin, esquecido de si mesmo e fitando o belo rosto vivaz de Anna, que agora se modificara completamente. Liévin não escutava o que ela dizia, inclinada na direção do irmão, mas estava impressionado com a mudança da sua expressão. Antes tão lindo em sua serenidade, o rosto de Anna passou, de repente, a exprimir uma estranha curiosidade, além de raiva e orgulho. Mas isso durou apenas um minuto. Ela semicerrou os olhos, como que recordando algo.

— Pois é, mas na verdade isso não interessa a ninguém — disse Anna, e voltou-se para a inglesa: — *Please order the tea in the drawing-room.*[12]

A mocinha levantou-se e saiu.

---

11 Francês: "concepções [...] combinações".

12 Inglês: "por favor, mande servir o chá na sala de visitas".

— E então, ela se saiu bem na prova? — perguntou Stiepan Arcáditch.

— Muito bem. É uma jovem muito capaz e de caráter meigo.

— No fim, você vai acabar gostando mais dela que da sua filha.

— Veja o que os homens dizem. No amor, não há mais nem menos. Amo minha filha com um amor e a ela, com outro.

— Há pouco eu dizia a Anna Arcádievna — comentou Vorkúiev — que, se ela devotasse à causa comum da educação das crianças russas ainda que só um centésimo da energia que dedica a essa inglesinha, Anna Arcádievna prestaria um serviço grande e proveitoso.

— Bem, pense como o senhor quiser, mas eu não conseguiria. O conde Aleksei Kirílitch me incentivou muito (ao pronunciar as palavras "conde Aleksei Kirílitch", lançou um olhar interrogativo para Liévin e ele não pôde deixar de lhe responder com um olhar respeitoso e afirmativo) a me dedicar a uma escola no campo. Fui lá algumas vezes. São muito gentis, mas eu não consegui prender-me a essa atividade. Os senhores dizem: energia. A energia tem por base o amor. E não se pode obter o amor à força, com uma ordem. Pois acontece que criei afeição por essa mocinha, nem eu mesma sei por quê.

E olhou de novo para Liévin. O sorriso de Anna, o seu olhar, tudo lhe dizia que ela dirigia aquelas palavras apenas a ele, com apreço pela sua opinião e, ao mesmo tempo, ciente de antemão de que os dois compreendiam um ao outro.

— Compreendo isso perfeitamente — respondeu Liévin. — Em uma escola e em instituições semelhantes, em geral não se pode pôr o coração, e creio que é exatamente por isso que as instituições filantrópicas dão sempre tão poucos resultados.

Ela ficou em silêncio, depois sorriu.

— Sim, sim — concordou Anna. — Eu jamais conseguiria. *Je n'ai pas le cœur assez large*[13] para amar um orfanato inteiro de meninas asquerosas. *Cela ne m'a jamais reussi.*[14] Há tantas mulheres que, com isso, conseguiram para si uma *position sociale*. E ainda mais agora — disse, com uma expressão triste, confiante, dirigindo-se na aparência ao irmão, mas no fundo, estava claro, apenas a Liévin —, agora, quando careço tanto de alguma ocupação, eu não o consigo. — E, de repente, após franzir as sobrancelhas (Liévin entendeu que franzia o rosto para si mesma, por ter falado a seu próprio respeito), ela mudou o rumo da conversa. — Ouvi algumas pessoas dizerem que o senhor é um cidadão relapso — disse para Liévin — e eu o defendi como pude.

---

13 Francês: "não tenho o coração tão grande".

14 Francês: "eu jamais o consegui".

— Como a senhora me defendeu?

— Conforme o ataque. Mas os senhores não gostariam de tomar chá? — Levantou-se e tomou na mão um caderno encapado em marroquim.

— Deixe-o comigo, Anna Arcádievna — disse Vorkúiev, apontando para o livro. — Tem grande valor.

— Ah, não, ainda está inacabado.

— Contei a ele — Stiepan Arcáditch avisou à irmã, enquanto apontava para Liévin.

— Não devia. Meus escritos são como os cestinhos com ornatos em entalhes, feitos por presidiários, que Lisa Miertsálova me vendia tempos atrás. Ela dirigia uma associação para ajudar as prisões — explicou a Liévin. — E aqueles infelizes faziam milagres de paciência.

E Liévin descobriu mais uma virtude nessa mulher, que lhe agradava de modo tão incomum. Além da inteligência, da graça, da beleza, havia nela sinceridade. Não queria ocultar de Liévin todo o peso da sua situação. Após falar, Anna soltou um suspiro e seu rosto, que de repente tomou uma expressão severa, pareceu petrificar-se. Com tal expressão no rosto, ficou ainda mais bonita; mas era uma expressão nova, muito diferente da expressão que reluzia de felicidade e irradiava felicidade em redor, e que fora captada pelo pintor, no retrato. Liévin olhou mais uma vez para o retrato e para a figura de Anna, no momento em que, de braço dado com o irmão, caminhava na direção das portas altas, e sentiu por ela uma ternura e uma piedade que a ele mesmo surpreendeu.

Anna pediu a Liévin e a Vorkúiev que fossem para a sala de estar, enquanto ela mesma se demorou ali mais um pouco, a fim de conversar sobre algo com o irmão. "Sobre o divórcio, sobre Vrónski, sobre o que ele está fazendo no clube, sobre mim?", pensou Liévin. E ficou tão inquieto acerca do que ela iria conversar com Stiepan Arcáditch que mal conseguia ouvir o que Vorkúiev lhe dizia sobre os méritos do romance para crianças escrito por Anna Arcádievna.

Durante o chá, prosseguiu a mesma conversa agradável, rica de conteúdo. Não só não havia momento algum em que fosse preciso procurar um assunto como até, ao contrário, tinham todos a sensação de que não havia tempo para dizer aquilo que desejavam e, de bom grado, se continham, atentos ao que o outro dizia. E tudo o que falavam, não só Anna, mas também Vorkúiev e Stiepan Arcáditch — tudo, assim parecia a Liévin, adquiria um significado especial, graças à atenção de Anna e às suas observações.

Enquanto acompanhava a interessante conversa, Liévin, o tempo todo, a admirava com enlevo — sua beleza, sua inteligência, sua cultura e também sua simplicidade e sua simpatia. Ele ouvia, falava e o tempo todo pensava em Anna, em sua vida interior, tentando adivinhar seus sentimentos. E ele, que antes a condenara com tanta severidade, agora, por algum estranho desvio do pensamento, a justificava e ao mesmo tempo sentia pena dela, e temia que Vrónski não a compreendesse plenamente. Às onze horas, quando Stiepan Arcáditch levantou-se para ir embora (Vorkúiev já se fora mais cedo), Liévin tinha a impressão de que havia acabado de chegar. Com pesar, levantou-se também.

— Adeus — disse Anna, segurando-lhe a mão e fitando-o nos olhos, com um olhar cativante. — Muito me alegra *que la glace est rompue*.[15]

Soltou-lhe a mão e semicerrou os olhos.

— Diga à sua esposa que eu a adoro, como antes, e que, se ela não puder perdoar-me por minha situação, meu desejo é que nunca me perdoe. Para perdoar, é preciso ter sofrido o que sofri, e que Deus a livre disso.

— Sem falta, sim, direi a ela... — respondeu Liévin, ruborizado.

XI

"Que mulher admirável, gentil e infeliz", pensou ele, ao sair com Stiepan Arcáditch para o ar gélido.

— E então? Eu não lhe disse? — perguntou Stiepan Arcáditch, vendo que Liévin estava totalmente subjugado.

— Sim — respondeu Liévin, pensativo —, uma mulher extraordinária! Não tanto pela inteligência, mas por ser admiravelmente afetiva. Que pena enorme eu sinto dela!

— Agora, graças a Deus, tudo está prestes a se resolver. Na próxima vez, não julgue as pessoas apressadamente — disse Stiepan Arcáditch, enquanto abria a portinhola da carruagem. — Adeus, não vamos na mesma direção.

Sem parar de pensar em Anna, em todas aquelas conversas naturalíssimas que tivera com ela, relembrando as feições do seu rosto em todos os pormenores, penetrando mais e mais na situação em que Anna se achava e sentindo pena por ela, Liévin chegou a casa.

Em casa, Kuzmá informou a Liévin que Katierina Aleksándrovna estava bem, que suas irmãs a haviam deixado pouco antes, e lhe entregou duas cartas. A fim de não esquecer, depois, por distração, Liévin leu as cartas ali mesmo, no vestíbulo. Uma era de Sokolov, o administrador. Dizia que não era possível ven-

---

15 Francês: "que o gelo se tenha quebrado".

der o trigo, só estavam oferecendo cinco rublos e meio, e não havia mais de onde tirar dinheiro. A outra carta era da irmã. Ela o censurava por não ter ainda resolvido o seu processo.

"Pois bem, se não pagam mais que isso, vamos vender por cinco rublos e meio", resolveu Liévin com presteza, e com um desembaraço incomum, a questão que, antes, lhe teria parecido tão difícil. "É espantoso como, aqui, estou sempre atarefado", pensou ao ler a segunda carta. Sentiu-se culpado perante a irmã por não ter feito, até então, o que ela lhe pedira. "Hoje, mais uma vez, não fui ao tribunal, mas hoje eu não teria mesmo tempo." E, após decidir que faria aquilo sem falta no dia seguinte, foi ter com a esposa. No caminho, Liévin repassou rapidamente na memória todo o dia decorrido. Todos os acontecimentos do dia foram conversas: conversas que ouvira e de que participara. Todas as conversas trataram de assuntos que, se estivesse sozinho e no campo, jamais ocupariam sua atenção, mas que ali se mostravam muito interessantes. E todas as conversas foram boas; só em duas ocasiões as coisas não correram de todo bem. Primeiro, o que ele dissera sobre jogar o peixe na água e, depois, a presença de algo errado na piedade terna que sentira por Anna.

Liévin encontrou a esposa tristonha e aborrecida. O jantar das três irmãs havia transcorrido em perfeita alegria, mas, depois, o esperaram, o esperaram, todas se entediaram, as irmãs se foram e Kitty ficou sozinha.

— Puxa, o que andou fazendo? — perguntou, fitando-o nos olhos, que brilhavam de modo particularmente suspeito. Porém, a fim de não o impedir de contar tudo, ela disfarçou sua atenção e, com um sorriso aprovador, ouviu-o relatar como passara a noite.

— Bem, tive o prazer de encontrar Vrónski. Senti-me muito à vontade e natural em sua companhia. Você compreende, nunca tomarei a iniciativa de encontrá-lo, mas é bom que aquele mal-estar haja terminado — disse Liévin e, lembrando-se de que ele, que nunca tomaria a iniciativa de vê-lo, acabara de ir à casa de Anna, ruborizou-se. — Conversamos sobre como o povo bebe; não sei quem bebe mais, o povo ou a nossa classe; o povo bebe nos feriados, mas...

Mas Kitty não estava interessada em saber como o povo bebia. Viu que ele ficou ruborizado e quis saber por quê.

— Muito bem, e depois, aonde você foi?

— Stiva insistiu terrivelmente para que eu fosse com ele à casa de Anna Arcádievna.

Dito isso, Liévin ruborizou-se ainda mais e as dúvidas quanto à propriedade do que fizera, ao visitar Anna, foram solucionadas de forma categórica. Soube, então, que não o deveria ter feito.

Os olhos de Kitty abriram-se de um modo especial e reluziram à menção do nome de Anna, mas, com um esforço sobre si mesma, ela ocultou sua comoção e enganou-o.

— Ah! — limitou-se a dizer.

— Você, sem dúvida, não vai zangar-se por eu ter ido. Stiva me pediu, e Dolly o desejava — prosseguiu Liévin.

— Ah, não — disse Kitty, mas, em seus olhos, Liévin percebeu o esforço de Kitty para conter-se, e isso não lhe augurava nada de bom.

— É uma mulher muito gentil, muito, muito infeliz, muito boa — disse Liévin, e falou sobre Anna, suas atividades, e transmitiu à esposa as palavras que ela lhe pedira.

— Sim, é claro, é muito infeliz — disse Kitty, quando ele terminou. — De quem são as cartas que você recebeu?

Liévin respondeu e, confiante no tom calmo da voz da esposa, foi trocar-se.

De volta, encontrou Kitty na mesma poltrona. Quando se aproximou, ela o olhou de relance e desatou a chorar.

— O quê? O que foi? — perguntou Liévin, já sabendo o motivo.

— Você se apaixonou por essa mulher sórdida, ela seduziu você. Eu vi, pelos seus olhos... Sim, sim! O que vai acontecer? No clube, você bebeu, bebeu, jogou e depois foi... à casa de quem? Não, vamos embora daqui... Amanhã mesmo eu vou embora.

Durante longo tempo, Liévin não conseguiu acalmar a esposa. Por fim, acalmou-a, mas só depois de reconhecer que o sentimento de piedade, somado à bebida, o havia confundido e que ele não resistira à influência ardilosa de Anna, e só depois de prometer que iria evitá-la. O que admitiu com mais sinceridade foi que, vivendo tanto tempo em Moscou, onde nada tinha a fazer senão conversar, comer e beber, ele acabara aturdido. Os dois continuaram a conversar até as três da madrugada. Só às três horas se reconciliaram o bastante para conseguirem dormir.

XII

Depois de acompanhar as visitas até a saída, Anna, em vez de sentar-se, pôs-se a andar para um lado e para o outro, na sala. Embora inconscientemente (como vinha agindo, nos últimos tempos, em relação a todos os homens jovens) Anna tivesse feito, durante a noite inteira, todo o possível para excitar em Liévin um sentimento de amor por ela, e embora soubesse que o havia conseguido, na medida do possível, tratando-se de um homem casado e honesto, e em uma só noite, e embora houvesse gostado muito dele (apesar da acentuada diferença, do ponto de vista masculino, entre Vrónski e Liévin, Anna, como mulher, via em ambos o traço comum que levou Kitty a se apaixonar por Vrónski e também por Liévin), assim que ele saiu pela porta, Anna parou de pensar em Liévin.

Um único pensamento a perseguia obsessivamente, e sob diversas formas. "Se eu produzo tal efeito nos outros, como nesse homem tão amoroso com o lar e com a família, por que ele se mostra tão frio comigo?... Não que seja frio, ele me ama, eu sei disso. Mas, agora, há algo novo que nos separa. Por que ele não fica em casa a noite inteira? Mandou Stiva me dizer que não pode deixar Iáchvin sozinho e precisa vigiar o seu jogo. Acaso Iáchvin é uma criança? Mas vamos supor que seja verdade. Ele nunca diz mentiras. Mas nessa verdade há alguma outra coisa. Ele fica feliz com a oportunidade de me mostrar que tem outros compromissos. Sei disso, e estou de acordo. Mas para que me provar isso? Ele quer me provar que seu amor por mim não deve tolher a sua liberdade. Mas eu não preciso de provas, preciso de amor. Ele deveria compreender todo o peso da minha vida, aqui, em Moscou. Acaso eu vivo? Não estou vivendo, mas esperando uma solução, que é sempre, sempre adiada. Mais uma vez, não tive resposta! Stiva diz que não pode ir ter com Aleksei Aleksándrovitch. Eu ainda não posso escrever. Nada posso fazer, nada posso começar, nada posso modificar, eu me contenho, espero, invento coisas para me entreter — a família da inglesinha, os escritos, as leituras, mas isso tudo é só um engodo, isso tudo é semelhante à morfina. Ele devia ter pena de mim", disse Anna consigo, sentindo que lágrimas de autocompaixão lhe brotavam nos olhos.

Ela ouviu o impetuoso toque da campainha de Vrónski e, às pressas, enxugou as lágrimas, e não só enxugou as lágrimas como sentou-se junto ao lampião e abriu um livro, simulando estar calma. Era preciso mostrar-lhe que estava descontente por ele não ter voltado como prometera, apenas descontente, mas não lhe revelar, em hipótese alguma, a sua mágoa e, sobretudo, a autocompaixão. Anna podia ter pena de si mesma, mas Vrónski não podia ter pena dela. Não queria brigas, censurava-o por querer discutir, mas, sem querer, ela mesma se punha em posição de combate.

— E então, você não ficou entediada? — perguntou Vrónski, aproximando-se, animado e alegre. — Que paixão terrível é o jogo!

— Não, eu não me entediei, e já faz muito que aprendi a não me entediar. Stiva passou por aqui, e Liévin também.

— Sim, eles queriam vir visitá-la. Pois bem, e você gostou de Liévin? — perguntou, enquanto sentava ao lado de Anna.

— Muito. Saíram faz pouco tempo. O que houve com o Iáchvin?

— Estava ganhando, setenta mil. Eu o chamei. Ele já estava saindo. Mas voltou e dessa vez passou a perder.

— Então para que você ficou lá? — perguntou Anna, após levantar os olhos de súbito. A expressão em seu rosto era fria e hostil. — Você disse ao Stiva que ia ficar para levar o Iáchvin embora. Mas deixou-o lá.

A mesma expressão fria e pronta para o combate se refletiu no rosto de Vrónski.

— Em primeiro lugar, não pedi a Stiva que lhe transmitisse nenhum recado; em segundo lugar, nunca digo mentiras. Acima de tudo, eu quis ficar e fiquei — retrucou, franzindo as sobrancelhas. — Anna, por quê, por quê? — perguntou, após um minuto de silêncio, inclinando-se para ela, e abriu a mão, na esperança de que Anna colocasse ali a sua.

Ela ficou feliz com esse convite à ternura. Mas uma estranha força maligna não permitiu que Anna cedesse à sua própria propensão, como se as regras do combate não permitissem que ela se rendesse.

— Claro, você quis ficar e ficou. Você faz tudo o que quer. Mas para que me diz isso? Para quê? — perguntou, cada vez mais exaltada. — Acaso alguém contesta os seus direitos? Mas você quer ter razão, pois então fique com ela.

A mão de Vrónski fechou-se, ele se afastou e seu rosto adquiriu uma expressão ainda mais obstinada que antes.

— Para você, é uma questão de obstinação — disse Anna, após olhar fixamente para ele e encontrar, de súbito, um nome para aquela expressão que a irritava no rosto de Vrónski. — Nada mais do que obstinação. Para você, a questão é saber se sairá vencedor, contra mim, mas para mim... — De novo, sentiu pena de si mesma e por pouco não desatou a chorar. — Se você soubesse qual é a questão, para mim! Quando sinto, como agora, que você me trata com hostilidade, sim, com hostilidade, se você soubesse o que isso significa para mim! Se você soubesse como estou perto da desgraça, neste minuto, como sinto medo, medo de mim mesma! — E virou-se, escondendo os soluços.

— Mas do que está falando? — perguntou Vrónski, horrorizado, diante da expressão do desespero de Anna, inclinando-se de novo para ela, tomando-lhe a mão e beijando-a. — Por quê? Por acaso eu procuro distrações fora de casa? Por acaso não evito a companhia de mulheres?

— Era só o que faltava! — exclamou Anna.

— Mas, diga, o que devo fazer para que você fique calma? Estou disposto a fazer tudo para que você seja feliz — pediu, comovido com o desespero de Anna. — Não há nada que eu não faça para livrá-la da mágoa que sente agora, Anna!

— Não é nada, não é nada — respondeu ela. — Eu mesma não sei: a vida solitária, os nervos... Bem, não falemos mais disso. Como foi a corrida? Você não me contou — perguntou, tentando disfarçar a satisfação da vitória que, apesar de tudo, coubera ao seu lado.

Ele pediu a ceia e pôs-se a relatar detalhes das corridas; mas, em seu tom de voz e em seus olhares, que se tornavam cada vez mais frios, Anna percebeu que ele não lhe perdoava a vitória e que o sentimento de obstinação, contra o qual Anna lutara, se fortalecia de novo dentro dele. Vrónski estava mais frio do que antes, em relação a Anna, como se estivesse arrependido por haver se resignado. E ela, ao lembrar-se das palavras que lhe deram a vitória — "estou perto da desgraça, sinto medo de mim mesma" —, compreendeu que essa era uma arma perigosa e que não poderia usá-la outra vez. Sentiu também que, ao lado do amor que os unia, se estabelecera entre ambos um maligno espírito de luta, que ela não conseguia expulsar do coração de Vrónski e menos ainda do seu próprio.

XIII

Não há situação a que uma pessoa não possa habituar-se, sobretudo quando vê que todos à sua volta vivem assim. Três meses antes, Liévin não poderia acreditar que conseguiria adormecer tranquilamente na situação em que se achava agora; não poderia acreditar que, vivendo uma vida sem propósito, sem sentido, uma vida, além do mais, acima dos seus recursos, após uma bebedeira (não podia denominar de outra forma o que se passara no clube), após absurdas relações de amizade com um homem pelo qual, tempos antes, a esposa estivera apaixonada e uma visita ainda mais absurda a uma mulher que ele não podia denominar senão de perdida, e após demonstrar o seu entusiasmo com essa mulher e causar a fúria da esposa — não poderia acreditar que ele conseguiria, em tal situação, adormecer tranquilamente. Mas, sob o efeito do cansaço, da noite passada em claro e da bebida que tomara, ele adormeceu num sono profundo e tranquilo.

Às cinco horas, o rangido de uma porta ao abrir o despertou. Ergueu-se de um salto e olhou em redor. Kitty não estava na cama, a seu lado. Mas, atrás do tabique, uma luz se movia e ele ouviu passos.

— O que foi?... O que foi? — perguntou, sonolento. — Kitty!

— Não é nada — respondeu ela, saindo de trás do tabique, com a vela na mão. — Não me senti muito bem — disse, com um sorriso particularmente meigo e expressivo.

— O quê? Começou, começou? — exclamou, assustado. — Temos de mandar chamar alguém — e tratou de vestir-se às pressas.

— Não, não — disse ela, sorrindo e segurando-o com a mão. — Não é nada, com certeza. Senti uma coisa à toa, nada de mais. E agora, já passou.

E Kitty, enquanto caminhava para a cama, apagou a vela, depois se deitou e ficou em silêncio. Embora Liévin achasse suspeito o silêncio da esposa, a sua respiração contida e, acima de tudo, a singular expressão de ternura e de agitação com que ela, ao sair de trás do tabique, lhe dissera "não é nada", Liévin estava com tanto sono que adormeceu logo em seguida. Só mais tarde se lembrou da serenidade da respiração de Kitty e compreendeu tudo o que se passava, em sua alma gentil e preciosa, durante o tempo em que, sem se mexer, à espera do principal acontecimento da vida da mulher, Kitty ficou deitada ao seu lado. Às sete horas, despertou-o o contato da mão dela em seu ombro e um sussurro suave. Ela parecia lutar, de um lado, com pena de acordá-lo e, de outro, com o desejo de lhe falar.

— Kóstia, não se assuste. Não é nada. Mas parece... É preciso chamar a Lizavieta Pietróvna.

A vela estava acesa de novo. Kitty estava sentada na cama e segurava, na mão, o tricô em que vinha trabalhando nos últimos dias.

— Por favor, não se assuste, não é nada. Não estou com medo nenhum — disse, ao ver o rosto assustado de Liévin, e apertou a mão do marido contra o peito, e depois contra os lábios.

Ele se levantou às pressas, sem noção de si mesmo e sem desviar os olhos dela, vestiu o roupão e parou, sempre fitando Kitty. Era preciso sair, mas ele não conseguia desprender-se do seu olhar. Por mais que amasse o rosto de Kitty, conhecesse suas expressões e seus olhares, jamais a vira assim. Diante dela, tal como estava agora, como ele pareceu repugnante e horrível aos próprios olhos, ao lembrar-se da irritação da esposa no dia anterior! O rosto ruborizado de Kitty, rodeado pelos cabelos macios que haviam escapado por baixo da touquinha de dormir, brilhava de alegria e de determinação.

Embora houvesse muito pouco de artificial e de convencional na personalidade de Kitty, mesmo assim Liévin se impressionou com o que se desnudou à sua frente quando, de súbito, todos os véus foram retirados e o próprio âmago da alma de Kitty reluziu nos olhos dela. E, nessa naturalidade e nesse desnudamento, Kitty, a mesma que ele tanto amava, estava mais visível ainda. Sorrindo, ela o fitava; mas, de repente, suas sobrancelhas estremeceram, ela ergueu a cabeça e, caminhando ligeiro na sua direção, tomou-lhe a mão e apertou-se inteira a Liévin, envolvendo-o na sua respiração cálida. Sofria e parecia queixar-se dele pelo seu sofrimento. E Liévin, no primeiro minuto, e por hábito, teve a impressão de que era o culpado. Mas, no olhar de Kitty, havia uma ternura que dizia que ela não só não o recriminava, como até amava esse mesmo sofrimento. "Se não sou eu, de quem é a culpa?" — Liévin não pôde deixar de pensar, à procura de um culpado para aqueles sofrimentos, a fim de castigá-lo; mas não havia um culpado. Ela sofria, queixava-se e triunfava por meio daqueles sofrimentos, alegrava-se por eles, e os amava. Liévin se deu conta de que, na alma da esposa, algo maravilhoso acontecia, mas o que era? Ele não conseguia entender. Estava acima do seu entendimento.

— Mandei chamar mamãe. E você, vá depressa buscar Lizavieta Pietróvna... Kóstia!... Não foi nada, passou.

Separou-se dele e fez soar a campainha.

— Bem, agora vá, Pacha está vindo. Não há nada de mais comigo.

E Liévin, com surpresa, viu que a esposa pegou o tricô, que havia trazido à noite, e recomeçava a tricotar.

No momento em que Liévin saía por uma porta, ouviu que, pela outra, entrava uma criada. Ele se deteve na porta e escutou como Kitty dava ordens detalhadas para a criada e como ela mesma a ajudava a mudar a posição da cama.

Liévin trocou de roupa e, enquanto atrelavam os cavalos, pois àquela hora ainda não havia trenós de aluguel, voltou correndo para o quarto, não na ponta dos pés, mas, assim lhe pareceu, batendo asas. Duas criadas traziam coisas para o quarto. Kitty caminhava e tricotava, laçando rapidamente os nós, enquanto dava ordens.

— Vou agora buscar o médico. Já foram buscar Lizavieta Pietróvna, mas também vou até lá. É preciso mais alguma coisa? Sim, devo chamar Dolly?

Kitty fitou-o, obviamente sem ouvir o que ele dizia.

— Sim, sim. Vá, vá — falou depressa, franzindo as sobrancelhas e brandindo a mão para ele.

Já havia deixado a sala para trás quando, de repente, um gemido queixoso irrompeu no quarto e logo silenciou. Ele parou e, por um longo tempo, não conseguiu compreender.

“Sim, é ela”, disse consigo e, com a cabeça segura entre as mãos, correu para o andar de cima.

— Meu Deus, ajude! Perdão, perdão! — repetia palavras que, de modo um tanto inesperado, lhe vieram à boca. E Liévin, um homem sem fé, repetia tais palavras não só com a boca. Agora, nesse instante, ele se deu conta de que não só todas as suas dúvidas como também a impossibilidade de crer por meio da razão, que conhecia por experiência própria, em nada o impediam de voltar-se para Deus. Tudo isso, agora, como cinzas, foi varrido de sua alma. A quem poderia voltar-se senão Àquele em cujas mãos ele sentia estar, como estavam também a sua alma e o seu amor?

Os cavalos ainda não estavam prontos, mas, sentindo em si uma singular tensão das forças físicas e da consciência do que tinha de fazer, Liévin, a fim de não desperdiçar nem um minuto, saiu a pé, sem esperar pelos cavalos, e mandou Kuzmá alcançá-lo depois.

Na esquina, encontrou um carro de aluguel noturno, que vinha apressado. Dentro do pequeno trenó, num casaco de veludo, envolta num xale, vinha Lizavieta

Pietróvna. "Graças a Deus, graças a Deus!", exclamou Liévin, exultante, ao reconhecer o rosto pequeno e louro, que tinha agora uma expressão particularmente séria e até severa. Sem mandar que o cocheiro parasse, ele voltou atrás correndo, ao lado dela.

— Duas horas, então? Não mais? — perguntou a mulher. — O senhor vá encontrar Piotr Dmítritch, mas não o afobe. E traga ópio da farmácia.

— A senhora então acha que tudo pode correr bem? Meu Deus, tenha piedade e ajude! — disse Liévin, ao ver seu trenó sair pelo portão. Depois de saltar para o trenó e sentar-se ao lado de Kuzmá, mandou tocar para a casa do médico.

XIV

O médico ainda não havia levantado e o criado disse que "o senhor se deitara tarde e deixara ordens de não ser acordado, mas logo iria levantar-se". O criado limpava o vidro dos lampiões e parecia muito entretido com a tarefa. A atenção do criado com os vidros e sua indiferença para o que ocorria na casa de Liévin o espantaram, a princípio, mas, pensando melhor, logo compreendeu que ninguém sabia nem tinha a obrigação de saber quais os seus sentimentos e que isso tornava ainda mais necessário que agisse com serenidade, equilíbrio e determinação, a fim de quebrar aquele muro de indiferença e alcançar o seu objetivo. "Não me apressar e não omitir nada", disse Liévin consigo, sentindo um aumento incessante das forças físicas e da sua consciência do que tinha de fazer.

Ao ser informado de que o médico não havia levantado, Liévin, entre os diversos planos que lhe ocorreram, deteve-se no seguinte: Kuzmá levaria um bilhete para outro médico, enquanto ele mesmo iria à farmácia comprar ópio, e se quando voltasse o médico ainda não tivesse levantado, subornaria o criado ou, caso ele não aceitasse, acordaria o médico à força, não importavam as consequências.

Na farmácia, com a mesma indiferença com que o criado limpava os vidros, um farmacêutico magricelo lacrava cápsulas cheias de um pó, para um cocheiro que aguardava, e recusou-se a lhe dar ópio. Tentando não se afobar e não se irritar, Liévin tratou de convencê-lo, mencionando o nome do médico e da parteira e explicando para que precisava do ópio. Em alemão, o farmacêutico pediu um conselho, perguntou se devia ou não fornecer o ópio e, após receber a autorização que veio de trás de um tabique, apanhou um frasquinho, um funil, verteu lentamente de um frasco grande para o pequeno, colou um rótulo, começou a lacrar, apesar dos apelos de Liévin para que não o fizesse, e quis também embrulhar o vidro. Mas isso Liévin já não podia suportar; com decisão, arrancou-o das mãos dele e correu para fora, através das grandes portas de vidro. O médico ainda não havia acordado e o criado, agora ocupado em estender um tapete, recusou-se a acordá-lo. Liévin, sem pressa, pegou uma nota de dez rublos e, pronunciando lentamente as palavras, mas sem perder tempo, lhe deu a nota e explicou que Piotr Dmítritch (como agora, aos olhos de Liévin, parecia grande e importante aquele Piotr Dmítritch, antes tão insignificante!) prometera ajudar a qualquer hora, que ele com toda a certeza não ficaria aborrecido e que, portanto, devia acordá-lo imediatamente.

O criado aceitou, foi para o andar de cima e pediu que Liévin ficasse na sala de espera.

Através da porta, Liévin ouviu como o médico tossia, caminhava, se lavava e falava algo. Passaram-se uns três minutos; Liévin tinha a impressão de que se passara mais de uma hora. Não conseguiu mais esperar.

— Piotr Dmítritch, Piotr Dmítritch! — pôs-se a falar, com voz suplicante, na porta aberta. — Pelo amor de Deus, perdoe-me. Venha comigo assim como está. Já se passaram mais de duas horas.

— Já vou, já vou! — respondeu uma voz, e Liévin percebeu com surpresa que o médico dizia aquilo sorrindo.

— Num minuto...

— Já vou.

Passaram-se ainda mais dois minutos enquanto o médico calçava as botas e mais dois minutos enquanto o médico se vestia e se penteava.

— Piotr Dmítritch! — com voz queixosa, Liévin quis recomeçar, mas nesse momento o médico saiu do quarto, vestido e penteado. "Essa gente não tem consciência", pensou Liévin. "Pentear-se, enquanto estamos morrendo!"

— Bom dia! — disse-lhe o médico, estendendo-lhe a mão e como que o provocando com a sua tranquilidade. — Não se afobe. O que há?

Esforçando-se para ser o mais minucioso possível, Liévin passou a relatar todos os detalhes desnecessários da situação da esposa, interrompendo o relato, a todo momento, com apelos para que o médico viesse logo com ele.

— Mas não tenha pressa. Afinal, o senhor não conhece essas coisas. Eu não sou necessário, na verdade, mas prometi e irei, com todo o prazer. O senhor sente-se, por favor, não gostaria de tomar um café?

Liévin olhou-o com uma expressão interrogativa, para ver se não estaria caçoando dele. Mas tal coisa nem passava pelo pensamento do médico.

— Eu sei, meu senhor, eu sei — disse o médico, sorrindo. — Também sou pai de família; mas nós, os maridos, nessas horas, somos as pessoas mais dignas de pena do mundo. Tenho uma paciente cujo marido, nessas ocasiões, sempre foge para a estrebaria.

— Mas o que o senhor acha, Piotr Dmítritch? Acha que pode correr tudo bem?

— Todos os dados indicam um desfecho positivo.

— Então o senhor virá imediatamente? — disse Liévin, olhando com raiva para o criado que servia o café.

— Daqui a uma horinha.

— Não, pelo amor de Deus!

— Pois bem, mas deixe-me tomar o café.

O médico começou a tomar o café. Os dois ficaram em silêncio.

— Pois então aqueles turcos sofreram uma derrota decisiva. O senhor leu as notícias de ontem? — perguntou o médico, enquanto mastigava um pãozinho.

— Não, eu não aguento! — exclamou Liévin, erguendo-se de um salto. — O senhor virá em quinze minutos?

— Em meia hora.

— Palavra de honra?

Quando voltou para casa, Liévin encontrou a princesa e os dois aproximaram-se juntos da porta do quarto. A princesa tinha lágrimas nos olhos e suas mãos tremiam. Ao ver Liévin, ela compreendeu seus sentimentos e pôs-se a chorar.

— E então, minha querida Lizavieta Pietróvna — disse ela, segurando a mão de Lizavieta Pietróvna, que saíra a seu encontro, com o rosto radiante e sério.

— Vai tudo bem — respondeu. — Convença sua filha a deitar-se. Será mais fácil.

Desde o momento em que acordara e compreendera do que se tratava, Liévin havia se preparado para suportar aquilo que o aguardava, sem refletir e sem prever coisa alguma, mantendo todos os seus pensamentos e sentimentos trancados à chave, sem perturbar a esposa, mas sim, ao contrário, tranquilizando-a e apoiando a sua coragem. Sem se permitir sequer pensar no que iria acontecer e em como tudo terminaria, a julgar pelo que havia apurado sobre como aquilo normalmente se desenrolava, Liévin, em sua imaginação, preparou-se para sofrer e reter o coração nas mãos, durante umas cinco horas, e isso lhe pareceu possível. Mas, quando voltou da casa do médico e viu de novo o sofrimento da esposa, pôs-se a repetir de forma cada vez mais constante "Meu Deus, perdoe, ajude", pôs-se a suspirar e a virar a cabeça para cima; e teve medo de não suportar aquilo, desatar a chorar ou fugir correndo, tamanho era o seu tormento. E só se passara uma hora.

Mas, após essa hora, passou-se outra hora, duas, três, as cinco horas que ele estabelecera para si como prazo máximo de sua resistência, e a situação ainda era a mesma; e Liévin continuava a suportar, pois não havia nada mais a fazer senão suportar, pensando a cada minuto que havia alcançado o último limite de resistência e que seu coração, logo em seguida, rebentaria de compaixão.

Porém, passaram-se mais alguns minutos, mais uma hora, e outra hora ainda, e seus sentimentos de compaixão e de terror cresciam e o deixavam cada vez mais tenso.

Todas as condições habituais da vida, sem as quais é impossível entender o que quer que seja, não existiam mais para Liévin. Ele perdera a noção do tempo. Às vezes, os minutos — aqueles minutos em que ela o estreitara contra si e em que ele segurara sua mão suada, que ora comprimia com força incomum a mão dele, ora a rechaçava — lhe pareciam horas, outras vezes as horas lhe pareciam minutos. Espantou-se quando Lizavieta Pietróvna lhe pediu, por trás do biombo, que acendesse uma vela e se deu conta de que já eram cinco horas da tarde. Se lhe dissessem que eram apenas dez da manhã, não ficaria menos espantado. Onde estivera durante todo esse tempo, ele não saberia dizer, assim como ignorava o que havia acontecido. Via o afogueado rosto de Kitty, ora perplexo e agoniado, ora sorridente e tranquilizador. Via também a princesa, que mordia os lábios, vermelha, tensa, com madeixas de cabelo grisalho que haviam se desprendido e as lágrimas que ela engolia com esforço, via Dolly e o médico, que fumava uns cigarros grossos, e Lizavieta Pietróvna, com o rosto firme, decidido e tranquilizador, via o velho príncipe, que passeava pela sala com o rosto franzido. Mas como eles entravam e saíam, onde ficavam, ele não sabia. A princesa ficava ora no quarto com o médico, ora no escritório, onde de repente apareceu uma mesa posta; ora ela não estava lá, mas sim Dolly. Mais tarde, Liévin compreendeu que o mandavam ir de um lado para o outro. Certa vez, o mandaram deslocar a mesa e um sofá. Ele o fez, com zelo, pensando que era necessário para Kitty, mas logo depois soube que assim havia preparado um lugar para ele mesmo dormir. Mais tarde, mandaram-no ir ao escritório perguntar algo ao médico. O médico respondeu e, em seguida, passou a falar sobre a desordem que reinava na Duma. Depois, mandaram-no ir ao quarto ajudar a princesa a pegar um ícone com adornos de prata banhada a ouro e, com o auxílio da velha criada de quarto da princesa, Liévin subiu numa estante, mas quebrou um lampião e a criada da princesa o acalmou, sobre a esposa e sobre o lampião, e ele trouxe o ícone e o colocou na cabeceira de Kitty, enfiando-o cuidadosamente por trás do travesseiro. Mas onde, quando e para que tudo isso se passou, ele ignorava. Também não entendia por que a princesa segurava sua mão e, fitando-o com compaixão, pedia que se acalmasse, e Dolly tentava convencê-lo a comer alguma coisa, o conduzia para fora do quarto, e até o médico o observava, com ar sério e compadecido, e lhe oferecia umas gotas.

Ele só sabia e sentia que aquilo que se passava era semelhante ao que havia ocorrido um ano antes, na hospedaria de uma cidade de província, junto ao leito de morte do seu irmão Nikolai. Mas lá, tratava-se de uma desgraça — aqui, era a alegria. Porém, tanto aquela desgraça quanto essa alegria se situavam fora do âmbito de todas as condições normais da vida, eram como furos abertos nessa vida rotineira, através dos quais algo mais elevado se revelava. E o que se passava, agora, transcorria de modo igualmente penoso e torturante, e a alma, na contemplação dessa coisa sublime, se alçava de modo igualmente inconcebível a uma altura que nunca antes conhecera e onde a razão já não conseguia alcançá-la.

"Meu Deus, perdoe e ajude", não cessava de repetir consigo, apesar do seu longo e aparentemente completo alheamento da fé, sentindo que se dirigia a Deus do mesmo modo confiante e natural dos tempos da infância e da primeira juventude.

Durante todas essas horas, havia em Liévin dois estados de ânimo distintos. Um, sem a presença da esposa, quando ele estava com o médico, que fumava um cigarro grosso após o outro e os apagava na borda de um cinzeiro cheio; com Dolly e o príncipe, onde se desenrolavam conversas sobre o jantar, sobre política, sobre a doença de Mária Pietróvna, e onde Liévin, de repente, se esquecia de todo, por alguns momentos, daquilo que se passava e sentia-se como se tivesse acabado de acordar; e o outro estado de ânimo, em presença de Kitty, na sua cabeceira, onde o coração parecia querer romper-se e por pouco não estourava de compaixão, enquanto ele rezava a Deus, sem parar. E toda vez, após ser arrancado do seu estado de esquecimento por um grito que voava do quarto até seus ouvidos, Liévin de novo recaía na mesma confusão estranha em que se achava no primeiro momento; toda vez, após ouvir um grito, ele se erguia de um salto, corria para se justificar, no caminho lembrava que não era o culpado, e sentia vontade de proteger, ajudar. Ao olhar para ela, porém, via de novo que era impossível ajudar, ficava horrorizado e dizia: "Meu Deus, perdoe e ajude". E, quanto mais o tempo passava, mais fortes se tornavam os dois estados de ânimo: quanto mais calmo e mais esquecido da esposa ficava Liévin, na ausência dela, tanto mais angustiantes se tornavam, quando em presença de Kitty, os sofrimentos da esposa e o sentimento de nada poder fazer para ajudá-la. Levantava-se de um salto, queria correr para algum lugar e corria para perto dela.

Às vezes, vezes sem conta, quando Kitty o chamava, Liévin a recriminava. Mas, depois de ver seu rosto submisso, que sorria, e depois de ouvir as palavras "estou deixando você aflito", ele culpava Deus, mas, ao lembrar-se de Deus, logo pedia perdão e misericórdia.

XV

Ele não sabia se era tarde ou cedo. Todas as velas já estavam se extinguindo. Dolly, pouco antes, estivera no escritório e pedira ao médico que fosse deitar-se. Liévin estava sentado, ouvia a conversa do médico sobre um charlatão do magnetismo e observava as cinzas dos seus cigarros. Era uma fase de repouso e ele havia esquecido. Tinha esquecido completamente o que se passava naquele momento. Escutava o relato do médico e o compreendia. De súbito, irrompeu um grito, diferente de todos os outros. O grito foi tão aterrador que Liévin nem se levantou de um salto, mas, sem respirar, fitou o médico com expressão assustada e interrogativa. O médico inclinou a cabeça para o lado, apurou o ouvido e sorriu com aprovação. Tudo era tão extraordinário que nada mais deixava Liévin surpreso. "Na certa, isso é necessário", pensou, e continuou sentado. De quem fora aquele grito? Ele se ergueu de um salto, entrou no quarto depressa e, na ponta dos pés, passou por Lizavieta Pietróvna, pela princesa, e postou-se em seu lugar, na cabeceira da cama. O grito silenciara, mas agora havia algo diferente. O que era, ele não via, não entendia e não queria ver nem entender. Mas o via no rosto de Lizavieta Pietróvna: o rosto de Lizavieta Pietróvna estava severo e pálido, e com a mesma expressão decidida, embora o seu queixo tremesse um pouco e os seus olhos estivessem fixamente dirigidos para Kitty. O rosto afogueado e exausto de Kitty, com mechas de cabelo coladas pelo suor, voltava-se para Liévin e procurava o seu olhar. As mãos erguidas pediam as suas mãos. Após agarrar as mãos frias de Liévin em suas mãos suadas, Kitty pôs-se a apertá-las contra o rosto.

— Não vá embora, não vá embora! Eu não tenho medo, não tenho medo! — disse ela, depressa. — Mamãe, tire os meus brincos. Estão me incomodando. Você não está com medo, está? Depressa, depressa, Lizavieta Pietróvna...

Falava muito depressa e fez menção de sorrir. Mas de repente seu rosto desfigurou-se e ela empurrou o marido para trás.

— Não, é horrível! Vou morrer, vou morrer! Vá embora, vá embora! — pôs-se a gritar e de novo se ouviu aquele grito, diferente de todos os outros.

Liévin apertou a cabeça entre as mãos e correu para fora do quarto.

— Não é nada, não é nada, está tudo bem! — dizia Dolly, que veio no seu encalço.

Mas, dissessem o que dissessem, ele sabia que agora tudo estava perdido. Com a cabeça encostada à ombreira da porta, Liévin estava parado, de pé, no quarto vizinho e ouvia um ganido e um uivo que jamais ouvira e sabia que o que estava gritando era aquilo que, antes, tinha sido Kitty. Ele, já fazia tempo, nem queria mais um filho. Agora, odiava esse filho. Já nem desejava mais a vida dela, só desejava o fim daqueles terríveis tormentos.

— Doutor! O que é isso? O que é isso? Meu Deus! — exclamou, segurando pelo braço o médico que entrava.

— Está acabando — disse o médico. E o rosto do médico estava tão sério quando falou que Liévin entendeu "está acabando" no sentido de "já vai morrer".

Fora de si, entrou correndo no quarto. Em primeiro lugar, viu o rosto de Lizavieta Pietróvna. Ainda estava franzido e severíssimo. O rosto de Kitty não existia. Em seu lugar, onde antes estava o rosto, havia algo assustador pelo aspecto de tensão e também pelo som que de lá saía. Liévin apoiou a cabeça na coluna da cama e sentiu que o coração ia estourar. O grito pavoroso não se calou, tornou-se ainda mais pavoroso e, como se tivesse alcançado o último limite do horror, de súbito silenciou. Liévin não acreditava em seus ouvidos, mas não podia duvidar: o grito havia silenciado e ouvia-se um rebuliço abafado, um farfalhar de panos e respirações aceleradas, e a voz dela, entrecortada, feliz, vivaz e carinhosa, falava:

— Acabou.

Ele ergueu a cabeça. Depois que suas mãos sem forças largaram a colcha, ela o fitou em silêncio, extraordinariamente bela e serena, queria sorrir e não conseguia.

De súbito, Liévin sentiu-se instantaneamente transportado, daquele mundo remoto, misterioso e terrível onde vivera as últimas vinte e duas horas, para o mundo costumeiro de antes, mas que agora resplandecia com uma luz nova de felicidade, tão brilhante que ele não conseguia suportar. Todas as cordas esticadas se soltaram. Soluços e lágrimas de alegria, que ele não previra de forma alguma, ergueram-se com tal força dentro dele e sacudiram todo o seu corpo a tal ponto que Liévin, por longo tempo, não conseguiu falar.

De joelhos diante da cama, ele segurava a mão da esposa junto aos lábios, beijava-a, e essa mão respondia a seus beijos com um débil movimento dos dedos. Enquanto isso, na outra ponta da cama, nos braços hábeis de Lizavieta Pietróvna, como uma centelha num castiçal, agitava-se a vida de uma criatura humana, que nunca antes existira e que, com o mesmo direito, com a mesma importância para si que tinham os demais, iria existir e gerar seres semelhantes a si mesmo.

— Está vivo! Está vivo! E ainda por cima é um menino! Não se preocupe! — ouviu Liévin a voz de Lizavieta Pietróvna, que, com as mãos trêmulas, dava palmadinhas nas costas da criança.

— Mamãe, é verdade? — perguntou a voz de Kitty.

Apenas os soluços da princesa lhe responderam.

E, em meio ao silêncio, como uma resposta categórica à pergunta da mãe, ouviu-se uma voz em tudo diferente de todas as vozes que falavam, em surdina, ali no quarto. Era o grito corajoso, insolente, intransigente, de uma nova criatura humana, que não se compreendia de onde tinha vindo.

Antes, se dissessem a Liévin que Kitty havia morrido, que ele morrera com ela, que seus filhos eram anjos e que Deus estava ali, na sua frente, ele não ficaria nem um pouco admirado; mas agora, de volta ao mundo da realidade, Liévin fazia um enorme esforço de pensamento para compreender que ela estava viva, sã e salva, e que a criatura que guinchava desesperadamente era o seu filho. Kitty estava viva, o sofrimento terminara. E ele sentia uma felicidade inexprimível. Até aí, ele compreendia e sentia-se, com isso, plenamente feliz. Mas e o bebê? De onde tinha vindo, para quê, e quem era?... Liévin nada conseguia entender, não conseguia habituar-se a tal ideia. O bebê pareceu-lhe algo supérfluo, excedente, a que por muito tempo não pôde habituar-se.

XVI

Às dez horas, o velho príncipe, Serguei Ivánovitch e Stiepan Arcáditch estavam sentados juntos, em casa de Liévin e, após conversarem sobre a parturiente, passaram a falar de assuntos gerais. Liévin os escutava e, diante de tais conversas, lembrando-se, sem querer, do que se passara desde a manhã anterior até então, recordava-se também de como ele se sentira, desde o dia anterior até esse momento. Era como se houvessem passado cem anos. Liévin sentia-se numa altitude inacessível, de onde havia descido com cuidado a fim de não ofender as pessoas com quem conversava. Liévin participava da conversa e não parava de pensar na esposa, nos pormenores da situação atual dela, e também no filho, e tentava acostumar-se à ideia da existência da criança. Todo o mundo feminino, que adquirira um significado novo e desconhecido para ele, desde o casamento, agora, em seu conceito, se alçara a tais alturas que a sua imaginação não conseguia abarcá-lo. Liévin ouvia a conversa a respeito do jantar do dia anterior no clube e pensava: "O que será que se passa com ela, agora? Será que dormiu? Como estará? Em que pensa? Será que o meu filho Dmítri está gritando?". E no meio da conversa, no meio de uma frase, levantou-se de um salto e saiu da sala.

— Venha me dizer se eu posso ir vê-la — pediu o príncipe.

— Está bem, virei logo — respondeu Liévin e, sem se deter, seguiu para o quarto de Kitty.

Ela não estava dormindo, conversava em voz baixa com a mãe, fazendo planos para o futuro batizado.

Arrumada, penteada, com uma touquinha elegante, em que havia um toque de azul, e com os braços estendidos sobre a colcha, ela estava deitada de costas e, ao encontrar o olhar de Liévin, atraiu-o para si, com o seu olhar. Já em si tão radiante, o seu olhar reluziu ainda mais, à medida que o marido se aproximava. No rosto de Kitty, ocorrera a mesma mudança do terreno para o extraterreno que se verifica no rosto dos defuntos; mas, para estes, era uma despedida, e para ela, eram as boas-vindas. De novo, uma agitação semelhante à que experimentara no instante do nascimento acudiu ao coração de Liévin. Kitty segurou sua mão e perguntou se havia dormido. Ele não conseguiu responder e virou o rosto, constatando sua fraqueza.

— Já eu peguei no sono, Kóstia! — disse ela. — E agora me sinto tão bem!

Olhou para ele, mas, de repente, a fisionomia de Kitty se alterou.

— Traga-o para mim — pediu ela, ao ouvir um gemido da criança. — Traga-o, Lizavieta Pietróvna, e ele vai ver.

— Claro, num instante, vamos deixar o papai ver — disse Lizavieta Pietróvna, levantando e trazendo algo vermelho, estranho e trêmulo. — Espere só um pouquinho, senhor, antes vamos protegê-lo — e Lizavieta Pietróvna colocou aquela coisa vermelha e trêmula sobre a cama, desenrolou e, de novo, enrolou o bebê; enquanto isso, o erguia e o virava com um só dedo e o polvilhava com alguma coisa.

Liévin, enquanto fitava essa criatura minúscula e lamentável, fazia esforços inúteis para encontrar na alma quaisquer vestígios de um sentimento paternal. Sentia apenas repugnância. Mas, quando a desnudaram e surgiram as mãozinhas e os pezinhos tão fininhos, cor de açafrão, também com dedinhos, e até com um polegar que se destacava dos demais, e quando Liévin percebeu como Lizavieta Pietróvna abria aqueles bracinhos como se fossem molas macias e os envolvia na roupa de linho, acudiu-lhe uma tamanha pena dessa criatura e um tal temor de que a parteira lhe causasse algum dano, que Liévin segurou sua mão.

Lizavieta Pietróvna desatou a rir.

— Não tenha medo, não tenha medo!

Quando o bebê ficou todo arrumado e transformado num boneco duro, Lizavieta Pietróvna o revirou nas mãos para um lado e para o outro, como que orgulhosa do seu trabalho, e afastou-se para que Liévin pudesse ver o filho, em toda a sua beleza.

Kitty, sem desviar os olhos do bebê, olhava de esguelha na mesma direção.

— Dê-me, dê-me! — pediu ela, e até fez menção de se levantar.

— O que é isso, Katierina Aleksándrovna, a senhora não pode fazer tanto movimento! Espere, já vou lhe dar. Estamos mostrando ao papai que rapagão nós somos!

E Lizavieta Pietróvna ergueu, na direção de Liévin, com uma só mão (a outra, só com a ponta dos dedos, escorava a nuca oscilante), a criatura vermelha, estranha, que balançava e escondia a cabeça atrás de uma ponta da fralda. Mas havia também o nariz, os olhos, que fitavam de lado, e os lábios, que estalavam.

— Um lindo bebê! — disse Lizavieta Pietróvna.

Liévin suspirou com desgosto. O lindo bebê só lhe inspirava um sentimento de repugnância e de lástima.

Não era, de forma alguma, o sentimento que ele esperava.

Virou o rosto, enquanto Lizavieta Pietróvna colocava o bebê junto ao peito da mãe, ainda desacostumado.

— Está bem, chega, chega! — disse Lizavieta Pietróvna, mas Kitty não o soltava. Ele adormeceu nos seus braços.

— Olhe agora — disse Kitty, virando o bebê para o pai, de modo que pudesse vê-lo. A carinha, com ar de velho, de repente enrugou-se ainda mais e o bebê soltou um espirro.

Sorrindo e mal contendo as lágrimas de ternura, Liévin beijou a esposa e saiu do quarto escuro.

O que sentia pela pequena criatura não era, de forma alguma, o que esperava. Nada havia de alegre ou de gratificante naquele sentimento; ao contrário, era um medo novo e torturante. Era a consciência de uma nova área de vulnerabilidade. E tal consciência foi tão torturante, no início, foi tão forte o medo de que aquela criatura indefesa fosse sofrer, que ele nem se deu conta do estranho sentimento de uma alegria absurda, e até de orgulho, que experimentou quando o bebê espirrou.

XVII

Os negócios de Stiepan Arcáditch estavam em péssima situação.

O dinheiro da venda de dois terços da floresta já fora gasto e, com dez por cento de desconto, ele tomara adiantado do comerciante quase toda a soma relativa à última terça parte. O comerciante não lhe deu mais dinheiro, sobretudo porque, naquele inverno, Dária Aleksándrovna, após declarar abertamente pela primeira vez os direitos que tinha sobre os seus bens, se recusou a assinar o contrato relativo ao recebimento do dinheiro da última terça parte da floresta. O ordenado inteiro era consumido pelas despesas domésticas e pelo pagamento de dívidas miúdas e inadiáveis. Não havia dinheiro algum.

Isso era desagradável, constrangedor e, na opinião de Stiepan Arcáditch, não podia continuar assim. A causa, a seu ver, era que ele ganhava um ordenado excessivamente baixo. O cargo que ocupava tinha sido, seguramente, muito bom, cinco anos antes, mas agora já não era mais. Pietrov, o diretor do banco, ganhava doze mil; Svientítski — membro de uma sociedade — ganhava dezessete mil; Mítin, que fundara um banco, ganhava cinquenta mil. "Pelo visto, fiquei dormindo e se esqueceram de mim", pensava Stiepan Arcáditch. Portanto tratou de ficar atento e, ao fim do inverno, descobriu um cargo muito melhor e lançou-se ao ataque, de início a partir de Moscou, por intermédio das tias, dos tios, de amigos, e mais tarde, na primavera, quando o assunto estava maduro, foi pessoalmente para Petersburgo. Era um desses cargos cômodos, passíveis de peculato, cujos ordenados, para todos os efeitos, vão de mil a cinquenta mil rublos por ano e que são, hoje, muito mais numerosos do que eram então; tratava-se de um cargo de membro da comissão conjunta da agência de crédito mútuo e de balanço da estrada de ferro do sul e de instituições bancárias. Tal cargo, como todos os cargos dessa ordem, exigia conhecimentos e currículos tão vastos que era difícil encontrá-los reunidos em uma só pessoa. E, como não existia ninguém que reunisse tais qualidades, pelo menos era preferível que o cargo fosse ocupado por um homem honesto, em vez de um desonesto. E Stiepan Arcáditch era não só um homem honesto (sem acento) como era um homem honéésto (com acento), no sentido especial que tem em Moscou essa palavra, quando falam: um político honéésto, um escritor honéésto, uma revista honéésta, uma instituição honéésta, uma tendência honéésta, e que denota não só que a pessoa ou a instituição não são desonestas como também são capazes, em certos casos, de lançar farpas contra o governo. Stiepan Arcáditch frequentava os círculos de Moscou onde aquela expressão fora criada, era considerado ali um homem honéésto e portanto, mais do que os outros, tinha direito àquele cargo.

O cargo rendia entre sete e dez mil rublos por ano e Oblónski podia ocupar tal função sem se demitir de seu outro cargo no serviço público. Dependia de dois ministros, de uma certa senhora e de dois judeus; e, embora já estivessem convencidas, todas essas pessoas tinham de ser procuradas pessoalmente por Stiepan Arcáditch, em Petersburgo. Além disso, Stiepan Arcáditch prometera à sua irmã Anna obter de Kariênin uma resposta definitiva quanto ao divórcio. E, após rogar e obter de Dolly cinquenta rublos, ele partiu para Petersburgo.

Sentado no escritório de Kariênin, enquanto o ouvia ler o arrazoado do seu projeto sobre as causas das condições deploráveis das finanças russas, Stiepan Arcáditch só aguardava o momento em que aquilo chegaria ao fim para começar a tratar da sua questão e também do assunto de Anna.

— Sim, isso está muito certo — disse, quando Aleksei Aleksándrovitch, após retirar o *pince-nez*, sem o qual agora não conseguia ler, fitou com ar interrogativo o ex-cunhado. — Está muito certo nos pormenores, porém o princípio de nossa época é a liberdade.

— Sim, mas eu estabeleço um outro princípio, que abarca o princípio da liberdade — disse Aleksei Aleksándrovitch, enfatizando a palavra "abarca" e recolocando o *pince-nez* a fim de ler de novo, para o seu ouvinte, a passagem onde aquilo estava dito.

Após procurar no texto lindamente manuscrito, com margens imensas, Aleksei Aleksándrovitch releu todo aquele trecho taxativo.

— Não quero um sistema de proteção em proveito de pessoas particulares, mas sim em proveito dos bens comuns, tanto para as classes superiores como para as inferiores — disse, fitando Oblónski por cima do *pince-nez*. — Mas eles não conseguem compreender, ocupam-se apenas com os interesses pessoais e se entusiasmam com frases.

Stiepan Arcáditch sabia que, quando Aleksei Aleksándrovitch começava a falar a respeito do que faziam e do que pensavam exatamente aquelas pessoas que não queriam aceitar os seus projetos e que eram a causa de todos os males da Rússia, ele já estava próximo do final; e portanto abriu mão, de bom grado, do princípio da liberdade, naquele momento, e concordou inteiramente. Aleksei Aleksándrovitch manteve-se calado, enquanto folheava seu manuscrito com ar pensativo.

— Ah, a propósito — disse Stiepan Arcáditch —, eu queria lhe pedir que quando, por acaso, estiver com Pomórski, diga a ele uma palavrinha sobre como eu gostaria de ocupar o cargo que vagou para membro da comissão conjunta da agência de crédito mútuo e de balanço das estradas de ferro do sul.

O nome do cargo já era algo tão íntimo e tão habitual para Stiepan Arcáditch que ele o pronunciava inteiro e depressa, sem errar.

Aleksei Aleksándrovitch indagou em que consistia a atividade dessa nova comissão e pôs-se a refletir. Ponderava se não haveria, na atividade da comissão, algo contrário aos seus projetos. Mas, como a atividade da nova instituição era muito complexa e como os seus projetos abrangiam um domínio muito mais vasto, ele não conseguiu, de pronto, decidir a questão e disse, enquanto retirava o *pince-nez*:

— Sem dúvida, posso falar com ele; mas para que você deseja, especificamente, ocupar esse cargo?

— O ordenado é melhor, chega a nove mil rublos, e os meus recursos...

— Nove mil — repetiu Aleksei Aleksándrovitch, e franziu o rosto. A cifra elevada do ordenado lembrou-lhe que, nesse aspecto, a função pretendida por Stiepan Arcáditch era contrária à diretriz principal dos seus projetos, sempre orientados para a economia.

— Eu creio, e escrevi sobre isso um relatório, que em nossa época esses ordenados enormes constituem sinais da *assiete*[16] econômica errônea do nosso governo.

— Mas o que se vai fazer? — perguntou Stiepan Arcáditch. — Veja bem, um diretor de banco ganha dez mil, e afinal o faz por merecer. Ou um engenheiro, que ganha vinte mil. Afinal, são ramos de atividade em expansão!

— Tenho para mim que o ordenado constitui o pagamento por uma mer-

---

16 Francês: "conduta".

cadoria e é preciso sujeitar-se à lei da oferta e da procura. Se a fixação de um ordenado ignora essa lei, como por exemplo quando vejo que saem do instituto dois engenheiros, ambos igualmente capazes e preparados, e um ganha quarenta mil enquanto o outro se contenta com dois mil; ou quando vejo que nomeiam advogados e hussardos, sem nenhuma formação específica, para o cargo de diretores de sociedades bancárias, com direito a ordenados enormes, concluo que o ordenado não é estabelecido segundo a lei da oferta e da procura, mas simplesmente por efeito de influências pessoais. E nisso há prevaricação, muito séria em si mesma, e que repercute de maneira nociva sobre os negócios de Estado. Eu creio...

Stiepan Arcáditch apressou-se em interromper o cunhado.

— Sim, mas você há de convir que se trata da fundação de uma instituição nova, de utilidade inquestionável. Você sabe, é um negócio em expansão! Em especial, eles valorizam a maneira honéésta de conduzir os negócios — disse Stiepan Arcáditch, com o acento.

Mas o significado moscovita de honestidade era incompreensível para Aleksei Aleksándrovitch.

— A honestidade é apenas uma qualidade negativa — disse ele.

— Seja como for, você me faria um grande obséquio — respondeu Stiepan Arcáditch — se dissesse uma palavrinha em meu favor para Pomórski. Assim, de maneira natural, no meio de uma conversa...

— Mas, afinal, creio que isso depende sobretudo de Bolgárinov — disse Aleksei Aleksándrovitch.

— Bolgárinov, de sua parte, está perfeitamente de acordo — disse Stiepan Arcáditch, ruborizando.

Stiepan Arcáditch corou à menção do nome de Bolgárinov porque, naquela mesma manhã, estivera em casa do judeu Bolgárinov e essa visita lhe deixara uma lembrança desagradável. Stiepan Arcáditch estava seguro de que a função que pretendia exercer era um ramo de atividade novo, dinâmico e honesto; mas, naquela manhã, quando Bolgárinov, obviamente de propósito, o fez esperar durante duas horas, junto com outros pretendentes na sala de espera, Stiepan Arcáditch de repente se sentiu desconfortável.

Viesse o desconforto do fato de ele, o príncipe Oblónski, um descendente de Riúrik, esperar duas horas na sala de espera de um judeu, ou então de, pela primeira vez na vida, não seguir o exemplo dos antepassados e buscar um cargo no serviço público, mas sim aventurar-se a um novo campo de atividades, o fato é que se sentia muito desconfortável. Naquelas duas horas de espera, em casa de Bolgárinov, enquanto caminhava com ímpeto para um lado e para o outro na sala de espera, enquanto alisava as suíças, travava conversa com os demais pretendentes e tentava inventar um trocadilho, que mais tarde diria ao contar como havia esperado pela ajuda de um judeu, Stiepan Arcáditch empenhava-se com afinco em esconder dos demais, e até de si mesmo, o sentimento que experimentava.

Porém, durante todo esse tempo, sentia-se desconfortável e irritado, nem ele sabia por quê: ou porque o trocadilho que tentara fazer não dera certo: "Esperei muito a desejada ajuda de um judeu" — ou por qualquer outro motivo. Quando, enfim, Bolgárinov o recebeu com uma extraordinária cortesia, obviamente satisfeito com a sua humilhação, e praticamente rejeitou o seu pedido, Stiepan Arcáditch apressou-se em esquecer tudo isso, o mais depressa que pôde. E agora, ao recordá-lo, ruborizou-se.

XVIII

— Tenho ainda um outro assunto a tratar, e você sabe qual é. A respeito de Anna — disse Stiepan Arcáditch, após um breve silêncio, depois de rechaçar aquela recordação desagradável.

Tão logo Stiepan Arcáditch pronunciou o nome de Anna, o rosto de Aleksei Aleksándrovitch modificou-se completamente: em lugar da animação de antes, expressou cansaço e palidez.

— O que exatamente o senhor deseja de mim? — perguntou, mudando de posição na poltrona e fechando o *pince-nez*.

— Uma decisão, qualquer decisão, Aleksei Aleksándrovitch. Dirijo-me a você, agora ("não como um marido ofendido", fez menção de dizer Stiepan Arcáditch, mas, com receio de pôr tudo a perder, substituiu essas palavras), não como um homem de Estado (o que nada tinha a ver com o caso), mas sim como um homem pura e simplesmente, e um homem bondoso e cristão. Você tem de ter piedade dela — disse.

— A que se refere, especificamente? — perguntou Kariênin, em voz baixa.

— Sim, ter piedade dela. Se você a visse, como eu, que passei todo o inverno a seu lado, teria compaixão de Anna. A sua situação é terrível, simplesmente terrível.

— Quer me parecer — retrucou Aleksei Aleksándrovitch, com voz mais fina, quase estridente — que Anna Arcádievna tem tudo o que ela mesma quis.

— Ah, Aleksei Aleksándrovitch, pelo amor de Deus, não façamos recriminações! O que passou, passou, e você sabe o que ela deseja e espera: o divórcio.

— Mas eu supunha que Anna Arcádievna recusaria o divórcio, no caso de eu exigir em troca o compromisso de deixar o filho comigo. Assim eu lhe respondi e pensei que o assunto estivesse resolvido. E eu o considero resolvido — concluiu Aleksei Aleksándrovitch, num grito esganiçado.

— Mas, pelo amor de Deus, não se exalte — pediu Stiepan Arcáditch, tocando no joelho do cunhado. — O assunto não está resolvido. Se me permite recapitular, a questão está neste pé: quando vocês se separaram, você foi generoso, o mais generoso possível; concedeu tudo a ela, a liberdade e até o divórcio. Anna apreciou muito isso. Não, não pense assim. Ela o apreciou de verdade. A tal ponto que, naqueles primeiros momentos, sentindo-se culpada perante você, ela não ponderou nem poderia ponderar tudo. Anna a tudo renunciou. Mas, na realidade, o tempo veio mostrar que a situação dela é torturante e insustentável.

— A vida de Anna Arcádievna não pode interessar-me — cortou Aleksei Aleksándrovitch, arqueando as sobrancelhas.

— Peço sua licença para não crer nisso — objetou, com brandura, Stiepan Arcáditch. — A situação é torturante para ela e não traz proveito a ninguém. Ela o mereceu, dirá você. Pois ela sabe disso e não lhe pede nada; diz, com toda a franqueza, que não se atreve a pedir nada. Mas eu, e todos os parentes, todos os que a amamos, pedimos, suplicamos a você. De que serve o seu sofrimento? Quem se beneficia com isso?

— Perdoe, o senhor, ao que parece, me coloca na posição de réu — retrucou Aleksei Aleksándrovitch.

— Não, não, nada disso, tente compreender — disse Stiepan Arcáditch, e tocou de novo na mão dele, como se estivesse persuadido de que esse contato abrandaria o cunhado. — Digo só uma coisa: a situação dela é torturante e você pode aliviá-la, e nada perderá com isso. Arranjarei tudo para você de tal modo que nem vai notar. Afinal, você prometeu.

— A promessa foi feita antes. E supus que a questão do filho resolvia a questão. Além disso, esperava que Anna Arcádievna fosse mostrar-se generosa o bastante... — empalidecido, Aleksei Aleksándrovitch pronunciou com dificuldade, com os lábios trêmulos.

— Pois ela confia tudo à sua generosidade. Só pede, e implora, uma coisa: retire-a da situação intolerável em que se encontra. Já não pede o filho. Aleksei Aleksándrovitch, você é um homem bom. Ponha-se na posição dela, por um momento. A questão do divórcio, para ela, na sua situação, é uma questão de vida ou morte. Se você não tivesse prometido antes, ela se resignaria com a situação, viveria no campo. Mas você prometeu, ela lhe escreveu e mudou-se para Moscou. E eis que já faz seis meses que está morando em Moscou, onde cada encontro social é uma faca em seu coração, e todo dia ela espera uma decisão. Veja, é o mesmo que manter um condenado à morte com a corda presa ao pescoço, durante meses, e lhe prometer talvez a morte, talvez o indulto. Tenha compaixão dela e, depois, eu tratarei de arranjar tudo... *Vos scrupules...*[17]

— Não é disso que estou falando, não é disso que estou falando... — interrompeu-o, com repugnância. — Mas talvez eu tenha prometido o que não tenho o direito de prometer.

— Então vai recusar aquilo que prometeu?

— Nunca me recusei a cumprir o que é possível, mas quero ter tempo para refletir em que medida é possível cumprir o prometido.

— Não, Aleksei Aleksándrovitch! — exclamou Oblónski. — Não posso crer nisso! Ela está tão infeliz, como só uma mulher infeliz é capaz de ficar, e você não pode recusar em tal...

— Na medida em que for possível cumprir o prometido. *Vous professez d'être un libre penseur.*[18] Mas eu, um homem religioso, não posso proceder de forma contrária à lei cristã, num assunto de tamanha importância.

— Mas nas sociedades cristãs e na nossa, pelo que sei, o divórcio é permitido — ponderou Stiepan Arcáditch. — O divórcio é permitido até pela nossa Igreja. E nós vemos...

— Permitido, não nesse sentido.

— Aleksei Aleksándrovitch, não o estou reconhecendo — disse Oblónski, após um breve silêncio. — Não foi você (e nós não o admiramos tanto por isso?) que perdoou e, movido exatamente pelo sentimento cristão, estava disposto a tudo sacrificar? Você mesmo falou: devemos dar o casaco quando nos tomam a camisa, e agora...

— Eu peço — exclamou Aleksei Aleksándrovitch, que se levantou, de repente, pálido, com o queixo trêmulo e a voz sibilante —, peço ao senhor que ponha fim, ponha fim a esta conversa...

— Ah, não! Ora, perdoe, perdoe-me se o deixei exaltado — disse Stiepan Arcáditch, sorrindo embaraçado enquanto lhe estendia a mão. — Mesmo assim, como um embaixador, apenas cumpri a minha missão.

Aleksei Aleksándrovitch lhe deu sua mão, refletiu um pouco e falou:

— Preciso pensar e pedir orientação. Depois de amanhã, darei ao senhor uma resposta definitiva — disse, após ponderar um momento.

---

17 Francês: "os escrúpulos do senhor...".

18 Francês: "o senhor professa ser um livre-pensador".

XIX

Stiepan Arcáditch já fazia menção de sair quando Korniei veio anunciar:

— Serguei Alekséitch!

— Quem é Serguei Alekséitch? — perguntou Stiepan Arcáditch, mas logo se lembrou. — Ah, Serioja! — exclamou. "Serguei Alekséitch, pensei que fosse o diretor de alguma repartição. Anna me pediu que o visse", lembrou-se.

E recordou a expressão tímida, digna de pena, com que Anna dissera ao despedir-se:

— Seja como for, veja-o. Apure em detalhes onde ele fica, quem está com ele. E Stiva... se for possível! Seria possível? — Ele compreendeu o que significava "seria possível": seria possível obter o divórcio de modo que o filho ficasse com ela... Agora Stiepan Arcáditch via que era inútil sequer pensar nisso, mesmo assim ficou contente de ver o sobrinho.

Aleksei Aleksándrovitch advertiu o cunhado de que o seu filho jamais falava da mãe e lhe pediu que nada dissesse que a recordasse.

— Ele ficou muito doente após aquela despedida da mãe, que nós não havíamos previsto — disse Aleksei Aleksándrovitch. — Chegamos a temer por sua vida. Mas um tratamento sensato e os banhos de mar, no verão, restabeleceram sua saúde e agora, por recomendação do médico, mandei-o para a escola. De fato, a influência dos colegas produziu um efeito benéfico sobre ele, está em perfeita saúde e tem bom aproveitamento na escola.

— Mas que rapagão ele virou! De fato, não é mais o Serioja e sim Serguei Alekséitch! — exclamou Stiepan Arcáditch, sorrindo, enquanto olhava para o menino bonito e de ombros largos que entrou com vivacidade e desenvoltura, de japona azul e de calças compridas. O menino tinha um aspecto saudável e alegre. Cumprimentou o tio com uma reverência, como se fosse um estranho, mas ao reconhecê-lo ruborizou-se e, como se estivesse ofendido e zangado com algo, virou-se depressa para o outro lado. O menino aproximou-se do pai e lhe entregou o boletim, com as notas da escola.

— Certo, as notas estão boas — disse o pai. — Pode ir.

— Ele emagreceu, ficou mais alto e já não é mais uma criança, virou um rapazinho; eu gosto disso — comentou Stiepan Arcáditch. — E você se lembra de mim?

O menino virou-se depressa para o pai.

— Lembro, *mon oncle*[19] — respondeu, após olhar o tio, de relance, e de novo baixou os olhos.

---

19 Francês: "meu tio".

O tio chamou o menino para perto e segurou sua mão.

— E então, como andam as coisas? — perguntou, no intuito de travar conversa, mas sem saber o que dizer.

O menino, que se ruborizou e nada respondeu, retirou cuidadosamente a mão das mãos do tio. Assim que Stiepan Arcáditch soltou sua mão, ele, como um passarinho posto em liberdade, saiu do aposento a passos ligeiros, após dirigir um olhar interrogativo para o pai.

Passara um ano desde que Serioja vira a mãe pela última vez. Desde então, nunca mais ouvira falar a seu respeito. E, nesse mesmo ano, ele foi enviado à escola, conheceu os colegas e criou afeição por eles. Os sonhos e as recordações a respeito da mãe, que após a sua despedida o deixaram doente, agora já não ocupavam seu pensamento. Quando surgiam, ele os rechaçava com rigor, julgando-os vergonhosos e próprios de meninas apenas, mas não de um menino e de um estudante. Sabia que entre o pai e a mãe havia um desentendimento que os separara, sabia que coubera a ele ficar com o pai e tentava habituar-se a essa ideia.

Ver o tio, que se parecia com a mãe, foi desagradável porque despertava exatamente aquelas recordações que julgava vergonhosas. Foi mais desagradável ainda porque, a julgar por algumas palavras que ouvira, enquanto aguardava junto à porta do escritório, e sobretudo pela fisionomia do pai e do tio, ele deduziu que deviam estar conversando a respeito da mãe. E, a fim de não condenar o pai, com quem vivia e de quem dependia, e sobretudo a fim de não se render a sentimentos que julgava tão humilhantes, Serioja empenhava-se em não olhar para esse tio, que viera perturbar a sua tranquilidade, e em não pensar no que ele trazia à memória.

Mas quando Stiepan Arcáditch, que saíra depois do menino e o vira na escada, o chamou de volta e perguntou como passava o tempo na escola, nos intervalos das aulas, Serioja, longe da presença do pai, pôs-se a conversar.

— Agora a gente tem uma estrada de ferro — disse, em resposta ao tio. — Veja, é assim: dois ficam sentados num banco. São os passageiros. E um fica em pé, no mesmo banco. E todos se engatam. Pode ser com as mãos, pode ser com os cintos, e então saem para percorrer todas as salas. Já deixam as portas abertas antes. E olha que é muito difícil ser o condutor!

— É o que fica de pé? — perguntou Stiepan Arcáditch, sorrindo.

— Sim, é preciso coragem e agilidade, sobretudo quando o trem para, de repente, ou quando alguém cai.

— Estou vendo, não é nada fácil — respondeu Stiepan Arcáditch, entrevendo com tristeza os olhos da mãe naqueles olhos vivazes, agora já não mais de criança, já não de todo inocentes. E, apesar de ter prometido a Aleksei Aleksándrovitch nada falar sobre Anna, não se conteve.

— E você se lembra da sua mãe? — perguntou de repente.

— Não, não lembro — falou depressa Serioja e, muito vermelho, baixou os olhos. O tio já não conseguiu obter mais nada do menino.

Meia hora depois, o preceptor eslavo encontrou seu pupilo na escada e, por muito tempo, não foi capaz de entender se o menino estava irritado ou chorava.

— O que foi? Será que o senhor se machucou ao levar um tombo? — perguntou o preceptor. — Já lhe disse que é uma brincadeira perigosa. É preciso dizer ao diretor.

— Se eu tivesse me machucado, ninguém não ia nem notar. Pode ter certeza.

— Bem, então o que foi?

— Deixe-me! Lembro, não lembro... O que ele tem a ver com isso? Para que vou lembrar? Deixe-me em paz! — exclamou, já não para o preceptor, mas para o mundo inteiro.

XX

Stiepan Arcáditch, como sempre, não passou seu tempo de maneira ociosa em Petersburgo. Lá, além dos negócios — o divórcio da irmã e o emprego —, ele, como sempre, precisava refrescar-se, como dizia, depois do mofo de Moscou.

Moscou, apesar de seus *cafés chantants*[20] e de seus ônibus, era, ainda assim, um pântano vertical. Era sempre essa a sensação de Stiepan Arcáditch. Após viver um tempo em Moscou, e ainda por cima próximo à família, sentia o seu ânimo minguar. Após permanecer em Moscou por longo tempo, e sem interrupção, ele chegara ao ponto de começar a preocupar-se com o estado de espírito desfavorável da esposa e com as suas recriminações, com a saúde e a educação dos filhos, com as preocupações miúdas do trabalho; e até o fato de ter dívidas o inquietava. Porém, bastava ir a Petersburgo e lá permanecer um tempo, no círculo que frequentava, em que as pessoas viviam, e viviam no rigor da palavra, e não apenas vegetavam, como acontecia em Moscou, que logo todos aqueles pensamentos desapareciam e derretiam, como a cera em contato com o fogo.

A esposa?... Nesse mesmo dia, estivera com o príncipe Tchetchénski. O príncipe Tchetchénski tinha esposa e família — filhos crescidos, no Corpo de Pajens — e também uma outra família, ilegítima, também com filhos. Embora a primeira família fosse boa, o príncipe Tchetchénski sentia-se mais feliz na segunda família. Levou o filho mais velho para conhecer a segunda família e contou a Stiepan

---

20 Francês: "cafés com música".

Arcáditch que considerava isso útil e educativo para ele. O que não diriam sobre algo assim, em Moscou?

Os filhos? Em Petersburgo, os filhos não atrapalhavam a vida dos pais. Os filhos eram educados em colégios internos e não existia aquela ideia bárbara, tão difundida em Moscou — por exemplo, o caso de Lvov —, de que todo o luxo da vida cabia aos filhos, enquanto aos pais competiam apenas o trabalho e as preocupações. Aqui, compreendiam que um homem tinha a obrigação de viver para si, como deve viver um homem educado.

O serviço público? O serviço público, aqui, também não era aquele jugo tenaz e sem esperança que, em Moscou, se carregava sobre os ombros; aqui, havia interesse no serviço público. Encontros, favores, uma palavra oportuna, a habilidade de imitar personagens diversos — e um homem fazia de repente sua carreira, como Briántsev, que no dia anterior encontrara Stiepan Arcáditch e agora era funcionário do mais alto escalão. Assim, o serviço público tinha interesse.

Em especial, a visão predominante em Petersburgo acerca das questões pecuniárias produzia um efeito tranquilizador em Stiepan Arcáditch. Bartniánski, que gastava pelo menos cinquenta mil rublos, a julgar pelo *train*[21] que levava, lhe falara no dia anterior, a respeito do assunto, palavras notáveis.

Em conversa durante o jantar, Stiepan Arcáditch disse a Bartniánski:

— Você, ao que parece, é pessoa próxima a Mordvínski; você pode me prestar um grande serviço, se fizer a gentileza de dizer a ele uma palavra a meu favor. Há um cargo que eu gostaria de ocupar. O de membro da comissão...

— Bem, eu não vou mesmo conseguir memorizar tudo isso... Mas de onde lhe veio essa ideia de se meter em negócios de ferrovia com judeus?... No fim das contas, é uma porcaria!

Stiepan Arcáditch não lhe disse que era um negócio em expansão; Bartniánski não o entenderia.

— Preciso do dinheiro, não tenho com o que viver.

— Por acaso não está vivendo?

— Estou, mas com dívidas.

— É mesmo? Muito? — perguntou Bartniánski, consternado.

— Demais, vinte mil.

Bartniánski gargalhou, alegre.

— Ah, homem afortunado! — exclamou. — Eu devo um milhão e meio, nada possuo e, como vê, ainda é possível viver!

---

21 Francês: abreviação de *train de vie*, ou "estilo de vida".

E Stiepan Arcáditch constatou que aquilo era verdade, não só nas palavras, mas de fato. Jivákhov tinha dívidas de trezentos mil e não possuía um copeque sequer, e ainda vivia, e como! O conde Krívtsov se arruinara, havia muito, e mesmo assim mantinha duas mulheres. Pietróvski havia torrado cinco milhões de rublos e ainda vivia do mesmo jeito que antes, até administrava negócios financeiros e ganhava um ordenado de vinte mil rublos. Porém, além disso, Petersburgo produzia um efeito benéfico no físico de Stiepan Arcáditch. A cidade o rejuvenescia. Em Moscou, ele espiava, às vezes, os cabelos grisalhos, cochilava depois do almoço, espreguiçava-se, caminhava devagar, respirava ofegante ao subir uma escada, entediava-se em companhia de mulheres jovens, não dançava nos bailes. Por outro lado, em Petersburgo, ele sempre se sentia dez anos mais jovem.

Experimentava em Petersburgo o mesmo que, na véspera, lhe dizia o príncipe Piotr Oblónski, ainda de sessenta anos, que acabara de voltar do exterior.

— Nós, aqui, não sabemos viver — disse Piotr Oblónski. — Creia, passei um ano em Baden-Baden; pois bem, palavra de honra, sentia-me perfeitamente jovem. Bastava eu ver uma mocinha e meus pensamentos... Eu jantava, tomava minha bebida, sentia força, audácia. Cheguei à Rússia, tive de morar com a esposa, e ainda por cima no campo... Pois bem, você nem acredita, em duas semanas, já vestia um roupão, parei de trocar de roupa para o jantar. E nada de pensar em mocinhas! Virei um velho, sem tirar nem pôr. Só restava salvar minha alma. Viajei a Paris, de novo me curei.

Stiepan Arcáditch sentia exatamente a mesma diferença que Piotr Oblónski. Em Moscou, ele descera a tal ponto que, de fato, se vivesse lá por mais tempo, só lhe restaria, quem sabe, pensar na salvação da alma; em Petersburgo, porém, sentia-se de novo um homem digno.

Entre a princesa Betsy Tviérskaia e Stiepan Arcáditch existiam relações antigas e bastante estranhas. Stiepan Arcáditch sempre a cortejava de brincadeira e lhe dizia, também de brincadeira, as coisas mais indecentes, sabendo que isso lhe agradava mais que tudo. No dia seguinte, ao ir vê-la após a conversa com Kariênin, Stiepan Arcáditch sentia-se tão remoçado que, naquela corte jocosa e naquela fanfarronice, ele foi inesperadamente tão longe que já não sabia como achar o caminho de volta, pois, por azar, ele não só não gostava dela como sentia até repugnância. E, na verdade, aquele tom havia se estabelecido porque ela gostava muito dele. Portanto Stiepan Arcáditch ficou até muito contente com a chegada da princesa Miágkaia, que interrompeu seu encontro a sós.

— Ah, o senhor está aqui — exclamou ela, ao vê-lo. — Muito bem, e como vai a sua pobre irmã? Não me olhe desse jeito — acrescentou. — Desde o dia em que todos se lançaram contra ela, todos esses que são cem mil vezes piores do que ela, eu passei a pensar que ela agiu de maneira esplêndida. Não posso perdoar a Vrónski o fato de ele não me haver informado quando ela esteve em Petersburgo. Eu teria ido visitá-la e teria andado com ela por toda parte. Faça-me um favor, transmita a ela a minha afeição. Bem, fale-me da sua irmã.

— Bem, sua situação é penosa, ela... — fez menção de explicar Stiepan Arcáditch que, por ingenuidade, tomou ao pé da letra as palavras da princesa Miágkaia "fale-me da sua irmã". A princesa Miágkaia, como de hábito, logo o interrompeu e passou ela mesma a falar.

— Ela fez aquilo que todas fazem e escondem, exceto eu; ela não quis enganar e agiu muito bem. E portou-se ainda melhor, porque largou aquele seu cunhado meio doido. O senhor me perdoe. Todos dizem que ele é inteligente, muito inteligente, e só eu digo que é meio doido. Agora que ele se ligou à Lídia Ivánovna e ao Landau, todos dizem que está meio doido e, por mais que me dê prazer discordar de todos, dessa vez não posso.

— Mas, por favor, explique-me — pediu Stiepan Arcáditch — o que isto significa. Ontem estive na casa dele para tratar da questão da minha irmã e pedi uma resposta definitiva. Ele não me deu a resposta, disse que ia refletir, e hoje de manhã, em vez da resposta, recebi um convite para ir à casa da condessa Lídia Ivánovna, hoje à noite.

— Pois então, aí está, aí está! — exclamou com alegria a princesa Miágkaia. — Vão perguntar ao Landau o que ele acha.

— Como assim, ao Landau? Para quê? O que é Landau?

— Ora, o senhor não conhece Jules Landau, *le fameux Jules Landau, le clair-voyant*?[22] Também é meio doido, mas dele depende o destino da irmã do senhor. É o que dá viver na província, o senhor não sabe de nada. Landau, veja só, era *commis*[23] numa loja em Paris e foi a um médico. Na sala de espera do médico, adormeceu e, enquanto dormia, começou a dar conselhos a todos os doentes. E eram conselhos prodigiosos. Depois, a esposa de Iúri Meledínski... o doente, o senhor não conhece? A esposa dele ouviu falar desse Landau e chamou-o para ver o marido. Ele está tratando do marido. A meu ver, não lhe trouxe benefício nenhum, pois continua tão debilitado quanto antes, mas eles acreditam em Landau e trouxeram-no consigo. E o transportaram para a Rússia. Aqui, todos se atiraram sobre ele e Landau começou a tratar de todos. A condessa Bezzúbova curou-se e se afeiçoou por ele de tal modo que até o adotou como filho.

---

22 Francês: "o famoso Jules Landau, o vidente".

23 Francês: "balconista".

— Como assim, adotou-o como filho?

— Isso mesmo, adotou-o. Agora, ele já não é mais Landau e sim conde Bezzúbov. Mas a questão não é essa, e sim que Lídia... veja, eu gosto muito dela, mas não tem a cabeça no lugar. Lídia, é claro, agarrou-se a esse Landau e, sem o seu parecer, nem ela nem Aleksei Aleksándrovitch resolvem coisa alguma, e por isso o destino da irmã do senhor está nas mãos desse Landau, ou melhor, do conde Bezzúbov.

XXI

Depois de um jantar excelente e do conhaque de alta qualidade que bebeu em casa de Bartniánski, Stiepan Arcáditch chegou à residência da condessa Lídia Ivánovna só com um pequeno atraso em relação à hora marcada.

— Quem mais está com a condessa? O francês? — perguntou Stiepan Arcáditch ao porteiro, ao notar o conhecido sobretudo de Aleksei Aleksándrovitch e um sobretudo que ele desconhecia, muito simples e com fivelas.

— Aleksei Aleksándrovitch Kariênin e o conde Bezzúbov — respondeu o porteiro, com ar severo.

"A princesa Miágkaia adivinhou", pensou Stiepan Arcáditch, enquanto subia a escada. "É estranho! No entanto, seria bom estreitar relações com ela. Exerce uma influência enorme. Se ela dissesse algo a meu favor para Pomórski, eu estaria garantido."

Lá fora, ainda estava dia claro, mas, na pequena sala de visitas da condessa Lídia Ivánovna, com as cortinas fechadas, os lampiões já estavam acesos.

À mesa redonda, sob um lampião, estavam sentados a condessa e Aleksei Aleksándrovitch, que conversavam em voz baixa. Um homem baixo, magro, com quadril de mulher, pernas arqueadas para dentro, na altura dos joelhos, muito pálido, bonito, com lindos olhos radiantes e cabelos compridos, que pousavam na gola do casaco, estava de pé na outra extremidade, observando os quadros na parede. Após cumprimentar a dona da casa e Aleksei Aleksándrovitch, Stiepan Arcáditch involuntariamente voltou os olhos outra vez para o desconhecido.

— Monsieur Landau! — dirigiu-se a ele a condessa, com uma suavidade e um cuidado que impressionaram Oblónski. E ela os apresentou um ao outro.

Landau virou-se depressa, aproximou-se e, após sorrir, colocou na mão estendida de Stiepan Arcáditch uma mão suada e imóvel, retirou-a ligeiro e voltou a observar os quadros. A condessa e Aleksei Aleksándrovitch trocaram um olhar significativo.

— Estou muito contente de ver o senhor, especialmente hoje — disse a condessa Lídia Ivánovna, e apontou para o assento de Stiepan Arcáditch, ao lado de Kariênin. — Apresentei-o ao senhor como Landau — disse em voz baixa, após olhar de relance para o francês e, logo em seguida, para Aleksei Aleksándrovitch — mas a rigor é o conde Bezzúbov, como o senhor provavelmente já sabe.

— Sim, ouvi dizer — respondeu Stiepan Arcáditch. — Comentam que ele curou completamente a condessa Bezzúbova.

— Ela esteve aqui em casa, ainda hoje, e dá tanta pena! — voltou-se a condessa para Aleksei Aleksándrovitch. — Essa separação foi terrível para ela. Foi um grande golpe que sofreu!

— E já está resolvido que ele vai partir? — perguntou Aleksei Aleksándrovitch.

— Sim, vai partir rumo a Paris. Ontem ele ouviu uma voz — disse a condessa Lídia Ivánovna, fitando Stiepan Arcáditch.

— Ah, uma voz! — repetiu Oblónski, percebendo que era preciso ser o mais cuidadoso possível naquele ambiente onde ocorria, ou havia de ocorrer, algo especial, cujo segredo ele ainda não possuía.

Sobreveio um minuto de silêncio, após o qual a condessa Lídia Ivánovna, como que dando início ao tema principal da conversa, disse a Oblónski, com um sorriso sutil:

— Ouço falar do senhor há muito e estou contente de conhecê-lo de perto. *Les amis de nos amis sont nos amis.*[24] Mas, para ser amigo, é preciso ponderar a situação da alma do amigo, e eu receio que o senhor não faça isso em relação a Aleksei Aleksándrovitch. O senhor entende do que estou falando — disse ela, levantando seus olhos belos e pensativos.

— Em parte, condessa, compreendo que a situação de Aleksei Aleksándrovitch... — respondeu Oblónski, sem compreender muito bem do que se tratava e, por isso, preferindo manter-se no terreno das generalidades.

— A mudança não está na situação exterior — disse com severidade a condessa Lídia Ivánovna, ao mesmo tempo que, com um olhar afetuoso, acompanhava Aleksei Aleksándrovitch, que se levantou e se aproximou de Landau. — O seu coração se transformou, ele ganhou um coração novo e eu receio que o senhor não tenha ponderado plenamente a mudança que nele ocorreu.

— Bem, em termos gerais, posso conceber essa mudança. Sempre fomos amigos e agora... — disse Stiepan Arcáditch, que respondeu ao olhar da condessa com um olhar afetuoso, enquanto imaginava de qual dos dois ministros ela seria mais próxima, a fim de pedir que interviesse a seu favor.

---

24 Francês: “os amigos de nossos amigos são nossos amigos”.

— Essa mudança que nele ocorreu não pode enfraquecer o seu sentimento de amor ao próximo; ao contrário, a mudança que nele ocorreu deve aumentar o amor. Mas eu receio que o senhor não me compreenda. Gostaria de tomar chá? — perguntou, apontando com os olhos para o criado, que trazia o chá numa bandeja.

— Não completamente, condessa. Claro, a sua infelicidade...

— Sim, a infelicidade, que se converteu na felicidade suprema, quando ele passou a ter um coração novo, impregnou-se Dele — disse a condessa, fitando Stiepan Arcáditch com ar amoroso.

"Acho melhor pedir que ela fale com os dois, talvez", pensou Stiepan Arcáditch.

— Ah, naturalmente, condessa — disse. — Mas creio que essas mudanças são coisas tão íntimas que ninguém, nem mesmo a pessoa mais próxima, gosta de comentar.

— Ao contrário! Devemos falar e ajudar uns aos outros.

— Sim, sem dúvida, mas há tanta diferença de convicções, e de mais a mais... — disse Oblónski, com um sorriso suave.

— Não pode haver diferença quando se trata da verdade sagrada.

— Ah, sim, naturalmente, mas... — atrapalhado, Stiepan Arcáditch calou-se. Entendeu que se tratava de religião.

— Parece-me que ele agora vai dormir — disse Aleksei Aleksándrovitch num sussurro compenetrado, ao aproximar-se de Lídia Ivánovna.

Stiepan Arcáditch olhou para trás. Landau estava sentado junto à janela, apoiado no braço e no espaldar da poltrona, de cabeça baixa. Ao notar os olhares voltados para ele, levantou a cabeça e deu um sorriso ingênuo e infantil.

— Não prestem atenção — disse Lídia Ivánovna e, com um movimento leve, empurrou uma cadeira na direção de Aleksei Aleksándrovitch. — Notei... — fez menção de dizer, quando o criado entrou com uma carta. Lídia Ivánovna leu depressa o bilhete e, após pedir desculpas, escreveu a resposta com uma rapidez extraordinária, entregou-a e voltou para a mesa. — Notei — prosseguiu a frase interrompida — que os moscovitas, sobretudo os homens, são pessoas muitíssimo indiferentes à religião.

— Oh, não, condessa, parece-me que os moscovitas têm a reputação de serem rigorosos ao extremo — retrucou Stiepan Arcáditch.

— Mas, até onde sei, o senhor lamentavelmente pertence aos indiferentes — disse Aleksei Aleksándrovitch, dirigindo-se a ele, com um sorriso cansado.

— Como se pode ser indiferente! — exclamou Lídia Ivánovna.

— Com relação a isso, não sou propriamente indiferente, apenas me ponho na expectativa — explicou Stiepan Arcáditch, com o seu sorriso mais contemporizador. — Não creio que, para mim, tenha chegado a hora de pensar nesses assuntos.

Aleksei Aleksándrovitch e Lídia Ivánovna entreolharam-se.

— Jamais podemos saber se, para nós, chegou a hora ou não — retrucou Aleksei Aleksándrovitch com severidade. — Não devemos pensar se estamos ou não preparados: a graça não é guiada por considerações humanas; às vezes, ela é concedida não aos que se empenharam, mas aos que não estão preparados, como Saul.

— Não, acho que ainda não será agora — disse Lídia Ivánovna, que nesse meio-tempo observava os movimentos do francês.

Landau levantou-se e aproximou-se.

— Os senhores permitem que eu ouça a conversa? — perguntou.

— Ah, sim, eu não quis incomodar o senhor — respondeu Lídia Ivánovna, que o fitava com ternura. — Sente-se conosco.

— Basta não fechar os olhos para não perder a luz — prosseguiu Aleksei Aleksándrovitch.

— Ah, se o senhor soubesse que felicidade experimentamos ao sentir a incessante presença Dele em nossa alma! — disse a condessa Lídia Ivánovna, com um sorriso de beatitude.

— Mas um homem pode sentir-se, às vezes, incapaz de elevar-se a tais alturas — ponderou Stiepan Arcáditch, sentindo que usava de hipocrisia ao admitir a elevação religiosa, enquanto, ao mesmo tempo, relutava em admitir o seu livre-pensamento diante da pessoa que, com uma palavra dirigida a Pomórski, poderia lhe proporcionar o cargo almejado.

— Ou seja, o senhor quer dizer que o pecado o impede? — perguntou Lídia Ivánovna. — Mas é uma opinião falsa. Não existe pecado para os crentes, o pecado já foi expiado. *Pardon* — acrescentou, olhando de novo para o criado, que entrou com outro bilhete. Leu até o fim e respondeu: — Amanhã, na casa da grande princesa, diga-lhe isso... Para o crente, o pecado não existe — prosseguiu a conversa.

— Sim, mas sem as obras a fé está morta — disse Stiepan Arcáditch, que lembrou essa frase do catecismo, enquanto mantinha sua independência unicamente por meio do sorriso.

— Aí está, o versículo da epístola do apóstolo Tiago — disse Aleksei Aleksándrovitch, dirigindo-se a Lídia Ivánovna com um certo tom de censura, como se fosse um assunto que já tivessem discutido várias vezes. — Quantos danos causou a interpretação falsa dessa passagem! Nada afugenta tanto a fé como essa interpretação. "Não tenho obras, não posso crer", quando, na verdade, em parte alguma está dito isso. O que está dito é o contrário.

— Trabalhar para Deus, salvar a alma por meio das obras, do jejum — disse a condessa Lídia Ivánovna, com um desprezo enojado. — Tal é a ideia insensata de nossos monges... Quando em parte alguma está dito isso. É muito mais simples e mais fácil — acrescentou, fitando Oblónski, com o sorriso mais alentador do mundo, o mesmo sorriso com que, na corte, ela incentivava as jovens damas de honra, acanhadas com o novo ambiente.

— Somos salvos por Cristo, que sofreu por nós. Somos salvos pela fé — reforçou Aleksei Aleksándrovitch, confirmando, com um olhar, as palavras dela.

— *Vous comprenez l'anglais?*[25] — perguntou Lídia Ivánovna e, após receber uma resposta afirmativa, levantou-se e pôs-se a examinar a pequena estante de livros. — Devo ler *Safe and Happy* ou *Under the Wing?*[26] — perguntou, olhando de modo interrogativo para Kariênin. E, após encontrar o livro e sentar-se de novo em seu lugar, abriu-o. — É um trecho bem curto. Aqui se descreve o caminho que conduz à fé e também a essa felicidade superior a tudo o que é terreno e que inunda a alma. O homem que acredita não pode ser infeliz, porque não está só. Aqui está, o senhor vai ver. — Preparava-se para ler, quando entrou de novo o criado. — Borózdina? Diga que amanhã, às duas horas. Sim — prosseguiu, após marcar com o dedo o trecho do livro e mirar para a frente, suspirando, com os olhos belos e pensativos. — Eis como age a fé autêntica. O senhor conhece Marie Sánina? Soube do seu infortúnio? Ela perdeu o único filho. Ficou desesperada. Pois bem, e então? Ela encontrou esse Amigo e, agora, dá graças a Deus pela morte do seu bebê. Eis a felicidade que a fé proporciona!

— Ah, sim, isso é muito... — disse Stiepan Arcáditch, satisfeito porque, enquanto liam, teria tempo para recuperar o domínio sobre si. "Não, pelo visto é melhor não pedir nada hoje", pensou, "o que importa, agora, é ir embora daqui, sem piorar a minha situação."

— O senhor vai se entediar — disse a condessa Lídia Ivánovna, dirigindo-se a Landau. — O senhor não sabe inglês, mas é um trecho curto.

— Ah, eu entenderei — respondeu Landau, com o mesmo sorriso, e fechou os olhos.

Aleksei Aleksándrovitch e Lídia Ivánovna entreolharam-se, de modo significativo, e a leitura teve início.

XXII

Stiepan Arcáditch sentiu-se inteiramente perplexo ao ouvir aquelas palavras estranhas e novas para ele. A complexidade da vida petersburguesa, em geral,

---

25 Francês: "o senhor entende o inglês?".

26 Inglês: "Salvo e feliz [...] Sob a asa".

produzia um efeito estimulante sobre ele, retirando-o da estagnação moscovita; mas gostava dessa complexidade nas esferas que lhe eram próximas e conhecidas; naquele ambiente estranho, sentiu-se perplexo, aturdido, e não conseguia apreender a situação em seu todo. Enquanto ouvia a condessa Lídia Ivánovna e sentia cravados em si os olhos belos, inocentes ou velhacos — ele mesmo não sabia — de Landau, Stiepan Arcáditch começou a experimentar um estranho peso na cabeça.

Os pensamentos mais variados embaralhavam-se em sua mente. "Marie Sánina se alegra por seu filho ter morrido... Quem dera poder fumar um pouco, agora... Para salvar-se, basta crer, e os monges não sabem como é que se faz isso, mas a condessa Lídia Ivánovna sabe... Mas por que minha cabeça pesa desse jeito? Será por causa do conhaque ou porque tudo isso é muito estranho? Apesar de tudo, pelo visto, não fiz nada de inconveniente até agora. Mesmo assim é impossível pedir a ela. Dizem que eles obrigam a gente a rezar. Tomara que não me obriguem. Já seria estupidez demais. E que disparate isso que ela está lendo, mas pronuncia bem. Landau... Bezzúbov. Por que Bezzúbov?" De súbito, Stiepan Arcáditch sentiu que o maxilar inferior começava a se mexer de forma incontrolável, no que vinha a ser o início de um bocejo. Alisou as suíças para encobrir o bocejo e reanimou-se. Mas em seguida sentiu que adormecera e estava mesmo a ponto de ressonar. Despertou no instante em que a voz da condessa Lídia Ivánovna disse: "Ele está dormindo".

Stiepan Arcáditch despertou com um susto, sentindo-se culpado e desmascarado. Mas logo se aliviou ao ver que as palavras "ele está dormindo" se referiam não a ele, mas sim a Landau. O francês adormecera, como Stiepan Arcáditch. Mas enquanto o sono de Stiepan Arcáditch os deixaria ofendidos, conforme ele pensava (ou nem chegou a pensar assim, a tal ponto tudo lhe parecia estranho), o sono de Landau, por sua vez, deixou-os extraordinariamente alegres, sobretudo a condessa Lídia Ivánovna.

— *Mon ami* — disse Lídia Ivánovna, alisando as pregas do seu vestido de seda, com cuidado, a fim de não fazer barulho, e na sua excitação já chamando Kariênin não de Aleksei Aleksándrovitch, mas sim de "*mon ami*" — *donnez lui la main. Vous voyez*?[27] Psiu! — sussurrou para o criado, que entrou mais uma vez. — Não recebo ninguém.

O francês dormia ou fingia dormir, com a cabeça recostada no espaldar da poltrona e, com a mão suada pousada sobre o joelho, fazia movimentos débeis,

27 Francês: "meu amigo, dê-lhe a mão. O senhor está vendo?".

como se tentasse agarrar algo. Aleksei Aleksándrovitch levantou-se com a intenção de tomar cuidado, mas esbarrou na mesa e, em seguida, colocou a mão na mão do francês. Stiepan Arcáditch também se levantou e, arregalando os olhos para despertar, no caso de ainda estar dormindo, olhava ora para um, ora para outro. Tudo aquilo era real. Stiepan Arcáditch sentia que sua cabeça ficava cada vez pior.

— *Que la personne qui est arrivée la dernière, celle qui demande, qu'elle sorte! Qu'elle sorte!*[28] — exclamou o francês, sem abrir os olhos.

— *Vous m'excuserez, mais vous voyez... Revenez vers dix heures, encore mieux, demain.*

— *Qu'elle sorte!*[29] — repetiu o francês, impaciente.

— *C'est moi, n'est-ce pas?*[30]

E, após receber a resposta afirmativa, Stiepan Arcáditch, já esquecido do que viera pedir a Lídia Ivánovna, esquecido até da questão da irmã, apenas com o desejo de sair dali o mais depressa possível, retirou-se na ponta dos pés e, como se fugisse de uma casa contaminada pela peste, ganhou a rua e conversou e gracejou demoradamente com o cocheiro de praça, no intuito de recobrar a razão o mais depressa possível.

No teatro francês, aonde chegou no último ato, e mais tarde no restaurante tártaro, após o champanhe, Stiepan Arcáditch retomou alento e recuperou seu estado de ânimo. Mas mesmo assim, nessa noite, não se sentiu muito bem.

De volta para a casa de Piotr Oblónski, onde estava hospedado em São Petersburgo, Stiepan Arcáditch encontrou um bilhete de Betsy. Ela dizia que desejava muito concluir a conversa iniciada antes e lhe pedia que a procurasse no dia seguinte. Mal terminara de ler o bilhete, e franzir o rosto diante de tais palavras, ouviu no andar de baixo passos brutos de pessoas que carregavam algo pesado.

Stiepan Arcáditch saiu do quarto para ver o que era. Tratava-se do rejuvenescido Piotr Oblónski. Estava tão bêbado que não conseguia subir a escada; mas, ao reconhecer Stiepan Arcáditch, mandou que o pusessem de pé e, agarrado a ele, seguiu até o seu quarto, onde começou a contar como havia passado a noite, mas, ali mesmo, do jeito que estava, adormeceu.

Stiepan Arcáditch sentia-se com o ânimo abatido, algo que raramente lhe acontecia, e demorou muito a dormir. Tudo o que lhe vinha à memória era sórdi-

---

28 Francês: "a pessoa que entrou por último, a que vem pedir, que ela saia! Que ela saia!".

29 Francês: "o senhor me desculpe, mas como está vendo... Volte em torno das dez horas, ou melhor, amanhã. / — Que ela saia!".

30 Francês: "sou eu, não é isso?".

do, mas o mais sórdido de tudo, como se fosse algo vergonhoso, era a lembrança daquela noite, em casa da condessa Lídia Ivánovna.

No dia seguinte, recebeu de Aleksei Aleksándrovitch uma recusa categórica do pedido de divórcio de Anna e compreendeu que tal decisão tinha por base o que o francês dissera, na noite anterior, durante o seu sono, autêntico ou fingido.

XXIII

Para que se tome alguma decisão na vida conjugal, é necessário ou uma discordância completa entre os cônjuges, ou uma harmonia amorosa. Quando as relações entre os cônjuges são indeterminadas, e não há nem uma coisa nem outra, é impossível decidir qualquer questão.

Muitas famílias permanecem durante anos nas antigas condições, odiosas para ambos os cônjuges, só porque não há plena discórdia nem plena harmonia.

E era insuportável, para Vrónski e Anna, a vida em Moscou, em meio ao calor e à poeira, quando o sol já brilhava, não com a luz da primavera, mas do verão, e quando todas as árvores dos bulevares já estavam, desde muito, cobertas de folhas, e as folhas já estavam cobertas de poeira; mas eles, que não tomavam a iniciativa de mudar-se para Vozdvijénski, como desde muito já estava decidido que fariam, continuavam a morar em Moscou, cidade odiosa para ambos, porque ultimamente, entre eles, não havia harmonia.

A irritação que os desunia não tinha nenhuma causa exterior, e todas as tentativas de se explicarem um ao outro não só não eliminavam essa irritação, como a reforçavam mais ainda. Tratava-se de uma irritação interior que, para Anna, tinha por base a diminuição do amor de Vrónski e, para ele, o arrependimento de haver se colocado numa situação difícil pelo bem de Anna, a qual, em vez de aliviar tal situação, a tornava ainda mais penosa. Nem ela nem ele declaravam o motivo de sua irritação, mas cada um achava que o outro estava errado e, a qualquer pretexto, tentavam provar isso mutuamente.

Para Anna, Vrónski inteiro, todos os seus hábitos, pensamentos, desejos e a sua constituição física, era pura e simplesmente amor pelas mulheres, e esse amor que, pelo sentimento de Anna, deveria estar concentrado apenas nela, esse amor havia diminuído; em consequência, na opinião de Anna, ele teria de transferir uma parte desse amor para outras ou para uma outra mulher — e ela sentia ciúmes. Tinha ciúmes não de alguma mulher, mas sim da diminuição do amor de Vrónski. Sem haver ainda encontrado um objeto para os ciúmes, Anna o procurava. Sob o efeito da mais ínfima alusão, ela transferia seus ciúmes de um objeto para outro. Ora tinha ciúmes das mulheres grosseiras com quem, graças aos contatos de seu tempo de solteiro, Vrónski poderia muito facilmente retomar as antigas relações; ora tinha ciúmes das mulheres da sociedade, com quem ele podia encontrar-se; ora tinha ciúmes de uma mocinha imaginária, com quem ele queria casar-se após romper seus laços com Anna. Este último ciúme, mais do que tudo, a atormentava, sobretudo porque ele mesmo, por descuido, num momento de espontaneidade, lhe disse que a mãe o compreendia tão pouco que se permitira exortá-lo a casar-se com a princesa Sorókina.

Enciumada, Anna indignava-se com ele e, em toda parte, procurava motivos para a indignação. Culpava-o por tudo o que havia de penoso na sua situação. A espera torturante que ela padecia em Moscou, suspensa entre o céu e a terra, a lentidão e a hesitação de Aleksei Aleksándrovitch, o seu isolamento — tudo, ela atribuía a Vrónski. Se ele a amasse, compreenderia todo o peso da situação de Anna e a livraria daquilo. Por ela morar em Moscou e não no campo, era ele o culpado. Vrónski não conseguia viver enterrado no campo, como Anna queria. A sociedade lhe era indispensável e ele a colocara naquela situação terrível, cujo peso ele não queria compreender. E era ele, também, o culpado de Anna estar separada do filho, para sempre.

Mesmo os raros minutos de carinho que ocorriam entre os dois não a apaziguavam: no carinho de Vrónski, Anna agora via um matiz de tranquilidade, de confiança, que antes não existia e que a irritava.

O sol já se punha. Anna estava só, à espera do regresso de Vrónski do jantar de homens solteiros a que tinha ido; caminhava para um lado e para o outro, em seu escritório (o aposento de onde menos se ouvia o barulho que vinha da calçada), e recapitulava em todos os pormenores as palavras da discussão da véspera. Ao retroceder além das palavras insultuosas e inesquecíveis da discussão até aquilo que constituíra o pretexto para elas, Anna, enfim, alcançou a origem da conversa. Durante longo tempo, não conseguiu acreditar que a discórdia tivesse começado com uma conversa tão inofensiva, tão alheia ao coração de ambos. E, de fato, tinha sido assim. Tudo começou porque Vrónski zombou dos liceus para mulheres, julgando-os desnecessários, enquanto Anna os defendia. Ele se referiu de maneira desrespeitosa à educação das mulheres, em geral, e disse que Hanna, a inglesa que Anna tomara sob sua proteção, não tinha nenhuma necessidade de adquirir conhecimentos sobre física.

Isso irritou Anna. Viu aí uma alusão desdenhosa à sua atividade. Elaborou e pronunciou uma frase que seria uma desforra contra ele por ter causado seu sofrimento.

— Não espero que o senhor se lembre de mim, dos meus sentimentos, como deles se lembraria um homem que ama, mas eu esperava simplesmente que tivesse delicadeza — disse Anna.

E, de fato, Vrónski ruborizou-se de irritação e disse algo desagradável. Ela não lembrava o que lhe havia respondido, mas apenas que ele, obviamente com o intuito de também lhe causar dor, dissera:

— Não me interessa a sua afeição por essa mocinha, isso é verdade, porque vejo que não se trata de algo natural.

A crueldade com que ele destruía o mundo que ela construíra para si, com tanto trabalho, a fim de poder suportar sua vida penosa, a injustiça com que Vrónski a acusava de fingimento, de falta de naturalidade, a revoltaram.

— Lamento muito que o senhor só compreenda e ache natural aquilo que é grosseiro e material — retrucou Anna, e saiu do quarto.

Na noite anterior, quando Vrónski veio ter com Anna, eles não se referiram à discussão que ocorrera, mas ambos sentiam que a chama da discussão ainda ardia, não se apagara.

Vrónski passara o dia inteiro fora de casa e Anna ficou tão só, sentiu-se tão desgostosa por ter discutido com ele que desejou esquecer tudo, perdoar e reconciliar-se, quis pôr a culpa em si e justificar Vrónski.

"A culpada sou eu mesma. Ando irritada, e absurdamente enciumada. Vou reconciliar-me com ele e partiremos para o campo, lá ficarei mais calma", disse consigo.

"Não é natural" — lembrou-se de repente de que o que mais a havia ofendido não foram tanto as palavras, mas sim a intenção de fazê-la sofrer.

"Eu sei o que ele quis dizer; quis dizer: não é natural você amar o filho de um estranho e não ter amor pela própria filha. O que sabe ele sobre o amor aos filhos, sobre o meu amor por Serioja, que eu sacrifiquei em favor do amor por ele? Mas e esse desejo de me fazer sofrer? Não, ele ama outra mulher, não pode ser outra coisa."

E ao ver que, justamente quando pretendia acalmar-se, ela percorrera, de novo, o mesmo círculo que já trilhara tantas vezes e voltara à irritação de antes, Anna horrorizou-se consigo. "Será que é impossível? Será que não sou capaz de me controlar?", indagou a si mesma, e recomeçou do princípio. "Ele é fiel, ele é honesto, ele me ama. Eu o amo, dentro de alguns dias, chegará o divórcio. Do que mais eu preciso? Preciso de tranquilidade, de confiança, e assumirei a culpa. Sim, daqui a pouco, quando ele chegar, direi que a culpa foi minha, embora não tenha sido, e depois partiremos."

E, para não pensar mais e não ceder à irritação, Anna tocou a campainha e mandou trazer as malas a fim de arrumar a bagagem para a viagem rumo ao campo.

Às dez horas, Vrónski chegou.

XXIV

— E então, foi divertido? — perguntou Anna, com uma fisionomia dócil e culpada, ao sair ao seu encontro.

— Como de hábito — respondeu, no mesmo instante percebendo, com um só olhar, que ela estava num de seus momentos de bom humor. Vrónski já estava acostumado a tais mudanças e, nesse dia, isso o deixou especialmente satisfeito porque ele mesmo estava num excelente estado de ânimo.

— O que vejo! Mas que ótimo! — exclamou, apontando para as malas no vestíbulo.

— Sim, é preciso partir. Saí para dar um passeio e foi tão bom que me veio a vontade de ir para o campo. Afinal, nada o detém aqui, não é?

— É tudo o que desejo. Vamos conversar num instante, vou só trocar de roupa. Mande servir o chá.

E seguiu para o seu quarto.

Havia algo de ofensivo no tom com que ele dissera: "Mas que ótimo!"; a maneira como se fala com uma criança quando ela parou de fazer manha; e ainda mais ofensivo era aquele contraste entre o tom de culpa, usado por Anna, e o tom de segurança, de Vrónski; e ela sentiu, por um momento, que crescia o desejo de brigar; porém, após fazer um esforço sobre si mesma, Anna venceu esse desejo e recebeu Vrónski com a mesma alegria de antes.

Quando ele veio ter com ela, Anna lhe contou, em parte repetindo palavras que havia preparado de antemão, como passara o dia e os seus planos para a partida.

— Sabe, foi quase uma inspiração que eu tive — disse Anna. — Para que esperar o divórcio, aqui? Não seria a mesma coisa, no campo? Eu não posso mais esperar. Não quero alimentar esperanças, não quero ouvir mais nada a respeito do divórcio. Decidi que isso não terá mais influência sobre a minha vida. E você, está de acordo?

— Oh, sim! — respondeu, após olhar com inquietação para o rosto agitado de Anna.

— O que vocês fizeram, quem estava lá? — perguntou ela, após um breve silêncio.

Vrónski enumerou os convidados.

— O jantar foi excelente, e houve uma regata de botes, e tudo foi bastante simpático, mas em Moscou não se passa sem algo *ridicule*. Apareceu uma certa senhora, a professora de natação da rainha sueca, e exibiu sua arte.

— Como? Ela nadou? — perguntou Anna, franzindo o rosto.

— Num *costume de natation*[31] vermelho, uma velha horrorosa. E então, quando partiremos?

— Mas que extravagância idiota! E então, ela nadou de alguma forma especial? — perguntou Anna, sem lhe responder.

— Nada de especial. Eu já lhe disse, foi uma tolice horrível. Quando pretende partir?

Anna balançou a cabeça como se quisesse rechaçar um pensamento desagradável.

— Quando partir? Quanto antes melhor. Amanhã não dá tempo. Depois de amanhã.

— Sim... não, espere. Depois de amanhã é domingo, tenho de ir à casa de *maman* — disse Vrónski, que ficou embaraçado porque, assim que pronunciou o nome da mãe, sentiu sobre si um olhar fixo e desconfiado. Para Anna, o constrangimento de Vrónski veio confirmar sua suspeita. Ela ruborizou-se e afastou-se dele. Agora, já não era a professora de natação da rainha da Suécia que Anna tinha em mente, mas sim a princesa Sorókina, que morava numa aldeia nos arredores de Moscou, junto com a condessa Vrónskaia.

— Você não poderia ir amanhã? — perguntou Anna.

— Não, de jeito nenhum! O documento que me obriga a ir até lá, uma procuração, e também o dinheiro não estarão prontos amanhã — respondeu.

— Se é assim, não partiremos mais.

— O quê?

— Não vou partir depois. Nem na segunda-feira nem nunca!

— Mas por quê? — exclamou Vrónski, surpreso. — Isso não tem nenhum sentido!

— Para você, isso não tem sentido porque nada que me afete lhe interessa. Você não quer compreender a minha vida. A única coisa com que me ocupo aqui é Hanna. Você diz que isso é fingimento. Ontem mesmo você disse que não amo a minha filha, e que apenas finjo que amo essa inglesinha, e que isso não é natural; pois eu gostaria de saber que vida para mim, aqui, poderia ser natural!

Por um momento ela recobrou a razão e horrorizou-se por ter se afastado tanto da sua intenção inicial. Porém, mesmo sabendo que arruinava a si mesma, não conseguia controlar-se, não conseguia deixar de mostrar a Vrónski como ele estava errado, não conseguia submeter-se a ele.

— Eu nunca disse tal coisa; disse que não simpatizo com esse afeto repentino.

— Por que é que você, que se vangloria da sua franqueza, não diz a verdade?

---

31 Francês: "traje de natação".

— Nunca me vanglorio e nunca minto — retrucou Vrónski em voz baixa, refreando a ira que se erguia dentro dele. — Lamento muito se você não respeita...

— O respeito foi inventado para encobrir o lugar vazio onde devia estar o amor. E se você não me ama mais, é melhor e mais honesto dizê-lo.

— Não, isso está se tornando insuportável! — gritou Vrónski, levantando-se da cadeira. E, parado diante dela, proferiu lentamente: — Para que você põe à prova a minha paciência? — perguntou, com uma expressão de quem poderia lhe dizer muita coisa, mas se continha. — Ela tem limites.

— O que o senhor quer dizer com isso? — gritou Anna, fitando com horror a clara expressão de ódio que tomava todo o rosto de Vrónski, em especial os olhos cruéis e ameaçadores.

— Quero dizer... — começou ele, mas se deteve. — Preciso perguntar o que a senhora quer de mim.

— O que posso querer? Só posso querer que o senhor não me abandone, como pensa fazer — respondeu Anna, que entendera tudo o que ele não chegara a dizer. — Mas o que eu não quero é secundário. Eu quero amor, mas não existe amor. Talvez esteja tudo acabado!

Anna voltou-se para a porta.

— Espere! Es... pere! — exclamou Vrónski, sem desfazer as pregas sombrias das sobrancelhas, mas segurando-a pelo braço. — Qual é o problema? Eu disse que era preciso adiar a partida para daqui a três dias e a isso você retrucou que estou mentindo, que sou um homem falso.

— Sim, e repito que um homem que me recrimina por ele ter sacrificado tudo por mim — disse Anna, recordando as palavras ainda da discussão anterior — é pior do que falso: é um homem sem coração.

— Não, a paciência tem limite! — gritou Vrónski e soltou bruscamente o braço de Anna.

"Ele me odeia, isso está bem claro", pensou ela e, em silêncio, sem olhar para trás, com passos vacilantes, saiu do quarto.

"Ele ama outra mulher, isso ficou ainda mais claro", disse consigo, ao entrar no seu quarto. "Quero amor, mas não existe amor. Talvez tudo esteja acabado", repetiu as palavras que dissera, "e é preciso que acabe."

"Mas de que modo?", perguntou a si mesma e sentou-se numa poltrona, diante do espelho.

Pensamentos sobre o lugar para onde iria agora — talvez a casa da tia, onde ela fora criada, ou a casa de Dolly, ou talvez simplesmente ficasse sozinha no campo — e sobre o que Vrónski estaria fazendo, agora, sozinho, em seu quarto, se tinha sido essa a discussão definitiva ou ainda seria possível uma reconciliação, e sobre o que falariam a respeito dela todos os seus antigos conhecidos de São Petersburgo, e como Aleksei Aleksándrovitch encararia a questão, e ainda muitos outros pensamentos sobre o que havia de acontecer, agora, depois do rompimento, lhe acudiram à mente, mas Anna não se entregava a tais pensamentos com toda a sua alma. Havia em sua alma um pensamento obscuro, e só ele a interessava, porém Anna não conseguia identificá-lo. Ao lembrar-se de novo de Aleksei Aleksándrovitch, lembrou-se também da ocasião em que ficara doente, após o parto, e do sentimento que, na época, não a deixava. "Por que não morri?", lembrou-se de suas próprias palavras e sentimentos naquela ocasião. E, de repente, compreendeu o que havia em sua alma. Sim, era essa a ideia que solucionava tudo. "Sim, morrer!..."

"E a vergonha e a desonra de Aleksei Aleksándrovitch, e de Serioja, e a minha terrível vergonha, tudo seria salvo pela morte. Morrer, e ele se arrependerá, terá pena, sentirá amor, vai sofrer por mim." Com um imóvel sorriso de compaixão por si mesma, Anna ficou sentada na poltrona, retirando e colocando os anéis da mão esquerda, enquanto imaginava de maneira viva, e de vários ângulos, o amor de Vrónski por ela, após a sua morte.

Passos que se aproximavam, os passos de Vrónski, desviaram sua atenção. Como se estivesse ocupada com a posição dos seus anéis, Anna nem se virou para ele.

Vrónski aproximou-se e, após segurar a mão de Anna, disse em voz baixa:

— Anna, vamos partir depois de amanhã, se quiser. Concordo com tudo.

Ela ficou em silêncio.

— O que há? — perguntou ele.

— Você sabe — respondeu Anna e, no mesmo instante, sem forças para conter-se mais tempo, desatou a soluçar. — Abandone-me, abandone! — exclamou, entre os soluços. — Vou partir amanhã... Farei mais que isso. Quem sou eu? Uma mulher inconveniente. Uma pedra no seu pescoço. Não quero incomodá-lo, não quero! Vou libertar você. Você não me ama, ama uma outra!

Vrónski implorou que ela se acalmasse e a convenceu de que os seus ciúmes não tinham o menor fundamento, de que ele jamais deixara e jamais deixaria de amá-la, de que ele a amava ainda mais do que antes.

— Anna, para que torturar-se tanto, a si mesma e a mim também? — perguntou, enquanto beijava sua mão. O rosto de Vrónski, agora, expressava ternura e Anna teve a impressão de ouvir, na voz dele, o som de lágrimas e de sentir, na mão, o seu toque líquido.

E, no mesmo instante, o ciúme desesperado de Anna transformou-se numa ternura desesperada e ardente; ela o abraçou, cobriu de beijos a sua cabeça, o seu pescoço, as suas mãos.

XXV

Sentindo que a reconciliação fora completa, Anna, desde a manhã, cuidava com entusiasmo dos preparativos da viagem para o campo. Embora ainda não estivesse resolvido se partiriam na segunda-feira ou no domingo, pois no dia anterior ambos haviam cedido à vontade um do outro, Anna preparava-se ativamente para a partida, sentindo-se agora de todo indiferente à ideia de a viagem ocorrer um dia antes ou um dia depois. Ela estava em seu quarto, diante da mala aberta, e escolhia a bagagem, quando ele entrou, já vestido para sair, e mais cedo do que habitual.

— Vou agora à casa de *maman*, ela pode me enviar o dinheiro depois, por intermédio de Iegórov. E amanhã estarei pronto para partir — disse.

Por melhor que fosse o seu estado de ânimo, a menção de Vrónski à visita à datcha da mãe abalou Anna.

— Não, eu mesma não terei tempo de aprontar tudo até lá — respondeu, e logo pensou: "Portanto era possível ter resolvido a situação de modo a partir na data que eu queria". — Não, faça como quiser. Vá para a sala de jantar que daqui a pouco eu também irei, é só separar as coisas desnecessárias — explicou Anna, enquanto punha mais alguma coisa nos braços de Ánuchka, onde já havia um monte de roupas.

Vrónski comia sua bisteca, quando Anna entrou na sala de jantar.

— Você nem pode acreditar como estes aposentos me dão enjoo — disse ela, sentando-se ao seu lado, diante do café. — Não há nada mais horroroso do que estes *chambres garnies*.[32] Eles não têm uma feição pessoal, não têm alma. Esses relógios, essas cortinas e sobretudo o papel de parede são um pesadelo. Penso em Vozdvijénski como se fosse a terra prometida. Você já não mandou os cavalos?

— Não, eles irão depois de nós. E você, vai a algum lugar?

— Eu queria ir à casa da sra. Wilson. Pretendia levar alguns vestidos para ela. E então, está resolvido que partiremos amanhã? — perguntou com voz alegre; mas de súbito seu rosto se modificou.

O criado de quarto de Vrónski veio pedir-lhe que assinasse o recibo de um telegrama de São Petersburgo. Nada havia de especial no fato de Vrónski receber um telegrama, mas ele, como se quisesse esconder algo de Anna, respondeu que assinaria em seu escritório e, rapidamente, voltou-se para ela.

— Amanhã, sem falta, estará tudo pronto para a viagem.

— De quem é o telegrama? — perguntou Anna, sem o ouvir.

---

32 Francês: "quartos mobiliados".

— De Stiva — respondeu, de má vontade.

— Por que não me mostrou? Como pode haver segredos entre mim e Stiva?

Vrónski chamou de volta o criado de quarto e mandou trazer o telegrama.

— Não quis mostrar porque Stiva tem mania de passar telegramas; para que telegrafar quando nada está resolvido?

— Sobre o divórcio?

— Sim, mas ele escreve: ainda não foi possível arranjar nada. Prometeu uma resposta definitiva dentro de alguns dias. Aqui está, leia.

Com mãos trêmulas, Anna segurou o telegrama e leu o mesmo que Vrónski dissera. No fim, ainda havia um adendo: há pouca esperança, mas farei o possível e o impossível.

— Ontem eu disse que me é de todo indiferente quando vai ocorrer o divórcio e até se haverá de fato um divórcio — disse Anna, ruborizada. — Não há nenhuma necessidade de esconder de mim. — "Assim, também, ele pode esconder de mim, e assim esconde de fato, a sua correspondência com as mulheres", pensou Anna.

— Iáchvin queria vir nos visitar com Vóitov, hoje de manhã — disse Vrónski. — Parece que, num jogo de cartas, ganhou tudo o que Piévtsov tinha, e até mais do que podia pagar: em torno de sessenta mil rublos.

— Não — retrucou Anna, que se irritou porque, com aquela brusca mudança de assunto, ele mostrava, de maneira óbvia demais, ter percebido como ela estava irritada. — Por que você acha que essa notícia me interessa tanto que é preciso até escondê-la? Já disse que não quero pensar nesse assunto e eu gostaria que você tivesse por ele tão pouco interesse quanto eu tenho.

— Eu me interesso porque gosto de clareza — respondeu Vrónski.

— A clareza não está na forma, mas no amor — disse Anna, que se irritava cada vez mais, não com as palavras, mas sim com o tom de fria serenidade com que ele falava. — Para que deseja o divórcio?

"Meu Deus, de novo a questão do amor", pensou ele, de rosto franzido.

— Você sabe para quê: para você e para os filhos que virão — respondeu.

— Não haverá mais filhos.

— Isso me dá muita pena — disse ele.

— Você precisa do divórcio para os filhos, mas e em mim, você não pensa? — perguntou Anna, que esquecera totalmente e nem sequer ouvira o que ele acabara de dizer: "Para você e para os filhos".

A questão da possibilidade de ter filhos já fora discutida, muito tempo antes, e a irritava. O desejo de Vrónski de ter filhos significava, na visão de Anna, que ele não tinha apreço pela sua beleza.

— Ah, mas eu falei: para você. Acima de tudo, para você — repetiu ele, com o rosto franzido, como se estivesse sentindo dor —, porque estou convencido de que a maior parte da sua irritabilidade decorre desta situação indefinida.

"Sim, agora ele parou de fingir e está bem visível o ódio frio que tem por mim", pensou Anna, sem ouvir nenhuma das palavras de Vrónski, mas fitando, com pavor, aquele juiz frio e cruel que a mirava com escárnio nos olhos.

— A causa não é essa — retrucou Anna — e eu até não entendo como a causa da minha irritabilidade, como você a chama, poderia estar no fato de eu me colocar inteiramente sob o seu poder. O que há de indefinido nesta situação? Ao contrário.

— Lamento muito que você não queira compreender — interrompeu Vrónski, com a intenção tenaz de expressar com toda a clareza o seu pensamento — que esta indefinição consiste no fato de você ter a impressão de que estou livre.

— Quanto a isso, você pode ficar totalmente tranquilo — disse Anna, desviou dele o rosto e pôs-se a beber o café.

Ergueu a xícara, com o dedo mindinho levantado, e a trouxe até a boca. Após tomar alguns golezinhos, olhou-o de relance e, pela fisionomia de Vrónski, compreendeu claramente que, para ele, eram repugnantes a sua mão, o seu gesto e o som que ela fazia com os lábios.

— Para mim, é de todo indiferente o que pensa a sua mãe e como ela pretende casá-lo — disse Anna, com a mão que tremia, enquanto colocava a xícara sobre a mesa.

— Mas nós não estamos falando sobre isso.

— Não, é exatamente isso. E creia que não tem, para mim, nenhum interesse uma mulher sem coração, seja velha ou não, seja sua mãe ou uma estranha, e eu não quero vê-la.

— Anna, peço que não fale de minha mãe de forma desrespeitosa.

— Uma mulher que não sabe reconhecer onde está o coração do filho, onde estão sua felicidade e sua honra, essa mulher não tem coração.

— Repito o meu pedido para que não fale de forma desrespeitosa sobre a minha mãe, a quem eu respeito — disse Vrónski, erguendo a voz e fitando-a com severidade.

Anna não respondeu. Olhando fixamente para ele, para o seu rosto, para as suas mãos, ela lembrou-se, em todos os pormenores, da cena da reconciliação, na véspera, e das carícias apaixonadas de Vrónski. "São exatamente as mesmas carícias que ele esbanjou e esbanjará com outras mulheres!", pensou.

— Você não ama sua mãe. São só frases, frases, frases! — exclamou, fitando-o com ódio.

— Se é assim, é preciso...

— É preciso tomar uma decisão, e eu já decidi — retrucou Anna, e fez menção de retirar-se, mas nesse instante entrou Iáchvin.

Anna cumprimentou-o e permaneceu na sala.

Por que motivo, quando em sua alma havia uma tempestade e Anna percebia que se achava num momento crucial da vida, do qual poderiam advir consequências terríveis, por que motivo ela, nesse momento, tinha de fingir diante de uma pessoa que, mais cedo ou mais tarde, viria a saber de tudo — isso ela não sabia explicar; porém, após sufocar dentro de si a tempestade interior, Anna sentou-se e começou a conversar com o visitante.

— Pois então, como vai o senhor? Recebeu o pagamento da dívida? — perguntou ela a Iáchvin.

— Bem, vamos ver; creio que não vou receber tudo, mas tenho de receber pelo menos a metade. E vocês, quando vão partir? — perguntou Iáchvin, que olhou para Vrónski com os olhos semicerrados e, obviamente, já adivinhara que havia ocorrido uma briga.

— Depois de amanhã, ao que tudo indica — respondeu Vrónski.

— Na verdade, há bastante tempo que vocês têm a intenção de partir.

— Mas agora está tudo resolvido — disse Anna, fitando nos olhos de Vrónski com um olhar que dizia para ele nem sonhar com a possibilidade de uma reconciliação. — Será que o senhor não tem pena desse pobre Piévtsov? — prosseguiu a conversa com Iáchvin.

— Nunca parei para me perguntar se tenho pena ou não, Anna Arcádievna. Afinal, toda a minha fortuna está aqui — apontou para o bolso lateral — e agora sou um homem rico; mas hoje irei ao clube e talvez saia de lá na miséria. Pois quem sentar diante de mim também vai querer deixar-me sem camisa, como eu também vou querer fazer com ele. Nós vamos lutar e é nisso que está todo o prazer.

— Bem, e se o senhor fosse casado? — perguntou Anna. — Como seria para a sua esposa?

Iáchvin soltou uma risada.

— Por isso não sou casado, é claro, e nunca pretendi casar.

— E Helsinque? — indagou Vrónski, metendo-se na conversa, e olhou de relance para Anna, que sorria.

Ao encontrar o olhar de Vrónski, o rosto de Anna assumiu, de repente, uma expressão fria e severa, como se lhe dissesse: "Não esqueci. Nada mudou".

— Por acaso o senhor já se apaixonou? — perguntou Anna para Iáchvin.

— Ah, meu Deus! Quantas vezes! Mas, a senhora veja bem, há homens para quem é possível sentar à mesa para jogar cartas, levantar-se e ir embora sempre que chega a hora de um *rendez-vous*.[33] Mas, para mim, só é possível dedicar-me ao amor quando isso não me faz chegar atrasado ao jogo de cartas, à noite. É assim que me organizo.

— Não, não é disso que estou falando, mas do que se passa agora. — Anna queria falar de Helsinque; mas não quis pronunciar uma palavra dita por Vrónski.

Entrou Vóitov, que havia comprado um garanhão de Vrónski; Anna levantou-se e saiu da sala.

Antes de sair de casa, Vrónski foi ter com ela. Anna quis fingir que procurava algo na mesa, porém, envergonhada do fingimento, fitou-o no rosto com um olhar frio.

— O que o senhor precisa? — perguntou ela, em francês.

— Pegar o atestado do pedigree do Gambetta, eu o vendi — respondeu Vrónski, num tom que exprimia com clareza as palavras: "Não tenho tempo para explicações, e isso de nada adiantaria".

"De nada sou culpado, em relação a ela", pensou Vrónski. "Se ela quer castigar-se, *tant pis pour elle*."[34] Porém, ao sair, teve a impressão de que Anna dizia algo e, de repente, seu coração estremeceu de compaixão.

— O que foi, Anna? — perguntou.

— Nada — respondeu, com a mesma calma e frieza.

"Se é nada, então *tant pis*", pensou, de novo frio, deu as costas e saiu. Ao sair, entreviu no espelho o rosto de Anna, pálido, com os lábios trêmulos. Quis parar e dizer-lhe uma palavra de consolo, mas as pernas o levaram para fora do quarto, antes que conseguisse imaginar o que dizer. Passou o dia inteiro fora de casa e, quando voltou, tarde da noite, a criada lhe disse que Anna Arcádievna tinha dor de cabeça e pedira que ele não fosse ao seu quarto.

XXVI

Até então, eles nunca haviam passado um dia inteiro em atrito. Isso acontecia, agora, pela primeira vez. E não era só um atrito. Era o reconhecimento explícito de um completo esfriamento. Como pôde ele olhar para ela do modo como fez, ao entrar no quarto para pegar o atestado do cavalo? Olhar para ela, ver que seu coração estava se despedaçando de desespero e assim mesmo ir em frente, com aquela

---

33 Francês: "encontro amoroso".

34 Francês: "pior para ela".

fisionomia de calma e indiferença? Vrónski não estava apenas mais frio em relação a ela; ele a odiava, porque amava outra mulher — isso estava claro.

E, ao recordar todas as palavras cruéis que Vrónski dissera, Anna imaginou ainda as palavras que ele obviamente desejava dizer, e podia dizer, e Anna se exasperou ainda mais.

"Eu não vou reter a senhora", poderia ter dito Vrónski. "A senhora pode ir para onde bem entender. A senhora não quis divorciar-se provavelmente para voltar para o seu marido. Pois então volte. Se a senhora precisa de dinheiro, eu lhe dou. De quantos rublos precisa?"

Todas as palavras mais cruéis que o mais rude dos homens poderia dizer, Vrónski dizia, na imaginação de Anna, e ela não lhe perdoava isso, como se as tivesse dito, de fato.

"Porém, ainda ontem mesmo, não me fez juras de amor, ele, um homem sincero e honesto? E acaso eu já não perdi muitas vezes as esperanças, para mais tarde retomá-las?", disse consigo, logo depois.

Exceto pela visita à casa da sra. Wilson, que lhe tomou duas horas, Anna passou todo aquele dia em meio a dúvidas, sem saber se tudo estava terminado ou se ainda havia esperança de uma reconciliação, se era preciso ir embora imediatamente ou se ela o veria ainda uma vez. Esperou-o o dia inteiro e, à noite, ao retirar-se para o seu quarto, após pedir que lhe dissessem que estava com dor de cabeça, propôs a si mesma uma adivinhação: "Se ele vier ao meu quarto, apesar do aviso da criada, significa que me ama. Se não vier, significa que está tudo terminado e, então, decidirei o que fazer!".

Anna ouviu, à noite, o ruído da carruagem de Vrónski, ouviu a campainha que ele fez soar, ouviu os seus passos e a sua conversa com a criada: ele acreditou no que lhe informaram, não quis saber mais nada além disso e seguiu direto para o seu quarto. Portanto, tudo estava terminado.

E, de forma viva e clara, a morte afigurou-se a Anna como o único meio de restabelecer no coração de Vrónski o amor por ela, o único meio de castigá-lo e de alcançar a vitória na luta que um espírito maligno, alojado em seu coração, travava contra ele.

Agora, tudo estava claro: partir ou não para Vozdvijénski, obter ou não o divórcio do marido — tudo era supérfluo. Só uma coisa se fazia necessária: castigá-lo.

Quando verteu no copo a dose habitual de ópio e refletiu que bastava beber o frasco inteiro para morrer, isso lhe pareceu tão fácil e tão simples que, de novo e com delícia, pôs-se a pensar em como Vrónski se atormentaria, se arrependeria, e em como amaria a memória de Anna quando já fosse tarde demais. Permaneceu deitada na cama, de olhos abertos, à luz de uma vela que já ardera quase até o fim, olhando para uma cornija moldada no teto e para a sombra do biombo, que recobria uma parte dele, e imaginava de maneira viva o que Vrónski haveria de sentir quando ela já não mais vivesse e fosse, para ele, apenas uma lembrança. "Como pude dizer a ela essas palavras cruéis?", diria Vrónski a si mesmo. "Como pude sair do quarto sem lhe dizer nada? E agora ela já não mais existe. Deixou-nos para sempre. Está lá..." De repente, a sombra do biombo começou a oscilar, cobriu toda a cornija, todo o teto, outras sombras, de outros lados, saltaram sobre Anna; por um momento, as sombras se afastaram, mas depois avançaram com uma rapidez renovada, estremeceram, fundiram-se e tudo se tornou sombrio. "A morte!", pensou Anna. E dela se apoderou um horror tão grande que, por muito tempo, não conseguiu compreender onde estava e, por muito tempo, com as mãos trêmulas, não conseguiu localizar os fósforos e acender outra vela, em lugar da que ardia e agora se apagara. "Não, qualquer coisa, contanto que eu viva! Afinal, eu o amo. E ele me ama! Isto já aconteceu antes e vai passar", disse consigo, enquanto sentia escorrerem, pelas faces, lágrimas de alegria pelo seu retorno à vida. E, para salvar-se do seu pavor, Anna seguiu às pressas para o quarto de Vrónski.

Ele dormia em sono profundo. Anna aproximou-se e, com a vela erguida acima do seu rosto, contemplou-o demoradamente. Agora, enquanto ele dormia, ela o amava tanto que, ao vê-lo, não pôde conter as lágrimas de ternura; mas Anna sabia que, se Vrónski acordasse, olharia para ela com uma expressão fria, e confiante de estar com a razão, e Anna sabia que, antes de lhe falar sobre o seu amor, teria de provar a Vrónski que ele lhe devia desculpas. Sem o acordar, Anna voltou para o seu quarto e, depois da segunda dose de ópio, já perto do amanhecer, caiu num sono pesado e sem repouso, durante o qual ela não deixava de ter consciência de si mesma.

Pela manhã, um pesadelo terrível, que já se repetira várias vezes ainda antes da sua união com Vrónski, acudiu a Anna e despertou-a. Um velhinho de barba desgrenhada fazia alguma coisa, curvado sobre um ferro, enquanto proferia palavras francesas sem sentido, e Anna, como sempre acontecia nesse sonho (e nisso residia o horror do pesadelo), se dava conta de que aquele pequeno mujique não prestava a menor atenção nela e fazia algo horrível com o ferro, justamente em cima dela. Anna acordava com um suor frio.

Quando levantou, lembrou-se do dia anterior como que encoberto por uma névoa.

"Houve uma discussão. Houve o mesmo que já aconteceu várias vezes. Eu disse que tinha dor de cabeça e ele não entrou no meu quarto. Amanhã partiremos, é preciso falar com ele e cuidar dos preparativos da viagem", disse consigo. E, informada de que Vrónski estava em seu quarto, Anna foi ter com ele. De passagem pela sala, ouviu o rumor de uma carruagem que parava na entrada e, ao olhar pela janela, avistou uma caleche da qual despontava uma jovem, de chapéu lilás, que ordenava algo ao criado, que viera tocar a campainha. Após uma troca de palavras no vestíbulo, alguém subiu a escada e, perto da sala, soaram as passadas de Vrónski. A passos rápidos, ele desceu a escada. Anna aproximou-se de novo da janela. Lá estava ele, que saía da varanda sem chapéu e se aproximava da caleche. A jovem de chapéu lilás lhe entregou um embrulho. Vrónski, sorrindo, lhe disse algo. A caleche se foi; ele voltou e subiu correndo pela escada.

A névoa que encobria tudo, em sua alma, de repente se dissipou. Os sentimentos da véspera, com uma dor renovada, apertaram seu coração já dolorido. Anna, agora, não conseguia entender como pudera se rebaixar a ponto de passar mais um dia inteiro com Vrónski, na casa dele. Foi ao encontro de Vrónski, em seu quarto, para lhe comunicar a sua resolução.

— Era Sorókina, que veio com a filha para me trazer o dinheiro e os documentos, enviados por *maman*. Não pude ir pegar, ontem. Como está sua cabeça, melhorou? — perguntou Vrónski, com ar tranquilo, sem querer enxergar e compreender a expressão sombria e solene no rosto de Anna.

Em silêncio, de pé no centro do quarto, ela mirava Vrónski fixamente. Ele a olhou, de relance, franziu as sobrancelhas por um momento e continuou a ler a carta. Anna deu meia-volta e saiu lentamente do quarto. Ele ainda podia chamá-la de volta, mas Anna alcançou a porta e Vrónski continuava calado; ouviu-se apenas o farfalhar de uma folha de papel, ao ser virada.

— Sim, a propósito — disse Vrónski, quando ela já estava no limiar da porta —, amanhã partiremos sem falta, não é mesmo? Não é verdade?

— O senhor, não eu — respondeu Anna, virando-se para ele.

— Anna, é impossível viver desse modo!

— O senhor... o senhor vai se arrepender disso — falou Anna, e saiu.

Assustado com a fisionomia desesperada com que ela dissera tais palavras, Vrónski levantou-se de um salto e quis correr no seu encalço, mas mudou de ideia, sentou-se de novo e, com os dentes cerrados, franziu as sobrancelhas. Aquela ameaça vaga, que ele considerou vulgar, deixou-o exasperado. “Tentei tudo”, pensou, “só resta uma coisa: não prestar mais atenção”, e começou a arrumar-se para ir à cidade e de novo ao encontro da mãe, cuja assinatura ele precisava obter para a sua procuração.

Anna ouviu os passos de Vrónski ressoarem pelo escritório e pela sala. Na sala, ele se deteve. Porém não tomou a direção do quarto de Anna, apenas deu ordem para entregarem o garanhão a Vóitov, mesmo se ele não estivesse em casa. Depois, Anna ouviu que traziam a carruagem, a porta se abria e ele saía novamente. Porém Vrónski entrou de novo na varanda e alguém subiu correndo. Era o criado de quarto que vinha buscar as luvas que Vrónski esquecera. Anna aproximou-se da janela e viu como ele, sem olhar, pegou as luvas e disse algo ao cocheiro, após dar um toque com a mão nas suas costas. Em seguida, sem erguer os olhos para a janela, instalou-se em sua posição habitual, no assento da carruagem, cruzou as pernas e, enquanto vestia uma luva, escondeu-se num canto.

XXVII

"Foi embora! Acabou!", disse Anna consigo, parada junto à janela; e, em resposta a esse pensamento, a sensação de trevas que a assaltara no instante em que a vela se apagou e a sensação deixada pelo seu sonho aterrador fundiram-se em uma só e encheram seu coração de um terror frio.

— Não, isso não é possível! — gritou ela e, após atravessar o cômodo, fez soar com força a campainha. Era tão horrível para ela, agora, ficar sozinha, que, sem esperar a chegada do criado, saiu ao seu encontro.

— Vá saber aonde foi o conde — disse Anna.

O criado respondeu que o conde fora às cavalariças.

— O senhor mandou informar que, caso a senhora quisesse sair, a carruagem logo estaria de volta.

— Ótimo. Espere um pouco. Vou escrever um bilhete, num segundo. Mande Mikhail levar o bilhete até a cavalariça. Depressa.

Ela sentou-se e escreveu:

"Devo desculpas. Volte para casa, é preciso explicar. Pelo amor de Deus, venha, estou apavorada."

Selou o bilhete e entregou ao criado.

Anna, agora, tinha medo de ficar sozinha, saiu do quarto atrás do criado e foi para o quarto da criança.

"Mas como, não é isso, não é ele! Onde estão os seus olhos azuis, o seu sorriso meigo e acanhado?", foi o seu primeiro pensamento, quando viu sua filhinha rosada, roliça, de cabelos negros e cacheados, em lugar de Serioja, que ela, na confusão de seus pensamentos, esperava encontrar no quarto da criança. Sentada à mesa, a menina batia com força e obstinação uma rolha contra o tampo da mesa, enquanto olhava perplexa para a mãe, com os olhos negros, semelhantes a groselhas. Após responder à babá inglesa que ela estava perfeitamente bem de saúde e que amanhã partiria para o campo, Anna veio sentar-se junto à menina e pôs-se a girar a rolha de garrafa diante dela. Mas a risada alta e sonora do bebê e o movimento que fez com as sobrancelhas lembraram Vrónski de forma tão viva que Anna, contendo os soluços, levantou-se e saiu depressa. "Será que está tudo acabado? Não, não pode ser", pensou. "Ele vai voltar. Mas como me explicará aquele sorriso, aquela animação que mostrou depois de falar com ela? Ainda que não me explique, acreditarei assim mesmo. Se eu não acreditar, só me restará uma coisa, e isso eu não quero."

Olhou para o relógio. Haviam passado doze minutos. "Agora, ele já recebeu o bilhete e vai voltar. Não demora, mais dez minutos... Porém, e se ele não vier? Não, isso é impossível. Não posso deixar que me veja com os olhos chorosos. Vou me lavar. Sim, sim, será que eu me penteei?", perguntou-se. E não conseguiu lembrar. Apalpou a cabeça, com a mão. "Sim, estou penteada, mas não me lembro de forma alguma quando me penteei." Chegou a não acreditar na própria mão e aproximou-se do espelho de um aparador, a fim de verificar se estava penteada, de fato. Estava penteada e não conseguia lembrar quando fizera isso. "Quem é?", pensou, olhando no espelho para um rosto inflamado, com olhos que brilhavam de modo estranho e fitavam-na, assustados. "Ora, sou eu", compreendeu de repente e, ao examinar-se inteira, sentiu, de súbito, os beijos dele e, com um tremor, contraiu os ombros. Em seguida, ergueu a mão até os lábios e a beijou.

"Mas o que é isso, estou ficando louca", e seguiu para o quarto de dormir, que Ánuchka estava arrumando.

— Ánuchka — disse Anna, parada à sua frente, enquanto fitava a criada, sem saber ela mesma o que dizer.

— A senhora queria ir à casa de Dária Aleksándrovna — lembrou a criada, como se a tivesse compreendido.

— À casa de Dária Aleksándrovna? Sim, eu irei.

"Quinze minutos para ir, quinze para voltar. Ele já está saindo, daqui a pouco vai chegar." Pegou o relógio e conferiu. "Mas como pôde ele ir embora e me deixar em tal situação? Como pode ele viver sem se reconciliar comigo?" Aproximou-se da janela e pôs-se a olhar para a rua. Pelo tempo, Vrónski já podia estar de volta. Mas o cálculo talvez estivesse errado e Anna pôs-se, de novo, a lembrar o momento em que ele havia saído e a calcular os minutos.

No momento em que ela se afastou na direção do relógio de parede a fim de conferir o seu relógio, um veículo se aproximou. Após voltar os olhos para a janela, avistou a carruagem de Vrónski. Mas ninguém subiu pela escada e vozes soaram lá embaixo. Era o mensageiro que voltara na carruagem. Anna foi ao seu encontro.

— Não achamos o conde. Já tinha seguido para a estação de Nijegórod.

— O que está dizendo? Como?... — indagou ela ao corado e alegre Mikhail, que lhe devolvera o bilhete.

"Afinal, ele não recebeu o bilhete", lembrou-se Anna.

— Leve este mesmo bilhete à casa de campo da condessa Vrónskaia, compreendeu? E traga a resposta imediatamente — disse ao mensageiro.

"E quanto a mim, o que vou fazer?", pensou. "Sim, vou à casa de Dolly, é verdade, senão ficarei louca. Sim, posso também telegrafar." E redigiu um telegrama:

"Preciso muito falar com você. Venha já."

Após mandar que enviassem o telegrama, ela foi trocar de roupa. Já vestida e de chapéu, fitou de novo os olhos da tranquila Ánuchka, que havia engordado. Via-se uma evidente compaixão, naqueles pequeninos olhos cinzentos e bondosos.

— Ánuchka, querida, o que vou fazer? — falou Anna, entre soluços, enquanto se deixava cair, desamparada, na poltrona.

— De que adianta se inquietar desse jeito, Anna Arcádievna? Isso acontece. A senhora deve sair, espairecer — disse a criada.

— Sim, vou sair — concordou Anna, recuperando-se e levantando. — E, se chegar um telegrama enquanto eu não estiver em casa, mande-o para a casa de Dária Aleksándrovna... Não, voltarei eu mesma.

"Sim, não é preciso pensar, preciso é fazer alguma coisa, sair sobretudo, sair desta casa", disse consigo, enquanto escutava com horror um borbulhar terrível em seu coração, e saiu depressa, acomodou-se no assento da carruagem.

— Aonde a senhora deseja ir? — perguntou Piotr, ainda antes de sentar-se à boleia.

— Rua Známienka, à casa dos Oblónski.

XXVIII

Fazia um dia claro. Durante toda a manhã, caíra uma chuva miúda e constante, mas agora o tempo havia clareado. Os telhados de ferro, as lajes das calçadas, as pedras do calçamento, as rodas, o couro, o cobre e o folheado das carruagens — tudo brilhava bem claro, no sol de maio. Eram três horas, o horário de maior animação nas ruas.

Sentada no fundo da tranquila carruagem, que com suas molas elásticas mal oscilava no passo ligeiro dos cavalos cinzentos, Anna, sob o efeito do estrépito incessante das rodas e das impressões que se sucediam rapidamente no ar límpido, ao repassar mais uma vez na memória os acontecimentos dos últimos dias, enxergou sua situação de uma forma completamente distinta da que imaginara antes, quando em casa. Agora, nem mais a ideia da morte lhe parecia tão terrível e tão clara, e a própria morte não se afigurava mais como algo inevitável. Agora, Anna recriminava-se por se haver rebaixado a tamanha humilhação. "Eu suplico o seu perdão. Eu me submeti a ele. Reconheci que a culpa é minha. Para quê? Por acaso não posso viver sem ele?" E, sem responder à pergunta sobre como viveria sem Vrónski, Anna pôs-se a ler os letreiros. "Escritório e armazém. Dentista. Sim, vou contar tudo a Dolly. Ela não gosta de Vrónski. Será vergonhoso, doloroso, mas contarei tudo. Ela gosta de mim e vou seguir os seus conselhos. Não vou me submeter a ele; não permitirei que ele me dê lições. Filíppov, doces. Dizem que eles mandam a massa para São Petersburgo. A água de Moscou é tão boa. E também as fontes de Mitíchi, e as tortas." E Anna lembrou como, muito, muito tempo antes, quando ainda tinha dezessete anos de idade, foi com a tia visitar Tróitsa.[35] "Ainda se viajava até lá de carruagem. Será possível que era mesmo eu, aquela mocinha de mãos vermelhas? Como tantas coisas que, então, me pareciam maravilhosas e inatingíveis se tornaram insignificantes, ao passo que aquilo que, antes, eu era se tornou para sempre inatingível, agora. Teria eu acreditado, naquele tempo, que um dia poderia chegar a tamanha humilhação? Como ele ficará orgulhoso e satisfeito ao receber o meu bilhete! Mas eu vou lhe mostrar... Que cheiro ruim tem essa tinta. Para que pintam e constroem tanto? Modas e adornos", leu Anna. Um homem cumprimentou-a com uma reverência. Era o marido de Ánuchka. "Os nossos parasitas", lembrou-se do que dizia Vrónski. "Nossos? Por que nossos? É horrível que não se possa arrancar o passado pela raiz. É impossível arrancar, mas é possível silenciar a sua memória. E vou silenciar." Nesse ponto, recordou-se do seu passado com Aleksei Aleksándrovitch, de como ela o apagara da sua memória. "Dolly vai pensar que abandonei meu segundo marido e que por isso, sem dúvida, sou eu que estou errada. E por acaso quero estar certa? Eu não aguento!", exclamou, e teve vontade de chorar. Mas logo se pôs a pensar do que poderiam estar rindo tanto aquelas duas mocinhas, na rua. "Na certa, do amor. Elas não sabem como isso é triste, como é baixo... O bulevar, as crianças. Três meninos correm, estão brincando de cavalinho. Serioja! Vou perder tudo e não o terei de volta. Sim, vou perder tudo, se ele não voltar. Talvez ele tenha chegado atrasado para pegar o trem e agora já esteja em casa, de volta. E você quer humilhar-se de novo!", disse para si mesma. "Não, irei à casa de Dolly e lhe contarei sem rodeios: sou uma desgraçada, eu o mereço, a culpa é minha, mas mesmo assim sou uma desgraçada, ajude-me. Estes cavalos, esta carruagem, como tenho nojo de mim mesma por estar nesta carruagem, tudo é dele; mas não verei mais nada disso."

Pensando em todas as palavras que ia dizer a Dolly e reavivando de propósito a ferida em seu coração, Anna subiu a escada.

---

35 Nome de um mosteiro perto de Moscou.

— Tem alguém com ela? — perguntou na entrada.

— Katierina Aleksándrovna Liévina — respondeu o criado.

"Kitty! A mesma Kitty pela qual Vrónski esteve apaixonado", pensou Anna. "A mesma que ele recordava com amor. Hoje, Vrónski lamenta não ter casado com ela. E de mim ele se recorda com ódio, lamenta ter se unido a mim."

Enquanto isso, entre as irmãs, havia uma conversa sobre nutrição de bebês. Dolly saiu sozinha para receber a visita, que viera atrapalhar sua conversa, naquele momento.

— Ah, então você ainda não viajou? Eu queria mesmo falar com você — disse Dolly. — Recebi hoje uma carta de Stiva.

— Nós também recebemos um telegrama — respondeu Anna, olhando para o lado com a intenção de avistar Kitty.

— Ele escreve que não consegue entender o que Aleksei Aleksándrovitch deseja exatamente, mas diz que não vai partir sem uma resposta.

— Pensei que você estava com alguém. Posso ler a carta?

— Sim, é a Kitty — respondeu Dolly, embaraçada. — Ficou no quarto das crianças. Esteve muito adoentada.

— Eu soube. Posso ler a carta?

— Vou trazer num minuto. Mas ele não nega; ao contrário, Stiva tem esperanças — disse Dolly, detendo-se na porta.

— Eu não tenho esperanças, e nem quero ter — retrucou Anna.

"Então Kitty considera uma humilhação encontrar-se comigo?", pensou Anna, ao ficar só. "Talvez tenha razão. Mas não há de ser ela, que esteve apaixonada por Vrónski, não há de ser ela quem vai me mostrar isso, mesmo que seja verdade. Sei que, na minha situação, não posso ser recebida por nenhuma mulher decente. Sei que, desde o primeiro minuto, sacrifiquei tudo por ele! E aí está a minha recompensa! Ah, como eu o odeio! E para que vim aqui? Eu me sinto ainda pior, ainda mais triste." Ouviu as vozes das irmãs que conversavam no outro quarto. "E o que vou dizer para Dolly, agora? Oferecer um consolo a Kitty, porque sou uma desgraçada, submeter-me à sua proteção? Não, e nem Dolly vai compreender nada. Aliás, não tenho nada para dizer a ela. O interessante seria apenas ver Kitty e lhe mostrar como eu desprezo tudo e todos, como agora para mim tudo é indiferente."

Dolly trouxe a carta. Anna leu até o fim e a devolveu.

— Já sabia disso tudo — falou. — E, para mim, não tem o menor interesse.

— Mas por quê? Eu, ao contrário, tenho esperança — disse Dolly, olhando para Anna com curiosidade. Nunca a vira naquele estado de estranha irritação. — Quando vai partir? — perguntou.

Anna, entrecerrando os olhos, mirou fixo para a frente e não respondeu.

— Por que Kitty se esconde de mim? — perguntou Anna, olhando para a porta e ruborizando-se.

— Oh, que tolice! Ela está amamentando e tem tido problemas, e eu estava lhe dando uns conselhos... Ela terá muito prazer. Vai vir logo — disse Dolly, confusa, por não saber mentir. — Aí está ela.

Ao saber que Anna havia chegado, Kitty não quis sair ao seu encontro; mas Dolly a convenceu. Depois de tomar coragem, Kitty saiu e, ruborizada, aproximou-se e lhe estendeu a mão.

— Muito prazer em vê-la — disse, com voz trêmula.

Kitty ficou embaraçada com o conflito que havia dentro dela, entre a hostilidade por essa mulher má e o desejo de ser indulgente com ela; mas, assim que viu o rosto belo e simpático de Anna, toda hostilidade imediatamente se desfez.

— Eu não ficaria surpresa se a senhora não quisesse encontrar-se comigo. Estou acostumada a tudo. A senhora esteve doente? Sim, a senhora está mudada — disse Anna.

Kitty sentiu que Anna a fitava com hostilidade. Atribuiu essa hostilidade ao constrangimento que Anna sentia, agora, diante da mesma jovem a quem, antes, havia tomado sob sua proteção, e Kitty teve pena de Anna.

Conversaram sobre a doença, sobre o bebê, sobre Stiva, mas era evidente que nada disso interessava a Anna.

— Vim despedir-me — disse ela, levantando.

— Quando a senhora vai partir?

Mas, sem responder, Anna voltou-se de novo para Kitty.

— Sim, tive muito prazer em ver a senhora — disse Anna, com um sorriso. — Tenho ouvido muito falar da senhora, de toda parte, até do seu marido. Ele esteve em minha casa e gostei muito dele — acrescentou, com evidente má intenção. — Onde está ele?

— Viajou para o campo — respondeu Kitty, ruborizada.

— Mande-lhe meus cumprimentos, não esqueça.

— Não vou esquecer! — repetiu Kitty, ingenuamente, enquanto a fitava nos olhos, com compaixão.

— Então, adeus, Dolly! — E, após dar um beijo em Dolly e apertar a mão de Kitty, Anna saiu depressa.

— Sempre a mesma, e sempre encantadora. É muito bonita! — disse Kitty, sozinha com a irmã. — Mas há algo nela que dá muita pena! Uma pena terrível!

— Não, há hoje algo diferente nela — retrucou Dolly. — Quando a recebi, na entrada, pareceu-me que tinha vontade de chorar.

XXIX

Anna sentou-se na carruagem num estado ainda pior do que ao sair de casa. Aos tormentos anteriores, veio somar-se agora o sentimento de afronta e de repúdio que Anna percebeu com clareza durante o encontro com Kitty.

— Para onde a senhora vai? Para casa? — perguntou Piotr.

— Sim, para casa — respondeu Anna, sem sequer pensar para onde iria, agora.

"Como elas me olhavam, como se eu fosse algo horrível, incompreensível e curioso. O que ele pode estar contando com tanto entusiasmo para aquele outro?", pensou, enquanto olhava para dois pedestres. "Será possível contar a alguém aquilo que se sente? Eu queria contar a Dolly e fiz bem em não contar nada. Como ela teria ficado contente com a minha desgraça! Ela o teria disfarçado; mas o sentimento mais forte seria de alegria, por eu ter sido castigada pelos prazeres que ela, em mim, invejava. A Kitty, essa então ficaria ainda mais contente. Como ela é transparente, para mim! Sabe que fui mais amável do que o habitual com o seu marido. Tem ciúmes de mim e me odeia. E também me despreza. Aos seus olhos, sou uma mulher imoral. Se eu fosse uma mulher imoral, poderia conquistar o amor do seu marido... se eu quisesse. E eu até quis. Ali está um homem satisfeito consigo mesmo", pensou, ao ver um fidalgo corado, gordo, que vinha ao seu encontro, após ter confundido Anna com uma conhecida e haver levantado o chapéu lustroso acima da cabeça calva e lustrosa, mas que depois se deu conta de estar enganado. "Ele pensou que me conhecia. Mas ele me conhece tão pouco quanto qualquer outra pessoa no mundo. Eu mesma não me conheço. Conheço os meus apetites, como dizem os franceses. Veja como eles querem aquele sorvete imundo. Isso eles sabem, com toda a certeza", pensou, enquanto olhava para dois meninos, parados diante de um sorveteiro, que baixara da cabeça uma bacia e enxugava o rosto suado com a ponta de um pano. "Todos nós queremos o que é doce, gostoso. Se não há balas, então um sorvete imundo. E Kitty também: se não tem Vrónski, fica então com Liévin. E ela me inveja. E me odeia. E nós todas nos odiamos mutuamente. Eu a Kitty, Kitty a mim. Aí está a verdade. Tiútkin, *coiffeur. Je me fais coiffer par Tiútkin...*[36] Vou lhe contar isso quando ele chegar", pensou Anna, e sorriu. Mas, no mesmo instante, lembrou-se de que agora não tinha mais ninguém a quem contar coisas divertidas. "E não há mesmo nada divertido, alegre. Tudo é sórdido. Tocam os sinos para as vésperas, e veja com que esmero aquele comerciante se benze! Parece que tem medo de deixar cair algu-

---

36 Francês: "cabeleireiro. Eu me penteio no Tiútkin...".

ma coisa. Para que essas igrejas, esses sinos, essa falsidade? Só para esconder que nós todos nos odiamos mutuamente, como esses cocheiros de praça, que se xingam com tanta raiva. Iáchvin diz: o outro quer me deixar sem a camisa, e eu quero o mesmo para ele. Aí está a verdade!"

Em meio a esses pensamentos, que a arrebatavam de tal modo que Anna até parou de pensar na sua situação, surpreendeu-se quando a carruagem freou diante da porta de sua casa. Só ao ver o porteiro, que saía ao seu encontro, Anna lembrou que tinha enviado um bilhete e um telegrama.

— Chegou a resposta? — perguntou ela.

— Vou verificar num instante — respondeu o porteiro e, após olhar no escritório, apanhou e trouxe para ela o envelope quadrado e fino de um telegrama. "Não posso chegar antes das dez horas. Vrónski", leu Anna.

— E o mensageiro não voltou?

— Em absoluto — respondeu o porteiro.

"Se é assim, eu sei o que devo fazer", disse consigo e, sentindo que se levantava dentro dela um ódio indefinido e um desejo de vingança, correu para o andar de cima. "Eu mesma irei ao encontro dele. Antes de ir embora para sempre, contarei tudo a ele. Nunca odiei ninguém como odeio esse homem!", pensou. Ao ver o chapéu de Vrónski no porta-chapéus, ela estremeceu de repugnância. Não se deu conta de que o telegrama dele não era uma resposta ao seu telegrama e de que ele ainda não recebera também o seu bilhete. Anna imaginava que ele, agora, conversava tranquilamente com a mãe e com Sorókina e se regozijava com os sofrimentos dela. "Sim, é preciso partir depressa", disse consigo, ainda sem saber para onde ir. Queria, o mais depressa possível, afastar-se dos sentimentos que experimentava nessa casa horrorosa. A criadagem, as paredes, os objetos da casa — tudo despertava nela repugnância e rancor e a oprimia como um fardo.

"Sim, tenho de ir à estação de trem e, se não estiver lá, tenho de partir e apanhá-lo em flagrante." Anna conferiu o horário dos trens nos jornais. O noturno partia às oito horas e dois minutos. "Sim, vai dar tempo." Mandou atrelar outros cavalos e ocupou-se em colocar na bolsa de viagem as coisas indispensáveis para alguns dias fora de casa. Sabia que não voltaria mais para ali. Confusa entre os diversos planos que lhe acudiam à mente, Anna resolveu que, depois de ir à estação de trem ou à propriedade da condessa, ela partiria pela ferrovia de Nijegórod para a primeira cidade, e ficaria lá.

O jantar estava servido; Anna aproximou-se, sentiu o cheiro do pão e do queijo e, convencida de que o aroma de todos os alimentos lhe causava repugnância, mandou trazer a carruagem e saiu. A casa já lançava uma sombra que atravessava a rua, de lado a lado, e ainda estava claro e quente, sob o sol do anoitecer. Ánuchka, que a seguia com a bagagem, Piotr, que punha a bagagem na carruagem, o cocheiro, que pelo visto estava insatisfeito — todos eram repugnantes para Anna, pelas palavras e pelos gestos.

— Não preciso de você, Piotr.

— E quanto à passagem?

— Bem, como quiser, para mim tanto faz — respondeu Anna, com irritação.

Piotr saltou para a boleia e, depois de colocar as mãos nos quadris, deu ordem para tocar os cavalos rumo à estação de trem.

XXX

"Aí está ela, de novo! Estou compreendendo tudo, de novo", disse Anna consigo, assim que a carruagem se pôs em movimento e retumbou sobre as pedras pequenas do calçamento, e de novo, uma após a outra, as impressões começaram a se suceder.

"Sim, o que era aquilo que eu pensei por último e que era tão bom?", tentou lembrar. Tiútkin, *coiffeur*? Não, não era isso. Ah, sim, foi o que Iáchvin disse: a luta pela existência e o ódio são as únicas coisas que unem as pessoas. Não, vocês não têm motivo para passear", voltou-se em pensamento para um grupo que, era evidente, saía para divertir-se fora da cidade, numa carruagem puxada por quatro cavalos. "E o cão que estão levando também não vai servir de nada. Vocês não vão escapar de si mesmos." Após olhar na direção para a qual Piotr se voltava, Anna avistou um operário quase desmaiado de tão bêbado, com a cabeça tombada, e que um guarda conduzia para algum lugar. "Aquele ali achou um caminho mais rápido", pensou. "Nem eu nem o conde Vrónski encontramos esse prazer, embora esperássemos muita coisa." E, pela primeira vez, Anna dirigiu para as suas relações com Vrónski, assunto em que antes evitava pensar, aquela luz muito clara, sob a qual enxergava tudo, agora. "O que ele procurava, em mim? Não era tanto o amor, mas sim a satisfação da vaidade." Anna lembrou-se das palavras de Vrónski, da expressão do seu rosto, que fazia lembrar um dócil cão perdigueiro, nos primeiros tempos das suas relações. E agora tudo o confirmava. "Sim, havia nele o júbilo do triunfo da sua vaidade. Claro, havia também amor, mas a parte maior cabia ao orgulho da vitória. Ele se vangloriava de mim. Agora, isso passou. Não há nada de que se orgulhar. Só há de que se envergonhar. Tomou de mim tudo o que podia e, agora, já não precisa mais de mim. Sou um peso para ele, que tenta apenas não ser desrespeitoso comigo. Ainda ontem, deixou escapar que deseja o meu divórcio e, depois, casar comigo, a fim de queimar seus últimos cartuchos. Ele me ama, mas de que modo? *The zest is gone.*[37] Aquele ali quer impressionar a todos e está muito satisfeito consigo", pensou Anna, ao olhar para um caixeiro de rosto vermelho, que cavalgava um cavalo bem adestrado. "Sim, esse gosto, ele já não encontra em mim. Se eu o deixar, no fundo da alma, ele vai ficar até contente."

Não se tratava de uma suposição — Anna via tudo isso com clareza, sob aquela luz radiosa que, agora, franqueava para ela o sentido da vida e da relação entre as pessoas.

"O meu amor se torna cada vez mais apaixonado e egoísta, enquanto o dele se apaga mais e mais, e aí está por que nos irritamos tanto", continuou a pensar. "E não há como evitar isso. Ele é tudo o que tenho, e eu ainda exijo que ele se entregue a mim, mais e mais. Ao passo que ele quer afastar-se cada vez mais de mim. Até nos unirmos, íamos ao encontro um do outro com exatidão, mas depois nos afastamos irresistivelmente, em direções opostas. E é impossível mudar isso. Ele me diz que tenho ciúmes absurdos e eu digo a mim mesma que tenho ciúmes absurdos; mas não é verdade. Não tenho ciúmes, acontece que estou insatisfeita. Porém..." Abriu a boca e, na conturbada agitação do pensamento que lhe acudiu de repente, mudou de posição no assento da carruagem. "Quem dera eu pudesse ser nada mais do que uma amante, quem dera eu amasse com paixão apenas os seus carinhos; mas não posso e nem quero ser diferente. E, com tal desejo, eu provoco nele repugnância, e ele sente raiva de mim, e isso não pode ser diferente. Acaso não sei que ele não me traiu, que ele não tem intenções em relação a Sorókina, que não está apaixonado por Kitty, que ele não vai me enganar? Sei disso tudo, mas, para mim, de nada adianta. Se ele, sem me amar, mostrar-se bondoso e carinhoso comigo, por uma questão de dever, não haverá o que eu desejo e será ainda mil vezes pior do que o rancor! É um inferno! Mas é isso o que acontece. Faz tempo que ele não me ama. E onde o amor termina, começa o ódio. Não conheço absolutamente estas ruas. Uns morros cheios de casas, e mais casas... E, dentro das casas, pessoas... Quanta gente, não tem fim, e todos se odeiam uns aos outros. Bem, digamos que eu fosse imaginar, agora, aquilo que desejo para ser feliz. E então? Conseguirei o divórcio, Aleksei Aleksándrovitch me entregará Serioja e casarei com Vrónski." Ao lembrar-se de Aleksei Aleksándrovitch, Anna viu-o, na imaginação, à sua frente, com uma nitidez incomum, como se estivesse presente, com seus olhos meigos, mortiços, apagados, com as veias azuladas nas mãos brancas, com o seu tom de voz e o estalido dos dedos, e ao recordar o sentimento que existia entre eles e que também era chamado de amor, Anna estremeceu de repugnância. "Pois bem, conseguirei o

---

37 Inglês: "o entusiasmo acabou".

divórcio e serei a esposa de Vrónski. Será que, então, Kitty vai parar de me olhar do jeito como me olhou, hoje? Não. Serioja vai deixar de perguntar ou de pensar a respeito dos meus dois maridos? E conseguirei criar um sentimento novo, entre mim e Vrónski? Se não existe mais nenhuma felicidade, pelo menos será possível que não haja esse suplício? Não e não!", respondeu a si mesma, sem a menor hesitação. "É impossível! A vida nos leva para direções diferentes, eu faço a infelicidade dele e ele, a minha, e é impossível modificar tanto a mim como a ele. Todas as tentativas foram feitas, a rosca do parafuso já está gasta. Ali está, uma mendiga com um bebê. Ela pensa que é digna de pena. Acaso não somos todos nós largados neste mundo só para odiarmos uns aos outros e, portanto, para atormentarmos a nós mesmos e aos outros? Lá vão uns alunos do liceu, riem. E o Serioja?", lembrou. "Também pensei que o amava e me comovi, sob o efeito da minha ternura. Mas vivi sem ele, troquei-o por um outro amor e não lamentei essa troca, enquanto me contentei com esse amor." E lembrou-se, com repugnância, daquilo que chamou de "esse amor". E a clareza com que via, agora, a sua vida e a de todos lhe deu uma satisfação. "Assim somos eu, e o Piotr, e o cocheiro Fiódor, e aquele comerciante ali, e toda essa gente que mora lá, às margens do Volga, para onde esses cartazes nos convidam a ir, e em toda parte, e sempre", pensou, quando já se aproximava do prédio baixo da estação de Nijegórod e quando os carregadores já acorriam em sua direção.

— A senhora quer uma passagem para Obirálovka? — perguntou Piotr.

Anna esquecera completamente para onde ia partir, e também para quê, e só com grande esforço conseguiu entender a pergunta.

— Sim — respondeu, enquanto lhe entregava o porta-moedas com o dinheiro e, depois de tomar no braço uma pequena bolsa vermelha, desceu da carruagem.

Enquanto, em meio à multidão, se dirigia para a sala da primeira classe, Anna recordava todos os pormenores da sua situação e também as resoluções entre as quais hesitava. E de novo, ora a esperança, ora o desespero começaram a reavivar, nos velhos pontos dolorosos, as feridas do seu coração agoniado, que palpitava de maneira terrível. Sentada no divã em forma de estrela à espera do trem, enquanto olhava com repugnância para as pessoas que entravam e saíam (todos eram asquerosos, para ela), Anna ora pensava em como chegaria à estação, em como escreveria um bilhete para Vrónski e naquilo que lhe escreveria, ora pensava em como ele estaria se lamuriando com a mãe, por causa da sua situação (sem compreender o sofrimento de Anna), em como ela entraria de repente e naquilo que havia de lhe dizer. Ora Anna pensava em como a vida ainda poderia ser feliz, em como ela amava e odiava Vrónski atormentadamente, e em como seu coração batia de forma assustadora.

XXXI

Soou uma campainha, passaram alguns homens jovens, repulsivos, insolentes e afobados, e ao mesmo tempo ciosos da impressão que causavam; também Piotr cruzou o salão, na sua libré e de polainas, com o rosto boçal e obtuso, e aproximou--se dela a fim de conduzi-la até o seu vagão. Os rapazes espalhafatosos calaram-se quando Anna passou perto deles, na plataforma, e um sussurrou alguma coisa a respeito dela para um outro, sem dúvida algo sórdido. Anna galgou o degrau alto e sentou-se sozinha, num compartimento do vagão, num sofá de molas, manchado, que um dia já fora branco. A bolsa, depois de oscilar nas molas, sossegou. Piotr, com um sorriso idiota, junto à janela, levantou o chapéu, enfeitado com um galão, em sinal de despedida; o condutor insolente fechou a porta e o ferrolho com estrondo. Uma senhora repulsiva, que usava anquinha (em pensamento, Anna despiu essa mulher e horrorizou-se com a sua feiura), e uma menina, que ria com afetação, passaram correndo, na plataforma.

— Katierina Andréievna tem tudo, *ma tante*![38] — gritou a menina.

“Ainda menina e já está deformada, com ares afetados”, pensou Anna. A fim de não ver ninguém, levantou-se depressa e, no vagão vazio, sentou-se à janela oposta. Um mujique imundo e repulsivo, de gorro, sob o qual ressaltavam os cabelos emaranhados, passou ao lado dessa janela, curvando-se na direção das rodas do vagão. “Há algo familiar nesse mujique medonho”, pensou Anna. E, ao recordar o seu sonho, afastou-se na direção da porta em frente, trêmula de pavor. O condutor abriu a porta, para deixar que um homem e sua esposa entrassem.

— A senhora deseja sair?

Anna não respondeu. O condutor e os dois passageiros que entravam não perceberam, sob o véu, o horror no rosto de Anna. Ela voltou para o seu canto e sentou-se. O casal sentou-se no lado oposto e, com atenção, mas disfarçadamente, observou o seu vestido. Para Anna, tanto o marido como a esposa pareciam asquerosos. O marido perguntou se ela lhe dava licença de fumar, obviamente não para fumar e sim para entabular conversa. Após receber sua aprovação, ele se pôs a conversar em francês com a esposa sobre coisas que tinha ainda menos vontade de falar do que tinha de fumar. Os dois conversaram, repetiam tolices, só para que Anna ouvisse. Ela via claramente que os dois estavam fartos um do outro e que se odiavam mutuamente. Era impossível não odiar tais monstros deploráveis.

---

38 Francês: “minha tia”.

Ouviu-se a segunda campainha e, logo em seguida, o transporte das bagagens, o barulho, os gritos e os risos. Para Anna, estava tão claro que ninguém tinha nada do que se alegrar, que aqueles risos a irritavam até causar dor, e ela teve vontade de tapar os ouvidos para não escutar mais nada. Por fim, ressoou a terceira campainha, irrompeu um apito, o ganido da caldeira, as correntes deram um tranco para a frente e o marido fez o sinal da cruz. "Seria interessante perguntar o que ele pretende, com isso", pensou Anna, após olhar com raiva para o homem. Desviando da mulher seu olhar, Anna mirou através da janela para as pessoas, que pareciam deslizar para trás, enquanto observavam o trem, paradas, na plataforma. Sacudindo a intervalos regulares nas junções dos trilhos, o vagão em que estava Anna rolou ao lado da plataforma, ao lado de um muro de pedra, de um sinal de trem, de outros vagões; as rodas, de modo mais suave e mais lubrificado, passaram a ressoar com um leve retinir nos trilhos, a janela reluziu na clara luz do sol do anoitecer e uma brisa brincava com a cortina. Anna esqueceu-se de seus companheiros de vagão e, no balanço suave do trem, inspirando o ar fresco, pôs-se de novo a pensar.

"Sim, em que ponto eu parei? Foi nisto: não consigo imaginar uma situação em que a vida não seja um tormento, todos nós fomos criados para atormentar a nós mesmos, todos sabemos disso e todos estamos sempre inventando maneiras de nos enganar. Mas, e quando a pessoa vê a verdade, o que há de fazer?"

— Por isso a razão foi dada ao homem, para evitar aquilo que o perturba — disse em francês a mulher, visivelmente satisfeita com a sua frase, e fazendo um trejeito com o rosto.

Essas palavras pareciam vir em resposta ao pensamento de Anna.

"Evitar aquilo que perturba", repetiu Anna. E, após observar o marido de bochechas vermelhas e a esposa magra, compreendeu que a esposa doentia considerava-se uma mulher incompreendida, compreendeu que o marido a enganava e a incentivava a pensar assim a respeito de si mesma. Projetando uma luz sobre eles, Anna tinha a impressão de ver a história completa dos dois e de enxergar todos os recantos de suas almas. Mas não havia ali nada de interessante e Anna deu sequência a seus pensamentos.

"Sim, estou muito perturbada e é para evitar isso que nos foi dada a razão; portanto, é preciso evitar. Por que não apagar a luz, quando não há mais o que ver, quando é degradante olhar para tudo isso? Mas como? Para que o condutor passou correndo pelo estribo, por que estão gritando os jovens, naquele vagão? Para que falam, para que riem? Tudo é falsidade, tudo é mentira, tudo é engano, tudo é maldade!..."

Quando o trem parou na estação, Anna saiu na multidão dos demais passageiros e, desviando-se deles como se fossem leprosos, deteve-se na plataforma e tentou lembrar para que fora até ali e o que tencionava fazer. Tudo aquilo que antes lhe parecia possível, agora se mostrava muito difícil de compreender, sobretudo na ruidosa multidão daquelas pessoas repulsivas, que não a deixavam em paz. Ora os carregadores acorriam em sua direção e ofereciam seus serviços; ora os rapazes, que batiam com os tacões das botas nas tábuas da plataforma e conversavam em voz muito alta, voltavam os olhos para ela; ora transeuntes se desviavam para não esbarrar em Anna. Ao lembrar que queria seguir viagem no trem caso não chegasse nenhuma resposta, Anna deteve um carregador e perguntou se não havia ali um cocheiro com um bilhete do conde Vrónski.

— Conde Vrónski? Ainda há pouco chegou uma carruagem de lá. Veio buscar a princesa Sorókina e a filha. Como é esse cocheiro?

Nesse momento em que falava com o carregador, o cocheiro Mikhail, corado, alegre, em seu elegante casaco azul pregueado na cintura e com uma correntinha, visivelmente orgulhoso de haver cumprido tão bem a sua missão, aproximou-se dela e lhe entregou o bilhete. Anna rompeu o lacre e seu coração contraiu-se, ainda antes de ler até o fim.

"Lamento muito que o bilhete não me tenha alcançado antes. Estarei em casa às dez horas", escreveu Vrónski, numa caligrafia descuidada.

"Aí está! É isso o que eu esperava!", disse a si mesma, com um sorriso mordaz.

— Está bem, pode ir para casa — falou ela, em voz baixa, dirigindo-se a Mikhail. Falava baixo porque a pulsação acelerada do coração tolhia a sua respiração. "Não, eu não vou deixar que você me torture", pensou, dirigindo sua ameaça não a ele, nem a si mesma, mas sim àquilo que a obrigava a se torturar, e seguiu pela plataforma, ao longo da estação.

Duas criadas que caminhavam pela plataforma viraram a cabeça para trás, a fim de olhar para ela, enquanto faziam considerações, em voz alta, sobre a sua toalete. "São de verdade", diziam a respeito das rendas que Anna usava. Os rapazes não a deixavam em paz. Lançavam, de novo, olhares para o seu rosto, ao passar por ela, enquanto riam e gritavam algo, com voz afetada. O chefe da estação, ao passar, perguntou se Anna ia seguir viagem no trem. Um menino que vendia *kvás* não tirava os olhos dela. "Meu Deus, para onde vou?", pensou, enquanto caminhava pela plataforma, cada vez mais para longe. No fim, parou. Senhoras e crianças que encontraram um cavalheiro de óculos e falavam e riam alto, calaram-se ao vê-la, quando Anna passou. Acelerou o passo e desviou-se delas, rumo à beirada da plataforma. Vinha chegando um trem de carga. A plataforma começou a trepidar e Anna teve a impressão de que estava de novo no trem.

E de repente, ao lembrar do homem que fora esmagado pelo trem no dia do seu primeiro encontro com Vrónski, Anna compreendeu o que tinha de fazer. Com passos ligeiros e ágeis, desceu os degraus que levavam do reservatório de água até os trilhos, parou junto ao trem que passava, diante dela. Olhou para baixo dos vagões, para os parafusos, as correntes, as altas rodas de ferro do primeiro vagão, que rodavam lentamente e, só com os olhos, tentou calcular o ponto intermediário entre as rodas dianteiras e as traseiras e o instante exato em que esse ponto estaria na sua frente.

"Ali!", disse consigo, enquanto olhava, na sombra do vagão, para a mistura de areia e carvão que se acumulava nos dormentes, "ali, exatamente na metade, e vou castigá-lo, e vou livrar-me de todos e de mim mesma."

Queria cair embaixo do primeiro vagão, bem no meio, que se aproximava. Mas a bolsa vermelha, que ela começou a soltar do braço, retardou-a, e agora já era tarde: o meio do vagão havia passado. Era preciso esperar o vagão seguinte. Envolveu-a um sentimento parecido ao que experimentava, quando se preparava para entrar na água, ao tomar banho, e Anna fez o sinal da cruz. O gesto familiar despertou, em seu espírito, toda uma série de recordações de infância e de mocidade e, de repente, as trevas que encobriam tudo para Anna se romperam e a vida, por um momento, apresentou-se com todas as radiantes alegrias passadas. Mas ela não tirava os olhos das rodas do segundo vagão, que se aproximava. E no exato instante em que o ponto intermediário entre as rodas dianteiras e traseiras passava à sua frente, Anna livrou-se da bolsa vermelha e, encolhendo a cabeça entre os ombros, caiu embaixo do vagão apoiada nas mãos e, com um movimento ágil, como que se preparando para erguer-se logo depois, ajoelhou-se. E, nesse exato instante, horrorizou-se com o que fazia. "Onde estou? O que estou fazendo? Para quê?" Quis levantar-se, jogar-se para trás; mas algo enorme, inexorável, empurrou sua cabeça e arrastou-a pelas costas. "Deus, perdoe-me tudo!", disse, percebendo que era impossível lutar. Um pequeno mujique trabalhava num ferro, enquanto falava alguma coisa. E a luz da vela, sob a qual ela havia lido um livro repleto de aflições, ilusões, desgraças e maldades, inflamou-se e ficou mais clara do que nunca, iluminou para ela tudo aquilo que, antes, eram trevas, começou a crepitar, empalideceu e extinguiu-se para sempre.

PARTE OITO

I

Quase dois meses haviam decorrido. O verão acalorado já chegara à metade e só então Serguei Ivánovitch resolveu partir de Moscou.

Durante esse tempo, não tinham sido poucos os acontecimentos na vida de Serguei Ivánovitch. Já fazia um ano que terminara o seu livro, fruto de seis anos de trabalho, intitulado *Ensaio de um panorama das formas de governo na Europa e na Rússia*. Algumas partes do livro e a introdução tinham sido publicadas em periódicos e outras partes foram lidas por Serguei Ivánovitch a pessoas do seu círculo, portanto as ideias dessa obra já não podiam representar uma completa novidade para o público; porém, mesmo assim, Serguei Ivánovitch esperava que seu livro, por ocasião do lançamento, fosse produzir uma impressão profunda na sociedade e, se não uma reviravolta na ciência, pelo menos um forte impacto no mundo intelectual.

Após uma cuidadosa revisão, o livro fora publicado no ano anterior e enviado para os livreiros.

Sem indagar a ninguém a respeito, apenas com indiferença e a contragosto respondendo às perguntas dos amigos sobre como andava o seu livro, e sem indagar sequer aos livreiros como iam as vendas, Serguei Ivánovitch vigiava com perspicácia e com atenção ferrenha, na expectativa das primeiras impressões que seu livro produziria na sociedade e na imprensa.

Porém uma semana se passou, e mais uma, e a terceira, e nenhuma impressão se fez notar na sociedade; seus amigos, especialistas e estudiosos, às vezes, visivelmente por civilidade, apenas começavam a falar a respeito. O restante de seus conhecidos, que não tinham interesse por obras de teor científico, jamais falavam com ele sobre o livro. E na sociedade, que sobretudo naquela ocasião andava ocupada com outros assuntos, a indiferença foi total. Na imprensa também não houve uma única palavra sobre o livro, no decorrer de um mês.

Serguei Ivánovitch calculou nos mínimos detalhes o tempo necessário para a redação de uma resenha, porém um mês se passou, e outro, e o silêncio continuou.

Só no *Escaravelho do Norte*, numa crônica humorística sobre o cantor Drabanti, que havia perdido a voz, diziam-se de passagem algumas palavras desdenhosas sobre o livro de Kóznichev, dando a entender que o livro já fora condenado por todos, havia muito tempo, e era objeto de chacota generalizada.

Por fim, no terceiro mês, surgiu um artigo crítico numa revista séria. Serguei Ivánovitch conhecia o autor do artigo. Encontrou-o, certa vez, na casa de Golubtsov.

O autor era um jornalista muito jovem e muito doente, bastante desenvolto como escritor, mas muito pouco instruído e tímido nas relações pessoais.

Apesar do seu absoluto desprezo pelo autor, Serguei Ivánovitch iniciou a leitura do artigo imbuído de um absoluto respeito. O artigo era horroroso.

De forma obviamente deliberada, o jornalista compreendeu o livro inteiro de um modo que não era possível compreendê-lo. Porém selecionou tão habilmente as citações que, para quem não lesse o livro (e, pelo visto, ninguém o havia lido), ficava perfeitamente claro que o livro inteiro não passava de um amontoado de palavras pomposas, ainda por cima usadas de maneira despropositada (conforme assinalava, com pontos de interrogação), e que o autor do livro era um homem totalmente ignorante. E tudo isso era tão espirituoso que o próprio Serguéi Ivánovitch não rejeitaria valer-se da mesma graça; o artigo, porém, era horroroso.

Apesar da absoluta honestidade com que Serguei Ivánovitch verificou os argumentos do resenhista, nem por um minuto se deteve nos defeitos e nos erros ali ridicularizados — era demasiado óbvio que tudo aquilo tinha sido selecionado de propósito —, porém, no mesmo instante, não pôde deixar de trazer à memória, e nos mínimos detalhes, o seu encontro e a sua conversa com o autor do artigo.

"Será que eu o ofendi de algum modo?", perguntou-se Serguei Ivánovitch.

E ao recordar como, nesse encontro, havia corrigido aquele rapaz por causa de uma palavra que denunciava a sua ignorância, Serguei Ivánovitch encontrou a explicação para o teor do artigo.

Depois, sobreveio um silêncio mortal em torno do livro, tanto na imprensa como nas conversas, e Serguei Ivánovitch viu que sua obra de seis anos, produzida com tanto carinho e tanto trabalho, passara sem deixar vestígio.

A situação de Serguei Ivánovitch era ainda mais penosa porque, uma vez terminado o livro, não havia mais o trabalho de escritório que, antes, ocupava a maior parte do seu tempo.

Serguei Ivánovitch era inteligente, instruído, saudável, ativo e não sabia onde aplicar toda a sua energia. As conversas nos salões, nos congressos, nas reuniões, nos comitês, em toda parte onde era possível conversar, ocupavam uma parte do seu tempo; mas ele, que havia muito tempo residia na cidade, não se permitia consumir-se por inteiro em conversas, como fazia seu irmão inexperiente, quando estava em Moscou; ainda lhe sobravam muito lazer e muitas energias mentais.

Para sua sorte, nessa época extremamente difícil para ele, em razão do fracasso do seu livro, as questões dos sectários, dos amigos americanos,[1] da fome em Samara, das exposições e do espiritismo cederam lugar à questão eslava,[2] que até então apenas ardia em fogo brando, na sociedade, e Serguei Ivánovitch, que antes fora um dos poucos a levantar a questão, entregou-se a ela inteiramente.

No círculo de pessoas a que pertencia Serguei Ivánovitch, não se falava nem se escrevia sobre outra coisa que não a questão eslava e a guerra dos sérvios. Tudo o que a multidão ociosa fazia habitualmente para matar o tempo, agora o fazia em benefício da causa eslava. Bailes, concertos, jantares, discursos, modas de senhoras, cerveja, tabernas — tudo testemunhava a solidariedade com os eslavos.

Serguei Ivánovitch não concordava, em todos os pormenores, com muito do que se dizia e se escrevia a respeito do assunto. Via que a questão eslava se tornara um desses entusiasmos da moda que, sucedendo um ao outro, sempre ofereciam à sociedade um tema para encher o tempo; via que eram muitas as pessoas que se ocupavam da questão com propósitos interesseiros e por vaidade. Percebia que os jornais publicavam muita coisa desnecessária e exagerada com um só intuito — chamar a atenção para si e gritar mais alto do que os outros. Via que, nessa empolgação geral da sociedade, tomavam a frente e gritavam mais alto os fracassados e os ressentidos: altos comandantes sem exército, ministros sem ministério, jornalistas sem jornal, líderes de partido sem partidários. Via que muito daquilo era leviano e ridículo; mas encarava e reconhecia como inquestionável todo aquele crescente entusiasmo, que unia todas as classes da sociedade em uma só, e com o qual era impossível não se solidarizar. O massacre dos irmãos eslavos, adeptos da mesma religião que os russos, despertava a solidariedade com os que sofriam e também a indignação contra os opressores. O heroísmo dos sérvios e dos montenegrinos, que combatiam pela grande causa, engendrara em todo o povo o desejo de ajudar seus irmãos, já não apenas com palavras, mas com ações.

No entanto, além disso, outro fenômeno trouxe alegria para Serguei Ivánovitch: tratava-se da manifestação da opinião pública. A sociedade expressara seu desejo de forma clara. O espírito do povo ganhara expressão, como dizia Serguei Ivánovitch. E, quanto mais ele se dedicava a essa questão, mais evidente lhe parecia que se tratava de uma questão destinada a adquirir uma dimensão enorme e marcar época.

---

1 Como demonstração de amizade, o tsar Alexandre II enviou soldados russos para apoiar o Norte dos Estados Unidos na Guerra de Secessão. E, quando o tsar sofreu um atentado, os Estados Unidos enviaram uma missão à Rússia, em solidariedade.

2 Ver nota 11, p. 516.

Entregou-se por inteiro a essa grande causa e esqueceu-se de pensar no seu livro.

Todo o seu tempo, agora, estava ocupado, pois nem conseguia responder a todas as cartas e pedidos que lhe eram encaminhados.

Após trabalhar durante toda a primavera e uma parte do verão, só no mês de julho resolveu viajar para a casa do irmão, no campo.

Ia para descansar duas semanas, e justamente no santuário do povo, no âmago da zona rural, para deliciar-se com a visão daquele soerguimento do espírito popular, do qual ele e todos os habitantes das cidades e da capital estavam totalmente convencidos. Katavássov, que havia muito queria cumprir a promessa feita a Liévin de passar uma temporada em sua casa, viajaria com ele.

II

Serguei Ivánovitch e Katavássov haviam acabado de chegar à estação da estrada de ferro de Kursk, naquele dia especialmente movimentada e apinhada de gente, quando, ao sair da carruagem e olhar para o criado que os seguia com as bagagens, viram chegar quatro carruagens de aluguel transportando voluntários. Senhoras com buquês saudaram sua chegada e os voluntários entraram na estação, acompanhados por uma multidão, que se precipitou atrás deles.

Uma das senhoras que receberam os voluntários saiu do salão e dirigiu-se a Serguei Ivánovitch:

— O senhor também veio despedir-se? — perguntou ela, em francês.

— Não, eu vou viajar, princesa. Vou descansar na casa do meu irmão. A senhora vem sempre despedir-se deles? — perguntou Serguei Ivánovitch, com um sorriso quase imperceptível.

— Ora, seria impossível! — respondeu a princesa. — Não é verdade que já partiram oitocentos dos nossos? Malvínski não acreditou em mim.

— Mais de oitocentos. Se contarmos aqueles que não partiram diretamente de Moscou, já são mais de mil — disse Serguei Ivánovitch.

— Aí está. Bem que eu disse! — replicou a senhora, com alegria. — E não é verdade que já foram doados cerca de um milhão de rublos?

— Mais, princesa.

— E que tal o telegrama de hoje? Derrotaram os turcos de novo.

— Sim, eu li — respondeu Serguei Ivánovitch. Conversaram sobre o último telegrama, que confirmava terem os turcos sofrido derrotas durante três dias seguidos, em toda parte, e terem batido em retirada, e previa uma batalha decisiva para o dia seguinte.

— Ah, sim, a propósito, um jovem excelente pediu autorização para partir. Não sei por que criaram dificuldades. Eu gostaria de pedir ao senhor, eu conheço o jovem, que fizesse a bondade de escrever um bilhete. Ele foi encaminhado pela condessa Lídia Ivánovna.

Após informar-se dos pormenores que a princesa conhecia acerca do jovem candidato a voluntário, Serguei Ivánovitch, ao embarcar na primeira classe, redigiu um bilhete a quem cabia resolver o problema e entregou-o à princesa.

— O senhor conhece o conde Vrónski, aquele famoso... vai partir neste trem — disse a princesa, com um sorriso de triunfo, cheio de significado, quando ele a encontrou de novo e lhe entregou o bilhete.

— Ouvi dizer que ia partir, mas não sabia quando. Neste trem?

— Eu o vi. Está aqui; vem acompanhado só pela mãe. Na verdade, é o melhor que ele podia fazer.

— Ah, sim, é claro.

No momento em que conversavam, a multidão precipitou-se em volta deles, rumo ao salão de refeições. Também eles se deslocaram para lá e ouviram a voz retumbante de um cavalheiro que, com uma taça na mão, fazia um discurso aos voluntários. "Servir à fé, à humanidade, aos nossos irmãos", dizia o cavalheiro, com uma voz que se elevava cada vez mais. "Por essa grande causa, que a Mãe Moscou abençoe os senhores. *Jívio!*",[3] exclamou, com voz alta e lacrimosa.

Todos bradaram "*Jívio!*", outra multidão precipitou-se para dentro da sala e por pouco a princesa não foi derrubada.

— Ah! Princesa, ora viva! — disse Stiepan Arcáditch, que de súbito surgiu no meio da multidão, radiante com um sorriso de alegria. — Ele falou muito bem e com ardor, não é verdade? Bravo! E Serguei Ivánitch! O senhor bem que poderia falar, também, o senhor sabe, algumas palavras de incentivo; o senhor faz isso tão bem — acrescentou, com um cauteloso sorriso de afeição e de respeito, enquanto puxava Serguei Ivánovitch, de leve, pelo braço.

— Não, eu vou partir agora mesmo.

— Para onde?

— Para o campo, para a casa do meu irmão — respondeu Serguei Ivánovitch.

— Então o senhor verá a minha esposa. Escrevi para ela, mas o senhor a verá antes; por favor, diga que esteve comigo e que *all right*.[4] Ela compreenderá. Aliás, tenha a bondade de dizer a ela que fui nomeado membro da comissão conjunta...

---

3 *Jívio*: exclamação sérvia que equivale a "hurra".

4 Inglês: "tudo está bem".

Bem, ela entenderá! A senhora entende, *les petites misères de la vie humaine*[5] — dirigiu-se à princesa, como que se desculpando. — E Miágkaia, não a Lisa, mas Bibich, vai enviar mil espingardas e doze enfermeiras. Já contei ao senhor?

— Sim, eu já soube — respondeu Kóznichev, a contragosto.

— Que pena que o senhor vai partir — disse Stiepan Arcáditch. — Amanhã, vamos oferecer um jantar em homenagem a dois companheiros que vão embarcar: Dimer-Bartniánski, de São Petersburgo, e o nosso Vieslóvski, o Gricha. Os dois vão partir. Vieslóvski casou-se há pouco. Grande sujeito! Não é verdade, princesa? — Voltou-se para a senhora.

A princesa, sem responder, fitou Kóznichev. Mas o fato de Serguei Ivánitch e a princesa parecerem querer livrar-se de Stiepan Arcáditch não o perturbava em nada. Sorrindo, ele olhava ora para uma pena no chapéu da princesa, ora para os lados, como se alguma coisa lhe viesse à memória. Ao ver uma senhora que passava com uma caixa de donativos, chamou-a e doou uma nota de cinco rublos.

— Não posso ver essas caixas de donativos quando estou com dinheiro no bolso — disse. — E que tal o telegrama de hoje? Muito valentes, os montenegrinos!

— Mas o que a senhora está dizendo? — exclamou, quando a princesa lhe contou que Vrónski ia partir naquele trem. No mesmo instante, o rosto de Stiepan Arcáditch expressou tristeza, mas quando, um minuto depois, alisando as suíças e com as pernas ligeiramente trêmulas, entrou na sala onde se encontrava Vrónski, Stiepan Arcáditch já esquecera totalmente seu choro desesperado diante do cadáver da irmã e viu em Vrónski apenas um herói e um velho amigo.

— Com todos os seus defeitos, é impossível não lhe fazer justiça — disse a princesa para Serguei Ivánovitch, assim que Oblónski se afastou. — Aí está, exatamente, todo o temperamento russo e eslavo! Só receio que, para Vrónski, não seja agradável encontrá-lo. Digam o que disserem, comove-me o destino desse homem. Converse um pouco com ele, durante a viagem — disse a princesa.

— Sim, talvez, se houver oportunidade.

— Jamais gostei dele. Mas isto, agora, redime muita coisa. Ele não só vai partir como leva consigo um esquadrão inteiro, à sua custa.

— Sim, ouvi dizer.

Soou a campainha. Todos começaram a se aglomerar, junto às portas.

— Lá está ele! — exclamou a princesa, apontando para Vrónski, de capote comprido e chapéu preto de abas largas, que caminhava de braço dado com a mãe. Oblónski vinha ao seu lado, falando algo animadamente.

---

5 Francês: "as pequenas misérias da vida humana".

Vrónski, de sobrancelhas franzidas, olhava para a frente, como se não escutasse o que Stiepan Arcáditch dizia.

Provavelmente por indicação de Oblónski, ele olhou para o lado, onde estavam a princesa e Serguei Ivánovitch e, em silêncio, levantou o chapéu. Seu rosto, envelhecido e com uma expressão de sofrimento, parecia petrificado.

Ao sair da plataforma, sem dizer nada, Vrónski deixou a mãe passar à sua frente e desapareceu num compartimento do vagão.

Na plataforma, ressoou o hino *Deus salve o tsar* e depois, os gritos: "Hurra!" e "*Jívio!*". Um dos voluntários, alto e muito jovem, de peito côncavo, curvava-se em reverências que chamavam especialmente a atenção, enquanto agitava um chapéu de feltro e um buquê de flores, acima da cabeça. Atrás dele, viam-se dois oficiais e um homem já de certa idade, de barba grande e com um gorro sebento, que também se curvavam em reverências.

III

Após despedir-se da princesa, Serguei Ivánitch, junto com Katavássov, que havia se aproximado, entrou no vagão superlotado e o trem deu partida.

Na estação de Tsarítsin, o trem foi recebido por um harmonioso coro de jovens, que cantavam "Glória".[6] De novo, os voluntários curvaram-se em saudação e acudiram às janelas, mas Serguei Ivánovitch não lhes dava atenção; já travara relações com tantos voluntários que conhecia muito bem seu tipo geral e aquilo não lhe interessava. Katavássov, por outro lado, que em virtude da suas atividades intelectuais não tivera ocasião de observar os voluntários de perto, estava muito interessado e indagou Serguei Ivánovitch a respeito.

Serguei Ivánovitch aconselhou-o a passar para a segunda classe e conversar diretamente com eles. Na estação seguinte, Katavássov seguiu esse conselho.

Na primeira parada, transferiu-se para a segunda classe e travou contato com os voluntários. Estavam sentados na extremidade do vagão, conversavam em voz alta e, obviamente, sabiam que as atenções dos passageiros e de Katavássov, que acabara de entrar, estavam voltadas para eles. O jovem de peito encovado falava mais alto que todos. Estava visivelmente embriagado e contava um caso que havia acontecido na sua escola. Diante dele, estava sentado um oficial que já não era jovem e vestia um dólmã militar do uniforme da guarda austríaca. Sorrindo, ouvia o

---

6 *Slávsia*: da ópera *Uma vida pelo tsar*, de Mikhail Glinka (1803-57).

narrador e o continha. O terceiro, em uniforme de artilharia, estava sentado sobre uma mala, ao lado dos demais. O quarto dormia.

Após entabular conversa com o jovem, Katavássov soube que era um rico comerciante moscovita, o qual, antes dos vinte e dois anos de idade, já havia dissipado uma grande fortuna. Katavássov não gostou dele, por ser efeminado, mimado e de saúde precária; estava obviamente convencido, sobretudo então por estar embriagado, de que realizava um feito heroico, e se vangloriava da maneira mais desagradável.

O outro, o oficial aposentado, também causou uma impressão desagradável em Katavássov. Como se podia perceber, tratava-se de um homem que já havia experimentado tudo na vida. Trabalhara na estrada de ferro, fora administrador de uma propriedade rural e até diretor de uma fábrica, falava sobre tudo de maneira completamente desnecessária e empregava palavras eruditas de forma despropositada.

O terceiro, o artilheiro, ao contrário dos outros dois, agradou muito a Katavássov. Era um homem enorme, sossegado, que obviamente encarava com reverência o saber do oficial aposentado e o heroico espírito de sacrifício do comerciante, e nada falava sobre si. Quando Katavássov lhe perguntou o que o persuadira a ir para a Sérvia, respondeu com modéstia:

— Ora, por que não? Todos estão indo. E também é preciso ajudar os sérvios. Dá pena.

— Sim, e ainda mais que são poucos, por lá, os oriundos da artilharia como o senhor — disse Katavássov.

— Na verdade, não servi muito tempo na artilharia; talvez eu seja designado para a infantaria ou para a cavalaria.

— Mas por que a infantaria, quando há tanta carência de artilheiros? — perguntou Katavássov, que pela idade do artilheiro deduziu que ele já devia pertencer a uma patente mais alta.

— Não servi muito tempo na artilharia, sou um cadete da reserva — respondeu, e pôs-se a explicar por que não fora aprovado nos exames.

Tudo isso somado produziu uma impressão desagradável em Katavássov e, na estação seguinte, quando os voluntários saíram do trem para beber, ele sentiu vontade de conversar e confiar a alguém sua impressão desfavorável. Um velho de capote militar, que viajava sozinho, acompanhara o tempo todo a conversa entre Katavássov e os voluntários: ao ficar a sós com ele, Katavássov dirigiu-lhe a palavra.

— Como é variada a condição de todas essas pessoas que estão mandando para lá — disse Katavássov de maneira vaga, no intuito de expressar sua opinião e, ao mesmo tempo, descobrir a opinião do velho.

O velho era um militar que lutara em duas campanhas. Sabia o que era um militar e, pelo aspecto e pela conversa daqueles cavalheiros, pelo arrojo com que se atiravam à bebida durante a viagem, avaliou-os como péssimos soldados. Além disso, morava numa cidade provinciana e teve vontade de contar que, na sua cidade, o único voluntário foi um soldado dispensado do serviço por tempo indeterminado, bêbado e ladrão, a quem ninguém mais dava trabalho. Porém, como sabia por experiência própria que, no estado de espírito reinante na sociedade, era perigoso manifestar uma opinião contrária à opinião geral, e sobretudo desaprovar os voluntários, ele também se limitou a fitar Katavássov.

— O que fazer? Estão precisando de gente, lá. Dizem que os oficiais sérvios não prestam para nada.

— Ah, sim, e esses aí serão bravos — disse Katavássov, rindo com os olhos. E passaram a conversar sobre as últimas notícias da guerra, ocultando um do outro sua perplexidade ante o fato de se anunciar uma batalha para o dia seguinte, quando, segundo as últimas informações, os turcos tinham sido derrotados em todas as frentes. E assim, sem que um nem outro revelasse sua opinião, os dois se separaram.

Ao entrar no seu vagão, Katavássov não conseguiu evitar a hipocrisia e comunicou a Serguei Ivánovitch suas observações sobre os voluntários, das quais se deduzia serem todos excelentes rapazes.

Na grande estação de uma cidade, cânticos e brados saudaram de novo os voluntários, surgiram de novo homens e mulheres com caixinhas de donativos, senhoras de província trouxeram buquês para os voluntários e os seguiram na direção do salão de refeições; mas tudo isso infinitamente menor e mais fraco do que em Moscou.

IV

Durante a parada nessa cidade de província, Serguei Ivánovitch não se dirigiu ao salão de refeições e limitou-se a caminhar de um lado a outro, pela plataforma.

Ao passar uma primeira vez pelo compartimento de Vrónski, notou que a cortina da janela estava fechada. Porém, ao passar de novo, viu na janela a velha condessa. Ela chamou Kóznichev.

— Aqui estou, para acompanhá-lo até Kursk — disse a condessa.

— Sim, eu soube — respondeu Serguei Ivánovitch, que se deteve junto à sua janela e procurou-o lá dentro, com os olhos. — Que belo gesto, da parte dele! — acrescentou, ao notar que Vrónski não estava no compartimento.

— Sim, após a sua desgraça, o que mais poderia fazer?

— Que fato terrível! — disse Serguei Ivánovitch.

— Ah, e o que eu sofri! Mas entre... Ah, o que eu sofri! — repetiu, quando Serguei Ivánovitch entrou e sentou-se na poltrona ao seu lado. — O senhor nem pode imaginar! Durante seis semanas, ele não falou com ninguém e só comia quando eu implorava. E não se podia deixá-lo sozinho nem por um minuto. Recolhemos tudo o que ele pudesse usar para se matar; morávamos no térreo, mas é impossível prever certas coisas. Pois, o senhor sabe, ele já havia tentado se matar com um tiro, por causa dela — disse a condessa, e as sobrancelhas da velha se contraíram a essa lembrança. — Sim, ela acabou como devia acabar uma mulher dessa laia. Até a morte que escolheu foi baixa, infame.

— Não nos cabe julgar, condessa — disse Serguei Ivánovitch, com um suspiro. — Mas compreendo como isso foi penoso para a senhora.

— Ah, nem me fale! Eu estava na minha propriedade e ele estava comigo. Trouxeram um bilhete. Ele escreveu uma resposta e enviou. Nós nem de longe sabíamos que ela já estava ali perto, na estação. À noite, eu havia acabado de me recolher ao meu quarto, quando a minha criada Mary me disse que, na estação, uma senhora havia se jogado embaixo de um trem. Logo me veio um estalo! Compreendi que era ela. Antes de qualquer coisa, eu disse: não conte a ele. Mas já lhe haviam contado. O cocheiro dele estava lá e vira tudo. Quando corri para o seu quarto, já estava fora de si, era aterrador olhar para ele. Não disse uma palavra e, aos saltos, correu para lá. Não sei o que houve na estação, mas o trouxeram de volta como se fosse um cadáver. Eu nem o reconheceria. *Prostration complète*,[7] disse o médico. Depois, teve início quase um furor de loucura. Ah, o que posso dizer! — exclamou a condessa, abanando a mão. — Que época terrível! Não, digam o que disserem, era uma mulher má. Pois que espécie de paixão desesperada é essa? E tudo para provar algo muito especial. Pois aí está o que ela conseguiu provar. Matou a si mesma e a duas pessoas excelentes: o marido e o meu filho infeliz.

— E o que fez o marido? — perguntou Serguei Ivánovitch.

— Tomou para si a filha dela. No início, Aliocha concordou com tudo. Mas agora se atormenta horrivelmente por haver entregado a própria filha a um estranho. Mas não pode voltar atrás na sua palavra. Kariênin foi ao enterro. Mas nos esforçamos para que não se encontrasse com Aliocha. Para ele, para o marido, mesmo assim era mais fácil. Ela o deixou livre. Mas o meu pobre filho renunciou a tudo por ela. Abandonou tudo, a carreira, a mãe, e nem assim ela teve pena dele e, de propósito, destruiu-o para sempre. Não, digam o que disserem, a própria morte dela foi a morte de uma mulher vil, sem religião. Deus me perdoe, mas não posso deixar de odiar a sua memória, quando vejo a perdição do meu filho.

— Mas e agora, como está ele?

---

7 Francês: "prostração completa".

— Foi Deus que nos socorreu com essa guerra dos sérvios. Sou uma pessoa velha, nada entendo do assunto, mas foi Deus que mandou isso para o meu filho. Claro, para mim, como mãe, é assustador; ainda mais quando, segundo dizem, *ce n'est pas très bien vu à Petersbourg.*[8] Mas o que fazer? Só isso conseguiu levantá-lo. Iáchvin, um colega dele, perdeu tudo no jogo e resolveu ir para a Sérvia. Veio visitá-lo e o convenceu. Agora, isso o mantém ocupado. O senhor, por favor, converse com ele, quero distraí-lo. Está tão triste. E por desgraça, ainda por cima, está com dor de dente. Mas vai gostar muito de ver o senhor. Por favor, converse com ele, está caminhando daquele lado.

Serguei Ivánovitch disse que teria muito prazer e saiu pelo outro lado do trem.

V

Entre as sombras oblíquas dos sacos empilhados na plataforma, Vrónski, em seu capote comprido, de chapéu enterrado na cabeça e com as mãos nos bolsos, caminhava como uma fera na jaula, dando meia-volta a cada vinte passos. Serguei Ivánovitch, ao se aproximar, teve a impressão de que Vrónski o viu, mas fingiu não ter visto. Para Serguei Ivánovitch, isso em nada importava. Ele estava acima de quaisquer considerações pessoais em relação a Vrónski.

Nesse instante, aos olhos de Serguei Ivánovitch, Vrónski era um importante ativista de uma grande causa e julgava ser sua obrigação incentivá-lo e apoiá-lo. Aproximou-se.

Vrónski parou, olhou atentamente, reconheceu-o e, após dar alguns passos na direção de Serguei Ivánovitch, apertou-lhe a mão com força.

— Talvez o senhor não tenha vontade de falar comigo — disse Serguei Ivánovitch —, mas eu não poderia ser útil de algum modo?

— Para mim, ninguém seria menos desagradável do que o senhor — respondeu Vrónski. — Perdoe. Não existe mais nada de agradável para mim, nesta vida.

— Compreendo e quero me pôr à sua disposição — disse Serguei Ivánovitch, enquanto fitava o rosto visivelmente sofrido de Vrónski. — O senhor não precisa de uma carta de recomendação para Rístitch, ou para Mílan?[9]

---

8 Francês: "isso não é muito bem-visto em Petersburgo".

9 Jóvan Rístitch (1831-99), líder político sérvio, primeiro-ministro por três vezes. Mílan (1854-1901), príncipe e rei da Sérvia, declarou guerra ao Império Otomano em 1876, em apoio à rebelião na Bósnia e Herzegóvina. Em 1878, obteve da Europa o reconhecimento da plena independência da Sérvia.

— Ah, não! — respondeu Vrónski, como se tivesse dificuldade em compreender. — Se o senhor não se importa, vamos ficar caminhando. Nos vagões é muito abafado. Uma carta? Não, muito obrigado; para morrer, não é preciso de recomendação. A menos que fosse para os turcos... — disse, sorrindo com um canto da boca. Os olhos continuaram com a mesma expressão de ira e de sofrimento.

— Sim, mas quando se trata de travar relações que, mal ou bem, são indispensáveis, talvez fosse mais fácil, para o senhor, se a pessoa estivesse previamente informada. Enfim, como o senhor preferir. Fiquei muito contente ao saber da sua decisão. São tantas as críticas aos voluntários que um homem como o senhor só vem elevar o conceito deles, na opinião geral.

— Como um homem, meu mérito é que a vida não vale nada para mim — respondeu Vrónski. — E tenho energia física bastante para abrir caminho à força nas fileiras inimigas, e aniquilar ou perecer. Isso eu sei. Fico satisfeito por haver algo a que eu possa dar a minha vida, que para mim não é mais necessária, e sim odiosa. Ela será útil a alguém. — E fez um gesto de impaciência com as maçãs do rosto, por causa da torturante e ininterrupta dor de dente, que o impedia até de falar com a expressão que queria.

— O senhor vai renascer, é o que eu prevejo — disse Serguei Ivánovitch, sentindo-se comovido. — Libertar irmãos do jugo a que estão submetidos é uma causa pela qual vale a pena morrer, mas também viver. Que Deus lhe conceda a vitória, no mundo exterior e também no interior — acrescentou, e estendeu a mão.

Vrónski apertou com força a mão que Serguei Ivánovitch lhe estendeu.

— Sim, como um instrumento, posso ser de algum proveito. Mas, como homem, sou uma ruína — falou com voz pausada.

A dor agoniante do dente rijo, que encheu sua boca de saliva, o impediu de falar. Manteve-se calado, enquanto olhava fixo para as rodas de um tênder que vinha rolando, devagar e suavemente, pelos trilhos.

E, de súbito, uma dor completamente distinta, ou antes um mal-estar interior generalizado e torturante, obrigou-o, por um momento, a esquecer a dor de dente. Ante a visão do tênder e dos trilhos, sob a influência da conversa com um conhecido, a quem não via desde a sua desgraça, Vrónski de repente lembrou-se dela, ou antes, do que ainda restava dela quando, como um louco, ele entrou no posto de polícia da estação: estendido sem pudor sobre a mesa, no meio de estranhos, estava o corpo ensanguentado, ainda repleto da vida recente; pendida para trás, a cabeça incólume, com as tranças pesadas e os cabelos crespos, nas têmporas e no rosto encantador, que, com a boca rosada entreaberta, se congelara numa expressão estranha, dolorosa nos lábios e aterradora nos olhos, que permaneciam abertos, como se estivesse pronunciando as palavras daquela frase terrível — ele iria se arrepender —, dita por ela, na última discussão.

E Vrónski tentou lembrar-se dela tal como a encontrara pela primeira vez, também na estação, misteriosa, sedutora, amorosa, ansiosa para receber e para dar felicidade, e não vingativa e cruel, como dela se lembrava naquele último minuto. Tentou recordar os melhores momentos com ela, mas tais momentos haviam sido envenenados para sempre. Lembrou-se dela apenas triunfante, por ter cumprido a ameaça de lhe deixar um remorso de todo inútil, mas indelével. Ele parou de sentir a dor de dente e os soluços retorceram seu rosto.

Após passar duas vezes pelos sacos empilhados, recuperou o domínio de si e voltou-se tranquilo para Serguei Ivánovitch:

— O senhor não viu os telegramas de hoje? Sim, derrotados pela terceira vez, mas anuncia-se para amanhã uma batalha decisiva.

E, após conversarem ainda sobre a proclamação de Mílan como rei e sobre as enormes consequências que isso podia trazer, os dois se separaram e foram para seus vagões, ao segundo toque da campainha.

VI

Como não sabia quando poderia deixar Moscou, Serguei Ivánovitch não telegrafou ao irmão para vir buscá-lo. Liévin não estava em casa quando Katavássov e Serguei Ivánovitch, ao meio-dia, numa charretezinha tomada na estação, escurecidos de poeira como se fossem mouros, chegaram ao pé da varanda da casa de Pokróvskoie. Kitty, que estava sentada em uma sacada com o pai e a irmã, reconheceu o cunhado e desceu correndo para recebê-lo.

— Mas que pena o senhor não nos ter avisado — disse ela, estendendo a mão para Serguei Ivánovitch e lhe oferecendo a testa para beijar.

— Chegamos muitíssimo bem e não incomodamos vocês — respondeu Serguei Ivánovitch. — Estou tão empoeirado que tenho medo de tocá-la. Andei tão atarefado que não sabia quando me veria livre. E vocês continuam como antes — disse, sorrindo. — Desfrutam uma felicidade tranquila, em sua enseada tranquila, fora do alcance da correnteza. Aqui está o nosso amigo Fiódor Vassílitch,[10] que resolveu vir, afinal.

---

10 O nome de Katavássov aparece como Mikhail Semiónitch, na parte 5, cap. II.

— Mas não sou um negro, vou tomar banho e ficarei com aspecto de gente — disse Katavássov, com seu habitual espírito jocoso, enquanto estendia a mão e sorria, com dentes que reluziam de um modo especial, por causa do rosto preto.

— Kóstia vai ficar muito contente. Ele foi à granja. Já está na hora de voltar.

— Sempre ocupado com os afazeres agrícolas. É exatamente uma enseada — disse Katavássov. — Enquanto isso, na cidade, só temos olhos para a guerra dos sérvios. Pois então, como o meu amigo encara o problema? Sem dúvida, de forma diferente de todo mundo, não é?

— Bem, nem tanto, como todos — respondeu Kitty, um pouco embaraçada, voltando os olhos para Serguei Ivánovitch. — Vou mandar chamá-lo. E o papai está hospedado conosco. Ele chegou do estrangeiro faz pouco tempo.

E, após dar ordens para chamarem Liévin e para levarem os visitantes empoeirados aonde pudessem lavar-se, um para o escritório e o outro para o amplo quarto de Dolly, e depois de tomar providências para o almoço dos visitantes, Kitty, exercendo o direito de mover-se depressa, de que estivera privada durante a gravidez, correu para a sacada.

— São Serguei Ivánovitch e Katavássov, o professor — disse ela.

— Ah, neste calor, que cansativo! — exclamou o príncipe.

— Não, papai, ele é muito gentil, e Kóstia gosta muito dele — respondeu Kitty sorrindo, como se lhe pedisse algo, ao notar uma expressão zombeteira no rosto do pai.

— Mas eu não disse nada.

— Minha querida, vá vê-los — pediu Kitty à irmã — e cuide deles. Encontraram Stiva na estação e ele está bem. Enquanto isso, vou correndo buscar o Mítia. Por azar, não o amamento desde a hora do chá. A essa hora, ele já acordou e na certa vai começar a gritar. — E, sentindo que o leite afluía, seguiu a passos ligeiros para o quarto da criança.

De fato, mais do que simplesmente adivinhar (o seu vínculo com o bebê não fora ainda cortado), Kitty sabia com certeza, pelo afluxo do leite, que ele precisava de alimento.

Antes ainda de se aproximar do quarto, já sabia que ele estava gritando. E, de fato, chorava. Kitty ouviu sua voz e apressou o passo. Porém, quanto mais depressa caminhava, mais alto ele gritava. A voz era bonita, saudável, apenas faminta e impaciente.

— Faz muito tempo, babá, faz muito tempo? — perguntou Kitty, afobada, enquanto se sentava na cadeira e se preparava para amamentar. — Vamos, depressa, dê-me logo a criança. Ah, babá, como a senhora é enjoada, vamos, deixe para amarrar a touquinha depois!

O bebê rebentava de tanto gritar de fome.

— Mas assim não pode, mãezinha — disse Agáfia Mikháilovna, presente quase sempre no quarto da criança. — É preciso arrumá-lo direito. Bilu, bilu! — cantarolava para ele, sem dar atenção à mãe.

A babá trouxe a criança para junto da mãe. Agáfia Mikháilovna veio atrás, com um rosto que se desmanchava de ternura.

— Ele reconhece, reconhece. Por Deus, acredite, mãezinha Katierina Aleksándrovna, ele me reconheceu! — gritava Agáfia Mikháilovna, erguendo a voz mais alto que a do bebê.

Mas Kitty não escutava as palavras dela. Sua impaciência crescia tanto quanto a impaciência do bebê.

Devido à impaciência, a situação demorou a se resolver.

O bebê não agarrava onde era preciso e zangava-se.

Após gritos desesperados e sufocados por sugar no vazio, a situação enfim se resolveu e mãe e filho, ao mesmo tempo, sentiram-se tranquilos e ambos se aquietaram.

— Mas o pobrezinho está todo suado — disse Kitty, num sussurro, enquanto apalpava o bebê. — Por que a senhora acha que ele a reconhece? — acrescentou, enquanto espiava de esguelha os olhos do bebê, que lhe pareciam observar, com ar maroto, abaixo da touquinha tombada, e também as bochechinhas, que resfolegavam a intervalos regulares, e a mãozinha de palma avermelhada, com que ele fazia movimentos circulares.

— Não pode ser! Se ele pudesse reconhecer, reconheceria a mim — disse Kitty, em resposta à afirmação de Agáfia Mikháilovna, e sorriu.

Sorriu porque, embora tivesse dito que o bebê não podia reconhecer, sabia com o coração que ele não só reconhecia Agáfia Mikháilovna como reconhecia e entendia tudo, e também sabia e entendia muita coisa que ninguém sabia e que ela, a própria mãe, só passara a reconhecer e entender graças a ele. Para Agáfia Mikháilovna, para a babá, para a tia, até para o pai, Mítia era uma criatura viva, que exigia apenas cuidados materiais; mas, para a mãe, ele já era, havia muito tempo, uma criatura moral, com a qual já partilhava toda uma história de relações espirituais.

— Quando ele acordar, se Deus quiser, a senhora mesma vai ver. É só eu fazer assim, que ele fica todo radiante, o meu pombinho. Radiante como uma manhãzinha de sol — disse Agáfia Mikháilovna.

— Está bem, está bem, logo veremos — sussurrou Kitty. — Agora a senhora saia, que ele vai dormir.

VII

Agáfia Mikháilovna saiu na ponta dos pés; a babá baixou a persiana, espantou as moscas sob o mosquiteiro de musselina suspenso acima da cama e uma vespa, que se debatia contra o vidro da janela, e sentou-se, abanando a mãe e a criança com um ramo seco de bétula.

— Que calor, que calor! Quem dera Deus mandasse uma chuvinha — disse ela.

— Sim, sim, psssiu... — limitou-se a responder Kitty, balançando-se de leve e apertando com ternura um bracinho tão rechonchudo que parecia ter uma linhazinha em volta do pulso, que Mítia abanava bem de leve, ao mesmo tempo que ora fechava, ora abria os olhinhos. Esse bracinho desconcertava Kitty: tinha vontade de beijar o bracinho, mas receava acordar a criança. O bracinho, enfim, parou de se mover e os olhos se fecharam. Só de vez em quando, e sem parar de mamar, o bebê, levantando as pestanas compridas e arqueadas, espiava a mãe com os olhos úmidos que, na penumbra, pareciam negros. A babá parou de abanar com o ramo de bétula e começou a cochilar. No andar de cima, ouviu-se o estrondo da voz do velho príncipe e uma risada de Katavássov.

"Pronto, entabularam conversa sem mim", pensou Kitty. "Mesmo assim, é pena que Kóstia não esteja em casa. Na certa, foi de novo ao apiário. Embora seja triste que fique tanto tempo lá, mesmo assim estou contente. Isso o distrai. Agora, ele está muito melhor e muito mais alegre do que na primavera. Naquela época, andava tão sombrio e se atormentava tanto que eu até tive medo por ele. E como anda engraçado!", sussurrou, sorrindo.

Kitty sabia o que atormentava o marido. Era a sua falta de fé. Se perguntassem a Kitty se acreditava que o marido seria condenado na vida após a morte por não ter fé, ela seria obrigada a reconhecer que seria condenado, mas, apesar disso, a sua falta de fé não causava infelicidade a Kitty; e ela, que admitia ser impossível haver salvação para os incrédulos e que, mais que tudo no mundo, amava a alma do seu marido, sorria ao pensar na falta de fé de Liévin e dizia consigo que ele era engraçado.

"Para que ele passa o ano inteiro lendo essas filosofias?", pensou. "Se tudo isso foi escrito nos livros, então ele pode compreender essas coisas sozinho. E se não é verdade, então para que ler? Ele mesmo diz que gostaria de acreditar. Então, por que não acredita? Vai ver é porque ele pensa muito, não é? E pensa muito porque fica sozinho. Sempre só, só. Comigo ele não pode falar de tudo. Acho que será agradável, para ele, ter os hóspedes aqui, sobretudo Katavássov. Kóstia gosta de debater com ele", refletiu Kitty, e logo passou a pensar onde seria mais conveniente alojar Katavássov para dormir — separado ou junto com Serguei Ivánovitch. E aí lhe veio, de repente, um pensamento que a fez estremecer de inquietação, e até alarmou Mítia, que por isso fitou a mãe com severidade. "A lavadeira, ao que parece, ainda não mandou de volta as roupas lavadas e todas as roupas de cama para hóspedes foram para lavar. Se eu não tomar providências, Agáfia Mikháilovna dará para Serguei Ivánovitch roupas de cama usadas." E, só de pensar nisso, o sangue afluiu ao rosto de Kitty.

"Sim, tomarei providências", resolveu e, voltando aos pensamentos de antes, recordou que não terminara de refletir a respeito de algo muito importante, algo espiritual, e tentou lembrar-se. "Ah, sim, Kóstia é um incrédulo", lembrou-se de novo, com um sorriso.

"Muito bem, é um incrédulo! Pois é melhor que ele seja sempre assim do que ficar como a Madame Stahl, ou como eu quis ser, quando estive no estrangeiro. Não, ele já não pode mais fingir."

E um exemplo recente da bondade do marido ressurgiu com nitidez aos olhos dela. Duas semanas antes, Dolly recebera de Stiepan Arcáditch uma carta de arrependimento. Suplicava à esposa que salvasse a sua honra, que vendesse a propriedade dela para que ele pudesse saldar suas dívidas. Dolly ficou desesperada, teve ódio do marido, desprezou-o, deplorou-o, resolveu divorciar-se, negar, mas no fim concordou em vender uma parte da sua propriedade. Mais tarde, Kitty não podia deixar de sorrir de ternura ao lembrar-se do constrangimento do seu marido, de suas repetidas e desajeitadas menções ao negócio, que o interessava, e como ele, por fim, tendo inventado um meio muito singular de ajudar Dolly sem a ofender, propôs a Kitty que ela mesma cedesse a sua parte da propriedade, algo que nem de longe ocorrera a Kitty até então.

"Mas como pode ser ele um incrédulo? Com o seu coração, com esse temor de causar desgosto a quem quer que seja, até a uma criança! Tudo é para os outros, nada para si. Serguei Ivánovitch pensa, simplesmente, que é obrigação de Kóstia ser o seu administrador. A irmã também. Agora, Dolly e os filhos estão sob a sua tutela. E todos esses mujiques, que o procuram todos os dias, como se ele fosse obrigado a servi-los."

— Sim, tomara que você seja igual ao seu pai, igualzinho — sussurrou Kitty ao entregar Mítia para a babá, e tocou os lábios na bochechinha da criança.

VIII

Desde o momento em que, ao ver morrer seu irmão adorado, Liévin, pela primeira vez, encarou a questão da vida e da morte à luz daquelas convicções novas, como as chamava, que haviam, de forma imperceptível, substituído as suas crenças da infância e da juventude, no período entre os vinte e os trinta e quatro anos de idade, ele se horrorizava, não tanto com a morte, mas sim com uma existência destituída da mais ínfima noção de para quê, por quê, de onde vinha e o que era a vida. O organismo, a sua ruína, a indestrutibilidade da matéria, a lei da conservação da energia, a evolução — foram essas as palavras que substituíram a sua fé anterior. Tais palavras, e as noções a elas associadas, eram muito boas para os propósitos intelectuais; porém nada ofereciam à vida e Liévin sentiu-se, de repente, na situação de um homem que troca um aquecido agasalho de pele por uma roupa de musselina e que, pela primeira vez exposto à gélida friagem, se convence, de forma inquestionável, não com raciocínios, mas sim com todo o seu ser, de que era o mesmo que estar nu e que ele, inevitavelmente, havia de perecer de forma cruel.

A partir daquele momento, embora não se desse conta disso e continuasse a viver como antes, Liévin não parou mais de sentir aquele pavor ante a sua própria ignorância.

Além disso, sentia confusamente que o que chamava de suas convicções era não apenas ignorância, mas também um tipo de pensamento com o qual seria impossível alcançar o conhecimento de que ele tinha necessidade.

Nos primeiros tempos de casado, as novas alegrias e obrigações que Liévin conheceu abafaram, de todo, tais ideias; mas ultimamente, após o parto da esposa, período em que morou em Moscou sem ter o que fazer, o problema que exigia uma solução acudia ao seu pensamento de forma cada vez mais frequente e cada vez mais tenaz.

O problema consistia no seguinte: "Se eu não aceitar as respostas oferecidas pelo cristianismo para os problemas da minha vida, que respostas vou aceitar?". E Liévin não conseguia de maneira alguma encontrar, com todo o arsenal das suas convicções, não só nenhuma resposta como nada sequer parecido com uma resposta.

Estava na situação de uma pessoa que procura comida numa loja de brinquedos e numa loja de armas.

Sem querer, sem disso ter consciência, Liévin agora, em todo livro, em toda conversa, em toda e qualquer pessoa, buscava um vínculo entre aqueles problemas e as suas soluções.

Nisso tudo, o que o deixava mais assombrado e transtornado era que a maior parte das pessoas do seu meio e da sua idade, após terem substituído, como ele, suas crenças antigas pelas mesmas convicções novas que ele tinha agora, não enxergavam nisso nenhum mal e viviam perfeitamente satisfeitas e tranquilas. Por isso, além do problema principal, outros problemas também atormentavam Liévin: será que aquelas pessoas eram sinceras? Não estariam fingindo? Ou será que compreendiam de outra forma, de algum modo mais claro do que ele, as respostas que a ciência oferecia para os problemas que o preocupavam? E Liévin estudava com afinco as opiniões dessas pessoas e também os livros que expunham tais respostas.

Uma coisa que Liévin descobriu, desde que esses problemas começaram a ocupar sua atenção, foi que ele se enganara ao supor, com base nas lembranças do seu ambiente de juventude e de universidade, que a religião já chegara ao fim dos seus dias e, a bem dizer, nem mais existia. Todas as pessoas que viviam bem e eram próximas a ele acreditavam. O velho príncipe, e Lvov, que ele queria tão bem, Serguei Ivánitch e todas as mulheres acreditavam, e a sua esposa acreditava, como ele mesmo acreditara na infância, e noventa e nove por cento do povo russo, todo aquele povo cuja vida lhe inspirava o máximo respeito, acreditava.

Outra coisa foi que, ao ler muitos livros, se convenceu de que as pessoas que partilhavam com ele as mesmas concepções pressupunham não haver nada além dessas concepções e, sem nada explicar, limitavam-se a negar os problemas, sem cuja solução Liévin sentia não ser capaz de viver, e tentavam resolver problemas inteiramente distintos, que não podiam interessá-lo, como por exemplo a evolução dos organismos, a explicação mecânica do espírito etc.

Além disso, na época do parto da esposa, aconteceram coisas inusitadas, para ele. Liévin, um incrédulo, passou a rezar e, no momento em que rezava, acreditava. Porém, passado aquele momento, não conseguia encontrar em sua vida um lugar para esse breve estado de espírito.

Liévin não conseguia admitir que, naquela hora, conhecia a verdade e que depois estava errado porque, assim que começava a refletir com serenidade a respeito da questão, tudo se desfazia em mil pedaços; e também não conseguia admitir que, então, estava errado, porque tinha apreço por aquele estado de espírito momentâneo e, se julgasse que tudo era apenas fruto de uma fraqueza, profanaria aqueles momentos. Estava num torturante conflito consigo mesmo e mobilizava todas as forças do espírito para escapar.

IX

Esses pensamentos o afligiam e o atormentavam, ora mais fracos, ora mais fortes, mas nunca o abandonavam. Liévin lia, pensava e, quanto mais lia e pensava, mais distante se sentia dos objetivos que buscava.

Em seus últimos dias em Moscou, e depois já no campo, convencido de que não encontraria respostas nos materialistas, releu e voltou a ler mais uma vez Platão, Espinosa, Kant, Schelling, Hegel e Schopenhauer — os filósofos que não explicavam a vida de modo materialista.

As ideias lhe pareciam fecundas, quando lia ou quando ele mesmo inventava refutações às demais doutrinas, sobretudo à doutrina materialista; porém, assim que lia ou inventava, ele mesmo, as soluções dos problemas, sempre se repetia a mesma coisa. Ao examinar a definição proposta para palavras obscuras como espírito, vontade, liberdade, substância, e ao aprofundar-se intencionalmente nessa cilada de palavras que a filosofia armava para ele, ou que ele mesmo armava para si, Liévin tinha a impressão de que começava a compreender algo. Porém, bastava esquecer o encadeamento artificial das ideias e retornar da vida real para aquilo que o satisfazia, quando ele pensava segundo o rumo já estabelecido — e, de repente, todo esse edifício artificial desmoronava, como um castelo de cartas, e ficava claro que o edifício era feito das mesmas palavras permutadas, sem levar em conta, na vida, algo mais importante do que a razão.

Certa vez, quando lia Schopenhauer, colocou a palavra "amor" no lugar de "vontade", e essa nova filosofia, por um ou dois dias, enquanto Liévin não a deixou de lado, consolou-o; mas desmoronou da mesma forma quando ele a examinou, de volta da vida real, e ficou claro que não passava de uma roupa de musselina incapaz de aquecer.

O seu irmão Serguei Ivánovitch aconselhou-o a ler as obras teológicas de Khomiakóv. Liévin leu o segundo tomo da obra de Khomiakóv e, embora repelido de início pelo tom polêmico, elegante e sutil, impressionou-se com a sua doutrina sobre a Igreja. Impressionou-o, de início, a ideia de que a apreensão das verdades divinas não é dada ao homem, mas sim a um conjunto de pessoas unidas pelo amor — a Igreja. Alegrou-o o pensamento de que era bem mais fácil crer numa Igreja existente, viva no presente, que unia todas as crenças das pessoas, que tinha Deus como chefe e que, por isso, era santa e infalível, e dela receber a crença em Deus, na criação, na queda e na redenção, do que começar logo com Deus, o misterioso e longínquo Deus, a criação e tudo o mais. No entanto, mais tarde, ao ler a história da Igreja escrita por um autor católico e a história da Igreja por um autor ortodoxo e verificar que ambas as Igrejas, infalíveis em sua essência, se negavam mutuamente, Liévin desiludiu-se com a doutrina de Khomiakóv sobre a Igreja e esse edifício desfez-se em pó, a exemplo das construções da filosofia.

Durante toda a primavera, Liévin andou transtornado e padeceu momentos terríveis.

"É impossível viver sem saber o que sou e para que estou aqui", disse Liévin consigo.

"No tempo infinito, na matéria infinita, no espaço infinito, surge um organismo-bolha, e então essa bolha se aguenta um pouco, rebenta, e essa bolha sou eu."

Tratava-se de uma inverdade cruel, mas era o único e derradeiro resultado dos esforços seculares do pensamento humano naquela direção.

Era essa a derradeira crença em que assentavam todas as investigações do pensamento humano, em todas as suas ramificações. Era essa a convicção reinante e Liévin, de forma involuntária e como se estivesse ali a mais clara entre todas as explicações, sem saber quando nem como, adotou justamente essa.

Mas se tratava não só de uma inverdade, como também de uma zombaria cruel, de alguma força maligna, uma força hostil e maligna, à qual era inadmissível submeter-se.

Era preciso livrar-se dessa força. E tal libertação estava nas mãos de cada um. Era preciso pôr fim à servidão imposta por essa força. E só havia um meio: a morte.

E, feliz pai de família, homem saudável, Liévin se viu, por várias vezes, tão perto do suicídio que escondeu um cordão para não se enforcar, e tinha medo de andar com a espingarda, por temor de atirar contra si mesmo.

Mas Liévin não atirou contra si mesmo, não se enforcou e continuou a viver.

X

Quando Liévin pensava no que ele era e em para que vivia, não encontrava resposta e entrava em desespero; mas quando parava de se indagar a respeito, parecia saber o que ele era e para que vivia, porque agia e vivia com rigor e determinação; nos últimos tempos, vivia até com mais rigor e com mais determinação do que antes.

Ao voltar para o campo no início de junho, voltou também para as suas ocupações habituais. Os afazeres agrícolas, as relações com os mujiques e com os vizinhos, os afazeres domésticos, os negócios da irmã e do irmão, que estavam em suas mãos, as relações com a esposa e com os parentes, os cuidados com o filho, o seu recente gosto pela apicultura, por que se apaixonara naquela primavera, ocupavam-no o tempo todo.

Tais assuntos o ocupavam não porque ele os justificasse para si, mediante alguma concepção geral, como antes fazia; agora, ao contrário, decepcionado, de um lado, com o fracasso dos empreendimentos anteriores em prol do bem comum e, de outro lado, excessivamente ocupado com os próprios pensamentos e com a mera quantidade de afazeres, que se precipitavam sobre ele de todos os lados, Liévin abandonara completamente qualquer reflexão sobre o bem comum, e tais afazeres só o ocupavam porque lhe parecia que ele devia fazer o que fazia — e que não podia agir de outra forma.

Antes (isso havia começado quase na infância e cresceu mais e mais, até a plena maturidade), quando tentava fazer algo que produziria um bem para todos, para a humanidade, para a Rússia, para toda a aldeia, Liévin notava que os pensamentos a respeito do assunto eram agradáveis, mas a atividade em si era sempre inconsistente, não existia uma convicção plena de que tal atividade era vitalmente necessária, e a atividade em si, que de início parecia tão grande, diminuía e diminuía, cada vez mais, até reduzir-se a nada; agora que Liévin, desde o casamento, passara a restringir-se, cada vez mais, a viver para si, embora já não experimentasse nenhuma alegria ao pensar em suas atividades, sentia a convicção de que o seu trabalho era indispensável, via que produzia resultados infinitamente melhores do que antes e que a sua obra se tornava cada vez maior.

Agora, como que contra a sua vontade, Liévin fincava-se à terra cada vez mais fundo, como um arado, de modo que já não podia desprender-se antes de ter aberto um sulco.

Viver em família da forma como antes costumavam viver seus pais e avós, ou seja, nas mesmas condições de educação, e, nessas mesmas condições, educar seus filhos era indubitavelmente necessário. Era tão necessário quanto almoçar, quando se tinha vontade de comer; e para tanto, assim como era necessário preparar o almoço, era também necessário gerir a máquina doméstica em Pokróvskoie de modo que as terras fossem rentáveis. Assim como era necessário pagar as dívidas, era também indubitavelmente necessário conservar as terras do seu patrimônio em condições tais que o seu filho, ao herdá-las, fosse grato ao pai, como Liévin se sentira grato ao avô, por tudo o que ele havia construído e plantado. E, para tanto, era preciso não alugar sua terra e sim geri-la pessoalmente, cuidar do gado, adubar os campos, plantar florestas.

Era impossível não cuidar dos interesses de Serguei Ivánovitch, da irmã, de todos os mujiques que vinham pedir conselho e estavam habituados a isso, assim como é impossível abandonar uma criança que já levamos nos braços. Era necessário cuidar do conforto da cunhada, que fora convidada a morar ali, com os filhos, e também da própria esposa e do bebê, e era impossível não ficar com eles, pelo menos uma pequena parte do dia.

E tudo isso, somado ao desejo de caçar e ao entusiasmo recente pela apicultura, tomava por inteiro a sua vida, a qual não tinha, para ele, nenhum sentido, quando se punha a pensar.

Porém, além de saber com segurança o que precisava fazer, Liévin também sabia como era preciso fazer tudo isso e sabia distinguir, entre duas coisas, qual a mais importante.

Sabia que era necessário contratar trabalhadores pelo custo mais baixo possível; porém não era necessário sujeitá-los à servidão, pagando antecipado um preço mais baixo do que eles valiam, embora isso fosse muito lucrativo. Vender feno aos mujiques em período de escassez era possível, embora sentisse pena deles; mas era necessário fechar a hospedaria e a taberna, embora também gerassem lucros. Era necessário punir o corte ilegal de árvores da maneira mais severa, porém não era necessário aplicar uma punição quando o gado dos mujiques invadia seus campos e, embora isso irritasse os guardas e aniquilasse o temor dos mujiques, era impossível não liberar o gado invasor.

Para Piotr, que pagava a um agiota dez por cento ao mês, era necessário dar dinheiro emprestado, para que pudesse remir sua dívida; mas era impossível baixar o valor ou conceder prazos maiores, no caso dos tributos que os mujiques maus pagadores deviam ao proprietário da terra. Era impossível não repreender o administrador, se uma pequena várzea não tinha sido capinada e o capim se estragava sem nenhum proveito; mas não se podia ceifar oitenta dessiatinas de terra, onde estava plantada uma floresta ainda jovem. Era impossível perdoar a um trabalhador que partia para casa na temporada de trabalho porque seu pai estava morrendo, por mais pena que Liévin sentisse dele, e era necessário descontá-lo pelos dispendiosos meses de ociosidade; mas era impossível não dar mesadas aos velhos que não podiam mais ser úteis.

Liévin sabia também que, ao voltar para casa, era necessário, antes de tudo, ir ter com a esposa, que não estava bem de saúde; enquanto os mujiques, que o esperavam já fazia três horas, podiam esperar mais um pouco; e, apesar de todo o prazer que a criação de abelhas lhe proporcionava, Liévin sabia que era necessário privar-se desse prazer e ir conversar com os mujiques que tinham vindo ao seu encontro, no apiário, depois de autorizar um velho a cuidar sozinho das colmeias.

Se procedia bem ou mal, ele não sabia, e não só não iria comprová-lo agora, como também evitava conversar e pensar no assunto.

Os raciocínios deixavam-no em dúvida e impediam-no de ver o que devia e o que não devia fazer. Quando Liévin não pensava, mas apenas vivia, não parava de sentir na alma a presença de um juiz infalível, que, entre duas ações possíveis, decidia qual a melhor e qual a pior; e, quando agia de forma indevida, ele logo sentia.

Assim ia vivendo, sem saber e sem vislumbrar uma possibilidade de saber o que ele era e para que vivia, neste mundo, e essa ignorância o atormentava a tal ponto que Liévin temia o suicídio, mas ao mesmo tempo ia traçando com firmeza o seu singular e bem demarcado caminho na vida.

XI

No dia em que Serguei Ivánovitch chegou a Pokróvskoie, Liévin se encontrava num de seus dias mais aflitivos.

Era a época de trabalho mais premente, quando se manifestava, em todo o povo, um esforço de dedicação ao trabalho tão extraordinário como não se verificava em nenhuma outra circunstância da vida, e que seria muito valorizado se as pessoas que revelavam essa qualidade o valorizassem elas mesmas, se isso não se repetisse todos os anos e se os resultados de todo esse esforço não fossem tão modestos.

Ceifar e enfeixar o centeio e a aveia, terminar de capinar os prados, arar de novo a terra de pousio, debulhar as sementes e semear as sementeiras de inverno — tudo isso parecia simples e rotineiro; mas, para conseguir executar tudo a tempo, era necessário que todas as pessoas da aldeia, desde os velhos até os pequenos, trabalhassem três vezes mais que o habitual, durante essas três ou quatro semanas, e sem parar, se alimentando de *kvás*, cebola e pão preto, malhando e carregando braçadas pelas noites adentro e se rendendo ao sono não mais de duas ou três horas por dia. E a cada ano isso acontece em toda a Rússia.

Como passava a maior parte da vida no campo e em relações estreitas com o povo, Liévin sempre sentia que, na temporada de mais trabalho, o entusiasmo popular coletivo também o contagiava.

De manhã cedinho, ia acompanhar a primeira semeadura do centeio e também o transporte da aveia em medas e, após voltar para casa ao encontro da esposa e da cunhada que ainda estavam acordando, tomava o café com elas e saía a pé rumo à granja, onde deviam pôr em funcionamento a debulhadora recentemente instalada, a fim de preparar as sementes.

Durante todo o dia, enquanto conversava com o administrador e com os mujiques e, em casa, com a esposa, com Dolly, com os filhos dela e com o sogro, Liévin pensava no único assunto que o preocupava, nessa ocasião, afora os afazeres agrícolas, e procurava em toda parte alguma relação com a sua pergunta: "O que sou? Onde estou? Para que estou aqui?".

Parado, de pé, no frescor da eira recentemente coberta, onde as folhas de aveleira ainda aromáticas não haviam aderido ao trançado do telhado de palha, formado por varas de álamos frescas e descascadas, Liévin olhava ora através do portão aberto, onde a poeira seca e amarga resultante da debulha rodopiava e brincava no capim da eira, iluminado pelo sol ardente, e na palha fresca que haviam acabado de retirar do telheiro, ora para as andorinhas de peito branco e de cabeça matizada que entravam voando com um som sibilante sob o telhado e, com as asas palpitantes, iam pousar sobre o vão do portão, ora para os camponeses que se agitavam atarefados na eira sombria, poeirenta, e pensava estranhas ideias.

"Para que se faz tudo isso?", pensou. "Para que estou aqui e os obrigo a trabalhar? Para que todos eles se esforçam e tentam mostrar para mim o seu zelo? Para que se esfalfa essa velha Matriona, minha conhecida? (Eu a curei, quando, num incêndio, uma viga tombou sobre ela)", pensou, enquanto olhava para uma camponesa magra, que, puxando grãos com um ancinho, pisava atentamente, com os pés descalços, pretos e queimados, no chão duro e desnivelado da eira. "Na época, ela recuperou a saúde; mas, se não for hoje ou amanhã, daqui a uns dez anos vão enterrá-la e nada restará, nem dela nem dessa mulher graciosa, de saia vermelha, que com gestos tão ágeis e delicados bate nas espigas para soltar a palha. Também a ela vão enterrar, e também aquele cavalo malhado, de narinas infladas, que se desloca como se estivesse em cima de uma roda empenada. A ele também vão enterrar, e o Fiódor, que alimenta a debulhadora, com sua barba encaracolada, cheia de restos de palha, e com a camisa rasgada no ombro branco, a ele também vão enterrar. Mas ele desfaz os feixes, dá uma ordem, grita para a mulher e, com um movimento rápido, aperta a correia no volante. E, aí está o mais o importante, não só a eles, mas também a mim vão enterrar, e não vai restar nada. Para quê?"

Liévin pensava assim e, ao mesmo tempo, olhava para o relógio, a fim de calcular quanto debulhavam em uma hora. Precisava saber para, com base nisso, determinar a tarefa do dia.

"Daqui a pouco, já vai fazer uma hora e ainda mal começaram a terceira meda", pensou; aproximou-se do homem que alimentava a debulhadora e, com um grito mais alto do que o barulho da máquina, disse-lhe que pusesse quantidades menores.

— Está pondo demais, Fiódor! Veja, ela fica entupida, por isso não funciona. Ponha medidas iguais!

Enegrecido por causa do pó preto colado ao rosto suado, Fiódor gritou algo em resposta, mas continuou a não agir como Liévin queria.

Liévin aproximou-se do cilindro, afastou Fiódor e passou ele mesmo a alimentar a máquina.

Após trabalhar até a hora do jantar dos mujiques, para a qual já não faltava muito tempo, ele e Fiódor saíram da eira e entabularam conversa, parados junto a uma meda amarela e bem-arrumada, de centeio prensado, que haviam posto no terreiro reservado para as sementes.

Fiódor era de uma aldeia distante, aquela onde Liévin, tempos antes, havia cedido as terras para serem usadas num regime de trabalho cooperativo. Agora a terra estava arrendada a um zelador.

Liévin entabulou conversa com Fiódor a respeito daquela terra e indagou se Platon, um mujique rico e correto da mesma aldeia, não ia se incumbir da terra no ano seguinte.

— O preço é alto, não vai compensar para o Platon, Konstantin Dmítritch — respondeu o mujique, enquanto retirava restos de espiga da camisa suada.

— Mas, então, como compensa para o Kirílov?

— O Mítiukh? (Assim ele chamava, com desprezo, o mujique zelador.) Como não vai compensar, Konstantin Dmítritch? Aquele ali espreme até garantir o seu. Ele não tem pena de um cristão. E por acaso o tio Fokánitch (assim ele chamava o velho Platon) vai ser capaz de arrancar o couro de uma pessoa? Onde houver uma dívida, ele vai perdoar. E, no final, ele não vai ter como pagar pela terra. É um homem assim.

— E por que ele vai perdoar?

— Porque sim, quer dizer, as pessoas são diferentes; um homem vive só para as suas necessidades e mais nada, como o Mítiukh, só enchendo a pança, enquanto o Fokánitch é um velho direito. Ele vive para a alma. Pensa em Deus.

— Como pensa em Deus? Como vive para a alma? — quase gritou Liévin.

— Ora, todo mundo sabe, do jeito justo, como Deus manda. Acontece que as pessoas são diferentes. Veja o senhor, por exemplo, o senhor também não ofende a gente...

— Sim, sim, até logo! — exclamou Liévin, sufocando de emoção, e, após virar-se, pegou sua bengala e afastou-se, depressa, na direção da casa.

Um novo sentimento de alegria se apossou de Liévin. Ao ouvir as palavras do mujique sobre a maneira como Fokánitch vivia para a alma, do jeito justo, como Deus manda, pensamentos vagos, mas cheios de significado, se desencadearam como que num tropel sobre ele, vindos de algum lugar onde haviam permanecido trancados e, arremetendo para um único alvo, puseram-se a girar em sua cabeça e cegaram-no com a sua luz.

XII

Liévin caminhava a passos largos pela estrada grande, atento não só aos próprios pensamentos (ainda não conseguia decifrá-los), como também a um estado espiritual que, até então, ele nunca havia experimentado.

As palavras ditas pelo mujique produziram, em sua alma, o efeito de uma descarga elétrica que, de repente, reorganizasse e unisse, num todo, o enxame de pensamentos desconexos, impotentes e isolados que não paravam nem por um instante de inquietá-lo. Tais pensamentos, sem que ele mesmo notasse, o inquietavam no momento em que conversava sobre o arrendamento da terra.

Liévin sentia algo novo, na alma, e tateava com prazer essa coisa nova, sem saber ainda o que vinha a ser.

"Não viver para as suas necessidades, mas para Deus. Para qual Deus? Para Deus. E o que se pode dizer de mais absurdo? Fiódor disse que não é preciso viver para as suas próprias necessidades, ou seja, não é preciso viver para aquilo que compreendemos, para aquilo que nos atrai, para aquilo que desejamos, mas sim para algo incompreensível, para Deus, que ninguém compreende e que não se pode definir. E então? Eu não compreendi as palavras absurdas de Fiódor? E, uma vez entendidas, pus em dúvida o seu acerto? Achei que eram tolas, obscuras, imprecisas?

"Não, eu o compreendi com exatidão, como ele mesmo compreende, compreendi de maneira mais completa e mais clara do que compreendo qualquer outra coisa na vida, e nunca em minha vida duvidei, e não posso ter dúvida nenhuma a respeito disso. E não apenas eu, mas todas as pessoas, o mundo inteiro, só isso compreendem plenamente, só disso não duvidam e só nisso estão sempre de acordo.

"Fiódor diz que Kirílov, o zelador, vive para a pança. Isso faz sentido e é razoável. Nós todos, como criaturas razoáveis, não podemos viver de outra maneira, senão para a pança. E de repente Fiódor vem dizer que viver para a pança é mau e que é preciso viver para a verdade, para Deus, e basta uma palavra para que eu o compreenda! E eu e um milhão de pessoas, que viveram séculos atrás e que vivem agora, mujiques, pobres de espírito e sábios, que pensaram e escreveram sobre isso e que, com sua linguagem obscura, diziam a mesma coisa, todos nós estamos de acordo neste único ponto: para que é preciso viver e o que é bom. Eu, junto com todas as demais pessoas, tenho um só conhecimento seguro, indubitável e claro, e ele não pode ser explicado pela razão, está fora da razão, não tem nenhuma causa e não pode ter nenhuma consequência.

"Se o bem tiver uma causa, já não é o bem; se tiver uma consequência, uma recompensa, também já não é o bem. Portanto, o bem está fora da cadeia de causa e consequência.

"Mas eu o conheço, e todo mundo o conhece.

"Mas eu andava à procura de milagres, lamentava não ver um milagre que pudesse me convencer. E aqui está o milagre, o único possível, que existe desde sempre, em toda parte à minha volta, e eu não percebia!

"Como pode haver milagre maior do que esse?

"Será que encontrei a solução de tudo, será que agora terminaram, afinal, os meus sofrimentos?", pensava Liévin, enquanto caminhava pela estrada poeirenta, sem notar nem o calor, nem o cansaço, e experimentava uma sensação de alívio do seu longo sofrimento. Tal sensação era tão alegre que lhe parecia inverossímil. Ele respirava fundo de emoção e, sem forças para ir adiante, saiu da estrada, seguiu para a floresta e sentou-se à sombra dos álamos, sobre a relva que não fora ceifada. Tirou o chapéu da cabeça suada e deitou-se, apoiando o cotovelo na sumarenta e viçosa relva da floresta.

"Sim, é preciso refletir a fundo e chegar a uma conclusão", pensou, enquanto olhava com atenção para a relva intacta, que estava à sua frente, e enquanto acompanhava os movimentos de um inseto verde, que subia pela haste de uma gramínea, mas havia interrompido sua escalada por causa de uma folha. "Vamos voltar ao início", disse Liévin consigo, dobrando a folha, para que ela não atrapalhasse o inseto, e curvando outra haste de capim, para que o inseto passasse para ela. "O que me traz esta alegria? O que foi que descobri?

"Antes, eu dizia que no meu corpo, no corpo desta relva e deste inseto (pronto, ele não quis passar para a outra haste, estendeu as asas e voou) se processa uma permuta de matéria, segundo leis físicas, químicas e fisiológicas. E em todos nós, juntamente com os álamos, as nuvens, as neblinas, se processa uma evolução. Uma evolução a partir de quê? Rumo a quê? Uma evolução e uma luta infinitas?... Como se pudesse existir alguma direção e alguma luta no infinito! E eu me admirava, porque, apesar do enorme esforço de pensamento por esse caminho, eu não conseguia descobrir o sentido da vida, o sentido dos meus impulsos e das minhas aspirações. Mas o sentido dos meus impulsos está tão claro, para mim, que eu continuo a viver o tempo todo de acordo com ele, e eu ainda me admirei e me alegrei quando um mujique revelou isto para mim: viver para Deus, para a alma.

"Não descobri nada. Apenas reconheci aquilo que conheço. Compreendi a força que não só no passado me deu a vida, como me dá a vida agora. Libertei-me da ilusão, reconheci o Senhor."

E repetiu para si, em resumo, toda a sequência de seus pensamentos, naqueles dois últimos anos, a começar pela ideia clara e evidente a respeito da morte, que lhe acudira ao ver o seu querido irmão enfermo e sem esperanças.

Tendo, então, compreendido claramente, pela primeira vez, que todas as pessoas e ele mesmo nada tinham à sua frente senão sofrimento, morte e esquecimento eterno, Liévin resolveu que não era possível viver dessa forma e que era preciso ou explicar sua vida de um modo que ela não se afigurasse uma zombaria cruel de algum demônio, ou então matar-se com um tiro.

Mas não fez nem uma coisa nem outra e continuou a viver, a pensar, a sentir e até, nessa mesma ocasião, veio a casar-se, experimentou muita alegria e sentia-se feliz, quando não pensava sobre o sentido da sua vida.

O que isso significava? Significava que ele vivia bem, mas pensava mal.

Vivia (sem disso ter consciência) com as verdades espirituais que assimilara com o leite materno, mas pensava não só sem admitir essas verdades, como até se desviava delas com afinco.

Agora, estava claro para Liévin que ele só podia viver graças às crenças nas quais fora educado.

"O que eu seria e como viveria se não tivesse essas crenças, se não soubesse que é preciso viver para Deus e não para as necessidades pessoais? Eu saquearia, mentiria, mataria. Não existiria nenhuma das coisas que constituem as principais alegrias da minha vida." E, mesmo fazendo um esforço supremo de imaginação, não era capaz de visualizar a criatura bestial que ele haveria de ser caso não soubesse para que vivia.

"Procurei a resposta à minha pergunta. Mas tal resposta não podia ser fornecida pelo pensamento — o pensamento e a pergunta são incomensuráveis. Foi a própria vida que me deu a resposta, com base no meu conhecimento do que é bom e do que é mau. E esse conhecimento eu não adquiri de coisa alguma, ele me foi dado junto com tudo o mais, e me foi dado porque eu mesmo não poderia obtê-lo em parte alguma.

"Onde eu o obteria? Acaso por meio da razão eu teria chegado à ideia de que é preciso amar o próximo e não o estrangular? Disseram-me isso, na infância, e eu acreditei com alegria, porque me diziam aquilo que estava na minha alma. Mas quem descobriu isso? Não foi a razão. A razão descobriu a luta pela existência e a lei que me obriga a estrangular todos aqueles que impedem a satisfação de meus desejos. Eis o que conclui a razão. Mas a razão não podia descobrir que se deve amar o próximo, porque isso não é razoável."

"Sim, o orgulho", disse consigo, ao virar-se com dificuldade sobre a barriga, e pôs-se a dar nós nas hastes do capim, esforçando-se para não as partir.

"E não só o orgulho do intelecto, mas a tolice do intelecto. E sobretudo a má-fé, exatamente a má-fé do intelecto. Ou melhor, a vigarice do intelecto", repetiu.

XIII

E Liévin lembrou-se de uma cena recente, entre Dolly e seus filhos. As crianças, que tinham ficado sozinhas, puseram-se a cozinhar framboesas numa xícara, sobre a chama das velas, e a atirar o leite num jato para dentro da boca. A mãe, que os surpreendera no ato, tratou de incutir nos filhos, em presença de Liévin, a noção do grande trabalho que dera fabricar aquilo que eles estavam destruindo, explicou que esse trabalho era para o bem deles e que, se eles quebrassem as xícaras, não teriam como beber chá e, se derramassem o leite, não teriam o que comer e morreriam de fome.

E Liévin impressionou-se com a tranquila e tristonha incredulidade com que as crianças ouviram as palavras da mãe. Apenas se mostraram desgostosas por sua divertida brincadeira ter sido interrompida e não acreditavam em nenhuma de suas palavras. Não podiam acreditar, porque não podiam imaginar a imensidão de tudo o que elas desfrutavam e, por isso, não podiam imaginar que aquilo que destruíam era exatamente aquilo que lhes permitia viver.

"Todas essas coisas nascem por si mesmas", pensavam as crianças, "e nisso nada há de interessante nem de importante, porque sempre foi e sempre será assim. E é sempre igual. Sobre isso, não precisamos pensar nada, já está pronto; queremos inventar algo novo e só nosso. Então tivemos a ideia de colocar framboesas na xícara e cozinhá-las na chama da vela e de esguichar o leite direto dentro da boca uns dos outros. Isso é divertido, é novo, e não há nada pior do que beber numa xícara."

"Acaso não fazemos nós o mesmo, e não foi o que eu fiz, ao procurar, por meio da razão, o significado da força da natureza e o sentido da vida do homem?", continuou a pensar Liévin.

"Acaso não fazem o mesmo todas as teorias filosóficas, por meio do pensamento, num caminho estranho e alheio ao homem, quando o conduzem rumo ao conhecimento daquilo que ele já conhece há muito tempo, e conhece com tamanha certeza que, sem isso, não seria possível viver? Acaso não se percebe claramente, no desenvolvimento de qualquer teoria filosófica, que o filósofo já sabe de antemão o principal sentido da vida, de modo tão indubitável quanto o mujique Fiódor, e acaso não se percebe que, de fato, nada existe de mais claro para ele, e que ele apenas deseja voltar, pelo duvidoso caminho da razão, àquilo que já é sabido de todos?

"Pois bem, então deixem as crianças por sua própria conta para que elas mesmas comprem, fabriquem a louça, tirem o leite das vacas etc. Acaso se atreveriam a fazer as suas travessuras? Iriam morrer de fome. Pois bem, nos deixem com as nossas paixões, ideias, sem noção do único Deus e Criador! Ou sem noção do que é o bem, sem uma explicação para o mal moral.

"Pois bem, sem essas noções, tentem construir alguma coisa!

"Apenas destruímos, porque estamos espiritualmente saciados. Exatamente como as crianças!

"De onde me veio esse conhecimento alegre, compartilhado com o mujique, e que para mim é a única fonte de serenidade espiritual? Onde eu o obtive?

"Educado na ideia de Deus, como um cristão, tendo enchido toda a minha vida com as bênçãos espirituais que o cristianismo me proporcionou, eu, a exemplo das crianças, não compreendo tais bênçãos e as destruo, ou seja, quero destruir aquilo que me permite viver. E tão logo sobrevém um momento importante da vida, como ocorre com as crianças, quando têm fome e frio, eu me volto para Ele e, ainda menos do que as crianças a quem a mãe repreende por suas travessuras infantis, eu não sinto que minhas tentativas infantis de fazer mil extravagâncias deponham contra mim.

"Sim, o que sei, não sei mediante a razão, mas me foi dado, foi revelado para mim, e eu o conheço por meio do coração, por meio da fé na coisa mais importante que a Igreja professa."

"A Igreja? A Igreja!", repetiu Liévin, que se virou sobre o outro lado do corpo e, apoiado no cotovelo, passou a olhar ao longe, para um rebanho que descia para o rio, na margem oposta.

"Mas será que posso crer em tudo o que a Igreja professa?", pensou, testando a si mesmo e imaginando tudo aquilo que poderia destruir a sua atual serenidade. De propósito, passou a recordar as doutrinas da Igreja que sempre lhe pareceram mais estranhas e que o atraíam. "A Criação? E como vou explicar a existência? Com a existência? Com o nada? E o demônio e o pecado? Como vou explicar o mal?... O Redentor?...

"Mas não sei nada, nada, e não posso saber, exceto aquilo que foi dito para mim e também para todos."

E, agora, lhe parecia não haver nenhum ponto na doutrina da Igreja que perturbasse o mais importante — a fé em Deus, no bem, como único propósito do homem.

À luz de todas as doutrinas da Igreja, podia-se substituir a crença em servir às necessidades pela crença em servir à verdade. E todas as doutrinas não só não perturbavam isso, como eram indispensáveis para se cumprir o milagre fundamental, que se manifestava na Terra de modo incessante e que consistia no fato de ser possível, a cada indivíduo, junto com milhões de pessoas diferentes, sábios e imbecis, crianças e velhos — todos, o mujique, Lvov, Kitty, os humildes e os reis —, compreender isso de forma indubitável e idêntica e praticar a vida do espírito, a única que vale a pena viver e a única a que damos valor.

Deitado de costas, Liévin mirava, agora, o céu alto e sem nuvens. "Acaso não sei que isso é o espaço infinito e não uma abóbada arredondada? No entanto, por mais que eu aguce os meus olhos e force a minha vista, não consigo vê-lo senão como arredondado e limitado e, apesar do meu conhecimento sobre o espaço infinito, estou sem dúvida nenhuma com a razão, quando vejo uma sólida abóbada azul, e estou com mais razão do que quando me esforço para enxergar além dela."

Liévin já havia parado de pensar e parecia apenas escutar vozes misteriosas que conversavam entre si, com alegria e fervor.

"Será que isto é a fé?", pensou, com receio de acreditar na sua felicidade. "Meu Deus, obrigado!", murmurou, engolindo os soluços que subiam na garganta e enxugando, com as mãos, as lágrimas que enchiam seus olhos.

XIV

Liévin olhou para a frente e viu o rebanho, depois avistou a sua telega, puxada pela égua Gralha, e o cocheiro que, depois de se aproximar do rebanho, disse algo para o pastor; em seguida, já perto de si, Liévin ouviu o barulho das rodas e o resfolegar do animal bem nutrido; mas estava a tal ponto absorto nos próprios pensamentos que nem se perguntou por que viria o cocheiro falar com ele.

Só se lembrou disso quando o cocheiro, já mais próximo, o chamou com um grito.

— A patroa mandou buscar o senhor. Chegou o seu irmão e um outro fidalgo.

Liévin sentou-se na telega e segurou as rédeas.

Como se tivesse acordado de um sono profundo, Liévin, por longo tempo, não conseguiu retomar o domínio de si. Olhava para o cavalo bem nutrido, coberto de espuma da anca até o pescoço, onde as rédeas o roçavam, olhava para o cocheiro Ivan, sentado a seu lado, e lembrou que esperava o irmão, que a sua esposa na certa se inquietava com aquela ausência demorada e tentava adivinhar quem seria o convidado que viera com o irmão. E o irmão, a esposa e o hóspede desconhecido se apresentavam, agora, sob um aspecto diferente. Parecia-lhe que, agora, a sua relação com todas as pessoas já seria outra.

"Agora, com o irmão, não haverá mais a distância que sempre houve entre nós, não haverá discussões; com Kitty, nunca haverá discussões; com o hóspede, seja ele quem for, serei afetuoso e gentil; com as pessoas, com o Ivan, tudo será diferente."

Enquanto continha pelas rédeas tensas o bom animal, que bufava de impaciência e pedia mais velocidade, Liévin voltou os olhos na direção de Ivan, que, sentado a seu lado e, sem saber o que fazer com as mãos desocupadas, segurava o tempo todo a própria camisa, e procurou um pretexto para iniciar uma conversa com ele. Queria dizer que Ivan prendera alto demais a correia da barrigueira, mas isso iria soar como uma recriminação e Liévin, ao contrário, queria começar uma conversa afetuosa. Não lhe vinha mais nada à cabeça.

— O senhor tenha a bondade de seguir pela direita, tem um toco ali adiante — avisou o cocheiro, e corrigiu a posição das rédeas para Liévin.

— Por favor, não toque em mim e não me ensine! — retrucou Liévin, irritado com aquela interferência do cocheiro, exatamente da maneira como sempre se irritava com uma interferência, e logo percebeu, com tristeza, como era equivocada a suposição de que o seu estado de espírito poderia transformar-se de imediato, em contato com a realidade.

Antes de chegar a um quarto de versta da casa, Liévin avistou Gricha e Tânia, que corriam em sua direção.

— Tio Kóstia! Mamãe está vindo, e a titia, e Serguei Ivánitch, e mais alguém — lhe disseram, enquanto subiam na telega.

— Mas quem é?

— Um desconhecido horroroso! Olha só como ele faz com os braços — disse Tânia, que se levantou na telega e arremedou Katavássov.

— Mas é velho ou é jovem? — perguntou rindo Liévin, a quem a encenação de Tânia fez lembrar uma pessoa.

"Ah, tomara que não seja alguém desagradável!", pensou Liévin.

Assim que dobrou a curva da estrada e avistou as pessoas que vinham em sua direção, Liévin reconheceu Katavássov, de chapéu de palha, que parecia caminhar abanando os braços, como Tânia havia mostrado.

Katavássov gostava muito de conversar sobre filosofia, mas tinha sobre o assunto uma visão extraída das ciências naturais, pois nunca se dedicara propriamente à filosofia; e, nos seus últimos dias em Moscou, Liévin havia discutido bastante com ele.

E uma dessas discussões, da qual Katavássov obviamente pensara ter saído vencedor, foi a primeira coisa que veio à memória de Liévin, ao reconhecê-lo.

"Não, já não poderei mais, de modo algum, discutir e exprimir minhas ideias com leviandade", pensou Liévin.

Após descer da telega e cumprimentar o irmão e Katavássov, Liévin perguntou sobre a esposa.

— Levou Mítia a Kolok (era um bosque perto da casa). Quis ficar lá, com ele, porque em casa está muito quente — respondeu Dolly.

Liévin sempre recomendava à esposa que não levasse o bebê para o bosque, pois achava perigoso, e a notícia lhe desagradou.

— Está sempre levando a criança de um lado para o outro — comentou o príncipe, sorrindo. — Eu aconselhei que experimentasse fazer a criança dormir no porão, onde se guarda o gelo.

— Ela queria ir ao apiário. Achou que você estava lá. E nós estávamos indo para lá — explicou Dolly.

— E então, o que anda fazendo? — perguntou Serguei Ivánovitch, destacando-se dos demais e vindo para o lado do irmão.

— Nada de especial. Como sempre, dedico-me aos afazeres agrícolas — respondeu Liévin. — E você, vai ficar aqui por bastante tempo? Há muito que o esperávamos.

— Só uma ou duas semanas. Tenho muitos afazeres em Moscou.

Durante essa troca de palavras, os olhos dos irmãos se encontraram e Liévin, apesar do seu desejo sempre forte, e especialmente agora, de manter com o irmão uma relação amistosa e sobretudo natural, sentiu que era incômodo olhar para ele. Baixou os olhos e não soube o que dizer.

Em busca de temas de conversa que fossem do agrado de Serguei Ivánitch e que o mantivessem afastado do debate sobre a guerra sérvia e sobre a questão eslava, assuntos a que aludira ao mencionar seus afazeres em Moscou, Liévin pôs-se a falar sobre o livro de Serguei Ivánovitch.

— E então, saíram resenhas sobre o seu livro? — perguntou.

Serguei Ivánovitch sorriu da premeditação da pergunta.

— Ninguém se preocupa com isso, e eu menos ainda — respondeu. — Veja, Dária Aleksándrovna, vai cair uma chuvinha — acrescentou, apontando com o guarda-chuva para umas nuvenzinhas brancas que haviam surgido, acima da copa dos álamos.

E bastaram essas palavras para que a relação, não hostil, mas fria, que Liévin tanto queria evitar, se estabelecesse outra vez entre os irmãos.

Liévin aproximou-se de Katavássov.

— Que ótimo que o senhor tenha, afinal, tomado a resolução de nos visitar — disse-lhe.

— Faz tempo que eu tinha essa intenção. Agora, vamos conversar melhor, e veremos. O senhor leu Spencer?

— Não, não terminei de ler — respondeu Liévin. — De resto, não tenho necessidade dele, agora.

— Como assim? Que interessante. Por quê?

— Acontece que estou definitivamente convencido de que não encontrarei em Spencer e em autores semelhantes a solução dos problemas que me preocupavam. Agora...

Mas, de repente, a expressão serena e alegre do rosto de Katavássov impressionou-o, e Liévin sentiu tanta pena pelo seu próprio estado de espírito, o qual ele obviamente perturbava com aquela conversa, que se interrompeu, após lembrar-se da sua resolução.

— Pensando bem, vamos conversar mais tarde — acrescentou. — Se vamos para o apiário, então é por aqui, por essa trilha — disse, dirigindo-se a todos.

Após seguir por uma trilha estreita e chegar a uma clareira que não fora capinada, coberta, de um lado, por densas e radiantes margaridas, no meio das quais cresciam altos arbustos verde-escuros de heléboro, Liévin instalou seus convidados numa densa e fresca sombra de álamos jovens, num banco e em tocos de árvore, intencionalmente colocados ali para acomodar os visitantes do apiário que tivessem receio das abelhas, enquanto ele mesmo seguia para uma cabana, a fim de trazer pão, pepino e mel fresco, para as crianças e também para os adultos.

Tentando evitar o mais possível quaisquer movimentos bruscos, e com os ouvidos atentos ao som das abelhas, que passavam voando por ele em intervalos cada vez menores, Liévin chegou à isbá por uma trilha. Logo na entrada, uma abelha pôs-se a zumbir, depois de ter se emaranhado em sua barba, mas ele a libertou, com cuidado. Ao entrar no vestíbulo sombrio, pegou a sua máscara de rede, que estava pendurada em um gancho na parede, e, após vesti-la e enfiar as mãos nos bolsos, saiu para o apiário cercado, onde, dispostas em fileiras regulares, presas às estacas por cordões de fibras, no meio de um terreno capinado, estavam as colmeias antigas, que ele bem conhecia, cada uma com a sua própria história, e em muretas de sebes, as colmeias jovens, instaladas naquele mesmo ano. À frente das entradas das colmeias, seus olhos se ofuscaram com as abelhas e os zangões cintilantes, que rodopiavam e se empurravam em torno de um mesmo ponto, enquanto, pelo meio delas, as abelhas-operárias voavam, sempre na mesma direção, rumo a uma tília florida, na mata, e depois voltavam para a colmeia, sem nenhuma carga na ida e carregadas na volta.

Sons diversos não paravam de chamar a atenção de seus ouvidos, ora uma abelha-operária atarefada, que voava ligeiro, ora um zangão ocioso, que fazia alarde, ora abelhas-soldado alarmadas, prontas para ferroar o inimigo, no intuito de proteger seu patrimônio. Sem ver Liévin, um velho aplainava um arco, no outro lado da cerca. Liévin não o chamou e ficou parado, no meio do apiário.

Alegrou-se com a oportunidade de ficar só, para tentar recuperar-se do choque com a realidade, que já conseguira abater o seu estado de espírito.

Lembrou que, naquele breve tempo, ele já havia conseguido irritar-se com Ivan, falar com frieza com o irmão e conversar de modo leviano com Katavássov.

"Será que tudo não passou de um estado de espírito momentâneo, que já se foi, sem deixar vestígio?", pensou.

Porém, nesse mesmo instante, de volta ao seu estado de espírito anterior, Liévin sentiu, com alegria, que algo novo e importante se passava em seu íntimo. A realidade encobrira só por um momento aquela serenidade espiritual que Liévin havia encontrado; ela ainda permanecia intacta dentro dele.

Tal como as abelhas, que agora redemoinhavam em torno dele, ameaçando--o e distraindo-o, privavam Liévin da plena tranquilidade física e obrigavam-no a encolher-se para evitá-las, assim também as preocupações que o assaltaram desde o momento em que sentou na telega o privavam da liberdade de espírito; mas isso durou apenas enquanto esteve no meio dos outros. Assim como, apesar das abelhas, a força corporal permanecia intacta em Liévin, também permanecia intacta a força espiritual de que ele acabara de tomar consciência.

XV

— Ah, Kóstia, sabe com quem Serguei Ivánovitch viajou? — perguntou Dolly, depois de distribuir pepinos e mel para os filhos. — Com Vrónski! Ele está a caminho da Sérvia.

— E não vai sozinho, leva um esquadrão à sua custa! — completou Katavássov.

— É bem do seu feitio — comentou Liévin. — Mas continuam a partir voluntários? — acrescentou, após dirigir o olhar para Serguei Ivánovitch.

Sem responder, Serguei Ivánovitch introduziu uma faca cega na xícara, onde jazia uma lasca branca de favo, e retirou uma abelha ainda viva, colada ao mel que escorria.

— Sim, e como! Vocês deviam ter visto o que aconteceu ontem, na estação! — disse Katavássov, e mordeu ruidosamente um pepino.

— Ora, mas como entender tal coisa? Pelo amor de Cristo, explique-me, Serguei Ivánovitch, aonde vão todos esses voluntários, contra quem vão guerrear? — perguntou o velho príncipe, pelo visto dando seguimento a uma conversa iniciada ainda na ausência de Liévin.

— Contra os turcos — respondeu sorrindo tranquilamente Serguei Ivánovitch, após ter conseguido, com a ajuda de uma faca, apanhar a abelha que se contorcia desamparada e enegrecida de mel, e agora tentava desprendê-la da faca e passá-la para uma encorpada folhinha de álamo.

— Mas quem declarou guerra contra os turcos? Ivan Ivánitch Ragózov, a condessa Lídia Ivánovna e a Madame Stahl?

— Ninguém declarou guerra, mas as pessoas se solidarizam com os sofrimentos dos que lhes são próximos e querem ajudá-los — respondeu Serguei Ivánovitch.

— Mas o príncipe não está falando de ajuda — replicou Liévin, intervindo em defesa do sogro —, e sim de guerra. O príncipe está dizendo que pessoas particulares não podem tomar parte numa guerra sem a autorização do governo.

— Kóstia, cuidado, é uma abelha! Na certa, vão nos dar ferroadas! — exclamou Dolly, enquanto afugentava uma vespa.

— Mas não é uma abelha, é uma vespa — explicou Liévin.

— Muito bem, muito bem, qual é a sua teoria? — perguntou Katavássov a

Liévin, com um sorriso, visivelmente o chamando para um debate. — Por que pessoas particulares não têm esse direito?

— Bem, a minha teoria é a seguinte: a guerra, de um lado, é uma coisa tão bestial, tão cruel e terrível que pessoa nenhuma, e já nem me refiro apenas aos cristãos, pode assumir em caráter particular a responsabilidade de começar guerras; só pode fazê-lo o governo, que a isso é conclamado e é levado inevitavelmente à guerra. De outro lado, à luz tanto da ciência quanto do pensamento sadio, nas questões de Estado, e em especial na questão da guerra, os cidadãos devem renunciar à sua vontade pessoal.

Serguei Ivánovitch e Katavássov, com réplicas já prontas, puseram-se a falar ao mesmo tempo.

— Mas o problema, meu caro, é que pode haver casos em que o governo não atende à vontade dos cidadãos e, então, a sociedade tem de impor sua vontade — disse Katavássov.

Mas Serguei Ivánovitch, era evidente, não aprovou essa objeção. Franziu o cenho ante as palavras de Katavássov e disse outra coisa:

— Você não apresenta a questão de forma adequada. Nesse caso, não se trata de uma declaração de guerra, mas simplesmente da expressão de um sentimento humano, cristão. Estão trucidando nossos irmãos, gente do nosso sangue, da nossa fé. Pois bem, suponhamos que nem fossem nossos irmãos, que não tivessem a mesma fé, mas fossem simplesmente crianças, mulheres, velhos; o sentimento se revolta e o povo russo acorre para ajudar a interromper tais horrores. Imagine que você estivesse caminhando pela rua e visse uns bêbados surrarem uma mulher ou uma criança; creio que você não iria indagar se havia ou não uma declaração de guerra contra esses homens, mas se atiraria contra eles e defenderia a vítima.

— Mas não mataria ninguém — disse Liévin.

— Sim, mataria.

— Não sei. Se eu visse tal coisa, me renderia ao meu sentimento espontâneo; mas não posso garantir de antemão. E tal sentimento espontâneo não existe, e não pode existir, em relação à opressão dos eslavos.

— Talvez, para você, não exista. Mas existe para outros — retrucou Serguei Ivánovitch, que não pôde deixar de franzir o rosto. — No povo, estão vivas as lendas sobre os povos cristãos ortodoxos que sofreram sob o jugo dos "impuros filhos de Agar".[11] O povo soube dos sofrimentos dos seus irmãos e ergueu o seu clamor.

---

11 Agar, concubina de Abraão, é a mãe de Ismael, a quem os muçulmanos consideram progenitor de seu povo.

— Talvez — disse Liévin, evasivo. — Mas não vejo assim; também faço parte do povo e não sinto isso.

— E eu também não — interveio o príncipe. — Morei no exterior, lia os jornais e, confesso, ainda antes das atrocidades búlgaras,[12] eu não compreendi de forma alguma por que todos os russos, de uma hora para a outra, começaram a ter amor pelos irmãos eslavos, enquanto eu não sinto nenhum amor por eles. Fiquei muito amargurado, achando que eu era um monstro ou que Carlsbad exercia sobre mim uma influência nefasta. Porém, de volta para cá, eu me acalmei, pois vejo que além de mim há pessoas que só se interessam pela Rússia e não pelos irmãos eslavos. Veja por exemplo o Konstantin.

— Opiniões pessoais nada significam, no caso — disse Serguei Ivánitch. — Opiniões pessoais não importam, quando a Rússia inteira, o povo, expressou a sua vontade.

— O senhor me perdoe. Não vejo assim. O povo não sabe nada do assunto — disse o príncipe.

— Não, papai... como não sabe? E no domingo, na igreja? — perguntou Dolly, que acompanhava a conversa. — Por favor, dê-me a toalha — pediu para o velho, que olhava para as crianças com um sorriso. — Ora, não é possível que para todos...

— Mas o que aconteceu na igreja, no domingo? Mandaram o sacerdote ler um texto. E o homem leu. Eles não compreenderam nada, soltaram suspiros, como acontece em qualquer sermão — prosseguiu o príncipe. — Depois, lhes disseram que iam fazer uma coleta na igreja por uma causa piedosa, e eles enfiaram a mão no bolso, pegaram um copeque e deram. Para que é, eles mesmos não sabem.

— O povo não pode deixar de saber; a consciência de seus destinos está sempre no povo e, em momentos assim, como o de agora, essa consciência o ilumina — disse Serguei Ivánovitch, categórico, e lançou um olhar para o velho que cuidava do apiário.

O velho bonito, de barba negra e grisalha, de densos cabelos prateados, se mantinha imóvel, de pé, segurando uma xícara de mel, olhando para os fidalgos de maneira serena e afetuosa, do alto da sua elevada estatura, obviamente sem compreender nada, e sem querer compreender.

— É isso mesmo — respondeu ele, e balançou a cabeça de modo significativo ante as palavras de Serguei Ivánovitch.

— Pronto, aí está, pergunte a ele. Não sabe nada e nem pensa nisso — disse Liévin. — Mikháilitch, você ouviu falar da guerra? — perguntou ao velho. — O que

---

12 Ver nota 11, p. 516.

foi que leram na igreja? O que você pensa do assunto? Nós temos de fazer guerra em favor dos cristãos?

— E para que vamos pensar? Aleksandr Nikoláievitch, o imperador, decidiu por nós, ele decide por nós todos os assuntos. Ele sabe melhor... Não quer que traga mais um pãozinho? Mais um para este rapazinho aqui? — perguntou para Dária Aleksándrovna, apontando para Gricha, que havia terminado de comer sua casca.

— Não tenho necessidade de perguntar — disse Serguei Ivánovitch. — Nós vimos e vemos centenas e centenas de pessoas que abandonam tudo, a fim de servir a uma causa justa, que acorrem de todas as partes da Rússia e exprimem, de forma clara e direta, o seu pensamento e o seu propósito. Elas trazem suas poucas moedas ou partem, elas mesmas, e dizem de forma direta o que pensam. E o que isso significa?

— Significa, a meu ver — respondeu Liévin, que começava a se exaltar —, que numa população de noventa milhões de pessoas sempre existem, não centenas, como agora, mas dezenas de milhares de pessoas que perderam sua posição social, pessoas de pouco juízo, que estão sempre prontas a entrar na súcia de Pugatchov,[13] a ir para Khiva ou para a Sérvia...

— Pois eu lhe digo que não são centenas e não são pessoas de pouco juízo, mas sim os melhores representantes do povo! — retrucou Serguei Ivánitch, com tamanha irritação que parecia defender o último centavo de sua fortuna. — E os donativos? Nisso, o povo inteiro exprime, de forma direta, a sua vontade.

— Esta palavra, "povo", é tão vaga — disse Liévin. — Os escriturários de comarca, os professores e um em mil mujiques talvez saibam o que está acontecendo. Já os restantes oitenta milhões, como o Mikháilitch, não só não exprimem a sua vontade como não têm a menor ideia do assunto sobre o qual teriam de exprimir a sua vontade. Que direito nós temos de dizer que essa é a vontade do povo?

XVI

Experiente na dialética, Serguei Ivánovitch não fez objeção e conduziu imediatamente a conversa para outro terreno.

— Bem, se você pretende aferir o espírito do povo por meio da aritmética, é claro, será muito difícil consegui-lo. A votação não foi introduzida em nosso país,

---

13 Emelian Ivánovitch Pugatchov (*c.* 1742-75), chefe da insurreição antifeudal dos camponeses e cossacos na Rússia, no século XVIII.

e nem pode ser, pois não exprime a vontade do povo; mas, para isso, existem ainda outros meios. Sente-se no ar, sente-se com o coração. Sem falar das correntes submarinas que se movimentam no oceano estagnado do povo e que são claras para qualquer pessoa imparcial; observe a sociedade, no sentido estrito. Todos os variadíssimos partidos do mundo da intelligentsia, antes tão hostis entre si, se fundiram em um só. Toda a discordância terminou, todos os órgãos públicos dizem a mesma coisa, todos perceberam a força espontânea que os arrebatou e que os arrasta na mesma direção.

— Sim, esses jornais dizem todos a mesma coisa — admitiu o príncipe. — É verdade. Mas é como se fossem rãs na hora de uma trovoada. Por causa delas, não se consegue ouvir mais nada.

— Sejam rãs ou não, o fato é que eu não edito jornais e não pretendo defendê-los; refiro-me, isto sim, à unanimidade presente no mundo da intelligentsia — disse Serguei Ivánovitch, dirigindo-se ao irmão.

Liévin quis responder, mas o velho príncipe interrompeu-o.

— Pois bem, sobre essa unanimidade, seria possível dizer ainda outra coisa — argumentou o príncipe. — Veja, eu tenho um genro, Stiepan Arcáditch, o senhor o conhece. Ele acabou de receber o cargo de membro de uma comissão de não sei o quê, não me lembro. Só que ele não faz nada, na tal comissão... Ora, Dolly, isso não é segredo! E com um salário de oito mil rublos. O senhor experimente perguntar a ele se o seu serviço é útil. Vai mostrar ao senhor que é a coisa mais necessária do mundo. E é um homem sincero, pois é impossível não acreditar na utilidade de oito mil rublos.

— Ah, sim, ele pediu que eu comunicasse a Dária Aleksándrovna que ele conseguiu o cargo — disse Serguei Ivánovitch, descontente, supondo que o príncipe falava coisas despropositadas.

— É o mesmo que acontece com a unanimidade dos jornais. Explicaram-me isto: assim que há uma guerra, a receita deles dobra. Como não vão achar que o destino do povo e dos irmãos eslavos... e tudo o mais?

— Não gosto muito dos jornais, mas isso é injusto — disse Serguei Ivánovitch.

— Eu proporia uma única condição — prosseguiu o príncipe. — Alphonse Karr escreveu esplendidamente sobre o assunto, antes da guerra entre a França e a Prússia. "Os senhores acham que a guerra é necessária? Pois muito bem. Quem prega a guerra irá para uma legião especial, na linha de frente, uma legião de assalto, no ataque, à frente de todos!"

— Que bela figura fariam os redatores — exclamou Katavássov, rindo alto, ao imaginar redatores conhecidos seus nessa legião seleta.

— Ora, eles iriam fugir — disse Dolly. — Só iriam atrapalhar.

— Bem, se fugissem, seria o caso de disparar a metralha contra eles, ou de mandar cossacos, com açoites, no seu encalço — respondeu o príncipe.

— Ora, isso é uma brincadeira, e uma brincadeira de mau gosto, perdoe-me, príncipe — disse Serguei Ivánovitch.

— Não encaro isso como uma brincadeira, é... — fez menção de dizer Liévin, mas Serguei Ivánovitch interrompeu-o.

— Cada membro da sociedade é chamado a cumprir a sua função específica — disse. — E os homens de pensamento cumprem a sua função, ao exprimir a opinião pública. A expressão plena e unânime da opinião pública é uma virtude da imprensa e, ao mesmo tempo, um fenômeno afortunado. Há vinte anos, nós ficaríamos calados, mas agora se ouve a voz do povo russo, que está pronto a se levantar, como um só homem, e pronto a sacrificar-se em prol de irmãos oprimidos; é um grande passo e um sinal de força.

— Mas não se trata só de sacrificar-se e sim, também, de matar turcos — disse Liévin, com timidez. — O povo se sacrifica e está pronto a sacrificar-se pela sua alma, mas não em prol de uma matança — acrescentou, associando involuntariamente essa conversa ao tema dos pensamentos que tanto o preocupavam.

— Como assim, pela sua alma? Convenhamos, para um naturalista, essa é uma expressão embaraçosa. O que vem a ser a alma? — perguntou Katavássov, sorrindo.

— Ah, o senhor sabe!

— Ora, juro por Deus, não tenho a mínima ideia do que seja! — disse Katavássov, com uma sonora risada.

— "Não vim trazer a paz, mas sim a espada", disse Cristo — objetou, por seu turno, Serguei Ivánovitch, e com naturalidade, como se fosse a coisa mais compreensível do mundo, citando a passagem do Evangelho que sempre, e mais do que qualquer outra, perturbava Liévin.

— É isso mesmo — repetiu mais uma vez o velho, parado perto deles, em resposta a um olhar momentâneo lançado em sua direção.

— Não, meu amigo, você está derrotado, derrotado, completamente derrotado! — exclamou Katavássov, em tom jocoso.

Liévin ruborizou-se de irritação, não por ter sido derrotado, mas sim por não conseguir conter-se e ter começado a discutir.

"Não, eu não posso discutir com eles", refletiu. "Vestem uma couraça impenetrável, enquanto eu estou nu."

Viu que era impossível convencer o irmão e Katavássov, e viu que era ainda menor a possibilidade de concordar com eles. Aquilo que pregavam era o mesmo orgulho da razão que, antes, por pouco, não o levara a perder-se. Não podia admitir que algumas dezenas de pessoas, entre as quais estava o seu irmão, tivessem o direito, com base no que lhes contavam centenas de voluntários falastrões que chegavam à capital, de afirmar que eles e os jornais expressavam a vontade e o pensamento do povo, e que tal pensamento se traduzia em vingança e em morticínio. Liévin não podia concordar com isso, porque não via a expressão de tais pensamentos no povo, em meio ao qual vivia, e tampouco encontrava tais pensamentos em si mesmo (e não podia considerar-se de outro modo senão como uma das pessoas que constituíam o povo russo), e sobretudo porque ele, assim como o povo, não sabia, nem poderia saber, em que consistia o bem comum, mas sabia com segurança que a obtenção desse bem comum somente era possível mediante o cumprimento rigoroso da lei do bem, que foi revelada a todos os homens, e por isso não podia desejar e pregar a guerra em nome de objetivos comuns, quaisquer que fossem eles. Liévin falava como Mikháilitch e o povo, que havia expressado seu pensamento na lenda sobre a convocação dos varegues:[14] "Reinai e governai por nós. Com alegria, prometemos completa obediência. Tomamos a nosso encargo todo trabalho, toda humilhação, todo sacrifício; mas não julgaremos nem decidiremos". E agora, segundo as palavras de Serguei Ivánitch, o povo renunciava a esse direito, adquirido por um preço tão alto.

Liévin queria dizer ainda que, se a opinião pública era um juiz infalível, por que a revolução e a comuna não seriam também legítimas, a exemplo da ajuda aos irmãos eslavos? Mas tudo isso eram pensamentos que nada podiam solucionar. Só uma coisa se podia ver com certeza: que, no presente momento, a discussão exasperava Serguei Ivánovitch e que, portanto, era errado discutir; Liévin calou-se e chamou a atenção dos visitantes para as nuvens, que haviam se acumulado, e alertou que, a fim de evitar a chuva, era melhor voltarem para casa.

XVII

O príncipe e Serguei Ivánitch sentaram-se na telega e partiram; os restantes seguiram a pé, a passo acelerado.

Mas as nuvens, que ora branqueavam, ora enegreciam, deslocavam-se tão depressa que foi preciso acelerar mais ainda o passo para poderem chegar a casa antes de chover. As nuvens que vinham à frente, baixas e negras, como fumaça carregada de fuligem, corriam pelo céu numa velocidade incomum. Ainda falta-

---

14 Os guerreiros nórdicos convocados pelos eslavos, nos primórdios da história da Rússia, para organizar sua defesa contra os inimigos. Ver nota 1, p. 20.

vam uns duzentos passos para a casa, o vento já se levantava e o aguaceiro podia desabar a qualquer segundo.

As crianças, com vozes esganiçadas, de alegria e de medo, corriam à frente. Dária Aleksándrovna, lutando com dificuldade com as saias, que se enrolavam em suas pernas, já não caminhava e sim corria, sempre com o olhar voltado para os filhos. Os homens, enquanto seguravam os chapéus, caminhavam a passos largos. Já estavam quase no alpendre, quando uma grande gota chocou-se e espatifou-se de encontro à beira da calha de ferro. As crianças, e atrás delas os adultos, entraram correndo, em meio a um alegre vozerio, em busca do abrigo do telhado.

— E Katierina Aleksándrovna? — perguntou Liévin para Agáfia Mikháilovna, que viera ao encontro deles, no vestíbulo, com xales e mantas.

— Pensamos que estava com o senhor — respondeu.

— E o Mítia?

— No bosque Kolok, deve estar lá, e a babá também.

Liévin pegou as mantas e correu em direção a Kolok.

Nesse breve intervalo de tempo, as nuvens já haviam a tal ponto avançado o seu núcleo à frente do sol que o dia se tornou escuro, como um eclipse. O vento insistente, como se quisesse impor sua vontade, barrava o caminho de Liévin e, arrancando as folhas e as flores das tílias e desnudando, de forma indecorosa e estranha, os ramos brancos das bétulas, inclinava tudo para um lado só: as acácias, as flores, as bardanas, o capim e o cume das árvores. As mocinhas que trabalhavam no jardim passaram correndo, entre gritos esganiçados, para debaixo de um telhado, na ala da criadagem. A cortina branca da chuva que se derramava já se apoderara de toda a floresta, ao longe, e também de metade do campo, mais próximo, e deslocava-se velozmente rumo ao bosque Kolok. A umidade da chuva, fragmentada em gotas minúsculas, se fazia sentir no ar.

Inclinando a cabeça para a frente e lutando contra o vento, que puxava as mantas de suas mãos, Liévin já se aproximava de Kolok e já via algo branquejar atrás do carvalho, quando, de repente, tudo se incendiou, a terra inteira ardeu e a abóbada celeste pareceu romper-se sobre a sua cabeça. Após abrir os olhos ofuscados, Liévin, através da espessa cortina de chuva que agora o separava de Kolok, viu com horror, antes de tudo, que a copa verde de um conhecido carvalho, no centro do bosque, mudava de posição. "Será que se partiu?", mal teve tempo de pensar, quando, com um movimento cada vez mais rápido, a copa do carvalho se ocultou atrás de outras árvores e Liévin ouviu um estrondo, quando a árvore imensa tombou sobre as demais.

A luz do raio, o som do trovão e a sensação do corpo envolto por um frio repentino se fundiram, para Liévin, num único sentimento de horror.

— Meu Deus! Meu Deus, faça com que não tenha caído sobre eles! — exclamou.

E embora, no mesmo instante, se desse conta de como era absurda a sua súplica para que eles não tivessem sido mortos pelo carvalho, que já havia tombado, Liévin repetiu a súplica, ciente de que não podia fazer nada melhor do que essa prece absurda.

Quando chegou correndo ao local onde eles costumavam ficar, não os encontrou.

Estavam na outra extremidade do bosque, sob uma velha tília, e chamavam Liévin. Dois vultos de vestidos escuros (antes, eram claros) estavam de pé, curvados por cima de alguma coisa. Eram Kitty e a babá. A chuva já estava parando e o céu começava a clarear, quando Liévin se aproximou correndo. A parte de baixo do vestido da babá estava seca, mas o de Kitty ficara encharcado, de ponta a ponta, e se colava inteiro ao seu corpo. Embora já não chovesse, as duas continuavam na mesma posição de antes, quando se desencadeara a tempestade. Ambas estavam de pé, curvadas sobre um carrinho, com uma sombrinha verde.

— Vivos? Ilesos? Graças a Deus! — exclamou Liévin, enquanto chapinhava na água e corria na direção deles, com uma botina cheia de água e meio solta do pé.

O rosto de Kitty, molhado e rosado, voltava-se para o marido e sorria, com timidez, sob o chapéu de forma desfeita.

— Puxa, como não se envergonha? Não entendo como pode ser tão descuidada! — investiu Liévin, com irritação, contra a esposa.

— Eu juro que não tenho culpa. Na hora em que quisemos voltar, ele desatou a gritar. Era preciso trocar sua fralda. E na hora em que... — Kitty começou a desculpar-se.

Mítia estava ileso, seco, e continuava a dormir.

— Bem, graças a Deus! Nem sei mais o que estou falando!

Reuniram as fraldas molhadas; a babá apanhou o bebê e carregou-o. Liévin caminhou ao lado da esposa, arrependido de sua irritação, e apertava a mão dela, às escondidas da babá.

XVIII

Ao longo de todo o dia, durante as mais variadas conversas, de que parecia tomar parte apenas com a camada superficial da mente, Liévin, embora frustrado pela transformação que esperava experimentar, continuava a sentir com alegria a plenitude do seu coração.

Depois da chuva, a terra ficou molhada demais para passear; além disso, as nuvens de tempestade não haviam deixado o horizonte e, ora aqui, ora ali, passavam pelas beiradas do céu, trovejantes e negras. Todos passaram o resto do dia em casa.

Não ocorreram mais discussões; ao contrário, após o jantar, todos se sentiram no melhor estado de espírito possível.

Katavássov, a princípio, fez as senhoras rirem com suas pilhérias originais, que sempre agradavam muito ao primeiro contato com ele, e depois, a pedido de Serguei Ivánovitch, passou a relatar observações muito interessantes sobre as diferenças de caráter, e até de fisionomia, entre a fêmea e o macho das moscas domésticas, e sobre o seu modo de vida. Serguei Ivánovitch também se sentia alegre e, após o chá, a pedido do irmão, expôs sua opinião acerca do futuro da questão oriental, e falou tão bem e com tanta simplicidade que todos o escutaram com prazer.

Só Kitty não pôde escutar até o fim — chamaram-na para dar banho em Mítia.

Alguns minutos após a saída de Kitty, também chamaram Liévin para ir ao encontro dela, no quarto da criança.

Sem tomar seu chá até o fim e também pesaroso pela interrupção da interessante conversa, além de preocupado com o motivo por que o chamavam, pois isso só acontecia em circunstâncias graves, Liévin seguiu para o quarto da criança.

Apesar da teoria de Serguei Ivánovitch, que Liévin não ouviu até o fim, a respeito de como um universo de quarenta milhões de eslavos emancipados, em união com a Rússia, haveria de inaugurar uma nova era na história, despertar um grande interesse em Liévin, por ser algo absolutamente novo para ele, e apesar da curiosidade e da preocupação pelo motivo por que o chamavam e exigiam sua presença no quarto da criança — assim que se viu sozinho, ao sair da sala, Liévin logo se lembrou de seus pensamentos daquela manhã. E todas as considerações sobre a importância do elemento eslavo na história mundial se revelaram tão insignificantes, em comparação com o que se passava em sua alma, que, no mesmo instante, ele esqueceu tudo isso e transportou-se para o mesmo estado de ânimo que experimentara naquela manhã.

Agora, não recapitulava toda a cadeia de pensamentos, como antes era o seu costume (não precisava disso). Transportou-se, de um golpe, para o sentimento que o governava, e que estava ligado àqueles pensamentos, e encontrou na alma esse sentimento ainda mais forte e mais determinado que antes. Agora, com Liévin, não acontecia como nos momentos de serenidade que ele antes forjava, quando era preciso restabelecer toda a cadeia de pensamentos para encontrar o sentimento. Agora, ao contrário, o sentimento de alegria e de serenidade era mais vivo que antes e o pensamento vinha atrás do sentimento.

Liévin caminhava pela varanda e contemplava duas estrelas que surgiam no céu, já escuro, e de súbito se lembrou: "Sim, enquanto olhava para o céu, pensei que a abóbada que vejo não é uma ilusão, e nisso havia algo em que não refleti até o fim, algo que escondi de mim mesmo", pensou. "Mas, seja o que for, não pode ser uma objeção. Basta voltar a pensar, que tudo se esclarecerá!"

Quando já entrava no quarto da criança, lembrou-se do que havia escondido de si mesmo. Era que, se a prova capital da divindade consistia na sua revelação do que é o bem, por que tal revelação se limitava apenas à Igreja cristã? Que relação tinha com tal revelação a fé dos budistas e dos muçulmanos, que também professavam e praticavam o bem?

Parecia-lhe que tinha a resposta para essa pergunta; mas mal tivera tempo de formular a questão para si mesmo, quando entrou no quarto da criança.

Kitty estava de mangas arregaçadas, junto à banheira, curvada sobre o bebê, que agitava a água, e ao ouvir os passos do marido, voltou para ele o rosto e, com um sorriso, chamou-o. Amparava, com uma das mãos, a cabeça do roliço bebê, que flutuava de costas e retorcia as perninhas, e com a outra mão apertava a esponja sobre ele, enquanto os músculos do braço se tensionavam num ritmo constante.

— Venha aqui, olhe, olhe só isto! — disse ela, quando o marido se aproximou. — Agáfia Mikháilovna tem razão. Ele reconhece.

Aconteceu que Mítia, a partir desse dia, já reconhecia, de maneira flagrante e inequívoca, todos os seus familiares.

Tão logo Liévin se aproximou da banheira, fez-se uma experiência, e foi um sucesso completo. A cozinheira, chamada exatamente com essa finalidade, curvou-se para o bebê. Ele fez cara feia e pôs-se a balançar a cabeça, num gesto de negação. Kitty curvou-se na direção do bebê — e ele se iluminou em um sorriso, apoiou as mãozinhas na esponja e fez borbulhas, entre os lábios, emitindo um som tão contente e estranho que não só Kitty e a babá, mas também Liévin, ficaram surpresos.

Retiraram o bebê da banheira, com uma só mão, derramaram a água, envolveram-no em um lençol, enxugaram-no e, depois de a criança soltar um grito estridente, entregaram-na à mãe.

— Que bom, estou contente por você ter começado a gostar dele — disse Kitty ao marido, e depois, com o bebê junto ao peito, foi sentar-se tranquilamente no lugar de costume. — Fico muito contente. Isso já começava a me deixar amargurada. Você disse que não sente nada por ele.

— Não, será possível que eu disse que não sinto nada? Eu disse apenas que fiquei desapontado.

— Como pode ficar desapontado com ele?

— Não é que eu tenha me desapontado com ele, mas com o meu próprio sentimento; eu esperava mais. Esperava que irrompesse em mim, de surpresa, uma sensação nova e agradável. E de repente, em vez disso, a repugnância, a piedade...

Kitty escutava com atenção, com o bebê no colo, enquanto repunha, nos dedos finos, os anéis que havia retirado para dar banho em Mítia.

— E, sobretudo, o medo e a piedade eram muito maiores do que o contentamento. Hoje, depois do medo que senti na hora da tempestade, compreendi como eu o amo.

Kitty iluminou-se num sorriso.

— Você ficou muito assustado? — perguntou. — Eu também, mas agora que já passou, sinto mais medo ainda. Verei o que houve com o carvalho. Mas que gentil é o Katavássov! E, no todo, que dia agradável tivemos. E você se dá tão bem com Serguei Ivánovitch, quando você quer... Agora, vá ter com ele. Depois do banho, aqui sempre fica muito quente e fumacento...

XIX

Ao sair do quarto da criança e se ver sozinho, Liévin lembrou-se de novo, e imediatamente, daquele pensamento em que restava algo a ser esclarecido.

Em lugar de ir para a sala, de onde vinha o som de vozes, deteve-se na varanda e, apoiado na balaustrada, pôs-se a contemplar o céu.

Já escurecera de todo e, no sul, para onde Liévin olhava, não havia nuvens. As nuvens estavam paradas no lado oposto. Lá, irrompeu um relâmpago e ressoou um trovão distante. Liévin pôs-se a ouvir com atenção as gotas que, a intervalos regulares, tombavam das tílias no jardim, e contemplou o triângulo de estrelas, que ele já conhecia, e a Via Láctea que, numa ramificação, o atravessava ao meio. A cada clarão de relâmpago, não só a Via Láctea como também as estrelas brilhantes desapareciam, porém, tão logo o relâmpago se apagava, elas ressurgiam no mesmo lugar, como que lançadas por mão certeira.

"Pois bem, o que está me perturbando?", perguntou-se Liévin, sentindo de antemão que a solução da sua dúvida, embora ele não soubesse ainda qual era, já estava pronta, em sua alma.

"Sim, a única manifestação evidente e incontestável da divindade são as leis do bem, que vieram ao mundo por meio de uma revelação, leis que eu sinto em mim e em cujo reconhecimento, eu, querendo ou não, mais do que unir-me, sou unido às demais pessoas numa comunidade de crentes, que é chamada de Igreja.

Mas e os judeus, os muçulmanos, os confucionistas, os budistas: o que dizer deles?", refez a mesma pergunta, que lhe parecia perigosa.

"Será possível que centenas de milhões de pessoas sejam privadas da melhor das bênçãos, sem a qual a vida não tem sentido?" Pôs-se a pensar, porém logo se corrigiu. "Mas o que estou perguntando?", disse consigo. "Estou perguntando que relação têm com a divindade todas as diversas crenças da humanidade inteira. Estou perguntando acerca da manifestação universal de Deus para o mundo inteiro, com todas essas manchas nebulosas. E o que vou fazer? A mim pessoalmente, ao meu coração, foi revelado um saber incontestável, inconcebível mediante a razão, e continuo querendo, obstinadamente, exprimir tal saber por meio da razão e das palavras.

"Acaso ignoro que as estrelas não se movem?", perguntou-se, enquanto fitava um planeta brilhante que já mudara de lugar e se movera na direção do ramo mais alto de uma bétula. "Mas eu, ao ver o movimento das estrelas, não consigo imaginar a rotação da Terra e tenho razão quando digo que as estrelas se movem.

"E será que os astrônomos poderiam compreender e calcular alguma coisa, se levassem em conta todos os complexos e variados movimentos da Terra? Todas as suas conclusões admiráveis sobre as distâncias, o peso, os movimentos e as revoluções dos corpos celestes se basearam, apenas, no movimento visível dos astros em redor da Terra imóvel, o mesmo movimento que agora está à minha frente e que foi exatamente o mesmo para milhões de pessoas, nos séculos passados, que sempre foi e será o mesmo, e no qual sempre se pode confiar. E assim como as conclusões dos astrônomos poderiam ser ociosas e precárias, se não se baseassem em observações do céu visível, em relação a um só meridiano e a um só horizonte, também seriam ociosas e precárias as minhas conclusões, se não se baseassem naquele entendimento do bem, que sempre foi e será o mesmo para todos, que me foi revelado pelo cristianismo e no qual sempre se pode confiar, no fundo da alma. Quanto à questão das outras crenças e de sua relação com a divindade, não tenho o direito nem a possibilidade de decidir."

— Mas você ainda não foi? — perguntou de repente a voz de Kitty, que vinha para a sala, por aquele mesmo caminho. — Está aflito com alguma coisa? — disse ela, enquanto observava seu rosto com atenção, à luz das estrelas.

No entanto, ela não teria fitado seu rosto se mais um relâmpago não o tivesse iluminado, escondendo as estrelas. À luz do relâmpago, Kitty viu todo o seu rosto e, ao reconhecer que Liévin estava calmo e contente, sorriu para ele.

"Ela compreende", pensou Liévin, "sabe o que estou pensando. Vou dizer a ela ou não? Sim, vou dizer." Porém, no instante em que ia começar a falar, Kitty também falou.

— Escute, Kóstia! Faça um favor — pediu. — Vá ao quarto do canto e veja se prepararam tudo para Serguei Ivánovitch. Eu fico sem graça de ir. Será que instalaram o novo lavatório?

— Está bem, eu irei sem falta — respondeu Liévin, que se levantou e a beijou.

"Não, não há necessidade de falar", pensou ele, quando Kitty passava na sua frente. "É um segredo que só é necessário e importante para mim e não pode ser expresso por meio de palavras.

"Esse novo sentimento não me transformou, não trouxe felicidade, não brilhou de repente, como eu havia pensado, a exemplo do sentimento por meu filho. Também não houve nenhuma surpresa. Seja isto fé ou não, e ignoro o que possa ser, o fato é que esse sentimento penetrou imperceptivelmente na alma, por meio dos sofrimentos, e se instalou aí com firmeza.

"Continuarei a me irritar com o cocheiro Ivan, continuarei a discutir, continuarei a expressar minhas ideias fora de hora, continuará a existir um muro entre as coisas mais sagradas da minha alma e as outras pessoas, mesmo a minha esposa, e continuarei a culpá-la do meu medo e a me arrepender disso, continuarei a não entender por meio da razão por que eu rezo, e rezarei, mas minha vida, agora, toda a minha vida, a despeito de tudo o que possa vir a me acontecer, e cada minuto seu, não só não será absurda, como era antes, como terá também o incontestável sentido do bem, que cabe a mim infundir a ela!"

ÁRVORE GENEALÓGICA

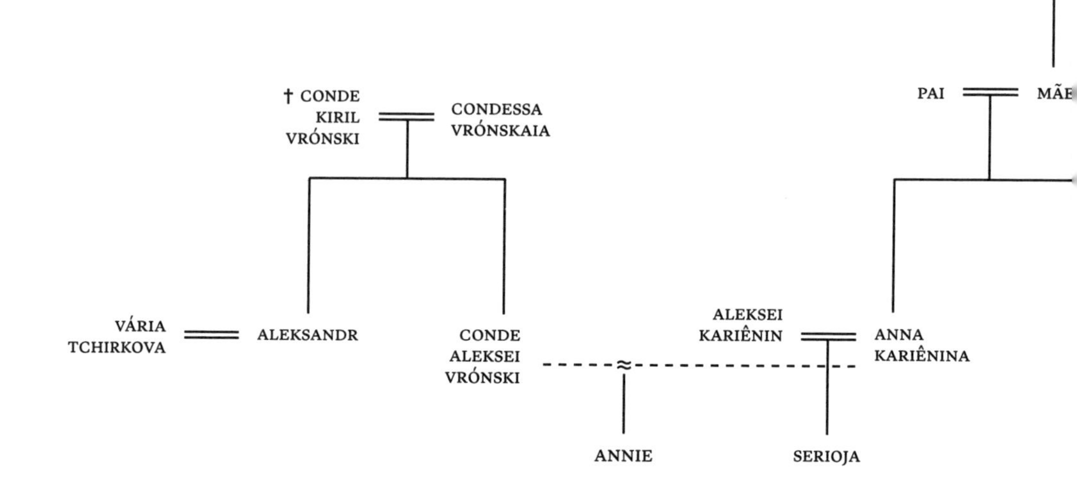

† CONDE
KIRIL
VRÓNSKI
CONDESSA
VRÓNSKAIA
PAI
MÃE
VÁRIA
TCHIRKOVA
ALEKSANDR
CONDE
ALEKSEI
VRÓNSKI
ALEKSEI
KARIÊNIN
ANNA
KARIÊNINA
ANNIE
SERIOJA

CASADOS
AMANTES
IRMÃO
FILHO
FALECIDO

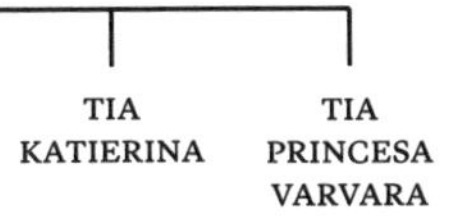
TIA
KATIERINA
TIA
PRINCESA
VARVARA

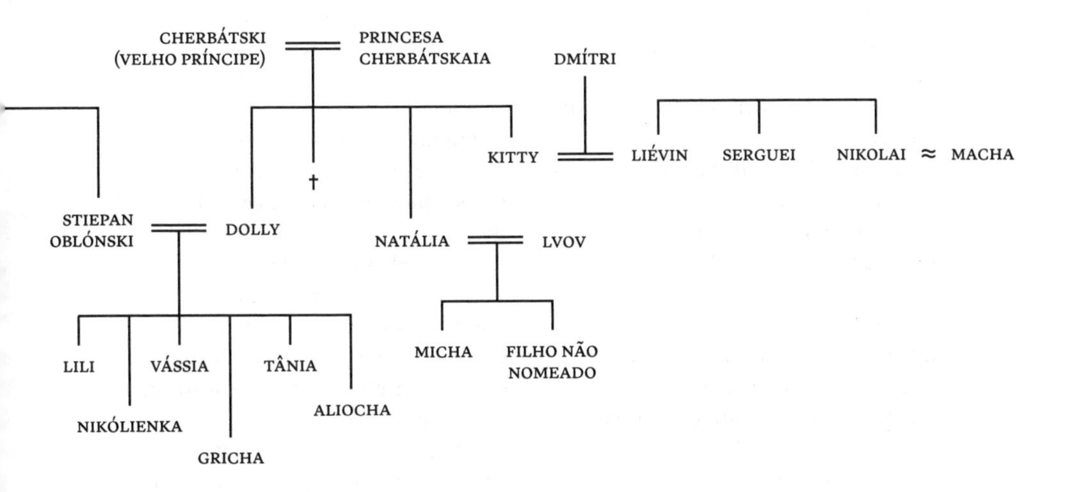
CHERBÁTSKI
(VELHO PRÍNCIPE)
PRINCESA
CHERBÁTSKAIA
DMÍTRI
KITTY
LIÉVIN
SERGUEI
NIKOLAI
MACHA
STIEPAN
OBLÓNSKI
DOLLY
NATÁLIA
LVOV
LILI
VÁSSIA
TÂNIA
ALIOCHA
NIKÓLIENKA
GRICHA
MICHA
FILHO NÃO
NOMEADO

LISTA DE PERSONAGENS

Agáfia Mikháilovna governanta da casa de Liévin

Aleksandr irmão mais velho de Vrónski, coronel

Aleksei (Aliocha) Kirílovitch (Kirílitch) *ver* Vrónski

Aleksei Aleksándrovitch Kariênin marido de Anna, alto funcionário do Estado

Aleksei Dmítrievitch *ver* Cherbátski

Aline Stahl sobrinha de Madame Stahl

Aliocha filho de Stiepan e Dolly

Aliocha *ver* Vrónski

Anítchkin conde Anítchkin, chefe da repartição de Stiepan

Anna Kariênina (Arcádievna) irmã de Stiepan, esposa de Aleksei Aleksándrovitch Kariênin

Anna Pávlovna (Ánieta) esposa de Pietrov

Annie (Anna) filha de Anna Kariênina e Vrónski

Ánuchka criada de Anna Kariênina

Arcádievna *ver* Anna Kariênina

Arsiêni *ver* Lvov

Bánina condessa Bánina, amiga de Stiepan

Bartniánski funcionário público amigo de Stiepan

Berthe Madame Berthe, senhora cega, na estação de águas na Alemanha

Betsy princesa Elizavieta Fiódorovna Tviérskaia, amiga de Anna Kariênina, prima de Vrónski

Bezzúbova condessa Bezzúbova, cliente do vidente Landau

Bierkóchiev desafeto de Petrítski

Bolgárinov funcionário público de alto escalão, amigo de Aleksei Aleksándrovitch Kariênin

Bondarenko furriel do regimento

Borózdina amiga de Lídia Ivánovna

Boríssovna princesa Mária Boríssovna, madrinha de Kitty

Briánski comerciante de cavalos

Briántsev funcionário público amigo de Stiepan

Cherbátski príncipe Cherbátski, irmão falecido de Dolly, Kitty e Natália, colega de Liévin na faculdade

Cherbátski, Aleksandr Dmítrievitch (o velho príncipe) pai de Kitty, Dolly e Natália

Chirkov financista

Churáiev mujique de Liévin

Dáchenka *ver* Dolly

Dária *ver* Dolly
Dmítri (Mítia) filho de Liévin e Kitty
Dólienka *ver* Dolly
Dolly Dária (Dáchenka, Dólienka) Aleksándrovna, esposa de Stiepan, irmã de Kitty e Natália
Duniacha criada de Kitty
Edward Miss Edward, preceptora inglesa de Serioja
Ekatierina *ver* Kitty
Evguéni Ivánovitch Apúkhtin major de cavalaria, proprietário de terras
Filipp cozinheiro na caçada de Liévin, Stiepan e Vássienka
Fiódor cocheiro de Anna Kariênina
Fiódor Bogdánitch servo de Nikolai e Liévin quando crianças
Fiódor Rezúnov carpinteiro de Liévin
Gáguin militar, amigo de Turóvtsin
Gáltsin príncipe Gáltsin, rival de Vrónski nas corridas
Goleníchev amigo de Vrónski, colega do Corpo de Pajens, liberal
Golubtsov intelectual que resenha o livro de Kóznichev
Gricha filho menor de Stiepan e Dolly
Griniêvitch camareiro da corte
Grítski (Diêmin) comandante do regimento a que Vrónski pertence
Hanna inglesa protegida de Anna Kariênina
Hull Miss Hull, governanta inglesa dos Oblónski, substituta de Mademoiselle Roland
Iáchvin capitão de cavalaria, amigo de Vrónski
Iegor lacaio de hotel onde Liévin fica hospedado
Iegórov empregado da condessa Vrónskaia
Iermil ceifeiro nas terras de Liévin
Ignat cocheiro de Liévin
Ipat mujique nas terras de Liévin
Ivan (Vanka) Parmiénov mujique nas terras de Liévin
Ivan Pietróvitch Vorkúiev *ver* Vorkúiev
Ivánov pintor russo
Kalújski príncipe Kalújski (Miska), do círculo de relações de Anna Kariênina e da princesa Betsy Tviérskaia
Kamieróvski capitão Kamieróvski, amigo de Vrónski
Kapitónitch porteiro da casa dos Kariênin
Kariênin *ver* Aleksei Aleksándrovitch Kariênin
Karl Fiódoritch administrador da fazenda de Vrónski
Katavássov Mikhail Semiónitch Katavássov, colega de universidade de Liévin e professor de ciências naturais
Kátia *ver* Kitty
Kátienka *ver* Kitty
Katierina *ver* Kitty
Katierina Pávlovna tia de Anna Kariênina, a quem criou; irmã da princesa Varvara
Khliústov proprietário de terras reformista, aliado de Serguei Ivánovitch Kóznichev
Kiédrov príncipe Kiédrov, companheiro de regimento de Vrónski
Kirílov mujique zelador de terras próximas à propriedade de Liévin
Kitty Ekatierina (Katierina, Kátia, Kátienka) Aleksándrovna Cherbátskaia (Liévina) cunhada de Stiepan, irmã caçula de Dolly e Natália
Konstantin *ver* Liévin
Kord cavalariço inglês de Vrónski
Korniei camareiro de Aleksei Alesándrovitch Kariênin
Kórsunski Iegóruchka Kórsunski, famoso regente de bailes
Kóstia *ver* Liévin
Kóznichev Serguei Ivánovitch (Ivánitch) Kóznichev, escritor, irmão de Liévin, amigo de Stiepan
Krítski amigo de Nikolai Liévin
Krívtsov amigo de Stiepan
Kútik *ver* Serioja

Kuzmá criado de Liévin em sua propriedade rural
Kúzovliev Príncipe Kúzovliev, competidor nas corridas
Landau Jules Landau, clarividente estimado por Lídia Ivánovna
Lauriênti mordomo da sra. Vrónskaia
Lídia Ivánovna, condessa melhor amiga de Aleksei Aleksándrovitch Kariênin
Lieschen criada dos Cherbátski na casa do hospedeiro alemão na estação de águas
Liévin Konstantin (Kóstia) Dmítritch Liévin, amigo de Stiepan, irmão de Kóznichev e de Nikolai
Lili filha caçula de Stiepan e Dolly
Linon Mademoiselle Linon, preceptora de Kitty
Lisa Merkálova amante de Kalújski
Lisa Miertsálova amiga de Anna Kariênina que fazia trabalho de caridade com presidiários
Lizavieta Pietróvna parteira de Kittty em Moscou
Lvov Arsiêni Lvov, marido de Natália, cunhado de Kitty
Lvova *ver* Natália
M. Canut (e irmã) sábio sueco, amigo dos Cherbátski na estação de águas na Alemanha
Macha esposa de Sviájski
Macha Tchibíssova bailarina amiga de Stiepan
Makhótin colega de trabalho de Lvov
Makhótin rival de Vrónski nas corridas
Mária Dmítrievna velha tia de Kitty
Mária Efímovna babá de Serioja
Mária Evguénievna Rtíchevaia senhora moscovita, amiga dos Cherbátski na estação de águas na Alemanha
Mária Nikoláievna (Macha) companheira de Nikolai Liévin
Mária Semiónovna proprietária de terras
Mária Vlássievna parteira de Kitty
Marie Sánina amiga de Lídia Ivánovna
Mariette preceptora de Serioja
Mary criada da condessa Vrónskaia
Máslov Katka apelido de um general da corte, governador de província, ex-colega de Vrónski no Corpo de Pajens
Matriona Filimónovna criada dos Oblónski
Matviei camareiro de Stiepan
Menden conselheiro titular ofendido por oficiais do regimento de Vrónski
Miágkaia princesa Miágkaia, amiga de Betsy
Miákhov amigo de Nikolai Liévin
Miáskin jogador conhecido de Liévin
Micha filho de Natália e Lvov, sobrinho de Kitty e Dolly
Miétrov Piotr Ivánitch Miétrov, sábio de São Petersburgo, autor de um artigo admirado por Liévin
Mikhail cocheiro de Vrónski
Mikhail escriturário de Liévin
Mikhail Ignátitch Riabínin *ver* Riabínin
Mikhail Ivánitch professor de gramática de Serioja
Mikhail Petróvitch senhor de terras amigo de Sviájski
Mikhail Semiónitch Katavássov *ver* Katavássov
Mikhail Stiepánovitch Sniétkov proprietário de terras reformista
Mikhail Vassílievitch Sliúdin secretário de gabinete de Aleksei Aleksándrovitch Kariênin
Mikháilitch apicultor de Liévin
Mikháilov pintor russo que Vrónski conhece na Itália
Mítia *ver* Dmítri
Nádienka sobrinha de Lídia Ivánovna
Nástia cunhada de Sviájski, que deseja casar-se com Liévin

Natália (Natalie) Cherbátskaia (Lvova) irmã de Kitty e Dolly, casada com o diplomata Lvov
Natalie *ver* Natália
Nieviedóvski professor universitário, amigo de Serguei Ivánovitch Kóznichev
Nikítin Filip Ivánitch Nikítin (Zakhar) companheiro de Stiepan na repartição
Nikolai vaqueiro mujique da propriedade de Liévin
Nikolai (Nikólienka) Dmítrievitch (Dmítritch) Liévin irmão de Liévin e Serguei Kóznichev
Nikolai Cherbátski primo de Kitty e Dolly
Nikolai Ivánovitch (Ivánitch) *ver* Sviájski
Nikoláievna dama de honra de Kitty
Nikólienka filho de Stiepan e Dolly
Nikólienka *ver* Nikolai Dmítrievitch Liévin
Nordston condessa Nordston, amiga dos Cherbátski
Oblónskaia princesa Oblónskaia, tia de Anna Kariênina
Oblónski *ver* Stiepan
Parmiénitch mujique e amigo de Liévin
Petrítski Tenente Pierre Petrítski, amigo de Vrónski
Piestsov historiador liberal, amigo de Stiepan
Pietrov diretor de banco, amigo de Stiepan
Pietrov Mikhail Alekséievitch pintor, em tratamento na estação de águas na Alemanha
Pietróvski amigo de Stiepan
Piotr lacaio de Kariênin
Piotr Dmítritch médico de Kitty
Piotr Ignátitch principal professor de Serioja
Piotr Ilitch Vinóvski amigo de Stiepan
Piotr Ivánitch Miétrov *ver* Miétrov
Piotr Pietróvitch Bohl proprietário de terras
Platon mujique rico de aldeia próxima às terras de Liévin
Pliérov proprietário de terras conservador
Pomórski funcionário público de alto escalão, amigo de Aleksei Alesándrovitch Kariênin
Prókhor Ermílin ceifeiro nas terras de Liévin
Putiátov político importante que, junto com Aleksei Aleksándrovitch, recebeu a comenda Alexandre Névski
Rezunov Fiódor Rezunov, carpinteiro nas terras de Liévin
Riabínin Mikhail Ignátitch Riabínin, comerciante que negocia com Stiepan
Rolan amigo da princesa Betsy
Roland Mademoiselle Roland, governanta dos Oblónski, amante de Stiepan
Safo Stolz *ver* Stolz
Schutzburg banqueiro de São Petesburgo
Semion empreiteiro que tem negócios com Liévin
Serguei Alekseitch *ver* Serioja
Serguei Ivánovitch *ver* Kóznichev
Serioja (Serguei Alekseitch) filho de Anna Kariênina com Kariênin
Serpukhóvskoi militar bem-sucedido, amigo de infância de Vrónski
Shilton baronesa Shilton, amiga de Petrítski
Siéstrin coronel Siéstrin, fiscal da largada na corrida
Siniávin conde Siniávin, convidado do casamento de Liévin
Sítnikov Vassíli Lúkitch Sítnikov, preceptor de Serioja
Sivákhov amigo de Stiepan
Sliúdin *ver* Mikhail Vassílievitch Sliúdin
Sniétkov *ver* Mikhail Stiepánovitch Sniétkov
Sokolov administrador da propriedade rural de Liévin
Sorókina princesa Sorókina, amiga de Vária; com ela a mãe de Vrónski pretendia casá-lo
Stahl Madame Stahl, senhora da alta

sociedade russa, difusora de ideias místicas na estação de águas na Alemanha
Stiepan Arcáditch (ou Arcádievitch) Oblónski, príncipe irmão de Anna Kariênina
Stiva *ver* Stiepan
Stolz Baronesa Stolz (Safo Stolz), amiga de Anna Kariênina e da princesa Betsy Tviérskaia
Striémov adversário de Aleksei Aleksándrovitch Kariênin na política
Sviájski Nikolai Ivánovitch (Ivánitch) Sviájski proprietário rural, amigo de Liévin
Tânia (Tantchúrotchka) filha mais velha de Stiepan e Dolly
Tantchúrotchka *ver* Tânia
Tchárski príncipe Tchárski, galanteador de Kitty
Tchetchénski príncipe Tchetchénski, amigo de Dolly, membro do clube, amigo do velho príncipe Cherbátski
Tchibíssova protegida de Stiepan
Tchírikov padrinho de casamento de Liévin
Tito ceifeiro nas terras de Liévin
Tiúrin amigo do conde Bohl
Tuchkiévitch amante de Betsy
Turóvtsin amigo de Stiepan
Tviérskaia *ver* Betsy
Vária Tchirkova esposa do irmão de Vrónski
Várienka Varvara Andréievna, amiga de Kitty na estação de águas na Alemanha
Varvara princesa Varvara, tia de Anna Kariênina
Vaska admirador de Safo Stolz
Vaska ceifeiro nas terras de Liévin, ex-cocheiro
Vássia filho caçula de Stiepan e Dolly
Vássienka Vieslóvski *ver* Vieslóvski
Vassíli porteiro do clube
Vassíli Lúkitch Sítnikov *ver* Sítnikov
Vassíli Semiónitch médico rural contratado por Vrónski
Velho príncipe *ver* Cherbátski
Veniévski amigo de Vrónski
Vieslóvski Vássienka Vieslóvski, primo de segundo grau dos Cherbátski
Vóitov amigo de Vrónski
Vorkúiev Ivan Pietróvitch Vorkúiev, editor e escritor
Vrónskaia condessa Vrónskaia, mãe de Vrónski
Vrónski Aleksei (Aliocha) Kirílovitch (Kirílitch) Vrónski, rico herdeiro e militar, amante de Anna Kariênina, filho de Kiril Ivánovitch Vrónski
Wrede antiga dama de honra de Anna Kariênina
Zakhar *ver* Nikítin

POSFÁCIO
SONHOS E ANNA KARIÊNINA
Janet Malcolm

Não costumamos pensar em Tolstói como um escritor cômico, mas seu gênio lhe permite, quando é o caso, escrever em tom de farsa. Em *Anna Kariênina*, há uma cena cruelmente engraçada pouco antes das dolorosas passagens que levam ao suicídio de Anna. A cena se passa na sala de estar da condessa Lídia Ivánovna, a qual, quase uma exceção entre os personagens do romance, não exibe boas, ou mesmo muito boas, qualidades. Encarna o tipo histérico e insensível de compaixão religiosa ao qual Tolstói era particularmente alérgico. A condessa, ele escreve,

> casou-se, ainda muito jovem e entusiasmada, com um homem rico, fidalgo, jovial, muito bonachão e muito libertino. No segundo mês de casamento, o marido a abandonou e, às suas entusiásticas demonstrações de carinho, respondeu apenas com pilhérias e até com hostilidade, que as pessoas que conheciam o bom coração do conde e que não viam nenhum defeito na entusiasmada Lídia não conseguiam compreender. Desde então, embora não fossem divorciados, viviam separados e, quando o marido encontrava a esposa, sempre se dirigia a ela com uma indefectível zombaria venenosa, cuja causa era impossível compreender.

Tolstói, ele próprio lançando mão de indefectível zombaria, faz o leitor de *Anna Kariênina* compreender totalmente que causa seria essa, ao mostrar como Lídia Ivánovna gruda em Kariênin depois que Anna vai embora da casa do marido e segue para o exterior com Vrónski, tornando-se a mentora da degeneração de Kariênin ao que ele tinha de pior. A condessa é uma criatura desagradável e malévola que recobre seu despeito com uma gosma de chavões acerca do perdão e do amor cristãos. Com Anna à beira da morte depois de dar à luz a filha de Vrónski, Kariênin passa por uma arrebatadora transformação espiritual, seus sentimentos de ódio e vingança contra Anna e Vrónski subitamente transformados em amor e perdão, e sob o encantamento desse "estado de beatitude" é que oferece a Anna o divórcio e a guarda do filho — ambos recusados por ela. Agora, um ano depois, ela resolve querer o divórcio, mas Kariênin não está mais disposto a concedê-lo. Aquele estado de beatitude esvaneceu feito um arco-íris, e Kariênin, escravizado pela maligna Lídia Ivánovna, voltou a assumir sua antiga personalidade, indolentemente inflexível e insensível.

O irmão de Anna, Stiepan Arcáditch "Stiva" Oblónski, abordara Kariênin tentando interceder pela irmã, ao que o conde reagira dizendo que iria pensar no assunto e em dois dias tomaria uma decisão, mas, transcorrido o prazo, em vez da resposta, o que chega a Oblónski é um convite para ir à noite à casa de Lídia Ivánovna, onde é recebido pela condessa acompanhada de Kariênin e de um vidente francês de nome Landau, o qual de algum modo acabará se revelando útil à decisão do conde. A cena cômica que se segue nos chega pelo filtro da consciência de Oblónski.

A essa altura já o conhecemos muito bem. Tolstói o retratou como alguém a quem é necessário condenar — outro sujeito muito libertino — mas com o qual é impossível antipatizar. O rapaz irradia afabilidade; as pessoas imediatamente se animam ao vê-lo chegar. E o leitor experimenta sensação semelhante ao vê-lo surgir na página. Na hierarquia moral do romance, Lídia Ivánovna e Kariênin ocupam o patamar mais baixo; os dois pecam contra o espírito humano, ao passo que as vítimas dos pecados de Stiva são apenas sua esposa, seus filhos e seus credores. Com sua jovialidade, Oblónski consegue manter um emprego no governo para o qual não tem nenhuma qualificação, mas agora, como precisa de mais dinheiro, está tentando ser nomeado para um cargo de melhor salário no serviço público. Lídia Ivánovna é influente nesse meio, e ocorre a Oblónski que bem poderia aproveitar a oportunidade para convencer a condessa a ajudá-lo. Assim, enquanto ouve a repulsiva peroração religiosa de Lídia Ivánovna e Kariênin, tenta covardemente — mas sem parecer, ele espera, tão covarde — esconder seu ateísmo:

> — Ah, se o senhor soubesse que felicidade experimentamos ao sentir a incessante presença Dele em nossa alma! — disse a condessa Lídia Ivánovna, com um sorriso de beatitude.
>
> — Mas um homem pode sentir-se, às vezes, incapaz de elevar-se a tais alturas — ponderou Stiepan Arcáditch, sentindo que usava de hipocrisia ao admitir a elevação

> religiosa, enquanto, ao mesmo tempo, relutava em admitir o seu livre-pensamento diante da pessoa que, com uma palavra dirigida a Pomórski, poderia lhe proporcionar o cargo almejado.

Durante toda a cena, Landau, "um homem baixo, magro, com quadril de mulher, pernas arqueadas para dentro, na altura dos joelhos, muito pálido, bonito, com lindos olhos radiantes e cabelos compridos" e cuja mão "suada e imóvel" ofereceu a Stiva em cumprimento, senta-se afastado, junto à janela. Kariênin e Lídia Ivánovna trocam olhares e comentários misteriosos sobre o rapaz. Um criado entra e sai trazendo bilhetes e recados, aos quais a condessa responde rabiscando alguma coisa ou com instruções breves ("Amanhã, na casa da grande princesa, diga-lhe isso..."), para em seguida retomar seus chavões, reforçados por sua vez pelos chavões de Kariênin. Stiva vai ficando cada vez mais desorientado. De repente Lídia Ivánovna lhe pergunta: "*Vous comprenez l'anglais?*", e, quando ele responde que sim, ela vai até a estante e pega um livro intitulado *Safe and Happy* [Salvo e feliz], do qual propõe ler algumas passagens em voz alta. Stiva se sente a salvo e feliz pela oportunidade de se recolher e parar de se preocupar com algum passo em falso. A condessa faz um preâmbulo à leitura contando a história de uma certa Marie Sánina, que perdeu o único filho mas encontrou Deus, e hoje agradece a Ele pela morte da criança — "Eis a felicidade que a fé proporciona!".

Enquanto escuta Lídia Ivánovna ler as passagens de *Safe and Happy*, sentindo

> cravados em si os olhos belos, inocentes ou velhacos — ele mesmo não sabia — de Landau, Stiepan Arcáditch começou a experimentar um estranho peso na cabeça.
>
> Os pensamentos mais variados embaralhavam-se em sua mente. "Marie Sánina se alegra por seu filho ter morrido... Quem dera puder fumar um pouco, agora... Para salvar-se, basta crer, e os monges não sabem como é que se faz isso, mas a condessa Lídia Ivánovna sabe... Mas por que minha cabeça pesa desse jeito? Será por causa do conhaque ou porque tudo isso é muito estranho? Apesar de tudo, pelo visto, não fiz nada de inconveniente até agora. Mesmo assim é impossível pedir a ela. Dizem que eles obrigam a gente a rezar. Tomara que não obriguem. Já seria estupidez demais. E que disparate isso que ela está lendo, mas pronuncia bem. [...]

Stiva luta contra a sonolência que começa a tomá-lo, mas não consegue vencê-la e sucumbe. Quando estava quase ressonando, desperta sobressaltado, mas é tarde demais. "Ele está dormindo", ouve a condessa dizer. Tinha sido flagrado. Nunca mais Lídia Ivánovna o ajudaria com a indicação. Mas não, a condessa não está falando dele. Está falando do vidente. Recostado em sua cadeira, Landau tem os olhos fechados, enquanto a mão tremelica. Caiu no transe pelo qual Lídia Ivánovna e Kariênin vinham aguardando. Ela manda que Kariênin dê a mão ao francês e ele obedece, tentando se mover com cuidado, mas esbarrando numa mesa. Stiva assiste à cena sem saber ao certo se está sonhando. "Tudo aquilo era real", ele conclui.

Com os olhos fechados, o vidente fala: "*Que la personne qui est arivée la dernière, celle qui demande, qu'elle sorte! Qu'elle sorte!*". A pessoa que entrou por último, a que vem pedir, que ela saia! Que ela saia! Stiva, "já esquecido do que viera pedir a Lídia Ivánovna, esquecido até da questão da irmã, apenas com o desejo de sair dali o mais depressa possível, retirou-se na ponta dos pés e, como se fugisse de uma casa contaminada pela peste, ganhou a rua [...]". O rapaz demora um bom tempo para recobrar o equilíbrio. No dia seguinte, recebe de Kariênin a recusa final na questão do divórcio e compreende que "tal decisão tinha por base o que o francês dissera, na noite anterior, durante o seu sono, autêntico ou fingido".

Tudo aquilo era real. Muito já se escreveu sobre o incrível realismo de *Anna Kariênina*, e acerca de seu status particular como um romance à prova de crítica pela sensação que tem o leitor de que aquilo que está lendo é um relato espontâneo, em vez de algo laboriosamente inventado. "Não se deve tomar *Anna Kariênina* como uma obra de arte; deve-se tomá-lo como um fragmento de vida", escreveu Matthew Arnold em 1887. "Não se trata de algo inventado e montado pelo autor; tudo ali se passou dentro dele, bem diante de seu olhar interior, e é nesse sentido que aquela história aconteceu." Em 1946, Philip Rahv elaborou sobre a ideia de Arnold:

> Na estimulante atmosfera de Tolstói, o crítico, por mais viciado que seja no trabalho de análise, não tem como evitar a dúvida que paira sobre sua própria tarefa, a sensação de que há algo nela de presunçoso e até antinatural, que requer quase que uma intenção artificialmente deliberada na tentativa de dissecar uma arte integrada de forma tão maravilhosa [...]. A espantosa concretude que confere a seus personagens é de tal ordem que dispensa técnicas manipulativas, bem como o beletrismo do exagero, da distorção e da dissimulação [...]. O conceito de escrita como algo calculado e construído — [...] do qual a cultura literária foi se tornando mais e mais dependente — é completamente estranho a Tolstói.

Tolstói — um dos grandes mestres das técnicas manipulativas na literatura — sorriria ao ler isso. A "espantosa concretude" do livro nada mais é do que produto do exagero, da distorção e da dissimulação pelos quais cada cena é construída. Rahv chama esses recursos de beletrismo, mas, muito antes de alguém ter recorrido às *belles lettres*, qualquer pessoa que já tenha sonhado sabe bem como usá-los. Se o sonho é pai da imaginação literária, Tolstói talvez seja o romancista que mais intimamente se atém a suas estruturas profundas. Lendo *Anna Kariênina*, temos a mesma ilusão de ausência de autoria sob a qual, à noite, acompanhamos as histórias que parecem chegar até nós de uma realidade ancestral oculta, em lugar de serem obra, por assim dizer, de nossa própria pena. A compreensão que tinha Tolstói das nuances técnicas na manufatura dos sonhos ocupa o centro de seu projeto literário. Assim como nos filmes exibidos no cinema de nossas mentes adormecidas, as cenas despertas de Tolstói, com seu sentido de urgência, recorrem a um vasto repertório de memórias emocionais coletivas.

Tome-se a célebre cena do salão de baile, no começo do romance, na qual Anna e Vrónski, como se obrigados por uma poção do amor num ambiente repleto de tule e renda e música e perfume, se apaixonam. É uma cena que se alojou em nossas memórias como uma das mais vividamente românticas da história da literatura. Quem é capaz de esquecer a imagem de Anna num longo preto, simples, em que sobressai a beleza dela, não a do próprio vestido, fazendo-a se destacar de todas as demais moças no salão? Enquanto Tolstói a descreve — praticamente como se a acariciasse ao fazê-lo — nós mesmos nos apaixonamos por ela. Como poderia Vrónski resistir?

Mas calma lá. Não é Tolstói quem descreve Anna — é pelos olhos de Kitty Cherbátskaia que a vemos. A cena é escrita não em tom romântico, mas de pesadelo. Kitty, que ama Vrónski, tinha vindo ao baile na feliz expectativa de que ele a pediria em casamento. Como em nossos piores pesadelos, quando nos damos conta horrorizados de que um desastre nos sobrevirá sem que possamos evitá-lo, o deleite de Kitty se transforma em horror ao perceber em Anna e Vrónski os sinais de duas pessoas que se apaixonam, o que lhe dá a noção exata da indiferença de Vrónski em relação a ela. Kitty odiará Anna pelo resto da vida, mas Tolstói — de modo a criar seu efeito de um poderoso magnetismo sexual em Anna — capta o momento no qual a própria Kitty se sente atraída pela rival. O autor coloca, ou melhor, descarrega o peso esmagador da mortificação de Kitty na mazurca que ela imaginou que dançaria com Vrónski, e para a qual agora se vê sem parceiro. Ao escrever a cena como um pesadelo arquetípico de ciúme — pela refração da paixão de Anna e Vrónski no prisma da angústia de Kitty —, Tolstói realiza um dos tours de force ocultos que dão alma ao romance.

A corrida de cavalos oferece outro exemplo do uso que Tolstói faz do pesadelo arquetípico de ciúme como estrutura literária. Aqui, o modelo é o do sonho em que se está atrasado para um compromisso. Nele, não importa o que façamos, não interessa que lutemos desesperadamente, nunca conseguimos chegar a tempo ao aeroporto, ou à peça, ou ao exame final. Alguma coisa nos segura e lutamos contra ela inutilmente. Na manhã do páreo, Vrónski vai ver a égua que irá montar (e matar). O treinador inglês lhe pergunta para onde planejava ir depois da visita ao estábulo e, quando Vrónski menciona um encontro com um sujeito de nome Briánski, o inglês — evidentemente cético, e sabendo, como outros pareciam saber, que Vrónski visitaria Anna — diz: "O principal é manter a calma antes de uma corrida [...]. Não ficar de mau humor e não se perturbar com nada".

Vrónski vai à casa de veraneio de Anna e, como era previsível, fica perturbado e de mau humor quando ela lhe conta que está grávida. Sai dali em direção à casa de Briánski, a quem entregaria algum dinheiro — não mentira ao treinador, apenas não dissera toda a verdade —, e aí começa um autêntico pesadelo com a situação de estar atrasado. Só a caminho do encontro com Briánski é que, conferindo o relógio, Vrónski se dá conta de que é muito mais tarde do que pensava, e de que não deveria nem ter tomado aquele rumo. Seria o caso de fazer meia-volta? Não, ele decide que seguirá em frente. Acredita que poderá chegar bem a tempo para a corrida.

Nessa altura, Tolstói se afasta da versão clássica do sonho, no qual o sonhador jamais consegue chegar ao destino, e permite que Vrónski se apresente ao páreo. Mas o rapaz claramente não está com cabeça para correr. Um encontro desagradável com o irmão, que quer que ele dê um fim ao caso com Anna, é um abalo a mais à necessária condição de calma antes da corrida. Quando sobrevém o desastre, Vrónski fazendo o movimento equivocado que acaba por quebrar a espinha da égua, como sempre nos sonhos em que acontece esse tipo de coisa, não passa despercebida a aterrorizante inevitabilidade daquele desfecho.

Nem todos os sonhos são pesadelos, claro. Assim como às vezes acordamos de um sonho aos prantos, também em Tolstói várias cenas recorrem a um sentimentalismo — espécie de anticlímax básico — que todos nós, à exceção dos mais elevados, trazemos alojado em nossos corações. Uma dessas cenas ocorre no dia seguinte ao baile, quando Dolly vai ao quarto de sua humilhada irmã Kitty, na casa dos pais, e a encontra imóvel, com o olhar fixo num ponto do tapete. Kitty repele as tentativas de Dolly de fazê-la se sentir melhor, age de modo frio e desagradável e, por fim, cala a irmã jogando-lhe na cara as escapadas galanteadoras de Stiva. "Já disse e repito que sou orgulhosa e nunca, *nunca* farei aquilo que você está fazendo: voltar para um homem que traiu você, que se apaixonou por outra mulher. Não entendo, isso eu não entendo! Você pode, mas eu não posso!" E Tolstói prossegue:

> Depois de dizer essas palavras, olhou de relance para a irmã e, vendo que Dolly se mantinha em silêncio, com a cabeça triste voltada para baixo, Kitty, em vez de sair do quarto como pretendia, sentou-se junto à porta e, depois de cobrir o rosto com um

lenço, baixou a cabeça. O silêncio continuou por uns dois minutos. Dolly pensava em si mesma. Aquela humilhação, que ela sentia o tempo todo, afetou-a de modo especialmente doloroso quando Kitty lhe falou do assunto. Não esperava tal crueldade da irmã e zangou-se com ela. Mas, de repente, ouviu um rumor de vestido e, logo depois, o som de um soluço contido que se rompera, e uns braços, vindo por baixo, enlaçaram seu pescoço. Kitty, de joelhos, estava à sua frente.

— Dólinka, me sinto tão infeliz, tão infeliz! — sussurrou, em tom culpado. E o rosto gentil, coberto de lágrimas, afundou na saia do vestido de Dária Aleksándrovna.

O romance está repleto de passagens como essa (outro exemplo é a cena na qual Dolly se depara com a filha, Tânia, e o filho, Gricha, que, sem sobremesa por estar de castigo, chora enquanto come a torta que a irmã secretamente divide com ele), as quais não fazem evoluir o enredo — quase parecem impedir que avance —, mas reforçam o penetrante senso de realidade do qual Arnold e Rahv não foram capazes de dar conta ao escrever sobre Tolstói.

O romance também está repleto de relatos sobre sonhos, propriamente ditos, sonhados por personagens que carecem totalmente de vivacidade nas cenas vividas de olhos abertos. Parecem, cada um a seu modo, personagens planos, esquemáticos, até tediosos. Quando Anna sonha que vai para cama com Kariênin e Vrónski, entendemos o que está em jogo — e sentimos que Tolstói não está sendo muito sutil. Depois de ser confrontado por Dolly sobre as provas de seu caso com a antiga governanta, Stiva acorda na manhã seguinte, no escritório para o qual havia sido banido, lembrando deste sonho incompreensível e desinteressante:

Alabin dava um jantar em Darmstadt; não, não era em Darmstadt, mas algo americano. Sim, só que, lá, Darmstadt ficava na América. Sim, Alabin dava um jantar em mesas de vidro, sim — e as mesas cantavam *Il mio tesoro*, mas não era *Il mio tesoro* e sim alguma coisa melhor, e havia umas garrafinhas que eram mulheres.

"Sim, foi bom, muito bom", Stiva se lembra. "E ainda aconteceram muitas coisas extraordinárias, que não se dizem com palavras e, depois de acordar, não se podem exprimir nem em pensamentos." Fica óbvia a camaradagem de Tolstói com o guarda que nos barra na fronteira entre sonho e consciência para nos confiscar os brilhantes e perigosos despojos de nossas criações noturnas. A capacidade de recriar essas ficções abertamente à luz do dia pode bem ser o que chamamos de gênio literário. No momento em que Stiva adquire total consciência do caos em que transformara sua vida doméstica, reflete que "já era impossível deixar-se levar pelo sono, pelo menos até a noite, já era impossível voltar àquela música que as mulheres-garrafinhas cantavam; portanto, era preciso deixar-se levar pelo sonho da vida".

Em janeiro de 1878, um professor de botânica de nome S. A. Ratchínski escreveu a Tolstói acerca do que, para ele, seria "um defeito básico na construção" de *Anna Kariênina*, qual seja, que "o livro carecia de arquitetura". Ao que Tolstói respondeu:

> Sua opinião sobre *Anna Kariênina* me parece equivocada. Ao contrário, me orgulho da arquitetura do romance. Suas arcadas estão unidas de tal modo que não se percebe onde está a pedra angular. Para isso me empenhei ao máximo. A coesão da estrutura não tem por base a trama nem as relações (o conhecimento) entre os personagens, mas sim uma coesão interna.

Um desses fatores de coesão — talvez o mais significativo — é o vivo interesse, quase bisbilhotagem, de Tolstói pela sexualidade de seus personagens e a hierarquia que constrói e funciona paralelamente, embora lhe seja distinta, à hierarquia moral do próprio autor. Nos postos mais altos, ele posicionou seus personagens sexualmente mais robustos — Anna, Vrónski, Oblónski, Liévin, Kitty e Dolly — e, na base, figuras medonhas como Landau e Várienka, a jovem assexuada que Kitty conhece na estação de águas para onde fora enviada a fim de se curar de sua decepção amorosa, e cujo aperto de mão flácido é evocado, uma centena de páginas adiante, pelo cumprimento molenga de Landau. Serguei Ivánitch Kóznichev, o intelectual frio, meio-irmão de Liévin, uma espécie de duplo do intelectual frio Kariênin (assim como Lídia Ivánovna funciona como duplo de uma segunda terrível e piedosa mulher de nome Madame Stahl — o romance está repleto de duplos e duplicidades), é mais um dos integrantes do time dos sexualmente fracos, embora seu retrato seja um mero esboço, se comparado com o intenso estudo de caso sobre a impotência em que Tolstói transforma seu complicado marido traído.

O autor nos proporciona examinar Kariênin tanto do ponto de vista de sua esposa sexualmente insatisfeita quanto, o que é mais interessante, a partir de seu próprio senso de que não estaria à altura dos outros homens. Num evento da nobreza, Kariênin, com seus pés chatos e quadril imenso, não para de observar todos aqueles bem torneados e atraentes funcionários da corte e se pergunta

> se eles sentiam de outro modo, amavam e casavam-se de outro modo, esses Vrónski e Oblónski... esses camareiros de panturrilhas grossas [...] homens viçosos, fortes, sem hesitações, que sempre e em toda parte atraíam para si a atenção curiosa de Kariênin, mesmo que ele não o quisesse.

Anna é aquele caso especial do poético despertar para o sexo transformado em assustadora obsessão sexual que reflete a célebre loucura do próprio Tolstói quanto a essa questão, o que em certo sentido é o "tema" do romance. A transformação da maravilhosa Anna à qual somos apresentados na estação de trem — "uma vivacidade contida, que ardia em seu rosto [...] o excesso de alguma coisa [que] inundava seu ser e, a despeito da vontade dela, se expressava, ora no brilho do olhar, ora no sorriso" — em personagem psicótica que se atira debaixo de um trem é a história que toma o livro todo, mas não faz sentido.

Leituras convencionais do romance atribuem o declínio de Anna até ficar louca à perda do filho e a seu ostracismo na sociedade. Mas, na verdade, conforme nos conta Tolstói sem nenhuma ambiguidade, a situação é criada por ela mesma. Anna não perdeu o filho — ela o abandonou quando, recuperada da infecção pós-parto que levara Kariênin a seu "estado de beatitude", partiu para a Itália com Vrónski. Influenciado como estava, Kariênin se dispunha a abrir mão do filho e conceder o divórcio a Anna, o que permitiria a ela se casar com Vrónski e voltar a frequentar a sociedade respeitável, algo que mesmo naquele tempo era possível para as mulheres divorciadas. À medida que o romance avança e a vida de Anna segue, porém, é como se essa oportunidade nunca tivesse surgido. Vivenciamos a história como vivenciamos nossos sonhos, sem preocupação com sua falta de lógica. Aceitamos o desmoronamento de Anna sem questioná-lo. Só mais tarde, ao analisarmos a obra, a falta de lógica se deixa perceber. Mas aí já é tarde demais para que possamos reverter o feitiço de Tolstói.

SOBRE O AUTOR

Liev Nikoláievitch Tolstói nasceu no dia 28 de agosto de 1828 (9 de setembro, pelo calendário atual), em Iásnaia Poliana, propriedade rural de sua família, na Rússia. Tinha três irmãos mais velhos e uma irmã mais nova — Nikolai, Serguei, Dmítri e Mária. Embora tivesse boas relações com todos eles, foi Nikolai quem lhe marcou mais profundamente o temperamento. De um lado, era seu modelo de homem, belo, elegante, forte e corajoso. De outro, estimulava sua imaginação, afirmando possuir um segredo capaz de instaurar no mundo uma nova Idade de Ouro, sem doenças, miséria e ódio, e na qual toda a humanidade seria feliz. Nikolai alegava ter gravado este segredo num graveto verde, o qual enterrara numa ravina da floresta de Zakaz.

Nascido num meio aristocrático, a infância de Tolstói, entretanto, foi bastante sofrida. Antes de completar dois anos, perdeu a mãe. Sete anos depois, sua família mudou-se para Moscou, onde Tolstói encontrou uma nova realidade. Então, durante uma viagem de trabalho para Tula, em 1837, seu pai morreu. Além de órfãos, Liev e seus irmãos encontraram-se em situação financeira precária. Logo em seguida, morreu sua avó, e Tolstói viu-se abrigado na casa de uma tia, na região de Kazan.

Ingressando na universidade, em 1844, para estudar línguas e leis, Tolstói de início entusiasmou-se com a vida de estudos. Porém, decepcionou-se com os métodos tradicionais de ensino e, por fim, abandonou a escola.

Herdando sua parte da herança familiar, retornou a Moscou e iniciou um período de vida boêmia e dívidas de jogo, que o obrigaram a vender algumas de suas propriedades. Ingressou no Exército em 1852, fascinado com as experiências militares de um irmão. Como soldado, foi logo transferido para o Cáucaso, e data dessa época a composição do livro *Infância*, que marca sua estreia na literatura.

Em 1856, já fora do Exército, Tolstói libertou seus servos e doou-lhes as terras onde trabalhavam. Estes, porém, desconfiados, devolveram-lhe as propriedades. No ano seguinte, viajou para a Alemanha, a Suíça e a França. Ao voltar, fundou uma escola para crianças e adultos, empregando novos métodos pedagógicos, nos quais eram abolidos os testes, as notas e os castigos físicos.

Em 1862, casou-se com Sônia Andréievna Behrs, então com dezessete anos, e fundou uma revista pedagógica. No ano seguinte, teve início a redação do romance *Guerra e paz*, cujo pano de fundo é a invasão napoleônica da Rússia, ocorrida no princípio do século XIX. Concluído em 1869, o livro trouxe para Tolstói a consagração como escritor.

Entre o ano de seu casamento e 1888, Tolstói teria doze filhos. Entre 1873 e 1877, escreveu *Anna Kariênina*. Sua recorrente inclinação a desfazer-se de seus bens materiais produziu, a partir de 1883, uma disputa ferrenha entre sua esposa e Tchértkov, militar que se tornou um abnegado paladino das ideias de Tolstói e em quem o escritor tinha grande confiança. A partir dessa época o distanciamento entre marido e mulher só fez crescer.

Sua desconfiança em relação à justiça, ao governo, à propriedade, ao dinheiro e à própria cultura ocidental gerou o que passou a ser chamado de "tolstoísmo", de todo hostil à Igreja Ortodoxa russa.

Finalmente, devido ao apoio dado pelo escritor a um grupo religioso de camponeses que se recusara a servir o Exército em nome de uma vida comunitária de base cristã, Tolstói viu-se excomungado pelo sínodo da Igreja Ortodoxa de 1901.

Escreveu ele, a respeito da decisão:

> Dizer que eu reneguei a Igreja que se chama Ortodoxa, isso é inteiramente justo. Porém eu a reneguei não porque tenha me insurgido contra o Senhor, mas, ao contrário, apenas porque queria servi-lo com todas as forças de minha alma. Antes de renegar a Igreja e a unidade com o povo, que me era inexprimivelmente cara, e diante de certos sinais tendo duvidado da correção da Igreja, dediquei alguns anos a pesquisar a teoria e a prática de seu ensinamento: na parte teórica, li tudo o que pude sobre o ensinamento da Igreja, estudei e analisei criticamente a teologia dogmática; na prática, obedeci com rigor, no decorrer de mais de um ano, a todas as ordens da Igreja, observando todos os jejuns e frequentando todas as cerimônias religiosas. E então me convenci de que o ensinamento da Igreja é, em sua teoria, uma mentira pérfida e maléfica e, em

> sua prática, a reunião das superstições mais grosseiras e de sortilégios que ocultam completamente todo o sentido do ensinamento cristão.*

Finalmente, em 1910, aos 82 anos, Tolstói fugiu de casa. No entanto, durante a viagem, sua saúde debilitada obrigou-o a saltar do trem na aldeia de Astápovo, onde viria a morrer no dia 7 de novembro de 1910.

Dois anos antes de sua morte, Tolstói ditara as seguintes palavras, que remetem ao segredo que seu irmão Nikolai teria enterrado na floresta de Zakaz:

> Embora seja um assunto desimportante, quero dizer algo que eu gostaria que fosse observado após a minha morte. Mesmo sendo a desimportância da desimportância: que nenhuma cerimônia seja realizada na hora em que meu corpo for enterrado. Um caixão de madeira, e quem quiser que o carregue, ou o remova, a Zakaz, em frente a uma ravina, no lugar do "graveto verde". Ao menos, há uma razão para escolher aquele e não qualquer outro lugar.

---

* Liev Tolstói, "Resposta à determinação do Sínodo de excomunhão, de 20-22 de fevereiro, e às cartas recebidas por mim a esse respeito". In: Id. *Os últimos dias*. Coord. de Elena Vássina. Sel e intr. de Jay Parini. Trad. do trecho de Denise Regina de Sales. São Paulo: Companhia das Letras, 2011.

SUGESTÕES DE LEITURA

BERLIN, Isaiah. *Pensadores russos*. São Paulo: Companhia das Letras, 1988.

CHKLÓVSKI, Victor. "A arte como procedimento". In: TOLEDO, Dionísio (Org.). *Teoria da literatura: Formalistas russos*. Porto Alegre: Globo, 1972.

CITATI, Pietro. *Tolstoj*. Milão: Adelphi, várias edições.

EIKHENBAUM, Boris. *The Young Tolstoi*. Michigan: Ardis Publishing House, 1972.

_______. *Tolstoi in the Sixties*. Michigan: Ardis Publishing House, 1982.

_______. *Tolstoi in the Seventies*. Michigan: Ardis Publishing House, 1982.

ERLICH, Victor. *Russian Formalism*. Haia: Mouton, 1980.

GINZBURG, Carlo. "Estranhamento: Pré-história de um procedimento literário". In: _______. *Olhos de madeira*. Trad. de Eduardo Brandão. São Paulo: Companhia das Letras, 2001.

GOURFINKEL, Nina. *Tolstoï sans tolstoïsme*. Paris: Seuil, 1946.

LUKÁCS, Georg. "Narrar ou descrever". In: _______. *Ensaios sobre literatura*. Coord. e pref. de Leandro Konder. Rio de Janeiro: Civilização Brasileira, 1968.

_______. *Teoria do romance*. São Paulo: Editora 34, 2000.

MANN, Thomas. "Goethe e Tolstói". In: _______. *Ensaios*. Sel. de Anatol Rosenfeld. São Paulo: Perspectiva, 1988.

MORSON, Gary Saul. *Hidden in Plain View*. Stanford: Stanford University Press, 1987.

PIGLIA, Ricardo. "O lampião de Anna Kariênina". In: _______. *O último leitor*. Trad. de Heloisa Jahn. São Paulo: Companhia das Letras, 2006.

SCHNAIDERMAN, Boris. *Leão Tolstói*. São Paulo: Brasiliense, 1983.

SHIRER, William. *Amor e ódio: O casamento tumultuado de Sônia e Leon Tolstói*. São Paulo: Paz e Terra, 1977.

1ª EDIÇÃO [2017] 5 reimpressões

ESTA OBRA FOI COMPOSTA PELA SPRESS EM LYON E IMPRESSA EM OFSETE
PELA GEOGRÁFICA SOBRE PAPEL PÓLEN SOFT DA SUZANO S.A.
PARA A EDITORA SCHWARCZ EM SETEMBRO DE 2020

A marca FSC® é a garantia de que a madeira utilizada na fabricação do papel deste livro provém de florestas que foram gerenciadas de maneira ambientalmente correta, socialmente justa e economicamente viável, além de outras fontes de origem controlada.